中华传世藏书
【图文珍藏版】

中国历代通俗演义

[清]蔡东藩⊙原著

马博⊙主编

线装书局

目 录

五代史演义

宋史演义（上）

中华传世藏书

中国历代通俗演义

目录

四

中国历代通俗演义

五代史演义

[清] 蔡东藩 ⊙ 原著

马博 ⊙ 主编

自 序

　　读史至五季之世，辄为之太息曰："甚矣哉中国之乱，未有逾于五季者也！"天地闭，贤人隐，王者不做而乱贼盈天下，其狡且黠者，挟诈力以欺凌人世，一或得志，即肆意妄行，君不君，臣不臣，父不父，子不子，铤而走险，虽夷虏犹尊亲也；急则生变，虽骨肉犹仇敌也。元首如弈棋，国家若传舍，生民膏血涂草野，骸骼暴原隰，而私斗尚无已时，天欤人欤？何世变之亟，一至于此？盖尝屈指数之，五代共五十有三年，汴洛之间，君十三，易姓者八。而南北东西之割据一隅，与五代相错者，前后凡十国，而梁唐时之岐燕，尚不与焉。辽以外裔踞朔方，猾诸夏，史家以其异族也而夷之。辽固一夷也，而如五代之无礼义，无廉耻，亦何在非夷？甚至恐不夷若也。宋薛居正撰《五代史》百五十卷，事实备矣，而书法未彰。欧阳永叔删芜存简，得七十四卷，援笔则笔、削则削之义，逐加断制，体例精严。既足声奸臣逆子之罪，复足树人心世道之防，后人或病其太略，谓不如薛史之渊博，误矣！他若王溥之《五代会要》、陶岳之《五代史补》、尹洙之《五代春秋》、袁枢之《五代纪事本末》以及路振之《九国志》、刘恕之《十国纪年》、吴任臣之《十国春秋》等书，大都以裒辑遗闻为宗旨，而月旦之评，卒让欧阳。孔圣作《春秋》而乱贼惧，欧阳公其庶几近之乎？鄙人前编唐宋《通俗演义》，已付手民印行，而五代史则踵唐之后，开宋之先，亦不得不更为演述，以餍阅者。叙事则搜证各籍，持义则特仿庐陵，不敢拟古，亦不敢违古，将以借粗俗之芜词，显文忠之遗旨，世有大雅，当勿笑我为效颦也。抑鄙人更有进者，五代之祸烈矣，而雄厥祸胎，实始于唐季之藩镇。病根不除，愈演愈剧，因有此五代史之结果。今则距五季已阅千年，而军阀乘权，争端迭起，纵横捭阖，各戴一尊，几使全国人民，涂肝醢脑于武夫之腕下，抑何与五季相似欤？况乎纲常凌替，道德沦亡，内治不修，外侮益甚，是又与五季之世有同慨焉者。殷鉴不远，覆辙具存。告往而果能知来，则泯泯棼棼之中国，其或可转祸为福，不致如五季五十余年之扰乱也欤？书既竣，爰慨然而为之序。

中华民国十有二年夏正暮春之月，古越蔡东藩自识于临江书舍

五代主要人物

石敬瑭 （892~942），后晋高祖，沙陀族，原为后唐节度使，被契丹扶立为帝，是后晋建立者。他在位7年，以"儿皇帝"自称于契丹王耶律德光，受尽契丹羞辱，终忧郁而死。其对后世（宋）的最大影响，在于将幽、云十六州割让给契丹，使宋的北部边境压力重重。

冯　道 后周宰相，自号"长乐老"，因侍奉五代中四个朝代，皆为高官，堪称官场不倒翁，而为后人所诟病。但今人认为，其对稳定当时的政治环境，具有一定贡献。此外，他与李愚校订《九经》，使其成为对后世较有影响的"五代监本"，对传统文化传承做出了贡献。

钱　镠 吴越国王，是五代中南方较有作为的君主之一。其主要功绩是修建钱塘江海堤和海塘。为之后的江南鱼米之乡奠定了基础。

郭　荣 亦名柴荣，周世宗。他锐意进行政治、经济改革，修订《大周刑统》，颁布《均田图》，力图杜绝滥刑苛法，澄清吏治，甚至命官员作文《为君难为臣不易论》，是五代中最有作为的政治家。

冯延巳 （903~960），字正中，南唐宰相，喜好诗词。他的词多写闲情逸致辞，文人的气息很浓，对北宋初期的词人有较大的影响。但其为官不良，专权乱政，与冯延鲁、陈觉、魏岑、查文徽并称"五鬼"。

韩熙载 （902~970），字叔言，北海人。后唐同光中，登进士第。李昇建国，用为秘书郎。璟嗣位，拜虞部员外郎、史馆修撰、知制诰。后主时，终中书侍郎。他较有政治才干，也颇有艺术修养。但因当时政治糜烂，无处报国，而将苦衷寄托于歌舞夜宴之中，并因当时杰出画家顾闳中的《韩熙载夜宴图》而记载于世。

第一回 睹赤蛇老母觉异征 得艳凤枭雄偿夙愿

治久必乱，合久必分，这是我中国古人的陈言。其实是太平日久，朝野上下，不知祖宗创业的艰难，守成的辛苦，一味儿骄奢淫逸，纵欲败度，所有先人遗泽逐渐耗尽。造化小儿又故意弄人，今年大水，明年大旱，害得饥馑荐臻，盗贼蜂起。平民无可如何，与其饿死冻死，不如跟了强盗，同去掳掠一番，倒反得食粱肉、衣文锦，或且做个伪官，发点大财，好夺几个娇妻美妾，享那后半世的荣华。于是乱势日炽，分据一方，就中有三五枭雄，趁着国家扰乱的时候，号召徒党，张着一帜，不是僭号称帝，就是拥土称王。咳！天下有许多帝，许多王，这岂还能平靖么！绝大道理，绝大议论。

小子旷览古史，查考遗事，似这种乱世分裂的情状，实是不止一两次，东周时有列国，后汉时有三国，东晋后有南北朝，晚唐后有五代，统是东反西乱，四分五裂，南北朝五代，更闹得一塌糊涂，小子方编完《唐史演义》，凡残唐时候的乱象及四方分割的情形，还未曾交代明白，因此不得不将五代史事继续演述。五代先后历五十三年，换了八姓十三个皇帝，改了五次国号，叫作梁、唐、晋、汉、周。史家因梁、唐、晋、汉、周五字前代早已称过，恐前后混乱不明，所以各加一个“后”字，称为后梁、后唐、后晋、后汉、后周。还有角逐中原，称王称帝，与梁、唐、晋、汉、周五朝，或合或离，不相统属的国度，共计十数，著名史乘称作十国，就是吴、楚、闽、南唐、前蜀、后蜀、南汉、北汉及吴越、荆南。提纲挈领。

看官！听说这五代十国的时势，简直是君不君，臣不臣，父不父，子不子，篡弑相寻，烝报无已，就使有一二君主，如后唐明宗、后周世宗两人，当时号为贤明英武，但也不过彼善于此，未足致治。故每代传袭，最多不过十余年，最少只有三四年，各国亦大都如此。古人说得好，木朽虫生，墙空蚁入，似此荡荡中原，没有混一的主子，那时外夷从旁窥伺，乐得乘隙而入，喧宾夺主，海内腥膻，土地被削，子女被掳，社稷被灭，君臣被囚。中国正纷纷扰扰，无法可治，再加那鲜卑遗种、朔漠健儿进来蹂躏一场，看官！你想中国此时，苦不苦呢？危不危呢？言之慨然。

照此看来，欲要内讧不致蔓延，除非是国家统一；欲要外人不来问鼎，亦除非是国家统一！暮鼓晨钟。若彼争此夺，上欺下凌，礼教衰微，人伦灭绝，无论什么朝局，什么政体，总是支撑不住，眼见得神州板荡，四夷交侵，好好一个大中国，变做了盗贼世界，夷虏奴隶，岂不是可悲可痛么！伤心人别具怀抱。列位不信，五代史就是殷鉴！待小子从头至尾，演述出来。

且说五代史上第一朝，就是后梁，后梁第一世皇帝，就是大盗朱阿三。原名是一温字，唐廷赐名全忠，及做了皇帝，又改名为晃。他的皇帝位置，是从唐朝篡夺了来，小子前编《唐史演义》已将他篡夺的情状约略叙明，只是他出身履历，未曾详述，现下续演五代史，他坐了第一把龙椅，哪得不特别表明。他是宋州砀山午沟里人，父名诚，恰是个经学老先生，在本乡设帐课徒。娶妻王氏,生有三子,长子名全昱,次名存,又次名温。温排行第三,小名便叫作朱阿三。相传朱温生时,所居屋上有红光上腾霄汉,里人相顾惊骇,同声呼号道:"朱家火起了!"当下彼汲水、此挑桶,都奔到朱家救火。哪知庐舍俨然,并没有什么烟焰,只有呱呱的婴孩声,喧达户外。大家越加惊异,询问朱家近邻。但说朱家新生一个孩儿,此外毫无怪异,大家喧嚷道:"我等明明见有红光,为何到了此地,反无光焰。莫非此儿生后,将来大要发迹,所以有此异征哩!"(说本《旧五代史·梁太祖本纪》。)盗贼得为帝王,也应该有此怪象。

一世枭雄,降生僻地,闹得人家惊扰,已见得气象不凡。三五岁时候,恰也没甚奇慧,但只喜欢弄棒使棍,惯与邻儿吵闹。次兄存与温相似,也是个淘气人物,父母屡次训责,终不肯改。只有长兄全昱,生性忠厚,待人有礼,颇有乃父家风。朱诚尝语族里道:"我生平熟读五经,赖此糊口。所生三儿,唯全昱尚有些相似,存与温统是不肖,不知我家将如何结局哩!"

既而三子逐渐长大。食口增多,朱五经所入修金,不敷家用,免不得抑郁成疾,竟致谢世。身后四壁萧条,连丧费都无从凑集,还亏亲族邻里各有赙赠,才得草草藁葬。但是一母三子,坐食孤帏,叫他如何存活,不得已投往萧县,佣食富人刘崇家,母为佣媪,三子为佣工。全昱却是勤谨,不过膂力未充,存与温颇有气力,但一个是病在粗疏,一个是病在狡惰。

刘崇尝责温道:"朱阿三,汝平时好说大话,无事不能,其实是一无所能呢。试想汝佣我家,何田是汝耕作,何园是汝灌溉?"温接口道:"市井鄙夫,徒知耕稼,晓得怎么男儿壮志,我岂长作种田佣吗?"刘崇听他出言顶撞,禁不住怒气直冲,就便取了一杖,向温击去。温不慌不忙,双手把杖夺住,折作两段。崇益怒,入内去觅大杖。适为崇母所见,惊问何因。崇谓须打死朱阿三,崇母忙阻住道:"打不得,打不得,你不要轻视阿三。他将来是了不得哩。"

看官!你道崇母何故看重朱温,原来温至刘家,还不过十四五岁,夜间熟寐时,忽发响声,崇母惊起探视,见朱温睡榻上面,有赤蛇蟠住,鳞甲森森,光芒闪闪,吓得崇母毛发直竖,一声大呼,惊醒朱温,那赤蛇竟杳然不见了(事见《旧五代史》,并非捏造)。嗣是崇母知温为异人,格外优待,居常与他栉发,当作儿孙一般,且尝诫家人道:"朱阿三不是凡儿,汝等休得侮弄!"家人亦似信非信,或且笑崇母为老悖。崇尚知孝亲,因老母禁令责温,到也罢手。温复得安居刘家,但温始终无赖,至年已及冠,还是初性不改,时常闯祸。

一日,把崇家饭锅窃负而去。崇忙去追回,又欲严加杖责,崇母复出来遮护,方才得免。崇母因戒朱温道:"汝年已长成,不该这般撒顽,如或不愿耕作,试问汝将何为?"温答道:"平生所喜,只是骑射。不若畀我弓箭,到崇山峻岭旁,猎些野味,与主人充庖,却是不致辱命。"崇母道:"这也使得,但不要去射死平民!"这是最要紧的嘱咐。温拱手道:"当谨遵慈教!"崇母乃去寻取旧时弓箭,给了朱温。并浼温母再三叮咛,切勿惹祸。

温总算听命,每日往逐野兽,矫捷绝伦,就使善走如鹿,也能徒步追取,手到擒来。刘家庖厨,逐日充牣,崇颇喜他有能。温兄存也觉技痒,愿随弟同去行猎,也向崇讨了一张弓,几支箭,与温同去逐鹿。朝出暮归,无一空手时候,两人不以为劳,反觉得逍遥自在。

一日骋逐至宋州郊外,艳阳天气,明媚春光,正是赏心豁目的佳景。温正遥望景色,忽见有兵役数百人,拥着香车二乘,向前行去,他不觉触动痴情,亟往追赶。存亦随与俱行,曲折间绕入山麓,从绿树阴浓中,露出红墙一角,再转几弯,始得见一大禅林。那两乘香车,已经停住,由婢媪扶出二人。一个是半老妇人,举止大方,却有宦家气象;一个是青年闺秀,年龄不过十七八岁,生得仪容秀雅,骨肉停匀,眉宇间更露出一种英气,不等小家儿女,扭扭捏捏,腼腼腆腆(为张天人占一身份)。温料是母女入寺拈香,待他们联步进殿,也放胆随了进去。至母女拜过如来,参过罗汉,由主客僧导入客堂,温三脚两步,走至该女面前,仔细端详,确是绝世美人,迥殊凡艳。勉强按定了神,让她过去。该女随母步入客室,稍为休息,便即唤兵役伺候,稳步出寺,联袂上车,似飞的始行去了。温随至寺外,复入寺问明主客僧,才知所见母女,年大的是宋州刺史张蕤妻,年轻的便是张蕤女儿。温惊诧道:"张蕤吗?他原是砀山富室,与我等正是同乡,他现在尚做宋州刺史吗?"主客僧答道:"闻他也将要卸任了。"温乃偕兄存出寺。

路中语存道："二哥！你可闻阿父在日，谈过汉光武故事吗？"存问何事，温答道："汉光武未做皇帝时，尝自叹道：为官当作执金吾！娶妻当得阴丽华！后来果如所愿。今日所见张氏女，恐当日的阴丽华，也不过似此罢了。你道我等配做汉光武否？"写出朱温好色。存笑道："癞蛤蟆想吃天鹅肉，真是自不量力！"温愤然道："时势造英雄，想刘秀当日，有何官爵，有何财产，后来平地升天，做了皇帝，娶得阴丽华为皇后。今日安知非仆？"存复笑语道："你可谓痴极了！想你我寄人篱下，能图得终身饱暖，已算幸事，还想什么娇妻美妾！就是照你的妄想，也须要有些依靠，岂平白地能成大事吗？"温直说道："不是投军，就是为盗。目今唐室已乱，兵戈四起，前闻王仙芝发难濮州，近闻黄巢复起应曹州，似你我这般勇力，若去随他为盗，抢些子女玉帛，很是容易，何必再在此厮混，埋没英雄！"志趣颇大，可惜不是正道。

这一席话，把朱存也轰动起来，便道："说得有理，我与你便跟黄巢去吧。"温又道："且回去辞别母亲，并及主人，明日便可动身。"两人计议已定，遂返至刘崇家，先去禀明老母，但说要出外谋生。朱母还放心不下，意欲劝阻。两人齐声道："儿等年已弱冠，不去谋点生业，难道要老死此间吗？母亲尽管放心！"全昱闻二弟有志远出，也来问明行径。两人道："目下尚难预定，兄要去同去，否则在此陪着母亲，也是好的。"全昱是个安分守己的人物，便答道："我在此侍奉母亲，二弟尽管前去，得有生路，招我未迟。"两人应声称是。温感刘母好意，即入内陈明，刘母却也嘱咐数语，不消絮述。惟刘崇因两人在家，没甚关系，也听他自由。

两人过了一宿，越日早起，饱餐一顿，便去拜别母亲。再向刘母及崇告辞。由刘母赠给干粮制钱等，作为路费。又辞了全昱，欢跃而去。时正唐僖宗乾符四年（点醒年月，最是要笔）。黄巢正据住曹州，横行山东，剽掠州县。郓州、沂州一带，也渐被巢众占夺。所有各处亡命子弟，统向投奔，巢无不收纳。朱温弟兄两人，趋往贼寨，贼目见他身材壮大，武艺刚强，当然录用。两人既入贼党，便与官军为敌，仗着全身勇力，勇往直前，官军无不披靡，遂得拨充队长。朱存乘势掠夺妇女，作为妻房。独温纪念张女，几有除却巫山不是行云的意思，因此尚独往独来，做个贼党中的光棍。过了年余，在贼中立功尤多，居然得在黄巢左右充做亲军头目。他遂怂恿黄巢，往攻宋州，巢便遣他领众数千，进围宋州城。醉翁之意不在酒。哪知宋州刺史张蕴早已去任，后任守吏恰是有些能耐，坚守不下，温已失所望，复闻援兵大至，遂率众趋归。

既而黄巢僭称冲天大将军，驱众南下，温留守山东，存随巢南行。巢众转战浙闽，趋入广南，沿途骚扰，鸡犬皆空。偏南方疫疠甚盛，贼众什死三四，更兼官军四集，险些儿陷入死路。巢乃变计北归，从桂州渡江，沿湘而下，免不得与官军相遇，大小数十战，互有杀伤，存战死。命该如此。巢由湘南出长江，渡淮而西，再召集山东留贼，并力西攻，拔东都（即洛阳，唐号为东都），入潼关，竟陷长安（即唐朝京都）。唐僖宗奔往兴元，巢竟僭号称大齐皇帝，改元金统，命朱温屯兵东渭桥，防御官军。嗣复令温为东南面行营先锋，攻下南阳，再返长安，由巢亲至灞上，迎劳温军。

未几又遣温西拒邠、岐、鄜、夏各路官军，到处扬威。巢又欲东出略地，令温为同州防御使，使自攻取。温由丹州移军，攻入左冯翊，遂陷同州。这时候的唐室江山，已半归黄巢掌握，中原一带，统已糜烂不堪，所有民间村落，多成为瓦砾场。老弱填沟壑，丁壮散四方，最可怜的是青年妇女，被贼掠取，无非做了行乐的玩物，任意糟蹋，不顾生命。

朱温从贼有年，历次得伪齐皇帝拔擢，东驰西突，平时掠得美人儿，也不知几千几百，他素性好色，哪里肯做了猫儿，尽管吃素？惟情人眼里爱定西施，就使拣了几个娇娃，叫他侍寝，心中总嫌未足，还道是味同嚼蜡，无甚可取，今日受用，明日舍去，总不曾正名定分，号为妻室。老天有意做人美，偏把他的心上人也驱至同州，为他部下所掠取，献至座前，趋伏案下。温定神一瞧，正是寤寐不忘的好女郎，虽然乱头粗服，尚是倾国倾城，便不禁失声道："你是前宋州刺史的女公子吗？"张女低声称是。温连声道："请起！请起！女公子是我同乡,猝遭兵祸,想是受惊不小了!"

张女方含羞称谢,起立一旁。温复问她父母亲族,女答道:"父已去世,母亦失散,难女跟了一班乡民,流离至此,还幸得见将军,顾全乡谊,才得苟全。"温柑掌道:"自从宋州郊外,得睹芳姿,倾心已久,近年东奔西走,时常探问府居,竟无着落。我已私下立誓,娶妇不得如卿,情愿终身鳏居,所以到了今朝,正室尚是虚位。天缘辐辏,重得卿卿。这真所谓三生有幸呢!"天意好作成强盗,却也不知何理?

张女闻言,禁不住两颊生红,俯首无言。温即召出婢仆,拥张女往居别室,选择好日子,正式成婚。到了吉期,温穿着伪齐官服,出做新郎,张氏女珠围翠绕,装束如天仙一般,与温并立红毡,行过了交拜礼,然后洞房花烛,曲尽绸缪。小子有诗叹道:

　　居然强盗识风流,

　　淑女也知赋好逑。

　　试看同州交拜日,

　　和声竟尔配雎鸠。

朱温既得张女为妇,朝欢暮乐,正是快活极了。忽由黄巢传到伪诏,命他进攻河中,他才不得已督兵出发。欲知胜负如何,容小子下回表明。

　　本编踵《唐史演义》之后,虽尚为残唐时事,但唐室如何致亡,黄巢如何作乱,俱已见过《唐史》,毋庸重述。惟朱温是本编第一代人物,所有出身履历,为《唐史演义》中所未及详者,应该就此补叙。温本一无赖,故后虽幸得帝位,究不令终。温素来好色,故始虽幸得如愿,仍致荒亡。观此回逐段叙来,已把朱温一生品行,全盘托出。盖能成大事者,即不为小节所拘,而窃釜等事,终非豪杰所屑为。汉光武固有阴氏之感,然光武之不愧中兴,大端并不在此处;且岂如温之得陇望蜀,犹是纵淫无忌乎?赤蛇之征,《旧五代史》载之,而《新五代史》略之,欧阳公之不肯右温,有以夫!

第二回 报亲恩欢迎朱母
探妻病惨别张妃

却说唐僖宗西走兴元，转入蜀中，号召各镇将士，令他并力讨贼，克复长安，河中节度使王重荣，本已投顺黄巢，因巢屡遣使调发，不胜烦扰，乃决计反正，驱杀巢使，纠合四方镇帅，锐图兴复。黄巢闻知消息，即命朱温出击河中。温正新婚宴尔，不愿出师，但既为伪命所迫，没奈何备了粮草，带了人马，向河中进发。已是败象。途次与河中兵相遇，一场交战，被他杀得一败涂地，丧失粮仗四十余船，还亏自己逃走得快，侥幸保全性命。

重荣进兵渭北，与温相持。温自知力不能敌，急遣使至长安，报请济师，偏偏黄巢不允。温又接连表请，先后十上，起初是不答一词，后来且严词驳责，说他手拥强兵，不肯效力。温未免愤懑，及探明底细，才知为伪齐中尉孟楷暗中谗间，因致如此。

可巧幕客谢瞳入账献议道："黄家起自草莽，乘唐衰乱，伺隙入关，并非有功德及人，足王天下，看来是易兴易亡，断不足与成大事。今唐天子在蜀，诸镇兵闻命勤王，云集景从，协谋恢复，可见唐德虽衰，人心还是未去呢。且将军在外力战，庸奴在内牵制，试问将来能成功否？章邯背秦归楚，不失为智，愿将军三思！"

温心下正恨黄巢，听了这番言语，不禁点首。复致书张氏，说明将背巢归唐，张氏也覆书赞成，遂诱入伪齐监军严实，把他一刀杀死，携首号令军前，即日归唐。一面贻书王重荣，乞他表奏僖宗，情愿悔过投诚。时僖宗正遣首相王铎，出为诸道行营都统，闻得朱温投降，喜出望外，也代为保奏。僖宗览两处奏章，非常欣慰，且语左右道："这是上天赐朕哩！"他来夺你国祚，你道是可喜吗？遂下诏授温为左金吾卫大将军，充河中行营招讨副使，赐名全忠。自是温与官军联络，一同攻巢（《唐史演义》上改称全忠，本编仍名为温，诛其首恶也）。

僖宗自乾符六年后，复两次改元，第一次改号广明，一年即废，第二次改号中和，总算沿用了四年。朱温降唐，是在中和二年的秋季，越年三月，又拜温为汴州刺史，兼宣武军（治汴州）节度使，仍依前充河中行营招讨副使，俟收复京阙，即行赴镇。

是年四月，河东（治晋阳）节度使李克用等攻克长安，逐走黄巢，巢出奔蓝田。温乃挈领爱妻张氏，移节至宣武军，留治汴州。可见长安收复，并非温功。即遣兵役百人，带着车马，至萧县刘崇家，迎母王氏，并及崇母。

崇家素居乡僻，虽经地方变乱，还幸地非冲要，不遭焚掠，所以全家无恙。惟自朱温弟兄去后，一别五载，杳无信息。五年无家禀，温亦未免忘亲。全昱却已娶妻生子，始终不离崇家。朱母时常惦念两儿，四处托人探问，或说是往做强盗，或说是已死岭南，究竟没有的确音信。及汴使到了门前，车声辘辘，马声萧萧，吓得村中人民，都弃家遁走，还道大祸临头，不是大盗进村劫掠，就是乱兵过路骚扰，连刘崇阖家老小，也觉惊惶万分。嗣经汴使入门，谓奉汴帅差遣，来迎朱太夫人及刘太夫人。朱母心虚胆怯，误听使言，疑是两儿为盗，被官拿住，复来搜捕家属，急得魂魄飞扬，奔向灶下躲住，杀鸡似的乱抖。还是刘崇略有胆识，出去问明汴使，才知朱温已为国立功，官拜宣武军节度使，特来迎接太夫人。

当下入报朱母，四处找寻，方得觅着，即将来使所言，一一陈述，朱母尚是未信，且颤且语道："朱……朱三，落拓无行，不知他何处做贼，送掉性命！那里能自致富贵？汴州镇帅，恐非我儿，想是来使弄错哩。"崇母在旁，却从容说道："我原说朱三不是常人，目今做了汴帅，有何不确！朱母朱母！我如今要称你太夫人了！一人有福，得挈千人，我刘氏一门，全仗太夫人照庇哩！"说至此，便向朱母敛衽称贺。朱母慌忙答礼，且道："怕不要折杀老奴！"崇母握朱母手,定要她走出厅堂,自去问明,朱母方硬了头皮,随崇母出来。崇母笑语汴使道:"朱太夫人出来了!"汴使向朱母下拜,并询及崇母,知是刘太夫人,也一并行礼。且将朱温前此从贼,后此归正,如何建功,如何拜爵等情,一一详述无遗。朱母方才肯信,喜极而泣。**确有此态,一经描写,便觉入神。**

汴使复呈上盛服两套,请两母更衣上车,即日起程。朱母道:"尚有长儿全昱及刘氏一家,难道绝不提及吗?"汴使道:"节帅俟两夫人到汴,自然更有后命。"朱母乃与刘母入内,易了服饰,复出门登车而去。萧县离汴城不远,只有一二日路程,即可到汴。距汴十里,朱温已排着全副仪仗,亲来迎接两母,既见两母到来,便下马施礼,问过了安,随即让两车先行,自己上马后随,道旁人民都啧啧叹羡,称为盛事。及到了城中,趋入军辕,温复下马,扶二母登堂,盛筵接风。刘母坐左,朱母坐右,温唤出妻室张氏,拜过两母,方与张氏并坐下首,陪两母欢饮。

酒过数巡,朱母问及朱存。温答道:"母亲既得生温,还要问他做甚?"朱母道:"彼此同是骨肉,奈何忘怀!"温又道:"二兄已早死岭南,闻有二儿遗下,现因道途未靖,尚未收回,母亲也不必纪念了!"**是好心肠。**朱母转喜为悲,因见温带有酒意,却也未敢斥责,但另易一说道:"汝兄全昱尚在刘家,现虽娶妇生子,不过勉力支撑,仍旧一贫如洗。汝既发达,应该顾念兄长。况且刘家主人,也养汝好几年,刘太夫人如何待汝,汝亦当还记着。今日该如何报德呢?"温狞笑道:"这也何劳母亲嘱咐,自然安乐与共了。"朱母方才无言。及饮毕撤肴,军辕中早已腾出静室,奉二母居住,且更派人送往刘家,馈刘崇金千两,赠全昱金亦千两。

既而黄巢窜死泰山,唐僖宗自蜀还都,改元光启,大封功臣,温得晋授检校司徒、同平章事,封沛郡侯。温母得晋封晋国太夫人。全昱亦得封官。就是刘崇母子,亦因温代请恩赐,俱沐荣封。温奉觞母前,上寿称庆,且语母道:"朱五经一生辛苦,不得一第,今有子为节度使,晋登相位,涖膺侯爵,总算是显亲扬名,不辱先人了!"言毕,呵呵大笑。**已露骄盈。**

母见他意气扬扬,却有些忍耐不住,便随口答应道:"汝能至此,好算为先人吐气;但汝的行谊,恐未必能及先人呢。"温惊问何故,母凄然道:"他事不必论,阿二与汝同行,均随黄巢为盗,他独战死蛮岭,尸骨尚未还乡,二孤飘零异地,穷苦失依,汝幸得富贵,独未念及,试问汝心可安否?照此看来,汝尚不能无愧了!"温乃涕泣谢罪,遣使往南方取回兄榇,并挈二子至汴,取名友宁、友伦。全昱已早至汴州,见过母弟,自受封列官后,携家眷归午沟里,大起甲第,光耀门楣。他亦生有三子,长名友谅,次名友能,又次名友诲,后文自有表见。

光启二年,温且晋爵为王,自是权势日张,兀成强镇。俗语说得好,江山可改,本性难移。他生成是副盗贼心肠,专喜损人利己,遇着急难的时候,就使要他下拜,也是乐从;到了难星已过,依然趾高气扬,有我无人,甚且以怨报德,往往将救命恩公,一股脑儿迫入死地,好教他独自为王,这是朱温第一桩的黑心。**特别表明。**小子前编《唐史演义》,已曾详叙,此处只好约略表明。先是巢党尚让,率贼进逼汴城,河东军帅李克用好意救他,逐去尚让,他邀克用入上源驿,佯为犒宴,夜间偏潜遣军士,围攻驿馆,幸亏克用命不该绝,得逾垣遁去,只杀了河东兵士数百人(是唐僖宗中和四年间事)。后来尚让归降,又出了一个秦宗权,也是逆巢余党,据住蔡州,屡次与温争锋。温多败少胜,复向兖郓求救。兖郓为天平军驻节地,节度使朱瑄与弟瑾先后赴援。温得借他兵势,破走秦宗权。他又故态复萌,诬称朱瑄兄弟诱汴亡卒,发兵袭击二朱,把他管辖的曹濮二州硬夺了来(是唐僖宗光启三年间事)。一面进攻蔡州,擒住秦宗权,槛送京师,得进封东平郡王。

唐僖宗崩,弟昭宗嗣,他又阴赂唐相张濬,唆他出征河东,濬为李克用所败,害得公私两丧,流贬远州(是昭宗大顺元年间事)。他却乘间取利,故向魏博假道,要发兵助讨河东。魏博军帅罗弘信与河东素无仇隙,当然不允,他即倾兵击魏,连战连胜。弘信敌他不过,没奈何奉赂乞和。他既得了厚赂,并不向河东进兵,又去攻略兖郓。前军为朱瑾所败,无从得志,索性迁怨徐州,由东而南。徐州节度使时溥资望本出温上,偏权位不能如温,未免喷有烦言。

会秦宗权弟宗衡骚扰淮扬,唐廷命温兼淮南节度使,令他出剿宗衡。温遂借道徐州,溥竟不许,因为温援作话柄,移军攻徐州,连拔濠、泗二州。溥累战不利,死守彭城,温再四进攻,卒为所拔,溥举族自焚(是昭宗景福二年间事)。

温兵势益张,便进图兖郓。可怜朱瑄兄弟,连年被兵,弄得师劳力竭,没法支持,不得已乞师河东。李克用恨温刁滑,到也发兵东援,偏罗弘信与温和好,在中途截住克用,不令东行。兖郓属城陆续被温夺去,朱瑄成擒,为温所杀。瑾脱身走淮南,妻子陷入温手。温见瑾妻姿色可人,迫令侍寝,奸宿数宵,挈归汴梁。经爱妻张夫人婉言讽谏,方出瑾妻为尼(是昭宗乾宁四年间事。张夫人讽谏语见《唐史演义》中,故不重述)。

先是温母在汴,尝戒温妄加淫戮。温虽未肯全听母教,尚有三分谨慎。至是温母已早归午沟里,得病身亡,温失了慈训,自然任性横行,还亏妻室张氏,贤明谨饬,动遵礼法,无论内外政事,辄加干涉。温本宠爱异常,更因张氏所料,语多奇中,每为温所未及,所以温越加敬畏,凡一举一动,多向闺门受教。有时温已督兵出行,途次接着汴使,说是奉张夫人命,召还大王,温即勒马回军。就是平时侍妾,也不过三五人,未敢贪得无厌。古人谓以柔克刚,如温妻张氏,真是得此秘诀。不知老天何故生这慧女,为强盗的贤内助呢?褒贬悉宜。

温既据有兖郓等地,兼任宣武(见前)、宣义(治滑州)、天平(见前)三镇节度使,复会同魏博军,攻李克用,拔洺、邢、磁三州。唐廷威令,已不能出国门一步,哪里还敢过问,温要什么,便依他什么。昭宗光化三年,中官刘季述竟将昭宗幽禁,另立太子裕为皇帝。宰相崔胤召温勤王。温正进取河中,未肯遽赴,好好一场复辟大功,归了神策指挥使孙德昭。季述诛,太子废,昭宗仍旧登基,改元天复。温不得与闻,后来亦未免自悔,但河中已幸夺取,因讽吏民上表唐廷,请己为帅,昭宗亦不敢不从。

偏偏唐宫里面,又出了一个韩全诲,代刘季述做了中尉,比季述还要狡黠,潜通凤翔节度使岐王李茂贞,劫了帝驾,竟赴凤翔。那时唐相崔胤复召温西迎天子,温出兵至凤翔城东,耀武扬威,一住数日。茂贞胁昭宗下诏,饬温还镇,他本无心迎驾,不过假托名目,为欺人计;既接昭宗诏命,便引还河中。又遣将进攻河东,取慈、隰、汾三州,直抵晋阳。围攻了好几天,被河东军杀败,方命退师,慈、隰、汾三州仍然弃去。可巧崔胤奔诣河中,坚劝温迎还昭宗,温乃再督兵五万,进围凤翔。茂贞连战失利,乃诛死韩全诲,放出唐昭宗,与温议和。温奉驾还京,改元天祐,大杀宦官,特旨赐温号为"回天再造竭忠守正大功臣",加爵梁王,兼任各道兵马副元帅。

当时唐室大权尽归温手,温遂思篡夺唐祚,把宫廷内外的禁卫军,一概撤换,自派子侄及心腹将士,代握宫禁兵权。待部署已定,即当强迫昭宗,令他禅位,偏得了汴梁消息,张夫人抱病甚剧,势将不起,乃陛辞昭宗,回汴探妻。

既返军辕,见爱妻僵卧榻中,已是骨瘦如柴,奄奄待毙。英雄气短,儿女情长,到此也不免洒了几点悲泪。张夫人闻有泣声,顿觉惊窹转来,勉挣病目,向外瞧着,见温立在榻前,自弹老泪,便强振娇喉,凄声问道:"大王已回来了吗?"温答声称是。张夫人道:"妾病垂危,不日将长别大王了。"温越觉悲咽,握住妻手,侧然答道:"自从同州得配夫人,到今已二十多年,不但内政仗卿主持,就是外事亦赖卿参议。今已大功告成,转眼间将登大宝,满望与卿同享尊荣,再做几十年太平帝后,哪知卿病至此,如何是好!"张夫人亦流泪道:"人生总有一死,死亦何恨!况妾身得列王妃,已越望外,还想什么意外富贵,就是为大王计,也算备受唐室厚恩,唐室可辅,还须帮护数年,不可骤然废夺。试想从古到今,有几个太平天子,可见皇帝是不容易做呢!"巾帼妇人,难得有此见识。温随口应道:"时势逼人,不得不尔。"张夫人叹道:"大王既有大志,料妾亦无能挽回,但上台容易,下台为难,大王总宜三思后行。果使天与人归,得登九五,妾尚有一言,作为遗谏,可好吗?"温答道:"夫人尽管说来,无不乐从。"张夫人半晌才道:"大王英武过人,他事都可无虑;惟'戒杀远色'四字,乞大王随时注意!妾死也瞑目了。"药石名言,若朱温肯遵闺诫,可免刲腹之苦。说至此,不觉气向上涌,痰喘交作，延挨了一昼夜，竟尔逝世。温失声大恸。汴军亦多垂泪，原来温性残暴，每一拂性，杀人如草芥，部下将士无人敢谏，独张夫人出为救解，但用几句婉言，能使铁石心肠，熔为柔软，所以军士赖她存活者，不可胜计，生荣死哀，也是应有的善报。言下寓劝世意。

温有嬖妾二人，一姓陈，一姓李，张夫人亦和颜相待，未尝苛害。就是温所掠归的朱瑾妻，已出为尼，亦时由张夫人赒给衣食，不使少匮。史家称她以柔婉之德，制豺虎之心，可为五代中第一贤妇。这原是真品评呢！张氏受唐封为魏国夫人，生子友贞，为温第四子。后来温篡唐室，即位改元，追封张氏为贤妃，寻复追册为元贞皇后。小子有诗咏道：

> 巾帼聪明胜丈夫，
> 遗箴端的是良谟。
> 妇言不用终罹祸，
> 淫恶难逃身首诛！

张氏既殁，丧葬告终，野心勃勃的朱阿三，遂日谋夺唐祚，要想帝制自为了。欲知后事，试阅下回。

本回叙朱温事，以母妻二人为关键。《唐史演义》中皆未详叙，故是回特别表明。温之迎母至汴，非真孝思也，为自示豪侈计耳。观其母之诮及朱存，而温不以为念，天下有孝子而不知悌弟乎！惟既经母训，尚知涕泣谢罪，取还兄榇，召抚二孤，是大盗犹有天良，彼世之不孝不友者，视温且有愧色矣。张氏为温贤妻，临殁之言，史中虽未曾尽载，但亦不得谓全出虚诬，苏长公所谓想当然者，此类是也。汴有张氏，晋有刘氏，皆为开国内助，贤妇之关系国家，固如此其重且大者。书中述朱温拓地一段，用简笔略过，免至繁复，阅者欲览详文，固自有《唐史演义》在也。

第三回　登大宝朱梁篡位
　　　　明正义全昱进规

却说朱温急欲篡唐，逐渐布置，首先与温反对的镇帅，乃是平卢军(治青州)节度使王师范(《纲目》于师范攻兖州，曾以讨贼美名归之。故本书亦郑重揭出)。师范颇好学，尝以忠义自期。岐王李茂贞自凤翔贻师范书，谓温围逼天子，包藏祸心，师范不禁愤起，即发兵讨温，遣行军司马刘郡攻取兖州，自督兵攻齐州。温遣兄子友宁领兵救齐，击退师范，更派别将葛从周围兖州。友宁乘胜拔博昌、临淄各城，直抵青州城下，师范得淮南援兵，大破汴军，友宁马蹶被杀。送死一个侄儿。

温闻败报，亲率强兵二十万，昼夜兼行，至青州城东，与师范大战一日，师范败走。乃留部将杨师厚攻青州，自引军还汴，师厚复连败师范，擒住他胞弟师克。师范恐爱弟受戮，没奈何举城请降。刘郡亦将兖州城献还从周。温徙师范家族至汴梁，本拟举师范为河阳节度使，寻因友宁妻泣请复仇，乃将师范杀死，并及族属二百余人。残暴不仁。独署刘郡为元帅府都押牙，权知鄜州留后。

会闻李茂贞与养子继徽举兵逼京畿。遂复出屯河中，请昭宗迁都洛阳。唐相崔胤始知温有异图，拟招募六军十二卫，密为防御，且与京兆尹郑元规等，缮治兵甲，日夜不息。温正思诘问，适值兄子友伦在京中留典禁军，因击毬坠马，竟致毙命。又断送一个侄儿。他遂借此为由，谓友伦暴死，实由崔胤、郑元规等暗中加害，表请昭宗案诛罪犯，毋使专权乱政等语。昭宗览表大惊，即将崔胤等免职。温尚恨恨不平，且遣兄子友谅带兵入都，令为护驾都指挥使。一面胁昭宗迁洛，一面捕住崔胤、郑元规等，尽行杀毙。

昭宗已同傀儡，只好随了友谅，挈领何皇后等出都。行至陕州，温自河中入觐，由昭宗延入寝室，面赐酒器及衣物。何后泣语道："此后大家夫妇，委身全忠了。"昭宗命温兼判左右神策军及六军诸卫事。温且将昭宗左右，如小黄门等十余人，及打毬供奉内园小儿等二百余名，也诱入行幄，一并斩首，把众尸埋瘗幕下，另选二百余人，入侍昭宗。于是昭宗名为共主，简直如犯人一般，悉受汴人管束。便好开刀。

温佯为恭顺，先赴洛整治宫阙，然后迎驾至洛，自己返入汴城。昭宗已入牢笼，自知命在旦暮，尚分颁绢诏，告难四方。晋王李克用、岐王李茂贞、蜀王王建、吴王杨行密，彼此移檄，声罪讨温。温索性一不做，二不休，竟令养子友恭及部将氏叔琮、蒋玄晖等，弑了昭宗，改立昭宗第九子辉王祚为帝。他却假惺惺地驰至洛阳，匍匐昭宗枢前，放声大哭，恐是有声无泪。并且诿罪友恭、叔琮，牵出斩首。友恭临刑大呼道："卖我塞天下谤，人可欺，鬼神可欺吗？"你也该死。温辞别还镇，辉王祚年只十三，后世号为昭宣帝。他虽身登帝座，晓得什么国事，连年号都不敢更张，何皇后受尊为皇太后，移居积善宫，本来是个女流，没甚能力，此时更如坐针毡，自料母子难保，唯以泪洗面罢了。

温又令蒋玄晖诱杀唐室诸王，凡昭宗长子德王裕以下，共死九人。更奏贬唐室故相裴枢、独孤损、崔远、陆扆、王溥等官，俟他出寓白马驿，发兵围捕，一股脑儿结果性命，投尸河中。尚有唐相柳璨，一味媚温，屡替温谋禅代事。温自思逆谋已遂，因遣使传示诸镇，表明代唐意思。晋、岐、蜀、吴当然不从，山南东道(治襄州)节度使赵匡凝与弟荆南留后赵匡明，也不肯听令。温立派大将杨师厚，率大兵攻襄州，逐去匡凝，再进拔江陵，逐去匡明，荆襄俱为温有。柳璨等反谓温有南征大功，请旨进温为相国，总制百揆，兼任二十一道节度使。

温篡唐心急，还要什么荣封，当下密嘱蒋玄晖，令与柳璨计议，指日迫唐帝传禅。偏玄晖与璨谋事迁远，谓必须封过大国，加过九锡，然后禅位，方合魏、晋以来的古制。乃再晋封温为魏王，加九锡，入朝不趋，赞拜不名，兼充天下兵马元帅。温勃然怒道："这等虚名，我有何用？但教把帝位交付与我，便好了事。"遂拒还诏命，不愿受赐。

宣徽副使王殷、赵殷衡平时与璨等有隙，乘间至温处进谗，谓璨等欲延唐祚，所以种种留难，静候外援。温因此益愤，欲杀柳璨、蒋玄晖。璨闻信大惧，亟奏请传禅，且往汴自解，偏受了一碗闭门羹。还至东都，正值宫人传何太后旨，乞璨代为保护传禅后子母生全，璨含糊答应。蒋玄晖、张廷范处，亦经太后谕意，覆语如璨略同。王殷、赵殷衡又得了间隙，密报汴梁，诬称璨与玄晖、廷范入积善宫夜宴，对太后焚香为誓，兴复唐祚。温素性暴戾，管什么虚虚实实，竟令殷等收捕玄晖，殷等且说玄晖私通太后，索性把何太后一并弑死。玄晖枭首，焚骨扬灰。又执璨至上东门，赏他一刀，璨自呼道："负国贼柳璨，该死！该死！"死有余辜。廷范亦被拿下，车裂以徇。助逆者其听之。

温即欲赴洛，把帝位篡夺了来，偏魏博军帅罗绍威有密书到汴，请温发兵代除悍将，温乃自往魏州，屠戮魏州牙军八千家。又因幽州军帅刘仁恭屡为魏患，便顺道渡河，围攻沧州。仁恭向河东乞援，李克用遣将周德威、李嗣昭等，出兵潞州，作为声援。潞州节度使丁会（即昭义节度使）本已归顺汴梁，至是为河东兵所攻，力不能支，且嫉温弑逆不道，竟举城降河东军。温攻沧州不下，又闻潞州失守，乃引兵还魏，由魏返梁。自经这番奔波，唐祚才得苟延了一年。

唐昭宣帝天祐四年三月，东都遣御史大夫薛贻矩到了汴城，传述禅位诏旨。温盛称符瑞，自言有庆云盖护府署，继又谓家庙中生五色芝，第一室神主上，有五色衣，显是代唐的预兆。贻矩北面拜舞，实行称臣，及返至东都，请昭宣帝即日禅位。昭宣帝无可奈何，只得遣宰相张文蔚、杨涉及薛贻矩、苏循、张策、赵光逢等一班大臣，奉玉册传国宝及诸司仪仗法驾，驰往汴梁。温命馆待上源驿，即下令改名为"晃"，取日光普照的意义。四月甲子日，张文蔚等自驿馆入城，登大梁殿廷，殿名"金祥"也是温临时定名。温戴着通天冕，穿着衮龙袍，大摇大摆，从殿后簇拥出来，汴将早鹄立两旁，拱手伺候。张文蔚、苏循奉册以进，由文蔚朗声读册道：

咨尔天下兵马元帅相国总百揆梁王：朕每观上古之书，以尧舜为始者，盖以禅让之典，垂于无穷，故封泰山，禅梁父，略可道者七十二君；则知天下至公，非一姓独有。自古明王圣帝，焦思劳神，惴若纳隍，坐以待旦，莫不居之则兢畏，去之则逸安。且轩辕非不明，放勋非不圣，尚欲游于姑射，体彼大廷，翘乎历数寻终，期运久谢，属于孤茕，统御万方者哉？况自懿祖之后，嬖幸乱朝，祸起有阶，政渐无象，天纲幅裂，海水横流，四纪于兹，群生无庇，洎乎丧乱，谁其底绥？洎于小子，粤以冲年，继兹衰绪，岂兹冲昧，能守洪基？惟王明圣在躬，体于上哲，奋扬神武，戡定区夏，大功二十，光著册书。北越阴山，南逾粤海，东至碣石，西暨流沙，怀生之伦，罔不悦附，翘予寡昧，危而获存。今则上察天文，下观人愿，是土德终极之际，乃金行兆应之辰。十载之间，彗星三见，布新除旧，厥有明征，讴歌所归，属在睿德。今遣持节银紫光禄大夫同中书门下平章事张文蔚等，奉皇帝宝绶，敬逊于位。于戏！天之历数在尔躬，允执厥中，天禄永终，王其祗显大礼，享兹万国，以肃膺天命！

文蔚读毕，将册文交温，再由张策、杨涉、薛贻矩、赵光逢，依次递呈御宝，均由温接受。温遂俨然升座，文蔚等降至殿下，率百官舞蹈称贺。自问有愧心否？

礼毕退班，温休息半日。午后在内殿设宴，遍赐群臣。这殿叫作玄德殿，隐以虞舜自比，引用"玄德升闻"的成语。文蔚等俱蒙赐宴，侍坐两旁。温举箸与语道："朕辅政未久，区区功德，未能遍及人民，今日得居尊位，实皆由诸公推戴，朕未免且感且惭！请诸公畅饮数杯！"何其客气！文蔚等听着此言，离席叩谢，但一时无词可答，也只有噤声不语。独苏循、薛贻矩及刑部尚书张祎，极力献谀，盛称陛下功德巍巍，正宜应天顺人，臣等毫无功力，唯深感陛下鸿恩，誓图后效云云。天良丧尽。温掀髯大笑，开怀痛饮，直至鼍鼓冬冬，方才撤席，大家谢恩而归。

越日大赦改元,国号大梁,废昭宣帝为济阴王。特下一诏令道:

王者受命于天,光宅四海,祗事上帝,宠绥万民。革故鼎新,谅历数而先定,创业垂统,知图箓以无差。神器所归,祥符合应,是以三正互用,五运相生。前朝道消,中原政散,瞻乌莫定,失鹿难追。朕经纬风雷,沐浴霜露,四征七伐,垂三十年,纠合齐盟,翼戴唐室。随山刊木,罔惮朕肱;投袂挥戈,不遑寝处。洎上穹之所赞,知唐运之不兴;莫谐辅汉之文,徒罄事殷之礼。忽比夏禹,忽拟周文,适足令人齿冷!唐主知英华易竭,算祀有终,释龟鼎以如遗,推剑绂而相授。朕惧德勿嗣,执谦允恭,避景命于南河,眷清风于颍水。吾谁欺,欺天乎。而乃列岳群后,盈廷庶官,东西南北之人,斑白缁黄之众,谓朕功盖上下,泽被幽深,宜顺天以应时,俾化家而为国。恐只有寡廉鲜耻等人如是云云。拒彼亿兆,至于再三。史册无闻。且曰七政已齐,万几难旷:勉遵令典,爰正鸿名。告天地神祇,建宗庙社稷。顾惟凉德,曷副乐推,栗若履冰,怀如驭朽。金行启祚,玉历建元。方宏经始之规,宜布维新之令。可改唐天祐四年为开平元年,国号大梁。书载虞宾,斯为令范,《诗》称周客,盖有明文。是用先封,以礼后嗣,宜以曹州济阴之邑奉唐主,封为济阴王。凡百轨仪,并遵故实。姬庭多士,比是殷臣。楚国群材,终为晋用。历观前载,自有通规。但遵故事之文,勿替在公之效。应是唐朝中外文武旧臣,现任前资官爵,一切仍旧。凡百有位,无易厥章,陈力济时,尽瘁事朕。此诏。

嗣是升汴州为开封府,定名东都。旧有唐东都洛阳,改称西都,废京兆府,易名大安府,长安县为大安县。置佑国军节度使,即令前镇国军(治华州)节度使韩建充任。授张文蔚、杨涉为门下侍郎,薛贻矩为中书侍郎,并同平章事。改枢密院为崇政院,命太府卿敬翔为院使。敬翔系梁主温第一功臣,凡一切篡唐谋划,无不与商。所以梁主受禅,仍使他特掌机要。此后军国大事,必经崇政院裁定,然后宣白宰相。宰相非时奏请,皆由崇政院代陈。又特设建昌院,管领国家钱谷,即令养子朱友文知院事。

友文本姓康,名勤,为梁主温所特爱,视同己出,改赐姓名,排入亲子行中。温有七子,长名友裕,次为友珪、友璋、友贞、友雍、友徽、友孜(友孜一作友敬),连友文共称“八儿”。友裕时已逝世,追封“郴王”,友珪为“郢王”,友璋为“福王”,友贞为“均王”,友雍为“贺王”,友徽为“建王”,友文亦受封博王;友孜尚幼,故未得王爵。追尊朱氏四代庙号,高祖黯为“肃祖皇帝”,妣范氏为“宣僖皇后”,曾祖茂琳为“敬祖皇帝”,妣杨氏为“光孝皇后”,祖信为“宪祖皇帝”,妣刘氏为“昭懿皇后”;父诚为“烈祖皇帝”,母王氏为“文惠皇后”。封长兄全昱为“广王”,追封次兄存为“朗王”。全昱子友谅为“衡王”,友能为“惠王”,友海为“邵王”,存子友宁、友伦已死,亦得追封:友宁为“安王”,友伦为“密王”。

温特开家宴,召集诸王宗戚,酣饮宫中。喝到酩酊大醉,尚是余兴未消,顿时取出五色骰子,与族属戏起赌来,一掷千金,呼喝甚豪,几把那皇帝架子,丢抛净尽,依然是个砀山无赖,满口咴咴,醉骂不休。倒是本色。

全昱平时本无心富贵,尝居砀山故里,携杖逍遥。唐廷曾授他为岭南西道(治桂州)节度使,他却不愿赴任,仍旧辞职家居。此次闻温受禅,不得已来至大梁,就是得封王爵,也不过随遇而安,没甚喜欢。难能可贵。及见温使酒狂赌,很觉看不过去,便斜视温面道:“朱阿三,汝本砀山小民,从黄巢为盗,目无法纪。一旦反正归唐,遭逢盛遇,天子用汝为四镇节度使,位极人臣,穷享富贵,也可谓不负汝志,汝奈何起了歹心,竟灭唐家三百年社稷!似此忘恩背义,恐鬼神未必佑汝,我恐朱氏一族,将被汝覆灭了!还赌出什么来!”快人快语。说至此,顺手取过骰盆,将骰子散掷地上。

看官!你想朱温到了此时,叫他如何忍受,不由得奋袂起座,要与全昱拼命。族属慌忙劝解,令全昱退出宫外,温尚恨恨不已,乱呼乱骂,几乎把朱氏祖宗十七八代,也一并挪揄在内。写尽狂奴。经大众劝他返寝,才算免事。全昱竟飘然自去,仍回砀山故里中,芒鞋竹杖,安享清福去了。及温次日起床,细思兄言,恰也有理,便搁过一边,不再提及。全昱竟得享天这且休表。且说唐祚已移，正朔复改，梁廷传诏四方，不准再用前唐年号。各镇多畏梁主势力，不敢抗命，独有四镇未服，仍奉唐正朔，且移檄讨梁，兴复唐室。看官道是哪四镇，就是上文所说的晋、岐、吴、蜀。小子更略述来历如下：

晋，即河东，为沙陀人李克用所据。原姓朱邪，父名赤心，以功任云州刺史，赐姓名李国昌。克用为云中守捉使，擅杀大同防御使段文楚，据住云州，败奔鞑靼。后因黄巢僭乱，入征有功，拜河东节度使，加封晋王。唐亡后不服梁命，仍称天祐四年。

岐，即凤翔，为深州人李茂贞所据。茂贞本姓宋，名文通，讨黄巢有功，改赐姓名，官凤翔节度使，累封至岐王。唐亡后亦不服梁命，仍称天祐四年。

吴，即淮南，为庐州人杨行密所据。行密少为盗，转投军伍，乘乱据庐州，平黄巢余党，得拜淮南节度使，晋封吴王。唐昭宣帝季年，行密殁，子渥嗣职，因见晋、岐不受梁命，亦仍奉唐正朔，称天祐四年。

蜀，即西川，为许州人王建所据。建以盐枭从忠武军（治许州）。入关逐黄巢，得补禁军八都头之一。嗣入蜀并有两川，洊封至蜀王。唐亡后不受梁命，并因天祐为朱氏所改，不应遵名，但称为天复七年。

那时四镇变做四国，与梁分峙中原。晋最强，次为吴、蜀、岐。四国移檄讨梁，梁亦传檄讨四国，这真叫作中原逐鹿了。小子有诗叹道：

> 人心世道已沦亡，
> 元恶公然作帝王。
> 差幸纲常存一线，
> 尚留四镇抗强梁。

欲知四国后事，且看下回续表。

朱温于唐，无甚功绩，第因乘乱崛起，得肆其狡猾凶暴之手段，据唐祚而有之。从前王莽、曹操、司马懿、刘裕诸奸雄，其险恶犹不若温也。当时之献媚贡谀者，不一而足，温自以为一手掩尽天下耳目，庸讵知骨肉宗亲中，独有佼佼如全昱，仗义宣言，足以丧其魂而褫其魄耶！观全昱寥寥数语，使阅者浮一大白。而温敢弑昭宗，弑何太后，弑昭宣帝，独不能戕害一兄。盖义正词严，令彼无从躲闪，即令彼无从下手。而全昱复飘然归里，自适其所，卒得寿终，是亦一武攸绪之流亚欤？安得以为温兄而少之哉？

第四回　康怀贞筑垒围潞州
李存勖督兵破夹寨

却说晋王李克用、岐王李茂贞、吴王杨渥、蜀王王建,有志抗梁,移檄四方,兴复唐室。当时四方各镇号称最大的,为吴越、湖南、荆南、福建、岭南五区。这五区见了檄文,并没有什么响应,转令晋、岐、吴、蜀四国,亦急切未敢发难。究竟这五镇军帅是何等人物,也不得不表明如下。为后文十国伏案。

吴越,系临安人钱镠据守地。镠曾贩盐为盗,改投石镜镇将董昌麾下,以功补都知兵马使。后与昌分据杭越,昌居越州,僭号称帝,镠由杭州发兵斩昌,传首唐廷,唐封镠为越王,继又改封吴王。

湖南,系许州人马殷据守地。殷初为秦宗权党孙儒禆将,儒败死,殷与同党刘建锋走洪州。建锋据湖南,为下所杀,众推殷为帅。殷表闻唐廷,唐乃授殷为淮南节度使。

荆南,系陕州人高季昌据守地。季昌少为汴州富人李让家僮。朱温镇汴,让以入赀见温,温令为义子,易姓名为朱友让。季昌亦因让进见,温与语颇以为能,命让畜为义儿,遂亦冒姓朱氏。后随温攻凤翔有功,得拜宋州刺史,仍复高姓。及温击走赵匡凝兄弟(见前回),遂保奏季昌为荆南留后,唐廷从之。

福建,系光州人王审知据守地。审知兄潮为县吏,因乱从军,略定闽邑,由福建观察使陈岩举荐,得任泉州刺史。岩卒,潮进代岩职,审知亦得官副使。及潮殁,审知继任,寻且升任节度使,加封琅琊王。

岭南,系闽人刘隐据守地。隐祖安仁经商南海,留家居此。父谦为封州刺史,兼贺江镇遏使。谦殁,隐得袭职。岭南节度使徐彦若,表荐隐为节度副使,委以军事。彦若卒,军中推隐为留后,隐表闻唐廷,且纳贿朱温,遂得实授节度使。

看官,你想这五镇中,高季昌为梁主温所拔擢,当然为温效力,刘隐也得温好处,怎肯背梁?吴越、湖南、福建与温素无恶感,乐得袖手旁观。况自温受禅后,格外笼络,加封钱镠为吴越王,马殷为楚王,王审知为闽王,高季昌实授节度使,兼同平章事职衔,刘隐加检校太尉兼侍中,旋且晋封为南平王。这五镇自然岁修朝贡,稽首称臣,哪里还记得唐朝厚恩,愿附入晋、岐、吴、蜀四国,协图兴复呢?富贵误人。

此外尚有河北著名数大镇,唐季尝称雄割据,不奉朝命,至唐室衰亡,各镇非削即弱。成德军(治镇州)节度使王镕为唐累世藩臣,年龄未高,资望最著,向来与河东连和。自朱温得势,会同魏博军攻河东,取得邢、洺、磁三州(见第二回),遂作书招镕,令他绝晋归梁。镕尚犹豫未决,温率军进薄镇州城下,焚去南关,镕乃乞和,愿以子昭祚为质。温带昭祚还汴,妻以爱女,与镕结为儿女亲家,至开平元年,且封镕为赵王。时成德军已倾心归梁了。一镇属梁。

魏博军节度使罗绍威素与梁和,长子廷规娶温女为妇,结为婚姻。温尝替他屠灭悍卒,隐除内患(见前回)。虽费了无数供亿,绍威尝有铸成大错的悔语;但德多怨少,总不肯无故背梁。温即帝位,且进贡魏州良木,为建造宫殿的材料,温赐他宝带名马,作为酬仪,彼此欢洽,不问可知。又一镇属梁。

卢龙军(治幽州)节度使刘仁恭据有幽、沧各州,与魏博不协。曾经温替魏往攻,因仁恭得河东声援,未能得利(见前回)。这一镇是与晋通好,与梁为仇。哪知仁恭骄侈性成,既得击退梁兵,越觉穷奢极欲,恣情淫佚。幽州有大安山,四面悬绝,他偏在山上筑起宫室,备极华丽,采选良家妇女,令他居住,以供游幸。自恐精力不继,镇日里召集方士,共炼丹药,冀得长生,凡百姓所得制钱,勒令缴出,窖藏山中,民间买卖交易,但令用堀土代钱,各处怨声载道,他尚自称得计。平时第一爱妾,为罗氏女,生得杏脸桃腮,千娇百媚,偏为次子守光暗中艳羡,勾搭上手,竟代父荐寝,与罗氏作云雨欢。事为仁恭所闻,立将守光答责百下,逐出幽州。子肯代你效劳,何故黜逐?可巧梁将李思安奉梁主命,领兵来攻幽州,仁恭尚在大安山淫乐自如,守光从外引兵到来,击走梁军,随即遣部将李小喜、元行钦等袭入大安山,把仁恭拘来,幽住别室,自称卢龙节度使。凡父亲罗氏以下,但见得姿色可人,一概取回城中,轮流伴宿,日夕烝淫。舍老得少,想彼时伴宿妇女,应亦赞同。乃兄守文为义昌军(治沧州)节度使,闻父被囚,召集将吏,且泣且语道:"不意我家生此枭獍,我生不如死,誓与诸君往讨此贼!"将吏应诺,守文遂督众至芦台,与守光部兵对仗。战了半日,互有杀伤,两下鸣金收军。越日,守文再进战蓝田,反为守光所败,乃返兵至镇,遣使向契丹乞援。守光恐守文复至,又虑梁兵乘隙来攻,因差人至梁,赍表乞降。梁主温即颁发诏命,授守光为卢龙节度使。想是性情相同,故不暇指斥。于是幽沧一方面,也为朱梁的属镇了。又一镇属梁(此三镇叙笔与前五镇不同,盖前五镇为后文十国伏案,与此三镇互有重轻,故详略互异)。

外此如义武军(治定州)节度使王处直、夏州节度使李思谏、朔方节度使韩逊、匡国军(治同州)节度使冯行袭等,均已臣事朱梁,不生异心(此四镇为唐室旧臣,非由朱梁特授,故亦略表)。所以晋、岐、吴、蜀各檄文,传达远近,终归无效。

蜀王王建,因贻晋王李克用书,请各帝一方。克用覆书答云:"此生誓不失节!"克用生平,功不掩过,唯此一语特见忠诚。王建得书,又延宕数月,毕竟皇帝心热,竟僭号称尊。国号大蜀,改元武成,用王宗佶韦庄为宰相,唐道袭为内枢密使,立子宗懿为皇太子。嗣复自上尊号,称英武睿圣皇帝。岐王李茂贞也想照这般行为,究因地狭兵虚,未敢称帝,但开府置官,所有宫殿号令,略拟帝制罢了。

梁主温最忌晋王,篡位后即遣大将康怀贞,率兵数万,往攻潞州。晋将李嗣昭拒守,怀贞日夕猛攻,竟不能克。乃四面筑垒,成蚰蜓堑(蚰蜓虫名,取以名暂有坚耐意),分兵屯守,为久围计。嗣昭向晋告急。晋王李克用即派周德威为行营都指挥使,率同李嗣本、史建瑭、安元信、李嗣源、安金全等,往援潞州。行至高河,遇着梁将秦武前来拦阻,即麾兵杀去。秦武败走,康怀贞也向梁廷添兵。梁主温恨他无能,另授亳州刺史李思安为潞州行营都统,降怀贞为行营都虞侯。思安领河北兵西行,至潞州城下,更筑重城,内防城中冲突,外拒城中援军,取名叫作夹寨。且调山东人民,馈运军粮,俨然有垒高粮足、虎视眈眈的形势。晋将德威不与力争,但日遣轻骑抄袭,彼出即归,彼归复出,为牵制梁军的计划,思安恐粮车被劫,再从东南出口,筑起甬道,与夹寨相接,免得疏漏。怎奈周德威与部下诸将更番进攻,排墙填堑,时来骚扰,害得梁军日不得安,夜不得眠,只好坚壁不出,与晋军积久相持。李克用却命李存璋等分攻晋州、泾州,使梁军往来援应,东西奔命。梁主温也发河中陕州将士,驰赴行营,厚添兵力,两下里旗鼓相当,誓决雌雄,自梁开平元年秋季开战,直至二年正月,尚未解决。此为梁晋第一次大战争。

李克用因军务倥偬,半年不解,免不得忧劳交集,竟致疽发背中。卧床数日,疽患尤剧,无药可疗,自知病将不起,乃命弟振武军治故单于东都护府。节度使克宁、监军张承业及大将李存璋、吴珙、掌书记吴质等,立长子存勖为嗣。存勖为克用次妻曹氏所出,小名亚子,幼娴骑射,胆力过人,克用早目为奇儿。年十一,随克用立功,献捷唐廷。唐昭宗见他异表,特赏他鹨鶒巵、翡翠盘,且抚背道:"儿有奇姿,他日富贵,毋忘我家!"因此克用益加钟爱,特令袭封。并语克宁等道:"此儿志气远大,必能成我遗志,愿汝等善为教导,我死无恨了!"又召存勖至卧榻前,叮咛嘱咐道:"嗣昭守潞,方困重围,恨我不能亲身往援,恐与他要长别了。我死后,丧葬事了,汝速与德威等竭力救他,勿令陷没为要!"语至此,又令取过平时佩带的箭袋,拔出三矢,分交存勖,交付一支,谆嘱数语:第一矢是教他灭梁,第二矢是教他扫燕,第三矢是教他逐契丹。梁晋世仇，克用不能灭梁，原是一生大恨。燕指刘守光，守光叛晋降梁，也是克用所恨的。契丹酋长耶律阿保机(阿保机一译作按巴坚)曾与克用约为兄弟，及梁主受禅，阿保机与梁通好，自食前言，所以克用也引为恨事。存勖涕泣受命(事见欧阳氏《五代史·伶官列传》)。克用复语克宁道："此后以亚子累汝，汝勿负我!"说到我字，已是忍不住痛苦，一声狂呼，竟尔毕命。享年五十三岁。

存勖号哭擗踊，非常哀恸。克宁等料理丧事，忙乱了好几天。惟克用在日，养子甚多，衣服礼秩，与存勖相等，共有六七人。存勖嗣位，彼等心怀不服，捏造谣言，意图作乱。克宁久握兵权，又为军士所倾向，因此也涉嫌疑。监军张承业本是唐朝宦官，当朱温扈驾入京，与崔胤大杀宦官时(见第二回)，曾令各镇悉诛监军。李克用与承业友善，但杀罪犯一人，充作承业，承业仍监军如故，感克用恩，格外效力，至是代为衔忧。且见存勖久居丧庐，未曾视事，乃排闼入语存勖道："大孝在不坠基业，非寻常哭泣可了。目今汴寇压境，利我凶哀，我又内势未靖，谣言百出，一或摇动，祸变立至，请嗣王墨缞听政，勉持危局，方为尽孝。"存勖才出庐莅事，闻军中私议纷纷，也觉惊心。便邀克宁入室，凄然与语道："儿年尚幼，未通庶政，恐不足上承遗命，弹压各军。叔父勋德俱高，众情推服，且请制置军府，俟儿能成立，再听叔父处分。"克宁慨语道："汝系亡兄家嗣，且有遗命，何人得生异议?"本意却是不错。遂扶存勖出堂，召集军中将士，推戴存勖为晋王，兼河东节度使。克宁首先拜贺。将士等亦不敢不从，相率下拜。惟克用养子李存颢等托疾不至。

至克宁退归私第，存颢独乘夜入谒，用言挑拨道："兄终弟及，也是古今旧事，奈何以叔拜侄呢?"克宁正色道："这是体统所关，怎得顾全私谊?"语未毕，忽屏后有人窃笑道："叔可拜侄，将来侄要杀叔，也只好束手受刃了!"克宁闻声反顾，见有一人出来，原来是妻室孟氏。便道："你如何也来胡说!"孟氏道："天与不取，必且受殃! 你道存勖是好人吗?"存颢得了一个大帮手，复用着一番甜言蜜语，竭力撺掇。说得克宁也觉心动。坏了! 坏了! 便叹息道："名位已定，叫我如何区处?"存颢道："这有何难? 但教杀死张承业、李存璋，便好成功。"克宁道："你且去与密友妥商，再作计较。"

存颢大喜，出与同党计议，决奉克宁为节度使，并执晋王存勖及存勖母曹氏归梁，愿为梁藩。大约是丧心病狂了。都虞侯李存质也是克用养子，时亦在座与议，惟尝与克宁有嫌，议论时不免龃龉。存颢诉知克宁，竟诬称存质罪状，把他杀毙。克宁遂求为云中节度使，且割蔚、应、朔三州为属郡。存勖已是动疑，但表面上尚含糊答应。

既而幸臣史敬镕入见太夫人曹氏，将克宁及存颢等阴谋，详细告闻。曹氏大骇，亟语存勖，存勖召张承业、李存璋入内，涕泣与语道："吾叔欲害我母子，太无叔侄情; 但骨肉不应自相鱼肉，我当退避贤路，少抒内祸。"这是欲擒故纵之言，看官莫被瞒过。承业勃然道："臣受命先王，言犹在耳，存颢等欲举晋降贼，王从何路求生? 若非大义灭亲，恐国亡无日了!"存勖乃与存璋等定谋，伏兵府署，诱克宁、存颢等入宴。才行就座，伏兵遽起，即将克宁、存颢等拿下。存勖流涕责克宁道："儿前曾让位叔父，叔父不取; 今儿已定位，奈何复为此谋，竟欲将我母子执送仇雠，忍心至此，是何道理?"克宁惭伏不能对。存璋等齐呼速诛，存勖乃取出祖父神主，摆起香案，才将克宁枭首，存颢等一并伏诛，令克宁妻孟氏自尽。长舌妇有何善果! 一场内乱，化作冰消。

正拟出救潞州，忽闻唐废帝暴死济阴，料知为朱温所害，遂缟素举哀，声讨朱梁(随笔了过唐昭宣帝)。部众以周德威外握重兵，恐他谋变，且素与嗣昭不睦，未肯出力相援，因怂恿晋王存勖，调回德威。适梁主温自至泽州，黜退李思安，换用刘知俊，另派范君实、刘重霸为先锋，牛存节为抚遏使，驻兵长子。一面派使至潞州，谕令李嗣昭归降。嗣昭焚书斩使，厉兵死守，梁军又复猛扑。流矢中嗣昭足，嗣昭潜自拔去，毫不动容，仍然督兵力拒，因此城中虽已匮乏，兀自支撑得住。

梁主温闻潞州难下，拟即退师，诸将争献议道："李克用已死，周德威且归，潞州孤城无援,指日可下,请陛下暂留旬月,定可破灭潞城。"梁主温勉留数日,恐岐人乘虚来攻,截他后路,乃决自泽州还师,留刘知俊围攻潞州。

周德威由潞还晋,留兵城外,徒步入城,至李克用枢前,伏哭尽哀,然后退见嗣王,谨执臣礼。存勖大喜,遂与商及军情,且述先王遗命,令援潞州。德威且感且泣,固请再往。存勖乃召诸将会议,首先开言道:"潞州为河东藩蔽,若无潞州,便是无河东了。从前朱温所患,只一先王,今闻我少年嗣位,必以为未习戎事,不能出师,我若简练兵甲,倍道兼行,出他不意,掩他无备,以愤卒击惰兵,何忧不胜?解围定霸,便在此一举了!"颇有英雄气象。张承业在旁应声道:"王言甚是,请即起师。"诸将亦同声赞成。

存勖乃大阅士卒,命丁会为都招讨使,偕周德威等先行,自率军继进。到了三垂岗下,距潞州只十余里,天色已暮,存勖命军士少休,偃旗息鼓,衔枚伏着。待至黎明,适值大雾漫天,咫尺不辨,驱军急进,直抵夹寨。梁军毫不设备,刘知俊尚高卧未起,陡闻晋兵杀到,好似迅雷不及掩耳,慌忙披衣跋履,整甲上马,召集将士等,出寨抵御。哪知西北隅已杀入李嗣源,东北隅已杀入周德威,两路敌军手中统执着火具,连烧连杀,吓得梁军东逃西窜,七歪八倒,知俊料不能支,领了败兵数百,拨马先逃。梁招讨使符道昭,情急狂奔,用鞭向马尾乱挥,马反惊倒,把道昭掀落地上。凑巧周德威追到,手起刀落,剁成两段,梁军大溃,将士丧亡逾万,委弃资粮兵械,几如山积。败报到了汴梁,梁主温惊叹道:"生子当如李亚子,克用虽死犹生!若似我诸儿,简直与豚犬一般呢!"似你得有美媳,也足慰你老怀。小子有诗咏道:

> 晋阳一鼓奋雄师,
> 夹寨摧残定霸基。
> 生子当如李亚子,
> 虎儿毕竟扫豚儿。

夹寨已破,周德威至潞州城下,呼李嗣昭开门,偏嗣昭弯弓搭箭,竟欲射死德威。究竟为着何事,容小子下回说明。

唐亡以后,虽有四国反抗朱梁,实则皆纯盗虚声,非真有心兴唐。惟晋王李克用,尤为彼善于此尔,余镇皆利禄熏心,受梁笼络,更不足道。惟唐梁之交,土宇分崩,群雄割据,几如乱猹一般,经作者一一叙清,才觉头头是道,得使阅者爽目。看似容易却艰辛,辛勿轻口滑过,至四国五镇,及关系《五代史》等藩属,俱已交代明白,方折到梁晋交战事。夹寨一役,为梁晋兴亡嚆矢,故叙事从详。至若克用父子,一终一继,亦不肯少略,俱为后文处处伏案。阅者悉心浏览,自知作者苦心,非寻常小说比也。

第五回 策淮南严可求除逆
战蓟北刘守光杀兄

却说周德威至潞州城下，呼李嗣昭开门，且遥语道："先王已薨，今嗣王亲自来援，破贼夹寨，贼兵都遁去了。快开门迎接嗣王！"嗣昭闻言，竟抽矢欲射德威。左右连忙劝阻，嗣昭道："我恐他为贼所得，由贼使他来诳我呢！"左右道："他既说嗣王自来，何不求见嗣王，再作区处。"嗣昭乃答德威道："嗣王既已到此，可否一见？"德威才退告存勖。存勖亲至城下，仰呼嗣昭。嗣昭见存勖素服，不禁大恸起来，军士亦相率泣下。乃下城开门，迎存勖入城。存勖好言慰劳，并述克用遗言，与德威同来援潞。嗣昭因与德威相见，彼此释嫌，欢好如初。

德威请进攻泽州，存勖令与李存璋等偕行。适梁抚遏使牛存节，率兵接应夹寨，至天井关遇见溃兵，才知夹寨被破，且闻晋军有进攻泽州消息，便号令军前道："泽州地据要害，万不可失，虽无诏命，亦当趋救为是！"大众都有惧色，存节又道："见危不救，怎得为义？畏敌先避，怎得为勇？诸君奈何自馁呢！"你从了弑君逆贼，难道可称义勇吗？遂举起马鞭，麾众前进，到了泽州城下，城中人已有变志，经存节入城拒守，众心乃定，周德威等率众到来，围攻至十余日，存节多方抵御，无懈可击。刘知俊又收集溃兵，来援存节，德威乃焚去攻具，退保高平。

晋王存勖亦引兵归晋阳，休兵行赏。命德威为振武军节度使，更兄事张承业，升堂拜母，赐遗甚厚。一面饬州县举贤才，黜贪残，宽租税，抚孤穷，申冤滥，禁奸盗，境内大治。复训练士卒，严定军律，信赏必罚，蔚成强国。潞州经李嗣昭抚治，劝课农桑，宽租缓刑，不到数年，军城完复，依旧变作巨镇。自是与朱梁争衡，成为劲敌了（为后唐灭梁张本）。

梁主温既鸩死唐帝，复因苏循等为唐室旧臣，勒令致仕，共斥去十五人。贡谀何益。张文蔚死，杨涉亦免官，改用吏部侍郎于兢、礼部侍郎张策，同平章事。且因韩建尽忠梁室，亦加他同平章事职衔。越年复迁都洛阳，改称大梁为东都。命养子博王友文留守。会岐、蜀、晋三国，联兵攻梁雍州，为梁将刘知俊所拒，不能得志。三国兵陆续引还，再拟联结淮南，共图大举，偏淮南陡起内乱，也闹出弑逆大事来了。

淮南节度使杨渥，年少袭位，性好游饮，又善击球，居父丧时，尝燃烛十围，与左右击球为乐，一烛费钱数万。或单骑出外，竟日忘归，连帐前亲卒都不知他的去向。左牙指挥使张颢、右牙指挥使徐温，统是行密旧臣，面受遗命，辅渥袭爵。渥尝袭取洪州，掳归镇南节度使钟匡时，镇南军（治洪州）兼有江西地，嗣是骄侈益甚，日夜荒淫，颢与温入内泣谏，渥怒斥道："汝两人谓我不才，何不杀我，好教汝等快心？"自己讨杀，真是奇闻。颢、温失色而出。渥恐两人为变，召入心腹将陈璠、范遇，令掌东院马军，为自卫计。哪知颢、温已窥透渥意，乘渥视事，亲率牙兵数百人，直入庭中。渥不觉惊骇道："汝等果欲杀我吗？"你既怕死，何必讨杀。颢、温齐声道："这却未敢，但大王左右，多年挟权乱政，必须诛死数人，方可定国。"渥尚未及言，颢、温见陈璠、范遇侍侧，立麾军士上前，把璠、遇二人曳下，双刀并举，两首落地，颢、温始降阶认罪，还说是兵谏遗风，非敢无礼。渥亦无可奈何，只好强为含忍，豁免罪名。从此淮南军政，悉归颢、温两人掌握。渥日夜谋去两人，但苦没法。两人亦心不自安，共谋弑渥，分据淮南土地，向梁称臣。计亦太左。颢尤迫不及待，竟遣同党纪祥等，黄夜入渥帐中，拔刃刺渥。渥尚未就寝，惊问何事，纪祥直言不讳，渥且惊且语道："汝等能反杀颢、温，我当尽授刺史。"大众颇愿应允，独纪祥不从，把手中刀砍渥。渥无从闪避，饮刃倒地，尚有余气未尽，又被纪祥用绳缢颈，立刻扼死。当即出帐报颢，颢率兵驰入，从夹道及庭中堂下，令兵站着，露刀以待，然后召入将吏，厉声问道："嗣王暴薨，军府当归何人主持？"大众都不敢对，颢接连问了三次，仍无音响，不由得暴躁起来。忽有幕僚严可求缓步上前，低声与语道："军府至大，四境多虞，非公将何人主持？但今日尚嫌太速。"颢问为何故，可求道："先王旧属，尚有刘威、陶雅、李简、李遇等人，现均在外，公欲自立，彼等肯为公下否？不若暂立幼主，宽假时日，待他一致归公，然后可成此事。"颢听了这番言语，倒也未免心慌，十分怒气，消了九分，反做了默默无言的木偶。可求料他气沮，便麾同列趋出，共至节度使大堂，鹄立以俟，大众也莫名其妙。但见可求趋入旁室，不到半刻，仍复出来，扬声呼道："太夫人有教令，请诸君静听！"说着，即从袖中取出一纸，长跪宣读，诸将亦依次下跪，但听可求朗读道：

先王创业艰难，中道薨逝。嗣王又不幸早逝，次子隆演，依次当立，诸将多先王旧臣，应无负杨氏，善辅导之，予有厚望焉！

读毕乃起，大众亦齐起立道："既有太夫人教令，应该遵从，快迎新王嗣位便了。"张颢此时也已出来，闻可求所读教令，词旨明切，恰也不敢异议。乃由他主张，迎入隆演，奉为淮南留后。看官，你道果真是太夫人教令吗？行密正室史氏本来是没甚练达，不过渥为所出，并系行密元妃，例当奉为太夫人。可求乘乱行权，特从旁室中草草书就，诈称为史氏教令，诸将都被瞒过，连张颢亦疑他是真，未敢作梗。杨氏一脉，赖以不亡。可求诚杨氏功臣。

颢专权如故，默思徐温本是同谋，此次迎立隆演，温却置诸不问，转令自己孤掌难鸣。此中显有可疑情迹，计惟调他出去，免得一患。乃入白隆演，请出温为浙西观察使。可求闻知消息，即潜往说温道："颢令公出就外藩，必把弑君罪状，加入公身，祸且立至了！"温大惊问计，可求道："颢刚愎寡智，可以计诱，公能见听，自当为公设法。"温起谢可求。可求即转说颢道："公与徐温同受顾命，令调温外出，他人都说公夺温卫兵，意图加害，此事真否？"颢惊道："我无此意。"可求道："人言原是可畏，倘温亦从此疑公，号召外兵，入清君侧。公将何法对待呢？"三寸舌确是善掉。颢少断多疑，闻可求言，果将原议取消，乃劝隆演任温如旧。隆演也是个庸柔人物，一一依从。

既而行军副使李承嗣知可求有附温意，暗中告颢。颢夜遣刺客入可求室，阴刺可求，亏得可求眼明手快，用物格刀，讯明来意，刺客谓由颢所遣，可求神色不变，即对刺客道："要死就死，但须我禀辞府主，方可受刃。"刺客允诺，执刀旁立，可求操笔为书，语语激烈，刺客颇识文字，不禁心折，便道："公系长者，我不忍杀公，但须由公略出财帛，以便复命。"可求任他自取，刺客掠得数物，便去覆颢，但说可求已闻风遁去，但俟异日，颢亦只得静待。

可求恐颢再行加害，忙向温告变，力请先发制人，且谓左监门卫将军钟泰章可与共事，温遂使亲将翟虔，邀泰章入室，与谋杀颢。泰章一力担承，归与壮士三十人，商定密谋，刺臂流血，沥酒共饮。翌晨起来，装束停当，直入左牙都堂，正值颢升座视事，被泰章掷刀中脑，顿时倒毙。壮士一齐下手，杀死颢左右数十人。温率右牙兵亲来接应，左牙兵悒不敢动，当由温宣言道："张颢实行弑逆，按律当诛，今已诛死首恶，尚有余党未尽，无论左右牙兵，但能捕除逆党，一概行赏！"左牙兵得此号令，踊跃而出，捕得纪祥等到来，由温命推出市曹，处以极刑。

一面入白史太夫人，史氏惶恐失色，向温泣语道："我儿年幼，不胜重任，今祸变至此，情愿自率家口，返归庐州原籍，请公放我一条生路，也是一种大德呢。"可见她实是无能。温逡巡拜谢道："颢为大逆，不可不诛。温岂敢负先王厚恩，愿太夫人勿再疑温，尽可放心！"史氏方才收泪，温乃趋退。当时淮南人士总道徐温是杨氏忠臣，从前弑渥实未与闻，哪知温与颢实是同谋，不过颢为傀儡，转被温所利用，强中更有强中手，就是这事的注脚哩。总断数语坐实温罪。

温既杀颢，遂得兼任左右牙都指挥使，军府事概令取决。隆演不过备位充数，毫无主意。严可求升任扬州司马，佐温治理军旅，修明纪律。支计官骆知祥由温委任财赋，纲举目张，丝毫不紊。淮南人号为严、骆，很是悦服。温原籍海州，少随杨行密为盗，行密贵显，倚为心腹，至是得握重权,尝语严可求道:"大事已定,我与公等当力行善政,使人解衣安寝,方为尽职。否则与张颢一般,如何安民!"可求当然赞成,举颢所行弊政,尽行革除,立法度,禁强暴,通冤滞,省刑罚,军民大安。不没善政。是善善从长之意。

温乃出镇广陵,大治水师,用养子知诰为楼船副使,防遏昇州。知诰系徐州人,原姓李名昇,幼年丧父,流落濠泗间,行密攻濠州,昇为所掠,年仅八岁,却生得头角峥嵘,状貌魁梧,行密取为养子,偏不为杨渥所容,乃转令拜温为义父,温命名知诰。及长,喜书善射,沈毅有谋,温尝语家人道:"此儿为人中俊杰,将来必远过我儿。"自是益加宠爱,知诰亦事温唯谨。所以温修治战舰,特任知诰为副使,知诰果然称职,经营舟师,整而且严(为南唐开国伏笔,故叙徐知诰较详)。

过了三月,抚州刺史危全讽,联合抚、信、袁、吉各州将吏,进攻洪州。节度使刘威遣使至广陵告急,自与僚佐登城宴饮,佯示从容。全讽疑威有备,不敢轻进,但屯兵象牙潭,派人至湖南乞师。楚王马殷(见第四回)遣指挥使苑玟围高安,遥作声援。会广陵派将周本,率七千人援洪州,倍道疾趋,径抵象牙潭。全讽临溪营栅,绵亘数十里。本隔溪布阵,令羸卒挑战,诱全讽兵追来。全讽轻进寡谋,想打他一个下马威,便倾寨出追,不管好歹,麾众渡溪,甫至半渡,那周本却带领锐卒,前来截击。全讽始知中计,慌忙对仗,奈部众已无行列,东奔西散,只剩得亲卒数百人保住全讽,又被周本兵围住,杀毙无数。好容易冲开一条血路,奔回溪岸,才得登陆,兜头碰着冤家,一声大呼,竟将全讽吓落马下,活活地被他捉去。真不济事。看官道是何人擒住全讽,原来就是周本,他见部兵围住全讽,便觑隙过溪,截他归路,可巧全讽奔回,掩他不备,遂得顺手擒来。复乘胜攻克袁州,获住刺史彭彦章。吉州刺史彭玕率众奔湖南。信州刺史危仔倡单骑奔吴越。湖南将苑玟闻全讽被擒,撤去高安围军,正思引还,偏被淮南大将米志诚杀到,吃了一个败仗,抱头窜归。江西复平,淮南无恙,小子正好续述河北军情。

义昌节度使刘守文,因弟守光囚父不道,发兵声讨,偏偏连战不胜,不得已用着重贿,向契丹借兵(见前回),契丹酋长阿保机发兵万人,并吐谷浑部众数千,来援守文。守文尽发沧、德两州战士,得二万余人,与契丹吐谷浑两军会合,有众四万,出屯蓟州。守光闻守文又至,也将幽州兵士全数发出,亲自督领,与乃兄相见鸡苏,争个你死我活。阵方布定,契丹吐谷浑两路铁骑,分头突入,锐气百倍,守文部下见他来势甚猛,料知抵敌不住,便即倒退。守光也无法禁止,只好随势退下。守文见外兵得胜,也骤马出阵,且驰且呼道:"勿伤我弟!"迂腐之至。语尚未绝,忽听得飕的一声。知是有暗箭射来,急忙勒马一跃,那来箭正不偏不倚,射中马首,马熬痛不住,当然掀翻,守文亦随马倒地,仓促中不知谁人,把他掖起,夹入肘下,疾趋而去,又仔细辨认,才晓得是守光部将元行钦。此时暗暗叫苦,也已无及了。

守光见行钦擒住守文,胆气复豪,又麾兵杀回,沧、德军已失主帅,还有何心恋战,霎时大溃。契丹吐谷浑两路人马,也被牵动,索性各走自己的路,一哄儿都去了。守光命部将押回守文,禁居别室,围以丛棘,更督兵攻沧州。

沧州节度判官吕兖、孙鹤,推立守文子延祚为帅,登陴守御。守光连日猛攻,终不能下,乃堵住粮道,截住樵采,围得他水泄不通,相持到了百日,城中食尽,斗米值钱三万,尚无从得购,人民但食堇泥,驴马互啖骏尾。吕兖拣得羸弱男女,饲以骏面,乃烹割充食,叫作宰杀务,究竟人肉有限,不足饷军,满城枯骨累累,惨无人烟。孙鹤不得已输款守光,拥延祚出降。守光入城,命将沧州将士家属悉数掳回幽州,连延祚亦带了回去,留子继威镇义昌军。派大将张万进、周知裕为辅，鸣鞭奏凯，得意班师。全无人心。且遣使告捷梁廷，并代父乞请致仕。梁主温准如所请，命仁恭为太师，养老幽州。封守光为燕王，兼卢龙、义昌两军节度使。义昌留守刘继威后为张万进所杀，守光亦不能制。惟遣人刺死守文，佯为涕泣，归罪刺客，把他杀死偿命。又大杀沧州将士，族灭吕兖家，仅留孙鹤不杀。兖子琦年十五，被牵出市中，将要处斩。吕氏门客赵玉急至法场大呼道："这是我弟赵琦，误投吕家，幸勿误诛。"监刑官乃命停刑。玉挈琦逃生，琦足痛不能行，由玉负他奔窜，变易姓名，沿途乞食，得转辗至代州。琦痛家门殄灭，刻苦勤学，始得自立。晋王存勖闻琦名，命署代州判官，并旌玉义，赐他金帛。小子有诗叹道：

　　　　幽父杀兄刘守光，

　　　　朔方黑暗任猖狂；

　　　　尚余一个忠诚仆，

　　　　窃负遗孤义独彰。

　　梁主温既得服燕，遂欲乘势并岐，遣大将刘知俊出兵，取得丹、延、鄜、坊四州，不意知俊竟起了变志，叛梁降岐。欲知他叛梁情由，容待下回声明。

　　淮南之乱，首恶为张颢，徐温其从犯也。颢既弑渥，而仍不得逞其志，是由严可求达权之效，迫与温定谋，结钟泰章，手刃逆颢，虽未免存右袒之心，使温得避弑君之罪，然微温不能除颢。颢岂长肯为隆演下乎？然则杨氏之犹得保存，固可求之力居多，本编归功可求，良有以也。刘守光幽父不道，守文乞师外族，幸得少胜，此时苟得捕获守光，虽诛之不为过，乃对众号呼，愿勿伤弟，以丈夫之义愤，忽变而为妇人之仁柔。一何可笑！卒之身为所絷，死逆弟手，天下之愚昧寡识者，无过守文，而守光之形同枭獍，丧尽天良，且自是益著矣。作者叙守光事，略略点染，而恶已尽露，是固有关世道之文，不得以断烂朝报目之。

第六回　刘知俊降岐挫汴将　周德威援赵破梁军

却说梁将刘知俊,曾受梁主温命令,为西路行营都招讨使,防御岐晋。梁佑国军(注见第三回)节度使王重师与知俊友善,尝偕知俊会师幕谷,大破岐兵。梁廷闻捷,更令知俊乘胜进军,连拔丹、延、鄜、坊四州。梁主温即令牛存节为保大军节度使,镇守鄜坊,高万兴为保塞军节度使,镇守丹延,唐曾置保大军于延州,统辖四州,后折为二镇。再命知俊进取邠州。邠州为岐王茂贞养子继徽所据,继徽原姓杨,名崇本,拥兵不多,尚有势力。知俊恐不能拔,托言缺粮,不肯遽进。

梁主温疑有异志,召使还朝。知俊正拟赴洛,忽闻王重师被逮,身诛族灭,另用刘捍为留后,不由得吃一大惊。原来重师镇长安数年,贡奉不时,统军刘捍欲夺重师位置,密向梁主处进谗,但说重师暗通邠、岐,梁主遂召还重师,严刑惩罪,即以刘捍继任。看官,试想此时的刘知俊,能不动了兔死狐悲,鸟尽弓藏的念头吗?接连又得弟知浣密书,教他切勿入朝,入朝必死,他越加恐惧,观望不前。知浣曾任梁廷指挥使,复在梁主前面请,愿自迎乃兄还朝。梁主温不知是假,当即允准,他竟挈领弟侄,同至知俊行营。知俊喜家属生全,遂据了同州,降附岐王茂贞,并阴赂长安诸将,令他执住刘捍,械送凤翔,自率部兵占住潼关。

梁主温再遣近臣招谕知俊,知俊不从,乃削知俊官爵,特派山南东道节度使杨师厚,率同马步军都指挥使刘郡,往讨知俊。郡至关东,得获知俊伏兵,令为前导,乘夜叩关,关吏未曾辨明,立即开门,郡兵一拥而入,害得知俊措手不及,只得弃关西走,挈族奔岐。

岐王茂贞正杀死刘捍,发兵援应知俊,不料知俊仓促前来,不得已好言抚慰,特授中书令。命他往取灵州,俟得地后,即授封镇帅。知俊请得岐兵数千人,克日就道,径至灵州城下,把城池围困起来。梁朔方节度使韩逊飞使告急,梁王温立遣镇国军(唐镇国军治华州,梁迁置陕州,改华州为感化军)节度使康怀贞、感化军(唐称徐州为感化军,梁改置)节度使寇彦卿,会师往援,兼攻邠宁。

怀贞等星夜前进,连下宁、衍二州,直入泾州境内。知俊解围还援,怀贞等亦退兵三水,偏知俊已绕出前面,据险邀击,把怀贞麾下的兵士冲作数段,怀贞仓皇失措,不知所为,亏得左龙骧军使王彦章,持着两大杆铁枪,当先开路,左挑右拨,搠死岐兵数百人,岐兵吓退两旁,剩出一条走路,放过梁军。怀贞方得走脱。偏将李德遇、许从实、王审权等,统皆失散,不知下落。狼狈奔至升平,蓦有大山当道,两面峭壁,只一狭径可通人马,怀贞正在担忧,猛闻一声呼哨,那岐兵从谷中出来,堵住山口,为首一员大将,正是刘知俊,大呼怀贞快来受死。知俊亦颇能军,后被岐用,全是好猜所致。怀贞吓得手足冰冷,顾着王彦章道:"这,这将奈何?"彦章道:"节帅只随我前进。怕他什么?"遂舞动两枪,杀入山口,一杆枪足重百斤,经他两手运动,好似篾片一般。知俊上前拦阻,怎经得彦章神力,战到三五个回合,已杀得汗流浃背,招架不住,慌忙勒马退还,彦章且战且前,怀贞紧紧随后,费了若干气力,才得杀透山谷,麾鞭遁去,手下许多军士,多被岐兵截住,不是杀死,就是受擒,一个都没有生还。独寇彦卿与怀贞分途进兵,闻怀贞败还,急急收军回来,还算不吃大亏。

知俊向岐王献捷,岐王授知俊为彰义节度,镇治泾州。梁主温因怀贞丧师,懊怅了好几日,复接了外镇许多军报,无心批驳,只好敷衍了事。一是夏州节度使李思谏病殁,子彝昌嗣职,为部将高宗益所杀,宗益又经将吏诛死,另推彝昌族叔仁福为帅,表闻梁廷,梁主即刻批准,授仁福为夏州节度使。后来即成为西夏国。一是魏博节度使罗绍威病亡,绍威长子廷规，即梁主女夫，亦早去世，次子周翰在镇，表请袭位，梁主亦批准发行。一是楚王马殷，求给赐号为天策上将军，梁主不觉自忖道："我既封他为王，还要这上将军名号，却是何用？"我亦不解。意欲批斥不准，转思笼络要紧，不如依他所请，免令反侧，乃亦许给名号，令为上将。楚王殷得报大喜，遂借天策上将军名目，开府置官，令弟赉存为左右相，居然也独霸一方了（三处皆用简笔叙过，不涉浪墨）。

忽由成德军节度使赵王王镕报称祖母寿终，乃遣使臣赉赐赙仪，兼令吊问。及使臣回来，谓晋使亦曾与吊，转令梁主温大起疑心，便欲并吞河北，省得为晋爪牙。乃遣供奉官杜廷隐、丁延徽为赵监军，且命他发魏博兵数千，分屯深、冀二州，托词助赵守御，暗中实嘱使袭赵。

赵将石公立方戍深州，急遣白王镕，愿拒绝梁使。镕不肯从，反召公立还镇州。公立出门，指城下涕道："朱氏灭唐社稷，三尺童子，犹知他居心叵测，我王反恃为姻好，令他屯兵，这叫作开门揖盗，眼见得全城为虏了！"至公立已去，梁使杜廷隐等率魏博兵入城，深州人民相率惊骇，奔匿城外，廷隐即将城门关住，尽杀赵戍卒，复照样袭取冀州。

石公立返谒王镕，极言梁人无信，镕尚半信半疑。至深、冀失守消息报入镇州，才令公立再攻深、冀，杜廷隐等已浚濠拒守，严兵以待，那里还能攻入！看官听着，这成德军的管辖地，只有镇、赵、深、冀四州；此时失去一半，教王镕如何不慌？当下四出求援，先遣说客至定州，用了甘言厚币，卖通义武节度使王处直，与约拒梁（王处直见第四回）。再派使至燕晋告急。

燕王刘守光不报，惟晋王李存勖接见赵使，却毫不迟疑，允令出援。晋将多谏阻道："王镕臣事朱温，已有数年，岁输重赂，并结婚姻，此次向我求救，必有诈谋，愿大王勿允彼言！"存勖摇首道："汝等但知其一，不知其二。试想王氏在唐，尚且叛服无常，怎肯长为朱氏臣属？今朱氏出兵掩袭，王镕救死不暇，还顾什么姻好？我若不救，正堕朱氏计中，应急速发兵，会同赵军，共破朱氏，免得他踏平河朔，侵及河东哩！"英断过人。语未毕，定州亦派使到来，谓愿联合镇州，推晋王为盟主，合兵攻梁。存勖允诺，即将两使遣归，命周德威率兵万人，往屯赵州，助镕防守。

梁主温闻晋军援赵，也命王景仁、韩勍、李思安诸将，领兵十万，进逼镇州，直至柏乡。王镕大惧，复遣使向晋乞师。存勖乃亲自出马，留蕃汉副总管李存璋等守晋阳，自率大军东下。王处直亦派兵五千，前来从行。存勖至赵州，与周德威合军，进营野河，与柏乡相隔五里。梁兵坚壁不出，存勖命德威率兵挑战，仍没有一人出来接仗。德威令游骑进薄梁营，痛骂梁军，且发矢射入营帐。恼了梁军副使韩勍，开营逆战，出兵三万，怒马奔来，德威即麾军退回，勍哪里肯舍，分三万人为三队，追击晋军。晋军见梁军盔甲鲜明，光耀夺目，不禁心摇气馁，各有惧容。德威瞧着，便下令道："敌军皆汴州屠贩徒，衣铠虽是鲜明，统是没用，十人不足当汝一人，汝等尽可无虑。且汝等能擒他一卒，便得小富，这是奇货可居，不应坐失哩。"军士得令，方有起色，统回头想与搏斗。德威就分兵两路，攻击梁军两头，左驰右突，出入数四，俘获得百余人。乃且战且行，回至野河，存勖出兵接应，梁兵乃退。

德威既驰入大营，上账献议道："贼势甚锐，宜按兵持重，待他疲敝，方可进攻。"存勖道："我率孤军远来，救人急难，利在速战，奈何按兵持重呢！"德威道："镇定兵只能守城，不能野战，我兵虽能驰骋，但唯旷野间方可冲突，今压贼寨门，无从展技，并且彼众我寡，势不相敌，倘被彼知我虚实，我必危了！"是谓知彼知己。存勖怅然不答，退卧帐中。德威出语张承业道："大王骤胜而骄，不自量力，专务速战，今去贼咫尺，只有一水相隔。彼若造桥迫我，我众恐立尽了，不如退屯高邑，依城自固，一面诱贼离营，彼出我归，彼归我出，再派轻骑掠彼粮饷，不出月余，定可破敌。"仍是从前攻夹寨之计。承业点首，入账语存勖道："这岂大王安枕时吗？周德威老将知兵，言不可忽，愿大王注意！"存勖跃然起床道："我正思德威言，颇有至理。"即出帐召入德威，令拔营徐退，回屯高邑。

嗣获得梁营侦卒，果然王景仁饬兵编筏，拟多造浮桥，以便进兵。存勖始称德威先见，奖劳有加,时已为梁开平四年冬季,两军休兵不战。

　　过了残冬,越年正月,晋军屡出游骑,截敌当牧,凡刍刍饲马诸梁兵,多为所掳,梁兵遂闭门不出,周德威令游骑环噪梁营。梁兵疑有埋伏,愈不敢动,惟挫屋第座席,喂饲战马,马多饿毙。德威见梁兵连日不战,定欲诱他出来,乃与史建瑭、李嗣源两将,带着精骑三千,自往诱敌,驰至梁寨门前,令骑士辱骂梁将,并及梁主,寨门仍寂然无声。再饬骑士下马,席地坐着,信口痛詈,直把那汴梁君臣的丑史,一股脑儿宣扬出来,约骂到一两个时辰,才把寨门骂开,梁兵似潮涌出,当先为梁将李思安,挺枪跃马,引兵前来,周德威忙令骑士上马,与他接战,约略数合,便即引退,一面走,一面追,至野河旁,已有浮桥筑着,晋将李存璋带着镇定兵士,护守浮桥,让过德威等人,方上前拦住梁兵。梁兵横亘数里,竟前夺桥,镇定兵左右抵御,多被梁兵杀退,势将不支,晋王存勗方登高观战,顾语都指挥使李建及道:"贼若过桥,不可复制了。"建及奋然跃出,号召长枪兵二百名,奔助存璋,一当十,十当百,努力向前,竟将梁兵杀退。梁兵稍稍休息,复来夺桥,存璋、建及等仍然死斗,不许越雷池一步,自巳牌杀到未牌,尚是胜负未分。这是梁晋第二次恶战。

　　存勗语德威道:"两军已合,势不相下,我军兴亡,在此一举。我愿为公等先驱,公等继进,定要杀败了他,方泄我恨!"说至此,援辔欲行。德威叩马力谏道:"梁兵甚众,只可计取,不能力胜。彼去营数里,虽带着干粮,也无暇取食,俟战至日暮,饥渴两迫,兵刃外交,士卒劳倦,必有退志,我方出精骑掩击,必得大胜,此时还须静待哩!"存勗乃止。两军尚喊杀连天,奋斗不已。

　　既而夕阳西下,暮色横天,梁兵尚未得食,当然疲乏,渐渐地倒退下去,周德威登高大呼道:"梁兵遁走了!"说着,即麾动锐骑,鼓噪而进,梁兵已无斗志,纷纷逃生。王景仁、韩勍、李思安等,也拍马飞奔,远飏而去。李存璋率兵追击,且令军士齐呼道:"梁人也是吾民,但教解甲投戈,悉令免死!"梁兵闻言,统把甲兵弃去,委地如山。赵军怀着深、冀旧恨,不愿掠取,但操刀追敌,杀一个,好一个,汴梁精兵,斩馘几尽,自野河至柏乡,尸骸枕藉,败旗断戟,沿途皆是。晋军追至柏乡,梁营内已无一人,所弃辎重粮械,不可胜计。凡斩首二万级,获马三千匹,铠甲兵仗七万件,擒梁将陈思权以下二百八十五人。

　　晋王存勗收军屯赵州,拟休息一宵,进攻深、冀。哪知梁使杜廷隐等即弃城遁去,所有二州丁壮,都掳去充作奴婢,老弱坑死。及赵州军入城检视,城中只剩得坏垣碎瓦,一片荒凉了。梁人凶毒一至于此。嗣是镇、定两镇,均与梁绝,改用唐天祐年号。

　　晋王李存勗因魏博军助梁为虐,决计会同镇、定两军,移节攻魏。先颁发一篇檄文,说得堂堂正正,慷慨淋漓。文云:

　　王室遇屯,七庙被陵夷之酷,昊天不吊,万民罹涂炭之灾。必有英主奋庸,忠臣仗顺,斩长鲸而清四海,靖袄祲以泰三灵。予位忝维城,任当分阃,念兹颠覆,讵可宴安!故仗桓文辅合之规,问羿浞凶狂之罪。逆温砀山庸隶,巢孽余凶。当僖宗奔播之初,我太祖(指克用)扫平之际,束身泥首,请命牙门,包藏奸诈之心,惟示妇人之态。我太祖抚怜穷鸟,曲为开怀,特发表章,请帅梁汴,才出葭蒲之泽,便居茅社之尊,殊不感恩,遽行猜忌,我国家祚隆周汉,迹盛伊唐,二十圣之锱基,三百年之文物,外则五侯九伯,内则百辟千官,或代袭簪缨,或门传忠孝,皆遭陷害,永抱沉冤。且镇、定两藩,国家巨镇,冀安民而保族,咸屈节以称藩。逆温惟伏阴谋,专行不义,欲全吞噬,先据属州。赵州特发使车,来求援助。予情惟荡寇,义切亲仁,躬率赋舆,赴兹盟约。贼将王景仁,将兵十万,屯据柏乡,遂驱三镇之师,授以七擒之略。鹈鹕才列,枭獍大奔,易如走阪之丸,势若燎原之火。僵尸仆地,流血成川,组甲雕戈,皆投草莽。谋夫猛将,尽做俘囚。群凶既快于天诛,大憝须垂于鬼箓。今则选搜兵甲,简练车徒,乘胜长驱,翦除元恶。凡尔魏博、邢洺之众,感恩怀义之人,乃祖乃孙,为盛唐赤子,岂徇虎狼之党,遂忘覆载之恩?盖以封豕长蛇,凭陵荐食,无方逃难,遂被胁从。空尝胆以衔冤,竟无门而雪愤。既闻告捷,想所慰怀。今义旅徂征,止于招抚。昔耿纯焚庐而向顺,萧何举族以从军,皆审料兴亡,能图富贵,殊勋茂业,翼子贻孙,转祸见机,决在今日。若能诣辕门而效顺,开城堡以迎降,长官则改补官资,百姓则优加赏赐,所经讹误,更不推穷。三镇诸军,已申严令,不得焚烧庐舍,剽掠马牛,但仰所在生灵,各安耕织。予恭行天罚,罪止元凶,已外归明,一切不问。凡尔士众,咸谅予怀,檄到如律令。末数语,隐然以皇帝自命。

檄文既发,遂令周德威、史建瑭趋魏州,张承业、李存璋趋邢州,自率李嗣源等继进。魏博军师罗周翰急向梁廷乞援,一面出兵五千,堵住石灰窑口。周德威率骑兵掩击,迫入观音门,周翰闭壁自固。晋王存勖亦率军到了魏州,会闻梁主温亲出援魏,屯兵白马坡,遣杨师厚领兵数万,先驱至邢州,存勖拟速拔魏城,再拒梁兵。忽由镇州王镕递到一书,连忙启视,乃是刘守光给予王镕,由王镕转递军前。匆匆一览,禁不住冷笑起来。正是:

狡猾难逃英主鉴,
聪明反被别人欺。

欲知书中所说大略,待看下回表明。

四国抗梁,岐为最弱。所据共二十州,势不足与梁敌。梁将刘知俊率军西进,即夺去丹、延、鄜、坊四州,大局盖岌岌矣。乃天厌朱氏,偏令温猜忌知俊,迫其走险,叛梁降岐。康怀贞为知俊所挫,而梁军始不敢入岐境,是岐之得以保全,知俊之力也。晋王存勖,出军援赵。幸赖周德威之善谋,方得战胜柏乡,歼除大敌。故本回特推美德威,以明其功之所由成。至录入晋王檄文,特为朱氏声明罪恶,而深许晋王之加讨,盖亦一欧阳公之遗意也。

第七回　杀谏臣燕王僭号　却强敌晋将善谋

　　却说燕王刘守光，前次不肯救赵，意欲令两虎相斗，自己做个下庄子。偏晋军大破梁兵，声势甚盛，他亦未免自悔，又想出乘虚袭晋的计策，竟治兵戒严，且贻书镇、定，大略说是两镇联晋，破梁南下，燕有精兵三十万，也愿为诸公前驱，但四镇连兵，必有盟主，敢问当属何人？既欲乘虚袭晋，偏又致书二镇，求为盟主，是明明使晋预防。彼以为智，我笑其愚。王镕得书，因转递存勖。存勖冷笑数声，召语诸将道："赵人尝向燕告急，守光不能发兵相助，今闻我战胜，反自诩兵威，欲来离间三镇，岂不可笑！"诸将齐声道："云、代二州，与燕接境，他若扰我城戍，动摇人情，也是一心腹大患，不若先取守光，然后可专意南讨了。"存勖点头称善，乃下令班师，还至赵州。赵王镕迎谒晋王，大犒将士，且遣养子德明随从晋军。德明原姓张，名文礼，狡猾过人，后来王镕且为所害（事见下文），存勖留周德威等助守赵州，自率大军返晋阳。

　　梁将杨师厚到了邢州，奉梁主温命令，教他留兵屯守。且遣户部尚书李振为魏博节度副使，率兵入魏州。但托言周翰年少，未能拒寇，所以添兵防戍，其实是暗图魏博，阳窥成德。

　　王镕闻报大惊，又致书晋王存勖，相约会议。两王至承天军，握手叙谈，很是亲昵。存祐因镕为父执，称镕为叔。镕以梁寇为忧，面庞上似强作欢笑，不甚开怀。存勖慨然道："朱温恶贯将满，必遭天诛。虽有师厚等助他为恶，将来总要败亡。倘或前来侵犯，仆愿率众援应，请叔父勿忧。"镕始改忧为喜，自捧酒卮，为晋王寿。晋王一饮而尽，也斟酒回敬，镕亦饮毕，又令幼子昭海谒见存勖。昭海年仅四五龄，随父莅会。存勖见他婉变可爱，许妻以女，割襟为盟。彼此欢饮至暮，方各散归。晋赵交好，从此益固。

　　镕返至镇州，正值燕使到来，求尊守光为尚父。镕大起踌躇，只好留入馆中，飞使往报晋王。存勖怒道："是子也配称尚父吗？我正要兴兵问罪，他还敢夜郎自大吗？"遂拟下令出师。诸将入谏道："守光罪大恶极，诚应加讨，但目今我军新归，疮痍未复，不若佯为推尊，令他稔恶速亡，容易下手，大王以为何如？"这便是骄兵计。存勖沉吟半晌，才微笑道："这也使得。"便复报王镕，姑尊他为尚父。镕即遣归燕使，允他所请。义武节度使王处直也依样画着葫芦，与晋赵二镇共推守光为尚父，兼尚书令。

　　守光大喜，复上表梁廷，谓晋赵等一致推戴，惟臣受陛下厚恩，未敢遽受，今请陛下授臣为河北都统，臣愿为陛下扫灭镇、定、河东。两面讨好，恰也心苦。梁主温也笑他狂愚，权令任河北采访使，遣使册命。

　　守光命有司草定仪注，将加尚父尊号。有司取唐册太尉礼仪呈入守光，守光瞧阅一周，便问道："这仪注中，奈何无郊天改元的礼节？"有司答道："尚父乃是人臣，未得行郊天改元礼。"守光大怒，将仪注单掷向地上，且瞋目道："方今天下四分五裂，大称帝，小称王，我拥地三千里，带甲三十万，直做河北天子，何人敢来阻我！尚父微名，我简直不要了！你等快去草定帝制，择日做大燕皇帝！"有司唯唯而退。

　　守光遂自服赭袍，妄作威福，部下稍稍怫意，即捕置狱中，甚至囚入铁笼，外用炭火炽热，令他煨毙，或用铁刷刷面，使无完肤。孙鹤看不过去，时常进谏，且劝守光不应为帝，略谓"河东伺西，契丹伺北，国中公私交困，如何称帝？"守光不听，将佐亦窃窃私语。守光竟命庭中陈列斧锧，悬令示众道："敢谏者斩！"梁使王瞳、史彦章到燕，竟将他拘禁起来。各道使臣，到一个，囚一个，定期八月上旬，即燕帝位。孙鹤复进谏道："沧州一役，臣自分当死，幸蒙大王矜全，得至今日，臣怎敢爱死忘恩！为大王计，目下究不宜称帝！" 与禽兽谈仁义，徒自取死，不得为忠。守光怒道："汝敢违我号令吗？"便令军吏捽鹤伏锧，刲肉以食，鹤大呼道："百日以外，必有急兵！"守光益怒，命用泥土塞住鹤口，寸磔以徇。

越数日即皇帝位，国号"大燕"，改元"应天"。从狱中释出梁使，胁令称臣，即用王瞳为左相，卢龙判官齐涉为右相，史彦章为御史大夫，这消息传到晋阳，晋王存勖大笑道："不出今年，我即当向他问鼎了。"张承业请遣使致贺，令他骄盈不备。存勖乃遣太原少尹李承勋赴燕，用列国聘问礼。守光命以臣礼见，承勋道："我受命唐朝，为太原少尹，燕王岂能臣我？"守光大怒，械系数日，释他出狱，悍然问道："你今愿臣我否？"承勋道："燕王能臣服我主，我方愿称臣，否则要杀就杀，何必多问！"守光怒上加怒，竟命将承勋推出斩首。晋王闻承勋被杀，乃大阅军马，筹备伐燕，外面恰托言南征。

梁主温正改开平五年为乾化元年，大赦天下，封赏功臣，又闻清海军(即岭南)节度使刘隐病卒，也辍朝三日。假惺惺。令隐子岩袭爵，既而连日生病，无心治事，就是刘守光拘住梁使，自称皇帝，也只好听他胡行，不暇过问。

到了七八月间，秋阳甚烈，他闻河南尹张宗奭家园沼甚多，遂带领侍从，竟往宗奭私第。宗奭原名全义，家世濮州，曾从黄巢为盗，充任伪齐吏部尚书。巢败死，全义与同党李罕之分据河阳。罕之贪暴，尝向全义需索，全义积不能平，潜袭罕之。罕之奔晋，乞得晋师，围攻全义。全义大困，忙向汴梁求救。朱温遣将往援，击退罕之，晋军亦引去。全义得受封河南尹，感温厚恩，始终尽力，且素性勤俭，教民耕稼，自己亦得积资巨万。特在私第中筑造会节园，枕山引水，备极雅致，却是一个家内小桃源。朱温篡位，授职如故，全义曲意媚温，乞请改名，温赐名宗奭，屡给优赏。及温到他家避暑，自然格外巴结，殷勤侍奉，凡家中所有妻妾妇女，概令叩见。

温一住数日，病竟好了一大半，食欲大开，色欲复炽，默想全义家眷，多半姿色可人，乐得仗着皇帝威风，召她几个进来，陪伴寂寥。第一次召入全义爱妾两人，迫她同寝，第二次复改召全义女儿，第三次是轮到全义子妇，简直是猪狗不如。妇女们惮他淫威，不敢抗命，只好横陈玉体，由他玷污。甚至全义继妻储氏，已是个半老徐娘，也被他搂住求欢，演了一出高唐梦。张氏妻女何无廉耻。

全义子继祚羞愤交并，取了一把快刀，就夜间奔入园中，往杀朱温，还是他有些志气。偏被全义看见，硬行扯回，且密语道："我前在河阳，为李罕之所围，啖木屑为食，身旁只有一马，拟宰割饲军，正是命在须臾，朝不保暮，亏得梁军到来，救我全家性命，此恩此德，如何忘怀！汝休得妄动，否则我先杀汝！" 不是报恩，直是怕死。继祚乃止。

越宿，已有人传报朱温。温召集从臣，传见全义，全义恐继祚事发，吓得乱抖。妻储氏从旁笑道："如此胆怯，做什么男儿汉？我随同入见，包管无事！"遂与全义同入，见温面带怒容，也竖起柳眉，厉声问道："宗奭一种田叟，守河南三十年，开荒掘土，敛财聚赋，助陛下创业，今年齿衰朽，尚何能为？闻陛下信人谗言，疑及宗奭，究为何意？"特有随身法宝，故敢如此唐突。温被她一驳，说不出什么道理，又恐储氏变脸，将日前暧昧情事和盘托出，反致越传越丑，没奈何假作笑容，劝慰储氏道："我无恶意，幸勿多言！" 好个箝口方法。储氏夫妇乃谢恩趋出，朱温也未免心虚，即令侍从扈跸还都。

忽闻晋、赵将联军南来，又想出些风头，亲至兴安鞠场，传集将吏，躬自教阅，待逐队成军，乃下令亲征。出次卫州，正在就食，又有人来报道："晋军已出井陉了。"当下匆匆食毕，即拔寨北趋，兼程至相州，始接侦骑实报，晋军尚未南来，乃停兵不进，已而移军洹水，又得边吏奏报，晋、赵兵已经出境，累得梁主温坐食不安，急引军往魏县。军中时有谣传，一日早起，不知从何处得着风声，哗言沙陀骑兵，杂沓前来，顿时全营大乱，你逃我散。梁主命严刑禁遏，尚不能止。嗣探得数十里间，并无敌骑，军心才定。

梁主温疾已经年，只因夹寨、柏乡两次失利，不得不力疾北行，勉图报复。谁知又着了晋王声东击西的诡计，徒落得奔波跋涉，冒犯风霜，还是幸免，否则军志浮嚣，宁能不败？他不禁躁忿异常，所有功臣宿将，略犯过误，不是诛戮，就是斥逐，因此众心益惧，日夕恟恟。待了一月有余，仍不见有一个敌兵，乃南还怀州。怀州刺史段明远出城迎谒，很是恭谨。梁主入城，供馈甚盛。明远有一妹子，豆蔻年华，芙蓉脸面，蓦被梁主温瞧着，问明明远，硬索侍寝。明远无可奈何，便令妹子盛饰入谒，亲承雨露。少妇嫁老夫，恐非段妹所愿。春风一度，深惬皇心，即面封段妹为美人，挈归洛阳。怎奈年周花甲，禁不住途中辛苦，并因色欲过度，精力愈衰，还洛后旧病复发，服过了无数参茸，才得起床。可巧前使史彦章回来，替刘守光代乞援师。梁主温怒道：“汝已臣事守光，尚敢来见朕吗？”彦章伏奏道：“臣怎敢负恩事燕。只因晋赵各镇，推尊守光，嗾他背叛陛下，出来当冲，他却以渔人自居，稳收厚利。臣与王瞳暂时居燕，力劝守光勿负陛下，守光因复与各镇绝交，为陛下往攻易、定。定州王处直向晋、赵乞得援兵，夹攻幽州，幽州危急万分，若陛下坐视不救，恐河朔终非梁有了！”这一番花言巧语，又把梁主温的怒气平了下去。彦章又特随来的燕使召入见温，呈上守光表文，中多悔过乞怜等语，惹动梁主雄心，许出援师，遂又督兵亲出。

到了白马顿，从官多不愿随行，勉强趱程，有三人剩落后面，一是左散骑常侍孙，一是右谏议大夫张衍，一是兵部郎中张俊，都至隔宿才到。梁主温恨他后至，一并处斩，行至怀州，段明远供张极盛，比前次还要华膴。此次变作国舅，应该比前巴结。梁主大喜，厚加赏赐，且改令明远名凝，及进次魏州，决议攻赵以纾燕难，乃命杨师厚为都招讨使，李周彝为副使，率三万人围枣强县，贺德伦为招讨接应使，袁象先为副使，也率三万人围蓨县。

两路兵马，同时发出，梁主温安居行幄，专候捷音。突有哨卒踉跄奔入，大声奏报道：“晋兵来了！”梁主温仓皇失措，忙出帐骑了御马，只带亲兵数百名，奔往杨师厚军前。看官！你道晋军有否到来？原来并不是晋军，乃是赵将符习，引数百骑逻侦消息，梁兵误作晋军，竟弃幄远飏，眼见得军心不固，便是败象哩。

杨师厚到了枣强，督兵急攻。枣强城小而坚，赵人用精兵守住，很是坚忍，任他如何攻扑，死战不退。一攻数日，城墙屡坏屡修，内外死伤，约以万计，既而城中矢石将竭，共议出降，有一卒愤然道：“贼自柏乡战败，恨我赵人切骨，今若往降，徒自取死，我愿独入虎口，杀他一二员大将，或得使他解围，也未可知。”遂乘夜缒城而下，径至梁营诈降。李周彝召他入账，问及城中情形，赵卒答道：“城中粮械尚多，足有半月可持，但军使既收录微材，乞赐一剑，效死先登，愿取守城将首。”周彝恰还小心，不肯给剑，止令荷担从军，赵卒觑得间隙，竟举担击周彝首，周彝呼痛蹃地。左右急救周彝，立将赵卒砍死。赵卒颇有忠胆，可惜史册中不留姓名。梁主温闻报大怒，限令三日取城。师厚亲冒矢石，昼夜猛攻，越二日，得陷。入城中，不问老幼，一概骈戮，可怜这枣强城中，变做了一座血污城。极写梁主暴虐。

那贺德伦等进攻蓨县，蓨县为赵州属地，相距不远。赵州本由晋将周德威驻扎，后来调镇振武军（注见前），仅留李存审、史建瑭、李嗣肱等戍守，既得蓨县急报，当由存审主议，与建瑭、嗣肱熟商道：“我王方有事幽蓟，无暇到此，南方军事，委任我等数人，今蓨县告急，我等怎能坐视？况贼得蓨县，必西侵深、冀，为患益深。我当与公等别出奇谋，使贼自遁。”建瑭、嗣肱齐声道：“果有奇计，愿听指挥！”存审乃引兵趋下博桥，令建瑭、嗣肱分道巡逻，遇有梁卒刍牧，立刻擒来。自分麾下为五队，统令衔枚疾走，沿途遇着梁兵，无论为侦探、为樵采，一概捕住，带回下博桥。建瑭、嗣肱也有一二百人捉回，存审命一一杀死，只留活数人，断去一臂，纵使还报道：“汝等为我转达朱公，晋王大军已到，叫他前来受死！”断臂兵奔回梁营，当然依言禀报。适值梁主温引杨师厚兵，自就贺德伦营，助攻蓨县，听着断臂兵报语，恰也惊心，即与德伦分驻营寨，相隔里许。德伦也很是戒备，派兵四巡，慎防不测。不意到了日暮，营门外忽然火起，烟雾冲霄，接连是噪声大作，箭镞齐来。德伦忙命亲卒把守营门，严禁各军妄动。外面却乱了一两个时辰，待至天色昏黑，方闻散去。当由德伦检查军士，又失了一二百名，或说是变起本军，究竟不知真伪。偏是梁主营前，又有断臂兵突入，大呼晋军大至，贺军使营已陷没了。梁主温惊愕异常，立命毁去营寨，乘夜遁走。天昏不辨南北，竟至失道，委曲行二三百里，始抵贝州。如此胆小，何必夸语亲征？

德伦闻梁主遁还，也即退军。再遣侦骑探明虚实，返入梁营，报称晋军实未大出，不过令先锋游骑先来示威。德伦听着，虽带着三分惭色，尚得谓梁主先遁，聊自解嘲。只梁主闻知，叫他如何忍受，且忧且恚，病又增剧，不得已养疾贝州，令各军陆续退归。

当时晋军计却大敌，欢声雷动，统称存审善谋。小子把存审计画，上文第叙明一半，还有一半详情，应该补叙。存审闻梁主自至，与德伦分营驻扎，已知梁主堕入计中。再将前时俘斩的梁卒，从尸身上剥下衣服，令游骑穿着，伪充梁兵，三三五五，混至德伦营前。德伦虽有巡兵四察，还道是本营士卒，不加查问。那伪充梁兵的晋军，遂就梁营前放火射箭，喊杀连天，乘间捕得几十个梁兵，依着存审密计，把他截臂纵去，令他往吓梁主。梁主被他一吓，果然远遁，连德伦也立足不住，拔营退去。经此一段说明，方知前文笔法之妙。仅仅几百个晋军，吓退了七八万梁兵，这都是李存审的妙计。小子有诗咏存审道：

> 疆场决胜在多谋，
> 用力何如用智优。
> 任尔貔貅七八万，
> 尚输良将帷中筹。

梁主温一病兼旬，好容易得有起色，复自贝州至魏州。博王友文，自东都过觐，请驾还都，梁主温乃启程南归。欲知后事，且阅下回。

刘守光一骇竖耳，如尚父皇帝之尊卑，尚不能辨，顾欲侈然称帝，凌压各镇，何不自量力若此！况前幽父，继杀兄，后且淫刑求逞，妄戮谏臣，天下有如此狂骏，而能不危且亡者，未之闻也。若梁主温之老奸巨猾，较守光固胜一筹；但暴虐不亚守光，淫恶比守光为尤甚。夹寨破，柏乡败，乃欲亲出报怨，两次督师，未遇敌而先怯，是正天夺之魄，阴促老奸之寿算耳。此而不悟，愈老愈虐，愈虐愈淫，几何而不受刲刃之惨也？善恶到头终有报，只争来早与来迟，斯言虽俚，亶其然乎！

第八回　父子聚麀惨遭刌刃
君臣讨逆谋定锄凶

却说梁主温还至洛阳，病体少愈，适博王友文新创食殿，献入内宴钱三千贯，银器一千五百两，乃即就食殿开宴，召宰相及文武从官等侍宴。酒酣兴发，遽欲泛舟九曲池，池不甚深，舟又甚大，本来是没甚危险，不料荡入池心，陡遇一阵怪风，竟将御舟吹覆。梁主温堕入池中，幸亏侍从竭力捞救，方免溺死。别乘小舟抵岸，累得拖泥带水，惊悸不堪。不若此时溺死，尚免一刀之惨。

时方初夏，天气温和，急忙换了龙袍，还入大内，嗣是心疾愈甚，夜间屡不能眠，常令妃嫔宫女通宵陪着，尚觉惊魂不定，痞瘵彷徨。那燕王刘守光屡陈败报，一再乞援，梁主病不能兴，召语近臣道："我经营天下三十年，不意太原余孽，猖獗至此，我观他志不在小，必为我患，天又欲夺我余年，我若一死，诸儿均不足与敌，恐我且死无葬地了！"语至此，哽咽数声，竟至晕去。近臣急忙呼救，才得复苏。只怕晋王，谁知祸不在晋，反在萧墙之内。嗣是奄卧床褥，常不视朝，内政且病不能理，外事更无暇过问了。

是年岐、蜀失和，屡有战争。蜀主王建曾将爱女普慈公主许嫁岐王从子李继崇，岐王因戚谊相关，屡遣人至蜀求货币，蜀主无不照给。寻又求巴、剑二州，蜀主王建怒道："我待遇茂贞，也算情义兼尽，奈何求货不足，又来求地，我若割地界彼，便是弃民。宁可多给货物，不能割地。"乃复发丝茶布帛七万，交来使带还。赔贴妆奁，确是不少。奈彼尚贪心未餍何？茂贞因求地不与，屡向继崇说及，有不平意。继崇本嗜酒使气，伉俪间常有违言，至是益致反目。普慈公主潜遣宦官宋光嗣，用绢书禀报蜀主，求归成都。蜀主王建遂召公主归宁，留住不遣，且用宋光嗣为阁门南院使。

岐王大怒，即与蜀绝好，遣兵攻蜀兴元，为蜀将唐道袭击退。岐王复使彰义节度使刘知俊及从子李继崇，发大兵攻蜀。蜀命王宗侃为北路行营都统，出兵掖战，被知俊等杀败，奔安远军。安远军为兴元城西县号，障蔽兴元。知俊等进兵围攻，经蜀主倾国来援，大破岐兵，知俊等狼狈走还，后来知俊为岐将所谮，兵权被夺，举族寓秦州。越三年，秦州为蜀所夺，知俊因妻孥被掳，又背岐投蜀去了。后文慢表。

且说梁主温连年抱病，时发时止，年龄已逾花甲，只一片好色心肠，到老不衰，自从张妃谢世，篡唐登基，始终不立皇后，昭仪陈氏、昭容李氏，起初统以美色得幸，渐渐的色衰爱弛，废置冷宫（应第二回）。陈氏愿度为尼，出居宋州佛寺，李氏抑郁而终，此外后宫妃嫔，随时选入，并不是没有丽容，怎奈梁主喜新厌故，今日爱这个，明日爱那个，多多益善，博采兼收，甚至儿媳有色，亦征令入侍，与她苟合，居然做个扒灰老。博王友文颇有材艺，虽是梁主温假子，却很是怜爱，比亲儿还要优待，梁主迁洛，留友文守汴梁（见第五回），历年不迁，惟友文妻王氏，生得一貌似花，为假翁所涎羡，便借着侍疾为名，召她至洛，留陪枕席，王氏并不推辞，反曲意奉承，备极缱绻，但只有一种交换条件，迫令假翁承认，看官道是何事？乃是梁室江山，将来须传位友文。还记得乃夫吗？梁主温既爱友文，复爱王氏，自然应允。偏暗中有一反对的雌儿，与王氏势不两立，竟存一个你死我活的意见。这人为谁？乃是友珪妻室张氏。张氏姿色，恰也妖艳，但略逊王氏一等，王氏未曾入侍，她已得乃翁专宠，及王氏应召进来，乃翁爱情，一大半移至王氏身上，渐把张氏冷淡下去，张氏含酸吃醋，很是不平，因此买通宫女，专伺王氏隐情。

一日合当有事，梁主温屏去左右，专召王氏入室，与她密语道："我病已深，恐终不起，明

三三

日汝往东都，召友文来，我当嘱咐后事，免得延误。"为了肉欲起见，遂拟把帝位传与假子，扒灰老也不值得。王氏大喜，即出整行装，越日登程。这个消息，竟有人瞧透机关，报与张氏，张氏即转告友珪，且语且泣道："官家将传国宝付与王氏，怀往东都，俟彼夫妇得志，我等统要就死了！"友珪闻言，也惊得目瞪口呆，嗣见爱妻哭泣不休，不由得泪下两行。

正在没法摆布，突有一人插口道，"欲要求生，须早用计，难道相对涕泣，便好没事吗？"友珪愕然惊顾，乃是仆夫冯廷谔，便把他呆视片刻，方扯他到了别室，谈了许多密语。忽由崇政院遣来诏使已入大厅，他方闻信出来接受诏旨，才知被出为莱州刺史，他愈加惊愕，勉强按定了神，送还诏使，复入语廷谔，廷谔道："近来左迁官吏，多半被诛，事已万急，不行大事，死在目前了！"

友珪乃易服微行，潜至左龙虎军营，与统军韩勍密商，勍见功臣宿将往往诛死，心中正不自安，便愤然道："郴王（指友裕）早薨，大王依次当立，奈何反欲传与养子？主上老悖淫昏，有此妄想，大王诚宜早图为是！"又是一个薪上添火。遂派牙兵五百人，随从友珪，杂入控鹤士中（唐已有控鹤监，系是值宿禁中），混入禁门，分头埋伏，待至夜静更深，方斩关突入，竟至梁主温寝室，哗噪起来。侍从诸人四处逃避，单剩了一个老头儿，揭帐启视，披衣急起，怒视友珪道："我原疑此逆贼，悔不早日杀却！逆贼逆贼！汝忍心害父，天地岂肯容汝吗？"友珪亦瞋目道："老贼当碎尸万段！"臣忍杀君，子亦何妨弑父。惜友珪凶莽，未能反唇相讥！冯廷谔即拔剑上前，直迫朱温，温绕柱而走，剑中柱三次，都被温闪过，奈温是有病在身，更兼老惫，三次绕柱，眼目昏花，一阵头晕，倒翻床上，廷谔抢步急进，刺入温腹，一声狂叫，呜呼哀哉！年六十一岁。

友珪见他肠胃皆出，血流满床，即命将裀褥裹尸，瘗诸床下。秘不发丧，立派供奉官丁昭溥，赍着伪诏，驰往东都，令东都马步军都指挥使均王友贞，速诛友文。友贞不知是假，即诱入友文，把他杀死。友文妻王氏，未曾登途，已被友珪派人捕戮，一面宣布伪诏道：

朕艰难创业，逾三十年，托于人上，忽焉六载，中外协力，期于小康。岂意友文阴蓄异图，将行大逆，昨二日夜间，甲士突入大内，赖郢王友珪忠孝，领兵剿戮，保全朕躬。然疾因震惊，弥致危殆。友珪克平凶逆，厥功靡伦，宜令权主军国重事，再听后命。

越二日，丁昭溥自东都驰还，报称友文已诛，喜得友珪心花怒开，弹冠登极，再下一道矫诏，托称乃父遗制，传位次子，乃将遗骸草草棺殓，准备发丧，自己即位枢前，特授韩勍为侍卫诸军使，值宿宫中，勍劝友珪多出金帛，遍赐诸军，取悦士心，诸军得了厚赉，也乐得取养妻孥，束手旁观。

惟内廷被他笼络，外镇却不受羁縻。匡国军闻知内乱，都向节度使告变，时值韩建调任镇帅，置之不理，竟为军士所害（此匡国军为陈许军号，与唐时之同州有别）。杨师厚留戍邢魏也乘隙驰入魏州，驱逐罗周翰，据位视事。友珪惧师厚势盛，只好将周翰徙镇宣义（注见第二回），特任师厚为天雄军节度使（天雄军就是魏博，唐时旧有此号，屡废屡行，梁尝称魏博为天雄军，小子因前文未详，故特别表明）。护国军（治河中）节度使朱友谦，少时为石壕间大盗，原名只一简字，后来归附朱温，因与温同姓，愿附子列，改名友谦，温篡位后命镇河中，加封冀王。他闻洛阳告哀，已知有异，泣对群下道："先帝勤苦数十年，得此基业，前日变起宫掖，传闻甚恶，我备位藩镇，未能入扫逆氛，岂不是一大恨事！"道言未绝，又有洛使到来，加他为侍中中书令，并征他入朝，友谦语来使道："先帝晏驾，现在何人嗣立？我正要前问罪，还待征召吗？"

来使返报友珪，友珪即遣韩勍等往击河中。友谦举河中降晋，向晋乞援。晋王李存勖统兵赴急，大破梁军，勍等走还。看官听着！这朱友珪的生母，本是亳州一个营娼，从前朱温镇守宣武（见第一回），略地宋亳，与该娼野合生男，取名友珪，排行第二，弟兄多瞧他不起。况又加刃乃父，敢行大逆，岂诿罪友文，凭空诬陷，就可瞒尽耳目，长享富贵吗？至理名言。

糊糊涂涂地过了半年，已是梁乾化三年元旦，友珪居然朝享太庙，返受群臣朝贺。越日祀圜丘，大赦天下，改元凤历。均王友贞已代友文职任，做了东都留守，至是复加官检校司徒，令驸马都尉赵岩赍敕至东都，友贞与岩私宴，密语岩道："君与我系郎舅至亲，不妨直告，先帝升遐，外间啧有烦言，君在内廷供职，见闻较确，究竟事变如何？"岩流涕道："大王不言，也当直陈。首恶实嗣君一人，内臣无力讨罪，全仗外镇为力了。"友贞道："我早有此意，但患不得臂助，奈何？"岩答道："今日拥强兵，握大权，莫如魏州杨令公，近又加任都招讨使，但能得他一言，晓谕内外军士，事可立办了。"友贞道："此计甚妙。"

待至宴毕，即遣心腹将马慎驰至魏州，入见杨师厚，并传语道："郢王弑逆，天下共知，众望共属大梁，公若乘机起义，帮立大功，这正所谓千载一时呢！"师厚尚在迟疑，慎又述均王言，谓事成以后，当更给犒军钱五十万缗。师厚乃召集将佐，向众质问道："方郢王弑逆时，我不能入都讨罪，今君臣名分已定，无故改图，果可行得否？"众尚未答，有一将应声道："郢王亲弑君父，便是乱贼。均王兴兵复仇，便是忠义。奉义讨贼，怎得认为君臣？若一旦均王破贼，敢问公将如何自处哩？"这人不知谁氏，也惜姓名不传。师厚惊起道："我几误事，幸得良言提醒，我当为讨贼先驱哩！"遂与马慎说明，令归白均王，伫候好音，自派将校王舜贤潜诣洛阳，与龙虎统军袁象先定谋，复遣都虞侯朱汉宾屯兵滑州，作为外应。舜贤至洛，可巧赵岩亦自汴梁回来，至象先处会商，岩为梁主温婿，象先为梁主温甥，当然有报仇意，妥商大计，密报梁魏。

先是怀州龙骧军（系梁主温从前随军）三千，推指挥刘重霸为首，声言讨逆，据住怀州，友珪命将剿治，经年未平，汴梁戍卒，亦有龙骧军参入，友珪也召令入都。均王友贞也遣人激众道："天子因龙骧军尝叛怀州，所以疑及尔等，一概召还，尔等一至洛下，恐将悉数坑死。均王处已有密诏，因不忍尔等骈诛，特先布闻。"戍卒闻言，统至均王府前，环跪呼吁，乞指生路。友贞已预书伪诏，令他遍阅，随即流涕与语道："先帝与尔等经营社稷，共历三十余年，千征万战，始有今日。今先帝尚落人奸计，尔等从何处逃生呢？"说至此，引士卒入府厅，令仰视壁间悬像。大众望将过去，乃是梁主温遗容，都跪伏厅前，且拜且泣。友贞亦唏嘘道："郢王贼害君父，违天逆地，复欲屠灭亲军，残忍已极，尔等能自趋洛阳，擒取逆竖，告谢先帝，尚可转祸为福呢！"

大众齐声应诺，惟乞给兵械，以便趋洛。友贞即令左右颁发兵器，令士卒起来，每人各给一械，大众无不踊跃，争呼友贞为万岁，各持械而去。此计想由赵岩等指授。

友贞遣使飞报赵岩等人，赵岩、袁象先夜开城门，放诸军入都，一面贿通禁卒千人，共入宫城，友珪仓促闻变，慌忙挈妻张氏及冯廷谔并趋北垣楼下，拟越城逃生。偏后面追兵大至，喧呼杀贼。自知不能脱走，乃令廷谔先杀妻，后杀自己。廷谔亦自刭。都中各军，乘势大掠，百官逃散。中书侍郎同平章事杜晓、侍讲学士李珽，均为乱兵所杀，门下侍郎同平章事于兢、宣政院使李振（代敬翔）被伤。骚扰了一日余，至暮乃定。

袁象先取得传国宝，派赵岩持诣汴梁，迎接均王友贞。友贞道："大梁系国家创业地，何必定往洛阳。公等如果同心推戴，就在东都受册，俟乱贼尽除，往谒洛阳陵庙便了。"岩返告百官，百官都无异辞。乃由均王友贞即位东都，削去凤历年号，仍称乾化三年，追尊父温为"太祖神武元圣孝皇帝"，母张氏为"元贞皇太后"，给还友文官爵，废友珪为庶人，颁诏四方道：

我国家赏功罚罪，必协朝章，报德申冤，敢欺天道？苟显违于法制，虽暂滞于岁时，终振大纲，须归至理。重念太祖皇帝尝开霸府，有事四方，迨建皇朝，载迁都邑，每以主留重务，居守需才，慎择亲贤，方膺寄任。故博王友文，才兼文武，识达古今，俾分忧于在浚之郊，亦共理于兴王之地，一心无易，二纪于兹，尝施惠于士民，实有劳于家国。去岁郢王友珪，尝怀逆节，已露凶锋，将不利于君亲，欲窃窥夫神器，此际值先皇寝疾，大渐日臻，博王乃密上封章，请严宫禁。因以莱州刺史授于郢王，友珪才睹宣纶，俄行大逆，岂有自纵兵于内殿，翻诬罪于东都？伪造诏书，枉加刑戮，且夺博王封爵，又改姓名，冤耻两深，欺罔何极！伏赖上穹垂祐，宗社降灵，俾中外以叶谋，致遐迩之共怒。寻平内难，获诛元凶，既雪耻于同天，且免讥于共国，朕方期遁世，敢窃临人？遽迫推崇，爰膺缵嗣。冤愤既伸于幽显，霈泽宜及于下泉。博王宜复官爵，仍令有司择日归葬。友珪凶恶滔天，神人共弃，生前敢为大逆，死后且有余辜，例应废为庶人，以昭炯戒。特此布敕，俾远近闻知。

此诏下后，又改名为"锽"，进天雄军节度使杨师厚为检校太师，兼中书令，加封邺王。西京左龙虎统军袁象先为检校太保同平章事，加封开国公。这两人最为出力，所以封爵最优。余如赵岩以下，各升官晋爵有差。又遣使招抚朱友谦。友谦仍复归藩，称梁年号。唯对晋仍然未绝，算是一个骑墙派人物。梁廷至此，才得苟安。越二年始改元"贞明"，梁主友贞又改名为"瑱"。小子有诗叹道：

> 多行不义必遭殃，
> 稽古无如鉴后梁。
> 乃父淫凶子更恶，
> 屠肠截脰有谁伤？

梁室初定，晋已灭燕，欲知燕亡情形，且至下回再叙。

　　淫恶如朱温，宜有刃刃之祸，但为其子友珪所弑，岂彼苍故演奇剧，特假手友珪，以示恶报之巧乎！温为臣弑君，友珪为子弑父，有是父乃有是子，果报固不爽也。惟友珪弑逆不道，尚得窃位半年，杨帅厚兼雄镇，擅劲兵，未闻首先倡义，乃迫于均王之一激，部将之一言，始幡然变计，盖当时礼教衰微，几视篡弑为常事。非有大声疾呼者，唤醒其旁，几何不胥天下为禽兽也！然淫恶者终遭子祸，凶逆者卒受身诛。苍苍者天，岂真长此晦盲乎？

　　老氏谓天地不仁，夫岂其然！

第九回　失燕土伪帝作囚奴
平宣州徐氏专政柄

却说刘守光僭称帝号,遂欲并吞邻镇,拟攻易定。参军冯道(系景城人,长乐老出身,应该略详)面谏守光,劝阻行军。守光不从,反将道拘系狱中。道素性和平,能得人欢,所以燕人闻他下狱,都代为救解,幸得释出。道料守光必亡,举家潜遁,奔入晋阳,晋王李存勖令掌书记,且问及燕事,得知虚实。

正拟发兵攻燕,可巧王处直派使乞援,遂遣振武节度使周德威,领兵三万,往救定州。德威东出飞狐,与赵将王德明、义武(即定州,见前)将程严会师易水,同攻岐沟关。一鼓即下,进围涿州。刺史刘知温令偏将刘守奇拒守。守奇有门客刘去非,大呼城下道:"河东兵为父讨贼,干汝甚事,乃出力固守呢?"守兵被他一呼,各无斗志,多半逃去。知温料不能守,开门迎降。守奇奔梁,得任博州刺史。晋将周德威即率众抵幽州城下,另派神将李存晖等往攻瓦桥关。守关将吏及莫州刺史李严皆降。守光连接败报,惊惶得了不得,卑辞厚币,向梁求援。梁主温督兵攻赵,为晋将李存审所却(见第七回。本段是回溯文字)。幽州失一大援,益觉孤危,只好誓死坚守。

晋将周德威因幽州城大且固,兵不敷用,再向晋阳济师。晋王李存勖便调李存审援应,带领吐谷浑、契苾两部番兵,往会德威。德威已得增兵,即四面筑垒,为围攻计,守光益惧。

燕将单廷珪素号骁勇,独请出战。守光乃拨精兵万人,令他开城逆击。廷珪披甲上马,扬鞭出城,一声狂呼,万人随进,左冲右突,恰是有些利害。晋军拦阻不住,退至龙头冈。冈峦高出云表,势颇险峻,周德威倚冈立寨,据险自固,猛见单廷珪跃马前来,势甚凶猛,即令部将排定阵势,自己登冈指挥,准备对敌。廷珪遥见德威,便顾左右道:"今日必擒周阳五以献(阳五系德威小字)!"大言何益?说毕,持着一枝长枪,当先突阵,枪锋所至,无人不靡。晋军三进三却,由廷珪冲过阵后,一人一骑,不管什么死活,竟上冈去捉德威。德威究是老将,没甚慌忙,但佯作胆怯状,回马急走,跑上峰峦。廷珪也跃马追上,觑着德威背后,一枪刺去,正道是洞穿胸腹,哪知德威早已防着,闪过一旁,让开枪头,右手恰掣出铁挝,向廷珪马头猛击。马忍痛不住,滚了下去,冈峦本是不平,这一滚约有数丈。任你廷珪如何骁悍,也是约束不住,人仰马翻,统跌得皮开血裂,凑巧下面尚有晋军,顺手揪住廷珪,把他捆绑起来。燕兵见主将被擒,慌忙退走。被晋军驱杀一阵,斩首三千级,余众逃入城中,全城夺气。

德威斩了廷珪,又分兵攻下顺州檀州,复拔芦台军,再克居庸关。刘守光惶急异常,屡使人赴梁告急,正值梁廷内乱,不暇应命。他只得自去设法,命大将元行钦募兵山北,骑将高行珪出守武州,作为外援。晋王李存勖即遣李嗣源往攻武州,行珪出战失利,遂降嗣源,嗣源乃退。元行钦闻武州失守,亟引兵攻行珪。行珪令弟行周往质晋军,求他援助。嗣源再进兵击行钦,八战八胜,行钦力屈乃降。嗣源爱他材勇,养为己子,令为代州刺史。

行周留事嗣源,常与嗣源养子从珂分领牙兵,转战有功。从珂母魏氏,先为王氏妇,生子名阿三,嗣源随克用出师河北,掠得魏氏,见她秀色可餐,便纳为妾媵。阿三即拜嗣源为义父,取名从珂。及年已成立,以勇健闻。晋王存勖尝呼他小字道:"阿三与我同年,勇敢亦与我相类,恰是个不凡子。"后来叛唐篡国,就是此人,事见下文(不第叙过从珂,并带过高行周)。

且说周德威围攻幽州,已是逾年。从前因幽州四近,尚有燕兵散布,须要远近兼顾,内外合筹,一时不便进剪,惟连营竖栅,与燕相持。嗣闻四面犄角,均已毁灭,乃进军南门,专力攻城。守光昼夜不安，自知兵力不支，不得已致书乞怜，愿为城下盟。德威笑语来使道："大燕皇帝，尚未郊天，何故雌伏如此！我受命讨罪，不知他事，继盟修好，更非乐闻，请为我转语燕帝，休想乞和，快来一战。"挪揄得妙。遂斥退来使，不答一字。守光闻报，越加窘迫，又遣将周遵业赍绢千匹、银千两、锦百段，献入晋营，哀求德威道："富贵成败，人生常理，录功叙过，也是霸主盛业。我王守光，不欲为朱温下，所以背梁称尊。哪知得罪大国，劳师经年，现已自知罪戾，还祈少恕！"德威道："能战即来，不能战即降，何必多言！"遵业尚欲开口，见德威起身入内，只好怏怏退还，报知守光。守光搔首挖耳，无法可施。蹉跎了许多时候，突闻城外喊声大震，又来攻城，不得已硬着头皮，登陴巡守。遥见周德威跨着骏马，手执令旗，指挥战士，遂凄声遥呼道："周将军！汝系三晋贤士，奈何迫人危急，不开一网呢？"淫威扫地。德威答道："公已为俎上肉，但教责己，不必责人！"守光语塞，流涕而下。

既而平营、莫瀛诸州均已降晋，他却情急智生，暗觇晋军少懈，自引兵夜出城中，潜抵顺州城下，假充晋军，呼开城门。守卒被他所绐，又当黑夜无光，竟开城放入。城门甫启，守光麾兵大进，乱杀乱砍，伤毙许多守卒，占住城池，复乘胜转趋檀州，那时周德威已经闻知，急引兵至檀州邀击。适与守光相遇，一场混战，大破守光，守光带领残卒百余骑，逃回幽州。晋王存勖遣张承业犒慰行营，并与德威商议军情。事为守光侦悉，又致书承业，举城乞降。承业知他狡猾，拒回来使。急得守光真正没法，再派人往契丹，吁请援兵。契丹酋长阿保机也闻他平日无信，不肯出援。无信之害如此。守光急上加急，除出降外无别法，乃屡遣使向德威乞降，德威始终不许，守光复登城语德威道："我已力屈计穷，只求将军少宽一线，俟晋王亲至，我便开门迎谒，泥首听命！"皇帝也不愿做了。

德威乃托张承业返报晋王。晋王命承业居守，权知军府事，自诣幽州，单骑抵城下，呼守光与语道："朱温篡逆，我本欲会合河朔五镇兵马，兴复唐祚，公不肯与我同心，乃效尤逆温，居然僭号称帝，且欲并吞镇、定，是以大众奋发，至有今日。成败亦丈夫常事，必须自择所向，敢问公将何从？"守光流涕道："我今已为釜中鱼、瓮中鳖了，惟王所命！"晋王也觉动怜，即折断弓矢，向他设誓道："但出来相见，保无他虞。"守光闻言，又道他是仁柔易欺，便含糊答应道："再俟他日！"是谓无信。

晋王且笑且愤，返入德威营中，决定明日督军猛攻，誓入此城。是夕有燕将李小喜缒城来降，报称城中力竭。看官道这小喜是何等人物？他原是守光嬖臣，教守光切勿降晋，守光被他哄动，遇着危急时候，不得不作书乞降，其实是借此缓兵，并非实心投诚，不料小喜却先走一着，竟已奔投晋营。欺人者反为人欺，可为后鉴。晋王存勖即命五更造饭，饬各军饱餐一顿，俟至黎明，声鼓角，全营涌出。晋王亲披甲胄，督令进攻，这边竖梯，那边攀堞，四面八方，同时动手。燕兵已经力尽，哪里还能支持，就使有心拒守，也是防不胜防，霎时间阖城鼎沸，纷纷乱窜。晋兵一齐登城，拔去燕帜，改张晋帜，趁势下城往捉守光。守光已挈妻李氏、祝氏，子继珣、继方、继祚等，逃出城外，南走沧州，只有乃父仁恭还幽住别室，被晋军马到擒来。此外有家族三百口，逃奔不及，一齐作了俘囚。

晋王存勖入幽州城，禁杀安民，授德威卢龙节度使兼官侍中，改命李嗣本为振武节度使，更遣别将追捕守光。可怜守光抱头南奔，途次又复失道，向荒径中走了数日，身旁未带干粮，只是枵腹逃难。到了燕乐界内，见有村落数处，乃遣妻祝氏乞食田家，可称作讨饭皇后。田家见她衣服华丽，并没有乞人形象，遂向他盘问，祝氏直言不讳。大抵想用皇后威势去吓平民。田家主人张师造假意留她食宿，且令家人往给守光，一同到家，暗中却飞报晋军。晋军疾趋而至，将守光及二妻三子，一并捉住，械送军门。晋王存勖方宴犒将士，见将吏擒到守光，便笑语道："王是本城主人，奈何出城避客？"守光匍匐阶下，叩首乞命。晋王命与仁恭同系馆舍，给予酒食。守光正是腹饥，乐得一饱。写尽狂愚。

越数日，晋王下令班师，令守光父子荷校随行。守光父母对着守光，且唾且骂道："逆贼破灭我家，竟到这般！"守光俯首无言。路过赵州，赵王镕盛账行幄，迎犒晋军。且请晋王上坐,奉觞称寿,酒酣起请道:"愿见大燕皇帝刘守光一面。"挖苦之极。晋王乃命将吏牵入仁恭父子,脱去桎梏,就席与饮。仁恭父子拜镕,镕亦答拜,又赠他衣服鞍马,守光饮食自如,毫无惭色。

及晋王辞别赵王返至晋阳,即将仁恭父子用白链牵入太庙,自己亲往监刑,守光呼道:"守光死亦无恨,但教守光不降,实出李小喜一人!"晋王召小喜入证,小喜瞋目叱守光道:"囚父杀兄,上烝父妾,难道亦我教汝吗?"晋王怒指小喜道:"汝究竟做过燕臣,不应如此无礼!"便喝令左右,先将小喜枭首,然后命斩守光。守光又呼道:"守光素善骑射,大王欲成霸业,何不开恩赦罪,令得自效!"晋王不答,二妻恰在旁叱责道:"事已至此,生亦何为?我等情愿先死,即伸颈就戮!"还是二妇豪爽。守光临刑,尚哀求不已,直至刀起首落,方才寂然。独留住仁恭,不即处斩,另派节度副使卢汝弼押仁恭至代州,剖心祭先王克用墓,然后枭首示众。所有刘氏家口,尽行处死,不消絮述。

王镕与王处直推晋王存勖为尚书令。晋王三让乃受,始开府置行台,仿唐太宗故事,再命李嗣源会同周德威及镇州兵马,攻梁邢州。梁天雄节度使杨师厚发兵救邢。晋军前锋失利,便即引还。

话分两头,且说淮南节度使杨隆演,既得嗣位,又由徐温遣将周本,戡定江西,内外无事(回应第五回)。乃令将军万全感分诣晋、岐,报告袭位。晋、岐两国承认他为嗣吴王,隆演自然喜慰。惟徐温辅政,权势日盛一日,镇南节度使刘威、歙州观察使陶雅、宣州观察使李遇、常州刺史李简,统是杨行密宿将,恃有旧勋,蔑视徐温。李遇尝语人道:"徐温何人!我未曾与他会面,乃俨然为吴相吗?"这语传入温耳,温派馆驿使徐玠,出使吴越,令他道过宣州,顺便召遇入朝。遇踟蹰未决。玠又说道:"公若不即入谒,恐人将疑有反意了!"遇忿然道:"君说遇反,日前与杀侍中(指杨渥,渥曾自兼侍中),还是反不是反呢?"及玠回来报温,温触着隐情,顿时动怒,便令淮南节度副使王祁,出为宣州制置使,即加遇抗命不朝的罪状,遣都指挥使柴再用,及徐知诰两人领兵纳坛,乘势讨捕。遇怎肯听命,闭城拒守,再用等围攻月余,竟不能下。遇少子曾为淮南牙将,被温捕送军前,由再用呼遇指示道:"如再抗命,当杀汝少子。"遇见少子悲求生,心中好似刀割,乃答再用道:"限我两日,当即报命!"再用乃牵遇少子还营,适值典客何荛由温派令劝遇,即入城语遇道:"公若不肯改图,荛此来亦不想求生,任凭斩首,止靠此一城,恐未能长持过去,不若随荛纳款,保全身家!"遇左思右想,实无良法,没奈何依了荛言,开门请降,哪知徐温却是利害,竟令柴再用把遇杀死,且将遇全家人口一并诛夷。如此残虐,宜其无后。于是诸将相率畏温,不敢逆命。

知诰以功升昇州刺史,选用廉吏,修明政教,特延洪州进士宋齐邱,辟为推官,与判官王令谋、参军王翊,同主谋议,牙吏马仁裕、周宗、曹悰为腹心,隐然有笼络众心、缔造宏基的思想。唯向温通问,恪守子道,一些儿不露骄态。温尝谓诸子道:"汝等事我,能如知诰否?"恐也着了道儿。从此知诰所请,无不依从。

知诰密陈刘威专恣,不可不防,温又欲兴兵往讨。威有幕客黄讷,向威献议道:"公虽遭谗谤,究竟未得确据,若轻舟见温,自然嫌疑尽释了。"威如讷言,便乘一小舟,只带侍从二三人,径诣广陵,陶雅亦至,与温相见。温馆待甚恭,以后进自居,且转达吴王隆演,优加二人官爵。威、雅很是悦服,一住经旬,方才告别。温盛筵饯行,席间备极殷勤,佯作恋恋不舍地状,引得威、雅两人死心塌地,誓不相负,方洒泪还镇去了。徐温颇有莽操手段。

已而温与威、雅推吴王杨隆演为太师,温亦得升官加爵,领镇海军(治润州)节度使,兼同平章事职衔。温尚在广陵,遣将陈章攻楚,取得岳州,擒归刺史苑玫。又在无锡击退吴越兵。楚与吴越先后诉梁,梁命大将王景仁为淮南招讨使,率兵万人,进攻庐、寿二州。温与东南诸道副都统朱瑾联兵出御,大破梁军。温遂超任马步诸军都指挥使,并两浙招讨使,兼官侍中,晋爵齐国公。乃徙镇润州,留子知训居广陵,知训已得充淮南行军副使,至是更握内政,小事悉由知训裁决,大事始遥与温商。当时淮南一大镇,只知有徐氏父子,不知有杨隆演了。

梁主友贞闻淮南势盛,恐东南各镇,或与淮南连兵,将为梁患,正拟设法牢笼。可巧荆南节度使高季昌(见第四回)造战舰五百艘,治城堑,缮器械,招兵买马,有志称雄,梁主亟封他为渤海王,赐给衮冕剑佩,为羁縻计。季昌意气益豪,日谋拓地,探得蜀有内变,即亲率战船,攻蜀夔州。小子先将蜀中乱事,大略补述,方好叙明战事。

蜀王王建自僭号称帝后,与岐王失和构兵,争战经年,得将岐兵击退,气焰益张(见第八回)。左相王宗佶本王建养子,与太子宗懿不协,并因枢密使唐道袭,以舞僮得宠,素常轻视,致为所谮,被建扑死。宗懿改名元膺,骍喙龋齿,好勇善射,既与道袭潜死宗佶,复好面辱大臣,最喜与道袭戏谑,尝在大庭广众中,效为舞僮模样,任意揶揄。道袭老羞成怒,引为深恨。他本是王建宠臣,每事必与熟商,遂得乘隙进谗,诬称元膺谋乱。王建初尚未信,禁不得道袭再三浸润,复由诸王大臣,加添数语,也不觉动疑起来,遂令道袭召兵入卫。也怕作刘仁恭耶!元膺闻信,惊惧交并,遂嘱大将徐瑶、常谦等,引兵猝攻道袭,道袭身中流矢,坠马而亡。那时王建得报,果道是元膺为逆,即遣王宗侃调集大军,出讨元兵所杀。建追废元鹰为庶人,改立幼子宗衍为太子。

高季昌以蜀遭内乱,有隙可乘,遂进攻夔州。夔州刺史王成先出兵逆战,季昌令军士乘风纵火,焚蜀浮桥。蜀兵颇有惧色,幸蜀将张武举铁縆拒住敌舰。季昌仍不能进军,忽然间风势倒吹,害得季昌放火自燃,荆南兵不被焚死,也被溺死,季昌忙易小舟,狼狈奔还。小子有诗咏道:

> 返风扑火自当灾,
> 数载经营一炬灰!
> 天意未容公灭蜀,
> 艨艟多事溯江来。

荆蜀战罢,梁、晋又复交兵,欲知胜负如何,试看下回便知。

刘守光父子,有必亡之道,亦有应诛之罪。晋王存勖出兵灭燕,絷归守光父子,声其罪而诛之,宜也,但必骈戮家属,毋乃过甚。李遇自恃旧勋,蔑视徐温,不过骄矜之失,无甚大恶,且既夺命出降,黜其官而赦之,可也,即不赦之,而家族何辜,宁必诛夷而后快!周文王治岐,罪人不孥,方卜世至八百年,盖不嗜杀人,方垂久远。李存勖已为过暴,而徐温尤甚。是欲垂裕后昆,其可得乎?蜀事随手叙入,亦为按时叙事起见,僭伪之徒,且不能自全骨肉,雄鸷亦何益乎?

第十回　逾黄泽刘鄩失计　袭晋阳王檀无功

却说梁任杨师厚为天雄节度使，兼封邺王。师厚晚年，拥兵自恣，几非梁主所能制，幸享年不久，遽尔去世，梁廷私相庆贺。租庸使赵岩，判官邵赞，请分天雄军为两镇，减削兵权，梁主友贞依计而行。天雄军旧辖疆土，便是魏、博、贝、相、澶、卫六州，梁主派贺德伦为天雄节度使，止领魏、博、贝三州，另在相州置昭德军，兼辖澶、卫，即以张筠为昭德节度使，二人受命赴镇。梁主又恐魏人不服，更遣开封尹刘鄩，率兵六万名，自白马顿渡河，阳言往击镇、定，实防魏人变乱，暗作后援。

德伦至魏，依着梁主命令，将魏州原有将士，分派一半，徙往相州。魏兵皆父子相承，族姻结合，不愿分徙，甚至连营聚哭，怨苦连天。德伦恐他谋变，即报知刘鄩，鄩屯兵南乐，先遣澶州刺史王彦章，率龙骧军五百骑入魏州。魏兵益惧，相率聚谋道："朝廷忌我军府强盛，所以使我分离，我六州历代世居，未尝远出河门，一旦骨肉分抛，生还不如死吧！"当即乘夜作乱，纵火大掠，围住王彦章军营。可见一动不如百静。彦章斩关出走，乱兵拥入牙城，杀死德伦亲卒五百人，劫德伦禁居楼上。德伦焦急万分，适有乱军首领张彦，禁止党人剽掠，但逼德伦表达梁廷，请仍旧制，德伦只好依他奉表。梁主得表大惊，立遣供奉官扈异，驰抚魏军，许张彦为刺史，惟不准规复旧制。彦一再固请，梁使一再往返，只是赍诏宣慰，始终不许复旧。彦怒裂诏书，散掷地上，戟手南指，诟詈梁廷，且愤然语德伦道："天子愚暗，听人穿鼻，今我兵甲虽强，究难自立，应请镇帅投款晋阳，乞一外援，方无他患。"仍要求人，何如不乱。德伦顾命要紧，又只得依他言语，向晋输诚，并乞援师。

晋王得书，即命李存审进据临清，自率大军东下，与存审会。途次复接德伦来书，说是梁将刘鄩进次洹水，距城不远，恳速进军。晋王尚虑魏人多诈，未肯轻进。德伦遣判官司空颋往犒晋军。颋系德伦心腹，既至临清，密陈魏州起乱情由，且向晋王献言道："除乱当除根，张彦凶狡，不可不除，大王为民定乱，幸勿纵容乱首！"

晋王乃进屯永济，召张彦至营议事，彦率党与五百人，各持兵仗，往谒晋王。晋王令军士分站驿门，自登驿楼待着，俟彦等伏谒，即喝令军士，将他拿下，并捕住党目七人。彦等大呼无罪，晋王宣谕道："汝胁逼主帅，残虐百姓，尚得说是无罪吗？我今举兵来此，但为安民起见，并非贪人土地，汝向我有功，对魏有罪，功小罪大，不得不诛汝以谢魏人。"彦无词可答。即由晋王出令处斩，并及党目七人。杀得好。余众股栗，晋王复传谕道："罪止八人，他不复问，众皆拜伏，争呼万岁。"

越日，皆命为帐前亲卒，自己轻裘缓带，令他擐甲执兵，冀马前进，众心越感觉服。贺德伦闻晋王到来，率将吏出城迎谒。晋王从容入城，由德伦奉上印信，请晋王兼领天雄军。晋王谦让道："我闻城中涂炭，来此救民，公即以印信见让，诚非本怀。"未免做作。德伦再拜道："德伦不才，心腹纪纲，多遭张彦毒手，形孤势弱，怎能再统州军？况寇敌逼近，一旦有失，转负大恩，请大王勿辞！"晋王乃受了印信，调德伦为大同节度使。德伦别了晋王，行抵晋阳，为张承业所留，不令抵任，后文再表。

且说晋王存勖既得魏城，令沁州刺史李存进为天雄都巡按使，巡察城市。遇有无故讹言，及掠人钱物，悉诛无赦，城中因是帖然，莫敢喧哗。一面派兵袭陷德、澶二州，梁将王彦章奔往刘鄩军营，家属犹在澶州城内，被晋军掠取，仍然优待，且遣使招置彦章。彦章置家不顾，杀毙晋使，晋军乃把彦章家属，骈戮无遗。刘鄩进次魏县，晋王出军抵御，他素好冒险，但率百余骑往探郭营，偏为郭所探悉，分布伏兵，待晋王驰至，鼓噪而出，围绕数匝，晋王跃马大呼，麾骑冲突，所向披靡，骑将夏鲁奇，手持利刃，翼王突围，自午至申，杀死梁兵百余名，方得跃出，夺路驰回。梁军尚不肯舍，在后急追，鲁奇请晋王先行，自率百骑断后，又手刃梁兵数十人，身上亦遍受创伤，正危急间，救星已到。李存审率军前来，击退梁兵，随王回营。晋王检点从骑，虽多受伤，阵亡只有七人，乃顾语从骑道："几为虏笑。"从骑应声道："敌人怎敢笑王，适使他见王英武哩！"晋王因鲁奇独出死力，抚赏有加，赐姓名为李绍奇。

刘郭驰入魏县城中，数日不出，杳无声迹。晋王怀疑，便命侦骑往探郭军，返报城中并无烟火，只有旗帜竖着，很是整齐。晋王道："我闻刘郭用兵，一步百计，这必是有诈谋哩！"乃再命侦探，始得确报，果系缚刍为人，执旗乘驴，分立城上。晋王笑道："他道我军尽在魏州，必乘虚袭我晋阳，计策却很是利害，但他的长处在袭人，短处在决战，我料他前行不远，速往追击，不难取胜。"料事颇明。遂发骑兵万人，倍道急追，果然郭军潜逾黄泽岭，欲袭晋阳，途次遇着霪雨，道险泥滑，部众扳藤援葛，越岭西行，害得腹疾足肿，或且失足坠死，因此不能急进。晋阳城内，也已接得军报，勒兵戒严，郭军行至乐平，粮食且尽，又闻晋阳有备，后面又有追兵到来，免不得进退两难，惊惶交迫。大众将有变志，势且溃散，郭泣谕道："我等去家千里，深入敌境，腹背皆有敌兵，山谷高深，去将何往？惟力战尚可得免。否则一死报君便了。"部众感他忠诚，才免异图。

晋将周德威本留镇幽州（见前回），闻刘郭西袭晋阳，亟引千骑往援，行至土门，郭已整众下山，自邢州绕出宗城，欲袭据临清，绝晋粮道。又复变计。德威兼程追郭，到了南宫，捕得郭谍数人，断腕纵还，令他还报道："周侍中已到临清了！"郭始大惊，按兵不进，哪知中了德威诡计，直至次日迟明，始由德威军略过郭营，驰入临清，煞是斗智。郭始悔为德威所赚，亟引兵郭贝州。晋王连得军报，已知郭由西返东，追兵不能得手，乃出屯博州，遥应德威。德威追郭至堂邑，杀了一仗，互有死伤，郭移军莘县，设堑固守，自莘及河，筑甬道以通粮饷。晋王存勖也出屯莘县西偏，烟火相望，一日数战，未分胜负，晋王分兵攻郭甬道，用着大刀阔斧，斩伐栅木，郭督兵坚拒，随坏随修，晋军亦无可奈何，只捕得数十人，便即退还。刘郭也算能军。

梁主友贞偏责郭老师费粮，催令速战，郭历奏行军情形，且言晋系劲敌，不能轻战，只有训兵养锐，徐图进取云云。这报呈将进去，又接梁主手谕，问他何时决胜，郭很是懊怅，竟覆奏道："臣今日无策，唯愿每人给千斛粮，始可破贼。"看官！试想这梁主友贞，虽然是素性优柔，见了这种奏语，也有些忍耐不住，便复下手谕道："将军屯军积粮，究竟为郭饥呢？还是为破贼呢？"郭接得此谕，不得已召问诸将道："主上深居禁中，不知军旅，徒与少年新进，谋划军机，急求一逞，无如敌势方强，战必不利，奈何奈何？"智囊也没法了。诸将齐声道："胜负总须一决，旷日持久，亦非善策。"郭不禁变色，退语亲军道："主暗臣谀，将骄卒惰，我未知死所了！"

越日，又召集诸将，每人面前置水一器，令他饮尽，大众皆面面相觑，无人敢饮。郭便对诸将道："一器中水，尚难尽饮，滔滔河流，能一口吸尽吗？"众始知他借水喻兵，莫敢发言，偏是朝使到来，总是促战。郭乃自选精兵万余人，开城薄镇定军营。镇定军猝不及防，倒也惊乱，偏晋将李存审、李建及等，左右来援，冲断郭军。郭腹背受敌，慌忙收兵奔还，已丧失了千余人，乃决计坚守，不准出兵，且详报梁主友贞，请勿欲速。

梁主友贞疑信参半，连日不安，又因宠妃张氏忽然得病，很是沉重。妃系梁功臣张归霸女，才色兼优，梁主友贞早欲册她为后，张妃请待帝郊天，然后受册，友贞因连年战争，无心改元，所以郊天大礼也延宕过去。至妃病已剧，亟册她为德妃，日间行礼，夜半去世，未免有情，谁能遣此！那梁主友贞，悲悼了好几日，自觉形神俱惫，未晚即寝，到了夜间，梦寐中似有人行刺，骇极乃寤。正在彷徨时候，突闻御榻中有击刺声，越觉惊异。仔细一听，乃出自剑匣中，就开匣取剑，披衣亟起，自言自语道："难道果有急变吗？"道言未绝，寝门忽启，有一人持刀直入，竟来行凶，不妨梁主持剑以待，急忙转身返奔，被梁主抢上一步，将他刺倒，结果性命。侥幸侥幸。乃急呼卫士入室,令他验视尸骸。有人识是康王友孜的门客,因即令卫士往捕友孜。友孜正待刺客返报,一闻叩门,亲来启视,被卫士顺手牵来,押入内廷。梁主面加审讯,友孜无可抵赖,俯首无词,便由梁主喝令处斩,原来友孜系梁主幼弟,双目有重瞳子,遂自谓有天子相,欲弑兄自立,不意弄巧成拙,竟至丧命。既自命有异相,何不待兄终弟及,乃遽自送命耶?

越宿梁主视朝,顾语租庸使赵岩及张妃兄弟汉鼎、汉杰道:"几与卿等不得相见!"赵岩等尚未详悉,经梁主说明底细,方顿首称贺,且面奏道:"陛下践祚,已越三年,尚未郊天改元,致被奸人觊觎,猝生内变,若陛下早已亲郊,早已改元,当不致有此事了!"梁主友贞乃改乾化五年为贞明元年,亲祀圜邱,颁诏大赦,即命次妃郭氏暂摄六宫事宜。郭氏为登州刺史郭归厚女,亦以姿色见幸,无容琐述。惟自友孜伏诛,梁主遂疏忌宗室,专任赵岩及张妃兄弟,参与谋议。岩等依势弄权,卖官鬻爵,谗间故旧将相,如敬翔、李振等一班勋臣,名为秉政,所言皆不见用。大家灰心懈体,眼见得朱梁七十八州,要陆续被人占去,不能长此安享了。为朱梁灭亡断笔。

梁主改元贞明,已在乾化五年十一月中,转瞬间就是贞明二年。刘䩇仍坚守莘城,闭壁不出。晋军乃屡次挑战,终无人出来接应,城上却守得甚固,无隙可乘。晋王存勖留李存审守营,自往贝州劳军,阳言当返归晋阳。刘䩇乃奏请袭击魏州,梁主友贞答书道:"朕举全国兵赋,付托将军,社稷存亡,关系此举,愿将军勉力!"䩇因令杨师厚故将杨延直,引兵万人,往袭魏州。延直夜半至城南,总道城中未曾备防,慢慢儿地扎营,不料营未立定,突来了一彪人马,统是精壮绝伦,所当辄靡。况且夜深天黑,几不知有多少敌军,只好见机急走,其实城中止有五百名壮士,潜出劫寨,却吓退了梁兵万人。

翌日晨刻,刘䩇率兵至城东,与延直相会,正拟督兵进攻,但听城中鼓声大震,城门洞开,有一大将领军杀出,前来接仗。䩇遥认是李嗣源,也摆开阵势,与他交锋。将对将,兵对兵,正杀得难解难分,突见贝州路上,也有一军杀到,当先一员统帅,服色不等寻常,面貌很是英伟,手中执着令旗,似风驱来。䩇惊语道:"来帅乃是晋王,莫非又被他赚了?"果如尊言。遂引兵却退。晋王与嗣源合兵,步步进逼,䩇且战且行,奔至故元城西,后面喊声又震,李存审驱军杀来,䩇叫苦不迭,急麾兵布成圆阵,为自固计。偏西北是晋王军,东南是存审军,两军皆布方阵,鼓噪而前,害得䩇军四面受敌,合战多时,䩇军不支,纷纷溃散,䩇急引数十骑突围出走,所有步卒七万,经晋军一阵环击,杀死了一大半,余众侥幸逃脱,又被晋军追至河上,杀溺几尽,仅剩数千人过河,跟着刘䩇退保滑州。

梁匡国军节度使王檀密奏梁廷,请发关西兵掩袭晋阳,廷臣以为奇计,即令照行。檀发河中、陕同华诸镇兵,合三万人,出阴地关,掩至晋阳城下,果然城中未及预防,即由监军张承业,调发诸司丁匠,并市民登城拒守。檀昼夜猛攻,险些儿陷入城中,承业慌急异常。代北故将安金全,退居晋阳,入见承业道:"晋阳系根本地,一或失守,大事去了!仆虽老病,忧兼家国,愿授我库甲,为公拒敌。"幸有此人。承业易忧为喜,立发库中甲械,给予金全,金全召集子弟及退职故将,得数百人,夜出北门,袭击梁营,梁兵惊退,金全乃还。

过了一日,又由昭义军(即泽潞二州。昭义军本统五洲,自泽潞入晋。余如邢、洺、磁三州,尚为梁有,统称昭义军,故五代初有两昭义军)节度使李嗣昭,拨出牙将石君立,引五百骑来援。君立朝发潞州,夕至晋阳,突过汾河桥,击败梁兵,直抵城下,佯呼道:"昭义全军都来了!"承业大喜,开城迎入。君立即与安金全等,夜出各门,分劫梁营,梁兵屡有死伤,王檀料不能克,又恐援军四集,遂大掠而还。是时贺德伦尚留住晋阳,部兵多缒城逃出,往投梁军。承业恐他内应,收斩德伦,然后报达晋王,晋王也不加罪。惟晋阳解围,并非由晋王授计,晋王素好夸伐,竟不行赏,还亏张承业抚慰有方,大众始无怨言。晋室功臣,要算承业。梁主友贞闻刘䩇败还,王檀又复无功,忍不住长叹道:"我事去了!"乃召刘䩇入朝。䩇恐战败受诛,但托言晋军未退,不便离滑。梁主权授䩇为宣义节度使,使将兵进屯黎阳。晋王使李存审往攻贝州，刺史张源德固守，屡攻不下。晋王自攻卫、磁二州，均皆得手，降卫州刺史米昭，斩磁州刺史靳绍。再派将分徇洺、相、邢三州，守吏或降或走，三州俱下。晋王命将相州仍归天雄军，惟邢州特置安国军，兼辖洺、磁，即令李嗣源为安国节度使，又进兵沧州。沧州已为梁所据，守将毛璋至是亦降。只有贝州刺史张源德，始终拒晋，城中食尽，甚至噉人为粮，军士将源德杀死，奉款晋营，因恐久守被诛，请摞甲执兵，出城迎降。存审佯为应允，俟开城后，麾兵拥入，抚慰一番，乃令降众释甲。降众不知是计，各将甲兵卸置，不料一声号令，四面被围，见一个，杀一个，把降众三千人，杀得干干净净，一个不留。存审亦太惨毒。自是河北一带，均为晋有。惟黎阳尚由刘郭守住，总算还是梁土。晋军往攻不克，班师而回。

晋王存勖亟倍道驰归晋阳，原来存勖颇孝，累岁经营河北，必乘暇驰归，省视生母曹氏。此次因行军日久，所以急归。看官听着，晋祖李克用正室，本是刘氏，克用起兵代北，转战中原，尝令刘氏偕行，刘氏颇习兵机，又善骑射，尝组成宫女一队，教以武技，随从军中。克用所向有功，半出内助，及克用封王，刘氏亦受封秦国夫人。惟刘氏无子，与克用妾曹氏相得甚欢，每与克用言及，曹氏相当生贵子，后来果生存勖，存勖嗣立，曹氏亦推为晋国夫人，母以子贵，几出刘氏右。刘氏毫不妒忌，欢爱逾恒，存勖归省曹氏，曹氏亦必令问候嫡母，不致缺仪。难得有此二贤妇。小子有诗咏道：

> 尹邢相让不相争，
> 王业应由内助成。
> 到底贤明推大妇，
> 周南樛木好重赓。（推重刘氏，为后文易嫡为庶伏案。）

晋王存勖归省后，过了残年，忽闻契丹酋长阿保机称帝改元，竟取晋新州，入围幽州。那时又要大动干戈了。欲知契丹入寇情事，请看官续阅下回。

本回叙梁、晋交争，为梁、晋兴亡一大关键。刘郭良将也，一步百计，可谓善谋，然晋为劲敌，非智力足以胜之。观郭之固守莘城，坚壁不出，最为良策，司马懿之所以能拒诸葛者，即是道也。梁主不察，屡次促战，卒致郭不能牢守成见，堕入晋王诈计，魏州一役，丧师无算，渡河奔还，而河北遂为晋有矣。王檀之袭击晋阳，智不在刘郭下，乃屯兵城下，又复无功。河东方盛，人谋无益，梁亡晋兴，实关此举。然梁主不分天、雄二镇，尚不致有此败。兴亡之数，虽曰天命，岂非人事哉！况友珪谋逆，内变频兴，不能安内，乌能攘外，识者以是知朱梁之必亡！

第十一回　阿保机得势号天皇
胡柳陂轻战丧良将

　　却说中国北方，素为外夷所居，历代相沿，屡有变革。唐初突厥最大，后来突厥分裂，回鹘、奚、契丹，相继称盛。到了唐末，契丹最强，他本是鲜卑别种，散居潢河两岸，乘唐衰微，逐渐拓地，成为北方强国，国分八部(但皆利部，乙室活部，实活部，纳尾部，频没部，内会鸡部，集解部，奚嗢部)，每部各有酋长，号为大人。又尝公推一大人为领袖，统辖八部，三年一任，不得争夺。居然有选举遗风。

　　到了唐朝季年，正值阿保机为八部统领，善骑射，饶智略，尝乘间入塞，攻陷城邑，掳得中国人民，择地使耕，辟土垦田，大兴稼穑。不到数年，居然禾麦丰收，户口蕃息。阿保机为治城郭，设廛市，立官置吏，仿中国幽州制度，称新城为汉城，汉人安居此土，不复思归。阿保机闻汉人言，谓中国君主，向来世袭，未尝交替，因此威制诸部，不肯遵行三年一任的老例，悠悠忽忽，已越九年。八部大人，各有违言，阿保机乃通告诸部道："我在任九年，所得汉人，不下数万，现皆居住汉城，我今自为一部，去做汉城首领，不再统辖各部，可好吗?"各部大人当然允诺。阿保机遂徙居汉城，练兵造械，四出略地。

　　党项在汉城西，他率兵往攻，欲取党项为属地，不意东方的室韦部乘虚来袭汉城，城中闻报皆惊，偏出了一个女英雄，披甲上马，号召徒众，竟开城搦战，击破室韦部众，追逐至二十里外，斩获无数，始收众回城。这人为谁?就是阿保机妻述律氏(述律一作舒噜)。述律氏名平，系回鹘遗裔，小字月理朵，一作鄂尔多。生得身长面白，有勇有谋，阿保机行兵御众，多由述律氏暗中参议，屡建奇功，此次阿保机西侵党项，留她居守，她日夕戒备，竟得从容破敌。及阿保机闻变回来，敌人早已败走，全城安然无恙了。梁兴有张妃，晋兴有刘妃，契丹之兴有述律氏，可见开国成家，必资内助。汉城在炭山西南，素产铜铁，所出食盐，往往分给诸部。述律氏为阿保机设法，拟借此召集诸部大人，为聚歼计，阿保机遂遣使语诸部道："我有盐池，为诸部所仰给，诸部得了盐利，难道不知有盐主吗?何不一来犒我!"诸部大人乃各赍牛酒，亲诣汉城，与阿保机共会盐池。阿保机设筵相待，饮至酒酣，掷杯为号，两旁伏兵突发，持刀乱杀，八部大人，无一生还。阿保机即分兵往徇八部。八部已失了主子，哪个敢来抵挡，只好俯首听命，愿戴阿保机为国主，阿保机遂得雄长北方了(阿保机并吞八部，叙笔不略)。

　　晋王李克用，闻梁将篡唐，意图声讨，因欲联络契丹，作为臂助，乃遣人往约阿保机，愿与联盟。阿保机率兵三十万，来会克用，到了云州东城，由克用迎入宴饮，约为兄弟，共举兵击梁，临别时赠遗甚厚。阿保机亦酬马千匹，不意梁既篡唐，阿保机竟背盟食言，反使袍笏梅老诣梁(袍笏系番官名)，献上名马貂皮，求给封册。梁主温遣使答报，令他窥灭晋阳，方给封册，许为甥舅国。看官!你想李克用得此消息，能不引为大恨吗?克用病终，曾付一箭与存勖，嘱他剿灭契丹(见前第四回)。

　　存勖嗣立，先图河北，不便与契丹绝交，所以贻书契丹，仍称阿保机为叔父，述律氏为叔母。及存勖伐燕，燕王刘守光使参军韩延徽往契丹乞师，阿保机不肯发兵(见前第九回)，但留住延徽，令他为契丹臣。延徽不拜，惹动阿保机怒意，罚使喂牛饲马，独述律氏慧眼识人，徐劝阿保机道："延徽守节不屈，正是当今贤士，若能优礼相待，当为我用，奈何使充贱役呢!"阿保机乃召入延徽，令延徽坐，与语军国大事，应对如流。阿保机大喜，遂待若上宾，用为谋主，延徽感怀知遇，竭力赞襄，教他战阵，导他侵略，东驰西突，收服党项、室韦诸部，又制文字，定礼仪，置官号，一切法度，番汉参半，尊阿保机为契丹皇帝。阿保机自称天皇王，令妻述律氏为天王皇后,改元天赞。即以所居横帐地名为姓,叫作世里,由中国文翻译出来,便是"耶律"二字。别在汉城北方,营造城邑宫室,称为上京,上京四近,各筑高楼,为往来游畋,登高憩望的区处,俗尚拜日崇鬼,每月逢朔望,必东向礼日,所以阿保机莅朝视事,亦尝东向称尊。这是梁贞明二年间事。

韩延徽却潜归幽州,探视家属,乘便到了晋阳,入见晋王李存勖。存勖留居幕府,命掌书记。偏有燕将王缄密白晋王,说他反覆无常,不宜信任。反复无常四字,确是延徽定评。晋王因也动疑,延徽瞧透隐情,便借省母为名,复走契丹。阿保机失了延徽,如丧指臂,及延徽复至,几疑他从天而下,大喜过望,即令延徽为相,叫作政事令。延徽致晋王书,归咎王缄,且云延徽在此,必不使契丹南牧,惟幽州尚有老母,幸开恩赡养,誓不忘德。晋王存勖乃令幽州长官,岁时问延徽母,不令乏食。哪知契丹竟大举南寇,自麟、胜二州攻入,直抵蔚州。晋振武军节度使李嗣本发兵往拒,众寡不敌,嗣本被擒。又值新州防御使李存矩骄惰不恤军民,为偏将卢文进等杀死,文进亡入契丹,引契丹兵入据新州,留部校刘殷居守,云、朔大震。

晋王李存勖正自河北归来,接连得着警报,亟调幽州节度使周德威,发兵三万,往拒契丹。德威至新州城下,望见契丹兵士,精悍绝伦,已有退志。嗣闻契丹皇帝阿保机,率兵数十万,前来援应,料知不能抵敌,引兵退还。到了半途,突闻后面喊声大震,契丹兵已经杀到。德威回马北望,那胡骑漫山遍野,踊跃奔来,急忙下令布阵,整备对仗,阵方布定,敌骑已至,凭着一股锐气,突入阵中,德威招架不住,没奈何麾军再走。偏敌骑驰骋甚速,霎时间又被冲断,裹去了无数人马,仅得数千人保住德威,狼狈急奔,始得回入幽州。德威老将,也有此败。契丹兵乘胜进薄城下,声言有众百万人,毡车轇幕,弥漫山泽,沿途俘获民人,统用长绳捆住,连头带足,似缚豚相似,悬诸树上。恰是好看。兵民到了夜间,往往潜自解脱,伺隙逸去,契丹主也不过问,但督兵围攻幽州。周德威一面乞援,一面固守。契丹降将卢文进,请造火车地道,仰攻俯掘,德威用铜铁镕汁,上下挥洒,敌众多被沾染,无不焦烂,因此攻势少懈。

相持至百余日,晋将李嗣源、阎宝、李存审等,奉晋王命令,率步骑七万,进援幽州,嗣源与存审商议道:"敌利野战,我利据险,不若自山中潜行,趋往幽州,倘或遇敌,亦可依险自固,免为所乘。"存审称善,遂逾大防岭东行,由嗣源与养子从珂率三千骑为先锋,衔枚疾走。距幽州六十里,与契丹兵相值,力战得进。行至山口,契丹用万骑阻住去路,嗣源仅率百余骑,至契丹阵前,免胄扬鞭,口操胡语道:"汝无故背盟,犯我疆土,我王已麾众百万,直抵西楼,灭汝种族,汝等还在此做什么?"契丹兵听了此语,不免心惊,互相顾视,嗣源乘势突入,手舞铁镕,击死敌目一人,后军怒马继进,得将契丹兵冲退,径抵幽州。契丹主阿保机攻城不下,又值大暑霖潦,班师回国,止留部将卢国用围城(说本《辽史·太祖纪》)。国用闻救兵到来,列阵待着,李存审命步兵伏住阵后,戒勿妄动,但令羸卒曳柴燃草,鼓噪先进,那时烟尘蔽天,弄得契丹兵莫名其妙,不得已出阵逆战、存审始令阵后伏兵,齐向前进,趁着烟雾迷离的时候,人自为战,蹂躏敌阵。契丹兵大败而逃,由晋军从后追击,俘斩万计,乃收军入幽州。前写嗣源,后写存审。德威接见诸将,握手流涕,越日始遣人告捷。

晋王闻契丹败归,又决计伐梁,调回李嗣源等将士,指日出师。会值天寒水涸,河冰四合,晋王大喜道:"用兵数载,只因一水相隔,不便飞渡,今河冰自合,正是天助我了!"遂急赴魏州,调兵南下。

是时梁黎阳留守刘䪖应召入朝(接应前回),朝议责他失守河朔,贬为亳州团练使。河北失一大将,没人抵挡晋军,晋王视河冰坚冱,即引步骑渡河。河南有杨刘城,由梁兵屯守,沿河数十里,列栅相望。晋王麾军突进,毁去各栅,竟抵杨刘城,饬步兵各负蒉苇,填塞城壕,四面攻扑,即日登城,擒住守将安彦之。梁主友贞正在洛阳谒陵,拟行西郊祀天礼,忽闻杨刘城失守,晋军将抵汜水,急得不知所措,慌忙停罢郊祀,奔还大梁。嗣探得晋王略地濮郓,大掠而还,才得略略放心,安稳过了残年。

越年为贞明四年,梁主友贞与近臣会议,欲发兵收复杨刘。梁相敬翔上疏道:"国家连年丧师,疆宇日蹙,陛下居深宫中,唯与左右近臣商议军务,所见怎能及远？试想李亚子继位以来,攻城野战,无不身先士卒,亲冒矢石,近闻攻杨刘城,且身负束薪,为士卒先,所以一鼓登城,毁我藩篱。陛下儒雅守文,宴安自若,徒令后进将士,攘逐寇仇,恐非良策。为今日计,速宜周谘黎老,别求善谋,否则来日方长,后患正不少哩！颇切时弊。梁主览奏,乃与赵、张诸臣商议。赵、张诸臣反说敬翔自恃宿望,口出怨言,竟请梁主下诏谴责。还是梁主曲意优容,但将奏疏搁起,置之不理。

过了数日,令河阳节度使谢彦章领兵数万,攻杨刘城。晋王存勖已还寓魏州,接到杨刘警报,亟率轻骑驰抵河上。彦章筑垒自固,决河灌水,阻住晋军。晋王泛舟测水,见水势弥漫数里,深且没枪,也觉暗暗出惊,沉吟半晌,始笑顾诸将道："我料梁军并无战意,但欲阻水为固,使我自敝,我岂堕他狡计！看我先驱渡水,攻他不备哩。"翌晨即调集将士,下令攻敌。自率魏军先涉,各军继进,褰甲横枪,整队后行,可巧水势亦落,深才及膝,大众欢跃而前。梁将谢彦章率众数万,临水拒战,晋军冲突数次,统被击退。晋王眉头一皱,计上心来,即麾军却还。到了中流,回顾梁兵追来,复翻身杀回。军士亦皆返战,奋呼杀贼。彦章不妨这着,竟被晋军冲散队伍,及奔还岸上,已是不能成列。晋王驱军大杀一阵,流血万人,河水为赤,彦章仓皇遁走,晋军遂陷入滨河四寨。极写晋王智勇。

晋王欲乘胜灭梁,四面征兵,令周德威率幽州兵三万人,李存审率沧、景兵万人,李嗣源率邢、洺兵万人,王处直遣将率易、定兵万人,及麟、胜、云、朔各镇兵马,同集魏州,还有河东、魏博各军,齐赴校场,由晋王升座大阅,慷慨誓师,各军齐声应诺,仿佛似海啸山崩,响震百里。梁兖州节度使张万进望风股栗,遣使纳款。晋王乃带领全军,循河直上,立营麻家渡。梁命贺瓌为北面行营招讨使,率师十万,与谢彦章会兵濮州,出屯州北行台,相持不战。原是上策。

晋王屡发兵诱敌,梁营中始终不动,恼得晋王兴起,自引轻骑数百人,到梁营前,踞坐辱骂。梁兵却出营追赶,险些儿刺及晋王,亏得骑将李绍荣力战得免。众将皆谏,赵王镕及王处直亦致书晋王道："元元命脉,系诸王身,大唐命脉,亦系诸王身,奈何自轻若此！"晋王笑语来使道："自古到今,平定天下,多由百战得来,怎可深居帷闼,自溺宴安哩！"来使既去,晋王又出营上马,亲往挑战。李存审叩马泣谏道："大王当为天下自重,先登陷阵,乃是存审等职务,并非大王所应为！"晋王尚不肯止,经存审揽住马缰,方下马还营。

越日觑存审外出,复策马驰往敌营,随身仍不过百骑,且顾语左右道："老子妨人戏,令人惹厌！"既近梁营,营外有长堤,晋王跃马先登,随登的骑将仅及十余人,不妨堤下伏有梁兵,一声呼噪,持械突发,围住晋王至数十匝,晋王拼命力战,一时冲突不出,幸后骑陆续登堤,从外面攻入,方杀开一条血路,策马飞奔,李存审也领兵来援,方将梁兵杀退,晋王方信存审忠言,待遇益加厚了。存勖之不得善终,亦未始非轻躁之失。

两军相持,转瞬百日,晋王又暴躁起来,饬令进军,距梁营十里下寨。梁招讨使贺瓌,屡欲出战,均被谢彦章阻住。一日瓌与彦章阅兵营外,对营数里,适有高地,瓌指示彦章道："此地可以立栅。"彦章不答,及晋军进逼,果在高地上竖栅屯军,瓌遂疑彦章与晋通谋,密报梁主,诬称彦章挠阻军谋,私通寇敌。一面与行营都虞侯朱珪密谋,诱杀彦章,并骑将孟审澄、侯温裕。当下再奏梁主,只说三人谋叛,已与朱珪定计,将他诛死。梁主不辨虚实,晋升珪为平卢节度使,兼行营副指挥使。

晋王闻彦章被杀,喜语诸将道:"将帅不和,自相鱼肉,这正是有隙可乘!我若引军直指梁都,他岂能仍然坚壁,不来拦阻?我得与战,当无不胜了。"周德威谏阻道:"梁人虽屠上将,兵甲尚是完全,若冒险轻行,恐难得利。"晋王不从,下令军中,老弱悉归魏州,所有精兵猛将,一概随行。当即毁营亟进,竟向汴梁进发。至胡柳陂,有侦骑来报道:"梁将贺瓌也率大兵追来了。"晋王道:"我正要他追来,好与一战。"周德威又谏道:"贼众倍道来追,未曾休息,我军步步为营,所至立栅,守备有余,兵法上所谓以逸待劳,便是此策,请王按兵勿战,但由德威等分出骑兵,往扰敌垒,使他不得安息,然后一鼓出师,可以立歼,否则梁人顾念家乡,内怀愤激,锐气方盛,暮气未生,骤然与战,恐未必得志呢。"晋王勃然道:"前在河上,恨不得贼,今贼至不击,尚复何待?公何胆怯至此!"说至此,复顾李存审道:"尔等令辎重兵先发,我为尔等断后,破贼即行。"勇则有余,慎则不足。德威不得已,引幽州兵从行,向子流涕道:"我不知死所了。"也是命数该终,所以良谋不用。

已而梁军大至,横亘数十里,晋王自领中军,镇定军居左,幽州军居右,辎重兵留屯陈西,晋王率亲军陷入梁阵,所向无前,十荡十决,往返至十余次,梁马军都指挥使王彦章,支持不住,竟率部众西走。晋辎重兵望见梁帜,还道他来袭辎重,顿时惊溃,驰入幽州军。幽州军亦被他扰乱,反令彦章乘隙捣入,斫死许多幽州军。周德威慌忙拒战,已是不及拦阻,再经贺瓌部众也来帮助彦章,一场蹂躏,可怜德威父子,竟战死乱军中!小子有诗叹道:

　　统兵百战老疆场,
　　具有兵谋保晋王。
　　谁料渡河偏梗议?
　　将军难免阵中亡。

德威已死,晋军夺气,晋王存勖忙据住高邱,收集散兵。梁兵四面会合,贺瓌亦占了对面的土山,与晋王再决胜负。欲知再战情形,俟小子下回续叙。

契丹阿保机之强,谋略多出述律氏,彼徒执哲妇倾城之语,以律人家国者,毋乃其所见太小耶!盖惟妖媚妒悍之妇人,不误人家国不止,若果智勇深沉,好谋善断,则佐兴一国且有余,遑论一家乎!但为阿保机设法,诱入八部大人,聚而歼旃,虽从此得统一契丹,而居心未免太毒,述律氏亦悍矣哉!若夫晋之攻梁,名正言顺,不劳赘述。晋王之冒险轻进,原违临事而惧,好谋而成之诚,胡柳陂一役,宿将如周德威,亦致战死,此皆由轻率之害。但德威行军日久,奈何不预先戒备,竟为各军所乘!然则其战死也,殆亦有自取之咎乎?盖德威年已衰迈,暮气亦深,无怪其前遇契丹,即望风奔靡也。

第十二回　莽朱瑾手刃徐知训
病徐温计焚吴越军

　　却说梁将贺瑰，据住土山，为晋王所望见，即顾语将士道："今欲转败为胜，必须往夺此山。"说着，即引骑兵下丘，驰至对面土山前，奋勇先登，李从珂、王建及等，随后踵至，统是努力向前，一拥而上，梁兵抵敌不住，纷纷下山，改向山西列阵，尚是气焰逼人。晋军相顾失色，各将请晋王敛兵还营，诘朝复战，独阎宝进言道："王彦章骑兵，已西走濮阳，山下只有步卒，向晚必有归志，我乘高临下，定可破敌，且大王深入敌境，偏师失利，若再引退，必为敌乘，就使收众北归，河朔恐非王有，成败决诸今日，奈何退去？"晋王尚犹豫未决，此时何亦迟疑耶？李嗣昭亦进谏道："贼无营垒，日暮思归，但使精骑往扰，使彼不得晚食，待他引退，麾众追击，必得全胜。"王建及摝甲横槊，慷慨陈词道："敌兵已有倦容，不乘此时往击，更待何时？大王尽管登山，看臣为王破贼！"晋王见他声容俱壮，也愤然道："非公等言，几误大计！"便令嗣昭、建及率领骑兵，先驱突阵，自率各军继进。

　　梁兵正虑枵腹，不妨嗣昭、建及两大将，盛怒前来，大刀长槊，搅入阵中，刀过处头颅乱滚，槊到时血肉横飞，大众逃命要紧，立时溃散。那晋王又率大军驱到，好似泰山压卵一般，所当辄碎。贺瑰拍马返奔，部众大溃，死亡约三万人。这是梁、晋第三次鏖战。

　　晋王存勖得胜还营，检点军士，到也死了不少。又闻德威父子阵亡，不禁大恸道："丧我良将，咎实在我，悔无及了！"德威尚有子光辅，为幽州中军兵马使，留守幽州，当即命为岚州刺史。惟李嗣源与从珂相失，且因军中讹传，晋王已渡河北返，也即乘冰北渡，嗣闻晋王得胜，进拔濮阳城，乃再南渡至濮阳，进谒晋王。晋王冷笑道："汝道我已死吗？仓促北渡，意欲何为？"嗣源顿首谢罪。晋王以从珂有功，不忍加谴，且罚他饮酒一大觥，聊示薄惩。自引军北还魏州，遣嗣昭权知幽州军府事。

　　梁主友贞接到贺瑰败耗，已是不安，随后有王彦章败卒奔还，说是晋军将至，越加惊惶，亟驱市人登城，又欲奔往洛阳，及得行营确报，方知晋军北还，始免奔波，但已是吃惊不小了。写出友贞庸柔。

　　先是晋王发兵攻梁，曾遣使至吴，约他南北夹攻。吴王杨隆演，命行军副使徐知训为淮北行营都招讨使，偕副都统朱瑾等，领兵趋宋亳，与晋相应，且移檄州县，进围颍州。梁令宣武节度袁象先出兵救颍，吴军不战即退。看官！你道吴军何故如此怯弱呢？原来徐知训骄倨淫暴，未惬舆情，所以士无斗志，不愿接仗，知训亦乐得退军，返至广陵，自耽淫乐。但是有势不可行尽，有福不可享尽，似徐知训的生平行谊，那里能保有富贵，安佚终身？借古警世，不啻暮鼓晨钟。说来又是话长，待小子略述知训的行为。

　　知训凭借父威，累任至内外都军使，兼同平章事职衔，平时酗酒好色，遇有姿色的妇女，百计营取。知抚州李德诚，有家妓数十人，为知训所闻，即贻书德诚，向他分肥。德诚覆书道："寒家虽有数妓，俱系老丑，不足侍贵人，当为公别求少艾，徐徐报命。"知训得书大怒道："他连家妓也不肯给我，我当杀死德诚，并他妻室都取了回来！看他能逃我掌中否？"德诚闻之大恐，亟购了几个娇娃，献与知训，知训方才罢休。

　　吴王隆演幼儒，尝被知训侮弄。一日，知训侍隆演宴饮，喝得酩酊大醉，便追隆演下座，令与优人为戏，且使隆演扮作苍鹘，自己扮作参军。什么叫作参军苍鹘呢？向例优人演戏，一人袄头衣绿，叫作参军，一人总丱敝衣，执帽跟着参军，如僮仆状，叫作苍鹘。隆演不敢违拗，只好勉强扮演，胡乱一番罢了。想入非非。又尝与隆演泛舟夜游，隆演先行登岸，知训恨他不逊，用弹抛击隆演，还幸隆演随卒，格去弹子，才免受伤，既而至禅智寺赏花，知训乘着酒意，诟骂隆演，甚至隆演泣下，尚呶呶不休。左右看不上眼，潜扶隆演登舟，飞驶而去。知训怒上加怒，急乘轻舟追赶，偏偏不及，竟持了铁挝，寻击隆演亲吏，扑死一人，余众逃去，知训酒亦略醒，归寝了事。隆演有卫将李球、马谦，意欲为主除害，俟知训入朝时，挟隆演登楼，引着卫卒出击知训，知训随身也有侍从，即与卫士交战，只因寡不敌众，且战且却，可巧朱瑾驰至，知训急忙呼救，瑾返顾一麾，外兵争进，得将李球、马谦两人杀死，卫卒皆遁。知训欲入犯隆演，为瑾所阻，始不敢行，但从此益加骄恣，不特凌蔑同僚，并且嫉忌知诰。

知诰为昇州刺史，修筑府舍，振兴城市，很有富庶气象。润州司马陈彦谦劝徐温徙治昇州，调知浩为润州团练使。知诰乘便入朝，辞行时，知训佯为宴饯，暗中伏甲，欲杀知诰。幸知训季弟知谏素睦知诰，此时亦在座中，蹑知诰足，知诰始知诡计，佯称如厕，逾垣遁去。知训闻知诰已遁，拔剑出鞘，授亲吏刁彦能，令速追杀知诰。彦能追及中途，但以剑示知诰，纵使逃生，自己返报知训，只说是无从追寻，知训无法可施，也即罢论。

朱瑾前助知训，幸得脱难，他却不念旧德，阴怀猜忌。瑾尝遣家妓问候知训，知训将她留住，欲与奸宿。家妓知他不怀好意，乘间逸出，还语朱瑾，瑾亦愤愤不平，嗣又闻知训将他外调，出镇泗州，免不得恨上加恨，于是想出一计，请知训到家，盛筵相待，席间召出宠妓，曼歌侑酒，惹动知训一双色眼，目不转睛地瞟着歌妓。瑾暗中窃笑，佯为奉承，愿以歌妓相赠，并出名马为寿。引得知训手舞足蹈，喜极欲狂。瑾因知训仆从，多在厅外，急切未便下手，乃复延入内堂，召继妻陶氏出见（瑾妻为朱温所掳，已见前）。陶氏敛衽而前，下拜知训，知训当然答礼，不妨背后被瑾一击，立足不住，竟致踣地。户内伏有壮士，持刀出来，刀锋一下，那淫凶暴戾的徐知训，魂灵透出，向鬼门关挂号云了。趣语。

瑾枭下知训首级，持出大厅，知训从人，立即骇散。瑾复驰入吴王府，向杨隆演说道："仆已为大王除了一害！"说着，即将血淋淋的头颅，举示隆演。隆演吓得魂不附体，慌忙用衣障面，嗫嚅答道："这……这事我不敢与闻。"一面说，一面走入内室。实是没用。瑾不禁愤怒交集，大声呼道："竖子无知，不足与成大事！"你亦未免太粗莽了。随即将首击柱，掷置厅上，挺剑欲出，不料府门已阖，内城使翟虔等竟勒兵拥至，争来杀瑾，瑾急奔回后垣，一跃而上，再跃坠地，竟至折足，后面追兵也逾垣赶来，瑾自知不免，便遥语道："我为万人除害，以一身任患，也可告无罪了。"言已，把手中剑向颈一横，也即殒命。

徐温向居外镇，未知子恶，一闻知训被杀，愤怒得了不得，即日引兵渡江，径至广陵，入叩兴安门，问瑾所在。守吏报称瑾死，乃即令兵士搜捕瑾家，自瑾妻陶氏以下，一并拘至，推出斩首。陶氏临刑泣下，瑾妾恰恰然道："何必多哭，此行却好见朱公了！"陶氏闻言，遂亦收泪，伸颈就刑。一妻受污，一妻受戮，难乎其为朱瑾妻。家口尽被诛夷，并令将瑾尸陈示北门。瑾名重江淮，人民颇畏威怀德，私下窃尺埋葬。适值疫气盛行，病人取瑾墓土，用水和服，应手辄愈，更为墓上培益新土，致成高坟。徐温闻知，命剧发瑾尸，投入雷公塘下。后来温竟抱病，梦见瑾挽弓欲射，不由得惊惧交并，再命渔人网得瑾骨，就塘侧立祠，始得告痊。总计朱瑾一生，尚无大恶，也应受此庙祀。温本欲穷治瑾党，为此一梦，才稍变计，又因徐知诰、严可求等，具述知训罪恶，乃幡然道："孽子死已迟了！"遂斥责知训将佐，不能匡救，一律落职，独刁彦能屡有诤言，特别加赏。恐是由知诰代陈。进知诰为淮南节度副使，兼内外马步都军副使，通判府事，命知谏权润州团练事，温仍然还镇。庶政俱决诸知诰。

知诰乃悉反知训所为，事吴王尽恭，接士大夫以谦，御众以宽，束身以俭，求贤才，纳规谏，杜请托，除奸猾，蠲逋税，士民翕然归心。就是悍夫宿将，亦无一不悦服。用宋齐邱为谋主，齐邱劝知诰兴农薄赋，江淮间方无旷土，桑柘满野，禾黍盈郊，国以富强。务本之策，原无逾此。知诰欲重用齐邱，偏是徐温不愿，但令为殿直军判官。齐邱终为知诰效力，每夕与知诰密谋，恐属垣有耳，只用铁筋画灰为字，随书随灭，所以两人秘计，无人得闻。

严可求料有大志，尝语徐温道："二郎君（指知诰）非徐氏子，乃推贤下士，笼络人望，若不早除,必为后患!"温不肯从,可求又劝温令次子知询,代掌内政,温亦不许。知诰颇有所闻,竟调可求为楚州刺史。可求知已遭忌,亟往谒徐温道:"唐亡已十余年,我吴尚奉唐正朔,无非以兴复为名,今朱、李争逐河上,朱氏日衰,李氏日盛,一旦李氏得有天下,难道我国向他称臣吗?不若先建吴国,为自立计。"这一席话,深中徐温心坎,原来温曾劝杨隆演为帝,隆演不答,因致迁延。在温的意思中,自虑权重位卑,得使吴王称帝,自己好总掌百揆,约束各镇。独严可求却另有一种思想,自恐知诰反对,不得不推重徐温,作一靠山。既要推重徐温,不得不阳尊吴王,彼此各存私见,竟似心心相印。

温即留可求参总庶政,令他草表,推吴王为帝,吴王杨隆演仍然却还。温再邀集将吏藩镇,一再上表,乃于唐天祐十六年(这是淮南旧称),即梁贞明五年四月,杨隆演即吴王位,大赦国中,改元"武义",建宗庙社稷,置百官宫殿,文物皆用天子礼,惟不称帝号。追尊行密为太祖,谥曰"孝武王",渥为烈祖,谥曰"景王",母史氏为太妃。拜徐温为大丞相,都督中外军事,封东海郡王,授徐知诰为左仆射,参知政事,严可求为门下侍郎,骆知祥为中书侍郎,立弟濛为庐江郡公,溥为丹阳郡公,浔为新安郡公,澈为鄱阳郡公,子继明为庐陵郡公。濛有才气,尝叹息道:"我祖创造艰难,难道可为他人有吗?"温闻言,惧不能制,竟出濛为楚州团练使。吴王杨隆演本意是不愿称制,只因为徐氏所迫,勉强登台,且见徐氏父子,专权日久,无论如何懊怅,不敢形诸辞色,所以居常怏怏,镇日里沈饮少食,竟致疾病缠身,屡不视朝。想是没福为王。

哪知吴越忽来构衅。吴越王钱镠竟遣仲子传璙,率战舰五百艘,自东洲击吴,警报与雪片相似,连达广陵。吴王隆演病中不愿闻事,一切调兵遣将的事情,当然委任大丞相大都督了。先是吴越王钱镠,本与淮南不和,梁廷因得利用,令他牵制淮南,且加他兼职,授淮南节度使,充本道招讨制置使。钱镠亦尝奉表梁廷,极陈淮南可取状。嗣是屡侵淮南,互有胜负,及梁主友珪篡位,册钱镠为尚父,友贞诛逆嗣统,又授镠为天下兵马元帅。镠遂立元帅府,建置官属,雄踞东南。至吴王隆演建国改元,梁主友贞又颁诏吴越,令大举伐吴,因此钱镠复遣传璙出师。

吴相徐温亟调舒州刺史彭彦章及裨将陈汾,带领舟师,往拒吴越军。舟师顺流而下,到了狼山,正与吴越军相遇,可巧一帆风顺,不及停留,那吴越战舰,又复避开两旁,由他驰过,明明有计。吴军踊跃前进,不意后面鼓角齐鸣,吴越军帅钱传璙,竟驱动战舰,扬帆追来,吴军只好回船与战。甫经交锋,吴越舰中,忽抛出许多石灰,乘风飞入吴船,迷住吴军双目,吴军不住地擦眼,他又用豆及沙散掷过来,吴军已是头眼昏花,怎禁得脚下的沙豆,七高八低,立脚不住,又经吴越军乱劈乱斫,杀得鲜血淋漓,渍及沙豆,愈加圆滑,顿时彼倾此跌,全船大乱。传璙复令军士纵火,焚毁吴船,吴军心惊胆落,四散奔逃。彭彦章还想力战,身被数十创,知穷力竭,情急自刭。陈汾却先已逃回,坐视彦章战死,并不顾救,遂致战舰四百艘,多成灰烬,偏将被掳七十人,兵士伤亡数千名。

徐温闻报,立诛陈汾,籍没家产,半给彦章妻子赡养终身。一面出屯无锡,截住敌军,一面令右雄武统军陈璋,率水军绕出海门,断敌归路,吴越军乘胜进军,与温相值,时当孟秋,暑气未退,温适病热,不能治军,判官陈彦谦亟从军中选一弁目,面貌似温,令他充作军帅,身环甲胄,号令军上,温得少休。既而吴越军来攻中军,温疾已少闲,亲自出战,遥见秋阳暴烈,两岸间葮苇已枯,又值西北风起,正好乘势放火,烧他一个精光,便令军士挟着火具,四散纵火,火随风猛,风引火腾,吴越军立时惊溃。当由温驱兵追击,斩首万计,吴越将何逢、吴建亦被杀死,只传璙遁去。前曾以火攻胜吴,奈何自不及防,岂真一报还一报耶!走至香山,又被吴将陈璋截住去路,好容易夺路逃回。十成水师,已失去七八成了。

徐温令收兵回镇,知诰请派步卒二千,假冒吴越旗帜,东袭苏州。温喟然道:"汝策原是甚妙,但我只求息民,敌已远遁,何必多结仇怨!"也是有理。诸将又齐请道:"吴越所恃,全在舟楫,方今天旱水涸,舟楫不便行驶,这正天亡吴越的机会,何不乘胜进兵,扫灭了他!"温又叹道:"天下离乱,已是多年,百姓困苦极了,钱公亦未可轻视。若连兵不解,反为国忧,今我既得胜,彼已惧我,我且敛兵示惠,令两地人民,各安生业,君臣高枕,岂非快事! 多杀果何益呢!"具有保境息民之意。遂引兵还镇。

嗣复用吴王书,通使吴越,愿归无锡俘囚。吴越王钱镠亦答书求和。两下释怨,休兵息民,彼此和好度日,却有二十年不起烽烟,这未始非徐温所赐呢。应该称美。

越年五月,吴王杨隆演病已垂危。温自升州入朝,与廷臣商及嗣位事宜。或语温道:"从前蜀先主临终时,尝语诸葛武侯,谓嗣子不才,君宜自取。"温不待词毕,即正色道:"这是何言,我若有意窃位,诛张颢时即可做得,何必待至今日? 杨氏已传三主,就使无男有女,亦当拥立,如有妄言,斩首不赦!"大众唯唯听命,乃传吴王命令,召丹阳公杨溥监国,徙溥兄濛为舒州团练使。未几隆演病逝,年仅二十四岁。弟溥嗣立,尊生母王氏为太妃,追尊兄隆演为高祖宣皇帝。小子有诗咏徐温道:

> 权兼内外总兵屯,
> 报国犹知戴一尊。
> 试看入朝排众议,
> 徐温毕竟胜朱温。

吴王溥已经嗣位,国中好几年无事,小子好别叙蜀中情形,欲知蜀事,且阅下回。

是回除首数行外,纯叙吴事,如徐知训之不道,朱瑾诛之宜也;但瑾之所为,未免鲁莽,投鼠尚且忌器,岂有内为屏主,外有强镇,顾可为孤注之一掷乎? 况徐温亦非真懵于事者,特未闻其子之过恶耳。为瑾计,何不致书徐温,直陈知训罪状,令他自行废置,乃诱诛知训,卒致杀身亡家,武夫之一往直前,不知审慎,往往有此大弊。幸徐温入都,心目中尚有吴王,不致篡夺,否则隆演之首,几何而不立陨也。史称温梦瑾挽射,始为改葬,瑾未必有此灵异,但亦因严可求、徐知诰之先陈子恶,未免生悔,悔则因致成梦耳。且隆演幼懦,内外军事,亦赖有徐氏主持,观吴越之大举侵吴,幸温用火攻计,转败为胜,淮南得以无恙。厥后隆演病剧,且使杨氏无男有女,亦当拥立之言,宁得以父子专政,遽谓其罪大功小哉? 篇中抑扬得当,可作史评一则。

第十三回

嗣蜀主淫昏失德
唐监军谏阻称尊

却说蜀主王建杀死太子元膺，改立幼子宗衍为太子（见前第九回）。建子有十一人，为何独立这幼子呢？原来蜀主正室周氏，才貌平常，且无子嗣，虽有妾媵数人，生了数子，怎奈没有丽色。嗣得眉州刺史徐耕二女，入侍后宫，一对姊妹花，具有丽容，仿佛与江东大小乔相似。看官，你想蜀主得此二美，尚有不爱逾珍璧吗？大徐女生子宗衍，小徐女生子宗鼎。宗鼎先生，排行第七，宗衍后生，排行最幼。此外尚有宗仁、宗纪、宗辂、宗智、宗特、宗杰、宗泽、宗平等，均系别媵所出。王建僭号，十一子均得封王。元膺既死，建因宗辂类己，宗杰有才，两子中拟择一为嗣。大徐女已进封贤妃，小徐女亦进封淑妃，两妃专房用事，怎肯令一把龙椅，付与别子？当下令心腹太监唐文扆，赍金百镒，送与宰相张格，嘱他号召百官，立宗衍为太子。张格既得重贿，即草得一表，令百官署名，但说是已奉密旨，决立宗衍。百官以君相定策，不便违议，乐得署名呈入。蜀主览表惊疑道："宗衍幼弱，好立做太子吗？"*未始无识。*适值大徐妃在旁，便即进言道："宗衍已十多岁了，相士谓后当大贵；不过陛下今日，却很为难；诸王十数，后宫充斥，那里挨得着宗衍，妾情愿挈他出宫，免遭人妒，也省得陛下为难呢！"说至此，面上的泪珠儿，已扑簌簌地坠了下来。*妇人惯技。*蜀主连忙慰谕道："我并非不愿立宗衍，但恐他少不更事，反误国计。"徐妃复答道："相臣以下，且一致赞成，只有陛下圣明，虑及此着，妾恐陛下并不为此，无非是左右为难，借此诳妾呢！"蜀主一再申辩，徐妃一再撒娇，弄得蜀主情急起来，便道："罢！罢！我明日决立宗衍便了。"徐妃方含泪谢恩。翌日即立宗衍为太子。

宗衍方颐大口，垂手过膝，顾目见耳，颇知学问，童年即能属文。只是性好靡丽，酷爱郑声，尝集艳体诗二百篇，署名烟花集，传诵全蜀。*但不合人主身份。*既得立为储贰，开府置官，专任一班淫朋狎客，充作僚属，除倡和淫词外，斗鸡击球，镇日戏狎。蜀主尝过东宫，闻里面喧呼声很是热闹，问明底细，乃是太子与诸王蹴鞠，不禁长叹道："我百战经营，才立基业，此辈岂能守成吗？"嗣是颇恨及张格，且有废立意。怎奈徐贤妃从中把持，但将一笑一颦的作态，竟制住这狡猾枭雄的蜀主王建，一成不变，无法改移。

宗杰为蜀主所爱，屡陈时政，不知为何中毒，四肢青黑，霎时身亡。*明明是徐妃下毒。*蜀主益加犹疑，并因年力衰迈，禁不住这般播弄，伤感成疾，无药可医，私念惟北面行营招讨使王宗弼，沉重有谋，可属大事，遂召还成都，令为马步都指挥使，当下宣入寝殿，并饬同宰相张格等，共受面嘱道："太子仁弱，朕曲循众请，越次册立。若他未能承业，可置居别宫，幸勿加害。我子尚多，幸择贤继立。徐妃兄弟，只可优给禄位，慎勿使他掌兵预政，借示保全。"*偏不由你算奈何？*宗弼等唯唯而退，偏此语被徐妃闻知，转告唐文扆。文扆为内飞龙使，久握禁兵，兼参枢密，他竟派兵守住宫门，不令大臣再入。宗弼等三十余人，日夕问安，不得入见，只有慰抚的命令，逐日外颁。宗弼料文扆谋乱，正拟设法抵制，可巧皇城使潘在迎，密报宗弼，说是文扆谋害大臣。宗弼遂带领壮士，排闼入谒，极言文扆罪状。

蜀主王建病虽加剧，尚知人事，乃召太子宗衍入宫侍疾，并令东宫掌书记崔延昌，权判六军事，贬文扆为眉州刺史。翰林学士承旨王保晦，亦坐文扆私党，褫夺官爵，流戍泸州。所有内外财赋及中书除授诸司，与一切刑牍案狱，统委翰林学士庾凝绩承办。都城及行营军旅，统委宣徽南院使宋光嗣管领。光嗣系小太监出身，专务揣摩迎合，因得重用。本来蜀主平时内置枢密使，专用士人，此次恐太子年少，士人不为所用，因特改任宦官，哪知这两川土宇，要被这阉人破裂了！士人不可用，宦官更不可用，王建系残唐狡将，难道未鉴唐事吗？既而蜀主弥留，令宗弼兼中书令，光嗣任内枢密使，与功臣王宗绾、王宗瑶、王宗夔等，同受遗诏。宗弼、宗绾、宗瑶、宗夔，统是王建养子，改姓王氏，辅建有功，俱得兼中书令。及建已病殁，太子宗衍嗣位，除去"宗"字，单名为"衍"。宗弼等晋封为王，尊父建为高祖皇帝，嫡母周氏为昭圣皇后。周氏哀毁成病，未几去世，乃尊生母徐贤妃为皇太后，太后妹徐淑妃为皇太妃，命宋光嗣判六军诸卫事，再夺唐文扆官爵，赐他自尽。王保晦亦诛死，贬宰相张格为茂州刺史，寻又谪为潍州司户。援立宗衍，究有何益？礼部尚书杨玢、吏部侍郎许寂、户部侍郎潘峤，皆坐格党贬官。一朝天子一朝臣，同平章事的位置，授予兵部尚书庾传素（即凝绩从兄）。又用内给事王廷绍、欧阳晃、李周辂、宋光葆、宋承蕴、田鲁俦为将军，各参军事。兄弟诸王，俱使他兼领军使。

彭王宗鼎独遍白兄弟道："亲王掌兵，实是祸本，况主少臣强，谗间必兴，缮甲训兵，殊非我辈应做的事情哩。"遂辞去军使兼职，自营书舍，植松竹自娱，倒也逍遥快活，无是无非。惟宗弼已封巨鹿王，复晋封齐王，总揽大权，职兼文武，凡内外迁除官吏，均出他一人掌握，他得纳贿营私，擅作威福。蜀主衍毫不过问，镇日里醉酒唱歌，靡靡忘倦。即位时，册立一位皇后，乃是前兵部尚书高知言女，端庄沈静，颇有妇德，衍独谓她朴陋少文，不甚惬意。乃更令内教坊严旭，选取良家女子二十人，入备后宫。旭强搜民家，见有姿色女子，无论他家愿与不愿，硬要他献入宫中。唯该家厚给金帛，才得免选，民间怨声载道。旭却腰囊丰盈，至二十人已经满额，入宫复旨。蜀主见他所选各女，统是芙蓉为面，杨柳为眉，不由得喜笑颜开，极称旭办事才能，即擢为蓬州刺史。嗣是左拥右抱，备极欢娱。

还有太后太妃，也最喜冶游，时常至亲贵私第，酣饮达旦。有时蜀主亦与偕行，或同游近郡名山，饮酒赋诗，耗费不可胜计。太后太妃又各出教令，卖官鬻爵，出价最多，得官最速。礼部尚书韩昭，素无才具，但以便佞得幸，又纳赂太后太妃，得升任文思殿大学士，位出翰林承旨上。后妃卖官，古今罕闻。他尝出入宫禁，面悬蜀主，乞买数州刺史官职。得金营第，蜀主衍居然应诺，这真可谓特别加恩了。

蜀主衍改元乾德。乾德元年，改龙跃池为宣华池，就池造苑，大兴工作，越年立高祖庙于万岁桥，蜀主衍奏太后太妃及后宫妃嫔等，入庙祭祀，参用亵味，并及郑声。华阳尉张士乔上疏切谏，顿触衍怒，饬令处斩，还是徐太后当面谕阻，始得免诛，流窜黎州，士乔愤激得很，竟投水自尽。

未几下诏北巡，蜀主衍出发成都，披金甲，冠珠帽，执弓矢而行，旌旗兵甲，亘百余里，人民疑为灌口祆神。到了安远城，令王宗俦、王宗昱、王宗晏、王宗信等（俱王建养子），统兵伐岐，进攻陇州。岐王李茂贞出屯汧阳，遥为援应，蜀偏将陈彦威出散关至箭筈岭，遇着岐兵，打了一回胜仗，便即引还。蜀主衍接得捷报，亲赴利州，龙舟画舸，辉映江渚，州县供张，穷奢极丽，百姓各有怨言。

及抵阆州，见州民何康女美丽过人，即命侍从强行取来。何女已经字人，出嫁有日，经蜀主问明底细，乃赍帛百匹，赐她夫家，饬令别娶，还算是浩荡皇恩，不使向隅，那何女却占为己有，乐得受用。谁料该未婚夫闻这急变，竟致一恸而亡！想也是个情种，可惜何女未能报他。

蜀主衍既得何女，也无心再游，即日归还成都，与何女缱绻月余，又觉得味同嚼蜡，平淡无奇。会奉徐太后往省母家，瞥见一个绝代佳人，极袅娜，极娉婷，端的是玉骨仙姿，不同凡艳。王衍怎肯轻轻放过，询明太后，知是徐耕孙女，与衍为中表姊妹，当下召令出见，携带进宫。看官！你想王衍是个蜀帝，叫徐氏如何违慢，只好睁着双眼，由他携去，入宫以后，颠鸾倒凤，自在意中。那徐女不但美艳，并且曲尽柔媚，极善奉承。引得这位伪天子，非常恋爱，宠冠六宫。既有大小徐妃，复有这位徐女，何徐娘之多耶！徐太后姊妹，因侄女又得专宠，可为母族增光，也为欣慰。偏王衍不欲娶诸母族，反托言是韦昭度女孙，竟封她为韦婕妤，嗣又加封为韦元妃。

六宫粉黛，当然怀妒。最难堪的是正宫高氏，平时本已失宠，自韦妃入宫，更被疏薄，免不得略有怨言。王衍竟将她废去，遣令还家。乃父高知言，时已老迈，闻着此变，顿时惊仆，好容易灌救转来，还是涕泣涟涟，不愿进食，饿了数日竟致死去。何必如此？王衍也不加赙恤，即欲立韦妃为继后，无如宫内还有一位金贵妃，姿容恰也秀媚，兼通绘事。她出世时，天大风雨，母梦见赤龙绕庭，因得分娩，所以闺名叫作飞山，乾德初选入掖庭，曾得专宠，至韦妃入幸，也逐渐见疏。但资格比韦妃为优，势不能后来居上，且有赤龙梦兆，已具瑞征，王衍踌躇多日，不得已立金妃为继后。后来又欲废立，幸亏钱贵妃代为力争，才得定位。惟名目上虽然未易，情意中不甚相亲。蜀宫内佳丽日增，镇日里醵歌恒舞，变成一个花天酒地。俗语说得好，乐极悲生，似这蜀主衍的荒淫无度，尚能不自速危亡吗？为下文伏笔。

可巧梁、晋交争，晋王李存勖出次魏州，得了一个传国宝，系是僧人传真献入，谓由唐京丧乱时所得，秘藏已四十年，于是晋臣相率称贺，接连是上表劝进，怂恿晋王为帝。蜀主衍得知消息，也遣使致书，请晋王嗣唐称尊。劝人称帝，即能自保耶？晋王出书示僚佐道："昔王太师(指王建)亦尝遗先王书，请各帝一方，先王尝语我云：'昔唐天子幸石门，我尝发兵诛贼，当然威震天下。我若挟天子，据关中，自作九锡禅文，何人敢阻？但我家世代忠良，不忍出此，他日务当规复唐室，保全唐祚，慎勿效若辈所为！'此语犹在耳中，我怎好背弃父训呢？"言已泣下，群臣乃暂将称尊事搁起，一时不敢多言。

这时候的梁、晋两国，方在德胜两城间，穷年鏖兵。德胜是个渡名，正当河北要冲，晋王命李存审夹河筑城，分作南北二郭，亦称夹寨。梁将贺瓌率兵往争，大小百余战，终不能克。梁河中节度使冀王朱友谦，因为子令德表求节钺，不得所请，复举河中降晋。梁又起用刘鄩为招讨使，令攻河中。鄩与友谦素有婚谊，先移书谕以祸福，然后进兵。友谦不答，但向晋王处告急，晋王遣李存审往援。及鄩待覆不至，始进逼同州，那时李存审亦已驰至，两下交绥，鄩军败走，梁副使尹皓、段凝等，密表梁主，诬鄩徇亲误国，沿途逗挠，乃有此败。梁主友贞遂潜令西都留守张宗奭将鄩鸩死，贺瓌又复病殁。

梁将中智推刘鄩，勇推贺瓌，相继毕命，诸军夺气。晋军连得胜仗，声威愈振。于是一班攀龙附凤的臣僚，复提出劝进文，陆续呈入，无非说是天命攸归，人心属望，宜应天顺人，亟正大位等语。各镇节度使又各献货币数十万，充作即位经费，还有吴王杨溥亦贻书劝进，遂令这无心称帝的李存勖，也不能抱定宗旨，居然雄心勃勃，想做起皇帝来了。皇帝趣味，究竟动人。

独有一个唐室遗臣，闻知此信，大为不然，遂自晋阳趋魏州，面加谏阻。这人为谁？就是监军张承业，承业竭诚事晋，凡晋王出征，所有军府政事，俱委承业处置。承业劝课农桑，贮积金谷，收养兵马，征租行法，不宽贵戚，因此军政肃清，馈饷不乏。刘、曹两太夫人，尝重视承业，有时承业忤存勖意，两太夫人必痛责存勖，令谢承业。存勖加授承业为左卫上将军，兼燕国公，承业皆固辞不受，但称唐官终身。至是诸臣劝进，晋王已为所动，即至魏州面谏道："我王世忠唐室，历救患难，所以老奴事王，至今已三十余年，为王聚积财赋，召补兵马，誓灭逆贼，恢复本朝宗社，借尽臣心。今河北甫定，朱氏尚存，王乃遽即大位，实与前时征伐初意殊不相同，天下谓王自相矛盾，必致失望，尚有不因此解体吗？今为王计，最好是先灭朱氏，为列圣复仇，然后求立唐后，南取吴，西取蜀，泛扫宇内，合为一家。那时功德无比，就使高祖、太宗，再生今世，也未能高居王上，王让国愈久，即得国愈坚，老奴并无他意，不过受先王大恩，欲为王立万年基业，请王勿疑！"为唐进言，志节可嘉。李存勖徐答道："这事原非我意，但众志从同，不便相违，奈何？"承业知不可止，忍不住恸哭道："诸侯血战，本为唐家，今王乃自取，不特误诸侯，兼误老奴了！"遂辞归晋阳，郁郁成疾，竟不能起。

存勖闻承业得病，一时也不愿称帝。会值成德军变，王镕养子王德明(原姓名为张文礼)竟弑死主将王镕，屠灭王氏家族，且遣使向晋告乱，乞典旌节，为这一番意外情事，又惹动李家兵甲，假仁仗义，往讨镇州。正是：

乱世屡生篡夺祸，

强王又逞甲兵威。

欲知张文礼何故弑主，且看下回分解。

蜀主王建，明知幼子之不能守成，乃为徐贤妃所迫，唐文扆、张格等所怂恿，卒立为太子。举两川数十载之经营，不惜为孤注之一掷，何其误甚？但溯厥祸源，实为一妇人而起，好色者终为色误，王建其明鉴也！夫其父行劫，其子必且杀人，建因好色而误国，衍即因好色而亡国。父作而子述，其祸必有甚于乃父者，故祖父贻谋，断不可不慎耳！自来国家之患，莫如女色，尤莫如宦官。但宦官中亦非无贤者，如张承业之乃心唐室，始终不渝，洵足为庸中佼佼，铁中铮铮之特色。观其谏阻晋王，沥肝披胆，无非为复唐起见。及力谏不从，恸哭而返，遂至悒悒不起，彼其悔所辅之非人乎？笃于效忠，而短于料事，承业亦不得为智。但略迹原心，固足告无愧于天下！故《纲目》于承业之殁，特书曰唐河东监军使，而本回亦特别提明，不没忠节云。

第十四回　助赵将发兵围镇州
嗣唐统登坛即帝位

却说成德节度使赵王王镕，自与晋连和后，得一强援，因乏外患，他不免居安忘危，因佚思淫，大治府第，广选妇女，又宠信方士王若讷，在西山盛筑宫宇，炼丹制药，求长生术。居然一刘仁恭。每一往游，辄使妇人维系锦绣，牵持而上。既入离宫，连日忘归，一切政务，委任宦官李弘规、石希蒙。希蒙素善谄谀，尤见宠幸，尝与镕同卧起，会镕宿西山鹊营庄，李弘规进谏道："今天下强国莫如晋，晋王尚身自暴露，亲冒矢石，今大王搜括国帑，充作游资，开城空宫，旬月不返，倘使一夫闭门不纳，试问大王将归依何处？"镕闻言颇知戒惧，急命还驾。偏石希蒙从旁阻住，不令镕归。弘规怒起，竟遣亲事军将苏汉衡，率兵擐甲，直入庄中，露刃逼镕道："军士已劳敝了，愿从王归国！"镕尚未及答，弘规又继进道："石希蒙逢君长恶，罪在不赦，请亟诛以谢众士。"镕仍不应，弘规竟招呼甲士，捕斩希蒙，掷首镕前。镕无奈驰归，时长子昭祚已挈梁公主归赵（回应卷前），镕遂与熟商，谋诛弘规、汉衡。昭祚转告王德明，遂将弘规、汉衡拿下，一并枭首，且骈戮二人族属。一面搜缉余党，穷究反状，亲军皆栗栗自危。

德明本来狡狯，至此有隙可乘，即煽诱亲军道："大王命我尽坑尔曹，从命实不忍，不从又获罪，应如何区处？"众皆感泣，愿听指挥，德明乃密令亲军千人，夜半逾垣，往弑王镕，适镕与道士焚香受箓，想是祈死。军士不费气力，立斩镕首，携报德明。德明索性毁去宫室，大杀王氏家族，自昭祚以下，悉数毙命。惟梁女普宁公主留下不杀，还有镕少子昭诲，年方十龄，由亲将救出，藏置穴中，幸得不死，后来潜往湖南，髡发为僧，易名崇隐（即卷前晋王许婚之昭诲）。德明仍复姓名为张文礼，向晋告乱，求为留后。晋王即欲加讨，群臣谓方与梁争，不宜更树一敌，乃暂准所请。偏张文礼又密表梁主，但称王氏为乱兵所屠，幸公主无恙，请朝廷亟发精兵万人，由臣更乞契丹为助，自德隶渡河，往攻河东，晋可从此扫灭了。梁主友贞览表未决，敬翔请乘衅规复河北，赵岩、张汉鼎、汉杰等，谓文礼首鼠两端，万不可恃，梁主乃按兵不发。文礼且一再驰书，多被晋军中途搜获。

赵将都指挥使符习，曾率兵万人，从晋王驻德胜城，文礼阴怀猜忌，召令还镇，愿以他将代任。习入谒晋王，涕泣请留。晋王与语道："我与赵王同盟讨贼，谊同骨肉，不料一旦遇祸，竟为所戕，我心很是痛悼。汝若不忘故主，能为复仇，我愿助汝兵粮，往讨逆贼！"有心讨逆，何必许为留后，此次遣习复仇，无非恨他通梁耳。习与部将三十余人，举身投地，且泣且语道："大王诚纪念故主，许令复仇，习等不敢上烦府兵，情愿领本部前往，捕取凶竖，报王氏累世隆恩，虽死亦无恨了！"晋王大喜，立命习为成德留后，领本部兵先进，且遣大将阎宝、史建瑭为后应，自邢、镕北趋，直抵赵州，刺史王镕自知不支，开城乞降。晋王仍令为刺史，即饬移军攻镇州。

文德已经病疽，闻赵州失守，便即吓死，子处瑾秘不发丧，与他将韩正时等悉力拒晋。晋兵渡滹沱河，进薄镇州，城上矢石雨下，史建瑭中箭身亡。晋王得建瑭死耗，拟分兵自往策应，凑巧获得梁军谍卒，俯首乞降，且言梁北面招讨使戴思远将乘虚来袭德胜城，晋王亟命李存审屯兵德胜，李嗣源伏兵戚城，先用羸骑往诱梁兵，待他入境，鼓起伏发。李嗣源先出接仗，已将梁兵冲乱，李存审又从城中杀出，晋王复自率铁骑三千，迎头痛击，斩获梁兵二万余人。

思远窜去，晋王乃拟自往镇州，忽接到定州来书，劝阻进兵，转令晋王动起疑来，暗暗自忖道："王处直从我有年，奈何阻我！"乃即取出文礼与梁蜡书，寄示处直，且传语道："文礼负我，不能不讨！"看官道处直为何劝阻晋王？原来处直闻晋讨文礼，即与左右商议道："镇、定二州，互为唇齿，镇州亡，定州不能独存，此事不可不防。"乃至书晋王，请赦文礼。偏晋王覆词拒绝，害得处直日夕担忧。

处直有庶子名郁，素来无宠，亡奔晋阳，晋王克用曾妻以爱女，累迁至新州防御使。此时处直贰晋，潜遣人语郁，令他重赂契丹，乞师南下，牵制晋军。郁求为继嗣，方才听命，处直不得已许诺。怎奈定州军士都不欲召入契丹，就中又有处直养子刘云郎，改名为都，向为处直所爱，有嗣立意。至是闻郁得为嗣，眼见得定州节钺，被他取去，心下甚是不安，适有小吏和昭劝都先行发难，都遂率新军数百人，闯入府第，挟刃大噪道："公误信孽子，私召外寇，大众无一赞成，昏谬如公，不能再理军事，请退居西宅，聊尽天年！"处直正要面驳，哪知军士一哄而上，把他拥出府中，竟往西第，又逼勒处直妻妾，同至西第中，一并锢住。所有王氏子孙，及处直心腹将士，杀戮无遗。引狼入室，宜遭此祸。都遂遣使报晋王，晋王以处直被幽，免为晋患，即令都代握兵权。都罪不亚文礼，胡为一讨一赏？都得晋王书，诣西第见处直，处直投袂奋起，捶胸大呼道："逆贼！我何负尔？"说至此，四顾无械，竟牵住都袂，张口噬鼻。都慌忙躲闪，掣袖外走，处直忧愤竟死。都复拨兵助晋，晋王即留李存审、李嗣源居守德胜，自率大军攻镇州，城中防守颇严，旬日不克。

蓦得幽州急报，契丹大举南下，涿州被陷，幽州亦在围中了。晋王拟分兵往援，偏定州亦来告急，报称契丹前锋，已入境内，那时晋王不能兼顾，只好先救定州，当下率军北进，行至新城，闻契丹兵已涉沙河，士卒皆有惧容，或潜自亡去，严刑不能止。诸将入账请道："契丹锋盛，恐不可当，又值梁寇内侵，不如还师以救根本。"晋王却也难决，或说宜西入井陉，暂避寇锋。

正在聚议纷纭的时候，忽有一人朗声道："契丹前来，意在利人金帛，并非为镇州急难，诚意相援，大王新破梁兵，威震夷夏，若挫他前锋，他自然遁走了。"晋王瞧着，乃是中门副使郭崇韬，方欲答言，又有一人接入道："强兵在前，有进无退，怎可无故轻动，摇惑人心？"这数语出自李嗣昭，晋王挺身起座道："我意亦是如此！"遂出营上马，自麾铁骑五千，奋勇先进，诸将不敢不从。

至新城北，前面一带统是桑林，晋军从林中分趋，逐队驰至，可巧契丹兵骤马前来，见桑林中尘埃蔽天，几不知有多少人马，当即回辔返奔。晋王分兵追击，驱契丹兵过沙河，多半溺死，契丹主阿保机子被晋军擒还，阿保机退保望都。晋王收兵入定州，王都迎谒马前，愿以爱女妻王子继岌。继岌系晋王第五子，为宠妃刘氏所出，尝随晋王军前，晋王慨然许婚。

休息一宵，便引兵趋望都，中途遇奚酋秃馁（一作托辉），带着许多番骑，前来拦截。晋王兵少，被番骑困在垓心，晋王麾军力战，出入数四，尚不能解，幸李嗣昭率兵三百骑，上前救应，横击奚兵，奚酋乃退。晋王乘势奋击，连败奚酋，契丹主亦立足不住，北奔易州。晋王追赶不及，转入幽州，契丹兵解围遁去，会大雪经旬，平地数尺，虏兵冻毙甚多，阿保机懊怅而还。

先是契丹出兵，实由王郁乞请，郁曾语阿保机道："镇州美女如云，金帛如山，天皇即速往取，可以尽得，否则将为晋有了。"阿保机大喜，独番后述律道："我有羊马千万头，坐踞西楼，自多乐趣，为何劳师远出，乘危徼利呢？况我闻晋王用兵，天下无敌，倘一失败，后悔难追！"此非述律预能知败，实恐阿保机取得赵女，自己必致失宠，故有此谏。阿保机跃然道："张文礼有金五百万，留待皇后，我当代为取来，供给内费。"不出郭崇韬所料。遂不从述律言，悉众南下，不幸吃了几个败仗，嗒然回去，私心懊闷，无处可泄，遂将王郁絷归，锢住狱中。

晋王闻番兵远遁，巡阅番营故址，见他随地布薧，回环方正，均如编剪，虽去无一枝倒乱，不禁长叹道："用法严明，乃能至此，非我中国所可及，后患正不浅哩！"隐伏后文。道言甫毕，那德胜城递到军报，说是梁兵乘虚袭魏，现正吃紧，亟请济师。晋王忙招呼亲军，倍道南行，五日即抵魏州。梁将戴思远烧营遁去。

晋王以南北两敌均已击退，镇州援绝势孤，可以立拔，偏偏兵家得失，不能预料，大将阎宝竟为镇州兵所破，退保赵州。原来阎宝抵镇州城下，筑起长垒，连日围攻，又绝滹沱水环城，断绝内外。城中食尽，夜出五百人觅食，宝亦探知消息，故意纵使出来，拟伏兵掩捕，一鼓尽歼，谁知这五百人鼓噪而至，竟攻长围。宝见他兵少，尚不为备，俄顷有数千人继至，各用大刀阔斧，破围径出，来烧宝营。宝抵挡不住，只好弃营窜去，往守赵州。营中刍粟甚多，统被镇州兵搬去，数日不尽。

晋王闻报，急改任李嗣昭为招讨使，代宝统军。嗣昭驰至镇州，正值镇州守将张处瑾遣兵千人，出城迎粮，被嗣昭率军掩至，杀获几尽，有数人避匿墙墟间，嗣昭跃马弯弓，迭发迭中。不意城上有暗箭射来，正中嗣昭脑上。嗣昭忍痛拔箭，返射守卒。一发即毙，时已日暮，回营裹创，血流不止，竟尔晕毙。凶信传到魏州，晋王很是悲悼，好几日不食酒肉，继闻嗣昭遗言，暂将泽潞兵授判官任圜，令督诸军攻镇州，晋王依言而行，一面调李存进为招讨使，进营东垣渡，立栅未就，镇州将张处球（即处瑾弟）领兵七千人，突来劫寨。存进慌忙对敌，出斗桥上，杀毙镇兵无数，自己亦战殁阵中。

镇州力竭粮尽，张处瑾等束手无策，只好遣使至魏州乞降，使人方去，晋王已遣李存审到来，挥兵猛扑，两下相持至暮。城中守将李再丰愿为内应，乘着夜阑月黑，投缒招引晋军，晋军缘缒而上，到了黎明，全军毕登，擒住张文礼妻及子处瑾、处球、处琪，及余党高蒙、李翥、齐俭等，拟送魏州，赵人请命军前，愿得此数人，为故主泄恨。存审报明晋王，准如所请，赵人将数人醢为肉泥，顷刻食尽，又掘发张文礼尸，寸磔市曹。且向故宫灰烬中，检出赵王王镕遗骸，以礼祭葬。授赵将符习为成德节度使，习泣辞道："故使无后，习当斩衰送葬，俟礼毕听命。"既而葬毕，仍诣魏州，赵人请晋王兼领成德军。晋王许诺，另拟割相、卫二州，置义宁军，即命习为节度使。习复辞道："魏博霸府，不应分疆，愿得河南一镇，归习自取，方不虚縻廪禄呢。"乃以习为天平节度使，兼东南面招讨使，加李存审兼侍中。

是时晋魏州刺史李存儒，原姓名为杨婆儿，以俳优得幸。既为刺史，专事剥民，州民交怨，梁将段凝、张朗等，引兵袭入，执住存儒，遂拔卫州，又与戴思远攻陷淇门、共城、新乡，于是澶州以西，相州以南，复为梁有。还有泽潞留后李继韬，竟叛晋降梁，受梁命为节度使。继韬系李嗣昭次子，嗣昭曾任泽潞节度使，及战殁镇州，长子继涛袭职。因秉性懦弱，为弟继韬所囚。晋王以用兵方殷，无暇过问，权命继韬为留后。泽潞本置昭义军，至是改称安义军。继韬虽得窃位，心中终不自安，幕僚魏琢、牙将申蒙，复语继韬道："晋朝无人，将来终为梁所并，不如先机归梁为是。"继韬弟继远亦劝兄降梁。继韬乃遣继远奉表梁廷，梁主喜甚，立授继韬节度使。

惟昭义旧将裴约曾戍泽州，涕泣誓众道："我服事故使，已逾二纪，尝见故使分财享士，志灭仇雠，不幸一旦捐馆，柩尚未葬，乃郎君遽背君亲，甘心降贼，诚不可解？我宁死不肯相从哩！"也是符习流亚。遂据城自守，梁遣偏将董璋往攻，久不能克。继韬散财募士，尧山人郭威应募，尝杀人系狱，继韬惜他才勇，纵令逸去（郭威事始此）。一面发新募各兵，往助董璋，裴约向魏州乞援，偏晋王李存勖创行帝制，镇日间编订礼仪，竟无心顾及泽州。

看官阅过上文，应知晋臣劝进，已不止一两次，只因监军张承业力加谏阻，又延宕了一两年。偏承业得病不起，奄卧年余，竟致逝世，晋王虽似含哀，却带着三分喜意，僚佐觑透隐情，因复上笺劝进。五台山僧人又献入古鼎，目为祥瑞。晋王乃命有司制置百官省寺，仗卫法物，定期四月举行，派河东判官卢质为大礼使，就在魏州牙城南面，筑起坛墠，行即位礼。晋王本奉唐正朔，称为天祐二十年，至四月上旬，升坛称帝，祭告天神地祇，改元同光，国号唐。宣制大赦，授行台左丞相豆卢革为门下侍郎，右丞相卢澄为中书侍郎并同平章事，中门使郭崇韬、昭义监军使张居翰并为枢密使，判官卢质、掌书记冯道俱充翰林学士，升魏州为东京兴唐府，号太原（即晋阳）为西京，镇州为北都，令魏博判官王正言为兴唐尹，都虞侯孟知祥为太原尹，充西京副留守，泽潞判官任圜为真定尹，充北京副留守，凡李存审、李嗣源等一班功臣，统加官进秩，兼任节度使如旧。追尊曾祖执宜为懿祖皇帝，祖国昌为献祖皇帝，父克用为太祖皇帝，立庙晋阳。除三代外，又奉唐高祖、太宗、懿宗、昭宗四主，分建四庙。与懿祖以下，合成七室，尊生母曹氏为皇太后，嫡母刘氏为皇太妃。刘氏毫不介意，依着故例，向太后曹氏处称谢，曹氏恰有惭色，离座起迎，露出那局蹐不安的状态，刘氏独治然道："愿吾儿享国无穷，使我得终天年，随先君于地下，已是万幸！此外还计较什么？"曹氏亦相向唏嘘。嗣命宫中开宴，彼此对坐，略迹言情，尽欢而罢。后人共称刘太妃的美德。小子恰有一诗道：

> 并后犹防祸变随，
> 况经嫡庶乱尊卑；
> 私图报德成愚孝，
> 亚子开基礼已亏！

晋王李存勖已改号为唐，当然称为唐主，其时尚留魏州，意欲攻梁，巧值梁郓州将卢顺密奔唐，献袭取郓州策，唐主乃召群臣会议，议决后如何进止，待至下回表明。

张文礼弑养父王镕，固有应讨之罪，晋王讨之，宜也。但文礼宜讨，而王都亦曷尝不宜讨？晋王独以私废公，授彼节钺，闻急赴援，且与之约为婚姻，所谓见利忘义者非耶！即是以观晋王之心术，已可见矣。镇州虽下，逆子骈诛，而卫州一带，复为梁取，李继韬又以潞州降梁，是固非称帝之时，乃以张承业之去世，五台山僧之献鼎，即称尊魏州，前时之假面具，一举尽撤，既食前言，兼露骄态，识者已知其不终。况于生母而尊之，于嫡母而抑之，嫡庶倒置，贻谋不臧，宁待刘后之专权乱政，始肇危机耶？

阅者于文字间细心求之，褒贬固自不苟云。

第十五回　王彦章丧师失律
梁末帝陨首覆宗

却说唐主李存勖，因郓州将卢顺密来降，即欲依顺密计议，进袭郓州。当下与诸臣商定进止，郭崇韬等都说未可。唐主独召李嗣源入商，嗣源尝自悔胡柳渡河，致遭谴罚（见十二回），至是欲立功补过，即慨然进言道："我朝连年用兵，生民疲敝，若非出奇取胜，大功何日得成？臣愿独当此任，勉图报命！"唐主大悦，立遣他率兵五千，潜趋郓州。行至河滨，天色昏暮，夜雨沈阴，军士多不欲进行，前锋将高行周宣言道："这是天助我成功哩！郓人今日，必不防备，我正好出他不意，进取此城。"遂渡河东趋，直抵城下，李从珂缘梯先登，军士踊跃随上，守卒至此始觉，哪里还及抵敌，徒落得身首分离，做了数十百个刀头鬼。从珂开城迎入嗣源，再攻牙城，一鼓即下，擒住州官崔笃、判官赵凤，送入兴唐府。唐主喜甚，叹嗣源为奇才，即命为天平节度使。

梁主友贞闻郓州失守，惊惶得了不得，斥罢北面招讨使戴思远，严促他将段凝、王彦章等，发兵进战。梁相敬翔自知梁室将危，即入见梁主道："臣随先帝取天下，先帝录臣菲才，言无不用，今敌势益强，陛下乃弃忽臣言，臣尸位素餐，生亦何用，不如就此请死吧！"说至此，即从靴中取出一绳，套入颈中，作自经状。后常未见良谟，遇急则以死相胁，是乃儿女子态，不足与言相道。梁主急命左右救解，问所欲言。敬翔道："大局日危，事机益急，非用王彦章为大将，万难支持了！"用一王彦章，即能救亡吗？梁主点首，即擢彦章为北面招讨使，段凝为副。彦章入见梁主，梁主问他破敌的期限，彦章答以三日，左右都不禁失笑。

及彦章退出，即向滑州进发，两日即至，召集将士，置酒大会，暗中却遣人至杨村具舟，夜命甲士六百人，各持巨斧，与冶工一同登舟，顺流而下，时饮尚未散，彦章佯起更衣，从营后趋出，引精兵数千，循河南岸，直趋德胜南城。德胜守将为朱守殷，唐主曾遥嘱道："王铁枪勇决过人，必来冲突德胜，汝宜严备为是。"守殷屯兵北城，总道彦章出兵，无此迅速，所以未曾预防。哪知彦章所遣的兵船，乘风前来，先由冶工炽炭，烧断河中的铁锁，再由甲士用斧砍断浮桥，南城孤立失援，王彦章麾兵驰至，急击南城，立被破入，杀毙守兵数千人，计自彦章受命出师，先后正值三日，已将德胜南城夺下。朱守殷忙用小船载兵，渡河往援，又被彦章杀退。彦章复进拔潘张、麻家口、景店诸寨，军势大振。

唐主闻报，亟遣宦官焦守宾，趋杨刘城，助镇使李周固守。且命守殷弃去德胜北城，撤屋为筏，载着兵械，俱至杨刘。王彦章亦撤南城屋材，浮河而下，作为攻具。两造各行一岸，每遇弯曲，便即交斗，飞矢雨集，一日百战，兵械往往覆没，各有损伤。彦章又偕副使段凝，率十万众进攻杨刘，好几次冲毁城堞，赖李周悉力堵御，始得保全。彦章猛攻不下，退屯城南，另用水师据守河津。

李周飞使告急，唐主自率兵赴援，至杨刘城，见梁兵堑垒复叠，无路可通，也不禁忧急起来。当下向郭崇韬问计，崇韬答道："今彦章据守津要，实欲进取东平，若我军不能南进，彼必指日东趋，郓州便不可守了。臣请在博州东岸，筑城戍兵，截住河津，既可接应东平，复可分贼兵势。但或被彦章调知，前来薄我，使我无暇筑城，恰是一桩大患。臣愿陛下募敢死上，日往挑战，牵缀彦章，彦章十日不得东行，城已筑就，当可无虑了。"唐主一再称善。即命崇韬率兵万人，黉夜往博州，至麻家口渡河筑城，昼夜不息。

唐主在杨刘城下，与彦章日夕苦战，杀伤相当，才阅六日，彦章得知崇韬筑城，便统兵往攻。城方筑就，未具守备，且沙土疏恶，不甚坚固。崇韬亟鼓励部众，四面拒战。彦章兵约数万,且用巨舰十余艘,横亘河流,断绝援路,气势张甚。犹幸崇韬身先士卒,死战不退,尚自支持得住,一面请唐主济师,唐主自杨刘驰援,列阵新城西岸。城中望见援师,顿时增气,呼叱梁军。梁军始有惧色,断绁收缆,彦章亦自知无成,解围退去。前时虽得幸胜,此次不免却退,王铁枪亦徒勇耳。郓州奏报始通,李嗣源密表唐主,请正朱守殷罪状,唐主不从。守殷系唐主日役苍头,所以不忍加罪。为私废公,终属未当。随即引兵南下,彦章等复趋杨刘,唐骑将李绍荣先驱至梁营,擒住梁谍牧人,复纵火焚梁连舰,段凝首先怯退,彦章亦自杨刘退保杨村,唐军奋力追击,斩获梁兵万人,仍得屯德胜城,杨刘城中,已三日无食,至此始得解围,守兵乃共庆更生了。

先是彦章在军,深恨赵、张乱政,尝语左右道:"待我成功还朝,当尽诛奸臣以谢天下。"机事不密则害成,可见彦章是徒勇无谋。这二语为赵、张所闻,私相告语道:"我等宁受死沙陀,不可为彦章所杀!"因结党构陷彦章。段凝尝倚附赵、张,素与彦章不协,在军时动与龃龉,多方牵掣。每有捷奏,赵、张即归功段凝,至败书报入,乃归咎彦章。梁主友贞高居深宫,怎知外事。且恐彦章成功难制,召还汴梁,把军事悉付段凝。自是将士灰心,梁室覆亡不远了。叙出梁亡之由来。

唐主闻彦章已退,乃还军兴唐府。泽州守将裴约连章告急,唐主叹息道:"我兄不幸,生此枭獍(嗣昭为克用养子,故唐主称嗣昭为兄)!裴约能知顺逆,不可使陷没敌中。"乃顾指挥使李绍斌道:"泽州系弹丸地,朕无所用,卿为我救裴约,叫他回来。"绍斌奉命而去,及趋至泽州,城已被陷,裴约战死,乃返报唐主,唐主悲悼不已。

嗣闻梁将段凝继任招讨使,督军河上,且从酸枣决河,东注曹濮及郓州,隔绝唐军,不由得冷笑道:"决水成渠,徒害民田,难道我不能飞渡吗?"遂统军出屯朝城。可巧梁指挥使康延孝得罪梁主,引百骑来奔。唐主召入,赐他锦袍玉带,温颜问以梁事。延孝答道:"梁朝地不为狭,兵不为少,但梁主暗懦不明,赵岩、张汉杰等,揽权专政,内结宫掖,外纳货赂,段凝本无智勇,徒知克剥军饷,私奉权贵,王彦章、霍彦威诸宿将,反出凝下。梁主不善择帅,并且用人不专,每一发兵,辄令近臣监制,进止可否,悉取监军处分。近又闻欲数道出兵,令董璋趋太原,霍彦威寇镇定,王彦章攻郓州,段凝当陛下,定期十月大举。巨窃观梁朝兵力,聚固不少,分即无余。陛下但养精蓄锐,待他分兵,趁着梁都空虚的时候,即率精骑五千,自郓州直抵大梁,不出旬月,天下可大定了。"策固甚善,但叛梁降唐,又为唐献议灭梁,心术殊不可问。唐主大喜,即授延孝为招讨指挥使。

果然不到数日,即闻王彦章进攻郓州。原来彦章应召还梁,入见梁主,用笏画地,历陈胜败形迹,赵岩等劝他不恭,勒归私第。旋拟分道进兵,乃再命彦章攻郓州,仅给保銮将士五百骑及新募兵数千人,归他统领。另使张汉杰监彦章军,彦章快快东行。梁主又令段凝带着大兵,牵制唐主。凝屡遣游骑至澶、相二州间,抄掠不休。泽、潞二州,为梁援应。契丹因前次败还,日思报复,传闻俟草枯冰合,深入为寇。唐主至此,颇费踌躇。宣徽使李绍宏等都说是郓州难守,不如与梁讲和,调换卫州及黎阳,彼此划河为界,休兵息民,再图后举。唐主勃然变色道:"诚如此言,我等无葬身地了!"遂斥退绍宏等人,另召郭崇韬入议,崇韬进道:"陛下不栉沐,不解甲,已十有五年,无非欲篝灭伪梁,雪我仇耻,今已正尊号。河北士庶,日望承平,方得郓州尺寸土,乃仍欲弃去,还为梁有,臣恐将士解体,将来食尽众散,就使画河为境,何人为陛下拒守哩?臣尝细问康延孝,已知伪梁虚实。梁悉举精兵授段凝,据我南鄙,又决河自固,谓我不能飞渡,可以无患。彼却使王彦章侵逼郓州,两路下手,摇动我军,计非不妙。但段凝本非将才,临机未能决策,彦章统兵不多,又为梁主所忌,亦难成事。近得敌中降卒,俱言大梁无兵,陛下若留兵守魏,固保杨刘,自率精兵与郓州合势,长驱入汴,彼城中既经空虚,势必望风瓦解,伪主授首,敌将自降。否则今年秋谷不登,军粮将尽,长此迁延,且生内变,俗语有云:筑室道旁,三年不成,愿陛下奋志独断,勿惑众议!帝王应运,必有天命,为什么畏首畏尾哩?"崇韬智勇,确是过人。唐主闻言,不禁眉飞色舞道:"卿言正合朕意,大丈夫成即为王,败即为虏,我便决计进行了!"

既而得李嗣源捷报,谓已遣李从珂等击败王彦章前锋,彦章退保中都。唐主顾语崇韬道:"郓州告捷,足壮吾气,就此进兵,下必迟疑!"当下命将士遣还家属,尽入兴唐府,并将随身第三妃刘氏及皇子继岌也遣归兴唐,自送至离亭,唏嘘与诀道:"国家成败,在此一举,事若不济,当就魏宫中聚我家属,悉数尽焚,毋污敌手!"刘氏独怡然道:"陛下此去,必得成功,妾等将长托鸿庥,何致变生意外呢?"言已,从容告别。能博唐主欢心,就在此处。

唐主嘱李绍宏送归刘氏母子,且饬他与宰相豆卢革、兴唐尹王正言等同守魏城。自率大军由杨刘渡河,直至郓州,与李嗣源会师。即命嗣源为前锋,乘夜进军,三鼓越汶河,逼梁中都。中都素无守备,虽由王彦章屯扎,怎奈兵不满万,且多是新来募兵,将卒不相习,行阵不相谙,任你百战不殆的王彦章,也是有力难使,孤掌难鸣。初得侦报,闻唐主亲自到来,忙选前锋数千人,出城十里,前往堵截,不值唐军一扫,剩得几个败卒,逃回中都。彦章焦急异常,正拟弃城奔回,城外已鼓角齐鸣,炮声大震,唐军数万人,乘胜杀到。彦章登城遥望,但见戈铤耀日,旌旗蔽空,一班似虎似罴的将士,拥着一位后唐主子李存勖,踊跃前来,禁不住仰天叹道:"如此强敌,叫我如何对付呢?"当下饬军登陴,谕令固守。偏各兵士望见唐军,统已魂驰魄散,意变神摇,勉强守了半日,那唐军的强弓硬箭,接连射上,飞集城头,守兵多中箭晕仆,余卒哗走城下。彦章料不可支,没奈何开城突围,仗着两杆铁枪,挑开血路,破了一重,又有一重,破了两重,又有两重,等到重重解脱,向前急奔,身上已遍受重创,手下已不过数十骑,只因逃命要紧,不得不勉力趱程。偏后面有人叫道:"王铁枪!王铁枪!"彦章不知为谁,回马相顾,那来人手起塑落,刺伤彦章马头,马即仆地,彦章当然跌下,时已重伤,无力跳免,眼见被来将捉去。徒勇者终不得其死。

看官道是何人捉住彦章?原来是唐将李绍奇。唐主麾动兵士,围捕梁将,擒住监军张汉杰,曹州刺史李知节及裨将赵廷隐、刘嗣彬等二百余人,斩首至数千级。王彦章尝语人道:"李亚子系斗鸡小儿,怕他做甚?"至是被绍奇缚送帐下,唐主笑问道:"汝尝目我为小儿,今日肯服我否?"彦章不答,唐主又问道:"汝系著名大将,奈何不守兖州,独退处危城?"彦章正色道:"天命已去,尚复何言?"唐主惜彦章材勇,谕令降唐,且赐药敷他创痕。彦章长叹道:"我本一匹夫,蒙梁朝厚恩,位至上将,与皇帝交战十五年,今兵败力竭,不死何为!就使皇帝意欲生我,我有何面目见天下士,岂可朝为梁将,暮作唐臣吗?"忠壮可风。

唐主令暂居别室,再遣李嗣源往谕。嗣源小名邈佶烈,彦章倨卧自若,毅然说道:"汝非邈佶烈吗?休来诱我!"嗣源愤然归报。唐主大开盛筵,宴集将佐,即命嗣源列坐首席,举酒相属道:"今日战功,公为首,次为郭卿崇韬。向使误听绍宏等言,大事去了。"又语诸将道:"从前所患,只一王彦章,今已就擒,是天意已欲灭梁了。但段凝尚在河上,究竟我军所向,如何为善?"诸将议论不一,或言宜先徇海东,或言须转攻河上,独康延孝请亟取大梁。李嗣源起座道:"兵贵神速,今彦章就擒,段凝尚未及知,就使有人传报,他必半信半疑。如果知我所向,即发救兵,亦应由白马南渡,舟楫何能猝办?我军前往大梁,路程不远,又无山险梗阻,可以方阵横行,昼夜兼程,信宿可至,窃料段凝未离河上,友贞已为我所擒了!陛下尽可依延孝言,率大军徐进,臣愿带领千骑,为陛下前驱!"唐主遂令撤宴,即夕遣嗣源先行。

翌晨,唐主率大军继进,令王彦章随行,途次问彦章道:"我此行能保必胜否?"彦章道:"段凝有精兵六万,岂肯骤然倒戈,此行恐未必果胜呢!"唐主叱道:"汝敢摇我军心吗?"遂令左右推出斩首,彦章慨然就刑,颜色不变,及处斩后,献上首级,唐主亦叹为忠臣,即命藁葬。越二日到了曹州,梁守将开城迎降。

梁主友贞迭接警报,慌得手足无措,亟召群臣问计,大众面面相觑,不发一言。梁主泣语敬翔道:"朕自悔不用卿言!今事已万急,幸勿怨朕,为朕设一良谋!"翔亦泣拜道:"臣受先帝厚恩,已将三纪,名为宰相,不啻老奴,事陛下如事郎君。臣尝谓段凝不宜大用,陛下不从。今唐兵将至,段凝限居河北,不能入援。臣欲请陛下避狄,谅陛下必不肯从,欲请陛下出奇合战，陛下亦未必决行。今日虽良、平复出，亦难为陛下设法，请先赐臣死，聊谢先帝！臣不忍见宗社沦亡哩！"全是怨言，何济国难。梁主无词可答，只得相向恸哭。哭到无可如何，乃令张汉伦驰骑北去，追还段凝军。汉伦到了滑州，坠马伤足，又为河水所限，竟不能达。梁都待援不至，越加惶急。城中只有控鹤军数千，朱珪请率令出战，梁主不从，但召开封尹王瓒，嘱托守城。瓒无兵可调，不得已驱迫市民，登城为备。唐军尚未薄城，城内已一日数惊，朝不保夕了。

先是梁故广王全昱子友诲为陕州节度使，颇得人心，或诬他勾众谋乱，召还都中，与友诲兄友谅、友能，并锢别第。及唐军将至，梁主恐他乘危起事，一并赐死，并将皇弟贺王友雍、建王友徽，亦勒令自尽，自登建国楼，唏嘘北望，或请西奔洛阳，或请出诣段凝军。控鹤都指挥使皇甫麟道："凝本非将才，官由幸进，今时事万急，能望他临机制胜，转败为功吗？且凝闻彦章军败，心胆已寒，恐未必能为陛下尽节呢！"赵岩亦从旁接口道："事势至此，一下此楼，谁心可保？既亡梁室，复死梁主，汝心果如何生着？梁主乃止，复召宰相郑珏等问计，珏答道："愿请将陛下传国宝赍送唐营，为缓兵计，徐待外援。"梁主道："朕本不惜此宝，但如卿言，事果可了否？"珏俯首良久，乃出言道："尚恐未了。"左右皆从旁匿笑，珏怀惭而退。梁主日夜涕泣，不知所为，及在卧寝间检取传国宝，已不知何时失去，想已被从臣窃出，往献唐车了。越日传到急耗，唐军将至城下，最信任的租庸使赵岩又不别而行，潜奔许州。梁主已无生望，乃召语皇甫麟道："李氏是我世仇，理难低头，我不俟他刀锯，卿可先断我首！"麟答道："臣只可为陛下仗剑，效死唐军，怎敢奉行此诏？"梁主道："卿欲卖我吗？"麟急欲自刎，梁主阻手道："当与卿俱死！"说至此，即握麟手中刃，向颈横，鲜血直喷，倒毙楼侧，麟亦自杀。史称梁主友贞为末帝，在位十年，享年止三十六岁。梁自朱温篡位，国仅一传，共得一十六年而亡。小子有诗叹道：

> 登楼自尽亦堪哀，
> 阶祸都由性好猜
> 宗室骈诛黎老弃，
> 覆宗原是理应该！

过了一日，唐前锋将李嗣源始到大梁城下，王瓒即开城迎降。欲知后事，且至下回再阅。

梁室大将，只一王彦章，然角力有余，角智不足。观其取德胜南城，适与三日之言相符。第一时之侥幸耳！彼守德胜者为朱守殷，故为所掩袭，若易以他将，宁亦能迎刃而下耶？迨晋主自援杨刘，用郭崇韬计，筑城博州东岸，而彦章即无从施技。迭次败北，及奉召还朝，用笏画地，亦无非堂陛空谈，何怪梁主之不肯信任也！若段凝更不足道！决河阻敌，反致自阻，及梁室已亡，又不能如王彦章之决死，欧阳公作死节传，首列彦章，其固因彼善于此，而特为表扬乎？梁主友贞，所任非人，故未至而已内溃，首先陨而即亡家，愚若可悯，咎实自取，且死期已至，尚忍摧残骨肉，天下有如是忮刻者，而能长享国家乎？史称其宠信赵、张，疏弃敬、李，以至于亡，是尚未能尽梁主之失也。

第十六回

灭梁朝因骄思逸
册刘后以妾为妻

却说唐将李嗣源,到了大梁城下,王瓒开门迎降。嗣源入城,抚安军民。未几唐主亦至,嗣源率梁臣出迎。梁臣拜伏请罪,由唐主温词抚慰,令仍旧职。又举手引嗣源衣,用首相触道:"我有天下,统是卿父子的功劳,此后富贵,应与卿父子同享了!"暗射下文。既入城,御元德殿受贺,梁相李振语敬翔道:"新主已有诏赦罪,我辈理当入朝。"翔慨然道:"我二人同为梁相,君昏不能谏,国亡不能救,新君若问及此事,将如何对答呢?"李振退出,次日竟入谒唐主。有人报告敬翔,翔叹道:"李振谬为丈夫,国亡君死,有何面目入建国门呢?"遂投缳自尽。还算有志。

唐主命缉梁主友贞,有梁臣携首来献,当由唐主审视,怃然叹道:"古人有言,敌惠敌怨,不在后嗣。朕与梁主十年对垒,恨不得生见他面。今已身死,遗骸应令收葬;惟首级当函献太庙,可涂漆收藏。"左右闻谕,当然依言办理。一面遣李从珂等,出师封邱,招降段凝。凝正率兵入援,遣部将杜晏球为先锋,途次接得唐主诏敕,晏球即赍书从珂,情愿投降。凝众五万,统随凝投诚。凝诣阙请罪,唐主好言抚慰,并温谕将士,仍使得所。

凝扬扬自得,毫无愧容。梁室旧臣,相见切齿,凝遂暗地进谗,极力排斥。于是贬梁相郑珏为莱州司户,萧顷为登州司户,翰林学士刘岳为均州司马,任赞为房州司马,封翘为唐州司马,李怿为怀州司马,窦梦徵为沂州司马,崇政院学士刘光素为密州司户,陆崇为安州司户,御史中丞王权为随州司户,共计十一人,同日黜逐。段凝意尚未足,再与杜晏球联名上书,谓梁要人赵岩、张汉杰、朱珪等,窃弄威福,残害生群,不可不诛。唐主再下诏令,首罪敬翔、李振,说他党同朱氏,共倾唐祚,宜一并诛夷。朱珪助虐害良,张氏族属,荼毒生灵,一应骈戮。赵岩在逃,饬严加擒捕,归案正法。

这诏一下,除敬翔已死外,所有李振、朱珪、张汉杰、张汉伦等,均被缚至汴桥下,尽行处斩。所有妻孥人等,亦被收戮,敬翔家属,也并受诛。赵珪逃至许州,为匡国节度使温韬所杀,献首唐廷。岩家满门抄斩,自不必说。以上诸人非无应诛之罪,但由段凝媒蘖,始命诛夷,唐主于凝何德?于群臣何仇耶?赐段凝姓名为李绍钦,杜晏球姓名为李绍虔。追废朱温、朱友贞为庶人,毁去梁宗庙神主,并欲发朱温墓,斫棺焚尸。河南尹张宗奭已复名全义,自河南入朝唐主,唐主与语掘墓事,全义面陈道:"朱温虽陛下世仇,但死已多年,刑无可加,乞免焚斫,借示圣恩!"不忆妻女被淫否?唐主乃止,只令铲除阙室,削去封树,便算了事。乃颁诏大赦,凡梁室文武职员将校,概置不问。令枢密使郭崇韬权行中书事,寻晋封为太原郡侯,赐给铁券,并兼成德军节度使,崇韬职兼内外,竭忠无隐,唐主亦倚为心膂。豆卢革、卢程等,本没有什么才能,无非因唐室故旧,得厕相位,坐受成命罢了。

唐主命肃清宫掖,捕戮朱氏族属。所有梁主妃嫔,多半怕死,统是匍匐乞哀,涕乞求免,独贺王友雍妃石氏,兀立不拜,面色凛然。唐主见她车容盛鬋,体态端庄,不禁爱慕起来,便谕令入侍巾栉。石氏瞋目道:"我乃堂堂王妃,岂肯事你胡狗。头可斩,身不可辱!"朱氏中有此烈妇,安可不传!唐主怒起,即令斩首。继见梁末帝妃郭氏,缟裳素袂,泪眼愁眉,仿佛似带雨梨花,娇姿欲滴,便和颜问她数语,释令还宫。此外一班妃妾,或留或遣,多半免刑。是夕召郭氏侍寝,郭氏贪生畏死,没奈何解带宽衣,一任唐主戏弄。这也是朱温淫恶的孽报,该当有此出丑哩。好淫者其听之。

已而唐主第三夫人刘氏及皇子继岌,自兴唐府至汴,当由唐主迎入,重叙欢情。刘氏家世本微,籍隶成安,乃父黄须,通医卜术,自号刘山人。唐主攻魏,裨将袁建丰掠得刘女,年不过六七龄,生得聪明伶俐,娇小风流。唐主爱她秀慧,挈入晋阳,令侍太夫人曹氏。太夫人教她吹笙,一学即能,再教以歌舞诸技,无不心领神会,曲尽微妙。转瞬间已将及笄,更觉得异样鲜妍,居然成了一代尤物。唐主随时省母,上觞称寿,自起歌舞,曹氏即命刘女吹笙为节,悠扬宛转,楚楚动人,尤妙在不疾不徐,正与歌舞相合。唐主深通音律,闻刘女按声度曲,一些儿没有舛误,已是惊喜不置,又见她千娇百媚,态度缠绵,越觉可怜可爱,只管目不转睛,向她注射。曹太夫人也已觉着,便把刘女赐予为妾。唐主大喜过望,便拜谢慈恩,挈她同至寝室,去演那龙凤配了。当时唐主正室为卫国夫人韩氏,次为燕国夫人伊氏,自从刘女得幸,作为第三个妻房,也封为魏国夫人。刘氏生子继岌,貌颇类父,甚得唐主欢心,刘氏因益专宠。

唐主经营河北,每令刘氏母子相随。刘叟闻女已贵显,诣魏宫入谒,自称为刘氏父,唐主令袁建丰审视,建丰谓得刘氏时,曾见此黄须老人,挈着刘氏,偏刘氏不肯承认,且大怒道:"妾离乡时,尚略能记忆,妾父已死乱兵中,曾由妾恸哭告别,何来这田舍翁,敢冒称妾父呢?"忍哉此妇!因命笞刘叟百下,可怜刘叟老迈龙钟,那里禁受得起?昏晕了好几次,方得苏转,大号而去。入谒时,何不一卜,乃受此无情杖耶!看官!你想这位刘夫人,连生父尚不肯认,何况是他人呢?

既至汴宫,闻唐召幸梁妃,自然生了醋意,便提出一番正语,与唐主大起交涉。唐主也自觉不合,乃出梁妃为尼。这位梁妃郭氏,被唐主占宿数宵,仍然不得享受荣华,只好洒泪别去。唐主慨赠金帛,并赐名誓正,作为最后的恩典。刘氏尚恐他藕断丝连,定要唐主遣发远方。唐主因命送往洛阳,为尼终身。

此事一传,内外共知刘氏权重,相率献谀。宋州节度使袁象先入朝,辇珍宝数十万,先赂刘夫人,次及唐主亲幸,遂得宫廷称誉,备邀宠赉,赐姓名为李绍安。此外如梁将霍彦威、戴思远等,亦皆纳贿宫中,阴结内援,得蒙唐主恩赐。段凝既改姓名为李绍钦,仍为滑州留后,他又因伶官景进献宝入宫,刘夫人替他揄扬,竟升任泰宁节度使。还有河中节度朱友谦、博州刺史康延孝,相继入朝,无一不打通内线,厚沐恩施。友谦得赐姓名为李继麟,延孝得赐姓名为李绍琛,匡国节度使温韬,从前助梁肆虐,发唐山陵,此次因献赵岩首,仍居方镇,闻袁象先等俱受宠荣,也辇金入都,遍赂宫禁,即由唐主召见,再三慰劳,赐姓名为李绍冲,旬日遣还许州。郭崇韬劾他罪状,唐主不问。

既而楚遣使入贡,吴遣使入贺,岐遣使奉表称臣,引得唐主志满气盈,不是出外游畋,就是深居宴乐。刘夫人善歌舞,唐主欲取悦刘氏,尝自傅粉墨,与优人共戏庭中。优人呼为"李天下"。唐主亦以"李天下"自称。一日在庭四顾道:"李天下!李天下!"优人敬新磨竟上前批唐主颊,唐主失色,余优大骇。新磨从容说道:"李天下只有一人,尚向谁呼呢?"唐主乃转怒为喜,厚赏新磨。

越数日出畋中牟,践害民禾,中牟令叩马前谏道:"陛下为民父母,奈何损民稼穑,令他转死沟壑呢!"唐主恨他多言,斥退中牟令,意欲置诸死刑,新磨追还该令,牵至马前,佯加诟责道:"汝为县令,独不知我天子好猎吗?奈何纵民耕种,有碍吾皇驰骋哩!汝罪当死!"唐主听了此言,也不禁哑然失笑,乃赦该令罪,仍使还宰中牟。该令不失为强项,敬磨也有讽谏风。

惟伶官流品混杂,有几个能如敬新磨,并因刘夫人爱看戏剧,辄召伶人入戏,多多益善,诸伶得出入宫掖,侮弄搢绅。群臣侧目,莫敢发言,或反相依附,取媚深宫。最有权势的是伶官景进,平时常采访民间琐事,奏闻唐主。唐主亦欲探悉外情,遂恃进为耳目,进得乘间行谗,蠹民害政,连将相都怕他凶威。唐主本英武过人,乃灭梁以后,即如此糊涂,殊不可解。

宰相卢程,才不称职,已罢为左庶子。郭崇韬荐引尚书左丞赵光胤,豆卢革荐引礼部侍郎韦说,俱授为同平章事。其实光胤是轻率好夸,说亦不过谨重守常,都没有相国才略。况值此嬖幸当道,朝政昏蒙,单靠这几个庸夫,怎能斡旋大局呢?

荆南节度使高季昌闻唐已灭梁,颇加畏惮,特避唐祖国昌庙讳,改名季兴,亲自入朝。司空梁震进谏道:"大王系梁室故臣,今唐已灭梁,必将南下,大王严兵守险,尤恐难保,奈何自投虎口,甘为鱼肉呢?"季兴不从,留二子居守,但率卫士三百人,竟至汴都。唐主果欲留住季兴,经郭崇韬婉言相劝,谓新得天下,宜示宽大,乃优礼相待,并赐盛宴。席间趁着酒兴,由唐主笑问季兴道:"朕仗着十指,得取天下,现在各镇多已称臣,惟吴、蜀二国,未肯归命,今欲为统一计,应先取吴呢?还是取蜀呢?"季兴暗思蜀道艰险,未易进攻,乃故意答说道:"吴地卑下,不如蜀土富饶,况蜀主荒淫日甚,民多怨言,若王师进攻,无患不胜。待全蜀扫平,顺流东下,取吴亦似反掌哩。"唐主称善,尽欢而散。越宿,即遣使归镇。

季兴闻命,立即陛辞,倍道南归,行至襄州,投宿驿馆,忽然心动起来,即命卫士斩关夜逸。果然襄州刺史刘训,夜得唐主飞诏,令他羁住季兴。哪知季兴已早驰去,追亦无益,只好据实复命。原来季兴入朝,伶官阉人屡向季兴索赂,季兴虽有馈赠,尚未偿他心愿,所以季兴辞行,便由伶宦等互劝唐主,拘住季兴。季兴幸已脱身,驰回江陵,握梁震手道:"不用君言,几致不免,但新朝百战经营,才得河南,便自矜功烈,色荒禽荒,怎能久享?我可毋庸多虑了!"旁观者清。乃缮城积粟,招纳梁朝散卒,日加操练,为战守计。那唐主藐视季兴,就使被他幸脱,也不甚注意。

河南尹张全义,因前时梁主至洛,将行郊礼,被唐军一鼓吓回(见十一回),剩下仪仗法物,俱未取归。此时江山易姓,乐得趋奉新主,表请唐主幸洛郊天,仪物具备,唐主大喜,加拜全义太师尚书令,即择期仲冬吉日,挈着家属,由汴赴洛,全义竭诚迎接,匍匐道旁,怎奈年力衰迈,一经跪下,两足已觉酸痛。至唐主谕令平身,他欲伸足起来,偏偏一个脚软,复致跌倒。描写丑态。唐主亟命左右扶持,方得勉强起身,导入洛城。当下检验仪物,准备南郊,独刘夫人别具私心,但言仪物未齐,不足示尊,须再加制造,方可大祀。唐主专信妇言,遂嘱全义增办仪物,改期来年二月朔日,行郊祀礼,且见洛阳宫阙,较汴梁尤为华丽,索性就此定都,不愿还汴。仍复汴州开封府为宣武军。且改前梁永平军大安府(即长安)为西京,仍复京兆尹,称晋阳为北京,仍复镇州为成德军。此外如宋州宣武军,改名归德军;华州感化军,改名镇国军;许州匡国军,复为忠武军;滑州宣义军,复为义成军;陕府镇国军,复为保义军;耀州静胜军,复为顺义军;潞州匡义军,复为安义军;郎州武顺军,复为武贞军;延州置彰武军、邓州置威胜军、晋州置建雄军、安州置安远军,所有天下官府名号,及寺观名额,曾经梁室改名,一律复旧。

安义军李继韬,前已叛唐降梁(见十四回),梁亡后,欲北走契丹。唐主召他诣阙,他尚却顾不前。惟生母杨氏,素善蓄财,积资百万,以为钱可通灵,不妨入朝,遂率子偕行。一入洛阳,遍赂伶宦,且由杨氏入宫,厚赠刘妃金宝,乞为解免。刘妃即代白唐主,极言嗣昭功臣,宜加恩贷,伶宦等亦替继韬乞哀,说他本无邪意,但为奸人所惑,因致误为,唐主乃召入继韬。继韬叩头谢罪,泣言知悔,当经唐主慨谕赦免,且屡命从畋,渐渐的宠幸起来。独唐主弟薛王存渥,不直继韬,屡加面责,继韬未免不安,复赂宦官伶人,乞请还镇。唐主不许,继韬密贻弟继远书,令佯嘱军士纵火,冀唐主遣归安抚。哪知诡计被泄,立遭枭首,继远亦受捕伏诛。乃兄继俦,前为继韬所囚,至此受命袭职,出来报怨,悉取继韬产物,并将他妻妾一并夺去,恣意淫污。继韬弟继达大怒道:"吾兄被诛,大兄无骨肉情,毫不悲痛,反劫他货财,淫他妻妾,此等人面兽心,尚堪与同处吗?"乃为继韬服缞麻,使私党入杀继俦。节度副使李继珂又募市人攻继达，继达自刭而亡。唐主闻报，即命李继珂知潞州事，便算了案。

越年为同光二年，唐主遣皇弟存渥及皇子继岌同往晋阳，迎太后太妃至洛。刘太妃道："陵庙在此，若同往洛阳，岁时何人奉祀呢？"因留居晋阳，但与曹太后饯行，涕泣而别。曹太后遂诣洛阳，由唐主迎居长寿宫，还有唐主正妃韩氏、次妃伊氏，也随同到洛，分居宫中，母子团圆，妻妾欢聚，经唐主开筵接风，畅饮通宵，自不消说。独有这位貌美心凶的刘夫人，外面佯作欢容，暗中非常焦灼。她本想册为皇后，一意蛊惑唐主，求达奢望，唐主颇有允意，只因韩、伊两夫人位次在刘氏上，究不便越次册立，所以随时迁延，怀意未发。刘夫人屡次设谋，未见成效，前此拟行郊祀，从旁力阻，也是她借端梗议，欲令唐主立她为后，然后再行郊礼。唐主虽改定郊期，终究未定后位，此次韩、伊两夫人又复到来，眼见得正宫位置，要被她两人夺去，当下情急智生，亟嘱使伶人宦官，运动相臣。豆卢革素来模棱，自然乐允。惟郭崇韬位兼将相，遇事不阿，平常嫉视伶宦，未易进言。乃转令他故人子弟，往说崇韬。崇韬正虑伶宦用事，与己不利，见了故人子弟，谈及后患，故人子弟便答道："为公计，莫如请立刘氏为后。刘氏专宠，公所深知，主上早有意册立，唯恐公不肯相从。今公能先行陈请，上结主欢，内得后助，虽有千百谗人，也无从撼公了。"崇韬不禁点首，遂与豆卢革等联名上书，请立刘氏为皇后。徒中后计，无补后来。

唐主自然欣慰。因郊祀届期，崇韬复献劳军钱十万缗。二月朔日，唐主亲祀南郊，命皇子继岌为亚献，皇弟存纪为终献，礼毕退班，宰相以下，就次称贺，还御五凤楼，宣诏大赦。过了数日，即册刘氏为皇后，封皇子继岌为魏王。时洛都已建太庙，皇后刘氏既受册宝，遂乘重翟车，卤簿鼓吹，行庙见礼。她本是个脂粉班头，更兼那珠冠玉佩，象服翚衣，愈显出万种妖娆，千般婀娜。洛阳士女，夹道聚观，称美不置。可惜不合国母身份。还宫后相率朝贺，只韩、伊两夫人，很是不平，未肯往朝。唐主不得已封韩氏为淑妃，伊氏为德妃。小子有诗叹道：

> 漫将妾媵册中宫，
> 禁掖甘心启女戎；
> 纵使英雄多好色，
> 小星胡竟乱西东！

刘氏既得为后，益复选用伶宦，群小幸进，宫廷竟从此多事了。欲知后来如何，待至下回再表。

本回叙后唐兴亡关键，为承上启下之转捩文字。唐主李存勖，以英武闻，虽有强兵猛将，不足以制之，而独受制于一妇人之手！倘所谓以柔克刚者非耶？刘氏出身微贱，无德可称，徒以色进，而唐主乃宠爱逾恒，视如珍宝，随军数载，朝夕不离，其蛊惑唐主也，亦已久矣。灭梁以后，先至汴都，唐主自傅粉墨，与优为戏，取悦爱妾，何其惑也！且伶入宦官，由此而进，媚子谐臣，借此而荣，以视前日知人善任，披甲枕戈之唐主，几不啻判若两人，盖骄则思侈，侈则思淫，而刘氏益得乘间献媚，玩弄唐主于股掌之上。蛾眉不肯让人，狐媚偏能惑主，斯言其信然乎？甚至以妾为妻，越次册立，嫡庶倒置，内乱已生，外侮乘之而起，自在意中，独惜郭崇韬名为智士，乃不能急流勇退，反堕刘氏阴谋，代为陈请，富贵误人，一至于此，可胜叹哉！

第十七回　房帏溺爱牝鸡司晨　酒色亡家牵羊待命

却说唐主既册立刘后，嫡庶倒置，已成大错，更且听信刘氏，复用宦官为内诸司使，及诸道监军，嗣更命伶人陈俊、储德源为刺史。郭崇韬力谏不从，功臣多半愤惋，渐起怨声。再加租庸副使孔谦得兼任盐铁转运副使，凡赦文所蠲赋税，仍旧征收。自是每有诏令，人多不信，百姓亦愁怨盈途。唐主尚自加尊号，封赏幸臣，并加封岐王李茂贞为秦王，荆南节度使高季兴为南平王，夏州节度使李仁福为朔方王，赐吴越王钱镠金印玉册，并遣客省使李严赴蜀，探察虚实。严返报唐主，谓"蜀主王衍，童骏荒纵，不亲政务，斥逐故老，昵比小人，贤愚易位，刑赏失常，若大兵一临，定可成功"等语。唐主乃决意攻蜀，整备兵马粮械，指日出师。

会秦王李茂贞病死，此老竟得善终，可谓万幸。遗表令长子继曮权知军府事。唐主拜继曮为凤翔节度使，赐名从曮，且征兵会同伐蜀。从曮尚未出军，那契丹已进蔚州，乃将攻蜀事暂行搁起，即授李嗣源为招讨使，出御契丹。嗣源既奉命出师，唐主又与郭崇韬商议，令嗣源镇守成德军，调崇韬兼镇汴州（崇韬兼镇成德军事，见前回）。崇韬面辞道："臣富贵已极，何必更领藩方？且群臣或经百战，所得不过一州，臣无汗马功劳，得居高位，本已深抱不安，今因委任亲贤，使臣得解旄节，正出陛下圣恩，使臣免疚！况汴州冲要富繁，臣不至治所，徒令他人摄职，也与空城无二，为什么设此虚名，无补国本呢？"唐主道："卿言亦是，但卿为朕划策，保固河津，直趋大梁，成朕帝业，岂百战功所得比吗？"崇韬一再固辞，乃许他解除兼职，令蕃汉总管李嗣源出镇成德军。嗣源受命莅镇，因家在太原，表请授从珂为北京内牙指挥使，俾得顾家。唐主览表，恨他为家忘国，竟斥从珂为突骑指挥使，令率数百人戍石门镇。嗣源正击退契丹，闻从珂被黜，惶恐求朝，唐主不许，嗣源至此，更不免疑上加疑，忧上加忧了。唐主与嗣源曾有富贵与共之约，此时嗣源并无异志，乃激使起疑，岂非自寻祸祟吗？且说唐主闻契丹已退，北顾无忧，又好肆志畋游，耽情声色，尝与刘后私幸大臣私第，酣饮达旦，最多往返的是张全义宅中。全义屡陈贡献，半输内府，半入中宫，刘后很是满意，自念母家微贱，未免为妃妾所嫌，不如拜全义为养父，得借余光，乃面奏唐主，自言幼失怙恃，愿父事张全义。唐主慨然允诺。刘后遂乘夜宴时，请全义上坐，行父女礼。全义怎敢遽受？刘后令随宦强他入座，竟尔亭亭下拜，惹得全义眼热耳红，急欲趋避，又被诸宦官拥住，没奈何受了全礼。唐主在旁坐着，反喜笑颜开，叫全义不必辞让，并亲酌巨觥，为全义上寿。全义谢恩饮毕，复搬出许多贡仪，赠献刘后。大约算是妆奁。俟帝后返宫时，赍送进去。

越日，刘后命翰林学士赵凤草书谢全义。凤入奏道："国母拜人臣为父，从古未闻，臣不敢起草！"唐主微笑道："卿不愧直言，但后意如此，且与国体亦没甚大损，愿卿勿辞！"凤无可奈何，只好承旨草书，缴入了事。

唐主复采访良家女子，充入后庭。有一女生有国色，为唐主所爱幸，竟得生子。刘后很怀妒意，时欲将她捽去。可巧李绍荣丧妇，唐主召他入宫，赐宴解闷，且谕行钦道："卿新赋悼亡，自当复娶，朕愿助卿聘一美妇。"刘后即召唐主爱姬，指示唐主道："陛下怜爱绍荣，何不将此女为赐？"唐主不便忤后，佯为允许。不意刘后即促绍荣拜谢，一面即嘱令宦官，扶掖爱姬出宫，一肩乘舆，竟抬入绍荣私第去了。绍荣何幸，得此美妇！唐主愀然不乐，好几日称疾不食，始终拗不过刘皇后，只好耐着性子，仍然与刘后交欢。

刘后素性佞佛，自思贵为国母，无非佛力保护，平时所得货赂，辄赐给僧尼，且劝唐主信奉佛教。有胡僧从于阗来，唐主率刘后及诸子，向僧膜拜。僧游五台山，因遣中使随行，供张丰备，倾动城邑。又有五台僧诚惠，自言能降伏天龙，呼风使雨，先时尝过镇州，王镕不加礼待，诚惠忿然道："我有毒龙五百，归我驱遣，今当遣一龙揭起片石，恐州民皆成鱼鳖了！"越年镇州大水，漂坏关城，人乃共称为神僧。唐主闻他神奇，饬中使延令入宫，自率后妃下拜。诚惠居然高坐，安身不动，至唐主已经拜毕，留居别馆，他乘着闲暇，昂然出游，百官道旁相遇，莫敢不拜。独郭崇韬不肯从众，相见不过拱手，诚惠尚傲不为礼。冤冤相凑，洛阳天旱，数旬不雨。崇韬奏白唐主，请令诚惠祈雨。诚惠无可推辞，便令筑坛斋醮，每日登坛诵咒，也似念念有词，偏龙神不来听令，赤日尽管高升，遂被崇韬指摘，说他祷雨无验，拟在坛下积薪，将他焚死。不意有人报知诚惠，吓得诚惠神色仓皇，乘夜遁去。后来闻他逃回五台，只恐都中饬捕，竟致忧死。妖僧惑人，大都如此。唐主及刘后，尚自言信佛未虔，不能留住高僧，引为悔恨！刘氏不足责，唐主何昏庸至此？许州节度使温韬闻刘后佞佛，情愿改私第为佛寺，替后荐福。奏疏一上，得旨嘉奖。还有皇后教令，亦联翩下去，优加褒美。当时太后旨意称诰令，皇后旨意称教令，与唐主诏旨并行，势力相等。内外官吏，接到后教，也奉行维谨，不敢稍违，所以中宫使命，愈演愈多，还幸太后诰令，罕有所闻，大众尚得少顾一面，免得头绪纷繁。

同光三年，太妃刘氏得病晋阳，曹太后亲拟往省，为唐主谏止。嗣闻太妃病逝，又欲自往送葬，再经唐主泣谏，与群臣交章请留，太后虽难怫众意，未曾启行，但哀痛异常，累日不食。过了一月，也魂归地下，往寻那位刘太妃，再续生前睦谊去了。却是难得。唐主初遭母表，却也号恸哭泣，至绝饮食，百官连表劝慰，阅五日始进御膳，渐渐地悲怀减杀，又把那佚游故态，发作出来。

是年春夏大旱，至六月中方才下雨。一雨至七十五日，天始开霁，百川泛滥，遍地浸淫。宫中本是高地，至此亦患暑湿。唐主欲登高避暑，苦乏层楼，似乎闷闷不乐。宦官等即进言道："臣见长安全盛时，宫中楼阁，不下百数，今陛下乃无一避暑楼，亦太不适意了。"唐主道："朕富有天下，岂不能缮筑一楼？"宦官又道："郭崇韬常眉头不展，屡与租庸使孔谦，谈及国用不足，陛下虽欲营缮，恐终不可得呢。"借端诬人，利口可畏。唐主变色道："朕自用内府钱，何关国帑？"遂命宫苑使王允平赶造清暑楼。因恐崇韬进谏，特遣中使传谕道："朕昔在河上，与梁军对垒，虽行营暑湿，被甲乘马，未尝觉疲。今居深宫，荫大厦，反不堪苦热，未识何因？"崇韬即托中使转奏道："陛下前在河上，强敌未灭，深念仇耻，虽遇盛暑，不介圣怀。今外患已除，海内宾服，虽居珍台凉馆，尚患郁蒸，这乃是艰难逸豫，为虑不同！陛下能居安思危，便觉今日暑湿，变为清凉了！"唐主闻言，默然不语。宦官又进谗道："崇韬居第，无异皇宫，怪不得未识帝热哩。"唐主由是隐恨崇韬。

崇韬闻允平营楼，日役万人，费至巨万，因复进谏道："今河南水旱，军食不充，愿息役以俟丰年！"看官试想，唐主既偏信谗言，尚肯依他奏请吗？还有河南令罗贯，人品强直，系由崇韬荐拔，伶宦有所请托，贯守正不阿，屡将请托书献示崇韬。崇韬一再奏闻，唐主亦置之不理，伶宦等尤加切齿。张全义亦恨罗贯，密诉刘后，刘后遂谮贯不法，唐主含怒未发。会因曹太后将葬坤陵，先期往祀，适天雨道泞，桥梁亦坏，唐主问明宦官，谓系河南境内，属贯管辖，当即拘贯下狱，狱吏拷掠，几无完肤，至祀陵返驾，且传诏诛贯。崇韬进谏道："贯不过失修道路，罪不至死。"唐主怒道："太后灵驾将发，天子朝夕往来，桥路不修，尚得说死无罪吗？"崇韬又叩首道："陛下贵为天子，乃嫉一县令，使天下谓陛下用法不公，罪在臣等！"唐主拂袖遽起道："卿未免与贯为党，但卿既爱贯，任卿裁决！"言已，返身入宫。崇韬也起身随入，还欲辩论。唐主竟阖门不纳，崇韬懊怅而出。贯竟被杀，暴尸府门，远近共呼为冤，独伶宦等互相道贺。崇韬尚恋栈不去，意欲何为？

既而唐主召集群臣，会议伐蜀。宣徽使李绍宏保荐李绍钦为帅。崇韬愤然道："段凝（即绍钦，详见前回）系亡国旧将，徒知谀谄，有何才略！"群臣乃更举李嗣源。崇韬又说道："契丹方炽，李总管（即嗣源）不应调开河朔。"唐主乃问崇韬道："公意果属何人？"崇韬道：

"魏王地当储嗣,未立殊功,请授为统帅,俾成威望。"保荐继岌亦是误处。唐主道:"继岌年幼,何能独往?当更求副帅。"崇韬尚未及答,唐主复道:"朕意属卿,烦卿一行。"崇韬不好违命,便拜称遵谕。乃命魏王继岌充西川四面行营都统,崇韬充西川北面都招讨制置等使,悉付军事。又命荆南节度使高季兴充西川东南面行营招讨使,凤翔节度使李从曮充供军转运应接等使,同州节度使李令德充行营副招讨使,陕府节度使李绍琛充雷汉马步军都排阵斩斫使,西京留守张筠充西川管内安抚应接使,华州节度使毛璋充左厢马步军都虞侯,邠州节度使董璋充右厢马步军都虞侯,客省使李严为安抚使,率兵六万,西向进发。寻又任工部尚书任圜、翰林学士李愚,并随魏王出征,参与军机。

蜀主王衍,尚南巡北幸,淫昏无度。中书令王宗俦与王宗弼密谋废立。宗弼犹豫未决,宗俦忧愤身亡,蜀主衍仍得安位,日与狎客美人纵情游豫。自宣华苑告成后,中有重光、太清、延昌、会真等殿,清和、迎仙等宫,降真、蓬莱、丹灵等亭,又有飞鸾阁、瑞兽门、怡神院等名目,统是金碧辉煌,备极奢丽。每令后宫妇女,戴金莲冠,着女道士服,扈从至苑,列坐畅饮,不问晨夕。又往往参入近臣,得与宫人并坐并饮,到了得意忘情的时候,男女媟亵,脱冠露髻,恣意喧呶,毫无禁忌。大约是与人同乐的意思。有时令宫人浓施朱粉,号为醉妆,上行下效,全国通行。会逢太后太妃,游青城山,宫人衣服,统绘云霞,飘飘如神仙中人。衍自作甘州曲,侈述仙状,往返山中,沿途歌唱。宫人依声属和,娇喉清脆,娓娓可听,确是一种赏心悦目的情景。他又以为与唐修好,可以无虞,撤出边疆兵戍,安享太平。

宣徽北院使王承休,本是一个宦官,恰娶有妻室严氏。严氏具有绝色,由王衍屡召入宫,与她同梦。承休与严氏,本是一对假夫妇,乐得借妻求宠,仰沐恩荣。后世之纵妻为奸,冀得升官者,想都从承休处学来,可惜身非阉宦。果然夫因妻贵,得升任龙武军都指挥使,用裨将安重霸为副。重霸狡佞善媚,劝承休入求秦州节度使,且授他奏语。承休即入见王衍道:"秦州多美妇人,愿为陛下采献。"王衍大悦,即授承休为秦州节度使,兼封鲁国公。承休挈妻赴镇,毁府署,作行宫,大兴力役,强取民间女子,教导歌舞,当将歌女绘成图像,并画秦州花木,赍送成都尹韩昭,托他代奏,请驾东游。

衍览图甚喜,即拟登程,群臣交章谏阻,衍皆不从。王宗弼上表力争,反被衍掷弃地上。徐太后涕泣劝止,亦不见效。前秦州判官蒲禹卿上书极谏,几二千言,韩昭语禹卿道:"我收汝表,俟主上西归,当使狱吏字字问汝!"恐不及待了。禹卿退去,王衍既纪念严氏,欲续旧欢,承休既借妻求宠,何不留妻在官?又因承休所呈各图,统皆中意,无论何人规谏,也是阻他不住。当下改元咸康,颁诏东巡,令兵士数万扈跸,出发成都。

行次汉州,武兴节度使王承捷报称唐军西来,衍尚未信,且大语道:"我正欲耀武,怕他什么?"及进至梓潼,遇大风发木拔屋。随行史官占兆,谓此风为贪狼风,当有败军覆将的大患。衍亦未省,在途与狎客赋诗,毫不为意。再进抵利州城,始接到警信,威武城守将唐景思已迎降唐将李绍琛了。衍方信承捷军报,实非谎言。越宿由威武溃军,陆续奔来,说是凤、兴、文、扶四州,已由节度使王承捷一并献唐,那时才觉惶急,令随驾清道指挥使王宗勋、王宗俨及待中王宗昱,并为招讨使,率兵三万,往拒唐军。

唐军倍道前进,势如破竹。李绍琛等为先驱,所过城邑,不战自破。既收降威武城,并得凤、兴、文、扶四州,遂令降将为向导,入攻兴州。兴州刺史王承鉴弃城遁去。郭崇韬命承捷摄兴州刺史,再促绍琛等进兵,拔绍州,下成州,到了三泉,与蜀三招讨使相遇,凭着一股锐气,横冲直撞,杀将过去。蜀兵连年不练,很是窳惰,怎禁得百战雄师,乘胜前来,顿时你惊我惧,彼逃此散。三招讨使本非将才,统吓得魂魄飞扬,抱头鼠窜,所领部众,被唐军杀死五千人,余皆四溃。

蜀主衍闻三泉又败,急自利州西还,留王宗弼屯戍利州,且令斩三招讨使,以振士心。唐将李绍琛昼夜兼行,径向利州进发,西川大震。蜀武德留后宋光葆贻郭崇韬书,请唐军不入辖境,当举巡属内附,否则当背城决战。崇韬覆书如约。光葆遂举梓、绵、剑、龙、普五州降唐。武定节度使王承肇、山南节度使王宗戚、阶州刺史王宗岳，也闻风生畏，各遣使至唐营中，奉土投诚。一班降将军，送完蜀土。秦州节度使王承休与副使安重霸谋袭唐军，重霸道："一击不胜，大事去了；但公受国恩，闻难不可不赴，愿与公西行入援。"承休以为真情，整军出城，重霸随至城外，忽向承休下拜道："国家取得秦陇，何等竭力，若从公还朝，谁人守此？重霸愿代公留守！"说至此，竟麾亲军还城，承休无可奈何，只好西行。重霸竟举秦陇归唐。

王宗弼闻各属瓦解，正在惊惶，可巧唐使到来，投入郭崇韬书，为陈利害，勉令归降。他已怦然心动，无意守城，又值王宗勋等狼狈到来，即出示诏书，相持而泣。宗勋等流涕道："国危至此，统由主上一人，荒淫所致，公今日依诏，杀我三人，他日必轮及公身了！愿公亟图变计！"宗弼道："我正怀此意，所以出示诏书，同筹良策。"三人齐声道："不如降唐罢？"宗弼徐说道："公等先送款唐军，我且往成都一行，何如？"宗勋等当然赞成，便分头行事。

宗弼弃城西归，距蜀主衍返都时，仅隔五六日。衍至成都，百官及后宫出迎，衍驰入妃嫔中，令宫人排作回鹘队，送拥入宫。还有这般兴致。至宗弼到来，登太元门，严兵自卫。徐太后与蜀主衍同往慰劳，宗弼竟趁势图逆，劫迁太后及蜀主，幽置西宫。所有后宫及诸王，一同锢禁，收取国宝，及内库金帛，俱入私第，自称西川兵马留后。嗣闻唐军已入鹿头关，进据汉州，当即拨出币马若干，牛酒若干，遣人迎犒唐军。且因唐安抚使李严曾至蜀聘问，与有一面交，遂伪作蜀主书，送达李严道："公来我即降！"降将军外，又出这叛将军，西蜀可谓多人。严既得书，便欲驰往，或阻严道："公首议伐蜀，蜀人怨公，深入骨髓，奈何轻往！"严微笑不答，竟率数骑入成都，抚谕吏民，告以大军继至，悉命撤去楼橹。且入西宫见蜀主衍，衍向严恸哭。儿女子态，有何用处？严婉言劝慰，谓出降以后，必能保全家属。衍乃收泪，引严见太后，以母妻为托。一面令翰林学士李昊草降表，同平章事王锴草降书，遣兵部侍郎欧阳彬赍奉书表，偕严同迎唐军。唐统帅继岌、郭崇韬等，闻蜀已愿降，即兼程至成都，令李严再行入城，引导君臣出降马前。蜀主衍白衣首经，衔璧牵羊，蜀臣衰绖徒跣，舆榇俟命，继岌受璧，崇韬解缚焚榇，承制赦蜀君臣罪，衍率百官向东北拜谢，导唐军入成都。总计蜀自王建据守，一传即亡，共计一十九年。小子有诗叹道：

> 休言蜀道是崎岖，
> 徒险终难阻万夫。
> 刘李以来王氏继，
> 荒淫亡国付长吁！

蜀主出降时，尚有王宗弼一番举动，且至下回表明。

前半回承述前文，历述刘后行谊，一无可取，而唐主反事事听从，益见唐主之为色所迷，致兆危亡之渐。郭崇韬已遭主忌，尚不知引退，为唐主慨，尤为崇韬惜，寓意固深且远也。下半回叙伐蜀事，蜀主以淫昏致亡，正为唐主一大对照。唐军西入，势如破竹，仅有三泉之战，一交锋而即溃，各镇望风迎降，不待遗镞。而王宗弼且弃城走还，劫迁蜀主及太后，并后宫诸王，卒致牵羊衔璧，面缚舆榇，淫昏失德，终局如是，非唐主之殷鉴乎？然郭崇韬以得蜀而益危，唐主以得蜀而益骄，是蜀之亡，未见唐利，反为唐害，杜牧所谓后人哀之而不鉴之，使后人复哀后人，正本回之注脚也。

第十八回 得后教椎击郭招讨 遣兵乱劫逼李令公

却说王宗弼纳款唐军，并斩内枢密使宋光嗣、景润澄及宣徽使李周辂、欧阳晃，说他荧惑唐主，函首送唐帅继岌，又责韩昭佞谀，枭首金马坊门，又令子从班劫得蜀主后宫，及珍奇宝玩，赍献继岌及郭崇韬，求为西川节度使。继岌笑道："这原是我家应有物，何用他献来呢？"及大军既入成都，露布告捷，当由崇韬禁止侵掠，市不改肆。自出师至此，只七十日，得方镇十，州六十四，县二百四十九，兵三万，铠仗钱粮，金银缯帛，以千万计。

当时平蜀首功，要算李绍琛，独崇韬与董璋友善，每召璋入议军情，不及绍琛。绍琛位在璋上，很是不平，顾语董璋道："我有平蜀大功，公等朴樕(喻小材也)相从，反向郭公前饶舌，难道我为都将，不能用军法斩公吗？"璋不禁怀惭，转诉崇韬。崇韬竟表荐璋为东川节度使，绍琛益怒道："我冒白刃，越险阻，手定两川，乃反令董璋坐享吗？"遂入见崇韬，极言东川重地，不应位置庸臣，现惟任尚书兼文武材，宜表为镇帅。崇韬变色道："我奉上命，节制各军，公怎得违我处置？"绍琛怏怏而退。绍琛固误，崇韬尤误。

王宗弼欲镇西川，为继岌所拒，复密略崇韬，乞令保荐。崇韬佯为允许，始终不为出奏。宗弼乃率蜀人列状，请留崇韬镇蜀。宦官李从袭随继岌至成都，他本挟望而来，想乘此多得财帛，偏军中措置，全属崇韬，无从染指，遂入语继岌道："郭公专横，今又使蜀人请己为帅，心迹可知，王宜预防为是！"继岌道："主上倚郭公如山岳，怎肯令他出镇蛮方？且此事亦非我所应闻，姑俟班师以后，由汝等诣阙自陈便了。"原来崇韬有子五人，长廷诲，次廷信，随父从军，廷诲私受货赂，蜀臣自宗弼以下，多由廷诲先容，馈遗崇韬，宝货妓乐，连日不绝。惟都统牙门，寂然无人，继岌所得，不过匹马束帛及唾壶麈尾等件，心下亦觉不平，再加从袭在旁谗构，自然疑忿交乘，有时与崇韬晤谈，语多讥讽。崇韬不能自明，乃欲归罪宗弼，特向宗弼索犒军钱数万缗，宗弼靳不肯给。由崇韬唆动军士，纵火喧噪，一面入白继岌，召入宗弼，责他贪黩不忠，牵出斩首。该杀。并收诛宗勋、宗渥，骈戮族属，籍没家产，并将宗弼尸骸，陈诸市曹，蜀人剖肉烹食，聊泄怨恨。

先是乾德中曾传童谣云："我有一帖药，名目叫阿魏，卖与十八子。"至是始验。原来宗弼系王建养子，原姓名为魏宏夫，自王建为假父，始改姓名。宗弼已诛，王承休亦自秦州到来，进谒崇韬。崇韬亦数责罪状，枭示军辕。也是该死，但严氏不知如何下落？因复荐孟知祥为西川节度使，知祥本留守北都，与崇韬为故交，所以荐引。屡引私人，已觉不当，且使全蜀得归孟氏，未始非崇韬贻患。知祥从北到西，一时未能莅蜀，蜀中留驻的大军不便遽行班师，且因盗贼四起，随处须剿，特由崇韬派遣偏师，令任圜、张筠等分领，四出招讨。

唐主遣宦官向延嗣促令大军还朝。延嗣到了成都，崇韬未尝郊迎，及入城相见，叙及班师事宜，崇韬且有违言，延嗣好生不乐。因与李从袭僚谊相关，密谈情衷，从袭得间进言道："此间军事，统由郭公把持，伊子廷诲，复日与军中骁将及蜀土豪杰，把酒狎饮，指天誓日，不知怀着何意？诸将皆郭氏羽党，一或有变，不特我等死无葬地，恐魏王亦不免罹祸了！"言已泣下。阉人丑态，不啻妇女。延嗣道："俟我归报宫廷，必有后命。"

越日，即向继岌、崇韬处辞行，匆匆还洛，入诉刘后。刘后亟白唐主，请早救继岌。唐主闻蜀人请崇韬为帅，已是怀疑，及阅蜀中府库各籍，更不惬意，至此闻刘后言，即召入延嗣，问明底细。延嗣统归咎崇韬，且言蜀库货财，俱入崇韬父子私囊，惹得唐主怒气上冲，复遣宦官马彦珪速诣成都，促崇韬归朝，且面谕道："崇韬果奉诏班师，不必说了。若迁延跋扈，可与魏王继岌密谋,早除此患!"彦珪唯唯听命,临行时入见刘后道:"蜀中事势,忧在朝夕,如有急变,怎能在三千里外,往复禀命呢?"刘后再白唐主,唐主道:"事出传闻,未知虚实,怎得便令断决!"后不得请,因自草教令,嘱彦珪付与继岌,令杀崇韬。

崇韬方部署军事,与继岌约期还都。适彦珪至蜀,把刘后教令出示继岌,继岌道:"今大军将还,未有衅端,怎可做此负心事?"唐主父子,非无一隙之明,乃卒为所蒙,以底危亡。彦珪道:"皇后已有密敕,王若不行,倘被崇韬闻知,我辈无噍类了。"继岌道:"主上并无诏书,徒用皇后手教,怎能妄杀招讨使?"李从袭等在旁,相向环泣,并捕风捉影,说出许多利害关系,恐吓继岌,令继岌不敢不从。乃命从袭召崇韬议事,继岌登楼避面,嘱使心腹将李环,藏着铁锤,俟立阶下。崇韬昂然入都统府,下马升阶,那李环急步随上,出椎猛击,正中崇韬头颅,霎时间脑浆迸裂,倒毙阶前。

继岌在楼上瞧着,见李环已经得手,亟下楼宣示后教,收诛崇韬子廷诲、廷信。崇韬左右,统皆窜避,惟掌书记张砺,诣魏王府前抚崇韬尸,恸哭失声。推官李崧进语继岌道:"今行军三千里外,未接皇上敕旨,擅杀大将,若军心一变,归路皆成荆棘了。大王奈何行此危事?"继岌方着急起来,自述悔意,且向李崧问计。崧乃召书吏数人,登楼去梯,伪造敕书,钤盖蜡印,再行颁示,但言罪止及崇韬父子,不及他人,于是军心略定。适任圜平盗还军,继岌令他代总军政,乃遣彦珪还报阙廷,唐主再饬继岌还都,且令王衍入觐,赐他诏书道:"固当裂土而封,必不薄人于险,三辰在上,一言不欺!"衍奉诏大喜,语母及妻姜道:"幸不失为安乐公!"未必。遂转告继岌,愿随入洛。继岌正要动身,凑巧孟知祥亦至,遂留部将李仁罕、潘仁嗣、赵廷隐、张业、武璋、李延厚等,佐知祥守成都。自率大军启程,押同王衍家属,向东北进发。沿途山高水长,免不得随驿逗留,那时唐主已下诏暴崇韬罪状,并杀崇韬三子,抄没家资。

保大军节度使,睦王李存乂,系唐主第五弟,曾娶崇韬女为妻。宦官欲尽诛崇韬亲党,杜绝后患,乃入奏唐主道:"睦王闻郭氏诛夷,攘臂称冤,语多怨望。"唐主大怒,竟发兵围存乂第,悉加诛戮。全然昏愦。伶官景进又诬称存乂与李继麟通谋。继麟就是朱友谦,任护国军节度使,常苦伶宦索货,屡拒不与,大军征蜀,曾遣子令德从行。谗人罔极,借端株连。刚值继麟惧谗入朝,意欲自白心迹,偏唐主已先惑蜚言,待他入居馆舍,竟嘱令朱守殷,发兵至馆,驱他出徽安门外,一刀杀死,复他名为朱友谦。且传诏至继岌军前,令诛令德。继岌尚未出蜀境,才至武连,遇着敕使,即谕令董璋依赖行事,董璋将令德杀毙。

李绍琛率领后军,与继岌相隔三十里,闻令德被诛,但委董璋,不及自己,遂怒语诸将道:"国家南取大梁,西定巴蜀,定策由郭公,战胜由我济,至若去逆效顺,与国家协力破梁,实出朱公友谦。今朱、郭皆无罪族灭,我若归朝,亦必及祸,冤哉冤哉!奈何奈何?"部将焦武等,本由河中拨隶绍琛,曾随友谦麾下,闻绍琛言,便一齐号哭道:"朱公何罪?阖门受戮!我辈归即同诛,决不复东行了。"遂同拥绍琛,由剑州西还。绍琛自称西川节度使,移檄成都,招谕蜀人,有众五万。

继岌闻变,立授任圜为副招讨使,令与董璋率兵数万,追绍琛至汉州。绍琛麾众接战,胜负未分,忽后队纷纷溃乱,另有一彪人马,长驱突入,穿过绍琛阵内,接应任圜等军。绍琛腹背受敌,哪里支持得住,当下拼命杀出,仅率十余骑奔绵竹,途中被唐军追及,一鼓围住,任你绍琛勇武绝伦,也只好束手成擒了。看官道后军何来?原来就是新任西川节度使孟知祥。知祥得绍琛檄文,料他必进窥成都,不如先行出兵,堵截绍琛。可巧绍琛与任圜等对仗,便乘机夹攻,把绍琛一阵杀败,追擒而归。

当下至汉州犒军,与任圜、董璋置酒高会,引绍琛槛车至座中,知祥自酌大卮,递饮绍琛,且与语道:"公身立大功,何患不富贵,乃甘心觅死吗?"绍琛道:"郭公为佐命第一功臣,兵不血刃,手定两川,一旦无罪族诛,如绍琛等怎能保全?因此不敢还朝。今日杀绍琛,明日恐将及公等了!"知祥却也心动,但对着大众,不便措辞,伏下文王蜀事。只好令任圜等押送洛阳。绍琛被解至凤翔，由宦官向延嗣赍敕到来，诛死绍琛，复姓名为康延孝。朱友谦与康延孝，首先叛梁归唐，至此亦相继被戮，可为卖国求荣者戒。

继岌因绍琛变后，恐王衍在途脱逃，特令李从曮发凤翔军，与李严送衍入洛，得先交卸。从曮等押衍家族，及蜀臣眷属三千人，行至长安，忽接唐主敕书，止令入都。这事发生的原因，系由邺都作乱，洛阳亦未免惊慌，恐王衍入都为变，所以将他截留长安，督令西京留守，把他看管（邺都就是魏州，唐主在魏州即位，因号为邺都）。

魏博指挥使杨仁晸，曾率兵戍瓦桥关，逾年受代，当然归邺。偏唐主因邺都空虚，恐还兵生变，降敕令仁晸留屯贝州。当时邺下谣传，谓郭崇韬杀死继岌，自王蜀中，因致族灭。或且说继岌被杀。刘皇后归咎唐主，已加弑逆。邺都留守兴唐尹王正言，年老怕事，急召监军史彦琼入商。彦琼本由伶人得宠，在邺专恣，藐视将佐，及与正言密议终日，便令人心惶惑，讹言益甚。

仁晸部兵皇甫晖因人情不安，遂号召徒众，入劫仁晸道："主上抚有天下，都是我魏军百战得来，魏军甲不去体，马不解鞍，约有十余年。今天子不念旧劳，更加猜忌，远戍逾年，方喜代归，乃去家咫尺，不使相见。今闻皇后弑逆，京师已乱，将士愿与公俱归。表闻朝廷，若天子万福，兴兵致讨，似我魏、博兵力，亦足拒敌，或更得意外富贵，也未可知，请公不必迟疑！"仁晸怒道："这是何言？"晖亦厉色道："公如不允，祸在目前！"仁晸尚欲呵斥，已被晖指麾徒众，乱刀交挥，立将仁晸砍死，又欲劫一小校为帅，仍不见从，并为所杀。

效节指挥使赵在礼闻乱，衣不及带，逾垣出走。晖率众追及，曳在礼足，示以二首。在礼恐遭毒手，勉强承认。晖等遂奉他为帅，焚掠贝州，南越临清、永济、馆陶等县，所过剽掠，警报飞达邺都。都巡检使孙铎等急白史彦琼，请授甲登城。彦琼尚疑铎有异志，谓俟贼到城，防守未迟。贼竖可杀。哪知到了黄昏，贼队已到城下，环攻北门，彦琼仓促招兵，登北门楼拒守。暮闻贼众大噪，便即骇散，彦琼单骑奔洛阳，贼拥在礼入邺都，孙铎等拒战不胜，也即遁去。在礼据住宫城，署皇甫晖、赵进为马步都指挥使，纵兵大掠。王正言尚莫名其妙，方据案召吏草奏，竟无一至，他遂拍案大呼。家人入禀道："贼已入城，焚掠都布，吏皆逃散，公尚呼谁人呢？"正言才惊起道："有这等事吗？"不是老昏，定是重听。急命家人索马，四觅无着，踌躇良久，不得已步出府门，走谒在礼，再拜请罪。倒是个急救良方。在礼亦答拜道："士卒思归，不得不然，公勿过自卑屈，尽可无虞。"正言涕泣求归，由在礼送他出城，晖等以邺都无主，即推在礼为魏博留后。在礼出示安民，闻北京留守张宪家族，留住邺都，即着人慰问，且致书张宪，诱使入党。宪得书未曾启封，立将使人斩讫，举原书奏闻唐主。

唐主正欲派将往剿，适值史彦琼奔还洛阳，由唐主令他择将。不加彼罪，反令择将，真是糊涂！彦琼推荐李绍宏，绍宏转荐李绍钦，独刘皇后谓些许小事，但使李绍荣往办，即虽救平。唐主乃颁敕宋州，令归德节度使李绍荣，诣邺都招抚，仍使史彦琼监绍荣军。绍荣率兵至邺都，驻扎南门，先遣人入城，持敕抚谕。赵在礼用羊酒犒师，且罗拜城上道："将士思家擅归，劳公代为奏明，如得免死，敢不自新？"遂奉敕遍谕将士，偏彦琼戟手大骂道："群死贼！城破万段！"可恨可杀！皇甫晖见彦琼情状，便语众道："史监军这般说法，想不得蒙恩赦了！"遂鼓噪拒守，撕坏敕书，绍荣攻城失利，退至澶州，招集兵马，再行进攻。裨将杨重霸率数百人，奋勇登城，后面无人继上，徒落得身首分离，无一生还。

唐主闻报，欲自征邺都，适从马直军士王温等擅杀军使，闯乱都下，虽幸得即日捕诛，终究是惊疑不安。看官听着！唐王尝选勇士为亲军，叫作从马直，亲军生变，心腹已溃，教唐主如何放心自行出征？接连是邢州兵赵太等，结党四百人，戕官据城，居然自称留后。沧州相继生乱，由小校王景戡讨平，亦以留后自称，彼此俱自说有理，表闻洛都。唐主命东北面招讨副使李绍真，往讨赵太（绍真即霍彦威，由唐主改赐姓名）。另派人抚谕王景戡。独邺都日久未下，又拟督师亲征。宰相等交章谏阻，并荐李嗣源为帅，代李绍荣。

嗣源已为唐主所忌，征令入朝。宣徽使李绍宏与嗣源友善，力为救护。唐主密令朱守殷伺察嗣源，守殷反私语嗣源道："令公勋业震主，宜自图归藩，毋自撄祸！"嗣源道："我心诚不负天地，所遇祸福，听诸命数罢了！"及邺都乱起，嗣源尚在洛中，廷臣以绍荣无功，乃奏令赴邺。唐主道："朕惜嗣源，欲留他为宿卫，所以不便遣往。"李绍宏从旁力请，张全义亦乞命嗣源出师，唐主乃令他总率亲军，渡河北讨。

嗣源拜命即行，至邺城西南，正值李绍真荡平邢州，擒住赵太等叛徒，亦来邺会师。嗣源与绍真相见，即令绍真推出赵太等人，至城下斩首以徇，为邺都作一榜样。当即下令军中，立营休息，待诘旦攻城。不意时至夜半，从马直军士张破败，竟纠众大哗，杀都将，焚营舍，直逼中军。嗣源率亲军出营，大声呵斥道："尔等意欲何为？"乱众哗声道："将士从主上十余年，百战得天下，今贝州戍卒思归，主上不赦，从马直数卒喧闹，便欲悉众诛夷，我等本无叛志，今为时势所逼，不得不死中求生。现经大众定议，与城中合势同心，请主上帝河南，令公帝河北。"全是唐主一人激使出来。嗣源不禁失色，涕泣劝导，终不见从。嗣源复道："尔等不听我言，任尔所为，我当自归京师。"乱众又道："令公去将何往？若不见机，将蹈不测了！"遂抽戈露刃，拥嗣源入城。

嗣源尚不肯行，经李绍真蹴足示意，乃越濠而入。城中不受外兵，由皇甫晖开城邀击，阵斩张破败，乱众尽溃。只剩嗣源、绍真，进退无路。恰巧赵在礼出迎，率将校罗拜嗣源，且泣谢道："将士等负令公，在礼愿从公命！"嗣源偕绍真入城，在礼设宴相待，酒酣登南楼，阅视形势，当由嗣源诡词道："此城险固，可作根据，但必须借资兵力，城中兵不敷用，应由我出招各军，才好举事。"在礼随口赞成，嗣源即与绍真出城，寄宿魏县，但佐稍集，但亦不过百人。

先是李绍荣屯兵城南，众尚逾万，嗣源为乱兵所逼，即遣牙将高行周等，密书绍荣，共攻乱卒，绍荣不应，引众径去。及嗣源出次魏县，才得百人归集，又无兵仗，幸绍真所领镇兵五千，留营以待，仍来归命。嗣源流涕道："国家患难，一至于此！我唯有归藩待罪，再图后举。"绍真道："此语不便果行。公为元帅，不幸为凶人所劫，李绍荣不战而退，必且指公为逆，公若归藩，便是据地邀君，适资谗人口实。不若亟驰诣阙，面陈天子，尚可自明。"中门使安重海，所言略同。嗣源乃南趋相州，遇马坊使康福，给官马数千匹，始得成事。

嗣闻绍荣退至卫州，飞章奏嗣源叛逆，与贼通谋。嗣源很是惶急，忙遣使上章申辩，接连数奏，并不见有朝旨到来，益觉慌张得很，忽有一人驰入道："明公何不速筹善策！难道愿束手受戮吗？"嗣源便惊问道："公意将如何办法？"那人不慌不忙，便说出一条计策来。为这一计，有分教：

　　　　佐命功臣同叛命，
　　　　平戎大将反兴戎。

欲知何人献计，容待下回表明。

　　郭崇韬有取死之咎，而无应诛之罪，刘后何人，敢自草教令，命继岌杀崇韬！继岌又何人，敢私奉后教，令李环击死崇韬？母子二人，轻信谗言，擅戕功臣，唐主不罪刘后，不罪继岌，且并崇韬家属而尽戮之。溺爱不明，偏听生乱，曾有如此昏愦，而尚不亡国败家乎！贝州戍兵之乱，一也；都城从马直之乱，二也；邢州赵太等之乱，三也；沧州王景戡之乱，四也。四乱俱起，或幸得立时扑灭，而邺都终未得告平。李嗣源一至邺下，即为乱兵所劫，乱愈炽而国亦愈危矣。谁生厉阶，相寻不已？阅是书者当有以知乱源之由来也。

第十九回

郭从谦突门弑主
李嗣源据国登基

却说李嗣源正在惶急,帐下有人献议,请嗣源速决大计。这人为谁?乃是左射军使石敬瑭。敬瑭沙陀人,父名臬捩鸡,从李克用转战有功,官至洺州刺史。臬捩鸡殁,子敬瑭得随嗣源麾下,所向无前,得署左射军使(敬瑭为后晋开国主,故世系较详)。至是独进言道:"天下事成自果决,败自犹豫,宁有上将为叛卒所劫,同入贼城,他日尚得无恙吗?大梁为天下要会,愿假敬瑭三百骑,先往占据,公引军亟进,借大梁为根本地,方可自全!"突骑都指挥使康义诚亦接入道:"主上无道,军民怨愤,公从众乃生,守节必死。"嗣源想了多时,除此亦无别法,乃令安重海移檄会兵,决向大梁。

唐主先得绍荣奏报,即遣嗣源长子从审,往谕嗣源。行至卫州,为绍荣所阻,欲杀从审。从审道:"公等既不谅我父,我亦不能径往父所,愿复还宿卫。"绍荣乃释令还都。从审返见唐主,泣诉绍荣阻挠,唐主恰也矜怜,赐名"继璟",待他如子。嗣源前后奏辩,亦被绍荣截住,不使上达。

是时两河南北,屡患水溢,人民流徙,饿殍盈途。即阴气太盛之兆。京师财赋减收,军食不足,唐主尚挈领后妃,出猎白沙,历伊阙,宿甕涧,卫士万骑,责民供给。可怜百姓已卖妻鬻子,啼饥号寒,还有什么钱财,上应征求?辇驾所经,逃避一空。卫兵愤无所泄,甚至毁庐舍、坏什器,东隳西突,比强盗还要逞凶,地方有司亦畏他如虎,亡窜山谷。至唐主还都,军士因在途枵腹,各起怨声,租庸使孔谦,且因仓储将罄,尅扣军粮,各营中流言愈甚。唐主亦有所闻,反下一诏敕,预借明年夏秋租税。

看官试想,当年租赋,百姓尚无从措缴,那里缴得出次年的租税哩?官吏奉诏苛迫,累得人民怨苦异常,激成天变,太史上奏客心犯天库,防有兵变,宜速颁内帑,散给禳灾。宰相等亦上表固请,唐主意欲准奏,偏是刘后不肯,愤语唐主道:"我夫妇君临天下,虽借武功,亦由天命,命既在天,人不足畏了!"颇似桀纣口吻,不过男女不同。唐主乃停诏不下,宰相等又入陈便殿。刘后在屏后窃听,闻相臣等仍固执前议,她即令宫人取出妆具及银盆三件,并皇幼子三人,挈至帝前,竖着两道柳眉,带嗔带笑道:"四方贡献,给赐已尽,宫中只有此数,鬻财给军!"唐主不禁色变,宰相等统瞠目伸舌,陆续退去。及嗣源举事,警报频传,河南尹张全义,恐连坐嗣源,竟致急死。唐主乃令指挥使白从晖,扼守洛阳桥,且出内府金帛,给赐诸军,军士诟訾道:"我等妻子,均已饿死,还要这金帛何用?"唐主闻言,悔已无及,飞诏李绍荣还洛。绍荣至鹄店,由唐主亲出慰劳。绍荣面请道:"邺都乱兵,欲渡河袭取郓、汴,愿陛下亟幸关东,招抚各军,免为所诱。"唐主点首,返入都城,调集卫士,计日出发。

伶官景进,因事生风,即入白唐主道:"西南未安,王衍族党不少,闻车驾东征,未免谋变,不如早除为妥。"唐主已忘却前言,急遣向延嗣赍敕西行,敕中写着,乃是"王衍一行,并从杀戮"云云。枢密使张居翰取敕覆视,亟就殿柱上揩去"行"字,改为"家"字。一字活人无数。始付延嗣赍去。延嗣到了长安,由西京留守接诏,即至秦川驿中,收捕王衍全眷,尽行处斩。衍母徐氏临刑。搏膺大呼道:"我儿举国迎降,反加夷戮,信义何在?料尔唐主亦将受祸了!"徐氏母子既死,所有衍妻妾金氏、韦氏、钱氏等,一并陨首。惟幼妾刘氏,最为少艾,发似乌云,脸若朝霞,被监刑官瞧着,暗生艳羡,指令停刑。刘氏慨然道:"国亡家破,义不受污,幸速杀我!"不没烈妇。刑官无可如何,乃概令受刃。此外蜀臣家属及王衍仆役,悉数获免,不下千余人。亏得张居翰。

　　延嗣还都复命，唐主乃出发洛阳，遣李绍荣带着骑兵，沿河先行，自率卫兵徐进。行次汜水，凡与嗣源亲党相关，多半逃亡。独嗣源子继璟，尚然随着。唐主命他再谕嗣源，他终不肯应命，情愿请死。旋经唐主慰谕再三，强使召父，不得已奉谕登程。道遇绍荣，竟被杀死。还有嗣源家属，留居真定，经虞侯将王建立，出为保护，杀毙监军，正拟与嗣源通书告慰，凑巧嗣源养子从珂，自横水率军到来，遂与建立会合，倍道从嗣源。嗣源大喜，即分兵三百骑，归石敬瑭统带，令为前驱。李从珂为后应，向汴梁进发。又檄召齐州防御使李绍虔（即杜晏球）、泰宁节度使李绍钦（即段凝）、贝州刺史李绍英（原姓名为房知温，由唐主改赐姓名）、北京右厢马军都指挥使安审通，约期来会。随即渡河至滑州，再召平卢节度使符习。习自天平军徙镇平卢（习镇天平，见十四回），闻梁臣多半被诛，已有惧意，一闻嗣源相召，便即过从，安审通亦引兵驰至，军势大振。

　　知汴州孔循，既遣使奉迎唐主，复遣使输款嗣源。好一条两头蛇。嗣源前锋石敬瑭，星夜抵汴，突入封邱门，遂据大梁，亟使人催促嗣源。嗣源从滑州急行，亦黄夜赶入大梁城。时唐主方至荥泽，命龙骧指挥使姚彦温，率三千骑为前军，且面谕道："汝等俱系汴人，我入汝境，不欲使他军为前驱，恐扰汝室家，汝宜善体我意！"彦温应声即发，行抵汴城，见嗣源已经据守，便释甲入见，向嗣源进言道："京师危迫，主上为绍荣所惑，不可复事了。"嗣源冷笑道："汝自不忠，何得妄毁！"遂夺他军印，收三千骑为己属。指挥使潘环守王村寨，有刍粟数万，亦献入大梁。

　　唐主进次万胜镇，接得各种军报，不由得神色沮丧，登高唏嘘道："吾事不济了！"前日英雄，而今安在？遂下令旋师。还至汜水，卫军已逃去半数，乃留秦州都指挥使张唐，驻守汜水关。李绍荣请唐主招抚关东（便是此关），自率余军西归，道过罌子谷，山路险窄，见从官执仗扈卫，辄用好言慰抚，且与语道："魏王已将入京，载回西川金银五十万，当尽给汝等，酬汝劳绩！"从官直陈道："陛下至今日慨赐，已太迟了！恐受赐各人，亦未感念圣恩哩。"唐主又恨又悔，不禁流涕，乃向内库使张容哥索取袍带，欲赐从臣。容哥方说出"颁给已尽"四字，那卫士一拥直上，大声叱道："国家败坏，都出尔阉竖手中，尚敢多言么！"道言未绝，即抽刀逐容哥，还是唐主涕泣谕止，才得罢休。容哥私语同党道："皇后吝财至此，今乃归咎我等，事若不测，我等必被他碎尸，我不忍待遭此惨了！"竟投河自尽。唐主至石桥西，置酒悲涕，凄然语绍荣等道："卿等事我有年，富贵休戚，无不与共，今使我至此，难道无一策相救吗？"绍荣等百余人，皆截发置地，共誓死报。无非相欺。唐主乃驰入洛都。

　　越宿，即闻汜水关急报，嗣源前军石敬瑭已抵关下。李绍虔、李绍英等，皆与嗣源合军，气势益盛云云。宫廷很是惊惶，宰相枢密等奏称魏王将率军到来，请车驾亟控汜水，收抚散兵，静俟西军接应。唐主乃自出上东门，搜阅车乘，约期诘旦启行，复赴汜水。

　　同光四年四月朔日，急述年月，点醒眉目。为唐主再往汜水的行期，严装将发，骑兵列宣仁门外，步兵列五凤门外，专候御驾出巡。唐主方在早餐，忽闻皇城兴教门口，喊声大震，料知有变，慌忙放下匕箸，召集近卫骑兵，亲督出御。至中左门，见乱兵已突入门内，声势汹汹，乱首乃是从马直御指挥使郭从谦，惹得唐主躁怒异常，麾动卫骑，迎头痛击。从谦抵敌不住，率乱军退出门外，当将城门关住，再遣中使至宣仁门外，速召骑兵统将朱守殷入剿乱党。哪知守殷并不见到，郭从谦更纠集多人，焚兴教门，且有许多乱兵援城而入。唐主再欲抵御，四顾近臣宿将，多半逃匿，只有散员都指挥使李彦卿，军校何福进、王全斌等，尚随着唐主，挺刃血战。唐主亦冒险格斗，杀死乱兵百余人，突有一箭飞来，正中唐主面颊，唐主痛不可忍，几乎晕倒。鹰坊人善友见唐主中箭，忙上前扶掖，还至绛霄殿庑下，拔去箭镞，流血盈身。唐主渴懑求饮，宦官承刘后命，奉进酪浆，一杯才下，遽尔殒命。年才四十二岁。

　　李彦卿、何福进、王全斌等，见唐主已殂，皆恸哭而去。善友敛乐器覆尸，放起一把无名火，将乐器及唐主遗骸俱付灰烬，免得乱兵蹂躏，然后遁去。统计唐主称帝，仅及四年，先时承父遗志，灭伪燕，扫残梁，走契丹，三矢报恨，还告太庙，及家仇既雪，国祚中兴，几与夏少康、汉光武相似。偏后来妇寺擅权，优伶乱政，戮功臣，忌族戚，不恤军民，酿成祸患，就是作乱犯上的郭从谦，也是优人出身，平白地令典亲军，致为所弑。这可见女子小人，最为难养，两害相兼，断没有不危且亡哩。伏笔如椽。

刘皇后最得恩宠，闻夫主伤亡，并不出视，亟与唐主第四弟申王存渥及行营招讨使李绍荣等，收拾金宝，贮入行囊，匆匆出宫，焚去嘉庆殿，引七百骑出狮子门，向西遁走。宫中大乱，纷纷避匿。那朱守殷至此才入，并不设法平乱，先选得宫人三十余名，各令自取乐器珍玩，带回私第，去做那李存勖第二，寻欢取乐去了。夫妻尚且不顾，遑问苍头。各军遂大掠都城，昼夜不息。

是夕李嗣源已至罂子谷，闻唐主凶耗，泣语诸将道："主上素得士心，只为群小所惑，惨遭此变，我今将何归呢？"好去做皇帝了。诸将当然劝慰，才见收泪。越日，由朱守殷遣使到来，报告京城大乱，请即入抚。嗣源乃引军入洛，暂居私第，禁止焚掠。守殷进见，当由嗣源面语道："公善为巡徼，静待魏王。淑妃、德妃在宫（淑妃、德妃见十六回），供给尤应丰备！我俟山林葬毕，社稷有主，仍当归藩尽职，为国家捍御北方呢！"真耶！假耶！说至此，即命守殷往收唐主遗骨，在灰烬中拾出，妥加棺殓，留殡西宫。宰相豆卢革、韦说等即率百官奉笺劝进，嗣源召谕道："我奉诏讨贼，不幸部曲叛散，意欲入朝自诉，偏为绍荣所遏，披猖至此，我本无他意，今为诸君所推，殊非知己，幸勿复言！"于是驰书远近，报告主丧。

魏王继岌，因蜀乱稽延，至此始至兴平，得悉洛阳变乱，恐嗣源不能相容，复引兵西行，谋保凤翔。西京推官张昭远劝留守张宪，上劝进表，宪慨然道："我一书生，自布衣至服金紫，均出先帝厚恩，怎可偷生怕死，背主求荣呢？"昭远感泣道："公能如此，忠义不朽了！"先是晋阳城中，曾由唐主遣吕、郑二幸臣监督兵赋，至是又有唐主近属李存沼自洛阳奔至晋阳，与吕、郑二人密谋，拟害死张宪，据住晋阳。汾州刺史李彦超得知消息，即劝宪先发制人。宪又说道："仆受先帝厚恩，不忍出此，若为义亡身，乃是天数，怎得趋避呢！"未免近迂。彦超趋出，免不得与将士叙谈，将士不待命令，乘夜起事，杀毙存沼及吕、郑二人。宪闻变起，出奔忻州。适值洛都使至，出嗣源书，由彦超号令士卒，城中始安。当即遣回洛使，奉表劝进。都中百官又三次上笺，请嗣源监国。嗣源始允，入居兴圣宫，百官班见，下令称教。后宫尚有侍女千余人，宣徽使选得数百名，献诸嗣源。嗣源道："留此何用？"宣徽使答道："宫中使令，亦不可阙。"嗣源道："宫中充使，宜谙故事。此辈年少无知，不能充选。"乃悉令出宫还家，无家可归，令戚党领去。另用老旧宫人，分掌各职。即用安重诲为枢密使，张延朗为副使。延朗本梁旧臣，善事权要，与重诲相结，所以引入。

嗣源又令内外有司访求诸王。永王存霸，系唐主存勖次弟，本留守北京，李绍荣自洛阳奔出，撇去刘后，欲往依存霸，行至平陆，为野人所执，送往虢州，刺史石潭，击断绍荣足骨，置入囚车，解至洛阳。嗣源怒骂道："我儿有何负汝，乃遭汝毒手？"绍荣道："先皇帝有何负汝，乃叛命入都？"嗣源怒甚，即命推出斩首。还有通王存确、雅王存纪，系唐主季弟，逃匿民间，安重诲查有着落，即与李绍真密谋，遣人杀死二王，免人瞩目。过了月余，嗣源方才闻知，切责重诲，但已不能重生，只好付诸一叹罢了。也是一番假慈悲。

存渥与刘后奔晋阳，途次昼行夜宿，备历艰辛。刘后因绍荣他去，只恐存渥也即分离，索性相依为命，献身报德。存渥见嫂氏多姿，虽已三十余龄，风韵不减畴昔，乐得将错便错，与刘后结成露水缘。妇人之坏，无所不至。及抵晋阳，李彦超不纳存渥，存渥走至凤谷，被部下所杀。刘后无处存身，没奈何削发为尼，就把怀金取出，筑一尼庵，权作羁栖。偏监国嗣源不肯轻恕，竟遣人至晋阳，刺死刘后。一代红颜，到此才算收场。无非恶贯满盈。

北京留守永王存霸，闻兄弟多遭杀戮，自然寒心，即弃镇奔晋阳，往依彦超，愿为山僧。彦超欲奏取进止，偏部众不肯纵容，定要置他死地。存霸骇极，即祝发披缁，潜出府门，奈被军士阻住，拔刀斫去，死于非命。薛王存礼，是唐主三弟，与唐主子继潼、继漳、继嵩、继峣等，俱不知所终。惟唐主介弟存美，素有风疾，幸得免死。克用本有七子，只一存美仅存。存勖五子,四子未知下落。

继岌行至武功,宦官李从袭又劝继岌驰赴京师,往定内难。继岌又复东行,到了渭河。西都留守张籛折断浮桥,不令东渡,乃只好沿河东趋,途中随兵,陆续奔散,从袭又语继岌道:"大势已去,福不可再,请王早自为计。"继岌彷徨泣下,徐语李环道:"我已道尽途穷,汝可杀我。"环迟疑多时,乃语继岌乳母道:"我不忍见王死,王若无路求生,当卧榻蹜面,方可下手。"乳母泣白继岌,继岌面榻偃卧,环遂取帛套颈,把他缢死。从袭自往华州,也为都监李冲所杀。任圜后至,收集余众,得二万人还洛。嗣源命石敬瑭慰抚,军士皆无异言,各退还原营。

百官因继岌已死,仍累表劝进。嗣源始有动意,大行赏罚,先责租庸使孔谦奸佞苛刻,将他处斩。废去租庸使名目,悉除苛政。又罢诸道监军使,历数宦官劣迹,令所在地一概加诛。李绍真总决枢机,擅收李绍钦、李绍冲下狱。安重海语绍真道:"温、段罪恶,皆在梁朝,今监国新平内乱,冀安万国,岂专为公复仇吗?"绍真意沮,乃禀明监国,复两人姓名为段凝、温韬,放归田里。召孔循为枢密使。循与绍真皆入白监国,请改建国号。嗣源道:"我年十三事献祖(即李国昌,见十四回),献祖因我关宗属,视我犹子,又事太祖(指克用,亦见十四回)、先帝垂五十年,经营攻战,未尝不预。太祖基业,就是我的基业,先帝天下,就是我的天下,那有同家异国的道理? 当令执政更议!"礼部尚书李琪,承旨入对道:"若改国号,是先帝成为路人,梓宫何所依托? 不但殿下不忘三世旧君,就是我辈人臣,问心也自觉不安! 前代以旁支入继,不一而足,请用嗣子枢前即位礼,才算得情义两全了。"嗣源称善,群议乃定。

过了两日,嗣源自兴圣宫转赴西宫,自服斩衰,至枢前即位,百官俱服缟素,既而御衮冕受册,百官皆改着吉服,行朝贺礼,颁诏大赦。即改同光四年为天成元年。酌留后宫百人,宦官三十人,教坊百人,鹰坊二十人,御厨五十人,其余任从他适。中外毋得献鹰犬奇玩,诸司有名无实,一体裁革。分遣诸军就食近畿,减省馈运,除夏秋税省耗,各道四节供奉,不得苛敛百姓,刺史以下,不得贡奉。封赏百官,进任圜同平章事,复李绍真、李绍虔、李绍英等姓名,仍为霍彦威、房知温、杜晏球。晏球又自称为王氏子,仍复姓王。又有河阳节度使夏鲁奇、洺州刺史米君立,本由唐主李存勖赐姓名为车绍奇、李绍能,至是俱复原姓名,听郭崇韬归葬,赐还朱友谦官爵,安葬先帝李存勖于雍陵,庙号"庄宗"。小子有诗叹道:

> 得国非难保国难,
> 霸图才启即摧残;
> 沙陀派接虽犹旧,
> 毕竟雍陵骨早寒!

朝廷易主,庶政维新。欲知后事,请看下回续叙。

唐主存勖,不死于他人,而独死于伶人郭从谦之手,天之留示后世,何其微而显也! 堂堂天子,宁有与优人为戏,足以治国平天下者? 其遇弑也,正天之所以加谴也! 然则李嗣源果为无罪乎? 曰:薄乎云尔,恶得无罪。嗣源为部众所逼,拥入邺都,尚出于不得已,及移檄会兵,进据大梁,无君之心,固已暴露,入洛以后,何不亟诛首逆,为故主复仇? 且魏王在外,未尝遣使奉迎,通、雅二王,由安重海、霍彦威等,定谋致毙。徒以一责了事,自饰逆迹,古人所谓欲盖弥彰者,可为嗣源论定矣。至若存霸之死于晋阳,继岌之死于渭南,且未闻一言痛悼,并假面具亦揭去之。百僚劝进,觍然即真,谓非篡逆得乎? 读是回毕,当下一断词曰:弑庄宗者为郭从谦,令从谦得弑庄宗者实李嗣源!

第二十回
立德光番后爱次子
杀任圜权相报私仇

却说李嗣源即位以后，更张庶政，改易百官，宰相任圜尽心佐治，朝纲渐振，军民各饱食无忧。邺都守将赵在礼却请唐主嗣源，转幸邺都。唐主颇以为疑，徙在礼为义成节度使。在礼不肯离邺，但表称军情未协，乃改拜邺都留守兴唐尹。尚有从马直指挥使郭从谦，本是个弑君首恶，唐主嗣源入都，并未过问，仍复旧职。既而出调为景州刺史，乃遣使加诛，并令夷族。入洛时并未声讨，直至后来诛夷，转若罚非其罪，赵在礼明是乱首，乃壹意优容，嗣源之心不大可见耶。嗣源自不知书，四方奏事，统令安重诲旁读。重诲亦不能尽通，因奏请选用文士，上供应对。乃命翰林学士冯道、赵凤，俱充端明殿学士（端明学士的职位，向无此官，至是创设）。唐主因侍读得人，使重诲兼领山南东道节度使。重诲奏言襄阳重地，不可乏帅，未便兼领，因此表辞。唐主始收回成命。但重诲自恃功高，未免挟权专恣，盈廷大臣，又要从此侧目了。奈何不鉴郭崇韬！

这且慢表，且说契丹主阿保机，自沙河败退，未敢入寇（见十四回）。同光年间，反遣使聘唐通好，唐亦释嫌馆使，优礼相待。阿保机南和东战，恰出击渤海，进攻扶余城。适唐廷遣使姚坤至契丹告哀，且报明新主嗣位。阿保机尚未返西楼，由番官伴坤东行，往谒行幄。坤入帐中，但见阿保机锦袍大带，与妻述律氏对坐。俟坤行过了礼，便启问道："闻尔河南北有两天子，可这么？"坤答道："天子因魏州军乱，命总管李令公往讨，不幸变起洛阳，御驾猝崩。总管返兵河北，赴难京师，为众所推，勉副人望，现已正位有日了。"

阿保机闻言变色，突然起座，仰天大哭道："晋王与我约为兄弟，河南天子，就是我兄弟的长儿，今果因变致亡吗？我闻中国有乱，未知确实，正拟率甲马五万，来助我儿，只因渤海未除，坐此迁延，哪知我儿竟长逝了！"说毕复哭，哭毕复说道："我儿既殁，理应遣人北来，与我商量，新天子怎得自立？"仿佛是无赖徒口吻。坤又道："新天子统师二十年，位至大总管，所领精兵三十万，上应天时，下从人欲，那里还好延宕呢？"阿保机尚未及言，长子突欲（一作托允）入账指驳道："唐使不必多渎，尔新天子究臣事故主！擅自称尊，岂不为过！"坤正色道："应天顺人，岂徇匹夫小节，试问尔天皇王得国，究由何人授受？难道也是强取么！"突欲不能再驳，只好默然。阿保机乃和颜语坤道："理亦应尔。"随即延坤旁坐，徐语坤道："我闻此儿有宫婢二千人，乐官千人，放鹰走狗，嗜酒好色，任用不肖，不惜人民，应该遭祸致败。我得知消息，即举家断酒，解放鹰犬，罢散乐官，若效我儿所为，亦将同归覆没了！"外人尚知借鉴，所以渐臻强盛。坤答道："今新天子圣明英武，剔清宿弊，庶政一新，即位才经旬月，海内慰望，亿兆咸怀。天皇王诚有心修好，令南北人民，共享太平，岂不甚善！"阿保机道："我与汝新天子并无宿怨，不妨修好，但须割河北地归我，我从此决不南侵，与汝国长敦睦谊了！"坤又说道："这非使臣所敢与闻！"阿保机复道："河北不肯让我，但与我镇、定、幽州，也算了事。"说至此，从案上取过纸笔，令草让书。坤朗声道："外臣为告哀来此，岂为割地来吗？"遂缴还纸笔，不肯草写。

阿保机将他拘住，不使南归。及夺得扶余城，改名东丹国，留长子突欲镇守，号为"人皇王"，挈次子德光回国，号为"元帅太子"，途次遇病，竟致殁世。由皇后述律氏护丧返西楼，突欲亦奔丧归来。当由述律氏召集部酋，商议继统问题。述律后素爱德光，至是命二子乘马，俱立账前，乃宣告诸部酋道："二子皆我所爱，未知所立，还请汝等审择一人。如已审择得宜，可趋前执辔。"说至此，以目斜视德光，诸酋长素惮雌威，瞧着述律后形状，已经窥测意旨，便各趋德光马前，握住马缰。述律后喜道："众志从同，我怎敢故违？"遂立德光为契丹嗣主。舍长立次，究属未当。令突欲仍归东丹，一面释出唐使姚坤，令他归国报丧。

坤还洛都，报明唐主嗣源，唐主以使臣得归，不便决裂，乃遣使吊问。德光尊述律氏为太后，送阿保机归葬木叶山，庙号"太祖"。述律太后征集各酋长夫妻，一同会葬，临葬时，问诸酋长道："汝等思先帝否？"诸酋长自然同声道："我等受先帝恩，怎得不思？"述律太后微笑道："汝等既思先帝，我当令汝相见地下。"遂指令左右，引诸酋长至墓前，杀死殉葬。各酋长妻皆失色大恸。述律太后又传谕道："汝等不得多哭，我今寡居，汝等岂不可效我吗？"全没道理。各酋长妻无法违拗，只好退去。述律太后见左右桀黠，又常与语道："为我传达先帝！"说毕，即牵至阿保机墓前，杀毙了事。前后被杀，不下百数，最后轮到阿保机宠臣赵思温，独不肯行。述律太后道："汝尝亲近先帝，怎得不往？"思温答道："亲近莫如皇后；太后若行，臣自当相随！"此子可谓有胆。述律太后道："我非不欲追随先帝，侍奉地下，但因嗣子幼弱，国家无主，所以不便往殉呢。"道言未已，竟取剑截去左腕，令左右携置墓中。恰是一奇。赵思温竟得免死。

述律太后临朝谕政，大小国事，均由裁决，仍令韩延徽为政事令（见第十一回），纳侄女为德光帝后。德光性颇孝谨，每遇太后有恙，忧急异常，甚至不进饮食，太后疾愈，仍复常度。礼失求野，所以叙及。越三年始改元天显。述律太后素有智谋，德光亦勇略过人，所以雄长北方，依然如旧，并不闻有什么大变哩。惟契丹卢龙节度使卢文进，由唐主嗣源遣人游说，谓易代以后，无复嫌怨，何不归朝！文进部下皆华人，闻言思归，不由文进不从，乃率众归唐（文进降契丹亦见第十一回）。唐主令为义成军节度使，寻复徙镇威胜军，加授同平章事，这真所谓特别宠荣了。

是时蜀亡岐降，吴尚照旧。岭南镇将南海王刘岩，因兄隐死后，承袭旧封。梁末建国号"越"，自称皇帝，改元"乾亨"。寻又改国号"汉"，更名为"陟"。尝与唐主存勖书，自称"大汉国主"。唐廷令改定国书，汉使何词不从，返报汉主。谓唐主骄淫，必不能久，汉主遂与唐绝好。南诏与汉境接壤，当时酋长蒙氏为部下郑旻所灭，改国号为长和。旻遣使郑昭淳至汉，献上朱鬃白马，并乞和亲。汉王赐昭淳宴，赋诗属和，昭淳随口吟咏，压倒汉臣。汉主乃以兄女增城公主遣嫁郑旻。其实旻已有后马氏，就是楚王马殷女，那增城公主到了长和，无非是备作媵嫱罢了。既而汉南宫忽现白龙，汉王应瑞改名，易"陟"为"龚"。有胡僧呈入谶书，谓灭刘者龚，汉主乃更采飞龙在天的意义，杜造一个"龑"字，定音为"俨"，取以为名。白龙已不足信，至自造名字，更属无谓。未几与楚失和，楚人入攻封州，龑颇有惧意，筮《易》得"大有卦"，乃改"元大有"。遣将苏章救封州，用诱敌计，尽覆楚军。楚王马殷乃遣使贡唐，联唐拒汉，自是楚汉相持，各按兵不动。

汉东就是福建，自王审知受梁封爵，称号闽王。同光三年，审知病殁，子延翰嗣，受唐封为节度使。至庄宗遇弑，中原多故，延翰也建国称王，表面上尚奉唐正朔。只是延翰好色，妻崔氏貌甚丑陋，却异常妒悍，延翰广选良家女，充当妾媵，被崔氏接连加害，一年中伤毙至八十四人，崔氏为冤鬼所祟，也致暴亡。延翰得拔眼中钉，很是欣幸，乐得淫纵暴虐，为所欲为。弟延钧上书极谏，反被黜为泉州刺史。延钧很是不平，便与延禀私下设谋，欲杀延翰。延禀为审知养子，本姓周氏，原名彦琛，素与延翰有隙，曾任建州刺史，此次遂合兵进袭福州。延禀先至，缘城得入。延翰为色所迷，一些儿未曾预闻，至延禀突入宫门，方惊走床后。延禀早已瞧着，令部兵牵出门外，面数罪状，将他杀死。即开城迎纳延钧，推为留后。延钧仍令延禀还守建州，一面详报唐廷。唐封延钧为闽王。

但闽已立国，与汉相似，不过汉已绝唐，闽尚臣唐，所以后唐天成元年，分为四国三镇，唐、吴、汉、闽为四国，吴越、荆南、湖南为三镇，吴、汉不服唐命，此外还算称臣唐室，列作屏藩（此段是补叙文字，亦即是点醒文字，遥应前第三回，表明大势沿革）。但荆南节度使南平王高季兴与唐是阳奉阴违，当唐师伐蜀时，曾命充西川东南面行营招讨使（见十七回），他却请自取夔、忠、万、归、峡等州，唐庄宗当然允许。哪知他实作壁上观，按兵不发。嗣闻蜀已被灭，不禁大惊道："这是老夫的过失哩！"司空梁震道："唐主得蜀，势必益骄，骄必速亡，何足深虑！且安知不为吾福？"

季兴乃放着大胆，竟遣兵士截住江中，遇有唐吏押解蜀物，送往洛阳，即就中途邀劫，夺得蜀货四十万，并杀死唐押牙官韩珙等十余人。会唐都大乱，不暇过问。至嗣源即位，遣人诘问季兴，季兴满口抵赖，只说是押官覆溺，当问水神。嗣源闻报，未免含愤，但因即位未久，不便劳师进讨。哪知季兴得步进步，且乞将夔、忠、万等州，归属荆南。唐主嗣源还是含忍优容，勉强允许，惟刺史须由唐廷简放。偏季兴先袭踞夔州，拒绝唐官。那时唐主忍耐不住，遥饬襄州镇帅刘训为招讨使，进攻荆南。老天似暗助季兴，竟连日霪雨，不肯放晴，刘训部军，多半病疫，且因粮运不继，没奈何引兵退还。季兴遂又取忠、万、归、峡四州，已而唐将西方邺，突出奇兵，把夔、忠、万三州夺还，更欲入攻荆南，季兴才有惧意，竟举荆、归、峡三州，向吴称臣去了。同一称臣，何必舍北逐南。

唐相豆卢革、吴说为谏议大夫萧希旨所劾，说他不忠故主，一并罢职，朝政悉令任圜主持。枢密使孔循独荐引梁臣郑珏，得擢为相，寻又荐入太常卿崔协，任圜以协无相才，拟改用吏部尚书李琪。偏郑珏与琪不协，极力阻挠，安重海又祖护郑珏，与任圜屡起龃龉，一日在御前争议，任圜愤然道："重海未悉朝中人物，为人所卖，协虽出名家，识字无多，臣方愧不学，谬居相位，奈何复添入崔协，惹人笑议！"唐主嗣源道："宰相位高责重，应仔细审择。朕前在河东时，见冯书记博学多才，与人无忤，看来且可任为相呢。"语毕退朝。孔循面带愠色，拂衣先走，且行且语道："天下事统归任圜，究竟任圜有什么才能？如果崔协暴死，也不必说了；协如不死，总要入相，看任圜如何对待呢？"全是蛮话。嗣是好几日称疾不朝。唐主令重海慰谕，方入朝莅事，重海私语任圜道："现在朝廷乏人，姑令崔协备员，想亦无妨。"圜答道："公舍李琪，相崔协，好似弃苏合丸，取蛣蜣粪了。"重海不答，心中很是不乐，每与孔循相结，毁琪誉协，唐主竟为所蒙，命冯道、崔协同平章事。看官！你想圜既短协，协必嫉圜，两人共掌朝纲，还能和衷共济吗？圜奈何还不辞职！

任圜自蜀入相，兼判三司，素知成都富饶，前时除犒军外，尚余钱数百万缗，乃遣太仆卿赵季良为三川制置转运使，令送犒军余钱至京使。西川节度使孟知祥怒不奉命，但因季良旧交，留居蜀中，不使任事。知祥妻李氏，系唐庄宗从姊，曾封琼华长公主，自与董璋分镇两川，内恃帝戚，外拥强兵，权势日盛，及季良至蜀，不得输送犒军余钱，唐廷颇加疑忌。安重海尤欲设法除患，客省使李严自请为西川监军，严母面谕道："汝倡谋伐蜀，侥幸成功。今日尚好再往吗？"严谓食君禄，当尽君事，竟不遵母教，得请即行。得意不宜再往，此去真是送死了。既至成都，知祥盛兵出迎，入城与宴，酒至半酣，知祥勃然道："公前奉使王衍，归即请公伐蜀，庄宗信用公言，遂致两川俱亡，今公复来，蜀人能不怀惧吗？况现今各镇，俱废监军，公独来监我军，究是何意？"严方欲答辩，知祥已顾部将王彦铢，令他动手。彦铢率严下座，严始惶恐乞哀。知祥道："蜀人俱欲杀公，并非出自我意，公亦知众怒难违吗？"遂不由分说，竟被彦铢推至阶下，一刀两断。遂上表唐廷，诬严他罪，且请授赵季良为节度副使。

唐主嗣源尚欲以恩信羁縻，再遣客省使李仁矩赴蜀慰谕。并因琼华公主及知祥子昶尚留住都中，亦命仁矩乘便送去，知祥总算厚待仁矩，遣归洛阳，申表称谢，但心中已不免藐视唐廷了。为后文伏案。

时平卢军校王公俨作乱，幸得讨平，公俨伏诛，支使（官名）韩叔嗣坐党并死。叔嗣子熙载奔吴，邺都军亦蠢然思动，留守赵在礼恐不能制，密求移镇。唐主徙在礼为横海节度使，授皇甫晖为陈州刺史，赵进为贝州刺史，遣皇次子从荣镇守邺都。卢台兵变，由副招讨使房知温，与马军指挥使安审通，合兵围击，才得荡平。

宰相任圜与安重海同议内外重事，多半未合，唐主因敉平外乱，多出重海主张，所以专信重海。向例使臣出四方，必由户部给券，重海拟改从内出，任圜与他力争廷前，声色俱厉，唐主也看不过去，怏怏入内。适有宫嫔接着，见唐主含有怒意，便问道："陛下与何人议事，声彻内廷？"唐主说是宰相任圜，宫嫔道："妾在长安宫中，从未见宰相奏事，如此放肆，莫非轻视陛下不成？"想是花见羞（详见下文）。唐主被她挑拨，愈滋不悦，卒从重诲言。圜因求罢，遂免他相职，令为太子少保，圜心不自安，更请致仕，也由唐主允准，退老磁州。已经迟了。

嗣因唐主出巡汴州，行至荥阳，民间讹言纷起，都说车驾将调迁镇帅。朱守殷正出镇宣武军，颇怀疑惧。判官孙晟劝守殷先发制人，守殷遂召都指挥使马彦超，与谋叛命。彦超不从，守殷便砍死彦超，登城拒守。唐主急遣宣徽使范延光往谕，延光道："往谕何益，不如急攻。否则彼得缮备，反致城艰难下了。臣愿得五百骑速趋汴城，乘他无备，方可收功。"唐主乃拨骑兵五百，星夜前往，飞驰二百里，到了大梁城下，天尚未明，喊声动地。守殷从睡梦中惊醒，急忙号召徒众，开城搦战，两下里杀到黎明，御营使石敬瑭又率亲军趋至，杀得汴军人仰马翻。守殷正要退回，遥见有一簇人马，拥着黄盖乘舆，呼喝前来。不由得意忙心乱，策马返奔，哪知城上已竖起降旌，守兵一齐拥出，向前迎降，眼见是禁遏不住，无路可归，没奈何拔刀自刎，血溅身亡！死有余辜。

唐主入城，搜诛余党，共死数十百人，独孙晟乘间逃脱，径奔淮南。安重诲尚恨任圜，诬称圜与守殷通谋，密遣供奉官王镐赴磁州，矫制赐任圜自尽。圜受命怡然，聚族酣饮，然后仰药自杀。圜系京兆人氏，素有政声，相业卓著，不幸抗直遭谗，无辜毕命。小子有诗叹道：

> 折槛留旌抗直臣，
> 汉成庸弱尚知人；
> 如何五季称贤辟，
> 坐使忠良枉杀身！

重诲既矫制杀圜，然后出奏，究竟唐主嗣源如何主张？待至下回说明。

本回多叙外事，是前后过渡文字。前数回是专叙后唐，无暇述及外情，即如灭蜀一段，亦系唐廷直接用兵，唐为主，蜀固为客也。此回叙契丹事，兼及南方各镇，是契丹为主，而各镇为客，经此一回表明，则既足顾应上文，俾阅者知所沿革，下文因事叙人，自不至无绪可寻矣。至若孟知祥之杀李严，及平卢之乱，邺都之乱，汴州之乱，俱用简笔叙过，绝不渗漏。而任圜枉死，即顺手带出，后唐贤相莫如圜，特别提明，正所以表其贤而惜其死也。

第二十一回 王德妃更衣承宠
唐明宗焚香祝天

却说唐主李嗣源，宠任枢密使安重诲，连他矫制与否，亦未尝过问。重诲冤杀任圜，才行奏闻，唐主反诏数圜罪，说他不遵礼分，潜附守殷，应该处死。惟骨肉亲戚仆役等，并皆赦罪云云。在唐主的意见，还算是格外矜全，其实已为重诲所蒙蔽，枉害忠良了。

重诲为佐命功臣，因此得宠。还有一个后宫宠妃，与重诲阴相联络，每在唐主面前陈说重诲好处，唐主益深信不疑。原来唐主正室，系是曹氏，只生一女，封永宁公主，次为夏氏，生子从荣、从厚，妾为魏氏，就是从珂生母，由平山掳掠得来(见前文)。又有一个王氏女，出自邠州饼家，为梁将刘鄩所买，作为侍儿，及年将及笄，居然生成一副绝色，眉如远山，目如秋水，鼻似琼瑶，齿似瓠犀，当时号为"花见羞"。得鄩钟爱，鄩死后，此女无家可归，流寓汴梁。适嗣源次妻夏夫人去世，另求别耦。有人至安重诲处，称扬王氏美色，重诲即转白嗣源，嗣源召入王氏，仔细端详，果然是艳冶无双，名足称实。虽王氏行谊不同刘后，但也是一朝尤物。从来好色心肠，人人所同，难道唐主嗣源见了美色，有不格外爱怜？况王氏身虽无主，尚带得遗金数万，至此多赍给嗣源。嗣源既得丽姝，又得黄金，自然喜上加喜，宠上加宠。即位未几，封曹氏为淑妃，王氏为德妃。

王氏尚有余金，又赠遗嗣源左右与嗣源诸子。大家得了钱财，哪个不极口称赞，并且王氏性情和婉，应酬周到，每当嗣源早起，盥栉服御，统由她在旁侍奉，就是待遇曹淑妃，亦毕恭毕敬，不敢少忤。及曹淑妃将册为皇后，密语王氏道："我素多病，不耐烦劳，妹可代我正位中宫。"王氏慌忙拜辞道："后为帝匹，即天下母，妾怎敢当此尊位呢？"*初意却还可取。* 既而六宫定位，曹氏虽总掌内权，如同虚设，一切处置，多出王氏主张。

王氏既已得志，倒也顾念恩人，如遇重诲请托，无不代为周旋。重诲有数女，经王氏代为介绍，欲令皇子从厚娶重诲女为妇，唐主恰也乐允。偏重诲入朝固辞，转令王氏一番好意，无从效用。看官阅此，几疑安重诲是个笨伯，有此内援，得与后唐天子，结做儿女亲家，尚然不愿，岂不是转惹冰上人懊怅吗？哪知重诲并非不愿，却是受了孔循的愚弄。循也有一女，方运动做太子妃，一闻重诲行了先着，不禁着急起来，他本是刁猾绝顶的人，便往见重诲道："公职居近密，不应再与皇子为婚，否则转滋主忌，恐反将外调呢。"重诲是喜内恶外，又与循为莫逆交，总道是好言进谏，定无歹意，因此力辞婚议。*聪明反被聪明误。* 循遂托宦官孟汉琼，入白王德妃，愿纳女为皇子妇。王氏因重诲辜负盛情，未免介意，此时由汉琼入请，乐得以李代桃，便乘间转告唐主，玉成好事。重诲渐有所闻，才觉大怒，即奏调孔循出外，充忠武军节度使，兼东都留守，唐主勉从所请。

可巧秦州节度使温琪入朝，愿留阙下。唐主颇喜他恭顺，授为左骁卫上将军，别给廪禄。过了多日，唐主语重诲道："温琪系旧人，应择一重镇，俾他为帅。"重诲答道："现时并无要缺，俟日后再议。"又隔了月余，唐主复问重诲，重诲勃然道："臣奏言近日无阙，若陛下定要简放，只有枢密使可代了。"唐主亦忍耐不住，便道："这也无妨，温琪岂必不能做枢密使吗？"重诲也觉说错，无词可对。*谁叫你如此骄横。* 温琪得知此事，反暗生恐惧，好几日托疾不出。

成德节度使王建立亦与重诲有隙，重诲说他潜结王都，阴怀异志。建立亦奏重诲专权，愿入朝面对。唐主即召令入都，建立奉诏即行，驰入朝堂，极言重诲植党营私，且说枢密副使张延朗，以女嫁重诲子，得相援引，互作威福。唐主已疑及重诲，又听得建立一番奏语，当然不乐，便召重诲入殿。重诲也含怒进来，惹得唐主愈加懊恼，便顾语重诲道："朕拟付卿一镇,暂俾休息,权令王建立代卿,张延朗亦除授外官。"重诲不待说毕,厉声答道:"臣披除荆棘,随陛下已数十年,值陛下龙飞九重,承乏机密,又阅三载,天下幸得无事,一旦将臣摈弃,移徙外镇,臣罪在何处?敢乞明示!"唐主愈怒,拂袖遽起,退入内廷。

适宣徽使朱弘昭入侍,便与语重诲无礼,弘昭婉奏道:"陛下平日待重诲如左右手,奈何因一旦小忿,遽加摈斥,臣见重诲语多拗戾,心实无他,还求陛下三思!"唐主怒为少霁,越日复召入重诲,温言抚慰。建立乃陛辞归镇,唐主道:"卿曾言入分朕忧,奈何辞去?"建立道:"臣若在朝,反累陛下动怒,不若告辞!"唐主道:"朕知道了。"会同平章事郑珏,表情致仕,有诏允准,即令建立为右仆射,兼同平章事。

既而皇子从厚纳孔循女为妃,循乘便入朝,厚赂王德妃左右,乞留内用。安重诲再三奏斥,仍促令赴镇。皇侄从璨,素性刚猛,不为人屈。从前唐主幸汴,往讨朱守殷,留他为皇城使,他召客宴会节园,酒后忘情,戏登御榻,当日并无人纠缠,蹉跎年余,反由重诲提出劾奏,贬为房州司户参军,寻且赐死。此外挟权胁主,党同伐异,尚难尽述。

义武节度使王都,在镇十余年,因与庄宗结为姻亲,曾将爱女嫁与继岌,所以累蒙宠眷,属州得自除刺史,所出租赋,皆赡本军。至庄宗已殁,继岌自杀,唐主嗣源即位,尚是曲意优容,不加征索,独安重诲屡加裁抑,且说他逼父夺位,心不可问,因之唐主亦随时预防。会契丹屡次犯塞,唐廷调兵守边,多屯驻幽、易间,免不得仰给定州,都不愿输运,遂有异图。再加心腹将和昭训,劝都为自全计,都即遣人至青、徐、歧、潞、梓五镇,赍投蜡书,

约同起事。偏五镇概不答复,令都孤掌难鸣,乃复募得说客,令劝北面副招讨使王晏球。晏球不但不从,反飞表唐廷,报称都反。唐主便命晏球为招讨使,发诸道兵进攻定州。

都至此已势成骑虎,不能再下,只好纠众拒守。不反呜呼死,不死乌能泄养父遗恨!一面向奚酋秃馁处求救,啖以重赂。秃馁遂率万骑来援,突入定州。晏球见番兵气盛,不如让他一舍,退保曲阳。那秃馁即扬扬自得,与都合兵进攻。将至曲阳附近,伏兵猝发,左右夹击,把秃馁等一鼓杀退。晏球乘胜追击,拔西关城,作为行府,令祁、易、定三州土民,输税供军。都与秃馁困守孤城,呼秃馁为馁王,屈身侍奉,求他设法免患。秃馁乃替他乞师契丹,契丹亦发兵相助。都遣部将郑季磷、杜弘寿等,往迎契丹军。适被晏球侦悉,潜师邀击,把季磷、弘寿一并擒回,斩首示众。

都益觉气沮,至契丹兵到,方与秃馁开城相会,合兵袭破新乐,复逼曲阳。晏球凭城遥望,见来军轻佻不整,可以力破,便召集将校,指示敌隙,方下城宣谕道:"王都恃有外援,跃马前来,我看他趾高气扬,必然无备,可一战成擒哩。今日乃诸军报国的时间,宜悉去弓矢,概用短兵接战,不得回顾,违令立斩!"此令一下,全军应命,当即开城出战。骑兵先驱,步兵继进,或奋槊,或挥剑,或持斧,或挺刃,不管什么死活,一齐冲杀过去。晏球在后督战,有进无退,任你番骑精壮得很,也被杀得七零八落,死亡过半,余众北遁,都与秃馁拼命逃还。

契丹败卒,走回本国,途中又被卢龙军截杀一阵,只剩得寥寥无几,脱归告败。契丹主耶律德光,再遣酋长惕隐(一作特哩衮,系契丹官名)来救定州,又为王晏球杀败,仍然遁回。卢龙节度使赵德钧复遣牙将武从谏,埋伏要路,截住归踪。惕隐不及防备,被从谏突出一枪,搠落马下,活捉而去;并擒得番首五十人,番兵六百人。赵德钧遣使献俘,解至洛都。廷臣请骈戮示威,唐主道:"此等皆虏中骁将,若尽加诛戮,使彼绝望,不如暂行留存,借纾边患。"乃

赦惕隐及番目五十人,余六百人一体处斩。

契丹两次失败,不敢再入。唐主即遣使促晏球攻城,晏球与朝使联辔并行,至定州城下,指阅形势,扬鞭密语道:"此城如此高峻,就使城主听外兵登城,亦非梯冲所及,徒丧精兵,无损贼势,不若食三州租赋,爱民养兵,静俟内溃,自可不战而下了。"确是将略。朝使返报唐主,唐主乃不再催逼。好容易过了残年,直至次年(即天成四年)二月,定州内乱,都指挥使马让能开城迎纳官军,晏球麾军直入,都阃家自焚。负心人应该如此。秃馁被唐军擒住,械送大梁,就地枭首。贪小失大。晏球振旅而还,已而入朝,唐主褒劳有加。晏球口不言功,但说是久劳馈运,不免怀惭,因此益契主心,拜为天平军节度使,兼中书令,未几又徙镇平卢,寻即病逝。追赠太尉(晏球虽是两朝臣,但将略可称,故特详叙)。会吴丞相徐温病殁,吴主杨溥自称皇帝,改元乾贞,追尊行密为太祖武皇帝,渥为烈宗景皇帝,隆演为高祖宣皇帝,授徐知诰太尉兼侍中,拜温子知询为辅国大将军,兼金陵尹。因荆南高季兴称藩表贺,特封秦王(应前回)。季兴侵楚,至白田击败楚师,获将吏三十四人,献入吴国。楚王马殷遣使诉唐,且请建行台。唐封殷为楚国王,殷始升潭州为长沙府,立宫殿,置百官,命弟宾为静江军节度使,子希振为武顺军节度使,次子希声判内外诸军事,姚彦章为左相,许德勋为右相,整兵添戍,控制边疆。

吴主杨溥闻唐楚相结,遣使与唐修好,国书中自称皇帝。安重海谓杨溥敢与朝廷抗礼,遣使窥视,不应延纳,遂将吴使拒绝,吴使自去。杨溥以唐既绝好,索性再发兵攻楚。到了岳州,楚人早已预备,不待吴兵列阵,便迎头痛击,擒得吴将苗璘、王彦章。尚有几个败卒,逃归报知吴主。吴主方有惧色,亟遣人赴楚求和,请放还苗、王二将。楚王殷乃将二将释归,与吴息争。

荆南节度使高季兴死,有子九人,长子从诲,向吴告哀,吴令从诲承袭父职。从诲既得嗣位,召语僚佐道:"唐近吴远,务远舍近,终非良策,不如服唐为是。"乃遣使如楚,浼楚王殷代为谢罪,情愿仍修职贡,一面令押牙官刘知谦奉表唐廷,进赎罪银三千两。唐主许令赦罪,拜从诲节度使,追封季兴为楚王。

先是季兴在日,闻楚得富强,赖有谋臣高郁,乃屡遣门客至楚,进说楚王,阴加反间。楚王殷始终不信,待郁如初。及希声用事,又向楚散布谣言,谓马氏当为高郁所夺,希声已是动疑,又经妻族杨昭遂谋代郁任,屡向希声前谮郁,希声竟夺郁兵柄,左迁为行军司马,郁愤愤道:"犬子渐大,即欲咋人,我将归老西山,免为所噬!"这数语为希声所闻,立矫父命杀郁,并及族党。数语杀身,可见语言不可不慎。是日大雾四塞,马殷深居简出,尚未知郁死耗,及瞧着大雾,方语左右道:"我昔从孙儒渡淮,每杀无辜,必遭天变,难道今日有冤死的人吗?"翌日始闻郁死,殷拊膺大恸道:"我已老耄,政非己出,使我勋旧横罹冤酷,可悲可痛!看来我亦不能长久了。"不死何为。越年殷即病死,年已七十九。

长子希振因弟握大权,自愿让位。遂由希声承袭父职,报达唐廷。唐以殷官爵俱高,无可追赠,惟赐谥谥"武穆"。并授希声为武安、静江等军节度使,希声嗜食鸡汁,每日必烹五十鸡,至送殷安葬,并无戚容,且食尽鸡胙数器,然后出送。礼部侍郎潘起道:"从前阮籍居丧,尝食蒸豚,何代没有贤人呢!"希声尚莫名其妙,还道他是赞美词,烹鸡如故。惟去建国成制,复藩镇旧仪,尽心事唐,尚不失畏天事大的意义。且因享国不永,二载即亡,所以保全首领,尚得善终。

此外如吴越王钱镠,当庄宗末年,也据国称尊,改元宝正。后来致安重海书,语多倨傲,重海奏遣供奉官乌昭遇、韩玫,出使吴越,传旨诘问。吴越王钱镠还算照旧接待,不曾摆出帝王的架子,胁迫唐使。及唐使北返,韩玫却诬劾昭遇,说他屈节称臣,向镠拜舞,昭遇竟致枉死。重海请削镠王爵,但令以太师致仕,所有吴越朝聘使臣,悉令所在系治。镠令子传瓘等上表讼冤,均被重海措阻,不得自伸。嗣是重海身为怨府,连藩镇亦痛心疾首了。死期将至。

惟自唐主嗣源即位后,励精图治,不事畋游,不耽货利,不任宦官,不喜兵革,志在与民更始，共享承平，所以四方无事，百谷用成。唐主改名为亶，表示诚意，且与宰相等从容坐论，谈及乐岁，亦自觉有三分喜色。冯道在旁讽谏道："臣昔在先皇幕府，奉使中山，道出井陉，路甚险阻。臣自忧马蹶，牢持马缰，幸不失坠。及行入坦途，放辔自逸，竟至颠陨。可见临危时未必果危，居安时未必果安，行路尚且如此，何况治国平天下呢！"述冯道语，是不以人废言之意。唐主点首称善，又接口问道："今岁虽是丰年，百姓果家给人足否？"道又答道："凶年患饿殍，丰年伤谷贱，丰凶皆病，惟农家如是。臣尝记进士聂夷诗云：'二月卖新丝，五月粜新谷，医得眼前疮，剜却心头肉。'语虽鄙俚，却曲尽田家情状。总之民业有四，农为最苦，人主最应体恤呢。"

唐主甚喜，命左右录聂夷诗，时常讽诵，差不多似座右铭，且因自己年逾花甲，料不能久，每夜在宫中沐手焚香，向天叩祝道："某本胡人，因天下扰乱，为众所推，权居此位，自惭不德，未足安民，愿天早生圣人，为生民主，俾某早得息肩，乃是四海的幸福了！"相传宋太祖赵匡胤，便是后唐天成二年，降生洛阳的夹马营内。乃父叫作赵弘殷，曾在后唐掌领禁军，至匡胤开国登基，海内才得统一。这都由唐主嗣源，一片诚心，感格上苍，方生此真命天子呢。小子有诗咏道：

　　　敢将诚意告苍穹，
　　　一片私心愿化公；
　　　夹马营中征诞降，
　　　果然天意与人同。

天成五年二月，唐主复改元长兴。过了二月，河中忽报兵变，逐去节度使李从珂。欲知变乱原因，容待下回分解。

　　史称唐明宗不迩声色，语难尽信。王德妃为梁将刘鄩侍儿，曾有"花见羞"之美名，至为唐主所得，极承宠眷，尚得谓非好色耶！况唐主纳德妃时，度其年已逾半百，此时已非少壮，尚为美色所迷，盥栉服御，悉出妃手，是其溺情床笫，朝夕不离，已可想见。安重诲虽为佐命功臣，而挟权专恣，实由妃酿成之。设重诲不失妃懽，始终固结，吾知在明宗朝，未必其即遭危祸也。自王都受诛，四方无事，亦不过为一时之幸遇。至焚香祝天一事，史家播为美谈，夫既无心为帝，则何不迎立继嗣，岂必知继嗣之不足治民，乃起而暂代耶？第时当五季，如天成、长兴之小康，已属仅见，故史官不无溢美之词。本编叙明宗事，瑕瑜并采，毁誉存真，是固犹是董狐史笔也。

第二十二回　攻三镇悍帅生谋
失两川权臣碎首

却说唐主养子李从珂屡立战功，就是唐主得国，亦亏他引兵先至，才得号召各军，从珂未免自恃，与安重诲势不相下。一日重诲宴饮，彼此争夸功绩，究竟从珂是武夫，数语不合，即起座用武，欲殴重诲。幸重诲自知不敌，急忙走匿，方免老拳。越宿，从珂酒醒，亦自悔鲁莽，至重诲处谢过，重诲虽然接待，总不免怀恨在心。度量太窄。唐主颇有所闻，乃出从珂为河中节度使。从珂至镇，性好游猎，出入无常。重诲意欲加害，矫传密旨，谕河东牙内指挥使王彦温，令觑随逐从珂。彦温奉命，会从珂出城阅马，彦温即勒兵闭门，不容从珂入内，从珂叩门呼问道："我待汝甚厚，奈何见拒？"彦温从城上应声道："彦温未敢负恩，但受枢密院密札，请公入朝，不必还城！"从珂没法，只好退驻虞乡，遣使表闻。

唐主毫不接洽，自然召问重诲。重诲不便实陈，诈称由奸人妄言，应速加讨。唐主欲诱致彦温，面讯虚实，乃除授彦温为绛州刺史，促令入朝。看官试想，此时矫诏害人的安重诲，肯令彦温入朝面证吗？当下一再请讨，始由西都留守索自通、步军都指挥使药彦稠，率兵往讨彦温。唐主却面嘱彦稠道："彦温拒绝从珂，想是有人主使，汝至河中，须生絷彦温回来，朕当面问底细。"彦稠应命而去，及驰抵河中，彦温尚未悉情由，出城相迎。不料见了彦稠，未曾发言，那刀锋已经过来，好头颅竟被斫去。恐做鬼也莫名其妙。彦稠既杀了彦温，即传首阙下，唐主怒彦稠违命，下敕严责，重诲独出为解免，竟不加罪。明是串通一气。从珂知为重诲所构，诣阙自陈，偏唐主不令详辩，责使归第。重诲再讽令冯道、赵凤等，劾奏从珂失守河中，应加罪谴。唐主道："我儿为奸党所倾，未明曲直，奈何亦出此言，岂必欲置诸死地吗？朕料卿等受托而来，未必出自本意。"道与风不禁怀惭，无言而退。

翌日由重诲独进见，仍劾从珂罪状。唐主怫然道："朕昔为小校时，家况贫苦，赖此儿负石灰，收马粪，得钱养活，朕今日贵为天子，难道不能庇护一儿！卿必欲加他谴责，试问卿将若何处置？"愤懑已极。重诲道："陛下谊关父子，臣何敢言！唯陛下裁断！"唐主道："令他闲居私第，也算是重处了，此外何必多言！"重诲更奏保索自通为河中节度使，有诏允准。自通至镇，承重诲意旨，检点军府甲仗，列籍上陈，指为从珂私造。赖王德妃从中保护，从珂因得免罪。看官阅过前回，已知王德妃为了婚议，渐疏重诲。是时德妃已进位淑妃，取外库美锦，造作地毯。重诲上书切谏，引刘后事为戒，这却不得咎重诲。惹起美人嗔怒，始与重诲两不相容。重诲欲害从珂，王德妃偏阴护从珂，究竟枢密权威，不及帷房气焰，重诲尚未知敛抑，特徙磁州刺史康福，出镇朔方。朔方为羌胡出没地，镇帅往往罹害，福受知唐主，为重诲所忌，欲令他出当戎冲，亏得主恩隆重，特遣将军牛知柔、卫审崎等，率万人护送，沿途掩击逆羌，杀获几尽，转令福安抵塞上，大振声威。人各有命，谋害何益？

重诲计不得逞，也只好付诸缓图。偏是一波才了，一波又起，西川节度使孟知祥雄踞成都，渐露异志，重诲又出预军谋，献上二议，一是分蜀地以铄蜀势，一是增蜀官以制蜀帅。两策不得谓非，可惜调度未善。唐主却也称善，便委重诲调度。重诲令夏鲁奇为武信军节度使，镇治遂州。又割东川中的果、阆二州，创置保宁军，授李仁矩为节度使。并命武虔裕为绵州刺史，各置戍兵。这种处置，实为防备两川起见。东川节度使董璋首先动起疑来。原来李仁矩曾往来东川，先时因唐主祀天，持诏谕璋，令献礼钱百万缗，仁矩到了梓州，由璋设宴相待，一再催请，至日中尚然未至。璋不禁怒起，带领徒卒，持刃入驿，仁矩方拥妓酣饮，蓦闻璋至，仓皇出见。璋令他站立阶下，厉声呵斥道："公但闻西川斩李客省，难道我不能杀汝吗？"

仁矩始有惧意,涕泣拜请,才得乞免。璋乃遣仁矩归,但献钱五十万缗。仁矩本唐主旧将,又与安重诲友善,挟怒归来,极言璋必叛命,重诲因命他出镇阆州,使与绵州刺史武虔裕联络,控制东川。虔裕系重诲表兄,重诲益视为心腹,密令诇璋。嗣是唐廷屡得密报,竞言璋将发难,重诲又饬武信军节度使夏鲁奇,亟治遂州城隍,严兵为备。

那时董璋很是惊惶,不得不自求生路,实行抵制。他与孟知祥素有宿嫌,未尝通问,此次因急求外援,不得不通好知祥,愿与知祥结为婚媾。知祥见梓州使至,召入问明,本意是不愿连和,只因道路谣传,朝廷将割绵、龙二州为节镇,自思祸近剥肤,与董璋同病相怜,也只好弃嫌修好。当下商诸副使赵季良,季良亦请合纵拒唐。知祥遂遣梓州使还报,愿招璋子为女夫,并令季良答聘梓州。季良归语知祥道:“董公贪残好胜,志大谋短,将来必为患西川,不可不防!”后来两川交哄,由此一言。知祥始欲悔婚,但一时不好渝盟,姑与董璋虚与周旋,约他联名上表,略言“阆中建镇,绵、遂增兵,适启流言,震动全蜀,请收回成命”等语。嗣得唐廷颁敕,不过略加慰谕,毫不更张。董璋乃诱执武虔裕,幽锢府廷,发兵至剑门,筑起七寨,复在剑门北置永定关,布列烽火,一面募民入伍,剪发黥面,驱往遂、阆二州,剽掠镇军。孟知祥又表请割云安十二盐监,隶属西川,将盐值拨给宁江戍兵。于是两难并发,反令唐廷大费踌躇。

唐主嗣源因董璋已露叛迹,不若知祥尚隐逆萌,乃许知祥所请,另派指挥使姚洪,率兵千人,从李仁矩戍阆州。董璋闻阆州又增兵戍,忍无可忍,他本有子光业,在都为宫苑使,便致书嘱子道:“朝廷割我支郡,分建节镇,又屡次拨兵戍守,是明明欲杀我了。你为我转白枢要,若朝廷再发一骑入斜谷,我不得不反,当与汝永诀呢。”光业得书,取示枢密院承旨李虔徽,虔徽转告安重诲。重诲怒道:“他敢阻我增兵吗?我偏要增兵,看他如何区处!”既已挑动二憾,还要抱薪赴火。随即派别将苟咸牷再率千人西行。光业闻知,急语虔徽道:“此兵西去,我父必反,我不敢自爱,恐烦朝廷调发,糜饷劳师,不若速止此兵,可保我父不反。”虔徽又转白重诲,重诲哪里肯依。果然咸牷未到阆州,董璋已经倡乱。

阆州镇将李仁矩、遂州镇将夏鲁奇与利州镇将李彦琦,飞表奏闻。唐主召群臣会议军事,安重诲进言道:“臣早料两川必反,但陛下含容不讨,因致如此!”若非你去逼反,度亦未必至此。唐主道:“我不负人,人既负我,不能不讨了。”遂饬利、遂、阆三州,联兵进讨。偏三镇尚未出师,两川先已入犯,反使三镇自顾不暇,还想什么联军?看官道两川兵马,如何这般迅速?原来唐廷会议发兵,适有西川进奏官苏愿,得知消息,立遣从官驰报知祥。知祥与赵季良计议。季良道:“为今日计,莫若令东川先取遂、阆,然后我拨兵相助,并守剑门。彼时大军虽至,我已无内顾忧了!”知祥依议而行,遣使约董璋起兵。璋愿引兵击阆州,请知祥进攻遂州。知祥乃遣指挥使李仁罕为行营都部署,汉州刺史赵廷隐为副,简州刺史张业为先锋,率兵三万,往攻遂州,再派牙内指挥使侯弘实、孟思恭等,领兵四千,助董璋攻阆州。

阆中镇帅李仁矩,本来是个糊涂虫,一闻川兵到来,便欲出城搦战,部将皆进谏道:“董璋久蓄反谋,来锋必不可当,不如固垒拒守,挫他锐气,俟大军到来,贼自然走了。”仁矩怒道:“蜀兵懦弱,怎能当我精卒呢?”遂不从众言,居然出战。诸将因良谋不纳,各无斗志,未曾交锋,便即溃退,仁矩亦策马逃归。董璋乘势追击,险些儿突入城中,幸经姚洪断后,抵敌一阵,才得收兵入城,登阵拒守。璋曾为梁将,姚洪尝隶璋麾下,至是用密书招洪,诱令内应,洪投诸厕中。璋昼夜攻城,城中除姚洪外,都不肯为仁矩效力,眼见得保守乏人,坐致陷没。仁矩立被杀毙,家属尽死。姚洪巷战被执,由董璋向他面责道:“我尝从行间拔汝,今日如何相负!”洪瞋目道:“老贼!汝昔为李氏奴,扫除马粪,得一盂残羹,感恩无穷。今天子用汝为节度使,有何负汝,乃竟尔造反呢?汝犹负天子,我受汝何恩,反云相负!我宁为天子死,不愿与人奴并生!”璋闻言大怒,令壮士扛镬至前,刲洪肉入镬烹食,洪至死尚骂不绝声。不没忠节。

唐廷闻阆州失守,乃下诏削董璋官爵,诛璋子光业,命天雄军节度使石敬瑭为招讨使,夏鲁奇为副，右武卫上将军王思同为先锋，率兵征蜀，且令孟知祥兼供馈使。知祥已与璋同反，唐主尚欲笼络，所以有此诏命。毋乃太愚。知祥当然不受，反益兵围遂州，并促董璋速攻利州。璋向利州进发，途次遇雨，饷运不继，仍退还阆州。知祥闻报大惊道："阆中已破，正好进取利州，我闻李彦琦无甚勇略，必望风遁去，若得他仓廪，据险拒守，北军怎能西救遂州！今董公僻处阆中，远弃剑阁，必非良策，一旦剑门失陷，两川都吃紧了！"知祥谋略，远过董璋，故董璋卒为所败。遂遣人驰白董璋，愿发兵三千人，助守剑门。璋答言剑门有备，不劳遣师。知祥乃更派将下夔州，取泸州，更分道往略黔涪。

过了旬日，果得董璋急报，谓石敬瑭前军已袭据剑门，守将齐彦温被他擒去。知祥顿足道："董公果误我了！"急召都指挥使李肇入见，令他率兵五千，倍道往据剑州。又遣人诣遂州，令赵廷隐分兵万人，会屯剑州。再派故蜀永平节度使李筠领兵四千，据守龙州要害。西川诸将，多系郭崇韬留戍，崇韬冤死，诸将多归咎朝廷，故愿为知祥效力。时适隆冬，天寒道滑，赵廷隐自遂州移军，士卒多观望不前。廷隐泣谕道："今北军势盛，若汝等不肯力战，妻孥皆为人有了！"于是众志始奋，亟向剑州进发。

先是西川牙内指挥使庞福诚，昭信指挥使谢锽屯来苏村，闻剑门失守，互相告语道："若北军更得剑州，两蜀恐难保了。"遂引步兵千余人，从间道趋剑州，适值石敬瑭前锋王思同与阶州刺史王弘贽、泸州刺史冯晖等，从此山驰下，望将过去，不下万余人，福诚便语谢锽道："我军只有千余名，来军总在万人以上，就使以一敌十，尚虑不足。今已天暮，待至明晨，我辈恐无遗类了。"谢锽道："不若乘着今夜，先去劫营，杀他一个下马威，免他轻视。"福诚道："我意也是如此！但敌众我寡，只好用着疑兵计，前后夹攻，令他惊退，便好保住剑州了。"锽愤然道："我挡敌前，君挡敌后，可好吗？"福诚大喜，便与锽分路潜进，是夜唐军已越北山，就在山下扎营，约至黎明进攻剑州。夜色将阑，忽闻营外喊声骤起，急忙出兵对敌，不意来兵甚猛，所持皆系利刃，乱冲乱斫，好似生龙活虎一般。时当黑夜，也不知来兵若干，情急心虚，已觉遮拦不住，又听得山上吹角鸣鼓，响彻行营，不由得惊上加惊，立即弃营遁去，还保剑门，十多日不敢出军。庞、谢二将已将唐军吓退，安返剑州，计议用明写，次战用虚写，笔法灵活。赵廷隐、李肇两军亦陆续到来，剑州已保无虞，再加董璋遣将王晖也来助守，兵厚势盛，足敌官军。那庞、谢二将，仍出镇原汛去了。

石敬瑭到了剑门，才奏称知祥拒命。有诏夺知祥官爵，促敬瑭即日进讨。知祥闻剑州已固，方大喜道："我但恐唐军进据剑州，扼守险要，或分兵直趋朴州，董公必弃阆州奔还，我军失援，也只好撤遂州围。两川震动，势甚可虞，今乃顿兵剑门，连日不出，我定可济事了。"遂命赵廷隐、李肇等整备迎敌。石敬瑭带着大军，进屯北山。赵廷隐在牙城后面，依山列阵，使李肇、王晖出阵河桥。敬瑭引步兵进击廷隐，饬骑兵冲突河桥，两路兵马，统被蜀兵用强弩射退。到了日暮，敬瑭引退，又被廷隐等追杀一阵，丧失至千余人，仍还屯剑门。

当下飞使至洛，极言"蜀道险阻，未易进兵，关右人民，转饷多劳，往往窜匿山谷，聚为盗贼，情势可忧，务乞睿断"等语。敬瑭亦不免推诿。唐主接得军报，愀然语左右道："何人能办得了蜀事？看来朕当自行呢。"安重诲在旁进言道："臣职忝机密，军威不振，由臣负责，臣愿自往督战！"唐主道："卿愿西行，尚有何言！"

重诲拜命即行，日夜驰数百里，西方藩镇闻重诲西来，无不惶骇，急将钱帛刍粮，运往利州。天寒道阻，人畜毙踣，不可胜计。凤翔节度使季从曘已徙镇天平军，继任为朱弘昭，闻重诲过境，迎拜马前，留馆府舍，供张甚谨，连妻子也出来拜谒。重诲还道他义重情深，与语朝事，无非说是谗言可畏，此行誓为国家宣力，杜塞谗口。弘昭尚极力称扬，及重诲既去，他即上书奏陈，说是重诲怨望，不可令至行营。小人之不可与处也如此。又贻书石敬瑭，劝他阻止重诲，免夺兵权。敬瑭正防到此着，再引兵出屯北山，与赵廷隐等交战数次，未见得利。且因遂州被陷，夏鲁奇阵亡，心下很是焦烦，一得弘昭来书，连忙拜表唐廷，但言重诲远来，转惑军心，乞即征还。

唐主早不悦重海，别用范延光为枢密使，又因宣徽使孟汉琼，出使军前，还言两川变乱，统由重海一人所致，再加王德妃从旁媒蘖，越使唐主动疑，遂召重海东归。重海方到三泉，接到诏敕，不得已马首东瞻。

石敬瑭闻重海东还，即生退志，适知祥枭夏鲁奇首，遣人持示行营。鲁奇有二子随军，共向敬瑭泣陈，愿取父首。敬瑭道："知祥长厚，必葬汝父，较诸身首异处，不更好吗？"越日果由知祥传命，收还首级，备棺殓葬。敬瑭即毁去营寨，班师北归，两川兵从后追蹑，直至利州。李彦琦亦弃城奔还。自是利、遂、阆三镇，尽为蜀有。知祥复遣李仁罕等，攻夺忠、万、夔三州，声势大振。董璋乃收兵还东川。

唐主闻敬瑭奔还，并不加谴，但欲归罪重海。重海还，过凤翔，再想与朱弘昭谈心，弘昭已经变脸，闭门不纳。重海怅怅还都，途中奉诏，命为河中节度使，不必入觐，方转趋河中去了。

未几由唐廷宣敕，复吴越王钱镠官爵，再起李从珂为左卫上将军，出镇凤翔。重海愈觉不安，乃上章乞休，朝命以太子太师致仕，另简皇侄从璋为河中节度使，并遣步军药彦稠率兵同行，使防重海变状。重海有二子，长崇绪，次崇赞，宿卫京师，一闻制下，即日私奔至河中，省视重海。重海道："尔等来此，有无朝命？"二子答言未曾，重海大惊道："未奉敕旨，怎得擅来！"说至此，不禁顿足，半晌才唏嘘道："我知道了，这事非尔等意，有人诱使尔等，陷我重罪，我以死报国罢了，余复何言！"乃将二子械送阙下。行至陕州，已有制敕传到，令就地下狱。

重海既发遣二子，自知不妙，日夕防有后命。忽有中使到来，见了重海，尚未开口，即向他恸哭。重海亦流涕问故。中使道："人言公有异志，朝廷已遣药彦稠领兵来了。"重海泫然道："我久受国恩，死不足报，尚敢另生异志，更烦国家发兵，贻主上忧吗？"已而李从璋、药彦稠到来，与重海相见，尚无恶意。重海正要交卸，不妨来了皇城使翟光邺，传着密旨，令从璋转图重海。从璋即带兵围重海第，自入门见重海。甫至庭中，便即下拜。重海惊出，降阶答礼，偏从璋手出一锤，趁着重海俯首时，猛击过去，砉然一声，流血满庭。重海妻张氏三脚两步地走了出来，抱住重海大呼道："令公就使得罪，死亦未晚，何必这般辣手！"从璋又用锤击张氏首，可怜一对夫妇，就此毕命，同归地下。享尽荣华，难免有此一日。

看官听着！翟光邺奉遣至河中，不过由唐主密嘱，谓重海果有异志，可与从璋密商。光邺素恨重海，即授意从璋，击死重海夫妇，然后返报唐主，只说重海已蓄异图。唐主即日下诏，把断绝钱镠及离间孟知祥、董璋等事，一股脑儿归至重海身上，并将他二子并诛，惟族属得免连坐。小子有诗叹道：

> 大臣风度贵休休，
> 贪利终贻家国忧；
> 一奋铁锤双殒命，
> 生前何不早回头！

唐主已诛死重海，又命西川进奏官苏愿、东川进奏军将刘澄，各还本道，传谕安重海专命兴兵，今已伏辜了。毕竟两川如何对待，且至下回表明。

安重海恃宠擅权，其足以致死也，由来久矣。从珂虽唐主养子，但为唐主所垂爱，且已立有大功，语云疏不间亲，宁重海独未之闻乎？顾因杯酒小嫌，必欲陷害从珂，计尚未遂，而君臣之疑忌，已从此生矣。王德妃为重海内援，特以制锦铺地之谏阻，即致失欢，重海不乘此乞休，尚欲何为？至于两川发难，必激之使变，已属乖方。且李仁矩、武虔裕等，皆非将才，乃一以私党而令镇阆州，一以私亲而使守绵州，用人失当，专顾私图，几何而不偾事也！逮夫内外交构，不死何待，彼尚自诩为一死报国。为问其所谓报国者，果属何在耶？或犹以死非其罪惜之，夫罪如重海，死何足惜，所惜者唐主嗣源，不能明正其罪，乃徒为李从璋所击毙耳。重海不死于国法，而死于从璋之手，宜后人之为彼呼冤也。

第二十三回　杀董璋乱兵卖主　宠从荣骄子弄兵

中国历代通俗演义　五代史演义

却说孟知祥据有西川，得进奏官苏愿归报，已知朝廷有意诏谕，且闻在京家属均得无恙，乃遣使往告董璋，欲约他同上谢表。璋勃然道："孟公家属皆存，原可归附，我子孙已经被戮，还谢他什么？"遂将来使斥归。知祥再三遣使，往说董璋，略言"主上既加礼两川，若非奉表谢罪，恐复致讨。我曲彼直，反足致败，不如早日归朝，得免后祸"。璋始终不从。越年为唐主长兴元年，知祥再遣掌书记李昊诣梓州，极陈利害。璋不但不允，反将昊诟骂一番，撵出府门。昊怏怏回来，入白知祥道："璋不通谋议，且欲入窥西川，公宜预备为是。"知祥乃增成设防，按兵以待。

果然到了孟夏，董璋率兵入境，攻破白杨林镇，把守将武弘礼擒去。当董璋出兵时，与诸将谋袭成都，诸将统皆赞成，独部将王晖道："剑南万里，成都为大，时方盛夏，师出无名，看来似未必成功哩。"璋不肯依言，遂进兵白杨林镇。

知祥闻武弘礼被擒，亟集众将会议。副使赵季良道："董璋为人，轻躁寡恩，未能拊循士卒，若据险固守，却是不易进攻，今不守巢穴，前来野战，乃是舍长用短，不难成擒了。惟董璋用兵，轻锐皆在前锋，公宜诱以羸卒，待以劲兵，始虽小衄，终必大捷。愿公勿忧！"季良善谋。知祥又问何人可为统帅，季良道："璋素有威名，今举兵突至，摇动人心，公当自出抵御，振作士气。"赵廷隐独插入道："璋有勇无谋，举兵必败，廷隐当为公往擒此贼！"知祥大喜，即命廷隐为行营马步军都部署，率三万人出拒董璋。

廷隐部署军伍，已经成队，乃入府辞行，适外面递入董璋檄文，指斥知祥悔婚败盟，又有遗季良、廷隐及李肇书，文中语气，似与三人已订密约，有里应外合的意思。知祥阅毕，递视廷隐，廷隐举书掷地道："何必污目！想总是行反间计，欲公杀副使及廷隐呢。"再拜而行，知祥目送廷隐道："众志成城，当必能济事了。"

才阅两日，又接汉州败报，守将潘仁嗣，与董璋交战赤水，大败被擒，接连又得汉州失守警耗。知祥投袂起座，命赵季良守成都，自率八千人趋汉州，行至弥牟镇，见廷隐驻营镇北，遂与他会师。次日见董璋兵至，会廷隐列阵鸡踪桥，扼住敌冲，又令都知兵马使张公铎，列阵后面，自登高阜督战。

董璋至鸡踪桥畔，望见西川兵盛，也有惧意，退驻武侯庙前，下马休息。帐下骁卒忽大噪道："日已亭午，曝我做甚？何不速战！"璋乃上马趋进，前锋甫交，东川右厢马步指挥使张守进，即弃甲投戈，奔降知祥。知祥召问军情，守进道："璋兵尽此，无复后继，请急击勿失。"知祥乃麾军逆击，两下里一场鏖斗，东川兵恰也利害，争夺鸡踪桥，廷隐部下指挥使毛重威、李瑭，相继阵亡，惹得廷隐性起，拼死力战，三进三却，总敌不住东川兵。都指挥副使侯弘实见廷隐不能得利，也挥兵倒退。知祥立马高阜，瞧着情形，不禁捏着一把冷汗，亟用马筴指麾后阵，令张公铎上前救应。公铎部下，养足锐气，一经知祥指麾，骤马突出，大呼而进。东川兵已杀得筋疲力软，不妨一支生力军，从剌斜里杀将过来，顿时旗靡辙乱，不能支持。廷隐、弘实又乘势杀转，把东川兵一阵蹂躏，擒住东川指挥使元积、董光裕等八十余人。先败后胜，果如季良所料。董璋柑膺长叹道："亲兵已尽，我将何依？"遂率数骑遁去，余众七千人投降知祥。潘仁嗣也得逃还。知祥再引兵穷追，至五侯津，又收降东川都指挥使元璙，长驱入汉州城。董璋早弃城东奔，西川兵入璋府第，觅璋不得，但见有刍粮甲械，遗积甚多，大众相率搬取，无心去追董璋，璋因是得脱。

惟赵廷隐带着亲卒，追至赤水，复得收降东川散卒三千人。知祥命李昊草牓，慰谕东川吏民，且草书劳问董璋，谓将至梓州，诘问负约情由，及见侵罪状，一面至赤水会廷隐军，进攻梓州。璋奔至梓州城下，肩舆入城。王晖迎问道："公全军出征，今随还不及十人，究属何因？"报复语虽然痛快，究非臣下所宜。璋无言可答，只向他流涕下泪。晖却冷笑而退。及璋入府就食，不意外面突起喧声，慌忙投箸出窥，略略一瞧，乱兵不下数百，为首有两员统领，一个正是王晖，一个乃是从子都虞侯董延浩，自知不能理喻，亟率妻子从后门逃出，登城呼指挥使潘稠，令讨乱兵。稠引十卒登城，竟把璋首取去，献与王晖。璋妻及子光嗣统自经死。适西川军将赵廷隐驰抵城下，晖即开城迎降。

廷隐趋入梓州，检封府库，候知祥到来发落。偏是知祥有疾，中途逗留。那李仁罕自遂州到来，由廷隐出迎板桥，仁罕并不道贺，且侮嫚廷隐。廷隐非常衔恨，强延仁罕入城。既而知祥疾瘳，方入梓州，犒赏将士，本欲令廷隐为东川留后，偏是仁罕不服，也欲留镇梓州，乃由知祥自行兼领，调廷隐为保宁军留后，仍饬仁罕还镇遂州，两人才算受命，各归阵地。

山南西道王思同奏达唐廷，谓董璋败死，知祥已并有两川。当由唐主商诸辅臣，枢密使范延光道："知祥虽据全蜀，但士卒皆东方人，知祥恐他思归为变，亦欲借朝廷威望，镇压众心，陛下不如曲意招抚，令彼自新。"唐主道："知祥本我故人，为逸人离间至此，朕今日招抚故交，也不好算是曲意哩。"乃遣供奉官李存瓌赴蜀，宣慰知祥。知祥已还成都，闻存瓌持诏到来，即遣李昊出迎，延入府第，存瓌即开读诏词，略云：

董璋狐狼，自贻族灭。卿邱园亲戚，皆保安全，所宜成家世之美名，守君臣之大节。既往不咎，勉释前嫌，卿其善体朕意！

知祥跪读诏书，拜泣受命。存瓌将诏书递交知祥，然后与知祥行甥舅礼。原来存瓌系李克宁子，克宁妻孟氏，即知祥胞妹。克宁为庄宗所杀，子孙免罪（克宁被杀，见第四回）。存瓌留事阙下，得为供奉官。知祥见甥儿无恙，恰也欣慰。留住数日，便遣存瓌东归，上表谢罪。且因琼华长公主（即知祥妻，见前文）已经病逝，讣告丧期，又表称将校赵季良五人，平东有功，乞授节钺。唐主再命存瓌西行，赐故长公主祭奠，赠绢三千匹，赏还知祥官爵，并赐玉带。所有赵季良等五将，候知祥择地委任，再请后命。知祥乃复请西川文武将吏，乞许权行墨制，除补ành奏。唐主一一允许。知祥遂用墨制授季良等为节度使。越年且由唐廷派遣尚书卢文纪，礼部郎中吕琦，册封知祥为东西川节度使蜀王，自是知祥得步进步，隐然有帝蜀的思想了。隐伏下文。

是时吴越王钱镠亦已老病，奄卧多日，自知病必不起，召诸将吏入寝室，流涕与语道："我子皆愚懦，恐不足任后事，我死，愿公等择贤嗣立！"诸将吏皆泣下道："大王令嗣传瓘，素从征伐，仁孝有功，大众俱愿受戴，请以为嗣！"镠乃召入传瓘，悉出印钥相授道："将士推尔，尔宜擅自守成，毋忝所生！"传瓘拜受印钥，起侍寝侧，镠又与语道："世世子孙，当善事中国，就使中原易姓，亦毋失事大礼，切记勿忘！"传瓘亦唯唯遵教，未几镠殁，享寿八十一岁。

相传镠生时适遇天旱，道士东方生指镠所居，谓池龙已生此家。时镠正产下，红光满室，父宽以为不祥，弃诸井旁。惟镠祖母知非常儿，抱归抚养，名为婆留，且号井为婆留井。及镠年数岁，尝在村中大木下，指示群儿，戏为队伍，颇得军法。后来骁勇绝伦，善射与槊。邑中有衣锦山，上列石镜，阔二尺七寸，镠对石自顾，身服冕旒，如封王状。虽尝隐秘不言，但因此有自负意。至受梁封为吴越王后，广杭州城，筑捍海石塘。江中怒潮急湍，版筑不就，镠采山阳劲竹，制成强弩五百，硬箭三千，选弓弩手出射潮头，潮乃退趋西陵，遂得竖椿垒石，筑成长堤。射潮事传为美谈，其实潮汐长落，本有定时，镠特借此以鼓动工役耳。且建候潮、通江等城门，并置龙山、浙江两闸，遏潮入河。嗣是钱塘富庶，冠绝东南。为民奠土，不为无功。

镠自少年从军，夜未尝寐，倦极乃就圆木小枕，或枕大铃，枕欹辄寤，名为警枕。寝室内置一粉盘，有所记忆，即书盘中，至老不倦。平时立法颇严，一夕微行，还叩北城门，门吏不肯启关，自内传语道："就使大王到来，亦不便启门！"诘旦镠乃从北门入，召入北门守吏，嘉他守法，厚给赏赐。有宠姬郑氏父，犯法当死，左右替他乞免。镠怒道："为一妇人，欲乱我法吗？"并命宫人牵出郑姬，斩首以徇。纯是权术。每遇春秋荐享，必呜咽道："今日贵盛，皆祖先积善所致，但恨祖考不及见哩。"孝思可嘉。晚年礼贤下士，得知人誉。自传瓘袭职，传讣唐都，唐主赐谥"武肃"，命以王礼安葬，且令工部侍郎杨凝式撰作碑文。浙民代请立庙，奉诏俞允。越二年庙成供像，历代不移。浙人称为海龙王，或沿称为钱大王(补叙钱镠故事，亦不可少)。

传瓘为镠第五子(《十国春秋》谓为第七子)，曾任镇海、镇东两军节度使，嗣位后改名元瓘，以遗命去国仪，仍用藩镇法，除民速赋，友于兄弟，慎择贤能，所以吴越一方，安堵如恒。

惟闽王王延钧杀兄攘位，据闽数年，会遇疾不能视事，延禀竟率子继雄自建州来袭福州。延钧忙遣楼船指挥使王仁达往御，仁达遇继雄军，为立白帜，作乞降状。继雄信为真情，过舟慰抚，被仁达一刀杀死，乘势追擒延禀，牵至延钧帐前。延钧病已少愈，面责延禀道："兄尝谓我善继先志，免兄再来，今日烦兄至此，莫非由我不能承先吗？"(回应前第二十回。)延禀惭不能答，即由延钧喝令推出，枭首示众，复姓名为周绍琛。遣弟延政往抚建州，慰抚军民，闽地复安。

延钧渐萌骄态，上书唐廷，内称楚王马殷、吴越王钱镠，统加尚书令，今两王皆殁，请授臣尚书令。唐廷置之不理。延钧遂不通朝贡。已而信道士陈守元言，建宝皇宫，自称皇帝，改名为鏻。守元又妄称黄龙出现，因改元龙启，国仍号闽，追尊审知为太祖，立五庙，置百官，升福州为长乐府，独霸一方。唐廷力不能讨，由他逞雄。

武安军节度使马希声病死，弟希范向唐报丧，唐主准令袭职，不烦细表。定难军(治夏州)节度使李仁福也因病去世，子彝超自称留后，唐主欲稍示国威，徙彝超镇彰武军(治延州)，别简安从进为定难留后。偏彝超不肯奉命，但托词为军民所留，不得他往。唐廷令从进往讨彝超，卒因饷道不继，无功引还。彝超上表谢罪，自陈无叛唐意，不过因祖父世守，上下相习，所以迁徙为难，乞恩许留镇。廷议以夏州僻远，不若权事羁縻，省得劳师费财。唐主也得过且过，授彝超得节度使，姑息偷安罢了(将外事并作一束，无非是插叙文字)。

外事初定，内乱复萌，骨肉竟同仇敌，萧墙忽起干戈，这也是教训不良，酿成祸变，说将起来，可叹可悲！突起一峰，笔不平直。原来唐主嗣源生有四子，长名从璟，为元行钦所杀(元行钦即李绍荣。已见前文)，次名从荣，又次名从厚，又次名从益。天成元年，从荣受命为天雄军节度使，兼同平章事。次年，授从厚同平章事，充河南尹，判六军诸卫事。从荣闻从厚位出己上，未免怏怏。又越年，徙从荣为河东节度使，兼北都留守。未几，又与从厚互易，从荣得为河南尹，判六军诸卫事。两人为一母所生(见二十一回)，性情却绝不相同。从厚谨慎小心，颇有老成态度，独从荣躁率轻夸，专喜与浮薄子弟，赋诗饮酒，自命不凡。唐主屡遣人规劝，终不肯改，也只好付诸度外。教之不从，奈何置之。

长兴元年，封从荣为秦王，从厚为宋王。从荣既得王爵，开府置属，益招集淫朋为僚佐，日夕酣歌，豪纵无度，一日入谒内廷，唐主问道："尔当军政余暇，所习何事？"从荣答道："暇时读书，或与诸儒讲论经义。"唐主道："我虽不知书，但喜闻经义，经义所陈，无非父子君臣的大道，足以益人智思，此外皆不足学。我见庄宗好作歌诗，毫无益处，尔系将家子，文章本非素习，必不能工，传诸人口，徒滋笑谤，愿汝勿效此浮华哩！"从荣勉强答应，心中却不以为然。唯当时安重海尚在禁中，遇事抑制，为从荣所敬惮，故尚未敢为非。

及重海已死，王淑妃、孟汉琼居中用事，授范延光、赵延寿为枢密使。延光以疏属见用，没甚众望。延寿本姓刘，为卢龙节度使赵德钧养子，冒姓刘氏，因巧佞得幸，尚唐主女兴平公主，参入枢要。从荣都瞧不上眼，任意揶揄。石敬瑭自西蜀还朝，受任六军诸卫副使。他本娶唐主女永宁公主为妻，公主与从荣异母素相憎嫉，敬瑭恐因妻得祸，不愿与从荣共事，屡思出补外任，免惹是非。就是延光、延寿，也与敬瑭同一思想，巴不得离开殿廷，省却无数恶气，只恨无隙可请，没奈何低首下心，虚与周旋。

会契丹东丹王兀欲怨及母弟,越海奔唐。唐赐姓名为李赞华,授怀化军(治慎州)节度使。就是从前卢龙献俘的惕隐(见二十一回),也授他官职,赐姓名为狄怀忠。契丹遣使索还,唐廷不许,遂屡次入寇。唐主欲简择河东镇帅,控御契丹,延光、延寿遂荐举石敬瑭,及山南东道节度使康义诚。敬瑭幸得此隙,立即入阙,自请出镇,乃授敬瑭为河东节度使,敬瑭拜命,即日登程。既至晋阳,用部将刘知远、周瓌为都押衙,委以心腹,军事委知远,财政委瓌,静听内处消息,相机行事。后晋基业,肇始于此。

唐主调回康义诚,令掌六军诸卫副使,代敬瑭职。出从珂为凤翔节度使,加封潞王。四子从益为许王,并加秦王从荣为尚书令,兼官侍中。从益乳母王氏,本宫中司衣,因见秦王势盛,欲借端倚托,为日后计,乃暗嘱从益至唐主前,求见秦王。唐主以幼儿思兄,人情常事,乃遣王氏挈往秦府。王氏见了从荣,非常诣谀,甚至装出许多媚态,殷勤凑奉。从荣最喜奉承,又见王氏有三分姿色,乐得移篙近舵,索性将从益哄出,令婢媪抱见王妃刘氏,自与王氏搂入别室,做了一出鸳鸯梦。待至云收雨散,再订后期,且嘱王氏伺察宫中动静。王氏当然依嘱,仍带从益回宫。嗣是王氏常出入秦府,传递消息,所有宫中情事,从荣无不与闻。

又有太仆少卿致仕何泽,乘机希宠,表请立从荣为皇太子。唐主览表泣下,私语左右道:"群臣请立太子,朕当归老太原旧第了!"六十余岁,尚恋恋尊荣耶?不得已令宰相枢密会议。从荣闻信,亟入见唐主道:"近闻有奸人请立太子,臣年尚幼,愿学治军民,不愿当此名位呢。"唐主道:"这是群臣的意思,朕尚未曾决定。"从荣乃退,出语延光、延寿道:"执政欲立我为太子,是欲夺人兵权,幽入东宫哩。"延光等揣知上意,且惧从荣见怪,遂奏请授从荣为天下兵马大元帅,位宰相上。有诏准奏,于是从荣总揽兵权,得用禁军为牙兵。每一出入,侍卫盈途,就是入朝时候,从骑必数百人,张弓挟矢,驰骋皇衢,居然是六军领袖,八面威风。小子有诗咏道:

> 皇嗣何堪使帅师?
> 春秋大义贵先知。
> 只因骄子操兵柄,
> 坐使萧墙祸乱随。

从荣擅权,朝臣畏祸,最着急的莫若两人。看官道两人为谁?待小子下回再表。

读此回而知唐明宗之未足有为,不过一庸柔主耳。两川交争,正可借此进兵,坐收渔人之利,董璋出师,能间道以袭东川,易如反手,否则俟孟知祥入东川时,乘虚捣成都,亦是攻其无备之一策。璋固败死,知祥亦疲,卞庄子之所以能刺二虎者,由是道也。乃事前毫不注意,事后徒知慰偷,遂令知祥坐大,并有两川,是非失策之甚者乎?至若对待藩镇,同一柔弱,甚至不能制驭其子,酿成骄戾,卫州吁之致乱,咎在庄公,岂尽厥子罪哉!况年已老迈,尚不欲择贤为嗣,当断不断,反受其乱,识者有以窥明宗之心术矣。

第二十四回　毙秦王夫妻同受刃　号蜀帝父子迭称雄

却说唐廷大臣，见秦王从荣擅权，多恐惹祸，就中最着急的，乃是枢密使范延光、赵延寿两人。屡次辞职，俱不得唐主允许。嗣因唐主有疾，好几日不能视朝，从荣却私语亲属道："我一旦得居南面，定当族诛权幸，廓清宫廷！"如此狂言，奈何得居南面！延光、延寿得闻此语，越加惶急，复上表乞请外调。唐主正日夕忧病，见了此表，遂掷置地上道："要去便去，何用表闻！"延光、延寿急得没法。究竟延寿是唐室驸马，有公主可通内线。公主已进封齐国，颇得唐主垂爱，遂替延寿入宫陈情，但说是延寿多病，不堪机务，唐主还未肯遽允。延寿又邀同延光，入内自陈道："臣等非敢惮劳，愿与勋旧迭掌枢密，免人疑义。且亦未敢俱去，愿听一人先出，若新进不能称职，仍可召臣，臣奉诏即至便了。"唐主乃令延寿为宣武节度使，延寿懽跃而去。枢密使一缺，召入节度使朱弘昭继任。弘昭入朝固辞，唐主怒叱道："汝等皆不欲侍侧，朕养汝等做什么？"弘昭始不敢再言，悚惶受命。前日待安重诲机变得很，此次却上钩了。

范延光见延寿外调，欣羡得很，他恨无玉叶金枝，作为妻室，只好把囊中积蓄，取了出来，送奉宣徽使孟汉琼，托他恳求王淑妃，代为请求，希望外调。无非拜倒石榴裙下，不过难易有别。毕竟钱可通灵，一道诏下，授延光为成德军节度使。延光如脱重囚，即日陛辞，向镇州莅任去了。晦气了一个三司使冯赟，调补枢密使。枢密使非不可为，但惜朱冯二人，才不称职耳。外此如近要各官，亦多半求去。有蒙允准的，有不蒙允准的，允准的统是喜慰，不允准的统是忧愁。康义诚度不能脱，遣子服侍秦王，为自全计，唐主还道他朴忠可恃，命为亲军都指挥使，兼同平章事，其实义诚是佯为恭顺，阴持两端，有什么朴忠可恃呢！一班狡徒，任内外事，安得不乱？

先是大理少卿康澄，目击乱萌，曾有《五不足惧六可畏》一疏。奏入宫廷，当时称为名论。疏中略云：

臣闻安危得失，治乱兴亡，曾不系于天时，固非由于地利，童谣非祸福之本，妖祥岂隆替之源？故雄雉升鼎而桑谷生朝，不能止殷宗之盛；神马长嘶而玉龟告兆，不能延晋祚之长。是知国家有不足惧者五，有深可畏者六，阴阳不调不足惧，三辰失行不足惧，小人讹言不足惧，山崩川涸不足惧，蟊贼伤稼不足惧，此不足惧者五也。贤人藏匿深可畏，四民迁业深可畏，上下相构深可畏，廉耻道消深可畏，毁誉乱真深可畏，直言蔑闻深可畏，此深可畏者六也。伏惟陛下尊临万国，奄有八纮，荡三季之浇风，振百王之旧典。设四科而罗俊彦，提二柄而御英雄。所以不轨不物之徒，咸思革面；无礼无义之辈，相率悛心。然而不足惧者，愿陛下存而勿论，深可畏者，愿陛下修而靡忒。加以崇三纲五常之教，敷六府三事之歌，则鸿基与五岳争高，盛业共磐石永固矣。谨此疏闻。

唐主览疏，虽优诏褒答，但总未能切实举行。所以六可畏事，始终失防，徒落得优柔寡断，上下蒙蔽，几乎又惹出伦常大变，贻祸宫闱。

长兴四年十一月，唐主病体少瘳，出宫赏雪，至士和亭宴玩半日，免不得受了风寒。回宫以后，当夜发热，急召医官诊视，说是伤寒所致，投药一剂，未得挽回。次日且热不可耐，竟至昏昏沉沉，不省人事。秦王从荣与枢密使朱弘昭、冯赟，入问起居，三呼不应。王淑妃侍坐榻旁，代为传语道："从荣在此。"唐主又不答。淑妃再说道："弘昭等亦在此。"唐主仍然不答。从荣等无言可说，只好退出。

既至门外，闻宫中有哭泣声，还疑是唐主已崩。从荣还至府中，竟夕不寐，专俟中使迎入。哪知候到黎明，一些儿没有影响，自己却倦极思眠，便在卧室中躺下，呼呼睡去，等到醒来，已是午牌时候，起问仆从，并没有宫廷消息，不由得惊惧交并，一心思想做皇帝，可惜运气未来。当即遣人入宫，诈称遇疾，私下召集党人，定一密谋，拟用兵入侍，先制权臣。遂遣押衙马处钧，往告朱弘昭、冯赟道："我欲带兵入宫，即便侍疾，且备非常，当就何处居住？"弘昭等答道："宫中随便可居，惟王自择。"嗣又私语处钧道："皇上万福，王宜竭力忠孝，不可妄信浮言。"处钧还白从荣，从荣又遣处钧语二人道："尔等独不念家族吗？怎敢拒我！"二人大惧，入告孟汉琼。汉琼转白王德妃，德妃道："主上昨已少愈，今晨食粥一器，当可无虞。从荣奈何敢蓄异图！"汉琼道："此事需要预防，一经秦王入宫，必有巨变！看来惟先召康义诚，调兵入卫，方免他虑。"德妃点首，汉琼自去。

原来唐主嗣源昏睡了一昼夜，到了次日夜半，出了一身微汗，便觉热退神清，蹶然坐起。四顾卧室，只有一个守漏宫女，尚是坐着。便问道："夜漏几何？"宫女起答道："已是四更了。"唐主再欲续问，忽觉喉间微痒，忙向痰盂唾出数片败肉，好似肺叶一般，随令宫女携起溺壶，撤下许多涎液，当有宫女启问道："万岁爷曾省事否？"唐主道："终日昏沉，此刻才能知晓，未知后妃等何往？"宫女道："想是各往寝室，待去通报便了。"语毕，便抢步外出，往报后妃。六宫闻信，陆续趋集，互相笑语道："大家还魂了！"汝等去做什么？因相率请安，并问唐主腹可饥否，唐主颇欲进食，乃进粥一器，由唐主食尽，仍然安睡，到了天明，神色更好了许多。

惟从荣尚未得知，还疑是宫中秘丧，将迎立他人，不得不先行下手。至孟汉琼往晤康义诚，义诚爱子情深，未免投鼠忌器，但嗫嚅对答道："仆将将校，不敢预议，凡事须由宰相处置！"汉琼见义诚首鼠两端，忙去转告朱弘昭。弘昭大惊，夜邀义诚入私室，一再详问，义诚仍执前言，未几辞去。是夕已由从荣召集牙兵千人，列阵天津桥，待至黎明，即遣马处钧至冯赟第，叩门传语道："秦王决计入侍，当居兴圣宫，公等各有宗族，办事应求详允，祸福在指顾间，幸勿自误！"赟未及答，处钧已去，转告康义诚，义诚道："王欲入宫，自当奉迎。"于是冯赟、康义诚各怀私意，俱驰入右掖门。朱弘昭相继驰至，孟汉琼自内趋出，与弘昭等共至中兴殿门外，聚议要事。赟具述处钧传语，且顾语义诚道："如秦王言，心迹可知，公勿因儿在秦府，左右顾望，须知主上禄养吾徒，正为今日，若使秦王兵得入此门，将置主上何地！我辈尚有遗种吗？"义诚尚未及答，门吏已仓皇趋入，大声呼道："秦王已引兵至端门外了。"孟汉琼闻报，拂袖遽起道："今日变生仓猝，危及君父，难道尚可观望吗？如我贱命，有何足惜，当自率兵拒击哩！"说着，即趋入殿门，朱、冯两人联步随入。义诚不得已，也跟在后面。汉琼入白唐主道："从荣造反，已引兵攻端门，若纵他入宫，便成大乱了！"宫人听了此言，相向号哭，唐主亦惊语道："从荣何苦出此！"还是溺爱。便问朱、冯两人道："究竟有无此事？"两人齐声道："确有此事，现已令门吏闭门了。"唐主指天泣下，且语义诚道："烦卿处置，勿惊百姓！"还是相信。

适从珂子控鹤指挥使重吉在侧，也由唐主与语道："我与尔父亲冒矢石，手定天下，从荣等有何功劳，今乃为人所教，敢行悖逆！我原知此等竖子，不足付大事，当呼尔父来朝，授他兵柄。汝速为我闭守宫门！"重吉应命，即召集控鹤兵，把宫门堵住。

孟汉琼披甲上马，出召入马军都指挥使朱弘实，令率五百骑讨从荣。从荣方扼住天津桥，踞坐胡床，令亲卒召康义诚。亲卒行至端门，见门已紧闭，转叩左掖门，亦没人答应，便从门隙中瞧将进去，遥见朱弘实引着骑兵，踊跃而来。慌忙走白从荣，从荣惊惶失措，忙起座擐甲，弯弓执矢。俄而骑兵大至，冒矢直进，朱弘实遥呼道："来军何故从逆，快快回营，免得连坐！"从荣部下的牙兵应声散去，慌得从荣狼狈奔回。走入府第，四顾无人，只有妻室刘氏在寝室中抖做一团。正在没法摆布，又听得人声鼎沸，突入门来，刘氏先钻入床下，从荣急不暇择，也匍匐进去，与刘氏一同避匿。似此怯弱，何故作威！皇城使安从益，先驱驰入，带兵搜寻，从外至内，上下一顾，已见床下伏着两人，便即顺手拽出，一刀一个，结果性命。夫妻同死，不意安重诲后，复有从荣。再从床后搜寻，尚躲着少子一人，也即杀死，各枭首级，携归献功。

唐主闻从荣被杀，且悲且骇，险些儿堕落御榻。再绝再苏，疾乃复剧。从荣尚有一子，留养宫中，诸将请一体诛夷。唐主泣语道："此儿何罪？"语未毕，孟汉琼入奏道："从荣为逆，应坐妻孥，望陛下割恩正法！"唐主尚不肯遽允，偏将吏哗声遽起，无可禁止。只得命汉琼取出幼儿，毕命刀下，追废从荣为庶人。诸将方才散归。

宰相冯道率百僚入宫问安，唐主泪下如雨，呜咽与语道："我家不幸，竟致如此，愧见卿等！"冯道等亦泣下沾襟，徐用婉言劝慰，然后退出。行至朝堂，朱弘昭等正在聚议，欲尽诛秦府官属，道即抗声道："从荣心腹，只有高辇、刘陟、王说三人，若判官任赞任事才及半月，王居敏、司徒诩因病告假，已过半年，岂与从荣同谋？为政宜尚宽大，不宜株连无辜！"弘昭尚不肯从，冯赟却赞同道议，与弘昭力争，乃止诛高辇一人。刘陟、王说也得免死，长流远方。任赞、王居敏、司徒诩等贬谪有差。

时宋王从厚已调镇天雄军，唐主命孟汉琼驰驿往召，即令汉琼权知天雄军府事。从厚奉命还都，及至宫中，那唐主李嗣源已先三日归天了。总计唐主嗣源在位，共得八年，寿六十有七。史称他性不猜忌，与物无竞，即位后年谷屡丰，兵革罕用，好算是五代贤君，小子也不暇评驳，请看官加体察便了。不断之断，尤善于断。越年四月，始得安葬徽陵，庙号"明宗"。这且慢表。

且说宋王从厚，既至洛都，便在枢前行即位礼。阅七日始缞服朝见群臣，给赐中外将士。至群臣退后，御光政楼存问军民，无非是表示新政，安定人心。及还宫后，谒见曹后、王妃，恰也尽礼，不消细说。适朱弘实妻入宫朝贺，司衣王氏与语秦王从荣事，唏嘘说道："秦王为人子，不在左右侍疾，反欲引兵入卫，原是误处；但必说他敢为大逆，实是冤诬！朱公颇受王恩，奈何不为辩白呢？"语虽近是，但汝与他私通，忽出此语，转令人愈加疑心。弘实妻归告弘实。弘实大惧，亟与康义诚同白嗣皇，且言王氏曾私通从荣，尝代伺宫中情事。一番奏陈，断送王氏生命，有诏令她自尽。好去与从荣叙地下欢了。既而辗转牵连，复累及司仪康氏，也一并赐死。寻复株连王德妃，险些儿迁入至德宫，幸曹后出为洗释，才算无事，但嗣皇从厚，待遇王德妃，即因是浸薄了。

越年正月，改元应顺，大赦天下。加封冯道为司空，李愚为右仆射，刘煦为吏部尚书，并兼同平章事。进康义诚为检校太尉，兼官侍中，判六军诸卫事。朱弘实为检校太保，充侍卫马军都指挥使。且命枢密使朱弘昭、冯赟及河东节度使石敬瑭，并兼中书令。赟以超迁太过，辞不受命，乃改兼侍中，封邠国公。康义诚以下并得加封，岂因其杀兄有功耶？居心如此，安得令终！外如内外百官，俱进阶有差。就是荆南节度使高从诲也进封南平王，湖南节度使马希范得进封楚王，两浙节度使钱元瓘并进封吴越王。惟加蜀王孟知祥为检校太师。知祥却不愿受命，遣归唐使，嘱使代辞。

看官听着！知祥既并有两川，野心勃勃，欲效王建故事。闻唐主已殂，从厚入嗣，遂顾语僚佐道："宋王幼弱，执政皆胥吏小人，不久即要生乱哩。"僚佐闻言，已知他富有深意，但因岁月将阑，权且蹉跎过去。未几就是孟春，乃推赵季良为首，上表劝进，且历陈符命，什么黄龙现，什么白鹊集，都说是瑞征骈集，天与人归。知祥假意谦让道："孤德薄不足辱天命，但得以蜀王终老，已算幸事！"季良进言道："将士大夫，尽节效忠，无非望附翼攀鳞，长承恩宠，今王不正大统，转无从慰副人望，还乞勿辞！"季良本臣事后唐，乃赴蜀后，专媚知祥，曲为效力，可鄙可叹！知祥乃命草定帝制，择日登位。国号蜀，改元明德。

届期衮冕登坛，受百僚朝贺。偏天公不肯作美，竟尔狂风怒号，阴霾四塞，一班趋炎附势的人员，恰也有些惊异。但且享受了目前富贵，无暇顾及天心。何不亦称符瑞？当下授赵季良为司空同平章事，王处回为枢密使，李仁罕为卫圣诸军马步军指挥使，赵廷隐为左匡圣步军都指挥使,张业为右匡圣步军都指挥使,张公铎为捧圣控鹤都指挥使,李肇为奉銮肃卫都指挥使,侯弘实为副使,掌书记。毋昭裔为御史中丞,李昊为观察判官,徐光溥为翰林学士。所有季良等兼领节使,概令照旧。追册唐长公主李氏为皇后,夫人李氏为贵妃。妃系唐庄宗嫔御,赐给知祥,累从知祥出兵,备尝艰苦。一夕梦大星坠怀,起告长公主,公主即语知祥道:"此女颇有福相,当生贵子。"既而生子仁赞,就是蜀后主昶(昶系仁赞改名,详见下文)。史家称王建为前蜀,孟知祥为后蜀。

知祥僭号以后,唐山南西道张虔钊、式定军节度使孙汉韶,皆奉款请降,兴州刺史刘遂清尽撤三泉、西县、金牛、桑林戍兵,退归洛阳。于是散关以南,如阶、成、文诸州,悉为蜀有。

过了数月,张虔钊等入谒知祥,知祥宴劳降将。由虔钊等奉觞上寿,知祥正欲接受,不意手臂竟酸痛起来,勉强受觞,好似九鼎一般,力不能胜,急忙取置案上,以口承饮,及虔钊等谢宴趋退,知祥强起入内,手足都不便运动,成了一个疯瘫症。延至新秋,一命告终。遗诏立子仁赞为太子,承袭帝位。

赵季良、李仁罕、赵廷隐、王处回、张公铎、侯弘实等,拥立仁赞,然后告表。仁赞改名为"昶",年才十六,暂不改元。尊知祥为高祖,生母李氏为皇太后。

知祥据蜀称尊,才阅六月,当时有一僧人,自号醋头,手携一灯檠,随走随呼道:"不得灯,得灯便倒!"蜀人都目僧为痴,及知祥去世,才知灯字是借映登极。又相传知祥入蜀时,见有一老人状貌清癯,挽车趋过,所载无多。知祥问他能载几何,老人答道:"尽力不过两袋。"知祥初不经意,渐亦引为忌讳,后来果传了两代,为宋所并。小子有诗咏道:

> 两川窃据即称尊,
> 风日阴霾蜀道昏。
> 半载甫经灯便倒,
> 才知释子不虚言。

知祥帝蜀,半年即亡。这半年内,后唐国事,却有一番绝大变动,待小子下回再详。

观从荣之引兵入卫,谓其即图杀逆,尚无确证,不过急思承祧,恐为乃弟所夺耳。孟汉琼、朱弘昭、冯赟等,遽以反告,命朱弘实、安从益率兵迎击,追入秦府,杀于床下。从荣死不足惜,但罪及妻孥,毋乃太甚!唐主嗣源,始不能抑制骄儿,继不能抑制莽将,徒因悲骇增病,遽尔终终。宋王入都,已死三日,幸当时如潞王者,在外尚未闻丧讣。否则阋墙之衅,早起阙下,宁待至应顺改元后耶!蜀王知祥,乘间称帝,彼既知从厚幼弱,不久必乱,奈何于亲子仁赞,转未知所防耶!观人则明,对己则昧,知祥亦徒自哓哓耳。

第二十五回　讨凤翔军帅溃归　入洛阳藩王篡位

却说唐主从厚，已改元应顺，尊嫡母曹氏为太后，庶母王氏为太妃，所有藩镇文武臣僚，更一体覃恩，俱给赏赐。独疑忌潞王从珂，听信朱、冯两枢密，出从珂子重吉为亳州团练使。重吉有妹名惠明，在洛为尼，亦召入禁中。从珂闻子被外黜，女被内召，料知新主有猜忌意，免不得瞻顾彷徨。他本为明宗所爱，夙立战功，明宗病剧，只遣夫人刘氏入省，自在凤翔观望。及明宗去世，亦谢病不来奔丧。彼时已料有内衅，坐觇成败。果然嗣皇从厚，信谗见猜，屡遣使侦察从珂。朱弘昭、冯赟又捕风捉影，专喜生事。内侍孟汉琼与朱、冯结为知己，朱、冯说他有功，加官至开府仪同三司，且赐号"忠贞扶运保泰功臣"。汉琼有何功绩，只杀从荣一事，由他首倡。此时汉琼出守天雄军(见上回)，意欲邀他回都，协同办事，于是奏请召还汉琼，徙成德节度使范延光转镇天雄军，河东节度使石敬瑭移镇成德军。潞王从珂却叫他改镇河东，兼北都留守。天下本无事，庸人自扰之。从厚也不知利害，俱从所请，遣使出发四镇，分头传命。

从珂镇守凤翔，距都最近，第一个接到敕使，满肚中怀着鬼胎。忽又闻洋王从璋前来接替，更觉疑虑不安。看官阅过上文，应知从璋为明宗从子，前时简任河中，手杀安重诲。这番调至凤翔，从珂也恐他来下辣手，随即召集僚佐，商议行止。大众应声道："主上年少，未亲庶事，军国大政，统由朱、冯两枢密主持。大王威名震主，离镇是自投罗网，不如拒绝为是！"观察判官冯胤孙，独出为谏阻道："君命召，不俟驾而行，诸君所议，恐非良图。"大众闻言，统哑然失笑，目为迂谈。从珂乃命书记李专美，草起檄文，传达邻镇，大略谓朱弘昭、冯赟等，乘先帝疾亟，杀长立少，专制朝权，疏间骨肉，动摇藩垣，从珂将整甲入朝，誓清君侧，但虑力不逮心，愿乞灵邻藩，共图报国云云。

檄文既发，又因西都留守王思同挡住出路，不得不先与联络，特派推官郝诩、押牙朱廷乂等，相继诣长安，说以利害，饵以美妓。思同却慨然道："我受明宗大恩，位至节镇，若与凤翔同反，就使成事，也不足为荣。一或失败，身名两丧，反致遗臭万年。这事岂可行得！"遂将郝诩、朱廷乂拘住，详报唐廷。此外各镇，接到从珂檄文，或与反对，或主中立，惟陇州防御使相里金，有心依附，即遣判官薛文遇，往来计事。

唐主从厚既闻从珂叛命，拟遣康义诚出兵往讨。义诚不欲督师，请饬王思同为统帅，羽林都指挥使侯益为行营马步都虞侯。益知军情将变，辞疾不行，遂被黜为商州刺史，侯益尚不失为智，义诚却很是狡诈。即命王思同为西面行营马步军都部署，前静难军节度使药彦稠为副，前绛州刺史史从简为马步都虞侯，严卫步军左厢指挥使尹晖、羽林指挥使杨思权等，皆为偏裨，出师数万，往讨从珂。又命护国节度使安彦威为西面行营都监，会同山南、西道，及武定、彰义、静难各军帅，夹攻凤翔。一面令殿直楚昭祚，往执亳州团练使李重吉，幽锢宋州。洋王从璋行至中途，闻从珂拒命，便即折还。

王思同等会同各道兵马，共至凤翔城下，鼙鼓喧天，兵戈耀日，当即传令攻城。城堑低浅，守备不多，由从珂勉谕部众，乘陴抵御。怎奈城外兵众势盛，防不胜防，东西两关，为全城保障，不到一日，都被攻破，守兵伤亡，不下千百，急得从珂危惧万分，寝食不遑。好容易过了一宵，才见天明，又听得城外喧声，一齐趋集，好似那霸王被困，四面楚歌。极写唐军声势，反射后文降溃。

从珂情急登城，泣语外军道："我年未二十，即从先帝征伐，出生入死，金疮满身，才立得本朝基业,汝等都随我有年,亦应目睹,今朝廷信任谗臣,猜忌骨肉,试想我有何罪,乃劳大军痛击,必欲置我死地呢!"说至此,就在城上大哭起来。内外军士,相率泣下。忽西门外跃出一将,仰首大呼道:"大相公真是我主哩!"遂率部众解甲投戈,愿降潞王。从珂开城放入,思权用片纸呈入,内书数语云:愿王克京城日,授臣节度使,勿用作防团。从珂即下城迎劳,援笔批入纸中,写就"思权为邠宁节度使"八字,授予思权。思权舞蹈称谢。为彼一人,断送社稷,试问彼心何忍?且登城招诱尹晖,尹晖即遍呼各军道:"城西军已入城受赏了!我等应早自为计!"说着,也将甲胄脱卸,作为先导,各军遂纷纷弃械,乞降城中。从珂复开了东门,迎纳尹晖等降军。

王思同毫不接洽,骤见乱兵入城,顿时仓皇失措,与安彦威等五节度使统皆遁去。凤翔城下,依旧是风清日朗,雾扫云开。从珂转惊为喜,大括城中财帛,犒赏将士,甚至鼎釜等器,亦估值作为赏物。大众都得满愿,欢声如雷。长安副留守对遂雍闻思同败还,也生异志,闭门不纳。思同等只好转走潼关。从珂建大将旗鼓,整众东行,尚恐思同据住长安,并力拒守。及行次岐山,闻刘遂雍不纳思同,大喜过望,便即遣人慰抚。遂雍悉倾库帑,遍赏从珂前军,前军皆不入城,受赏即去。至从珂到来,由遂雍出城迎接,复搜索民财,充作供给。从珂也无暇入城,顺道东趋,径逼潼关。

唐廷尚未得败报,至西面步军都监王景从等自军中奔还,才识各军大溃。唐主从厚惊慌得了不得,亟召康义诚入议,凄然与语道:"先帝升遐,朕在外藩,并不愿入都争位,诸公同心推戴,辅朕登基。朕既承大业,自恐年少无知,国事都委任诸公,就是朕对待兄弟,也未尝苛刻。不幸凤翔发难,诸公皆主张出师,以为区区叛乱,立可荡平,今乃失败至此,如何能转祸为福?看来只有朕亲往凤翔,迎兄入主社稷,朕仍旧归藩。就使不免罪谴,亦所甘心,省得生灵涂炭了!"徒然哀鸣,有何益处?朱弘昭、冯赟等面面相觑,不发一言。不能收火,如何放火?

康义诚眉头一皱,计上心来,便进议道:"西师惊溃,统由主将失策,今侍卫诸军尚多,臣请自往抵敌,扼住要冲,招集离散,想不致再蹈前辙,愿陛下勿为过忧!"唐主从厚道:"卿果前往督军,当有把握,但恐寇敌方盛,一人不足济事,且去召入石驸马,一同进兵,可好吗?"义诚道:"石驸马闻徙镇命,恐亦未愿,倘有异心,转足资寇,不如由臣自行,免受牵制!"巧言如簧。从厚总道他语出至诚,毫不动疑,便召将士慰谕,亲至左藏,悉发所储金帛,分给将士。且更面嘱道:"汝等若平凤翔,每人当更赏二百缗。"将士无功得赏,益加骄玩,各负所赐物,出语途人道:"到凤翔后,再请给一分,不怕朝廷不允!"途人闻言,有几个见识较高,已料他贪狡难恃,康义诚独扬扬得意,调集卫军,入朝辞行。

都指挥使朱弘实进白唐主道:"禁军若都出拒敌,洛都归何人把守?臣意以为先固洛阳,然后徐图进取,可保万全。"义诚正恨弘实主兵,击毙从荣,此时又出来阻挠,顿觉怒气上冲,厉声叱道:"弘实敢为此言,莫非图反不成?"弘实本是莽夫,怎肯退让,也厉声答道:"公自欲反,还说别人欲反吗?"这二语的声音,比义诚还要激响,适值从厚登殿,听是弘实口音,心滋不悦,便召二人面讯。二人争讼殿前,弘实仍盛怒相向,义诚独佯作低声,两下各执一词。义诚便面奏道:"弘实目无君上,在御座前,尚敢这般放肆,况叛兵将至,不发兵拦阻,却听他直入都下,惊动宗社,这尚得谓非反吗?"从厚不禁点首,义诚又逼紧一层道:"朝廷出此奸臣,怪不得凤翔一乱,各军惊溃,今欲整军耀武,必须将此等国蠹,先正典刑,然后将士奋振,足以平寇!"从厚被他一激,遂命将弘实绑出市曹,斩首以徇。各禁军见弘实冤死,无不惊叹,那康义诚得泄余恨,遂带着禁军,一麾出都去了。

从厚见义诚就道,还以为长城可靠,索性令楚匡祚杀死李重吉,并将重吉妹惠明也勒令自尽,眼巴巴地专待捷音。当下宣诏军前,命康义诚为凤翔行营都招讨使,王思同为副。哪知思同奔至潼关,被从珂前军追至,活擒而去,解至从珂行辕。从珂面加诘责,思同慨然道:"思同起自行间,蒙先帝擢至节镇,常愧无功报主;非不知依附大王,立得富贵,但人生总有一死，死后何颜往见先帝？今战败就擒，愿早就死！"忠有余而才略不足，终致杀身。从珂也自觉怀惭，改容起谢道："公且休言！"遂命羁住后账，偏杨思权、尹晖二人羞与相见，屡劝从珂心腹将刘延朗，谋毙思同。延朗遂乘从珂醉后，擅将思同杀死。及从珂醒后报闻，托言思同谋变，从珂徒付诸一叹罢了。再进军入华州，前驱又执到药彦稠，命系狱中。越日进次阌乡，又越日进次灵宝，各州邑无一拒守，如入无人之境。护国节度使安彦威与匡国节度使安重霸，望风迎降。独陕州节度使康思立闭门登城，拟俟康义诚到来，协同守御。从珂前驱至城下，中有捧圣军五百骑，前曾出守陕西，至此为从珂所诱，令充前锋，便向城上仰呼道："城中将吏听着！现我等禁军十万，已奉迎新帝，尔等数人，尚为谁守？徒累得一城人民，肝脑涂地，岂不可惜！"守兵应声下城，开门出迎。思立禁遏不住，也只好随了出来，迎从珂入城。

从珂入城安民，与僚佐再商行止。僚佐献议道："今大王将及京畿，料都中人必皆丧胆，不如移书入都，慰谕文武士庶，令他趋吉避凶，定可不劳而服了。"从珂依言，即驰书都中，略言大兵入都，惟朱弘昭、冯赟两族不赦外，此外各安旧职，不必怀疑。时侍卫马军指挥使安从进，方受命为京城巡检，一得此书，即潜布心腹，专待从珂军到，好出城迎降。

唐主从厚尚似睡在梦中，诏促康义诚进兵。义诚军至新安，部下将士争弃甲兵，赴陕投降。及抵乾壕，十成中走了九成半，只剩得寥寥数十人。义诚心本叵测，此次自请出兵，意欲尽举卫卒，迎降从珂，作为首功，不意卫卒已走了先着，顿失所望。可巧途次遇着从珂候骑，即与他相见，自解所佩弓箭，令携去作为信物，传语请降。心术最坏，莫如此人。警报飞达都中，可怜唐主从厚，急得不知所为，忙遣中使宣召朱弘昭。弘昭正忧心如焚，突然闻召，即惶遽出涕道："急乃召我，是明明欲杀我谢敌呢！"当即投井自尽。安从进闻弘昭已死，竟引兵入弘昭第，枭了弘昭首级，乘便往杀冯赟，把冯家男女长幼，尽行屠戮，遂将朱、冯两颗头颅，送入陕中。

从厚得弘昭死耗，复闻冯族被屠，自知危在旦夕，不得不避难出奔。适值孟汉琼自魏州归来，便令他再往魏州，整备行辕，以便出幸。汉琼佯为应命，及趋出都门，却扬鞭西驰，投奔陕府去了。保泰功臣，所为也如是吗？从厚尚未得知，自率五十骑至玄武门，顾语控鹤指挥使慕容进道："朕且幸魏州，徐图兴复，汝可率控鹤从行！"进系从厚爱将，便即应声道："生死当从陛下！请陛下先行一步，俟臣召集部众，以卫乘舆！"从厚乃驰出玄武门。一出门外，门便阖住。看官道是何人所阖？原来就是慕容进。进给出主子，立即变卦，安安稳稳地居住都中，并没有从驾的意思。

宰相冯道等入朝，到了端门，始知朱、冯皆死，车驾出走，因怅然欲归。李愚道："天子出幸，并未向我等与谋，今太后在宫，我等且至中书省，遣小黄门入宫请示，取太后进止，然后归第，诸公以为何如？"道摇首道："主上失守社稷，人臣将何处秉承？若再入宫城，恐非所宜。潞王已处处张榜，不若俟教令，再作计较。"已生变志。乃共归至天宫寺。安从进遣人与语道："潞王倍道前来，行将入都，相公宜带领百官，至谷水奉迎。"道等乃入憩寺中，传召百官。中书舍人卢导先至，道与语道："闻潞王将至，应具书劝进，请舍人速即起草！"便欲劝进，太无廉耻。导答道："潞王入朝，百官只可班迎，就使有废立情事，亦当俟太后教令，怎得遽往劝进呢？"道又说道："凡事总须务实。"导答驳道："公等身为大臣，难道有天子出外，遽向别人劝进吗？若潞王尚守臣节，举大义相责，敢问公等何词对答呢？为公等计，不如率百官径诣宫门，进名问安，取太后进止，再定去就，方算是情义兼尽了。"

道尚踌躇未决，那安从进复遣人催促道："潞王来了，太后太妃已遣中使迎劳潞王，奈何百官尚未出迎？"道慌忙出寺，李愚、刘昫等也纷然随行。到了上阳门外，伫候了半日有余，并不见潞王到来，但只见卢导趋过。道复召与语，导对答如初。李愚喟然道："舍人所言甚当，我等罪不胜数了。"罪止贪生，何必过谦。乃相偕还都。

是时潞王从珂尚留陕中，康义诚至陕待罪，从珂面责道："先帝晏驾，立嗣由诸公，今上居丧，政事出诸公，何为不能终始，陷吾弟至此？"你也口是心非。义诚大惧，叩头请死。本意想立首功，谁知当场出丑！从珂冷笑道："你且住着，再听后命！"已露杀机。义诚不得已留住行营，马步都虞侯苌从简、左龙武统军王景戢，均为从珂军所执，匍匐乞降。从珂俱命系狱，遂遣人上笺太后，一面由陕出发，东趋洛都。至渑池西，遇着孟汉琼，汉琼伏地大哭，欲有所陈。一哭便能保命吗？从珂勃然道："汝也不必多言，我已早知道了！"遂命左右道："快了此阉奴！"汉琼魂不附体，连哀求语都说不出来，刀光一闪，身首分离。杀得好。

从珂复引兵至蒋桥，唐相冯道等，已排班恭迎。丑极。从珂传令，说是未谒梓宫，不便相见。道等又上笺劝进，越丑。从珂并不审视，但令左右收下，竟尔昂然入都。先进谒太后、太妃，再趋至西宫，拜伏明宗枢前，泣诉诣阙的缘由。冯道等跟了进来，俟从珂起身，列班拜谒。从珂亦答拜。冯道等又复劝进。从珂道："我非来夺位，实出自不得已。俟皇帝归阙，园寝礼终，当还守藩服，诸公遽议及此，似未谅我的苦衷了！"吾谁欺？欺天乎！看官！你道从珂此言，果然好当真吗？翌日即由太后下令，废少帝从厚为鄂王，命从珂知军国事。又翌日复传出太后教令，谓潞王从珂，应即皇帝位。从珂并不固辞，居然在枢前行即位礼，受百官朝贺了。写得从珂即位之速，返射上文伪言。

先是从珂在凤翔，有瞽者张濛，自言知术数事，尝事太白山神。神祠就是北魏崔浩庙。每遇人问休咎，由濛祷告，神即附体传语，颇有应验。从珂亲校房暠，酷信濛术，曾托濛代询潞王吉凶。濛即传神语道："三珠并一珠，驴马没人驱。岁月甲庚午，中兴戊己土。"暠茫然不解，请濛代释。濛答道："这是神语，我亦未能解释呢。"暠转白从珂，从珂亦莫名其妙，至入都受册，文中起首，便是应顺元年岁次甲午，四月庚午朔三语，从珂回视房暠道："张濛神言，果然应验了！"惟三珠两语，尚难索解，再令暠往延张濛，共相研究。濛言三珠指三帝，驴马没人驱，便是失位的意义。是耶非耶！乃授濛为将作少监同正，敕赐金紫，作为酬谢。

还有一种奇怪的应兆，凤翔人何叟，年逾七十，无疾猝死。冥中见了阴官，凭几告叟道："为我白潞王，来年三月，当为天子二十三年。"叟方闻此语，一声怪响，竟尔还阳。自思阴官所言，不便转告，仍秘匿过去。逾月又死，复见阴官，向他怒叱道："怎得违我命令，不去转达！今再放汝还阳，速即传报！"阴官必欲转白，究是何因？叟惶恐遵教，退见廊庑下簿书，便问守吏。守吏道："朝代将易，这就是升降人爵的簿籍呢。"及叟已再苏，不敢隐匿，乃转告从珂亲校刘延朗，延朗转白从珂，从珂召叟入问，叟答道："请待至来年三月，必有征信，否则戮我未迟。"从珂乃给予金帛，嘱他不再泄漏，遣令还家，及期果验。但从珂据国，先后仅及三年，何故讹诈二十三年，后人仔细研求，方知从珂生日是正月二十三日，小字二十三，诨名便叫作阿三。二十三年，就是三年，究竟此事真假，小子也无从辨明。但史乘上载有此语，不妨依言录述，聊供看官谈助。并随笔写入一诗道：

> 同胞兄弟尚操戈，
> 异类何能保太和！
> 养子可曾如养虎，
> 明宗以后即从珂。

从珂篡位，故主从厚究竟往何处去了？欲知详情，试阅下回便知。

明宗既殂，从厚依次当立，名正言顺，本无可乘之隙。且即位仅及数月，无甚失德，亦何至速即危亡，所误者任用非人耳！朱弘昭、冯赟等，前时尝畏惮从荣，不敢入任枢密使。至从荣既死，从珂犹存，阿三骁勇善战，出从荣上，亟宜设法笼络，曲予羁縻。彼于从厚入都之时，不过在外观望，未尝反唇相讥，是固非觊觎神器者比。何物朱、冯，乃轻令徙镇，激之使反乎！且王思同等率领大军，围攻凤翔，东西关陷，围城岌岌，而杨思权大呼先降，尹晖随靡，遂致众军大溃，是思权之罪，且比朱、冯为尤甚。康义诚居心叵测，更过思权，从厚误信而用之，几何而不亡国杀身耶！然观当时卖国诸臣，皆属先朝遗老，是其咎尤不在从厚，而在明宗。祖父欲传国于子孙，不为之择贤而辅，虽举国家而授之，亦属无益。此贻谋之所以宜慎也。

第二十六回

卫州廨贼臣缢故主
长春宫逆子弑昏君

却说潞王从珂入洛篡位的期间，正故主从厚流寓卫州驿，剩得一个匹马单身，穷极无聊的时候。他自玄武门趋出，随身只五十骑兵，四顾门已阖住，料知慕容进变卦，不由自嗟自怨，踯躅前行。到了卫州东境，忽见有一簇人马，拥着一位金盔铁甲的大员，吆喝而来。到了面前，那大员滚鞍下马，倒身下拜，仔细瞧着，乃是河东节度使石敬瑭。便即传谕免礼，令他起谈。敬瑭起问道："陛下为什么到此？"从厚道："潞王发难，气焰甚盛，京都恐不能保守，我所以匆匆出幸，拟号召各镇，勉图兴复，公来正好助我！"敬瑭道："闻康义诚出军西讨，胜负如何？"从厚道："还要说他什么，他已是叛去了！"敬瑭俯首无言，只是长叹。_也生歹心。_从厚道："公系国家懿戚，时至今日，全仗公一力扶持！"敬瑭道："臣奉命徙镇，所以入朝。麾下不过一二百人，如何御敌？唯闻卫州刺史王弘贽，本系宿将，练达老成，愿与他共谋国事，再行禀命！"从厚允诺。敬瑭即驰入卫州，由弘贽出来迎见，两下叙谈。敬瑭即开口道："天子蒙尘，已入使君境内，君奈何不去迎驾？"弘贽叹息道："前代天子，亦多播越，但总有将相传卫，并随带府库法物，使群下得所依仰。今闻车驾北来，只有五十骑相随，就使有忠臣义士，赤心报主，恐到了此时，亦无能为力了！"_乐得别图富贵。_

敬瑭闻言，也不加评驳，但支吾对付道："君言亦是，惟主上留驻驿馆，亦须还报，听候裁夺。"便别了弘贽，返白从厚，尽述弘贽所言。从厚不禁陨涕。旁边恼动了弓箭使沙守荣、奔洪进（奔与贲同系洪进姓），直趋敬瑭前，正辞诘责道："公系明宗爱婿，与国家义同休戚，今日主忧臣辱，理应相恤，况天子蒙尘播越，所恃惟公，今公乃误听邪言，不代设法，直欲趋附逆贼，卖我天子呢！"说至此，守荣即拔出佩刀，欲刺敬瑭。_忠义可嘉，惜太莽撞。_敬瑭连忙倒退，部将陈晖即上前救护敬瑭，拔剑与守荣交斗，约有三五个回合。敬瑭牙将指挥使刘知远，遽引兵入驿，接应陈晖。晖胆力愈奋，格去守荣手中刀，把他一剑劈死。洪进料不能支，也即自刎。知远见两人已死，索性指挥部兵，趋至从厚面前，将从厚随骑数十人，杀得一个不留。从厚已吓做一团，不敢发声，哪知远却麾兵出驿，拥着敬瑭，竟驰往洛阳去了。_不杀从厚，还算是留些余地。_

看官！你想此时的唐主从厚，弄得形单影只，举目无亲，进不得进，退不得退，只好流落驿中，任人发落。卫州刺史王弘贽全不过问，直至废立令下，乃遣使迎入从厚，使居州廨。_明知从厚难保，因特视为奇货。_一住数日，无人问候，惟磁州刺史宋令询，遣使存问起居。从厚但对使流泪，未敢多言。_皇帝失势，一至于此，后人亦何苦欲做皇帝。_既而洛阳遣到一使，入见弘贽，向贽下拜，这人非别，就是弘贽子峦，曾充殿前宿卫。贽问他来意，他即与贽附耳数语。贽频频点首，便备了鸩酒，引峦往见从厚。从厚识是王峦，便询都中消息。峦不发一语，即进酒劝饮。从厚顾问弘贽道："这是何意？"弘贽道："殿下已封鄂王，朝廷遣峦进酒，想是为殿下饯行呢。"从厚知非真言，未肯遽饮，弘贽父子屡劝不允，峦竟性起，取过束帛，硬将从厚勒毙，年止二十一岁。

从厚妃孔氏（即孔循女）尚居宫中，生子四人，俱属幼稚。自王峦弑主还报，从珂遣人语孔妃道："重吉等何在？汝等尚想全生吗？"孔妃顾着四子，只是悲号。不到一时，复有人持刃进来，随手乱斫，可怜妃与四子，一同毕命。_从厚只杀一重吉，却要六人抵命，如此凶横，宁能久存！_磁州刺史宋令询闻故主遇害，恸哭半日，自缢而亡。_从厚之死，尚有宋令询死节，后来从珂自焚，无一死事忠臣，是从珂且有愧多矣。_从珂即改应顺元年为清泰元年，大赦天下，惟不赦康义诚、药彦稠。义诚伏诛，并且夷族。此举差快人意。余如苌从简、王景戡等，一律释免。葬明宗于徽陵，并从荣、重吉遗棺，及故主从厚遗骸，俱埋葬徽陵域中。从厚墓土，才及数尺，不封不树，令人悲叹。至后晋石敬瑭登基，乃追谥从厚为"闵帝"，可见从珂残忍，且过敬瑭，怪不得他在位三年，葬身火窟哩。莫谓天道无知。

从珂下诏犒军，见府库已经空虚，乃令有司遍括民财，敲剥了好几日，也止得二万缗。从珂大怒，硬行科派，否则系狱。于是狱囚累累，贫民多赴井自尽，或投缳自经。军士却游行市肆，俱有骄色。市人从旁聚诉道："汝等但知为主立功，反令我等鞭胸杖背，出财为赏，自问良心，能无愧天地否？"军士闻言，横加殴逐，甚至血肉纷飞，积尸道旁，人民无从呼吁。犒军费尚属不敷，再搜括内藏旧物及诸道贡献，极至太后、太妃，亦取出器物簪珥，充作犒赏，还不过二十万缗。当从珂出发凤翔时，曾下令军中，谓入洛后当赏人百缗，至是估计，非五十万缗不可，偏仅得二十万缗，不及半数。从珂未免怀忧。

适李专美夜值禁中，遂召入与语道："卿素有才名，独不能为我设谋，筹足军赏吗？"专美拜谢道："臣本驽劣，材不称职，但军赏不足，与臣无咎。自长兴以来，屡次行赏，反养成一班骄卒。财帛有限，欲望无穷，陛下适乘此隙，故能得国。臣愚以为国家存亡，不在厚赏，要当修法度，立纪纲，保养元气，若不改前车覆辙，恐徒困百姓，存亡尚未可知呢！今财力已尽，只得此数，即请酌量派给，何必定践前言哩！"从珂没法，只得下了制敕，凡在凤翔归命，如杨思权、尹晖等，各赐二马一驼，钱七十缗，下至军人钱二十缗，在京军士各十缗。诸军未满所望，便即造谣道："去却生菩萨，扶起一条铁。"生菩萨指故主从厚，一条铁指新主从珂。玩他语意，已不免怀着悔心了。全为下文写照。

当下大封功臣，除冯道、李愚、刘昫三宰相仍守旧职外，用凤翔判官韩昭胤为枢密使，刘延朗为副，房暠为宣徽北院使，随驾牙将宋审虔为皇城使，观察判官马裔孙为翰林学士，掌书记李专美为枢密院直学士。康思立调任邢州节度使，安重霸调任西京留守，杨思权升任邠州节度使，尹晖升任齐州防御使，安重进升任河阳节度使，相里金升任陕州节度使。加封天雄军节度使范延光为齐国公，宣武军节度使驸马都尉赵延寿为鲁国公，幽州节度使赵德钧封北平王，青州节度使房知温封东平王，天平节度使李从曮仍回镇凤翔，封西平王。惟石敬瑭自卫州入朝，虽由从珂面加慰劳，礼貌颇恭，但前此同事明宗，两人各以勇力自夸，素不相干，此时从珂为主，敬瑭为臣，不但敬瑭乃勉强趋承，就是从珂亦勉强接待。相见后留居都中，未闻迁调，敬瑭很自不安，以致愁病相侵，形同骨立。亏得妻室永宁公主出入禁中，屡与曹太后谈及，请令夫婿仍归河东。公主本曹太后所出，情关母女，自然竭力代谋。从珂入事太后、太妃，还算尽礼，因此太后较易进言。有时公主入谒，与从珂相见，亦尝面陈微意。从珂乃复令敬瑭还镇河东，加官检校太师兼中书令，封公主为魏国长公主。

凤翔旧将佐入劝从珂，都说应留住敬瑭，不宜外任。惟韩昭胤、李专美两人，谓敬瑭与赵延寿并皆尚主，一居汴州，一留都中，显是阴怀猜忌，未示大公，不如遣归河东为便。从珂也见他骨瘦如柴，料不足患，遂遣使还镇。敬瑭得诏即行，好似那凤出笼中，龙游海外，摆尾摇首，扬长而去。原是得意。

既而进冯道为检校太尉，相国如故。李愚、刘昫，一太苛察，一太刚褊，议论多不相合，或至彼此诟詈，失大臣体。从珂乃有意易相，问及亲信，俱说尚书左丞姚颛、太常卿卢文纪、秘书监崔居俭，均具相才，可以择用。从珂意不能决，因书三人姓名，置诸琉璃瓶中，焚香祝天，用箸挟出，得姚、卢两人。遂命姚颛、卢文纪同平章事，罢李愚为左仆射，刘为右仆射。寻册夫人刘氏为皇后，授次子重美为右卫上将军，兼河南尹，判六军诸卫事。嗣且命兼同平章事职衔，加封雍王。一朝规制，内外粗备，那弑君篡国的李从珂，遂高拱九重，自以为安枕无忧了。笔伐口诛，不肯放过。小子按时叙事，正好趁着笔闲，叙及闽中轶闻（回应二十三回）。

闽主延钧，既僭称皇帝，封长子继鹏为福王，充宝皇宫使，尊生母黄氏为太后，册妃陈氏为皇后（先子而后及母妻，是依时事为录述，并非倒置于此，见闽主之溺爱不明，卒遭子祸）。

看官道陈氏是何等人物？她本是延钧父王审知侍婢，小名金凤。说起她的履历，更属卑污。她本是福清人氏，父名侯伦，年少美丰姿，曾事福建观察使陈岩。岩酷嗜南风，与侯伦常同卧起，视若男妾。偏岩妾陆氏也心爱侯伦，眉来眼去，竟与侯伦结不解缘，只瞒了一个陈岩。未几岩死，岩妻弟范晖自称留后，陆氏复托身范晖，产下一女，便是金凤。此女系侯伦所生，由晖留养，至王审知攻杀范晖，金凤母女乘乱走脱，流落民间。幸由族人陈匡胜收养，方得生存。审知据闽，选良家女充入后宫，金凤幸得与选，年方十七，姿貌不过中人，却生得聪明乖巧，娇小玲珑。一入宫中，便解歌舞。审知喜她灵敏，即令贴身服侍。

延钧出入问安，金凤曲意承迎，引得延钧很是欢洽，心痒难熬。唯因老父尚在，不便勾搭，没奈何迁延过去。至审知一殁，延钧嗣位，还有什么顾忌，便即召入金凤，侑酒为欢，郎有心，妾有意，彼此不必言传，等到酒酣兴至，自然拥抱入床，同作巫山好梦。这一夜的颠鸾倒凤，备极淫荡。延钧已娶过两妻，从没有这般滋味，遂不禁喜出望外，格外情浓。及僭号称帝，拟册正宫，原配刘氏早卒，继室金氏貌美且贤，不过枕席上的工夫，很是平淡，延钧本不甚欢昵。到了金凤入幸，比金氏加欢百倍。那时闽后的位置，当然属诸金凤了。只是要做元绪公奈何！既立金凤为皇后，即追封他假父陈岩为节度使，母陆氏为夫人，族人守恩、匡胜为殿使。别筑长春宫，作藏娇窟。

延钧尝用薛文杰为国计使，文杰敛财求媚，往往诬富人罪，籍没家资，充作国用，以此得大兴土木，穷极奢华。并且广采民女，罗列长春宫中，令充侍役。每当宫中夜宴，辄燃金龙烛数百枝，环绕左右，光明如昼。所用杯盘，统是玛瑙、琥珀及金玉制成，且令宫婢数十人擎住，不设几筵，匪夷所思。饮到醉意醺醺，延钧与金凤便将衣服尽行卸去，裸着身体，上床交欢。床四围共有数丈，枕可丈余，当两人交欢时，又令诸宫人裸体伴寝，互为笑谑。嗣复遣使至安南，特制水晶屏风一具，周围四丈二尺，运入长春宫寝室。延钧与金凤淫狎，每令诸宫女隔屏窥视，金凤常演出种种淫态，取悦延钧。或遇上巳修禊，及端午竞渡，必挈金凤偕游。后宫妇女，杂衣文锦，夹拥而行。金凤作乐游曲，令宫女同声歌唱，悠扬宛转，响遏行云。还有兰麝气、环麝声，遍传远近，令人心醉。这真可谓荒淫已极了。

延钧既贪女色，复爱娈僮。有小吏归守明，面似冠玉，肤似凝酥，他即引入宫中，与为欢狎，号为“归郎”。淫女尤喜狂，且顿令这水性杨花的金凤姑娘，也为颠倒梦想，愿与归郎作并头莲。归郎乐得奉承，便觑隙至金凤卧房，成了好事。金凤得自母传，不意归郎竟似侯伦。起初尚顾避延钧，后来延钧得疾，变成一个疯瘫症。于是金凤与归郎，差不多夜夜同床，时时并坐了。但宫中婢妾甚多，有几个狡黠善淫的，也想亲近归郎，乘机要挟。害得归郎无分身法，另想出一条妙计，招入百工院使李可殷，与金凤通奸。金凤多多益善，况可殷是个伟岸男子，仿佛是战国时候的嫪毐，独得秘缄，益足令金凤惬意。归郎稍稍得暇，好去应酬宫人，金凤也不去过问。唯可殷不在时，仍令归郎当差。当时延钧曾命锦工作九龙帐，掩藏大床，国人探悉宫中情形，作一歌词道：“谁谓九龙帐，只贮一归郎！”延钧哪里得知，就使有些知觉，也因疾病在身，振作不起。

天下事无独必有偶，那皇后陈金凤外，又出一个李春燕。凤后有燕，何畜生之多也！春燕为延钧侍妾，妖冶善媚，不下金凤，姿态比金凤尤妍。延钧也加爱宠，令居长春宫东偏，叫做东华宫。用珊瑚为梲榆，琉璃为糯瓦，檀楠为梁栋，缀珠为帘幕，范金为柱础，与长春宫一般无二。自延钧骤得疯瘫，不能御女，金凤得了归守明、李可殷等作为延钧的替身，春燕未免向隅，势不免另寻主顾。凑巧延钧长子继鹏，愿替父代劳，与春燕联为比翼，私下订约，愿做长久夫妻。乃运动金凤，乞她转告延钧，令两人得为配偶。延钧本来不愿，经金凤巧言代请，方将春燕赐给继鹏，两人自然快意，不消絮述。

惟延钧素性猜忌，委任权奸。内枢密使吴英，为国计使薛文杰所谮，竟致处死。英尝典兵，得军士心，军士因此嗟怨。忽闻吴人攻建州，当即发兵出御，偏军士不肯出发，请先将文杰交出，然后起程。延钧不允，经继鹏一再固请，乃将文杰捕下，给予军士，军士乱刀分剖，脔食立尽，始登途拒吴。吴人退去。

既而延钧复忌亲军将领王仁达，勒令自尽，一切政事，统归继鹏处置。皇城使李仿，与春燕同姓，冒认兄妹，遂与继鹏作郎舅亲，自恣威福。李可殷尝被狎侮，心怀不平，密与殿使陈匡胜勾结，谗构李仿及继鹏。继鹏弟继韬，又与继鹏不睦，党入可殷，密图杀兄。偏继鹏已有所闻，也尝与李仿密商，设法除患。会延钧病剧，继鹏及仿放胆横行，竟使壮士持梃，闯入可殷宅中。正值可殷出来，当头猛击，脑裂而死。死得猝不及防。

看官试想，这李可殷是皇后情夫，骤惨遭毙，教阿凤何以为情？慌忙转白延钧，不意延钧昏卧床上，满口谵语，不是说延禀索命，就是说仁达呼冤。金凤无从进言，只好暗暗垂泪，暂行忍耐。到了次日，延钧已经清醒，即由金凤入诉，激起延钧暴怒，力疾视朝。呼入李仿，诘问可殷何罪？仿含糊对付，但言当查明复旨。踉跄趋出，急与继鹏定计，一不做，二不休，号召皇城卫士，鼓噪入宫。

延钧正退朝休息，高卧九龙帐中，蓦闻哗声大至，亟欲起身，怎奈手足疲软，无力支撑。那卫士一拥突入，就在帐外用槊乱刺，把延钧搠了几个窟窿。金凤不及奔避，也被刺死。归郎躲入门后，由卫士一把抓住，斫断头颅。李仿再出外擒捕陈守恩、匡胜两殿使，尽加杀戮。继韬闻变欲逃，奔至城门，冤家碰着对头，适与李仿相值，拔刀一挥，便即陨首。延钧在九龙帐中，尚未断气，宛转啼号，痛苦难忍，宫人因卫士已去，揭帐启视，已是血泅床褥，当由延钧嘱咐，自求速死，令宫人刺断喉管，方才毕命。小子有诗叹道：

> 九龙帐内闪刀光，
> 一代昏君到此亡！
> 荡妇狂且同一死，
> 人生何苦极荒淫！

延钧被弑，这大闽皇帝的宝座，便由继鹏据住，安然即位。欲知此后情形，俟小子下回说明。

唐主从厚与闽主延钧，先后被弑，正是两两相对。惟从厚生平行事，不若延钧之淫昏，乃一则即位未几，即遭变祸，一则享国十年，才致殒命；此非天道之无知，实由人事之有别。明宗末年，乱机已伏，不发难于明宗之世，而延及于从厚之身，天或者尚因明宗之逆取顺守，尚有令名，特不忍其亲罹惨祸，乃使其子从厚当之耳。延钧嗣住，闽固无恙，初年尚不甚荒淫，至僭号为帝，立淫女为后，于是愈昏愈乱，而大祸起矣。本回叙入闽事，全从《十国春秋》中演出，并非故意蝶亵，导人为淫。阅者当知淫昏之适以致亡，勿作秽语观可也。

第二十七回
嘲公主醉语启戎
援石郎番兵破敌

却说王继鹏弑父杀弟，并将仇人一并处死，喜欢得了不得，遂假传皇太后命，即日监国。到了晚间，没一人敢生异议，便登了帝座，召见群臣。群臣皆俯伏称贺。继鹏改名为昶。册李春燕为贤妃。命李仿判六军诸卫事。仿为弑君首恶，心常自疑，多养死士，作为护卫。继鹏恐他复蓄异谋，密与指挥使林延皓计议，托名犒军，大享将士，暗中布着埋伏，专候李仿进来，顺便下手。仿昂然直入，趋至内殿，猝遇伏甲突出，将他拿下，立即枭斩。当下阖住内城，严防外乱，并将仿首悬示启圣门外，揭仿弑君弑后，及擅杀继韬等罪状。仿部众不服，攻应天门，未能得手，转焚启圣门，由林延皓率兵拒守，也不得逞。但将仿首取去，东奔吴越。

继鹏闻乱兵溃去，心下大悦，当命弟继严权判六军诸卫，用六军判官叶翘为内宣徽使，追号父鏻(即延钧，见前)为惠宗皇帝，发丧安葬，改元通文。尊皇太后黄氏为太皇太后，进册李春燕为皇后。继鹏本有妻李氏，自得了春燕，将妾作妻，正室反贬入冷宫。春燕好淫工媚，善伺主意，继鹏非常宠爱，坐必同席，行必同舆，别造紫微宫，专供春燕游幸，繁华奢丽，且过东华。好算跨灶。春燕所言，继鹏无不允从。内宣徽使叶翘，博学质直，本为福邸宾僚，继鹏待以师礼，多所裨益。及入为宣徽使，反致言不见用，翘固请辞职，却屡承慰留。既而为李后事，上书切谏，惹动继鹏怒意，援笔批答道："一叶随风落御沟!"是古今批语中所罕有。遂放翘归水泰原籍，翘幸得寿终。

这且慢表，且说河东节度使石敬瑭，既抵晋阳，尚恐为朝廷所忌，阴图自全，常称病不理政事。有二子重英、重裔，留仕都中，重英任右卫上将军，重裔为皇城副使，皆受敬瑭密嘱，侦探内事。两人赂托太后左右，每有所闻，即行传报。所以唐主从珂，与李专美、李崧、吕琦、薛文遇、赵延牲等，日夕密谈，无不探悉。适契丹屡寇北边，禁军多屯戍幽州。敬瑭乃与幽州节度使赵德钧，联名上表，乞请增粮。有诏借河东菽粟，及镇州输绢五万匹，出易粮米。特派镇、冀二州车千五百乘，运粮至幽州戍所。敬瑭复自率大军，出屯忻州。

是时天旱民饥，百姓既苦乏食，又病徭役。敬瑭督促甚急，未免怨声载道。凑巧唐廷遣使到来，赐给敬瑭军夏衣，军士急呼万岁，声彻全营。敬瑭独自担忧，幕僚段希尧进言道："将在外，君命有所不受。今军士不由将令，预先传呼万岁，是目中已无主帅了，他日如何使用？请查出首倡，明正军法！"敬瑭乃令刘知远查究，得三十六人，推出处斩，为各军戒。朝使闻此消息，返报从珂。从珂越生疑忌，即派武宁军节度使张敬达，为北面行营副总管，名目上是防御契丹，实际上是监制敬瑭。敬瑭并非笨伯，猜透从珂微意，格外加防。药线已设，总要爆裂。

好容易到了清泰三年，正月上浣，即值从珂诞辰，宫中号为千春节，置酒内廷，文武百官，联翩趋入，奉觞进贺。从珂已喝了许多巨觥，带着一片醉意，宴毕回宫，巧值魏国长公主，自晋阳来朝祝寿，便即捧上瑶觞，表达贺忱。从珂接饮毕，便笑问道："石郎近日何为？"公主答道："敬瑭多病，连政务都不愿亲理，每日惟卧床调养，需人侍奉罢了。"为夫托疾，究竟女生外向。从珂道："我忆他筋力素强，何致骤然衰弱？公主既已至京，且在宫中宽留数日，由他去吧。"公主着急道："正为他侍奉需人，所以今日入祝，明日即拟辞归。"从珂不待词毕，便作醉语道："才行到京，便想西归，莫非欲与石郎谋反吗？"公主闻言，不禁俯首，默然趋退。从珂亦即安寝。

次日醒来，即有人入谏从珂，说他酒后失言。此人为谁？乃是皇后刘氏。从珂即位后，曾追尊生母鲁国夫人魏氏为太后，册正室沛国夫人刘氏为皇后（此是补叙之笔）。刘氏素性强悍，颇为从珂所畏，她闻从珂醉语，一时不便进规，待至诘旦，方才入谏。从珂已经失记，至由刘后述及，方模模糊糊地记忆起来，心中亦觉自悔。当下召入魏国长公主，好言抚慰，并说昨夕过醉，语不加检，幸勿介怀。公主自然谦逊，一住数日，方敢告辞。从珂且进封她为晋国长公主，俾她悦意，且赐宴饯行。

毕竟夫妇情深，远过兄妹，公主还归晋阳，即将从珂醉语，报告敬瑭。敬瑭益加疑惧，即致书二子，嘱令将洛都所积存的私财，悉数载至晋阳，只托言军需不足，取此接济。于是都下谣言，日甚一日，都说是河东将反。

唐主从珂，时有所闻，夜与近臣从容议事，因与语道：“石郎是朕至亲，本无可疑，但谣言不靖，万一失欢，将如何对待呢？”群臣皆不敢对，彼此支吾半晌，便即退出。学士李崧私语同僚吕琦道：“我等受恩深厚，怎能袖手旁观？吕公智虑过人，究竟有无良策？”琦答道：“河东若有异谋，必结契丹为援。契丹太后，以赞华投奔我国，屡求和亲（赞华事见二十三回），只因我拘留番将，未尽遣还，所以和议未成。今若送归番将，再饵以厚利，岁给礼币十余万缗，谅契丹必欣然从命，河东虽欲跳梁，当亦无能为了。”和亲亦非良策，不过少延岁月。崧答道：“这原是目前至计，惟钱谷皆出三司，须先与张相熟商，方可奏闻。”说着，即邀吕琦同往张第。

张相乃是张延朗，明宗时曾充三司使，从珂篡位，命他为吏部尚书，兼同平章事职衔，仍掌三司（后唐称度支、盐铁、户部为三司）。闻李、吕二人进谒，当即出迎。李崧代述琦计。延朗道：“如吕学士言，不但足制河东，并可节省边费。若主上果行此计，国家自可少安，应纳契丹礼币，但向老夫责办，定可筹措，请两公速即奏陈。”二人大喜，辞了延朗。至次日入内密奏，从珂颇以为然，令二人密草国书，往遗契丹，静候使命。

二人应命退出，从珂复召入枢密直学士薛文遇，与商此事。文遇道：“堂堂天子，若屈身夷狄，岂不足羞！况虏性无厌，他日求尚公主，如何拒绝！汉成帝献昭君出塞，后悔无穷，后人作昭君诗云：‘安危托妇人。’这事岂可行得？”从珂不禁失声道：“非卿言，几乎误事！”越日急召崧、琦入后楼，二人总道是索阅国书，怀稿入见。不料从珂在座，满面怒容，待二人行过了礼，便叱责道：“卿等当力持大体，敷佐承平，奈何徒出和亲下策！朕只一女，年尚乳臭，卿等欲弃诸沙漠吗？且外人并未索币，乃欲以养士财帛，输纳虏廷，试问二卿究怀何意？”二人慌忙拜伏道：“臣等竭愚报国，并非敢为虏计，愿陛下熟察！”从珂怒尚未息，李崧只管磕头，吕琦拜了两拜，便即停住。从珂瞋目道：“吕琦强项，尚视朕为人主吗？”琦亦抗声道：“臣等为谋不臧，但请陛下治罪，若多拜即可邀赦，国法转致没用了！”尚有丈夫气。从珂被他一驳，颜才少霁，令二人起身，各赐卮酒压惊。二人跪饮，拜谢而退。

未几即降调琦为御史中丞，不令入直。朝臣窥测意旨，哪敢再言和亲。忽由河东呈入奏章，系是石敬瑭自陈羸疾，乞解兵柄，或徙他镇。从珂览奏，明知非敬瑭真意，但事出彼请，乐得依从，便拟将敬瑭移镇郓州。李崧、吕琦又上书谏阻，还有升任枢密使房暠亦力言不可。独薛文遇愤然道：“俗语有言，道旁筑室，三年不成，此事应断自圣衷，群臣各为身谋，怎肯尽言！臣料河东移亦反，不移亦反，不若先事防维为是！”也是汉晁错流亚。从珂大喜道：“卿言正合朕意。前日有术士言，谓朕今年应得贤佐，谋定天下，想应验在卿身了！”不从彼言，何致焚身？立命学士院草制，徙敬瑭为天平节度使，特命马军都指挥使宋审虔出镇河东，且令张敬达为西北蕃汉马步都部署，促敬瑭速移郓州。

看官试想，这石敬瑭表请移镇，明明是有意尝试，哪知弄假成真，竟颁下这道诏命。慌忙召集将佐，私下与商道：“我再来河东时，主上曾许我终身在此，不更换人接替，今忽有是命，是与千春节向公主言，同一忌我，我难道便来就死吗？”幕僚段希尧及节度判官赵莹、观察判官薛融等，俱劝敬瑭暂且忍耐，姑往郓州。旁有一将闪出道：“不可不可！明公今往郓州，是所谓迁乔入谷了。试思明公在此，兵强马壮，若称兵传檄，帝业可成，奈何以一纸诏书，甘投虎口呢?"敬瑭闻言瞧着,正是都押牙刘知远,彼固不屑在人下者。方欲出言回答,又有一人接入道:"明公入朝,今上新即位,岂不知蛟龙异物,不宜纵入深渊,乃仍把河东授公,这是天意相助,非人谋所得违。况明宗遗爱在人,今上以养子入继,名不正,言不顺,公系明宗爱婿,反招今上疑忌,若不早图,后悔无及了!"敬瑭视之,是掌书记桑维翰,一推一挽,拥起此石。乃向二人拱手道:"二公所言甚明,但恐河东一镇,未能抵制朝廷。"维翰又道:"从前契丹主子与明宗约为兄弟,今部兵出没西北,公诚能推诚屈节,服侍契丹,万一有急,朝呼夕至,何患不成?"甘心事狄,沦十六州为左衽,维翰实为罪魁。敬瑭遂决意发难,特令维翰草起表文,请唐主从珂让位。略云:

臣河东节度使石敬瑭,谨顿首上言:古者帝王之治天下也,立储以长,传位以嫡,为古今不易之良法。晋献公以骊姬之故,废太子,立奚齐,晋之乱者数十年。秦始皇不早立储君,杀扶苏,立胡亥,卒至自亡其国。唐之天下,明宗之天下也。明宗皇帝,金戈铁马之所经营,麦饭豆粥之所收拾,持三尺剑,马上得天下,厥功亦非小可。近者官车晏驾,宋王登基,陛下乃以养子入攘大统,天下忠义之士,皆为扼腕。区区臣愚,欲望陛下退处藩邸,传位许王,有以对明宗皇帝在天之灵,有以服天下忠臣义士之心。不然,同兴问罪之师,稍正篡位之罪,徒使流血污庭,生灵涂炭,彼时悔之,亦噬脐矣!冒昧上言,复候裁夺。

原来从珂篡位时,除弑死故主从厚外,所有明宗后妃及少子许王从益,俱安居宫中,未尝冒犯。所以敬瑭此表,迫从珂传位从益。情理颇正,但问汝入洛后,何故不拥立许王?看官!你想从珂是肯依不肯依呢?表文到京,一入从珂目中,无名火引起三丈,立即撕碎,抛掷地上,令学士书诏斥责道:

卿于鄂王,固非疏远,卫州之事,卿实负之。许王之言,何人肯信?卿其速往郓州,毋得徘徊不进,致干罪戾,特此谕知。

敬瑭得诏,复与刘知远等商议,知远道:"先发制人,后发为人制。今日已成骑虎,不能再下,请即传檄四方,且求救契丹,即日举义,当无不克!"敬瑭依计而行,忽报雄义都指挥使安元信,率部下六百人来降,即由敬瑭迎入,婉言慰问道:"朝廷称强,河东称弱,公为何舍强归弱呢?"元信道:"元信不能知星识气,但据人事而论,帝王能治天下,唯信最重。今主上与明公最亲,尚不能以信相待,况疏贱呢?无信如此,亡可立待,怎得为强!"敬瑭大悦,委以军事,命为亲军巡检使。既而振武西北巡检使安重荣及西北先锋指挥使安审信、张万迪等,各率部兵归晋阳。敬瑭一一欣纳。

嗣闻朝旨次第颁下,削夺河东节度使官爵,这尚是意中所有的事情。未几,由探卒入报,张敬达为四面排阵使,张彦琪为马步军都指挥使,安审琦为马军都指挥使,相里金为步军都指挥使,武廷翰为壕塞使,率兵数万,杀奔太原来了。一急。又未几再得急报,张敬达为太原四面都部署,杨光远为副,高行周为太原四面招抚排阵等使,调集各道马步兵,已自怀州进行,不日要到太原了。二急。

敬瑭召语将佐道:"事急了!快到契丹求救罢。"言未已,复有一凶耗传来,乃是亲弟都指挥使敬德,及从弟都指挥使敬殷,并二子重英、重裔,一并被诛,险些儿将敬瑭痛死,半响才哭出声来。此急非同小可。一声大恸,又复将喉咙塞住,但用两手捶胸,好容易迸出声泪,且哭且语道:"我受明宗皇帝厚恩,出力报国,今乃使子弟冤死,含恨九泉!若非举兵向阙,恐一门无噍类了!我非敢负明宗,实朝廷激我至此,不得不然。皇天后土,实闻此言!"各将佐等都从旁劝慰。

敬瑭亟命桑维翰草表,向契丹称臣,且愿事以父礼,乞即发兵入援。事成以后,愿割卢龙一道及雁门关以北诸州,作为酬谢。刘知远忙出阻道:"称臣已足,何必称子,厚许金币,亦足求援,何必割界土地。今日因急相许,他日必为中国大患,悔无及了!"颇得先见,可惜敬瑭不从。敬瑭道:"且管眼前要紧,顾不得日后了。"便令维翰缮讫,遣使持表赴契丹。

契丹主耶律德光曾梦一神人从天而下,庄容与语道:"石郎使人唤汝,汝宜速去!"及醒后，转告述律太后，太后以为梦兆无凭，不足注意。及敬瑭使至，览表大喜，慨然允诺。入白述律太后道："梦兆已验，天意早使我援石郎呢！"述律太后也即喜慰，因打发回书，仍令原使赍还，约言秋高马肥，当倾国入援。敬瑭得书，稍稍放怀，惟整缮兵备，固守城濠。

过了数日，张敬达率军大至，来攻晋阳。敬瑭授刘知远为马步军指挥使，所有安重荣、张万迪诸降将，悉归节制。知远用法无私，不分新旧，因此士心归附，俱乐为用。敬瑭身披重甲，亲自登城，任他城下各军，飞矢投石，一些儿没有畏缩，只是坐镇城楼。知远在旁进言道："观敬达辈无他奇策，不过深沟高垒，为持久计，愿明公分道遣使，招抚军民，免得与我为难。若守城尚是容易，知远一人，已足担当，请公勿忧！"敬瑭握知远手，且抚背道："得公如此，我自无忧了。"遂下城自去办事，一切守城计划，悉委知远。

知远日夕不懈，小心拒守，张敬达屡攻不下。那催督攻城的朝使，却一再至军，嗣又令吕琦犒师。兵马副使杨光远语琦道："愿附奏皇上，幸宽宵旰，贼若无援，旦夕当平，就使契丹兵到来，亦可一战破敌呢！"谈何容易。琦返报唐主从珂，从珂很是欣慰。偏偏过了旬日未见捷报，免不得再下诏谕，饬诸军速攻晋阳。敬达恰也心焦，四面围攻，适值秋雨连绵，营垒多被冲坏，长围竟不能合。晋阳城中，粮储日罄，也不免焦急起来，专望契丹入援。

契丹主耶律德光如约出师，号令军前道："我非为石郎兴兵，乃奉天帝敕使，汝等但踊跃前进，必得天助，保无他患！"可见梦兆之言，或由德光设词欺众，并非果有此事。军士齐声应命，共得五万铁骑，浩荡南来，扬言大兵三十万，从扬武谷趋入，直达晋阳，列营汾北。德光先期遣人通报敬瑭道："我今日即拟破敌，可好吗？"敬瑭亟遣人驰告德光，谓南军势盛，未可轻战，不如待至明日。使人方去，遥闻鼓角齐鸣，喊声大震，料知两边已经交锋，忙令刘知远带着精兵，出城助战。

说时迟，那时快，契丹主德光已遣轻骑三千，进薄张敬达大营。敬达早已防着，见来兵皆不被甲，纵马乱闯，还道他轻率不整，便尽出营兵搦战，一场驱逐，把契丹兵赶至汾曲，契丹兵涉水自去。唐兵尚不肯舍，沿岸追击，哪知芦苇中尽是伏兵，几声胡哨，尽行突出，将唐兵冲做数截。唐步兵已追过北岸，多为所杀，惟骑兵尚在南岸，一齐引退。敬达忙收军回营，营内忽突出一彪人马，首先一员大将，跃马横枪，大声呼道："张敬达休走，刘知远已守候多时了。"敬达不觉着忙，急率败军南遁，又被追兵掩杀一阵，伤亡约万余人。

晋阳解围，敬瑭即整备羊酒，亲出犒契丹兵士。见了契丹主德光，行过臣礼。德光用手搀扶，且语敬瑭道："会面很迟，今日是君臣父子，幸得相会，也好算是盛遇了！"敬瑭拜谢，认虏为父已出不情，况敬瑭年龄当比德光为长，奈何以父礼事之！起身复问道："皇帝远来，士马疲倦，骤与唐兵大战，竟得大胜，这是何因？"德光大笑道："闻汝带兵多年，难道尚未知兵法吗？"乐得嘲笑。敬瑭怀惭，只好侧身恭听。正是：

　　战败适形中国弱，
　　兵谋竟让外夷优。

毕竟德光如何说法，且看下回续叙。

有从珂之弑君篡位，必有石敬瑭之叛命兴师，以逆召逆，非特天道，人事亦如是耳。从珂，明宗之养子也，敬瑭，明宗之爱婿也。养子得之，何如爱婿得之。从珂因而忌敬瑭，敬瑭亦因之拒从珂。薛文遇谓河东移亦反，不移亦反，原是确论，但不结契丹以制河东之死命，徒激之使反，果何益乎？敬瑭急于叛命，甘臣契丹。称臣不足，继以称子，称子不足，继以割燕云十六州，刘知远谏阻不从，卒使十六州人民，沦入夷狄，敬瑭之罪，莫大于此。故其叛从珂也，情尚可原，而其引契丹入中国也，罪实难恕。敬瑭其五代时之祸首乎！

第二十八回　契丹主册立晋高祖
述律后笑骂赵大王

却说契丹主耶律德光，因石敬瑭问及兵谋，便笑答道："我出兵南来，但恐雁门诸路，为唐军所阻，扼守险要，使我不得进兵。嗣使人侦视，并无一卒，我知唐无能为，事必有成，所以长驱深入，直压唐营。我气方锐，彼气方沮，若非乘势急击，坐误事机，胜负转未可知了。这乃是临机应变，不能与劳逸常理，一般评论哩。"敬瑭很是叹服，便与德光会师，进逼唐军。

张敬达等奔至晋安寨，收集残兵，闭门固守，当被两军围住，几乎水泄不通。敬达检点兵卒，尚不下五万人，战马亦尚存万匹，怎奈士无斗志，无故自惊，敬达也自知难恃，忙遣使从间道驰出，赍表入京，详告败状，并乞济师。唐主从珂当然惶急，更命都指挥使符彦饶，率洛阳步骑兵出屯河阳，天雄节度使范延光、卢龙节度使赵德钧、耀州防御使潘环，三路进兵，共救晋安寨。一面下敕亲征。次子雍王重美入奏道："陛下目疾未痊，不宜远涉风沙，臣儿虽然幼弱，愿代陛下北行！"从珂巴不得有人代往，既得重美奏请，即欲依议，尚书张延朗及宣徽使刘延朗等入谏道："河东联络契丹，气焰正盛，陛下若不亲征，恐士卒失望，转误大事。还请陛下三思！"从珂不得已，自洛阳出发。

途次语宰相卢文纪道："朕素闻卿有相才，所以重用，今祸难至此，卿可为朕分忧否？"文纪无言可答，惟惶恐拜谢。及进次河阳，再由从珂召集群臣，咨询方略。文纪才进言道："国家根本，实在河南，胡兵忽来忽往，怎能久留？晋安大寨甚固，况已发三路兵马，克日往援，兵厚力集，不难破敌。河阳系天下津要，车驾可留此镇抚南北，且遣近臣前往督战，就使不得解围，进亦未晚。"善承意旨，总算相才。张延朗亦插入道："文纪所言甚是，请陛下准议便了。"

看官听着！张延朗曾劝驾亲征，为什么到了中途，骤然变计？他因忠武节度使赵延寿，随驾北行，兼掌枢务，大权为彼所握，自己未免失势。此时闻文纪请遣近臣，正好将他派往，免得争权，因此竭力赞成。到此还要倾轧，可叹可恨！从珂怎识私谋，还道两人爱己，只是点首。待延朗说毕，乃问何人可派往督战，延朗又开口道："赵延寿父德钧，率卢龙兵赴难，陛下何不遣延寿往会，乘便督战。"从珂迟疑未答，翰林学士须昌、和凝等一同怂恿，方命延寿率兵二万，前往潞州。延寿领命去讫。

从珂数日不接军报，因复出次怀州，遍谕文武官僚，令他设谋拒敌。各官吏多半无能，想不出什么计策，惟吏部侍郎龙敏上书献议道："河东叛命，全仗契丹帮助，契丹主倾国入寇，内顾必然空虚，臣意请立李赞华为契丹主，派天雄、卢龙二镇，分兵护送，自幽州直趋西楼，令他自乱。朝廷不妨露檄说明，使契丹主内顾怀忧，回兵备变，然后命行营将士，简选精锐，从后追击，不但晋安可以解围，就是寇叛亦不难扫灭，这乃是出奇捣虚的上计。"确是良策。从珂却也称妙，偏宰相卢文纪等，谓契丹太后，素善用兵，国内不致无备，反多使二镇将士，送命沙场，因是议久不决，从珂反弄得毫无主张，但酣饮悲歌，得过且过。

群臣或又劝从珂北行，从珂道："卿等勿言石郎，使我心胆坠地！"想是天夺其魄，所以索然气馁。于是群臣箝口，相戒勿言。独赵德钧上表行在，愿调集附近兵马，自救晋安寨，从珂总道他忠心为国，优诏传奖，且命他为诸道行营都统。赵延寿为河东道南面行营招讨使，父子在潞州相见，延寿便将所部二万人，尽付德钧。天雄节度使范延光正奉命出屯辽州，德钧欲并延光军，延光不从，德钧即逗留潞州，延捱不进。从珂一再敦促，未闻受命。又是一个变脸。乃遣吕琦赐德钧手敕，并赍金帛犒师，德钧乃引军至团柏，屯营谷口，再行观望。

契丹主耶律德光进兵榆林，所有辎重老弱留住虎北口，相机行事，胜即进，败即退。赵延寿欲探知消息，出兵掩击，入白德钧，德钧笑道："汝尚未知我来意吗？我且为汝表奏行在，请授汝为成德节度使，若得旨俞允，我父子姑效忠朝廷，否则石氏称兵，欲图河南，我难道不能行此吗？"延寿颇怨及延朗，也乐得依了假父，即日上表，略言臣德钧奉命远征，幽州势孤，欲使延寿往驻镇州，以便接应，请朝廷暂假旌节云云。从珂得表，面谕来使道："延寿方往击贼，何暇移驻镇州，俟贼平后，当如所请。"来使返报德钧。德钧又复上表，坚请即日简命。从珂大怒道："赵氏父子，必欲得一镇州，究为何意？他能击却胡寇，虽入代朕位，朕亦甘心。若徒玩寇要君，恐犬兔俱毙，难道畀一镇州，便能永远富贵吗？"遂叱回来使，不允所请。

德钧闻报，即遣幕客厚赍金帛，往赂契丹。契丹主德光问他来意，幕客便进言道："皇帝率兵远来，非欲得中国土地，不过为石郎报怨。但石郎兵马，不及幽州，今幽州镇帅赵德钧愿至皇帝前请命；如皇帝肯立德钧为帝，德钧兵力自足平定洛阳，将与贵国约为兄弟，永不渝盟。石氏一面，仍令常镇河东，皇帝不必久劳士卒，尽可整甲回国，待德钧事成，再当厚礼相报。"这番言语，却把德光轰动起来。暗思自己深入唐境，晋安未下，德钧尚强，范延光出屯辽州，倘或归路被截，反致腹背受敌，陷入危途，不若姑允所请，一来可卖情德钧，二来仍保全石郎，取了金帛，安然归国，也可谓不虚此行了。便留住德钧幕客，徐与定议。

早有敬塘探马报知敬瑭。敬瑭大惊，忙令桑维翰谒见德光。德光传入，由维翰跪告道："皇帝亲提义师，来救孤危，汾曲一战，唐兵瓦解，退守孤寨，食尽力穷，转眼间即可扫灭。赵氏父子，不忠不信，素蓄异图，部下皆临期召集，更不足畏，彼特惧皇帝兵威，权词为饵，皇帝怎可信他诡言，贪取微利，坐隳大功。且使晋得天下，将尽中国财力，奉献大国，岂小利所得比呢！"德光半晌答道："尔曾见捕鼠否？不自防备，必致啮伤，况大敌呢！"维翰又道："今大国已扼彼喉，怎能啮人！"德光道："我非背盟，不过兵家权谋，知难乃退。况石郎仍得永镇河东，我也算是保全他了。"维翰急答道："皇帝顾全信义，救人急难，四海人民，俱系耳目，奈何一旦变约，反使大义不终，臣窃为陛下不取哩。"德光尚未肯允，经维翰跪在帐前，自旦至暮，涕泣固争，说得德光无词可驳，只好屈志相从。便召出德钧幕客，指着帐外大石，且示且语道："我为石郎前来，石烂乃改此心。汝去回报赵将军，他若晓事，且退兵自守，将来不失一方面，否则尽可来战！"德钧幕客料知不便再说，只好辞归。

德光乃使维翰返报敬瑭，敬瑭即至契丹军营，亲自拜谢。但管自己，不管子孙，真正何苦！德光喜道："我千里来援，总要成功方去。观汝气貌识量，不愧中原主，我今便立汝为天子，可好吗？"敬瑭闻言，好似暖天吃雪，非常凉快。但一时不好承认，只得推辞道："敬瑭受明宗厚恩，何忍遽忘？今因潞王篡国，恃强欺人，致烦皇帝远来，救危纾难。若自立为帝，非但无以对明宗，并且无以对大国！此事未敢从命！"德光道："事贵从权，立汝为帝，方使中国有主，何必固辞！"敬瑭含糊答应，但言回营再议。

既返本营，诸将佐已知消息，当然奉书劝进。遂在晋阳城南筑起坛位，先受契丹主册封，命为晋王。然后择吉登坛，特于唐清泰三年十一月间，行即位礼。届期这一日，契丹主德光自解衣冠，遣使赍授，并给册命。相传册中词句，因夷夏不同，特命桑维翰主稿，册文有云：

维天显九年(天显系契丹年号，见前文岁)次丙申，十一月丙戌朔，十二日丁酉，大契丹皇帝若曰：于戏！元气肇开，树之以君，天命不恒，人辅以德。故商政衰而周道盛，秦德乱而汉图昌。人事天心，古今靡异。咨尔子晋王，神钟睿哲，天赞英雄，叶梦日以储祥，应澄河而启运。追事数帝，历试诸艰。武略文经，乃由天纵，忠规孝节，固自生知。狼以眇躬，奋有北土，暨明宗之享国也，与我先哲王保奉明契，所期子孙顺承，患难相济，丹书未泯，白日难欺。顾予纂承，匪敢失坠，尔维近戚，实系本支，所以予视尔若子，尔待予犹父也。朕昨以独夫从珂，本非公族，窃据宝图，弃义忘恩，逆天暴物，诛剪骨肉，离间忠良，听任矫谈，威虐黎献，华夷震惊，内外崩离。知尔无辜，为彼致害，敢征众旅，来逼严城。虽并吞之志甚坚，而幽显之情何负！达于闻听，深激愤惊，乃命兴师，为尔除患。亲提万旅，远殄群雄，但赴急难，罔辞艰险。果见神祇助顺，卿士协谋，旗一麾而弃甲平山，鼓三作而僵尸遍野。虽已遂予本志，快彼群心,将期税驾金河,班师玉塞。翘今中原无主,四海未宁,茫茫生民,若坠涂炭。况万几不可以暂废,大宝不可以久虚,拯溺救焚,当在此日。尔有庇民之德,格于上下;尔有戡难之勋,光于区宇;尔有无私之行,通乎神明;尔有不言之信,彰乎兆庶。予懋乃德,嘉乃丕绩,天之历数在尔躬,是用命尔,当践皇极。仍以尔自兹并土,首建义旗,宜以国号曰晋。朕永与为父子之邦,保山河之誓。于戏!诵百王之阙礼,行兹盛典,成千载之大义,遂我初心。尔其永保兆民,勉持一德,慎乃有位,允执阙中,亦唯无疆之休,其诚之哉!(中国主子受外夷册封,史不多见,故录述全文。)

　　敬瑭登坛,拜受册命,并接过衣冠,穿戴起来。好一个不华不夷的主子,南面就座,受部臣朝贺。礼毕乃鼓吹而归。当时附和诸臣,又盛言符谶,托为符瑞。相传朱梁开国时,壶关县庶穰乡中,有乡人伐树,树分两片,中有六字云:"天十四载石进。"潞州行营使李思安呈报梁主朱温,温令大臣考察,均不能解。乃藏诸武库。至敬瑭称帝,遂有人强为解释,谓"天"字两旁,取"四"字旁两画加入,便成"丙"字,"四"字去中间两画,加入"十"字,便成"申"字。如此牵强,无不可解。这就是应在丙申年。《周易》晋卦象辞,有"晋者进也"一语,国号"大晋",岂非明验。又当晋阳受困时,城中北面,有毗沙门天王祠,夤夜献灵,金甲执钺,巡行城上,既而不见,内外俱惊为神奇。牙城内有崇福坊,坊西北隅有泥神,首上忽出现烟光,如曲突状。询诸坊僧,谓唐庄宗得国时,神首上亦曾出烟。今烟又重出,当有别应。嗣是日旁多有五色云气,如莲芝状,术士多指为天瑞。敬瑭也自目为祥征,因此乘势称帝,号令四方。即位以后,又至番营拜谢德光,愿割幽、蓟、瀛、莫、涿、檀、顺、新、妫、儒、武、云、应、环、朔、蔚十六州,作为酬谢,并输契丹岁币三十万匹。何其慷慨。德光自然心喜,就在营内设宴,与敬瑭欢饮而别。

　　敬瑭返入晋阳,即于次日御崇元殿,降制改元,号为天福。一切法制,皆遵唐明宗故事。命赵莹为翰林学士承旨,桑维翰为翰林学士,权知枢密院事。刘知远为侍卫马军都指挥使,客将景延广为步军都指挥使。此外文武将佐,封赏有差,册立晋国长公主李氏为皇后,大赦天下。布置已定,再会契丹兵攻晋安寨。

　　晋安寨已被围数月,待援不至,营将高行周、符彦卿等,屡出突围,均被契丹兵杀回,寨中刍粮俱尽,张敬达决志死守,毫无叛意。杨光远、安审琦等,入劝敬达,谓不如投降契丹,保全一营性命。敬达怒叱道:"我为元帅,兵败被围,已负重罪,奈何反教我降敌呢!且援兵旦暮且至,何妨再待数日。万一援绝势穷,汝等可降,我却不降,宁可刎首,俾汝等出献番虏,自求多福,我终不愿背主求荣哩!"还算忠臣。光远斜睨审琦,意欲令他下手。审琦不忍加害,转身趋出,告知高行周,行周也服敬达忠诚,常引壮骑为卫。敬达未识情由,反语人道:"行周尝随我后,意欲何为?"不识好人,终致一死。行周乃不敢相随。杨光远觑得此隙,屡召诸将密议,诸将常称敬达为张生铁,各有怨言,遂与光远合谋,决杀敬达。诘旦敬达升帐,光远佯称启事,趋至案前,拔出佩刀,竟将敬达刺死,开寨出降契丹。

　　契丹主德光收纳降众,入寨检查,尚存马五千匹,铠仗五万件,悉数搬归,交与敬瑭,并将降将降卒,亦尽归敬瑭约束,且面谕道:"勉事尔主!"又因张敬达为忠死事,收尸礼葬,语部众及晋诸将道:"汝等身为人臣,当效法敬达呢!"唐马军都指挥使康思立,听了此言,且惭且愤,即致病终。思立尚有人心,足愧杨光远等。敬瑭复请命德光,会师南下。德光语敬瑭道:"桑维翰为汝尽忠,汝当用以为相。"敬瑭乃授维翰为中书侍郎,赵莹为门下侍郎,并同平章事,赐号"推忠兴运致理功臣"。敬瑭欲留一子守河东,亦向德光询明。德光令尽出诸子,以便审择。敬瑭当然遵命,令诸子进谒德光。德光仔细端详,见有一人貌类敬瑭,双目炯炯有光,即指示敬瑭道:"此儿目大,可任留守。"敬瑭答道:"这是臣养子重贵。"德光点首,乃令重贵留守太原,兼河东节度使。看官听说!这重贵是敬瑭兄敬儒子,敬儒早卒,敬瑭颇爱重贵,视若己儿,就是后来的出帝。

　　晋阳既有人把守,遂由德光下令,遣部将高谟翰为先锋,用降卒前导,迤逦进兵,自与敬瑭为后应。前锋到了团柏,赵德钧父子未战先遁。符彦饶、张彦琪、刘延朗、刘在明各将吏,本皆由从珂遣往救应，至是亦相继溃散。士卒自相践踏，伤亡无算，再经契丹兵从后尾击，杀得唐军尸横遍野，血流成渠。及德光、敬瑭至团柏谷口，唐军早不知去向，仅剩得一片荒郊，枯骨累累了。

唐主从珂留寓怀州，尚未得各军消息，至刘延朗、刘在明等狼狈奔还，方知晋安失守，团柏又溃，敬瑭已自称帝，杨光远等统皆叛去，急得神色仓皇，不知所措。众议天雄军未曾交战，军府远在山东，足避敌氛，不如驾幸魏州，再作计较。从珂也以为然。但因学士李崧素与范延光友善，乃召崧入议。薛文遇未知情由，亦蹑迹入见，从珂勃然变色。崧料知为着文遇，急蹑文遇靴尖，文遇会意，慌忙退出。从珂乃语崧道："我见此物，几乎肉颤，恨不拔刀刺死了他！"本是贤佐，奈何欲将他刺死？崧答道："文遇小人，浅谋误国。何劳陛下亲自动手！"从珂怒意少解，始与崧议东幸事。崧谓延光亦未必可恃，不如南还洛阳。从珂依议，遂谕令起程还都。

洛阳人民闻北军败溃，车驾遁还，顿时谣言四起，争出逃生。门吏禀请河南尹重美出令禁止，重美道："国家多难，未能保护百姓，倘再欲绝他生路，愈增恶名，不如听他自便罢！"乃纵令四窜，众心少安。

从珂自怀州至河阳，闻都下有慌乱情形，也不敢遽返，且在河阳暂住，命诸将分守南北城。一面遣人招抚溃将，为兴复计。哪知人心瓦解，众叛亲离，诸道行营统赵德钧与招讨使赵延寿，已迎降契丹，被耶律德光拘送西楼去了。原来德钧父子奔至潞州，敬瑭先遣降将高行周，劝令迎降，德钧倒也乐从。既而敬瑭与德光同至潞州，德钧父子即迎谒高河。德光尚好言慰谕，惟敬瑭掉头不顾，任他谒问，始终不与交言。德光知两下难容，乃将德钧父子送解西楼。

德钧见述律太后，把所赏宝货及田宅册籍进献。述律太后问道："汝近日何故往太原？"德钧道："奉唐主命。"述律太后指天道："汝从吾儿求为天子，奈何做此妄语？"说着，又自指胸前道："此心殊不可欺哩！"德钧俯伏在地，不敢出声。至此亦知愧悔否？述律太后又说道："我儿将行，我曾诫我儿云：'赵大王若伺我空虚，北向渝关，汝急宜引归，自顾要紧！太原一方的成败，管不得许多了。'汝果欲为天子，俟击退我儿，再行打算，也不为迟。汝本为人臣，既不思报主，又不能击敌，徒欲乘乱徼利，不忠不义，尚有什么面目，来此求生呢？"爽快之至，读至此应浮一大白！德钧吓得乱抖，只是叩首乞哀。述律太后又问道："货物在此，田宅何在？"德钧道："在幽州。"述律太后道："幽州今属何人？"德钧道："现属太后！"述律太后道："既属我国，要你献什么？"德钧渐汗交流，只恨地上无隙，不能钻入。还是述律太后大发慈悲，令暂拘狱中，俟德光回来，再行发落。可怜德钧至此，又不能不磕头称谢，退至番狱待罪。及德光北归，才将他父子释出。德钧怏怏而亡，延寿却得为翰林学士。小子有诗叹道：

> 番妇犹知忠义名，
> 如何华胄反偷生！
> 房廷俯伏遭呵责，
> 可有人心抱不平！

欲知耶律德光何时归国，容至下回叙明。

从珂以骁勇著名，乃石郎一反，即致心胆坠地，是非前勇而后怯也，盖未得富贵以前，冒险进取，虽死不顾，故能以百战成名。既得富贵以后，志愿既盈，其气渐衰，故转至一蹶不振。且也从珂得国，由于篡窃而来，不意石郎之起而议其后，自问心虚，益致气馁。而当时文武将佐，又属朝秦暮楚，成为习惯，四顾无一人可恃，安能不为之沮丧也。惟石敬瑭乞怜外族，恬不知羞，同一称臣，何如不反，既已为帝，奈何受封，虽为唐廷所迫，不能不倒行逆施，然名节攸关，岂宜轻躐！谋之不臧，非特贻害子孙，抑且沦陷民族，惜不令述律太后，以责赵德钧者责石敬瑭，而竟使其飐为民上也。

第二十九回
一炬成灰到头孽报
三帅叛命依次削平

　　却说晋王石敬瑭，既入潞州，即欲引军南向。契丹主耶律德光意欲北归，乃置酒告别，举杯语敬瑭道："我远来赴义，幸蒙天佑，累破唐军。今大事已成，我若南向，未免惊扰中原，汝可自引汉兵南下，省得人心震动。我令先锋高谟翰率五千骑护送，汝至河梁，尚欲谟翰相助，可一同渡河，否则亦听汝所便。我且留此数日，候汝好音，万一有急，可飞使报我，我当南来救汝！若洛阳既定，我即北返了。"敬瑭很是感激，与德光握手，依依不舍，泣下沾襟。亦知德光之为胡首否？德光亦不禁泪下，自脱白貂裘，披住敬瑭身上。且赠敬瑭良马二十匹，战马千二百匹，并与订约道："世世子孙，幸勿相忘！"敬瑭自然应命。德光又说道："刘知远、赵莹、桑维翰，统是汝创业功臣，若无大故，不得相弃！"敬瑭亦唯唯遵教。随即拜别德光，与契丹将高谟翰，进逼河阳。

　　唐都指挥使符彦饶、张彦琪等，自团柏败还，密白唐主从珂道："今胡兵得势，即日南来，河水复浅，人心已离，此处断不能固守，不如退归洛都。"从珂乃命河阳节度使苌从简与赵州刺史刘在明、协守河阳南城，自断浮桥归洛阳。遣宦官秦继旻与皇城使李彦绅，突至李赞华第中，将他击死，聊自泄愤。哪知石敬瑭一到河阳，苌从简马上迎降，且代备舟楫，请敬瑭渡河，一面执住刺史刘在明，送入敬瑭营中。敬瑭释在明缚，令复原官，遂渡河向洛阳进发。

　　唐主从珂亟命都指挥使宋审虔、符彦饶，及节度使张彦琪、宣徽使刘延朗，率千余骑至白马阪，巡行战地，准备驻守。忽见晋军渡河而来，约有五千余骑，登岸先驱，符彦饶等已相顾骇愕，共语审虔道："何地不可战？何苦在此驻营，首当敌冲！"说着，便即驰还。审虔独力难支，也即退归。从珂见四将还朝，尚是痴心妄想，与议恢复河阳，四将面面相觑，不发一言。迎新送旧，已成常态。

　　那警报如雪片传来，不是说敌到某处，就是说某将迎敌，最后报称是胡兵千骑，分扼渑池，截住西行要路，从珂方仰天叹道："这是绝我生机了！"既有今日，何必当初！遂返入宫中，往见曹太后、王太妃，潸然泪下。王太妃不待说出，已知不佳，便语曹太后道："事已万急，不如权时躲避，听候姑夫裁夺！"太后道："我子孙妇女，一朝至此，我还有何颜求生，妹请早自为计！"曹太后亦有呆气，何不死于从厚时，而独为养子死耶？王太妃乃抢步趋出，带了许王从益，窜往球场去了。

　　从珂奉着曹太后，并挈皇后刘氏及次子雍王重美，并都指挥使宋审虔等，携传国宝，登玄武楼，积薪自焚。刘皇后回顾宫室，语从珂道："我等将葬身火窟，还留宫室何用？不如一同毁去，免入敌手！"妇人心肠，究比男子为毒。重美在旁谏阻道："新天子入都，怎肯露居！他日重劳民力，死且遗怨，亦何苦出此辣手哩！"于是后议不行，就在玄武楼下，纵起火来。一道烟焰，直冲霄汉，霎时间火烈楼崩，所有在楼诸人的灵魂，统随了祝融氏驰往南方去了。

　　从珂一死，都城各将吏统开城迎降，解甲待罪。晋主石敬瑭即率兵入都，暂居旧第。命刘知远部署京城，扑灭玄武楼余火，禁止侵掠，使各军一律还营。所有契丹将卒留馆天宫寺中，全城肃然，莫敢犯令。从前窜匿诸人民，数日皆还，悉复旧业。当由晋主下诏，促朝官入见，文武百官，俱在宫门外谢恩。车驾乃移入大内，御文明殿，受群臣朝贺，用唐礼乐，大赦天下。惟从珂旧臣张延朗、刘延浩、刘延朗三人，罪在不赦，应正典刑。延浩自缢，两延朗皆处斩。追谥鄂王从厚为"闵帝"，改行礼葬，闵帝妃孔氏为皇后，祔葬闵帝陵。并为明宗皇后曹氏举哀，辍朝三日，拾骨安埋。觅得王德妃及许王从益，迎还宫中。妃自请为尼，晋主不许，引居至德宫，令皇后随时省问，事妃若母。封从益为郇国公，独废故主从珂为庶人。或取从珂臂及髀骨以献，乃命用王礼瘗葬。从珂享年至五十一岁，史家称为废帝。总计后唐，自庄宗起，至废帝止，四易主，三易姓，只过了十三年。

后唐已亡，变作后晋，仍用冯道同平章事，卢文纪为吏部尚书，周瓌为大将军，充三司使。符彦饶为滑州节度使，苌从简为许州节度使，刘凝为华州节度使，张希崇为朔方节度使，皇甫遇为定州节度使，余镇多沿用旧帅。命皇子重牷为河南尹。追赠皇弟敬德、敬殷为太傅，皇子重英、重裔为太保。改兴唐府为广晋府，唐庄宗晋陵为伊陵。饯契丹将士归国，送回李赞华丧，封赠燕王。前学士李崧、吕琦，逃匿伊阙，晋主闻他多才，赦罪召还，授琦为秘书监，崧为兵部侍郎，兼判户部。寻且擢崧为相，充枢密使。桑维翰兼枢密使。

时晋主新得中原，藩镇未尽归服，就使上表称贺，也未免反侧不安。再加兵燹余生，疮痍未复，公私两困，国库空虚，契丹独征求无厌，今日索币，明日索金，几乎供不胜供，屡苦支绌。维翰劝晋主推诚弃怨，厚抚藩镇，卑辞厚礼，敬事契丹，训卒缮兵，勤修武备，劝农课桑，藉实仓廪，通商惠工，俾足财货，因此中外欢洽，国内粗安。

契丹主耶律德光闻晋主已经得国，当即北还，道出云州，节度使沙彦珣出迎，为德光所留。城中将奉判官吴峦管领州事，闭城拒寇。德光自至城下，仰呼吴峦道："云州已让归我属，奈何拒命？"言未已，忽有一箭射下，险些儿穿通项领。幸亏闪避得快，才将来箭撇过一旁，德光大怒，立命部众攻城，城上矢石如雨，反击伤许多番兵，一连旬日，竟不能下。倒是一位硬汉子。德光急欲归国，乃留部将围攻，自己带领亲卒，奏凯而回。吴峦固守至半年，尚不稍懈，但苦城孤粮竭，不得已遣使至洛，乞即济师。晋主不便食言，一面致书契丹，请他解围，一面召还吴峦，免他作梗，契丹兵果解围引去，峦亦奉召入都，晋主令为宁武军节度使。还有应州指挥使郭崇威，亦耻臣契丹，挺身南归。十六州土地人民，悉数割与契丹。中国外患，从此迭发，差不多有三百年，这都是石晋酿成大祸呢！痛乎言之！

卢龙节度使卢文进，自思为契丹叛将，恐契丹向晋索捕，乃弃镇奔吴（文进归唐见前文）。吴徐知诰方谋篡国，引为己用，当时中原多故，名士耆儒，多拔身南来。知诰预使人招迎淮上，赠给厚币。既至金陵，即縻以厚禄，客卿多乐为效用。知诰又阴察民间，遇有婚丧乏赀，辄为赒恤。盛暑不张盖操扇，尝语左右道："士众尚多暴露，我何忍用此！"士民为所笼络，相率归心。他因生时曾得异征，有一赤蛇从梨中出，走入母刘氏榻下，刘氏就此得孕，满月而产。及为杨行密所掠，令拜徐温为义父，温又梦见一黄龙，所以格外垂爱。为此种种征兆，遂靠了养父余烈，牢笼人士，日思篡吴。

吴王杨溥尚无失德，知诰苦无隙可乘，乃阳请归老金陵，留子景通为相，暗中却嘱使右仆射宋齐邱，劝吴王溥徙都金陵。不怀好意。吴人多不愿迁都，溥亦无心移徙，仍遣齐邱往谕知诰，罢迁都议。知诰计不得逞，再令属吏周宗驰诣广陵，讽吴王传禅。齐邱独以为未可，请斩宗以谢吴人，因黜宗为池州刺史。既而节度副使李建勋及司马徐玠等，屡陈知诰功业，应早从民望，乃复召宗为都押牙，封知诰为东海郡王，嗣复加封尚父太师大丞相天下兵马大元帅，进封齐王。

知诰复忌吴王弟临川王濛，诬他藏匿亡命，擅造兵器，竟降濛为历阳公，幽锢和州，令控鹤军使王宏监守。濛突出杀宏，奔往庐州，欲依节度使周本。本子祚将濛执住，解送金陵，为知诰所杀。知诰遂开大元帅府，自置僚属。闽越诸国，皆遣使劝进。那时吴王杨溥已成赘瘤，乐得推位让国。把乃父传下的土地人民，悉数交给，即遣江夏王璘奉册宝至金陵，禅位齐王。知诰建太庙社稷，改金陵为江宁府，即皇帝位，改吴天祚三年为升元元年，国号大齐。尊吴王溥为高尚思玄弘古让皇帝，上册自称受禅老臣。用宋齐邱、徐玠为左右丞相，周宗、周廷玉为内枢密使，追尊徐温为太祖武皇帝。温子知询与知诰未洽，已被褫官。独知询弟知证、知谔，素与知诰亲睦，因封知证为江王，知谔为饶王。且以"知"字应该避嫌，不如自将"知"字除去，单名为"诰"。吴太子琏，尝娶诰女为妃，宋齐邱请与绝婚，且迁让皇溥居他州。诰遂徙让皇溥至润州丹阳宫，派兵防守，阳称护卫，阴实管束。降吴太子琏为弘农郡公，封琏妃（即诰女）为永兴公主。可怜杨溥父子，抑郁成疾，父死丹阳宫，子死池州康化军。得保首领，还是大幸。就是这位皇女永兴公主，也朝夕悲切，闻宫人呼公主名，越多涕泪，渐渐的形瘵骨瘦，也致病终。

诰立宋氏为皇后，子景通为吴王，改名为璟。徐氏子知证、知谔，请诰复姓，诰佯为谦抑，只言不敢忘徐氏恩。旋经百官申请，乃复姓李氏，改名为"昇"。自言为唐宪宗子建王恪四世孙，因再易国号为唐，立唐高祖太宗庙，追尊四代祖恪为定宗，曾祖超为成宗，祖志为惠宗，父荣为庆宗。奉徐温为义祖。以江宁为西都，广陵为东都。庐州节度使周本亦曾至金陵劝进，归途自叹道："我不能声讨逆臣，报杨氏德，老而无用，还有何颜事二姓呢？"返镇未几，即至去世。既知自愧，何必劝进？

自李昇改国号为唐，史家恐与唐朝相混，特标明为南唐。先是江南童谣云："东海鲤鱼飞上天"。至是南唐大臣趁势附会，谓"鲤""李"音通，东海系徐氏祖籍，李昇过养徐氏，乃得为帝，这便是童谣的应验。又江西有杨花一株，变成李花，临川有李树生连理枝，相传为李昇还宗预兆。江州陈氏，宗族多至七百口，仍不析居，每食必设广席，长幼依次，坐食。又畜犬百余，也共食一牢，一犬不至，诸犬不食。当时称为德政所及，因有此瑞。州县有司，采风问俗，报明孝子悌弟，不下百数，五代同居，共计七家，由李昇颁下制敕，旌表门闾，蠲免役赋。这也无非是铺张扬厉，粉饰承平罢了。抹倒一切。

事且慢表，且说天雄军节度使范延光，闻晋军入洛，自辽州退归魏州，及晋主颁敕招抚，不得已奉表请降。但事出强迫，未免阳奉阴违。他未贵显时，曾有术士张生与谈命理，谓他日必为将相。至张言果验，格外信重。又尝梦蛇入腹，仍要张生详梦，张生谓蛇龙同种，将来可做帝王。蛇钻七窍，还有何吉。嗣是侈然自负，阴怀非望。因唐主从珂素加厚待，一时不忍负德，所以蹉跎过去。到了石晋开国，还有什么顾恋，不过仓猝发兵，恐非晋敌，乃虚与周旋，敷衍面子，暗中致齐州防御使秘琼书，欲与为乱。琼得书不报，延光恐他密报晋主，使人伺琼，乘他因事出城，把他刺死。随即聚卒缮兵，意图作乱。

晋主闻知消息，颇以为忧。桑维翰请晋主徙都大梁，且献议道："大梁北控燕赵，南通江淮，是一个水陆都会，资用很是富足。今延光反形已露，正好乘时迁都。大梁距魏，不过十驿，彼若有变，即可发兵往讨，迅雷不及掩耳，庶可制彼死命！"晋主称善，遂托词东巡，出发洛都。留前朔方节度使张从宾为东都巡检使，辅皇子重殷居守，自挈后妃等赴汴。沿途由百官扈跸，安安稳稳，到了大梁。下诏大赦，进封凤翔节度使李从曮为岐王，平卢节度使王建立为临淄王（两人是范延光陪宾），就是将反未反的范延光，也加封临清王，权示羁縻。

延光得了王爵，也把反意一半打消。偏左都押牙孙锐与澶州刺史冯晖合谋，屡劝延光发难。延光尚是踌躇，会有病恙，不能视事，锐竟擅上表章，诋斥朝廷。及延光得知，使人已经出发，不能追回。乃召锐面询，锐本延光心腹，久知一切底细，便伸述延光梦兆，催他乘机发难，必得成功。否则何至速死！延光又觉心热，遂依了锐计，遣兵渡河，焚劫草市。

滑州节度使符彦饶据实奏闻。当由晋主调动兵马，令马军都指挥使白奉进，率骑兵千五百人，出屯白马津。再命东都巡检使张从宾为魏府西南面都部署，续派侍卫都军使杨光远，率步骑万人屯滑州。护圣都指挥使杜重威，率步骑五千屯卫州。哪知人情变幻，不可预料，西南面都部署张从宾，出兵讨魏，反为延光所诱，也一同造起反来。

晋主方令杨光远为魏府四面都部署，以从宾为副。忽闻此报，急调杜重威移师往讨。重威未及移兵，从宾已还陷河阳，杀死节度使皇子重信，再入洛阳，杀死东都留守皇子重殷，并进兵据汜水关，将逼汴州。有诏令都指挥使侯益，统禁兵五千，会同杜重威，往击从宾，并饬宣徽使刘处让，从黎阳分兵会讨。远水难救近火，急得汴城里面，烽火惊心，从官无不惊惧。独桑维翰指画军事，从容不迫，神色自如。晋主戎服戒严，密议奔往晋阳。夺位时非常踊跃，即位后非常胆怯，这都为富贵所误。维翰叩头苦谏道："贼烽虽盛，势不能久，请少待数日，不可轻动!"晋主乃止,但促各军分头进剿。

白奉进至滑州,与符彦饶分营驻扎。军士有乘夜掠夺,由奉进遣兵出捕,共得五人,三人系奉进部下,二人系彦饶部下,奉进尽令斩首,然后通知彦饶。彦饶以奉进不先关白,很觉不平,奉进乃率数骑至彦饶营,婉言谢过。彦饶道:"军中各有部分,公奈何取滑州军士,擅加诛戮!难道不分主客吗?"奉进也不禁怒起,便勃然答道:"军士犯法,例当受诛,仆与公同为大臣,何分彼此!况仆已引咎谢公,公尚不肯解怒,莫非欲与延光同反吗?"语亦太激。说着,拂衣竟去,彦饶并不挽留,由他自去。偏帐下甲士大噪,持刀突出,竟杀奉进。所有奉进从骑,仓皇逃脱,且走且呼。诸军各擐甲操兵,喧噪不休。左厢都指挥使马万,禁遏不住,意欲从乱。巧遇右厢都指挥使卢顺密率兵出营,厉声语万道:"符公擅杀白公,必与魏州通谋,我等家属,尽在大梁,奈何不思报国,反欲助乱,自求灭族呢?今日当共擒符公送天子,立大功,军士从命有赏,违命即诛,何必再疑!"万嘿然不答,部下且还有数人,呼跃而出,被顺密麾动亲军,捕戮数人,余众才不敢动。万亦只好依了顺密,与都虞侯方太等,共攻牙城,一鼓即拔,擒住彦饶,令方太解送大梁,诏赐自尽。即授马万为滑州节度使,卢顺密为果州团练使,方太为赵州刺史。

杨光远为滑州变乱,急自白皋至滑城,士卒欲推光远为主。光远叱道:"天子岂汝等贩弄物!晋阳乞降,出自穷蹙,今又欲改图,乃真是反贼了!"士卒始不敢再言。及抵滑城,已是风平浪静,重见太平。乃奏请滑州平乱情形,归功卢顺密。

晋主因三镇迭叛,不免惊惶,遂向刘知远问计。知远道:"陛下前在晋阳,粮不能支五日,尚成大业,今中原已定,内拥劲兵,外结强邻,难道尚怕这鼠辈吗?愿下抚将相以恩,臣等驭士卒以威,恩威并著,京邑自安,本根深固,枝叶自不致伤残了!"确是至论。晋主转忧为喜,委知远整饬禁军。知远严申科禁,用法无私,有军士盗纸钱一幞,事发被擒,知远即令处死。左右因罪犯轻微,代求赦宥。知远道:"国法论心不论迹,我诛彼情,岂计价值呢!"由是众皆畏服,全城安堵。

及得杨光远奏报,复命光远为魏府行营都招讨使,兼知行府事。调昭义节度使高行周为河南尹,兼东都留守,授杜重威昭义节度使,充侍卫马军都指挥使,命侯益为河阳节度使。且因重威方在讨逆,卢顺密平乱有功,先调顺密为昭义留后,令重威、侯益与光远进军讨贼。光远驱众至六明镇,正值魏州叛将冯晖、孙锐等渡河前来,当即掩他不备,横击中流。晖与锐不能抵挡,大败走还,众多溺死。重威、侯益乘胜至氾水,遇张从宾众万余人,迎头痛击,俘斩殆尽。从宾慌忙西走,乘马渡河,竟致溺死。党与张延播、张继祚、娄继英等,统被擒住,送至阙下。那时还有何幸,当然身首分离,妻孥骈戮了。两镇既平,范延光知事不济,归罪孙锐,把他族诛。因赍书杨光远,乞他代奏阙廷,情愿待罪。正是:

失势复成摇尾犬,

乞怜再作磕头虫。

杨光远代为奏闻,能否邀晋主允准,容待下回叙明。

俚语有云:风吹墙头草,东吹东倒,西吹西倒。观五代时之将吏,正与里谚相符。从珂得势,则归从珂,从珂失势,即降敬瑭,是而欲国家治安,百年不乱,其可得乎!但从珂弑鄂王,杀孔妃,及其四子,篡逆不道,隐干天诛,其举室自焚,宜也!非不幸也!敬瑭入洛,虽未能迎立从益,昌言仗义,但奉养王德妃,仍封从益以公爵,不忘故主,尤为可取。范延光为唐大臣,不能效死于晋阳,反欲称兵于魏博,朝降晋,夕叛晋,不忠不义,乌能成事?符彦饶、张从宾等,益等诸自郐以下,不足讥焉。然敬瑭入洛,仅阅一年,而叛者迭起,降臣之不足信也,固如是夫!

第三十回 杨光远贪利噬人
王延羲乘乱窃国

却说晋主得杨光远奏报,不欲遽允,仍敕光远进攻魏州。光远意存观望,遇有军事调度,辄与朝廷龃龉。晋主曲意含容,且令光远长子承祚尚帝女长安公主,次子承信亦拜美官,光远乃整军徐进。到了魏州城下,驻立大营,亦不过虚张声势,迁延时日。自天福二年秋季进兵,直至次年秋季,仍不损魏州片堞。惟招降前澶州刺史冯晖,荐请授官。晋主特擢晖为义成节度使,欲借此诱劝魏州将士,偏魏州坚守如故,杨光远旷日无功。为下文谋叛伏案。

晋主因师老民疲,没奈何再议招抚,乃遣内职朱宪往谕延光,许以大藩,且使朱宪传谕道:"汝若投降,决不杀汝,如或食言,白日在上,不得享国!"至此与设重誓,何如前日允请!延光乃顾副使李式道:"主上重信,许我不死,想不致有他虑了。"遂撤去守备,厚待朱宪,遣令归报。宪复命后,好几日不得延光降表,因复遣宣徽使刘处让往谕,申说再三,始由延光令二子入质,并派牙将奉表待罪。晋主颁赐赦书,延光素服出迎,顿首受诏。接连是恩诏迭下,改封延光为高平郡王,调任天平军节度使,仍赐铁券。所有延光将佐李式、孙汉威、薛霸等,各授防御使、团练使、刺史。牙兵皆升为侍卫亲军,就是张从宾、符彦饶余党,一并赦罪,不再株连。未免太宽。魏州步军都监使李彦珣,本为河阳行军司马,随张从宾同反。从宾败死,他得脱奔魏州,延光令为都监使,登城拒守。彦珣有母在邢州,为杨光远军捕取,推至城下,招降彦珣。彦珣拈弓搭箭,竟将老母射死。及延光复降,晋主却令彦珣为坊州刺史。近臣言彦珣杀母,恶逆已甚,不宜轻赦。晋主道:"赦令已行,如何再改呢?"即许令莅任。叛君之罪尚可赦,弑母之罪乌可恕!晋主欲全小信,反失大义,故特揭之。授杨光远为天雄节度使,加官检校太师,兼中书令。

光远已恃宠生娇,尝与宣徽使刘处让叙谈,多不平语。处让答言朝廷处置,均由李、桑二相主议,并非出自宸断。光远不禁动怒道:"宰相得兼枢密,自前代郭崇韬后,无此重官。今闻李、桑二相,皆兼枢密,怪不得他独断独行。主上尚肯优容,我光远却忍耐不下呢!"既而处让归朝,光远即托呈密奏,极言执政过失。晋主明知他有意刁难,但因军事甫平,不得已曲从所请,乃加桑维翰兵部尚书,李崧工部尚书,撤去枢密使兼职,即令刘处让代任。光远益加专恣,随时上表,尚指斥宰辅不已。

晋主见他跋扈,恐将来势大难制,密与桑维翰熟商。维翰谓天雄重镇,屡生叛乱,应析土分众,减杀势力。延光可使守洛阳,调虎离山,免为后患。晋主依议,即升汴州为东京,置开封府,改洛京为西京,雍京为晋昌军,即加杨光远为太尉,命任西京留守,兼河阳节度使。升广晋府为邺都(即魏州)。设置留守,就命高行周调任。升相州为彰德军,以澶、卫二州为属郡,置节度使,由贝州防御使王延胤升任。升贝州为永清军,以博、冀二州为属郡,也置节度使,由右神武统军王周升任。自高行周以下,俱奉命莅镇,毫无异言。独杨光远怏怏失望,勉强移镇,密赂契丹货赂,诋毁晋室君臣。自养壮士千余人,作为爪牙。既而诬劾桑维翰,迁除不公,与民争利。晋主不得已出维翰镇相州,调王延胤为义武节度使,另用刘知远、杜重威同平章事。

知远有佐命大功,得升宰辅,自谓应当此职。重威出讨魏州,略有微勋,怎能与知远相比,不过尚帝妹乐平公主,得列外戚,也居然与揽朝纲。知远羞与为伍,杜门托疾,不受朝命。晋主不觉怒起,召问赵莹道:"知远坚拒制敕,太觉不恭,朕意拟削夺兵权,令归私第。"莹拜请道:"陛下前在晋阳,兵不过五千人,为唐兵十余万所攻,危如朝露,若非知远心同金石,怎能成此大业？奈何因区区小过，便欲弃置，窃恐此语外闻，反不足示人君大度呢！"晋主意乃少解，即命学士和凝诣知远第慰谕。知远才起床拜受。

范延光自郓州入朝，面请致仕，经晋主慰留，仍行还镇。嗣复屡表乞休，乃命以太子太师致仕，留居大梁。越年，延光又请归河阳私第，奉诏允准，遂重载而行。西京留守杨光远偏奏称延光叛臣，不居洛汴，归处里门，他日逃入敌国，适贻后患，请思患预防，禁止归里云云。晋主乃命延光寓居西京，延光到了洛阳，光远即遣子承贵，带领甲士，把他围住，逼令自杀。延光道："天子在上，赐我铁券，许我不死，尔父子怎得如此！"承贵不允，挺着白刃，驱延光上马，胁见光远。途中遇河过桥，被承贵推落桥左，连人带马，坠了下去，活活沉死。死固其宜。只不应为光远父子所杀。所有延光载归宝货，统为承贵所劫，一股脑儿搬回府署，光远大喜。无非为此。

奏闻晋廷，但说延光赴水自尽。晋主也诇破阴谋，但畏光远强盛，不敢诘责，只征令光远入朝。光远还算听命，入阙面觐，晋主与语道："围魏一役，卿左右各立功劳，未授重赏，今当各除一州，遍给恩荣，免他失望。"光远代为谢恩，晋主遂选择光远亲将数人，分授各州刺史。待他出发，却下了一道诏敕，徙光远为平卢节度使，晋爵东平王。光远才识中计，惘惘出都，驰赴青州去了。

时契丹改元会同，国号大辽。公卿百官，皆仿中国制度，且参用中国人，进赵延寿为枢密使，兼政事令。一面遣人入洛，接归延寿妻燕国长公主(即兴平公主晋爵燕国)。夫妇同入虏廷，延寿遂一心一意，为辽效力。晋主闻契丹改辽，乃遣使上辽尊号，命宰相冯道为辽太后册礼使，左仆射刘昫为辽主册礼使，备着卤簿仪仗，直抵西楼。辽主大悦，优待二使，厚赏遣归。晋主事辽甚谨，奉表称臣，尊辽主为父皇帝，每辽使至，必至别殿拜受诏敕，岁输金帛三十万外，吉凶庆吊，岁时赠遗，相续不绝。凡辽太后、元帅、太子、诸王大臣，各有馈遗，稍不如意，即来诮让，朝廷均引为耻事，独晋主卑辞厚礼，忍辱含羞。前已铸成大错，此时不得不尔。辽主见他诚意，屡止晋主上表称臣，但令称儿皇帝，如家人礼。嗣且颁给册宝，加晋主号为"英武明义皇帝"。晋主受册，事辽益恭。辽主既得幽州，改名南京，用唐降将赵思温为留守。思温子延照在晋，晋主命为祁州刺史。思温密令延照代奏，谓虏情终变，愿以幽州内附，晋主不许。吐谷浑在雁门北面，本属中国，自卢龙一带，让归辽有，吐谷浑亦皆辽属。因苦辽贪虐，仍思归晋，遂挈千余账来奔。辽主因此责晋，晋主忙派兵逐回，才得无事。

北方稍得安静，始思控驭南方。吴越王钱元瓘、楚王马希范、南平王高从诲，均向晋通好，尚守臣礼。独闽自王延钧称帝后，与中原久绝通问，嗣主继鹏改名为昶，晋天福二年，曾遣弟继恭，入修职贡，且告嗣位。晋主以三镇方乱，不暇南顾。但礼待继恭，即日遣还。次年冬季，始命左散骑常侍卢损为册礼使，封闽主昶为闽王，赐给赭袍，闽主弟继恭为临海郡王。

使节方发，闽主昶已有所闻，即令进奏官林恩，入白晋相，谓已袭帝号，愿辞册使。晋主不追回卢损，损竟至福州，昶辞疾不见，但令弟继恭招待，不受册命。有士人林省邹私语卢损道："我主不事君，不爱亲，不恤民，不敬神，不睦邻，不礼宾，怎能久享国家？我将僧服北逃，他日当相见上国呢！"不为国讳，亦非所宜。损遂辞归。昶仍不出面，但令继恭署名奉表，遣礼部员外郎郑元弼随损入贡。晋主召元弼入见，谕令归国禀明，此后上表，不应再由继恭出名。元弼唯唯而去，还白闽主。闽主昶置之不理，但与宠后李春燕及六宫嫔御，彻夜宴饮，淫媟不休。弑父逆子，独守家法，也算难得(应二十七回)。

方士陈守元、谭紫霄，以房术得幸。守元号"天师"，紫霄号"正一先生"，两人受贿入请，言无不从。通文二年建白龙寺，四年作三清殿，统是雕甍画栋，备极辉煌。白龙寺的缘起，是由谭紫霄等捏称白龙夜现，乃命建筑。三清殿是由天师怂恿，内供宝皇大帝、元始天尊、太上老君像。统用黄金铸成，约需数千斤。日焚龙脑薰陆诸香，佐以铙钹诸乐。每晨祷祝，谓可求大还丹，命巫祝林兴住持殿中。一切国政，均由兴传宝皇命，裁决施行。确是捣鬼。兴与闽主叔父延武、延望有怨，假托神语，谓二叔将生内变。闽主昶不察虚实，即令兴率壮士夜杀二叔及他五子。判六军诸卫事建王继严(即昶弟,见二十七回)颇得士心,昶又信林兴言,罢他兵柄,令改名继裕,别命季弟继镕掌判六军,革去诸卫字样。既而兴谋发觉,尚不加诛,只流戍泉州。方士等又上言紫微宫中,恐有灾祲,乃徙居长春宫(两宫俱见二十六回),淫酗如故。有时且召入诸王,强令饮酒,伺他过失。从弟继隆,因醉失礼,即命处斩,又屡因醉后动怒,诛戮宗室。

左仆射平章事延羲,系昶叔父,佯狂避祸,由昶赏给道士服,放置武夷山中。嗣复召还,幽锢私第。国用不足,专务苛征,甚至果蓏鸡豚,无不有赋。因此天怒人怨,众叛亲离。

先是昶父在日,曾袭开国遗制,设二卫军,号为控宸、控鹤二都,昶独另募壮士二千人为腹心,号为宸卫都,禄赐比二都较厚。或言二都怨望,恐将为乱。昶因欲将他遣出,分隶漳、泉二州,二都相率惊惶。控宸军使朱文进、控鹤军使连重遇,又屡为昶所侮弄,阴怀不平。会北宫大火,求贼不得,昶令重遇率内外营兵,扫除灰烬,限日告成。又疑重遇与谋纵火,意欲加诛。内学士陈郯私告重遇,重遇因夜入值,竟号召二都卫兵,焚毁长春宫,攻逼闽王。且使人就延羲私第,迫出延羲,令从瓦砾中直入,奉为主帅,共呼万岁。复召外营兵共逐闽主。

闽主昶仓皇出走,引着皇后李春燕及妃妾诸王,奔至宸卫都营中,宸卫都慌忙拒战。怎奈火势燎原,不可向迩,那控宸、控鹤二都,又乘势杀来,令人无从拦阻。彼此乱杀多时,宸卫都一半伤亡,剩得残兵千余人,奉闽主昶等逃出北关。行至梧桐岭,众稍溃散。忽闻后面喊声大震,延羲兄子继业统兵追来。昶素来善射,引弓射毙多人。俄而追兵云集,射不胜射,昶投弓语继业道:"卿为人臣,臣节何在?"继业道:"君无君德,臣怎得有臣节?况新君系是叔父,旧君乃是兄弟,孰亲孰疏,不问可知!"可作昏君棒喝。昶无词可答,即由继业麾动兵士,拥与俱还。行至陁庄,用酒灌昶,令他醉卧,用帛搤死。皇后李春燕及昶诸子,并昶弟继恭,一并被杀,藁葬莲花山侧。后来冢上生树,树生异花,似鸳鸯交颈状,时人号为鸳鸯树。可谓一双同命鸟。

继业返报延羲,延羲遂自称闽王,易名为曦,改元永隆。讣闻邻国,反说是宸卫都所弑,假意改葬故主,谥昶为"康宗",一面向晋称藩,遣商人间道上表。晋乃遣使至闽,授曦为检校太师中书令、福州威武军节度使,兼封闽国王。曦虽受晋命,一切措施仍如帝制。天师陈守元等,已为重遇所杀,更命泉州刺史诛死林兴,用太子太傅致仕李真为司空,兼同平章事,闽中粗安。

曦因宫阙俱焚,另造新宫居住,册李真女为皇后。曦性嗜酒,后性亦嗜酒,一双夫妇,统视杯中物为性命。闽主累世嗜饮,应改称为酒国。所以终日痛饮,不醉不休。一日在九龙殿宴集群臣,从子继柔在侧,向不能饮,偏曦令概酌巨觥,不得少减。继柔实饮不下去,伺曦旁顾,倾酒壶中,不意被曦瞧着,怒他违令,竟命推出斩首。群臣相顾骇愕,不知所措,勉强饮了数觥,偷看曦面,亦有醉容,便陆续逃席,退出殿外。只翰林学士周维岳尚在席中。曦醉眼模糊,顾左右道:"下面坐着,系是何人?"左右答是维岳,曦微笑道:"维岳身子矮小,为何独能容酒?"左右道:"酒有别肠,不在长大。"曦作色道:"酒果有别肠吗?可捽他下殿,剖腹验肠。"此语说出,吓得维岳魂不附身,面无人色。幸亏左右代为解免,向曦禀白道:"陛下如杀维岳,何人传陛下终饮?"曦乃免杀维岳,叱令退去。维岳忙磕头谢恩,急趋而出,三脚两步的逃回私第。

泉州刺史余廷英,尝矫曦命,掠取良家女,曦闻报大怒,即欲加诛。廷英即进买宴钱十万缗,曦尚是嫌少,便道:"皇后土贡,奈何没有!"廷英乃复献皇后钱十万,因得赦罪。

曦尝嫁女,全朝士尽献贺礼,否则加笞。御史刘赞坐不纠举,亦将笞责。谏议大夫郑元弼入朝面诤,曦叱责道:"卿何如魏郑公,乃敢来强谏吗?"元弼答道:"陛下似唐太宗,臣亦敢自拟魏征了!"曦乃心喜,释赞不答。

曦又纳金吾使尚保殷女为妃,尚妃生有殊色,甚得宠幸。每当曦酣醉时,妃欲杀即杀,欲有即宥,朝臣时虞不测。曦弟延政,出任建州刺史,屡上书规兄,曦不但不从,反复书痛詈,且遣亲吏郫翘，监建州军。

翘与延政议事，屡起龃龉，翘语延政道："公欲反么！"延政遽起，欲拔剑斩翘。翘狂奔而出，往投南镇，依监军杜汉崇。延政发兵进攻，南镇兵溃，翘与汉崇俱逃回福州。曦见二人奔归，乃遣统军使潘师逵、吴行真等，率兵四万，往击延政。兵至建州城下，分扎二营，师逵驻城西，行真驻城南，皆阻水自固，所有城外庐舍，悉数焚毁。镇日里烟雾迷蒙。延政登城四顾，未免惊心，亟遣使至吴越乞援。吴越王元瓘命同平章事仰仁诠、都监使薛万忠，领兵救建州。兵尚未至，那延政已攻破闽军，杀退大敌。原来师逵在营，轻率寡谋，被延政探悉情形，先遣将林汉徽等，出兵挑战，诱至茶山，由城中出军接应，两路夹攻，斩首千余级。越宿复募敢死士千余人，昏暮渡水，潜劫师逵营，因风纵火，城上鼓噪助威，吓得师逵脚忙手乱，闯营出奔。凑巧碰着建州都头陈诲，一枪刺去，坠落马下，再复一枪，断送性命。余众四溃。待至黎明，整兵再攻行真寨，行真闻潘营尽覆，正想遁走，蓦闻鼓声遥震，亟弃营奔逃。建州兵追杀一阵，约死万余人。延政遂分兵进取水平、顺昌二城。

会值吴越兵至，延政出牛酒犒师，说是闽军败去，请他回军。偏仰仁诠等不肯空回，竟至城西北隅下营，想与建州为难。正是多事。建州已经过两战，人马劳乏，更因分兵出攻，愈觉空虚，不得已想出一策，延入名幕，写了一封急书，遣人诣闽求救，闽主曦本与延政为敌。得了来书，怎肯遽允，但书中说得异常恳切，引着阋墙御侮的大义，前来劝勉，乃令泉州刺史王继业为行营都统，率兵二万驰援，并遣轻兵绝吴越粮道。吴越军食尽欲归，由延政麾兵出击，大破吴越军，俘斩万计，仁诠等仓皇窜免。这叫作自讨苦吃。

延政乃遣牙将赍了誓书，女奴捧了香炉，赴闽盟曦。曦与建州牙将同至太祖审知墓前，歃血与盟，总算是罢战息争，再敦睦谊。但宿嫌未泯，总不能贯彻始终。

未几延政添筑建州城，周围二十里，一面向闽王乞请，拟升建州为威武军，自为节度使。曦以威武军是福州定名，不应复称，但称建州为镇安军，授延政节度使，加封富沙王。延政复改镇安为镇武，不从曦议。曦因是复忌延政。

汀州刺史延喜，系是曦弟，曦疑他与延政通谋，发兵捕归。又闻延政与继业书，有沟通意，因即召继业还闽，赐死郊外。并杀继业子于泉州，别授继严为刺史。后来复疑及继严，罢归枉酖死，专用子亚澄同平章事，掌判六军诸卫，自称为大闽皇。已而僭号为帝，授子亚澄为威武节度使，兼中书令，封长乐王。寻且加封闽王。王延政亦自称兵马大元帅，与曦失和，再行攻击，两下互有胜负。至晋天福八年，也公然称帝。国号殷，改元天德，偌大一个闽国，生出了两个皇帝来。仿佛两头蛇。小子有诗叹道：

> 阋墙构衅肇兵争，
> 宁识君臣与弟兄！
> 分守一隅蜗角似，
> 如何同气不同情！

闽乱未靖，晋廷亦变故多端，俟小子下回再表。

杨光远为后唐部将，从张敬达出讨晋阳，战败以后，遽杀敬达出降，其心迹之不足恃，已可概见。及魏州一役，侥幸成功，彼即拥兵自恣，要挟多端。晋主曲为优容，愈足养成跋扈。范延光乞休归里，载宝甚多，虽象齿焚身，咎由自取，然光远安得而杀之，亦安得而夺之！身为人臣，目无法纪，彼岂尚肯为晋室臣乎？闽祖王审知，虽起自盗贼，而好礼下士，有长者风。乃子孙不贤，淫酗无度，鳞后有昶，昶后有曦。篡杀相寻，祸乱无已。要之五季之世，君不君，臣不臣，父不父，子不子，一晦盲否塞之天下也，胥中国而夷狄之，禽兽之，可悲也夫！

第三十一回 讨叛镇行宫遣将 纳叔母嗣主乱伦

却说晋成德节度使安重荣，出自行伍，恃勇轻暴，尝语部下道："现今时代，讲什么君臣，但教兵强马壮，便好做天子了。"府署立有幡竿，高数十尺，尝挟弓矢自诩道："我射中竿上龙首，必得天命。"说着，即将一箭射去，正中龙首。投弓大笑，侈然自负。嗣是召集亡命，采买战马，意欲独霸一方，每有奏请，辄多逾制，朝廷稍稍批驳，他便反唇相讥。镇帅多跋扈不臣，都是当日的主子教导出来。

晋主惩前毖后，尝有戒心，义武军节度使皇甫遇与重荣为儿女亲家，晋主恐他就近联络，采遇为昭义军节度使，并命刘知远为北京留守，隐防重荣。重荣不愿事晋，尤不屑事辽，每见辽使，必箕踞嫚骂，有时且将辽使杀毙境上，辽主尝贻书诮让，晋主只好卑辞谢罪。重荣越加气愤，适遇辽使拽剌（一作伊呼）过境，便派兵捕归。再遣轻骑出掠幽州人民，置诸博野。又上表晋廷，略言"吐谷浑、突厥、契苾、沙陀等，各率部众归附，党项等亦纳辽牒，愿备十万众击辽。朔州节度副使赵崇已逐去辽节度使刘山，求归中国，此外旧臣沦没虏廷，亦皆延颈企踵，专待王师，天道人心，不便违拒，兴华扫虏，正在此时。陛下臣事北虏，甘心为子，竭中国脂膏，供外夷欲壑，薄海臣民，无不惭愤。何勿勃然变计，誓师北讨，上洗国耻，下慰人望，臣愿为陛下前驱"云云。晋主览奏，却也有些心动，屡召群臣会议。北京留守刘知远尚未出发，劝晋主毋信重荣，桑维翰正调镇泰宁军，闻知消息，亦即密疏谏阻，略云：

窃谓善兵者待机乃发，不善战者彼己不量。陛下得免晋阳之难，而有天下，皆契丹之功，不可负也。今安重荣恃勇轻敌，吐谷浑假手报仇，皆非国家之利，不可听也。臣观契丹数年以来，士马精强，吞噬四邻，战必胜，攻必取。割中国之土地，收中国之器械，其君智勇过人，其臣上下辑睦，牛马蕃息，国无天灾，此未可与为敌也。且中国初定，士气雕沮，以当契丹乘胜之威，其势相去甚远。若和亲既绝，则当发兵守塞。兵少不足以待寇，兵多则馈运无以继之。我出则彼归，我归则彼至，臣恐禁卫之士，疲于奔命，镇定之地，无复遗民。今天下粗安，疮痍未复，府库虚竭，兵民疲敝，静而守之，犹惧不济，其可妄动乎？契丹与国家恩义非轻，信誓甚著，彼无间隙而自启衅端，就使克之，后患愈重。万一不克，大事去矣！议者以为岁输缯帛，谓之耗蠹，有所卑逊，谓之屈辱。殊不知兵连而不休，祸结而不解，财力将匮，耗蠹孰甚焉！用兵则武吏功臣，过求姑息，边藩远郡，得以骄矜，屈辱孰甚焉！臣愿陛下训农习战，养兵息民，俟国无内忧，民有余力，然后观衅而动，则动必有成矣。近闻邺都留守，尚未赴镇，军府之人。以邺都之富强，为国家之藩屏，臣窃思慢藏诲盗之言，勇夫重闭之戒。乞陛下略加巡幸，以杜奸谋，是所至盼。冒昧上言，伏乞裁夺。

晋主看到此疏，方欣然道："朕今日心绪未宁，烦懑不决，得桑卿奏，似醉初醒了。"遂促刘知远速赴邺都，并兼河东节度使，且诏谕安重荣道：

尔身为大臣，家有老母，忿不思难，弃君与亲。吾因契丹得天下，尔因吾致富贵，吾不敢忘德，尔乃忘之。何耶？今吾以天下臣之，尔欲以一镇抗之，不亦难乎！宜审思之，毋取后悔！

重荣得诏，反加骄慢，指挥使贾章一再劝谏，反诬以他罪，推出斩首。章家中只遗一女，年仅垂髫，因此得释。女慨然道："我家三十口，俱罹兵燹，独我与父尚存。今父无罪见杀，我何忍独生！愿随父俱死。"重荣也将女处斩。镇州人民称为烈女，已料重荣不能善终。不没烈女。饶阳令刘岩，献五色水鸟，重荣妄指为凤，畜诸水潭。又使人制大铁鞭，置诸牙门，谓铁鞭有神，指人辄死，自号铁鞭郎君，每出必令军士抬鞭，作为前导。镇州城门，有抱关铁像，状似胡人，像头无故自落。重荣小字铁胡，虽知引为忌讳，但反意总未肯消融。取死之兆。

山南东道节度使安从进，与重荣同姓，恃江为险，隐蓄异谋，重荣遂阴相结托，互为表里。晋主既虑重荣，复防从进，乃遣人语从进道："青州节度使王建立来朝，愿归乡里，朕已允准。特虚青州待卿，卿若乐行，朕即降敕。"要徙就徙，必先使人探问，主权已旁落了。从进答道："移青州为汉江南，臣即赴任。"晋主闻他出言不逊，颇有怒意，但恐两难并发，权且含容。从进子弘超，为宫苑副使，留居京师，从进请遣子归省，晋主也依言遣归。弘超既至襄州，从进遂决计造反。

天福六年冬季，晋主忆桑维翰言，北巡邺都。学士和凝已升任同平章事，独入朝面请道："陛下北行，从进必反，理应预先布置。"晋主道："朕已留郑王重贵，居守大梁，卿意还有何说？"凝又奏道："兵法有言，先人乃能夺人，陛下此行，京中事恐难兼顾，愿留空名宣敕三十通，密付留守郑王，一旦闻变，便可书诸将名遣往讨逆了。"晋主称善，依议而行，遂留重贵居守，自向邺都进发。及驾入邺都，留守刘知远已遣亲将郭威，招诱吐谷浑酋长白承福，徙入内地，翦去安重荣羽翼，专待晋命令，听候发兵。晋主因重荣虽有反意，尚无反迹，但遣杜重威为天平节度使，马全节为安国节度使，密令调军储械，控制重荣。

重荣致书从进，教他即日起事，趁着大梁空虚，掩击过去。从进遂举兵造反，进攻邓州。郑王重贵闻报，立派西京留守高行周为南面行营都部署，前同州节度使宋彦筠为副，宣徽南院使张从恩为监军，就从空敕填名，颁发出去，令讨从进。邓州节度使安审晖方闭城拒守，飞促高行周赴援。行周亟命武德使焦继勋、先锋都指挥使郭金海、右厢都监陈思让等，带着精兵万人，往援邓州。从进得侦卒探报，谓邓州援师将至，不禁惊诧道："晋主未归，何人调兵派将，来得这般迅速呢？"乃退至唐州，驻扎花山，列营待战。陈思让跃马前来，挺枪突入，焦、郭二将，挥兵后应，一哄儿冲入从进阵内。从进不防他这般勇猛，吓得步步倒退。主将一动，士卒自乱，被思让等一阵扫击，万余人统行溃散。襄州指挥使安弘义，马蹶被擒，从进单骑走脱，连山南东道的印信，都致失去。如此不耐战，也想造反，真是自不量力。既返襄州，慌忙集众守御。高行周、宋彦筠、张从恩等，陆续至襄州，四面围住。

从进很是危急，重荣尚未闻知，竟集境内饥民数万，南向邺都，声言将入朝行在。晋主知他诈谋，即命杜重威、马全节进讨，添派前贝州节度使王周为马步都虞侯。重威率师西趋，至宗城西南，正与重荣相值。重荣列阵自固，由重威一再挑战，均被强弩射退。重威颇有惧色，便欲退兵。指挥使王重胤道："兵家有进无退，镇州精兵，尽在中军，请公分锐卒为二队，击他左右两翼。重胤等愿直冲中坚，彼势难兼顾，必败无疑。"重威依议，分军并进，重胤身先士卒，闯入中坚。镇军少却，重威、全节见前军已经得势，也麾众齐进，杀死镇军无数。镇州将赵彦之卷旗倒戈，奔降晋军。晋军见他铠甲鞍辔，俱用银饰，不由得起了贪心，也无暇问及来由，即把他乱刀分尸，掷首与敌，所有铠甲鞍辔等，当即分散。此等军士，实不中用，奈安重荣更属不济，所以败死。重荣见全军失利，已是惊心，更闻彦之降晋被杀，益觉战事不安。遂退匿辎重中，飞奔而去。部下二万余人马，一半被杀，一半逃散。是年冬季大冷，逃兵饥寒交迫，至无孑遗，重荣仅率十余骑，奔还镇州。驱州民守城，用牛马皮为甲，闹得全城不宁。重威兵至城下，镇州牙将自西郭水碾门，引官军入城，杀守陴民二万人，城中大乱。重荣入守牙城，又被晋军攻破，没处奔逃，束手就戮，枭首送邺。晋主御楼受馘，命漆重荣首级，赍献辽主，改镇州成德军为恒州顺国军，即用杜重威为顺国节度使，令镇恒州。

先是辽主耶律德光闻重荣擅执辽使，即遣人驰责晋廷。晋主恐他犯塞，亟遣邢州（即安国军）节度使杨彦珣为使，至辽谢罪。辽主盛怒相见，彦珣却从容说道："譬如家出逆子，父母不能制伏，奈何？"辽主怒乃少解，但尚拘留彦珣，不肯放归。至重荣已反，始信罪在重荣，与晋无涉，乃释彦珣归晋。既而重荣首级，已至西楼，晋廷以为可告无罪，哪知辽使复来诘责，问晋何故招纳吐谷浑，晋主以吐谷浑酋长阴附重荣，不得已徙入内地。偏辽使索白承福头颅，致晋主无从应命，为此忧郁盈胸，渐渐地生起重病来了。谁叫你向虏称臣，事虏为父？是时已是天福七年，高行周攻克襄州，安从进自焚死，执住从进子弘超，及将佐四十三人，送往大梁。晋主尚在邺都，病已不起，但闻捷报，不能还京受俘，徒落得唏嘘叹息，一命呜呼。统计在位七年，寿五十一岁，后来庙号"高祖"，安葬显陵。

晋主生有七子，四子被杀（散见上文），二子早殁，只剩幼子重睿，尚在冲龄。晋主卧疾，宰相冯道入见，由晋主呼出重睿，向道下拜，且令内侍抱置道怀，意欲托孤寄命，使道辅立幼主。及晋主病终，道与侍卫马步都虞侯景延广商议，延广谓国家多难，应立长君。道本是个模棱人物，依了延广，竟与议定拥立重贵，飞使奉迎。

重贵已晋封齐王，接得来使，星夜赴邺，哭临保昌殿，就在枢前即位，大赦天下。内外文武官吏，晋爵有差。会襄州行营都部署高行周、都监张从恩等，自大梁献俘至邺。由嗣主重贵，御乾明门受俘，命将安弘超等四十余人，斩首市曹。随即就崇德殿宴集将校，行饮至受赏礼，命高行周为宋州节度使，加检校太尉，改调宋州节度使安彦威为西京留守，兼河南尹；张从恩为东京留守，兼开封尹，加检校太尉。降襄州为防御使，升邓州为威胜军，即授宋彦筠为邓州节度使，此外立功将校，并皆进阶。加景延广同平章事，兼侍卫马步军都指挥使。延广恃定策功，乘势擅权，禁人不得偶语，官吏相率侧目。从前高祖弥留，曾有遗言，命刘知远辅政。延广密劝重贵，抹煞遗旨，加知远检校太师，调任河东节度使。知远由是怏怏，失望而去。暗映下文。

冯道、景延广等，拟向辽告哀，草表时互有争议，延广谓称孙已足，不必称臣。既已称孙，何妨称臣。道不置一词。长乐老惯做此态。学士李崧新任为左仆射，独从旁力诤道："屈身事辽，无非为社稷计，今日若不称臣，他日战衅一开，贻忧宵旰，恐已无及了！"延广犹辩驳不休。重贵正倚重延广，便依他计议，缮表告哀。晋使至辽，辽主览表大怒，遣使至邺，问何故称孙不称臣，且责重贵不先禀命，遽即帝位，亦属非是。景延广怒目道："先帝为北朝所立，所以奉表称臣。今上乃中国所立，不过为先帝盟约，卑躬称孙，这已是格外逊顺，有什么称臣的道理！况国不可一日无君，若先帝晏驾，必须禀命北朝，然后立主，恐国中已启乱端，试问北朝能负此责任吗？"强词非不足夺理，奈将士乏材何？辽使倔强不服，怀忿北归，详报辽主。辽主已怒上加怒，再经政事令兼卢龙节度使赵延寿从旁挑拨，好似火上添油。那时辽主德光自然愤不能平，便欲兴兵问罪，入捣中原了。后来战祸，实始于此。

晋主重贵毫不在意，反日去勾搭一位蘙居娇娘，竟得称心如愿，一淘儿行起乐来。看官道蘙妇为谁？原来是重贵叔母冯氏。冯氏为邺都副留守冯濛女，很有美色，晋高祖素与濛善，遂替季弟重胤娶濛女为妇，得封吴国夫人。不幸红颜薄命，竟失所天，冯氏寂居寡欢，免不得双眉锁恨，两泪倾珠。重贵早已生心，只因叔侄相关，尊卑须辨，更兼晋高祖素严闺范，不敢胡行，蓝桥无路，徒唤奈何！及为汴京留守，正值原配魏国夫人张氏得病身亡，他便想勾引这位冯叔母，要她来做继室。转思高祖出幸，总有归期，倘被闻知，必遭谴责。况且高祖膝下，单剩一个幼子重睿，自己虽是高祖侄儿，受宠不殊皇子，他日皇位继承，十成中可希望七八成，若使乱伦得罪，岂非这个现成帝座，恰为了一时淫乐，把他抛弃吗？于是捺下情肠，专心筹划军事，得平定安从进，成了大功。

到了赴邺嗣位，大权在手，正好为所欲为，求偿夙愿。可巧这位冯叔母，也与高祖后李氏、重贵母安氏等，同来奔丧，彼此在梓宫前，素服举哀。由重贵瞧将过去，但见冯氏缟衣素袂，越觉苗条。青溜溜的一簇乌云，碧澄澄的一双凤目，红隐隐的一张桃靥，娇怯怯的一搦柳肢，真是无形不俏，无态不妍，再加那一腔娇喉，啼哭起来，仿佛莺歌百啭，饶有余音。此时的重贵呆立一旁，几不知如何才好。那冯氏却已偷眼觑着，把水汪汪的眼波，与重贵打个照面，更把那重贵的神魂，摄了过去。及举哀已毕，重贵方按定了神，即命左右导入行宫，拣了一所幽雅房间，使冯氏居住。

到了晚间，重贵先至李后、安妃处，请过了安，顺便路行至冯氏房间。冯氏起身相迎，重贵便说道："我的婶娘，可辛苦了吗？我特来问安！"冯氏道："不敢不敢！陛下既承大统，妾正当拜贺，那里当得起问安二字！"开口已心许了。说至此，即向重贵检衽，重贵忙欲搀扶，冯氏偏停住不拜，却故意说道："妾弄错了！朝贺须在正殿哩。"重贵笑道："正是，此处只可行家人礼，且坐下叙谈。"冯氏乃与重贵对坐。重贵令侍女回避，便对冯氏道："我特来与婶娘密商，我已正位，万事俱备，可惜没有皇后！"冯氏答道："元妃虽薨，难道没有嫔御？"重贵道："后房虽多，都不配为后，奈何？"冯氏嫣然道："陛下身为天子，要如何才貌佳人，尽可采选，中原甚大，宁无一人中意吗？"重贵道："意中却有一人，但不知她乐允否？"冯氏道："天威咫尺，怎敢不依！"满口应承。重贵欣然起立，凑近冯氏身旁，附耳说出一语，乃是看中了婶娘。冯氏又惊又喜，偏低声答道："这却使不得，妾是残花败柳，怎堪过侍陛下！"重贵道："我的娘！你已说过依我，今日是就要依我了。"说着，即用双手去搂冯氏。冯氏假意推开，起身趋入卧房，欲将寝门掩住。重贵抢步赶入，关住了门，凭着一副膂力，轻轻将冯氏举起，掀入罗帷。冯氏半推半就，遂与重贵成了好事。这一夜的海誓山盟，笔难尽述。

好容易欢恋数宵，大众俱已闻知。重贵竟不避嫌疑，意欲册冯氏为后，先尊高祖后李氏为皇太后，生母安氏为皇太妃，然后备着六宫仗卫，太常鼓吹，与冯氏同至西御庄，就高祖像前，行庙见礼。宰臣冯道以下，统皆入贺。重贵怡然道："奉皇太后命，卿等不必庆贺！"道等乃退。重贵挈冯氏回宫，张乐设饮，金樽檀板，展开西子之鬐，绿酒红灯，煊出南威之色。重贵固乐不可支，冯氏亦喜出望外。待至酒酣兴至，醉态横生，那冯氏凭着一身艳妆，起座歌舞，曼声度曲，婉转动人，彩袖生姿，蹁跹入画。重贵越瞧越爱，越爱越怜，蓦然间忆及梓宫，竟移酒过奠，且拜祷道："皇太后有命，先帝不预大庆！"真是昏语。一语说出，左右都以为奇闻，忍不住掩口胡卢。重贵亦自觉说错，也不禁大笑绝倒，且顾语左右道："我今日又做新女婿了！"冯氏闻言，嗤然一笑，左右不暇避忌，索性一笑哄堂。重贵趁势揽冯氏手，竟入寝宫，再演龙凤配去了。小子有诗咏道：

> 叔母何堪作继妻，
> 雄狐牝雉太痴迷！
> 北廷暴恶移文日，
> 曾否疚心悔噬脐？

转瞬间又阅一年，晋主重贵已将高祖安葬，奉了太后、太妃及宠后冯氏，一同还都。欲知后事，请看下回。

安从进与安重荣，材具平庸，且无功绩之足言，徒以攀龙附凤，得为镇帅，富贵已达极点，而犹不知足，敢生异志者，无非欲为石敬瑭第二，妄冀非分之尊荣耳。迨晋军分道出兵，而二憨即归珍灭，不度德，不量力，害必至此，何足怪乎！重贵以兄子继统，甫经莅事，即听景延广言，开罪契丹。外衅已开，自速其祸，而又纳叔母冯氏，渎伦伤化，败德乱常，名为人主，而行同禽兽，亦安能不危且亡也！若冯氏以叔母之尊，甘与犹子为偶，淫妇无耻，殊不足责，厥后与重贵同毙沙漠，正天道恶淫之报。此淫之所以为万恶首也！

第三十二回　悍弟杀兄僭承汉祚
逆臣弑主大乱闽都

却说晋主重贵,由邺都启行还汴,暂不改元,仍称天福八年。自幸内外无事,但与冯皇后日夕纵乐,消遣光阴。冯氏得专内宠,所有宫内女官,得邀冯氏欢心,无不封为郡夫人。又用男子李彦弼为皇后都押衙,正是特开创例,破格用人。重贵已为色所迷,也不管什么男女嫌疑,但教后意所欲,统皆从命。独不怕为元绪公吗?后兄冯玉,本不知书,因是椒房懿戚,擢知制诰,拜中书舍人。同僚殷鹏颇有才思,一切制诰,常替玉捉刀,玉得敷衍过去。寻且升为端明殿学士,又未几升任枢密使,真个是皇亲国戚,与众不同。可惜是块碱砆。

小子因专叙晋事,把别国别镇的状况,未免失记。此处乘晋室少暇,不得不将别国情形,略行叙述。南汉主刘龑,自遣何词入唐后,已知唐不足惧,并因击败楚军,越加强横(事见第二十回)。龑生十九子,俱封为王。长子耀枢、次子龟图,已皆早逝。三子弘度受封秦王,四子弘熙受封晋王,两人素性骄恣。惟五子弘昌封越王,颇能孝谨,且有智识。龑欲使为储贰,惟越次册立,心殊未安,因此蹉跎过去。且自龑僭位后,岭南无恙,全国太平,他却安安稳稳过了二十多年。年龄虽越五十,尚属体强力壮,没甚病痛,总道是寿命延长,不妨将立储问题,宽延时日。哪知六气偶侵,二竖为祟。当后晋天福七年,即南汉大有十五年,竟染了一场重症,医药罔效。当下召入左仆射王翻,密与语道:“弘度、弘熙,寿算虽长,但终不能任大事,弘昌类我,我早欲立为太子,苦不能决,我子孙不肖,恐将来骨肉纷争,好似鼠入牛角,越斗越小呢。”说至此,泣下唏嘘。翻劝慰道:“陛下既属意越王,须赶紧筹备,臣意拟将秦、晋二王调守他州,方可无虞。”龑点首称是,乃拟徙弘度守邕州,弘熙守容州。

计议已定,适崇文使萧益入问起居,龑又述明己意。益力谏道:“废长立少,必启争端,此事还求三思!”龑被他一说,又害得没有主意,蹉跎了好几日,竟尔毕命。弘度依次当立,遂即南汉皇帝位,更名为玢,改大有十五年为光天元年。命弟晋王弘熙辅政,尊龑为天皇大帝,庙号“高祖”。龑僭位二十六年,享年五十四岁,生平最喜杀人,创设汤镬铁床等具,有灌鼻、割舌、肢解、刳剔、炮炙、烹蒸诸刑,或就水中捕集毒蛇,即将罪人投入,俾蛇吮噬,号为水狱。每决罪囚,必亲往监视,往往垂涎呀呷,不觉朵颐。想是豺狼转生。又性好奢侈,尽聚南海珍宝,作为玉堂璇宫。晚年更筑起一座南薰殿,柱皆镂金饰玉,础石间暗置香炉,朝夕燃香,有气无形,真个是穷奢极丽,不惜工资。

到了弘度即位,比乃父更觉骄奢,更添一种好色的奇癖,专喜观男女裸逐,混作一淘,外面作乐,里面饮酒,镇日间嬉戏淫媟,不亲政事。或夜间穿着墨缞,与娼女微行,出入民家,毫无顾忌。左右稍稍谏阻,立被杀死。惟越王弘昌及内常侍吴怀恩屡次进谏,虽然言不见从,还算是顾全脸面,不加杀戮。

晋王弘熙日进声伎,诱他荒淫。昏迷了好几月,度过残冬,已是光天二年,弘熙阴图篡位,知乃兄素好手搏,特嘱指挥使陈道庠,引力士刘思潮、谭令禋、林少彊、林少良、何昌廷等五人,聚习晋府,习角抵戏。技艺有成,献入汉宫。弘度大悦,亲加验视,果然拳法精通,不同凡汉,遂留五人为侍卫,有暇辄命他角逐,评量优劣,核定赏罚。未几已届暮春,召集诸王至长春宫,宴饮为欢。侑乐以外,即令五力士演角抵戏,且饮且观。五力士抖擞精神,卖弄拳技,引得弘度心花大开,尽管把黄汤灌将下去,顿时酩酊大醉,不省人事。弘熙发出暗号,那陈道庠即指示刘思潮等,掖着弘度,就势用力,竟将弘度骨拉断。但听得一声狂叫,遽尔暴亡。可怜这位少年昏君,只活得二十四岁,便被害死。速死为幸。后来谥为“殇帝”。所有宫内侍从，都杀得一个不留，诸王乘势逸出，不敢入视。待至翌晨，始由越王弘昌带着诸弟，哭临寝殿。因即迎弘熙嗣位，易名为"晟"，改光天二年为应乾元年。命弟弘昌为太尉，兼诸道兵马都元帅，少弟循王弘杲为副，并预政事。陈道庠及刘思潮等，皆赏赉有差。南汉吏民，虽不敢公然讨逆，但宫中篡弑情形，已是无人不晓，免不得街谈巷议，传作新闻。

循王弘杲请斩刘思潮等以谢中外。不能仗义讨逆，徒欲归咎从犯，安得不自取死亡！看官试想，这弑君杀兄的刘弘熙，岂肯把佐命功臣，付诸典刑吗？思潮等闻弘杲言，反诬称弘杲谋反，弘熙遂嘱思潮暗伺行踪。会弘杲宴客，思潮即纠集谭令禋等带同卫兵，持械突入。弘杲不及趋避，立被刺死。弘熙闻报，很是欣慰，且大出金帛，厚赏思潮、令禋等人。一面严刑峻法，威吓臣下，并且猜忌骨肉，比前益甚。南汉高祖十九子，除长次二子早死外，三子五子被害，第九子万王弘操先在交州阵亡，此时尚剩十四子。弘熙欲将十三人尽行加害，陆续设法，杀一个，少一个，结果是同归于尽，这便是南汉主葵好杀的惨报呢。大声疾呼。

小子因隔年太远，不应并叙下去，只好将汉事暂搁，另述唐事。唐主徐知诰已复姓李氏，改名为昪（见二十九回）。自命为江南强国，与晋廷不相聘问，独向辽通使，彼此互有往来。每当辽使至唐，辄给厚赂。及送至淮北，已入晋境，暗使人刺杀辽使，竟欲嫁祸晋廷，令他南北失和，自己可收渔人厚利。晋天福五年，晋安远节度使李金全为亲吏胡汉筠所怂恿，擅杀朝使贾仁沼，为晋所讨，不得已奉表降唐。唐主昪遣鄂州屯营使李承裕、段处恭等，率兵三千，往迎金全。金全驰诣唐军，承裕遂入据安州。晋廷别简节度使马全节，兴师规复，与李承裕交战安州城南，承裕败走。晋副使安审晖领兵追击，复破唐兵，斩段处恭、擒李承裕，自唐监军杜光邺以下，尽被捕获。全节杀死承裕及浮卒千五百人，械送光邺等归大梁。

时晋主石敬瑭尚存，闻光邺等被械入都，不禁叹息道："此曹何罪！"遂各赐马匹及器服，令还江南。唐主昪严拒不纳，送还淮北，且遗晋主书，内有"边校贪功，乘便据垒，军法朝章，彼此不可"四语。晋主仍遣令南归，偏唐主昪派了战船，力拒光邺，光邺只好仍入大梁。晋主授光邺官，编光邺部兵为显义都，命旧将刘康统领，追赠贾仁沼官阶，算是了案。李金全到了金陵，唐主昪待他甚薄，只命为宣威统军，金全已不能归晋，没奈何觍颜受命（此段文字补前文所未详）。嗣是昪无心窥晋，唯知保守吴疆。

既而吴越大火，焚去宫室府库，所储财帛兵甲，俱付一炬。吴越王钱元瓘骇极成狂，竟致病殁。将吏奉元瓘子弘佐为嗣，弘佐年仅十三，主少国疑，更因火灾以后，元气萧条（吴越事就便带过）。南唐大臣多劝昪进击吴越，昪摇首道："奈何利人灾殃！"这是李昪仁心，不得谓其迂腐。遂遣使厚赍金粟，吊灾唁丧，此后通好不绝。昪客冯延己好大言，尝私讥昪道："田舍翁怎能成大事？"昪虽有所闻，也并不加罪。但保境安民，韬甲敛戈，吴人赖以休息。

好容易做了七年的江南皇帝，年已五十六岁，未免精力衰颓。方士史守冲献入丹方，照方合药，服将下去，起初似觉一振，后来渐致躁急。近臣谓不宜再服，昪却不从。忽然间背中奇痛，突发一疽，他尚不令人知，密召医官诊治，每晨仍强起视朝。无如疽患愈剧，医治无功，乃召长子齐王璟入侍，未几已近弥留，执璟手与语道："德昌宫积储兵器金帛，约七百余万，汝守成业，应善交邻国，保全社稷。我试服金石，欲求延年，不意反自速死，汝宜视此为戒！"说至此，牵璟手入口，啮指出血，才行放下，涕泣嘱咐道："他日北方当有事，勿忘我言！"为后文伏笔。

昪唯唯听命。是夕昪殂，璟秘不发丧，先下制命齐王监国，大赦中外。越数日不闻异议，方宣遗诏，即皇帝位，改元保大。太常卿韩熙载上书，谓越年改元，乃是古制，事不师古，勿可以训。璟优旨褒答，但制书已行，不便收回，就将错便错地混了过去。

璟初名景通，有四弟景迁、景遂、景达、景逷。景迁蚤卒，由璟追封为楚王。景遂由寿王进封燕王，景达由宣城王进封鄂王。景逷为昪妃种氏所出。昪既受禅，方得此子，颇加宠爱。种氏以乐妓得幸，至此亦加封郡夫人。蛾眉擅宠，便思夺嫡，尝乘间进言，谓景逷才过诸兄。昪不禁发怒，责他刁狡，竟出种氏为尼，且不加景逷封爵。及昪殁璟继，种氏恐璟报怨，且泣且语道："人龥骨醉，将复见今日了！"以小人心，度君子腹。幸璟笃爱同胞，晋封景逖为保宁王，并许种氏入宫就养。璟母宋氏尊为皇太后，种氏亦受册为皇太妃。议定父昪庙号，称为"烈祖"。

寻改封景遂为齐王，兼诸道兵马元帅，燕王景达为副。璟与诸弟立盟枢前，誓兄弟世世继立，景遂等一再谦让，璟终不许。给事中萧俨疏谏，亦不见报，但封长子弘冀为南昌王，兼江都尹。虔州妖贼张遇贤作乱，派将荡平。中书令太保宋齐邱，自恃勋旧，树党擅权，由璟徙宋为镇海军节度使。宋齐邱暗生忿怼，自请归老九华，一表即允，赐号"九华先生"，封青阳公。齐邱去后，引用冯延已、常梦锡为翰林学士，冯延鲁为中书舍人，陈觉为枢密使，魏岑、查文徽为副使。这六人中除梦锡外，半系齐邱旧党，且专喜倾轧，贻误国家，吴人目为五鬼。梦锡屡言五人不宜重用，璟皆不纳。

既而璟欲传位景遂，令他裁决庶政。冯延已、陈觉等乘机设法，令中外不得擅奏，大臣非经召对，不得进见。给事中萧俨复上疏极谏，俱留中不发。连宋齐邱在外闻知，亦上表谏阻。侍卫都虞侯贾崇排闼入诤道："臣事先帝三十年，看他延纳忠言，孜孜不倦，尚虑下情不能上达，陛下新即位，所恃何人，遽与群臣谢绝。臣年已衰老，死期将至，恐从此不能再见天颜了！"言毕，泣下呜咽。璟亦不觉动容，引坐赐食，乃将前令撤销。表扬谏臣。

忽由闽将朱文进弑主称王，遣使入告，唐主璟斥他不道，拘住来使，拟发兵声讨。群臣谓闽乱首祸，为王延政，应先讨伪殷，方足代除乱本。延政不过叛兄，未尝弑主，唐臣所言不免偏见。因将闽使遣归，特派查文徽为江西安抚使，令觇建州虚实，再行进兵。看官道闽中大乱，从何而起？小子在前文三十回中，已叙闽主曦酗乱情形，早见他不能久享。唐主璟即位，曾贻闽主曦及殷主延政书，责他兄弟寻戈，有乖友爱。曦复书辩驳，引周公诛管蔡及唐太宗杀建成、元吉事，作为比附，自护所短。延政且驳斥唐主篡吴，负杨氏恩。唐主怒起，便与两国绝好，尤恨延政无礼，意图报怨。释闽攻殷，伏机于此。可巧闽拱宸都指挥使朱文进，突然发难，再弑闽主，激成祸乱，于是全闽大扰，利归南唐。

先是文进与连重遇分统两都，重遇弑昶立曦，入任阁门使，控鹤都归魏从朗统带，从朗亦朱、连党羽，统军未久，为曦所杀。文进、重遇未免兔死狐悲，阴生疑贰。曦又召二人侍宴，酒兴方酣，遽吟唐白居易诗云："唯有人心相对间，咫尺之情不能料！"二人知曦示讽，忙起座下拜道："臣子服侍君父，怎敢再生他志？"曦微笑无言，二人佯为流涕，亦不闻慰答。宴毕趋出，文进顾语重遇道："主上忌我已深，毋遭毒手！"重遇应诺。

会曦后李氏妒害尚妃(俱见三十回)，密欲图曦，改立子亚澄为闽主，遂使人告文进、重遇道："主上将加害二公，如何是好？"夫主不可信，别人可信吗？二人闻言益惧，即密谋行弑。适后父李真有疾，曦至真第问安，文进、重遇暗嘱拱宸马步使钱达，掖曦上马，乘便拉死。

侍从奔散，文进、重遇拥兵至朝堂，率百官会议。当由文进宣言道："太祖皇帝，光启闽国，已数十年，今子孙淫虐，荒坠厥绪，天厌王氏，应该择贤嗣立，如有异议，罪在不赦！"大众统是怕死，没一人敢发一言。重遇即接口道："功高望重，无过朱公，今日应当推立了！"大众又嗫不发声。文进并不推让，居然升殿，被服衮冕，南面坐着。重遇率百官北面朝贺，再拜称臣，草草成礼。即由文进下令，悉收王氏宗族。自太祖子延熙以下，少长共五十余人，一体骈戮。就是曦后李氏、曦子亚澄，也同时被杀。李真闻变惊死，余官得过且过，乐得偷生。惟谏议大夫郑元弼抗辞不屈，拟奔建州，为文进所害。元弼虽死犹荣，不若曦后、曦子之死有余辜。文进自称威武军留后，权知闽国事。葬闽主曦，号为"景宗"。用重遇总掌六军，兼礼部尚书判三司事，进枢密使鲍思润同平章事，令羽林统军使黄绍颇为泉州刺史，左军使程文纬为漳州刺史，汀州刺史许文稹，举城降文进，文进许为原官。部署少定，因派人四处报告，且向晋奉表称藩。晋授文进为威武节度使，知闽国事。独殷主延政倡议讨逆，先遣统军使吴成义率兵击闽，与战不利。再遣部将陈敬佺领兵三千，屯尤溪及古田，卢进率兵二千屯长溪，作为援应。

泉州指挥使留从效语同僚王忠顺、董思安、张汉思道："朱文进屠灭王氏，遣腹心分据诸州，我辈世受王氏恩，乃交臂事贼，一旦富沙王攻克福州，我辈且死有余愧了！"王、董等也以为然，从效即召部下壮士，夜饮家中，酒酣与语道："富沙王已平福州，密旨令我等讨黄绍颇，我观诸君状貌，皆非贫贱士，何不乘此讨贼？能从我言，富贵可图，否则祸且立至了！"众壮士不以为诈，踊跃效命，各出持白梃，逾垣入刺史署，擒住绍颇，剁作两段。从效入取州印，赴延政族子王继勋宅中，请主军府，自称平贼统军使，函绍颇首，遣兵马使陈洪进赍诣建州。延政立授继勋为泉州刺史，从效、洪进为都指挥使。漳州将陈谟闻风起应，亦杀刺史程文纬，请王继成权知州事。继成也是延政族子，与继勋同居疏远，所以文进篡位，王氏亲族多死，惟二人幸全。汀州刺史许文稹，又见风驶帆，奉表降殷。

朱文进闻三州生变，慌得手足无措，忙悬重赏募兵，得二万人，令部下林守谅、李廷谔为将，往攻泉州，钲鼓声达百里。殷主延政也遣大将军杜进，率兵二万救泉州。留从效得了援师，开城出战，与杜进夹攻闽军。闽军兵皆乌合，似鸟兽散，林守谅战死，李廷谔被擒。捷报飞达建州，延政因促晁成义，率战舰千艘，速攻福州。朱文进求救吴越，遣子弟为质，吴越尚未出师，殷军已集城下。那时唐主璟已从查文徽请，遣都虞侯边镐攻殷。吴成义吓迫闽人，反诈称唐军援己，闽人大恐。朱文进无法可施，因遣同平章事李光准诣建州，赍献国宝。

光准方行，部吏已有二心。南廊承旨林仁翰密语徒众道："我辈世事王氏，今受制贼臣，倘富沙王到来，有何面目相见呢？"众应声道："愿听公令！"仁翰便令众披甲，径趋连重遇第，重遇严兵自卫，由仁翰执槊直前，刺杀重遇，斩首示众道："富沙王将至，恐汝等要族灭了！现我已杀死重遇，去一逆党，汝等何不亟取文进，赎罪图功？"大众听到此言，一齐摩拳擦掌，闯入阙廷，饶你文进威焰薰天，至此变成一个独夫，立被乱军拖出，乱刀齐下，粉身碎骨！**恶人终有恶报，世人何苦作恶！**

当下大开城门，迎吴成义入城。成义验过二人首级，传送建州，并由闽臣附表，请殷主延政归闽。延政因唐兵方至，未暇徙都，但命从子继昌出镇福州，改号福州为南都，且复国号为闽。发南都侍卫及左右两军甲士万五千人，同至建州，抵御唐兵。小子有诗叹道：

> 外侮都从内讧招，
> 一波才了一波播；
> 闽江波浪喧豗甚，
> 春色原来已早凋。

欲知闽唐争战情形，且容下回续叙。

五季之世，虽为天地闭塞之时，然亦未尝无公理。南汉主刘龑，暴虐不仁，以杀人为快事，竟得安享国家，至二十有六年之久，且生子至十有九人，几疑天心助暴，公理尽亡。且弘熙杀兄屠弟，淫刑以逞，弘度荒耽酒色，死不足惜，诸弟无辜，亦遭毒手，冥漠岂真无凭，意者其假手弘熙，俾龑子之无噍类，以偿其杀人之罪恶乎！即如闽乱情形，成自篡弑，子可弑父，弟何不可叛兄！臣何不可戕君！朱文进、连重遇两逆，连毙二主，自以为凶横无敌，而卒归诛夷，报施不爽，公理固自在也。彼唐主昪虽得国不正，而休兵息民，终为彼善于此。嗣主璟笃爱同胞，迎养庶母，孝友可风，大节已著，即无失政，而猝灭篡弑之祸。阅者于夹缝中求之，可知公理昭昭，著书人固已道破也。

第三十三回 得主援高行周脱围 迫父降杨光远伏法

却说唐闽交争的时候，正晋辽失好的期间。晋主重贵自信任一个景延广，向辽称孙不称臣，辽主已有怒意(见三十一回)，会辽回图使乔荣来晋互市，置邸大梁(回图使系辽官名，执掌通商事宜)。荣本河阳牙将，从赵延寿降辽，辽主因他熟悉华情，令充此使。偏景延广喜事生风，说荣为虎作伥，力劝晋主捕荣，拘系狱中。晋主不管好歹，唯言是从。延广既将荣下狱，复把荣邸存货，尽行夺取，再命境内所有辽商，一律捕诛，没货充公。仿佛强盗行径。晋廷大臣恐激怒北廷，乃上言辽有大功，不应遽负。晋主重贵难违众议，因释荣出狱，厚礼遣归。

荣过辞延广，延广张目道："归语尔主，勿再信赵延寿等诳言，轻侮中国，须知中国士马，今方盛强，翁若来战，孙有十万横磨剑，尽足相待，他日为孙所败，贻笑天下，悔无及了！"大言不惭者，其鉴之。荣正虑亡失货财，不便归报，既闻延广大言，遂乘机对答道："公语颇多，未免遗忘，敢请记诸纸墨，俾便览忆！"延广即令属吏照词笔录，付与乔荣。荣欢然别去，归至西楼，即将书纸呈上。辽主耶律德光不瞧犹可，瞧着此纸，勃然大怒，立命将在辽诸晋使，絷住幽州，一面集兵五万，指日南侵。

是时晋连遭水旱，复遇飞蝗，国中大饥。晋廷方遣使六十余人，分行诸道，搜括民谷。一闻辽将入寇，稍有知识的官吏，自然加忧。桑维翰已入为侍中，力请卑辞谢辽，免起兵戈。独景延广以为无恐，再四阻挠。那晋主重贵，始终倚任延广，还道平辽妙策，言听计从。朝臣领袖，除延广外，要算维翰，维翰言不见用，还有何人再来多嘴。河东节度使刘知远料定延广鲁莽，必致巨寇，只因不便力争，但募兵戍边，奏置兴捷武节等十余军，为固围计。为后文代晋张本。

平卢节度使杨光远已蓄异谋(见三十回)，从前高祖尝借给良马三百匹，景延广又特传诏命，发使索还。光远不得已取缴，密语亲吏道："这明明是疑我呢！"遂发使至单州，召子承祚使归。承祚本为单州刺史，闻召后，即托词母病，夜奔青州。晋廷遣飞龙使何超权知单州事，且颁赐光远金帛及玉带御马，隐示羁縻。这却不必。光远视恩若仇，竟密遣心腹至辽，报称"晋主负德背盟，境内大饥，公私困敝，乘此进攻，一举可灭"等语。辽主已跃跃欲动，再加赵延寿从旁怂恿，便语延寿道："我已召集山后及卢龙兵五万人，令汝为将。汝此去经略中原，如果得手，当立汝为帝！"

延寿闻命，喜欢得了不得，忙伏地叩谢。谢毕起身，即统兵起程。到了幽州，适留守赵思温子延照，自祁州奔至父所(见三十回)。当由延寿命为先锋，驱军南下，直逼贝州。

晋主重贵方因即位逾年，御殿受贺，庆赏上元，忽接到贝州警报，说是危急异常。重贵召群臣计议，群臣多说道："贝州系水陆要冲，关系甚大，但前此已拨给刍粟，厚为防备，大约可支持十年，为什么一旦遇寇，便这般紧急哩！"重贵道："想是知州吴峦，虚张敌焰，待朕慢慢儿地遣将援他便了！"救兵如救火，奈何迟缓！

过了数日，又有警信到来，乃是贝州失守，吴峦死节。于是晋廷君臣才觉着忙。看官阅过前文，应知吴峦在云州时，守城半年，尚不为动，此次何故速败，与城俱亡？原来贝州升为永清军，曾由节度使王周管辖(见三十回)。王周调任，改用王令温。令温因军校邵珂，凶悍不法，将他斥革。珂阴怀怨望，潜结辽军。会令温入朝执政，保举吴峦，权知州事。峦才到任，辽兵大至，城中将卒与峦素不相习，怎能驱使得人？峦尚推诚抚士，誓众守城，将士颇为感奋,愿效死力。那居心叵测的邵珂,也居然在吴峦前,自告奋勇,情愿独当一面。峦不知有诈,优词奖勉,令他率兵守南门,自统将吏守东门。赵延寿麾众猛扑,经峦登陴督守,所有辽人攻具,多被峦用火扑毁,残缺不全。**极写吴峦。** 既而辽主耶律德光亲率大军至贝州城下,再行进攻,峦毫不胆怯,一面向晋廷乞援,一面督将吏死守。不意邵珂竟大开南门,迎纳辽兵。辽兵一拥而入,全城大乱。峦懊悔不及,尚率将吏巷战,待至支持不住,自赴井中,投水殉难。贝州遂陷,被杀至万人。

晋廷闻报,乃命归德节度使高行周为北面行营都部署,河阳节度使符彦卿为马军左厢排阵使,右神武统军皇甫遇为马军右厢排阵使,陕府节度使王周为步军左厢排阵使,左羽林将军潘环为步军右厢排阵使,率兵三万,往御辽兵。晋主重贵更下诏亲征,择日启銮。可巧成德节度使杜威(即杜重威,因避晋主名讳,去一重字)遣幕僚曹光裔至青州,为杨光远陈说祸福。光远即令光裔入奏,诡言存心不二,臣子承祚私归,实由省视母病,既蒙恩宥,全族荷恩,怎敢再作他想,重贵信以为真,仍命光裔复往慰谕。其实光远何尝变计,不过为缓兵起见,权作哀词。重贵以为东顾无忧,可以安心北征,命前邠州节度使李周为东京留守,自率禁军启行。授景延广为御营使,一切方略号令,悉归延广主裁。

途次连接各道警报,河东奏称辽兵入雁门关,恒、邢、沧三州亦俱报寇入境内,滑州又飞奏辽主至黎阳。重贵乃命河东节度使刘知远为幽州道行营招讨使,成德节度使杜威为副。再派右武卫上将军张彦泽等,赴黎阳御辽。因恐辽兵势盛,未可轻敌,更派译官孟守忠致书辽主,乞修旧好。辽主复书道:"事势已成,不可复改了!"

重贵未免心焦,硬着头皮,行至澶州。探报谓辽主屯元城,赵延寿屯南乐,又觉得与敌相近,益加愁烦。镇日里军书旁午,应接不遑。太原刘知远奏破辽伟王于秀容,斩首三千级,余众遁去。**一喜。** 知郓州颜衍遣观察判官窦仪驰报,说是博州刺史周儒举城降辽,又与杨光远通使往来,引辽兵自马家口渡河,左武卫将军蔡行遇战败,竟为所擒。**一忧。**

重贵忧喜交并,只好请出这位全权大使景延广,与议军情。窦仪语延广道:"虏若渡河,与光远合,河南两面受敌,势且难保了!"延广也以为然,乃派侍卫马军都指挥使李守贞及神武统军皇甫遇、陈州防御使梁汉璋、怀州刺史薛怀让,统兵万人,沿河进御。蓦接高行周、符彦卿等急报,谓军至戚城,被辽兵围住,请即发兵相援。延广本已下令,饬诸将分地拒守,毋得相救,此次来使请师,稍与军令有违,不如观望数天,再作计较。**以人命为儿戏,安能不亡国败家!**

嗣是戚城军报,日紧一日,始入白重贵。重贵大惊道:"这是正军,怎得不救!"延广道:"各军已皆派往别处,现在只有陛下亲军,难道也派往不成!"重贵愤然道:"朕自统军赴援,有何不可!"改怯为勇,想是被延广激起。遂召集卫军,整辔前行。

将至戚城附近,遥闻鼓角喧天,料知两军开战,当下麾军急进,仅越里许,已达战场。遥见敌骑甚众,纵横满野,一少年骁将,白袍白马,翼住行营都部署高行周,冲突出围,敌骑四面追来,被少将张弓迭射,左射左倒,右射右倒,敌皆披靡。重贵乘势杀上,高行周见御驾亲援,也翻身再战,救出左厢排阵使符彦卿及先锋指挥使石公霸,杀毙辽兵甚多。辽兵遁去。

重贵登戚城古台,慰劳三将,三将齐声道:"臣等早已告急,待援不至,幸蒙陛下亲临,始得重生。"重贵不禁失声道:"这皆为景延广所误!延广迟报数日,所以朕来得太迟了。"三人凄然道:"延广与臣等何仇,不肯遣兵救急?"说至此,相对泣下。经重贵好言抚慰,始各收泪。重贵问少将为谁,行周道:"是臣儿怀德。"(**点出高怀德,语加郑重。**)重贵立即召见,赐给弓马,怀德拜谢,重贵仍还次澶州。

这边方奏凯班师,那边亦捷书驰至,李守贞等至马家口,正值辽兵筑垒,步兵为役,骑兵为卫,当由守贞等冲杀过去,骑兵退走。晋军乘胜攻垒,应手即下,辽兵大溃,乘马赴河,溺死数千人,战殁亦数千人,还有驻扎河西的辽兵,见河东失败,也痛哭退还,辽人始不敢东侵了。守贞生擒敌将七十八人,及部众五百人,解送澶州,一并伏法。又有夏州节度使李彝殷,奏称合蕃、汉兵四万，从麟州渡河，攻入辽境，牵制敌势，有诏授彝殷为西南面招讨使。寻闻杨光远欲西会辽兵，即命前保义节度使石赟，分兵屯戍郓州，防御光远。且命刘知远带领部众，自土门出恒州，会同杜威各军，掩击辽兵。知远不肯受命，但移屯乐平，逗留不进。

辽主耶律德光闻各路失利，已萌退志，又未甘遽退，特想出一计，伪弃元城，声言北归，暗在古顿、邱城旁埋伏精骑，等候晋军。邺都留守张从恩屡奏称虏已遁去，晋军意欲追击，为霖雨所阻，方才停止。辽兵埋伏经旬，并不见晋军追来，反弄得人马饥疲。辽主因计不得逞，唏嘘不已。赵延寿进策道："晋军畏我势盛，必不敢前，不如进薄澶州，四面合攻，得据住浮梁，便可长驱中原了！"辽主依议，即于三月朔日，自督兵十余万，进攻澶州。自城北列阵，横亘至东西两隅，端的是金戈挥日，铁骑成云。高行周等戚城进援，前锋与辽兵对仗，自午至晡，不分胜负。辽主自领精骑，前来接应，晋主重贵亦出阵待着。辽主望见晋军颇盛，顾语左右道："杨光远谓晋遇饥荒，兵多馁死，为何尚这般强盛呢？"遂分精骑为两队，左右夹击晋军，晋军屹立不动。等到辽兵趋近，却发出一声梆响，接连是万弩齐发，飞矢蔽空，辽兵前队，多半中箭，当然退却。又攻晋军东偏，两下里苦战至暮，互有杀伤。辽主知不能胜，引兵自去，至三十里外下营。既而北去，有账中小校窃马来奔，报称辽主已收兵北归，景延广疑他有诈，闭营高坐，不敢追蹑。那辽主却分军为二，一出沧德，一出深冀，安然归去。所过焚掠一空，留赵延寿为贝州留后。别将麻答陷德州，把刺史尹居璠拘去。嗣由缘河巡检梁进，募集乡社民兵，乘敌出境，复将德州取还。

晋主重贵因辽兵已退，留高行周、王周镇守澶州，自率亲军归大梁。侍中桑维翰劾奏景延广不救戚城，专权自恣，乃出延广为西京留守。延广郁郁无聊，唯日夕纵酒，藉以自娱。旋因朝使出括民财，河南府出缯钱二十万，延广擅增至三十七万，意欲把十七万缗中饱私囊。判官卢亿进言道："公位兼将相，富贵已极，今国家不幸，府库空虚，不得已取诸百姓，公奈何额外求利，徒为子孙增累呢！"延广也不觉怀惭，方才罢议。尚有人心。

各道横敛民财，锁械刀杖，备极苛酷，百姓求生不得，求死不能。再加朝旨驱民为兵，号武定军，得七万余人，每七户追出兵械，供给一卒，可怜百姓无从呼吁，统害得卖妻鬻子，荡产破家。那晋主重贵尚下诏改元开运，连日庆贺，朝欢暮乐，晓得什么民间痛苦，草野流离。坐是速亡。

邺都留守张从恩上言赵延寿虽据贝州，部众统久客思归，正好伺隙进击。奉诏授为贝州行营都部署，督将士规复贝州。当下麾兵往攻。及抵贝州城下，赵延寿已弃城遁去。城中烟焰迷蒙，余火未熄。从恩入城扑救，盘查府库，已无一钱，民居亦被劫无遗，徒剩得一座空城了。

未几滑州河决，水溢汴、曹、单、濮、郓五洲，朝命发数道丁夫，堵塞决口，好容易才得堵住。晋主重贵欲刻碑记事，中书舍人杨昭进谏，疏中有"刻石纪功，不若降哀痛之诏，染翰颂美，不若颁罪已之文"四语最为恳切。重贵方将原议搁起。

嗣有人谓宰相冯道依违两可，无补时艰，特出道为匡国军节度使，进任桑维翰为中书令，兼枢密使。维翰再秉国政，尽心措置，纪纲少振，颇有转机。且授刘知远为北面行营都统，晋封北平王，杜威为招讨使，督率十三节度，控御朔方。维翰在内指挥，自行营都统以下，无敢违命，时人多服他胆略。惟权位既重，四方赂遗竞集门庭，仅阅一岁，积资巨万。并且恩怨太明，睚眦必报，又生成一张大面，耳目口鼻，无不广大。僚属按班进见，仰视声威，无不失色，所以秉政岁余，渐有谤言。磨穿铁砚之桑维翰，亦未能免俗，可叹！

杨光远素为维翰所嫉，至是维翰必欲除去光远，遂专任侍卫马步都虞侯李守贞，率步骑二万，进讨青州。光远方自棣州败还，突闻守贞兵到，慌忙领兵守城，且遣使求救辽廷。守贞奋力督攻，四面兜围，困得水泄不通。光远日望辽兵来援，哪知辽兵只来得千余人，被齐州防御使薛可言，中途击退。城中援绝势孤，粮食渐尽，兵士多半饿死。光远料不能出，自登城上，遥向北方叩首道："皇帝皇帝，误我光远了！"谁叫你叛国事虏？言已泣下，光远子承勋、承信、承祚等，劝光远出降，光远摇首道："我在代北时，尝用纸钱驮马祭天，入池沉没，人皆说我当作天子，我且死守待援，勿轻言降晋哩！"承勋等怏怏退下，回忆谋叛首领，实出判官邱涛及亲校杜延寿、杨瞻、白承祚数人，乃俟光远回府，竟号召徒众，杀死邱、杜、杨、白四人，函首出送晋营。一面纵火大噪，劫光远出居私第，然后开城迎纳官军，派即墨县令王德柔上表谢罪。

德柔赍表入都，晋主重贵览表，踌躇未决，召桑维翰入问道："光远罪大宜诛，但伊子归命，可否为子免父？"维翰忙接口道："岂有逆状滔天，尚可轻赦？望陛下速正明刑。"重贵始终怀疑，俟维翰退后，惟传命军前，饬李守贞便宜从事。守贞已入青州，接到廷寄，乃遣客省副使何延祚，率兵入光远私第，拉死光远，便算了案。上书报闻，诡言光远病死。晋主重贵反起复杨承勋为汝州防御使。乃父叛君，诸子劫父，不忠不孝，同一负辜，可笑那重贵赏罚不明，纵容叛逆，徒养成一班无父无君的禽兽，哪里能保有国家呢！**评论精严！**

先是光远叛命，中外大震，有朝士扬言道："杨光远欲谋大事吗？我实不值！光远素患秃疮，伊妻又尝跛足，天下岂有秃头天子，跛脚皇后吗？"为这数语，转令人心渐靖，不到一年，光远果然伏诛了！

辽主耶律德光闻光远被诛，青州归晋，又拟大举入寇。令赵延寿引兵先进，前锋直达邢州。成德节度使杜威飞章告急。晋主复欲亲征，会遇疾不果，乃调张从恩为天平节度使，马全节为邺都留守，会同护国军节度使安审琦、武宁军节度使赵在礼，共御辽兵。在礼屯邺都，余军皆屯邢州，两下俱按兵不战。辽主德光复率大兵踵至，建牙元氏县，声势甚盛。各军已有惧意，再经晋廷戒他慎重，越加惶恐，顿时未战先却，沿途抛弃甲仗，无复部伍。匆匆奔至相州，勉强过了残冬。

开运二年正月，朝旨命赵在礼退屯澶州，马全节还守邺都，另遣右神武统军张彦泽出戍黎阳，西京留守景延广出扼胡梁渡。辽兵大掠邢、洺、磁三州，进逼邺境。张从恩、马全节、安审琦三军，同时会集，列阵相州安阳水南，为截击计。神武统军皇甫遇，方加官检校太师，出任义成军节度使，也闻难前来，与濮州刺史慕容彦超，带着数千骑兵，作为游骑，先去侦探敌势。自旦至暮，未见回来，安阳诸将免不得惊讶起来。正是：

> 军情艰险原难测，
> 兵报稽迟促暗惊。

究竟皇甫遇驰往何处，容至下回表明。

石晋之向辽称臣，原一大谬。但铸错已成，势难骤改。重贵新立，皇纲未振，乃误信一景延广，向辽挑衅，辽主入寇无功，旋即引去，此岂重贵之果能却敌，实由天夺之鉴，促其灭亡耳！景延广虽被劾外调，而进任者为一桑维翰，悉心秉政，颇有转机。然贿赂公行，恩怨必报，究非大臣风度。且幽、涿十六州，沦没虏廷，创此议者为谁，而可谓无罪乎？杨光远引虏入侵，甘心叛主，实欲效石敬瑭故事，但秃疮天子，跛脚皇后，久为世笑，安能有成？惟重贵不能明正典刑，徒令李守贞之遣人拉死，反以病卒见告，叛命者可以免罪，则天下谁不思藉蛮夷力，窃皇帝位乎？故辽兵再举，而虎伥甚多。石晋不亡于内乱，而亡于外寇，有以夫！

第三十四回　战阳城辽兵败溃
失建州闽主覆亡

却说义成节度使皇甫遇与濮州刺史慕容彦超往探敌踪,行至邺县漳水旁,正值辽兵数万,控骑前来。遇等且战且却,至榆林店,后面尘头大起,见辽兵无数驰至,遇语彦超道:"我等寡不敌众,但越逃越死,不如列阵待援。"彦超亦以为然,乃布一方阵,露刃相向。辽兵四面冲突,由遇督军力战,自午至未,约百余合,杀伤甚众。遇坐马受伤,下骑步战。仆人顾知敏让马与遇。遇一跃上马,再行冲锋,奋斗多时,才见辽兵少却。旁觅知敏,已经失去,料知为敌所擒,便呼彦超道:"知敏义士,怎可轻弃!"彦超闻言,便怒马突入辽阵,遇亦随往,从枪林箭雨中,救出知敏,跃马而还。义勇可风。

时已薄暮,辽兵又调出生力军前来围击,遇复语彦超道:"我等万不可走,只得以死报国了!"乃闭营自固,以守为战。安阳诸将怪遇等至暮未归,各生疑虑。安审琦道:"皇甫太师,寂无声问,想必为敌所困。"言未已,有一骑士驰来,报称遇等被围,危急万状。审琦即引骑兵出行。张从恩问将何往,审琦慨然道:"往救皇甫太师!"如闻其声。从恩道:"传言未必可信,果有此事,虏骑必多,夜色昏皇,公往何益!"审琦朗声道:"成败乃是天数,万一不济,亦当共受艰难,倘使虏不南来,坐失皇甫太师,我辈何颜还见天子!"审琦亦颇忠勇。说至此,已扬鞭驰去,逾水急进,辽兵见有援师,便即解围。遇与彦超才得偕归相州。

张从恩道:"辽主倾国南来,势甚汹涌,我兵不多,城中粮又不支一旬,倘有奸人告我虚实,彼虏悉众来围,我等死无葬地了。不若引兵就黎阳仓,倚河为拒,尚保万全。"审琦等尚未从议,从恩麾军先走,各军不能坚持,相率南趋,扰乱失次,如邢州溃退时相同。从恩只留步卒五百名,守安阳桥,夜已四鼓。

知相州事符彦伦闻各军退去,惊语将佐道:"暮夜纷纭,人无固志,区区五百步卒,怎能守桥!快召他入城,登陴守御。"当下遣使召还守兵,甫经入城,天色已曙。遥望安阳水北,已是敌骑纵横。彦伦命将士乘城,扬旗鸣鼓,佯示军威。辽兵不知底细,总道是兵防严密,不敢径进。彦伦复出甲士五百,列阵城北,辽兵益惧,至午退归。

北面副招讨使马全节等,奏称虏众引还,宜乘势大举,出袭幽州。振武节度使折从远,又表称截击归寇,进攻胜朔。于是晋主重贵复起雄心,召张从恩入都,权充东京留守,自率亲军往滑州。命安审琦屯邺都,再从滑州趋澶州,马全节部军,依次北上。刘知远在河东,得知消息,不禁叹息道:"中原疲敝,自守尚恐不足,今乃横挑强胡,幸胜且有后患,况未必能胜呢!"你也未免观望。

辽主尚未知晋主亲出,但取道恒州,向北旋师。前驱用羸兵带着牛羊,趋过祁州城下,刺史沈斌望见辽兵羸弱,以为可取,遂派兵出击。不意兵已出发,那后队的辽兵,突然掩至,竟将州兵隔断,趁势急攻。斌登城督守,赵延寿在城下指挥辽兵,仰首呼斌道:"沈使君!你我本系故交,想区区孤城,如何得保!不如趋利避害,速即出降。"斌正色答道:"公父子失计,陷没虏廷,忍心害理,敢率犬羊遗裔,来噬父母宗邦,试问公具有天良,奈何不自愧耻,尚有骄色。斌弓折矢尽,宁为国家死节,终不效公所为!"对牛弹琴。延寿恼羞成怒,扑攻益急,两下相持一昼夜,待至诘朝,城被攻破,斌即自杀。延寿掳掠一周,出城自归。

晋主再命杜威为北面行营都招讨使,领本道兵,会马全节等进军。杜威乃进兵定州,派供奉官萧处钧收复祁州,权知州事。一面会同各军,进攻泰州,辽刺史晋廷谦开城出降。晋军乘胜攻满城,擒住辽将没剌,复移兵拔遂城。

辽主耶律德光还至虎北口，迭接晋军进攻消息，又拥众南向，麾下约八万人。晋营哨卒报知杜威，威不禁生畏，拔寨遽退，还保泰州。及辽军进逼，再退至阳城，那辽主不肯休息，鼓行而南，晋军退无可退，不得不上前厮杀。可巧遇着辽兵前锋，即兜头拦截，一阵痛击，杀败辽兵，逐北十余里，辽兵始逾白沟遁去。

越二日，晋军结队南行，才经十余里，忽遇辽兵掩住，四面环攻。晋军突围而出，至白团卫村，依险列阵，前后左右，排着鹿角，权作行寨。辽兵一齐奔集，攒聚如蚁，又把晋营围住，并用奇兵绕出营后断绝晋军粮道。是夜东北风大起，拔木扬沙，很是利害。晋营中掘井取水，方见泉源，泥辄倒入，军士用帛绞泥，得水取饮，终究不能解渴，免不得人马俱疲。挨至黎明，风势愈剧，辽主德光踞坐胡车，大声发令道："晋军只有此数，今日须一律擒住，然后南取大梁。"遂命铁鹞军(辽人称精骑为铁鹞)同时下马，来蹍晋营。拔去鹿角，用短兵杀入，后队更顺风扬火，声助兵威。

晋军至此，却也愤怒起来，齐声大呼道："都招讨使！何不下令速战！难道甘束手就死吗？"杜威尚是迟疑，徐徐答道："俟风少缓，再定进止。"李守贞进言道："敌众我寡，现值风扬尘起，彼尚未辨我军多少，此风正是助我，若再不出军奋击，一俟风缓，吾属无噍类了！"说至此，便向众齐呼道："速出击贼。"又回头语威道："公善守御，守贞愿率中军决死了。"马军排阵使张彦泽欲退，副使药元福力阻道："军中饥渴已甚，一经退走，必且崩溃。敌谓我不能逆风出战，我何妨出彼所料，上前痛击，这正是兵法中诡道哩！"马步军都排阵使符彦卿亦挺身出语道："与其束手就擒，宁可拼生报国！"遂与彦泽、元福拔关出战。皇甫遇亦麾兵跃出，纵横驰骤，锐不可当，辽兵辟易，倒退至数百步。风势越吹越大，天愈昏暗，几乎不辨南北，彦卿与守贞相遇，并马与语道："还是曳队往来呢？还是再行前进，以胜为度呢？"守贞道："兵利速进，正宜长驱取胜，怎得回马自沮！"彦卿乃呼集诸军，拥着万余骑，横击辽兵，呐喊声震动天地。辽兵大败而走，势如崩山，晋军追逐至二十余里。

辽铁鹞军已经下马，仓促不能覆上，委弃马仗，满积沙场，及奔至阳城东南水上，始稍稍成列。杜威闻胜出追，行至阳城，遥见辽兵正在布阵，乃下令道："贼已破胆，不宜更令成列！"因遣轻骑驰击，也来驶顺风船吗？辽兵皆逾水遁去。耶律德光乘车北走千余里，得一橐驼，改乘急走。诸将请诸杜威，谓急追勿失。杜威独扬言道，"遇贼幸得不死，尚欲索取衣囊吗？"总不肯改过本心。李守贞接入道："两日以来，人马渴甚，今得水畅饮，必患脚肿；不如全军南归为是。"乃退保定州，嗣复自定州引还，晋主也即还都。

杜威归镇，表请入朝，晋主不许。看官道他何意？原来杜威久镇恒州，自恃贵戚，贪纵无度，往往托词备边，敛取吏民钱帛，入充私囊。富室藏有珍货及名姝骏马，必设法夺取，甚至诬以他罪，横加杀戮，没资充公。至虏骑入境，他却畏缩异常，任他纵掠，属城多成榛莽。自思境内残敝，又适当敌冲，不如入都觐主，面请改调。晋主重贵不许，他竟不受朝命，委镇入朝。

朝廷闻报，相率惊骇。桑维翰入奏道："威常凭恃勋亲，邀求姑息，及疆场多事，无守御意，擅离边镇，藐视帝命。正当乘他入朝，降旨黜逐，方免后患！"晋主重贵默然不答，面上反露出二分怏意。维翰又道："陛下若顾全亲谊，不忍加罪，亦只宜授他近京小镇，勿复委镇雄藩。"重贵才出言道："威与朕至亲，必无异志，但长公主欲来相见，所以入朝，愿卿勿疑！"维翰怏怏趋出。嗣是不愿再言国事，托词足疾，上表乞休。晋主总算慰留。

未几杜威入都，果挈妻同至。妻系晋主女弟，已进封宋国长公主，至是入宫私觐，替威面请，求改镇邺都。晋主重贵立即应诺，命威为邺都留守，仍号邺都为天雄军，令兼充节度使。为了兄妹的私情，竟把宗社送掉了。调故留守马全节镇成德军。威欣然辞行，挈妻偕往。马全节调任未几，即报病殁，后任为定州节度使王周，用前易州刺史安审约充定州留后，这也无容絮述。

且说辽主连年入寇，中国原被他蹂躏，受害不堪，就是北廷人畜，亦多致亡死。述律太后语德光道："今欲令汉人为辽主，汝以为可行否？"德光答言不可。述律太后复道："汝不欲汉人主辽，奈何汝欲主汉？"德光答道："石氏负我太甚，情不可容！"述律太后道："汝今日虽得汉土，亦不能久居，万一蹉跌，后悔难追！"又顾语群下道："汉儿怎得一向眠，自古但闻汉和蕃，不闻蕃和汉，若汉儿果能回意，我亦何惜与和。"这消息传入大梁，桑维翰含忍不住，复劝晋主向辽修和，稍纾国患。晋主重贵乃使供奉官张晖奉表称臣，往辽谢过。

辽主德光道："使景延广、桑维翰自来，再割镇、定两道与我，方可言和。"张晖不敢多辩，归白晋主。晋主谓辽无和意，不再遣使。且默忆辽兵两入，均得击退，自谓可无后虞，乐得安享太平，耽恋酒色。凡四方贡献珍奇，尽归内府，选嫔御，广宫室，多造器玩，崇饰后庭。在宫中筑织锦楼，用织工数百，制成地毯，期年甫成。又往往召入优伶，黅夜歌舞，赏赐无算。寻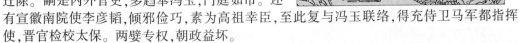且因各道贡赋，统用银两，遂命将银易金，取藏内库，笑语侍臣道："金质轻价昂，最便携带。"后人即指为北迁预兆。骄侈如此，即无以金易银之举，宁能免虏！桑维翰复进谏道："强邻在迩，未可偷安！曩时陛下亲御胡寇，遇有战士重伤，且不过赏帛数端。今优人一谈一笑，偶尔称旨，辄赐束帛万缣，并给锦袍银带，彼战士宁无见闻！将谓陛下待遇优伶，远过战将，势必灰心懈体，尚谁肯奋身效力，为陛下保卫社稷呢？"重贵不从。

枢密使冯玉专事逢迎，甚得主欢，兄妹本是同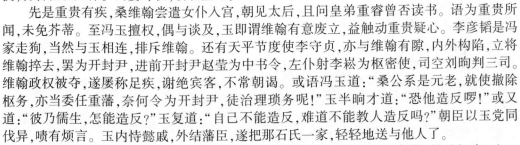情。竟升任同平章事。玉尝有微疾，乞假在家，重贵语群臣道："自刺史以上，俟冯玉病愈视事，方可迁除。"嗣是内外官吏，多趋奉冯玉，门庭如市。还有宣徽南院使李彦韬，倾邪佥巧，素为高祖幸臣，至此复与冯玉联络，得充侍卫马军都指挥使，晋官检校太保。两璧专权，朝政益坏。

先是重贵有疾，桑维翰尝遣女仆入宫，朝见太后，且问皇弟重睿曾否读书。语为重贵所闻，未免芥蒂。至冯玉擅权，偶与谈及，玉即谓维翰有意废立，益触动重贵疑心。李彦韬是冯家走狗，当然与玉相连，排斥维翰。还有天平节度使李守贞，亦与维翰有隙，内外构陷，立将维翰摔去，罢为开封尹，进前开封尹赵莹为中书令，左仆射李崧为枢密使，司空刘昫判三司。维翰政权被夺，遂屡称足疾，谢绝宾客，不常朝谒。或语冯玉道："桑公系是元老，就使撤除枢务，亦当委任重藩，奈何令为开封尹，徒治理琐务呢！"玉半晌才道："恐他造反啰！"或又道："彼乃儒生，怎能造反？"玉复道："自己不能造反，难道不能教人造反吗？"朝臣以玉党同伐异，噤有烦言。玉内恃懿戚，外结藩臣，遂把那石氏一家，轻轻地送与他人了。

小子因开运二年的秋季，闽为唐灭，不得不按时叙入，只好把晋事暂停，另述闽事（应三十二回）。闽主延政与唐相拒，不分胜负。唐安抚使查文徽屡请益兵，唐主璟更派都虞侯何敬洙为建州行营招讨使，将军祖全恩为应援使，姚凤为都监，率兵数千攻建州，由崇安进屯赤岭。闽主延政遣仆射杨思恭、统军使陈望，率兵万人，前往抵御。望列栅水南，旬余不战，唐人也不敢进逼。偏思恭传延政命，促望出击。望答道："江淮兵精将悍，不可轻敌，我国安危，系此一举，须谋出万全，然后可动！"思恭变色道："唐兵深入，主上寝不交睫，委命将军。今唐军不过数千，将军拥众万余，不急督兵出击，徒然老师糜饷，试问将军如何对得住主上呢？"望不得已引军涉水，与唐交仗。

唐将祖全恩见闽兵到来，只用千人对仗，佯作亏输，诱望穷追。望猛力追去，蓦听得后队大噪，急忙回顾，已被唐兵截作数段，顿时脚忙手乱，不及施救。唐将姚凤搅入中坚，先将帅旗砍翻，祖全恩又自前杀入。两唐将交逼陈望，望心胆愈裂，偶然失防，身已中槊，一个倒栽葱，跌落马下，立刻送命。望能守，不能战，故致丧身。杨思恭并不援应，一闻陈望阵亡，即慌忙逃回。延政大惧，婴城自守，且向泉州调将董思安、王忠顺，使率本州兵五千，分防建州要害（王、董二人见三十二回）。

偏建州未能免兵，福州又复生变。从前福州指挥使李仁达叛曦奔建州，延政用以为将。及朱文进叛曦，仁达复奔还福州，为文进谋取建州。文进虑他多诈，黜居福清。尚有著作郎陈继珣，亦叛延政入福州。至延政子继昌由延政派为福州镇守，仁达、继珣恐难免罪，意欲先发制人。继昌暗弱嗜酒，不恤将士，部下多生怨谤，延政曾防到此着，遣指挥使黄仁讽为镇遏使，率兵保护继昌。继昌瞧不起仁讽，仁讽亦不免介意。仁达、继珣乘间进语仁讽道："今唐兵乘胜南下，建州孤危，富沙王不能保有建州，怎能顾及福州？昔王潮兄弟，皆光山布衣，取福建尚如反掌，况我等乘此机会，自图富贵，难道不及王潮兄弟么！"仁讽也不多说，但点首示表同情。仁达、继珣退出，即密召党羽，乘夜突入府舍，杀死王继昌。吴成义闻变来援，双手不敌四拳，也为所杀。

仁达初欲自立，恐众心未服，特迎雪峰寺僧卓岩明为主，托言此僧两目重瞳，手垂过膝，真天子相。党徒同声附和，遂将秃奴拥入，代解衲衣，被服衮冕，就在南面高坐起来。大约亦是盘坐。仁达率将吏北面拜舞，年号恰遵晋正朔，称为天福十年。遣使至大梁，上表称藩。闽主延政闻报，族灭黄仁讽家，更派统军使张汉真，带领水军五千，会漳泉兵往讨岩明。

到了福州东关，船甫下椗，那城内突出一将，领着数千弓弩手，飞射来船。汉真不及备御，所带战舰均被射得帆折樯摧。当下麾船欲遁，不妨江中驶出许多小舟，舟中载着水兵，七铦八叉，来捉汉真。汉真措手不迭，被他叉落水中，活擒而去。余众或逃或死，不在话下。该统将入城报功，即将汉真砍为两段。看官道该将为谁？原来就是黄仁讽。仁讽因家族夷灭，无愤可泄，所以勇往直前，擒戮来将，聊报仇恨。亦是错想。那半僧半帝的卓岩明，毫无他能。唯在殿上噀水散豆，喃喃诵咒，谓为镇压来兵，因得胜仗。赏劳已毕，派人至莆田迎入乃父，尊为太上皇。仁达自判六军诸卫事，使黄仁讽守西门，陈继珣守北门。

仁讽事后追思，忽觉怀惭，是良心发现处。从容语继珣道："人生世上，贵有忠信仁义，我尝服侍富沙王，中道背叛，忠在哪里？富沙王以从子托我，我反帮同乱党，将他杀毙，信在哪里？近日与建州兵交战，所杀多乡曲故人，仁在哪里？抛撇妻子，令为鱼肉，受人屠戮，义在哪里？身负数恶，死有余愧了！"说着，泪如雨下。继珣劝慰道："大丈夫建功立名，顾不到什么妻子，且置此事，勿自取祸！"两人密谈心曲，偏为外人所闻，往报仁达。仁达竟诬称两人谋反，猝遣兵役捕至，枭首示众。仁讽实是该死。

既而大集将士，请卓岩明亲临校阅。岩明昂然到来，甫经坐定，由仁达目视部众，众已会意，竟登阶刺杀岩明，仁达却佯作惊惶，仓皇欲走，当被大众拥住，迫居岩明座位。仁达令杀伪太上皇，自称威武军留后，用南唐保大年号，向唐称臣，又遣人入贡晋廷。唐命仁达为威武节度使，赐名"弘义"，编入国籍。仁达又派使至吴越修好。

闽主延政因国势日危，亦遣使至吴越乞援，愿为附庸。吴越尚未发兵，那唐军却锐意进攻，日夕不休。延政左右密告福州援兵，有谋叛情状，乃收还甲仗，遣归福州。暗中却出兵埋伏，待至半途，突起围住，杀得一个不留，共得八千余尸骸，载归为脯，充作兵粮。看官试想，兔死尚且狐悲，这守兵也有天良，怎忍蚕食同类，因此人人痛怨，瓦解土崩。或劝董思安早择去就，思安慨然道："我世事王氏，见危即叛，天下尚有人容我吗？"部众感泣，始无叛意。

唐先锋使王建封，攻城数日，侦得守兵已无固志，遂缘梯先登。唐兵随上，守卒尽遁。闽主延政无可奈何，只好自缚请降。王忠顺战死，董思安整众奔泉州，汀州守将许文稹、泉州守将王继勋、漳州守将王继成闻建州失守，相继降唐。闽自王审知僭据，至延政降唐，凡六主，共五十年。小子有诗叹道：

> 不经弑夺不危亡，
> 祸乱都因政失常。
> 五十年来正氏祚，

可怜一战入南唐！

延政被解至金陵,能否保全性命,待至下回再表。

　　兵贵鼓气,气盛则一往莫御,观此回白团卫村之战,知晋之所以能胜辽者,全在气盛而已。然杜威、张彦泽之临阵畏缩,偷生畏死,已见一斑。若非李守贞、药元福、符彦卿、皇甫遇诸人,踊跃直前,彼早觍颜降虏矣。晋主重贵,任用非人,反以威为懿亲,有功王室,违命不诛,拒谏不从,能保狼子之不反噬乎！若闽主延政,势成弩末,既无保邦却敌之材,复有好猜嗜杀之失,倒行逆施,不亡何待！彼雪峰寺僧卓岩明,是何侥幸,一跃称帝！但有非分之福,必有无妄之灾。僭位未几,父子骈戮,求再披缁而不可得,富贵其可幸致耶！览此书,可作当头棒喝。

第三十五回

拒唐师李达守危城
中辽计杜威设孤寨

却说王延政被虏至金临，入见唐主。唐主降敕赦罪，授为羽林大将军，所有建州诸臣，一概赦免。惟仆射杨思恭，暴敛横征，剥民肥己，建州人号为杨剥皮，唐主特数罪处斩，以谢建人。另简王崇文为永安节度使，令镇建州。崇文治尚宽简，建人遂安。

越年三月，唐泉州刺史王继勋贻书福州，意在修好。李弘义（即李仁达）以泉州本隶威武军，素归节制，此时平行抗礼，与前不符，免不得暗生愤怒，拒书不受。嗣且遣弟弘通率兵万人，往攻泉州。泉州指挥使留从效语刺史王继勋道："李弘通兵势甚盛，本州将士，因使君赏罚不明，不愿出战，使君且避位自省罢！"继勋沉吟未决，当由从效指挥部众，把继勋掖出府门，逼居私第。自称代领军府事，部署行伍，出截弘通。战至数十回合，从效用旗一麾，部兵都冒死直上，弘通招架不住，回马返奔。主将一逃，全军大乱，走得快的还算幸免，稍迟一步，便即丧生。从效追至数十里外，方才凯旋，便遣人至金陵告捷。唐主璟授从效为泉州刺史，召继勋归金陵，徙漳州刺史王继成为和州刺史，汀州许文稹为蕲州刺史，惩前毖后，为休息计。

燕王景达用属掾谢仲宣言，面白唐主，谓宋齐邱系国家勋旧，弃诸草莱，未惬众望（宋齐邱归老九华，见三十二回）。唐主乃复召齐邱为太傅，但奉朝请，不令预政。偏齐邱未肯安闲，硬要来出风头。枢密使陈觉向与齐邱交好，遂托齐邱上疏推荐，愿往召李弘义入朝。齐邱乐得吹嘘。未奉批答，觉又自上一书，谓身往说弘义，不怕弘义不来。唐主乃令觉为福州宣谕使，赍赐弘义金帛，并封弘义母妻为国夫人，四弟皆迁官。

觉到了福州，满望弘义出迎，就可仗他三寸舌，劝令入觐。不意弘义高坐府署，但遣属吏导觉入见，弘义惟稍稍欠身，面上含着一种杀气，凛凛可畏。两旁来站住刀斧手，仿佛与觉为仇，有请君入瓮的情状。吓得陈觉魂胆飞扬，但传唐主赐命，不敢说及"入朝"二字。弘义但拱手言谢，即使属吏送觉入馆，以寻常酒饭相待。觉很觉没趣，住了一昼夜，便即辞归。可谓扫脸。

行至剑州，越想越惭，越惭越愤，便矫诏使侍卫官顾忠再至福州，召弘义入朝。自称权领福州军府事，且擅发汀、建、抚、信各州戍卒，命建州监军使冯延鲁为将，前往福州，促弘义入朝。延鲁先致弘义书，晓谕祸福。弘义毫不畏怯，竟覆书请战，特遣楼船指挥使杨崇葆，率舟师抵拒延鲁。觉恐延鲁独力难支，续派剑州刺史陈诲，为沿江战棹指挥使，援应延鲁。一面拜表金陵，但说福州孤危，旦夕可克。

唐主璟并未接洽，接阅表文，才知觉矫制调兵，专擅得了不得，禁不住怒气勃发。学士冯延已已进任首相，与朝上一班大臣，多是陈觉党羽，慌忙上前劝解，统说是兵逼福州，不宜中止，且俟战胜后再作区处。唐主乃权时忍耐。未几接得军报，延鲁已得胜仗，击败杨崇葆。又未几复接军报，延鲁进攻福州西关，被弘义一鼓击退，士卒多死。连左神威指挥使杨匡邺都为所擒。那时唐主不能罢手，只好将错便错地做了下去。当下命永安节度使王崇文为东南面都招讨使，漳泉安抚使魏岑为东面监军使，延鲁为南面监军使，会兵进攻福州。凭着人多势厚，陷入外郭。弘义收集残众，固守内城，改名弘达，奉表晋廷。晋授弘达为威武节度使，知闽国事，惟不过授他虚名，并没有什么帮助。唐兵在福州外城，攻扑以外，一再招诱。福州排阵使马捷愿为内应，遂引唐军至善化门桥。弘达不妨内变，几乎手足失措，还亏都指挥使丁彦贞，率敢死士百人，用着短兵，闯入唐兵阵内，再荡再决，才将唐兵击却，不令入门。

但孤城总危急得很，弘达寝卧不安，复改名为达，遣使至吴越乞援，奉表称臣。再四改名，有何益处？适唐漳州将林赞尧作乱，杀死监军使周承义。剑州刺史陈诲忙会同泉州刺史留从效，往平漳乱，逐去赞尧。即用故闽将董思安权知漳州事，且联名保荐思安，唐主因授思安为漳州刺史。思安以父名章，上书辞职。这也未免迂拘。唐主特改称漳州为南州，且令他与从效合兵，助攻福州。

福州已如累卵，怎禁得住唐兵合攻，只好再三派使，至吴越催促援军。吴越王弘佐召诸将商议进止，诸将统言道路险远，不便往援，惟内都监使邱昭券主张出师。弘佐道："唇亡齿寒，古有明戒，我世受中原命令，位居天下兵马元帅，难道邻国有难，可坐视不救吗？诸君只乐饱食安坐，奈何为国！"说着，便命统军使张筠、赵承泰，调兵二万，水陆南下，往援福州。李达闻援兵到来，急开水城门迎接。吴越军自甘浦夜进，得入城中。偏唐军闻风急攻，进东武门。李达偕吴越军拼命出拒，鏖斗多时，不能得胜，只勉强保守危城。

唐主更遣信州刺史王建封再往福州，满拟添兵益将，指日成功。偏建封素性倔强，不肯服从王崇文。陈觉、冯延鲁、魏岑、留从效等，又彼此争功，彼进此退，彼退此进，好似满盘散沙，不相团结，因此将士灰心，各无斗志。唐主召江州观察使杜昌业为吏部尚书，昌业查阅簿籍，慨然叹道："连年用兵，国帑将罄，如何能持久呢？"为下文伏笔。

且说晋主重贵，本欲发兵援闽，因北寇方深，无暇南顾，只好虚词笼络，得过且过。定州西北有狼山，土人入山筑堡，意在避寇。堡中有佛舍，由女尼孙深意住持，深意妖言惑众，远近奉若神明。中山人孙方简及弟行友，与深意联宗。自居侄辈，敬事深意。深意病死，方简诡称深意坐化，用漆髹尸，置诸神龛中，服饰如生，香花供奉。徒党辗转依附，多至数百人。时晋、辽绝好，北方赋役繁重，寇盗充斥。方简兄弟自言有天神相助，可庇人民。百姓奔趋如鹜，求他保护，他遂选择壮丁，勒成部伍，舍寺作寨，号为一方保障。初意却是可取。

辽兵入寇，即督众邀击，夺得甲兵牛马军资，分给徒众，众皆欢跃。乡民闻风往依，携老挈幼，络绎不绝，历久得千余家，自恐为吏所讨，归款晋廷。晋廷亦借他御寇，令署东北招收指挥使，方简遂屡入辽境抄掠，辄有杀获，渐渐地骄恣起来，尝向晋廷多方要求。晋廷怎能事事依他，他不得如愿，即叛晋降辽，愿为向导，引辽入寇。匪人之不可恃也如此！会河北大饥，饿殍载道，兖、郓、沧、贝一带，盗贼蜂起，吏不能禁。天雄军节度使杜威遣部将刘延翰，出塞市马，竟为方简所掳，押献辽廷。途次被延翰脱逃，还奔大梁。报称方简为辽作伥，亟宜预防。晋主乃命天平节度使李守贞为北面行营都部署，义成节度使皇甫遇为副，彰德节度使张彦泽充马军都指挥使，义武节度使李殷充步军都指挥使，并遣指挥使王彦超、白延遇等，率步兵十营戍邢州。守贞虽为统帅，但与内廷都指挥使李彦韬未协。彦韬本党附冯玉，掌握军权(应前回)，往往牵制守贞。守贞佯为敬奉，暗中实怨恨不平。看官！你想内外不和，形同水火，国事尚堪再问么！呼应语不可少。

晋主恐吐谷浑等再为辽诱，屡召白承福入朝，宴赐甚厚(白承福降晋见三十一回)，令戍滑州。承福令部众仍往太原，择地畜牧。番众不知法律，尝犯河东禁令。节度使刘知远依法惩办，不肯少贷。番目白可久渐生怨望，率所部先亡归辽。

知远得报，密与亲将郭威计议道："今天下多事，番部出没太原，实是腹心大病，况白可久已先叛去，能保不辗转相诱么！"威答道："顷闻可久奔辽，辽授他云州观察使，倘被承福闻知，必望风欣羡，阴生异图。俗语说得好：'擒贼先擒王'，承福一除，部落自衰。且承福拥资甚厚，饲马尝用银槽，我若得资饷军，雄踞河东，就使中原生变，也可独霸一方。天下事安危难测，愿公早为决计！"威亦乱世枭雄。知远称善，因密表吐谷浑反复无常，请迁居内地。晋主遂派使押还番众，分置诸州。

知远料承福势孤，即遣郭威召诱承福，俟承福入太原城，用兵围住，诬他谋叛，把承福亲族四百余口，杀得精光。所有承福遗资，一并籍没，事后奏达晋廷，仍将"谋叛"二字，作为话柄。晋主哪里知晓，颁敕褒赏，吐谷浑从此衰微，河东却从此雄厚了。为刘氏代晋张本。

既而辽兵三万寇河东。想由白可久导入！刘知远命郭威出拒阳武谷，击破辽兵，斩首七千级，露布告捷。张彦泽亦报称泰、定二州，连败辽人，俘馘二千名。晋廷君臣得意扬扬，还道是北虏浸衰，容易浸灭。

适幽州来了一个弁目，谓赵延寿有意归国。枢密使李崧、冯玉信为真情，遽使杜威致书延寿，具述朝旨，啖他厚利。嗣得延寿覆书，略言久处异域，思归故国，乞发大兵接应，即当自拔来归。冯玉等更怀痴望，且派使往幽州，与延寿约定师期。延寿假意承认，暗地里报知辽主。辽主将计就计，且嘱瀛洲刺史刘延祚遗乐寿监军王峦书，佯言愿举城内附。并云城中辽兵不满千人，朝廷若发兵往袭，自为内应，城可立下。今秋又值多雨，瓦桥以北，积水漫天，辽主已归牙帐，虽闻关南有变，道远水阻，如何能来？请朝廷乘势速行等语。王峦得书，飞使表闻。

冯玉、李崧喜欢得了不得，拟先发大军，往迎延寿与延祚。杜威亦上言瀛、莫可取状。深州刺史慕容迁且献入瀛、莫地图。玉与崧遂奏白晋主，请用杜威为都招讨使，李守贞为副。中书令赵莹私语冯、李二人道："杜为国威，身兼将相，尚所欲无餍，心常慊慊，此岂还可复假兵权！必欲有事朔方，不如专任守贞，尚无他虑呢！"亦非知本之言。冯、李亦不以为然，遂授杜威行营都招讨使，李守贞为兵马都监，安审琦为左右厢都指挥使，符彦卿为马军左厢都指挥使，皇甫遇为马军右厢都指挥使，他如梁汉璋、宋彦筠、王饶、薛怀让诸将，统随往北征。且下敕牒道，专发大军，往平黠虏，先收瀛、莫，安定关南，次复幽、燕，荡平塞北。能说不能行奈何？结末一行，是有能擒获虏主者，除上镇节度使，赏钱万缗，绢万匹，银万两。是敕一下，各军陆续出发。偏偏天不助美，自六月积雨，至十月末止，军行粮输，免不得拖泥带水，各生怨言。

杜威到了广晋，与李守贞会师，北向进行，且恐兵马不足，再令妻宋国公主入都，乞请添兵。晋主将禁军多半拨往，顾不得宿卫空虚，但望他克期奏捷。威带领全军，直往瀛洲，遥见城门大开，寂若无人，不由得暗暗惊疑，彷徨却顾。当下驻营城外，分遣侦骑四往探听。俟得侦报，谓辽将高漠翰已引兵潜出，刺史刘延祚不知去向，威乃令马军排阵使梁汉璋，引二千骑往追辽兵。此时应知中计，何不速退？还要令梁汉璋往追，想是汉璋该死此地了。汉璋奉令前进，行至南阳务，陷入伏中，辽兵四面齐起，把汉璋困住垓心。汉璋左冲右突，竟不能脱，徒落得全军覆没，暴骨沙场。

败报递入威营，威慌忙引还。那时辽主耶律德光闻知晋军已退，遂大举南来，追蹑晋军。杜威素来胆小，星夜南奔，张彦泽时在恒州，引兵往会，主张拒敌。威乃与同趋恒州，使彦泽为先锋。进至中渡桥，桥据滹沱河中流，辽兵已上桥扼守，由彦泽麾众与争，三却三进，辽兵焚桥退去，与晋军夹河列营。

辽主德光见晋军大至，争桥失利，恐晋军急渡滹沱，势不可当，正拟引众北归。嗣闻晋军沿河筑寨，为持久计，乃逗留不去。杜威筑垒自固，闭门高坐，偏裨皆节度使无一奋进，但日相承迎，置酒作乐，罕谈军事。磁州刺史李毂献策道："今大军与恒州相距，不过咫尺，烟火相望。若多用三股木置水中，就木上积薪布土，桥可立成，更密约城中举火相应，夜募壮士，斫入房营，表里合势，虏自惊溃！"确是退敌之策。诸将皆以为然，独杜威不从。惟遣毂南至怀孟，督运军粮。

辽主德光见杜威久不出兵，料知恇怯无能，遂用大兵潜压晋营，暗遣部将萧翰，与通事刘重进领骑兵百人及步卒数百，潜渡滹沱河上游，绕出晋军后面，断晋粮道。途中遇着晋军樵采，便即掠去。有几个脚生得长的，逃回营中，张皇虏势，说有无数辽兵，截我归路。营中得此消息，当然恟惧。辽将萧翰等驰至栾城，如入无人之境，城中戍兵千余人，猝不及防，竟被翰等闯入，没奈何狼狈乞降。翰俘得晋民，黥面为文，有"奉敕不杀"四字，各纵使南走。运粮诸役夫，从道旁遇着，总道是虏兵深入，不如赶紧逃生，遂把粮车弃去，四处崩溃。一时风声鹤唳，传遍中原。中国专思骗人，偏被外人骗去。李毂在怀孟闻警，忙自缮奏疏，密陈大军危急,请车驾速幸澶州,并召高行周、符彦卿扈从,急发兵守澶州、河阳,防备敌冲。这疏由军将关勋飞马走报,晋廷接到谷疏,相率惊惶。那杜威又奏请益兵,都城卫士已遣发军前,只剩得宫禁守兵数百名,又一齐调赴,并命发河北及滑、孟、泽、潞刍粮五十万,往诣军前,追呼严急,所在鼎沸。已而杜威复遣使张祚告急,晋廷无从派兵,但遣祚归报行营,令他严守。祚还至途中,竟被辽兵掳去。嗣是内外隔绝,两不相通。

开封尹桑维翰目击危状,求见晋主,拟进陈守御计划。晋主正在苑中调鹰,只图快乐,不欲维翰入见,当遣内侍拒绝。维翰不得已入枢密院,与冯玉、李崧谈及国事。话不投机半句多,任你桑维翰韬略弘深,议论确当,那冯、李两公,只是摇首闭目,不答一词。维翰怅然趋出,还语所亲道:"晋氏将不血食了!"

过了两三天,军报益急,晋主因欲亲自出征,都指挥使李彦韬入阻道:"陛下亲征,孰守宗社?臣闻千金之子,坐不垂堂;况陛下尊为天子,难道可屡冒矢石吗?"晋主乃命高行周为北面都部署,副以符彦卿,共戍澶州,遣西京留守景延广,出屯河阳。

杜威在中渡桥,与辽兵相持多日,不展一筹,恼了指挥使王清,入账见威道:"我军暴露河滨,无城为障,营孤食尽,势且自溃。清愿率步兵二千为先锋,夺桥开道,公率诸军继进,得入恒州,守御有资,始可无恐了!"威踌躇半晌,方才许诺。派宋彦筠领兵千人,与清俱往。清挺身直前,逾河进战,约数十回合,杀毙辽兵百余人,虏势少却。宋彦筠胆小如鼷,一遇辽兵接仗,不到半刻,便即退缩。辽兵从后追杀,彦筠凫水逃回。独清尚带着孤军,猛力奋斗,互有杀伤。一再遣使至大营,促威进兵,威安坐营幄,竟不使一人一骑往救王清。清力战至暮,顾语部众道:"上将握兵,坐视我等围困,不肯来援,想必另有异谋。我等食君禄,当尽力君事,迟早总是一死,不如以死报国罢!"部众都为感动,死战不退。既而天色渐昏,辽主腾出新军,来围王清。可怜王清势孤力竭,与众尽死。临死时尚格毙辽兵数名。小子有诗叹道:

> 沙场战死显忠名,
> 壮士原来不惜生;
> 只恨贼臣甘误国,
> 前驱殉节尚无成。

王清既死,诸军夺气,辽兵乘胜逾河,环逼晋营。究竟杜威如何抵敌,容至下回再详。

倾南唐之全力,尚不能拔一孤城,可见师克在和,不和必败。彼李仁达四处乞援,仅得一吴越偏师,拒战失利,假令南唐各将,齐心协力,取孤城如反手,亦何至旷日无功耶?若杜威虽中辽计,坐失一梁汉璋,然尚无损大局。苟联合张彦泽等,逾滹沱河以杀敌,则一举可逐辽兵,抑或从王清言,并力俱进,亦得入据恒州,固守却敌。失此不行,徒致良将丧躯,强虏四遍,天下未有将帅不和,而能出师告捷者也。南唐尚不足责,如杜威者,其石氏之贼臣乎!

第三十六回

张彦泽倒戈入汴
石重贵举国降辽

却说辽兵环逼晋营，气焰甚盛，晋营中势孤援绝，粮食且尽。杜威计无所施，唯有降辽一策，或尚得保全性命。当与李守贞、宋彦筠等商议，众皆无言。独皇甫遇进言道："朝廷以公为贵戚，委付重任，今兵未战败，遽欲觍颜降虏，敢问公如何得对朝廷！"遇后来为晋殉难，故特别提出。威答道："时势如此，不能不委曲求全！"遇愤慨而出。威密遣心腹将士，驰往辽营请降，且求重赏。辽主德光道："赵延寿威望素浅，未足为中原主子；汝果降我，当令汝为帝。"仍是骗局。这语由将士还报，威大喜过望，即令书记官草好降表。越宿召集诸将，出表相示，令他依次署名。诸将虽然骇愕，但多半贪生怕死，依令画诺，惟皇甫遇未曾与列。威再遣阁门使高勋赍奉降表，呈入辽营。辽主优诏慰纳，遣勋报威，即日受降。

威便令军士出营列阵，军士踊跃趋出，摩拳擦掌，等待厮杀。俄见威出帐宣谕道："现已食尽途穷，当与汝等共求生计，看来只有降敌了。"说着，遂命军士释甲投戈，军士惊出意外，禁不住号哭起来，霎时闻声震原野。威与守贞同时扬言道："主上失德，信用奸邪，猜忌我军，我等进退无路，不如投顺北朝，别求富贵。"杜威原是丧心，不意守贞亦复如此。

语未毕，已有一辽将带着辽骑，整辔前来，身上穿着赭袍，很是鲜明。看官道是何人？原来就是赵延寿。延寿到了军前，抚慰士卒，杜威以下，相率迎谒。延寿命随行辽兵，递上赭袍，交与杜威。威欣然披服，向北下拜，及起身向众，居然趾高气扬，隐隐以中国皇帝自命。廉耻扫地。延寿即引威等往谒辽主。辽主语威道："汝果立功中国，我当不负前言！"威率众将舞蹈谢恩。辽主面授威为太傅，李守贞为司徒。

威愿为前驱，引辽主至恒州城下，诏谕守将王周，劝他出降。周即开城迎入，辽主率大军入城，派兵往袭代州，刺史王晖亦举城迎降。辽主复遣通事耿崇美招降易州。易州刺史郭璘素具忠诚，每当辽兵过境，必登陴拒守，无隙可击。辽主德光尝恐他邀截归路，屡有戒心，每过城下，必指城叹息道："我欲吞并中原，恨为此人所扼，迟早总要除他哩。"至是命崇美往抚易州，易州兵吏闻风生畏，争先出降。璘不能禁阻，但痛骂崇美。崇美怒起，拔剑杀璘，应手而倒。不略忠臣。

易州归辽，义武军节度使李殷、安国军留后方泰，相继降辽。辽主命孙方简为义武节度使，麻答为安国节度使，另派客省副使马崇祚权知恒州事。遂引兵自邢相南行，杜威率降众随从。皇甫遇不欲降辽，偏辽主召他入账，令先驱入大梁。遇固辞而出，泣谓左右曰："我位为将相，败不能死，尚忍倒戈图主义！"是夜引从骑数人，行至平棘，顾语从骑道："我已数日不食了，尚何面目南行！"遂扼亢亢而死。节尚可取。

辽主改命张彦泽先进，用通事傅住儿（一译作富珠哩）为都监，偕彦泽前职大梁。彦泽引兵二千骑，倍道疾驰，星夜渡白马津，直抵滑州。晋主重贵始闻杜威败降，接连收到辽主檄文，乃是由彦泽传驿递来，内有"纳叔母于中宫，乱人伦之大典"等语。想是晋臣所为。慌得重贵面色如土，急召冯玉、李崧、李彦韬三人，入内计事。三人面面相觑，最后是李崧开口道："禁军统已外出，急切无兵可调，看来只有飞诏河东，令刘知远发兵入卫呢！"重贵闻言，忙命李崧草诏，遣使西往。

过了一宵，天色微明，宫廷内外，竞起喧声。重贵惊醒起床，出问左右，才知张彦泽领着番骑，已逼城下。嗣又有内侍入报道："封邱门失守，张彦泽斩关直入，已抵明德门了！"重贵越加慌忙，急令李彦韬搜集禁兵，往阻彦泽。不意彦韬已去，宫中益乱，有两三处纵起火来。

重贵自知难免，携剑巡宫，驱后妃以下十余人，将同赴火，亲军将薛超从后赶上，抱住重贵，乞请缓图。俄递入辽主与晋太后书，语颇和平，重贵乃令亲卒扑灭烟火，自出上苑中，召入翰林学士范质，含泪与语道："杜郎背我降辽，太觉相负，从前先帝起太原时，欲择一子为留守，商诸辽主，辽主曾谓我可当此任，卿今替我草一降表，具述前事，我母子或尚可生活了。"质依言起草，援笔写就，但见表中列着：

孙男臣重贵言：顷者唐运告终，中原失驭，数穷否极，天缺地倾。先人有田一成，有众一旅，兵连祸结，力屈势孤。翁皇帝救患摧刚，兴利除害，躬擐甲胄，深入寇场，犯露蒙霜，度雁门之险，驰风击电，行中冀之诛，黄钺一麾，天下大定，势凌宇宙，义感神明；功成不居，遂兴晋祚，则翁皇帝有大造于石氏也。旋属天降鞠凶，先君即世。臣遵承遗旨，篡绍前基。谅闇之初，荒迷失次，凡有军国重事，皆委将相大臣。至于嬗继宗祧，既非禀命，轻发文字，辄敢抗尊，自启衅端，果贻赫怒。祸至神惑，运尽天亡，十万师徒，望风束手，亿兆黎庶，延颈归心。臣负义包羞，贪生忍耻，自贻颠覆，上累祖宗，偷度朝昏，苟存视息。翁皇帝若惠顾畴昔，稍霁雷霆，未赐灵诛，不绝先祀，则百口荷更生之德，一门衔周报之恩，虽所愿焉，非敢望也。臣与太后暨妻冯氏，及举家戚属，见于郊野，面缚待罪，所有国宝一面，金印三面，今遣长子陕府节度使延煦，次子曹州节度使延宝，管押进纳，并奉表请罪，陈谢以闻。

表文草就，呈示重贵。重贵正在瞧着，突有一老妇踉跄进来，带哭带语道："我曾屡说冯氏兄妹是靠不住的。汝宠信冯氏，听他妄行，目今闹到这个地步，如何保全宗社！如何对得住先人！"重贵转眼旁顾，进来的不是别人，正是皇太后李氏。当下心烦意乱，也无心行礼，只呆呆地站立一旁，李太后尚欲发言，外面又有人趋入道："辽兵已入宽仁门，专待太后及皇帝回话！"太后乃顾问重贵道："汝究竟怎么样办？"重贵答不出一句话儿，只好将降表奉阅，太后约略一瞧，又恸哭起来。

范质在旁劝慰道："臣闻辽主来书，无甚恶意，或因奉表请罪，仍旧还我宗社，亦未可知。"痴呆子语。太后也想不出别法，徐徐答道："祸及燃眉，也顾不得许多了。他既致书与我，我也只好覆答一表，卿且为我缮草罢。"质乃再草一表。其文云：

晋室皇太后新妇李氏妾言：张彦泽、傅住儿至，伏蒙阿翁皇帝降书安抚。妾伏念先皇帝顷在并汾，适逢屯难，危同累卵，急若倒悬，智勇俱穷，朝夕不保。皇帝阿翁，发自冀北，亲抵河东，跋履山川，逾越险阻，立平巨孽，遂定中原。救石氏之覆亡，立晋朝之社稷。不幸先皇帝厌代，嗣子承桃，不能继好息民，反且辜恩亏义。兵戈屡动，驷马难追，咎实自贻，咎将谁执！今穹昊震怒，中外携离，上将牵羊，六师解甲，妾举宗负衅，视景偷生。惶惑之中，抚问斯至，明宣恩旨，曲示含容，慰偷叮咛，神爽飞越，岂谓已垂之命，忽蒙更生之恩！省罪责躬，九死未报。今遣孙男延煦、延宝，奉表请罪，陈谢以闻！

太后与重贵把表文略瞧一周，便召入延煦、延宝令他赍着表文，往谒辽营。相传延煦、延宝系是重贵从子，重贵养为己儿，或说由重贵亲生，未知孰是。两人素居内廷，所兼节度使职衔，乃是遥领，并未莅任。此次入奉主命，只好赍表前去。那辽通事傅住儿已入朝来宣辽主敕命，重贵无法拒绝，勉强出见。傅住儿令重贵脱去黄袍，改服素衣，下阶再拜，听读辽敕。重贵顾命要紧，不得已唯言是从，左右皆掩面而泣。满朝皆妇人，如何守国！

待傅住儿读毕出朝，重贵垂泪入内，特遣内侍往召张彦泽，欲与商量后事。彦泽不肯应召，但使内侍覆报道："臣无面目见陛下！"重贵还道他怀羞怕责，因此不来。再遣使慰召，彦泽微笑不应，自至侍卫司中，捏称晋主命令，召开封尹桑维翰入见。维翰应命前来，行至天街，适与李崧相遇，立马与谈。才说了一二语，有军吏行近维翰马前，长揖与语道："请相公赴侍卫司。"维翰料为彦泽所欺，势难免祸，乃语李崧道："侍中当国，今日国亡，反令维翰死事，究为何因？"崧惭惭自去。

维翰既入侍卫司，望见彦泽堂皇高坐，面色骄倨，不禁愤恨交并，指斥彦泽道："去年脱公罪戾，使领大镇，继授兵权，主上待公不薄，公奈何负恩至此！"彦泽无词可答，但令置诸别室，派兵看守。一面索捕仇人，稍有嫌隙，无不处死。复纵兵大掠，掳得珍宝，多取为己有。贫民亦乘势闯入富家，杀人越货，抢劫至两昼夜，都城一空。彦泽所居，宝货山积，自谓有功北朝，日益骄横，出入骑从，常数百人，前面导着大旗，上书"赤心为主"四字。道旁士民免不得笑骂揶揄。随军闻声拿捕，有几个晦气的，被他拿至彦泽面前，彦泽不问所犯，但瞋目竖起三指，便将犯人枭首。宣徽使孟承诲匿避私第，也被彦泽捕至，结果性命。阁门使高勋外出未归，彦泽乘醉入高勋家，勋有叔母及弟，出来酬应，片语未合，俱被杀死，陈尸门前。都下咸有戒心，差不多似豺虎入境，寝食不安。

先是彦泽尝为彰义军节度使，擅杀掌书记张式，甚至决口剖心，截断四肢。又捕住亡将杨洪，先截手足，然后处斩。河阳节度使王周曾奏劾彦泽不法二十六条，刑部郎中李涛等亦交章请诛，彦泽坐贬为龙武将军。后来御辽有功，因复擢用。上文所载桑维翰语，就指此事。补叙明白。

李涛时为中书舍人，私语所亲道："我若逃匿沟渎，仍不得免，何如亲自往见，听他处置！"遂大胆前往，至彦泽处投刺直入，朗声呼道："上疏请杀太尉人李涛，谨来请死！"彦泽欣就接见。且笑语道："舍人今日，可知惧否？"涛答道："涛今日惧足下，仿佛足下前日惧涛，向使朝廷早用涛言，何致有今日事！"彦泽益发狂笑，命从吏酌酒与饮。涛取饮立尽，从容自去，旁若无人。彦泽倒也无可如何。

未几令部兵入宫，胁迁重贵家属至开封府，宫中无不痛哭。重贵与太后李氏、皇后冯氏，得乘肩舆，宫人宦官十余名，随后步行。彦泽见重贵等携有金珠，又使人前语道："北朝皇帝，就要来京，库物却不应取藏哩。"重贵没法，悉数缴出。彦泽择取奇玩，余仍还封库中，留待辽主。及重贵等已入开封府署，更派控鹤指挥使李筠率兵监守，内外不通。汉奸比外夷更凶，彦泽可见一斑。重贵姑母乌氏公主，以金帛赂守卒，始得入见重贵及太后，相持一恸，诀别而归，夜自经死。倒还是个烈妇。重贵使取内库帛数匹，库吏不肯照给，且厉声道："这岂尚是晋主所有吗？"重贵又向李崧求酒，崧语使人道："非敢爱酒，恐陛下饮酒后，更致忧躁，别生不测，所以不敢奉进。"宗社已失，还要酒帛何用，这是重贵自取其辱。重贵因所求不得，再欲召见李彦韬。待久不至，正在潸然泪下，忽由彦泽差来悍吏，硬索楚国夫人丁氏。丁氏系延煦母，年逾三十，华色不衰，为彦泽所垂涎。重贵禀白太后，不欲使往，太后当然迟疑。怎奈彦泽一再强迫，连太后亦不能阻难，丁氏更身不由己，被他载去。冶容诲淫，想总不能保全名节了！不索冯皇后，还保存重贵体面。是夕彦泽竟杀死桑维翰，用带加颈，遣报辽主，诡云维翰自缢身亡。辽主怅然道："我并不欲杀维翰，奈何自尽！"遂传命厚恤家属。晋将高行周、符彦卿都诣辽营请降。辽主传入，两人拜谒帐前，但听辽主宣言道："符彦卿！你可记得阳城战事否？"（见三十四回。）彦卿答道："臣当日出战，但知为晋主效力，不暇他想，今日特来请罪，死生唯命！"你既知有晋主，到此何故变节！辽主解颐笑道："也好算一个强项士，我赦你前罪罢了！"彦卿拜谢，与高行周一同退出。

适延煦、延宝奉表入账，并呈上传国宝等，辽主览过表文，也不多言，惟接受传国宝时，却反复摩挲，最后问延煦道："这印可真吗？"延煦答言是真，辽主沉吟道："恐怕未必！"遂从案上取过片纸，草草写了数行，递给延煦道："你去交与重贵便了。"二人趋出，即返报重贵。重贵见辽主手书，乃是模模糊糊的汉文。略云：

> 大辽皇帝付与孙石重贵知悉，孙勿忧恐，必使汝有啖饭处。惟所献传国宝，未必是真，汝既诚心归降，速将真印送来！

重贵看了前数语，心下略略放宽。及瞧到后数语，又不免焦急起来，便自言自语道："我家只有此宝，奈何说是假的！"忽又猛然省悟道："不错！不错！"旁顾左右，只有愁容惨淡的妃嫔几个，没人可代为书状。乃援笔自书道：

> 先帝入洛京时，为伪主从珂自焚，传国旧宝，不知所在，想必与之俱烬。先帝受命，旋制此宝，臣僚备知此事。臣至今日，何敢藏宝勿献！谨此状闻。

这奏状着人递去，才免辽主诘责。嗣闻辽主渡河来京，意欲与太后前往奉迎，先告知张彦泽。彦泽不欲令见辽主，特遣人奏白辽主道："天无二日，宁有两天子相见路旁？"辽主依议，不许重贵郊迎，赵延寿等语辽主道："晋主既已乞降，当使衔璧牵羊，大臣舆榇，恭迎郊外。"辽主摇首道："我遣奇兵直取大梁，并非前往受降，何必用这般古礼！惟景延广前言不逊，很是可恨，应即速捕来！"遂派兵往捕延广，自引亲军渡河南行。途次传令晋臣，一切如故，朝廷制度，仍用汉仪。晋臣请备齐法驾，迎接辽主。辽主又覆报道："我方擐甲督兵，太常仪卫，尚未暇用，尽可不必施行！"

及行至封邱，景延广自来谒见。辽主怒责道："两国失欢，皆汝一人所致，汝尚敢来见我吗？十万横磨剑，今日何在！"妙甚，趣甚！延广极口抵赖。辽主召乔荣入证，那延广尚不肯承认，经乔荣取出一纸，就是当日笔录，字迹分明（见三十三回）。此时证据显然，百喙难辩。荣复证成延广罪案十条，每服一事，即授一筹。筹至八数，辽主忿然道："罪不胜诛，说他做甚！"延广浑身发抖，伏地请死。由辽主喝令锁着，押往北庭，延广夜宿陈桥，俟守兵少懈，扼吭而死。得免刀头痛苦，还是幸事。

时已岁暮，到了除夕这一日，晋廷文武百官，闻辽主翌日到京，黄夜出宿封禅寺。越日为正月元旦，百官在寺内排班，遥辞晋主，改服素衣纱帽，出迎辽主。但见辽兵整队前来，前步后骑，统是雄赳赳的健儿，声蹀蹀的壮马。当中拥着一位辽皇帝，貂帽貂裘，裹着铁甲，高坐逍遥马上，英气逼人。惹得晋臣眼花缭乱，慌忙匍匐道旁，叩头请罪。辽主见路左有一高阜，纵辔上登，笑盈盈地俯视晋臣，徐令亲军传谕，叫晋臣一律起身，仍易常服。晋臣三呼万岁，响彻云霄。越写越丑。

晋左卫上将军安叔千，起身出班，趋至高阜前，再行跪下，口作胡语。辽主哂道："汝就是安没字吗？汝从前镇守邢州，已累表通诚，我尝记着，至今未忘。"叔千听着，好似小儿得饼，非常喜欢，便磕了几个响头，呼跃而退。毫无羞耻。他本喜习夷言，罕识汉文，时人呼为安没字，所以辽主亦如此相呼。

晋臣已皆起立，引导辽主入封邱门。才到门前，晋主重贵偕太后等一齐出城，来迎辽主。辽主拒不令见，但使往寓封禅寺中，自率大军径入。城内百姓惊呼骇走。辽主上登城楼，遣通事宣谕道："我亦犹人，汝等百姓，毋庸惊慌，此后当使汝等苏息！我本无意南来，汉人引我至此哩！"百姓闻谕，稍稍安静。辽主再下楼入明德门，门内就是宫禁，他却下马拜揖，然后入宫。令枢密副使刘敏权知开封尹事。到了日暮，辽主仍出屯赤冈。不欲污乱宫闱，夷狄尚知礼义。

晋阁门使高勋上诉辽主，谓张彦泽妄杀家人；百姓亦争投牒疏，详列彦泽罪状。辽主命将彦泽系至，宣示百官，问彦泽应否处死，百官统言应斩。辽主道："彦泽应加死刑，傅住儿亦不为无罪，索性叫他同死吧。"遂令并捕傅住儿，与彦泽绑至北市，派高勋监刑。号炮一响，双首齐落。彦泽前时所杀士大夫的子孙，俱经杖来观，且哭且詈。高勋命将彦泽尸骸，断腕剖心，祭奠枉死诸人。百姓且破脑取髓，脔肉分食，顷刻即尽。未知延煦母丁氏意中如何？

辽主又命将晋宫眷，尽徙入封禅寺，派兵把守。会连日雨雪，外无供亿，重贵等冻馁不堪。李太后使人语寺僧道："我尝饭僧至数万金，今日独不相念么？"可为施僧者鉴。僧徒谓虏意难测，不敢进食，太后哭泣不止。重贵复密求守兵，丐得粗粝烂饭，勉强充饥。过了数日，辽主颁下诏敕，废重贵为负义侯。晋自石敬瑭僭位，只得一传，共计二主，凑成十一年而亡。小子有诗叹道：

> 大敌当前敢倒戈，
> 皇纲不正叛臣多；
> 追原祸始非无自，
> 成也萧何败也何！

重贵被废后，还要迁他到黄龙府。欲知底细，请看官续阅下回。

　　观本回杜威、张彦泽事，令人发指，但亦由石氏自取其咎耳。石敬瑭为明宗婿而灭唐，杜威为石氏婿而灭晋，报应显然，何足深怪！张彦泽反颜事仇，为虏效力，屠掠京邑，劫辱帝妃，罪较杜威为尤甚，然当日杀人负罪，廷臣交章请诛，石氏何为姑息养奸，略从贬抑，便即迁擢，仍使之典握兵权，倒戈反噬耶！况石重贵奸淫叔母，宠信佞臣，太后屡诫不知悛，谋臣献议不知纳，国危身辱，仓皇出降，不亦宜乎！故有石敬瑭之为父，必有石重贵之为子，其父暴兴，其子暴亡，因果诚不爽哉！

第三十七回　迁漠北出帝泣穷途　镇河东藩王登大位

却说辽主废去晋主重贵，且令徙往黄龙府。黄龙府本渤海扶余城，辽太祖东征渤海，还至城下，见有黄龙出现城上，因改号为黄龙府。重贵闻要徙至辽东，哪得不慌，哪得不悲！就是李太后以下诸宫眷，统是相向号泣，用泪洗面。有何益处？辽主却使人传语李太后道："闻重贵不从母言，因致覆亡。汝可自便，不必与重贵偕行。"李太后泣答道："重贵事妾甚谨，不过违背先君，失和上国，所以一举败灭。今幸蒙大恩，全生保家，母不随子，将安所归？"语亦太迂。

辽主乃仍自赤岗入宫，所有内外各门，统派辽兵守卫。每门磔犬洒血，并用竿悬挂羊皮，作为厌胜。当下面谕晋臣道："从今以后，不修甲兵，不买战马，轻赋省役，好与天下共享太平了。"遂撤销东京名目，降开封府为汴州，府尹为防御使。辽主改服中国衣冠，百官起居，悉仍旧制。赵延寿荐引李崧，说他才可大用。还有辽学士张砺，从前也做过晋臣，与延寿同时降辽，亦谓崧可入相，辽主因授崧为太子太师，充枢密使。适威胜军节度使冯道，自邓州入朝，辽主亦素闻道名，即时召见。道拜谒如仪，辽主戏问道："你是何等老子？"道答道："无才无德，痴顽老子。"辽主不禁微笑，又问道："汝看天下百姓，如何救得？"道应声道："此时即一佛出世，亦恐救不得百姓；惟皇帝尚可救得呢。"无非面谀。辽主甚喜，仍令道守官太傅，充枢密顾问。随即遣使四出，颁诏各镇，诸藩争上表称臣。独彰义节度使史匡威据住泾州，不受辽命。雄武节度使何重建手刃辽使，举秦、成、阶三州降蜀。

杜威自降辽后，仍复名重威，率部众屯驻陈桥。辽主在河北时，恐他兵众生变，曾令缴出铠仗数百件，搬贮恒州，战马数万，驱归北庭。及辽主渡河入梁，意欲派遣胡骑，驱众入河，尽行处死。部将谓他处晋兵，闻风知惧，必皆拒命，不若权时安抚，缓图良策。辽主虽然罢议，心中总不能无疑，所以供给不时，累得陈桥戍卒，昼饿夜冻，怒骂重威。

重威不得已表达军情，辽主召赵延寿入议，仍欲尽诛晋兵。延寿道："皇帝亲冒矢石，取得晋国，是归诸己呢？还是替他人代取呢？"辽主变色道："我倾国南征，五年不解甲，才得中原，难道甘心让人吗？"延寿又道："晋国南有唐，西有蜀，皇帝可曾闻知否？"辽主道："如何不闻！"延寿复道："晋国东自沂密，西及秦风，延袤数千里，接连吴蜀，晋尝用兵防守，连年不懈。臣想南方暑湿，非北人所能久居，他日车驾北归，无兵守边，吴蜀必乘虚入寇，恐中原仍非皇帝所有，岂不是历年辛苦，终归他人么！"辽主愕然道："我未曾料到此着，据汝所说，今将奈何？"延寿道："最好将陈桥降卒分守南边，吴蜀便不能为患了。"辽主道："我前在潞州，一时失策，尽把唐兵授晋，晋得此兵，反与我为仇，转战数年，才得告捷。今幸入我手，若非悉数歼除，后患仍不浅哩！"延寿道："从前留住晋兵，不质妻孥，故有此患，今若将戍卒家属，徙置恒、定、云、朔间，每岁分番，使戍南边，料他必顾念妻子，不敢生变。这却是目前上策哩！"辽主方才称善，即命陈桥降卒，分遣还营。

看官！你道延寿此言，是为辽呢？是为晋呢？还是为降卒呢？小子不必评断，但看上文辽主与延寿言，许他为中国皇帝，他喜出望外，便可知他的心术，话中有话了。含蓄得妙。

且说晋主重贵，得辽主敕命，迁往黄龙府，重贵不敢不行，又不欲遽行，延挨了好几日。那辽主已派骑士三百名，迫令北迁，没奈何挈眷起行。除重贵外，如皇太后李氏，皇太妃安氏，皇后冯氏，皇弟重睿，皇子延煦、延宝，相偕随往。还有宫嫔五十人，内官三十人，东西班五十人，医官一人，控鹤官四人，御厨七人，茶酒三人，仪鸾司三人，亲军二十人，一同从行。

辽主又派晋相赵莹、枢密使冯玉、都指挥使李彦韬,伴送重贵。沿途所经,州郡长吏,不敢迎奉。就使有人供馈,也被辽骑攫去。可怜重贵以下诸人,得了早餐,没有晚餐,得了晚餐,又没有早餐,更且山川艰险,风雨凄清,触目皆愁,噬脐何及!回忆在大内时,与冯后等调情作乐,谑浪笑傲,恍同隔世。富贵原是幻梦。

及入磁州境内,刺史李穀迎谒路隅,相对泣下。穀且泣且语道:"臣实无状,负陛下恩!"重贵流涕不止,仿佛似有物堵喉,一语都说不出来。穀倾囊献上,由重贵接受后,方说了"与卿长别"四字!辽兵不肯容情,催穀速去,穀乃拜别重贵,自返磁州。重贵行至中渡桥,见杜重威寨址,慨然愤叹道:"我家何负杜贼,乃竟被他破坏!天乎天乎!"说至此,不禁大恸。谁叫你信任此贼!左右勉强劝慰,方越河北趋。

到了幽州,阖城士庶统来迎观。父老或牵羊持酒,愿为献纳,都为卫兵叱去,不令与重贵相见。重贵当然悲惨,州民亦无不唏嘘。至重贵入城,驻留旬余,州将承辽主命,犒赏酒肉。赵延寿母亦具食馔来献,重贵及从行诸人,才算得了一饱。

既而自幽州启行,过蓟州、平州,东向榆关,榛莽塞路,尘沙蔽天,途中毫无供给,大众统饿得饥肠辘辘,困顿异常。夜间住宿,也没有一定馆驿,往往在山麓林间,瞌睡了事。幸喜木实野蔬,到处皆有,宫女从官,自往采食,尚得疗饥。重贵亦借此分甘,苟延残命。

又行七八日至锦州,州署中悬有辽太祖阿保机画像,辽兵迫令重贵等下拜。重贵不胜屈辱,拜后泣呼道:"薛超误我!不使我死。"求死甚易,恐仍口是心非。再走了五六日,过海北州。境内有东丹王墓,特遣延煦瞻拜。嗣是渡辽水抵渤海国铁州,迤逦至黄龙府,大约又阅十余天,说不尽的苦楚,话不完的劳乏。李太后、安太妃两人,年龄已高,委顿得了不得。安太妃本有目疾,至是连日流泪,竟至失明。就是冯皇后以下诸妃嫔,均累得花容憔悴,玉骨消磨,这真所谓物极必反,数极必倾,前半生享尽荣华,免不得有此结果呢!当头棒喝。

辽主德光已将重贵北迁,据有中原,遂号令四方,征求贡献。镇日里纵酒作乐,不顾兵民。赵延寿请给辽兵饷糈,德光笑道:"我国向无此例,如各兵乏食,令他打草谷罢了。"看官道"打草谷"三字,做何解释?原来就是"劫夺"的别名,自辽主有此宣言,胡骑遂四出剽掠,凡东西两京畿,及郑、滑、曹、濮数百里间,财畜俱尽,村落一空。

辽主又尝语判三司刘昫道:"辽兵应有犒赏,速宜筹办!"刘昫道:"府库空虚,无从颁给,看来只有括借富民了!"辽主允诺。遂先向都城士民括借钱帛,继复遣使数十人,分诣各州,到处括借。民不应命,即加苛罚。百姓痛苦异常,不得已倾产输纳。哪知辽主并未取作犒赏,一股脑儿贮入内库,于是内外怨愤,连辽兵亦都解体了。

杨光远子承勋由汝州防御使调任郑州(见三十三回),辽主因他劫父致死,召令入都,承勋不敢不至。及进谒辽主,被辽主当面呵斥,且置诸极刑,令部兵脔割分食。别用承勋弟承信为平卢节度使,使承杨氏宗祀。匡国军节度使刘继勋,曾参与绝辽政策,至是入朝辽主,亦为辽主所责,命他锁住,将解送黄龙府。宋州节度使赵在礼,闻辽将述轧、拽剌等入据洛阳,急自宋趋洛,进谒辽将。述轧、拽剌踞坐堂上,绝不答礼,反勒令献出财帛。在礼很是愤懑,但托言入朝大梁,再行报命。侥幸脱身,转趋郑州,接得刘继勋被拘消息,自恐不免,便在马枥间缢死。死已晚矣。辽主闻在礼死耗,方将继勋释出,继勋已惊慌成疾,未几毕命。为此种种情事,遂致各镇担忧,别思拥戴一尊,驱逐胡兵。可巧河东节度使刘知远乘势崛起,雄长西陲,于是中原帝统,迫归刘氏身上,又算做了一代的乱世君主(特笔提出,成一片段)。

刘知远镇守河东,本来是蓄势待时,审机观变,所以晋主绝辽,他亦明知非策,始终未尝入谏。及辽主入汴,亟派兵分守四境,防备不虞,且恐辽兵强盛,一时不便反抗,特遣客将王峻赍奉三表,驰往大梁。一是贺辽主入汴;是说河东境内,夷夏杂居,随在须防,所以未便离镇入朝;三是因辽将刘九一驻守南川,有碍贡道,请将刘军调开,俾便入贡。辽主德光览毕表文,很是喜欢,便令左右拟诏褒奖。诏书草定,由辽主过目,特提起笔来,将"刘知远"三字上,加一"儿"字。又取出木栱一支,作为赐物,命王峻持诏及栱,还报知远。向例辽主赏赐大臣，以木柺为最贵，大约如汉朝旧制，颁赐几杖相似。辽臣中惟皇叔伟王才得此物。王峻负柺西行，辽兵望见，相率避路，可见得这枝木柺，是非常郑重的意思。

及峻到河东，覆报知远，呈上辽主诏书及所赐木柺，知远略略一瞧，并没有什么稀罕，但问及大梁情形。峻答道："辽主贪残，上下离心，必不能久有中原，大王若举兵倡义，锐图兴复，海内定然响应，胡儿虽欲久居，也不可得了！"知远道："我递去三表，原是缓兵计策，并不是甘心臣虏。借知远口中，说出赍表本意。但用兵当审察机宜，不可妄动，今辽兵新据京邑，未有他变，怎可轻与争锋？好在他专嗜财货，欲壑已盈，必将北去。况且冰雪已消，南方卑湿，虏骑断不便久留。我乘他北走，进取中原，方可保万全了。"计策固是，奈百姓何！于是按兵不发，专俟大梁动静，再定进止。

辽主未得知远谢表，疑有二心，又派使催贡方物。知远乃遣副留守白文珂入献奇缯名马。辽主面语文珂道："汝主帅刘知远，既不事南朝，又不事北朝，究竟怀着什么意思？"文珂权词解免。经辽主令他回报，即兼程西归，报明知远。孔目官郭威在侧，便即进言道："虏恨已深，不可不防！"知远道："且再探听虚实，起兵未迟。"

忽由大梁传到辽诏，上书大辽会同十年，大赦天下。知远大惊道："辽主颁行正朔，宣布赦文，难道真要做中国皇帝吗？"行军司马张彦威入劝道："中原无主，惟大王威望日隆，理应乘此正位，号召四方，共逐胡虏。"知远笑道："这却未便，我究竟是个晋臣，怎可背主称尊！且主上北迁，我若可半道截回，迎入太原，再谋恢复，庶几名正言顺，容易成功了。"遂下令调兵，拟从丹陉口出发，往迎晋主。特派指挥使史弘肇，部署兵马，预戒行期。

看官！你道刘知远的举动，果是真心为晋吗？他探听得大梁消息，多推尊辽主为中国皇帝，不禁心中一急，因急生智，独想出一个迎主的名目，试验军情。揭出肺肠。究竟大梁城内，是何实迹？小子不得不据实叙明。

辽主德光入据大梁，已经匝月，乃召晋百官入议，开口问道："我看中国风俗，与我国不同，我不便在此久留，当另择一人为主，尔等意下如何？"语才说毕，即听得一片喧声，或是歌功，或是颂德，结尾是说的中外人心，都愿推戴皇帝。大家都是摇尾狗。辽主狞笑道："尔等果是同情吗？"语未已，又听了几十百个"是"字。辽主道："众情一致，足见天意，我便在下月朔日，升殿颁敕便了。"大众才退。

到了二月朔日，天色微明，晋百官已奔入正殿，排班候着。但见四面乐悬，依然重设，两旁仪卫，特别一新。大众已忘故主，只眼巴巴地望着辽主临朝。好容易待至辰牌，才闻钟声震响，杂乐随鸣，里面拥出一位华夷大皇帝，戴通天冠，着绛纱袍，手执大硅，昂然登座。晋百官慌忙拜谒，舞拜三呼。极写丑态。朝贺礼毕，辽主颁正朔，下赦诏，当即退朝。

晋百官陆续散归，都道是富贵犹存，毫无怅触。独有一个为虎作伥的赵延寿，回居私第，很是怏怏。他本由辽主面许，允立为帝（见三十三回），此时忽然变幻，无从称尊，一场大希望，化作水中泡，哪得不郁闷异常，左思右想，才得一策，越日即进谒辽主，乞为皇太子。亏他想出。辽主勃然道："你也太误了！天子儿方可做皇太子，别人怎得羼入！"延寿连磕数头，好似哑子吃黄连，说不出的苦衷。辽主徐说道："我封你为燕王，莫非你还不足吗？我当格外迁擢便了。"延寿又不好多嘴，只得称谢而出。辽主乃召入学士张励，令为赵延寿迁官。时方号恒州为辽中京，张励因奏拟延寿为中京留守，大丞相录尚书事都督中外诸军事，兼枢密使。辽主见了奏草，援笔涂去二语，单剩得"中京留守兼枢密使"八字，颁给延寿。延寿不敢有违，惟益怨辽主食言，越加愤愤。

谁知赵延寿未得称帝，刘知远恰自加帝号，居然与辽抗衡。河东指挥使史弘肇奉知远命，召诸军至球场，当面传言，令他即日迎主。军士齐声道："天子已被掳去，何人做主？现在请我王先正位号，然后出师！"弘肇转白知远，知远道："虏势尚强，我军未振，宜乘此建功立业，再作计较。士卒无知，速应禁止乱言！"恐非由衷之论。遂命亲吏驰诣球场，传示禁令。军士方争呼万岁，俟闻禁令传下，方才少静，次第归营。

是夕即由行军司马张彦威等,上笺劝进,知远尚不肯允。翌日复迭上二笺,知远乃召郭威等入商。郭威尚未开言,旁有都押衙杨邠进言道:"天与不取,反受其咎,王若再谦让不居,恐人心一移,反致生变了!"郭威亦接入道:"杨押衙所言甚是,愿王勿疑!"知远道:"我始终未忍忘晋,就使权宜正位,也不应骤改国号,另颁正朔。"郭威道:"这也何妨!"知远乃诹吉称尊,择定二月辛未日,即皇帝位。

届期这一日,知远在晋阳宫内,被服衮冕,登殿受朝。将吏等联翩拜贺,三呼万岁。即由知远传制,仍称晋朝,惟略去开运年号,复称天福十二年。蹊跷得很。礼成还宫,又传谕诸道,凡为辽括借钱帛,一概加禁。且指日出迎战主,令军士部署整齐,护驾启行。已经称帝,还要迎什么故主,这明是掩耳盗铃。小子记得唐朝袁天罡与李淳风同作推背图,曾传下谶语道:

> 宗亲散尽尚生疑,
> 岂识河东赤帝儿!
> 顽石一朝俱烂尽,
> 后图唯有老榴皮。

自刘知远称帝后,人始能解此谶文,首句是隐斥石重贵,次句是借汉高祖的故事,比例知远,三句是本辽主石烂改盟语(见二十八回),见得辽主灭晋,石已烂尽,应该易姓,四句老榴皮,是榴刘同音,作为借映。此语未免牵强。照此看来,似乎万事都有定数呢。闲文少表,且请看官续阅下回,再叙刘知远出兵详情。

前半回叙及晋主北迁,写出无限痛苦,为后世乱政失国者,作一龟鉴。李太后以下,随往沙漠,历受艰辛,尚足令人叹息。若如冯氏之嫁侄失节,得为皇后,始若以为可幸,及北徙以后,奔波劳瘁,求死不得,乃知有奇福者必有奇祸,守节者未必果死,失节者亦未必幸生也。后半回叙刘知远事,见得知远之处心积虑,无非私图。彼于《五代史》中,得国可谓较正,乃以堂堂正正之举,反做鬼鬼祟祟之为,忽臣晋,忽臣辽,忽欲自帝,心术不纯,终属可鄙,以视豁达豪爽之刘季,相去为何如耶?上下数千年,得汉高祖二人,名同迹异,优劣固自有别也。

第三十八回

闻乱惊心辽主遄返
乘丧夺位燕王受拘

却说刘知远已即位称帝,才亲督军士,出发寿阳,托词北趋,邀迎故主。是时石重贵等早已过去,差不多要到黄龙府,那里还能截回?知远乃分兵戍守,自率亲军还入晋阳。假惺惺何为。当下拟敛取民财,犒赏将士,将士巴不得有重赏,当然没有异言。独有一位新皇内助,闻知此事,便乘知远入宫时,直言进谏道:"国家创业,虽由天意,但亦须与民同治。陛下即位,不闻惠民,先欲剥民,这岂是新天子救民的本意,妾请陛下毋取民财!"知远皱眉道:"公帑不足,如何是好?"语未毕,又听得答语道:"后宫颇有积蓄,何妨悉数取出,赏劳各军!就使不能厚赏,想各军亦当原谅,不生怨言。"知远不禁改容道:"卿言足豁我心,敬当从命!"遂检出内库金帛,尽行颁赏,军士格外感激,愈加欢跃。

看官道这位贤妇,系是何人?原来是刘夫人李氏。李氏本晋阳农女,颇有才色,知远为校卒时,牧马晋阳,偶然窥见李氏,便欲娶她为妻,先向李家求婚。偏李家不愿联姻,严词拒绝,惹得知远性起,邀同伙伴,黄夜闯入李家,把李氏劫取回来。实是强盗行为。李家素来微贱,无从申诉,只好由他劫去。李氏不得脱身,没奈何从了知远,成为夫妇,不意遇难成祥,转祸为福,知远迭升大官,进王爵,握兵权,李氏随夫贵显,亦得受封为魏国夫人。农家女得此厚福,可谓难得!此次知远为帝,事出匆匆,未及立后,李氏已乘隙进言,情愿将半生私积,一并充公。农家女有此大度,怪不得身受荣封,转眼间就为国母了。

这且慢表。且说辽主德光闻知远称帝河东,勃然大怒,立夺知远官爵,派通事耿承美为昭义节度使,守住泽潞,高唐英为彰德节度使,守住相州,崔廷勋为河阳节度使,守住孟州。三面扼定,断绝河东来路,且好相机进攻。哪知各处人民,苦辽贪虐,又经游兵辗转招诱,相聚为盗,所在揭竿。

滏阳贼帅梁晖集众千人,送款晋阳,愿效驱策,磁州刺史李毂也遣人密报知远,令晖往袭相州。晖侦知相州空虚,高唐英尚未到来,急率壮士数百名,乘夜潜行,直抵相州城下。城上毫无守备,便悄悄地架起云梯,有好几十个矫捷健儿,陆续登城。城内尚未闻知,直至健儿下城启关,纳入众人,一哄儿杀将进去,守城将吏才得惊醒。急切如何抵御,只得拼命闯出,夺路飞跑,一半送命,一半逃生。梁晖入据相州,自称留后,一面报捷晋阳。

还有陕府指挥使赵晖、侯章及都头王晏等,杀死辽监军刘愿,悬首府门。众推赵晖为留后,侯章为副,奉表晋阳,输诚投效。

刘知远闻两处响应,即欲进取大梁。郭威道:"晋代未平,不宜远出,且先攻取二州,然后规划大梁。"知远乃遣史弘肇率兵五千,往攻代州。

代州刺史王晖背晋降辽,总道是高枕无忧,忽闻晋阳兵到,慌忙调兵守城。无如兵难猝集,敌已先登,霎时间满城皆敌,无处逃避,立被河东兵拘住,牵至史弘肇马前,一刀毙命。

代州既下,晋州亦相继归顺。原来知远登极,曾遣部吏张晏洪、辛处明等,诏谕晋州。适晋州留后刘在明往朝辽主,由副使骆从朗,权知州事,从朗拘住张、辛二使,置诸狱中。可巧辽吏赵熙奉命驰至,括借民财。从朗格外巴结,相助为虐,民不聊生。大将药可俦打抱不平,且闻河东势盛,有意归向,乃纠众攻杀从朗,并戮赵熙,就在狱中释出张、辛二使,推张为留后,辛为都监。张、辛便奏报晋阳,知远自然欣慰。

接连是潞州留后王守恩亦上表输诚,又未几得澶州表章,乞请速援。澶州已为辽属,由辽将耶律郎五(或作郎乌,亦作郎鄂)居守,郎五贪酷,为吏民所苦。水运什长王琼连接盗首张乙,得千余人,袭据南城,围攻郎五。郎五一面拒守,一面求救。王琼亦恐辽兵来援,寡不敌众,忙令弟超奉表晋阳,求发援师。知远召超入见,赏赉甚厚,越日遣还,但言援兵即发。超驰回澶州,琼已败死,徒落得怅断鸰原,自寻生路罢了!连叙数事,为辽去汉兴之兆。

惟辽主迭闻变乱,未免心惊,乃遣天雄军节度使杜重威、泰宁军节度使安审琦、武宁军节度使符彦卿等,各归原镇,用汉官治汉人,冀免反抗,仍用亲吏监军。适赵延寿新赋悼亡,意欲续婚。他的妻室即燕国公主,本是唐明宗女。尚有妹子永安公主,出居洛阳,延寿闻阿姨有姿,遂请诸辽主,愿以妹代姊。辽主当然允诺。即遣人至洛,迎永安公主入京。

这永安公主,是许王从益胞妹,素由王德妃抚养。石敬瑭篡唐即位,曾迎王德妃母子,留养宫中。且封从益为郇国公,继承唐祀(见二十九回)。至重贵嗣立,动加猜忌,王德妃自请出外,挈领从益兄妹,往居洛阳。此时接得辽敕,王德妃是一女流,怎敢违慢,即与郇国公从益送永安公主入京,亲主婚礼,顺便请谒辽主。辽主德光亦下座答礼,且语王德妃道:"明宗与我约为弟兄,尔是我嫂,怎好受拜!"胡人尚顾名分。德妃令从益入谒,辽主亦欢颜相待,令母子俱居客馆。已而婚嫁礼毕,王德妃母子向辽主辞行。辽主面授从益为彰信军节度使。德妃以从益年少,未达政事,替他代辞。辽主乃令随母还洛,仍封从益为许王。自己尚欲留主中原,命张砺、和凝同平章事,且亲临崇元殿,易服赭袍,令晋臣行入阁礼。唐朝故事,天子正殿叫作衙,便殿叫作阁,辽主饬行入阁礼,无非随时咨询,求治弭乱的意思。

不料礼仪甫定,那宋、亳、密各州,俱有警报,并称为盗所陷。辽主长叹道:"中国人如此难制,正非我所意料!"嗣是惹动归思,即拟北返,天气渐暖,春光将老,辽主越不耐烦,便召晋臣入谕道:"天时向暑,我难久留,意欲暂归北庭,省问太后。此处当留一亲将,令为节度使,料亦不至生变。"晋臣齐声道:"皇帝怎可北去!如因省亲不便,何妨派使奉迎。"辽主道:"太后族大,好似古柏盘根,不便移动。我意已定,无容多议了!"晋臣不敢再言,纷纷退出。已而有诏颁下,复称汴梁为宣武军,令国舅萧翰为节度使,留守汴梁。翰系述律太后的兄子,有妹为辽主后,赐姓为"萧",于是辽国后族,世称"萧氏"。

辽主欲令晋臣一并从行,嗣恐摇动人心,乃只命文武诸司及诸军吏卒,随往北庭,统计已达数千人,又选宦官宫女数百名,饬令随侍,所有库中金帛,悉数捆载整装起行。萧翰送辽主出城,仍然还守。辽主向北进发,见沿途一带,村落皆空,却也不免唏嘘,立命有司发榜数百纸,揭示人民,招抚流亡。偏胡骑性喜剽掠,遇有人民聚处的地方,仍往劫夺,辽主也未尝禁止。夷夏大防,万不可溃,一溃防闲,必罹此祸。昼行夜宿,到了白马津,率众渡河,顾语宣徽使高勋道:"我在北庭,每日射猎,很觉适意。自入中原后,局居宫廷,毫无乐趣,今得生还,虽死无遗恨了!"死在目前。

行抵相州,正值辽将高唐英围攻州城,与梁晖相持不下。辽主纵兵助攻,顿时陷入,梁晖巷战亡身。城中所有男人,悉被屠戮,婴儿赤子,由胡骑掷向空中,举刃相接,多半刳腹流肠,或竟坠落地上,跌作肉饼。妇女杀老留少,驱使北去,留高唐英守相州。唐英检阅城中遗民,只剩得七百人,骷髅约十数万具。看官试想,惨不惨呢!

辽主闻磁州刺史李穀密通晋阳,派兵拘至,亲加质讯。穀诘问证据,反使辽主语塞,佯从车中引手,索取文书。经穀窥破诈谋,乐得再三穷诘,声色不挠。辽主竟被瞒过,乃命释归。算是大幸。

嗣因所过城邑,满目萧条,遂遍语蕃、汉群臣道:"使中国如此受殃,统是燕王一人的罪过。"又顾相臣张砺道:"汝也算一个出力人员!"虎伥原是可恨,虎亦不谓无罪。砺俯首怀惭,无言可答,闷闷地随向北行,毋庸细述。

独宁国军都虞侯武行德,为辽主所遣,与辽吏督运兵仗,用舟装载,自汴入河,溯流北驶。行德麾下,有士卒千余人,驶至河阴,密语士卒道:"我等为虏所制,离乡远去,人生总有一死,难道统去做外国鬼吗?今虏主已归,虏势渐衰,何不变计逐虏,据守河阳,待中原有主,然后臣服,岂不是一条好计呢!"士卒一体赞成,愿归驱使,行德遂举舟中甲仗,分给士卒,一声号令,全军俱起,把辽吏砍成肉泥,乘势袭击河阳城。辽节度使崔廷勳方派兵助耿廷美,进攻潞州,城内无备,突被行德杀入,逐去廷勳,据住河阳,令弟行友持奉蜡书,从间道驰诣晋阳,表明诚意。

那时潞州留守王守恩已向晋阳告急,刘知远命史弘肇为指挥使,率兵援潞。弘肇用部将马海为先锋,星夜进兵,驰诣潞州城下,寂静无声,并不见有辽兵,马海大起疑心。及王守恩出城相迎,两下晤谈,方知辽兵闻有援师,已经退去。马海愤然道:"虏闻我军到来,便即退兵,这是古人所谓弩末呢。我当前往追击,杀敌报功!"正说着,史弘肇继至,即由马海请令,麾兵追虏。途中遇着辽兵,大呼直前,挟刃齐进,好似风扫落叶一般,不到一时,已枭得虏首千余级,余众遁去。

马海方奏凯回军,辽将耿崇美退保怀州,崔廷勳亦狼狈奔至。就是洛阳辽将拽刺等,亦闻风胆落,趋至怀州,与崇美、廷勳等会晤,相对咨嗟,且会衔报闻辽主。

辽主得报,大为失意,继且自叹道:"我有三失,怪不得中国叛我呢!我令诸道括钱,是第一失;纵兵打草谷,是第二失;不早遣诸节度使还镇,是第三失。如今追悔无及了!"前责人,后责己,尚非愚愎者比。看官听着!辽主德光也是一个好大喜功的雄主,此番大举入汴,到处顺手,已经如愿以偿,但他尚思久据中原,偏偏不能满意,连得许多警耗,由愤生悔,由悔生忧,竟至怏怏成疾。到了栾城,遍体苦热,用冰沃身,且沃且啖。及抵杀狐林,病势愈剧,即日毕命。

亲吏恐尸身腐臭,特剖腹贮盐,腹大能容积盐数斗,乃载尸归国,晋人号为帝羓。辽太后述律氏抚尸不哭,且作恨辞道:"汝违我命,谋夺中原,坐令内外不安,须俟诸部宁一,才好葬汝哩。"原来辽主一死,形势立变,赵延寿恨主背约,首先发难。他本内任枢密,遥领中京,至是扈跸前驱,欲借中京为根据地。便引兵先入恒州,且语左右道:"我不愿再入辽京了!"哪知人有千算,天教一算,似这卖国求荣、糜烂中原的赵延寿,怎能长享富贵,得使考终!借古讽世,是著书人本意。延寿入恒州时,即有一辽国亲王,蹑迹前来,亦带兵随入。延寿不敢拒绝,只好由他进城。这辽亲王为谁?乃是耶律德光的侄儿,东丹王突欲的长子。突欲奔唐,唐赐姓名为李赞华,留居京师。赞华为李从珂所杀(事见前文),独突欲子尚留北庭,未尝随父归唐。看官欲问他名字,乃是叫作兀欲(旧作乌裕,亦作鄂约)。德光因他舍父事己,目为忠诚,特封为永康王。

兀欲随主入汴,复随主归国,尝见延寿快快,料他蓄怨,特暗地加防。此次追踪而至,明明是夺他根据。一入城门,即令门吏缴出管钥,进至府署,复令库吏缴出簿籍,全城要件,已归掌握,辽将又多半归附,愿奉他为嗣君。兀欲登鼓角楼,与诸将商定密谋,择日推戴。那赵延寿尚似在睡梦中,全然没有知晓,反自称受辽主遗诏,权知南朝军国事,且向兀欲要求管钥簿籍,兀欲当然不许。

有人通知延寿道:"辽将与永康王聚谋,必有他变,请预备为要。今中国兵尚有万人,可借以击虏,否则事必无成!"延寿迟疑未决,后来想得一法,拟于五月朔日,受文武官谒贺。晋臣李崧入语道:"虏意不同,事情难测,愿公暂从缓议。"延寿乃止。

辽永康王兀欲闻延寿将行谒贺礼,即与各辽将商定,届期掩击。嗣因延寿罢议,不得不另想别法。可巧兀欲妻自北庭驰至,探望兀欲,兀欲大喜道:"妙计成了,不怕燕王不入彀中。"遂折柬往邀延寿及张砺、和凝、冯道、李崧等,共至寓所饮酒。延寿如约到来,就是张砺以下,皆应召而至。兀欲欢颜迎入,请延寿入座首席,大众依次列坐,兀欲下坐相陪。酒醴具陈,肴核维旅。彼此饮了好几觥,谈了许多客套话,兀欲方语延寿道:"内子已至,燕王欲相见吗?"延寿道:"妹果来此,怎得不见!"即起身离座,与兀欲欣然入内,去了多时,未见出来,李崧颇为担忧。和凝、冯道私问张砺道:"燕王有妹适永康王吗?"张砺摇首道:"并非燕王亲妹,我与燕王在辽有年,始知永康王夫人,与燕王联为异姓兄妹,所以有此称呼。"借张砺口中说明,无非倒载而出之笔法。道言未绝,兀欲已由内出外,独不见延寿偕出。李崧正要启问，几欲笑语道："燕王谋反，我已将他锁住了！"这语说出，吓得数人面面相觑，不发一言。兀欲复道："先帝在汴时，遗我一筹，许我知南朝军国事，至归途猝崩，并无遗诏。燕王怎得擅自主张，捏称先帝遗命，惟罪止燕王一人，诸公勿虑。请再饮数觥！"和凝、冯道等唯唯听命，勉强饮毕，告谢而出。

越日由兀欲下令，宣布先帝遗制，略云："永康王为大圣皇帝嫡孙，人皇王长子，太后钟爱，群情允归，可就中京即皇帝位。"看官阅此，当知遗制为兀欲所捏造。但恐未知大圣皇帝及人皇王为何人？小子应该补叙明白。"大圣皇帝"，就是辽太祖阿保机的尊谥，人皇王就是突欲。阿保机在世时，自称"天皇王"，号长子突欲为"人皇王"，因此兀欲捏造遗制，特别声明。兀欲始举哀成服，传讣四方，并遣人报知述律太后。太后怒道："我儿平晋国，取中原，有大功业，伊子留侍我侧，应该嗣立。人皇王叛我归唐，兀欲为人皇王子，怎得僭立呢！"当下传谕兀欲，令取消成议。兀欲哪里肯从，竟在恒州即皇帝位，受蕃汉各官朝贺。寻即撤去丧服，鼓吹作乐，声彻内外。

忽闻述律太后将发兵声讨，便恨恨道："我不逼人，人且逼我，这尚可坐视吗？"遂命亲将麻答守恒州，并晋臣文武吏卒，一概留住，自率部兵北行。选得宫女、宦官、乐工数百人，随从马后。最后复有军士数十名，押着一乘囚车，内坐一个燕王赵延寿。揶揄极了。小子走笔至此，口占一诗，随笔录出，为赵延寿写照。诗云：

> 失身事虏已堪羞，
> 况复甘心作寇仇！
> 自古贤奸终有报，
> 好从马后看羁囚。

兀欲北去，刘知远南来。欲知南北各事，且看下回分解。

辽主之不能久据中原，或谓由天限华夷，迫令北返，是实不然。当时廉耻道丧，官吏以送旧迎新为得计。中原人民，手无尺寸柄，畴能反抗强虏？假令辽主入汴，但以嗳咻小惠，笼络臣民，中国可坐而定也。误在贪酷残虐，激成众怨，遂致枭桀四起，与辽为难。辽主怅然北归，自陈三失，岂其然乎！赵延寿叛唐降辽，又引辽灭晋，嗣复欲背辽自主，居心叵测，不可复问。辽永康王兀欲，一举而拘絷之，诚为快事。且其称帝恒州，亦非全然无理，立嫡以长，古有明训，谁令辽太后溺爱少子，舍长立幼，违大经而生巨变，正辽太后之自取也！于兀欲乎何尤！

第三十九回

故妃被逼与子同亡
御史敢言奉母出成

　　却说赵延寿为兀欲所拘,带归辽京,消息传至河东,河东军将以河中节度使赵匡赞为延寿子,正好乘势招谕,劝他归降。刘知远依议办理,派使至河中宣抚。既而传说纷纷,言延寿已死,再由郭威献策,着人往河中吊祭。其实延寿还是活着,过了二年,始受尽折磨,瘐死狱中。只难为永安公主。

　　知远遂召集将佐,商议进取,诸将哗声道:"欲取河南,应先定河北。为今日计,不若出师井陉,攻取镇、魏二州(镇州即恒州)。二镇得下,河北已定,河南自拱手臣服了。"知远沉吟道:"此议未免迂远,我意从潞州进行。"言至此,有一人抗声谏阻道:"两议皆未可行。今虏主虽死,党众尚盛,各据坚城。我出河北,兵少路迁,旁无应援,倘群虏合势共击,截我前锋,断我后路,我不能进,又不能退,援绝粮尽,如何支持!这是万不可行的。若从潞州进兵,山路险窄,粟少兵残,未能供给大军,亦非良策。臣意谓应从陕、晋进发,陕、晋二镇,新近款附,引兵过境,必然欢迎,饷通路便,万无一失,不出两旬,洛、汴可俱定了。"三议相较,自以此议为善。知远点首道:"卿言甚善,朕当照行。"

　　节度判官苏逢吉已升任中书侍郎,独出班进言道:"史弘肇屯兵潞州,群虏相继遁去,不如出师天井关,直达孟津,更为利便。"知远也以为然。嗣经司天监奏称太岁在午,不利南行,宜由晋、绛抵陕。知远乃决,准于天福十二年五月十二日,自太原启銮。告谕诸道,一面部署内政,厘定乃行。遂册魏国夫人李氏为皇后,皇弟刘崇为太原尹,从弟刘信为侍卫指挥使。皇子承训、承邺、承勋及皇侄承赟为将军,杨邠为枢密使,郭威为副使,王章为三司使,苏逢吉、苏禹珪同平章事。凡首先归附诸镇将,如赵晖、王守恩、武行德等,皆实授节度使。

　　转瞬间已是启銮期限,即命太原尹刘崇留守北都,赵州刺史李存瓌为副,幕僚李骧为少尹,牙将蔚进为马步指挥使,佐崇驻守。知远挈领全眷及部下将士三万人,由太原出发。越阴地关,道出晋、绛,意欲召还史弘肇,一同扈驾。苏逢吉、杨邠谏阻道:"今陕、晋、河阳,均已向化,虏将崔廷勋、耿崇美亦将遁去,若召还弘肇,恐河南人心动摇,虏势复盛,转足为患了。"知远尚在踌躇,使人谕意弘肇,弘肇遣还使人,附呈奏议,与苏、杨相符。乃令弘肇屯潞,规取泽州。

　　泽州刺史翟令奇坚壁拒守,弘肇已派兵往攻,经旬未下,部将李万超愿往招降,得弘肇允许,骑至城下,仰呼令奇:"今虏兵北遁,天下无主,太原刘公,兴义师,定中土,所向风靡,后服者诛;君奈何不早自计!"令奇迟疑未答,万超又道:"君为汉人,奈何为虏守节?况城池一破,玉石不分,君甘为虏死,难道百姓亦愿为虏死吗?"令奇被他提醒,方答称愿降,开门迎纳官军。弘肇闻报,亦驰入泽州。安民已毕,留万超权知州事,自还潞州镇守。

　　会辽将崔廷勋、耿崇美等,又进逼河阳,节度使武行德与战失利,飞向潞州求援。弘肇率众南下,甫入孟州境内,廷勋等已拥众北遁。经过卫州,大掠而去。行德出迎弘肇,两下联合,分略河南。弘肇为人,沈毅寡言,御众严整,将校有过,立杀无赦,兵士所至,秋毫无犯,因此士皆用命,民亦归心。刘知远从容南下,兵不血刃,都由弘肇先驱开路,抚定人民,所以有此容易哩。反射后文。

　　辽将萧翰留守汴梁,闻知远拥兵南来,崔、耿诸将统已遁还,自知大势已去,不如北归。筹划了好几日,又恐中原无主,必且大乱,归途亦不免受祸。乃从无策中想出一策,捏传辽主诏命,令许王李从益知南朝军国事。当即派遣部将驰抵洛阳,礼迎从益母子。王德妃闻报大惊道："我儿年少，怎能当此大任！"说着，忙挈从益逃匿徽陵城中（徽陵即唐明宗陵，见前文）。辽将蹑迹找寻，竟被觅着，强迫从益母子出赴大梁。萧翰用兵拥护从益，即日御崇元殿。从益年才十七，胆气尚小，几乎吓下座来，勉强支撑，受蕃、汉诸臣谒贺。翰率部将拜谒殿上，令晋百官拜谒殿下，奉印纳册，由从益接受。方才毕礼，王德妃明知不妙，自在殿后立着。至从益返入，心尚未定。偏晋臣联袂入谒，德妃忙说道："休拜！休拜！"晋臣只管屈膝，黑压压地跪下一地。此时屈膝，比拜房还算有光。德妃又连语道："快……快请起来！"等到大众尽起，不禁泣下道："我家母子，孤弱得很，乃为诸公推戴，明明非福，眼见得是祸祟了！奈何奈何！"大众支吾一番，尽行告退。翰留部将刘祚带兵千人，卫护从益，自率蕃众北去。

王德妃昼夜不安，屡派人侦探河东军，当下有人入报道："刘知远已入绛州，收降刺史李从朗，留偏将薛琼为防御使，自率大军东来了。"未几又有人走报，谓刘知远已抵陕州，又未几得知远檄文，是从洛阳传到，宣慰汴城官民。凡经辽主补署诸吏，概置勿问。晋臣接读来檄，又私自聚谋，欲迎新主，免不得伺隙窃出，趋洛投效，也想做个佐命功臣。丑极。

王德妃焦急万分，与群臣会议数次，欲召宋州节度使高行周、河阳节度使武行德，共商拒守事宜。使命迭发，并不见到，德妃乃召语群臣道："我母子为萧翰所逼，应该灭亡，诸公无罪，可早迎新主，自求多福，勿以我母子为念！"说至此，那两眶凤目中，已堕落无数珠泪。花见羞要变成花见怜了。大众也被感触，无不泣下。忽有一人启口道："河东兵迂道来此，势必劳敝，今若调集诸营，与辽将并力拒守，以逸待劳，不致坐失，能有一月相持，北救必至，当可无虑。"德妃道："我母子系亡国残余，怎敢与人争夺天下，若新主悯我苦衷，知我为辽所劫，或尚肯宥我余生。今别筹抵制，惹动敌怒，我母子死不足惜，恐全城且从此涂炭了！"是谓妇人之仁，但此外亦别无良策。大众闻言，尚交相聚论，主张坚守。三司使刘审交道："城中公私俱尽，遗民无几，若更受围一月，必无噍类。愿诸公勿复坚持，一听太妃处分！"众始无言。德妃再与群臣议定，遣使奉表洛阳，迎接刘知远。表文首署名衔，乃是臣梁王权知军国事李从益数字，从益出居私第，专候刘知远到来。

知远至洛阳后，两京文武百官陆续迎谒。至从益表至，因命郑州防御使郭从义领兵数千，先入大梁清宫。临行时密谕从义道："李从益母子并非真心迎我，我闻他曾召高行周等，与我相争，行周等不肯应召，始穷蹙无法，遣使表迎。汝入大梁，可先除此二人，切切勿误！"郭从义奉命即行，到了大梁，便率兵围住从益私第，传知远命，迫令从益母子自杀。王德妃临死大呼道："我家母子，究负何罪，何不留我儿在世，使每岁寒食节，持一盂麦饭，祭扫徽陵呢！"说毕，乃与从益伏剑自尽。

大梁城中，多为悲惋，惟从义遣人报命。刘知远独欢慰异常，未免太忍。乃启行入大梁，汴城百官，争往荥阳迎驾。辽将刘祚无法归国，亦只好随同迎降。知远纵辔入城，御殿受贺，下诏大赦。凡辽主所除节度使，下至将吏，各安职任，不复变更。乃称汴梁为东京，国号大汉，惟尚用天福年号。顾语左右道："我实未忍忘晋呢！"还要骗人。嗣是封赏功臣，犒劳兵士，当然有一番忙碌。小子述不胜述，姑从阙如。

当时各道镇帅，先后纳款。就是吴越、湘南、南平三镇，亦遣人表贺。大汉皇帝刘知远，得晋版图，南面垂裳，又是一新朝气象了。可惜不长。南唐主李璟，当辽主入汴时，曾派使贺辽，且请诣长安修复诸陵（即唐高祖太宗诸陵），辽主不许。会晋密州刺史皇甫晖、棣州刺史王建，皆避辽奔唐，淮北贼帅亦多向江南请命。唐史馆修撰韩熙载上疏道："陛下恢复祖业，正在今日。若虏主北归，中原有主，恐已落人后，必至规复无期。"唐主览书感叹，颇欲出师，怎奈福州军事，尚未成功，反且败报传来，丧师不少，自慨国威已挫，哪里还能规取中原。

福州李达得吴越援军，与唐兵相持，小子前已叙过（见三十五回）。两下里攻守逾年，未判成败。吴越复令水军统帅余安，领着战舰千艘，续援福州，行抵白虾浦，海岸泥淖，须先布竹簀，方可登岸。唐兵在城南瞧着，弯弓竞射，簀不得施。余安正没法摆布，静待多时，既而箭声已歇，便纵兵布簀，悉数登岸，进击唐兵。唐将冯延鲁抵挡不住，弃师先走，冤冤枉枉地死了多人,并阵亡良将孟坚。原来唐兵停射,系是延鲁主见,延鲁欲纵敌登岸,尽加歼除,孟坚苦谏不从。至吴越兵登岸,大呼奋击,锐不可当。延鲁遁去,孟坚战死。唐将留从效、王建封等亦相继披靡,城中兵又出来夹攻,大破唐兵,尸横遍野。还亏唐帅王崇文,亲督牙兵三百人,断住后路,且战且行,才得保全残众,走归江南。这番唐兵败衄,丧师二万余人,委弃军资器械至数十万,府库一空,兵威大损。

唐主以陈觉矫诏、冯延鲁失策,咎止二人,拟正法以谢中外,余皆赦免。御史江文蔚本系中原文士,与韩熙载同具盛名,熙载奔唐,文蔚亦坐安重荣叛党,惧罪南奔(安重荣事见三十一回)。唐主喜他能文,令充谏职,他见唐主诏敕只罪陈觉、冯延鲁,不及冯延巳、魏岑,心下大为不平,遂对仗纠弹,上书达数千言。说得淋漓痛快,小子不忍割爱,因限于篇幅,节录如下:

臣闻赏罚者帝王所重。赏以进君子,不自私恩;罚以退小人,不自私怨。陛下践阼以来,所信重者冯延巳、延鲁、魏岑、陈觉四人,皆擢自下僚,骤升高位,未尝进一贤臣,成国家之美。阴狡弄权,引用群小,在外者握兵,居中者当国。师克在和,而四凶邀利,迭为前却,使精锐者奔北,馈运者死亡,谷帛戈甲,委而资寇,取弱邻邦,贻讥海内。今陈觉、冯延鲁虽已伏辜,而冯延巳、魏岑犹在,本根未殄,枝干复生。延巳善柔其色,才业无闻,凭恃旧恩,遂阶任用。蔽惑天聪,敛怨归上,以致纲纪大坏,刑赏失中。风雨由是不时,阴阳以之失序。伤风败俗,蛊政害人,蚀日月之明,累乾坤之德。天生魏岑,朋合延巳,蛇豕成性,专利无厌。遄逃归国,鼠奸狐媚,谗疾君子,交结小人,善事延巳,遂当枢要,面欺人主,孩视亲王,侍燕喧哗,远近惊骇,进俳优以取容,作淫巧以求宠,视国用如私财,夺君恩为己惠,上下相蒙,道路以目。征讨之柄,在岑折简,帑藏取与,系岑一言。福州之役,岑为东面应援使,而自焚营壁,纵兵入城,使穷寇坚心,大军失势。军法逗留畏懦者斩,律云:主将守城,为贼所攻,不固守而弃去,及守备不设,为贼掩覆者皆斩。昨敕赦诸将,盖以军政威令,各非己出。岑与觉、延鲁更相违戾,互肆威权,号令并行,理在无赦。况天兵败衄,宇内震惊,将雪宗庙之羞,宜醢奸臣之肉。已诛二罪,未塞群情,尽去四凶,方祛众怒。今民多饥馑,政未和平。东有伺隙之邻,北有霸强之国。市里讹言,遐迩危惧。陛下宜轸虑殷忧,诛锄咀噬。延巳谋国不忠,在法难原,魏岑同罪异诛,观听疑惑,请并行典法以谢四方,则国家幸甚!

文蔚上疏时,明知词太激烈,恐触主怒,先在江中备着小舟,载送老母,立待左迁。果然唐主下敕,责他诽谤大臣,降为江州司士参军。文蔚即奉母赴江州。直臣虽去,谏草具存,江南人士,辗转传写,纸价为之一昂。究竟有名无利,宜乎谀媚日多。太傅宋齐邱曾荐陈觉为福州宣谕使(见三十五回),至是竭力营救,竟得准请。赦免陈觉、冯延鲁死罪,但流觉至蕲州,延鲁至舒州。韩熙载亦忍耐不住,上书并劾齐邱,兼及冯延巳、魏岑二人。唐主但撤延巳相位,降为少傅,贬岑为太子洗马,齐邱全不加谴,宠任如故。熙载又屡言齐邱党与,必为祸乱,齐邱益与熙载为仇,劾他嗜酒猖狂,被黜为和州司士参军。是时辽主殂死,辽将萧翰亦弃汴北遁,唐主又想经略北方,用李金全为北面招讨使。哪知刘知远已捷足先得,驰入大梁,还要他费什么心,动什么兵哩!统是空思想。

吴越军将,解福州围,凯旋钱塘。吴越王弘佐另派东南安抚使鲍修让,助戍福州。未几吴越王病殂,年仅二十,无子可承,弟弘倧依次嗣立,颁敕至福州,李达令冯通权知留后,自诣钱塘,朝贺新君。弘倧加达兼官侍中,赐名孺赟,寻且遣归。达已返福州,与鲍修让两不相下,屡有龃龉,复欲举兵降唐,杀鲍自解,偏被修让察觉。先引兵往攻府第,一场蹂躏,不但杀死李达,并将他全家老小,一并诛夷。凶狡如达,应该至此。随即传首钱塘,报明情状。吴越王弘倧,别简丞相吴程,出知威武军节度使事。

自是福州归吴越,建州归南唐,各守疆域,相安无事。那北方最强的大辽帝国,偏由兀欲继统,仇视祖母,彼此争哄。几欲得着胜仗,竟把一位聪明伶俐的述律太后,拘至辽太祖阿保机墓旁,锢禁起来。小子有诗叹道:

虏廷挺出女中豪，
佐主兴邦不惮劳；
只为立储差一着，
被孙拘禁祸难逃。

欲知辽太后被幽详情，且至下回再阅。

辽将北去，刘氏南来，偏夹出一个李从益来，权知南朝军国事。从益母子，系亡国遗裔，谁乐推戴，而萧翰乃迫而出之，舍安土而入危境，不死何待！但母子茕茕，受人迫胁，原为不得已之举；且于刘知远无名分之嫌，知远又臣事唐明宗，胡为必杀之而后快？残忍若此，宜其享年不永，而传祚亦最短也。南唐为当时强国，苟任用得人，本可乘时出师，与刘知远共争中原，尚未知鹿死谁手。乃庸臣当国，呆竖弄兵，仅攻一残破之福州，犹不能下，反且丧师败北，致遭大挫，何其无英雄气象耶！直言如江文蔚，反遭罢斥，而佥壬宵小，仍得窃位，南唐之不振也亦宜哉；读江中丞弹文，可为南唐一哭。

第四十回

徙建州晋太后绝命
幸邺都汉高祖亲征

却说辽永康王兀欲，在恒州擅立为帝，便即率兵北向，归承大统。到了石桥，正遇辽太后遣来的兵士，为首的乃是降将李彦韬。彦韬随辽主北去，进谒辽太后，太后见他相貌魁梧，语言伶俐，即令他隶属麾下。以貌取人，失之彦韬。此时闻兀欲进来，便命彦韬为排阵使，出拒兀欲。兀欲前锋，就是伟王。伟王大呼道："来将莫非李彦韬吗？须知新主是太祖嫡孙，理应嗣位。汝由何人差遣，前来抗拒？若下马迎降，不失富贵；否则刀下无情，何必来做杀头鬼！"彦韬见来军势盛，本已带着惧意，一闻伟王招降，乐得滚鞍下马，迎拜道旁。伟王大喜，更晓谕彦韬部众，教他一体投诚，免受屠戮。大众亦抛戈释甲，情愿归降。两军一合，倍道急进，不到一日，便达辽京。述律太后方派彦韬出战，总道他肯尽死力，不意才阅一宵，即闻伟王兵到，惊得手足失措，悲泪满颐。老婆娘亦有此日耶！

城中将吏又素感兀欲厚恩，争先出迎。原来兀欲平日性情豪爽，散财下士。前由德光赐绢数千匹，便悉数分散，顷刻而尽。所以将士多受笼络，相率爱戴。伟王入城，兀欲继至，述律太后束手无策，只好听他处置，当有数骑入宫，拥出太后，胁往木叶山。木叶山就是阿保机葬处，墓旁多筑矮屋，派人守护。那述律太后被迫至此，没奈何在矮屋栖身，昼听猿啼，夜闻鬼哭，任她铁石心肠，也是忍受不住，况且年力已衰，猝遭此变，自己也情愿速死，忧能致疾，未几告终。是前杀酋长之报。

兀欲易名为阮，自号天授皇帝，改元天禄。国舅萧翰驰至国城，大局已经就绪，孤掌当然难鸣，也只能得过且过，进见兀欲，行过了君臣礼，才报称张砺谋反，已与中京留守麻合将他伏诛。兀欲也不细问，但令翰复职了事。

看官道张砺被杀，是为何因？砺随辽主德光入汴，尝劝德光任用镇帅，勿使辽人，翰因此怀恨。及自汴州还至恒州，即与麻合说明，麾骑围张砺第，牵砺出问道："汝教先帝勿用辽人为节度使，究怀何意？"砺抗声道："中国人民，非辽人所能治，先帝不用我言，所以功败垂成。我今还当转问国舅，先帝命汝守汴，汝何故不召自来呢？"理论固是，但问他何故引房入寇，残害中原？翰无言可诘，惟益加忿恚，饬左右将砺锁住。砺又恨恨道："欲杀就杀，何必锁我！"翰置之不理，但令左右牵他下狱。越宿由狱卒入视，砺已气绝仆地，想已是气死了。看官记着！张砺、赵延寿同是汉奸，同是房伥，砺拜相，延寿封王，为房效力，结果是同死房手。古人有言："惠迪吉，从逆凶。"这两人就是榜样呢！苦口婆心。

兀欲已经定国，乃为先君德光安葬，仍至木叶山营陵，追谥德光为嗣圣皇帝，庙号"太宗"。临葬时遣人至恒州召晋臣冯道、和凝等会葬，可巧恒州军乱，指挥使白再荣等逐出麻答，并据定州。冯道等乘隙南归，仍至中原来事新主，免为异域鬼魂。这正是不幸中的大幸。惟恒州乱源，咎由麻答一人。麻答为辽主德光从弟，平生好杀，在恒州时，残酷尤甚，往往虐待汉人，或剥面抉目，或髡发断腕，令他辗转呼号，然后杀死。出入必以刑具自随，甚至寝处前后，亦悬人肝脔手足，人民不胜荼毒，所以酿成变乱。已而白再荣等，表顺汉廷，于是恒、定二镇，仍为汉有。这且毋庸细表。

惟辽负义侯石重贵，自徙居黄龙府后，曾奉述律太后命令，改迁至怀密州，州距黄龙府西北千余里。重贵不敢逗留，带领全眷，跋涉长途。故后冯氏不堪艰苦，密嘱内官搜求毒药，将与重贵同饮，做一对地下鸳鸯。可奈毒药难求，生命未绝，不得不再行趱路。行过辽阳二百里，适辽嗣皇兀欲入都，幽禁述律，特下赦文，召重贵等还居辽阳，略具供给。重贵等仍得生机，全眷少慰。越年四月，兀欲巡幸辽阳，重贵带着母妻，白衣纱帽，往谒帐前，还算蒙兀欲特恩，令易常服入见。重贵伏地悲泣，自陈过失。兀欲令人扶起，赐他旁坐。当下摆起酒席，奏起乐歌，令重贵入座与饮，分尝一脔。那帐下的伶人从官，多由大梁掳去，此时得见故主，无不伤怀。至饮毕散归，各赍衣服药饵，饷遗重贵。重贵且感且泣，自思被掳至此，才觉得苦尽甘来，倒也安心过去。想冯氏亦不愿服药了。

偏偏福无双至，祸不单行。兀欲住居旬日，因天气已近盛夏，拟上陉避暑，竟向重贵索取内官十五人及东西班十五人，还要重贵子延煦随他同行，重贵不敢不依，心中很是伤感，最苦恼的是膝下娇雏也被蕃骑取去。父女惨别，怎得不悲！原来兀欲妻兄禅奴（一作绰诺锡里），见重贵身旁有一幼女，双髻绰约，娇小动人，便欲取为婢妾。面向重贵请求，重贵以年幼为辞。禅奴转白兀欲，兀欲竟遣一骑卒，硬向重贵索去，赐给禅奴。到了仲秋，凉风徐拂，暑气尽消，兀欲乃下陉至霸州。陉系北塞高凉地，"夏上陉，秋下陉"，乃向来辽主惯例。

重贵忆念延煦，探得兀欲下陉消息，即求李太后往谒兀欲，乘便顾视。李太后因驰至霸州，与兀欲相见，延煦在兀欲帐后，趋谒祖母，老少重逢，悲喜交集。兀欲顾李太后道："我无心害汝子孙，汝可勿忧！"李太后拜谢道："蒙皇帝特恩，宥妾子孙，没世衔感。但在此坐食，徒劳上国供给，自问亦未免怀惭，可否在汉儿城厕，赐一隙地，俾妾子孙得耕种为生？如承俯允，感德更无穷了！"向虏主求一隙地，何如速死为是。兀欲温颜道："我当令汝满意便了。"又顾延煦道："汝可从汝祖母同返辽阳，静待后命。"延煦遂与李太后一同拜辞，仍至辽阳候敕。

未几即有辽敕颁到，令南徙建州，重贵复挈全眷启行。自辽阳至建州又约千余里，途中登山越岭，备极艰辛。安太妃目早失明，禁不起历届困苦，镇日里卧着车中，饮食不进，奄奄将尽。当下与李太后等诀别，且嘱重贵道："我死后当焚骨成灰，南向飞扬，令我遗魂得返中国，庶不至为虏地鬼了！"悲惨语，不忍卒读。说着，痰喘交作，须臾即逝。重贵遵她遗命，为焚尸计，偏道旁不生草木，只有一带沙碛，极目无垠，那里寻得出引火物！嗣经左右想出一法，折毁车轮，作为火种，乃向南焚尸。尚有余骨未尽，载至建州。

建州节度使赵延晖已接辽敕，谕令优待，乃出城迎入，自让正寝，馆待重贵母子。一住数日，李太后商诸延晖，求一耕牧地，延晖令属吏四觅，去建州数十里外，得地五千余顷，可耕可牧。当下给发库银，交与重贵，俾得往垦隙地，筑室分耕。重贵随从尚有数百人，尽往种作，莳蔬植麦，按时收成，供养重贵母子。重贵却逍遥自在，安享天年，随身除冯后外，尚有宠姬数人，陪伴寂寥，随时消遣。

一日正与妻妾闲谈，忽来了胡骑数名，说是奉皇子命，指索赵氏、聂氏二美人。这二美人是重贵宠姬，怎肯无端割舍！偏胡骑不肯容情，硬扯二人上舆，向北驰去。看官！你想重贵此时，伤心不伤心吗？重贵伏案悲号，李太后亦不胜凄婉。冯氏拔去眼中钉，想是暗地喜欢。大家哽咽多时，想不出什么法儿可以追回，只好撒手了事。惟李太后睹此惨剧，长恨无穷，蹉跎过了一年，已是后汉乾祐三年。李太后寝疾，无药可医，尝仰天号泣，南向戟手，呼杜重威、李守贞等姓名，且斥且詈道："我死无知，倒也罢了，如或有知，地下相逢，断不饶汝等奸贼！"骂亦无益。嗣是病势日重，延至八月，已是弥留。见重贵在侧，呜咽与语道："从前安太妃病终，曾教汝焚骨扬灰，我死，汝也可照办，我的烬骨，可送往范阳佛寺，我也不愿作虏地鬼哩!"语与安太妃略同,恰另具一种口吻。是夕即殂,重贵与冯氏宫人,及宦官东西班,均被发徒跣,舁柩至赐地中,焚骨扬灰,穿地而葬。

后来重贵夫妇不知所终。至后周显德年间,有中国人自辽逃归,说他尚在建州,惟随从吏役,多半亡故,此后遂无消息,大约总难免一死,生作异乡人,死作异乡鬼罢了。卅六鸳鸯同命鸟,一双蝴蝶可怜虫。史家因重贵北迁,号为"出帝",或因他年少失国,号为"少帝",究竟他何年死,何地死,无从查考。小子也不能臆造,权作阙文,愿看官勿笑我疏忽哩。叙法周密。

且说刘知远入主大梁,四方表贺,络绎不绝。河南一带,统已归顺,辽兵或降或遁,辽将高唐英驻守相州,为指挥使王继弘、楚晖所杀,传首诣阙。知远大悦,免不得有一番封赏。湖南节度使马希广派人告哀,并报称兄终弟及,有乞请册封的意思。知远遂加希广为检校太尉,兼中书令,行天策上将军事,镇守湖南,加封楚王。

希广即希范弟,希范曾受石晋册封,岁贡不绝。生平豪侈,挥金如土,尝造会春园及嘉宴堂,费至巨万。继筑九龙殿,用沉香雕成八龙,外饰金宝,抱柱相向,自言己身亦是一龙,故称九龙。辽兵灭晋,中原大乱,湖南牙将丁思瑾劝希范出兵荆襄,进图汴洛,成一时霸业。希范也惊为奇论,但终不能照行。思瑾意图尸谏,扼吭竟死。无如希范纵乐忘返,哪里肯发愤为雄!昼聚狎客,饮博欢呼,夜罗美女,荒淫狎亵,后宫多至数百人,尚嫌不足,甚至先王姜媵,多加无礼。又往往嘱令尼僧,潜搜良家女子,闻有容色,强迫入宫。一商人妇甚美,为希范所闻,胁令该夫送入,该夫不愿,立被杀毙,娶妇而归。偏该妇颜如桃李,节若冰霜,誓志不辱,投缳自尽。足与罗敷齐名,可惜不载姓氏。希范毫不知悔,肆淫如故,尝语左右道:"我闻轩辕御五百妇女,乃得升天,我亦将为轩辕氏呢?"果然贪欢成瘵,一病不起。

濒危时召入学士拓跋常(常一作恒),以母弟希广相嘱,令他辅立。拓跋常有敢谏名,素为希范所嫉视,至是却嘱以后事,想是回光返照,一隙生明。但希广尚有兄希尊,为朗州节度使,舍长立少,仍然非计。希范殂,希广入嗣,拓跋常虑有后患,劝希广以位让兄,独都指挥使刘彦瑫、天策学士李弘皋,定欲遵先王遗命,乃即定议。继受汉主册封,似乎名位已定,可免后忧,哪知骨肉成仇,阋墙不远。湖南北十州数千里,从此祸乱无已,将拱手让人了(插入楚事,为湖南入唐伏案)。

小子因楚乱在后,汉乱在先,且将楚事暂搁,再叙汉事。天雄军节度使杜重威、天平军节度使李守贞等,前奉辽主命令,各得还镇。刘知远入汴,重威、守贞皆奉表归命。适宋州节度使高行周入朝,朝命行周往邺都,镇天雄军,调重威镇宋州。并徙河中节度使赵匡赞镇晋昌军,调守贞镇河中,此外亦各有迁调,无非是防微杜渐,免得他深根固蒂,跋扈一方。各镇多奉命转徙,独有一反复无常的杜重威,竟抗不受命,遣子弘璲,北行乞援。时辽将麻答尚在恒州,即拨赵延寿遗下幽州兵二千人,令指挥使张琏为将,南援重威。重威请琏助守,再求麻答济师,麻答又派部将杨衮率辽兵千五百人,及幽州兵千人,共赴邺都。汉主刘知远得知消息,忙命高行周为招讨使,镇宁军节度使慕容彦超为副,率兵往讨重威。并诏削重威官爵,饬二将速即出师。

行周与彦超同至邺州城下,彦超自恃骁勇,请诸行周,愿督兵攻城。行周道:"邺都重镇,容易固守,况重威屯戍日久,兵甲坚利,怎能一鼓即下哩!"彦超道:"行军全靠锐气,今乘锐而来,尚不速攻,将待何时?"行周道:"兵贵持重,见可乃进,现尚不应急攻,且伺城内有变,进攻未迟!"彦超又道:"此时不攻,留屯城下,我气日衰,彼气益盛,况闻辽兵将至,来援重威,他日内外夹攻,敢问主帅如何对付?"行周道:"我为统帅,进退自有主张,休得争执!"彦超冷笑道:"大丈夫当为国忘家,为公忘私,奈何顾及儿女亲家,甘误国事!"行周闻言,越觉动恼,正要发言诘责,彦超又冷笑数声,疾趋而出。原来行周有女,为重威子妇,所以彦超疑他营私,且扬言军前,谓行周爱女及贼,因此不攻。应有此嫌。行周有口难分,不得已表达汉廷。

汉主虑有他变，乃议亲征。当下召入宰臣苏逢吉、苏禹珪等，商谘亲征事宜，两人模棱未决。汉主转询吏部尚书窦贞固，贞固与知远同事石晋，素相和谐，至是独赞成亲征。还有中书舍人李涛，未曾与议，却密上一疏，促御驾即日征邺，毋误时机。汉主因二人同心，并擢为相，便下诏出巡澶、魏，往劳王师。越二日即拟启行，命皇子承训为开封尹，留守大梁，凑巧晋臣李崧、和凝等，自恒州来归，报称辽将麻答已经被逐，可绝杜重威后援。汉主甚喜，面授崧为太子太傅，凝为太子少保，令佐承训驻京。且颁诏恒州，宣抚指挥使白再荣，命为留后(见上文)。复称恒州为镇州，仍原名为成德军。

号炮一振，銮驾出征，前后拥卫诸将吏，不下万人。行径匆匆，也不暇访察民情，一直趋至邺下行营。高行周首先迎谒，泣诉军情。汉主知曲在彦超，因当彦超谒见时，面责数语，且令向行周谢过。行周意乃少解，随即遣给事中陈观，往谕重威，劝他速降。重威闭城谢客，不肯放入。陈观复命，触动汉主怒意，便命攻城。彦超踊跃直前，领兵先进，行周不好违慢，也驱军接应。汉主登高遥望，但见城上的矢石好似雨点一般，飞向城下，城下各军，冒险进攻，也是个个争先，人人努力。怎奈矢石无情，不容各军进步，自辰至午，仍然危城兀立，垣堞依然，那时只得鸣金收军，检点士卒，万余人受伤，千余人丧命。汉主始叹行周先见，就是好勇多疑的慕容彦超，至此亦索然意尽，哑口无言。

行周入账献议道："臣来此已久，城中闻将食尽，但兵心未变，更有辽将张琏助守，所以明持不下。请陛下招谕张琏，琏若肯降，重威也无能为力了。"汉主依议，遣人招张琏降，待他不死。偏偏琏不肯从，一再往劝，始终无效。迁延至两旬有余，围城中渐觉不支，内殿直韩训献上攻具。汉主摇首道："守城全恃众心，众心一离，城自不保，要用什么攻具呢？"韩训怀惭而退，忽由帐外报入，有一妇人求见，汉主问明底细，才命召入。正是：

> 猖獗全凭强虏助，
> 窃危要仗妇人扶。

毕竟妇人为谁，待至下回表明。

辽太后为朔漠女豪，佐夫相子，奋有北方，而受制于其孙。李太后为石氏内助，因宴传言，激成大举。而被累于其子。南北睽违，事适相合，何两智妇结果之不幸也！但辽太后幽死墓侧，得随夫于地下，李太后羁死建州，徒做鬼于虏中，两两相较，当以李太后之死为尤惨焉。杜重威身亡晋室，引虏覆邦，罪不容于死，不特李太后骂为奸贼，至死不忘，即中原人士，亦谁不思食其肉，寝其皮乎？刘氏入汴，不加显罚，仍令守官，几若多行不义之人，亦得幸免，乃移镇命下，复思抗拒，枭獍心肠，不死不止，而天意亦故欲迫诸死地，以为奸恶者戒，汉主亲征，犹然招降，虽得苟延残喘，而终不免于诛夷。李太后有知，庶或可少泄余恨也夫！

第四十一回

奉密谕王景崇入关
捏遗诏杜重威肆市

却说汉主刘知远传见来妇，看官道妇人为谁？原来是重威妻宋国公主。公主入谒汉主，行过了礼，由汉主赐令旁坐，问及重威情形，公主道："重威因陛下肇兴，重见天日，不胜庆幸，但恐陛下追究既往，负罪难逃，所以一闻移镇，虑蹈不测，适辽将又来监守，遂致触犯天威，劳动王师，今愿开城谢罪，令臣妾前来乞恩，望陛下网开一面，曲贷余生！"汉主道："朕信重威，重威尚不信朕吗？况朕已一再招降，奈何拒命！"公主道："重威非敢抗陛下，实由虏将张琏挟制重威，不使迎降。"虽是诳言，但欲为夫解免，不得不尔，阅者尚当为公主曲原。汉主道："虏将独不怕死吗？"公主道："正为怕死，所以阻挠。"汉主沉吟半晌，方微笑道："朕一视同仁，既赦重威，何不可赦张琏，烦汝入城回报，如果真心出降，不问华夷，一体赦免！"公主起身拜谢，辞别回城。

重威得公主传语，转告张琏，琏答道："公可全生，琏难幸免，愿守此城，以死为期！"倒是个硬汉。重威道："粮食早尽，兵皆枵腹，看来是不能不降了，汉主谓一体赦免，谅不欺人，请君勿虑！"琏又道："恐怕未必。"重威道："我再遣次子弘琏前去请求，能得一朝廷赦书，大家好安心出降了。"琏方才允诺，弘琏即出往汉营。过了半日，持到汉主手谕，许琏归国。重威乃复遣判官王敏，先送谢表。旋即素服出降，拜谒汉主。汉主赐还衣冠，仍授检校太师，守官太傅，兼中书令。大军随汉主入城，城内已饿殍载道，满目萧条。辽将张琏亦来拜见，汉主忽瞋目道："全城兵民，为汝一人，害得这般凄惨，汝可知罪否？"琏不意有此一诘，一时转无从措辞。汉主便令推出斩首，复捕斩弁目数十人，天子无戏言，奈何背约！惟什长以下，放还幽州。辽众无从报怨，将出汉境，大掠而去。枢密使郭威入账，与汉主附耳数语，汉主即令他会同王章，按录重威部下诸亲将，一并拿下，悉数处斩。又将重威私资及僚属家产，抄没充公，分赐战士。重威似刀剁肉，无从呼吁，只好与妻孥相对，暗地流涕罢了。还是小事，请看后来。

汉主住邺数日，下令还都，留高行周为邺都留守，充天雄军节度使。行周固辞，汉主语苏逢吉道："想是为着慕容彦超了，我当命他徙镇泰宁军，卿可为我谕意。"逢吉转谕行周，行周乃受命留邺。汉主且晋封行周为临清王，即命杜重威随驾还都。既归大梁，加封重威为楚国公。重威平时出入，路人辄旁掷瓦砾，且掷且骂，亏得他脸皮素厚，还是禁受得起，但威风已尽扫地了。所有宋州一缺，不愿再任重威，但令史弘肇兼镇，毋庸细表。看似闲文，实补前回未了之文。

且说汉主刘知远原籍，本属沙陀部落，知远以自己姓刘，改国号"汉"，强引西汉高祖、东汉光武帝，作为远祖。当尊汉高为太祖，光武帝为世祖，立庙祭享，历世不祧。高祖湍尊为"文祖"，妣李氏为"明贞皇后"，曾祖昂为"德祖"，妣杨氏为"恭惠皇后"，祖僎为"翼祖"，妣李氏为"昭穆皇后"，父琠为"显祖"，母安氏为"章懿皇后"，共立四庙，与汉高祖光武帝并列，合成六庙。命太常卿张昭厘定六庙乐章舞名。知远以邺都告平，入庙告祖，所有订定乐舞，概令举行，真个是和声鸣盛，肃祀明禋。

不料皇子开封尹承训，自助祭后，感冒风寒，逐日加剧。汉主因承训孝友忠厚，明达政事，格外留心看护，多方医治。怎奈区区药物，不能挽回造化，竟于天福十二年十二月中，悠然而逝，年止二十六。汉主在太平宫举哀，哭得涕泗滂沱，几致晕去。经左右极力劝慰，勉强收泪，亲视棺殓，追封魏王，送归太原安葬。此子若存，刘氏不至遽亡。嗣是常带悲容，少乐多忧，一代枭雄，又将谢世。

蹉跎过了残年，便是元旦，汉主因身躯未适，不受朝贺，自在宫中调养。转眼间已过四天，病体少瘥，乃出宫视朝，改天福十三年为乾祐元年，颁诏大赦。越数日，易名为暠，晋封冯道为齐国公，兼官太师。兵部递上奏牍，报称凤翔节度使侯益与晋昌节度使赵匡赞叛国降蜀，盘踞关中，请速派将往讨云云。汉主闻变，即命右卫大将军王景崇、将军齐藏珍，调集禁兵数千，往略关西。

原来蜀主孟昶嗣知祥位，除去强臣李仁罕、张业，国内太平，十年无事。辽主灭晋，晋雄武节度使何重建举秦、成、阶三州降蜀（见三十七回）。蜀主昶遂欲吞并关中，遣山南西道节度使孙汉韶等，攻下凤州。适晋昌军节度使赵匡赞闻杜重威得罪，恐自己亦未必保全，索性向蜀投降，别图富贵。遂派人奉表蜀主，乞遣兵援应长安（即晋昌军，兼略凤翔），蜀主甚喜，即命中书令张虔钊为北面行营招讨安抚使，宣徽使韩保贞为都虞侯，率兵五万，道出散关。又饬何重建为副使，领部众出陇州，与张虔钊等会师，同趋凤翔。一面令都虞侯李廷珪统兵二万出子午谷，为长安声援。

凤翔节度使侯益接得侦报，知蜀主大举入侵，惊慌得了不得。正拟拜表告急，忽来了雄武军弁吴崇恽，递入何重建手书，并附蜀枢密使王处回招降文，内容大意，无非是晓示利害，劝益归蜀，益恐待援不及，不如依书乞降，免得惊惶。遂缴出地图兵籍，使吴崇恽带还，附表请平定关中，且贻书赵匡赞，约为犄角互相帮扶。偏赵匡赞狐疑未定，复听了判官李恕，仍然上表汉廷，自请入朝。东倒西歪，比墙头草且勿如。

这李恕本是赵延寿幕僚，延寿令佐匡赞，为晋昌军节度判官，当匡赞降蜀时，恕已出言谏阻，匡赞不从，至是复极谏道："燕王入胡，本非所愿，今汉家新得天下，方务招怀，若谢罪归朝，必能保全爵禄，入蜀恐非良策哩，蹄涔不容尺鲤，愿公三思，毋贻后悔！"匡赞听了，很觉有理，因遣恕入朝谢罪，情愿面觐汉主，听受处分。汉主问恕道："匡赞何故附蜀？"恕答道："匡赞以身受虏言，父在虏廷，恐陛下未肯俯谅，所以附蜀求生。臣一再谏净，谓国家必应存抚，匡赞亦自知悔悟，故遣臣来祈哀！"汉主道："匡赞父子，本吾故交，不幸陷虏。今延寿方坠槛阱，我何忍再害匡赞呢？汝可返报匡赞，不必多疑，尽可来朝！"恕拜谢而去。

嗣得侯益表章，也与匡赞一般见解，谢罪请朝。时王景崇尚未启行，汉主召入卧内，密谕景崇道："赵匡赞、侯益虽俱来请朝，未知他有无诡计，汝率兵西去，当密观动静！他若真心入朝，不必过问，倘或迁延观望，汝可便宜从事，勿堕狡谋！"景崇应声遵旨，即日启行，西赴长安。

赵匡赞恐蜀兵驰至，转难脱身，不待李恕返报，便离长安，趋入大梁。途次与李恕接着，得知汉主谕言，益放心前行。复与景崇晤谈，景崇亦让他过去，自率兵径谒长安。才入长安城中，军报已陆续到来，统说蜀兵已入秦州，就要来攻长安。景崇因随兵不多，恐未足敌蜀，忙发本道兵马，及赵匡赞牙兵千余人，同拒蜀人。又虑匡赞牙兵，或有叛亡等情，意欲黥字面中，使不得逭。当下与齐藏珍商议，藏珍尚不甚赞成，那牙兵将校赵思绾已入请黥面，为部兵倡。景崇当然心喜。藏珍待思绾退出，私语景崇道："思绾面带杀气，恐非良将，况黥面命令，尚未发出，他即先来面请，越是谄谀，越是狡诈，此人万不可恃，速除为宜！"甚是，甚是。景崇摇首道："无罪杀人，如何服众！"遂不从藏珍计议，自督兵往堵蜀军。

蜀将张廷珪正自子午谷出师，探得匡赞入朝音信，便欲引归。不意景崇突至，险些儿措手不及，仓促对敌，已被景崇麾兵入阵，冲破中坚，没奈何且战且行，奔回至十里外，才免追袭。手下兵士，已伤亡至数千名，懊丧而去。侯益闻景崇得胜，廷珪败还，自然顺风使帆，决计拒蜀。蜀帅张虔钊行至宝鸡，略悉侯益反复情形，便与诸将会商。或主进，或主退，弄得虔钊无可解决，只好按兵暂住。忽闻汉将王景崇召集凤翔、陇、邠、泾、郿、坊各兵，纷纷前来，吓得魂不附体，急忙引兵夜遁。及景崇追到散关，蜀兵已奔入关中，只剩得后队四百人，被景崇一鼓掳归。

景崇两次告捷,朝命景崇兼凤翔巡检使,因即引兵至凤翔。侯益开门迎入,与景崇谈入朝事,语带支吾。景崇未免动疑,即派部军分守诸门,再伺候益行止。蓦然间接到朝旨,御驾升遐,皇次子承祐即皇帝位,不由地心下一动,倒有些踌躇起来。小子且慢叙景崇意见,先将汉主临崩大略,演述出来。顺事叙入,而文法独奇。

汉主刘知远自长子承训殁后,感伤成疾,屡患不豫。亏得参苓补品,逐日服饵,才支撑了一两月。乾祐元年正月终旬,病体加重,服药无灵,乃召宰相苏逢吉,枢密使杨邠、郭威,入受顾命。还有都指挥使史弘肇,虽命他兼镇宋州,却是在都遥制,所以亦得奉召。四大臣同入御寝,见汉主病已大渐,俱作愁容,汉主顾谕道:"人生总有一死,死亦何惧。但承训已殁,承祐依次当立,朕虑他幼弱,后事一切,不得不嘱托诸卿!"四人齐声道:"敢不效力!"汉主又长叹道:"眼前国事,尚无甚危险,但须善防杜重威!"说到"威"字,喉中如有物梗住,不能出声。四人慌忙趋退,请后妃、皇子等送终。

未几即发哀声,当由苏逢吉趋入道:"且慢!且慢举哀!皇帝有要旨传下,须立刻办了,方可发丧。"后妃等未识何因,只因逢吉身任首相,且是顾命中第一个大臣,料他必有要图。当即停住了哀,令他出办。逢吉退出,见杨邠、郭威等已拟好诏敕。即饬侍卫带领禁军,往拿杜重威及重威子弘璋、弘琏、弘璲。重威在私第中,安然坐着,毫不预防,至禁军入门,仓皇接诏,甫经下跪,那冠带已被禁军褫去。且听侍卫宣诏道:

杜重威犹贮祸心,未悛逆节,枭首不改,忸性难驯。昨朕小有不安,罢朝数日,而重威父子,潜肆凶言,怨谤大朝,煽惑小辈。今则显有陈告,备验奸期,既负深恩,须置极法。其杜重威父子,并令处斩。所有晋朝公主及外亲族,一切如常,仍与供给。特谕。

重威听罢,魂飞天外,急得带哭带辩。偏侍卫绝不留情,即令禁军缚住重威,并将他三子拿下,一并牵出,连他妻室宋国公主都不使诀别。匆匆驱至市曹,已有监刑宫待着,指麾两旁刽子手,趋至重威父子身旁,拔出光芒闪闪的刀儿,剁将过去,只听得有三四声,重威父子的头颅,皆已堕落。父子同时入冥府,未始非天伦乐事。遗骸陈设通衢,都人士在旁聚观,统激起一腔义愤,或诟骂,或蹴击,连军吏都禁遏不住。霎时间成为肉泥,几无从辨认了。该有此报,但至此始见伏法,已不免为失刑。

重威既诛,方为故主发丧。并传出遗制,封皇子承祐为周王,即日嗣位,朝见百官,然后举哀成服。先是汉主刘知远欲改年号,宰臣进拟"乾和"二字。御笔改为"乾祐",适与嗣主名相同,当时目为预征,所以后来沿称乾祐,不复改元。太常卿张昭,拟上先帝谥法,称为"睿文圣武昭肃孝皇帝",庙号"高祖",嗣葬睿陵。统计刘知远称帝,未满一年,不过时已易岁,历史上算作二年,享年五十四岁。

承祐既立,尊母李氏为皇太后,颁행大赦,号令四方。关中接得诏书,王景崇踌躇未定,便是为处置侯益的问题。侯益非常狡黠,为景崇所疑。或劝景崇杀益,景崇叹道:"先帝原许我便宜行事,但谕出机密,恐嗣皇帝未曾闻知,我若杀益,转近专擅。况赦文已下,更觉难行,我只好密奏朝廷,再作计较。"主见已定,便草密疏奏请,疏未缮发,那侯益已私离凤翔,星夜入都去了。景崇不禁大悔,甚至自诟不休。

这侯益却是机变,一入都门,便诣阙求见。嗣主承祐问他何故引入蜀军,益并不慌忙,反从容答道:"蜀兵屡寇西陲,臣意欲诱他入境,为聚歼计。"承祐不由得嗤了一声,令益退出。似乎有些识见。益见嗣主形态,倒也自危,幸喜家资富厚,好仗那黄白物,运动相臣。金银是人人喜欢,宰相以下,得了他的好处,哪有不替他说项。你吹嘘,我称扬,究竟承祐年未弱冠,也道是前日错疑,即授益为开封尹,兼中书令。益又贿通史弘肇等,诬构景崇,说他如何专恣,如何骄横。承祐不得不信,派供奉官王益至凤翔,征赵匡赞牙兵诣阙。

赵思绾很是不安,复由景崇激他数语,越觉心慌,既随王益启行,到了半途,语同党常彦卿道:"小太尉已落人手,我等若至京师,自投死路,奈何奈何!"(小太尉指赵匡赞)彦卿道:"临机应变,自有方法,愿勿再言!"

越日行抵长安，长安已改号永兴军。节度副使安友规、巡检使乔守温，出迎王益，置酒客亭。思绾入请道："部下军士，已在城东安驻。惟将士家属，多在城中，意欲暂时入城，挈眷出宿城东。"友规不知是计，且见思绾并无铠仗，乐得做个人情，应允下去。思绾便引弁目驰入西门，适有州校坐守门侧，腰剑下悬，为思绾所注目，突然趋进，顺手夺剑，挺刃一挥，剁落州校头颅。州校真是枉死。当下顾令党羽，一齐动手，急切里无从得械。便向附近觅得白梃，左横右扫，击死门吏十余人，遂把城门阖住，自入府署劈开武库，取出甲仗，分给部众，把守各门。友规等在外闻变，惊惶失措，不待饮毕，便已溜去。朝使王益也逃之夭夭，不知去向。思绾据住城池，募集城中少年，得四千余人，缮城隍，葺楼堞，才经十日，守具皆备。王景崇不知声讨，反讽凤翔吏民上表，请令自己知军府事。正是：

> 功业未成先跋扈，
> 嫌疑才启即猖狂。

欲知汉廷如何处置，容至下回说明。

汉主刘知远，杀张琏而赦杜重威，赏罚不明，无逾于此。琏不过一牙将耳。既已请降，抚之可也，纵之亦可也。诱使降顺，突令处斩，是为不信，是为不仁。重威引虏亡晋，罪已难逃；况复叛复靡常，负恶益甚，不杀果胡为者？彼侯益、赵匡赞之忽叛忽服，亦无非藐视汉威，同儿戏耳。迨知远已殂，始由苏逢吉等捏称遗诏，捕诛重威。所颁诏文，实是无端架诬，不足为重威罪。罪可杀而杀非其道，犹之失刑也。前过宽，后过暴，何怪三叛之又复连兵乎。

第四十二回

智郭威抵掌谈兵
勇刘词从容破敌

却说王景崇暗讽吏民，代求节钺。汉主承祐与群臣会议，都料是景崇诡计，不肯允行，别徙邠州节度使王守恩为永兴节度使，陕州节度使赵晖为凤翔节度使，调景崇为邠州留后，令即赴镇。景崇迁延观望，不肯遽行。那时又突出一个叛臣，竟勾通永兴、凤翔两镇，谋据中原。这人为谁？就是河中节度使李守贞（守贞为三叛之首，故特提一笔）。

守贞与重威为故交，重威诛死，也未免兔死狐悲。默思汉室新造，嗣君才立，朝中执政，统是后进，没一个可与比伦，不若乘时图变，倒可转祸为福，遂潜纳亡命，暗养死士，治城堑，缮甲兵，昼夜不息。参军赵修己颇通术数，守贞召与密议，修己谓时命不可妄动，再三劝阻。守贞半信半疑。修己辞职归田，忽有游僧总伦入谒守贞，托言望气前来，称守贞为真主。守贞大喜，尊为国师，日思发难。一日召集将佐，置酒大会，畅饮了好几杯，起座取弓。遥指一虎舐掌图，顾语将佐道："我将来若得大福，当射中虎舌。"说着，即张弓搭箭，向图射去，飕的一声，好似箭镞生眼，不偏不倚，正在虎舌中插住。将佐同声喝彩，统离座拜贺。守贞益觉自豪，与将佐入席再饮，抵掌而谈，自鸣得意。将佐乐得面谈，益令守贞手舞足蹈，乐不可支。饮至夜静更阑，方才散席。

未几有使人自长安来，递上文书。经守贞启视，乃是赵思绾的劝进表，不由得心花怒开，使人复献上御衣，光辉灿烂，藻锦氤氲。守贞到了此时，是喜欢极了，略问来使数语，令左右厚礼款待，阅数日才命归报，结作爪牙。自是反谋益决，妄言天人相应，僭号秦王。遣使册思绾为节度使，令仍称永兴军为晋昌军。

同州节度使张彦威，因与河中相近，诇知守贞所为，时常戒备，且密表请师。汉廷派滑州指挥使罗金山，率领部曲，助戍同州。因此守贞起事，同州得以无恐。守贞遣骁将王继勋出兵据潼关。军报驰入大梁，汉主乃命澶州节度使郭从义充永兴军行营都部署，与客省使王峻率兵讨赵思绾；邠州节度使白文珂，为河中行营都部署，率兵讨李守贞。继复派出夔州指挥使尚洪迁为永兴行营都虞侯，阆州防御使刘词为河中行营都虞侯。

各军同时西行，独尚洪迁恃勇前驱，趋至长安城下。赵思绾正养足锐气，专待官军对仗，遥望洪迁前来，立即麾众杀出，与洪迁交锋。洪迁尚未列阵，思绾已经杀到，主客异形，劳逸异势，就使洪迁骁悍过人，至此亦旗靡辙乱，禁遏不住。勉强招架，终究是不能支撑，看看士卒多伤，便麾兵先退，自率亲军断后，且战且行。思绾力追不舍，恼动了洪迁血性，拼死力斗，才把思绾击退。但洪迁身上，已受了数十创，回至大营，呕血不止，过了一宵，便即捐生。写洪迁阵亡情状，又另是一种写法。

郭从义、王峻二人，因洪迁战死，未免畏缩，敛兵不进。峻与从义又两不相容，越觉得你推我诿，延宕不前。汉廷再遣泽潞节度使常恩，领兵援应，可巧郭从义也分兵往迎，两下会师，总算克服了一座潼关，由常恩屯兵守着。河中行营都部署白文珂逗留同州，未尝进兵。新授凤翔节度使赵晖到了咸阳，部署兵士，一时也不能急进。汉主承祐颇以为忧，特派枢密使郭威为西面军前诏谕安抚使，所有河中、永兴、凤翔诸军，悉归郭威节制。

威奉命将行，先诣太师冯道处问策。冯道徐语道："守贞宿将，自谓功高望重，必能约束士卒，令他归附。公去后，若勿爱官物，尽赐兵吏，势必众情倾向，无不乐从，守贞自无能为了！"威谢教即行，承制传檄，调集各道兵马，前来会师。并促令白文珂趋河中，赵晖趋凤翔。晖已探得王景崇降蜀，并通李守贞连表奏闻，有诏命郭威兼讨景崇。威乃与诸将会议军情，熟权缓急，诸将拟先攻长安、凤翔。时华州节度使扈彦珂亦奉调从军，独在旁献议道："今三叛连兵，推守贞为主，守贞灭亡，两镇自然胆落，一战可下了。古人有言，擒贼先擒王，不取首逆，先攻王、赵，已属非计。况河中路近，长安、凤翔皆路远，攻远舍近，倘王、赵拒我前锋，守贞袭我后路，岂非是一危道吗！"诚然！诚然！威待他说毕，连声称善，乃决分三道攻河中，白文珂及刘词自同州进，常恩自潼关进，自率部众从陕州进。沿途所经，与士卒同甘苦，小功必赏，微过不责，士卒有疾，辄亲自抚视，属吏无论贤愚，有所陈请，均和颜悦色，虚心听从。虽由冯道处得来秘诀，但亦能得法意外。因此人人喜悦，个个欢腾。

守贞初闻郭威统兵，毫不在意，且因禁军尝从麾下，曾受恩施，若一到城下，可坐待倒戈，不战自服。哪知三路汉兵，陆续趋集，统是扬旗伐鼓，耀武扬威。郭威所带的随军，尤觉得气盛无前，野心勃勃。当下已有三分惧色，凭城俯瞩，见有认识军将，便呼与叙旧。未曾发言，已听得一片哗声，统叫自己为叛贼，几乎无地自容，转思木已成舟，悔恨无益，只得提起精神，督众拒守。郭威竖栅城西，白文珂竖栅河西，常恩竖栅城南。威见恩立营不整，又见他无将领才，遣令归镇，自分兵驻扎其他城。诸将竞请急攻，威摇首道："守贞系前朝宿将，健斗好施，屡立战功，况城临大河，楼堞完固，万难急拔。且彼居高临下，势若建瓴，我军仰首攻城，非常危险，譬如驱士卒投汤火，九死一生。有何益处？从来勇有盛衰，攻有缓急。时有可否，事有后先。不若且设长围，以守为战，使他飞走路绝。我洗兵牧马，坐食转饷，温饱有余，城中乏食，公私皆竭。然后设梯冲，飞书檄，且攻且抚，我料城中将士，志在逃生，父子且不相保，况乌合之众呢！"一番大议论，确有特见。诸将道："长安、凤翔，与守贞联结，必来相救，倘或内外夹攻，如何是好？"威微笑道："尽可放心，思绾、景崇徒凭血气，不识军谋，况有郭从义等在长安，赵晖往凤翔，已足牵制两人，不必再虑了！"成算在胸。乃发诸州民夫二万余人，使白文珂督领，四面掘长壕，筑连垒，列队伍，环城围住。越数日，见城上守兵尚无变志，威又语诸将道："守贞前畏高祖，不敢嚣张。今见我辈崛起太原，事功未著，有轻我心，故敢造反。我正宜守静示弱，慢慢儿地制伏呢。"遂命将吏偃旗息鼓，闭垒不出。但沿河遍设火铺，延长至数十里，命部兵更番巡守。又遣水军舣舟河滨，日夕防备，水陆扼住。遇有间谍，无不捕获，于是守贞计无所出，只有驱兵突围一法。偏郭威早已料着，但遇守兵出来，便命各军截击，不使一人一骑，突过长围。所以守贞兵士，屡出屡败，屡败屡还。守贞又遣使赍着蜡书，分头求救，南求唐，西求蜀，北求辽，均被汉营逻卒，掩捕而去。城中益穷蹙无计，渐渐的粮食将尽，不能久持，急得守贞日蹙愁眉，窘急万状。国师总伦时常在侧，守贞当然加诘。总伦道："大王当为天子，人不能夺，唯现在分野有灾，须待磨灭将尽。单剩得一人一骑，方是大王鹊起的时光哩。"真是呆话。守贞尚以为然，待遇如初。利令智昏，一至于此。

王景崇据住凤翔，既与守贞沟通，受他封爵，便杀死侯益家属七十余人，只有一子仁矩，曾为天平行事司马，在外得免。仁矩子延广尚在襁褓，乳母刘氏易以己子，抱延广潜逃，乞食至大梁。狡如侯益，不期得此乳母。侯益大恸，哀请朝廷诛叛复仇。汉主传诏军前，促攻凤翔。

赵晖时已进攻，与景崇相持，忽闻蜀兵来援景崇，已至散关，当即派遣都监李彦从，潜师袭击，杀退蜀兵，且乘势夺取凤翔西关。景崇退守大城，晖屡用赢兵诱战，不见景崇出师。乃别设一计，暗令千余人绕出南山，仿效蜀装，张着蜀旗，从南山趋下。又命围城军士佯作慌张，哗称蜀兵大至。景崇本已遣子德让诣蜀乞援，眼巴巴地望着好音，一闻蜀兵到来，还辨什么真假，即派兵数千往迎。出城未及里许，蓦闻号炮声响，晖军四面攒集，把数千凤翔兵围住，凤翔兵士方知中伏，可怜进退无路，统被晖军杀尽。晖颇能军。景崇闻报，徒落得垂头丧气，懊悔不及，自是不敢轻出。

那蜀主孟昶，果遣山南西道节度使安思谦率兵救凤翔，另派雄武节度使韩保贞引兵出洴阳，牵制汉军。景崇子德让先行入报，景崇才令部将李彦舜等出迓蜀兵。赵晖得蜀兵来信，亟分兵扼守宝鸡。蜀将申贵为思谦前驱，用诱敌计来诱汉兵。汉兵已入宝鸡城内，见蜀兵稀少,出城追赶,遇伏败还,不意城内已被蜀兵掩入,竟将宝鸡夺去。幸赵晖先事预防,恐宝鸡戍兵不足敌蜀,更派精兵五千人援应,途中遇着败军,两下会合,复将宝鸡夺还。思谦引军至渭水,经申贵还报,始知先胜后挫。再欲进攻,因探得宝鸡有备,料一时不能攻下,遂语大众道:"敌势尚强,我军粮少,未便与他久持,不若暂退,再作后图。"实是怯懦。乃退屯凤州,寻归兴元。

王景崇闻蜀兵退归,再遣使向蜀告急,蜀臣多不愿发兵。经景崇再三表请,始由蜀主下令,仍命安思谦出援。思谦请先运粮四十万斛,方可出境,蜀主太息道:"思谦未曾出兵,先来索粮,意已可知,岂肯为朕进取?朕且拨粮颁给,看他愿出兵否?"乃发兴州、兴元米数万斛,交与思谦。思谦始自兴元出凤州,再由凤州进散关,另派部将申贵、高彦俦等,击破汉箭筈、安都诸寨。宝鸡戍卒,出截玉女津,也为蜀兵所败,仍然退归。思谦进驻模壁,韩保贞也出新关,同至陇州会齐,将攻宝鸡。赵晖再欲分军接应,因怕势分力弱,反为景崇所乘,乃饬宝鸡兵吏,严守城池,不得妄动。一面移文至河中,向郭威乞师。

威正欲破灭李守贞,适值南唐起兵,来援河中,不得不分师邀击,暂缓攻城。守贞幕下有游客二人,一是狂士舒元,一是道士杨讷。二人见守贞围困,特扮作平民,出城南向,求救唐廷。舒元易姓为朱,杨讷易姓名为李平,好容易混出重围,奔至金陵,吁请救急。唐主璟犹豫未决,谏议大夫查文徽、兵部侍郎魏岑,怂恿唐主出师。唐主因命北面行营招讨使李金全出救河中,以清淮节度使刘彦贞为副,文徽为监军使,岑为沿淮巡检使,相偕俱出,同至沂州。

金全令部众暂憩,遣探骑侦察汉营,再定行止。探骑去了多时,至午未回,营中已备好午餐,一齐会食。那探骑入账通报道:"距此地十数里外,有一长涧,涧北有汉兵驻守,不过数百人,且甚羸弱,请急击勿失!"金全不待说毕,厉声斥退,仍然安坐食饭。诸将莫名其妙,待至大众食毕,都至金全面前,请即出战。金全又厉声道:"敢言出战者斩!"两层写来,事奇笔亦奇。诸将默然退出,免不得交头接耳,私谤金全。待至夕阳西下,暮色苍黄,金全又下令道:"营内队伍,须要整齐,各军器械,不得抛离,大家守住营门,毋得妄动,违令立斩!"又作一层疑案。诸将越加疑心,但军令如山,不敢不遵,只好依言办理。

暮听得鼓声大震,四面八方,有兵掩至,统到营门前呐喊,几不知有多少人马。金全营内,但守住营垒,无人出战,那来兵喧嚷多时,恰也不闻进攻,四散而去。到了起更,已寂静无声,方奉金全命令,造饭会食。

金全问诸将道:"汝等试想,午后可出战吗?"诸将始齐声道:"大帅料敌如神,幸免危祸,但究竟从何料着?"金全微笑道:"兵法有言,知己知彼,百战不殆。汉帅系是郭威,号称能军,难道我军远来,彼尚未能侦悉吗?涧北设着羸兵,明明是诱我过涧,堕他伏中。我军至暮不出,伏兵无用,当然前来鼓噪,乱我军心,待见我壁垒森严,无隙可乘,不得已知难而退,明眼人何难预料呢!"诸将方才拜服。

金全一驻数日,复探得汉垒严密,料知河中必危,便语诸将道:"郭威为帅,守贞断难幸免,我等进援,有损无益,不如退师为是。"查文徽、魏岑等前时乘兴而来,至此也兴尽欲返,即拔营退驻海州。且遣使入奏唐主,详陈一切情形,唐主复贻汉书,婉谢前失,请仍通商旅,并乞赦李守贞。

汉廷置诸不答,但闻赵晖情急,饬郭威设法往援。威计却唐兵,亲督兵往援赵晖,行抵华州,接晖来文,谓蜀兵食尽退去,因即折回。途次过了残腊,便是乾祐二年。白文珂闻郭威将至,引兵往迎,河中行营,只留都指挥使刘词主持一切。

先是郭威西行,曾戒白文珂、刘词道:"贼不能突围,迟早难逃我手,若彼突出,我等且功败垂成,成败关键,全在此举。我看贼中骁锐,尽在城西,我去必来突围。汝等须要严防,切切毋忽!"白文珂、刘词两人依着威言,日夕注意,守兵也不敢出来。到了文珂迎威,城中已经探悉,潜遣入夜追出城,沽酒村墅,任人赊欠。逻骑多半嗜酒,见了这杯中物,不禁垂涎,况又是不需现钱,乐得畅饮数杯。你也饮,我也饮,饮得酩酊大醉,统向营中睡熟,不复巡逻。

杯中物误人甚大,故酒色财气中列为第一。刘词恰也小心,惟这一着未尝预防,险些儿堕他奸计。

一夕已经三鼓,词觉有倦意,和衣假寐,正要蒙眬睡去,忽闻栅外有鼓噪声,歘然惊起,趋出寝所,向外一望,已是火势炎炎,光明如昼,部兵东张西望,不知所为。词故意镇定,绝不变色,且下令道:"区区小盗,怕他什么!"遂率众堵御,冒烟而出。客省使阎晋卿道:"贼甲皆黄,为火所照,容易辨认,惟众无斗志,颇觉可忧!"裨将李韬朗声道:"无事食君禄,有急可不死斗吗?我愿当先,诸将士快随我来!"说至此,即援勳先进,大众也趁势随上。俗语说得好,一夫拼命,万夫莫当,况经李韬一言,激动众愤,就使火势燎原,一些儿没有怕惧,只管向前奋击。河中兵相率辟易,为首骁将王继勳勇敢善斗,至此也杀得大败,身受重伤,逃入城中,手下剩得百余骑,跟跄随回,余众皆死。

刘词方收军入栅,扑灭余火,黹夜修补,次日仍壁垒一新。待郭威到来,词出迎马首,向威请罪。威欣然道:"我正愁此一着,非兄健斗,几为虏笑,今幸破贼,贼技已穷,可无他虑了。"至入栅后,厚赏刘词及李韬,将士等亦各给财帛。惟严申酒禁,非俟破城犒宴,不准私饮。爱将李审首犯军令,饮酒少许,威察得情迹,召审入诘道:"汝为我帐下亲将,敢违我令,若非加刑,何以示众!"遂喝令左右,推审出辕,斩首示众。小子有诗赞道:

　　用威用爱两无私,
　　便是诸军用命时;
　　莫怪将来成帝业,
　　尧山兵法本来奇(郭威尧山人,见下)。

李审就诛,全营股栗。嗣是令出必行,成功就在目前了。

欲知河中克复情形,请看官续阅下回。

三叛连兵,首发难者为赵思绾,继以李守贞、王景崇,似乎思绾之罪为最大,而守贞次之,景崇又次之。实则不然,守贞背晋降虏,罪与杜重威相同,倘有明王,早已不赦。乃幸得免死,仍予旌节,复敢效重威故智,再生叛乱,罪恶至此,死有余辜。景崇受命讨叛,反自为叛,《春秋》之戮,宁僭后诸!赵思绾一狂暴徒耳,若非守贞、景崇之为逆,一将平之足矣。故本回叙事,于河中为最详,次凤翔,次长安,而于郭威之首攻河中,赵晖之分攻凤翔,亦具有褒词,一褒一贬,笔下固自有阳秋也。

第四十三回

覆叛巢智全符氏女
投火窟悔拒汉家军

却说河中叛帅李守贞，被围逾年，城中粮食已尽，十死五六，眼见是把守不住。左思右想，除突围外无他策。乃出敢死士五千余人，分作五路，突攻长围的西北隅。郭威遣都监吴虔裕，引兵横击，把河中兵扫将过去，五路俱纷纷败走，多半伤亡。越数日又有守兵出来突围，陷入伏中，统将魏延朗、郑宾俱为汉兵所擒。威不加杀戮，好言抚慰，魏、郑二人大喜投诚，因即令他作书，射入城中，招谕副使周光逊及骁将王继勋、聂知遇。光逊等知不可为，亦率千余人出降。嗣是城中将士陆续出来，统向汉营归命。郭威乃下令各军，分道进攻，各军闻命，当然踊跃争先，巴不得一鼓就下。怎奈城高堑阔，一时尚攻它不进，因此一攻一守，又迁延了一两月。想是守贞命数中，尚有一两月可延。

可巧郭从义、王峻报称赵思绾已有降意，唯此人不除，终为后患，应该如何处置，听命发落。郭威令他便宜行事。于是首先发难的赵思绾也首先伏诛。思绾为郭从义、王峻所围，苦守经年，曾遣子怀牲诣蜀乞援。蜀兵尚未能到河中，怎能入援长安？援绝犹可，最苦粮空。思绾本喜食人肝，尝亲自持刀，剖肝作脍，脍已食尽，人尚未死。又好取人胆作下酒物，且饮且语道："吞人胆至一千，便胆气无敌了。"至城中食尽，即掠妇女幼稚，充作军粮，糜肉饲兵，自己吞食肝胆，权代饭餐。有时且用人犒军，计数分给，如屠羊豕一般。可怜城中冤气冲天，镇日里笼着黑雾，不论晴雨，统是这般。郭从义乃使人诱降。

先是思绾少时，求为左骁卫上将军李肃仆从，肃适致仕，谢绝不纳。肃妻张氏，系梁、晋两朝元老张全义女，具有远识，特问萧何故不纳思绾，肃慨然道："是人目乱语诞，他日必为叛贼！"张氏道："妾意亦然，但君今拒绝，他必挟恨无穷，一旦逞志，必遭报复，我家恐无遗类。不若厚赠金帛，遣令图生！"肃如言召入思绾，馈赠多金，思绾拜谢而去。

后来入据长安，正值李肃闲居城中，思绾即往谒见，拜伏如故。肃惊起避席，禁不住思绾勇力，将肃捺入座中，定要肃完全受拜，且尊呼肃为恩公。肃勉强敷衍，心中委实难过，及思绾退出，急入语张夫人道："我说此人必叛，今果闯乱，复来见我，我且受污，奈何！"张氏道："何不劝他归国！"肃又道："他已势成骑虎，怎肯遽下！我若劝他，反惹他疑心，自招屠戮了。"张氏道："长安虽固，料他必不能久据。他若舍此而去，不必说了，否则官军来攻，总有危急这一日，那时容易进言，自无他患。"肃也以为然，暂且纾忧。

思绾屡遣人送奉珍馐，加以裘帛，肃不好峻拒，又不便接受，百端为难。自思将来多凶少吉，不如图个自尽，免致株连，因觅得毒药，即欲服下。亏得张氏预先觉察，将药夺去，始得免死。及长安围急，日食人肉，张氏复语肃道："今日正可入府劝降。幸勿再延！"相时知机，好一个贤智妇人。肃乃往见思绾，思绾倒屣相迎，推肃上坐，便开口问道："恩公前来，想是怜念思绾，设法解围，愿乞明教！"肃答道："公本与国家无嫌，不过因惧罪起见，据城固守，今国家三道用兵，均未成功，公若乘此变计，幡然归顺，料朝廷必然喜悦，保公富贵，为二镇劝。公试自思，坐而待毙，亦何若出而全身呢！"思绾道："倘朝廷不容我归顺，岂不是欲巧反拙！"肃又道："这可无虑，包管在我手中。我虽致仕，朝廷未尝不知，若由公表明诚意，再附我一疏，为公洗释前愆，当无有不允了！"思绾尚未能决，判官程让能正受郭从义密书，有意出降，乘着李肃进言时，也即入劝，熟陈祸福。思绾乃即令让能起草，撰成二表，一表是由肃出名，一表是思绾出名，遣使诣阙。待过旬余，得去使返报，知朝廷已允赦宥，且调任他镇，思绾大喜。未几即有诏敕颁到行营，授思绾检校太保，调任华州留后。当由郭从义传入城中，令思绾出城受诏，思绾释甲出城，拜受朝命，遂与郭从义面约行期，指日往华州任事。从义允诺，许令还城整装，惟派兵随入，守住南门。思绾迟留未发，托言行装未整，改易行期，至再至三。从义乃与王峻商议道："狼子野心，终不可用，不如早除，杜绝后患！"王峻不甚赞成，但言须禀命郭威。便是两不相容之故。

从义因遣人至河中行营，请除思绾。既得威诺，即与王峻按辔入城，陈列步骑，直至府署。遣人召思绾出署道："太保登途，不遑出饯，请就此对饮一杯，便申别意。"思绾不得不从，一出署门，便被从义一声暗号，麾动军士，将他拿下。并入署搜捕家属，及都指挥常彦卿，一并牵至市曹，枭首示众。且籍没思绾家赀，得二十余万贯，一半入库，一半赈饥。城中丁口，旧有十余万，至是仅遗万人。从义延入李肃，请他主持赈务，肃自然出办。两日即尽，入府销差，归家与张夫人说明，一对老夫妻，才得高枕无忧，白头偕老了。**应该向闾中道谢。**

思绾伏法，郭威免得兼顾，日夕督兵攻城，冲入外郭。李守贞收拾余众，退保内城，诸将请乘胜急攻，威说道："鸟穷犹啄，况一军呢！今日大功将成，譬如涸水取鱼，不必性急了。"守贞知己必死，在衙署中多积薪刍，为自焚计。迁延数日，守将已开城迎降，有人报知守贞，守贞忙纵火焚薪，举家投入火中。说时迟，那时快，官军已驰入府衙，用水沃火，应手扑灭，守贞与妻及子崇勋已经焚死，尚有数子二女，但触烟倒地，未曾毙命。官军已检出尸骸，枭守贞首，并取将死未死的子女，献至郭威马前。

威查验守贞家属，尚缺逆子崇训一人，再命军士入府搜拿。府署外厅已毁，独内室岿然仅存。军士驰入室中，但见积尸累累，也不知谁为崇训，惟堂上坐一华妆命妇，丰采自若，绝不慌张。大众疑是木偶，趋近谛视，但听该妇呵声道："休来！休来！郭公与我父旧交，汝等怎得犯我！"好大胆识。军士更不知为何人，但因她词庄色厉，未敢上前锁拿，只好退出府门，报知郭威。威亦惊诧起来，便下马入府，亲自验明。那妇见郭威进来，方下堂相迎，亭亭下拜。威略有三分认识，又一时记忆不清，当即问明姓氏。及该妇从容说出，方且惊且喜道："汝是我世侄女，如何叫汝受累呢！我当送汝回母家。"该妇反凄然道："叛臣家属，难缓一死，蒙公盛德，贷及微躯，感恩何似！但侄女误适孽门，与叛子崇训结褵有年，崇训已经自杀，可否令侄女棺殓，作为永诀！得承曲允，来生当誓为犬马，再报隆恩！"威见该妇情状可怜，不禁心折，便令指出崇训尸首，由随军代为殡理。该妇送丧尽哀，然后向威拜谢，辞归母家。威拨兵护送，不消细叙。唯该妇究为何人？她自说与崇训结褵，明明是崇训妻室。唯她的母家，却在兖州，兖州即泰宁军节度使魏国公符彦卿，就是该妇的父亲。**画龙点睛。**

先是守贞有异志，尝觅术士卜问休咎。有一术士能听声推数，判断吉凶。守贞召出全眷，各令出声。术士听一个，评一个，统不与寻常套话。挨到崇训妻符氏发言，不禁矍然道："后当大贵，必母仪天下！"术士既知吉凶，如何专推符氏，不言守贞全家之多凶。守贞果信术士言，何不转诘崇训之可否为帝。史家所载，往往类此，本编亦依史演述云尔。守贞闻言，益觉自夸道："我媳且为天下母，我取天下，当然成功，何必再加疑虑呢！"于是决计造反。

及城破后，守贞葬身火窟。崇训独不随往，先杀家人，继欲手刃符氏，符氏走匿隐处，用帷自蔽，令崇训无从寻觅。崇训惶遽自杀，符氏乃得脱身，东归兖州。符彦卿贻书谢威，且因威有再生恩，愿令女拜威为父，威也不推辞，复称如约。惟女母对此媭雏，说她夫家灭亡，孑身仅存，无非是神明佑护，不如削发为尼，做一个禅门弟子，聊尽天年。符氏独摇首道："死生乃是天命，无故毁形祝发，真是何苦呢？"还要去做皇后，怎肯为尼。后来再嫁周世宗，果如术士所言，这且待后再表。

且说郭威攻克河中，检阅守贞文书，所有往来信札，或与朝臣勾结，或与藩镇交通，彼此统指斥朝廷，语多悖逆。威欲援为证据，一并奏闻，秘书郎王溥进谏道："魑魅乘夜争出，见日自消，愿一概付火，俾安反侧！"保全甚多。威闻言称善，乃将河中所留文牍尽行焚去。当即驰书奏捷。召赵修己为幕宾，掌管天文。四面搜缉伪丞相靖崎、孙愿，伪枢密使刘芮，伪国师总伦等犯，与守贞子女，分入囚车，派将士押送阙下。

汉主承祐御明德楼，受俘馘，宣露布，百官称贺。礼毕，即命将罪犯徇行都城，悬守贞首于南市，诛各犯于西市。二叛既平，但有凤翔一城，朝夕可下。朝旨令郭威还朝，留扈彦珂镇守河中，所有华州一缺，即命刘词补任。授郭从义为永安节度使，兼加同平章事职衔。此外立功将士，封赏有差。

郭威奉诏还都。入阙朝见，汉主承祐令威升阶，面加慰劳，亲酌御酒赐威，威跪饮尽厄，叩首谢恩。汉主又命左右取出赏物，如金帛衣服玉带鞍马等类，一一备具。威复拜辞道："臣受命期年，只克一城，何功足录！且臣统兵在外，凡镇安京师，拨运军食，统由诸大臣居中调度，使臣得灭叛诛凶，臣怎敢独膺此赐？请分赏朝廷诸大臣！"汉主承祐道："朕亦知诸大臣功勋，当有后命。此物但足赏卿，卿毋固辞！"威乃拜辞而出。翌晨威复入朝，汉主拟使威兼领方镇，威又拜辞道："杨邠位在臣上，未受茅土，臣何敢当此！且臣尝蒙陛下厚恩，忝居枢密，帷幄参谋，不能与将帅同例。史弘肇为开国功臣，夙总武事，所以兼领藩封，臣万不敢受！"汉主乃上威检校太师，兼职侍中，且加赐史弘肇、苏逢吉、苏禹珪、窦贞固、杨邠等兼职，与威略同。惟中书侍郎李涛已早罢相，不得与赐。汉主尚欲特别赏威，威一再叩谢道："运筹建画，出自庙堂；发兵馈粮，出自藩镇；暴露战斗，出自将士；今功独归臣，再三加赏，反足使臣折福。愿匄余生为陛下效力，嗣有他功，再当领赏便了！"差不多似三揖三让。汉主方才罢议。

嗣因受赐诸臣，谓恩赏只及亲近，不录外藩，未免重内轻外。于是再议加恩，加天雄节度使高行周为太师，山南东道节度使安审琦为太傅，泰宁（即上文兖州）节度使符彦卿为太保，河东节度使刘崇兼中书令，忠武节度使刘信、天平节度使慕容彦超、平卢节度使刘铢，并兼侍中，朔方节度使冯晖、夏州节度使李彝殷，并兼中书令，义武节度使孙方简、武宁节度使刘赟，并加同平章事。他如镇州节度使武行德、凤翔节度使赵晖等，也各加封爵，不胜弹述。

赵晖围攻凤翔，已历年余，闻河中长安，依次平定，独凤翔不下，功落人后，免不得焦急异常。遂督部众努力进攻，期在必克。王景崇困守危城，也害得智穷力竭，食尽势孤。幕客周璨入语景崇道："公前与河中、长安互为表里，所以坚守至今。今二镇皆平，公将何恃？蜀儿万不可靠，不如降顺汉室，尚足全生。"景崇道："我一时失策，累及君等，虽悔难追！君劝我出降，计亦甚是，但城破必死，出降亦未必不死，君独不闻赵思绾吗？"璨知不可劝，退出署外。

越数日外攻益急。景崇登陴四望，见赵晖跨马往来，亲冒矢石，所有将士，无不效命，城北一隅，攻扑更是利害，不由俯首长吁，猛然间得了一计，立即下城，召语亲将公孙辇、张思练道："我看赵晖精兵，多在城北，来日五鼓，汝二人可毁城东门，诈意示降，勿令寇入。我当与周璨带领牙兵，突出北门，攻击晖军。幸而得胜，或守或去，再作良图。万一失败，也不过一死，较诸束手待毙，似更胜一筹了。"两将唯唯听命，景崇又与周璨约定，诘旦始发，是时准备停当，专待天明。

既而城楼谯鼓，已打五更，公孙辇、张思练两人行至东门，即令随兵纵起火来，周璨也到了府署，恭候景崇出门。不意府署中忽然火起，烧得烟焰冲天，不可向迩。璨急召牙兵救火，待至扑灭，署内已毁去一半，四面壁立，独有景崇居室，一些儿没有遗留，眼见是景崇全家，随从那祝融回禄，同往南方去了。辇与思练正派弁目来约景崇，突然见府舍成墟，大惊失色。急忙返报，急得两将没法，只好弄假成真，毁门出降。周璨早有降意，当然随降赵晖。晖引兵入城，检出景崇烬骨，折作数段。当即晓谕大众，禁止侵掠。立遣部史报捷大梁。汉廷更有一番赏赐，无容细表，于是三叛俱亡。

当时另有一位大员，也坐罪屠戮。看官欲问他姓名，就是太子太傅李崧。李崧受祸的原因，与三叛不同。从前刘氏入汴，崧北去未归，所有都中宅舍，由刘知远赐给苏逢吉，逢吉既得崧第，凡宅中宿藏及洛阳别业，悉数占有。至崧得还都，虽受命为太子太傅，仍不得给还家产。自知形迹孤危，不敢生怨，又因宅券尚存，出献逢吉。马屁拍错了。逢吉不好面斥，强颜接受。入语家人道："此宅出自特赐，何用李崧献券！难道还想卖情吗?"从此与崧有嫌。崧弟屿嗜酒无识，尝与逢吉子弟往来，酒后忘情，每怨逢吉夺他居第。逢吉闻言，衔恨益深。

翰林学士陶毅，先为崧所引用，至此却阿附逢吉，时有谤言。可巧三叛连兵，都城震动，史弘肇巡逻都中，遇有罪人，不问情迹轻重，一股脑儿置入叛案，悉数加诛。李屿仆夫葛延遇逋负失偿，被屿杖责，积成怨隙，遂与逢吉仆李澄同谋告变，诬屿谋叛。结怨小人，祸至灭家。但陶毅文士，以怨报德，遑论一仆！逢吉得延遇诉状，正好乘隙报怨，遂将原状递交史弘肇。且遣吏召崧至第，从容语及葛延遇事，佯为叹息。崧还道是好人，愿以幼女为托。逢吉又假意允许，不使归家，即命家人送崧入狱。

崧才识逢吉刁狡，且悔且忿道："从古以来，没有一国不亡，一人不死，我死了便休，何用这般倾陷呢！"及为吏所鞫，屿先入对簿，断断辩论。崧上堂闻声，顾语屿道："任汝舌吐莲花，也是无益，当道权豪，硬要灭我家族，毋庸哓哓了！"屿乃自诬服罪，但说与兄弟僮仆二十人，同谋作乱，又遣人结李守贞，并召辽兵。逢吉得了供词，复改"二十"字为"五十"字，有诏诛崧及屿，兼戮亲属，无论少长，悉斩东市，葛延遇、李澄反得受赏，都人士统为崧呼冤。小子有诗叹道：

> 遭谗诬伏愿拼生，
> 死等鸿毛已太轻；
> 同是身亡兼族灭，
> 何如殉晋尚留名！

欲知后事如何，且至下回续叙。

永兴围城中，有一李肃妻张氏，河中叛眷内，有一李崇训妻符氏，本回特别叙明，于戎马倥偬之际，独显出两个女豪，尤足使全回生色。唯张氏以智全夫，且令叛贼出降，长安得以戡定，为家为国，共得保安，七尺须眉，对之具有愧色矣。符氏胆识过人，智不在张氏下。但夫死不嫁，礼有明文，女母令削发为尼，实欲为女保全贞节。符氏乃不从母言，志在再醮。虽其后果为国母，而绳以礼律，毋乃犹有遗憾欤！若夫三叛之亡，咎皆自取，而李崧族灭，不无冤诬。然试问谁与亡晋，谁与降辽，而得长享富贵耶？故苏逢吉固不得杀崧。而崧之罪实无可逭；都下称冤，其尤为一时之偏见也夫！

第四十四回

弟兄构衅湖上操戈
将相积嫌席间用武

却说汉主承祐,因三叛已平,内外无事,自然欣慰异常,除赏赐诸臣外,复加封吴越、荆南、湖南三镇帅。吴越王弘倧,秉性刚严,统军使胡进思骄横不法,为弘倧所嫉视,密与指挥使何承训商议,谋逐进思。承训佯为定计,出与进思说明。进思即带领亲兵,黉夜叩宫,戎服入见。弘倧惊问何事,进思以下,语多狂悖,急得弘倧骇奔,跑入义和院,闭门避祸。进思反锁院门,矫传王命,诡言猝得疯痰,不能视事,可传位王弟弘俶等语。弘倧本出镇台州,当弘倧嗣立时,召入钱塘,赐居南邸,参相府事。进思既颁发伪敕,即召集文武大吏,至南邸迎谒弘俶。弘俶愕然道:"能全我兄,方敢承命。否则宁避贤路,幸勿强迫!"进思拜手道:"愿遵王言!"诸官吏亦俯伏称贺。弘淑乃入元帅府南厅,受册视事,徙故王弘倧至锦衣军,遣都头薛温率兵保护。且戒温道:"此后有非常处分,均非我意,汝当死拒,不得相从!"温受命而去。

进思屡劝弘俶害兄,弘俶始终不从,且严防进思。何承训希承意旨,复请弘俶速诛进思。弘俶恨他反复无常,猝命左右拿下承训,推出斩首。杀得爽快。进思闻承训卖己,却也说是该杀,惟日虑弘倧报复,又捏称弘俶命令,饬薛温毒死弘倧。温抗声道:"温受命时,未闻此言,不敢妄发!"进思复夜遣私党二人,逾垣突入,持刀前进。亏得弘倧日夜戒惧,闻声大呼,温急率众趋救,捉住二贼,剁毙庭中。诘旦面报弘俶,弘俶大惊道:"保全我兄,全出汝力。"乃赏温金帛,仍令加意。进思无从下手,忧惧日积,猝然间疽发背上,呼号而死。命该如此。

弘俶仍奉汉正朔,奏达弘倧传位情形。汉主承祐授弘俶为东南面兵马都元帅,兼镇海、镇东等军节度使,封吴越国王。未几以平乱覃恩,加授尚书令,弘倧得弘俶优待,移居东府,优游二十年,安然告终,吴越号为让王。友爱家风,足矫乱世。这是后话。同时荆南节度使高从诲病殁,子保融嗣。先是汉高祖起兵太原,高从诲尝遣使劝进,一面且入贡大梁,取媚辽主。至汉已定国,从诲上表称贺,并求给郢州,未得俞允。从诲遂潜师寇郢,被刺史尹实击退。又发水军袭襄州,也为节度使安审琦所破,败归荆南。从诲两次失败,恐汉兵南讨,急向唐、蜀称臣,求他援助。时人见他东奔西走,南投北降,见利即趋,见害即避,呼他为高无赖。乾祐元年,从诲因与汉失和,北方商旅不通,境内贫乏,复上表汉廷,自陈悔过,愿修职贡。汉廷方虑三叛构兵,无暇诘责,乃派使臣宣抚荆南。既而从诲寝疾,命三子保融判内外兵马事。从诲旋殁,保融嗣知留后,告哀汉廷,汉授保融荆南节度使,同平章事。越年汉平三叛,推恩加封,命保融兼官侍中,与吴越同时颁诏。

尚有湖南节度使楚王马希广亦得进授太尉,算是大汉隆恩。希广当然拜命,独希广兄希萼据有朗州,也遣使至汉,表求节钺。小子于前四十回中曾已叙明希萼为兄,希广为弟,弟承王位,兄独向隅,势不免同室操戈,想看官当已阅过。果然为时未几,即致爆裂。希广有庶弟希崇,曾为天策左司马,素性狡险,阴遗希萼书,内言"指挥使刘彦瑫等妄称遗命,废长立少。愿兄勿为所欺"云云。希萼得书览毕,激动怒意,遂借奔丧为名,入探虚实。行至砾石,早被刘彦瑫闻知,请命希广遣都指挥使周廷诲,带着水军,往迎希萼。两下会着,由廷诲逼他释甲,然后导入。希萼见廷诲军容,不敢不屈意相从,卸甲改装,随廷诲入国城,成服丧次,留居碧湘宫。及丧葬礼毕,希萼求还。廷诲入白希广道:"王若能让位与兄,不必说了;否则为国割爱,毋使生还!"劝人杀兄,亦属非是。希广道:"我何忍杀兄,宁可分土与治。"乃厚赠希萼,遣归朗州。

希萼大为失望，还镇后即上诉汉廷，谓希广越次擅立，事出不经，臣位次居长，愿与希广各修职贡，置邸称藩。汉廷以希广已受册封，未便再封希萼，乃不允所请，但谕以兄弟一体，毋得失和，所有贡献，当附希广以闻。又别赐希广诏书，亦无非劝他友爱，弭衅息争。希广原是受命，希萼偏不肯从，募乡兵，造战舰，将与希广从事，争个你死我活。

适南汉主晟(本名弘熙，见三十二回)杀死诸弟，骄奢淫逸，特遣工部郎中钟允章赴楚求婚，哪知希广不许，谢绝允章。允章还报，晟愤愤道："马氏尚能经略南土否？"允章道："马氏方启内争，怎能害我？"晟又道："果如卿言，我正好乘隙进取了。"允章极口赞成。晟遂遣指挥使吴珣、内侍吴怀恩，率兵攻贺州。楚主希广忙派指挥使徐知新、任廷晖，统兵往救。到了贺州城下，见城上已遍树敌旗，惹起众愤，立刻攻城，鼓声一起，各队竞进，忽听得几声怪响，地忽裂开，前驱兵士，统坠入地下去了。令人惊讶。徐知新等忙令收军，十成中已失去四五成，且恐敌兵出击，星夜奔回，乞请济师。希广责他不肯尽力，立将徐、任二将处斩。

看官听着！这徐、任二将的败衄，并非畏怯，实出鲁莽。南汉统将吴珣陷入贺州，就在城外凿一大阱，上覆竹箔，附以土泥。复从堑中穿穴达阱，设着机轴，专待禁军来攻。若徐、任等能小心查察，当可免祸，误在麾兵轻进，徒然把前驱士卒，送死阱中。罪固难贷，情尚可原。希广当日，何妨令他戴罪立功，乃骤加显戮，伤将士心，如何能御敌固防呢！评断精确。南汉兵转攻昭、桂、连、宜、严、梧、蒙诸州，多半被陷，大掠而去。希萼乘势发兵，督领战舰七百艘，将攻长沙，妻苑氏进阻道："兄弟相攻，无论胜负，俱为人笑，不如勿行！"希萼不听，引兵趋潭州(即长沙)。希广闻变，召入刘彦瑫等，慨然与语道："朗州是我兄镇治，不可与争，我情愿举国让兄。"言之有理，惜为群小所误。刘彦瑫固言不可，天策学士李弘皋、邓懿文亦同声谏阻，乃命岳州刺史王赟为战棹指挥使，出拒希萼。即命刘彦瑫监军。彦瑫与赟驶舟至仆射洲，巧值朗州战船，逆风前来。赟据住上风，麾众截击，大破朗州兵，获住战舰三百艘，复顺风追赶，将及希萼坐船，忽后面有差船到来，传希广命，说是勿伤我兄！既不能让国，还要戒以勿伤，真是妇人之仁。赟乃引还，希萼得从赤沙湖遁归。苑氏闻希萼败还，泣语家人道："祸将到了！我不忍见屠戮呢。"遂投井自尽。未免轻生。

静江军节度使马希瞻，系希广弟，闻两兄交争，屡次作书劝诫，各不见从，也病疽而殁。希萼因败益愤，招诱辰溆州及梅山蛮，共击湖南，蛮众贪利忘义，争来赴敌，与希萼同攻益阳。希广遣指挥使陈璠往援，交战淹溪，璠竟败死。希萼又遣群蛮破田田，杀死镇将张延嗣，希广再命指挥使黄处超赴剿，也致败亡。希萼连得胜仗，再向汉廷上表，请别置进奏务于京师。汉主承祐仍优诏不许，惟劝他兄弟修和。希萼遂改道求援，臣事南唐。唐令楚州刺史何敬洙，将兵往助希萼，共攻希广。

希广到了此时，哪得不焦灼万分，慌忙遣使至汉，表称荆南、岭南、江南连兵，谋分湖南，乞速发兵屯澧州，扼住江南、荆南要路。汉廷并未颁发覆谕，急得希广寝食不安。刘彦瑫入见希广道："朗州兵不满万，马不盈千，何足深惧！愿假臣兵万余人，战舰百五十艘，径入朗州，缚取希萼，为大王解忧。"言之不怍。希广大悦，即授彦瑫为战棹指挥使，兼朗州行营都统，亲出都门饯行。

彦瑫辞别希广，航行入朗州境，父老各赍牛酒犒军。彦瑫总道是民心趋附，定可进取，战舰既过，即用竹木自断后路，表示决心。也想学项羽之破釜沉舟耶！行次湄州，望见朗州战舰百余艘，装载州兵、蛮兵各数千，即乘风纵击，且抛掷火具，焚毁敌船。敌兵惊骇，正思返奔，忽风势倒吹，火及彦瑫战船，反致自焚，彦瑫不遑扑救，只好退走，无如后路已断，追兵又至，士卒穷蹙无路，战死溺死，不下数千人。

彦瑫单舸走免，败报传入长沙，希广忧泣终日，不知所为。或劝希广发帑犒师，鼓励将士，再行拒敌。希广素来吝啬，没奈何颁发内帑，取悦士心。或又谓希崇流言惑众，反状已明，请速诛以绝内应。希广又是不忍，潸然流涕道："我杀我弟，如何见先王于地下。"迂腐之极。将士见希广迂懦，不免懈体。马军指挥使张晖从间道击朗州，闻彦瑫败还，也退屯益阳。

嗣因朗州将朱进忠来攻，诡词诳众道："我率麾下绕出贼后，汝等可留城中待我，首尾夹击，不患不胜。"说着，引部众出城，竟从竹头市逃归长沙。进忠闻城中无主，驱兵急攻，遂陷益阳。守兵九千余人，尽被杀死。

希广见张晖遁归，急上加急，不得已遣僚属孟骈赴朗州求和。希萼令骈还报道："大义已绝，不至地下，不便相见了！"希广益惧，忽又接朗州探报，希萼自称顺天王，大举入寇。那时无法可施，只好飞使入汉，三跪九叩首的，乞请援师。汉主承祐倒也被他感动，拟调将遣兵，往援湖南。偏值外侮猝乘，内变纷起，连自己的宗社也要拱手让人，哪里还能顾到南方！说来又是话长，小子按年叙事，不得不依着次第，先述汉乱。*界限划清，次第分明。*

汉主承祐嗣位，倏经三年，起初是任用勋旧，命杨邠掌机要，郭威主征伐，史弘肇典宿卫，王章总财赋，四大臣同寅协恭，国内粗安。惟国家大事，尽在四大臣掌握，宰相苏逢吉、苏尚珪等，反若赘瘤。二苏多迁补官吏，杨邠谓虚縻国用，屡加裁抑，遂致将相生嫌，互怀猜忌。适关西乱起，纷扰不休，中书侍郎兼同平章事李涛，请调杨、郭二枢密，出任重镇，控御外侮，内政可委二苏办理。这明明是思患预防，调停将相的意思。不意杨、郭二人误会涛意，疑他联络二苏，从旁倾轧，竟入宫泣诉太后，自请留奉山陵。李太后又疑承祐喜新厌旧，面责承祐，经承祐述及涛言，益增母怒，立命罢涛政柄，勒归私第。种种误会，构成隐患。承祐欲使母生欢，更重用杨、郭、史、王四大臣，除弘肇兼官侍中外，三大臣皆加同平章事兼衔。二苏益致失权，愈抱不平。既而郭威出讨河中，朝政归三大臣主持。邠司黜陟，重武轻文，文吏升迁，多方抑制。弘肇司巡察，怙权专杀，都人犯禁，横加诛夷。章司出纳，加税增赋，聚敛苛急，不顾民生。由是吏民交怨，恨不得将三大臣同时摔去。

及三叛告平，郭威还朝，今日赐宴，明月颁赏，仿佛是四海清夷，从此无患。承祐年已浸长，性且渐骄，除视朝听政外，辄与近侍戏狎宫中。飞龙使后匡赞、茶酒使郭允明，最善诌媚，大得主宠，往往编造谀辞，杂以媟语，不顾主仆名分，乱糟糟的聚做一堆，互相笑谑。李太后颇有所闻，常召承祐入宫，严词督责。承祐初尚遵礼，不敢发言，后来听得厌烦，竟反唇相讥道："国事由朝廷做主，太后妇人，管什么朝事！"说至此，便抢步趋出，徒惹起太后一场烦恼，他却仍往寻乐去了。太常卿张昭得知此事，上疏切谏，大旨在远小人，亲君子。承祐怎肯听受，置之不理。

到了乾祐三年初夏，边报称辽兵入寇，横行河北，免不得召集大臣，共商战守。会议结果，是遣枢密使郭威出镇邺都，督率各道备辽。史弘肇复提出一议，谓威虽出镇，仍可兼领枢密。苏逢吉据例辩驳，弘肇愤然道："事贵从权，岂必定授故例，况兼领枢密，方可便宜行事，使诸军畏服。汝等文臣，怎晓得疆场机变哩！"逢吉畏他凶威，不敢与较，但退朝语人道："用内制外，方得为顺。今反用外制内，祸变不远了！"逢吉能料大局，如何不能料自身？越日有诏颁出，授郭威为邺都留守天雄军节度使，仍兼枢密使，凡河北兵甲钱谷，见威文书，不得违误。为此一诏，汉社遂墟。

是夕宰相窦贞固为威饯行，且邀集朝贵，列座相陪，大家各敬威一樽，才行归座。弘肇见逢吉在侧，引酒满觥，故意向威厉声道："昨日廷议，各争异同，弟应为君尽此一杯。"说毕一饮而尽。逢吉亦忍耐不住，举觞自言道："彼此都为国事，何足介意！"杨邠亦举觞道："我意也是如此！"*是几时孟光接了梁鸿案。*遂与逢吉同饮告干。郭威恰过意不下，用言解劝。弘肇又厉声道："安朝廷，定祸乱，须恃长枪大剑，毛锥子有何用处？"王章闻言，代为不平，也插嘴道："没有毛锥子，饷军财赋，从何而出？史公亦未免欺人了！"*真是舌战，不是饯客。*弘肇方才无言。

少顷席散，各快快归第。威于次日入朝辞行，伏阙奏请道："太后随先帝多年，具有经验，陛下春秋方富，有事须禀训乃行，更宜亲近忠直，屏逐奸邪，善善恶恶，最宜明审！苏逢吉、杨邠、史弘肇，皆先帝旧臣，尽忠殉国，愿陛下推心委任，遇事咨询，当无失败！至若疆场戎事，臣愿竭愚诚，不负驱策，请陛下勿忧！"承祐敛容称谢。待威既北去，仍然置诸脑后，不复记忆。那三五朝贵，却暗争日烈，好似有不共戴天的大仇。

一日由王章置酒，宴集朝贵。酒至半酣，章倡为酒令，拍手为节，节误须罚酒一樽。大家都愿遵行，独史弘肇喧嚷道："我不惯行此手势令，幸毋苦我！"客省使阎晋卿，适坐弘肇肩下，便语弘肇道："史公何妨从众，如不惯此令，可先行练习，事不难为，一学便能了。"说着，即拍手相示，弘肇瞧了数拍，倒也有些理会，因即应声遵令。令既举行，你也拍，我也拍。轮到弘肇，偏偏生手易错，不禁忙乱，幸由晋卿从旁指导，才免罚酒。苏逢吉冷笑道："身旁有姓阎人，自无虑罚酒了！"道言未绝，忽闻席上豁喇一声，几震得杯盘乱响。随后即闻弘肇诟骂声，大众才知席上震动，由弘肇拍案所致。好大的手势令。逢吉见弘肇变脸，慌忙闭住了口。弘肇尚不肯干休，投袂遽起，握拳相向。逢吉忙起座出走，跨马奔归。弘肇向王章索剑，定要追击逢吉，杨邠从旁泣劝道："苏公是宰相，公若加害，将置天子何地！愿公三思后行！"弘肇怒气未平，上马径去。邠恐他再追逢吉，也即上马追驰，与弘肇联镳并进，直送至弘肇第中，方才辞归。

看官试想，逢吉虽出言相嘲，也无非口头套话，并不是什么揶揄，为何弘肇动怒，竟致如此？原来弘肇籍隶郑州，系出农家，少时好勇斗狠，专喜闯祸，惟乡里有不平事，辄能扶弱锄强。酒妓阎氏，为势家所窘，经弘肇用力解决，阎氏始得脱祸。娼妓多情，以身报德，且潜出私蓄，赠予弘肇，令他投军。阎氏颇似梁红玉，可惜弘肇不及韩蕲王。弘肇投入戎伍，得为小校，遂感阎氏恩，娶为妻室。到了夫荣妻贵，相得益欢。逢吉所言，是指阎晋卿，弘肇还道是讥及爱妻，所以怒不可遏，况已挟有宿嫌，更带着三分酒意，越觉怒气上冲。还亏逢吉逃走得快，侥幸全生。逢吉遭此不测，始欲外调免祸，继且自忖道："我若出都门，只烦仇人一处分，便成虀粉了。"乃打消初意。王章亦郁郁不乐，欲求外官。还是杨邠慰留，也致迁延过去。统是出去为妙。汉主承祐探悉情形，特命宣徽使王峻设席和解，仍然无效。小子有诗叹道：

> 岂真杯酒伏戈矛，
> 攘臂都因宿忿留；
> 天子徒为和事佬，
> 不临死地不知休！

将相不和，内变已伏，尚有各种诪构情形，待小子下回再叙。

希广、希萼，阋墙构衅，与吴越适成反比例。故吴越虽有内乱，而得免破裂，湖南一启纷争，而即促危亡，甚矣兄弟之不宜相残也！希萼凶悍，希广迁懦，刘彦瑶等喜懦惧凶，故舍长立少，庸讵知迁懦者之终难成事耶！但推原祸始，实由希范，有事或可达权，无事必宜守经，否则，未有不乱且亡者也。夫兄弟不和，家必破，将相不和，国必亡。楚以兄弟不和而破家，汉以将相不和而亡国。同时肇乱，又若不相谋而适相合。著书人读书得间，合成一回，使其两相对照，标目生新，是亦一文字中之特色也。

第四十五回　伏甲士骈诛权宦　溃御营窜死孱君

却说杨邠、史弘肇等，揽权执政，势焰熏天，就是皇帝老子，亦奈何他不得。汉主近侍及太后亲戚，夤缘得位，多被邠等撤除。太后有故人子，求补军职，弘肇不但不允，反把他斩首示众。还有太后弟李业，充武德使，凤掌内帑，适宣徽使出缺，业密白太后，乞请升补。太后转告承祐家庭成员，承祐复转语执政，邠与弘肇，俱抗声说道："内使迁补，须有次第，不得超擢外戚，紊乱旧纲！"理非不正，语亦太激。承祐入禀太后，只好作为罢论。客省使阎晋卿，依次当升宣徽使，久不得补。这是何理？枢密承旨聂文进、飞龙使後匡赞、茶酒使郭允明，皆汉主幸臣，亦始终不得迁官。平卢节度使刘铢罢职还都，守候数月，并未调任。因此各生怨恨，渐启杀机。

承祐三年服阕，除丧听乐，赐伶人锦袍玉带。伶人知弘肇骄横，不得不前去道谢，果然触怒弘肇，当面叱辱道："士卒守边苦战，尚未得此重赏，汝等何功，乃得此赐。"立命脱下，还贮官库。伶人固不应重赏，但亦须上疏谏阻，不得如此专横。承祐尝娶张彦成女为妃，不甚和谐。嗣得一耿氏女，秀丽绝伦，大加宠信，便欲立她为后。商诸杨邠，邠谓立后太速，且从缓议。何不辨明嫡庶。偏偏红颜薄命，遽尔夭逝。速死实是幸事。累得承祐哀毁，如丧考妣，且欲用后礼殡葬。又被邠从旁阻挠，不得如愿。承祐已恨为所制，积不能平。有时与杨邠、史弘肇商议政事，承祐面谕道："事须审慎，勿使人有违言！"邠与弘肇齐声道："陛下但禁声，有臣等在，还怕何人！"骄恣极了。承祐虽不敢斥责，心中却懊恨得很。退朝后与左右谈及恨事，左右趁势进言道："邠等专恣，后必为乱，陛下如欲安枕，亟宜设法除奸！"承祐尚不能决，是夕闻作坊锻声，疑有急兵，起床危坐，达旦不寐。嗣是虑祸益深，遂欲除去权臣，为自安计。

宰相苏逢吉与弘肇有隙，屡用微言挑拨李业，使诛弘肇。业即与文进、匡赞、允明定好密计，入白承祐，承祐令转禀太后。太后道："这事何可轻发，应与宰相等熟权利害，方可定议。"业答道："先帝在日，尝谓朝廷大事，不可谋及书生，文人怯懦，容易误人。"太后终不以为然，召入承祐，嘱他慎重。承祐愤愤道："国家重事，非闺阁所知，儿自有主张。"言已，拂衣径出。业等亦退告阎晋卿，晋卿恐谋事不成，反致及祸，急诣弘肇第求见，欲述所闻。也是弘肇恶贯已盈，适有他故，不遑见客，竟命门吏谢绝晋卿。晋卿不得已驰归。

越日天明，杨邠、史弘肇、王章入朝，甫至广政殿东庑，忽有甲士数十人驰出，拔出腰刀，先向弘肇砍去，弘肇猝不及防，竟被砍倒，杨邠、王章骇极欲奔，怎禁得甲士攒集，七手八脚，立将两人砍翻，结果又是三刀，三道冤魂，同往冥府。殿外官吏，不知何因，都惊惶得了不得，忽由聂文进趋出，宣召宰相朝臣，排班崇元殿，听读诏书。宰臣等硬着头皮，入殿候旨。文进复趋入宣诏道："杨邠、史弘肇、王章，同谋叛逆，欲危宗社，故并处斩，当与卿等同庆。"大众听诏毕，退出朝房，未敢散去。嗣由汉主承祐亲御万岁殿，召入诸军将校，面加慰谕道："杨邠、史弘肇、王章，欺朕年幼，专权擅命，使汝等常怀忧恐。朕今除此大憝，始得为汝等主，汝等总可免横祸了！"大众皆拜谢而退。又召前任节度使、刺史等升殿，晓谕如前，大众亦无异言，陆续趋退。无如宫城诸门，尚有禁军守住，不放一人，待至日盱，始放大众出宫。大众步行归第，才知杨邠、史弘肇、王章三家，尽被屠戮，家产亦籍没无遗了。可为争权夺利者鉴。

到了次日，又闻得缇骑四出，收捕杨、史、王三人戚党，并平时仆从，随到随杀。大众都恐连坐，待至日暮无事，才得安心。侍卫步军都指挥使王殷向与弘肇友善，此时正出屯澶州，承祐闻信李业等言，遣供奉官孟业，赍着密敕，令业弟澶州节度使李洪义，乘便杀殷。又因邺都留守郭威，素与杨、史等联络一气，也遣使赍诏，密授邺都行营马军指挥使郭崇威，步军指挥使曹威，令杀郭威及监军王峻。令两威杀一威，恐还是一威利害。

是时高行周调镇天平、符彦卿调镇天卢、慕容彦超调泰宁，俱由承祐颁敕，令与永兴节度使郭从义、同州节度使薛怀让、郑州防御使吴虔裕、陈州刺史李谷，一同入朝。命宰相苏逢吉权知枢密院事，前平卢节度使刘铢权知开封府事，侍卫马步都指挥使李洪建权判侍卫司事，客省使阎晋卿权充侍卫马军都指挥使。逢吉虽与弘肇有嫌，但李业等私下定谋，实是未曾预议。荟闻此变，也觉惊心，私语同僚道："事太匆匆，倘主上有言问我，也不至这般仓皇了！"刘铢索性残忍，既任开封尹职务，便与李业合谋，为斩草除根的计划，凡郭威、王峻的家族，一律捕戮，老少无遗。李洪建本为业兄，业使他捕诛王殷家属，他却不肯逞凶，但派兵吏监守殷家，仍令照常寝食，殷家竟得平安。独殷在澶州，尚未知悉，忽有李洪义入账，递交密诏，令殷自阅。殷览毕大惊，问从何处得来，洪义道："朝廷正遣孟业到此，嘱洪义依着密旨，加害使君，洪义与使君交好有年，怎忍下此毒手？"殷慌忙下拜道："如殷余生，尽出公赐！"又问孟业尚在否，洪义道："适与他同来，想在门外。"说至此，即出引孟业，同入见殷。殷问及朝事，略得数语，已是愤愤，便将业囚住，立派副使陈光穗，转报邺都。

郭威至邺都后，去烦除弊，严饬边将谨守疆场，不得妄动，如遇辽人寇掠，尽可坚壁清野，以逸待劳。边将相率遵令，辽人也不敢入侵，河北粗安。

一日正与宣徽使监军王峻出城巡阅，坐论边事，忽来澶州副使陈光穗，便即延入。光穗呈上密书，由威披阅，才知京都有变，将来书藏入袖中，即引光穗回入府署。王峻尚未知底细，也即随归。威遽召入郭崇威、曹威及大小三军将校，齐集一堂，当面宣言道："我与诸公拔除荆棘，从先帝取天下，先帝升遐，亲受顾命，与杨、史诸公弹压经营，忘寝与餐，才令国家无事。今杨、史诸公，无故遭戮，又有密诏到来，取我及监军首级。我想故人皆死，亦不愿独生，汝等可奉行诏书，断我首以报天子，庶不至相累呢！"

郭崇威等听着，不禁失色，俱涕泣答言道："天子幼冲，此事必非圣意，定是左右小人，诬罔窃发；假使此辈得志，国家尚能治安吗？末将等愿从公入朝，面自洗雪，荡涤鼠辈，廓清朝廷，万不可为单使所杀，徒受恶名！"威尚有难色，假意为之。枢密使魏仁浦进言道："公系国家大臣，功名素著，今握强兵，据重镇，致为群小所构，此岂辞说所能自解？时事至此，怎得坐而待毙！"翰林天文赵修己亦从旁接入道："公徒死无益，不若顺从众请，驱兵南向，天意授公，违天是不祥呢！"威意乃决，留养子荣镇守邺都。

荣本姓柴，父名守礼，系威妻兄子，天姿沈敏，为威所爱，乃令为义儿。汉命荣为贵州刺史，荣愿随义父麾下，未尝赴任，故留居邺城，任牙内都指挥使，遥领贵州（为后文入嗣周祚，故特从详）。威以留守有人，遂命郭崇威为前驱，自与王峻带领部众，向南进发。道出澶州，李洪义、王殷出郊相见，殷对威恸哭，愿举兵属威，乃率部众从威渡河。途次获得一谍，审讯姓名，叫做鸯脱，是汉宫中的小竖，受汉主命，来探邺军进止。威喜道："我正劳汝还奏阙廷，当下命随吏属草，缮起一疏，置鸯脱衣领中，令他返奏。疏中略云：

臣威言：臣发迹寒贱，遭际圣明，既富且贵，实过平生之望，唯思报国，敢有他图！今奉诏命，忽令郭崇威等杀臣，即时俟死，而诸军不肯行刑，逼臣赴阙，令臣请罪廷前，且言致有此事，必是陛下左右谮臣耳！今鸾脱至此，天假其便，得伸臣心，三五日当及阙朝。陛下若以臣有欺天之罪，臣岂敢惜死。若实有谮臣者，乞陛下缚送军前，以快三军之意，则臣虽死无恨矣！谨托鸾脱附奏以闻。

郭威既遣还鸾脱，驱众再进。到了滑州，节度使宋延渥本尚高祖女永宁公主，自思力不能敌，开城迎威。威入城取出库物，犒赏将士，且申告道："主上为逸邪所惑，诛戮功臣，我此来实不得已。但以臣拒君，究属非是，我日夜筹思，益增惭汗。汝等家在京师，不若奉行前诏，我死亦无恨了！"还要笼络军士。诸将应声道："国家负公，公不负国家，请公速行毋迟！安邦雪怨，正在此时！"威乃无言，王峻却私谕军士道："我得郭公处分，俟克京城，听汝等旬日剽掠！"观王峻言，则郭威之志在灭汉，不问可知。况剽掠何事，乃堪令经旬日耶！众闻命益奋，怂恿郭威，飞速进兵。威乃与宋延渥同出滑城，直趋大梁。

是时汉廷君臣，已闻郭威南来，拟发兵出拒。可巧慕容彦超与吴虔裕应召入朝，汉主承祐即与商发兵事宜，慕容彦超力请出师。前开封尹侯益亦列朝班，独出奏道："邺军前来，势不可遏，宜闭城坚守，挫他锐气！臣意谓邺都家属，多在京师，最好是令他母妻登城招致，可不战自下哩！"郭威正防到此着，故前此一再谕军。彦超应声道："这是懦夫的愚计哩！叛臣入犯，理应发兵声讨，侯益衰老，不足与言大计！"看你有何妙策。汉主承祐道："慎重亦是好处，朕当令卿等同行便了！"乃令益与彦超，及阎晋卿、吴虔裕，并前郓州节度使张彦超，率禁军趋澶州。

诏敕甫下，正值鸾脱回朝，报称郭威军已至河上，且取出原疏，呈上御览。承祐且阅且惧，且惧且悔，忙召宰臣等入商。窦贞固首先开口道："日前急变，臣等实未与闻。既得幸除三逆，奈何尚连及外藩？"承祐亦叹息道："前事原太草草，今已至此，说亦无益了。"李业在旁，抗声说道："前事休提！目今叛兵前来，总宜截击，请倾库赐军，重赏下必有勇夫，何足深虑！"苏禹珪驳业道："库帑一倾，国用将何从支给？臣意以为未可！"这语说出，急得李业头筋爆绽，向禹珪下拜道："相公且顾全天子，勿惜库资！"乃开库取钱，分赐禁军，每人二十缗，下军十缗。所有邺军家属，仍加抚恤，使通家信诱降。

未几接得紧急军报，乃是威军已到封邱，封邱距都城不过百里。宫廷内外，得此消息，相率震骇。李太后在宫中闻悉，不禁泣下道："前不用李涛言，应该受祸，悔也迟了！"我说尚不止此误。承祐也很觉不安。独慕容彦超自恃骁勇，入朝奏请道："前因叛臣郭威，已至河上，所以陛下收回前命，留臣宿卫。臣看北军如同蟪蠓，当为陛下生擒渠魁，愿陛下勿忧！"又来说大话了。承祐慰劳一番，令出朝候旨。彦超退出，碰见聂文进，问北来兵数及将校姓名，由文进约略说明，彦超方失色道："似此剧贼，到也未易轻视哩！"徒恃血气，不战即馁！

俄顷有朝旨颁出，令慕容彦超为前锋，左神武统军袁义、前邓州节度使刘重进，与侯益为后应，出拒郭威。彦超即领军出都，至七里店驻营，掘堑自守，令坊市出酒色饷军。袁义、刘重进、侯益，也出都驻扎赤岗，两军待了半日，未见邺军到来。俄而天色已暮，各退守都城。翌日复出，至刘子坡，与邺军相遇，彼此下营，按兵不战。

承祐欲自出劳军，禀白李太后。太后道："郭威是我家故旧，非死亡切身，何至如此！但教守住都城，飞诏慰谕。威必有说自解，可从即从，不可从再与理论。那时君臣名分，尚可保全，慎勿轻出临兵！"尚不失为下策。承祐不从，出召聂文进等扈驾，竟出都门。李太后又遣内侍戒文进道："贼军向迩，大须留意！"文进答道："有臣随驾，必不失策，就使有一百个郭威，也可悉数擒归！太后何必多心！"比彦超还要瞎闹。内侍自去，文进即导车驾至七里店，慰劳彦超，留营多时，又值薄暮，南北军仍然不动，乃启跸还宫。彦超送承祐出营，复扬声道："陛下宫中无事，请明日再莅臣营，看臣破贼！臣实不必与战，但一加呵斥，贼众自然散归了。"还要说大话。承祐很是欣慰，还宫酣睡。

越日早起，用过早膳，又欲出城观战。李太后忙来劝阻，禁不住少年豪兴，定要自去督军，究竟慈母无威，只好眼睁睁地由他自去。承祐率侍从出城，忽御马无故失足，险些儿将乘舆掀翻。已示不祥。亏得扈从人多,忙将马缰代为勒住,方得前进。既至刘子坡,立马高阜,看他交战。南北军各出营列阵,郭威下令道:"我此来欲入清君侧,非敢与天子为仇。如南军未曾来攻,汝等休得轻动!"

道言甫毕,突闻南军阵内,鼓声一震,那慕容彦超,引着轻骑,跃马前来。邺军指挥使郭崇威与前博州刺史李筠,也领骑兵出战。两下相交,喊声震地,约有数十回合,未见胜负。郭威又遣前曹州防御使何福进、前复州防御使王彦超,领劲骑出阵,横冲南军。彦超未及防备,骤被突入,眼见得人仰马翻,不可禁遏,自尚仗着勇力,上前拦阻。怎禁得铁骑纵横,劲气直达,扑喇一声,竟将彦超坐马撞倒,邺军一齐上前,来捉彦超。幸彦超跃起得快,改乘他马,再欲督战,左右旁顾,见敌骑已围裹拢来,自恐陷入垓心,不如速走,乃怒马冲出,引兵退去,麾下死了百余人。汉军里面,全仗这位慕容彦超,彦超败退,众皆夺气,陆续走降北军。侯益、吴虔裕、张彦超、袁鳷、刘重进等,俱向威通款,威军大振。一班不要脸的狗官,令人愤叹!彦超知不可为,自率数十骑奔兖州。威知汉主孤危,顾语宋延渥道:"天子方危,公系国戚,可率牙兵往卫乘舆。且又面奏主上,请乘间速至我营,免生意外!"延渥奉令,引兵趋汉营,但见乱兵云扰,无从进步,只得半途折还。

是夕汉主承祐与宰相从官数十人,留宿七里寨。吴虔裕、张彦超等相继遁去,侯益且潜奔威营,自请投降,余众已失统帅,当然四溃。到了天明,由汉主承祐起视,只剩得一座空营,慌忙登高北望,见威营高悬旗帜,烨烨生光。将士出入营门,甚是雄壮,不由得魂飞天外,当即策马下岗,加鞭驰回。行至玄化门,门已紧闭,城上立着开封尹刘铢,厉声问道:"陛下回来,如何没有兵马!"承祐无词可对,回顾从吏,拟令他代答刘铢,蓦闻弓弦声响,急忙闪避,那从吏已应声倒地,吓得承祐胆裂,回辔乱跑,向西北驰去。苏逢吉、聂文进、郭允明等,尚跟着同跑,一口气趋至赵村。后面尘头大起,人声马声,杂沓而来,承祐料有追兵,慌忙下马,拟入民家暂避,不意背后刺入一刀,痛苦至不可名状,一声狂号,倒地而亡,享年只二十岁。小子有诗叹道:

> 主少由来虑国危,
> 况兼群小日相随;
> 将军降敌君王走,
> 刲刃胸中果孰悲!

欲知何人弑主,待至下回叙明。

杨邠、史弘肇专权自恣,目无君上,王章横征暴敛,民怨日滋,声其罪而诛之,谁曰不宜!乃与群小密谋,伏甲图逞,已失人君之道。幸而得手,则权恶已诛,余宜赦宥以示宽大,乃必屠其家,夷其族,何其酷也!不宁唯是,且于积功最著之郭威,又欲并诛之而后快,天下有淫刑以逞者,而可保有国家耶!邺军一出,全局瓦解,仅一慕容彦超,亦乌足恃!刘子坡一战,彦超虽败,止伤亡百余人,而余将即通款邺营,不战自降,盖鉴于立功之被戮,毋宁卖主以求荣,有激而来,非必其皆无耻也。惟郭威引兵向阙,托言入清君侧,一再申令,似与窥窃神器者不同。抑知大奸似忠,大诈似信,观其申谕将士之言,无非激成众愤,入阙图君。王峻且谓克君以后,任军士剽掠旬日,是可忍,孰不可忍乎!《纲目》以承祐被弑,归罪郭威,谅哉!

第四十六回　清君侧入都大掠
　　　　　　遭兵变拥驾争归

却说汉主承祐走入赵村，背后忽有刀刺入，立时倒毙。看官道是何人所刺？原来就是茶酒使郭允明。他见后面追兵大至，还道是邺都将士，因欲弑主报功，恶狠狠地下此毒手。不料追兵近前，仔细一望，并非邺军，乃仍是汉主承祐的亲兵前来扈卫。允明才知弄错，心下一急，便把弑主的刀儿，向脖颈上一横，也即倒毙。好与承祐同至森罗殿对簿受罪去了。苏逢吉还要逃走，偏前面有一人挡路，浑身血污，状甚可怖。模糊辨认，正是故太子太傅李崧（事见四十三回），这一吓非同小可，顿时心胆俱碎，跌落马下，立即归阴。独有聂文进逃了一程，被追兵赶上，乱刀竞斫，分作数段。李业、後匡赞尚在城中，闻北郊兵败，便从宫中攫取金宝，藏入怀中，混出城外，业奔陕州，匡赞奔兖州。阎晋卿在家自尽，都中大乱。

郭威得汉主被弑消息，放声恸哭。这副急泪，如何得来？将佐都入账劝慰，威且哭且语道："我早晨出营巡视，尚望见天子车驾，停着高坡，正思下马免胄，往迎天子，偏车驾已经南去，我总料是回都休息，不意为奸竖所弑，怎得不悲？细想起来，实是老夫的罪孽哩。"你既自知罪孽，何不自缚入都，听候太后发落。将佐道："主上失德，应有此变，与公无涉，请速入都平乱，保国安民！"威乃收泪，率军入都，甫在玄化门，尚见刘铢拒守，箭如雨下，乃转向迎春门，门已大开，难民载道。威无心顾恤，纵辔驰入，先至私第中探望，门庭无恙，人物一空，回首前时，忍不住几点痛泪。这是真哭。便遣何福进守明德门，纵兵四掠，可怜满城屋宇，悉被蹂躏。毁宅纵火，杀人取财，闹得一塌糊涂，不可收拾。前滑州节度使白再荣闲居私第，被乱兵闯将进去，把他缚住，尽情劫掠。既将财物取尽，复向再荣说道："我等尝趋走麾下，今无礼至此，无面见公。公不如慨给头颅罢！"说至此，即拔刀剁再荣首，扬长自去。

吏部侍郎张允，积资巨万，性最悭吝，虽亲如妻孥，亦不使妄支一钱。甚至箱笼锁钥，统悬挂衣间，好似妇人家环佩一般，行动震响，戛戛可听。妙语解颐。至是畏匿佛殿中，尚恐有人觅着，特在重檐下面的夹板间，扒将进去，蹲伏似鼠。怎奈乱兵不可放过，先至他家中拷逼妻孥，迫令说明去向，然后入殿搜寻，到处寻觅，未见踪迹，便上登重檐，从夹板中窥视，果然有人伏着，当即用手牵扯，张允尚不肯出来，拼死相拒，一边躲，一边扯，两下里用力过猛，那夹板却不甚坚固，竟尔脱榫，连人带板坠将下来，乱兵似虎似狼，揪住张允，把他衣服剥下，连锁钥一并取去。允已跌得鼻青眼肿，不省人事，渐渐地苏醒还阳，开眼一望，只剩得一个光身，又痛又冷，又可惜许多钥匙，急欲出殿还家，已是手不能动，足不能行，正在悲惨的时候，幸得家人来寻，才将他扛昇回去。一入家门，问明妻子，听得历年家蓄，尽被抢完，哇的一声，狂血直喷，不到半日，呜呼哀哉。守财奴请视此。

乱兵越抢越凶，夜以继日，满城烟火冲天，号哭震地。右千牛卫大将军赵凤看不过去，挺身直出道："郭侍中举兵入都，为锄恶安良起见，鼠辈敢尔，与乱贼何异！难道侍中本意，教他这般吗？"遂持弓挟矢，带着从卒数十名，出至巷口，踞坐胡床。遇有乱兵劫掠，即与从卒迭射，射死了好几人，巷中民居才得安全。次日辰牌，郭崇威语王殷道："兵扰已甚，若不止剽掠，再经一日，要变做空城了！"乃请命郭威，严行部署，令将弁分道巡城，不得再加剽掠，违令立斩。兵士尚恃有原约，未肯罢手，及见有数人悬首市曹，乃敛迹归营，时已斜日下山了。

郭威偕王峻入宫，向李太后问安，太后已泣涕涟涟。只因事成既往，无法挽回，不得已出言慰抚。威复面请太后，此后军国重事，须俟太后教令，然后施行。太后也不多言，惟命威为故主发丧，另择嗣君。威唯唯而出，令礼官驰诣赵村，检验故主尸骸，妥为棺殓，移入西宫。威部下争议丧礼，或说宜如魏高贵乡公（即魏曹髦）故事，以公礼葬。威太息道："祸起仓猝，我不能保护乘舆，负罪已大，奈何尚敢贬君呢！"乃择日举哀，命前宗正卿刘皞主丧，且秉承太后命令，宣召百官入朝，会议后事。

太师冯道，最号老成，实最无耻。率百官入见郭威。威尚下阶拜道，道居然受拜，仍如前日，且徐徐说道："侍中此行，好算是不容易呢？"威闻道言，不觉色变，半晌才复原状。语中有刺。旁顾百官，多半在列，唯不见窦贞固、苏禹珪二相。及问明冯道，方知二人从七里寨逃归，匿居私第。当下遣吏往召。二人不敢再拒，只好入朝。威仍欢颜与叙，请他照常办事，才得把二人忧虑，一概消除。

于是共同会议，指定罪魁为李业、阎晋卿、聂文进、後匡赞、郭允明等人。阎、聂、郭三人已死，李业、後匡赞在逃，还有权知开封府事刘铢、权判侍卫府事李洪建，亦属从犯，尚留都下，立即派兵往捕，将他拿到，囚住狱中。冯道乘间进言道："国家不可无君，明日当禀白太后，请旨定夺！"百官当然赞同，郭威也不能不允。文字中俱寓微意。大致议定，已是日晡，始退朝散归。翌晨由郭威会同冯道，诣明德门，候太后起居，且奏述军国大议，并请早立嗣君。太后召冯道入内商量了好多时，才由道赍着教令，出宫宣告。其词云：

懿维高祖皇帝，剪乱除凶，变家为国，救生民于涂炭，创王业于艰难，甫定寰区，遽遗弓箭！枢密使郭威、杨邠，侍卫使史弘肇，三司使王章，亲承顾命，辅立少君，协力同心，安邦定国。旋属四方多事，三叛连衡，吴蜀内侵，契丹启衅，蒸黎恟惧，宗社阽危。郭威授任专征，提戈进讨，躬当矢石，尽扫烟尘，外寇荡平，中原宁谧。复以强敌未殄，边塞多艰，允赖宝臣，往临大邺，疆场有藩篱之固，朝廷宽宵旰之忧。不谓凶竖连谋，群小得志，密藏锋刃，窃发殿廷，已杀害其忠良，方奏闻于少主，无辜受戮，有口称冤。而又潜差使臣，矫贵宣命，谋害枢密使郭威、宣徽使王峻、侍卫步军都指挥使王殷等。人知无罪，天不助奸。

今者郭威、王峻，澶州节度使李洪义，前曹州防御使何福进，前复州防御使王彦超，前博州刺史李筠，北面行营马步都指挥使郭崇威，步军都指挥使曹威，护圣都指挥使白重赞、索万进、田景咸、樊爱能、李万全、史彦超，奉国都指挥使张铎、王晖、胡立、弩手指挥使何赟等，径领兵师，来安社稷。逆党皇城使李业，内客省使阎晋卿，枢密都承旨聂文进，飞龙使後匡赞、茶酒使郭允明，胁君于大内，出战于近郊，及至力穷，遂行弑逆，怨怼之极，今古未闻。今则凶党既除，群情共悦。神器不可以无主，万几不可以久旷，宜择贤君，以安天下。河东节度使崇，许州节度使信，皆高祖之弟，徐州节度使赟，开封尹承勋，皆高祖之男，俱列磐维，皆居屏翰，宜令文武百辟，议择所宜，嗣承大统，毋再迁延！特此谕知。

教令读毕，郭威等与百官退入朝堂，择选嗣君。郭威宣言道："高祖子三人，只剩一前开封尹承勋，今欲择嗣，舍彼为谁？"大众齐声道："这是不易的至理，还有何疑！"郭威道："众志佥同，我等就入禀太后便了。"随即率众出朝，再入明德门，进至万岁宫，面谒李太后，请立承勋为嗣君。"太后道："承勋依次当立，名正言顺，但他自开封卸任，久罹羸疾，致不能起，奈何！"威答道："可否令大众一见病状？"太后道："有何不可！"便令左右入内，异出承勋坐床，举示大众，大众才无异言。

郭威顾王峻道："这且如何是好！"王峻道："看来只好迎立徐州节度使了。"威沉吟半响，方徐声答道："且至朝堂再议罢。"言下有不悦意。遂相偕出宫，再至朝堂，询问大众，大众却愿立赟。威亦未便梗议，但淡淡地说道："时候不早，我等不应再入宫中，向太后絮烦，看来只好表闻罢。"大众又应声道："甚善！甚善！即请侍中属吏草表便了。"威应声而出，众亦散去。及威归私第，便令书记草表，草就后，由威审阅，尚未惬意，再令改窜，仍然未惬，没奈何将就了事。无非是不愿立赟。

越日入朝，百官统已在列，即由威取出表文，推冯道为首，自己与百官陆续署名，名已署毕，乃命内侍呈入。俄而得太后旨，召入冯道、郭威，允议立赟。命冯道代撰教令，择日往迎。

冯道是个著名圆滑的人物，实是老奸巨猾。料得此次迎赞，非威本意，不如用言推诿，较为妥当；遂禀太后道："迎立新主，须先酌定礼仪，就是教令亦须斟酌，俟臣与郭威出外商定，再行奏闻。"太后点首称是。道与威便即辞出，且行且语道："郭侍中幕下多才，所有教令礼仪，请侍中酌定为是。"威笑道："太师何必过谦。"道皱眉道："我已老了，前日教令，太后命我起草，我搜索枯肠，勉成此令，今番却饶了我吧。"郭威道："我是武夫，不通文墨，幕下亦无甚佳士，惟忆我出征河中，每见朝廷诏书，处分军事，均合机宜。当时问明朝使，说是翰林学士范质手笔，现未知他留住都中否？"道答言范质未曾归里，想总尚在都中，威喜道："待我前去访求便是。"遂分途自行。

时已隆冬，风雪漫天，威冒雪前进，到处访问，方得范质住址。造门入见，相知恨晚。威即脱所服紫袍，披上质身，质当然拜谢。便由威邀他入朝，替太后代作教令。质谓前代故事，太上皇传言，例得称诰，皇太后称令，今是否仍遵古制？威答说道："目下国家无主，凡事须凭太后裁断，不妨径称为诰。"质即应命，提笔作诰文，一挥立就。诰曰：

天未悔祸，丧乱弘多。嗣主幼冲，群凶蔽惑，构奸谋于造次，纵毒蛮于斯须。将相大臣，连颈受戮，股肱良佐，无罪见屠，行路咨嗟，群情扼腕。我高祖之弘烈，将坠于地，赖大臣郭威等，激扬忠义，拯救颠危，除恶蔓以无遗，俾缀旒之不绝。宗祧事重，缵继才难，既闻将相之谋，复考蓍龟之兆，天人协赞，社稷是依。徐州节度使赞，禀上圣之资，抱中和之德，先皇视之如子，钟爱特深，固可以子育兆民，君临万国，宜令所司择日备法驾奉迎，即皇帝位。于戏！神器至重，天步方艰，致理保邦，不可以不敬，贻谋听政，不可以不勤，允执厥中，祗膺景命！

看官览这诰文，应知刘赟是知远养子，并非亲生。究竟他生父为谁？就是河东节度使刘崇，崇为知远弟，赟即知远侄儿，知远爱赟，引为己子。此次奉迎礼节，为汉家所未有，范质援古证今，仓皇讨论，即日撰定，威取示廷臣，大家同声赞美，莫易一词。当由威上奏太后，请遣太师冯道及枢密直学士王度、秘书监赵上交，同赴徐州，迎赟入朝。太后便即批准，颁下诰令。

冯道得诰，又不免吃惊，沉思良久，竟往见郭威道："我已年老，奈何还使往徐州。"威微笑道："太师勋望，与众不同，此次出迎嗣君，若非太师作为领袖，何人胜任？"道应声道："侍中此举，果出自真心吗？"威怅然道："太师休疑，天日在上，威无异心。"好似《西游记》中猪八戒，专会罚咒。道乃与王度、赵上交，出都南下。途次顾语二人道："我生平不做谬语人，今却作谬语了。"

威既送道出都，复率群臣上禀太后，略言嗣皇到阙，尚须时日，请太后临朝听政。太后俞允，立颁诰命，想仍是翰林学士范质手笔。词云：

昨以奸邪构衅，乱我邦家，勋德效忠，翦除凶愿。俯从人欲，已立嗣君，宗社危而复安，纪纲坏而复振。皇帝法驾未至，庶事方殷。百辟上言，请予莅政，宜允舆议，权总万几，止于决旬，即复明辟。此诰！

李太后既允听政，当然陟赏功臣，升王峻为枢密使兼右神武统军，袁为宣徽南院使，王殷为侍卫马步都指挥使，郭崇威为侍卫马军都指挥使，曹威为步军都指挥使。惟三司事宜，权命陈州刺史李毂充任。

忽接到兖州奏牍，乃是节度使慕容彦超，拿住前飞龙使后匡赞，押送东都，因有此奏。郭威待匡赞解到，便令押送法司，与刘铢、李洪建两犯，一并审讯，定谳后刑。嗣经法司呈入谳案，谓后匡赞、刘铢、李洪建，已一并服罪。匡赞与苏逢吉、李业、阎晋卿、聂文进、郭允明等同谋，令散员都虞侯奔德等下手，杀害杨邠、史弘肇、王章。刘铢、李洪建党附李业等，屠害将相家属，供据确凿，罪应诛夷。惟李业尚在逃未获，宜移文陕州，勒令节度使李洪信速拿业赴阙，并案正法云云。威乃飞使赴陕，勒交李业。业前时奔赴陕州，正因节度使李洪信为业从兄，欲往投靠，洪信知业闯祸，不敢容纳，挥令他适。业西奔晋阳，道出绛州，为盗所伺，利他多金，杀业夺货而去。洪信闻郭威入都，恐防连坐，遣人捕业，查知为盗所杀，便即奏闻。使人在途，与朝使相遇，一并入都，报知郭威。威遂将全案处置，奏闻太后，太后当然准议。

先是刘铢被获时，铢顾语妻室道："我死，汝不免为人婢。"妻泣答道："如君所为，正合如是。妾为君罹罪，恐为婢不足，还要一同枭首哩。"铢默然无言，随吏下狱，惟妻言适为郭威所闻，颇加怜念，因使人入狱责铢道："我常与君同事汉室，岂无故人情谊！家属屠灭，虽有君命，汝何不留一线情，忍使我全家受戮！敢问君家有无妻子，今日亦知顾念否？"铢无可解免，竟强辩道："铢当时只知为汉，无暇他顾，今日但凭郭公处分，尚有何言！"使人还报郭威。威乃戮铢及子，但释铢妻。王殷家属前由李洪建保全，殷屡向威请求，乞免洪建一死，威独不许，惟赦免家属。刘铢、李洪建、後匡赞，同日处斩，并枭苏逢吉、阎晋卿、郭允明、聂文进首级，悬诸市曹。允明弑主，罪恶尤甚，此时异罪同刑，已可见郭威之心。蓦接镇、邢二州急报，谓辽主兀欲，发兵深入，屠封邱，陷饶阳，乞即调师出援。郭威遂入禀太后。太后即令威统师北征，国事权委窦贞固、苏禹珪、王峻，军事委王殷，授翰林学士范质为枢密副使，参赞机要。威即于十二月朔日，领大军出发都城。行至滑州，接着徐州来使，乃是奉刘赟命，令慰劳诸将。赟亦未免太急。诸将见郭威辞色，微露不平，遂面面相觑，不肯拜命，且私相告语道："我等屠陷京师，自知不法，若刘氏复立，我等尚有遗种吗？"威闻言，似作惊愕状，便遣还徐使，立麾军士趋澶州。

途次正值天晴，冬日荧荧，很觉可爱。诸将乘势献谀，谓郭威马前，有紫气拥护而行。威佯若不闻，驱兵渡河，进至澶州留宿，诘旦起来，早餐已毕，再下令启行。忽听得军士大噪，声如雷动，他却不慌不忙，返身入内，将门闭住。军士逾垣直入，向威面请道："天子须由侍中自为，大众已与刘氏为仇，不愿再立刘氏子弟了！"威未及答言，军士已将威绕住，前扶后拥，或即扯裂黄旗，披威身上，竞呼万岁。威无从禁止，累得声势沮丧，形色仓皇。入门时并未慌忙，对众时却似遑遽，好一种欺人手段！待至众声少静，方宣言道："汝等休得喧哗，欲我还朝，亦须奉汉宗庙，谨事太后，且不准骚扰人民！从我乃归，不从我宁死！"众应声道："愿从钧谕！"威乃率众南还，沿途禁止喧扰。

到了河滨，河冰初解，须筑浮桥，然后可渡。威命军士驻扎一宵，俟明日筑桥渡河，到了夜半，朔风大起，天气骤寒，待旦视河，冰复坚冱，各军即拥威南渡，号为"凌桥"。渡毕风止，冰亦渐解。小子有诗叹道：

> 入都报怨揽权威，
> 北讨南侵任手挥；
> 岂是天心真有属，
> 凌桥特渡"雀儿"归（雀儿系郭威绰号。详见下回）！

威已越河南还，当有人驰报都中。朝内诸大臣，究竟如何对付，待至下回再详。

观本回写郭威事，处处似忠，却处处是诈。彼既以清君侧为名，奈何入都纵掠，置之不理，反俟郭崇威、王殷之请，然后谕禁乎？冯道谓此行不易，乃不敢自立，初议立高祖三子承勋，继议立高祖从子赟，廷臣皆未知其伪，独冯道从旁窥破，知其言不由衷，道固料事明而虑患深者，惜其模棱苟合，甘为长乐老以终也！澶州之变，非郭威之暗中运动，谁其信之？经作者一一叙述，虽未揭橥隐衷，而已具匣剑帷灯之妙，欲知箇中意，尽在不言中。妙笔亦妙文也。

第四十七回 废刘宗嗣主被幽
易汉祚新皇传诏

却说枢密使王峻、马步军都指挥使王殷，本是郭威心腹，一闻澶州兵变，料知威必南还，自为天子。当即派马军指挥使郭崇威，率骑兵七百人，驰赴宋州，阳言往卫刘赟，阴实使图刘赟。至崇威出发，便与窦贞固等商议，往迎郭威。窦、苏两相，本来是庸懦得很，况又手无兵权，怎能与郭威对垒，没奈何承认下去。可巧郭威有人差到，奉笺李太后，谓由诸军所迫，班师南归，军士一致戴臣，臣始终不忘汉恩，愿事汉宗庙，母事太后等语。掩耳盗铃。峻等即将笺呈入，一介女流，屡经巨变，只有在宫暗泣，一些儿没有他策。窦贞固、苏禹珪已与王峻、王殷等，出至七里店，迎接郭威。一俟威到，即在道旁伛偻鸣恭，趋跄表敬。可恨可叹。威尚下马相见，共叙寒暄，略谈数语，便由窦贞固等，捧呈一篇劝进文，所有朝内百僚，一并署名。威喜形眉宇，形式上很是谦逊，口口声声，说是未奉太后诰敕，不敢擅专。贞固等请即入都，威总以未奉诰敕为词，留驻皋门村。

是夕贞固等还朝，报明太后，不知如何胁迫，取了一道诰文，即于次日黎明，赍诣威营，当面宣读诰文。其词云：

枢密使侍中郭威，以英武之才，兼内外之任，翦除祸乱，弘济艰难，功业格天，人望冠世。今则军民爱戴，朝野推崇，宜总万机，以允群议。可即监国，中外庶事，并取监国处分，特此通告。

威拜受诰敕，便称孤道寡起来，也有一道教令，传示吏民。略云：

寡人出自军戎，并无德望，因缘际会，叨窃宠灵。数语恰是的确。高祖皇帝甫在经纶，待之心腹，洎登大位，寻付重权。当顾命之时，受忍死之寄，与诸勋旧，辅立嗣君。旋属三叛连衡，四郊多垒，谬膺朝旨，委以专征，兼守重藩，俾当劲敌，敢不横身勠力，竭节尽心，冀肃静于疆场，用保安于宗社！不谓奸邪构乱，将相连诛，偶脱锋芒，克平患难。志安刘氏，顺报汉恩，推择长君以绍丕构，遂奏太后，请立徐州相公，奉迎已在于道途，行李未及于都辇。寻以北面事急，寇骑深侵，遂领师徒，径往掩袭。行次近镇，已渡洪河，十二月二十日，将抵澶州，军情忽变，旌旗倒指，喊叫连天，引袂牵襟，迫请为主。环绕而逃避无所，纷纭而逼胁愈坚。顷刻之间，安危不保。事不获已，须至徇从，于是马步诸军，拥至京阙。今奉太后诰旨，以时运艰危，机务难旷，传令监国，逊避无由，黾勉遵承。夙夜忧愧，所望内外文武百官，共鉴微忱，匡予不逮，则寡人有深幸焉！布教四方，咸使闻知！

岁聿云暮，转眼新年。郭威仍留驻皋门村，拟俟新岁入都，即位改元，做一个新朝天子。那徐州节度使刘赟，尚未曾得悉，使右都押牙巩廷美、教练使杨温，居守徐州。自与冯道等西来，在途仪仗，很是烜赫，差不多似天子出巡，左右皆呼万岁。赟得意扬扬，昂然前进，到了宋州，入宿府署。翌晨起床，闻门外有人马声，不知是何变故，急忙阖闼登楼，凭窗俯瞩，见有许多骑士，气势汹汹，环集门外。为首的统兵将官，扬鞭仰望，也觉英气逼人，便惊问道："来将为谁？如何在此喧哗！"言未毕，已听得来将应声道："末将是殿前马军指挥使郭崇威，目下澶州军变，朝廷特遣崇威至此，保卫行旌，非有他意！"赟答道："既如此说，可令骑士暂退，卿且入见！"崇威不答，俯首迟疑。赟乃遣冯道出门，与崇威叙谈片刻，崇威才下马入门，随道登楼，向赟谒见。赟执崇威手，抚慰数语，继以泣下。来时何等轩昂，至此如何胆落。崇威道："澶州虽有变动，郭公仍效忠汉室，尽可勿忧！"崇威并未称臣，内变可知。赟稍稍放心，彼此又问答数语，崇威即下楼趋出。

徐州判官董裔入见道："崇威此来，看他语言举止，定有异谋。道路谣传，统说郭威已经称帝，陛下尚深入不止，未免少吉多凶！陛下有指挥使张令超护驾，何不召入与商，谕以祸福，令乘夜劫迫崇威，夺他部众，明日掠取睢阳金帛，北走晋阳，召集大兵，再行东下。想郭威此时，新定京邑，必无暇遣兵追袭，这乃是今日的上策呢！"赟犹豫未决。还应入做皇帝吗？董裔叹息而出。赟夜不安枕，辗转筹思，才觉裔言有理。至天明宣召令超，哪知令超已为崇威所诱，不肯进见，眼见得大事已去了。

未几由冯道入见，奉上一书，乃是郭威寄赟，内言兵变大略，召道先归安抚，留王度、赵上交奉赟入朝。赟亦明知是郭威欺人，一时却不便说破。道竟开口辞行，赟始怃然道："寡人此来，所恃惟公，公为三十年旧相，老成望重，所以不疑。今崇威夺我卫兵，危在旦夕，问公何以教寡人？"还要自称寡人。道语带支吾，但云待回京后，抚定兵变，再行报命。赟部将贾贞在侧，瞋目视道，且举佩剑示赟，赟摇手道："休得草率！这事与冯公无涉，勿疑冯公。"实可杀却，何必放归。道乘势辞出，星夜驰回。未几即有太后诰命，传到宋州，由郭崇威赟诏示赟，令赟拜受。诰云：

比者枢密使郭威，志安社稷，议立长君，以徐州节度使赟，为高祖近亲，立为汉嗣，爰自藩镇征赴京师。虽诰命寻行，而军情不附，天道在北，人心靡东，适取改卜之初，俾膺分土之命。赟可降授开府仪同三司，检校太师上柱国，封湘阴公，食邑三千户，食实封五百户。钦哉唯命！

赟受诰后，面色如土。郭崇威更绝不容情，立迫赟出就外馆，不准逗留府署。董裔、贾贞打抱不平，硬与崇威理论。崇威竟麾动部众，拿下二人，立刻枭首。可怜这位湘阴公刘赟，鼻涕眼泪，流作一堆。没奈何迁居别馆，由崇威派兵监守，寸步难移。王度、赵上交仍奉郭威命令，召还都中。

王峻等助威为虐，又遣申州刺史马铎，率兵诣许州，监制节度使刘信。信为刘知远从弟，曾任侍卫马军都指挥使，知远将殂，杨邠等出信镇许，不准入辞，信号泣而去。承祐嗣位，信任官如旧。及邠等被诛，信大集将佐，开宴庆贺，且与语道："我还道老天无眼，令我三年不能适意，主上孤立，几落贼手，今幸天日重开，贼臣授首，乐得与诸公畅饮数杯了！"既而邺军入都，承祐被弑，信又惶急无计，食不下咽。寻闻迎立刘赟，即命子往徐州奉迎。谁知一波未平，一波又起，马铎竟领兵到来，突然入城。信情急无聊，索性自尽了事。铎遣人复命。

王峻、王殷等已为郭威除去二患，便于正月五日，迎威入都，一面胁令李太后下诰，把汉室所有国宝，悉数赟送郭威，威敬谨受诰。诰云：

遐古以来，受命相继，系不一姓，传诸百王。莫不人心顺之则兴，天命去之则废。昭然事迹，著之典书。予否运所丁，遭家不造，奸邪构乱，朋党横行，大臣冤枉以被诛，少主仓促而及祸，人自作孽，天道宁论！监国威深念汉恩，切安刘氏，既平乱略，复正颓纲。思固护于基局，择继嗣于宗室。而狱讼尽归于西伯，讴歌不在于丹朱，六师竭推戴之诚，万国仰钦明之德。鼎革斯启，图箓有归。予做嘉宾，固以为幸。今奉符宝授监国，可即皇帝位。于戏！天禄在躬，神器自至，允集天命，永绥兆民，敬之哉！

威受诰后，并接收国宝，便自皋门入大内，被服衮冕，御崇元殿，受文武百官朝贺。苏禹珪、窦贞固以下，联翩入朝，舞蹈山呼。就是历朝元老冯太师，自宋州驰归，也入殿称臣，躬与朝谒。不记当日受拜时耶！礼毕退班，即由新天子下诏道：

自古受命之君，兴邦建统，莫不上符天意，下顺人心。是以夏德既衰，爰启有商之祚，炎风不竞，肇开皇魏之基。朕早事前朝，久居重位。受遗辅政，敢忘伊、霍之忠，仗钺临戎，复委韩、彭之任。匪躬尽瘁，焦思劳心，讨叛涣于河、潼，张声援于岐、雍，竟平大憝，粗立微劳。才旋师于关西，寻统兵于河朔，训齐师旅，固护边陲。只将身许国家，不以贼遗君父。外忧少息，内患俄生。群小联谋，大臣遇害，栋梁既坏，社稷将倾。朕方在藩维，已遭谗构。逃一生于万死，径赴阙廷；枭四罪于九衢，幸安区宇。将延汉祚，择立刘宗，征命已行，军情忽变。朕以众庶所迫，逃避无由，扶拥至京，尊戴为主。谁为为之！孰令听之！重以中外劝进，方岳推崇，黾勉虽顺于众心，临御实惭于凉德。改元建号，祗率旧章，革故鼎新，宜覃沛泽。

朕本姬氏之远裔，虢叔之后昆，积庆累功，格天光表，盛德既延于百世，大命复集于眇躬。今连国宜以大周为号，可改汉乾祐四年为周广顺元年。自正月五日昧爽以前，一应天下罪人，为常赦所不原者，咸赦除之。故枢密使杨邠、侍卫都指挥使史弘肇、三司使王章等，以劳定国，尽节致君，千载逢时，一旦同命，悲感行路，愤结重泉，虽雪冤于沈冤，宜更伸于渥泽，并可加等追赠，备礼归葬，丧事官给，仍访子孙叙用。其余同遭枉害者，亦与追赠。马步诸军将士等，勠力协诚，输忠效义，先则平持内难，后乃推戴朕躬，言念勋劳，所宜旌赏。其原属将士等，各与等第，超加恩命，仍赐功臣名号。内外前任、现任文武官致仕官，各与加恩，如父母在未有恩泽者即与恩泽，已有恩泽者，更与恩泽；如亡没未曾追封赠者，更与封赠。一应天下州县所欠乾祐二年以前夏秋残税，并与除放。澶州已来官路，两边共二十里内，得除放乾祐三年残税欠税。河北沿边州县，曾经契丹蹂践处，豁免通欠，如澶州同。凡天下仓场库务，宜令节度使专切钤辖，掌纳官吏，一依省条指挥，无得收斗余秤耗。旧所进羡余物色，今后一切停罢。乘舆服御，宫闱器用，大官常膳，概从俭约。诸道所有进奉，只助军国之费，诸无用之物，不急之务，并宜停罢。帝王之道，德化为先，崇饰虚名，朕所不取。未必。今后诸道所有祥瑞，不得辄有奏献。古者用刑，本期止辟，今兹作法，义切禁非，宽以济猛，庶臻中道。今后应犯窃盗贼赃及和奸者，并依晋天福元年以前条制施行。罪人非叛逆，毋得诛及亲族，籍没家资。天下诸侯，皆有戚友，自可慎择委任，必当克效参禅。朝廷选差，理或未当，宜矫前失，庶叶通规。其先时由京差遣军将，充诸州郡都押牙，孔目官，内知客等，并可停废，仍勒却还旧处职役。近代帝王陵寝，令禁樵采，唐庄宗、明宗、晋高祖诸陵，各置守陵十户，汉高祖陵前，以近陵人户充署职员及守宫人，时日荐飨，并旧有守陵人户等，一切如故。仍以晋、汉之胄为二王后，委中书门下处分。

值景运之方新，与天下为更始，兴利除弊，一道同风，朕实有厚望焉！此诏。

翌日再行视朝，派前曹州防御使何福进，权许州节度使；前复州防御使王彦超，擢徐州节度使；前澶州节度使李洪义，权宋州节度使。这三缺最是要紧。又越日上汉太后尊号，称为昭圣皇太后，徙居西宫。命有司择日为故主发丧，丧期已定，周主郭威亲至西宫成服。祭奠举哀，辍朝七日，禁坊市音乐。追谥故主为"汉隐帝"，且遵古制殡灵七月，始遣前宗正卿刘皞，护灵辅，备仪仗，送葬许州。五代享年，汉祚最短，先后两主，仅得四年。汉前开封尹承勋，即于是年去世，追封陈王。汉太后又延寿三年，即显德元年。病殁宫中，祔葬汉高祖陵，这也不在话下（了结汉事）。惟小子前叙郭威，只及官爵功勋，未曾叙及履历籍贯，此次郭威为帝，追尊四代，应将他少年家世，补叙明白。

威本邢州尧山人，父名简，曾为晋顺州刺史，被兵死难。威时仅数龄，随母王氏走潞州，母又道殁，赖姨母韩氏提携抚育，始得成人。潞州留后李继韬（即李嗣源子）招募壮士，威年方十八，依故人常氏家，闻命应募，编入行伍。素性好刚使气，不肯为人下。继韬爱他勇敢，就使逾法犯禁，亦特别贷免。尝游行市中，见有屠夫豪横武断，为众所惮，不由得愤怒起来。便呼屠割肉，稍不如意，更加呵斥。屠夫坦腹相示道，汝敢刺我否？道言未绝，已被威刬刃入胸。市人大惊，拥威付吏，继韬不忍杀他，纵令亡去。嗣得友人李琼，授以《阃外春秋》，方折节读书，得谙兵法。娶同里女柴氏为妻，柴氏家颇殷实，听得嫁妆，易钱给威，令再出从军，乃走依汉高祖麾下，积功发迹，代汉为帝。追尊高祖璟为"信祖"，妣张氏为"睿恭皇后"；曾祖湛为"僖祖"，妣申氏为"明孝皇后"；祖蕴为"义祖"，妣韩氏为"翼敬皇后"；父简为"庆祖"，母王氏为"章德皇后"。夫人柴氏早卒，进册为后，谥曰"圣穆"。继室杨氏也早病逝。再继室为张氏，自威出镇邺都，留张氏居京师，为刘铢所杀。子青哥、意哥，侄守筠、奉超、定哥，孙宜哥、喜哥、三哥，同时被屠。周主顾念前情，追封继室杨氏为淑妃，再继室张氏为贵妃；子青哥赐名为"侗"，追赠太保；意哥赐名为"信"，追赠司空；守筠改名为"愿"，追赠左领军将军；

奉超赠左监门将军;定哥赐名为"逊",赠左千卫将军;宜哥赠左骁卫大将军,赐名为"谊";喜哥赠武卫大将军,赐名为"诚";三哥赠左领卫大将军,赐名为"诚"。家属以外,进封故旧,高行周进位尚书令,仍封齐王;安审琦封南阳王,符彦卿封淮阳王,遣归原镇。王殷加同平章事职衔,充邺都留守,典军如故。前太师冯道为中书令弘文馆大学士,以司徒兼门下侍郎同平章事。前宰相窦贞固为侍中,兼修国史,苏禹珪守司空平章事。此外各晋爵有差。追封杨邠为恒农郡王,史弘肇为郑王,王章为琅琊郡王,召还郭崇威,令为洋州节度使,兼检校太保,曹威为荆州节度使,兼检校太傅,各领军如故。郭崇威避周主讳,省去"威"字;曹威易名为"英"。皇养子荣,闻镇邺有人,表请入觐,有旨不必来朝,调授澶州节度使,兼检校太保,封太原郡侯。

河东节度使刘崇,为赟生父,初闻故主遇害,拟发兵南向,继得赟入嗣消息,欣然说道:"我儿为帝,尚有何求?"遂按兵不进,但使人至郭威处,探明虚实。威少时微贱,尝在颈上黥一飞雀,时人号为郭雀儿。当时语河东来使道:"郭雀儿要做天子,也不待今日了!"继又自指颈上,示来使道:"世上岂有雕青天子?请转告刘公,不必多疑。"来使便即辞行,返报刘崇,崇益喜慰。独太原少尹李骧进言道:"公休信郭威,看他志不在小,必将自取。请公速引兵逾太行,据孟津,俟徐州殿下即位,然后还镇,方不为他所卖。"崇拍案大怒道:"腐儒欲离间我父子吗?左右快推出斩首!"良言不用,枉送儿命。还要杀死李骧,真是愚悖。骧大呼道:"我负经济才,为愚夫谋事,死也应该!但家有老妻,愿与同死!"崇闻言益怒,竟令属吏捕取骧妻,一同处斩。及赟既见废,被锢宋州,乃遣徐州押牙巩廷美,奉表周廷,求赟调藩。为这一表,要将赟送到枉死城中去了。小子有诗叹道:

> 不听忠言错已成,
> 归藩一表促儿生;
> 雕青天子欺人惯,
> 肯使湘阴入汴京!

欲知周主如何答复,请看下回便知。

刘赟以旁支入承正统,本非创闻;但内有郭威之专政,即令赟得入都,果嗣大位,能保威之不为曹丕、刘裕乎?为赟计,能辞则辞,不能辞,亦当向河东请兵,作为声援,自率大军诣阙,则郭氏或尚不敢动。至行抵宋州,受逼郭崇威,即从董裔言,遄归晋阳,已非上策。乃犹迁延不决,不死奚待乎?郭威入都称帝,易汉为周,新制下颁,犹存礼义,较之梁、唐、晋、汉,似进一筹,然亦由文字之优长,始觉规模之粗备。五季以乱易乱,文学漫衰,不值一盼,有范质以振兴之,始稍见右文之治。文事盛而武力绌,正天之所以开赵宗也。否则军阀骄横,兵争益甚,大乱果何日靖乎?

第四十八回

陷长沙马希萼称王
攻晋州刘承钧折将

却说周主郭威，接到巩廷美来表，踌躇一回，特想出数语，作为答复河东文书。大略说是：

> 湘阴公近在宋州，正拟令搬取赴京，但勿犹疑，必令得所。惟公在彼，固请安心，若能同力扶持，别无顾虑，即当便封王爵，永镇北门，铁契丹书，必无爱惜！特此覆谕。

巩廷美接得复文，转达刘崇，且言周主多诈，不可不防。请即发兵援徐，愿与教练使杨温固守徐州，静待后命。刘崇得报，也欲称帝晋阳，与周抗衡，一时无暇遣援。哪知巩廷美、杨温二人，已奉刘赟妃董氏为主，仍张汉帜，不服周命。周主遣新授节度使王彦超率兵驰诣徐州，且遗湘阴公刘赟书，令他转示廷美等人，嘱使静候新节度入城，各除刺史。刘尚依言致书，嘱巩、杨迎王彦超，巩、杨不肯从命，一意拒守。王彦超到了城下，射书谕降，仍然不从，乃督兵围攻。巩、杨二将日夜戒备，专待河东援兵。

河东节度使刘崇决计抗周，就在晋阳宫殿中，南面称帝。国仍号汉，沿用乾祐年号，据有并、汾、忻、代、岚、宪、隆、蔚、沁、辽、麟、石十二州，命节度判官郑珙、观察判官赵华，同平章事，次子承钧为侍卫亲军都指挥使兼太原尹，副使李存瓖为代州防御使，裨将张元徽为马步军都指挥使，陈光裕为宣徽使。存瓖、元徽等请建立宗庙，崇慨然道："朕因高祖皇帝的基业，一旦坠地，不得已南面称尊，权承汉祚。究竟我是何等天子，尔等是何等将相呢？宗庙且不必立，但如家人祭礼，延我宗祀。得能规复中原，再修庙貌，妥我先灵，也未为迟哩。"将吏方才罢议。惟河东地窄民贫，岁入无多，百官俸给，不得不格外减省，宰相俸钱，月止百缗，节度使月止三十缗，此外惟薄有资给罢了。历史上称崇为"东汉"，或号为"北汉"，免与南汉相混。小子因南北分称，容易记忆，故此后叙及河东，概以北汉为名。叙事明析。

北汉主称帝这一日，就是湘阴公赟毕命的时期。当时宋州节度使李洪义讣报周廷，只说是刘赟暴亡。后来《涑水通鉴》（司马光著）、《紫阳纲目》（朱熹著）大书特书云："周主威弑湘阴公赟于宋州。汉刘崇称帝于晋阳。"可见得刘赟暴亡，实是李洪义密奉主命，暗中下手。且直书为弑，令郭威更无从躲闪，所以千秋万世，统称他是直笔呢。引古为证，取义谨严。

闲文少表，且说周主郭威即位，颁诏四方，荆南节度使高保融，首先表贺。且报称去年十一月间，朗州节度使马希萼破潭州，十二月缢杀楚王马希广，自称天策上将军武安、武平、静江、宁远等军节度使嗣楚王。周主郭威因国家初定，无暇南顾，但优旨嘉奖高保融，加封渤海郡王。但高保融奏报楚事，仅据纲领，欲知详细，还须另行叙明。

自楚王马希广出师屡败，益阳失守，长沙吃紧，希萼大举入寇，希广向汉告急，汉适内乱，不遑出援（应四十四回）。希萼知希广势孤，急引兵进攻岳州，刺史王赟登城坚拒，无隙可击。希萼在城下呼赟道："公非马氏旧臣，不事我，反欲事异国吗？既为人臣，独怀二心，岂非贻辱先人！"赟从容答道："亡父为先王将，亦破淮南兵，今大王兄弟构兵，适贻淮南厚利，且先王破淮南，后嗣臣淮南，贻辱何如！大王诚能释憾罢兵，不伤同气，赟愿尽死事大王兄弟，怎敢别生二心！"希萼闻言，颇也知惭，引兵转趋长沙。部将朱进忠已自益阳攻陷玉潭，再与希萼会师，屯兵湘西。

希广令刘彦瑶召集水师，与水军指挥使许可琼率战舰五百艘，守城北津，迤及南津，独派庶弟希崇为监军。前已有人请诛，置诸不理，此时更派作监军，痴极笨极！又遣马军指挥使李彦温领骑兵屯驼口，扼住湘阴路，步军指挥使韩礼率步兵屯杨柳桥，扼住栅路，与希萼相持数日，胜负未决。强弩指挥使彭师暠登城西望，入白希广道："朗入骤胜致骄，行列未整，更有蛮兵夹入，益见喧嚣。若假臣步卒三千，从巴陵渡江，绕出湘西，攻敌后面，再令许可琼带领战舰，攻敌前面，背腹夹攻，不怕敌人不走。一场败北，将来自不敢轻入了。"此计甚妙。希广却也称善，便召可琼入议。哪知可琼已阴与希萼密约，分治湖南，至是闻师暠计议，反瞠目伸舌道："这是危道，决不可从，况师暠出身蛮都，能保他不生异心吗？"自己通敌，还说别人难恃，此等人安可不杀！希广乃止。且命诸将尽受可琼节制，日给可琼五百金。可琼时常闭垒，不使士卒知朗军进退，或且诈称巡江，与希萼密会水西，愿为内应。希广反叹为良将，言听计从。彭师暠闻可琼通敌，入谏希广道："可琼将叛，国人尽知，请速加诛，毋贻后患！"希广叱道："可琼世为楚将，岂有此事！"师暠退出，喟然长叹道："我王仁柔寡断，败亡可立俟呢！"

已而长沙大雪，平地积四尺许。两军苦不得战，希广迷信僧巫，抟土作鬼神形，举手指江，谓可却退朗人。又命众僧日夜诵经，向佛祷告，希广也披缁膜拜，高念宝胜如来，声彻户外。是谓祈死。朗州步军指挥使何敬真，乘雪少霁，即率蛮兵三千，迫韩礼营，阴遣小校雷晖，冒充长沙兵士，混入礼寨，用剑击礼。礼骇走狂呼，一军惊扰，敬真乘乱掩入，立将礼营捣破。礼军大溃，礼受创奔回，越日毙命。于是朗兵水陆齐进，急攻长沙。长沙某军指挥使吴宏与小门使杨涤相语道："强敌凭陵，城且不保，我等不誓死报国，尚待何时？"遂各引兵出战，宏出清泰门，涤出长乐门。统怒马争先，以一当十，奋斗至三四时，朗兵少却。刘彦瑫与许可琼袖手旁观，并不出援。宏士卒饥疲，先退入城，涤亦还军就食。

朗兵复竞进扑城，彭师暠挺槊突出，与朗兵交战城北，未分胜负。朗将朱进忠带引蛮众，至城东纵起火来，城上守兵，为烟雾所迷，不免惊惶，忙招许可琼军，令他救城。可琼竟举军降希萼。守兵见可琼降敌，当然惊乱，朗兵遂一拥登城，长沙遂陷。希广亟带领妻孥，走匿慈堂。朗兵及蛮兵，杀官民，焚庐舍，彻夜不休。自马殷立国后，所积珍宝，尽被夺散。宫殿屋宇，统成灰烬，闹得人声鼎沸，烟焰迷离。

李彦温尚屯兵驼口，望见城中火起，急引兵还援。至清泰门，朗人已据城拒战，矢石交下，正拟冒险进攻，忽有千余人绕城而来，统是神色仓皇，备极狼狈。为首的且凄声呼道："李将军快寻生路罢！"彦温瞧着，正是刘彦瑫，便问主子如何，彦瑫道："不知下落；我已觅得先王及今王诸子，从旁门逃出，幸与君相遇，正好结伴同奔，朗兵利害得很，若不急走，恐一经追杀，必无噍类了！"彦温被他一吓，也觉惊慌，遂与彦瑫等同奔袁州，转降南唐。

希萼入城后，即与希崇相见，希崇率将吏进谒，上书劝进。吴宏战血满袖，顾视希萼道："我不幸为许可琼所误，今日虽死，地下也好对先王了！"彭师暠投槊地下，大呼道："师暠不降，情愿请死！"希萼叹道："这可谓铁石人了！"纵令自便，不欲加诛。也是保全忠臣，却是难得。希崇遂导希萼入府视事，闭城搜捕希广夫妇及掌书记李弘皋、弘节，都军判官唐昭胤、学士邓懿文、小门吏杨涤等，先后拘至，尽做俘囚。希萼首问希广道："你我承父兄余业，难道不分长幼吗？"希广流涕道："将吏见推，朝廷见命，所以权受，并非出自本心。"希萼也不禁恻然，便顾左右道："这是钝夫，怎能作恶？徒受群小欺蒙，因致如此。"遂命牵往狱中。嗣讯弘皋、弘节等，多半说是先王遗命，不肯服罪，惹得希萼怒起，命将弘皋、弘节、唐昭胤、杨涤四人，绑出府门，凌迟处死，分饷蛮军。邓懿文少说数语，总算从宽一线，枭首市曹。似此残忍，何能久享！遂自称天策上将军武安、武平、静江、宁远等军节度使，嗣爵楚王。授希崇节度副使，判军府事，其余要职，悉用朗人充任。

越日，语诸吏道："希广懦夫，受制左右，我欲使他不死。汝等以为然否？"诸将皆不敢对，独朱进忠尝为希广所笞，乘此报怨，奋然进言道："大王血战三年，始得长沙，一国不容二主，今日不除，他日悔无及了！"乃命牵出勒死。希广临刑，尚喃喃诵佛书，至死才觉绝口。希广妻捶毙杖下，彭师暠不忘故主，棺殓希广，瘗诸浏阳门外，后人号为废王冢。希萼命子光赞为武平留后,遣何敬真为朗州都指挥使,统兵戍守,且因故学士拓跋恒曾劝希广让国,召令复职。恒称疾不起,希萼亦无可如何。

未几令掌书记刘光辅入贡南唐,唐主璟命右仆射孙晟、客省使姚凤为册礼使,册封希萼为楚王。希萼又令光辅报谢,唐主厚待光辅,并问湖南情形。光辅密奏道:"湖南民疲主骄,陛下若发兵往取,易如反掌呢。"又是一个卖国臣。唐主乃命都虞侯边镐为信州刺史,屯兵袁州,渐渐的谋吞湖南了。

南方正扰攘不休,北方亦兵戈迭起。北汉主刘崇闻赟死人手,向南大恸道:"我悔不用忠臣言,致伤儿命!"遂命为李骧立祠,岁时致祭。一面整兵缮甲,锐意复仇。可巧辽将潘聿拈奉辽主命,贻书崇子承钧,通问国情。刘崇即使承钧覆书,略说本朝沦亡,因袭帝位,欲循晋室故事,求援北朝。聿拈转报辽主。辽主兀欲得了覆书,当然欣允,发兵屯阴地、黄泽、团柏,遥作声援。刘崇即命皇子承钧为招讨使,白从晖为副,李存瑰为都监,统兵万人,分作五道,出攻晋州。

晋州节度使王晏闭门不出,城上旗帜兵仗,亦散乱不整,承钧还道他是不能拒守,饬兵士蚁附登城。不料一声鼓响,那堞内伏兵,霎时齐起,挟着硬弓毒矢,接连射下,还有长枪大戟,巨斧利矛,钩的钩,斫的斫,把北汉兵杀伤无数,承钧忙鸣金收军,退出濠外。王晏竟驱兵杀出,前来追击,承钧哪里还敢恋战,麾兵急奔,跑了十多里,方不见有追兵,择地下寨,招集散卒,死伤已千余人,并失去副兵马使安元宝,不知是否阵亡,后经探骑报闻,才知元宝被擒,投降晋州了。

承钧且惭且愤,移攻隰州,行至长寿村,突遇隰州步军指挥使孙继业,从斜刺里杀将出来,顿使承钧又吃一大惊,前锋牙将程筠不甚好歹,竟挺枪跃马,出战继业,两马相交,双枪并举。约有一二十合,被继业大喝一声,把程筠刺落马下。隰州兵捉住程筠,立刻斩首,枭示军前。承钧大怒,麾兵前斗,要与继业拼命。偏继业刁滑得很,率军急退,竟回入城中去了。承钧追至城下,城上早已准备,由隰州刺史许迁亲自督守,再加孙继业登陴相助,里守外攻,约过了数昼夜,北汉兵毫无便宜,反伤亡了许多人马,只好一齐退去。北汉兵两次败退,这叫做出手就献丑。

北汉主刘崇接得败报,正在焦灼,怎奈不如意事,接踵而来。徐州一城,被周将王彦超陷入,杀死巩廷美、杨温,只湘阴公夫人董氏,还算由周主特恩,安抚保护,未曾殉难。徐州事虽用带笔,恰是毫不渗漏。崇忧愤交并,立遣通事舍人李晋赴辽乞援。辽主兀欲本来是用两头烧通的计策,当周主郭威称帝时,已从饶阳回师(应四十六回),派番将朱宪奉书周廷,称贺即位,周廷亦遣尚书右丞田敏报聘。此次联络北汉,明明使他鹬蚌相争,自己好做个渔翁。至李晋到辽乞师,兀欲尚不肯发兵,先遣使臣拽刺梅里与同诣北汉,捏称周使田敏已约输岁贡十万缗。刘崇不禁情急,忙使宰相郑珙赍着金帛,与拽刺梅里同往,纳赂辽主。国书中且自称侄皇帝,致书于叔天授皇帝(见四十回),请行册礼。辽主兀欲喜如所愿,厚待郑珙,日夕赐宴。珙在途已感受风寒,禁不起肉酪厚味,一夕宴毕归馆,竟致暴亡。兀欲发还珙丧,并遣燕王述轧(一作舒幹)、政事令高勋,同至北汉,册封刘崇为"大汉神武皇帝",妃为皇后。刘崇情急求人,也顾不得什么屈膝,只好对着辽使,拜受册封,改名为"旻",令学士卫融等,诣辽报谢,乞即济师。

辽主召集诸部酋长,拟即日大举,援汉侵周,诸部酋长多不愿南行。兀欲强令从军,自督部众至新州。驻宿火神淀,夜间忽遭兵变,由燕王述轧及伟王子呕里僧为首,持刀入账,竟将兀欲劈死。也有此日。

辽太宗德光子齐王述律(一作舒噜)在军闻变,走入南山。述轧即自立为帝,偏各部酋长不乐推戴,情愿往迎述律,攻杀述轧及呕里僧。述律乃自火神淀入幽州,即辽主位,号"天顺皇帝",改元"应历",当下为故主兀欲发丧,并遣使至北汉告哀。

刘崇派枢密直学士王得中等贺述律即位,且吊兀欲丧,仍称述律为叔,请兵攻周。述律素好游畋，不亲政事，每夜酣饮，达旦乃寐，日中方起，国人号为"睡王"。北汉乞援再四，方遣彰国军节度使萧禹厥，统兵五万，与北汉会师，自阴地关进攻晋州。

时晋州节度使王晏与徐州节度使王彦超对调，晏已离镇，彦超未至。巡检使王万敢权知晋州军事，与龙捷都指挥使史彦超、虎捷都指挥使何徽，募兵拒守。辽兵五万人，北汉兵二万人，共至晋州城北，三面营垒，日夜攻扑。王万敢等多方抵御，且飞使至大梁求援。周主郭威命王峻为行营都部署，发诸道兵援晋州，威自至西庄饯行，亲赐御酒三卮，峻饮毕拜别，上马径去，驰至陕州，留军不进。周主闻报，免不得遣使促行，并欲督师亲征，正是：

> 将军故意留西鄙，
> 天子劳心欲北征。

究竟王峻何故逗留，待至下回表明。

希广不能让兄，又不能拒兄，潭州之陷，咸本自诒，况忠如彭师暠而不用，奸如许可琼而独任，迷信僧巫，至死且讽诵佛经，愚昧至此，安能不亡？若希萼之加刃同胞，商食旧臣，残忍太甚，几何而不俱灭也！刘崇不从李骧之言，以致刘赟死于非命，虽悔奚追，厥后甘心事狄，出师屡败，欲泄愤而不得，欲报怨而未能，乃知失之毫厘，谬以千里，天下之不听忠言，自致危祸者，皆类是耳。特揭出之以为后世鉴云。

第四十九回　降南唐马氏亡国
征东鲁周主督师

却说王峻留驻陕州,并非故意逗挠,他却另有密谋,不便先行奏闻。周主郭威闻报惊疑,拟自统禁军出征,取道泽州,与王峻会救晋州。一面遣使臣翟守素往谕王峻,峻与守素相见,屏去左右,附耳密语道:"晋州城坚,可以久守。刘崇会合辽兵,气势方锐,不可力争,峻在此驻兵,并非畏怯,实欲待他气馁,然后进击,我盛彼衰,容易取胜。今上即位方新,藩镇未必心服,切不可轻出京师! 近闻慕容彦超据住兖州,阴生异志,若车驾朝出汜水,彦超必暮袭京城,一或被陷,大事去了! 幸转达陛下,勿生他疑!"守素唯唯遵教,即日驰还京城,报知周主郭威,威闻言大悟,手自提耳道:"几败我事!"遂将亲征计议,下款取消。郭雀儿亦有失策时耶?

是时已为广顺元年十二月,天气严寒,雨雪霏霏。峻乃下令各军,速即进发,到了绛州,也无暇休息,便语都排阵使药元福道:"晋州南有蒙阮,地最险恶,若为敌兵所据,阻我前进,却很费事。汝引部卒三千,赶紧前行,得能越过蒙阮,便可无忧了!"元福应命前驱,冒雪急进,到了蒙阮相近,见地势果然险恶,幸无敌兵把守,便纵马飞越,出了蒙阮,方才扎住。令部校回报王峻,峻私喜道:"我事得成了!"因即麾军继进,过了蒙阮径路,与药元福相会,向晋州进兵。

北汉主刘崇及辽将萧禹厥,正虑攻城不下,粮食将尽,更兼大雪漫天,野无所掠,未免智穷力尽,日思退归。忽接哨骑探报,知王峻已逾蒙阮,不由得心惊胆战,立命烧去营垒,黣夜返奔。至王峻到了晋州,敌兵早遁。城内王万敢、史彦超、何徽等,出迎王峻,导入城中。彦超便禀王峻道:"寇兵虽去,相距未远,若使轻骑追击,必得大胜。"峻答说道:"我军远来劳乏,且休养一宵,明日再议。"彦超乃退。翌晨值峻升厅,彦超又来禀白,药元福等亦从旁怂恿,峻乃令药元福统兵,与指挥使仇弘超,左厢排阵使陈思让、康延诏,策马出追,驰至霍邑,追及敌众,便奋击过去。敌军后队,统是北汉兵,一闻追兵到来,都越山四跑,急不择路,或坠崖,或堕谷,死了无数。元福催后军急进,偏偏延诏懦怯,沿途逗留,且语元福道:"地势险窄,恐有伏兵,且回兵徐图进取。"元福忿然道:"刘崇挟胡骑南来,志吞晋绛,今气衰力惫,狼狈遁还,不乘此时扫灭,必为后患。"言未已,那王峻遣人到来,说是穷寇勿追,饬令回军,元福长叹数声,收军而还。王峻亦非真良将。

辽兵还至晋阳,人马什丧三四,萧禹厥自耻无功,诿罪一部酋,钉死市中。刘崇亦丧兵无数,复因辽兵归去,不得不畀他厚赆,害得府库空虚,人财两失,只好付诸一叹,缓图报怨罢了。智力原不及郭威。

且说楚王马希萼,得据长沙,刑戮无度,已失人心。更且纵酒荒淫,尽把军府政事,委任希崇。小门使谢彦颙,系家僮出身,面目清扬,姣如处女,希萼很是宠爱,尝令与妃嫔杂坐,视同男妾。不怕作元绪公吗? 彦颙恃宠生娇,凌蔑大臣,就是手握大权的王弟希崇,他亦未加尊敬,或且柑肩搭背,戏狎靡常,希崇引为恨事。向例王府开宴,小门使只能伺候门外,希萼独使彦颙与座,甚至列诸将上,诸将亦愤愤不平。希萼因府舍被焚,命朗州指挥使王逵、副使周行逢率部曲千余人修葺府署,执役甚劳,毫无犒赐。士卒统有怨言,逵与行逢密语道:"众怒已深,不早为计,祸将及我两人了!"遂率众逃归朗州。

希萼沈醉未醒,左右不敢白,越宿始报知希萼。希萼大怒,立遣指挥使唐师翥,领兵往追,直抵朗州城下,被王逵等伏兵邀击,士卒尽死,师翥只身逃归。逵入朗州城,逐去留后马光赞，别奉希萼兄子光惠知朗州事，寻且立为节度使。光惠愚懦嗜酒，不能服众，遂与行逢商诸朗州戍将何敬真，废去光惠，推立辰州刺史刘言，权知留后，遂自为副使。因恐希萼往讨，特向南唐求请旌节，唐主不许。乃奉表周廷，自称藩臣，周主也不给覆谕，置诸不闻。

希萼本与许可琼密约，分治湖南，及攻入潭州，背约食言，且恐可琼怨望，暗通朗州，遽出为蒙州刺史。一面派马步指挥使徐威、左右军马步使陈敬迁、水军指挥使鲁公绾、牙内侍卫指挥使陆孟俊，率兵出城西北隅，立营置栅，预备朗兵。

徐威等劳役经旬，并未抚问，免不得怨声又起。希萼已知众怒，未尝进谏。一日希萼置酒端阳门，宴集将吏，徐威等不得预宴，希崇亦称疾不至，威等遂共谋作乱。先使人驱踉啮马数十匹，闯入府署。自率徒众持械相随，待马奔入府中，即托言絷马，掩入座上，纵横击人，颠踣满地，希萼骇奔，逾垣欲走，被威等追及，缚置囚车，并执小门使谢彦颙，自顶至踵，锉成齑粉。南风不竞，致罹此祸。遂推希崇为武安留后，大掠两日，方才安民。

希崇欲借刀杀人，特令彭师暠押住希萼，解往衡山县锢禁，随时管束。希萼已去，随接到朗州檄文，数希崇篡逆罪状，希崇方觉心惊。忽又闻朗州留后刘言，派马步军至益阳，将逼潭州，顿时仓皇失措，急发兵二千往御，且遣人赴朗州求和，愿为邻藩。平时很是刁滑，此时奈何若此。刘言见了潭使，颇费踌躇，掌书记李观象进议道："希萼旧将，尚在长沙，必不欲与公为邻，公不若先檄希崇，令他取各首来献，然后可和。希崇若从此议，取湖南如反掌了。"言依议而行，即令潭使返报，果然希崇畏言，杀死希萼旧臣杨仲敏、魏光辅、魏师进、黄勃等十余人，函首送朗州，派前辰阳令李翊为使，翊至朗州纳入首级，统已血肉模糊，不可辨认。言与王逵遂说他以伪冒真，呵斥李翊。翊且愤且惧，撞死阶下。言也为心动，暂许希崇和议，调回益阳等军。希崇闻朗军调回，安然无忌，乐得纵情酒色，终日寻欢。不意彭师暠押送希萼，到了衡山，竟与衡山指挥使廖偃，共立希萼为衡山王，改县为府，断江立栅，编竹成战舰，居然与希崇为敌。这都是希崇弄巧成拙，反害自身！原来师暠受希崇差遣，明知是借刀杀人，及与廖偃相见，慨然与语道："要我弑君，我却不愿，宁可以德报怨，不甘枉受恶名！"廖偃也以为然，即与师暠拥希萼，招募徒众，旬日间得万余人，且遣判官刘虚己向唐乞援。师暠以德报怨，已属矫枉过正，更且引敌亡楚，尤觉失策。

希崇得悉此变，也遣使奉表唐廷，请兵拒朗。唐主璟立命袁州戍将边镐，西趋长沙。楚将徐威等又欲杀希崇。被希崇先期察觉，左思右想，无可为计，只好赶紧迎镐，尚可自全。忽闻镐军已至醴陵，适如所望，急发犒款犒军。去使回报希崇，传述镐言，谓此来拟平楚乱，并非代灭朗兵，如欲自保，速即迎降。希崇听了，半晌无言，嗣且泪下。没奈何迫令前学士拓跋恒奉笺犒军，情愿降唐。恒怅然道："我久不死，徒为小儿等赍送降表，岂不可叹！"乃诣镐军请降。究竟贪生。

镐率兵抵潭州，希崇率弟侄出城，望尘迎拜。镐下马宣慰，与希崇等同入城中，寓居浏阳门楼，湖南将吏相率趋贺，镐即发湖南仓库，取出金帛粟米，金帛给将吏，粟米赈饥民，阖城大悦。慷他人之慨，何乐不为。唐武昌节度使刘仁赡乘势取岳州，安抚吏民，舆情翕然。

捷报驰入金陵，唐百官额手称庆，独起居郎高远道："乘乱取楚，原是容易，但观统兵各将，均非良才，恐易取却难守哩。"为后文伏线。唐主璟独喜出望外，授边镐为武安节度使，征马氏全族入朝。希崇不欲东行，聚族相泣，并愿重赂边镐，令他代为奏请，仍准留居长沙。镐微笑道："我朝与公家世为仇敌，屈指将六十年，但未尝大举入境，欲灭公家。今公兄弟阋墙，穷蹙乞降，这是天意欲归我朝。公若再图反复，恐人肯恕公，天也未肯恕公了！"可作世人棒喝。希崇无词可答，只得挈领宗族，及将佐千余人，号哭登舟，共赴金陵。谁叫你陷害骨肉？

马希萼据住衡山，还想经略岭南，特命龙峒戍将彭彦晖移屯桂州。桂州节度副使马希隐，系是马殷少子，不愿彦晖前来，急檄蒙州刺史许可琼，同拒彦晖。可琼引兵趋桂州，与希隐合兵，杀退彦晖。彦晖奔回衡山，希萼大惊。适唐将李承戬奉边镐命，引兵数千至衡山，促希萼入朝金陵,逼得希萼忧上加忧。就是廖偃、彭师暠,也想不出救急方法,索性投顺南唐,乃是无策中的一策,乃与希萼沿江东下,往朝南唐。

先是湖南有童谣云:"鞭打马,马急走!"至是果验。马希隐闻二兄降唐,还想据守岭南,负嵎自固,偏南汉主刘晟遣内侍吴怀恩入境,先乘虚袭入蒙州,继乘胜进逼桂州。希隐与许可琼保守不住,乘夜斩关,带领遗众,向全州遁去。吴怀恩得了蒙、桂,复略定连、梧、严、富、昭、流、象、龚等州,于是南岭以北属南唐,南岭以南属南汉。只有朗州一隅,尚为刘言所据,但亦不复属马氏。自马殷据有湖南,至希崇降唐,共得六主,合成五十六年。

希萼兄弟先后至金陵。唐主璟嘉他恭顺,命希萼为江南西道观察使,驻守洪州,仍封楚王。希崇为永泰军节度使,驻守扬州。其余湖南将吏,以次拜官,且因廖偃、彭师暠二人忠事故主,特授偃为左殿直军使兼莱州刺史,师暠为殿直都虞侯。湖南刺史俱望风朝唐。最可惜的是前岳州刺史王赟,至此已改调永州,独伤心故国,不忍降唐。经唐廷一再征召,勉强入觐。唐主璟责他后至,赐鸩而死。人生至此,天道难论,这叫作有幸有不幸呢! 褒贬咸宜。

南唐既并有湖南,复议北略。参军韩熙载入任户部侍郎,独上书谏阻道:"郭氏奸雄,不亚曹、马,得国虽浅,守境已固。我若妄动兵戈,恐不独无成,反且有害呢!"唐主璟乃罢兵不发。偏是兖州节度使慕容彦超叛周起兵,向唐求援,遂令唐主璟触动雄心,出兵五千人,令指挥使燕敬权为将,往援彦超。从南唐出援,接入彦超叛周事,绾合无痕。彦超自汴京逃归,心常疑惧,昼夜不安,特遣人贡献方物,自表歉忱,探试周主意向。周主加授彦超为中书令,并遣翰林学士鱼崇谅至兖州传旨抚慰。略云:

向以前朝失德,少主用谗。仓促之间,召卿赴阙,卿即奔驰应命,信宿至京,救国难而不顾身,闻君召而不俟驾。以至天亡汉祚,兵散梁郊,降将败军,相继而至,卿即便回马首,径返龟阴。为主为时,有终有始,所谓危乱见忠臣之节,疾风知劲草之心。若使为臣者皆复如是,则有国者谁不欲大用斯人!朕潜龙河朔之际,平难浚郊之时,缘不奉示谕之言,亦不得差人至行阙。且事主之道,何必如斯?若或二三于汉朝,又安肯效忠于周室,以此为惧,不亦过乎?卿但悉力推心,安民体国,事朕之节,如事故君,不惟黎庶获安,抑亦社稷是赖!但坚表率,未易替移,由衷之诚,言尽于此,卿其勿疑!

彦超得了此谕,心终未释;且闻刘赟暴死,益不自安。募壮士,蓄刍粮,购战马,潜使人通书北汉,为关吏所获,奏报周廷。周主郭威命中书舍人郑好谦,申谕彦超,与订誓约。彦超始终未信,特令都押牙郑麟诣阙,伪输情款,实觇机事。又捏造天平节度使高行周书,说是约他造反,因此出首。周主郭威披书审阅,语多指斥朝廷,不禁微笑道:"鬼蜮伎俩,怎能欺人!"遂将书颁示行周,行周果然奏辩,兼且谢恩。周主即遣阁门使张凝,领兵赴郓州,为行周助守。彦超计不得逞,复表请入朝,竟由周主允准。未几又得彦超复奏,伪称境内多盗,不便离镇。周主付诸一笑,但待他发难,兴师问罪便了。 并非姑息养奸,实是请君入瓮。

好容易过了一载,已是广顺二年。彦超召乡兵入城,引泗水注入城濠,预备战守。且令部吏伪扮商人,混入南唐,求请援师。一面募集群盗,剽掠邻境。寻得朝廷诏敕,命沂、密二州不复属泰宁军。彦超怎肯失去二州,决计抗命。判官崔周度谏阻道:"东鲁素习《诗》《书》,自伯禽(周公子)以来,不能霸诸侯,但用礼仪守国,自可长世。况公对朝廷,并无私憾,何必自疑?主上又再三谕慰,公能撤备归诚,定可长享富贵,安如泰山。公岂不闻杜重威、李守贞故事,奈何自取灭亡呢?"彦超不从,竟尔叛周。周主命传卫步军都指挥使曹英为兖州行营都部署,齐州防御使史彦韬为副,皇城使向训为都监,陈州防御使药元福为都虞侯,东讨彦超。

彦超闻周廷出师,忙遣人南行,约唐夹攻。唐将燕敬权已到下邳,恐众寡不敌,退屯沭阳。不料徐州巡检使张令彬潜师袭击,捣破唐营,竟将燕敬权活捉了去,献入周廷。周主郭威欲借此笼络南唐,命将敬权释缚,赐他衣服金帛,放归本土。敬权感泣谢罪,周主面谕道:"奖顺除逆,各国从同,难道江南独异致吗?我国贼臣,据城肆逆,殃及万民,尔国乃出助凶逆，诚为不解。尔可归语尔主，勿再失算!"敬权应命辞行，返报唐主。唐主也觉感激，不敢再援彦超。

彦超失一大援，不得已登城守御。曹英等到了城下，猛攻不克，乃筑垒围城。可巧王峻自晋州还师，也由周主拨至兖州。彦超见周军迭至，很是心慌，屡率壮士出城突围，统为药元福所败，只好闭城固守。周军四面围住，困得兖州水泄不通。自春至夏，守兵疲惫不堪，彦超因库资告罄，令大括民财，犒赐守兵。前陕州司马阎弘鲁，倾资出献，彦超尚说有私藏，命崔周度至弘鲁家，实行搜括。到处搜遍，毫无所得，乃返报彦超。彦超斥周度包庇弘鲁，俱令下狱。适弘鲁家有乳母，从泥土中拾得金缠臂，献与彦超，欲赎弘鲁。彦超益恨弘鲁藏金，遣军校榜掠弘鲁夫妇，硬要他献出私藏，可怜弘鲁夫妇，无从取献，宛转哀号，同毙杖下。死在眼前，还要这般毒虐。周度连坐处斩。看官听着! 这周度坐罪，尚不是全为弘鲁，大半由前日忠谏，触怒彦超，所以遭此奇祸呢。

周主郭威因兖州久攻未下，下诏亲征。命李谷、范质同平章事，留李谷权守东京，兼判开封府事，进郑仁诲为枢密使，权充大内都点检，郭崇充在京都巡检。布置已定，乃自京城出发，直抵兖州。先令人招谕彦超，守卒出言不逊，始督诸军进攻。诸军因御驾亲临，当然冒险进取，伐鼓渊渊，振旅阗阗，有分教一座坚城，从此崩陷，凶狡贪横的慕容彦超，要全家诛戮了。小子有诗叹道:

休笑人家尽懦夫，
蛮横到底伏天诛!
试看身首分离日，
谁惜昂藏七尺躯!

欲知攻克兖州情形，下回再行续叙。

古人有言，家必自毁而后人毁之，国必自伐而后人伐之。观马氏兄弟之阋墙构衅，遂致全国让人，举族入唐，边镐兵不血刃，即得三楚，非马氏之自致覆亡，曷由致此! 阅边镐言，凡天下之兄弟不和者，亦曷不亟自猛醒也! 慕容彦超有勇无谋，亡汉不足，反欲叛周。周主郭威再三慰谕，始终不从，甚至杀崔周度，毙阎弘鲁，如此凶戾，不死何为? 乃知马希崇之覆国，与慕容彦超之亡家，无在非自取也。

第五十回

逐边镐攻入潭州府
拘刘言计夺武平军

却说慕容彦超,困守兖州,已是势穷力竭,并且素性贪吝,所括民财,半犒兵士,半充囊橐,因此士无斗志,相继出降。周主郭威又亲至城下,督军猛攻,眼见得保守不住,彦超无法可施,竟至镇星祠中,禳灾祈福。这镇星祠乃是何神?原来彦超将反,有术士占验天文,谓镇星行至角亢,角亢为兖州分野,当邀神祐。彦超信为真言,特设一祠,令民家遍立黄幡,每日一祭。此时穷蹙无计,不得不仰求星君。蓦闻城被摧陷,急忙出祠督战,那周军似潮冲入,怎能招架得住?巷战良久,手下兵皆溃散。再奔至镇星祠旁,放起一把无名火,将祠毁去,然后驰入府署,挈妻投井,顷刻溺毙。子继勋率残众五百人,出奔被擒,立即磔死。彦超枭尸,所有家族,悉数诛夷。应该如此。兖州平定,周主留端明殿学士颜衎,权知兖州军府事,降泰宁军为防御州,并欲尽诛彦超将佐。翰林学士窦仪,心下不忍,特商诸宰臣冯道、范质,请他释免。

两宰臣面奏周主,说是胁从罔治,周主乃赦罪不问。启跸赴曲阜县,谒孔子祠,行释奠礼。登殿将拜,左右劝阻道:"孔子乃是陪臣,不当受天子拜!"周主道:"孔子为百世帝王师,难道可不敬礼吗?"遂虔诚拜讫,命将祭器留藏祠中。又至孔林拜孔子墓,访得孔子四十三世孙孔仁玉,命为曲阜令;颜渊后裔颜涉,命为主簿。即令视事。仍饬兖州修葺孔祠,永禁墓旁樵采,然后还都,饮至犒赏,当然有一番手续。

过了数日,德妃董氏病殁宫中。天子悼亡,免不得辍乐举哀,饰终尽礼。董氏镇州人,本嫁同里刘进超。进超仕晋,充内廷职使。辽兵犯阙,进超殉难,董氏釐居洛阳。汉高祖自太原入京师,郭威从军过洛,闻董氏德艺兼长,纳为妾媵。后来出镇邺中,只命董氏随行,所以家属被屠,董氏幸得脱祸。及威已称帝,中宫虚位,但册董氏为德妃,摄掌宫事。至此竟遭病殁,享年三十九岁。总觉命薄(叙出董氏,补前文所未逮)。

郭威既悲妃殁,复触旧痛,好几日不愿视朝。接连是天平节度使高行周,病终任所,又辍朝数日,犹幸内外无事,朝政清闲。惟冀州边境,为辽兵所掠,由都监杜延熙,一鼓驱退,倒也损失有限,不足置忧。既而武平军留后刘言,遣牙将张崇嗣入奏,报称收复湖南,愿如马氏故事,乞请册封。周主留馆来使,又有一番廷议,处置湖南事宜。

自唐将边镐入据长沙,潭民市不易肆,称镐为边菩萨,一体悦服。后来镐佞佛设斋,筑寺置观,所入赋税,除贡献金陵外,尽充佛事,浮费无节,凡地方一切政治,置诸不理,于是潭人失望。菩萨本来高搁,望他奚为?南汉内侍省丞潘崇彻及将军谢贯,乘机攻郴州。镐出兵与争,大败奔还;郴州被陷。镐坐失军威。

唐指挥使孙朗、曹进,从镐平楚,部下所得廪给反不及湖南降卒,军士已有怨言。唐复遣郎中杨继勋等,征取湖南租税,务从苛刻,行营粮料使王绍颜,希承继勋意旨,克减军粮,益激众怒。孙朗、曹进投袂奋起,率部众入攻绍颜,绍颜走匿困下,屏息无声。大众四觅无着,转趋府署,向镐要求,请斩绍颜以谢将士。镐含糊应允,待孙朗等退归营中,并不将绍颜取出,枭首示众。所以孙、曹两人并谋杀镐,夜率部众焚府门,适值天雨,屡燃屡灭。镐本有戒心,至是闻府门被火,出兵格斗,且令传吹鼓角,作将旦状。孙朗等堕入镐谋,恐天晓军集,转难脱身,不如斩关出去,往投朗州,一声吆喝,麾退党徒,纷纷投关出城,黡夜向朗州奔去。

走了两三日,方抵朗州城外,求见刘言。言召他入署,问明原委,很是喜欢。王逵在旁问朗道:"我欲再取湖南,恐唐兵来援,多一阻碍,奈何?"朗答道:"朗臣唐数年,备知底细,现在朝无贤臣,军无良将,忠佞无别,赏罚不当,得能保守淮南,已是幸事,还有何暇兼顾湖南?朗愿为公前驱,取湖南如拾芥呢!"朗为唐臣,嗾人往取湖南,亦非好人。逵心亦喜,厚待孙朗及曹进,整兵治舰,预谋大举。

唐主璟方用冯延巳、孙晟同平章事。两相意见未合,晟尝语左右道:"金杯玉碗,乃竟盛狗矢吗?"延巳闻言,恨晟益深。唐主尝遣将军李建期出屯益阳,使图朗州,又命知全州事张峦,兼桂州招讨使,使图桂州。两军出驻多日,未闻报功,唐主召语冯延巳、孙晟道:"楚人归我,意在息肩。我未能抚息疮痍,反欲劳民费财,恐失楚意。现欲将桂林、益阳两处戍军,悉数调回,特授刘言旌节,俾得息兵,卿等以为何如?"孙晟道:"陛下诚念及此,不但安楚,并足安唐。"延巳勃然道:"臣意以为非是,前出偏将下湖南,远近震惊,一旦三分失二,适令他人藐视。请委任边将窥察形势,可进即进,可退乃退。"唐主因遣统军使侯训,率兵五千,往与张峦合兵,共攻桂州。训与峦联军南下,将到桂州城下,被南汉兵内外夹击,杀得大败亏输。训竟战死,峦收残卒数百人,奔回全州。

败报到了唐廷,唐主决拟召回李建期,授刘言为节度使。偏冯延巳又出来反对,谓宜召言入朝,察他举止,果肯效顺,再授旌节未迟。唐主乃遣使至朗州,召言入朝。言与王逵密商行止,逵答道:"武陵负江面湖,带甲百万,怎甘拱手让人!况边镐抚字无方,士民不附,可一战成擒,怕他什么?"言尚在沉吟,逵又道:"行军贵速,一或迟延,反令镐得为备,不易进攻了。"乃遣归唐使,佯约入朝。一面召集何敬真、张仿、蒲公益、朱全琇、宇文琼、彭万和、潘叔嗣张文表等牙将,皆授指挥使,令周行逢为行军司马。部署队伍,即日发兵。行逢善谋,文表善战,叔嗣善冲锋,三人情好颇深,和衷共进。王逵为统军元帅,分道趋长沙,令孙朗、曹进为先锋,直抵沅江,擒住唐都监刘承遇,收降唐军校李师德,乘胜进逼益阳,用着大刀阔斧,砍入唐守将李建期寨内。建期慌忙抵敌,被孙朗、曹进二将,绕住厮杀。张文表、潘叔嗣持槊助战,任你建期如何力大,也被他七手八脚,活捉了去。所有戍兵二千人,尽行授首,一个不留。嗣是朗兵水陆并进,势如破竹,破桥口,入湘阴,直薄潭州。这位大慈大悲的边菩萨,变做无人无势的边和尚,自知不能敌朗兵,慌忙遣使乞援。怎奈远水难救近火,唐兵不能速到,朗兵已是登城。边镐弃城夜走,吏民俱溃,人多马杂,把醴陵桥门踏断,溺死压死,共约一万余人。得之甚易,失亦甚易。

王逵入城视事,自称武平军节度副使,权知军府事,遣何敬真等追镐。镐已狂蹿回去,追赶不及,但杀死溃卒五百名。逵又令蒲公益攻岳州,唐岳州刺史宋德权及监军任镐,不战即溃。湖南各州县唐吏,闻风震慄,相继遁去。从前马氏岭北故土,一股脑儿归入刘言,只郴、连二州,为南汉有。王逵复欲攻取郴州,自督诸军及峒蛮,共约五万人,将郴州围住。南汉将潘崇彻,黡夜趋救,出其不意,掩击朗兵,朗兵大败。

王逵走还,乃发使至朗州,请刘言入主长沙。言不愿舍朗,因上表周廷,报捷称臣。且称潭州残破,乞移使府治朗州。周主与群臣会议,大众都主张招抚,乃于广顺二年正月,表刘言为武平节度使,兼朗州大都督,升朗州为湖南首府,位出潭州上。王逵为武安节度使,周行逢为武安行军司马,何敬真为静江节度使,朱全琇为静江节度副使,张仿为武平节度副使。这诏旨颁到朗州,刘言以下,统皆拜受。

惟唐主璟因败惩罪,削边镐官爵,流戍饶州,斩宋德权、任镐,罢冯延巳、孙晟为左右仆射,自悔前失,乃议休兵息民。左右劝璟道:"陛下能数十年不用兵,国可小康。"璟愤然道:

"璟将终身不用兵！何止数十年哩！"岂千年不死耶？不到数月，复召冯延巳为相，廷臣统呼为怪事。这且待后再表。

且说王逵入潭州后，与何敬真、朱全琇等，各置牙兵，分厅视事，吏民几不知所从。有时宴集诸将，也不辨尊卑，不分主客，彼此喧哄，毫无规律。逵引以为忧。惟周行逢、张文表二人，事逵尽礼。每有政议，逵倚二人为左右手。敬真、全琇未免疑逵，且已受周廷命令，往镇静江军，当即辞去。逵得拔去眼中钉，恰也心慰。惟自恃有功，不肯为刘言下，平居与言通书，词多倨傲。言不肯容忍，积成嫌隙，隐欲图逵。

逵颇有所闻，时常戒惧。行逢亦语逵道："刘言与我辈不协，敬真、全琇又与公有隙，若不先下手，将来两路发难，公将如何处置！"逵答道："君言甚是，逵早已加忧，苦无良策！"行逢与逵附耳数语，逵大喜道："与公除凶党，同治潭、朗，尚复何忧？"遂遣行逢至朗州，进谒刘言。言问他来意，行逢道："南汉已兴兵入寇，全、道、永三州，统已吃紧，行逢特来报闻！"言说道："王节度何不出御？"行逢道："南汉势大，非潭州兵力，所能抵御，须合武平、静江两路军马，方足却寇。"言踌躇半晌，方答语道："我处兵马不多，且是军阃要地，不便远离，看来只好檄调静江军，与潭军会同御敌罢！"正要你出此策。行逢道："如此甚妙，请大都督照行！"言遂檄令何敬真为南面行营招讨使，朱全琇为先锋使，促赴潭州会师，共御南汉。

行逢辞言先归，复进逵密计，逵待敬真、全琇到来，出郊迎劳，相见甚欢。两人问及敌情，逵答道："我已拨兵往堵，想寇势不即蔓延，公等远来，且入城休息，缓日往剿便了！"遂邀敬真、全琇入城，摆酒接风，并召入美妓侑酒，惹得两人眼花缭乱，情志昏迷。饮罢散席，仍嘱各妓留侍客馆，夜以继日。俗语说得好，酒不醉人人自醉，色不迷人人自迷。敬真、全琇一住数日，几与各妓结不解缘，朝朝暮暮，怜我怜卿，还记得什么军事。逵又日供佳酿，兼给佳肴，使他酒食流连，沉湎不醒。一面又着人至朗州，再请济师。

刘言又拨指挥使李仲迁，率部兵三千，到了潭州。逵使与敬真相见，敬真令他先发，趋往岭北，待着后军。仲迁率兵逾岭，在岭北扎营数日，并不见敬真到来，亦未闻有什么南汉兵。正在惊疑得很，那都头符会，因士卒思归，竟劫仲迁还朗州。都在行逢计中。

敬真尚留居馆中，镇日昏醉，忽来了朗州使人，传刘言命，责敬真玩寇荒宴，把他缚住，送入潭州狱中。敬真醉眼蒙眬，怎知真伪？其实朗州使人，是由潭卒假扮，就是南汉入寇，也由行逢捏造出来。朱全琇闻变急遁，由逵派兵追捕，也即拿还。当下从狱中牵出敬真，与全琇同斩市曹。并遣人报知刘言，诬称敬真全琇，私通南汉，托故逗留，不得不军法从事。李仲迁等私自逃归，亦请加罪。言召诘仲迁，仲迁归罪符会，言竟将符会枭首，覆报王逵。

行逢复语王逵道："武平节度副使李仿，系敬真亲戚，仿若不除，将为敬真复仇。公宜加意预防！"逵即转达刘言，请遣副使李仿，会同御寇。言本是个笨伯，一次中计，尚不觉悟；复遣仿至潭州。逵又殷勤迎入，设宴待仿，帐后暗置伏兵。待至酒意半阑，掷杯为号，立见伏兵杀出，将仿剁成肉泥。于是留行逢守潭州，由逵自率轻骑，往袭朗州。

朗州毫不防备，被逵掩入，直趋府署。指挥使郑玟，出来拦阻，未曾开口，项下已着了一刀，倒地而死。刘言闻变，尚不知为何因，冒冒失失地走将出来，兜头碰着王逵，逵麾动徒众，将言拥至别馆，拘禁起来。朗州兵士仓皇欲遁，逵下令城中，谓言通款南唐，故特问罪。此外概不株连。兵士未沐言恩，哪个肯来助言，况朗州本由逵夺取，言不过坐享成功，各军又多逵故部，乐得依从逵命，得过且过。

逵安然据朗，奉表至周，也说刘言欲举周降唐。惟又添出许多诳语，谓言欲攻潭州，部众不从，将他幽禁，臣至朗州抚安军府，幸得平定，仍移军府至潭州，特此奏闻。周主郭威虽然明睿，究竟相隔太远，无从辨别虚实。且湖南是羁縻地，更不必详细诘究，但教称臣纳贡，不妨俯从，因即派通事舍人翟光邺，宣抚王逵，悉如所请，且授逵为武平军节度使，兼中书令。逵厚赆光邺，送他还周，自取朗州图籍，还居潭州。别遣潘叔嗣往杀刘言。言镇朗州凡三年，朗人尝号言为刘咬牙。先是有童谣云："马去不用鞭，咬牙过今年。""鞭""边"音通，边镐徙马氏，刘言逐边镐，王逵又杀刘言，是童谣亦已应验了。暂作一束。

且说镇宁节度使郭荣，莅镇以后，由周主选择朝臣，令为僚佐。用王敏、崔颂为判官，王朴为掌书记，皆一时名士，辅导有方。荣妻刘氏，曾封彭城县君，前时留居大梁，为刘铢所屠。至周主即位，追封刘氏为彭城郡夫人，复因荣断弦待续，另为择配。荣闻符彦卿女，智足保身，嫠居母家，未曾他适，特请诸义父，愿纳为继室。周主本认符氏为义女，乐得为养子玉成，遂致书彦卿，求为义媳。彦卿自然遵命，当将嫠女送至澶州，与荣结为夫妇。怨女旷夫，各得其所，自不消说(回应四十三回)。

荣在镇二年，屡请入朝，王峻时已入相，忌荣英明，辄从旁沮止。会黄河决口，峻奉命巡视，荣觑隙陈情，再乞入觐。果得周主批准。即日启行，驰诣阙下，父子相见，止孝止慈，即授荣为开封尹，兼功德使，加封晋王。王峻得知消息，遽自河上返大梁，固请辞职，周主不许。峻再乞外调，复经周主慰留，且命兼领平卢节度使。峻尚连章求解相职，并辞枢密，好几日不出视事。周主令近臣征召，仍然托疾不朝。嗣后因枢密直学士陈同与峻相善，特遣他传示谕旨，谓峻再不出，当亲临视疾。峻乃不得已入谒。周主虽温颜劝勉，心下已存芥蒂。峻尚不知返省，屡有请求，遂令患难君臣，凶终隙末，免不得变起脸来。小子有诗讥王峻道：

　　难得功臣保始终，
　　鸟飞已尽好藏弓；
　　如何恃宠成骄态，
　　坐使勋名一旦空！

欲知王峻如何得罪，容俟下回续详。

　　有边镐之俘马氏，即有刘言之逐边镐；有刘言之逐边镐，即有王逵之杀刘言。所谓螳螂捕蝉，黄雀已随其后，特当局未之觉耳。且刘言为逵所推，而逵杀之，何敬真、朱全琇等，佐逵成功，而逵并杀之；争权攘利，不杀不止，彼后世之拥兵求逞，酿成战祸者，何一不可作如是观也！本回叙王逵之攻潭州，写得非常踊跃，及其图朗州也，又写得非常诡秘，此由笔性之妙，足夺人目，不得以寻常小说目之。

第五十一回

滋德殿病终留遗嘱
高平县敌忾奏奇勋

却说周枢密使同平章事王峻，恃宠生娇，屡有要挟，周主虽然优容，免不得心存芥蒂。峻又在枢密院中，增筑厅舍，务极华丽，特邀周主临幸。周主颇尚俭约，因不便诘责，只好敷衍数语，便即回宫。会周主就内苑中，筑一小殿，峻独入奏道："宫室已多，何用增筑？"周主道："枢密院屋宇，也觉不少，卿何为添筑厅舍呢？"峻惭不能对，方才趋退。

一日适当寒食，周主未曾视朝，百官亦请例假。辰牌甫过，周主因起床较迟，尚未早膳，偏峻趋入内殿，称有秘事面陈。周主还道他有特别大事，立即召见。峻行礼已毕，便面请道："臣看李穀、范质两相，实未称职，不若改用他人。"周主道："何人可代两相？"峻答道："端明殿学士尚书颜衍、秘书监陈观，材可大用，陛下何不重任！"周主怏怏道："进退宰相，不宜仓促，俟朕徐察可否，再行定议。"峻絮聒不休，硬要周主承认。周主时已枵腹，恨不将他斥退，勉强忍住了气，含糊说道："俟寒食假后，当为卿改任二人便了。"亏他能耐。峻乃辞出。

周主入内用膳，越想越恨。好容易过了一宵，诘旦即召见百官。峻昂然直入，被周主叱令左右，将峻拿下，拘住别室。且顾语冯道诸人道："王峻是朕患难弟兄，朕每事曲容。偏他凌朕太甚，至欲尽逐大臣，翦朕羽翼。朕只一子，辄为所忌，百计阻挠，似此目无君上，何人能忍？朕亦顾不得许多了！"冯道等略为劝解，请贷死贬官，乃释峻出室，降为商州司马，勒令即日就道。峻形神沮丧，狼狈出都，行至商州，忧患成疾，未几遂死。颜衍、陈观坐王峻党，同时贬官。

邺都留守王殷与王峻同佐周主，俱立大功。峻既得罪，殷亦不安。何不求去。先是殷出镇邺都，仍领亲军，兼同平章事职衔，自河以北，皆受殷节制。殷专务聚敛，为民所怨。周主尝遣使诫殷道："朕起自邺都，帑廪储蓄，足支数年，但教汝按额课民，上供朝廷，已足国用，慎勿额外诛求，取怨人民！"殷不以为然，苛敛如故。且所属河北戍兵，任意更调，毫不奏闻，周主很是介意。广顺三年九月，为周主诞日，号永寿节，殷表请入朝庆寿，周主疑殷有异志，不准入朝。到了冬季，预备郊祀礼仪，不意殷竟擅自入都，麾下带着许多骑士，出入拥卫，烜赫异常。适值周主有疾，得此消息，很是惊疑。又因殷屡求面觐，并请拨给卫兵，藉防不测。周主越有戒心，遂力疾御滋德殿，召殷入见。殷甫上殿阶，即命侍卫出殿，将殷拿下，责他擅离职守，罪在不赦。一篇诏敕，把殷生平官爵，尽行削夺，长流登州。至殷既东去，复着将吏赍诏，追至半途，说他有意谋叛，拟俟郊祀日作乱，可就地正法等语。殷无从辩诬，只好伸颈就戮，一道冤魂，投入冥府，与前时病死的王峻，再做阴间朋友去了。功臣之不得其死，半由主忌，半由自取。

周主既杀死二王，方免后忧，当命皇子晋王荣判内外兵马事。改邺都为天雄军，调天平节度使符彦卿往镇，加封卫王。徙镇州节度使何福进镇天平军，加同平章事。镇州一缺，命侍卫步军都指挥使曹英出任，澶州一缺，命侍卫马军都指挥使郭崇出任。此外亦各有迁调，不可殚述。惟周主病体，始终未痊。残冬已届，周主勉强支持，亲飨太庙，自斋宫乘辇至庙廷，才行下辇。由近臣扶掖升阶，甫及一室，已是痰喘交作，不能行礼。只得命晋王荣恭代，自己仍退居斋宫。夜间痰喘愈甚，险些儿谢世归天，幸经良医调治，始得重生。越日就是广顺四年元旦，周主又复强起，亲至南郊，大祀圜丘。自觉身体疲乏，未能叩拜，只好仰瞻申敬，草草成礼，礼毕还宫，御明德楼，受百官朝贺，宣制大赦，改广顺四年为显德元年。内外文武百官，加恩优赉，命妇并与进封，毋庸细叙。周主经此一番劳动，疾愈加剧，停止诸司进奏，遇有大事，由晋王荣入禀进止，然后宣行。

晋王荣总握内外兵柄，每日在府中办事，人心少安。忽由澶州牙校曹翰，入都见荣，拜谒已毕，即与荣密言道："大王为国储嗣，当思孝养。今主上寝疾，大王不入侍医药，镇日在外办事，如何慰天下仰望呢！"言外寓意。荣不禁大悟，便留翰居府，代决政务，自己入侍禁中，朝夕侍奉。

周主谕荣道："朕若不起，汝速治山陵，毋令灵柩久留殿内。陵所务从俭素，不得劳役百姓，不得多用工匠，勿置下宫，不要守陵宫人，并不必用石人石兽，但用纸衣为殓，瓦棺为椁，入窆后，可募近陵人民三十户，蠲免征徭，令他守视。陵前只立一石，镌刻数语，可云周天子平生好俭，遗令用纸衣瓦棺。嗣主不敢有违，如此说法，便足了事。汝若违我遗言，我死有知，必不福汝！"防患未然，可云明哲。荣含糊应命，周主见他怀疑，又申诫道："从前我西征时，见唐朝十八帝陵，统遭发掘，这都由多藏金玉，致启盗心。汝平时读史，应知汉文帝素好俭素，葬在霸陵原，至今完好如旧。每年寒食，可差人祭扫，如没人差去，遥祭亦可。并饬在河府、魏府间，各葬一副剑甲，澶州葬通天冠绛纱袍，东京葬平天冠衮龙袍，千万千万，勿忘遗言！"荣乃唯唯受教。

周主又命荣传敕，著宰臣冯道，加封太师，范质加尚书左仆射，兼修国史，李穀加右仆射，兼集贤殿大学士，升端明殿学士尚书王溥同平章事，宣徽北院使郑仁诲为枢密使，枢密承旨魏仁浦为枢密副使，司徒窦贞固进封沂国公，司空苏禹珪进封莒国公，授龙捷左厢指挥使樊爱能为侍卫马军都指挥使，虎捷左厢指挥使何徽为侍卫步军都指挥使，且加殿前都指挥使李重进为武信军节度使，检校太保，仍典禁军。

重进母系周主胞姊，曾封福庆长公主，周主以重进谊属舅甥，所以用为亲将。及周主大渐，特召重进入内，嘱受顾命。且令向荣下拜，示定君臣名分，重进一一遵旨，周主又叹息道："朕观当世文才，无过范质、王溥，今两人并相，我死无遗恨了！"哪知他后来降宋？是夕周主病逝滋德殿，寿五十一岁。

晋王荣秘不发丧，越三日已经大殓，迁灵柩至万岁殿，乃召集文武百官，颁宣遗制，令晋王荣即皇帝位，百官奉敕，遂奉荣即位柩前。是岁自正月朔日起，天色屡昏，日月多晕，及嗣主即位，忽然晴朗，天日为开，中外相率称奇。嗣主荣居丧数日，由宰臣冯道等，表请听政，三疏乃允，见群臣于万岁殿东庑下，始亲莅事。命太常卿田敏为先帝拟谥，敏上尊谥为"圣神恭肃文武孝皇帝"，庙号"太祖"。

忽由潞州节度使李筠，报称北汉主刘崇与辽将杨衮，率兵数万，自团柏谷入寇潞州。周主荣甫经践阼，即闻此事，恰也有些心惊。幸亏他天姿英武，不以为忧，即召群臣会议，志在亲征。冯道等以为未可，且言"刘崇自晋州奔还，势弱气夺，未必即能再振。现恐由潞州遥传，李筠未战先怯，遽行奏闻，贻忧宵旰。陛下初承大统，人心未定，先帝山陵，方才启工，不应轻率出征。如果刘崇入寇，但教命将出御，便足制敌"云云。周主荣摇首道："刘崇幸我大丧，闻我新立，自谓良好机会，可以入伺中原。目下潞州告急，必非虚语，我若亲自出征，庶几先声夺人，免致轻觑！"冯道等一再固诤，周主荣又道："从前唐太宗创业，屡次亲征，朕岂怕河东刘崇吗？"道独答道："陛下未可便学太宗。"周主荣愤然道："刘崇众至数万，统是乌合，如遇王师，可比泰山压卵，必胜无疑。"道又道："陛下试平心自问，果能做得泰山否？"冯道历事四朝，未闻献议，此次硬加谏阻，无非怯敌所致。周主荣拂袖起座，返身入内。

越宿颁出诏敕，分发各道，令他招募勇士，送入阙下。各道节度使得旨，陆续送致壮丁，由周主编入禁卫军，逐日操练，准备扈驾。俄又接得潞州急报。但见纸上写着：

昭义军节度使臣李筠，万急上言，河东叛寇刘崇，幸祸伐丧，结连契丹入寇。臣出守太平驿，遣步将穆令均前往迎击，被贼将张元徽用埋伏计，诱杀令均，士卒丧亡逾千。寇焰愈张，兵逼驿舍，臣不得已回城固守，效死勿去，谨待援师。臣措置乖方，自取丧师之罪，乞付有司议谴！谨昧死上闻，翘切待命！李筠败绩，从奏报中叙明，亦一变体。

周主荣得了此报，也不欲与冯道等续商。但召王溥、王朴两人，入议亲征事宜。溥与朴赞成亲征，奏请先调各道兵马，会集潞州，然后车驾启行。周主乃诏天雄军节度使符彦卿，自磁州进兵赴潞州，击敌后路，以澶州节度使郭崇为副；河中节度使王彦超，自晋州进兵赴潞州，击敌东面，以陕府节度使韩通为副；又命马军都指挥使樊爱能、步军都指挥使何徽、滑州节度使白重赞、郑州防御使史彦超、前耀州团练使符彦能等，引兵先赴泽州，以宣徽使向训为监军。一面令冯道恭奉梓宫，往赴山陵，留枢密使郑仁海居守京师，车驾自三月上旬启行。

到了怀州，闻刘崇已引兵南向，拟兼程速进。控鹤都指挥赵晁密语通事舍人郑好谦道："贼势甚盛，未可轻敌，主上拟倍道进兵，恐非良策。"好谦入阻周主，周主荣发怒道："汝怎得阻挠军情，想是有人主使，从速供出，免得受刑！"好谦慌忙吐实，说是赵晁所言。周主荣系晁入狱，即日下令启行，麾众急进。

不数日已到泽州，驻营东北隅。北汉主刘崇引着辽兵，行过潞州，不欲进攻，竟向泽州进发。至高平南岸，听得周军已到，才据险立营，只派前锋挑战，被周军邀击一阵，便即败退。周主荣恐他遁去，再命诸军昼夜前进，且促河阳节度使刘词，赶紧派兵援应。诸将因刘词未至，不免寒心，但因周主军令甚严，又未敢中途逗挠，不得已驱军前行。翌晨至巴公原，望见敌兵，北汉将张元徽在东列阵，辽将杨衮在西列阵，行伍很是整齐。周主命滑州节度使白重赞与马步都虞侯李重进，率左军居西，樊爱能、何徽率右军居东，向训、史彦超率精骑居中央，殿前都指挥使张永德，率禁兵护住御驾。

两阵对圆，周军与敌兵相较，不过三分有二。刘崇见周军较少，悔召辽兵，顾语诸将道："我观敌垒，与我本部兵相差不多，早知如此，何必借援外人！今日不但破周，且可使外人心服，到也是一举两得。"慢着。诸将上前道贺，独辽将杨衮策马上前，望了多时，退见刘崇道："周军严肃，不可轻敌！"老将有识。刘崇奋髯道："时不可失，愿公勿言！看我与周军决战，今日必报儿仇。"徒夸无益。衮默然退去。忽东北风大起，吹得两军毛发森竖，个个惊慄，少顷转做南风，势亦少杀。北汉副枢密使王延嗣及司天监李义进语刘崇道："风势已小，正可出战。"刘崇便下令进兵。枢密直学士王得中叩马谏阻道："风势逆吹，于我不利，李义素司天文，乃未知风势顺逆，昏昧若此，罪当斩首！"确是可杀。刘崇怒叱道："我意已决，老书生休得妄言！如再多嘴，我先斩汝！"得中吓退一旁，刘崇即麾动东军，令张元徽先进。

元徽率千骑击周右军，正与樊爱能、何徽相遇，两下交锋，不过数合，樊爱能、何徽忽然引退，右军遂溃，步兵千余人，解甲投戈，走降北汉，喧呼万岁。刘崇望见南军阵动，亲督诸军继进。矢如飞蝗，石如雨点，周军不免惊乱。

周主荣自引亲兵，躬冒矢石，向前督战。那时恼动了一位周将，大声呼道："主危如此，我等怎得不致死！"又语张永德道："贼气已骄，力战即可破敌，公麾下多弓弩手，请趁势西出为左翼，末将愿自为右翼，冒险夹击，不患不胜。国家安危，正在此一举了！"永德称善，遂与那将分统二千人，左右出战。那将身先士卒，驰犯敌锋，士卒亦接连跟着，捣入敌阵，无不以一当百。北汉兵不能抵御，纷纷倒退。看官道那将为谁？原来就是将来的宋太祖赵匡胤。提笔醒目。匡胤涿郡人，父名弘殷，曾任岳州防御使。匡胤系出将门，入充宿卫，此时随驾出征，见周主身入危境，不由得激动热忱，勇往直前，把北汉兵杀得大败（匡胤履历，详见《宋史演义》，故此编不过略叙）。

内殿直马仁瑀也呼语徒众道："使乘舆受敌，何用我辈！"遂跃马直出，引弓迭射，连毙数十人，士气益振。殿前右番行首马全义，至周主前面请道："贼已披靡，将为我擒，愿陛下按兵不动，徐观臣等破贼！"说着，即引数百骑进陷敌阵，可巧碰着张元徽，出来拦阻，全义即拨马舞刀，与元徽大战数十合，马仁瑀暗助全义，觑正元徽马首，一箭射去，说一声着，正中马眼。马负痛乱跃，立将元徽掀落地上，全义趁势一刀，把元徽挥作两段。元徽为北汉骁将，骤被杀死，北汉兵大为夺气。天空中的南风越吹越猛，周军顺风冲杀，其势益盛。刘崇料不可支，慌忙自举赤帜，鸣金收军。偏军士已经溃散，一时无从收拾。辽将杨衮望见周军得胜，不敢进援，且恨刘崇妄自尊大，不知进退，乐得袖手旁观，引还全军。北汉大败，周军大胜。

惟樊爱能、何徽领着残众，擅自南归，沿途遇着粮车，反控弦露刃，硬行剽掠。运夫仓促骇走，伤亡甚多。周主荣遣军校追回，竟不奉诏，甚至杀死来使，纵辔奔驰。凑巧遇着河阳节度使刘词率兵来援，爱能忙摇手道："辽兵大至，我军退回，公何必前去寻死！"刘词道："天子安否？"徽答道："我辈亏得速奔，还保生命，主上尚不肯退归，大约已走入泽州了。"词勃然道："主辱臣死，奈何不救？"足愧樊、何。遂引兵北趋，驰至战场。

正值敌众败退，尚有残兵万余人，阻涧屯列。天日将暮，南风尚劲，词带着一支生力军，越涧争锋，呐一声喊，杀入敌阵。北汉兵已经怯馁，还有何心对仗？死的死，逃的逃。词麾众追去，还有涧南休息的周军，遥见词军得胜，也鼓动余勇，跃涧齐进，与词军并力追击。可怜北汉兵没处逃生，或死或降，刘词等直追至高平，方才回军。但见僵尸满野，血流成渠，所弃辎重器械，不可胜计。周军陆续搬入御营，时已昏黄。周主荣尚在野次，随便营宿，各军统夜巡逻，捕得樊、何麾下降敌诸兵，悉数处死。

越日复进军高平。刘崇闻周主将至，急忙被褐戴笠，乘着胡马，由雕窠岭遁归。入夜迷路，强迫村民为导，村民误引至晋州。行百余里，才知错误，杀死村民，返辔北走。所至得食，方拟举箸，传闻周兵追来，忙将碗筷抛去，上马急奔。格外夸能，格外胆小。崇已老惫，昼夜驰骤，几不能支。幸乘马为辽主所赠，特别精良。由崇伏住鞍上，始得奔回晋阳。

周主荣因刘崇已遁，料知追赶不及，且令各军休息高平。选得北汉降卒数千人，号为效顺指挥军，命前武胜右军司马唐景思为将，发往淮上，防御南唐。还有二千余降卒，每人赐绢二匹，并给还衣装，放归本部。各降卒罗拜而去。也是欲擒故纵之法。周主荣转入潞州，由节度使李筠迎入，正欲赏赉功臣，忽报樊爱能、何徽二人前来请罪。周主微笑道："他尚敢来见朕吗？"遂呼左右趋出，将他二人拘住，不必进见，听候发落。正是：

> 到底英君能破敌，
> 管教叛贼送残生。

未知二人性命如何？容俟下回再叙。

周主郭威临终之言，为死后计，未始不善；但徒尚薄葬，犹非知本之论。为人君者，诚能泽被生民，功昭当世，则后人谁不钦而敬之？试问五帝三王之墓，果有何人窃发耶？郭威自觉心虚，因有此嘱。且命在魏府、河府间，各葬剑甲，澶州洛阳，葬冠服，既云示俭，何必多设虚冢？毋乃与曹操之七十二疑墓，隐隐相合耶？晋王嗣位，即有北汉之入寇，挟辽兵势，直抵泽潞，内有冯道，外有樊爱能、何徽，向使君主怯敌，大局立溃。郭威但诛及二功臣，不知卖国求荣者，固大有人在，微嗣君之英武聪明，宗社尚能自保乎！然以柴代郭，血统已亡，辛苦一世，徒为他人作马牛，亦可慨已！

第五十二回 丧猛将英主班师 筑坚城良臣破虏

却说周主荣夜宿行宫，暗思樊爱能、何徽是先帝旧臣，徽尝守御晋州，积有功劳，不如贷他一死。转念二人不诛，如何振肃军纪，辗转踌躇，不能自决。适值张永德入内值宿，便加询问，永德道：“爱能等本无大功，忝为统将，望敌先逃，一死尚未足塞责，况陛下方欲削平四海，不申军法，就使得百万雄师，有何用处？”周主荣正倚枕假寐，听永德言，蓦然起床，掷枕地上，大呼称善。当下出帐升座，召入樊爱能、何徽，两人械系至前，匍匐叩头。周主叱责道：“汝两人系累朝宿将，素经战阵，此次非不能战，实视朕为奇货，意欲卖与刘崇。今复敢来见朕，难道尚想求生吗？”两人无法解免，除叩首请死外，乞赦妻孥。周主道：“朕岂欲加诛尔曹，实因国法难逃，不能曲贷。家属无辜，朕自当赦宥，何必乞求！”两人拜谢毕。即由帐前军士将两人如法绑出，斩首示众，并诛两人部将数十名，悬首至旦，便令棺殓，特给槽车归葬。恩威并用，令人心服。自是骄将惰卒，始知戒惧，不敢仍前疲玩了。

次日按功行赏，命李重进兼忠武军节度使，向训兼义成军节度使，张永德兼武信军节度使，史彦超为镇国军节度使，余亦升转有差。永德保荐赵匡胤，说他智勇双全，特授殿前都虞侯，领严州刺史。一面遣人至怀州，释赵晁囚，许令建功赎罪。晁忙至潞州谢恩，随驾如故。

周主荣更命天雄军节度使卫王符彦卿，为河东行营都部署，知太原行府事，澶州节度使郭崇为副，向训为都监，李重进为马步都虞侯，史彦超为先锋都指挥使，领步骑二万，进讨河东。又敕河东节度使王彦超、陕府节度使韩通，引兵入阴地关，与彦卿合军西进。用刘词为随驾都部署，以鄜州节度使白重赞为副。官职或叙或不叙，俱有斟酌，并非缺漏。彦卿、彦超两军，指日登程，刘词等尚在潞州，俟车驾出发，然后从行。

北汉汾州防御使董希颜，守城不下。彦超自阴地关进兵，第一重门户，就是汾州城，围攻数日，竟不能拔。彦卿前军亦到，与彦超合攻，四面猛扑，锐不可当。迄时守兵恂惧，彦超忽下令停攻，各部将都来谏阻，彦超道：“城已垂危，且暮可下，我士卒精锐，必欲驱使先登，非不可克，但死伤必多，何若少待一二日，令他降顺为是！”乃收兵入营，只遣部吏入城投书，谕令速降。果然希颜从命，开城相迎。彦超入城安民，休息一宵，彦卿继至，便会师进逼晋阳。

北汉主刘崇，收散卒，缮甲兵，完城堑，防御周军。辽将杨衮还屯代州，刘崇遣部吏王得中送行，顺便至辽廷乞援。辽主述律许发援兵，先遣得中回报，途次未免耽搁。那刘崇待援未至，只好固守晋阳，无暇顾及属地。辽州刺史张汉超、沁州刺史李廷海，先后降周。石州刺史安彦进为王彦超所擒，解送潞州，城亦陷没。周主荣闻前军得手，也命驾启行，亲征河东。甫出潞州，又接符彦卿军报，北汉宪州刺史韩光愿、岚州刺史郭言，亦举城归顺。周主格外喜慰，既入北汉境内，河东父老，箪食壶浆，争迎王师，且泣诉刘氏苛征，民不聊生，愿上供军需，助攻晋阳。

周主本无意吞并河东，不过欲耀武扬威，使刘崇不敢轻视，及见河东人民，夹道相迎，始欲一劳永逸，为兼并计。当下与诸将商议，誓灭晋阳。诸将多虑刍粮未足，请且班师，再图后举。周主已经出发，怎肯退回！英武之主，大都类是。遂麾军亟进，直抵晋阳城下。符彦卿、王彦超等已在晋阳城外安营。闻御驾亲临，当然出营迎谒。周主入彦卿营，与彦卿谈及军事，彦卿密奏道：“晋阳城固，未易猝拔，我军远来，师劳饷匮，恐一时未能取胜，况辽兵有来援消息，还望陛下三思，慎重进止！”周主默然不答。

嗣闻代州防御使郑处谦，逐去辽将杨衮，遣人纳款投诚，周主语彦卿道：“代州来归，忻州必孤，卿可移军往攻，此处由朕督领，定要扫灭河东，方无后虑。”彦卿不便再说，勉强应命。周主遂命郭从义为天平军节度使，令与向训、白重赞、史彦超等，随彦卿北进，自率各军环城。旌旗蔽天，戈铤耀日，延袤至四十里。且取安彦进至城下，枭首揭竿，威慑守兵，一面令宰臣李穀，调度刍粮，饬发泽、潞、晋、隰、慈、终各州，及山东近便诸人夫，运粮馈军。怎奈行营人马，差不多有数十万，所至粮草，随到随尽，军士不免剽掠，遂致人民失望，渐渐的窜入山谷，避死求生。周主颇有所闻，敕诸将招抚户口，禁止侵扰。但令征纳当年租税，及募民输纳刍粟，凡输粟至五百斛，纳草至五百围，即赐出身，千斛千围，即授州县官。亦伤政体。

看官！你想河东百姓，已经离散，还有何人再来供应？徒然颁出了一纸文书，有名无实，城下数十万兵马，仍旧是仰给饷运，别无他望。那符彦卿的奏报，络绎不绝。第一次要紧报闻，是辽主囚住杨衮，另派精骑至忻州。周主即授郑处谦为节度使，令他接济彦卿。第二次要紧报闻，是忻州监军李勍，杀死刺史赵皋及辽通事杨耨姑，举城请降。周主又授李勍为忻州刺史，令彦卿速趋忻州。第三次要紧报闻，是代州军将桑珪、解文遇，杀死郑处谦，托言处谦通辽。彦卿防有他变，请速济师。周主再遣李筠、张永德将兵三千，往援彦卿。最后一次，是报称进兵忻口，先锋都指挥使史彦超追敌阵亡。周主虽然英武，到此也不禁心惊。联翩叙下借宾定主。原来符彦卿等行至忻州，正值郑处谦被杀，桑、解两人，因彦卿到来，却也迎谒，但彦卿总加意戒备。至李筠、张永德赴援，兵力较厚，稍觉安心。无如辽兵时来城下，游弋不休，彦卿乃决计出击，与诸将开城列阵，静待敌兵厮杀。俄见敌骑驰至，三三五五，好似散沙一般，前锋史彦超自恃骁勇，哪里看得上眼，当即怒马突出，杀奔前去，从骑只二十余人，敌骑略略招架，就四散奔走，彦超驱马急赶，东挑西拨，越觉得兴高采烈，不肯回头。

彦卿恐彦超有失，亟命李筠引兵接应。李筠走得慢，彦超走得快，两下里无从望见。及李筠行了一程，见前面统是山谷，林箐丛杂，崖壑阴沉，四面探望，并不见有彦超，也不见有辽兵。自知凶多吉少，只好仔细窥探，再行前进。猛听得几声胡哨，深谷中涌出许多辽兵，当先一员大将，生得眼似铜铃，面似锅底，手执一柄大杆刀，高声喝道：“杀不尽的蛮子，快来受死！”李筠心下一慌，也管不及彦超生死，只好火速收军，回马急奔。说时迟，那时快，番兵番将，已经杀到，冲得周军七零八落。筠至此不遑后顾，连部兵统行弃去，一口气跑回大营。番将哪里肯舍，骤马追来，幸亏彦卿出兵抵住，放过李筠，与番将大战一场，杀伤相当。日将西下，番将方收兵回去，彦卿亦敛兵回城，这一次开仗，丧失了一员大将史彦超，及彦超带去二十余骑，一个也没有逃回。就是李筠麾下，亦十死七八。彦卿长叹道：“我原说不如回军，偏偏主上不允，害得丧兵折将，如何是好！”说至此，遂命侦骑黁夜出探，访问彦超下落。至翌晨得了侦报，彦超被辽兵诱入山中，冲突不出，杀毙辽兵甚多，力竭身亡。彦卿也堕了数点眼泪，便令随员缮好奏疏，报明败状，自请处分。且乞周主班师回朝。

周主荣接阅奏章，忍不住悲咽道：“可惜可惜！丧我猛将，罪在朕躬！”乃追赠彦超为太师，命彦卿觅得遗骸，即返御营。周主本欲吞并北汉，日日征兵催饷，凡东自怀孟，西及蒲陕，所有丁壮夫马，无不调遣。役徒已劳敝不堪，更兼大雨时行，疫疠交作，更不便久顿城下，周主始兴尽欲归，一闻彦超战死，归计益决。

先是北汉使臣王得中被周军隔断，不能回入晋阳，暂留代州，桑珪被他拘住，送入周营，周主许令释缚，并赐酒食及带马，和颜问道：“汝往辽求援，辽兵果何时到来？”得中道：“臣受汉主命令，送杨衮北返，他非所知。”周主冷笑道：“汝休得欺朕。”得中答以不欺。周主乃令退居后账，嘱将校再加盘诘。将校往语得中道：“我主优容，待公不薄，若非据实陈明，一旦辽兵猝至，公尚得全生吗？”得中叹息道：“我食刘氏禄，应为刘氏尽忠！况有老母在围城中，若以实告，不特害我老母，恐且误我君上，国亡家亦亡，我何忍独生？宁可杀身取义，保我国家，我虽死亦瞑目了！”此人却有烈志。至周主决计南归，遂责得中欺罔，将他缢死。

会符彦卿等自忻州驰还，入见周主，面奏彦超遗骸，无从寻败。不得已招魂入棺，殓以旧时衣冠，饬令随兵异归。周主也只好付诸一叹。出营亲奠，奠毕入营，便命军士收拾行装，即日班师。同州节度使药元福入奏道："进军容易退军难，陛下须慎重将事！"周主道："朕一概委卿。"元福乃部署卒伍，步步为营，俟各军先行，自为后殿。营内尚有粮草数十万，不及搬取，一并毁去。此外随军资械，亦多抛弃，大众匆匆就道，巴不得立刻入京，队伍散乱，无复行列。北汉主刘崇出兵追蹑，亏得药元福断后一军，严行戒备，列成方阵，俟北汉兵将近，屹立不动，镇定如山。北汉兵冲突数次，几似铜墙铁壁，无隙可钻，渐渐的神颓气沮。那元福阵内，却发出一声梆响，把方阵变为长蛇阵，来击北汉兵，北汉兵顿时骇退，反被元福驱杀数里，斩首千余级，方徐徐再退，向南扈驾去了。元福能军。

周主还至潞州，休息数日，乃复启行至新郑县。县中为嵩陵所在处，嵩陵即周太祖陵，太师冯道监工早竣，梓宫告窆，道亦病死。周主荣拜谒嵩陵，望陵号恸，俯伏哀泣，至祭奠礼毕，乃收泪而退。一意黩武，至送葬俱未亲到。柴荣亦未免负恩。饬赐守陵将吏及近陵户帛有差。追封冯道为瀛王，赐谥"文懿"。道卒年已七十三，历相四代，且尝受辽封为太傅，逢迎为悦，阿谈取容。尝自作《长乐老》叙，自述历朝荣遇。后来宋欧阳修著《五代史》，讥他寡廉鲜耻，有愧虢州司户王凝妻。凝病殁任所，有子尚幼，妻李氏携子负尸，返过开封府，投宿旅舍。馆主不肯留宿，牵李氏臂，迫使出门。李氏仰天大恸道："我为妇人，不能守节，乃任他牵臂吗？"见门旁有斧，便顺手取来，把臂砍去，晕仆门外，好容易才得苏醒。道旁行人，相顾嗟叹，都责主人不情。主人乃留她入舍，给帛缠臂，乃得无恙。开封尹闻知此事，厚恤李氏，笞责馆主，且为李氏请旌朝廷。看官听说，忠臣不事二主，烈女不事二夫。如王凝妻才算烈女，冯道最是无耻，最是不忠，若与王凝妻相较，真正可羞，愿后世勿效此长乐老呢！仿佛晨钟。

周主荣还至大梁，立卫国夫人符氏为皇后，备礼册命。果被想到。进符彦卿为太傅，改封魏王。国丈应该加封。郭从义加兼中书令，刘词移镇长安，王彦超移镇许州，与潞州节度使李筠并加兼侍中。李重进移镇宋州，加同平章事衔，兼侍卫亲军都指挥使；张永德加检校太傅，兼滑州节度使；药元福移镇陕州，白重赞移镇河阳，并加检校太尉；韩通移镇曹州，加检校太傅。这都算从征有功，所以迁官加爵。其实止高平一战，杀退劲敌，不谓无功。若进攻晋阳，有损无益，就是前时所得北汉州县，一经周主还师，所置刺史，望风遁回，地仍旧入北汉。惟代州桑珪，婴城自守，终被北汉兵攻破，珪亦遁去。周主耗去了无数军饷，结果是不得一城，可见用兵是不应轻率哩！随笔示儆。

嗣是周主逐日视朝，政无大小，悉由亲断，百官但拱手受成，不加可否。河南府推官高锡，上书切谏，大致劝周主择贤任能，毋亲细事，周主不从。一日语侍臣道："兵贵精不贵多。今有农夫百人，不足养甲士一名，奈何尚徒拳惰卒，坐涸民膏？且健懦不分，如何劝众？朕观历代宿卫，羸弱居多，又骄蹇不肯用命，一经大敌，非走即降，回溯数十年来，国姓屡易，都坐此弊。朕唯有简阅诸军，留强汰弱，方能振作军心，免蹈前辙哩！"侍臣一体赞成，遂命殿前都虞侯赵匡胤，大阅军士，挑选精锐，充作卫兵。又饬募各镇勇士，悉令诣阙，仍归匡胤简选，遇有材艺出众，即令补入殿前诸班。周主欲惩前弊，令匡胤简阅诸军，原是当时要策，但匡胤之得受周禅，即伏于此。人定不能胜天，令人徒唤奈何！此外马步各军，各命统将选择。凡从前骄兵惰卒，一概汰去。宫廷内外，尽列熊罴，军务方有起色了。

是年冬季，北汉主刘崇忧愤成疾，竟至逝世。次子承钧向辽告哀，辽册承钧为汉帝，呼他为儿。承钧亦奉表称男，易名为钧。又在晋阳创立七庙，尊刘崇为世祖，改元天会，复向辽乞师复仇。辽遣高勋为将，率兵助刘钧。刘钧即令部将李存瓌，与勋同攻潞州，不克乃还。勋亦归国。刘钧知不能胜周，乃罢兵息民，礼贤下士，境内粗安。只辽骑却屡窥周边，不免骚扰。周主因大兵甫归，疮痍未复，但戒各边将固守边疆，不得出战。

未几已是显德二年，周主仍遵旧时年号，不复改元。忽闻夏州节度使李彝兴，不奉朝命，拒绝周使。周主与群臣商议，群臣多说道："夏州地处偏隅，朝廷素来优待，此次不通周使，无非因府州防御使折德扆，厚沐国恩，得加旌节，彝兴耻与比肩，所以有此变态。臣等以为府州偏小，无足重轻，不若抚谕彝兴，善全大体。"周主怫然道："朕至晋阳，德扆即率众来朝，且为我力拒刘氏。朕授他节钺,不过报功,奈何一旦弃置!夏州止产羊马,贸易百货,悉仰我国,我若与他断绝往来,他便穷蹙,有何能为呢?"借周君臣口中补叙夏州府州事,笔墨较省。乃遣供奉官驰诣夏州,赍诏诘责,果然李彝兴惶恐谢罪,不敢抗违。

周主喜如所期,更下诏求言,详询内情,并及边事。边将张藏英上书献策,谓"深、冀二州交界,有葫芦河横亘数百里,应改掘使深,足限胡马南来,以人力济天险,最为利便"等语。周主因遣许州节度使王彦超、曹州节度使韩通起发兵夫,往掘河道。一面令张藏英绘图立说,再行详闻。藏英奉诏,绘就地形要害,请旨入朝,面陈图说,请俟葫芦河凿深后,即就河岸大堰口,筑城置垒,募兵设戍,无事执耒,有事操戈,且愿自为统率,随意进止等语。周主喜道:"卿熟谙地势,悉心规划,定能为朕控御边疆。朕准卿所请,可即前去调度,毋负朕望!"

藏英立即拜辞,回镇月余,募得边民千余人,个个是身强力壮,矫健不群。那辽主述律,闻周军筑城堰口,派兵来争。王彦超、韩通分头堵御,却也敌得住辽兵。无如辽兵忽来忽去,行止无常。周军进击,他即退去,周军退回,他又进来,害得王、韩两将,日夕防备,不遑寝食。一班凿河筑城的民夫,也是惊惶得很,旋作旋辍。可巧张藏英募齐兵丁,前来大堰口,与王彦超、韩通会议,决计自作前驱,王、韩为后应,杀他一个痛快,使不再来。当下引众驰击,横厉无前,辽兵已是披靡。藏英又挺着长矛,左旋右舞,挑着处人人落马,刺着处个个洞胸。任你辽兵如何刁狡,也逃不脱性命。再经王彦超、韩通从后追上,杀毙辽兵无数,剩得几个脚长的,抱头鼠窜,不知去向。

藏英追赶至二十里外,远望不见辽兵,方才退归。于是葫芦河疏凿得成,大堰口城垒渐竣。王彦超、韩通同时返镇,单留张藏英保守城寨,已足抵制辽人。周廷改称大堰口为大宴口,号屯军为静安军,即令藏英为静安军节度使。小子有诗赞道:

　　凿河筑垒费经营,
　　扼要才堪却虏兵。
　　胡骑不来河北静,
　　武夫原可作干城。

长城有靠,朔漠无惊,英武过人的周主荣,又想西征南讨了。欲知后事,请看后文。

　　知进不知退,是英主好处,亦即英主坏处。高平之战,非周主荣之决计进兵,则北汉炽张,长驱南下,河北必非周有矣。至北汉主已败入晋阳,缮甲兵,完城堑,坚壁以待,志在决死,加以辽兵为助,左右犄角,此固非可轻敌者,况以逸待劳,以主待客,难易判然,安能必胜?周主知进而不知退,此其所以损兵折将,弃械耗财,而卒致废然自返也。若张藏英之浚河筑城,正以守为战之计,可进可退,绰有余裕,胡马不敢南来,两河可以无患,谓非良将得乎!史彦超恃勇而死,张藏英好谋而成。为将者于此觇休咎,为主者亦可于此判优劣焉。

第五十三回

宠徐娘赋诗惊变
俘蜀帅得地报功

却说周主荣既败汉却辽，遂思西征南讨，统一中国。当下召入范质、王溥、李穀诸宰臣，及枢密使郑仁海等，开口宣谕道："朕观历代君臣，欲求治平，实非容易。近自唐、晋失德，天下愈乱，悍臣叛将，篡窃相仍。至我太祖抚有中原，两河初定，惟吴、蜀、幽、并，尚未平服，声教未能远被。朕日夜筹思，苦乏良策。想朝臣应多明哲，宜令各试论策，畅陈经济，如可采择，朕必施行，卿等以为何如？"范质、王溥等，齐声称善，乃诏翰林学士承旨徐台符以下二十余人，入殿亲试。每人各撰二文，一是"为君难，为臣不易论"；一是"平边策"。徐台符等得了题目，各去撰著。有的是攒眉蹙额，煞费苦心；有的是下笔成文，很是敏捷。自辰至未，陆续告成，先后缴卷。周主逐篇细览，多半是徒托空言，把孔圣人的"修文德，来远人"二语，敷衍成篇，不得实用。惟给事中窦仪、中书舍人杨昭俭，谓宜用兵江、淮，颇合周主微意。还有一篇崇论闳议的大文，乃是比部郎中王朴所作。略云：

臣闻唐失道而失吴、蜀，晋失道而失幽、并，观所以失之之由，知所以平之之术。当失之时，君暗政乱，兵骄民困，近者奸于内，远者叛于外，小不制而至于大，大不制而至于僭。天下离心，人不用命。吴、蜀乘其乱而窃其号，幽、并乘其间而据其地。平之之术，在乎反唐、晋之失而已。必先进贤退不肖以清其时，用能去不能以审其材，恩信号令以结其心，赏功罚罪以尽其力，恭俭节用以丰其财，时使薄敛以阜其民。俟其仓廪实，器用备，人可用而举之。彼方之民，知我政化大行，上下同心，力强财足，人安将和，有必取之势，则知彼情状者，愿为之间谍，知彼山川者，愿为之先导。彼民与此民之心同，是即与天意同。与天意同，则无不成之功矣。

凡攻取之道，从易者始。当今惟吴易图，东至海，南至江，可挠之地两千里。从少备处先挠之，备东则挠西，备西则挠东，彼必奔走以救其弊。奔走之间，可以知彼之虚实，众之强弱，攻虚击弱，则所向无前矣。攻虚击弱之法，不必大举，但以轻兵挠之。南人懦怯，知我师入其地，必大发以来应；数大发则民困而国竭，一不大发，则我可乘虚而取利。彼竭我利，则江北诸州，乃国家之所有也。既得江北，则用彼之民，扬我之兵，江之南亦不难平之也。如此则用力少而收功多。得吴则桂、广皆为内臣，岷、蜀可飞书而召之。若其不至，则四面并进，席卷而蜀平矣。吴、蜀平，幽州亦望风而至。惟并州为必死之寇，不可以恩信诱，必须以强兵攻之。然彼自高平之败，力已竭，气已丧，不足以为边患，可为后图。

方今兵力精练，器用具备，群下知法，诸将用命，一稔之后，可以平边。臣书生也，不足以讲大事，至于不达大体，不合机变，唯陛下宽之！

周主览到这篇文字，大加称赏，便引与计议。朴谈论风生，无不称旨，因授为左谏议大夫。未几且命开封府事。就是窦仪、杨昭俭，也得升官；仪为礼部侍郎，昭俭为御史中丞。特用声西击东的计策，先命偏师攻蜀，继出正军击唐。先是秦、成、阶三州入蜀，蜀人又取凤州（见前文）。蜀主孟昶，好游渔色，浪费无度，国用不足，专向民间取偿。秦、凤人民，迭遭苛税，仍欲归隶中原，乃相次诣阙，乞举兵收复旧地。周主正要发兵，又得了这个机会，更加喜悦，立命凤翔节度使王景及宣徽南院使向训，为征蜀正副招讨使，西攻秦、凤。蜀主闻报，忙遣客省使赵季札，趋赴秦、凤二州按视边备。季札本没有什么才干，偏他目中无人，妄自尊大。一到秦州，节度使韩继勋迎入城中，与谈军事，多经季札吹毛索瘢，免不得唐突数语，季札怏怏而去。转至凤州，刺史王万迪，见他趾高气扬，也是不服，勉强应酬了事。自大者必遭众忌。季札匆匆还入成都,面白蜀主,谓韩、王皆非将才,不足御敌。蜀主亦叹道:"继勳原不足当周师,卿意属在何人?"季札朗言道:"臣虽不才,愿当此任,管教周军片甲不回!"令人好笑。蜀主乃命季札为雄武节度使,拨宿卫兵千人,归他统带,再往奏、凤扼守。又派知枢密王昭远,按行北边城塞,部署兵马,防备周师。自己仍评花问柳,赌酒吟诗,日聚后宫佳丽,教坊歌伎,以及词臣狎客,一堂笑乐,好似太平无事一般。

广政初年(广政即蜀主昶年号,见前),内廷专宠,要算妃子张太华,眉目如画,色艺兼优,蜀主昶爱若拱璧,出入必偕,尝同辇游青城山,宿九天文人观中,月余不返。忽一日雷雨大作,白昼晦暝,张太华身轻胆怯,避匿小楼,不意霹雳无情,偏向这美人头上,震击过去,一声响亮,玉骨冰消。想系房帷不谨,触动神怒,故遭此谴。昶悲悼得了不得,因张妃在日,曾留恋此观,有死后瘗此的谶语,乃用红锦龙褥,裹瘗观前白杨树下。

昶即日回銮,悼亡不已。一班媚子谐臣,欲解主忧,因多方采选丽姝。天下无难事,总教有心人,果然得一绝色娇娃,献入宫中。昶仔细端详,花容玉貌,仿佛太华,而且秀外慧中,擅长文墨,试以诗词歌赋,无一不精,直把这好色昏君,喜欢得不可名状。绸缪数夕,即拜贵妃,别号"花蕊夫人",寻又赐号慧妃。妃爱赏牡丹芙蓉,所以蜀中有牡丹苑,有芙蓉锦城。牡丹苑中,罗列各种,无色不备。芙蓉锦城,是在城上种植芙蓉,秋间盛开,蔚若锦霞,因此号为"锦城"。

蜀地素称饶富,又经十年无事,五谷丰登,斗米三钱,都下士女,不辨菽麦,多半是采兰赠芍,买笑寻欢。上行下效,捷如影响。蜀主见近遗远,居安忘危,除花蕊夫人外,又广选良家女子,充入后宫,各赐位号,有昭仪、昭容、昭华、保芳、保香、保衣、安宸、安跸、安情、修容、修媛、修娟等名目,秩比公卿大夫,甚至舞娼李艳娘,亦召入宫中,厕列女官,特赐娼家钱十万缗,代作聘金。

是年周蜀开衅,适当夏日,昶既派出赵季札、王昭远两人,还道是御敌有余,依旧流连声色。渐渐的天气炎热,便挈花蕊夫人等,避暑摩诃池上,夜凉开宴,环侍群芳,昶左顾右盼,无限欢娱。及谛视嫔嫱,究要推那花蕊夫人作为首选,酒酣兴至,就命左右取过纸笔,即席书词,赞美花蕊夫人,第一句写下道:"冰肌玉骨清无汗",第二句接写道:"水殿风来暗香满。"从战鼓冬冬中,忽插一段香艳文字,越觉夺目。再拟写第三句,突有紧急边报到来,乃是周招讨使王景,自大散关至秦州,连拔黄牛八寨。昶不禁掷笔道:"可恨强寇,败我诗兴!"乃并撤酒肴,即召词臣拟旨,派都指挥使李廷珪为北路行营都统,高彦俦为招讨使,吕彦琦为副招讨使,客省使赵崇韬为都监,出拒周师。一面促赵季札速赴秦州,援应韩继勳。

季札奉命出军,连爱妾都带在身旁,按驿徐进,兴致勃然。到了德阳,闻周军连拔诸寨,气势甚盛,不由得畏缩起来。嗣经朝旨催促,越觉进退两难。床头妇人,权逾君上,劝令还都避寇,不容季札不依。季札遂疏请解任,托词还朝白事,先遣亲军保护爱妾,与辎重一同西归,然后引兵随返。既至成都,留军士在外驻扎,单骑入城。都人民还疑他是孑身逃回,相率震恐。及季札入见蜀主,由蜀主问他军机,统是支吾对答,并没有切实办法。蜀主大怒道:"我道汝有什么才能,委付重任,不料愚怯如此!"遂命将季札拘住御史台,付御史审勘。御史劾他挈妾同行,擅自回朝,应加死罪。蜀主批准,令把季札推出崇礼门外,斩首示众。谋及妇人,宜其死也。蜀行营都统李廷珪率兵至威武城,正值周排阵使胡立,带领百余骑,前来巡逻。廷珪即麾军杀上,把胡立困在垓心,胡立兵少势孤,冲突不出,被蜀将射落马下,活擒而去。立部下多为所获,只剩数十骑逃归周营。李廷珪得了小胜,报称大捷,并命军衣上绣作斧形,号为破柴都。周主本姓为柴,故有此号。虚名何益?

蜀主昶接着捷报,很是喜慰,且遣使至南唐、北汉,约共出兵攻周。偏是得意事少,失意事多,捷报才到,败报又来。廷珪前军为周将所败,掳去将士三百人。蜀主乃复遣知枢密使伊审征抚勉行营,再行督战。

审征驰诣军前,与廷珪商定军谋,遣先锋李进据马岭寨,截住周军来路。再派游击队旁出斜谷，进屯白涧，作为偏师。又令染院使王峦，引兵出凤州北境，至堂仓镇及黄花谷，绝周粮道，三路出师，审征、廷珪等择地扎营，专待消息，准备接应。

王峦率兵三千人，径趋堂仓，先令侦骑至黄花谷中，探明敌踪，还报谷外有周军往来，统是输运辎重，接济周营，并没有大将弹压。峦大喜道："我去把他辎重军，一齐夺来，管教他粮食中断，全军溃走了。"我亦说是妙计，无如不从汝愿。遂驱军前进，驰入黄花谷。谷长路窄，兵士不能并行，只好鱼贯而入，慢慢儿地蛇行过去。哪知周军伏在谷口，见蜀兵出谷前来，立即突出。打倒一个捉一个，打倒两个捉一双，王峦押着后队，尚未得知，只管催军速趋，待至前队已擒去千人，方悉谷外警报，慌忙传令退还，怎奈后面的谷口，也有周军出现，峦拼命杀出，手下只剩百余骑，紧紧随着，此外都陷入谷中，被周军前后搜捕，一股脑儿捉去。峦带百余骑还奔堂仓，急急如漏网鱼，累累如丧家犬，恨不得三脚两步，即抵大营。甫至堂仓镇附近，见前面摆着一彪人马，很是雄壮，为首的戴着兜鍪，穿着铁甲，立马横枪，朗声呼道："我周将张建雄也！来将快下马受缚，免我动手。"峦至此叫苦不迭，自思进退无路，只好硬着头皮，纵马来战。两下交锋，一个是胆壮气雄，一个是心惊力怯，才及四五合，杀得王峦满身臭汗，招架不住。建雄大喝一声，把峦扯住衣襟，摔落马下，周军顺手撒住，将峦缚好，迁往马前。蜀兵只有百余骑，怎能夺回主将，兼且无路脱奔，没奈何哀求乞降。建雄令军士反绑蜀兵，仍然由原路回军。那时黄花谷内，已将蜀兵捉得精光，仔细检点，刚刚捉了三千人，一个也不少，一个也不多。更奇的是一个不死，各由建雄带去，回营报功。原来王景、向训等早已防蜀兵劫粮，伏兵黄花谷口，巧巧王峦中计，遂致全军覆没。

李进在马岭寨中，得知此信，吓得战战兢兢，还道周军具有神力，能使片甲不留。要逃性命，走为上策，便弃了马岭寨，奔回大营。白涧屯兵，也闻声崩溃。伊、李两蜀将的规划，一并失败，自知立脚不住，不如见机早退，因弃营返奔，直至青泥岭下，依险扎住。雄武节度使韩继勋，亦乐得逃生，画个依样葫芦，走还成都。一班逃将军。秦州观察判官赵玭召官属与语道："敌兵甚锐，战无不胜，我国所遣兵将，向称骁勇，一经战阵，非死即逃，我等怎可束手待毙，去危就安，正在今日，未知诸君意下如何？"大众都是贪生怕死，听了玭言，应声如响，即开城迎纳周军。

王景等已入秦州，便分兵攻成、阶二州，自督军往围凤州。成、阶二州的刺史，闻秦州失守，当即迎降，独凤州固守不下。自韩继勋逃回成都，蜀主昶把他褫职，改用王环为威武节度使，赵崇溥为都监，往援秦州。两将行至中途，接得秦州降周消息，忙引兵转趋凤州。甫入凤州城，那王景已率师来攻，急登陴守御。景四面攻扑，都被赵崇溥督兵拒却，乃筑垒成围，断绝城中樵汲，令他自毙。适曹州节度使韩通，奉周主命，来助王景。景令他往城固镇，堵住蜀中援师。城中饷竭援穷，渐渐支撑不住，每夜有兵将缒城出降。王景乘危督攻，一鼓登城，城上守兵俱靡，王环、赵崇溥，尚率众巷战。怎奈士无斗志，陆续逃散，只剩王、赵两将，无路可奔，统被周将擒住，崇溥愤不欲生，绝粒而死，环被拘狱中。于是秦、凤、成、阶四州，俱为周有。

王景露布奏捷，静候朝命。周主传谕优奖，且命赦四州所获将士，愿归诸人，给资遣还。愿留诸人，各予俸赐，编为怀恩军，即令降将萧知远带领，暂住凤州。嗣因兴兵南讨，欲罢西征，遂遣萧知远率兵西归。

蜀中兵败地削，上下震惊，伊审征、李廷珪等，奉表请罪。蜀主概置不问，但命在剑门、白帝城各处，多聚刍粮，为备御计。一面鼓铸铁钱，禁民间私用铁器。国人很觉不便，都归咎李廷珪等将士。昶母李氏，亦屡言典兵非人，除高彦俦忠诚足恃外，应悉数改置，昶不能从。后来惟彦俦死节，方知李氏有识，可惜孟昶不用。但罢廷珪兵柄，令为检校太尉。及萧知远等还蜀，蜀主昶亦放还周将胡立等八十余人，并嘱立带转国书，向周请和。

立还至大梁，呈上蜀主昶书。周主展开一阅，但见起首二语，乃是"大蜀皇帝，谨致书于大周皇帝阁下"，不禁忿然道："他尚敢与朕为敌吗？"嗣复看将下去，乃是一篇骈体文。略云：窃念自承先训，恭守旧邦，匪敢荒宁，于兹二纪。顷者晋朝覆灭，何建来归，不因背水之战争，遂有仇池之土地。洎审晋君北去，中国且空，暂兴敝邑之师，更复成都之境。厥后贵朝先皇帝应天顺人，继统即位，奉玉帛而未克，承弓箭之空遗，但伤嘉运之难谐，适叹新欢之且隔。以至去载，忽劳睿德，远举全师，土疆寻隶于大朝，将卒亦拘于贵国。幸蒙皇帝惠其首领，颁以衣裘，偏裨尽补其职员，士伍遍加以粮赐，则在彼无殊于在此，敝都宁比于雄都！方怀全活之恩，非有放还之望。今则指导使萧知远等，押领将士子弟，共计八百九十三人，还入成都，具审皇帝迥开仁愍，深念支离，厚给衣装，兼加巾屦，给沿程之驿料，散逐分之缗钱。此则皇帝念疆场几经变革，举干戈不在盛朝，特轸优容，曲全情好。求怀厚谊，常贮微衷。载念前在凤州，支敌虎旅，曾拘贵国排阵使胡立以下八十余人，嘱令军幕收管，令各支廪食，各给衣装，只因未测宸襟，不敢放还乡国。今既先蒙开释，已认冲融，归朝虽愧于后时，报德未稽于此日。其胡立以下，令各给鞍马、衣装、钱帛等，专差御衣库使李彦昭部领，送至贵境，望垂宣旨收管。矧以昶昔在龆龄，即离并都，亦承皇帝风起晋阳，龙兴汾水，合叙乡关之分，以申玉帛之欢。倘蒙惠以嘉音，即仁专驰信使，谨因胡立行次，聊陈感谢。词不尽意，伏惟仁明洞鉴，瞻念不宣。

周主览毕，颜色少霁，便语胡立道："他向朕乞和，情尚可原，但不应与朕钧礼，朕不便答复。汝在蜀多日，能悉蜀中情形否？"立叩陈蜀主荒淫情事，且自请失败罪名。周主道："现在有事南方，且令蜀苟延一二年，俟征服南唐，再图西蜀未迟。朕赦汝罪，汝且退出去吧！"立谢恩而退。

蜀主昶俟周复书，始终不至，竟向东载指道："朕郊祀天地，即位称帝时，尔方鼠窃做贼，今何得藐我至此！"遂仍与周绝好，复为敌国。小子有诗咏道：

> 丧师失地尚非羞，
> 满口骄矜最足忧；
> 幸有南唐分敌势，
> 尚留残喘度春秋。

蜀事暂从缓叙，小子要述及周唐战争了。看官不嫌词费，还请再阅下回。

声色二字，最足误人，而国君尤甚，自古迄今，未闻有耽情声色，而能保邦致治者。蜀主孟昶，据有两川，因侈思淫，因淫致侈，幸经中原多故，方得十余年无事。然周师一出，即失四州，所遣诸将，非死即逃，盖淫靡成风，将骄卒情，欲其杀敌致果也得乎？逮夫修书乞和，不得答复，复有庞然自大之言。师徒挠败不之忧，土字侵削不之惧，几何而不亡国败家也。厥后徐妃入宋，咏述亡国之由来，有"十四万人齐解甲，可无一个是男儿！"二语，后世竞传诵之，然美人误国，厥罪维钧，半老徐娘，亦宁能辞咎乎？而蜀主昶固不足责焉。

第五十四回　李重进涉水扫千军　赵匡胤斩关擒二将

却说蜀主昶致书乞和，周主虽不答复，却为着南讨兴师，暂罢西征，令各将振旅言旋，别命宰臣李穀为淮南道前军行营都部署，兼知庐、寿等州行府事，许州节度使王彦超为副，都指挥使韩令坤等一十二将，一齐从征，向南进发，并先谕淮南州县道：

朕自缵承基构，统御寰瀛，方当恭己临朝，诞修文德，岂欲兴兵动众，专耀武功！顾兹昏乱之邦，须举吊伐之义。蠢尔淮甸，敢拒大邦！因唐室之凌迟，接黄寇之纷扰，飞扬跋扈，垂六十年，盗据一方，僭称伪号。幸数朝之多事，与北境以交通，厚启兵端，诱为边患。晋、汉之代，寰境未宁，而乃招纳叛亡，朋助凶慝，李金全之据安陆，李守贞之叛河中，大起师徒，来为援应，攻侵高密，杀掠吏民，迫夺闽、越之封疆，涂炭湘、潭之士庶。以至我朝启运，东鲁不庭，发兵而应接叛臣，观衅而凭陵徐部。沭阳之役，曲直可知，尚示包荒，犹稽问罪。尔后维扬一境，连岁阻饥，我国家念彼灾荒，大许籴易。前后擒获将士，皆遣放还。自来禁戢边兵，不令侵扰。我无所负，彼实多奸，勾诱契丹，至今未已，结连并寇，与我为仇，罪恶难名，神人共愤。今则推轮命将，鸣鼓出师，征浙右之楼船，下朗陵之戈甲，东西合势，水陆齐攻。吴孙皓之计穷，自当归命，陈叔宝之数尽，何处偷生！一应淮南将士军人百姓等，久隔朝廷，莫闻声教，虽从伪俗，应乐华风，必须善择安危，早图去就。如能投戈献款，举郡来降，具牛酒以犒师，纳主符而请命，车服玉帛，岂客旌酬，土地山河，诚无爱惜。刑赏之令，信若丹青。若或执迷，宁免后悔！王师所至，军政甚明，不犯秋毫，有如时雨。百姓父老，各务安居，剽掳焚烧，必令禁止。须知助逆何如效顺，伐罪乃能吊民。朕言尽此，俾众周知！

这道谕旨，传入南唐，江淮一带，当然震动。唐主璟只信用二冯，冯延巳尝坐罪罢相（见前文潭州失守事），不到数月，便命复职，冯延鲁又入任工部侍郎，兼东都副留守（东都即广陵，见前）。就是陈觉、魏岑等，亦相继起用，奸佞盈廷，国政日紊。每年冬季，淮水浅涸，唐主本发兵戍守，号为把浅兵。寿州监军吴廷绍，以为疆场无事，奏请撤戍，竟邀唐主俞允。清淮节度使刘仁赡固争不得，自决藩篱。忽闻周师将至，正值天寒水涸的时候，淮上人民很是恐慌。独刘仁赡神色自若，部分守御，不异平时，众情少安。唐主命神武统军刘彦贞为北面行营都部署，率兵二万趋寿州，奉化节度使同平章事皇甫晖，为北面行营应援使，常州团练使姚凤为应援都监，率兵三万屯定远县，召镇南节度使宋齐邱，还至金陵，又授户部尚书殷崇义知枢密院事，与齐邱共预兵谋，居中调度。

周都部署李穀等，引兵至正阳镇，见淮上防守无人，便赶造浮梁，数夕即成，越淮而东，直指寿州城下。虽有唐兵二千余人，半途拦阻，哪里是周军对手，略略交锋，便即溃去。周都指挥使白延遇，乘胜长驱，进至山口镇，又遇唐兵千余名，也不值周军一扫。惟进攻寿州，却是城坚难拔，用了许多兵力，毫不见功。李穀屡驰书周廷，报明情实，周主即拟亲征，适枢密使郑仁诲病逝，朝右失一谋臣，周主很是叹惜，亲往吊丧。近臣奏称年月方向，不利驾临，周主摇首道："君臣义重，尚顾得年月方向吗？"可称豁达。遂亲至郑宅，哭奠而归。特叙仁诲之死，惜其贤也。

嗣由吴越王钱弘俶遣来贡使，入献方物，周主召见使臣，嘱令赍诏回国，谕吴越王发兵击唐。吴越王应诏发兵，特简同平章事吴程，出袭常州。唐右武卫将军柴克宏，引军邀击，大破吴越军，斩首万余级，吴程遁还，克宏复移援寿州，途中忽然遇疾，竟尔暴亡。也是寿州晦气。

寿州尚是固守，李俶久攻不克，便在行营中过年，越年已是周显德三年了。周主闻寿州不下，决计亲征，命宣徽南院使向训，权任留守，端明殿学士王朴为副，彰信节度使韩通，权任点检侍卫司，及在京内外都巡检。派侍卫都指挥使李重进为先锋，前往正阳，河阳节度使白重赞出屯颍上，遥应重进。两人先发，自督禁军启行。

那时唐将刘彦贞已引兵援寿州，并具战船数百艘，令驶往正阳，毁周浮梁。李俶探知敌谋，召将佐集议道："我军不能水战，若正阳浮梁，为贼所毁，势且腹背受敌，退无所归，不如还保正阳，仁候车驾到来，听旨定夺。"乃一面报明周主，一面焚去刍粮，拔营齐退。

周主行至固镇，接到李俶奏报，不以为然。急遣中使驰往俶营，谕止退兵。俶已到正阳，才得谕旨，乃更复奏道："贼将刘彦贞来救寿州，臣却不惧，只虑贼舰顺流掩击，断我浮梁，截我后路，所以不得已退守正阳。今贼舰日进，淮水日涨，若车驾亲临，万一粮道断绝，危且不测，愿陛下驻跸陈颍，俟臣审度可否，再行进取未迟！"周主览奏，愀然不乐，飞促李重进驰诣淮上，与淑会师。且传谕道："唐兵且至，须急击勿失！"

重进奉命抵正阳，那唐将刘彦贞到了寿州，见周军退去，便欲追击。刘仁赡谏阻道："公军未至，敌已先退，想是畏公声威，故即遁去，但能固我边圉，何用速战！倘或追击失利，大事反去了。"彦贞道："火来水挡，兵来将御，敌已怯退，正好乘此进击，奈何不行！"池州刺史张全约又力为谏止，怎奈彦贞坚执不从，驱军急进。死期已至，如何挽回！仁赡长叹道："果遇周军，必败无疑！看来寿州是难保了。我当为国效死，城存与存，城亡与亡。"说毕泣下，部众统是感奋，乃入城登陴，修堞益兵，决计死守。

这位不识进退的刘彦贞，他本是无才无能，不娴军旅，平时靠着刻薄百姓的手段，日朘月削，积财巨万，一半儿充入宦囊，一半儿取赂权要。所以冯延巳、陈觉、魏岑等，争相标榜，或称他治民如龚、黄（龚遂、黄霸，汉时循吏），或誉他用兵如韩、彭（韩信、彭越，汉时良将），唐主信以为真，一闻周师入境，便把兵权交付与他，他亦直受不辞，贸然专阃，裨将咸师朗等，亦皆轻率寡谋，毫不足用。当下违谏进兵，直抵正阳，旌旗辎重，亘数百里。

周先锋将李重进，望见唐兵到来，便渡淮东进，也不及与彦贞答话，便身先士卒，冲入唐军。唐将咸师朗，自恃骁勇，策马舞刀，抵住重进，兵器并举，战到四五十合，不分胜负，重进佯输，跑马绕阵而走。师朗不知是计，骤马急追，约有二百余步，由重进按住了刀，挽弓搭箭，回放一矢。师朗刚刚追上，相距只有数武，急切无从闪避，左肩上着了一箭，忍痛不住，撞落马下。唐兵忙来抢救，被重进回马杀退，捉住师朗，遣部卒解入穀营。

穀闻重进得胜，也拨韩令坤等将士，越淮接应。重进正杀入唐阵，凭着一把大刀，左劈右斫，挥死多人。刘彦贞随兵虽众，统是酒囊饭袋，不耐争战，蓦遇重进一支人马，已似虎入羊群，望风奔避。再加韩令坤等相继杀来，哪里还敢抵敌，霎时间狂奔乱窜，四散逃生。单剩刘彦贞亲军数百人，如何支持，当然拥着彦贞，落荒西走。重进怎肯饶他，紧紧追蹑。前面有一小陂，地势不高，却很峻削。唐军越陂而逃，彦贞也跃马上陂，不妨马失后蹄，倒退下来，竟将彦贞送落马后，滚坠陂下。凑巧重进追到，顺手一刀，把彦贞劈做两段！钱难买命，何如不贪？此外四窜的唐兵，被周军分头赶杀，斩首万余级，伏尸三十里，军资器械，遍地抛弃。由周军慢慢搬去，共得二十余万件。

唐刺史张全约，方运粮进饷前军，途次见败卒逃归，报称彦贞战死，急将粮车折回寿州。所有彦贞残众，也共逃入寿州城内。刘仁赡表举全约为马步左厢都指挥使，同守州城。皇甫晖、姚凤闻彦贞覆师，不敢屯留定远县，即退保清流关。滁州刺史王绍颜已委城遁去。

周主得知正阳胜仗，也自陈州至正阳，命李重进代为招讨使。但令穀判寿州行府事，自督大军进攻寿州，在淝水南下营，徙正阳浮梁至下蔡镇，且召宋、亳、陈、颍、徐、宿、许、蔡等处数十万，围攻寿州，昼夜不息。刘仁赡已备足守具，镇日里发矢掷石，鸣炮扬灰，使周军不能薄城。周军虽多，无从进步，只好顿留城下；周主亦无可如何。

忽报唐都监何延锡，率战舰百余艘，驻营涂山，为寿州声援，乃召殿前都虞侯赵匡胤入帐道："何延锡来援寿州,但在涂山下立营,不敢到此,想亦没有什么能力。惟寿州城内的守兵,得此声援,却不易摇动,汝可引兵前去,破灭此营。"匡胤领命,即率兵五千,趋往涂山,遥见唐兵维舟山下,一排儿却很整齐,岸上只有一营,想是何延锡驻着,便顾语部将道:"我军是陆兵,敌军是水师。主客殊形,如何破敌!我唯有用计除他便了。"遂选老弱兵百余骑,授他密语,往诱敌营,自引精骑埋伏涡口。何延锡正在营中坐着,自思寿州孤危,不好不救,又不能遽救,心下好同辘轳一般。突来军吏入报道:"周军来了!"延锡忙即上马,招集水军,出营角斗。营外只有百余骑周兵,更兼老少不齐,或长或短,延锡不禁大笑道:"我道周军如何利害,怎知是这等人物!也想来端我营吗?"便麾兵杀上。那周兵并未对仗,立即返奔。延锡追了一程,也欲回军,但听得敌骑笑骂道:"料你这等没用的贼奴,不敢追来,我有大军在涡口,你等如再追我,管教你人人陨首,个个丧生!"不欺之欺,尤善于欺。延锡被他一激,不肯罢休,索性再赶,且嘱令战舰五十艘,驶至涡口,就使遇着不测,也可下船急走。于是周兵前奔,唐兵后追,不多时已至涡口,只见前面统是芦苇,长可称身,并没有周军驻扎。延锡胆愈放大,又听得敌骑挪揄,仍然如故,便当先力追,那敌骑却从芦苇中,窜了进去。延锡不知好歹,也纵马入芦苇间,追杀敌骑,不意两旁伏着绊马索,竟将马足绊住,马忽坠倒,延锡也跌做一个倒栽葱。慌忙扒起,突来了一位面红大将军,兜头一棍,击破延锡脑袋,死于非命。

看官不必细猜,便可知是赵匡胤,匡胤既击死何延锡,指挥伏兵,驱杀唐军,唐军都做了刀头鬼。有几个跑得快的,远远逃去,哪里还好下船!所有战船五十艘,急急驶来,正好被匡胤夺住,乘船至御营报功,周主自然嘉奖。又接得庐、寿、光、黄巡检使司超,奏称在盛唐地方,击败唐兵,夺得战舰四十余艘。周主大喜,且谕匡胤道:"我军处处得胜,先声已振,只是寿州不下,阻我前进。我欲进击清流关,卿以为可行否?"匡胤道:"臣愿得二万人,往取此关。"周主道:"清流关颇称雄壮,除非掩袭一法,未易成功,卿既欲往,就烦前去。"匡胤道:"臣即引兵前往便了。"周主便派兵二万名,令匡胤带领了去。复遣人往谕朗州节度使王逵,命他出攻鄂州,特授南面行营都统使。王逵应诏出师,后文自有交代。

且说赵匡胤往袭清流关,星夜前进,路上偃旗息鼓,寂无声响,但令各队衔枚疾走。及距关十里,分部兵为两队,前队兵直往关下,自引兵从间道而去。皇甫晖、姚凤两人探得周兵到来,开关迎敌,正在山下列阵。不妨山后杀出一队雄师,呐喊前来,径去抢关。晖、凤连忙回军,奔入关门,那周军已经驰到,守兵阖门不及,被周军一拥杀进,吓得晖、凤手足失措,没奈何逃往滁州,周军队里的大将,就是赵匡胤,既占住清流关,便进薄滁城。

晖、凤才入城中,后面已有鼓声传到,回头遥望,远远的旗帜飘扬,如飞而至。就中有一最大的帅旗,上面隐约露一"赵"字。皇甫晖叫苦不迭,忙令把城外吊桥,立即拆去,阻住来军。自与姚凤阖门拒守,登城俯眺,见周军已逼城壕,一齐下马凫水,越过濠西。那赵匡胤更来得突兀,勒马一跃,竟跳过七八丈阔的大渠,晖不禁伸舌!未几即见匡胤指麾兵士,督令攻城,当下开口传呼道:"赵统帅不必逞雄,彼此各为其主,请容我列阵出战,决一胜负,幸勿逼人太甚!"匡胤笑道:"你尽管出来交锋,我便让你一箭地,容你列阵,赌个你死我活,叫你死而无怨!"说至此,便用鞭一挥,令部众退后数步,自己亦勒马倒退,伫候守兵出战。好整以暇。

待了多时,听得城门一响,两扉骤辟,守兵滚滚出来,后面便是晖、凤二人,并辔督军。两阵对圆,匡胤持着一杆通天棍,上前突阵,且大呼道:"我止擒皇甫晖,他人非我敌手,休来送死!"唐兵见他来势甚猛,便即让开两旁,由他驰入,他即冲至皇甫晖马前,晖忙拔刀迎战。刀棍相交,才及数合,被匡胤用棍架开晖刀,右手拔剑,向晖脑袋上斫去,晖将首一偏,不由得眼花缭乱,再经匡胤用棍一敲,就从马上坠下,姚凤急来相救,那马首已着了一棍,马蹄前蹶,也将姚凤掀翻。周军乘势齐上,把晖、凤都活捉了去。唐兵失了主帅,自然溃散,滁州城唾手取来,匡胤入城安民,遣人报捷。

周主命马军副指挥使赵弘殷,东取扬州,道过滁城,已值昏夜。弘殷为匡胤父,拟入城休息，即至城下叩门。匡胤问明来意，便道："父子虽系至亲，但城门乃是王事，深夜不便开城，请父亲权宿城外，俟诘旦出迎便了！"公而忘私。弘殷只好依言，在城外留宿一宵。越日天明，方由匡胤出谒，导父入城。嗣又连接钦使，一个是翰林学士窦仪，来籍滁州帑藏，一个是左金吾卫将军马承祚，来知滁州府事。还有一个蓟州人赵普，来做滁州军事判官。匡胤一一接见，很是欢洽，一面将皇甫晖、姚凤等，解献行在。晖已受伤，入见周主，不能起立，但委卧地上道："臣非不忠于所事，但士卒勇怯不同，所以被擒。臣前此亦屡与辽人交战，未尝见兵精如此，今贵朝兵甲坚强，又有统帅赵匡胤，智勇过人，无怪臣丧师委命，臣死也值得了！"虽是勉强解嘲，还算有些志节。周主颇加怜悯，命左右替他释缚，留在帐后养疴，晖竟病死。周主诇知扬州无备，令赵弘殷速即进兵，再派韩令坤、白延遇两将，援应弘殷。弘殷时已抱病，力疾从公，既与韩、白二人会晤，便即引兵去讫。

唐主璟屡接败报，很是惶急，特遣泗州牙将王知朗，奉书周主，情愿求和。书中自称唐皇帝奉书大周皇帝，请息兵修好，兄事周主，愿岁输货财，补助军需。周主得书不答，斥归知朗。唐主没法，再遣翰林学士钟谟、工部侍郎李德明，赍献御药，及金器千两、银器五千两、缯帛两千匹、犒军牛五百头、酒二千斛，直至寿州城下，奉表称臣。周主命大陈军备，自帐内直达帐外，两旁统站着赳赳武夫，握刃操兵，非常严肃，然后令唐臣入见。钟谟、李德明一入御营，瞧着如许军容，已觉惊惶得很。没奈何趋近御座，见上面坐着一位威灵显赫的周天子，不由得魂悸魄丧，拜倒案前。正是：

> 上国耀兵张御幄，
>
> 外臣投地怵天威。

欲知周主如何对付唐使？请看下回便知。

观南唐之不能敌周，说者多归咎于唐主之第知修文，不知经武。实则不然；唐主之误，误在任用非人耳。五鬼当朝，始终不悟，又加一自命元老之宋齐邱，为五鬼之首领，斥忠良，进奸佞。贪庸如刘彦贞，第以权奸之称誉，任为统帅，一战即死，坐失藩篱。皇甫晖、姚凤等，皆庸碌子。清流关未战即溃，滁州城遇敌成擒，以阘茸无能之将士，欲其保守淮南，固必无是事也。子舆氏有言：不用贤则亡，削何可得？彼淮南之丧师削地，犹得苟延至十数年，意者其尤为淮南之幸欤！

第五十五回　唐孙晟奉使效忠　李景达丧师奔命

却说唐使钟谟、李德明，入谒周主，拜倒座前，战兢兢地自述姓名，说明来意，并呈上唐主表文，由周主亲自展阅。表中略云：

臣唐主李璟上言：窃闻舍短从长，乃推通理；以小事大，著在格言。伏惟皇帝陛下，体上帝之姿，膺下武之运，协一千而命世，继八百以卜年。大驾天临，六师雷动，猥以迻陬之俗，亲为跋扈之行。循省伏深，兢畏无所，岂因薄质，有累蒸人！今则仰望高明，俯存亿兆，虔将上国，永附天朝，冀诏虎贲而归国，用巡雉堞以回兵。万乘千官，免驰驱于原隰，地征土贡，常奔走于岁时，质在神明，誓诸天地。别呈贡物，另具清单，伏冀赏纳，仁望宏慈。谨表！

周主览毕，掷置案上，顾语唐使道："汝主自谓唐室苗裔，应知礼义。我太祖奄有中原，及朕嗣位，已经六年有余，汝国只隔一水，从未遣一介修好。但闻泛海通辽，往来报问，舍华事夷，礼义何在？且汝两人来此，是否欲说我罢兵。我非愚主，岂汝三寸舌所得说动。今可归语汝主，亟来见朕，再拜谢过，朕或鉴汝主诚意，许令罢兵。否则朕即进抵金陵，借汝国库资，作我军犒赏。汝君臣休得后悔呢！"谟与德明素有口才，至此俱震慑声威，一语不敢出口，唯有叩头听命，立即辞行。文武都是怕死。周主留住钟谟，遣还德明。嗣又得广陵捷报，韩令坤、白延遇等，掩入扬州，逐去唐营屯使贾崇，执住扬州副留守冯延鲁。惟赵弘殷在途遇病，已返滁州云云。周主乃复命令坤转取泰州。

看官听着！广陵就是扬州，从前扬州市中，有一疯人游行，诟骂市民道："俟显德三年，当尽杀汝等。"继又改语道："若不得韩、白二人，汝等必无遗类。"市民以为疯狂，毫不理睬。哪知周显德三年春季，果然有周军掩至，周将白延遇先入城中，唐东都营屯使贾崇，不敢抵抗，即焚去官府民舍，弃城南走。继而韩令坤踵至，饬捕守吏。冯延鲁本为副留守，一时逃避不及，慌忙削发披缁，匿居僧寺。偏偏有人认识，报知周军，似僧非僧的冯侍郎，竟被周军寻着，把他牵出，当作猪奴一般，捆缚了去。韩、白两将，既得延鲁，便禁止杀掠，使民安堵，果如疯人所言。令坤奉周主命，转取泰州。

泰州为杨氏遗族所居，杨溥让位李昪，病死丹阳，子孙徙居泰州，锢住永宁宫中，断绝交通，甚至男女自为匹偶，蠢若犬豕。唐主璟因江北鏖兵，恐杨氏子孙，乘势为变。特遣园苑使尹延范，迁置京口，统计杨氏遗男，尚有六十余人，妇女亦不下数十，延范承唐主密嘱，竟将杨氏男子六十余人，驱至江滨，一并杀死，仅率妇女渡江，杨氏遂绝。唐主璟反归咎延范，下令腰斩。延范有口难言，也冤冤枉枉地受了死刑。不得谓之冤枉，恐难偿六十余人性命！后来唐主泣语左右道："延范亦成济流亚（魏成济助司马昭刺死曹髦，旋为司马昭所杀）。我非不知他效忠，因恐国人不服，没奈何处他死刑呢！"遂命抚恤延范家属，毋令失所。国将危亡，尚如此残忍，莫谓李璟优柔。嗣闻泰州被韩令坤取去，刺史方讷遁归。接连是鄂州长山寨守将陈泽，为朗州节度使王逵所擒，解献周营。天长制置使耿谦，举城降周。常州、宣州又有吴越兵入侵，静海军制置使姚彦洪投奔吴越。急得李璟心慌意乱，日夕召入宋齐邱、冯延巳等，会议军情。齐邱、延巳等也是无法，只劝唐主向辽乞援。唐主不得已遣使北往，行至淮北，被周将截住，搜出蜡书，拘送寿州御营。

唐廷待援不至，再由冯延巳奏请，特派司空孙晟及礼部尚书王崇质，赍表如周，愿比两浙、湖南，奉周正朔。晟语延巳道："此行本当属公，惟晟受国厚恩，始终当不负先帝，愿代公一行，可和即和，不可和即死。公等为国大臣，当思主辱臣死的大义，毋再误国。"延巳惭不能答。惟更令工部侍郎李德明与晟等偕行。晟退语王崇质道："君家百口，宜自为谋，我志已定，终不负永陵一抔土，他非所计了！"（永陵即李昪陵。）遂草草整了行装，与崇质、德明二人，并及从吏百名，出都西去。

途次又迭闻败耗，光州兵马都监张延翰降周，刺史张绍弃城遁走，舒州亦被周军陷没，刺史周宏祚投水自尽，薪州将李福为周所诱，杀死知州王承俊，亦举州降周。唐失各州，叙笔随处不同，可谓化板为活。晟不禁长叹道："国事可知，我此行恐不复返了！"仿佛易水荆卿。便兼程前进，直抵寿州城下，进谒周主。当将表文呈入，大略说是：

朝阳委照，爝火收光，春雷发声，蛰户知令。伏念天祐之后，率土分摧，或跨据江山，或革迁朝代，皆为司牧，各拯黎元。臣由是克嗣先基，获安江表，诚以瞻乌未定，附凤何从？今则青云之候，明悬白水之符，斯应仰祈声教，俯被遐方，岂可远动和銮，上劳薄伐？倘或俯悯下国，许作功臣，则柔远之风，其谁不服！无战之胜，自古独高。别进金千两，银十万两，罗绮两千匹，宣给军士，伏祈赐纳！

周主且阅且语道："一纸虚文，又来搪塞，朕岂被汝所欺吗？"晟从容答道："称臣纳币，并非虚文。况陛下南征不庭，已由敝国谢罪归命。叛即讨，服即舍，古来圣帝明王，大都如是。望陛下俯纳臣言！"周主又道："朕率军南来，岂为这区区金帛？如果欲朕罢兵，速将江北各州县，悉数献朕。休得迟疑！"晟亦正色道："江北土地，传自先朝，并非得自大周，且江南亦奉表称臣，已不啻大周藩服，陛下何勿网开一面，稍假隆恩呢！"周主怒道："不必多言，汝国若不割江北，朕决不退师！"随又顾语李德明道："汝前来见朕，朕叫汝归语汝主，自来谢罪，今果何如？"德明慌忙叩首，且忆及延已密嘱，愿献濠、寿、泗、楚、光、海六州，更岁输金帛百万，乞请罢兵，当下便尽情吐出。周主道："光州已为朕所得，何劳汝献！此外各州，朕亦不难即取，惟寿州久抗王师，汝国节度使刘仁赡颇有能耐，朕却很加怜惜，汝等可替朕招来！"德明尚未及答，晟已目视德明，似含着一腔怒意。周主已经瞧透，索性逼晟前去，招降仁赡。晟却慨然请行。

周主遣中使监晟同至城下，招呼仁赡答话。仁赡在城上拜手，问晟来意。晟仰语道："我来周营议和，尚无头绪。君受国恩，切不可开门纳寇，主上已发兵来援，不日就到了！"也是一个晋解扬。语毕自回，中使入报周主，周主召晟叱责道："朕令汝招降仁赡，如何反教他坚守？"晟朗声道："臣为唐宰相，好教节度使外叛吗？若使大周有此叛臣，未知陛下肯容忍否？"周主见他理直气壮，倒也不能驳斥，便道："汝算是淮南忠臣，奈天意欲亡淮南，汝虽尽忠，亦无益了。"随命晟留居帐后，优礼相待，唯与李德明、王崇质商议和款，定要南唐献江北地，方准修好。德明、崇质不敢力争，但说须归报唐主，当遵谕旨。周主乃遣二人东还，并付给诏书。略云：

朕擅一百州之富庶，握三十万之甲兵，农战交修，士卒乐用，苟不能恢复内地，申画边疆，便议班旋，直同戏剧。至于削去尊称，愿输臣节，孙权事魏，萧詧奉周，古也固然，今则不取。但存帝号，何爽岁寒，倘坚事大之心，必不迫人于险，事资真恳，辞匪枝游。俟诸郡之悉来，即大军之立罢，言尽于此，更不烦云。苟曰未然，请从兹绝。特谕！

李德明、王崇质两人，得了诏书，便还诣金陵，把周主诏书呈与唐主过目。唐主沉吟未决，宋齐邱从旁进言道："江北是江南藩篱，江北一失，江南亦不能保守了。德明等往周议和，并不是去献地，如何反替周主传诏，叫我国割献江北呢？"德明忍耐不住，竟抗声答道："周主英武过人，周军气焰甚盛，若不割江北，恐江南也遭蹂躏呢。"齐邱厉声道："汝两人也想学张松吗？张松献西川地图，古今唾骂，汝等奈何不闻！"王崇质被他一吓，慌忙推诿，专归咎德明一人。于是枢密使陈觉及副使李征古同时入奏道："德明奉命出使，不能伸国威，修邻好，反且输情强敌，自示国弱，情愿割弃屏藩，坐捐要害，这与卖国贼何异！请陛下速正明刑，再图退敌！"德明闻言，越加暴躁，竟攘袂诟詈陈觉等人。惹得唐主大怒，立命绑出德明，责他卖国求荣的罪状，枭首市曹。德明若早知要死，不如死在周营，好与孙晟齐名。乃更简选精锐，得六万人，命太弟齐王景达为诸道兵马元帅，统兵拒周。授陈觉为监军使，起前武安节度使边镐为应援都军使，次第出发。

中书舍人韩熙载上书，略谓皇弟最亲，元帅最重，不必另用监军。唐主不听，又遣鸿胪卿潘承祐速赴泉州，招募勇士。承祐荐举前永安节度使许文缜、静江指挥使陈德诚，及建州人郑彦华、林仁肇俱说是可为将帅。唐主因命文缜为西面行营应援使，彦华、仁肇各授副将，再与周军决战。还有右卫将军陆孟俊，也自常州率兵万人，往攻泰州。

周将韩令坤，已回屯维扬，只留千人守泰州城，兵单力寡，哪里敌得过孟俊，当然遁走，泰州复被孟俊占去。俊又乘胜攻扬州，兵至蜀冈，令坤闻孟俊兵众，却也心惊，又且新纳爱妾杨氏，正在朝欢暮乐的时候，更不免英雄气短，儿女情长。当下令部兵护出杨氏，先行避敌，自己也弃城出走。忽有诏旨颁到，已遣滑州节度使张永德来援，那时只好勒马回城，入城以后，复闻赵匡胤调守六合，下令军中，不准放过扬州兵，如有扬州兵过境，一概刖足。自思归路已断，不如决一死战，与孟俊见个高下。计划已定，索性将爱妾杨氏亦追了回来，整兵备械，专待孟俊攻城，好与他鏖斗一场。

孟俊不管死活，领着兵到了扬州，方就城东下寨。令坤先发制人，骤马杀出，领着敢死士千人，大刀阔斧，搅入孟俊寨内。孟俊不及预防，顿时骇退，主将一逃，全军四溃。独令坤不肯舍去，只管认着孟俊，紧紧追上，大约相距百余步，即拈弓搭箭，把孟俊射落马下，麾兵擒住，收军还城。

正拟将孟俊解送行在，偏是冤冤相凑，由爱妾杨氏出厅哭诉，要将孟俊剖心复仇。原来杨氏是潭州人，孟俊前时，曾随边镐往攻潭州，杀死杨氏家眷二百余口，惟杨氏有色，为楚王马希崇所得，充做妾媵。希崇降唐，出镇舒州，留家属居扬州。及韩令坤得扬州城，保全希崇家属，唯见杨氏华色未衰，勒令为妾。杨氏系一介女流，如何抵拒，只好随遇而安。到底是杨花水性。此时见了仇人孟俊，便请令坤借公报私，令坤当然依从，便将孟俊洗刷干净，活祭杨氏父母，挖心取肝，脔割了事。

那边唐元帅李景达，闻孟俊败死，急自瓜步渡江。行至六合县附近，探知赵匡胤据守六合，料不是好惹的人物，便在六合东南二十余里，安营设栅，逗留不进。赵匡胤早已侦悉，也按兵勿动。诸将请进击景达，匡胤道："景达率众前来，半道下寨，设栅自固，是明明怕我呢。今我兵只有两千，若前去击他，他见我兵寥寥，反足壮胆，不若待他来攻，我得以逸待劳，不患不胜。"

果然过了数日，城外鼓声大震，有唐兵万余人杀来，匡胤已养足锐气，立即杀出，自己仗剑督军，与唐兵奋斗多时，不分胜负。两军都有饥色，各鸣金收军。翌晨匡胤升帐，令军士各呈皮笠，笠上留有剑痕，约数十人，便指示军士道："汝等出战，如何不肯尽力！我督战时，曾斫汝皮笠，留为记号，如此不忠，要汝等何用？"遂命将数十人绑出军辕，一一斩讫。军法不得不严。部兵自是畏服，不敢少懈。

匡胤即令牙将张琼潜引千人出城，绕出唐军背后，截住去路，自率千人径捣唐营。唐营中方在早餐，蓦闻周军驰至，急忙开营迎敌。景达亦出来观战。不妨周军勇猛得很，个个似生龙活虎，不可捉摸，突然间冲入中军，竟将景达马前的帅旗用矛钩翻。景达吃一大惊，忙勒马返奔。帅旗是全军耳目，帅旗一倒，全军大乱，况且景达奔去，军中已没人主持，你也逃，我也走，反被周军前截后追，杀毙了无数人马。景达奔至江口，巧值周将张琼列阵待着，要想活擒景达，还亏景达部将岑楼景，抵住张琼，大战数十回合，景达得带着残军，拼命冲出，觅舟径渡。岑楼景尚与张琼力战，后面又值匡胤追到，也只可饶了张琼，夺路逃生。张琼与匡胤合兵，追至江口，杀获约五千人，余众多泅水遁去，又溺毙了数千。周军始奏凯还城。

这次大战，景达挑选精卒二万人，自为前驱，留陈觉、边镐为后应。觉与镐正要渡江，偏景达已经败归，精卒伤亡了一大半。惟赵匡胤兵只二千，能把唐兵二万人驱杀过江，自然威名大震，骇倒淮南！为后来得国的预兆。

周主闻六合大捷，尚拟从扬州进兵，宰相范质等叩马力谏，大致谓兵疲食少，乞请回銮。周主尚不肯从，经质再三泣谏，才有归意。可巧唐主又遣使上表，力请罢兵。大略说是：

圣人有作，曾无先见之明，王祭弗供，果致后时之责。六龙电迈，万骑云屯，举国震惊，群臣惝恍。遂驰下使，径诣行宫，乞停薄伐之师，请预外臣之籍。天听悬邈，圣问未回，由是继飞密表，再遣行人，致江河美海之心，指葵藿向阳之意。伏赐亮鉴，不尽所云！

周主得表，乃整备回銮。留李重进围寿州，更派向训权淮南节度使，兼充沿江招讨使，韩令坤为副招讨使，自往濠州巡阅各军，再至涡口亲视浮梁。适值唐舒州节度使马希崇，率兄弟十七人奔周，独不记杨氏吗？周主命为右羽林统军，随驾北归。并将唐使臣孙晟、钟谟及所获冯延鲁等，也一并带回，且召赵匡胤父子还都。

匡胤留兵捍守六合，自领亲兵入滁州，省父弘殷。弘殷病已少瘥，乃奉父启行。判官赵普，相偕随归。道过寿州，正值南寨指挥使李继勋，被刘仁赡出兵袭破，所储攻具，多遭焚掠，将士伤毙数百人。继勋走入东寨，李重进在东寨中，仅能自保。军士经此一挫，相率灰心，意欲请旨班师，幸赵匡胤驰入行营，助他一臂，代为搜乘补缺，修垒济师，部署了十余日，周军复振。乃辞别重进，驰还大梁。

周加封赵弘殷为检校司徒，兼天水县男，匡胤为定国军节度使，兼殿前都指挥使。匡胤复荐普可大用，乃即令为定国军节度推官。

忽由吴越王表奏常州军情，说为唐燕王弘冀所败，丧师万计，周主不胜惊叹。嗣又接到荆南奏表，代报朗州节度使王逵，为下所杀，军士推立潭州节度周行逢为帅。周主又叹息道："吴越丧师，湖南又失去一支人马，恐唐兵乘隙猖狂，仍须劳朕再出呢。"小子有诗咏周主荣道：

> 南征北讨不辞劳，
> 战血何妨洒御袍！
> 五代史中争一席，
> 郭家养子本英豪。

究竟王逵何故被戕？下回再行补叙。

南唐非无忠臣，如司空孙晟，刚直不阿，颇胜大任，而乃为冯延巳所排挤，令充国使。是明明欲借刀杀人，聊泄私愤而已。晟仗节至周，理直气壮，而往谕刘仁赡数语，可质天地，宁死不辱君命，足为淮南生色。淮南有此忠臣而不能用，无怪其日削日危以底于亡也。李景达以唐主介弟，不堪一战，尤为可鄙。亲贵无一足恃，仅恃此妃黄俪白之文辞，欲乞周主罢兵，何其瞢欤！古谓有文事必有武备，武备不足，文言奚益！本编迭录唐表，正以见虚文之无补云。

第五十六回

督租课严夫人归里
尽臣节唐司空就刑

却说王逵据有湖南，始由潭州夺朗州，令周行逢知朗州事，自返长沙。继复由潭州徙朗州，调行逢知潭州事。用潘叔嗣为岳州团练使。周既授逵节钺，因谕令攻唐，逵乃发兵出境。道出岳州，潘叔嗣特具供张，待逵甚谨。逵左右皆是贪夫，屡向叔嗣索赂，叔嗣不肯多与，致遭谗构。逵不免误信，遂将叔嗣诘责一番。两下里争论起来，惹得王逵性起，当面呵斥道："待我夺得鄂州，再来问汝。"说毕自去。自取其死。

既入鄂州境内，忽有蜜蜂数万，攒麾盖上，驱不胜驱，或且飞集逵身，逵不禁大惊。左右统是谀媚，向逵称贺，谓即封王预兆，逵始转惊为喜。果然进攻长山寨，一战得胜，突入寨中，擒住唐将陈泽。正拟乘势再进，忽接朗州警报，乃是潘叔嗣挟恨怀仇，潜引兵掩袭朗州。逵骇愕道："朗州是我根本地，怎可令叔嗣夺去！"遂仓促还援，自乘轻舟急返。行至朗州附近，先遣哨卒往探，返报全城无恙，城外亦没有乱兵。逵似信非信，命舟子急驶数里，已达朗州。遥见城上甲兵整列，城下却也平静，那时也不遑细问，立即登岸。

时当仲春，百卉齐生，岸上草木迷离，瞧不出什么埋伏。谁知走了数步，树丛中一声暗号，跑出许多步卒，来捉王逵。逵随兵不过数十人，如何抵敌，当即窜去。逵亦抢步欲逃。偏被步卒追上，似老鹰拖小鸡一般，把他攫去。牵至树下，有一大将跨马立着，不是别人，正是岳州团练使潘叔嗣。仇人相见，还有何幸，立被叔嗣叱骂数语，拔刀砍死。原来叔嗣欲报逵怨，竟攻朗州，料知逵必还援，特探明行踪，伏兵江岸，得将逵获住处死。

当下引军欲还，部将俱请入朗州。叔嗣道："我不杀逵，恐他战胜回来，我等将无噍类，所以不得已设此一策。今仇人已诛，朗州非我所利，我不如仍还岳州罢！"部将道："朗州无主，将归何人镇守？"叔嗣道："最好是往迎周公，他近来深得民心，若迎镇朗州，人情自然悦服了。"说着，即留部将李简，入谕朗州吏民，自率众回岳州。

李简入朗州城，令吏民往迎周行逢。大众相率踊跃，即与简驰往潭州，请行逢为朗州主帅。行逢乃趋往朗州，自称武平留后。或为叔嗣做说客，请把潭州一缺，令叔嗣升任。行逢摇首道："叔嗣擅杀主帅，罪不容诛，我若反畀潭州，是我使他杀主帅了。这事岂可使得！"因召叔嗣为行军司马，叔嗣托疾不至。可见前时退还岳州，实是畏惧周行逢。行逢道："我召他为行军司马，他不肯来，是又欲杀我了。"乃再召叔嗣，佯言将授付潭州，令他至府受命。叔嗣欣然应召，即至朗州。行逢传令入见，自坐堂上，使叔嗣立庭下，厉声斥责道："汝前为小校，未得大功，王逵用汝为团练使，待汝不为不厚，今反杀死主帅，汝可知罪否？我未忍斩汝，乃尚敢拒我命吗？"说至此，即喝令左右，拿下叔嗣，推出斩首。部众各无异言，行逢即奉表周廷，陈述详状。周主授行逢为武平军节度使，制置武安、静江等军事。

行逢本朗州农家子，出身田间，颇知民间疾苦，平时励精图治，守法无私。女夫唐德，求补吏职，行逢道："汝实无才，怎堪作吏！我今日畀汝一官，他日奉职无状，反不能以法贷汝，汝不如回里为农，还可保全身家呢。"看似行逢无情，实是顾全之计。乃给予农具，遣令还乡。府署僚属，悉用廉士，约束简要，吏民称便。

先是湖南大饥，民食野草，行逢尚在潭州，开仓赈贷，活民甚众，因此民皆爱戴，独自奉不丰，终身俭约。有人说他俭不中礼，行逢叹道："我见马氏父子，穷奢极欲，不恤百姓，今子孙且向人乞食，我难道好效尤吗？"能惩前辙，不失为智。行逢少年喜事，尝犯法戍静江军，面上黥有字迹。及得掌旄节，左右统劝他用药灭字。行逢慨然道："我闻汉有黥布，不失为英雄。况我因犯法知戒,始有今日,何必灭去?"左右闻言,方才佩服。惟秉性勇敢,不轻恕人,遇有骄惰将士,立惩无贷。一日闻有将吏十余人,密谋作乱,便即暗伏壮士,佯召将吏入宴。酒至半酣,呼壮士出厅,竟将十数人一并拖出,声罪处斩。部下因相戒勿犯,民有过失,无论大小,多加死刑。

妻严氏得封勋国夫人,见行逢用刑太峻,未免自危,尝从旁规谏道:"人情有善有恶,怎好不分皂白,一概滥杀呢!"行逢怒道:"这是外事,妇人不得预闻!"严氏知不可谏,过了数日,乃伪语行逢道:"家田佃户,多半狡黠,他闻公贵,不亲琐务,往往惰农自安,倚势侵民,妾愿自往省视。"行逢允诺,严氏即归还故里,修葺故居,一住不返。居常布衣菜饭,绝无骄贵气象。行逢屡遣仆媪往迓,严氏却辞以志在清闲,不愿城居。惟每岁春秋两届,自着青裙,押佃户送租入城。行逢谕止不从,且传语道:"税系官物,若主帅自免家税,如何率下?"行逢也不能辩驳。

一日闲着,带领侍妾等人,驰回故里,见严氏在田亩间,督视农人,催耕促种,不禁下马慰劳道:"我已贵显,不比前时,夫人何为自苦?"严氏答道:"君不忆为户长时吗?民租失时,常苦鞭挞,今虽已贵,如何把陇亩间事,竟不记忆呢!"行逢笑道:"夫人可谓富贵不移了!"遂指令侍妾,强拥严氏上舆,抬入朗州。严氏住了一二日,仍向行逢辞行。行逢不欲令归,再三诘问,严氏道:"妾实告君,君用法太严,将来必失人心。妾非不愿留,恐一旦祸起,仓促难逃,所以预先归里,情愿辞荣就贱,局居田野,免致碍人耳目,或得容易逃生哩。"一再讽谏,用意良苦。行逢默然。俟严氏归去后,刑威为之少减。

严氏秦人,父名广远,曾仕马氏为评事,因将女嫁与行逢。行逢得此内助,终得自免,严氏亦获考终。史家采入列女传,备述严氏言行,这真不愧为巾帼丈夫呢! 极力褒扬,风示女界。

且说周主还入大梁,闻寿州久攻不下,更兼吴越、湖南,无力相助,又要启跸亲征。宰相范质等仍加谏阻,因此尚在踌躇。唐驾部员外郎朱元颇有武略,上书白事,历言用兵得失事宜,唐主因命他规复江北,统兵渡江。更派别将李平,作为援应。朱元往攻舒州,周刺史郭令图,弃城奔还。唐主即授元为舒州团练使,李平亦收复蕲州,也得任蕲州刺史。从前唐人苛榷茶盐,重征粟帛,名目叫作薄征,又在淮南营田,劳役人民,所以民多怨讟。周师入境,沿途百姓很表欢迎,往往牵羊担酒,迎犒周军。周军不加抚恤,反行俘掠。于是民皆失望,周主前攻北汉,亦蹈此弊,可见用兵之难。自立堡寨,依险为固,擘纸作甲,操耒为兵,时人号为白甲军。这白甲军同心御侮,守望相助,却是有些利害。每与周军相值,奋力角斗,不避艰险,周军屡为所败,相戒不敢近前。朱元因势利导,驱策民兵,得连复光、和诸州,兵锋直至扬、滁。周淮南节度使向训,拟并力攻扑寿州,反将扬、滁二州将士,调至寿州城下,扬、滁空虚,遂被唐兵夺去。

刘仁赡守寿州城,见周兵日增,屡乞唐廷济师,唐主只令齐王景达赴援。景达惩着前败,但驻军濠州境内,未敢前进。还有监军使陈觉,胆子比景达要小,权柄却比景达要大。凡军书往来,统由觉一人主持,景达但署名纸尾,便算了事。所以拥兵五万,并无斗志。部众亦乐得逍遥,过一日,算一日。惟唐将林仁肇等,有心赴急,特率水陆各军,进援寿州。偏周将张永德屯兵下蔡,截住唐援。仁肇想得一法,用战船载着干荻,因风纵火,来烧下蔡浮梁。永德出兵抵御,为火所燎,险些儿不能支撑。幸喜风回火转,烟焰反扑入唐舰,仁肇只好遁还。永德乃制铁绲千余尺,横绝淮流,外系巨木,遏绝敌船,大约距浮梁十余步外,东西缆住,免得唐军再来攻扑。惟仁肇等心终未死,一次失败,二次复来。永德特悬重赏,募得水中善泅的壮士,潜游至敌船下面,系以铁锁,然后派兵四蹙,绕击敌船。敌船不能行动,被永德夺了十余艘,舰内唐兵,无处逃生,只好扑通扑通地跳下水去,投奔河伯处当差。仁肇单舸走免。

永德大捷,自解所佩金带,赐给泗水的总头目。唯见李重进持久无功,暗加疑忌。当上表奏捷时,附入密书,略谓重进屯兵城下,恐有二心。周主以重进至戚,当不至此,特示意重进，令他自白。重进单骑诣永德营，永德不能不见，且设席相待。重进从容宴饮，笑语永德道："我与公同受重任，各拥重兵，彼此当为主效力，不敢生贰，我非不知旷日持久，有过无功，无如仁赡善守，寿春又坚，一时实攻他不入，公应为我曲谅，为什么反加疑忌呢！天日在上，重进誓不负君，亦不负友！"后来为周死节，已在言中。永德见他词意诚恳，不由得心平气和，当面谢过，彼此尽欢而散。军帅乘和，必有大功。一日重进在帐内阅视文书，忽由巡卒捉到间谍一名，送至帐下。那人不慌不忙，说有秘事相报，请屏左右。重进道："我帐前俱系亲信，尽管说来！"那人方从怀中取出蜡丸，呈与重进。重进剖开一瞧，内有唐主手书。书云：

语曰：知彼知己，百战百胜，知己知彼，百战不殆。今闻足下受周主之命，围攻寿州，顿兵经年，此危道也。吾守将刘仁赡，有匹夫不可夺之志，城中府库，足应二年之用，婴城自固，捍守有余。吾弟景达等近在濠州，秣马厉兵，养精蓄锐，将与足下相见。足下自思，能战胜否？况周主已起猜疑，别派张永德监守下蔡，以分足下之势，永德密承上旨，闻已腾谤于朝，言足下逗留不进，阴生二心。以雄猜之主，得媒蘖之言，似漆投胶，如酒下曲，恐寿州未毁一堞，而足下之身家，已先自毁矣。若使一朝削去兵柄，死生难卜，亦何若拥兵敛甲，退图自保之为愈乎？不然，择地而处，惠然南来，孤当虚左以待，与共富贵。铁券丹书，可以昭信。惟足下察之。

重进览毕，大怒道："狂竖无知，敢来下反间书吗？"一口喝破。即令左右拿住来人，特差急足驰奏蜡书。

周主亦阅书生愤，传入唐使孙晟，历色问道："汝屡向朕言，谓汝主决计求成，并无他意，为何行反间计，招诱我朝军将？我君臣同心一德，岂听汝主诳言？但汝主刁滑得很，汝亦明明欺朕，该当何罪？"说着，即将原书掷下，令晟自阅。晟取阅毕，神色自若，且正襟答道："上国以我主为欺，亦思上国果真心相待否？我主一再求和，如果慨然俯允，理应班师示诚，乃围我寿州，经年不撤，这是何理？臣奉使北来，原奉我主谕意，订约修好，迄今已住数月，未奉德音，怪不得我主变计，易和为战了！"言之有理。周主越怒道："朕前日还都，原为休兵起见，偏汝唐兵不戢，夺我扬、滁各州，这岂是真心求和吗？"晟又道："扬、滁各州，原是敝国土地，不得为夺。"周主拍案道："汝真不怕死吗？敢来与朕斗嘴！"晟愤然道："外臣来此，生死早置度外，要杀就杀，虽死无怨！"

周主起身入内，令都承旨曹翰，送晟诣右军巡院，且密嘱数语，并付敕书。翰应命而出，呼晟下殿，偕至右军巡院中，饬院吏备了酒肴，与晟对饮。谈了许多时候，无非盘问唐廷底细，偏晟讳莫如深，一句儿不肯出口。翰不禁焦躁，起座与语道："有敕赐相公死！"晟怡然道："我得死所了！"便索取靴笏，整肃衣冠，向南再拜道："臣孙晟以死报国了！"言已就刑，从吏百余人，一并遭戮。惟赦免钟谟，贬为耀州司马。

既而周主自悔道："有臣如晟，不愧为忠！朕前时待遇加厚，每届朝会，必令与俱，且常赐饮醇醴，哪知他始终恋旧，不愿受恩，如此忠节，朕未免误杀了。"恐仍是笼络人心。乃复召谟为卫尉少卿。谟首鼠两端，怎能及得孙晟？晟死信传至南唐，唐主流涕甚哀，赠官太傅，追封鲁国公，予谥"文忠"。擢晟子为祠部郎中，厚恤家属，这且不必细表。已经表扬得够了。

且说周主既杀死孙晟，更决意征服南唐。自思水军不足，特命就城西汴水中，造战舰数百艘，即令唐降将日夕督练，预备出发。但连年征讨，需用浩繁，国库未免支绌，遂致筹饷为艰。闻得华山隐士陈抟，具有道骨，能知飞升黄白各术，乃遣吏驰召，征抟诣阙。抟因主命难违，没奈何随吏入都。由周主宣令入见，温颜咨询道："先生通飞升黄白诸术，可否指教一二。"抟答道："陛下贵为天子，当究心治道，何用这种异术呢？"是高人吐属。周主道："先生期朕致治，用意可嘉，朕愿与先生共治天下，还请先生留侍朕躬！"抟又道："臣山野鄙人，未识治道，且上有尧、舜，下有巢、由，盛世未尝无畸士。今臣得寄迹华山，长享承平，未始非出

自圣恩呢!"周主尚欲挽留,命为左拾遗,抟再三固辞,乃许令还山。临行时,口占一诗道:

> 十年踪迹走红尘,
> 回首青山入梦频。
> 紫阁峥嵘怎及睡?
> 朱门虽贵不如贫。
> 愁闻剑戟扶危主,
> 闷听笙歌聒醉人。
> 携取旧书归旧隐,
> 野花啼鸟一般春。

抟既还山,周主又令州县长吏随时存问,且特赐诏书道:

朕以卿高谢人寰,栖心物外,养太浩自然之气,应少微处士之星。既不屈于王侯,遂甘隐于岩壑,乐我中和之化,庆乎下武之期。而能远涉山涂,暂来城阙,浃旬延遇,宏益居多,白云暂驻于帝乡,好爵难縻于达士。昔唐尧之至圣,有巢、许为外臣,朕虽寡德,庶遵前鉴。恐山中所阙,已令华州刺史,每事供须。乍返故山,履兹春序,缅怀高尚,当适所宜。故兹抚问,想宜知悉。

抟奉诏后,又尝作诗一章道:

> 华泽吾皇诏,图南抟姓陈。
> 三峰十年客,四海一闲人。
> 世态从来薄,诗情自得真。
> 超然居物外,何必使为臣?

这两首诗,俱传诵一时,时人称他为答诏诗。小子也有一诗赞陈抟道:

> 不贪荣利不求名,
> 甘隐林泉老一生;
> 世俗浮尘都洗净,
> 西山留得好风清。

陈抟事至后再表,下回又要叙南北战争了。看官幸勿性急,试看下回表明。

里谚曰:家有贤妻,不遭横祸。如周行逢妻严氏,可谓贤矣。行逢持己以俭,待民以恩,未始非湖南杰士,独用法太峻,不留余地,肘腋之间,危机存焉。严氏能居安思危,归里课耕,以命妇而操贱役,处豪家而忆微时,既足规夫,复足风世,一举而两善备。故本回特揭载不遗,所以示妇道也。唐司空孙晟,奉使求成,始终不屈,置死生于度外,卒未肯输情敌国,委曲求全。观其临死怡然,南向再拜,从容就义,有足多者,本回亦特从详叙,所以示臣道也。至如陈抟之入阙辞官,还山高隐,亦足矫末俗而愧鄙夫。连类并书,有以夫!有以夫!

第五十七回

破山寨君臣耀武
失州城夫妇尽忠

却说周兵围攻寿州，经年不下，转眼间已是显德四年，城中渐渐食尽，有些支持不住。刘仁赡连日求救，齐王景达尚在濠州，闻报寿州危急万分，乃遣应援使许文缜，都军使边镐及团练使朱元等，统兵数万，溯淮而上，来援寿州。各军共据紫金山，列十余寨，与城中烽火相通，又南筑甬道，绵亘数十里，直达州城。当下通道输粮，得济城中兵食。

李重进亟召集诸将，当面嘱咐道："刘仁赡死守孤城，已一年有余，我军累攻不克，无非因他城坚粮足，守将得人。近闻城内粮食将罄，正好乘势急攻，偏来了许文缜、边镐等军，筑道运粮，若非用计破敌，此城是无日可下了。今夜拟潜往劫寨，分作两路，一出山前，一从山后，前后夹攻，不患不胜。诸君可为国努力！"众将齐声应令，时当孟春，天气尚寒，重进令牙将刘俊为前军，自为后军，乘着夜半肃霜的时候，严装潜进，直达紫金山。

唐将朱元，也虑重进夜袭，商诸许文缜、边镐，请加意戒备。边、许自恃兵众，毫不在意。元叹息回营，惟令部下严行巡察，防备不虞（回应朱元武略）。三更已过，元尚未敢安睡，但和衣就寝。目方交睫，忽有巡卒入报道："周兵来了！"元一跃起床，命军士坚守营寨，不得妄动，一面差人报知边、许二营。许文缜、边镐已经睡熟，接得朱元军报，方从睡梦中惊醒，号召兵士出寨迎敌。周将刘俊已经杀到，一边是劲气直达，游刃有余，一边是睡眼蒙眬，临阵先怯，更兼天昏夜黑，模糊难辨。前队的唐兵，已被周军乱斫乱剁，杀死多名。边、许两人手忙脚乱，只好倾寨出敌。不妨寨后火炬齐鸣，又有一军杀入，当先大将正是李重进，吓得边、许心胆俱裂，急忙弃去正营，逃入旁寨。朱元保住营帐，无人入犯，惟觉得一片喊声，震动耳鼓，料知边、许

失手，乃令壕寨使朱仁裕守营，自率部将时厚卿等，出营往援。巧值李重进跃马麾兵，蹂躏诸寨，元大吼一声，率众抵敌，与周军鏖战多时，杀了一个平手。边镐、许文缜见朱元来援，始稍稍出头，前来指挥。重进恐防有失，与刘俊等徐徐退回，朱元也不追赶。唯与边、许检查营盘，刚刚破了二寨，正是边、许二人的正营。士卒伤数千人，粮车失去数十车。边、许懊悔不及，只朱元寨中，不折一矢，不丧一兵。元向边、许冷笑数声，回营安睡去了。

刘仁赡闻边、许败绩，倍加愤悒，即致书齐王景达，请令边镐守城，自督各军决战。偏景达复书不从。仁赡懊闷成疾，渐渐地不能起床。少子崇谏，恐父病垂危，城必不守，不如潜出降周，还可保全家族，乃乘夜出城，拟泛舟渡往淮北，偏被小校拦住，执送城中。仁赡问明去意，崇谏直供不讳。仁赡大怒道："生为唐臣，死为唐鬼，汝怎得违弃君父，私出降敌呢！左

右快与我斩讫报来！"左右不好违令，只好将崇谏绑出，监军使周廷构，止住开刀，独驰入救解。仁赡令掩住中门，不令廷构入内，且使人传语道："逆子犯法，理应腰斩，如有为逆子说情，罪当连坐。"廷构闻言，且哭且呼，号叫了好一歇，并没有人开门。慌忙另遣小吏，向仁赡夫人处求救。仁赡夫人薛氏蹙然与语道："崇谏是我幼子，何忍置诸死地，但彼既犯令，罪实难容，军法不可私，臣节不可隳，若宥一崇谏，是我刘氏一门忠孝，至此尽丧，尚有何面目见将士呢！"夫妇同心，古今罕有。说着，更派使促令速斩，然后举丧。众皆感泣，周廷构独说他夫妇残忍，代为不平。为后文降周伏笔。

李重进闻得消息，也为感叹。部将多有归志，谓仁赡军令如山，不私己子，更有紫金山援兵，虽败未退，看来寿州是不易攻入，不如奏请班师，姑俟再举。重进不得已出奏，候旨定夺。

周主得重进奏章，犹豫未决。适李毂得病甚剧，给假还都，周主特遣范质、王溥同诣毂宅，问及军事进止。毂答道："寿州危困，亡在旦夕，盖御驾亲征，将士必奋，先破援兵，后扑孤城。城中自知必亡，当然迎降，唾手便成功了。"

范质、王溥还白周主，周主再下诏亲征。仍命王朴留守京城，授右骁卫大将军王环为水军统领，带领战舰数十艘，自闵河沿颍入淮，作为水军前队，自己亦坐着大舟，督率战舰百余艘，鱼贯而进，端的是舳舻横江，旌旗蔽空。

先是周与唐战，陆军精锐，非唐可敌，惟水军寥寥，远不及唐，唐人每以此自负。至是见周军战棹，顺流而下，无不惊心。朱元留心军事，探得周军入淮，便登紫金山高冈，向西遥望，果见战船如织，飞驶而来，或纵或横，指挥如意，也不禁失声道："罢了！罢了！周军鼓掉，如此锐敏，我水军反不相及，真是出人不料了！"说着，那周军已薄紫金山。周主躬擐甲胄，带着许多将士，陆续登岸，就中有一威风凛凛的大将，随着周主，龙颜虎步，与周主不相上下，不由地暗暗喝彩。有将校曾经战阵，认得是赵匡胤，随即报明。元即下冈至边、许寨中，与二人语道："周军来势甚锐，未可轻战，我军只好守住山麓，相戒勿动，待他锐气少衰，方可出与交锋。"许文缜道："彼军远来，正宜与他速战，奈何怯战不前！"言未已，即有军吏入报道："周将赵匡胤前来端营了！"许文缜便即上马，领兵杀出，边镐亦随了同去。独朱元留住不行，且语部曲道："此行必败。"果然不到多时，边、许两军狼狈奔回，各说赵匡胤厉害。朱元接着便微哂道："我原说周军势盛，不便力争，只可坚壁以待，两公不听忠告，乃有此败。"边、许尚不肯认错，还埋怨朱元不救。朱元道："我若来接应两公，恐各寨统要失去了。"说罢，愤愤回营。

许文缜因此恨元，密报陈觉，请觉表求易帅。觉已因朱元恃功不逊，上书弹劾，此时又补上弹章，诬元如何骄蹇，如何观望。唐主璟信觉疑元，另派武昌节度使杨守忠代元。守忠至濠州，觉遂传齐王景达命令，召元诣濠州议事。元料有他变，喟然叹道："将帅不才，妒功忌能，恐淮南要被他断送了。我迟早总是一死，不如就此毕命罢！"说着，拔剑出鞘，意欲自刎。忽有一人突入，把剑夺住，抗声说道："大丈夫何往不富贵，怎可为妻子死！"元按剑审视，乃是门下客宋均，便道："汝叫我降敌么？"均答道："徒死无益，何若择主而事。"元叹息道："如此君臣，原不足与共事，但反颜事敌，亦觉自惭。罢罢！我也顾不得名节了。"朱元为南唐健将，唐不能用，原是大误。惟元甘降敌，终亏臣节。乃把剑掷去，密遣人输款周军。

周主当然收纳，乘势督攻紫金山。许文缜、边镐两人，尚恃着兵众，下山抵敌，被赵匡胤用诱敌计，引至寿州城南，三路杀出，把唐兵冲作数段。吓得边、许连声叫苦，飞马奔还。后面的周军紧紧追来，他两人只望朱元出救，不妨朱元寨内已竖起降旗，自知立足不住，没奈何弃山逃走。朱元开营迎敌，只裨将时厚卿不肯从命，为元所杀。

周军既破紫金山大寨，又由周主督众追赶，沿淮东趋。周主自北岸进行，令赵匡胤等自南岸追击。水军统领王环，领着战船，自中流而下，沿途杀获万余人。那边镐、许文缜正向淮东窜去，适遇杨守忠带兵来援，且言濠州全军，都已从水路前来。边、许又放大了胆，与守忠合作一处，来敌周军，冤冤凑凑，又与赵匡胤相遇。

杨守忠不知好歹，便来突阵，周军阵内，由骁将张琼突出，抵住守忠。两人战了十多合，守忠战张琼不下，渐渐地刀法散乱，许文缜拨马来助，周将中又杀出张怀忠，四马八蹄，攒住厮杀。忽听得扑揻一声，杨守忠被拨落马，由周军活捉过去。文缜见守忠受擒，不免慌忙，一个失手，也被张怀忠擒住。唐军中三个将官，擒去一双，当然大乱。边镐拨马就走，由赵匡胤驱军追上，用箭射倒边镐坐马，镐堕落地上，也由周军向前，捆缚过来，余众逃无可逃，多半跪地乞降。

这时候的齐王景达及监军使陈觉，正坐着艨艟大舰，扬帆使顺，来战周军。周水军统领王环，适与相值，便在中流大战起来，两下里正在酣斗，但闻岸上鼓声大震，两旁统是周军站住，发出连珠箭，迭射唐兵。唐舰中多中箭倒毙，景达手足失措，顾陈觉道："莫非紫金山已经陷没么！"陈觉道："紫金山如已陷没，奈何杨守忠一军，亦杳无踪迹哩！"两人仿佛做梦。景达道："岸上统是周军，看来凶多吉少，我军将如何抵挡呢？"陈觉道："不如赶紧回军，再或不退，要全军覆没了。"景达忙传令退回。战舰一动，顿时散乱。王环乘势杀上，把唐舰夺了无数；所得粮械，更不胜计。唐兵或溺死，或请降，差不多有二三万名。景达、陈觉统逃还濠州去了。

周主追至镇淮军，方才停住，天色已暮，就在镇淮军留宿。越日又发近县丁夫数千人，至镇淮军筑城，夹淮为垒，左右相应。且将下蔡浮梁，移徙至此，扼住濠州来路，省得他再援寿州。会淮水盛涨，唐濠州都监郭廷谓率水军溯淮来毁浮梁，偏被周右龙武统军赵匡赞探悉，伏兵邀击，把他杀败。廷谓慌忙逃回，陈觉闻廷谓又败，连濠州都不敢留住，竟怂恿景达，同返金陵。只静江指挥使陈德诚一军，未曾对敌，还是完全无恙，他见景达等都已奔归，也恐孤军难保，渡江退还。

唐主闻诸军败退，拟自督诸将拒周。中书舍人乔匡舜上书极谏，唐主说他阻挠众志，流戍抚州。嗣又将守御方略问及神卫统军朱匡业、刘存忠，匡业不好直言，但诵罗隐诗道："时来天地皆同力，运去英雄不自由。"存忠亦从旁进言，谓臣意与匡业相同。唐主怒道："汝等坐视国危，不知为朕划策，反欲吟诗调侃，朕岂由汝等嘲弄吗？"两人叩首谢罪，唐主怒终未释，竟贬匡业为抚州副使，流存忠至饶州。一面部署兵马，即欲亲行。偏经陈觉奔还，运动宋齐邱等，代为解免。且言周军精锐异常，说得唐主一腔锐气，化作虚无，竟把督军自出的问题，搁过一边，不再提起。于是濠、寿一带，孤危益甚。

周主命向训为淮南道行营都监，统兵戍镇淮军，自率亲军回下蔡，贻书寿州，令刘仁赡自择祸福。过了三日，未见复音，乃亲至寿州城下，再行督攻。刘仁赡闻援兵大败，扼亢叹息，遂致病上加病，卧不能起，至周主贻书，他亦未曾寓目，但昏昏沉沉地睡在床中，满口呓语，不省人事。周廷构见周主复来，攻城益急，料知城不可保，乃与营田副使孙羽及左骑都指挥使张全约，商议出降。当下草就降表，擅书仁赡姓名，派人赍入周营，面谒周主。

周主览表甚喜，即遣阁门使张保续入城，传谕宣慰。刘仁赡全未预闻，统由周廷构、孙羽等款待来使，且迫令仁赡子崇让，偕张保续同往周营，泥首谢罪。周主乃就寿州城北，大陈兵甲，行受降礼。廷构令仁赡左右，舁仁赡出城，仁赡气息仅属，口不能言，只好由他播弄。好汉只怕病来磨。周主温言劝慰，但见仁赡瞟了几眼，也未知他曾否听见，乃复令舁回城中，服药养疴。一面赦州民死罪，凡曾受南唐文书，聚迹山林，抗拒王师的壮丁，悉令复业，不问前过，平日挟仇互殴，致有杀伤，亦不得再讼。旧时政令，如与民不便，概令地方官奏闻。加授刘仁赡为天平节度使，兼中书令，且下制道：

刘仁赡尽忠所事，抗节无亏，前代名臣，几人可比？朕之南伐，得尔为多，其受职勿辞！

看官试想！这为国效死的刘仁赡，连爱子尚且不顾，岂肯骤然变志，背唐降周？只因抱病甚剧，奄奄一息，任他舁出舁入，始终不肯渝节，过了一宿，便即归天。说也奇怪，仁赡身死，天亦怜忠，晨光似晦，雨沙如雾，州民相率巷哭，偏裨以下，感德自到，共计数十人，就是仁赡妻薛夫人，抚棺大恸，晕过几次，好容易才得救活，她却水米不沾，泣尽继血，悲饿了四五天，一道贞魂，也到黄泉碧落，往寻薬砧去了。夫忠妇节，并耀江南。

周主遣人吊祭，追封彭城郡王，授仁赡长子崇赞为怀州刺史，赐庄宅各一区。寿州故治寿春，周主因他城坚难下，徙往下蔡，改称清淮军为忠正军，慨然太息道："我所以旌仁赡的忠节呢！"唐主闻仁赡死节，亦恸哭尽哀，追赠太师中书令，予谥"忠肃"，且焚敕告灵，中有三语云：

魂兮有知，鉴周惠耶？歆吾命耶？

是夜唐主梦见仁赡，拜谒墀下，仿佛似生前受命情状。及唐主醒来，越加惊叹，进封仁赡为卫王，妻薛氏为卫国夫人，立祠致祭。后来宋朝亦列入祀典，赐祠额曰"忠显"，累世庙食不绝。人心未泯，公道犹存，忠臣义妇，俎豆千秋，一死也算值得了。小子有诗赞道：

> 孤臣拼死与城亡，
> 忠节堪争日月光。
> 试看淮南隆食报，
> 千秋庙貌尚留芳。

周主复命朱元为蔡州防御使，周廷构为卫尉卿，孙羽为太仆卿，开仓发粟，分给寿州饥民。另派右羽林统军杨信，为忠正军节度使，管辖寿州，自率亲军还都，留李重进等进攻濠州。欲知濠州能否攻入？且待下回分解。

南唐健将，首为刘仁赡，次为朱元。朱元智能拒敌，而为陈觉、许文缜双等所忌，迫令降周，元虽不免负主，然非激之使叛，亦何至铤而走险耶？许文缜、边镐，庸奴耳！景达骏竖，陈觉鄙夫，讵足与周主相敌，独刘仁赡誓守孤城，忠而且勇。妻薛氏亦知守大节，甘斩亲儿，国而忘家，公而忘私，诚为古今所罕有，南唐有此忠臣，并有此义妇，乃忍使五鬼为蔽，双忠毕命，岂不足令人太息乎！阐扬名节，责在后人，大书特书，正以维纲常而砭末俗尔。

第五十八回

楚北鏖兵阖城殉节
淮南纳土奉表投诚

却说唐将郭廷谓守住濠州，因闻周主北还，潜率水军至涡口，折断浮梁，又袭破定远军营，周武宁节度使武行德，猝不及防，竟将全营弃去，孑身逃免。廷谓报捷金陵，唐主擢廷谓为滁州团练使，兼充淮上水陆应援使。独周主接得败警，按律定罪，降武行德为左卫将军，又追究李继勋失寨罪名(见五十五回)，降为右卫将军。

周主本生父柴守礼，以太子少保光禄卿致仕，常与前许州行军司马韩伦游宴洛阳。韩伦系令坤父，也是一个大封翁，守礼更不必说。两人恃势恣横，洛人无敢忤意，竟以阿父相呼。

一日，与市民小有口角，守礼竟麾动家丁，格死数人。韩伦也在旁助恶，殴詈不休。市民不甘枉死，激动公愤，即向地方官起诉。地方官览这诉状，吓得瞠目伸舌，不敢批答，只好挽人调处，曲为和解。那柴、韩二老，怎肯认过？市民亦不愿罢休，索性叩阍讼冤。当时周廷对待守礼，虽未明言为天子父，但元舅懿亲，声势亦大，当时接得冤诉，无人敢评论曲直，只有上达宸聪。周主顾念本生，把守礼略过一边，唯查究韩伦劣迹，嗣闻韩伦干预郡政，武断乡曲，公私交怨，罪恶多端，乃命刑官定谳，法当弃市。韩令坤伏阙哀求，情愿削职赎罪，乃只夺韩伦本身官爵，流配沙门岛。令坤任官如故，守礼不复论罪。守礼为周主生父，似难坐罪，惟枉法全恩，亦属非是，此亦一瞽瞍杀人之案。误在周主未知迎养，致有此弊。

内供奉官孙延希，督修永福殿，役夫或就瓦中啖饭，用柿为匕，不意为周主所见，责延希虐待役夫，叱出处死，并黜退御厨使董延勋，副使张皓等。左库藏使符令光，历职内廷，素来清慎。至是周主又欲南征，敕令光督制军士袍襦，限期办集。令光不能如限，又有敕处斩。宰相等入廷救解，周主拂衣入内，不愿从谏，令光竟戮死都市。为这二案，都人代为呼冤。周主亦尝追悔，但素性暴躁，一或忤旨，便欲加刑。亏得皇后符氏从中解劝，还算保全不少。

显德四年十一月，又欲出征濠、泗，符后以天气严寒，力为谏阻。周主执意不从，累得符后抑郁成疾，饮食少进。周主不遑内顾，命王朴为枢密使，仍令留守东京，自率赵匡胤等出都，倍道至镇淮军。五鼓渡淮，直抵濠州城西，濠州东北十八里，有一巨滩，唐人在滩上立栅，环水自固。周主使内殿直康保裔，乘着橐驼，率军先济，赵匡胤为后应。保裔尚未毕渡，匡胤已跃马入水，截流而进。骑兵追随恐后，霎时间尽登滩上，攻入敌栅。栅内守兵，措手不及，纷纷溃散，遂得拔栅通道，径至濠州城下。

李重进早攻濠州南关，连日不下，忽闻御驾复来督师，大众奋勇百倍，或缘梯，或攀堞，不到半日，已攻入南关城。城东复有水寨，与城中作为犄角，王审琦奉周主命，领兵捣入，也将水寨据住。城北尚屯敌船数百艘，船外植木，防遏周军，周主命水师拔木进攻，纵火焚敌，敌船不能扑灭，被毁去七十余艘，余船遁去。

濠州诸防，种种失败，只剩得斗大孤城，如何保守？郭廷谓想出一法，遣人至周营上表，但说臣家属留居江南，今若遽降，必至夷族，愿先着人至金陵禀命，然后出降。周主微笑道："他无非是缓兵计，想往金陵乞援。朕亦不妨允他，等他援兵到来，一举歼灭，管教他死心塌地，举城出降了！"料事如神。遂留兵濠州城下，自移军往攻泗州。行至涣水东，遇着敌船，大约又有数百艘。当下水陆夹击，斩首五千余级，降卒二千余人，因即鼓行而东，所至皆下。赵匡胤为前锋，直薄泗州，焚南关，破水寨，拔月城。泗州守将范再遇，惊慌得不得，即开城乞降。匡胤入城，禁止掳掠，秋毫无犯，州民大悦，争献刍粟犒军。周主自至城下，再遇迎谒马前，受命为宿州团练使，拜谢而去。匡胤出奏周主，报称全城安堵，周主乃不复入城，分三道进兵。匡胤率步骑自淮南进，自督亲军从淮北进，诸将率水军由中流进。

淮滨因战争日久，人不敢行，两岸葭苇如织，且多泥淖沟堑。周军乘胜长驱，踊跃争趋，几忘劳苦。沿途与唐兵相值，且战且进，金鼓声达数十里。行至楚州西北，地名清口，有唐营驻扎，保障楚州，由唐应援使陈承昭扼守。赵匡胤溯淮而上，黉夜袭击，捣入唐营，陈承昭不及预备，慌忙逃生。匡胤入账，不见承昭，料他从帐后遁去，急急追赶，马到擒来，所有清口唐船，除焚荡外，尚得三百余艘，将士除杀溺外，收降七千人，淮上唐舰，扫得精光，周水军出没纵横，毫无阻碍。

濠州守将郭廷谓，曾遣使至金陵乞援，及使人返报，谓当促陈承昭援泗，所以闭城待着。不料承昭被擒，全军覆没，廷谓无法可施，只得依着周主命令，送呈降表。当令录事参军李延邹起草。延邹勃然道："城存与存，城亡与亡，这是人臣大义，奈何靦颜降敌！"廷谓道："我非不能效死，但满城生灵，无辜遭戮，我实未忍。况泗州已降，清口覆军，区区一城，如何保全，不如通变达权，屈节保民，愿君勿拘小节！"此语亦聊自解嘲。延邹掷笔道："大丈夫终不负国，为叛臣做降表！"掷地作金石声。廷谓大怒，拔剑相逼道："汝敢不从我命吗？"延邹道："头可断，降表不可草！"言未毕，已被廷谓把剑一挥，头落地上。濠州尚有戍兵万人，粮数万斛，廷谓举城降周，全城兵粮，俱为周有。

周主因泗州已降，不必后顾，当然大喜，敕授廷谓为亳州防御使，另派将吏驻守，自往楚州攻城。廷谓驰谒行幄，周主语廷谓道："朕南征以来，江南诸将，败亡相继，独卿能断涡口浮梁，破定远寨，也可算是报国了。濠州小城，怎能持久，就使李璟自守，亦岂足恃！卿可谓知几。现命卿往略天长，卿可愿否？"廷谓便称愿往，周主即令自率所部，往攻天长。再遣铁骑右厢都指挥使武守琦，率数百骑趋扬州。甫至高邮，扬州守将，已毁去官府民庐，驱人民渡江南行，及守琦入扬州城，已是空空洞洞，成了一片瓦砾场，此外只剩十余人。不是老病，就是残疾，死多活少，未便远行，因此还是留着。守琦付诸一叹，据实奏闻。

周主仍命韩令坤往抚扬州，招缉流亡，权知军府事宜，又派兵将拔泰州，陷海州。惟楚州防御使张彦卿与都监郑昭业，硬铁心肠，仿佛寿州的刘仁赡。周主亲御旗鼓，连日攻扑，城外庐舍，扫尽无遗，更发州民凿通老鹳河，引战舰入江，水陆夹击楚州城。炮声震地，鼓角喧天，彦卿绝不为动，唯与郑昭业同心堵御，视死如归。彦卿子光祚，随父登城，望见周军势盛，城中危在旦暮，乃泣谏彦卿道："敌强我弱，万难支持，城外又无一人来援，看来徒死无益，不如出降。"彦卿不答一词，旁顾诸将道："那里有敌军来攻，汝等可望见否？"诸将侧身他顾，光祚亦掉头瞧着，不妨彦卿拔出腰剑，竟向光祚顶后劈去，砉然一声，首随刀落。诸将闻有剑声，慌忙转视，但见一颗血淋淋的头颅，已在城上摆着，禁不住大家咋舌！彦卿却泣语诸将道："这是彦卿爱子，劝彦卿降敌，彦卿受李氏厚恩，义不苟免。这城就是我死所哩！诸君畏死欲降，尽可从便，但不得劝我，若劝我出降，请视我子首级！"仁赡杀子，彦卿亦杀子，可谓无独有偶。诸将皆感泣思奋，莫敢言降。

苦守至四十日，猛听城外一声怪响，好似天崩地塌一般。城上守卒，腾入天空，城墙坍陷至数十丈，那时堵不胜堵，周军从城缺杀入，一拥进来。原来周主督攻月余，焦躁异常，乃命军士凿城为窟，内纳火药，引以为线，线燃药发，把城轰坍，城遂被陷。彦卿尚结阵城内，誓死巷斗，战到日暮，杀得枪折刀缺，尚未肯休。既而退至州廨，矢刃俱尽，彦卿举绳床搏斗，犹格毙周军数十人，自身亦受了重伤，便大呼道："臣力竭了！"遂自刎而死。

郑昭业为周将所杀，余众千数百人，个个战死，无一生降。周军亦伤亡不少。周主大怒，下令屠城，自州署以及民舍，俱付一炬，吏民死了万余人。周主身死国亡，未始非由此所致。赵匡胤搜诛彦卿家属，男女多死，唯留一彦卿少子光祐，谓是忠臣遗裔，不当尽歼。俟屠城已毕，方入奏周主，请留彦卿一脉，为臣教忠。周主怒气已平，乃准如所请。复令修筑城垣，募民实城。仍须百姓，何必尽屠。

嗣接郭廷谓奏报，唐天长军使易赟，已举城归顺，周主仍令赟为刺史。自发楚州，转趋扬州。韩令坤迎入城内，城乏居民，满目萧条。周主见城内空虚，特命在故城东南隅，另筑小城，俾便驻守。未几又接黄州刺史司超捷报，谓与控鹤指挥使王审琦，败舒州军，擒唐刺史施仁望，于是淮右粗平。

周主出巡泰州，复至迎銮镇，进攻江南，临江遥望。见有敌舰数十艘，停泊江心，即命赵匡胤带着战船，前往攻击。敌舰不敢迎战，望风退去。匡胤直抵南岸，毁唐营栅，乃收军驶回。越日，周主又遣都虞侯慕容延钊、右神武统军宋延渥，水陆并进，沿江直下。延钊至东州，大破唐兵，江南大震。

先是江南小儿遍唱檀来，人不知为何因，颇以为怪。至周师入境，先锋骑兵，皆唱蕾歌，首句即为"檀来也"三字，才识童谣有验，益加惆惧。

是时已为周显德五年三月，即唐主璟中兴元年。唐主嗣位，年号保大，是年已为保大十六年，改称中兴元年。唐主闻周军临江，恐即南渡，又耻降号称藩，意欲传位皇弟景遂，令他出面求和。景遂本为皇太弟，至是上表辞位，略言不能扶危，自愿出就外藩。齐王景达，因出师败还，辞元帅职。唐主乃改封景遂为晋王，兼江南西道兵马元帅，景达为浙西道元帅，兼润州大都督。立皇子燕王弘冀为太子，参治朝政，派枢密使陈觉，奉表至迎銮镇，谒见周主，贡献方物，且请传位太子，听命中朝。

周主谕觉道："汝果诚心归顺，何必传位？且江北郡县，尚有庐、舒、蕲、黄四州，及鄂州汉阳、川二县，未曾归我，如欲乞和，即须献纳，方可开议！"觉叩伏案前，不敢违命。但言当遣还随员，再取表章。周主道："朕欲取江南，亦非难事，不特我军鼓勇争先，战胜攻取，就是荆南、吴越，也助顺讨逆，来请师期。"说至此，即检出二表，取示陈觉。觉一一接阅，一表是荆南高保融，奏称本道舟师，已至鄂州，一表是吴越王钱弘俶，奏称已发战掉四百艘，水军一万七千人，停泊江岸，候命进止。两表阅罢，觉愈加惊惶，且见迎銮镇一带，战舰如林，兵戈如蚁，大有气吞江南的形状，不由得形神皴槭，磕了无数响头，再四乞哀。鬼头鬼脑，不愧为五鬼之一。周主方道："汝速遣人取表，割献江北，朕得休便休，也不定要汝江南了。"觉拜谢而退，立遣随员还金陵，盛说周主声威，宜速割江北，还可保全江南。

唐主不得已，乃再遣阁门承旨刘承遇，至迎銮镇，愿将庐、舒、蕲、黄四州，及鄂州汉阳、川二县，尽行奉献。惟乞海陵盐监，仍属江南，周主不许。经承遇苦苦哀求，请岁结赡军盐三十万石，方邀允准。此外如奉周正朔，岁输土贡等款，亦由陈觉、刘承遇等承认，周主乃许令罢兵，且颁诏江南道：

皇帝恭问江南国主无恙，使人至此，奏请分割舒、庐、蕲、黄等州，画江为界，朕已尽悉。顷逢多事，莫通玉帛之欢，适自近年，遂构干戈之役，两地之交兵未息，蒸民之受弊斯多。日昨再辱使人，重寻前意，将敦久要，须尽缕陈。今者承遇爰来，封函复至，请割州郡，仍定封疆，狠形信誓之辞，备认始终之意，既能如是，又复何求！况陲顿静于烟尘，师旅便还于京阙，永言欣慰，深切诚怀。其常、润一带，及沿江兵樨，今已指挥抽退；兼两浙、荆南、湖南水陆兵士，各令罢兵，以践和约。言归于好，共享承平，朕有厚望焉！

陈觉、刘承遇既得求成，乃向周主处辞行。周主又语觉道："传位一事，尽可不必，朕有手书，烦汝转达汝主便了。"随即取书给觉，觉与承遇，复拜谢而去。还至金陵，将周主原书呈与唐主。书中写着：

别睹来章，备形缛旨，叙此日传让之意，述向来高尚之怀。仍以数岁已还，交兵不息，备论追悔之事，无非刻责之辞，虽古人有引咎责躬，因灾致惧，亦无以过此也。况君血气方刚，春秋甚富，为一方之英主，得百姓之欢心。即今南北才通，疆场甫定，是玉帛交驰之始，乃干戈载戢之初，岂可高谢君临，轻辞世务！与其慕希夷之道，曷若行康济之心。重念天灾流行，分野常事，前代贤哲，所不能逃。苟盛德之日新，则景福之弥远。勉修政务，勿倦经纶，保高义于初终，垂远图于家国。流芳贻庆，不亦美乎！特此谕意，君其鉴之！

周主既遣还陈觉等人，乃诏吴越、荆南军各归本道，赐钱弘俶犒军帛二万匹，高保融帛一万匹，命就庐州置保信军，简授右龙武统军赵匡赞为节度使，自从迎銮镇还扬州。唐主又遣同平章事冯延巳、给事中田霖，为江南进奉使，献入犒军银十万两，绢十万匹，钱十万贯，茶五十万斤，米麦二十万石，附以表文。略云：

臣闻孟津初会，仗黄钺以临戎，铜马既归，推赤心而服众。皇帝量包终古，德合上元，以其执迷未复，则薄赐徂征；以其向化知归，则俯垂信纳。仰荷含容之施，弥坚倾附之念。然以淮海逋陬，东南下国，亲劳玉趾，久驻王师，以是忧惭，不遑启处。今既六师返斾，万乘还京，合申解甲之仪，粗表充庭之实。望风陈款，不尽依依。

延巳等既至扬州，呈入表文，接连又遣汝郡公徐辽，客省使尚全，恭上买宴钱二百万缗。又有一篇四六表文，有云：

伏以柏梁高会，展极居尊，朝臣咸侍于冕旒，天乐盛张于金石，莫不竞输宝瑞，齐献寿杯。而臣僻处偏隅，回承睠顾，虽心存于魏阙，奈日远于长安，无由觐咫尺之颜，何以罄勤拳之意！遂令戚属躬拜殿廷，纳忠则厚，致礼则微，诚惭野老之芹，愿献华封之祝。

周主连得二表，特在行宫赐宴。冯延巳、田霖、徐辽、尚全，一并列座。辽代唐主李璟捧上寿觞，并进金酒器御衣犀带金银锦绮鞍马等物，周主亦各有赠赐。宴毕辞去，车驾乃启程还京。诏进侍卫诸军及诸道将士官阶，优给行营将士，追恤临阵伤亡各家属，子孙并量材录用。新得淮南十四州六十县，所欠赋税，并准蠲免。即授唐将冯延鲁为太府卿，充江南国信使，并以卫尉少卿前唐使锺谟为副，令赍国书及本年历书，还赴江南，并赐唐主御衣玉带及锦绮罗縠共十万匹，金器千两，银器万两，御马五匹，散马百匹，羊三百匹，犒军帛千万匹。

唐主李璟得书，乃去帝号，自称国主，用周显德年号，一切仪制，皆从降损；并因周信祖庙讳为"璟"（即郭威高祖，见前文），特将本名除去偏旁，易名为"景"。再遣冯延鲁、锺谟至周都，奉表谢恩。周主命在京师置进奏院，馆待来使，更升任延鲁为刑部侍郎，谟为给事中，仍遣归江南。小子有诗咏道：

连年争战苦兵戈，
割地称臣始许和；
我为淮南留一语，
国衰只为佞臣多！

此外尚有俘获唐将，亦陆续放还，候至下回开篇，再行详叙。

周师入淮，势如破竹，各城多望风乞降，其能为国捐躯者，除孙晟、刘仁赡外，尚有李延邹之不草降表，及张彦卿等之千人皆死。虽曰无补，忠足尚焉。彦卿杀子，见诸赵鼎臣《竹隐畸士集》，子可杀，君不可负，大义灭亲，臣节凛然。说者或讥其愚忠，夫时当五季，纲纪沦亡，得张彦卿等之秉节不挠，实足羽翼名教。即曰近愚，愚亦不可及矣。否则如陈觉、冯延巳等，匍匐乞哀，割地不知惜，屈节不知羞，偷生畏死，甘为奴隶，国家亦乌用此庸臣为耶！唐主璟之任用非人，以致蹙国降号，是乃所谓愚夫也已。

第五十九回

惩奸党唐主施刑
正乐悬周臣明津

却说唐使冯延鲁、钟谟，自周遣还，又释归南唐降卒，共五千七百五十人。嗣又将许文缤、边镐、周廷构等，也一并放归。先是冯延巳、陈觉等，自诩多才，睥睨一切，尝侈谈天下事，以为经略中原，可运掌上。延巳尤擅长聚咏，著有乐章百余阕，统是铺张扬厉，粉饰隆平。唐主璟本好诗词，与延巳互相唱和，工力悉敌，璟因引为同调。翰林学士常梦锡屡次进谏，极言延巳等浮夸无术，不应轻信。怎奈延巳正得君心，任你舌敝唇焦，也是无益！淮南战起，唐兵屡败，梦锡又密谏道："延巳等奸言似忠，若陛下再不觉悟，恐国家从此灭亡了！"唐主璟仍然不从。至李德明被杀，虽由宋齐邱、陈觉等从旁怂恿（见五十五回），延巳也串通一气，斥德明为卖国贼，应该伏诛。及许文缤等战败紫金山，同做俘虏，陈觉与齐王景达，自濠州遁归，国人恟惧，唐主璟召入延巳等，会商军事，甚至泣下，延巳尚谓无恐。枢密副使李征古与延巳同党，且大言道："陛下当治兵御敌，奈何做儿女子态，徒对臣等涕泣，莫非是酒醉不成，还是由乳母未至呢！"对君敢如此放肆，可知唐主之不堪为君。唐主不禁色变，征古却举止自若。

会司天监奏天文有变，人主应避位禳灾，唐主乃复召谕群臣道："国难未纾，我欲释去万机，栖心冲寂，究竟何人可以托国？"李征古先答道："宋公齐邱，系再造国手，陛下如厌弃国机，何不举国授予宋公！"陈觉亦从旁插嘴道："陛下深居禁中，国事皆委任宋公，先行后闻，臣等可随时入侍，与陛下同谈释老了。"唐主闻言，目顾延巳，延巳亦似表同情。乃命中书舍人陈乔草诏，将委国与宋齐邱。乔俟群臣退后，独持入草诏，造膝密陈道："宗社重大，怎可假人！今陛下若署此诏，从此百官朝请，皆归齐邱，尺地一民，俱非己有。就使陛下甘心淡泊，脱屣万乘，独不念烈祖创业，如何艰难，难道可一朝委弃吗？古有齐淖齿、赵李兑（皆战国时人），近有让皇，且为陛下所亲见。抚今思昔，能不寒心！臣恐大权一去，求为田舍翁，且不可得了！"唐主愕然道："非卿言，几落贼人彀中！"于此益见李璟之愚。乃将草诏撕毁，引乔入见皇后钟氏及太子弘冀，且指语道："这是我国忠臣！他日国家急难，汝母子可托付大事，我虽死无遗恨了。"嗣是乃疑忌宋齐邱、陈觉等人。

觉诣周议和，还至金陵，矫传周主诏命，谓江南连岁拒周，皆由严续主谋，须立杀无赦。续为故相严可求子，尚唐烈祖李昇女。性颇持正，不入宋党。唐主命为门下侍郎，兼同平章事。觉与续有嫌，因借此构陷。唐主已有三分明白，不忍杀续，但罢为少傅，且令觉退出枢密，但令为兵部侍郎。并将左相冯延巳亦罢黜相位，降为太子少傅，黜枢密副使李征古，令为晋王景遂副倅。

及钟谟南归，入见唐主，乘隙进言道："宋齐邱累受国恩，见危不能致命，反谋篡窃，陈觉、李征古等，阴为羽翼，罪实难容，请陛下申罪正法！"唐主忽忆及觉言，便问谟道："觉曾传周主命，迫诛严续，卿在周廷，果闻有此语否？"谟答道："臣未闻此言，恐是由觉捏造。就是前时李德明，与臣同往议和，他亦无非衡量强弱，因请割地求成，齐邱与觉，说他卖国，遂致诛死，试问今日觉往通款，比前时德明所请，得失何如？德明受诛，觉怎得无罪？"虽未免袒护德明，却是言之有理。唐主沉吟多时，乃语谟道："究竟周主欲诛严续否？"谟又道："臣谓周主必无此言。如若不信，臣可至周廷问明。"唐主点首，因令谟再赍表入周，略言久拒王师，皆由臣昏愚所致，严续无与，请加恩宽宥。周主览表，不禁惊诧道："朕何曾欲诛严续？就使续欲拒朕，彼时桀犬吠尧，各为其主，朕亦何必过事苛求。"谟乃述及严续刚正，及陈觉等矫诈情状，周主又道："据汝说来，严续为汝国忠臣，朕为天下主，难道教人杀忠臣吗？"谟叩谢而归,报明唐主。

唐主因欲诛宋齐邱等,又遣钟谟诣周禀白。周主道:"诛佞录忠,系汝国内政,但教汝主自有权衡,朕不为遥制呢。"谟即兼程还报,唐主乃命枢密使殷崇义,草诏惩奸,历数宋齐邱、陈觉、李征古罪恶,放齐邱还九华山,谪觉为国子博士,安置饶州,夺征古官,流戍洪州。觉与征古惘惘出都,途中复接唐主敕书,赐令自尽。南唐五鬼,陈觉为首,还有魏岑、查文徽已病死,此外只剩二冯。唐主不复问罪,寻且迁任延巳为太子太傅,延鲁为户部尚书,宠用如故。

唐主尝曲宴内殿,从容语延巳道:"吹皱一池春水,何干卿事!"延巳答道:"怎能如陛下所咏:'小楼吹彻玉笙寒',更为高妙呢。"时江南丧败不支,苟延岁月,君臣不能卧薪尝胆,乃各述曲宴旧诗,作为评谑,无怪他一蹶不振,终致灭亡。评断有识。惟宋齐邱至九华山,唐主命地方有司,锁住齐邱居宅,不准自由,但穴墙给予饮食。齐邱叹道:"我从前为李氏谋划,幽住让皇帝族于泰州,天道不爽,理应及此,我也不想再活了!"遂自经死。唐主谥为"丑缪",追赠李德明为光禄卿,赐谥曰"忠"。亦未见得。

因复遣使报周,并贡冬季方物。周主特派兵部侍郎陶穀报聘,穀素有才名,周主闻江南人士,多擅文才,故令穀充使职。穀既至金陵,见了唐主,吐属风流,温文尔雅,唐主亦颇起敬,特命韩熙载陪宾,殷勤款待。熙载素称江南才子,家中藏书甚多,穀向他借观,且嘱馆伴抄录,一时不能脱身。唐宫中有歌妓秦蒻兰,知书识字,色艺兼优,唐主命她至客馆中,充作女役。不怀好意。穀见她容颜秀丽,体态娉婷,已不禁暗暗喝彩,惟身为使臣,不便细询姓氏,总还道是驿吏女儿,未敢唐突。哪知娟娟此豸,故意撩人,有时眼角留情,有时眉梢传语,有时轻颦巧笑,卖弄风骚,惹得陶穀支持不定,未免与她问答数语。偏她应对如流,无论什么诗歌,多半记忆,益令陶穀倾心钟爱,青眼垂怜,渐渐的亲近香肤,引为腻友。美人解意,才子多情,那有不移篙近岸,图成美事?一宵好梦,备极欢娱。越宿起床,那美人儿出外自去,镇日里没有见面。穀已是启疑,适由韩熙载奉唐主命,邀令晚宴,穀不好固辞,随着同行。既入唐廷,自有内侍趋出,导引入内殿中,唐主已经待着,降阶相迎。寒暄已罢,即请入席,且召歌妓侑觞,穀很是矜持,唐主微讽道:"公南来有日,久居馆中,独不嫌岑寂吗?"穀答称借阅韩书,幸免岑寂。唐主道:"江南春色,闻已为公采得一枝,何必相欺!"穀极力答辩,唐主付诸一笑,仍举觥劝饮,穀饮了一二杯,忽听得歌声幽咽,从屏后出来。歌云:

> 好姻缘,恶姻缘,只得邮亭一夜眠。

穀听此二语,已觉惊心,复又有歌词续下道:

> 别神仙。琵琶拨尽相思调,知音少!再把鸾胶续断弦,是何年!

这词名为"春光好"。穀博通词曲,当然知晓,且料有别因,忙从屏间一瞧,果然走出一个歌娘,似曾相识,微颦眉山,仔细谛视,就是昨夜相偎相抱的秦蒻兰,禁不住面上生惭,汗涔涔下,中冓之言,不可道也,所可道也,言之丑也。便即起座谢宴,托言醉不能饮,经唐主嘲讽数语,也只好似痴似聋,转身退去。次日便即辞行,自回大梁去了。唐主如此弄人,成何大体。

唐主自鸣得意,且不必说。惟南汉主晟,闻唐为周败,不免加忧。他自篡位以后,猜忌骨肉,把弘昌以下十三弟,杀得一个不留。诸侄因尽加歼戮,惟选得几个美色的侄女,取入宫中,迫为婢妾。禽兽不如。且派兵入海,掠得商贾金帛,增筑离宫数千间,殿侧皆置宫人,令她候晓,名为候窗监。每值宴会,晟独坐殿廷间,侍宴百官,各结彩亭,列坐殿旁两庑。宴酣后,令有司槛兽而进,两旁翼以刀戟。晟下殿射兽,兽未死,即用戈戟戮毙,算作乐事。又尝夜饮大醉,用瓜置伶人尚玉楼项间,拔剑劈瓜,并斩尚首。翌日酒醒,再召玉楼侍宴,左右谓昨已受诛,方才叹息。后宫专宠,有两个李妃,一号李丽妃,一号李蟾妃。宫人卢琼仙、黄琼芝,色美性狡,特授为女侍中,朝服冠带,参决政事。宦官中最宠林延遇,诸王夷灭,俱由延遇主谋。延遇临死,荐同党龚澄枢自代。澄枢刁滑,与延遇相类。朝政不修,权出嬖幸。至闻周征服淮南,意欲入贡周廷,因为湖南所隔,不便通道,乃治战舰,修武备,为自固计。未几又自叹道："我身得免祸患，已是幸事，还要管什么子孙呢？"自知颇明。会月食牛女间，出书占卜，谓为自己应该当灾，乃纵情酒色，为长夜饮，渐渐的精枯色悴，加剧而亡。年三十九岁。

长子继兴嗣立，改名为鋹。尊故主晟为中宗。时鋹年十六，委政中官，龚澄枢、陈延寿权势最重，又进卢琼仙为才人，内政皆取决琼仙，台省官仅备员数，不得与闻国政。鋹性好奢，筑万政殿，一柱费用，须白金三千锭。又建天华宫，筑黄龙洞，日费千万，毫不吝惜。宦官李托，有二养女，均有姿色，长女入为贵妃，次女亦得为才人，一时并宠。还有宫婢波斯女，黑腯而慧，光艳动人，性善淫媚，赐名媚猪。尚书右丞钟允章欲整肃纲纪，惩治奸猾，适为宦官所忌，诬称允章谋反。迫鋹加刑，竟致族诛。遂擢李托为内太师，兼六军观军容使，国事皆禀托后行。鋹日与大小李妃及波斯媚猪，恣为淫乐，自称萧闲大夫，不复临朝视事。中官多至七千余，或加至三公三师职衔，女官亦不下千人，也有师傅令仆的名目。陈延寿又引入女巫樊胡子，戴远游冠，衣紫霞裙，踞坐帐中，自称有玉皇附见，能预知祸福，呼鋹为太子皇。鋹极端迷信，往往向胡子就教。卢琼仙及龚澄枢等，争相依附，胡子乃伪言琼仙、澄枢、延寿，统是上天差来，辅佐太子皇，不宜轻加罪谴。鋹信用益坚，视国事如儿戏，但因僻处岭南，周天子无暇问罪，所以昏愦糊涂的刘鋹，尚得荒纵数年，等到赵宋开国，然后灭亡。这且待《宋史演义》中，再行详述，本书已将终篇，不必絮谈了。界画分明。

且说周主还都后，皇后符氏薨逝，年止二十有六，谥曰"宣懿"。后妹亦颇有容色，出入宫中，周主欲册为继后，因南征得手，又思北讨，所以未遑行礼。未几即为显德六年，高丽女真，均遣人入贡方物。周主御崇德殿，召见番使，命有司遍设乐悬，藉示汉仪。四面钟磬陈列，有几处止属虚设，未闻击响。待番使退朝，周主召问乐工，何故不击钟磬。乐工谓向例如此，不敢妄击。周主再加细诘，乐工多不能答，乃命端明殿学士窦仪，讨论古今雅乐，考订阙失。窦仪谓通晓乐音，臣不如朴，因令朴订定乐律。朴援据古今，具疏胪陈，略云：

臣闻礼以检形，乐以治心。形顺于外，心和于内，而天下不治者，未之有也。夫乐生于人心，而声成于物，物声既成，复能感人之心，是谓之乐。昔黄帝吹九寸之管，得黄钟正声，半之为清声，倍之为缓声，三分损益之，以成十二律，旋相为宫，以生七调为一均，凡十二均，八十四调而大备。遭秦灭学，历代罕能用之。唐祖孝孙考正大乐，其法始备，安史之乱，十七八九，至于黄巢，荡尽无遗。时有博士殷盈孙，铸镈钟十二，编钟二百四十。处士萧承训，校定石磬，今之在悬者是也。虽有钟磬之状，殊无相应之和，其镈钟不问音律，但循环而击，编钟编磬，徒悬而已。丝竹匏土，仅有七声，黄钟之宫，止存一调；盖乐之缺坏，无甚于今。陛下临视乐悬，知其亡失，以臣尝学律吕，宣示古今乐录，命臣讨论，臣虽不敏，敢不奉诏！

朴上疏后，援照古法，用秬黍定尺，一黍为分，十黍为寸，积成九寸，径三分，为黄钟律管。推演得十二律，因作律准。共分十有三弦，长九尺，依次设柱，系弦成声。第一弦为黄钟律，第二弦为大吕律，第三弦为太簇律，第四弦为夹钟律，第五弦为姑洗律，第六弦为仲吕律，第七弦为蕤宾律，第八弦为林钟律，第九弦为夷则律，第十弦为南吕律，第十一弦为无射律，第十二弦为应钟律，第十三弦为黄钟清声。声律既调，用七律为一均，错成五音：宫声为主，徵声、商声、羽声、角声，互为联属。五音相续，迭声不乱，合成八十四调，然后配以笙簧，间以钟磬，凡四面乐悬，无不协响，合成节奏。无论何种歌曲，但好谱入乐声，均能应腔合拍，不疾不徐。朴又上言此法久绝，出臣独见，乞集百官校正得失。有诏令百官再行参酌。百官多半是门外汉，晓得什么音律奥旨，彼此同声附和，统复称王朴高才，非臣等所及。乃命乐工演试，果然五声有序，八音克谐，乐得周主心花怒开，极称盛事。

周主又究心贡举，务求得人，裁并寺院，严禁左道。平居辄留意农事，刻木为农夫、蚕妇，列置殿廷。且诏散骑常侍艾颖等三十四人，分行诸州，均定田租。又诏诸州并乡村，率以百户为团，团置耆长三人，令司民事，课耕劝稼。又从汴口疏河通淮，以达舟楫，再导汴水入蔡水，以便漕运公私交利，上下翕然。周世宗为五代贤主，故历叙美政。周主遣王朴巡视汴口，督建斗门。工既告竣，还过故相李谷第，忽然疾作，晕仆座上。慌忙用人舁归，医治无效，竟尔谢世，年五十四岁。周主亲往吊丧，用玉钺叩地，痛哭再四，不能自止。左右从旁慰劝，周主仰天叹道："天不欲我平中原吗？何为夺我王朴，有这般迅速哩！"吊毕回宫，数日不欢。

朴精究术数，谈言多中，周主志在统一，常恐运祚短促，不能如愿。一日从容问朴，谓朕躬践阼，能得几年，朴答道："陛下有心致治，尝以苍生为念，天高听卑，自当蒙福。臣本固陋，一知半解，推演数理，可得三十年。三十年后，非臣所能知呢。"周主喜道："诚如卿言，朕当为主三十年，十年开拓天下，十年养百姓，十年致太平，朕志足了！"后来征辽回师，便即晏驾，计在位止及五年零六个月，似与朴言不符。或谓五六乃三十成数，朴不便直言，故用隐谜相答。究竟朴能否预知，小子也不能断定，只好援据遗闻，随笔录叙。因继咏一诗道：

> 怀才挟术佐明王，
> 天不假年剧可伤！
> 岂是庆陵(周世宗陵)将晏驾，
> 先归地下待吾皇！

王朴既殁，周主失一股肱，但北伐雄心，仍然不改，因即下诏亲征。欲知周主北伐情形，下回再当详叙。

唐为周败，国威不振，至于割地请和，始正宋党之罪，论者已嫌其太迟。窃谓亡羊补牢，尤为未晚，越王勾践，其前师也。唐主璟诚自惩前败，黜佞任良，则十年生聚，十年教训，二十年后，与北宋角逐中原，尚未知鹿死谁手。顾犹信用二冯，吟风嘲月。迨周使远来，则密嘱歌妓以狎侮之，饵人不足，结怨有余，多见其不知量也。刘晟父子，更出璟下，故其亡也，比江南为尤速。至若周世宗之英武过人，王朴之智谋绝俗，天独未假以年，不获共谋统一，命耶数耶？是固在可解不可解之间矣。然世宗美政，王朴长材，不容过略，故类叙之以风示后世云。

第六十回

得辽关因病返跸
殉周将禅位终篇

却说周主南征时，北汉主刘钧乘虚袭周，发兵围隰州。隰州刺史孙议得病暴亡，后任未至，骤闻河东兵至，不免惊惶，幸亏都监李谦溥权摄州事，浚城隍，严兵备，措置有方，不致失手。时方盛夏，河东兵冒暑围城，谦溥引二小吏登城，从容督御，身服绮纷，手挥羽扇，毫无慌张形状。河东将士却也料他不透，未敢猛攻。谦溥又潜约建雄军节度使杨廷璋，各募敢死士百人，夜劫河东兵寨。河东兵猝不及防，仓皇散走，谦溥自率守军，开城追击，逐北数十里，斩首数百级，隰州解围。

当下奏报行在。周主即令谦溥为隰州刺史，且命昭义军节度使李筠，与杨廷璋联兵北讨，共伐狡谋。李筠遂进攻石会关，连破河东六寨，廷璋仍命李谦溥往侵汉境，夺得一座孝义县城。北汉主刘钧，不禁生忧，小挫即忧，想什么乘虚袭人？慌忙飞使至辽，乞请济师。辽主述律不愿出兵，支吾对付，急得刘钧忧急万分。再三通使求援，辽主乃授南京留守萧思温为兵部都总管，助汉侵周。周主已征服南唐，返至大梁，接得辽汉寇合的消息，决意亲征。他想北汉跳梁，全仗辽人为助，若要釜底抽薪，不如首先攻辽，辽人一败，北汉势孤，自然容易讨平。

计议已定，乃命宣徽南苑使吴延祚权东京留守，宣徽北院使昝居润为副，三司使张美为大内都部署。其余各将，各领马步诸军，及大小战船，驰赴沧州，自率禁军为后应。都虞侯韩通，由沧州治水道，节节进兵，立栅乾宁军南，修补坏防，开游口三十六，可达瀛、莫诸州。周主亦自至乾宁军，规划地势，指示军机，遂下令进攻宁州。宁州刺史王洪自知不能守御，开城乞降。乃派韩通为陆路都部署，赵匡胤为水路都部署，水陆并举，向北长驱。车驾自御龙舟，随后继进。

朔方州县，自石晋割隶辽邦，好几年不见兵革，骤闻周师入境，统吓得魂胆飞扬。所有官吏人民，望风四窜，周军顺风顺水，直薄益津关。关中守将终廷辉登阙南望，但见河中敌舰，一字儿排着，旌旗招扬，矛戟森严，不由得心虚胆怯，连打了好几个寒噤。正在没法摆布，可巧有一人到来，连呼开关，廷辉瞧将下去，乃是宁州刺史王洪。便问他来意，洪但说有秘事相商，须入关面谈。廷辉见他一人一骑，不足生畏，乃开关纳入，两下晤谈。洪先自述降周的原因，并劝廷辉也即出降，可保关内百姓。廷辉尚在狐疑，洪又道："此地本是中国版图，你我又是中国人民，从前为时势所迫，没奈何归属北廷，今得周师到此，我辈好重还祖国，岂非甚善！何必再事迟疑？"廷辉听了这番言语，自然心动，便允出降。

周主令王洪返守宁州，留廷辉守益津关，各派兵将助守，遣赵匡胤为先锋，溯流西进。渐渐的水路促狭，不便行舟，乃舍舟登陆，入捣瓦桥关。匡胤到了关下，守将姚内斌，见来兵不多，即率数千骑士，出城截击。经匡胤大杀一阵，内斌麾下，伤亡了数百名，方才退回。越日，周主亦倍道趋至，都指挥使李重进以下，亦相继到来，还有韩通一军，收降莫州刺史刘楚信、瀛洲刺史高彦晖，沿途毫无阻碍，也到瓦桥关下会师。眼见得周军云集，慑服雄关。

匡胤督军攻城，先在城下招降姚内斌，大略谓"王师前来，各城披靡，单靠这偌大关隘，万难把守，若见机投顺，不失富贵，否则玉石俱焚，幸勿后悔！"内斌沉吟多时，方答言明日报命。匡胤也不强迫，便按兵不攻。静守一宵，次日拟再往攻关，已有探骑报入，敌将姚内斌开城来降。匡胤乃待他到来，导见周主。内斌拜到座前，周主好言抚慰，而授为汝州刺史，内斌叩首谢恩，随起引周军入关。

周主置酒大会，遍宴群臣，席间议进取幽州，诸将奏对道："陛下出师，只四十二日，兵不过劳，饷不过费，便得关南各州，这都由陛下威灵，所以得此奇功。惟幽州为辽南要隘，必有重兵把守，将来旷日持久，反恐不美，还请陛下三思！"周主默然不答。散宴后，便召指挥使李重进入帐道："我军前来，势如破竹，关南各州县，不劳而下，这正是灭辽扫北的机会，奈何中道还师！且朕欲统一中原，平定南北，时不可失，决意再进！汝可率兵万人，翌日出发。朕即统兵接应，不捣辽都，定不回军！"重进料难劝阻，只好应声退出。又传谕散骑指挥使孙行友，率骑兵五千名，往攻易州，行友亦奉旨去讫。

重进于次日启行。行至固安，城门洞辟，守吏已经遁去，一任周兵拥入。重进令军士略憩，另派哨骑探视行径。返报固安县北，有一安阳水，既无桥梁，又无舟楫，想是由辽兵惧我前往，所以拆桥藏舟，阻我去路。重进闻报，颇费踌躇，忽闻周主驾到，乃即出城迎谒，禀明前途阻碍。周主锐图进取，当即与重进往阅河流，果然水势汪洋，深不见底。巡视一回，便谕重进道："此水不能徒涉，只好速筑浮梁，方便进兵。"重进当然应命。周主乃令军士采木作桥，限期告竣，自率亲军还驻瓦桥关。

天有不测风云，人有旦夕祸福。周主忽然得病，连日未瘳。那孙行友却已攻下易州，擒住刺史李在钦，献入行营。周主抱病升帐，问他愿降愿死，在钦抗声不屈，触动周主怒意，即命推出斩首。此人却有别肠，莫非命中该死。自觉支持不住，退入寝所。又越两日，仍然未瘳，当由赵匡胤入账劝归。周主不得已照允，乃改称瓦桥关为雄州，留陈思让居守，益津关为霸州，留韩令坤居守，然后下令回銮。

返至澶渊，却逗留不行。宰辅以下，只令在寝门外问疾，不许入见，大众俱惶惑得很。澶州节度使兼殿前都点检张永德，与周主为郎舅亲，独得入寝所问视，婉言进谏道："天下未定，根本空虚，四方藩镇，多是幸灾乐祸，但望京师有变，可从中取利。今澶、汴相去甚迩，车驾若不速归，益致人心摇动，愿陛下俯察舆情，即日还都为是！"周主怫然道："谁使汝为此言？"永德道："群臣统有此意。"周主目注永德道："我亦知汝为人所教，难道都未喻我意吗？"未几又摇首道："我看汝福薄命穷，怎能当此！"永德闻言，竟莫名其妙，只管俯首沉思。实是一片疑团。猛听周主厉声道："汝且退去，朕便回京！"

永德慌忙趋出，部署各军，专待周主出来，周主也即出帐，乘辇还都。看官！你道周主何故疑忌永德？原来周主因病南还，途次稍觉痊愈，偶从囊中取阅文书，忽得直木一方，约长三尺，上有字迹一行，乃是"点检作天子"五字！不由得惊异起来。他亦不便询问左右，仍然收贮囊中，默思石敬瑭为明宗婿，后来篡唐为晋，今永德亦尚长公主，难道我周家天下，也要被他篡夺吗？左思右想，无从索解，及见永德劝他回京，心中忍耐不住，遂露了一些口风。永德哪里知晓，当然摸不着头脑，只好搁过一边。

及周主入京，病体略松，便册宣懿皇后胞妹符氏为继后，封长子宗训为梁王，次子宗让为燕国公。命范质、王溥两相参知枢密院事。授魏仁浦为枢密使，兼同平章事，吴延祚亦授枢密使。都虞侯韩通得兼宋州节度使，加检校太尉，赵匡胤为殿前都点检，加检校太傅，兼忠武军节度使。此外文武诸官，亦迁转有差。独叙韩通、赵匡胤，实为下文伏案。独免都点检张永德官，但令为检校太尉，留奉朝请。朝臣统是惊疑，不知葫芦里卖什么药，惟啧啧私议罢了。

先是周主微时，尝梦神人畀一大伞，色如郁金，上加道经一卷，周主审视道经，似解非解，及醒后追思，尚记忆数语。嗣是福至心灵，举措无不合宜，遂得身登九五，据有大宝。及征辽归国，常患不豫，有时勉强视朝，数刻即退，御医逐日诊治，终乏效验。一日卧床休养，恍惚间复见神人来索大伞及道经。周主当即交还，又欲向神探问后事，神人不答，拂袖竟去。周主追曳神衣，突闻一声朗语，竟致惊醒。开眼一瞧，手中牵着的衣袂，乃是榻前的侍臣。就是梦中听见的声音，亦无非侍臣惊问，不觉自己也好笑起来，转思梦中情景，甚觉不祥，便起语侍臣道："朕梦不祥，想是天命已去了。"侍臣答道："陛下春秋鼎盛，福寿正长，梦兆不足为凭，请陛下安心！"周主道："汝等哪里能知？朕不妨与汝等说明。"随将前后梦象，略述一遍。侍臣仍然劝解，偏是得梦以后，病竟增剧。

显德六年六月，忽至弥留，急召范质等入受顾命，嘱立梁王宗训为太子，并命起用故人王著，委以相位。质等应诺，及退出宫门，互相窃议道："翰林学士王著，日在醉乡，怎堪为相，愿彼此勿泄此言。"众皆点头会意。是夕周主竟病崩万岁殿中，享年三十九岁。可怜这年华韶稚的新皇后，正位仅及匝旬，忽然遭此大故，叫她如何不哀，如何不哭！实属可怜，后来还要可痛。还有梁王宗训，年仅七岁，晓得什么国事，眼见是寡妇孤儿，未易度日。

宰相范质等亲受遗命，奉着七龄帝制，即位枢前。服纪月日，一依旧制，翰林学士兼判太常寺窦俨，追上先帝尊谥，为睿武孝文皇帝，庙号"世宗"。是年冬奉葬庆陵。总计五代十二君，要算周世宗最号英明，文武参用，赏罚不淆，并且知民疾苦，兴利除害，所以在位五年有余，武功卓著，文教诞敷，升遐以后，远近哀慕。惟纳李崇训妻为皇后，夫妇一伦，不无遗议；纵本生父柴守礼杀人，父子一伦，亦留缺憾；就是因怒杀人，往往刑不当罪，未免有伤躁急。但瑕不掩瑜，得足抵失。可惜享年不永，赍志以终，遂使这寡妇孤儿，受制人手，一朝变起，宗社沉沦。这或是天数使然，非人力所可挽回呢！特加论断。为周世宗生色。

闲话休表，且说周幼主宗训嗣位，一切政事，均由宰相范质等主持，尊符氏为皇太后，恭上册宝。朝右大臣，也有一番升迁，说不胜说。惟宋州节度使兼检校太尉韩通，调任郓州节度使，仍充侍卫亲军副都指挥使。改许州节度使赵匡胤为宋州节度使，仍充殿前都点检，兼检校太傅。封晋国长公主张氏(即张永德妻)为大长公主，令驸马都尉兼检校太尉张永德，为许州节度使，进封开国公。所有范质、王溥、魏仁浦、吴延祚四人，均加公爵。仅叙数人升迁，均寓微意。

北面兵马都部署韩令坤，奏败辽骑五百人于霸州。周廷以国遇大丧，未暇用兵，但饬边戍各将，慎守封疆，毋轻出师。辽主述律本来是沉沉湎酒色，无志南侵，当关南各州失守时，他尝语左右道："燕南本中国地，今仍还中国，有什么可惜呢？"可见后来辽兵入寇，实是故意讹传。北汉主刘钧屡战皆败，亦不敢轻来生事。不过三国连界，彼此戍卒，未免龃龉，或至略有争哄情事，自周廷遥谕静守，边境较安。都为后文返照。

好容易过了残年，周廷仍未改元，沿称显德七年。正月朔日，幼主宗训未曾御殿，但由文武百僚，进表称贺。蓦然间接得镇定急报，说是辽兵联合北汉，大举入寇，请速发大兵防边。宰相范质等亟入白符太后。符太后是年轻女流，安知军事，一听范质等处置。范质等派定殿前都点检赵匡胤，会师北征，令副都点检慕容延钊为前锋，率兵先发。此外如高怀德、张令铎、张光翰、赵彦徽等，陆续会齐，即祃纛兴师，逐队出都。匡胤亦陛辞而行。

京都下起了一种谣传，谓将册点检为天子，市民多半避匿。究竟这种传言，是由何人首倡，当时亦无从推究。廷臣中也有几个闻知，总道是口说荒唐，不足凭信。那符太后及幼主宗训全然不闻此事。哪知正月三日出兵，正月四日晚间，即由陈桥驿递到警信，急得满廷百官，都错愕不知所为。原来赵匡胤到了陈桥，竟由都指挥高怀德、都押衙李处耘、掌书记赵普等，与匡胤弟匡义密商，推立点检为天子。数人忙了一宵，已把将士运动妥当，便于正月四日黎明，齐至匡胤寝所，喧呼万岁。匡胤闻声惊觉，欠身徐起，当由匡义入室报闻。匡胤尚未肯承认，出谕将士，但见众校已露刃环列，由高怀德捧入黄袍，披在匡胤身上。众将校一律下拜，三呼万岁。匡胤还要推辞，总有这番做作。偏众人不由分说，竟将他扶掖上马，迫令还汴。匡胤揽辔传谕道："汝等能从我命，方可还都。否则我不能为汝主！"众皆听令。匡胤乃与约法三条，一是不得惊犯太后母子，二是不得欺凌公卿大夫，三是不得侵掠朝市府库。经大众齐声答应，然后肃队入都。

殿前都指挥石守信、都虞侯王审琦，已接匡义密报，具知大略。他两人与匡胤兄弟素来莫逆，有心推戴匡胤。便暗中传令禁军，放匡胤全军入城，禁军乐得攀龙附凤，不生异言。匡胤等竟安安稳稳，趋入大梁。甫抵都城，先遣属吏楚昭辅，入慰匡胤家属。时匡胤父弘殷已殁，独老母杜氏在堂，闻报惊喜道："我儿素有大志，今果然出此！"一语作为铁证。

及匡胤入城，已是正月五日上午。百官早朝，正议论陈桥消息，忽见客省使潘美，驰入朝堂，报称点检由各军推戴，奉为天子，现已入都，专待大臣问话。范质等仓皇失措，独侍卫亲军副都指挥使韩通，慌忙退朝，拟集众抵御。途次遇着匡胤部校王彦昇，朗声呼道："韩侍卫快去接驾，新天子到了！"通大怒道："天子自在禁中，何物叛徒，敢思篡窃，汝等贪图富贵，去顺助逆，更属可恨！速即回头，免致夷族！"彦昇不待说毕，已是怒不可遏，便即拔刀相向。通手无寸铁，怎能与敌，没奈何回身急奔。彦昇紧紧追捕，通跑入家门，未及阖户，已被彦昇闯入。彦昇手下又有数十名骑兵，一拥进去，通只有赤身空拳，无从趋避，竟被彦昇手起刀落，砍翻地上，一道忠魂，奔入鬼门关，往见那周世宗，诉冤鸣枉去了。可对周世宗于地下。彦昇已杀死韩通，索性闯将进去，把韩通一家老小，杀得一个不留，然后出报匡胤。

匡胤入城后，命将士一律归营，自己退居公署。不到半日，由军校罗彦瓌等，将范质、王溥等人拥入署门。匡胤流涕与语道："我受世宗厚恩，被六军胁迫至此，惭负天地，奈何奈何！"范质等面面相觑，仓促不敢答言。彦瓌即厉声道："我辈无主，今日愿奉点检为天子，如有人不肯从命，请试我剑！"说至此，即拔剑出鞘，露刃相向，吓得王溥面色如土，降阶下拜。范质不得已亦拜。有愧韩通。匡胤忙下阶扶住，导令入座，与商即位事宜。掌书记赵普在旁，便提出"法尧禅舜"四字，作为证据，范质等亦只好唯唯相从。遂请匡胤诣崇元殿，行受禅礼。一面宣召百官，待至日晡，始见百官齐集。仓促中未得禅诏，偏翰林学士陶穀，已经预备，从袖中取出一纸，充作禅位诏书。宣徽使引匡胤就庭，北面拜受，随即登崇元殿，被服衮冕，即皇帝位，受文武百官朝贺。

草草毕礼，即命范质等入内，胁迁周主宗训及太后符氏，移居西宫。寡妇孤儿，如何抗拒，当由符太后大哭一场，挈了幼主宗训，向西宫去讫。匡胤下诏，奉周主为郑王，符太后为周太后，命周宗正郭玘祀周陵庙，仍饬令岁时祭享。周亡，总计周得三主，共九年有余，总算作了十年。未几，又徙周郑王至房州，越十二年而殁，年止一十九岁，追谥为"周恭帝"。周太后符氏也随殁房州。

赵匡胤既为天子，改国号宋，改元建隆，遣使遍告郡国藩镇。所有内外官吏，均加官晋爵有差。追赠周韩通为中书令，饬有司依礼殓葬。并拟加王彦昇罪状，经百官代为乞恩，方得宥免。擅杀一家，尚堪恩宥吗？说也奇怪，那辽、汉合寇情事，竟不提起，华山隐士陈抟，闻宋主受禅，欣然说道："天下从此太平了！"后来果如抟言。

惟宋主嗣位初年，中原尚有五国，除赵宋外，就是北汉、南唐、南汉、后蜀；朔方尚有一辽，其余为南方三镇，一是吴越，一是荆南，一是湖南。嗣经宋朝遣兵派将，依次削平。惟辽主述律后为庖人所杀(述律一作兀律，复改名璟，辽尊为穆宗。)嗣子贤继立，不似乃父嗜酒渔色，反渐渐的强盛起来。一再相传，屡为宋患，这事都详叙《宋史演义》中。本编但叙五代史事，把十三主五十三年的大要，演述告终。看官欲要续阅，请再看《宋史演义》便了。小子尚有俚句二绝，作为本书的收场。诗云：

六十年来话劫灰，
江山摇动令人哀；
一言括尽全书事，
军阀原来是祸胎。

频年篡弑竞相寻，
礼教沦亡世变深；
五代一编留史鉴，
好教后世辨人禽。

周主征辽，不两月而三关即下，曩令再接再厉，即不能入捣辽都，而燕云十六州，或得重还中国，亦未可知。况辽主述律，沈湎酒色，已视燕南为不足惜，乘势攻取，尤为易事。奈何天不祚周，竟令英武过人之周主荣，得病未痊，不得已而归国。岂十六州之民族，固当长沦左衽耶！周主年未四十，即致病殂，符后入宫正位，仅及十日。梁王宗训嗣祚，不过七龄，寡妇孤儿之易欺，未有甚于此时者也。辽、汉合兵入寇，明明是匡胤部下，讹造出来。陈桥之变，黄袍加身，早已预备妥当。乌有匡胤未曾与闻，而仓促生变者乎？即如点检作天子之谶，亦未始不由人谋，明眼人岂被瞒过。当时为周殉节者，止一韩通。疾风知劲草，板荡识忠臣，可为《五代史》上做一殿军。而宋太祖之得国不正，即于此可见矣。

中国历代通俗演义

宋史演义

上

[清]蔡东藩·原著

马博·主编

自　序

　　后儒之读《宋史》者,尝以繁芜为病。夫宋史固繁且芜矣,然辽、金二史,则又有讥其疏略者。夫《辽史》百十六卷,《金史》百三十五卷,较诸四百九十六卷之《宋史》,固有繁简之殊。然亦非穷累年之目力,未必尽能详阅也。柯氏作《宋史新编》凡二百卷,薛氏《宋元通鉴》百五十七卷,王氏《宋元资治通鉴》六十四卷,陈氏《宋史纪事本末》百有九卷,皆并辽、金二史于《宋史》中,悉心编订,各有心得,或此详而彼略,或此略而彼详,通儒尚有阙如之憾。问诸近今之一孔士,有并卷帙而未尽晰者,遑问其遍览否也。他如遗乘杂出,记载宋事,东一鳞,西一爪,多或数帝,少仅一王,欲会通两宋政教之得失,及区别两宋史籍之优劣者,不得不博搜而悉阅之,然岂所望于詹詹小儒乎?若夫宋代小说,亦不一而足,大约荒唐者多,确凿者少。龙虎争雄,并无其事;狸猫换主,尤属子虚。狄青本面涅之徒,貌何足羡?庞籍非怀奸之相,毁出不经。岳氏后人,不闻朝中选帅;金邦太子,曷尝胯下丧身?种种谬谈,不胜枚举。而后世则以讹传讹,将无作有,劝善不足,导欺有余。为问先民之辑诸书者,亦何苦为此凭虚捏造,以诬古而欺今乎?此则鄙人之所大惑不解者也。夫以官书之辞烦义奥,不暇阅,亦不易阅,乃托为小说演成俚词,以供普通社会之览观,不可谓非通俗教育之助;顾俚言之则可,而妄言之亦奚其可乎?鄙人不敏,曾辑元、明、清三朝演义,以供诸世,世人不嫌其陋,反从而欢迎之,乃更溯南北两宋举三百二十年之事实,编成演义共百回,其间治乱兴亡,贤奸善恶,非敢谓悉举无遗,而于宏纲巨目,则固已一一揭橥,无脱漏焉。且官稗并采,务择其信而有征者笔之于书;至若虚无悃悾之谈,则概不阑入。阅者取而观之,其或有实事求是之感乎!书成,聊志数语,用作弁言。

中华民国十一年元月,古越蔡东藩自识于临江书舍

宋代主要人物

李　煜　南唐后主,初名从嘉,字重光,号钟隐,南唐中主第六子。降宋后,因宋太宗恨他有"故国不堪回首月明中"之词,命人在宴会上下牵机药将他毒死。追封吴王,葬洛阳邙山。他精于书画,谙于音律,工于诗文,词尤为五代之冠。为词史上承前启后的大宗师。

范仲淹　(989~1052),字希文。和包拯同朝,为北宋名臣,政治家,文学家。1043年范仲淹对当时的朝政的弊病极为痛心,提出"十事疏"。宋仁宗采纳他的建议,陆续推行,史称"庆历新政"。不久因为保守派的反对而不能实现,被贬后在赴颍州途中病死,卒谥文正。他工于诗词散文,他的《岳阳楼记》为千古名篇。

胡　瑗　(993~1059),北宋学者。字翼之。与孙复、石介并称宋初三先生,是宋代理学酝酿时期的重要人物。

包　拯　(999~1062),字希仁,做官以断狱英明刚直而著称于世。后世则把他当作清官的化身——包青天。

王安石　(1021~1086),字介甫,晚号半山,小字獾郎,封荆国公,世人又称王荆公或临川先生。北宋杰出的政治家、思想家、文学家、大诗人,唐宋古文八大家之一。

司马光　(1019~1086),北宋时期著名政治家,史学家,散文家。文学的主要成就是主持编写了《资治通鉴》。

程　颢　(1032~1085),教育家。字伯淳,人称明道先生,宋洛阳人。与兄弟程颐世称"二程"。为宋明理学代表人物。

周敦颐　(1017~1073),宋代思想家、理学家。原名敦实。字茂叔,号濂溪,人称濂溪先生。是我国理学的开山祖,他的理学思想在中国哲学史上起了承前启后的作用。

邵　雍　(1011~1077),北宋哲学家。字尧夫,谥康节。因隐居苏门山百源之上,后人称他为百源先生。

沈　括　(1031~1095),字存中,北宋科学家、政治家。其著作《梦溪笔谈》被誉为"中国科学史上的坐标"。

苏　轼　(1037~1101),字子瞻,又字和仲,号"东坡居士",谥号"文忠",眉州眉山(即今四川眉州)人,是北宋著名文学家、书画家,散文家和诗人。豪放派代表人物。也是唐宋八大家之一。

张　载　(1020~1077),北宋哲学家,理学支脉"关学"创始人之一。字子厚。凤翔郿县(属今陕西眉县)横渠镇人,世称横渠先生。著作有《正蒙》《经学理窟》《易说》,后被编入《张子全书》中。

郑　樵　(1104~1162),字渔仲,中国宋代史学家、目录学家。世称夹漈先生。其主要著作有《六经奥论》和《通志》等

岳　飞　(1103~1142),民族英雄、军事家、武术家、抗金名将。字鹏举,谥武穆,后改谥忠武。

朱　熹　(1130~1200),南宋思想家。字元晦,号晦庵。别号紫阳。其创办和修复的白鹿洞书院、岳麓书院为我国著名的四大书院之一。著作有《朱子大全》《童蒙须知》。

陆　游(1125~1210),南宋词人。字务观,号放翁。陆游具有多方面文学才能,尤以诗的成就为最。有"小李白"之称,为南宋四大家诗人之一。著有《放翁词》等。

辛弃疾　(1140~1207),南宋词人。原字坦夫,改字幼安,别号稼轩居士。与苏轼齐名,并称苏辛。为豪放派代表人物,著有《稼轩长短句》。

宋　慈　(1186~1249),字惠父,是我国古代杰出的法医学家。所著《洗冤集录》五卷,不仅是中国,也是世界第一部法医学专著。

第一回

河洛降神奇儿出世
弧矢见志游子离乡

"得国由小儿，失国由小儿。"这是元朝的伯颜拒绝宋使的口头语，本没有什么秘谶作为依据。但到事后追忆起来，却似有绝大的因果隐伏在内。宋室的江山，是从周主宗训处夺来，宗训冲龄践阼，晓得什么保国保家的法儿？而且周主继后符氏又是初入宫中，才为国母（周世宗纳符彦卿女为后，后殂，复纳其妹，入宫才十日）。所有宫廷大事，全然不曾接洽，陡然遇着大丧，整日里把泪洗面，恨不随世宗同去。可怜这青年嫠妇，黄口孤儿，茕茕孑立，形影相吊，那殿前都点检赵匡胤，便乘此起了异心，暗地里联络将弁，托词北征，陈桥变起，黄袍加身，居然自做皇帝，拥兵还朝。看官！你想七岁的小周王，二十多岁的周太后，无拳无勇，如何抵敌得住？眼见得由他播弄，驱往西宫，好好的半壁江山，霎时间被赵氏夺去。还说是什么禅让，什么历数，什么保全故主，什么坐镇太平，彼歌功，此颂德，差不多似舜、禹复出，汤、文再生。中国史官之不值一钱，便是此等谀颂所累。

这时正当五季以降，乱臣贼子抢攘数十年，得了一个逆取顺守，彼善于此的主儿，百姓都快活得很，哪个去追究隐情？因此远近归附，好容易南收北抚，混一区夏，一番事情，两番做成，这真叫作时来辐辏，侥幸成功呢。偏是皇天有眼，看他传到八九世，降下一个劲敌，把他河北一带先行夺去，仍然令他坐个小朝廷。康王南渡，又传了八九世，元将伯颜引兵渡江，势如破竹，可巧南宋一线剩了两三个小孩子，今年立一个，明年被敌兵掳去，明年再立一个，不到两年，又惊死了，遗下赵氏一块肉，孤苦伶仃，流离海峤，勉勉强强得过了一年，徒落得崖山覆没，帝子消沉，就是文、陆、张几个忠臣，做到力竭计穷，终归无益，先后毕命，一死谢责。可见得果报昭彰，天道不爽。凭你如何巧计安排，做成一番掀天揭地的事业，到了子孙手里，也有人看那祖宗的样子，不是巧取，便是强夺，悖入悖出，总归是无可逃避呢。为世人作一棒喝，并非迷信之言。不过恶多善少，报应必速；善多恶少，报应较迟。试看朱温、李存勖、石敬瑭、刘知远、郭威等人，多半是淫凶暴虐，善不敌恶，自己虽然快志，子孙不免遭殃。忽而兴，忽而亡，总计五季十三君，一股脑儿只四五十年，独两宋传了十八主，共有三百二十年，这也由赵氏得国以后，颇有几种深仁厚泽，维系人心，不似那五季君主，一味强暴，所以历世尚久，比两汉只短数十年，比唐朝且长数十年，等到山穷水尽，方致灭亡，这却是天意好善，格外优待呢！

小子闲览宋史，每叹宋朝的善政，却有数种：第一种，是整肃宫闱，没有女祸；第二种，是抑制宦官，没有奄祸；第三种，是睦好懿亲，没有宗室祸；第四种，是防闲戚里，没有外戚祸；第五种，是罢典禁兵，没有强藩祸，不但汉、唐未能相比，就是夏、商、周三代，恐怕还逊他一筹。但也有两大误处：北宋抑兵太过，外乏良将，南宋任贤不专，内乏良相。辽、金、元三国，迭起北方，屡为边患。当赵宋全盛的时候，还不能收复燕、云十六州，后来国势日衰，无人专阃，寇兵一入，如摧枯拉朽一般，今日失两河，明日割三镇，帝座一倾，主子被虏；到了南渡以后，残喘苟延，已成弩末，稍稍出了几员大将，又被那贼臣奸相多方牵制，有力没处使，有志没处行，风波亭上，冤狱构成，西子湖边，骑驴归去，大家心灰意懒，坐听败亡，没奈何迎敌乞降，没奈何蹈海殉国。说也可怜，两宋三百二十年间，始终被夷狄所制，终弄到举国授虏，寸土全无，彼时惩前毖后的赵太祖，哪里防得到这般收场？其实是人有千算，天教一算，若非冥冥中有此主宰，那篡窃得来的国家，反好长久永远，千年不败，咳！天下岂有是理吗？总冒一段，仍归到篡窃之罪，笔大如椽，心细似发。看官不要笑我饶舌，请看下文依次叙述，信而有征，才知小子是核实陈词，并非妄加褒贬哩。稗官野乘，一同俯首。

且说后唐明宗天成二年，洛阳的夹马营内，生下一个香孩儿，远近传为异闻。什么叫作香孩儿呢？相传是儿初生，赤光绕空，并有一股异香，围裹儿体，经宿不散，因此叫作香孩儿。或谓后唐明宗李嗣源继阼以后，每夕在宫中焚香，向天拜祝，自言某本胡人，为众所推，暂承唐统，愿天早生圣人，为生民主，拨乱反正，混一中原。谁知他一片诚心，感格上苍，诞生灵异，洛阳的香孩儿，便是将来的真命天子，生有异征，也是应有的预兆（香孩儿事见正史，虽或由史官谀颂，但崛起为帝，传统三百年，当非凡人可比）。

究竟这香孩儿姓甚名谁？看官听着！便是宋太祖赵匡胤。他祖籍涿州，本是世代为官，不同微贱。高祖名朓，曾受职唐朝，做过永清、文安、幽都的大令。曾祖名珽，历官藩镇，兼任御史中丞。祖名敬，又做过营、蓟、涿三州刺史。父名弘殷，少骁勇，善骑射，后唐庄宗时，曾留典禁军，娶妻杜氏，系定州安喜县人，治家严毅，颇有礼法，第一胎便生一男，取名匡济，不幸夭逝，第二胎复生一男，就是这个香孩儿。香孩儿体有金色，数日不变，难道是罗汉投胎？到了长大起来，容貌雄伟，性情豪爽，大家目为英器。乃父弘殷，历后唐、后晋二朝，未尝失职。香孩儿赵匡胤，出入营中，专喜骑马，复好射箭，有时弘殷出征，匡胤侍母在家，无所事事，辄以骑射为戏。母杜氏劝他读书，匡胤愤然道："治世用文，乱世用武，现在世事扰乱，兵戈未靖，儿愿娴习武事，留待后用，他日有机可乘，得能安邦定国，才算出人头地，不至虚过一生呢。"人生不可无志，请看宋太祖自负语。杜氏笑道："但愿儿能继承祖业，毋玷门楣，便算幸事，还想什么大功名，大事业哩！"匡胤道："唐太宗李世民，也不过一将门之子，为什么化家为国，造成帝业？儿虽不才，亦想与他相似，轰轰烈烈做个大丈夫，母亲以为可好吗吗？"杜氏怒道："你不要信口胡说！世上说大话的人，往往后来没用，我不愿听你瞎闹，你还是读书去吧！"匡胤见母亲动怒，才不敢多嘴，默然退出。

怎奈天性好动，不喜静居，往往乘隙出游，与邻里少年驰马角射，大家多赛他不过，免不得有妒害的心思。一日，有少年某牵一恶马，来访匡胤，凑巧匡胤出来，见了少年，却是平素往来，互相熟识，立谈数语，便问他牵马何事，少年答道："这马雄壮得很，只是没人能骑，我想你有驾驭才，或尚能驰骋一番，所以特来请教。"匡胤将马一瞧，黄鬃黑鬣，并没有什么奇异，不过马身较肥，略觉高大，便微哂道："天下没有难骑的马匹，越是怪马，我越要骑他，但教驾驭有方，怕他倔强到哪里去！"后来驾驭武臣，亦是此术。少年恰故意说道："这也不可一概而论的。的卢马常妨主人，也宜小心为是。"遣将不如激将，少年亦会使习。匡胤笑道："不能驭马，何能驭人？你看我跑一回罢！"少年对他嬉笑，且道："我去携马鞍等来，可好吗？"匡胤笑道："要什么马鞍等物。"说至此，即从少年手中取过马鞭，奋身一跃，上马而去。那马也不待鞭策，向前急走，但看它展开四蹄，似风驰电掣一般，倏忽间跑了五六里。前面恰有一城，城闉不甚高大，行人颇多，匡胤恐飞马入城，人不及避，或至撞损，不如阻住马头，仍从原路回来，偏这马不听约束，而且因没有衔勒，令人无从羁绊，匡胤不觉焦急，正在马上设法，俯首凝思，不料这马跑得越快，三脚两步，竟至城闉，至匡胤抬起头来，凑巧左额与门楣相触，似觉微痛，连忙向后一仰，好一个倒翻筋斗，从马后坠将下来。我为他捏一把冷汗。某少年在后追蹠，远远地见他坠地，禁不住欢呼道："匡胤！匡胤！你今朝也着了道儿，任你头坚似铁，恐也要撞得粉碎了。"正说着，蓦见匡胤仍安立地上，只马恰从斜道窜去，离了一箭多地，匡胤复抢步追马，赶上一程，竟被追着，依然耸身腾上，扬鞭向马头一拦，马却随鞭回头，不似前次的倔强，顺着原路，安然回来。少年在途次遇着，见匡胤面不改色，从容自若，不由得惊问道："我正为你担忧，总道你此次坠马，定要受伤，偏你却有这么本领，仍然乘马回来，但身上可有痛楚吗？"匡胤道："我是毫不受伤，但这马恰是性悍，非我见机翻下，好头颅早已撞碎了。"言罢，下马作别，竟自回去。某少年也牵马归家，毋庸细表。

惟匡胤声名，从此渐盛，各少年多敬爱有加，不敢侮弄，就中与匡胤最称莫逆，乃是韩令坤与慕容延钊两人。令坤籍隶磁州，延钊籍隶太原，都是少年勇敢，倜傥不群，因闻匡胤盛名，特来拜访，一见倾心，似旧相识。嗣是往来无间，联成知己，除研究武备外，时或联辔出游，或校射，或纵猎，或蹴鞠，或击毬，或作樗蒲戏。某日，与韩令坤至土室中，六博为欢，正在呼幺喝卢的时候,突闻外面鸟雀声喧,很是嘈杂,都不禁惊讶起来。匡胤道:"敢是有毒虫猛兽经过此间,所以惊起鸟雀,有此喧声。好在我等各带着弓箭,尽可出外一观,射死几个毒虫,几个猛兽,不但为鸟雀除害,并也为人民免患,韩兄以为何如?"令坤听了,大喜道:"你言正合我意。"一主一将,应寓仁心。当下停了博局,挟了弓矢,一同出室,四处探望,并没有毒虫猛兽,只有一群喜鹊,互相搏斗,因此噪声盈耳。韩令坤道:"雀本同类,犹争闹不休,古人所谓雀角相争,便是此意。"匡胤道:"我等可有良法,替它解围?"令坤道:"这有何难,一经驱逐,自然解散了。"匡胤道:"你我两人也算是一时好汉,为什么效那儿童举动,去赶鸟雀呢?"令坤道:"依你说来,该怎么办?"匡胤道:"两造相争,统是很戾的坏处,我与你挟着弓箭,正苦没用,何妨弹死几只暴雀,隐示惩戒。来!来!你射左,我射右,看哪个射得着哩!"令坤依言,便抽箭搭弓,向左射去。匡胤也用箭右射,飕飕的发了数箭,射中了好几只,随箭堕下,余雀统已惊散,飞逃得无影无踪了。除暴之法,均可作如是观。两人方橐弓戢矢,忽又听得一声怪响,从背后过来,仿佛与地震相似,急忙返身后顾,那土室却无缘无故,坍塌下来。令坤惊讶道:"好好一间土室,突然坍倒,正是出人意料,亏得我等都出外弹雀,否则压死室中,没处呼冤呢!"匡胤道:"这真是奇极了!想是你我命不该死,特借这雀噪的声音,叫我出来,雀既救我的命,我还要它的命,这是大不应该的。现在悔已迟了,你我不如拾起死雀,一一掩埋才是。"无非仁术。令坤也即允诺,当将死雀尽行埋讫,然后分手自归。

会晋亡汉继,中原一带多被辽主蹂躏,民不聊生。匡胤年逾弱冠,闻着这种消息,未免忧叹,恨不得立刻从军,驱除大敌。既而辽主道殁,辽兵北去(事见五代史,故此处从略)。匡胤父弘殷已为匡胤聘定贺女,择吉成婚,燕尔新欢,自在意中,免不得儿女情长,英雄气短。到了汉乾祐中(隐帝时),弘殷出征凤翔,战败王景,积功擢都指挥使,匡胤未曾随征,在家闲着,又惹起一腔壮志,便欲辞母西行。乃母杜氏不肯照允,他竟潜身外出,直往襄阳,在途寄信回家,劝慰母妻,那母妻才得知晓,但已无法挽留,只好听他前去。匡胤初经远游,未识路径,本拟向西从父,不意走错了路,反绕道南行;及自知有误,索性将错便错,顺道行去。所苦随身资斧带得不多,行至襄阳,一无所遇,反将川资一概用尽。关山失路,日暮途穷,那时进退维谷,不得已投宿僧寺。僧徒多半势利,看他行李萧条,衣履黯敝,已料到是落魄征夫,乐得白眼相对,当下哗声逐客,不容羁留。匡胤没法,只好婉辞央告,借宿一宵,说至再三,仍不得僧徒允洽,顿时忍耐不住,便厉声道:"你等秃奴,这般无情,休要惹我懊恼!"一僧随口戏应道:"你又不是个皇帝,说要什么,便依你什么。我今朝偏不依你,看你使出什么法儿!"道言未绝,那右足上已着了一脚,不知不觉地倒退几步,跌倒地上。旁边走过一僧,叱匡胤道:"你敢是强徒吗?快吃我一拳!"说时迟,那时快,这僧拳已向匡胤胸前猛击过来。匡胤不慌不忙,轻轻地伸出右手,将他来拳接住,喝一声去,那僧已退了丈许,扑塌一声,也向地上睡倒了。还有几个小沙弥,吓得魂不附体,统向内飞奔,不一时走出了一个老僧,衲衣锡杖,款款前来,匡胤瞧将过去,却是庞眉皓首,癯骨清颜,比初见的两僧大不相同,不由得躁释矜平,竦然起敬。小子有诗咏那老僧道:

　　莫言方外乏奇人,
　　参透禅关悟夙因。
　　愿借片帆风送力,
　　好教真主出迷津。

欲知老僧如何对付,且至下回表明。

看本回一段总冒,已将宋朝三百年事,包括在内。所谓振衣揭领,举纲定纲,以视俗本小说,空空洞洞地说了几句套话,固自大相径庭矣。后半叙入宋太祖出身,都是依据正史,不涉虚诞,偏下笔独有神采,令人刮目相看,是盖具史家小说家之二长,故能隽妙若此。古人所谓不鸣则已,一鸣惊人,吾于作者亦云。

第二回　遇异僧幸示迷途　扫强敌连擒渠帅

　　却说寺中有一老僧出见匡胤，匡胤知非常僧，向他拱手。老僧慌忙答礼，且道："小徒无知，冒犯贵人，幸勿见怪！"匡胤道："'贵人'两字，仆不敢当，现拟投效戎行，路经贵地，无处住宿，特借宝刹暂寓一宵，哪知令徒不肯相容，并且恶语伤人，以至争执，亦乞高僧原谅！"老僧道："点检作天子，已有定数，何必过谦。"匡胤听了此语，莫名其妙，便问点检为谁，老僧微笑道："到了后来，自有分晓，此时不便饶舌。"（埋伏后文）说毕，便把坠地的两僧唤他起来，且呵责道："你等肉眼，哪识圣人？快去将客房收拾好了，准备贵客休息。"两僧无奈，应命起立。老僧复问及匡胤行囊，匡胤道："只有箭囊、弓袋，余无别物。"老僧又命两徒携往客房，自邀匡胤转入客堂，请他坐下，并呼小沙弥献茶。待茶已献入，才旁坐相陪。匡胤问他姓名，老僧道："老衲自幼出家，至今已将百年，姓氏已经失记了。"（正史不载老僧姓氏，故借此略过。）匡胤道："总有一个法号。"老僧道："空即是色，色即是空，老僧尝自署空空，别人因呼我为空空和尚。"匡胤道："法师寿至期颐，道行定然高妙，弟子愚昧，未识将来结局，还乞法师指示。"老僧道："不敢，不敢。夹马营已呈异兆，香孩儿早现奇征，后福正不浅哩！"匡胤听了，越觉惊异，不禁离座下拜。老僧忙即避开，且合掌道："阿弥陀佛，这是要折杀老衲了。"匡胤道："法师已知过去，定识未来，就使天机不可泄漏，但弟子此时，正当落魄，应从何路前行，方可得志？"老僧道："再向北行，便得奇遇了。"匡胤沉吟不答，老僧道："贵人不必疑虑，区区资斧，老衲当代筹办。"有此奇僧，真正难得。匡胤道："怎敢要法师破费？"老僧道："结些香火缘，也是老衲分内事。今日在敝寺中荒宿一宵，明日即当送别，免得误过机缘。"说至此，即呼小沙弥至前，嘱咐道："你引这位贵客，到客房暂憩，休得怠慢！"小沙弥遵了师训，导匡胤出堂，老僧送出门外，向匡胤告辞，扶杖自去。

　　匡胤随至客房，见床榻被褥等，都已整设，并且窗明几净，饶有一种清气，不觉欣慰异常。过了片刻，复由小沙弥搬入晚餐，野蔌园蔬，清脆可赏。匡胤正饥肠辘辘，便龙吞虎饮了一番，吃到果腹，才行罢手。待残肴撤去，自觉身体疲倦，便睡在床上，向黑甜乡去了。一枕初觉，日已当窗，忙披衣起床，当有小沙弥入房，伺候盥洗，并进早餐。餐毕出外，老僧已扶杖伫候。两下相见，行过了礼，复相偕至客堂，谈了片刻，匡胤即欲告辞。老僧道："且慢！老衲尚有薄酒三杯，权当饯行，且俟午后起程，尚为未晚。"匡胤乃复坐定，与老僧再谈时局，并问何日可致太平。老僧道："中原混一，便可太平，为期也不远了。"匡胤道："真人可曾出世？"老僧道："远在千里，近在眼前，但总要戒杀好生，方能统一中原。"赵氏得国之由，赖此一语。匡胤道："这个自然。"

　　两下复纵论多时，但见日将亭午，由小沙弥搬进素肴，并热酒一壶，陈列已定，老僧请匡胤上坐，匡胤谦不敢当，且语老僧道："蒙法师待爱，分坐抗礼，叨惠已多，怎敢僭居上位哩？"老僧微哂道："好！好！目下蛟龙失水，潜德韬光，老衲尚得叨居主位，贵客还未僭越，老衲倒反僭越了。"语中有刺。言毕，遂分宾主坐下。随由老僧与匡胤斟酒，自己却用杯茗相陪，并向匡胤道："老衲戒酒除荤，已好几十年了，只得用茶代酒，幸勿见罪！"匡胤复谦谢数语。饮了几杯，即请止酌。老僧也不多劝，即命沙弥进饭。匡胤吃了个饱，老僧只吃饭半碗，当由匡胤动疑，问他何故少食，老僧道："并无他奇，不过服气一法。今日吃饭半碗，还是为客破戒哩。"匡胤道："此法可学否？"老僧道："这是禅门真诀，如贵客何用此法。"天子玉食万方，何必辟谷。匡胤方不多言。老僧一面命沙弥撤肴，一面命徒儿取出白银十两，赠与匡胤。匡胤再三推辞，老僧道："不必！不必！这也由施主给予敝寺，老衲特转赠贵客，大约北行数日，便有栖枝，赆仪虽少，已足敷用了。"匡胤方才领谢。老僧复道："老衲并有数言赠别。"匡胤道："敬听清诲！"老僧道："'遇郭乃安，历周始显，两日重光，囊木应谶。'这十六字，请贵客记取便了。"匡胤茫然不解，但也不好絮问，只得答了领教两字。当下由僧徒送交箭囊弓袋，匡胤即起身拜别，并订后约道："此行倘得如愿，定当相报。法师鉴察未来，何时再得重聚？"老僧道："待到太平，自当聚首了。"太平二字，是隐伏太平年号。匡胤乃挟了箭囊，负了弓袋，徐步出寺，老僧送至寺门，道了"前途珍重"一语，便即入内。

　　匡胤遵着僧嘱，北向前进，在途饱看景色，纵观形势，恰也不甚寂寞。至渡过汉水，顺流而上，见前面层山叠嶂，很是险峻，山后隐隐有一大营，依险驻扎，并有大旗一面，悬空荡漾，烨烨生光，旗上有一大字，因被风吹着，急切看不清楚。再前行数十步，方认明是个"郭"字，当即触动观念，私下自忖道："老僧说是'遇郭乃安'，莫非就应在此处吗？"便望着大营，抢步前趋。不到片刻，已抵营前。营外有守护兵立着，便向前问讯道："贵营中的郭大帅，可曾在此吗？"兵士道："在这里。你是从何处来的？"匡胤道："我离家多日了。现从襄阳到此。"兵士道："你到此做什么？"匡胤道："特来拜谒大帅，情愿留营效力。"兵士道："请道姓名来！"匡胤道："我姓赵名匡胤，是涿州人氏，父现为都指挥使。"兵士伸舌道："你父既为都指挥，何不在家享福，反来此投军？"匡胤道："乱世出英雄，不乘此图些功业，尚待何时？"兵士道："你有这番大志，我与你通报便了。"

　　看官！你道这座大营，是何人管领，原来就是后周太祖郭威。他此时尚未篡汉，仕汉为枢密副使，隐帝初立，河中、永兴、凤翔三镇，相继抗命。李守贞镇守河中，尤称桀骜，为三镇盟主。郭威受命西征，特任招慰安抚使，所有西面各军，统归节制，此时正发兵前进，在途暂憩。凑巧匡胤遇着，便向前投效。至兵士代他通报，由郭威召入，见他面方耳大，状貌魁梧，已是器重三分。当下问明籍贯，并及他祖父世系。匡胤应对详明，声音洪亮。郭威便道："你父与我同寅，现方报绩凤翔，你如何不随父前去，反到我处投效呢？"匡胤述及父母宠爱，不许从军，并言潜身到此的情形。郭威乃向他说道："将门出将，当非凡品，现且留我帐下，同往西征，俟立有功绩，当为保荐便了。"郭雀儿恰也有识。匡胤拜谢。嗣是留住郭营，随赴河中，披坚执锐，所向有功。至李守贞败死，河中平定，郭移任邺都留守，待遇匡胤，颇加优礼，惟始终不闻保荐，因此未得优叙。

　　既而郭威篡立，建国号周，匡胤得拔补东西班行首，并拜滑州副指挥。未几复调任开封府马直军使。世宗嗣位，竟命他入典禁兵。历周始显，其言复验。会北汉主刘崇闻世宗新立，乘丧窥周，乃自率健卒三万人，并联结辽兵万余骑，入寇高平。世宗姓柴名荣，系郭威妻兄柴守礼子，为威义儿。威无子嗣，所以柴荣得立，庙号世宗。他年已逾壮，晓畅军机，郭威在日，曾封他为晋王，兼职侍中，掌判内外兵马事。既得北方警报，毫不慌忙，即亲率禁军，兼程北进。不两日，便到高平。适值汉兵大至，势如潮涌，人人勇壮，个个威风，并有朔方铁骑，横厉无前，差不多有灭此朝食的气象。周世宗麾兵直前，两阵对圆，也没有什么评论，便将对将，兵对兵，各持军械战斗起来。不到数合，忽周兵阵内，窜出一支马军，向汉投降，解甲弃械，北向呼万岁。还有步兵千余人跟了过去，也情愿作为降虏。周主望将过去，看那甘心降汉的将弁，一个是樊爱能，一个是何徽，禁不住怒气勃勃，突出阵前，麾兵直上，喊杀连天。汉主刘崇见周主亲自督战，便令数百弓弩手一齐放箭，攒射周主。周主麾下的亲兵，用盾四蔽，虽把周主护住，麾盖上已齐集箭镞，约有好几十枝。

　　匡胤时在中军，语同列道："主忧臣辱，主危臣死，我等难道作壁上观吗？"言甫毕，即挺马跃出，手执一条通天棍，捣入敌阵。各将亦不甘退后，一拥齐出，任他箭如飞蝗，只是寻隙杀入。俗语常言道："一夫拼命，万夫莫当。"况有数十健将，数千锐卒，同心协力的杀将进去，眼见得敌兵搅乱，纷纷倒退。是匡胤第一次大功。周主见汉兵败走，更率军士奋勇追赶，汉兵越逃越乱，周兵越追越紧。等到汉主退入河东，闭城固守，周主方择地安营。樊爱能、何徽等军被汉主拒绝，不准入城，没奈何仍回周营，束手待罪。周世宗立命斩首，全军股栗。应该处斩。翌日，再驱兵攻城，城上矢石如雨。匡胤复身先士卒，用火焚城。城上越觉惊慌，所有箭镞，一齐射下。那时防不胜防，匡胤左臂竟被流矢射着，血流如注，他尚欲裹伤再攻，经周主瞧着，召令还营。且因屯兵城下，恐非久计，乃拔队退还，仍返汴都。擢匡胤为都虞侯，领严州刺史。

世宗三年，复下令亲征淮南，淮南为李氏所据，国号南唐，主子叫作李璟（南唐源流，见五代史）。他与周也是敌国。周主欲荡平江、淮，所以发兵南下。匡胤自然从征，就是他父亲弘殷，也随周主南行。先锋叫作李重进，官拜归德节度使。到了正阳，南唐遣将刘彦贞引兵抵敌，被重进杀了一阵，唐兵大败，连彦贞的头颅也不知去向。匡胤继进，遇着唐将何延锡，一场鏖斗，又把他首级取了回来。这等首级，太属松脆。南唐大震，忙遣节度皇甫晖、姚凤等，领兵十余万，前来拦阻。两人闻周兵势盛，不敢前进，只驻守着清流关，拥众自固。清流关在滁州西南，倚山负水，势颇雄峻，更有十多万唐兵把守，显见是不易攻入。探马报入周营，周主未免沉吟。匡胤挺身前奏道："臣愿得二万人，去夺此关。"又是他来出头。周主道："卿虽忠勇，但闻关城坚固，皇甫晖、姚凤也是南唐健将，恐一时攻不下哩！"匡胤答道："晖、凤两人，如果勇悍，理应开关出战，今乃逗留关内，明明畏怯不前，若我兵骤进，出其不意，一鼓便可夺关；且乘势掩入，生擒二将，也是容易。臣虽不才，愿当此任！"周主道："要夺此关，除非掩袭一法不能成功。朕闻卿言，已知卿定足胜任，明日命卿往攻便了。"世宗也是知人。匡胤道："事不宜迟，就在今日。"周主大喜，即拨兵二万名，令匡胤带领了去。

匡胤星夜前进，路上偃旗息鼓，寂无声响，只命各队鱼贯进行。及距关十里，天色将晓，急命军士疾进，到关已是黎明了。关上守兵全然未知，尚是睡着。至鸡声催过数次，旭日已出东方，乃命侦骑出关，探察敌情。如此疏忽，安能不败。不意关门一开，即来了一员大将，手起刀落，连毙侦骑数人。守卒知是不妙，急欲阖住关门，偏偏五指已被刹落，晕倒地上。那周兵一哄而入，大刀阔斧，杀将进去。皇甫晖、姚凤两人方在起床，骤闻周兵入关，吓得手足无措，还是皇甫晖稍有主意，飞走出室，跨马东奔。姚凤也顾命要紧，随着后尘，飞马窜去。可怜这十多万唐兵，只恨爹娘生得脚短，一时不及逃走，被周兵杀死无数。有一半侥幸逃生，都向滁州奔入。皇甫晖、姚凤一口气跑至滁城，回头一望，但见尘氛滚滚，旗帜泱泱，那周兵已似旋风一般追杀过来，他俩不觉连声叫苦，两下计议，只有把城外吊桥赶紧拆毁，还可阻住敌兵。当下传令拆桥，桥板撤去，总道濠渠宽广，急切不能飞越，谁知周兵追到濠边，一声呐喊，都投入水中，凫水而至。最奇怪的是统帅赵匡胤，勒马一跃，竟跳过七八丈的阔渠，绝不沾泥带水，安安稳稳地立住了。这一惊非同小可，忙避入城中，闭门拒守。

匡胤集众猛攻，四面架起云梯，将要督兵登城，忽城上有声传下道："请周将答话！"匡胤应声道："有话快说！"言毕，即举首仰望，但见城上传话的人，并非别个，就是南唐节度使皇甫晖。他向匡胤拱手道："来将莫非赵统帅？听我道来！我与你没甚大仇，不过各为其主，因此相争。你既袭据我清流关，还要追到此地，未免逼人太甚！大丈夫明战明胜，休要这般促狭。现在我与你约，请暂行停攻，容我成列出战，与你决一胜负。若我再行败衄，愿把此城奉献。"匡胤大笑道："你无非是个缓兵计，我也不怕你使刁，限你半日，整军出来，我与你厮杀一场，赌个你死我活，教你死而无怨。"皇甫晖当然允诺。自己还道好计，其实不如仍行前策，弃城了事，免得为人所擒。匡胤乃暂令停攻，列阵待着。约过半日，果然城门开处，拥出许多唐兵，皇甫晖、姚凤并辔出城，正要上前搦战，忽觉前队大乱，一位盔甲鲜明的敌帅，带着锐卒，冲入阵来。皇甫晖措手不及，被来帅奋击一棍，正中左肩，顿时熬受不起，阿哟一声，撞落马下。姚凤急来相救，不妨刀枪齐至，马先受伤，前蹄一蹶，也将姚凤掀翻。周兵趁势齐上，把皇甫晖、姚凤两人，都生擒活捉去了。这是匡胤第二次立功。小子有诗咏道：

> 大业都成智勇来，
> 偏师一出敌锋摧。
> 试看房帅成擒日，
> 毕竟奇功出异才。

看官不必细猜，便可知这位敌帅是赵匡胤了。欲知以后情状，请看官续阅下回。

读《宋太祖本纪》，载太祖舍襄阳僧寺，有老僧素善术数，劝之北往，并赠厚赆，太祖乃得启行，独老僧姓氏不传，意者其黄石老人之流亚欤？一经本回演述，借老僧之口，为后文写照，前台花发后台见，上界钟声下界闻。于此可以见呼应之注焉。至太祖事周以后，所立功绩，莫如高平、清流关二役，著书人亦格外从详，不肯少略，为山九仞，基于一篑，此即宋太祖肇基之始，表而出之，所以昭实迹也。

第三回 忧父病重托赵则平 肃军威大败李景达

却说皇甫晖、姚凤，既被周兵擒住，唐兵自然大溃，滁州城不战即下。匡胤入城安民，即遣使押解囚房，向周主处报捷。周主受俘后，命翰林学士窦仪至滁州籍取库藏，由匡胤一一交付。既而匡胤复欲取库中绢匹，仪出阻道："公初入滁，就使将库中宝藏，一律取去，亦属无妨，今已籍为官物，应俟皇帝诏书，方可支付，请公勿怪！"匡胤闻言，毫无怒意，反婉颜谢道："学士言是，我知错了！"惟将知过，方期寡过。过了一天，复有军事判官到来，与匡胤相见。两下叙谈，甚是投契。看官道是何人？乃是宋朝的开国元勋，历相太祖、太宗二朝，晋爵太师魏国公，姓赵名普，字则平。太祖受禅，普实与谋，此处特别表明，寓有微意。窦仪亦宋太祖功臣，故上文亦曾提出。他祖籍幽、蓟，因避乱迁居洛阳，匡胤本与相识，至是由周相范质荐举，乃至滁州。旧雨重逢，倍增欢洽。会匡胤部下受命清乡，捕得乡民百余名，统共指为匪盗，例当弃市，赵普独抗议道："未曾审问明白，便将他一律杀死，倘或诬良为盗，岂非误伤人命？"匡胤笑道："书生所见，未免太迂，须知此地人民，本是俘虏，我将他一律赦罪，已是法外施仁，今复甘作盗匪，若非立正典刑，如何儆众？"赵普道："南唐虽系敌国，百姓究属何辜？况明公素负大志，极思统一中原，奈何秦、越相视，自分畛域？王道不外行仁，还乞明公三思！"已隐目匡胤为天子。匡胤道："你若不怕劳苦，烦你去审讯便了。"赵普即去讯鞫，一一按验，多无佐证，遂禀白匡胤，除犯赃定罪外，一律释放。乡民大悦，争颂匡胤慈明。匡胤益信赵普先见，凡有疑义，尽与筹商。赵普亦格外效忠，知无不言。

适匡胤父弘殷亦率兵到滁，父子聚首，当然欣慰。不料隔了数日，弘殷竟生起病来，匡胤日夕侍奉，自不消说。谁料扬州警报纷纷前来，周主也有诏书颁达，命匡胤速趋六合，兼援扬州。原来滁州既下，南唐大震，唐主李璟遣李德明乞和，愿割地罢兵，周主不许。德明返唐，唐主遂挑选精锐，得六万人，命弟齐王李景达为元帅，向江北进发，直抵扬州。扬州本南唐所据，与六合相距百余里，同为江北要塞，是时正由匡胤父弘殷受周命，夺据扬州。弘殷西还入滁，留韩令坤居守。令坤闻唐兵大至，恐寡不敌众，飞向滁州求援。周主又敦促匡胤出师，匡胤内奉君命，外迫友情，怎敢坐视不发？无如父病未痊，一时又不忍远离，公义私恩，两相感触。不由得进退蜀徨，骤难解决。当下与赵普熟商，赵普答道："君命不可违，请公即日前行。若为尊翁起见，普愿代尽子职。"匡胤道："这事何敢烦君？"赵普道："公姓赵，普亦姓赵，彼此本属同宗。若不以名位为嫌，公父即我父，一切视寒问暖及进奉药饵等事，统由普一人负责，请公尽管放心！"后世如袁某等人，强认同姓为同宗，莫非就从此处学来？匡胤拜谢道："既蒙顾全宗谊，此后当视同手足，誓不相负。"赵普慌忙答礼道："普何人斯？敢当重礼！"于是匡胤留普居守，把公私各事，都托付与普，自选健卒二千名，即日东行。

既至六合，闻扬州守将韩令坤已弃城西走，不禁大愤道："扬州是江北重镇，若复被南唐夺回，大事去了。"便派兵驻扎巡查道，阻住扬州溃军，并下令道："如有扬州兵过此，尽行刖足，不准私放。"一面遣书韩令坤，略言："总角故交，素知兄勇，今闻怯退，殊出意料。兄如离扬州一步，上无以报主，下无以对友，昔日英名，而今安在"云云。韩令坤被他一激，竟督兵返斾，仍还扬州拒守。

可巧南唐偏将陆孟俊从泰州杀到，令坤誓师道："今日敌兵到来，我当与他决一死战，生与尔等同生，死与尔等同死。如或临阵退缩，立杀无赦，莫谓我不预言！"兵士齐声应命。令坤即命开城，自己一马当先，跃出城外。各军陆续随上，统是努力向前，拼命突阵。唐将陆孟俊即麾军对仗，不妨周兵盛气前来，都似生龙活虎一般，见人便杀，逢马便斫，没一个拦阻得住，霎时间阵势散乱，被周兵捣入中坚。孟俊知不可敌，回马就逃，唐兵也各寻生路，弃了主帅，随处乱窜。韩令坤如何肯舍，只管认着陆孟俊，紧紧追去，大约相距百步，由令坤取箭在手。搭住弓上，飕的一声，将孟俊射落马下。周兵争先赶上，立将孟俊揪住，捆绑过来。令坤见敌将就擒，方掌得胜鼓回城。此功当归赵匡胤。左右推上孟俊，令坤命絷入囚车，械送行在，正拟派员押解，忽由帐后闪出一妇人，带哭带语道："请将军为妾做主，脔割贼将，为妾报仇。"令坤视之，乃是新纳箧室杨氏，便问道："你与他有什么大仇？"杨氏道："妾系潭州人氏，往年贼将孟俊，攻入潭州，杀我家二百余口，惟妾一人，为唐将马希崇所匿，方得免死。今仇人当前，如何不报？"原来杨氏饶有姿色，唐将马希崇掳取为妾，至韩令坤攻克扬州，希崇遁去，杨氏为令坤所得，见她一貌如花，也即纳为偏房，而且很加宠爱；此时闻杨氏言，即转讯孟俊。孟俊也不抵赖，只求速死，令坤乃令军士设起香案，上供杨氏父母牌位，爇烛焚香，命杨氏先行拜告，然后将孟俊洗剥停当，推至案前，由自己拔出腰刀，刺胸挖心，取祭杨家父母，再命左右将他细剐。霎时间将肉割尽，把尸骨拖出郊外，喂饲猪犬去了。为残杀者鉴。这且按下不提。

且说南唐元帅李景达，闻孟俊被擒，亟与部下商议进兵，左右道："韩令坤雄踞扬州，不易攻取，大王不如西攻六合，六合得下，扬州路断，也指日可取了。"不能取扬州，乌能取六合？唐人全是呆鸟。景达依计行事，乃向六合进发，距城二十里下寨，掘堑设栅，固守不出。匡胤也按兵勿动。两下相持，约有数天。周将疑匡胤怯战，入帐禀白道："扬州大捷，唐元帅必然丧胆，我军若乘势往击，定可得胜。"匡胤道："诸将有所未知，我兵只有二千，若前去击他，他见我兵寥寥，反且胆壮起来，不若待他来战，我恰以逸待劳，不患不胜。"前时攻清流关，妙在速进，此时屯兵六合，又妙在静待。诸将道："倘他潜师回去，如何是好？"匡胤道："唐帅景达是唐主亲弟，他受命为诸道兵马元帅，俨然到此，怎好不战而遁，自损威风？我料他再阅数日，必前来挑战了。"诸将始不敢多言。又数日，果有探马来报，敌帅李景达已发兵前来了。匡胤即整军出城，摆好阵势，专待唐兵到来。不一时，果见唐兵摇旗呐喊，蜂拥而至，匡胤即指挥将士，上前奋斗。两下金鼓齐鸣，喧声震地，这一边是目无全虏，誓扫淮南，那一边是志在保邦，争雄江右。自巳牌杀到未牌，不分胜负，两军都有饥色，匡胤即鸣金收军，李景达也不相逼，退回原寨去了。

周兵闻金回城，由匡胤仔细检点，伤亡不过数十名，恰也没甚话说。既而令将士各呈皮笠，将士即奉笠献上。匡胤亲自阅毕，忽令数将士上前，瞋目语道："你等为何不肯尽力？难道待敌人自毙吗？"言毕，即喝令亲卒，把数将士缚住，推出斩首。众将茫然不解，因念同袍旧谊，不忍见诛，乃各上前代求，吁请恩宥。匡胤道："诸将道我冤诬他吗？今日临阵，各戴皮笠，为何这数人笠上，留有剑痕？"言至此，即携笠指示，一一无讹。众将见了，愈觉不解。匡胤乃详语道："彼众我寡，全仗人人效力，方可杀敌致功，我督战时，曾见他们退缩不前，特用剑斫他皮笠，作为标记，若非将他正法，岂不要大家效尤，那时如何用兵？只好将这座城池，拱手让敌了。"众将听到此言，吓得面面相觑，伸舌而退。转眼间已见有首级数颗呈上帐前。军令不得不严，并非匡胤残忍。匡胤令传示各营，才将尸首埋葬。翌日黎明，便即升帐，召集将士，当面诫谕道："若要退敌，全在今日，尔等须各自为战，不得后顾！果能人人奋勇，哪怕他兵多将广，管教他一败涂地哩。"诸将一一允诺。匡胤复召过牙将张琼，温颜与语道："你前在寿春时，翼我过濠，城上强弩骤发，矢下如注，你能冒死不退，甚至箭镞入骨，尚无惧色，确是忠勇过人。今日拨兵千名，令你统率。先从间道绕至江口，截住唐兵后路，倘若唐兵败走，渡江南归，你便可乘势杀出，我亦当前来接应，先后夹攻，我料景达那厮，不遭杀死，也要溺死了。独操胜算(寿春事，从匡胤口中叙出，可省一段文字)。张琼领命去讫。

匡胤令将士饱食一餐，俟至辰牌时候，传令出兵。将士等踊跃出城，甫行里许，适见唐兵到来，大家争先突阵，不管什么刀枪剑戟，越是敌兵多处，越要向前杀入。唐兵招架不住，只得倒退。景达自恃众寡，命部下分作两翼，包抄周军，不意围了这边，那边冲破；围了那边，这边冲破。忽有一彪人马，持着长矛，搠入中军，竟将景达马前的大势旗钩倒。景达大惊，忙勒马退后，那周兵一哄前进，来取景达首级。亏得景达麾下拼命拦截，才得放走景达，逃了性命。唐兵见大旗已倒，主帅惊逃，还有何心恋战？顿时大溃，沿途弃甲抛戈，不计其数。匡胤下令军中，不准拾取军械，只准向前追敌。军士不敢违慢，大都策马疾追。可怜唐帅景达等，没命乱跑，看看到了江边，满拟乘船飞渡，得脱虎口。蓦闻号炮一响，鼓角齐鸣，斜刺里闪出一支生力军，截住去路。景达不知所措，险些儿跌下马来。还是唐将岑楼景，稍有胆力，仗着一柄大刀，出来抵敌，兜头碰着一员悍将，左手持盾，右手执刀，大呼："来将休走！俺张琼在此，快献头来！"张琼出现。楼景大怒，抢刀跃马，直取张琼。张琼持刀相迎，两马相交，战到二十余合，却是棋逢敌手，战遇良材，偏匡胤率军追至，周将米信、李怀忠等，都来助战，任你岑楼景力敌万夫，也只可挑出圈外，拖刀败走。这时候的李景达，早已跑到江滨，觅得一只小舟，乱流径渡。唐兵尚有万人，急切寻不出大船，如何渡得过去？等到周兵追至，好似斫瓜切菜，一些儿不肯留情，眼见得尸横遍野，血流成渠。有几个善泅水的，解甲投江，凫水逃生，有几个不善泅水的，也想凫水逃命，怎奈身入水中，手足不能自主，漩涡一绕，沉入江心。岑楼景等都跨着骏马，到无可奈何的时节，加了一鞭，跃马入水，半沉半浮，好容易过江去了。这是匡胤第三次立功。

南唐经这次败仗，精锐略尽，全国夺气。独周世宗自攻寿州，数月未克，正拟下令班师，忽接六合奏报，知匡胤已获大胜，亟召宰相范质等入议，欲改从扬州进兵，与匡胤等联络一气，下攻江南。范质奏道："陛下自孟春出师，至今已入盛夏，兵力已疲，饷运未继，恐非万全之策。依臣愚见，不如回驾大梁，休息数月，等到兵精粮足，再图江南未迟。"世宗道："偌大的寿州城，攻了数月，尚未能下，反耗我许多兵饷，朕实于心不甘。"范质再欲进谏，帐下有一人献议道："陛下尽可还都，臣愿在此攻城！"世宗瞧着，乃是都招讨使李重进，便大喜道："卿肯替朕任劳，尚有何说。"遂留兵万人，随李重进围攻寿州，自率范质等还都；并因赵匡胤等在外久劳，亦饬令还朝，另遣别将驻守滁、扬。

匡胤在六合闻命，引军还滁，入城省父。见弘殷病已痊愈，并由弘殷述及，全赖赵判官一人，日夕侍奉，才得渐愈。匡胤再拜谢赵普。至别将已来瓜代，即奉父弘殷，与赵普一同还汴。既至汴都，复随父入朝。世宗慰劳有加，且语匡胤道："朕亲征南唐，历数诸将，功劳无出卿右，就是卿父弘殷，亦未尝无功足录，朕当旌赏卿家父子，为诸臣劝。"匡胤叩首道："此皆陛下恩威，诸将勠力，臣实无功，不敢邀赏。"何必客气。世宗道："赏功乃国家大典，卿勿过谦！"匡胤道："判官赵普，具有大材，可以重用，幸陛下鉴察！"以德报德。世宗点首。退朝后，即封弘殷为检校司徒，兼天水县男；匡胤为定国节度使，兼殿前都指挥使；赵普为节度推官。三人上表谢恩，自是匡胤父子分典禁兵，桥梓齐荣，一时无两。相传唐李淳风作推背图，曾留有诗谶一首云：

    此子生身在冀州，

    开口张弓立左猷。

    自然穆穆乾坤上，

    敢将火镜向心头。（近见推背图中，此诗移置后文，闻由宋祖将图文互易，眩乱人目，故不依原次。）

匡胤父子生长涿郡，地当冀州，开口张弓，就是弘字，穆穆乾坤，就是得有天下，宋祖定国运，以火德王，所以称作火镜，还有梁宝志铜牌记，亦有"开口张弓左右边，子子孙孙万万年"二语。南唐主璟，因名字为弘冀，吴越王亦尝以弘字名字，统想符应图谶，哪知适应在弘殷身上，这真是不由人料了。欲知匡胤如何得国，且看下回表明。

宋太祖之婉谢窦仪，器重赵普，皆具有知人之明，而引为己用。至激责韩令坤数语，亦无一非用人之法。盖驾驭文士，当以软术牢笼之，驾驭武夫，当以威权驱使之，能刚能柔，而天下无难驭之材矣。若斫皮箦而诛情军，作士气以挫强敌，皆驾驭武人之良策，要之不外刚柔相济而已。观此回，可以见宋太祖之智，并可以见宋太祖之勇。

第四回 紫金山唐营尽覆 瓦桥关辽将出降

却说周世宗还都后，尚拟再征江南，因思水军不及南唐，未免相形见绌，乃于城西汴水中，造了战舰百艘，命唐降将督练水师，一面搜乘补卒，连日阅操，约期水陆大举。适唐遣员外郎朱元出兵江北，攻夺舒、和、蕲各州，兵锋直至扬、滁。扬、滁守城诸周将闻风遁走，转入寿春，周主闻知，正是愤恨，只因水师尚未练就，不得不忍待时日，惟遥饬李重进，严行戒备，休为唐兵所乘。重进围攻寿州，又阅半年，唐节度使刘仁赡扼守寿州城，多方抵御，无懈可击，所以重进仍屯兵城下，不能攻入，自接奉周主诏命，格外小心，把步兵分为两队，一队屯驻城下，专力围攻，一队扼守要冲，专防敌援，自己居中调度，日夕不怠（重进系周室忠臣，故叙笔亦较从详）。会唐将朱元、边镐、许文缜等率师数万，来援寿州，各军据住紫金山，共立十余寨，与城中烽火相应。又南筑甬道，输粮入城，绵亘数十里。重进乘夜袭击，杀败唐将，夺了数十车粮草，得胜回营。朱元等吃了败仗，不敢逼攻，只守住紫金山，遥作声援。

周主闻唐兵援寿，恐重进有失，遂命王环为水军统领，自己亲督战船，从闵河沿颍入淮，旌旗蔽空，舳舻横江。这消息传到唐营，朱元等不胜惊骇，飞向金陵乞援。唐主再遣齐王景达及监军使陈觉，率兵五万，来援唐军。过了数日，周主渡淮抵寿春城，朱元登山遥望，但见战船如织，顺流而来，纵横出没，无不如意，不禁大惊道："尝谓南人使船，北人使马，谁料北人今日也能乘船飞驶，反比我南人敏捷，这真是出人不料了。"事在人为，何分南北。既而复见一艨艟大舰，蔽江前来，正中坐着一位衮衣龙袍的大元帅，料知是周世宗，旁边有一位威风凛凛相貌堂堂的大将，比周主还要威武，禁不住称羡起来，便指问将校道："他是何人？"将校有经过战阵，认识周将，便道："这便叫作赵匡胤。"朱元叹息道："我闻他智勇兼全，屡败吾将，今日遥望丰仪，才知名不虚传了。"后来倾寨降周，已伏于此。说着，周主已薄紫金山，号炮三声，即饬军士登岸。周主亲环甲胄，率兵攻城。

赵匡胤领着偏师，来攻紫金山唐寨，唐将边镐、许文缜开寨搦战，两阵对圆，刀枪并举。战不多时，匡胤忽勒兵退去，边镐、许文缜不知有计，驱兵大进。匡胤且战且走，行到寿州城南，突然翻身杀转，各用长枪大戟，刺入唐阵。唐兵前队纷纷落马。边、许两将才知中计，正拟整队奋斗，忽左边冲入一队，乃是周将李怀忠的人马，右边又冲入一队，又是周将张琼人马。两队周军，捣入阵内，好似虎入羊群，大肆吞嚼，急得边镐、许文缜无法拦阻，慌忙退还原路。哪知部兵已被撅数截，首尾不能相顾，连退避都来不及，只剩了数十骑，随着边、许奔回紫金山。匡胤复率众大呼："降者免死！"于是进退两难的唐兵都下马投甲，跪降道旁。是匡胤第四次立功。历叙匡胤战事，无一重复，是笔法矫变处。匡胤收了降军，再逼紫金山下寨。边镐、许文缜已丧失全师，只望朱元寨中出来救应，不妨朱元寨内已竖起降旗，输款周军。看官！试想这妙手空空的边、许两将，如何退敌？没奈何卸甲改装，潜越紫金山后，抱头窜去。

唐齐王景达及监军陈觉，正率兵入淮，巧遇周水师统领王环，迎头痛击，两下里正在酣斗，那周主已经闻着，自率数百骑，夹岸督战。水军见周主亲到，越战越勇。还有赵匡胤一军，也因紫金山已经荡平，分兵相助。景达、陈觉尚未知边、许败耗，兀自勉强支持，及见周兵越来越多，不胜惊讶，方令弁目缘樯遥望。不瞧犹可，瞧将过去，那紫金山，已遍悬大周旗号了。当下报知景达，景达语陈觉道："莫非紫金山各寨，已被周兵夺去？"陈觉道："若不夺去，如何悬着周字旗号？看来我等只好回军。再或不退，也要全军覆没哩。"正是鼠胆。景达遂传令回军。军士接到此令，自然没有斗志，战舰一动，被周军乘势追杀，夺去舰械无算，唐兵或乞降，或溺死，共失去二万余人。景达、陈觉都逃回金陵去了。

寿州城内的刘仁赡，连年防守，已是鼓衰力竭，械尽食空，此次又闻援军败衄，急得疾病交乘，卧不能起。周主耀兵城下，且射入诏书，劝令速降，唐监军使周廷构与左骑都指挥使张全约议道："主帅病重，不能理事，况又兵疲粮尽，如何保守此城？与其被敌陷入，致遭屠戮，不如见机迎降，尚望瓦全，君意以为何如？"全约连声赞成，乃代仁赡草定降表，并异仁赡出降。仁赡已不省人事，由周主仍令还城，传谕仁赡家属，安心侍奉，并封他为天平节度使，兼中书令。仁赡即日逝世，追赐爵为彭城郡王，并改名清淮军为忠正军。

寿州已下，周主还都，匡胤亦随驾北归，加拜义成军节度使，晋封检校太保。未几，周主又出攻濠、泗，匡胤自请为前锋，兵至十八里滩，见岸上唐营森列，周主拟用橐驼济师，匡胤独跃马入水，截流先渡，骑兵追随恐后，霎时间尽登彼岸。唐营中不及防备，骤被匡胤捣入，害得脚忙手乱，纷纷溃散，营外泊有战舰，舰内已虚无一人，匡胤乘势下船，进薄泗州城下。泗州守将范再遇，惊慌得了不得，当即开城乞降。匡胤入城后，禁止掳掠，秋毫无犯，人民大悦，争献刍粟给军。是匡胤第五次立功。周主闻泗州已定，移师攻濠，濠州团练使郭廷谓自知力不能支，命参军李延邹草表降周。延邹不允，被廷谓杀死，自作降表，举城归降。周主即遣郭廷谓徇天长，别派指挥使武守琦趋扬州，南唐守将望风披靡，天长、扬州陆续平定，泰州、海州亦相率归附。于是周主进攻楚州，楚州防御使张彦卿与都监郑昭业，督兵登埤，誓死固守，周主猛攻不克。唐节度使陈承诏复出兵清口，与城中连为犄角，互相呼应，因此楚城益固。周主愁烦得很，乃调赵匡胤助战。

匡胤即调集水师，溯淮北上，将到清口，已值黄昏时候，诸将请觅港寄泊，匡胤道："清口闻有唐营，他不意我军骤至，势必无备，我正好乘夜掩袭，捣破唐营，奈何中流停泊呢？"言讫，即命扬帆疾驶，直达清口。是夕天色沉阴，淡月无光，唐营中虽有逻卒，巡至夜半，不见什么动静，便都回营安睡。匡胤正率兵驶至，悄悄登岸，蓺起火炬，呐一声喊，竟向唐营奔入。营兵方入睡乡，及至惊醒，见营帐已是通明，连忙起床，不及携械，凭着赤手空拳，如何对敌？周兵已杀进寨门，顺手乱剁，杀死唐兵数千名，尸如山积。匡胤踹入后账，不见什么陈承诏，料他先行逃走，遂带着百骑，从帐后越出，向前追赶，约行五六里，已至山阳境内，方见前面有一黑影，隐约奔驰，当即加鞭疾驱，急行里许，才得追着。这黑影正是陈承诏，他自梦中惊觉，孤身潜逃，好容易跑了若干里，偏偏冤家路狭，不肯放手，没奈何束手就擒，任他缚去。匡胤既擒住承诏，遂转趋楚州，献俘军前。是匡胤第六次立功。周主大喜，便与匡胤并力攻城，城中势孤援绝，哪里抵挡得住？当被周兵攻入。张彦卿与郑昭业尚率众巷战，杀到矢尽刀缺，彦卿尚举起绳床，舍命抗拒，卒被乱军杀死，郑昭业拔剑自刎，守兵千余人，一律斗死，无一生降。周主不禁嗟叹，命将张、郑两人的尸首棺殓安葬，随即出示安民，休息数天，再行南下。

唐主闻报大惧，寝食俱废，若坐针毡。嗣闻周主复出扬州，乃遣陈觉奉表，愿传位太子弘冀，听命中国，并献庐、舒、蕲、黄四州地，画江为界，哀恳息兵。周主道："朕兴师只取江北，今尔主举国内附，尚有何求？"乃赐书唐主，通好罢兵。唐主自去帝号，奉周正朔，江北悉平，周主奏凯还朝，大小百官，依次行赏；赐赉匡胤，特别从优。既而唐主遣使至周，私贻匡胤书，并馈白金三千两。匡胤笑道："这明明是反间计，我难道为他所算吗？"遂将书函白金，悉行呈入，周主嘉他忠荩，温言褒奖；嗣复改授忠武军节度使，会弘殷旧疾复发，医药无效，竟至谢世。周主又厚赐赙仪，追赠太尉，并武清节度使官衔；封匡胤母杜氏为南阳郡太夫人（匡胤世受周恩，不为不厚，历叙封赠，以著匡胤负周之罪）。匡胤居丧守制，不闻政事。越年为周世宗显德六年（周统终于是年，故特笔点醒），周主以北鄙未复，北汉尝引辽入寇，屡为边患，乃下诏亲自征辽，当召匡胤入朝，命为水路都部署，另简亲军都虞侯韩通，为陆路都部署。两将先行出发，水陆并进，车驾自御龙舟，作为后应。

匡胤带领战舰，克日出发，顺风顺水，驶过瀛、莫各州，辽地兵民，毫不防备，骤见周兵到来，都心惊胆落，逃得不知去向。辽宁州刺史王洪也接到周兵入境消息，正拟请兵守城，谁知辽兵尚没有影响，周师已飞薄城河。王洪居守空城，自知不能抵敌，便即开城乞降。匡胤乃收降王洪，令为向导，进抵益津关。关中守将终廷辉登关南望，但见河中敌舰，一字儿排着，旌旗招飐，戈戟森严，不觉大惊失色；正在彷徨失措，忽闻关下有人大叫道："快快开关！"当下俯视来人，乃是宁州刺史王洪，便问道："你来此何事？"王洪道："我为关内生灵，单骑到此，特欲与君商议。"廷辉乃下关迎入。相见后，王洪便言："周兵势大，未易迎敌，不如降周为是。"廷辉踌躇半响，想不出什么方法，只好依王洪言，随他出降。匡胤好言抚慰，并问廷辉路径。廷辉道："此去到瓦桥关，不过数十里，但水路狭隘，不便行船，大帅若要前行，须舍舟登陆，方可前进。"匡胤乃即派遣裨将，与王洪返守宁州，并留兵数百，助廷辉守益津关；自思韩通未至，不应久待，索性乘势前行，入捣瓦桥关，于是令军士一齐登岸，鼓行而西。

不一日，即至瓦桥关下，守将姚内斌，率着马兵数千骑，出来截击，不值匡胤一扫，内斌遁回关中。由匡胤攻扑一昼夜，未曾得手。翌日，韩通亦到，报称莫州刺史刘楚信、瀛洲刺史高彦晖，俱已降服了（韩通一路用虚写法，因本书注重宋祖，故详此略彼）。匡胤大喜，便亲至关下，召姚内斌答话。内斌在关上相见，匡胤朗声道："守将听着！天军到此，所有瀛、莫各州，及宁州益津关诸吏，都已望风降顺，畏威怀德。独你据住此关，不肯归服，难道我不能捣破吗？但念南北生民，莫非赤子，若为你一人，害得玉石俱焚，你心何忍？不如早日投降，免致糜烂。"内斌道："且待明日报命。"匡胤道："大丈夫一言既出，驷马难追，你若明日不降，管教你粉身碎骨，悔无可及。"言毕返营。巧值都指挥使李重进等带领禁军，呼喝前来。匡胤知周主亲到，便与韩通出营接驾，行囊鞬礼。周主入营巡视，慰问劳苦，三军无不欣跃。是夕，周主便留宿营中。到了次日，姚内斌亲至营前，奉表请降。是匡胤第七次立功。匡胤引见周主，由内斌拜跪毕，周主亦嘉他效顺，温语褒奖。内斌复叩首谢恩（叙述各降将，亦无一条重复）；随起导周主入关。

周主置酒大会，遍宴群臣，席间议进取幽州，诸将奏对道："陛下离京，不过四十二日，兵不血刃，即得燕南各州，此正陛下威灵远播，所以得此奇功。惟辽主闻失燕南，势必大集虏骑，扼守幽州，还望陛下先机审慎，幸勿轻入。"周主默然不答。已露不悦之意。散宴后，便召先锋都指挥使李重进入帐，与语道："朕志在统一，削平南北，今已出兵到此，幸得燕南各州，难道就此罢手不成？你率兵万人，明日出发，朕即统军后至。不捣辽都，决不返师！"李重进唯唯而退。又传谕散骑指挥孙行友，令带骑卒五千，即日往攻易州。孙行友亦奉命去讫。

越日，李重进发兵先行，到了固安，守吏已逃避一空，城门大开，一任周兵拥入，重进略命休息，转眼间周主亦到，当下奉驾前进，行至固安县北，只见一带长河，流水潺潺，望将下去，深不可测；询问土人，叫作安阳水，水中本有渡筏，因对岸辽人闻有敌军，将筏收藏，眼见得汪洋浩渺，不便轻涉。周主乃命各军采木作桥，限日告竣，自率亲军还宿瓦桥。不意夜间竟发寒疾，本是孟夏天气，偏觉挟纩不温，到了翌晨，尚未痊愈，一卧两日，孙行友捷报已至，并押献辽刺史李在钦。周主抱病升帐，见左右绑入囚犯，便问他愿降愿死，在钦却瞋目道："要杀就杀，何必多言！"周主便喝令枭首。自觉头晕目眩，急忙退入寝室。又越两日，疾仍未瘳，诸将欲请驾还都，因恐触动主怒，未敢请奏。匡胤独愤然道："主疾未愈，长此羁留，倘或辽兵大至，反为不美，待我入请还跸便了。"乃径入周主寝门，力请还驾。正是：

　　雄主一生期扫虏，
　　老臣片语足回天。

未知周主曾否邀准，且看下回表明。

周世宗为五季英主，而拓疆略地之功，多出匡胤之力，史家记载特详，虽未免有溢美之辞，而后此受禅以后，除韩通诸人外，未闻与抗，是必其平日威望，足以制人，故取周祚如反掌耳。本回叙匡胤破紫金山，降瓦桥关，写得声容突兀，如火如荼，且妙在与前数回战仗，叙笔不同，令阅者赏心豁目。至若旧小说中捏造杜撰，概不采入，无征不信，著书人固不敢妄作也。

第五回　陈桥驿定策立新君　崇元殿受禅登大位

却说赵匡胤入谏周主，至御榻前，先问了安，然后谈及军事。周主道："本想乘此平辽，不意朕躬未安，延误戎机，如何是好？"匡胤道："天意尚未绝辽，所以圣躬未豫，不能指日荡平。若陛下顺天行事，暂释勿问，臣意天必降福，圣躬自然康泰了。"援天为解，可谓善谏。周主迟疑半晌，方道："卿言亦是，朕且暂时回都，卿可调还各处兵马，明日就启銮罢！"匡胤退出，即传旨调回李重进、孙行友等，一面准备返跸。到了次日，周主起床升座，饬改瓦桥关为雄州，命韩令坤留守；益津关为霸州，命陈思让留守，然后乘舆启行。匡胤以下，均随驾南归。周主在道，病势略瘥，就从囊中取出文书，重行披阅。忽得直木一方，约长三尺，上有五个大字，不禁奇怪得很。看官道是何字？便是从前异僧所传，"点检作天子"一语（应第二回）。当下把玩一回，仍收贮囊中。及还至大梁，便免都点检张永德官。永德妻即郭威女。张与世宗有郎舅谊，世宗恐他暗蓄异图，将仿石敬瑭故事（事见五代史），所以将他免职，改用赵匡胤为殿前都点检，兼检校太傅。故意使错，岂冥冥中果有主宰耶？匡胤威名，自是益盛。宰相范质等，因世宗病未痊愈，请立太子以正国本，世宗乃立子宗训为梁王。宗训年仅七龄，未谙国事，不过徒挂虚名罢了。是年世宗后符氏去世，改册后妹为继后。入宫未几，世宗又复病剧。数日大渐，亟召范质等入受顾命，重言嘱托，令他善辅储君，且与语道："翰林学士王著，系朕藩邸故人，朕若不起，当召他入相，幸勿忘怀！"既欲王著为相，何弗先时召入，必待身后乃用，殊为不解。质等应诺。既出宫门，大家私语道："王著日在醉乡，乃是一个酒徒，岂可入相？此必主子乱命，不便遵行，愿彼此勿泄此言。"大家各点头会意。是夜，周主崩于寝殿。范质等奉梁王宗训即位，尊符后为皇太后，一切典礼，概从旧制，不必细表。

惟匡胤改受归德军节度使，兼检校太尉，仍任殿前都点检，以慕容延钊为副都点检。延钊与匡胤，夙称莫逆（见第一回），至是复同直殿廷，格外亲昵。平居往来密议，人不能知。著此二语，含有深意。光阴易过，又是残年，转眼间便是元旦，为幼帝宗训纪元第一日，文武百官，朝贺如仪。过了数日，忽由镇、定二州，飞报京都，说是："北汉主刘钧，约连辽兵入寇，声势甚盛，请速发大兵防边！"幼主宗训只知嬉戏，晓得什么紧急事情。符太后闻报，亟召范质等商议。范质奏道："都点检赵匡胤忠勇绝伦，可令作统帅，副都点检慕容延钊素称骁悍，可令作先锋；再命各镇将会集北征，悉归匡胤调遣。统一事权，定保无虞。"不过将周祚让与他，此外原无他虞。符太后准奏，即命赵匡胤会师北征；慕容延钊带着前军，先行出发。延钊领命，简选精锐，克日起程。匡胤调集各处镇帅，如石守信、王审琦、高怀德、张令铎、张光翰、赵彦徽等，陆续到来，乃祃纛兴师，逐队出发。都下谣言甚盛，将册点检为天子，市民惊骇，相率逃匿。其实宫廷里面，并没有这般消息，不知何故出此新闻，真正令人莫测呢？若非有人暗中运动，哪有这等新闻？

匡胤率着大军，按驿前进，看看已到陈桥驿，天色渐晚，日影微昏，便令各军就驿下营，寓宿一宵，翌晨再进。前部有散指挥使苗训，独在营外立着，仰望云气。旁边走过一人，向他问讯道："苗先生！你在此望什么？"原来苗训素习天文学，凡遇风云雷雨，都能先时逆料，就是国家灾祥，又往往谈言微中，因此军中呼他为苗先生。苗训见过问的人，乃是匡胤麾下的亲吏楚昭辅，便用手西指道："你不见太阳下面，复有一太阳吗？"昭辅仔细远眺，果见日下有日，互相摩荡，熔成一片黑光。既而一日沉没，一日独现出阳光，格外明朗，日旁复有紫云环绕，端的是祥光绚彩，乾德当阳，好一歇方才下山。昭辅很是惊异，问苗训道："这兆主何吉凶？"苗训道："你是点检亲人，不妨与你实说，这便叫作天命，先没的日光，应验在周，后现的日光，是应验在点检身上了。"昭辅道："何日方见实验？"苗训道："天象已现，就在眼前了。"*天道远，人道迩，恐苗先生亦借天惑人。*说着，两人相偕归营。昭辅免不得转告别人，顿时一传十，十传百，军中都诧为异征。

都指挥领江宁节度事高怀德，首先倡议道："主上新立，况兼幼弱，我等身临大敌，虽出死力，何人知晓？不如应天顺人，先立点检为天子，然后北征，未识从征诸公，以为何如？"众将应声道："高公所言甚当，我等就依计速行。"都押衙李处耘道："这事须禀明点检，方可照行，但恐点检未允，好在点检亲弟匡义亦在军中，且先与他说明底细，令他入白点检，才望成功。"大众齐声称善，便邀匡义入商。匡义道："此事非同小可，且与赵书记计议，再行定夺。"*看官阅过上文，可记得节度推官赵普吗？*赵普此时适任归德掌书记，从匡胤出征，匡义即以此事语普。普答道："主少国疑，怎能定众？点检威望素著，中外归心，一入汴京，即可正位，乘今夜安排停当，明晨便可行事。"*有志久了。*匡义乃偕普出庭，部署诸将，环列待旦。

看看天色将明，大众齐逼匡胤寝所，争呼万岁。寝门传卒摇手禁止道："点检尚未起床，诸公幸勿高声！"大众道："今日策点检为天子，难道你尚未知吗？"言未已，匡义排众趋入。正值匡胤惊觉，起问何事，匡义略言诸将情形。匡胤道："这、这事可行得吗！"匡义道："曾闻兄长述及僧言，两日重光，囊木应谶，这语已经表现，兄长不妨就为天子。"*（再应第二回。）*匡胤道："且待我出谕诸将，再作计较。"言毕趋出。见众校露刃环列，齐声呼道："诸军无主，愿奉太尉为皇帝。"匡胤尚未及答，那高怀德等已捧进黄袍，即披在匡胤身上，众将校一律下拜，三呼万岁。匡胤道："事关重大，奈何仓促举行？况我曾世受国恩，亦岂可妄自尊大，擅行不义？"赵普即进言道："天命攸归，人心倾向，明公若再推让，反至上违天命，下失人心。若为周家起见，但教礼遇幼主，优待故后，亦好算始终无负了。"*只好自己解嘲。*说至此，各将士已拥匡胤上马。匡胤揽辔语诸将道："我有号令，你等能从我否？"诸将齐称听令。匡胤道："太后主上，我当北面事他，你等不得冒犯！京内大臣，与我并肩，你等不得欺凌，朝廷府库及士庶人家内，你等不得侵扰！如从我命，后当重赏，否则戮及妻孥，不能宽贷！"诸将闻令载拜，无不允诺。匡胤乃整军还汴，当遣楚昭辅及客省使潘美，加鞭先行。

潘美是先去授意宰辅，楚昭辅是先去安慰家人，两人驰入汴都，都中方得消息。时值早朝，突闻此变，统吓得不知所为。符太后召谕范质道："卿等保举匡胤，如何生出这般变端？"语至此，已将珠喉哽住，扑簌簌地流下泪来。*妇女们只有此法。*范质嗫嚅道："待臣出去劝谕便了。"*这是脱身之策。*符太后也不多说，洒泪还宫。范质退出朝门，握住右仆射王溥手道："仓促遣将，竟致此变，这都是我们过失，为之奈何？"*你若能为周死节，还好末减。*王溥嗫不能对，忽口中呼出呻吟声来。范质急忙释手，哪知这指甲痕已掐入溥腕，几乎出血。*若辈不啻巾帼，应该有此柔荑。*质正向他道歉，适值侍卫军副都指挥使韩通，从禁中趋出，遇着范质、王溥等人，便道："叛军将到，二公何尚从容叙谈？"范质道："韩指挥有什么良法？"韩通道："火来水淹，兵来将挡，都中尚有禁军，亟宜请旨调集登陴守御，一面传檄各镇，速令勤王，镇帅不乏忠义，倘得他星夜前来，协力讨逆，何患乱贼不平？"*虽是能说不能行，然忠义之慨，跃然纸上。*范质道："缓不济急，如何是好？"韩通道："二公快去请旨。由通召集禁军便了。"言毕，急忙驰去。质与溥尚踌躇未决，但见有家役驰报道："叛军前队，已进城来了。相爷快回家去！"他两人听到这个急报，都管什么请旨不请旨，都一溜烟跑到家中去了。*只知身家，真是庸夫。*这时匡胤前部都校王彦昇，果已带着铁骑，驰入城中，凑巧与韩通相遇，大声道："韩侍卫快去接驾！新天子到了。"通大怒道："哪里来的新天子？你等贪图富贵，擅谋叛逆，还敢来此横行吗？"说着，亟向家门驰回。彦昇素性残忍，闻得通言，气得三尸爆炸，七窍生烟，当下策马急追，紧紧地随着通后。通驰入家门，正想阖户，不妨彦昇已一跃下马，持刀径入，手起刀落，将韩通劈死门内；再闯将进去，索性把韩通妻子，尽行杀毙，然后出来迎接匡胤。*通固后周忠臣，然前尝臣汉臣唐，至是独为周死节，当亦豫让一流人物。*

匡胤领着大军，从明德门入城，命将士一律归营，自己退居公署。过了片刻，军校罗彦瓌等将范质、王溥诸人拥入署门。匡胤见了呜咽流涕道："我受世宗厚恩，被六军逼迫至此，违负天地，怎不汗颜？"还要一味假惺惺，欺人乎？欺己乎？质等正欲答言，罗彦瓌厉声道："我辈无主，众议立点检为天子，哪个再有异言？如或不肯从命，我的宝剑，却不肯容情哩。"言已，竟拔剑出鞘，挺刃相向。王溥面如土色，降阶下拜。范质不得已亦拜。匡胤忙下阶扶住两人，赐他分坐，与议即位事宜。范质道："明公既为天子，如何处置幼君？"赵普在旁进言道："即请幼主法尧禅舜，他日待若虞宾，便是不负周室。"何尧、舜之多也？匡胤道："太后幼主，我尝北面臣事，已早下令军中，誓不相犯。"总算你一片好意。范质道："既如此，应召集文武百官，准备受禅。"匡胤道："请二公替我召集，我决不忍薄待旧臣。"范质、王溥当即辞出，入朝宣召百僚。待至日晡，百官始齐集朝门，左右分立。少顷，见石守信、王审琦等，拥着一位太平天子，从容登殿。翰林承旨陶谷即从袖中取出禅位诏书，递与兵部侍郎窦仪，由仪朗读诏书道：

天生蒸民，树之司牧。二帝推公而禅位，三王乘时而革命，其揆一也。惟予小子，遭家不造，人心已去，天命有归，咨尔归德军节度使殿前都点检，兼检校太尉赵匡胤，禀天纵之姿，有神武之略，佐我高祖，格于皇天，逮事世宗，功存纳麓，东征西讨，厥绩隆焉。天地鬼神，享于有德，讴歌讼狱，归于至仁，应天顺人，法尧禅舜，如释重负，予其作宾。

於戏钦哉，畏天之命！

窦仪读诏毕，宣徽使引匡胤退至北面，拜受制书，随即掖匡胤登崇元殿，加上衮冕，即皇帝位，受文武百官朝贺。万岁万岁的声音响彻殿庑。无非一班赵家狗。礼成，即命范质等人内，胁迁幼主及符太后，改居西宫。可怜这二十多岁的嫠妇，七龄有奇的孤儿，只落得凄凄楚楚，呜呜咽咽，哭向西宫去了。唐虞时有此惨状否？当下由群臣会议，取消周主尊号，改称郑王。符太后为周太后，命周宗正郭玘祀周陵庙，仍饬令岁时祭享。一面改定国号，因前领归德军在宋州，特称宋朝，以火德王，色尚赤，纪元建隆，大赦天下。追赠韩通为中书令，厚礼收葬。首赏佐命元功，授石守信为归德节度使，高怀德为义成军节度使，张令铎为镇安军节度使，王审琦为泰宁军节度使，张光翰为江宁军节度使，赵彦徽为武信军节度使，并皆掌侍卫亲军。擢慕容延钊为殿前都点检，所遗副都点检一缺，令高怀德兼任。赐皇弟匡义为殿前都虞侯，改名光义。赵普为枢密直学士，周宰相范质，依前守司徒兼侍中。王溥守司空，兼门下侍郎。魏仁甫为尚书右仆射，兼中书侍郎，均同平章事。一班攀龙附凤的人员，一并进爵加禄，不可殚述。从此，方面大耳的赵匡胤，遂安安稳稳地做了宋朝第一代祖宗，史称为宋太祖皇帝。后人有诗叹道：

　　周祚已移宋鼎新，
　　首阳不食是何人？
　　片言未合忙投拜，
　　可惜韩通致杀身。

还有一切典礼，依次举行，容至下回续叙。

陈桥兵变，黄袍加身，史家俱言非宋祖意，吾谓是皆为宋祖所欺耳。北汉既结辽为寇，何以不闻深入，其可疑一；都下甫事发兵，点检作天子之谣，自何而来？其可疑二；诸将谋立新主，而匡义、赵普何以未曾入白，即部署诸将，诘朝行事？其可疑三；奉点检为天子，而当局尚未承认，何来黄袍，即可加身？其可疑四；韩通为王彦昇所杀，并且戮及妻孥，而宋祖入都以后，何不加彦昇以擅杀之罪？其可疑五；既登大位，于尊祖崇母诸典，尚未举行，何以首赏功臣，叠加宠命？其可疑六。种种疑窦，足见宋祖之处心积虑，固已有年，不过因周世宗在日，威武过人，惮不敢发耳。世宗殂而妇寡儿孤，取之正如拾芥，第借北征事瞒人耳目而已。吾谁欺？欺天乎？本回虽就事叙事，而微意已在言表，阅者可于夹缝中求之。

第六回　公主钟情再婚志喜　孤臣败死一炬成墟

　　却说宋太祖既登大位，追崇祖考，用兵部尚书张昭言，立四亲庙，尊高祖眺为僖祖文献皇帝，曾祖珽为顺祖惠元皇帝，祖敬为翼祖简恭皇帝，妣皆为皇后，父弘殷为宣祖昭武皇帝，每岁五享，朔望荐食荐新，三年一袷，五年一禘。庙祀既定，尊母杜氏为皇太后。先是楚昭辅入都，驰慰太祖家属，杜氏闻报，惊语道："我儿素有大志，今果然成功了。"杜氏此言，已将宋祖阴谋，和盘托出。及尊为太后，御殿受朝，太祖下拜，群臣皆行朝贺礼，杜氏并无喜色，反觉满面愁容。左右进言道："臣闻母以子贵，今子为天子，太后反有忧色，究为何事？"杜氏道："先圣有言：'为君难。'天子置身民上，果能制治得宜，原可尊荣过去，倘或失道，恐将来欲做一匹夫，尚不可得，你等道可忧不可忧吗？"却是名言。太祖闻言再拜道："谨遵慈训，不敢有违！"既退殿，宋祖又复临朝，拟册立夫人王氏为皇后。太祖原配贺氏（见第一回），生一子二女，子名德昭，显德五年病殁；嗣聘彰德军节度使王饶女为继室，周世宗曾赐给冠帔，封琅邪郡夫人，至是册立为后，免不得又有一番典仪，这且毋庸细表。

　　惟宋祖有妹二人，一已夭逝，追封为陈国长公主，一曾出嫁米福德，不幸夫亡，竟致寡居，太祖封她为燕国长公主。公主韶年守孀，寂寞兰闺，时增伤感，对着春花秋月，尤觉悲从中来。自从宋祖为帝，及尊母册后诸隆仪，陆续举行，阖宫统是欢忭，独公主勉强入贺，整日里颦着双眉，并不见有解颐的时候。太祖情笃同胞，瞧着这般情形，自然格外怜悯。可巧殿前副点检高怀德，适赋悼亡，他遂想出一个移花接木的法儿，玉成两美。

　　这高怀德系真定郡人，父名行周，曾任周天平节度使。怀德生长将门，素有膂力，且生得一副好身材，虎臂猿躯，豹头燕颔，此时正在壮年，理应速续鸾胶，再敦燕好。太祖遂与太后商议，拟将燕国长公主嫁与怀德。杜太后迟疑道："这事恐未便做得。"太祖道："我妹华年，不过逾笄，怎忍令她长守空闺，终身抱恨？"阿兄既可负君，阿妹何妨变节！杜太后道："且待问明女儿，再作计较。"太祖退出，太后即召入公主，与她密谈。公主听到"再嫁"二字，不禁两颊微酡，俯首无语。春心已动。杜太后道，"为母的也不便教你变节，但你兄恰怜你寂寂寡欢，是以设此一法。"公主支吾对付道："我兄贵为天子，无论宫廷内外，均应遵他命令，女儿怎好有违？"说到"违"字，脸上的桃花，愈现愈红，自觉不好意思，即拜别出室去了。原来高怀德入直殿廷，公主曾窥他仪表过人，暗中叹美，今承母兄意旨，欲与他结为夫妇，真是意外遭逢，三生有幸，也顾不得什么柏舟操、松筠节了。嫠妇失节，往往为此一念所误。宋太祖闻妹有允意，即谕意赵普、窦仪，浼他们作伐。两人欣然领命，即与怀德面商。怀德也曾见过公主，姿色很是可人，况又是天子胞妹，娶为继室，就是现成的皇亲，乐得满口应允，毫不支吾。有愧汉宋弘多矣。普、仪大喜，即去复旨。得喝媒酒，如何不喜。当饬太史择定吉日，行合婚礼，并赐第兴宁坊。藏娇合筑金屋。

　　届期这一日，高第备了全副仪仗，拥着凤舆，由怀德乘马亲迎。到了宫门，下马而入。司礼官引就甥馆，当有诏书颁下，特拜为驸马都尉。怀德北面叩谢，卤簿使整备送亲仪仗，陈列宫中。司礼官再引怀德出馆，至内东门外，鞠躬西向，令随员执雁敬呈，司礼官奉雁以进，至奠雁礼成，笙簧叠韵，琴瑟谐声，但见这位燕国长公主，装束与天仙相似，由宫娥彩女等簇拥出来，缓步登舆。怀德再拜，拜毕，司礼官即导出宫门，看怀德上马，才行退去。怀德回至本第，下马恭候，待凤舆到来，向舆一揖，至公主下舆，乃三揖引入，升阶登堂。公主东向，怀德西向，行相见礼。既而彼此易位，行交拜礼。礼成，导入寝室，洞房合卺，一一如仪。是时文武百官，相率趋贺，宾筵丰备，雅乐铿锵，说不尽的繁华，描不完的热闹。怀德出房陪宾，等到酒阑席散，方才归寝。公主已易浅妆，和颜相迎，彼此在灯下窥视，一个是盛鬋丰容，倍增艳丽，一个是广颐方额，绰有丰神，大家都是过来人，当即携手入帏，同圆好梦。这一夜的枕席风光，比那第一次婚嫁时，更添几倍，从此情天补恨，缺月重圆，好算是内无怨女，外无旷夫了。逐层写来，语多讽刺。

哪知么弦方续，簧鼓复兴，一道诏书传入高第，竟令高怀德同讨李筠，即日出师。燕国长公主又不免有陌头春色之感，应暗怨阿兄太不解事。李筠，太原人，历事唐、晋、汉三朝，累积战功。至周擢检校太尉，领昭义军节度使，驻节潞州。正与宋祖比肩。宋祖受禅，加筠中书令，遣使赐册。筠即欲拒命，因宾佐切谏，勉强拜受。及延使升阶，张乐设宴，酒过数巡，忽命悬周太祖画像，瞻望再三，涕泣不已。宾佐在旁惶骇，亟语使臣道："令公被酒，致失常度，幸弗怀疑！"及罢宴后，使臣拜别还京，奏陈详情，太祖尚搁置不提。会北汉主刘钧闻筠有拒宋意，遂遣人驰递蜡书，约筠一同起兵。筠即欲举事，长子守节进谏

道："潞州一隅，恐不足当大梁，还乞父亲持重，幸勿暴举！"筠怒道："你晓得什么？赵匡胤欺弄孤寡，诈称辽、汉犯边，出兵陈桥，买嘱将士归己，回军逼宫，废少主，幽太后，大逆不道，我还好北面事他吗？今日为周讨逆，就使不成，死亦甘心。"说一死字，已伏祸谶。守节复涕泣道："父亲即欲举兵，亦须预测万全，依儿想来，不如将北汉来书，寄上汴都，宋主见我效忠，当然不生疑忌，那时我可相机行事，袭他不备了。"筠答道："这却是条好计，我就遣你南去，赍递北汉来书，一面窥伺宋廷举动。倘遇故人，亦可预约内应。事关机密，你应慎行！"

守节领了父命，即日南下。既至汴都，便入朝太祖，呈上北汉书信。太祖阅毕，便道："你父有此忠诚，朕深嘉慰。你可在此为皇城使，朕当命使慰谕便了。"守节谢恩而出。太祖即亲写诏书，派使复往潞州。守节留仕汴中，见都下很是安稳，各镇俱奉表归诚，毫无异言，料知潞州不便窃发，乃作书寄父，劝父效顺宋廷，勿生异图。不意李筠不从，反将朝使羁住，不肯放归。宋祖闻得此信，便召谕守节道："你父逆迹已著，你应在此抵罪。"前留为皇城使，已是不怀好意。守节慌忙叩首道："臣尝泣谏臣父，勿生异心。"太祖道："朕早知道了。留意已久，故无不察悉。朕特赦你，着你归语你父，朕未为天子时，你父可自由行动，朕既为天子，奈何不守臣节哩？"守节复叩头辞归。返至潞州，入见李筠，备陈一切，且劝父切勿用兵，归使谢罪。筠复怒道："你既得归来，还怕什么？"当下嘱幕府草定檄文，历数宋祖不忠不孝的罪状，布告天下，并执监军周光逊等，押送北汉，求即济师。一面遣骁将儋珪往袭泽州。儋珪善驰马，每日能行七百里，受遣后，带兵数百，飞行至泽州。泽州刺史张福尚未闻潞州变事，当即开城迎珪，未及开口，已被珪一刀杀死，珪即麾兵入城，据住泽州，驰书告捷，李筠大喜。从事闾丘仲卿献议道："公孤军起事，势甚危险，虽有河东援师，恐未必足恃（河东指北汉）。大梁甲兵精锐，难与交锋，不如西下太行，直抵怀孟，塞虎牢，据洛邑，东向争天下，方为上计。"原是良策。筠毅然道："我乃周朝宿将，与世宗义同兄弟，禁卫军皆我旧部，闻我起兵讨逆，势必倒戈归我，况有儋珪等骁悍绝伦，何愁不踏平汴梁哩？"慢着！仲卿见计议不用，默然退去。

嗣闻北汉主刘钧率兵到来，筠即至太平驿迎谒，拜伏道旁。不愿臣宋，胡甘拜汉。汉主即面封筠为平西王，赐马三百匹，召入与语。筠略言："受周厚恩，不敢爱死。"刘钧默然不答。原来周、汉系是世仇，李筠提及周朝，反惹汉主疑忌，因此不愿答言，反令宣徽使卢赞监督筠军。筠与赞偕返潞州，心甚不平，时与赞有龃龉。赞密报汉主，汉主复遣平章事卫融，替

他和解。筠总是不乐。且见汉兵甚少，越加悔恨，怎奈箭在弦上，不得不发，只好留守节居守，自率部众南来。

警报传达宋廷，太祖即诏命石守信为统帅，高怀德为副，兴师北征。怀德正在私第与燕国长公主小饮，把酒言欢，蓦闻诏书颁到，即忙出厅拜受，俟赍诏官已去，入语公主道："北汉刘钧此次与李筠连兵，真来入寇了。"前借刘钧口中叙及宋祖诈谋，此复借高怀德言，以证实之。可见陈桥出师，并非真因防寇，故受禅后，全未提及寇警。公主闻言，不觉惹起情肠，含着三分忧色。极力揶揄，不肯放过一笔。怀德道："公主休忧！区区小丑，有什么难平？我军一出，指日即可凯旋了。"公主含泪道："但愿马到成功，免得深闺悬念。"怀德复劝慰数语，再与公主饮了数杯，便冠带入朝。石守信既在朝听训，怀德抢步入殿，朝见礼毕，闻太祖宣谕道："两卿此行，慎勿纵李筠西下太行，须迅速进兵，扼住要隘，自可破敌，朕亲为后应便了。"间丘仲卿之计，宋祖也自防着。怀德与守信叩头领旨，退朝整军，准备出发。

濒行时，怀德又回第别过公主，公主谆嘱小心，送出门外，然后启行。再添一笔。途次，复闻太祖诏命，遣慕容延钊、王全斌出兵东路，夹击李筠，越觉放胆前进。行至长平，望见前面有敌营驻扎，当即列阵搦战。李筠跃马而出，望见石守信、高怀德，便大呼道："石、高两将军，为何甘心附逆，快快倒戈，随我杀入汴都，尚可悔罪补过！"石守信怒道："李筠匹夫听着！你是唐、晋旧臣，为什么改事周室？唐、晋亡国，你却坐视，目今大宋受禅，故君无恙，你反跋扈猖獗，是何道理？快快下马受缚，免你一死！"无瑕者始可戮人，李筠亦未免失着。高怀德不待说毕，便挺枪出阵，麾兵大进。李筠也率兵抵敌，彼此鏖斗一场。看看天色将晚，各自收军。次日复战，正杀得难解难分，忽见慕容延钊一军杀到，突入李筠阵内。李筠部下，顿时散乱。石守信、高怀德等，乘势掩杀，把筠军冲作数截。李筠不敢恋战，斜刺冲出，拨马返奔。宋军追了一程，方才退回。

诸将纷纷献功，呈上首级，共约三千余颗，石守信一一记录，复与慕容延钊、高怀德商议进兵。慕容延钊道："王将军全斌，已绕道进捣泽州，我等须前去接应为是。"石守信道："这却不宜迟缓，应即刻进行。"当下传令拔营，三军并进。约行数十里，已至大会寨。这寨倚山为固，势甚扼要，李筠收集败军，在此把守，几有一夫当关，万夫莫开的形状。宋军鼓着锐气，猛扑数次，都被矢石射回。高怀德大愤，拟亲冒矢石，引兵攻寨。不念公主谆嘱吗？延钊道："且慢！王将军若至泽州，寨内必有消息，待他军心一乱，便容易攻入了。"于是择地立营，休息一宵。次日再去进攻，仍不能下。又越日依然未克。石守信复语延钊道："寨中坚守如故，并没有内溃情状，想是王将军未到泽州呢。"延钊道："这也未能臆料。且设法攻入此寨，再作计较。"守信道："计将安出？"延钊遂与守信附耳数语，守信大喜，便依计而行。

翌日，由延钊出马，直至寨前，大呼李筠叛贼，快出寨来，与我斗三百合。寨卒入报李筠，李筠忍耐不住，即出寨迎敌。两下相见，也不答话，便抢刀酣斗，战了二十余合，高怀德纵马前来，大呼道："待我来杀这叛贼罢！"延钊闻声，就虚晃一刀，勒马回阵。怀德挺枪出斗，又是二三十合，故意地装着力怯，倒退下来。延钊又复接战，杀得李筠性起，高叫道："任你一齐都来，我也不怕。"说着，舞动大刀，越战越紧。寨内复趋出卢赞、卫融两人，各执兵器，前来助阵，慕容延钊佯为失色，勒马奔回。李筠见已得势，步步紧逼，延钊、怀德索性招兵退走，奔驰了五六里。筠与卢赞、卫融等，奋力追赶，蓦听得一声炮响，石守信伏兵齐起，从旁突出，杀入筠军。延钊、怀德也即杀回。卢赞、卫融料不能胜，竟返军北走，此所谓胜不相让，败不相救。剩得李筠一支孤军，如何支撑，慌忙返奔。那手下兵士，已伤亡无算，及奔至寨旁；但见寨外已竖起大宋赤帜，有一员金盔铁甲的宋将，领着宋军，从寨内杀出，吓得李筠莫名其妙，只好大吼一声，向西北角遁去。那将也不追赶，便迎接石守信等，一同入寨。看官道此将是谁？原来就是王全斌。全斌本欲潜往泽州，因看路上多山，崎岖得很，恐孤军有失，所以中途返辔，绕出大会寨，来会石守信、高怀德等军。入寨后表明一切，彼此统是欢喜，忽有殿前侍卫到来，报称御驾将至，石守信等忙出寨十里，恭迓御跸。既与太祖相见，行过了礼，便拥护入寨，暂憩一宿。

翌日即下令亲征，途次山岭复杂，乱石嵯峨，太祖亲自下马，先负数石，将校不敢少懈，争将大石搬去，立刻平为大道。各队陆续启行，将近泽州，见敌寨据住要隘，阻兵前进。原来李筠向北遁去，与卢赞、卫融遇着，择险扼守，扎下数营。太祖便令进攻，李筠、卢赞并马出来，慕容延钊、高怀德上前厮杀，李筠接住延钊，卢赞接住怀德，四匹马搅做一团，盘旋了好几合，但听怀德叫声"下去！"把卢赞刺落马下。筠军中一将趋出，大呼道："怀德休得逞威！我来也。"怀德视之，乃是河阳节度范守图，与李筠串通一气，便道："叛贼！你也来寻死吗？"随即挺枪再战。王全斌也舞枪拨马，来助怀德，双枪并举，害得范守图手忙脚乱，一个破绽，被怀德活擒过去。李筠见两将失手，只好撇下延钊，与卫融一同回马，跑入泽州。宋军追至城下，四面围攻，都校马全义攻打南门，率敢死士数十人，攀堞登城，城中霎时火起，只见得黑烟遍地，烈焰冲天，小子有诗叹道：

> 拼将一死效孤忠，
> 臣力穷时恨不穷。
> 厝火积薪甘烬骨，
> 满城烟雾可怜红。

毕竟城中何故火起，且看下回说明。

宋史公主列传，燕国长公主初适米福德，福德卒，再适高怀德，是公主再醮事，确有证据，且载明系建隆元年事。夫男得重聘，妇无再嫁，经义俱存，不容废易，况宋祖初登帝位，礼乐制度，正待振兴，顾可令寡妹再醮，有乖名节乎？本回叙述特详，隐含讥刺，是所以垂戒后世，而为名教之树防也。若李筠为周拒宋，涕泣兴师，不得谓非义举，但彼尝臣事唐、晋、汉、周四朝矣，不为唐、晋、汉出死力，独为郭氏表孤忠，是岂郭家以国士待之，乃以国士报乎？然不从闾丘仲卿之计，徒欲借北汉为后援，所倚非人，所为未善，徒付诸煨烬而已，可悲亦可叹也！

第七回

李重进阖家投火窟
宋太祖杯酒释兵权

　　却说泽州城中，忽然火起，看官道火从何来？说来又是话长，小子只好大略叙明。原来李筠遁入泽州，即遣儋珪守城。珪见宋军势大，竟缒城遁去，本是善驰，不走何待？急得李筠仓皇失措。筠妾刘氏，随至军中，劝筠备马夜遁，返保潞州，筠犹豫未决。或谓城门一发，部下或劫公出降，悔不可及，不如固守为是。筠乃决计死守。会宋将马全义登城，城已被破，筠遂拟取薪自焚。刘妾亦欲从死，筠叹道："我自问已无生理，所以甘心赴火，你肯从死，志节可嘉；但你方有娠，倘得生男，将来或可报仇，快自去逃生罢！"刘氏号泣而去。筠遂纵火焚死，火随风猛，转眼间红光四映，照彻全城，守卒均已骇散。宋将马全义下城开门，放入宋军。王全斌首先杀入，正遇卫融匹马奔逃，当即喝声休走，卫融勉强抵敌，不到三合，便被全斌擒住。城内兵民，亦多被全斌杀毙。经太祖入城，先令人救灭了火，然后揭榜安民。军士推上卫融，太祖劝他降顺。卫融愤然道："你敢负周？我不负汉！"痛快！这两语惹动太祖怒意，命卫士用铁挝猛击中卫融额，血流满面。融大呼道："死不负主，死也值得了。"太祖见他语直气壮，又不觉怜悯起来，并非不忍杀融，实由自己心虚。即令卫士罢手，将融释缚，善言劝慰，使为太府卿。融乃愿降。有始无终。

　　越日，复进攻潞州，守节大惊，飞向汉主处求援。哪知汉主刘钧早已遁去，一时没法摆布，只好束手待毙。至太祖已到城下，谕令守节速降，免罪不究，守节乃出城迎驾，匍匐乞死。太祖道："你父为逆，你却知忠，朕岂不分善恶，专事孳戮吗？今特赦你，且授你为团练使，你好好干蛊，毋负朕恩！"守节叩谢。太祖入潞州城，安民已毕，遍宴从臣，并令守节预宴，赐他袭衣锦带，银鞍勒马。守节感激万分，匍伏地上，磕了好几个响头。如死父何。待至宋祖还跸，方查访父妾刘氏。刘氏逃入民家，经守节寻还，后来果生一男。守节历任单济和三州团练使，才逾壮年，病殁无子，幸刘氏所生的男孩儿得承李祀，不致绝后，这或是李筠孤忠的报应，亦未可知。意在勉人。

　　话休叙烦，且说宋太祖既平潞州，班师还都。过了数日，有南唐使臣入朝，赍表贺捷，并附呈淮南节度使李重进密书，由太祖展阅，内云：

　　周淮南节度使李重进，奉书南唐主麾下：重进，周室之懿亲，藩镇之旧臣，世受先帝深恩，不忍背负，今将举兵入汴，乞大王援助一旅之师，联镳齐进，声罪致讨，若幸得成功，重进当拱手听命，还爵朝廷，少效臣节于万一，宁敢穷兵黩武为哉？惟大王垂谅焉！

　　太祖览毕，勃然道："重进竟敢叛朕吗？我曾遣陈思诲前去，赐他铁券，优旨抚慰，今思诲尚未回来，他却潜结南唐，竟敢为逆，情殊可恨！"又谓唐使道："尔主竭诚事朕，朕心甚慰。尔可回去，转告尔主，守住要隘，勿使叛兵侵入，朕即日发兵平淮便了。"唐使领命去讫。太祖即饬石守信、王审琦、李处耘、宋偓四将，分领禁兵，出征重进。此次不及高怀德，想是怜念胞妹。四将亦启程去了。

　　小子叙到此处，不得不将重进履历，略行表明。重进系周太祖郭威甥，生长太原，历事晋、汉、周三朝。周末任为淮南节度使，镇守扬州。太祖禅位，加授中书令，命移镇青州。重进本与太祖比肩事周，分握兵柄，至闻太祖受禅，恐为所忌，常不自安；及移镇命下，心益快快。李筠举兵，消息传到扬州，重进特遣亲吏翟守珣，往潞联盟，定议南北夹攻，哪知守珣反潜至汴都，求见太祖。太祖问明底细，便语守珣道："他无非防朕加罪，因蓄异图，朕今赐他铁券，誓不相负，他可能相信否？"守珣道："臣见重进终有异志，愿陛下先事预防！"太祖点首道："朕与你相识有年，所以你特报朕，可谓不负故交了。但朕欲亲征潞州，恐重进乘虚掩袭，多一掣肘，烦你规劝重进，令他缓发，休使二凶并作，分我兵势。待朕平潞后，再征重进，较易为力了。"守珣唯唯遵旨。太祖复厚赐守珣，命返扬州。守珣见了重进，说了一派谎语，止住重进发兵，重进乃按兵不动。误了，误了。至太祖北征，尚恐重进袭他后路，特遣六宅使(宋初武职诸司，有六宅正副使)，陈思诲，赍奉诏书，赐重进铁券。重进留住思诲，只说待太祖还汴，一同入朝。既而太祖奏凯回来，重进颇有惧意，拟即整理行装，随思诲朝汴，偏部将向美、湛敬等入阻重进道："公是周室至亲，总不免见忌宋主，若再入朝，适中他计，恐一去不得复还了。"重进道："倘或宋主加责，奈何？"向美道："古人有言：'宁我薄人，毋人薄我。'今当宋主平潞，兵力已疲，何不即日兴兵，直捣汴京，这乃叫作先发制人呢。"重进道："兵力不足，恐不济事。"湛敬答道："可拘住汴使，向唐乞援，若得唐兵相助，何愁大事不成？"李筠乞师北汉，并未成功，岂湛敬独未闻知吗？重进道："事宋拒宋，始终难免一死，我就依你照办吧！"又是一个死谶。当下拘住思诲，投书南唐，一面修城缮甲，准备战守。

转瞬数日，忽有探卒来报，宋军已南来了，重进大惊道："唐兵未出，宋军已至，如何是好？"向美、湛敬统不免有些惊惶，但此次兵祸，是由他两人惹引出来，也只好硬着头皮，请兵前往。重进发兵万人，令他带去对仗，自己在城居守，静听战阵消息。谁知警报迭来，都是败耗。嗣闻太祖又亲自南征，更惊慌得了不得，正拟添募兵士，接应前敌，忽见湛敬狼狈逃回，报称向美阵亡，兵士多半丧失了(扬州战事，全用虚写，盖因重进兵力，不逮李筠，史家概从简略，故本书亦用简笔)。重进经此一惊，更吓得面色如土，暮闻城外喊声大震，鼓角齐鸣，料知宋军杀到，勉勉强强的登城一望，但见军士如蚁，矛戟如林，迤逦行来，长约数里；最后拥着一位宋天子，全身甲胄，耀武扬威，端的是开国英君，不同凡主，当下长叹一声，下城语众道："我本周室旧臣，理应一死报主，今将举族自焚，你等可自往逃生罢！"左右请杀思诲，聊以泄恨。重进道："我已将死，杀他何益？"言已，即令家人取薪举火，先令妻子投入火中，然后奋身跃入，一道青烟，都化为焦骨了。想与李筠同事祝融去了。重进已死，全城大乱，还有何人防守？宋军当即登城，鱼贯而进，拿住湛敬等数百人。至太祖入城，查系逆党，尽令枭首。复问及陈思诲，当有将士探报，已被逆党杀毙，横尸狱中，太祖很是叹惜，命厚礼殓葬。再访翟守珣，好容易才得寻着，太祖慰谕道："扬州已平，卿可随朕同去！"守珣道："臣恐重进怀疑，所以避死，今日复见陛下，不啻重逢天日。但臣事重进有年，不忍见他暴骨扬灰，还乞陛下特别开恩，许臣收拾烬余，藁葬野外，臣虽死亦无恨了。"太祖道："依卿所奏，朕不汝罪！"守珣乃自去拾骨，贮棺出埋，然后随驾还朝。

太祖将发扬州，唐主李景(原名璟，改名为景)遣使犒师，并遣子从镒朝见，太祖慰劳有加。忽有唐臣杜著、薛良二人，投奔军前，献平南策。太祖怒道："唐主事朕甚谨，你乃欲卖主求荣，良心何在！"随喝左右道："快与我拿下！"全是权术。卫士将两人缚住，由太祖当面定刑，命将杜著斩首，薛良戍边。其实他两人本得罪南唐，乘间逃来，意欲脱罪图功，不料弄巧反拙，一杀一戍，徒落得身名两丧，悔已无及，这也所谓自作孽，不可逭哩。为卖主求荣者，作一殷鉴。

且说扬州已平，太祖还汴，饮至受赏，不消细说。惟翟守珣得补宫殿直，未几即为供奉官，有时且命守珣等随驾微行。守珣进谏道："陛下幸得天下，人心未安，今乘舆轻出，倘有不测，为之奈何？"太祖笑道："帝王创业，自有天命，不能强求，亦不能强拒。从前周世宗在日，见有方面大耳的将士，时常杀死，朕终日侍侧，未尝遭害，可见得天命所归，断不至被人暗算呢。"这也是聪明人语，看官莫被瞒过。一日，又微行至赵普第，赵普慌忙出迎，导入厅中，拜谒已毕，亦劝太祖慎自珍重。太祖复笑语道："如有人应得天命，任他所为，朕亦不去禁止呢。"普又答道："陛下原是圣明，但必谓普天之下，人人悦服，无一与陛下为难，臣却不敢断言。就是典兵诸将帅，亦岂个个可恃？万一乘间窃发，祸起萧墙，那时措手不及，后悔难追。所以为陛下计，总请自重为是！"太祖道："似石守信、王审琦等，俱朕故人，想必不致生变，卿亦太觉多虑。"赵普道："臣亦未尝疑他不忠，但熟观诸人，皆非统驭才，恐不能制服部下，倘或军伍中胁令生变，他亦不得不唯众是从了。"太祖不禁点首，寻复语普道："朕未尝耽情花酒，何必出外微行，正因国家初定，人心是否归向，尚未可料，所以私行察访，未敢少怠哩。"赵普道："但教权归天子，他人不敢觊觎，自然太平无事了。"太祖复谈论数语，随即回宫。

一日复一日，又是建隆二年，内外各将帅依然如故，并没有变动消息。赵普私下着急，但又不便时常进言，触怒武夫，没奈何隐忍过去。到了闰三月间，方调任慕容延钊为山南东道节度使，撤销殿前都点检一职，不复除授。拔去一钉。嗣是过了两三月，又毫无动静，直至夏秋交界，太祖召赵普入便殿，开阁乘凉，从容座谈。旁无别人，太祖喟然道："自从唐季至今，数十年来，八姓十二君，篡窃相继，变乱不休，朕欲息兵安民，定一个长久计策，卿以为如何而可？"普起对道："陛下提及此言，正是人民的幸福。依臣愚见，五季变乱，统由方镇太重，君弱臣强，若将他兵权撤销，稍示裁制，何患天下不安？臣去岁也曾启奏过了。"太祖道："卿勿复言，朕自有处置。"普乃退出。

次日，太祖晚朝，命有司设宴便殿，召石守信、王审琦、张令铎、赵彦徽等入宴。酒至半酣，太祖屏退左右，乃语众将道："朕非卿等不及此。但身为天子，实属大难，不若为节度使时，尚得逍遥自在。朕自受禅以来，已是一年有余，何从有一夕安枕哩。"守信等离座起对道："陛下还有什么忧虑？"太祖微笑道："朕与卿等统是故交，何妨直告。这皇帝宝位，哪个不想就座呢。"守信等伏地叩首道："陛下奈何出此一谕？目今天下已定，何人敢生异心？"太祖道："卿等原无此心，倘麾下贪图富贵，暗中怂恿，一旦变起，将黄袍加汝身上，汝等虽欲不为，也变做骑虎难下了。"推己及人。守信等泣谢道："臣等愚不及此，乞陛下哀矜，指示生路！"太祖道："卿等且起！朕却有数语，与卿等熟商。"守信等遵旨起来，太祖道："人生如白驹过隙，忽壮忽老忽死。总没有几百年寿数，所以萦情富贵，无非欲多积金银，厚自娱乐，令子孙不至穷苦罢了。朕为卿等打算，不如释去兵权，出守大藩，拣择良好田园，购置数顷，为子孙立些长业，自己多买歌童舞女，日夕欢饮，借终天年，朕且与卿等约为婚姻，世世亲睦，上下相安，君臣无忌，岂不是一条上策吗？"守信等又拜谢道："陛下怜念臣等，一至于此，真所谓生死肉骨了。"是日尽欢乃散。越日均上表称疾，乞罢典兵，太祖遂命石守信为天平节度使，王审琦为忠正节度使，张令铎为镇宁节度使，赵彦徽为武信节度使，皆罢宿卫就镇。就是驸马都尉高怀德，也出为归德节度使，撤去殿前副都点检。防之耶？抑借之以解嘲耶？诸将先后辞行，太祖又特加赐赉，都欢欢喜喜地去了。从此安享天年，不再出现。

过了数年，太祖欲召天雄军节度使符彦卿，入典禁兵。这彦卿系宛邱人，父名存审，曾任后唐宣武军节度。彦卿幼擅骑射，壮益骁勇，历晋、汉两朝，已累镇外藩；周祖即位，授天雄军节度使，晋封卫王。世宗迭册彦卿两女为后，就是光义的继室，也是彦卿第六女。所以周世宗加封彦卿为太傅，宋太祖更加封他为太师。至此因将帅多已就镇，乃欲召彦卿入值。赵普闻知消息，忙进谏道："彦卿位极人臣，岂可再给兵柄？"太祖道："朕待彦卿素厚，谅他不致负朕。"妹夫尚令他就镇，难道姻长独可靠吗？赵普突然道："陛下奈何负周世宗？"兜心一拳。太祖默然，因即罢议。既而永兴军节度使王彦超、安远军节度使武行德、护国军节度使郭从义、定国军节度使白重赞、保大军节度使杨廷璋等，同时入朝，太祖与宴后苑，从容与语道："卿等均国家旧臣，久临剧镇，王事鞅掌，殊非朕优礼贤臣的本意。"说至此，彦超即避席跪奏道："臣素乏功劳，忝膺荣宠，今年已衰朽了，幸乞赐骸骨，归老田园！"太祖亦离座亲扶，且嘉慰道："卿可谓谦谦君子了。"武行德等不知上意，反历陈平昔战功及履历劳苦。太祖冷笑道："这是前代故事，也不值再谈呢。"行德等碰这钉子，实是笨伯。至散席后，侍臣已料有他诏，果然次日下旨，将武行德等俱罢节镇，惟王彦超留镇如故。小子有诗叹道：

> 尾大原成不掉忧，
> 日寻祸乱几时休？
> 谁知杯酒成良策，
> 尽有兵权一旦收。

宿卫藩镇，先后裁制，太祖方高枕无忧，谁知国事粗安，大丧又届，究竟何人归天，俟至下回分解。

李重进为周室懿亲，如果效忠周室，理应于宋祖受禅之日，即起义师，北向讨逆，虽或不成，安得谓为非忠？至于李筠起事，始遣翟守珣往潞议约，晚矣。然使与筠同时并举，南北夹攻，则宋祖且跋前疐后，事之成败，尚未可知也，乃迟回不决，直至潞州已平，乃思发难，昧时失机，莫此为甚。且令后世目为宋之叛臣，不得与韩通、李筠相比，谓非死有余憾乎？赵普惩前毖后，力劝宋祖裁抑武夫，百年积弊，一旦革除，读史者多艳称之。顾亦由宋祖智勇，素出诸将右，石守信辈惮其雄威，不敢立异，乃能由彼操纵耳。不然，区区杯酒，寥寥数言，宁能使若辈帖服耶？然后世子孙，庸弱不振，卒受制于夷狄，未始非由此成之。内宁即有外忧，此方正学之所以作深虑论也。

第八回

遣师南下戡定荆湘
冒雪宵来商证巴蜀

却说建隆二年夏六月,杜太后寝疾,宋祖日夕侍奉,不离左右,奈病势日重一日,未几痰喘交作,势且垂危。太后自知不起,乃召集子孙,并枢密使赵普,同至榻前,先语太祖道:"你身登大宝,已一年有余,可知得国的缘由吗?"太祖答道:"统是祖考及太后余庆,所以得此幸遇。"太后道:"你错想了!周世宗使幼儿主天下,所以你得至此。你百年后,帝位当先传光义,光义传光美,光美传德昭,国有长君,乃是社稷幸福,你须记着!"太祖泣道:"敢不遵教!"太后复顾赵普道:"你随主有年,差不多似家人骨肉,我的遗言,烦你亦留心记着,不得有违!"赵普受命,就于榻前写立誓书,先书太后遗嘱,末后更连带署名,写了"臣赵普谨记"五字,即收藏金匮中,着妥当宫人掌管,总道是开国成规,世世勿替了。为后文背誓张本。原来杜太后生五子,长匡济,次即太祖,三匡义,四匡美,五匡赞。匡济、匡赞早亡,太祖即位,为了避讳的缘故,将所有兄弟原名,统改"匡"为"光",所以太后遗嘱中,也称光义、光美。德昭乃太祖子,即原配贺夫人所出,前已叙过,想看官亦应接洽了(事关国祚,不嫌复笔)。自金匮立誓后,不到两日,太后即崩于滋德殿,年六十,谥曰明宪。乾德二年,复改谥昭宪,合袝安陵,这且搁下不提。

且说太祖用赵普计,既尽收宿将兵柄及藩镇重权,乃选择将帅,分部守边,命赵赞屯延州,姚内斌守庆州,董遵诲屯环州,王彦昇守原州,冯继业镇灵武,控扼西陲。李汉超屯关南,马仁瑀守瀛洲,韩令坤镇常山,贺维忠守易州,何继筠领棣州,防御北狄。又令郭进镇西山,武守琪戍晋州,李谦溥守隰州,李继勋镇昭义,驻扎太原。诸将家族,留居京师,抚养甚厚。所有在镇军务,尽许便宜行事。每届入朝,必召对命坐,赐宴赍金,因此诸将多尽死力,西北得以无虞。羁留家属以防其叛,优加赐赉以买其欢,驭将之道,无逾于此。惟关南汛地,忽有人民来京控诉,吁称李汉超强占己女,及贷钱不偿事。太祖召语道:"汝女可适何人?"该民答道:"不过农家。"太祖又问道:"汉超未到关南时,辽人曾来侵扰否?"该民道:"年年入寇,苦累不堪。"太祖道:"今日若何?"该民答言没有。宋祖怫然道:"汉超系朕贵臣,汝女畀他为妾,比出嫁农家,应较荣宠。且使关南没有汉超,你的子女,你的家资,能保得全否?区区小事,便值得来此控诉吗?下次再来刁讼,决不宽贷!"言毕,喝左右将该民逐出,此种言动,全是权术,不足与言盛王之治。该民涕泣回乡。太祖却遣一密使,传谕汉超道:"你亟还民女,并清偿贷款,朕暂从宽典,此后慎勿再为!如果入不敷出,尽可告朕,何必向民借贷哩!"钱财可向你乞济,妻妾不肯令之苟任,奈何?汉超闻言,感激涕零,即遵旨将人财归还,并上表谢罪。嗣是益修政治,吏民大悦。

还有环州守将董遵诲,系高怀德外甥,父名宗本,曾仕汉为随州刺史。太祖微时,尝客游汉东,至宗本署中。宗本颇器重太祖,留住数日,独遵诲瞧他不起,常多侮谩。一夕,语太祖道:"我尝见城上紫云如盖,又梦登高台,遇一黑蛇,约长百尺,忽飞腾上天,化龙竟去,这是何故?"太祖微笑不答。越数日,又与太祖谈论兵事,遵诲理屈词穷,反恼羞成怒,竟奋袂起座,欲与太祖角力。太祖匆匆避出,遂向宗本处辞别,自行去讫。至周末宋初,遵诲已任骁武指挥使,太祖在便殿召见,遵诲惶恐得很,伏地请死。太祖令左右扶起,因慰谕道:"卿尚记从前紫云化龙的事情吗?"遵诲复再拜道:"臣当日愚駿,不识真主,今蒙赦罪,当衔环报德。"骄子失势,往往如是。太祖大笑。俄而遵诲部下有军卒击鼓鸣冤,控告不法事数十件。遵诲益惶恐待罪。太祖复召谕道:"朕方赦过赏功,何忍复念旧恶,卿勿复忧!但教此后自新,朕且破格重用。"遵诲又叩首谢恩。遵诲父宗本,世籍范阳,旧隶辽降将赵延寿部下。及延寿被执，乃挈子南奔，惟妻妾陷入幽州，太祖因令人纳赂边民，赎归遵诲生母，送与遵诲。遵诲更加感激，誓以死报。太祖特授为通远军使，镇守环夏。遵诲至镇，召诸族酋长，宣谕朝廷威德，众皆悦服。未几复来扰边，由遵诲发兵深入，斩获无算，边境乃宁。*虎狼非不可用，在用之得其道耳。*太祖复令文臣知州事，置诸州通判，设诸路转运使，选诸道兵入补禁卫，无非是裁制镇帅，集权中央，于是五代藩镇的积弊，一扫而空了。*煞费苦心，方得百年保守。*

会太祖复改元乾德，以建隆四年为乾德元年，百官朝贺，适武乎节度使周保权遣使告急。保权系周行逢子，行逢当周世宗时，因平定湖南，受封为朗州大都督，兼武平军节度使，管辖湖南全境。宋初任职如故，且加授中书令。行逢在镇，颇尽心图治，惟境内一切处置，概仍方镇旧态，行动自由。太祖初定中原，不遑过问，行逢得坐镇七年，安享宠荣。既而病重将死，召嘱将校道："我子保权，才十一岁，全仗诸公保护，所有境内各官属，大都恭顺，当无异图。惟衡州刺史张文表，素性凶悍，我死后，他必为乱，幸诸公善佐吾儿，无失土宇，万不得已，宁可举族归朝，无令陷入虎口，这还不失为中策哩。"言讫遂逝，保权嗣位，果然讣至衡州，文表悍然道："我与行逢俱起家微贱，同立功名，今日行逢已殁，不把节镇属我，乃教我北面事小儿，何太欺人！"当下带领军士，袭据潭州，杀留后廖简，又声言将进取朗州，尽灭周氏。朗州大震。保权遣杨师璠往讨，并遣使至宋廷乞援。荆南节度使高继冲，亦拜表上闻。继冲系高保勗侄儿，保勗祖季兴，唐末为荆南节度使，历梁及后唐，晋封南平王。季兴死后，子从诲袭爵。从诲传子保融，保融传弟保勗，保勗复传侄继冲，世镇江陵。荆南与湖南毗连，继冲恐文表侵入，所以驰奏宋廷。

太祖闻报，先下诏荆南，令发水师数千名，往讨潭州。*已寓深意。*然后令慕容延钊为都部署，李处耘为都监，率兵南下。临行时，面谕二将道："江陵南逼长沙，东距建康，西迫巴、蜀，北近大梁，乃是最重要的区域。现闻他四分五裂，正好乘势收归，卿等可向他假道，伺隙入城，岂不是一举两得吗？"这便是假道灭虢之计。二将领命而去。到了襄州，即遣阁门使丁德裕先赴江陵，向他假道。高继冲正遣水军三千人，令亲校李景威统率，出发潭州。*已堕宋祖计中。*至丁德裕到来，说明假道情形，乃即召僚属会议。部将孙光宪进言道："中国自周世宗，已有统一天下的志向，今宋主规模阔大，比周世宗还要雄武，江陵地狭民贫，万难与宋主争衡，不若早归疆土，还可免祸。就是明公的富贵，当也不至全失哩。"*知机之言。*继冲踌躇未决，再与叔父保寅密商。保寅道："且准备牛酒，借犒师为名，往觇强弱，再作计较。"继冲道："即请叔父前往便了。"保寅乃采选肥牛数十头，美酒百瓮，往荆门犒师。既至军前，由李处耘接待，很是殷勤，保寅大喜。次日复由慕容延钊召保寅入账，置酒与宴，相对甚欢。保寅已遣随卒飞报继冲，令他安慰，哪知李处耘即带领健卒，贪夜前进，竟达江陵。继冲正待保寅回来，忽闻大兵掩至，急得束手无策，只得出城相迎，北行十余里，正与处耘遇着。处耘揖继冲入寨，令待延钊，自率亲军入江陵城。及继冲得还，见宋军已分据要冲，越觉惶惧，不得已缴出版籍，将全境三州十六县，尽献宋廷，当遣客将王昭济，奉表赍纳。太祖自然欣慰，遂遣王仁赡为荆南都巡检使，仍令赍衣服玉带，器币鞍勒，赏给继冲，并授为马步都指挥使，仍官荆南节度如故。且因孙光宪劝使归朝，命为黄州刺史。荆南自高季兴据守，传袭三世五帅，凡四十余年，至是纳土归宋，继冲寻改任武宁节度使，至开宝六年病殁，总算富贵终身，了却一世。*应了孙光宪之言。*

惟慕容延钊、李处耘，既袭据江陵，遂进图潭州。是时湖南将校杨师璠，已在平津亭大破敌军，擒住张文表，脔割而食。潭州城守空虚，延钊等乘虚掩入，不费兵刃，即得潭州，复率兵进攻朗州。保权尚属冲年，毫无主见，牙将张从富道："目下我兵得胜，气势方盛，不妨与宋军决一胜负。且此处城郭坚完，就使不能战胜，尚可据城固守，待他食尽，自然退去，何足深虑！"*以张文表目宋军，拟于不伦。*诸将亦多半赞同，遂整缮兵甲，决计抗命。

慕容延钊令丁德裕先往宣抚，劝朗州献土投诚。德裕率从骑数百人，直抵朗州城下，呼令开门。张从富在城上应声道："来将为谁？"丁德裕道："我是阁门使丁德裕，特来传达朝旨，宣谕德意！"从富冷笑道："有什么德意？无非欲窃据朗州。汝去归语宋天子，我处封土，本是世袭,张文表已经荡平,不劳汝军入境,彼此各守境界,毋伤和气!"德裕怒道:"你敢反抗王师吗?"从富道:"朗州不比江陵,休得小觑!若要强来占据,我也不怕,请看此箭!"言已,即将一箭射下。德裕乃退,返报延钊。延钊即日奏闻,太祖又遣中使往谕道:"汝本请师救援,所以出发大军,来拯汝厄。今妖孽既平,汝等反以怨报德,抗拒王师,究是何意?"从富又拒而不纳,反尽撤境内桥梁,沉船沮河,伐树塞路,一意与宋军为难。延钊、处耘乃陆续进兵。

处耘先到澧江,遥见对岸摆着敌阵,旗帜飘扬,恰也严整得很。处耘阳欲渡江,暗中却分兵绕出上游,潜行南渡。那朗州牙将张从富,只知防着处耘,不料刺斜里杀到一支宋军,冲入阵内,慌忙麾兵对仗,战不数合,那对岸宋军,又复渡江杀来,害得手足无措,只好逃回朗州。宋军俘获甚众,至处耘前报功。处耘检阅俘虏,视有肥壮的人,割肉作糜,分啖左右。又择少壮数名,黥字面上,纵还朗州。被黥的逃入城中,报称宋军好啖人肉,顿时全城惊骇,纷纷逃避。朗州军曾吃过张文表的肉,奈何闻宋军食人,乃惊溃至此?及处耘进抵城南,城中愈乱,张从富自知不支,遁往西山,别将汪端护出周保权及周氏家属,避匿江南岸僧寺中。处耘一鼓入城,待延钊兵到,复出搜逃虏,寻至西山下,巧值从富出来,意欲再往别处,冤冤相凑,与宋军遇着,眼见得是束手成擒,身首异处了。再探访至僧寺,又将保权获住,周氏家眷亦尽做俘囚,只汪端被逃,拥众四掠,复经宋军追剿,把他击死,湖南乃平。保权解至京师,上章待罪,太祖令释缚入朝,一个十一二岁的小孩子,骤睹天威,吓得杀鸡似的乱抖,连"万岁"两字,都模模糊糊的叫不清楚。仿佛刘盆子。太祖不禁怜惜,便优旨特赦,授右千牛卫上将军,葺京城旧邸院,令与家属同居。后来保权年长,累迁右羽林统军,并出知并州,也与高继冲同一善终,这未始非宋祖厚恩呢。

荆、襄既平,太祖复拟荡平南北,因恐兵力过劳,暂令休养。忽军校史珪、石汉卿入白太祖,诬称殿前都虞侯张琼,拥兵自盗,擅作威福等情,太祖召琼入殿,面讯一切。琼未肯认罪,反顶撞了几句,引起太祖怒意,喝令掌嘴。那时走过了石汉卿,用铁槌猛击琼首,顿时血流如注,晕厥过去。汉卿并将他曳出,锢置狱中,及琼已苏醒,自觉伤重,痛不可忍,乃泣呼道:"我在寿春时,身中数矢,当日即死,倒也完名全节,今反死得不明不白,煞是可恨!"(应第三回。)言毕,遂解下所系腰带,托狱吏寄家遗母,自己咬着牙齿,把头向墙上撞去,创破脑裂,霎时毙命。太祖既闻琼言,复探得琼家毫无余财,未免自悔,命有司厚恤琼家,且严责石汉卿粗莽,便结了案。张琼死谗,咎在宋祖,故特赦之以表其冤。

乾德二年,范质、王溥、魏仁浦三相并罢,用赵普同平章事(宋初官制,多仍唐旧,同平章事一职,在唐时已有此官,就是宰相的代名)。太祖既相赵普,复拟置一副相,苦无名称,问诸翰林承旨陶谷。陶谷谓唐有参知政事,比宰相稍降一级。太祖乃命枢密,直学士薛居正、兵部侍郎吕余庆,并以本官参知政事,敕尾署衔,随宰相后,月俸杂给,视宰相减半,自是垂为定例。惟赵普入相,任职独专,太祖也格外信任,遇有国事,无不咨商。有时在朝未决,到了夜间,太祖且亲至普宅,商及要政,所以普虽退朝,尚恐太祖亲到,未敢骤易衣冠。

一日大雪,辇毂萧条,普退朝后,吃过晚膳,语门客道:"主上今日,想必不来了。"门客答道:"今夜寒甚,就是寻常百姓,尚不愿出门,况贵为天子,岂肯轻出?丞相尽可早寝了。"普乃易去冠服,退入内室,闲坐片时,将要就寝,忽闻叩门有声,正在动疑,司阍已驰入报道:"圣上到了。"普不及冠服,匆匆趋出,见太祖立风雪中,慌忙迎拜,且云臣普接驾过迟,且衣冠未整,应该待罪。太祖笑道:"今夜大雪,怪不得卿未及防,何足言罪?"一面说着,一面既扶起赵普,趋入普宅。太祖复道:"已约定光义同来,渠尚未到吗?"赵普正待回答,光义已经驰至。君臣骨肉,齐集一堂,太祖戏问赵普道:"羊羔美酒,可以消寒,卿家可有预备否?"普答言有备。太祖大喜,且命普就地设裀,闭门共坐。普一一领旨,即就堂中炽炭烧肉,唤出妻室林氏,令司酒炙。林氏登堂,叩见太祖,并谒光义,太祖呼林氏道:"贤嫂!今日多劳你了。"赵普代为谦谢。须臾,肉熟酒热,由林氏供奉上来。普斟酒侍饮,酒至半酣,太祖语普道:"朕因外患未宁,寝不安枕,他处或可缓征,惟太原一路,时来侵扰,朕意将先下太原,然后削平他国,卿意以为何如?"普答道:"太原当西北二面,我军若下太原,便与契丹接壤,边患要我当冲了。臣意不如先征他国，待诸国削平，区区弹丸黑子，哪里保守得住？当然归入版图呢。"老成有识，不愧良相。太祖微笑道："朕意也是这般，前言不过试卿，但今日欲平他国，当先从何处入手？"普答道："莫如蜀地。"太祖点首，嗣复议及伐蜀计策，又谈论了一两时，夜色已阑，太祖兄弟方起身辞去，普送出门外而别。小子有诗咏道：

> 风雪漫天帝驾来，
> 重裀坐饮相臣陪。
> 兴酣商画平西策，
> 三峡烟云付酒杯。

西征议定，战鼓重鸣，宋廷上面，又要遣将调兵，向西出发了。欲知征蜀胜负，请看下回便知。

荆、襄两处，唇齿相依，即并力拒宋，亦恐不逮，况外交未善，内乱相寻，宁能不相与沦亡乎？宋太祖欲收荆、湖，何妨以堂堂之师，正正之旗，平定两境，而必师假虞伐虢之故智，袭据荆南，次及湖南，是毋乃所谓杂霸之术，未足与语王道者。且观其羁縻李汉超，笼络董遵诲，无一非噢咻小惠之为。至于击死张琼，信谗忘劳，而真态见矣。厚恤家属，亦胡益哉？迨观其雪夜微行，至赵普家，定南征北讨之计，后人方侈为美谈，夫征伐大事也，不议诸大廷，乃议诸私第，鬼鬼祟祟，君子所勿取焉。

第九回　破川军屦王归命　受蜀俘美妇承恩

却说蜀主孟昶，系两川节度使孟知祥子，后唐明宗封他为蜀王，历史上叫作后蜀（详见五代史），唐末僭称蜀帝，未几病殁，子仁赞嗣立，改名为昶。昶荒淫无度，滥任臣僚，所用王昭远、伊审征、韩保正、赵崇韬等，均不称职。昶母李氏，本唐庄宗嫔御，赐给孟知祥，尝语昶道："我见庄宗及尔父，灭梁定蜀，当时统兵将帅，必须量功授职，所以士卒畏服。今王昭远本给事小臣，韩保正等又纨绔子弟，素不知兵，一旦有警，如何胜任？"昶母颇有见识。昶不肯从。及宋平荆湖，蜀相李昊又进谏道："臣观宋氏启运，不类汉周，将来必统一海内，为我国计，不如遣使朝贡，免启戎机。"昶颇以为是，商诸昭远。昭远道："蜀道险阻，外扼三峡，岂宋兵所得飞越？主上尽可安心，何必称臣纳贡，转受宋廷节制呢？"昶乃罢朝贡议，并增兵水陆，防守要隘。既而昭远从张廷伟言，劝昶通好北汉，夹攻汴梁。昶乃遣部校赵彦韬等，赍送蜡书，令由间道驰往太原。偏彦韬阳奉阴违，竟入汴都，奏闻太祖，太祖展书略阅，但见上面写着：

早岁曾奉尺书，远达睿听，丹素备陈于翰墨，欢盟已保于金兰，洎传吊伐之嘉音，实动辅车之喜色。寻于襄汉添驻师徒，只待灵旗之济河，便遣前锋而出境。

太祖览书至此，不禁微笑道："朕正拟发兵西征，偏他先来寻衅，益令朕师出有名了。"遂把原书掷下，安排选将，命忠武军节度王全斌为西川行营都部署，都指挥使刘光义、崔彦进为副，枢密副使王仁赡、枢密承旨曹彬为都监，率部兵六万人，分道入蜀。全斌等入朝辞行，太祖面谕道："卿以为西川可取否？"全斌道："臣等仰仗天威，谨遵庙算，想必克日可取哩。"右厢都校史延德前奏道："西川一方，倘在天上，人不能到，原是无法可取。若在地上，难道如许兵力，尚不能平定一隅吗？"太祖喜道："卿等勇敢如此，朕复何忧！但若攻克城寨，所得财帛，尽可分给将士，朕止欲得他土地，此外无所求了。"恐尚有一意中人。全斌等叩首受训。太祖又道："朕已为蜀主治第汴滨，共计五百余间，供帐什物，一切具备，倘或蜀主出降，所有家属，无论大小男妇，概不准侵犯一人，好好的送他入都，来见朕躬，朕当令他安居新第哩。"言中有意，请看下文。全斌等领旨而出，遂分两路进兵。全斌及彦进等由凤州进，光义及曹彬等由归州进，浩浩荡荡，杀奔西川。

蜀主昶闻得警报，亟命王昭远为都统，赵崇韬为都监，韩保正为招讨使，李进为副，率兵拒宋，且令左仆射李昊在郊外饯行。昭远酒酣起座，攘臂大言道："我此行不止克敌，就是进取中原，也容易得很，好似反手一般哩。"李昊暗暗笑着，口中只好敷衍数语，随即告别。昭远率兵启行，手执铁如意，指挥军事，自比诸葛亮。我说他可比王衍。到了罗川，闻宋帅王全斌等已攻克万仞、燕子二寨，进拔兴州，乃亟派韩保正、李进率军五千，前往拒敌。韩、李二人行至三泉寨，正值宋军先锋史延德，带着前队，骤马冲来。李进舞戟出迎，战未数合，被延德用枪拨戟，轻舒左臂，将李进活擒过去。保正大怒，抢刀出战，延德毫不惧怯，挺枪接斗，又战了十余合，杀得保正气喘吁吁，正想回马逃奔，不妨延德的枪锋正向中心刺来，慌忙用刀遮拦，那枪支便缩了回去，保正向前一扑，又被延德活捉去了。正是纨绔子弟，不堪一战。延德驱兵大进，乱杀一阵，可怜这班蜀兵，多做了无头之鬼。还有三十万石粮米，也由宋军搬去，一粒不留。王昭远闻着败信，遂列阵罗川，准备拒敌。延德也不敢轻进，在途次暂憩，静待后军。至崔彦进率兵到来，方会同前进，遥见蜀兵依江为营，桥梁未断。彦进前行张万友，大呼道："不乘此抢过浮桥，更待何时？"道言未绝，他已飞马突出，驰上浮桥。蜀兵忙来拦阻，挡不住万友神力，左一槊，右一刀，都把他杀落水中。宋军一齐随上，霎时间驰过桥西，王昭远见宋军骁勇，不禁失色，便率兵退走，回保漫天寨。未战先怯，岂诸葛军师的骄兵计耶？一面调集各处精锐，并力守御。

崔彦进分兵三路，同时进击，自与史延德为中路，先抵漫天寨下。寨在山上，势极高峻，彦进知不易仰攻，只令兵士在山下辱骂，引他出来。昭远仗着兵众，倾寨出战，彦进率军迎敌，约略交锋，就一齐退去。昭远麾军力追，铁如意用得着了。看看赶了十余里，自觉离寨太远，拟鸣金收军。迟了。偏偏左右两面，杀到两路宋军，左路是宋将康延泽，右路便是张万友，彦进、延德又领军杀回，三路夹击蜀军，任你指挥如意的王昭远，到此也心慌意乱，没奈何驱马奔归，蜀兵随即大溃，宋军乘胜追赶，驰至寨下，凭着一股锐气，踊跃登山。昭远料难保守，复弃寨西奔。宋军掩入寨中，夺得器甲刍粮，不可胜数，待王全斌驰到，再派崔彦进等进兵，王昭远收集溃卒，复来拒敌，三战三北，乃西渡桔柏江，焚去桥梁，退守剑门。

全斌因剑门险峻，恐急切难下，且探听刘光义等消息，再定行止。未几得光义来书，已攻克夔州，进定峡中了。原来夔州地扼三峡，为西蜀江防第一重门户，刘光义、曹彬等自归州进兵，正要向夔州攻入，蜀宁江制置使高彦俦，与监军武守谦，率兵扼守，就在夔州城外的镇江上面，筑起浮桥，上设敌栅三重，夹江列炮，专防敌船。刘光义等出发汴京，已由太祖指示地图，令他水陆夹攻，方可取胜，至是光义等镇江入蜀，距镇江三十里，即舍舟步进，贲夜袭击。蜀兵只管江防，不管陆防，骤被宋军自陆攻入，立即溃散。光义等既夺浮梁，进薄城下，蜀监军武守谦拟开城搦战，高彦俦出阻道："北军跋涉前来，利在速战，不如坚壁固守，休与交锋，待他师老粮尽，士无斗志，那时彼竭我盈，一鼓便足退敌了。"以逸待劳，莫如此策。守谦不从，独领麾下千余骑，大开城门，跃马出战。正值光义骑将张廷翰挺枪过来，两马相交，双枪并举，战到一两个时辰，廷翰枪法越紧，守谦抵敌不住，虚晃一枪，驰回城中。说时迟，那时快，廷翰紧追守谦也纵马入城，守卒亟欲闭门，被廷翰戳毙数人，门不及闭，宋军一拥而进，曹彬、刘光义先后驰入，高彦俦忙来拦阻，已是招架不住。守谦遁去，彦俦身中数十创，奔归府第，整衣及冠，望西北再拜，自焚而亡。算是后蜀忠臣。

光义等既克夔州，安抚百姓，礼葬彦俦遗骸，再向西北进兵，所过披靡。如万、施、开、忠等州，次第收降，峡中郡县悉定，乃驰书报知全斌。全斌闻东路大捷，即进次益光，途次获得蜀中侦卒，厚赐酒食，劝他降顺，并问入蜀路径。该卒言："益光江东，越大山数重，有一狭径，地名来苏，由此径通过，即可绕出剑门南面，与官道会合，前途没甚险阻了。"全斌大喜，遂依降卒言，自来苏径趋青疆，一面分兵与史延德，潜袭剑门。果然王昭远闻警，令将在剑门居守，自引众至汉源坡，来阻全斌。谁料全斌尚未遇着，剑门失守的信息已经报到，吓得昭远魂不附体，举措失常。既而尘头大起，号炮连声，全斌、崔彦进自青疆杀到，昭远僵卧胡床，好像死去，铁如意拿不动吗？还是都监赵崇韬，布阵出战。看官！你想这时候的蜀军，统已胆战心寒，哪里还敢对仗？一经接手，略有几人受伤，就一哄儿逃散了。崇韬还想支持，偏坐骑也像胆小，只向后倒退下去，累得崇韬坐不安稳，平白地翻落马下，部下没人顾着，活活地被宋军缚住。力避词复，故笔下特开生面。全斌本是个杀星，但教兵士砍杀过去，好似刀劈西瓜，滚滚落地，差不多有万余颗头颅。有几个败兵，侥幸逃脱，奔回寨中，忙将昭远掖坐马上，加鞭疾奔，逃至东川，下马匿仓舍中，悲嗟流涕，两目尽肿。何不设空城计？俄而追骑四至，入舍搜寻，见昭远缩做一团，也不管什么都统不都统，把他铁索上头，似猢狲般牵将去了。

蜀主孟昶正与爱妃花蕊夫人饮酒取乐，突然接到败报，把酒都吓醒了一半，忙出金帛募兵，令太子玄喆为统帅，李廷珪、张惠安等为副将，出赴剑门，援应前军。玄喆素不习武，但好声歌，当出发成都时，尚带着好几个美女，好几十个伶人，笙箫管笛，沿途吹唱，并不像行军情形。大约是出去迎亲。廷珪、惠安又皆庸懦无识，行到绵州，得知剑门失守，竟遁还东川。孟昶惶骇，亟向左右问计，老将石斌献议道："宋师远来，势不能久，请深沟高垒，严拒敌军。"蜀主叹道："我父子推衣解食，养士至四十年，及大敌当前，不能为我杀一将士，今欲固垒拒敌，敢问何人为我效命？"言已，泪下如雨。忽丞相李昊入报道："不好了！宋帅全斌，已入魏城，不日要到成都了。"孟昶失声道："这且奈何？"李昊道："宋军入蜀，无人可挡，谅成都亦难保守，不如见机纳土，尚可自全。"孟昶想了一会，方道："罢罢！我也顾不得什么了，卿为我草表便是。"李昊乃立刻修表，表既缮成，由孟昶遣通奏伊审征，赍送宋军。全斌许诺，乃令马军都监康延泽，领着百骑，随审征入成都，宣谕恩信，尽封府库乃还。越日，全斌率大军入城，刘光义等亦引兵来会，孟昶迎谒马前，全斌下马抚慰，待遇颇优。昶复遣弟仁贽诣阙上表，略云：

先臣受命唐室，建牙蜀川，因时势之变迁，为人心之拥迫。先臣即世，臣方毕年，猥以童昏，谬承余绪。乖以小事大之礼，阙称藩奉国之诚，染习谕安，因循积岁。所以上烦宸算，远发王师，势甚疾雷，功如破竹。顾惟懦卒，焉敢当锋？寻束手以云归，上倾心而俟命。当于今月十九日，已领亲男诸弟，纳降礼于军门，至于老母诸孙，延残喘于私第。陛下至仁广覆，大德好生，顾臣假息于数年，所望全躯于此日。今蒙元戎慰恤，监护抚安，若非天地之重慈，安见军民之受赐？臣亦自量过咎，谨遣亲弟诣阙奉表，待罪以闻！

这篇表文，相传亦李昊手笔。昊本前蜀旧臣，前蜀亡时，降表亦出昊手。蜀人夜书昊门，有"世修降表李家"六字，这也是一段趣闻。总计后蜀自孟知祥至昶，凡二世，共三十二年。宋太祖接得降表，便简授吕余庆知成都府，并命蜀主昶速率家属，来京授职。无非念着妙人儿。孟昶不敢怠慢，便挈族属启程，由峡江而下，径诣汴京，待罪阙下。太祖御崇元殿，备礼见昶。昶叩拜毕，由太祖赐座座赐宴，面封昶为检校太师兼中书令，授爵秦国公，所有昶母以下，凡子弟妻妾及官属，均赐赉有差。就是王昭远一班俘虏，也尽行释放。

看官！你道太祖何故这般厚恩？他闻昶妾花蕊夫人艳丽无双，极思一见颜色，借慰渴念，但一时不便特召，只好借着这种金帛，遍为赏赐，不怕她不进来谢恩。昶母李氏因即带着孟昶妻妾，入宫拜谢，花蕊夫人当然在列。太祖一一传见，挨到花蕊夫人拜谒，才至座前，便觉有一种香泽扑入鼻中，仔细端详，果然是国色天姿，不同凡艳，及折腰下拜，几似迎风杨柳，袅娜轻盈，嗣复听娇语道："臣妾徐氏见驾，愿皇上圣寿无疆！"或云花蕊夫人姓费，未知孰是？这两句虽是普通说话，但出自花蕊夫人徐氏口中，偏觉得珠喉宛转，呖呖可听。当下传旨令起，且命与昶母李氏一同旁坐。昶母请人谒六宫，当有宫娥引导前去，花蕊夫人等也即随往。太祖尚自待着，好一歇见数人出来，谢恩告别。太祖呼昶母为国母，并教她随时入宫，不拘形迹，醉翁之意不在酒。昶母唯唯而退。太祖转着双眸，盯住花蕊夫人面上，夫人亦似觉着，瞧了太祖一眼，乃回首出去。为这秋波一转，累得这位英明仁武的宋天子心猿意马，几乎废寝忘食。且因继后王氏于乾德元年崩逝，六宫虽有妃嫔，都不过寻常姿色（王皇后之殁，就从此处带过），此时正在择后，偏遇这倾国倾城的美人儿，怎肯轻轻放过？无如罗敷有夫，未便强夺，蹰躇了好几天，想出一个无上的法儿来。

一夕，召孟昶入宴，饮至夜半，昶才告归。越宿昶竟患疾，胸间似有食物塞住，不能下咽，迭经医治，终属无效。奄卧数日，竟尔毕命，年四十七岁。太祖废朝五日，居然素服发哀，赙赠布帛千匹，葬费尽由官给，追封昶为楚王。好一种做作。昶母李氏本奉旨特赐肩舆，时常入宫，每与太祖相见，辄有悲容。太祖尝语道："国母应自爱，毋常戚戚，如嫌在京未便，他日当送母归。"李氏问道："使妾归至何处？"太祖答言归蜀。李氏道："妾本太原人民，倘得归老并州，乃是妾的夙愿，妾当感恩不浅了。"太祖欣然道："并州被北汉占据，待朕平定刘钧，定当如母所愿。"李氏拜谢而出。及孟昶病终，李氏并不号哭，但用酒酹地道："汝不能死殉社稷，贪生至此，我亦为汝尚存，所以不忍遽死。今汝死了，我生何为？"遂绝粒数日，也是呜呼哀哉，优惟尚飨。太祖命赙赠加等，令鸿胪卿范禹偁护理丧事，与昶俱葬洛阳。丧事粗毕，孟昶的家属仍回至汴都，免不得入宫谢恩。太祖见了花蕊夫人，满身缟素，愈显得丰神楚楚，玉骨姗姗，是夕竟留住宫中，迫她侍宴。花蕊夫人也身不由己，只好唯命是从。饮至数杯，红云上脸，太祖越瞧越爱，越爱越贪，索性拥她入帏，同上阳台，永夕欢娱，不消细述。次日即册立为妃。这花蕊夫人，系徐匡璋女，绰号花蕊，无非因状态娇柔，仿佛与花蕊相似，嫩蕊娇香，难禁痴蝶，奈何？她本与孟昶很是亲爱，此次被迫主威，勉承雨露，惟心中总忆着孟昶，遂亲手绘着昶像，早夕供奉，只托言是虔奉张仙，对他祷祝，可卜宜男。宫中一班嫔御，巴不得生男

抱子,都照样求绘,香花顶礼去了。俗称张仙送子,便由这花蕊夫人捏造出来。小子有诗咏花蕊夫人道:

> 供灵诡说是张仙,
> 如此牵情也可怜。
> 千古艰难唯一死,
> 桃花移赠旧诗篇。

花蕊夫人入宫后,宋太祖非常钟爱,欲知以后情事,容至下回表明。

蜀主孟昶,嬖幸宠妃,信任庸才,已有速亡之咎,乃反欲沟通北汉,自启战衅,虽欲不亡,其可得乎? 王昭远以侍从小臣,谬任统帅,反以诸葛自比,可嗤孰甚! 宋祖算无遗策,其视蜀主孟昶,已如笼中之鸟,釜底之鱼,其所以预筑新第,特别优待者,无非欲买动花蕊夫人之欢心耳。正史于孟氏世家,载明孟昶入汴,授爵秦国公,数日即卒,而于花蕊夫人事,略而不详,此由《宋史》实录,为君讳恶,后人无从证实,乃特付阙如耳。然稗官野乘,已遍录轶闻,卒之无从掩迹。且昶年仅四十有余,而入汴以后,胡竟暴卒? 大明殿之赐宴,明载史传,蛛丝马迹,确有可寻,著书人非无端诬古,揭而出之,微特足补正史之阙,益以见欲盖弥彰者之终难文过也。

第十回 戡兵变再定西川
兴王师得平南汉

却说宋太祖得了花蕊夫人，册封为妃，待她似活宝贝一般，每当退朝余暇，辄与花蕊夫人调情作乐。这花蕊夫人却是个天生尤物，不但工颦解媚，并且善绘能诗；太祖尝令她咏蜀，她即得心应手，立成七绝数首，中有二语最为凄切，传诵一时。诗云："十四万人齐解甲，也无一个是男儿。"太祖览此二语，不禁击节称赏，且极口赞美道："卿真可谓锦心绣口了。"惟孟昶初到汴京，曾赐给新造大厦五百间，供帐俱备，俾他安居。至孟昶与母李氏次第谢世，花蕊夫人已经入宫，太祖便命将孟宅供帐收还大内。卫卒等遵旨往收，把孟昶所用的溺器也取了回来。看官！试想这溺器有何用处，也一并取来呢？原来孟昶的溺器系用七宝装成，精致异常，要与花蕊夫人相配，应该有此宝装。卫卒甚是诧异，所以取入宫中。太祖见了，也视为稀罕，便叹道："这是一个溺器，乃用七宝装成，试问将用何器贮食？奢靡至此，不亡何待！"即命卫卒将它撞碎，噗的一声，化作数块。溺器可以撞碎，花心奈何采用？既而见花蕊夫人所用妆镜，背后镌有"乾德四年铸"五字（史称"蜀宫人入内，宋主见其镜背有乾德四年铸五字"，蜀宫人想即花蕊夫人，第史录讳言，故含混其词耳）。不觉惊疑道："朕前此改元，曾谕令相臣，年号不得袭旧，为什么镜子上面，也有'乾德'二字哩？"花蕊夫人一时失记，无从对答；乃召问诸臣，诸臣统不知所对，独翰林学士窦仪道："蜀主王衍，曾有此号。"太祖喜道："怪不得镜上有此二字，镜系蜀物，应纪蜀年，宰相须用读书人，卿确具宰相才呢。"窦仪谢奖而退。自是朝右诸臣，统说窦仪将要入相，就是太祖亦怀着此意。商诸赵普，普答道："窦学士文艺有余，经济不足。"轻轻一语，便将窦仪抹煞。太祖默然。窦仪闻知此语，料是赵普忌才，心中甚是怏怏，遂至染病不起，未几遂殁。太祖很是悼惜。

忽川中递到急报，乃是文州刺史全师雄聚众作乱，王全斌等屡战屡败，向京乞授。能平蜀主昶，不能制全师雄。可见嗜杀好贪，终归失败。太祖乃命客省使丁德裕（即前回之丁德裕，时已改任客省使）率兵援蜀，并遥命康延泽为东川七州招安巡检使，剿抚兼施。看官道这全师雄何故作乱？原来王全斌在蜀，昼夜酣饮，不恤军务，曹彬屡请旋师，全斌不但不从，反纵使部下掳掠子女，劫夺财物，蜀民咸生怨望。嗣由太祖诏令蜀兵赴汴，饬全斌优给川资。全斌格外克扣，以致蜀兵大愤，行至绵州，竟揭竿为乱，自号兴国军，胁从人至十余万；且获住文州刺史全师雄，推他为帅。全斌遣将朱光绪，领兵千人，往抚乱众，哪知光绪妄逞淫威，先访拿师雄家族，一一杀毙，只有师雄一女，姿色可人，他便把她饶命，占为妾媵。上行下效，捷于影响。师雄闻报大怒，遂攻据彭州，自称兴蜀大王。两川人民，群起响应，愈聚愈众。崔彦进及弟彦晖等分道往讨，屡战不利，彦晖阵亡。全斌再遣张廷翰赴援，亦战败遁回，成都大震。

时城中降兵尚有二万七千名，全斌恐他们应贼，尽诱入夹城中，团团围住，杀得一个不留。于是远近相戒，争拒官军，西川十六州，同时谋变。全斌急得没法，只好奏报宋廷，一面仍令刘光义、曹彬出击师雄。刘光义廉谨有法，曹彬宽厚有恩，两人入蜀，秋毫无犯，军民相率畏怀。此次从成都出兵，仍然严守军律，不准扰民。沿途百姓望着刘、曹两将军旗帜，都已额手相庆。到了新繁，师雄率众出敌，才一对垒，前队多解甲往降，弄得师雄莫名其妙，没奈何麾众退回。哪知阵势一动，宋军即如潮入，大呼："降者免死！"乱众抛戈弃械，纷纷投顺，剩得若干悍目，来斗宋军，不是被杀，就是受伤，眼见得不能支持，统回头跑去。师雄奔投郫县，复由宋军追至，转走灌口。此古人所谓仁者无敌也。全斌闻刘、曹得胜，也星夜前进，至灌口袭击师雄。师雄势已穷蹙，不能再战，冲开一条血路，逃入金堂，身上已中数矢，鲜血直喷，仆地而亡。乱党退据铜山，改推谢行本为主。巡检使康延泽，用兵剿平，丁德裕亦已到蜀，分道招辑，乱众乃定。西南诸夷，亦多归附。

捷报传达汴京，太祖乃促全斌等班师，及全斌还朝，由中书问状，尽得黩货杀降诸罪。因前时平蜀有功，姑从末减，只降全斌为崇义节度留后，崔彦进为昭化节度留后，王仁赡为右卫将军。仁赡对簿时，历诋诸将，冀图自免，惟推重曹彬一人，且对太祖道："清廉畏惧，不负陛下，只有曹都监，此外都不及了。"仁赡明知故犯，厥罪尤甚。太祖查得曹彬行囊，止图书衣衾，余无别物，果如仁赡所言，乃特加厚赏，擢为宣徽南院使。并因刘光义持身醇谨，亦赏功晋爵，蜀事至此告终，以后慢表。

且说西蜀既平，宋太祖以乾德年号与蜀相同，决意更改，并欲立花蕊夫人为后，密与赵普商议。普言："亡国宠妃，不足为天下母，宜另择淑女，才肃母仪。"太祖沉吟道："左卫上将军宋偓的长女，容德兼全，卿以为可立后否？"普对道："陛下圣鉴，谅必不谬。"太祖乃决立宋女为后。这宋女年未及笄，乾德元年曾随母入贺长春节（太祖生日为长春节），太祖曾见她娇小如花，令人喜爱。越四年，复召见宋女，面赐冠帔，宋女年已二八，豆蔻芳年，芙蓉笑靥，模样儿很是端妍，性情儿又很柔媚，当时映入太祖眼帘，便已记在心中；只因花蕊夫人专宠后宫，乃把宋女搁置一边。此次提及册后事情，除了花蕊夫人，只有这个宋女尚是素情，当下通知宋偓，拟召他长女入宫。宋偓自然遵旨，当即将女儿送纳。哪个不要做国丈？乾德五年残腊，有诏改元开宝，开宝元年二月，由太史择定良辰，册立宋氏为后。是时宋氏年十七，太祖年已四十有二了。老夫得了少妻，倍增恩爱。宋氏又非常柔顺，每值太祖退朝，必整衣候接，所有御馔亦必亲自检视，旁坐侍食，因此愈得太祖欢心。俗语说得好："痴心女子负心汉。"那花蕊夫人本有立后的希望，自被宋女夺去此席，倒也罢了，谁知太祖的爱情也移到宋女上去，长门漏静，谁解寂寥？痛故国之云亡，怅新朝之失宠。因悲成怨，因怨成病，徒落得水流花谢，玉殒香消。*数语可抵一篇吊花蕊夫人文。*太祖回念旧情，也禁不住涕泪一番，命用贵妃礼安葬。后来境过情迁，也渐渐忘怀了。

会接得北方消息，北汉主刘钧病殁，养子继恩嗣立，太祖因有隙可乘，遂命昭化军节度使李继勋督军北征。*乘丧北伐，不得为义。*继勋至铜锅河，连破汉兵，将攻太原。北汉主继恩忙遣使向辽乞援。司空郭无为与继恩有嫌，竟密嘱供奉官霸荣刺死继恩，另立继恩弟继元，太原危乱得很。宋太祖得悉情形，一面促李继勋进兵，一面遣使赍诏，谕令速降，拟封继元为平卢节度，郭无为为邢州节度。无为接诏，颇欲降宋，偏是继元不从，可巧辽主兀律发兵救汉，李继勋恐孤军轻进，反蹈危机，乃收兵南归。北汉兵反结合辽兵，进寇晋、绛二州，大掠而去。太祖闻报大愤，下令亲征，命弟光义为东京留守，自统兵进薄太原，围攻三月，仍不能下。汉将刘继业（即杨业，详见下文）善战善守，宋将石汉卿等阵亡。辽复出兵来援，宋太常博士李光赞劝太祖班师。太祖转问赵普，普意与光赞相同，乃分兵屯镇潞州，回驾大梁（*此系开宝二年事，厥后荡平北汉，在太宗太平兴国四年，非太祖时事，故此处不得不叙入*）。

越年，由道州刺史王继勋上书，内称："南汉主刘铗残暴不仁，屡出寇边，请速兴王师，吊民伐罪"等语。太祖尚不欲用兵，遗书南唐，令唐主转谕刘铗，劝他称臣。这时唐主李景已早去世，第六子煜继立，煜仍事宋不息，既得太祖诏书，即遣使转告南汉。刘铗不服，反拘住唐使，驰书答煜，语多不逊。煜乃将原书奏闻，太祖因命潭州防御使潘美、朗州团练使尹崇珂，领兵南征。

小子欲叙南汉亡国，不得不略述南汉源流。南汉始祖，叫作刘隐，朱梁时据有广州，受梁封为南海王。隐殁后，弟陟袭位，僭号称帝，改名为龑（*龑读若俨，古时字，书不载，想系刘陟杜撰*）。龑传子玢，玢为弟晟所弑。晟子名铗，淫昏失德，委政宦官龚澄枢及才人卢琼仙，镇日里深居宫中，荒耽酒色。偶得一波斯女，丰艳善淫，曲尽房术，遂大加宠幸，赐号媚猪；更喜观人交媾，选择美少年，配偶宫人，裸体相接，自与媚猪往来巡察，见男胜女，乃喜，见女胜男，即将男子鞭挞，或加阉刑。群臣有过，及士人释道，可备顾问，概下蚕室，蚕室即阉人之密室。令得出入官闱。又作烧、煮、剥、剔、刀山、剑树等刑，或令罪人斗虎抵象，辄为所噬。每岁赋敛，异常繁重，所入款项，多筑造离宫别馆及奇巧玩物。内宦陈延寿制作精巧，出入必随。延寿且劝𬬻除去诸王，藉免后患，于是刘氏宗室，屠戮殆尽，故臣旧将，非诛即逃。内侍监李托有二女，均饶姿色，𬬻选他长女为贵妃，次为才人。进托任内太师，自是南汉宫廷，第一个有权力的就是李托，第二个有权力的要算龚澄枢。至宋将潘美等率兵进攻，龚澄枢方握兵权，无从推诿，只好出赴贺州，划策守御。甫至中途，闻宋军已至芳林，距贺州仅三十里，不禁大惊失色，慌忙引军遁还。毕竟是个阉人，带着一半女态。汉主刘𬬻急得没法，大将伍彦柔自请督兵，乃命率水师援贺。舟至城外，适当夜半，待至迟明，彦柔挟弹登岸，踞坐胡床，指挥兵士。王昭远第二。不意宋军已预伏岸侧，突然杀出，把汉兵冲作数段，汉兵大乱，多半被杀。彦柔不及遁走，被宋军擒住，枭首悬竿，晓示城中。守卒惊愕失措，遂于次日陷入。

　　刘𬬻与李托等商议，李托等均束手无策。或请起用故将潘崇彻，𬬻意尚不欲用，无如警耗迭来，急不暇择，没奈何召入崇彻，命领兵三万，出屯贺江。崇彻本因谗被斥，居常怏怏，此时虽受命统军，免不得心存芥蒂，坐观成败。急时抱佛脚，尚有何益？宋军连拔昭、桂、连三州，进逼韶州。韶州系岭南锁钥，此城一失，广州万不可守。刘𬬻令将国中锐卒及所有驯象，悉数出发，遣都统李承渥为元帅，往韶防御。承渥至韶州城北，驻军莲花峰下，列象为阵，每象载十余人，均执兵仗，气势甚盛。宋军猝睹此状，也未免张皇起来。潘美道："这有什么可怕？众将士可搜集强弩，尽力攒射，管教他众象返奔，自遭残害呢。"将士得令，各用强弓劲矢，向前射去，果然象阵立解，各象向后返奔，骑象各兵纷纷坠地。宋军乘势掩击，杀得汉兵七歪八倒。承渥抱头窜还，还算保全性命。宋军遂攻入韶州。

　　刘𬬻闻报，战栗失容，环顾诸臣，统是面面相觑，没人敢去打仗，不由得涕泣入宫。宫媪梁鸾真独上前道："妾有养子郭崇岳，颇娴战略，主上若任他为将，定可退敌。"刘𬬻大喜，亟命将崇岳召入，面加慰劳，授官招讨使，令与大将植廷晓统兵六万，出屯马径。这郭崇岳毫无智勇，专知迷信鬼神，日夜祈祷，想请几位天兵天将来退宋军，想由梁鸾真所教导。偏偏神鬼无灵，宋军大进，英州、雄州均已失守，潘崇彻反颜降宋，大敌已进逼泷头。郭崇岳返报刘𬬻道："宋军已到泷头了，看来马径也是难保，应请固守城池，再图

良策！"刘𬬻大惧，半晌才道："不如着人请和罢！"当下遣使赴潘美军，愿议和约。潘美不许，斥退来使，更进兵马径，立营双女山下，距广州城仅十里。𬬻逃生要紧，命取船舶十余艘，装载妻女金帛，拟航海亡命。不意宦官乐范先与卫卒千余盗船遁去。𬬻益穷追，复遣左仆射萧潅，诣宋军乞降。潘美送潅赴汴，自率军进攻广州城。刘𬬻再欲遣弟保兴，率百官出迎宋师，郭崇岳入阻道："城内兵尚数万，何妨背城一战。战若不胜，再降未迟。"乃与植廷晓再出拒战，据水置栅，夹江以待。宋军渡江而来，廷晓、崇岳出栅迎敌。怎奈宋军似虎似熊，当着便死，触着便伤，汉兵十死六七，廷晓亦战殁阵中，崇岳奔还栅内，严行扼守，刘𬬻又遣保兴出助。潘美语诸将道："汉兵编木为栅，自谓坚固，若用火攻，彼必扰乱，这乃是破敌良策呢。"遂分遣丁夫，每人二炬，俟夜静近栅，乘风纵火，万炬齐发，烈焰冲霄，各栅均被燃着，可怜栅内守兵，都变作焦头烂额，逃无可逃，连崇岳也被烧死，只保兴逃回城中。鬼神不为无灵，竟迎崇岳西去。

　　龚澄枢、李托私自商议道："北军远来，无非贪我珍宝财物，我不若先行毁去，令他得一空城，他不能久驻，自然退去了。"乃纵火焚府库宫殿，一夕俱尽。城内大乱，没人拒守，宋军到了城下，立即登城，入擒刘𬬻，并龚澄枢、李托等及宗室文武九十七人。保兴逃入民舍，亦被擒住，悉押送阙下。媚猪曾否在内？有奄侍数百人，盛服求见。潘美道："我奉诏伐罪，正

为此等，尚敢来见我吗？"遂命一一缚住，斩首示众，广州乃平。总计南汉自刘隐据广州，至铢亡国，凡五主，共六十五年。当时广州有童谣云："羊头二四，白天雨至"，人莫能解，至刘铢亡国，适当辛末年二月四日，"天雨"二字，取王师如时雨的意思。小子有诗咏道：

> 妇寺盈廷适召亡，
> 王师南下效鹰扬。
> 羊头戾气由人感，
> 童语宁真兆不祥？

刘铢等解入汴京，能否保全首领，且待下回表明。

阅此回可知淫暴之徒，必至败亡。王全斌已平两川，乃以淫暴好杀，复召全师雄之乱，非刘光义、曹彬之尚得民心，出师征讨，其有不功败垂成乎？刘铢淫暴称最，宋师一入，如摧枯朽，虽有良将，亦且未克支持，况如龚澄枢、李承渥、郭崇岳之庸驽，用以御敌，虽欲不亡，何可得也？彼宋祖不免好淫，未尝好暴，故虽纳蜀妃，尚无大害。后之有国有家者，当知所戒矣。

第十一回　悬绘像计杀敌臣
　　　　造浮梁功成采石

却说南汉主刘铢被宋军擒住,押送汴都。太祖御崇德门,亲受汉俘,当即宣谕责铢。铢此时反不慌不忙,向前叩首道:"臣年十六僭位,龚澄枢、李托等,俱先考旧人,每事统由他做主,臣不得自专。所以臣在国时,澄枢等是国主,臣实似臣子一般,还乞皇上明察!"史称铢善口辩,即此数语,已见辩才。太祖闻奏,乃命大理卿高继申审讯澄枢等一干人犯,得种种好谀情状,当即请旨,将澄枢、李托推出午门外斩首,特诏赦铢,授检校太保右千牛卫大将军,封恩赦侯。铢有可诛之罪,赦且封之,刑赏两失矣。铢谢恩退朝,当有大宅留着,俾他居住。铢弟保兴亦得受封为右监门左仆射,所有萧潅以下各官属,俱授职有差。潘美等凯旋后,载归刘铢私财,由太祖仍然给还,尚有美珠四十六瓮,金帛相等。铢用美珠结成一龙,头角爪牙,无不毕具,且极巧妙,当下入献大内。太祖瞧着,语左右道:"铢好工巧,习与性成,若能移治国家,何至灭亡?"左右皆唯唯称是。一日,太祖幸讲武池,从官未集,铢先禀见,由太祖赐酒一卮。铢接酒不饮,竟叩头流涕道:"臣承祖父基业,违拒朝廷,致劳王师征讨,罪固当诛,陛下既待臣不死,臣愿做个大梁百姓,沐德终身。承赐卮酒,臣未敢饮。"太祖道:"你疑此酒有毒吗?朕推心置腹,怎敢暗计杀人?"说着,命左右取过铢酒,一饮而尽,复另酌一卮赐铢。铢饮毕拜谢,面上很有惭色。原来铢在广州,专用毒酒害死臣下,所以推己及人,也恐太祖用此一法。其实也应该鸩死。太祖不但无心加害,且加封铢为卫公,这且搁下不提。

且说南汉既平,南唐主煜震恐异常,遣弟从善上表宋廷,愿去国号,改印文为江南国主,且请赐诏呼名。太祖准他所请,惟厚待从善,除常赐外,更给他白银五万两,作为赆仪。看官道是何因?原来江南主李煜曾密赂赵普,计银五万两,普据实入奏,太祖道:"卿尽可受用,但复书答谢,少赠来使,便可了事。"普对道:"人臣无私馈,亦无私受,不敢奉旨!"太祖道:"大国不宜示弱,当令他不测,朕自有计,卿不必辞。"至从善入朝,乃特地给银,仍如李煜赠普的原数。从善还白李煜,君臣都惊讶不置。忽江都留守林仁肇上书阙下,略言:"淮南戍兵,未免太少,宋前已灭蜀,今又取岭南,道远师疲,有隙可乘,愿假臣兵数万,自寿春径渡,规复江北旧境。宋或发兵来援,臣当据淮守御,与决胜负。幸得胜仗,全国受福,否则陛下可戮臣全家,藉以谢宋,且请预先告知宋廷,只说臣叛逆,不服主命,那时宋廷也不能归咎陛下,陛下尽可安心哩。"林仁肇此策,实足挑衅,李煜如或依言,灭亡当更早一年。李煜不从。

林仁肇夙负勇名,为江南诸将的翘楚,太祖亦闻他骁悍,未敢轻敌,所以暂从羁縻,划江自守,但心中总不忘江南,屡思除去仁肇,以便进兵。可巧开宝四年,李从善又奉兄命,赴汴入朝。太祖把从善留住,特赐广厦,授职泰宁军节度使。从善不好违命,只得函报李煜,留京供职。李煜手疏驰请,求遣弟归,偏偏太祖不许,只诏称:"从善多才,朕将重用,当今南北一家,何分彼此,愿卿毋虑"等语。明是就从善身上设计除仁肇,否则乌用彼为?李煜也未识何因,常遣使至从善处探听消息。嗣是南北通使,不绝于道。太祖即遣绘师同往,伪充使臣,往见仁肇,将他面目形容窃绘而来。至从善入觐,即将仁肇绘像悬挂别室,由廷臣引使入观,佯问他认识与否,从善惊诧道:"这是敝国的留守林仁肇,何故留像在此?"廷臣故意唏嘘,半晌才道:"足下已在京供职,同是朝廷臣子,不妨直告。皇上爱仁肇才,特赐诏谕,令他前来,他愿遵旨来归,先奉此像为质。"言毕,又导往一空馆中,并与语道:"闻皇上已拟把此馆赐予仁肇,待他到汴,怕不是一个节度使吗?"从善口虽答应,心下甚觉怀疑。至退归后,便遣使驰回江南,转报乃兄,究竟仁肇有无异志,李煜即传召仁肇,问他曾受宋诏与否,仁肇毫不接洽,自然答称没有。那李煜也不访明底细,便疑仁肇有意欺蒙,当下赐仁肇宴,暗中置鸩。仁肇饮将下去，回至私第，毒性一发，七窍流血，竟到枉死城去了。这条反间计，也只可骗李煜兄弟，若中知以上，也不至中计。

太祖闻仁肇已死，大加欢慰，惟从善仍留住不遣，且令他转达意旨，召煜入朝。煜只令使臣入贡方物，且再请遣弟归国。太祖仍然不允，且促煜即日赴阙。煜佯言有疾，始终不肯入京，太祖乃拟发兵往征。时故周主母子已迁居房州，周主病殁，太祖素服发丧，辍朝十日，谥为周恭帝，还葬周世宗庆陵左侧，号称顺陵（叙周恭帝之殁，文无漏笔，周恭帝年甫逾冠，即闻去世，也不免有可疑情事）。丧事了了，又值同平章事赵普生出种种疑案，免不得要调动相位，所以将南征事又暂搁起。

原来太祖于岭南平后，复乘暇微行，某夕至赵普第中，正值吴越王钱俶寄书与普，且赠有海物十瓶，置诸庑下。骤闻太祖到来，仓促出迎，不及将海物收藏。等到太祖入内，已经瞧着，当即问是何物，普恰不敢虚言，据实奏对。太祖道："海物必佳，何妨一尝！"普不能违旨，便取瓶启封，揭开一视，并不是什么海物，乃是灿然有光的瓜子金。真是佳物。看官曾阅过上文，普曾谓人臣无私受，如何这种海物，却陈列室中呢？这真是冤冤相凑，反令这位有胆有识的赵则平，弄得局促不安，没奈何答谢道："臣未发书，实不知情。"太祖叹息道："你也不妨直受。他的来意，以为国家大事，统由你书生做主，所以格外厚赠哩。"此语与前文大不相同。言已即去。赵普匆匆送出，懊丧了好几天。嗣见太祖优待如初，方才放心。哪知一波未平，一波又起。普遣亲吏往秦、陇间购办巨木，联成大筏，至汴治第。亲吏乘便影戤，多办若干，转鬻都中，藉取厚利。三司使赵玭查得秦、陇大木，已有诏禁止私贩，普潜遣往购，已属违旨，且贩卖牟利，更属不法，当将详情奏闻。太祖大怒道："他尚贪得无厌吗？"遂命翰林学士承旨，拟定草诏，即日逐普。亏得故相王溥力为解救，方停诏不发。后因翰林学士卢多逊与普未协，召对时屡谈普短。太祖更滋不悦，待普益疏。普乃乞请罢政，当有诏调普出外，令为河阳三城节度使。

卢多逊得擢为参知政事。多逊父亿，尝任职少尹，时已致仕，闻多逊讦普事，不禁长叹道："赵普是开国元勋，小子无知，轻诋先辈，将来恐不能免祸。我得早死，不致亲见，还算是侥幸哩！"（为后文多逊流配伏笔。）既而亿即病殁，多逊丁忧去位，奉诏起复，他即入朝视事，很得太祖信任。太祖复封弟光义为晋王，光美兼侍中，子德昭同平章事，内顾无忧，乃复议及外事，仍召江南主李煜入朝。煜迭次奉诏，颇虑入京被留，夺他土地，因此托疾固辞，阴修战备。无如声色萦情，忧乐无常，他本立周氏为后，嗣见后妹秀外慧中，遂借姻戚为名，召她入宫，密与交欢。后愤恚成疾，遽尔谢世。后妹即入为继后，凭着这天生蕙质，曲意献媚，按谱征声，得杨玉环霓裳羽衣曲，日夕研摩，竟得神似，自是朝歌暮舞，惹得李煜意荡神迷，无心国事。亡国祸胎，多由女色，历叙之以示炯戒。太祖屡征不至，遂命曹彬为西南路行营都部署，潘美为都监，曹翰为先锋，将兵十万，往伐江南。彬等受命后，即日陛辞，太祖谕彬道："前日全斌平蜀，多杀降卒，朕时常叹恨。此次出师，江南事一概委卿，切勿暴掠生民，须要威信兼全，令自归顺，幸得入城，慎毋杀戮！设若城中困斗，亦当除暴安良，李煜一门，不应加害，卿其勿忘！"观此数语，似不愧仁人之言。彬顿首听命。太祖令起，拔剑授彬道："副将而下，如不用命，准卿先斩后奏。卿可将此剑带去！"彬受剑而退。潘美等闻此语，无不失色，彼此相戒，各守军律，乃随彬出都南下。

先是江南池州人樊若水在南唐考试进士，一再被黜，遂谋归宋。他于平居无事时，在采石江上，借钓鱼为名，暗测江面的阔狭。尝从南岸系着长绳，用舟引至北岸，往还十数次，尽得江面尺寸，不失纤毫。至是闻宋廷出师，即潜诣汴都，上书陈平南策，请造浮梁济师。太祖立即召见，若水呈上长江图说，由太祖仔细审视，所有曲折险要，均已载明。至采石矶一带，独注及水面阔狭，更加详细，不禁大喜道："得此详图，虏在吾目中了。"遂面授若水为右参赞大夫，令赴军前效用。复遣使往荆、湖造黄黑龙船数千艘，又用大船载运巨竹，自荆渚东下。是时江南屯戍，见宋军到来，尚疑是江上巡卒，只备牛酒犒师，未尝出兵拦阻。宋军顺流径下，直抵池州。池州守将戈产遣侦骑探视，方知宋军南征确音，急得手足无措，竟弃城遁去。

曹彬等驰入池州，不戮一人，复进兵铜陵，才有江南兵前来抗御。怎禁得宋军一阵驱杀，不到数时，统已无影无踪。宋军再进至石牌口，先由樊若水规造浮桥，作为试办，然后移置采石，三日即成，不差尺寸。曹彬令潘美带着步兵，先行渡江，好似平地一般。

当有探马报入金陵，煜召群臣会议，学士张洎进言道："臣遍览古书，从没有江上造浮桥的故事，想系军中讹传，否则末军即来，似这般笨伯，怕他什么？"赵括徒读父书，无救长平之败，张洎亦如是尔。煜笑道："我亦说他是儿戏啰，不足深虑。"言未已，又有探卒来报，宋军已渡江了。煜略觉着急，乃遣镇海节度使同平章事郑彦华，督水军万人，都虞侯杜真领步兵万人，同拒宋师，并面嘱道："两军水陆相济，方可取胜，幸勿互诿为要！"郑、杜两人唯唯趋出。郑彦华带领战船，溯江鸣鼓，急趋浮梁。潘美闻他初至，选弓弩手五千人，排立岸上，一声鼓号，箭如飞蝗，射得来舰樯折帆摧，东歪西倒，急切无从停泊，只好倒桨退去。未几，杜真所领的步军从岸上驰到，潘美也不待列阵，便杀将过去，人人奋勇，个个争先，又将杜军杀得七零八落，向南溃散。煜闻败报，方下令戒严，一面募民为兵，民献财粟，得给官爵。可奈江南百姓，素来文弱，更兼日久无事，一闻"当兵"两字，多已胆战心惊，哪个肯前去充役？就是家中储着财粟，也宁可藏诸深窖，不愿助国，因此文告迭颁，无人应命。南人之专顾身家，不自今始。

那宋师已捣破白鹭洲，进泊新林港，并分军攻克溧水。江南统军使李雄，有子七人，先后战死。宋曹彬亲督大军，进次秦淮。秦淮河在金陵城南，水道可达城中，江南兵水陆数万，列阵城下，扼河防守。潘美率兵渡河，因舟楫未集，各军相率裹足，临河待舟。潘美勃然道："我提兵数万，自汴到此，战必胜，攻必克，无论什么险阻，我也要亲去一试，况区区这衣带水，难道不好徒涉吗？"说毕，将马一拍，竟跃入水中，截流而渡。各军见主将渡河，自然跟了过去。就是未曾骑马的步卒，也免水径达对岸。江南兵前来争锋，均被宋军杀败。宋都虞侯李汉琼用巨舰入河，载着葭苇，因风纵火，毁坏城南水寨。寨内守卒，多半溺死。

这时候的江南主李煜，信用门下侍郎陈乔及学士张洎等计策，坚壁固守，自谓无恐。至若兵士指挥，专属都指挥使皇甫继勋，毫不过问，他却在后院召集僧道，诵经念咒，专祈仙佛默佑。霓裳羽衣曲，想已听厌了。及宋军已逼城下，方听得炮声震耳，自出巡城，登陴一望，见城外俱驻着宋军，列栅为营，张旗遍野，便顾问守卒道："宋军已到城下，如何不来报我？"守卒答道："皇甫统帅，不准入报，所以未曾上达。"煜不禁愤怒，此时才觉发忿，尚有何用？即召见皇甫继勋，问他何故隐蔽，继勋答道："北军强劲，无人可敌，就令臣日日报闻，徒令宫庙震惊，想陛下亦没有什么法儿！"倒也说得爽快。煜拍案道："照你说来，就使宋军入城，你也只好任他杀掠，似你这等人物，卖国误君，敢当何罪！"遂喝令左右，把他拿下，付狱定谳，置诸死刑。一面飞诏都虞侯朱令赟，令速率上江兵入援。

令赟驻师湖口，号称十五万，顺流而下，将焚采石浮梁。曹彬闻知，即召战櫂都部署王明，授他密计，命往采石矶防堵，王明受计去讫。且说朱令赟驾着大舰，悬着帅旗，威风凛凛，星夜前来。遥望前面一带，帆樯林立，差不多有几千号战舰，他不觉惊疑起来，当命水手停桡，暂泊皖口。时至夜半，忽闻战鼓声响，水陆相应，江中来了许多敌船，火炬通明，现出帅旗，乃是一个斗大的"王"字，岸上复来了无数步兵，也是万炬齐熱，帅旗面上现出一个"刘"字。两下里杀将过来，也不辨有若干宋师。令赟恐忙中有失，不便分军相拒，只命军士纵火，先将来船堵住。不意北风大起，自己的战船适停泊南面，那火势随风吹转，刚刚烧着自己，霎时全军惊溃，令赟亦惊惶万状，也想拔碇返奔，偏是船身高大，行动不灵，敌兵四面相逼，跃上大船，同舟都成敌国，吓得令赟魂飞天外，正思跳水脱身，巧值一敌将来到，一声呼喝，奔上许多健卒，把他打倒船中，用绳捆缚，似扛猪般扛将去了。叙笔离奇，令人莫测。看官道来将为谁？就是宋战櫂都部署王明。他依着曹彬密嘱，在浮梁上下，竖着无数长木，上悬旗帜，仿佛与帆樯相似，作为疑兵。复约合步将刘遇，乘夜袭击，令他自乱。统共不过五千名水军，五千名步军，把令赟部下十万人，半夜间扫得精光，这真是无上的妙计。阅此始知上文之妙。金陵城内，眼巴巴地望着这支援军，骤闻令赟被擒，哪得不魂胆飞扬？没奈何遣学士徐铉至汴都哀恳罢兵。正是：

> 谋国设防须及早，
> 丧师乞好已嫌迟。

未知太祖曾否允许，且看下回表明。

国有良臣，为敌之忌，自古至今，罔不如是。但如江南之林仁肇，欲乘宋师之敝，规复江北，志虽足嘉，而谋实不臧。宋方新造，战胜攻取，何畏一江南。此时为仁肇计，亟宜劝李煜勤修内政，亲贤远色，方足维持于不敝，轻开边衅胡为者？故即令反间之计，无目得行，仁肇其能免为朱令赟乎？不过江南国中，除仁肇外，更不足讥。李雄父子，较为忠荩，俱战死无遗，殆亦忠有余而智勇不足者。然以李煜之昏庸不振，虽有良将，亦无能为力，霓裳羽衣，法鼓僧铙，安在其不足亡国乎？本回纯叙江南国事，中述郑王之殁，赵普之罢，系为时事次序，乘便叙入，但承上启下，亦关紧要，阅者勿轻轻滑过也。

第十二回　明德楼纶音释俘　万岁殿烛影生疑

却说江南使臣徐铉驰入汴都，谒见太祖，哀求罢兵。太祖道："朕令尔主入朝，尔主何故违命？"铉答道："李煜以小事大，如子事父，并没有什么过失，就是陛下征召，无非为病体缠绵，因致逆命。试思父母爱子，无所不至，难道不来见驾，就要加罪？还愿陛下格外矜全，赐诏罢兵！"太祖道："尔主既事朕若父，朕待他如子，父子应出一家，哪有南北对峙，分作两家的道理？"铉闻此谕，一时也不好辩驳，只顿首哀请道："陛下即不念李煜，也当顾及江南生灵。若大军逗留，玉石俱焚，也非陛下恩周黎庶的至意。"太祖道："朕已谕令军帅，不得妄杀一人，若尔主见机速降，何至生民涂炭？"铉又答道："李煜屡年朝贡，未尝失仪，陛下何妨恩开一面，俾得生全。"太祖道："朕并不欲加害李煜，只教李煜献出版图，入朝见朕，朕自然敕令班师了。"铉复道："如李煜的恭顺，仍要见伐，陛下未免寡恩呢。"这句话，惹动太祖怒意，竟拔剑置案道："休事多言！江南有什么大罪，但天下一家，卧榻旁怎容他人鼾睡？能战即战，不能战即降，你要饶舌，可视此剑。"*有强权，无公理，可视此语。*铉至此才觉失色，辞归江南。

李煜闻宋祖不肯罢兵，越觉惶急，忽由常州递到急报，乃是吴越王钱俶，遵奉宋命，来攻常州。煜无兵可援，只命使遗书致俶道："今日无我，明日岂有君？一旦宋天子易地酬勋，恐王亦变作大梁布衣了。"*语亦有理，但也不过解嘲罢了。*俶仍不答书，竟进拔江阴、宜兴，并下常州。江南州郡，所存无几，金陵愈围愈急。曹彬遣人语李煜道："事势至此，君仅守孤城，尚有何为？若能归命，还算上策，否则限日破城，不免残杀，请早自为计！"李煜尚迟疑不决，彬乃决计攻城。但转念大兵一入，害及生民，虽有禁令，亦恐不能遍及，左思右想，遂定出一策，诈称有疾，不能视事。众将闻主帅有恙，都入帐请安。彬与语道："诸君可知我病源吗？"众将听了，或答言积劳所致，或说由冒寒而成。彬又道："不是，不是。"众将暗暗惊异，只禀请延医调治。彬摇首道："我的病，非药石所能医治，但教诸君诚心自誓，等到克城以后，不妄杀一人，我病便可痊愈了。"众将齐声道："这也不难。末将等当对着主帅，各宣一誓。"言毕，遂焚起香来，宣誓为证，然后退出。

越宿，彬称病愈，督兵攻城。又越日，陷入城中。侍郎陈乔入报道："城已被破了。今日国亡，皆臣等罪愆，愿加显戮，聊谢国人。"李煜道："这是历数使然，卿死何益？"陈乔道："即不杀臣，臣亦有何面目，再见国人？"当下退归私宅，投缳自尽。勤政殿学士钟蒨朝冠朝服，坐在堂上，闻兵已及门，召集家属，服毒俱尽。张洎初与乔约，同死社稷，至乔死后，仍旧扬扬自得，并无死志。*彰善瘅恶，褒贬悉公。*李煜至此，无法可施，只好率领臣僚，诣军门请罪。彬好言抚慰，待以宾礼，当请煜入宫治装，即日赴汴，煜依约而去。彬率数骑待宫门外，左右密语彬道："主帅奈何放煜入宫？倘他或觅死，如何是好？"彬笑道："煜优柔寡断，既已乞降，怎肯自裁？何必过虑！"既而煜治装已毕，遂与宰相汤悦等四十余人，同往汴京。彬亦率众凯旋。太祖御明德楼受俘，因煜尝奉正朔，诏有司勿宣露布，只令煜君臣白衣纱帽，至楼下待罪。煜叩首引咎，但听得楼上宣诏道：

上天之德，本于好生，为君之心，贵乎含垢。自乱离之云瘼，致跨据之相承，谕文告而弗宾，申吊伐而斯在。庆兹混一，加以宠绥。江南伪主李煜，承弈世之遗基，据偏方而窃号，惟乃先父，早荷朝恩，当尔袭位之初，未尝禀命，朕方示以宽大，每为含容，虽陈内附之言，罔效骏奔之礼。聚兵峻垒，包蓄日彰，朕欲全彼始终，去其疑间，虽颁召节，亦冀来朝，庶成玉帛之仪，岂愿干戈之役？寰然勿顾，潜蓄阴谋，劳锐旅以徂征，傅孤城而问罪。洎闻危迫，累示招携，何迷复之不悛；果覆亡之自摄。昔者唐尧光宅，非无丹浦之师，夏禹泣辜，不赦防风之罪。稽诸古典，谅有明刑。朕以道在包荒，恩推恶杀，在昔骈车出蜀，青盖辞吴，彼皆闰位之降君，不预中朝之正朔，及颁爵命，方列公侯。尔戾我恩德，比禅与皓，又非其伦。特升拱极之班，赐以列侯之号，式优待遇。尽舍愆尤，今授尔为光禄大夫、检校太傅右千牛卫上将军，封违命侯，尔其钦哉！毋再负德！此诏（平蜀平南汉，不录原诏，而此特备录者，以宋祖之加兵藩属，语多掩饰故也）。

李煜惶恐受诏，俯伏谢恩。太祖还登殿座，召煜抚问，并封煜妻为郑国夫人，子弟等一并授官，余官属亦量能授职，大众叩谢而退。总计江南自李升篡吴，自谓系唐太宗子吴王恪后裔，立国号唐，称帝六年。传子李璟，改名为景，潜袭帝号十九年。嗣去帝号，自称国主凡四年。又传子煜，嗣位十九年。共历三世，计四十八年。

先是彬伐江南，太祖曾语彬道："俟克李煜，当用卿为使相。"潘美闻言，即向彬预贺。彬微哂道："此次出师，上仗庙谟，下恃众力，方能成事。我虽身任统帅，幸而奏捷，也不敢自己居功，况且是使相极品呢？"潘美道："天子无戏言，既下江南，自当加封了。"彬又笑道："还有太原未下哩。"潘美似信未信，及俘煜还汴，饮至赏功，太祖语彬道："本欲授卿使相，但刘继元未平，容当少待。"彬叩首谦谢。适潘美在侧，视彬微笑。巧被太祖瞧着，便问何事，美不能隐，据实奏对，太祖亦不禁大笑。彬为宋良将第一，太祖何妨擢为使相。乃动其弗予，背约失信，殊非王者气象。当赐彬钱五十万。彬拜谢退，语诸将道："人生何必做使相，好官亦不过多得钱呢。"总算为太祖解嘲。未几，乃得拜枢密使。潘美得升任宣徽北院使。惟曹翰因江州未平，移师往征。江州指挥使胡则，集众固守，翰围攻五月，始得入城，擒杀胡则。且纵兵屠戮，民无噍类，所掠金帛，以亿万计，用巨舰百余艘，载归汴都。太祖叙录翰功，迁桂州观察使，判知颍州。彬不好杀而犹靳使相，翰大肆屠掠，乃得升迁，谁谓太祖戒杀之命，果出自本心耶？

吴越王钱淑遣使朝贺，太祖面谕使臣道："尔主帅攻克常州，立有大功，可暂来与朕相见，借慰朕思，朕即当遣归。上帝在上，决不食言！"使臣领命去讫。钱俶祖名镠，曾贩盐为盗。唐僖宗时，纠众讨黄巢，平定吴、越，唐乃封俶为越王，继封吴王，梁又加封为吴越王。传子元瓘，元瓘传子弘佐，弘佐传弟弘瓘，弘瓘被废，弟弘俶嗣位，因避太祖父弘殷偏讳，单名为俶。太祖元年，封俶为天下兵马元帅。淑岁贡勿绝，至是奉太祖命，与妻孙氏、子维濬入朝。太祖遣皇子德昭出郊迎劳。并特赐礼贤宅，亲视供帐，令俶寓居。俶入觐太祖，赐坐赐宴，且命与晋王光义叙兄弟礼，俶固辞乃止。太祖又亲幸俶宅，留与共饮，欢洽异常。嗣又诏命剑履上殿，书记不名。封俶妻孙氏为吴越国王妃，赏赉甚厚。开宝九年三月，太祖将巡幸西京，行郊祀礼，俶请扈跸出行。太祖道："南北风土不同，将及炎暑，卿可早日还国，不必随往西京。"俶感谢泣下，愿三岁一朝。太祖道："水陆迂远，也不必预定限期，总教诏命东来，入觐便是。"俶连称遵旨。太祖乃命在讲武殿钱行，俟宴饮毕，令左右捧过黄袱，持以赐俶，且言途中可以启视，幸无泄人。俶受袱而去。及登程后，启袱检视，统是群臣奏乞留俶，约有数十百篇。安知非太祖授意群臣，特令上疏，借示羁縻。俶且感且惧，奉表申谢。太祖遣俶归国，即启跸西幸。

原来太祖仍周旧制，定都开封，号为东京，以河南府为西京。是时江南戡定，淮甸澄清，乃西往河洛，祭告天地，且欲留都洛阳。群臣相率谏阻，太祖不从。及晋王光义入陈，力言未便，太祖道："我不但欲迁都洛阳，还要迁都长安。"光义问是何故，太祖道："汴梁地居四塞，无险可守，我意徙都关中，倚山带河，裁去冗兵，复依周、汉故事，为长治久安的根本，岂不是一劳永逸吗？"光义道："在德不在险，何必定要迁都？"太祖叹息道："你也未免迂执了。今日依你，恐不出百年，天下民力已尽敝哩。"都汴原不若都陕，太祖成算在胸，所见固是。但子孙不良，即都陕亦无救于亡。乃怅然归汴。过了月余，复定议北征，遣侍卫都指挥使党进，宣徽北院使潘美，及杨光美、牛光进、米文义等，率兵北伐，分道攻汉。党进等依诏前进，连败北汉军，将及太原。太祖又命行营都监郭进等，分攻忻、代、汾、沁、辽、石等州，所向克捷。

北汉主刘继元急向辽廷乞师,辽相耶律沙统兵援汉,正拟鏖战一场,互决雌雄,忽接得汴都急报,有太祖病重消息,促令班师,党进等乃返旆还朝。太祖自西京还驾,已觉不适,后因疗治得愈。到了孟冬,自觉身体康健,随处游幸,顺便到晋王光义第,宴饮甚欢。太祖素性友爱,兄弟间和好无忤,光义有疾,太祖与他灼艾,光义觉痛,太祖亦取艾自灸,尝谓光义龙行虎步,他日必为太平天子,光义亦暗自欣幸,因此对着乃兄,亦颇加恭谨。偏太祖寿数将终,与宴以后,又觉旧疾复发,渐渐地不能支持;嗣且卧床不起,一切国政,均委光义代理。光义昼理朝事,夜侍兄疾,恰也忙碌得很。

一夕,天方大雪,光义入宫少迟,忽由内侍驰召,令他即刻入宫。光义奉命,起身驰入,只见太祖喘急异常,对着光义,一时说不出话来。光义待了半晌,未奉面谕,只好就榻慰问。太祖眼睁睁地瞧着外面,光义一想,私自点首,即命内侍等退出,只留着自己一人,静听顾命。其迹可疑。内侍等不敢有违,各退出寝门,远远的立着外面,探看那门内举动。俄听太祖嘱咐光义,语言若断若续,声音过低,共觉辨不清楚。过了片刻,又见烛影摇红,或暗或明,仿佛似光义离席,逡巡退避的形状。既而闻柱斧戳地声,又闻太祖高声道:"你好好去做!"这一语音激而惨,也不知为着何故,蓦见光义至寝门侧,传呼内侍,速请皇后皇子等到来。内侍分头去请,不一时,陆续俱到,趋近榻前,不瞧犹可,瞧着后,大家便齐声悲号。原来太祖已目定口开,悠然归天去了。看官!你想这次烛影斧声的疑案,究竟是何缘故?小子遍考稗官野乘,也没有一定的确证。或说是太祖生一背疽,苦痛得了不得,光义入视,突见有一女鬼,用手捶背,他便执着柱斧,向鬼劈去,不意鬼竟闪避,那斧反落在疽上,疽破肉裂,太祖忍痛不住,遂致晕厥,一命呜呼。或说由光义谋害太祖,特地屏去左右,以便下手,至如何致死,旁人无从窥见,因此不得证实。独《宋史·太祖本纪》,只云帝崩于万岁殿,年五十,把太祖所有遗命及烛影斧声诸传闻,概屏不录,小子也不便臆断,只好将正史野乘,酌录数则,任凭后人评论罢了。以不断断之。

且说皇后宋氏及皇子德昭、德芳等,抚床大恸,哀号不已。就是皇弟光美,亦悲泣有声。独不及晋王光义,意在言表。内侍王继恩入劝宋后,并言先帝奉昭宪太后遗命传位晋王,金匮密封,可以复视,现请晋王嗣位,然后准备治丧。宋后闻言,索性擗踊大号,愈加哀感。光义瞧不过去,亦劝慰数语。宋后不禁泣告道:"我母子的性命,均托付官家。"光义道:"当共保富贵,幸毋过虑!"宋后乃稍稍止哀。原来皇子德芳系宋后所出,宋后欲请立为太子,因太祖孝友性成,誓守金匮遗言,不欲背盟,所以宋后无法可施,没奈何含忍过去。此次太祖骤崩,自思孤儿寡妇,如何结果?且晋王手握大权,势不能与他相争,只好低首下心,含哀相嘱。光义乐得客气,因此满口承认,敷衍目前。太祖夺国家于孤儿寡妇之手,故一经晏驾,即有宋后之悲。报应之速,如影随形。

越日,光义即皇帝位,大赦改元,即以本年为太平兴国元年,号宋后为开宝皇后,授弟光美为开封尹,进封齐王,所有太祖、廷美子女,并称皇子皇女(光美因避主讳,易名廷美)。封兄子德昭为武功郡王,德芳为兴元尹,同平章事。薛居正为左仆射,沈伦为右仆射,卢多逊为中书侍郎,曹彬仍为枢密使,并同平章事,楚昭辅为枢密使,潘美为宣徽南院使,内外进秩官有差,并加封刘𨰥卫国公,李煜陇西郡公。越年孟夏,乃葬太祖于永昌陵。总计太祖在位,改元三次,共一十三年。小子有诗咏太祖道:

> 帝位原从篡窃来,
> 孤雏媭妇也罹灾。
> 可怜烛影摇红夜,
> 尽有雄心一夕灰。

晋王光义嗣位后,史家因他庙号太宗,遂称为太宗皇帝。欲知后事,下回再详。

江南主李煜,耽酒色,信浮屠,固足以致亡,前回已评论及之。然其事宋之道,不可谓不备,宋祖亦不能指斥过恶,第以屡征不至,遂兴师以伐之。古人所谓国不竞亦陵,何国之为者？观于李煜而益信矣。明德楼之宣诏，语多掩护自己，要不若"卧榻之侧，岂容他人鼾睡"两语，较为直截了当。彼恃人不恃己者，其盍援为殷鉴乎？若夫烛影斧声一案，事之真否，无从悬断，顾何不于太祖大渐之先，内集懿亲，外召宰辅，同诣寝门，面请顾命，而乃屏人独侍，自启流言？遗诏未闻，遽尔即位，甚至宋后有母子相托之语，此可见当日宫廷，实有不可告人之隐情，史家无从录实，因略而不详耳。谓予不信，盍观后文！

第十三回　吴越王归诚纳土　北汉主穷蹙乞降

却说太宗即位以后，当即改元，转瞬间即为太平兴国二年。有诏改御名为炅（音炯）。至太祖葬后，即将开宝皇后，迁居西宫。太宗原配尹氏，为滁州刺史尹廷勋女，不久即殁，继配魏王符彦卿第六女，于开宝八年病逝。太宗嗣立为帝，追册尹氏为淑德皇后，符氏为懿德皇后，惟中宫尚在虚位，只有李妃一人与太宗很相亲爱，生女二人，以次夭殁，继生子名元佐，后封楚王，又次生子名元侃，就是将来的真宗皇帝，开宝中封陇西郡君。太宗进封夫人，正拟册她为后，偏李氏又复生病，病且日剧，于太平兴国二年夏月，竟尔去世。后位未定，何必急急徙嫂，此与暮冬改元更名为炅之意，同一无兄之心，宁待后日之逼死二侄耶？翌年，始选潞州刺史李处耘第二女入宫，至雍熙元年，乃立李氏为后，这且慢表。

且说太平兴国三年三月，吴越王钱俶与平海军节度使陈洪进相继入朝。钱俶履历，已见前文，独陈洪进未曾提及，容小子约略叙明。洪进，泉州人，系清源节度使留从效牙将，从效受南唐册命，节度泉、漳等州，号为清源军，并封鄂国公晋江王。从效殁后无嗣，兄子绍镃继立，年尚幼，洪进诬绍镃将附吴越，执送南唐，另推副使陈汉思为留后，自为副使。寻复迫汉思缴印，将他迁居别墅，复遣人请命南唐，只说是汉思老耄，不能治事，自己为众所推，权为留后。唐主李煜信为真情，即命他为清源军节度使。嗣因宋太祖平泽、潞，下扬州，取荆、湖，威震华夏，旁达海南。洪进大惧，忙遣衙将魏仁济间道至汴，上表宋廷，自称清源军节度副使，权知泉南州军府事。因汉思昏耄无知，暂摄节度印，恭候朝旨定夺，太祖遣使慰问，自是朝贡往来，累岁不绝。乾德二年，诏改清源军为平海军，即以洪进为节度使，赐号推诚顺化功臣。开宝八年，江南平定，洪进心益不安，遣子文灏入贡。太祖因诏令入朝，洪进不得已起行，至南剑州，闻太祖驾崩，乃回镇发丧。太宗三年，加洪进检校太师，次年春季，洪进入觐宋廷，太宗赐钱千万，白金万两，绢万匹，礼遇优渥。洪进遂献上漳、泉二州版图，有诏嘉纳，授洪进为武宁节度同平章事，赐第京师（叙陈洪进事，简而不漏）。为这一番纳土，遂令吴、越十三州土地，亦情愿拱手出献，归入宋朝。吴越王钱俶正在入觐，闻洪进纳土事，未免震悚，乃上表乞罢所封吴越国王，及撤销天下兵马大元帅，并书诏不名的成命，情愿解甲归田，终享天年。真是鼠胆。太宗不许。俶臣崔冀进言道：“朝廷意旨，不言可知。大王若不速纳土，祸且立至了。”俶尚在迟疑，左右俱争言未可。崔冀复厉声道：“目今我君臣生命，已在宋主手中，试思吴、越距此约有千里，除非身生羽翼，或得飞还，否则如何脱离？不若见机纳土，免蹈危机。”俶闻言乃决，当于次日奉表道：

臣俶庆遇承平之运，远修肆觐之仪，宸眷弥隆，宠章皆极。斗筲之量，实觉满盈，丹赤之诚，辄兹披露。臣伏念祖宗以来，亲提义旅，尊戴中京，略有两浙之土田，讨平一方之僭逆，此际盖隔朝天之路，莫谐请吏之心。然而禀号令于阙廷，保封疆于边徼，家世承袭，已及百年。今者幸遇皇帝陛下，嗣守丕基，削平诸夏，凡在率滨之内，悉归舆地之图，独臣一邦，僻介江表，职贡虽陈于外府，版籍未归于有司；尚令山越之民，犹隔陶唐之化，太阳委照，不及葵家，春雷发声，不为聋俗，则臣实使之然也。莫大焉！不胜大愿，愿以所管十三州，献于阙下执事，其间地里名数，别具条析以闻，伏望陛下念奕世之忠勤，察乃心之倾向，特降明诏，允兹至诚。谨再拜上言。

表既上，太宗当然收纳，下诏褒美道：

表悉！卿世济忠纯，志遵宪度，承百年之堂构，有千里之江山。自朕篡临，聿修觐礼，睹文物之全盛，喜书轨之混同，愿亲日月之光，遽忘江海之志。甲兵楼橹，既悉上于有司，山川土田，又尽献于天府，举宗效顺，前代所无，书之简编，永彰忠烈。所请宜依，借光卿德！

越日，又封俶为淮海国王，及他子弟族属，也有一篇骈体的诏谕道：

盖闻汉宠功臣，聿著带河之誓，周尊元老，遂分表海之邦。其有奋宅勾吴，早绵星纪，包茅入贡，不绝于累朝，羽檄起兵，备尝于百战；适当辑瑞而来勤，爰以提封而上献。宜迁内地，别锡爰田，弥昭启土之荣，俾增书社之数。吴越国王钱俶，天资纯懿，世济忠贞，兆积德于灵源，书大勋于策府。近者，庆冲人之践阼，奉国珍而来朝，齿革羽毛，既修其常贡，土田版籍，又献于有司。愿宿卫于京师，表乃心于王室。眷兹诚节，宜茂宠光，是用列西楚之名区，析长淮之奥壤，建兹大国，不远申封，载疏千里之疆，更重四征之寄，畴其爵邑，施及子孙，永夹辅于皇家，用对扬于休命。垂厥百世，不其伟欤！其以淮南节度管内，封俶为淮海国王，仍改赐宁淮镇海崇文耀武宣德守道功臣，即以礼贤宅赐之。子惟俶为节度使兼侍中，惟治为节度使，惟演为团练使，惟灏暨俋郁呈，并为刺史，弟仪信并为观察使，将校孙承祐、沈承礼并为节度使，各守尔职，毋替朕命！

嗣是命范质长子范旻权知两浙诸州军事，所有钱氏缌麻以上亲属及境内旧吏，统遣至汴京，共载舟一千零四十四艘。吴、越自钱镠得国，历五世，共八十一年而亡。东南一带，尽为宋有，太宗乃力谋统一，拟兴师往伐北汉。左仆射薛居正等多言未可，更召枢密使曹彬入议，曹彬独言可伐。太宗道："从前周世宗及太祖俱亲征北汉，何故未克？"想是薛居正等所陈之语。彬答道："周世宗时，史彦超兵溃石岭关，人情惊扰，所以班师。太祖顿兵草地，适值暑雨，军士多疾，是以中止。这并非由北汉强盛，无可与敌呢。"太宗道："朕今日北征，卿料能成功否？"彬又答道："国家方盛，兵甲精锐，欲入攻太原，譬如摧枯拉朽，何患不成？"太宗遂决意兴师，任潘美为北路招讨使，率崔彦进、李汉琼、刘遇、曹翰、米信、田重进等，四路进兵，分攻太原。又命邢州判官郭进，为太原石岭关都部署，阻截燕、蓟援师。

北汉主刘继元闻宋师大举，急遣使向辽求救。先是开宝八年，辽曾通使宋廷，愿修和好，太祖曾答书许诺。至是辽遣挞马官名，系属从官。长寿南来，入谒太宗，问明伐汉的情由，太宗道："河东逆命，应当问罪。若北朝不援，和约如故，否则唯有开战呢。"长寿悻悻自去。太宗料辽必往助，恐有剧战，因下诏亲征，藉作士气。当拟命齐王廷美职掌留务。廷美倒也惬意，惟开封判官吕端入白廷美道："主上栉风沐雨，往申吊伐，王地处亲贤，当表率扈从，若职掌留务，恐非所宜，应请裁夺为是。"廷美乃请扈驾同行，太宗改命沈伦为东京留守，王仁赡为大内都部署，自率廷美等北征。到了镇州，接着郭进捷报，已将辽兵击退石岭关外，可无忧了。太宗大喜。

原来辽主贤得长寿还报，遣宰相耶律沙为都统，冀王敌烈（一译作迪里）为监军，领兵救汉，至白马岭，遥见宋军阻住前面，约有好几营扎住。耶律沙语敌烈道："前面有宋师扼守，不宜轻进，我军且阻涧为营，申报主子，再乞添兵接应，方不致悮。"敌烈道："丞相也太畏怯了。我看前面的宋营，至多不过万人，我兵与他相较，众寡相等，何勿趁着锐气，杀将过去？丞相若果胆小，尽可在后压阵，看我上前踏平宋营哩。"要去寻死，尽可向前。耶律沙道："并非胆怯，惟出兵打仗，总须小心为要。"亏有此着，才得免死。敌烈不从，耶律沙忙遣将校返报辽主，一面随敌烈前行。约里许，即至涧旁，敌烈自恃骁勇，争先渡涧，部兵亦抢过涧去，三三五五，不复成列，猛听得一声炮响，宋军自营内突出，来杀辽兵。辽兵尚未列阵，不意宋军猝至，先吓得手忙脚乱，胆落魂销。敌烈不管死活，还是向前乱闯，凑巧碰着郭进，两马相交，战到三四十合，被郭进卖个破绽，手起刀落，劈敌烈于马下。该死得很！是时耶律沙尚未渡涧，正思上前救应，那辽兵已逃过涧来，反冲动耶律沙军的阵脚。宋军又乘胜追击，尽行渡涧，争杀耶律沙军。耶律沙如何抵挡，只好策马返奔。辽兵只恨脚短，逃得不快，要吃宋军的刀头面，宋军也毫不容情，杀一个，好一个，追一程，紧一程，郭进且下令军前，须擒住耶律沙，方准收军。军士得令，奋勇力追，不妨斜刺里杀到一支人马，来救辽兵，截住宋军。看官道是何来？乃是辽将耶律斜轸（斜轸一译色轸）奉了主命，接应前军，途次遇着耶律沙军报，急从间道疾趋，来做帮手，刚遇耶律沙败北，正好仗着一支生力军，救应耶律沙，抵敌宋军。郭进见辽兵得救，即勒马止追，整队回师。耶律沙亦引兵退去，两下罢战。

郭进回至石岭关，驰书奏捷。太宗遂自镇州出发，进逼太原。时北路招讨使潘美等屡败汉兵，直抵太原城下，筑起长围，四面合攻，自春徂夏，累攻不息。城中专望辽援，日久不至，又遣健足从间道赴辽，赍奉蜡丸帛书，催促援师。哪知辽兵已被郭进击退，所遣急足，又为进所捕住，斩首示众。继元闻报大惧，甚至寝食不安，亏得建雄军节度使刘继业入城助守，昼夜不懈，尚得苟延。推重刘继业。至太宗驰至，亲督卫士，猛力攻扑，毁去城堞无数，均由刘继业冒险修筑，仍得堵住。太宗见城不能下，手书诏谕，劝继元出降。守卒不纳，继元亦无从知悉。太宗再令攻城，城上矢石如雨，击退宋军。马军都军头辅超气愤得了不得，大呼道："偌大城池，有这般难攻吗？如有壮士，快随我来，好登城立功！"言毕，有铁骑军呼延赞等，踊跃而出，随着辅超，驾梯而上。辅超攀堞欲登，适为刘继业所见，急命长枪手攒刺辅超，辅超用刀格斗，不肯退步，怎奈双手不敌四拳，终被戳伤了好几处，不得已退归城下，解甲审视，身受十三创，血迹模糊。太宗嘉他忠勇，面赐锦袍银带，并令休息后营。辅超尚不肯休，自言翌晨定要入城，虽死无恨。到了诘朝，果然一马跃出，复去登城，梯甫架就，身上已叠中八矢，他左手执盾，右手执刀，尚拟冒死直上，幸由太宗闻悉，忙传令辅超回营，才得不死。写辅超处，正是写刘继业。

太宗乃禁士登城，只命弓弩手万名，排列阵前，蹲甲交射。矢集城上如猬毛，每给矢必数万。继元用十钱购一矢，约得数百万支，仍还射宋军，又支持了月余。外援不至，饷道又绝，太宗屡射书城中，招降将士。城中宣徽使范超逾城出降，宋军疑是奸细，不待细问，竟将他一刀两断。继元闻范超降宋，也将范超妻小一一杀死，投首城下。真是冤枉。太宗闻范超枉死，又得他妻小首级，不禁悲悼，令将士置棺殓葬，亲往赐祭。城内守将瞧着，又感动起来。指挥使郭万超复密令军士缒城约降，太宗与他折矢为誓，决不加害。郭万超遂潜行出城，投奔宋营。太宗格外优待。自是继元帐下诸卫士多半出降。太宗又草诏谕继元道：

越王吴主，献地归朝，或授以大藩，或列于上将，臣僚子弟，皆享官封。继元但速降，必保终始，富贵安危两途，尔宜自择！

这诏颁到城下，城中总算接待宋使，引见继元。继元读诏毕，沉吟半晌，方答宋使道："果蒙宋天子优礼，谨当遵旨！"宋使出城报命，待了半日，未见继元出降消息，宋军又愤不可遏，锐意攻城。太宗又出谕将士，只说："城陷害民，不如少待，俟明日尚未出降，当即破城"等语。无非笼络城中士卒。宋军乃少退。是夕，继元遣客省使李勋奉表请降，太宗赐勋袭衣金带，银鞍勒马，另遣通事舍人薛文宝，同勋入城，赍诏慰谕。翌日黎明，太宗幸城北，亲登城台，张乐设宴。继元率官属出城，缟衣纱帽，待罪台下。太宗召使升台，传旨特赦，且封继元为检校太师右卫上将军，授爵彭城郡公，给赐甚厚，继元叩首谢恩。太宗即命继元下台，导宋军入城，偏城上立着金甲银鍪的大将，高声呼道："主子降宋，我却不降，愿与宋军拼个死活。"宋军仰首上望，那将不是别人，就是北汉节度使刘继业。当下走报太宗，太宗爱继业忠勇，很欲引为己用，至是令继元好言抚慰。继元乃遣亲信入城，与言不得已的苦衷，不如屈志出降，保全百姓为是。继业大哭一场，北面再拜，乃释甲开城，迎入宋军。太宗入城后，召见继业，立授右领军卫大将军，并加厚赐。继业原姓杨，太原人氏，因入事刘崇，赐姓为刘。降宋后仍复原姓，以业字为名，后人称为杨令公，便是此人，自是北汉遂亡。小子有诗咏道：

晋阳卅载据雄封，
徒仗辽援保汉宗。
两代螟蛉空入继，
速亡总自主昏庸。
欲知北汉降后情形，且待下回再表。

　　宋初各国，吴越最称恭顺，而其见机纳土，免害生灵，亦不可谓非造福浙民。天下将定，一隅必不能终守，何若奉表贵献之为愈乎？浙人拜赐，迄今未忘，庙祀而尸祝之，宜也。北汉则异是，恃辽为援，固守坚城，至于饷尽援绝，方出降宋，顾视军民，伤亡已不少矣。且以数十万锐卒，攻一太原，数月始下，宋师老矣，再图燕、蓟，尚可得耶？故北汉之降，不足为宋幸，而刘继元之罪案，亦自此可定矣。

第十四回　高梁河宋师败绩　雁门关辽将丧元

却说刘继元降宋后，太宗命中使康仁宝监督继元，催他部署行装，召齐族属，限日离开太原，驰赴汴都。继元除挈眷随行外，所有宫妓，尽献与太宗。太宗分赐立功将士，仍饬康仁宝监护继元等，赴京去讫。北汉始祖刘崇本后汉高祖刘知远弟，受封太原，自郭氏篡汉，刘崇乃僭称帝号，传子刘钧。有甥继恩、继元二人，继恩姓薛，继元姓何，都是崇女所出。崇女初适薛钊，生继恩，再醮何氏，生继元。崇以刘钧无嗣，均命收为养子，钧殁后，养子继恩立，继恩被弑，继元入嗣。继元弑钧妻郭氏，幽杀刘崇诸子，又好残杀臣民，至穷蹙乃降。或请太宗按罪加惩，太宗道："亡国君主，非失诸暗懦，即失诸残暴，否则何至灭亡？这等人只应悯惜，若朕也把他虐待，岂非与他相似吗？"此语亦似是而非。随命毁太原旧城，改为平晋县，以榆次县为并州，遣使分部徙太原民往居。复纵火焚太原庐舍，老幼迁避不及，焚毙甚众。

太宗即出发太原，意欲顺道伐辽，夺取幽、蓟，潘美等多以师老饷匮，不欲北行，独总侍卫崔翰道："势所当乘，时不可失，臣意恰主张北伐，不难取胜。"太宗遂决计北行，进次东易州，辽刺史刘宇献城出降，太宗留兵千人协守，复入攻涿州，辽判官刘原德亦以城降，乘胜至幽州城南，辽将耶律奚底（一译作耶律希达）率着辽兵，自城北来攻宋军，宋军杀将过去，锐不可当，辽兵败走。太宗乃命宋偓、崔彦进、刘遇、孟玄喆四将，各率部兵，四面攻城，另分兵往徇各地。蓟州、顺州次第请降，但幽州尚未攻克，守将耶律学古多方守御，经太宗亲自督攻，昼夜猛扑，城中倒也恟惧起来，几乎有守陴皆哭的情景。

忽有探卒入报宋营，辽相耶律沙来救幽州，前锋已到高梁河了。太宗道："敌援已到高梁河吗？我军不如前去迎战，杀败了他，再夺此城未迟。"言毕，即拔营齐起，统向高梁河进发。将到河边，果见辽兵越河而来，差不多有数万人，宋将均跃马出阵，各执兵械，杀奔前去。耶律沙即麾兵抵拒，两下里金鼓齐鸣，旌旗飞舞，几杀得天昏地暗，鬼哭狼嗥。约有两三个时辰，辽兵伤亡甚众，渐渐地不能支持，向后退去。太宗见辽兵将却，手执令旗，驱众前进，暮听得数声炮响，又有辽兵两翼，左右杀来，左翼是辽将耶律斜轸，右翼是辽将耶律休哥（哥一作格）。休哥系刘邦良将，智勇兼全，他部下很是精锐，无不以一当十，以十当百，况宋军正战得疲乏，怎禁得两支劲卒横冲过来，顿时抵挡不住，纷纷散乱。休哥趁这机会，冲入中坚，来取太宗。太宗亟命诸将护驾，无如诸将各自对仗，一时不能顾到，急得太宗也仓皇失措，幸亏辅超舞着钢刀，呼延赞挥着铁鞭，前遮后护，翼出太宗，南走涿州。宋将亦陆续逃回，检查军士，丧亡至万余人。这是宋军第一次吃亏。

时已日暮，正拟入城休息，不料耶律休哥带着辽兵，又复杀到，宋军喘息未定，还有何心成列，一闻辽军到来，大家各寻生路，统逃了开去，就是太宗的卫队也多奔散。太宗此时，除了三十六计的上计，简直没法，只好加鞭疾走，向南逃命；偏偏天色渐昏，苍茫莫辨，路程又七高八低，蹀躞难行，后面喊杀的声音尚是不绝，那时心下越慌，途中越黯，连这马也一跷一突，跑不过去。太宗性急得很，只将马缰收紧，用鞭乱捶，马忍痛不住，不管什么艰险，索性乱窜，扑塌一声，陷入泥淖中，忙呼卫卒救驾，哪知前后左右已无一人，自己欲下骑掀马，犹恐马足难拔，连自身先坠渊莫测，不禁仰天呼道："我为崔翰所误，亲蹈危机，目今悔已无及了。"并非崔翰所误，实是骄盈取败。

言未已，但见前面火光荧荧，有一队人马到来，也不知是南军是北军，越觉惶惑不定。待来军行至附近，方见旗帜上面现出一个"杨"字，又不觉喜慰道："大约是杨业来了。"原来杨业降宋后，本已从征幽、蓟，只因太宗命他再赴太原，搬运粮械，接济军需，所以去了好几日，至此才运粮回军，适值太宗遇险，中途接着，太宗急忙呼救，杨业跃马入淖，把太宗轻轻掖起，递交岸上的小将，然后再去牵引御马，好容易才得登岸。太宗早在岸上坐着，业复率小将拜谒，自称："救驾来迟，应该负罪。"太宗道："卿说哪里话来，朕非卿到，恐性命都难保哩。"随问小将何人，业答道："这是臣儿延朗。"太宗道："卿有此儿，也好算作千里驹了。"说着，后面尘头起处，似有辽军赶至，太宗皱眉道："追军又至，奈何？"业答道："请陛下先行一程，由臣父子退敌便了。"言已，即去牵御马过来。哪知马已卧地，不能再骑，乃返奏太宗道："御马不堪再驾，请乘臣马先行。"太宗道："卿欲退敌，不能无马，朕看卿装载饷械，备有驴车，可腾出一乘，由朕暂坐先行罢。"杨业遵旨，遂命部卒腾出驴车，请太宗坐入，命部卒保护前行。所有饷械，亦一律载回，自与延朗勒马待敌。

未几，有军马趋至，乃是孟玄喆、崔彦进、刘廷翰、李汉琼等一班宋将，并带着败兵残卒，均已垂头丧气，狼狈不堪。又未几，潘美等亦复驰到，且问杨业道："皇上到哪里去了，将军有无遇着？"你为招讨使，如何连主子也不顾着。杨业述明情形，潘美道："后面尚有追兵，如何是好？"杨业道："业父子二人，尚思退敌，今得诸将帅到来，怕他什么？"潘美自觉惭愧，即命杨业部勒残兵，列阵以待。不到一时，果有辽兵追至，前队二将，一名兀环奴，一名兀里奚，杨业策马抡刀，当先出阵，大呼"胡虏慢走！"兀环奴、兀里奚大怒，上前迎战，杨业双战二将，毫不惧怯。延朗恐乃父有失，急挺枪出战，与兀里奚对仗。杨业与兀环奴，战不数合，被杨业一刀砍死。兀里奚心中一慌，把刀一松，被延朗当胸一枪，也刺落马下。宋将等见杨业父子杀毙辽将，统来助阵，辽兵见不可支，慌忙退去，当由宋军追杀数里，夺还饷械若干，方才收军，驰至定州，得遇太宗。太宗命孟玄喆屯定州，崔彦进屯关南，刘廷翰、李汉琼屯真定。又留崔翰、赵延进等，援应各镇，自率军返汴梁，整日里怏怏不乐。

武功郡王德昭，曾从征幽州，当宋军败溃时，军中不见太宗，多疑太宗被难，诸将谋立德昭为帝，未成事实，偏被太宗闻知，愈加愤懑。德昭尚未察悉，因见太宗还京，已有多日，并不闻战下太原的例赏，且诸将多怀怨望，恐不免有变动情形，乃入谒太宗，即请叙功给赏。太宗不待词毕，便怒目道："战败回来，还有什么功劳？什么赏赐？"德昭道："这也不可一概论的。征辽虽然失利，北汉究属荡平，应请陛下分别考核，量功行赏罢！"语虽合理，然适中太宗之忌。太宗复怒道："待你为帝，赏亦未迟。"这两语是把心中的疑恨，和盘说出。看官！试想这地处嫌疑的德昭，如何忍受得起？他低了头，退出宫廷，还至私第，越想越恼，越恼越悲，默思父母早逝，无可瞻依；虽有继母宋氏、季弟德芳，一个是被徙西宫，迹类幽囚，一个是才经弱冠，少不更事，痛幽衷之莫诉，觉生趣之毫无，一时情不自禁，竟从壁间悬着的剑囊中，拔出三尺青锋，向颈一横，顿时碧血模糊，晕倒地上，渺渺英魂，往鬼门关去寻父母去了。自寻短见，愚等申生。及他人得知，已是死去多时，无从解救，只好往报太宗。太宗亟往探视，但见他僵卧榻上，目尚未瞑，不觉良心发现，涕泪交横，带哭带语道："痴儿痴儿！何遽至此？"恐尚不免做作。随即命家属好生殓葬，自己即还至宫中，颁诏赠德昭为中书，令追封魏王，于是论平汉功，除赏生恤死外，加封弟齐王廷美为秦王，算是依从德昭的遗奏，这且慢表。

且说辽军杀败宋军，回国报功，辽主贤尚欲报怨，遣南京留守韩匡嗣，与耶律沙、耶律休哥等，率兵五万，入寇镇州。刘廷翰闻警，忙约崔彦进、刘汉琼等，商议抵御方法。廷翰道："我军方败，元气未回，今辽兵又来侵扰，如何是好？"彦进道："若与他对仗，胜负未可逆料，不如用诈降计，诱他入内，然后设伏掩击，定可取胜。"廷翰道："我闻耶律休哥素有才名，恐他持重老成，未必纳降。"汉琼道："先去献他粮饷，令他信我情真，料无不纳之理。"廷翰点首道："且依计一试，再行定夺。"当下差人至辽营中，赍粮请降。匡嗣见有粮饷，问他何日出降，差人答以明日，匡嗣允诺，差人自去。耶律休哥进谏道："宋军未曾交锋，即来请降，莫非具有诈谋，元帅不可不防！"也不出廷翰所料。匡嗣道："他若用诈降计，怎肯到此献粮？"休哥道："这乃是欲取姑与的计策。"匡嗣道："我兵锐气方盛，杀败宋师数十万，理应人人夺气，今闻我军复出，怎得不惊？我想他是真情愿降哩。就使诈降，我也不怕。"休哥见他不从，只得退出，自去号令部兵，不得妄动，待有自己军令，方准出发。只匡嗣与耶律沙，约定明日入城,很是欣慰。仿佛做梦。

且说宋将刘廷翰得差人回报,整点军马,令李汉琼率步兵万名,埋伏城东,掩击辽兵来路,崔彦进率步兵万名,埋伏城北,截断辽兵去途。再约边将崔翰、赵延进,连夜发兵,前来夹攻。分布已定,安宿一宵。翌晨,大开城门,自率兵往伏城西,专待辽兵到来。辽帅韩匡嗣当先开道,耶律沙押着后军,望镇州城前来。将到城下,见城门开着,并无一人,匡嗣即欲挥众入城,辽护骑尉刘雄武谏阻道:"元帅不可轻入,他既请降,如何城外不见一人?"匡嗣闻言,恰也惊异,猛听得一声号炮,响彻天空,城西杀出刘廷翰,城东杀出李汉琼,匡嗣料知中计,拍马便走,部众随势奔回,冲动耶律沙后队。耶律沙也禁遏不住,只好倒退,忽然间炮声又响,崔彦进又复杀出,截住辽兵去路。辽兵腹背受敌,好似哑子吃黄连,说不出的苦痛,那时无法可施,没奈何拼着性命,寻条血路。不料宋将崔翰、赵延进各军,又遵约杀到,人马越来越众,把辽兵困在垓心。韩匡嗣、耶律沙领着将校,冒死冲突,怎奈四面八方,与铁桶相似,几乎没缝可钻,宋军又相继射箭,眼见得辽邦士卒,纷纷落马,伤亡无数。层层反跌,为耶律休哥作势。韩匡嗣与耶律沙正当危急万分,忽有一大将挺刀跃马,带领健卒,从北面杀入,韩匡嗣瞧将过去,不是别人,正是耶律休哥,不觉大喜过望,急与耶律沙随着休哥,杀出重围。宋军追了一程,夺得辎重无数,斩获以万计。比前日所献之粮,获利应加数倍。直至遂城,方收兵回屯原汛,随即报捷宋廷。

太宗闻报,语群臣道:"辽兵入寇镇州,不能得志,将来必移寇他处,朕看代州一带,至关重要,须遣良将屯守,才可无患。"群臣齐声道:"陛下明烛万里,应即简择良将,先行预防。"太宗道:"朕有一人在此,可以胜任。"随语左右道:"速宣杨业入殿。"左右领旨,往召杨业。须臾杨业传到,入谒太宗,太宗语业道:"卿熟习边情,智勇兼备,朕特任卿为代州刺史,卿其勿辞!"业叩首道:"陛下有命,臣怎敢推诿?"太宗大喜,便敕赐橐装,令他指日启程。业叩谢而出,即率子延玉、延昭等,出赴代州。延昭即延朗,随父降宋后,受职供奉官,改名延昭,业尝谓此儿类我,所以屡次出师,必令他随着。既到代州,适值天时寒冻,业亲督修城,虽经风雪,仍不少懈。

转眼间已是太平兴国五年了,寒尽春回,塞草渐苗,那辽邦复大举入寇,由耶律沙、耶律斜轸等,领兵十万,径达雁门。雁门在代州北面,乃是紧要门户,雁门有失,代州亦危。杨业闻辽兵大至,语子延玉、延昭道:"辽兵号称十万,我军不过一、二万人,就使以一当十,也未必定操胜局,看来只好舍力用智,杀他一个下马威,方免辽人轻觑哩。"延昭道:"儿意应从间道绕出,袭击辽兵背后,出他不意,当可制胜。"杨业道:"我亦这般想,但兵不在多,只教黄夜掩击,令他自行惊溃,便足邀功。"当下议定,即挑选劲卒数千名,由雁门西口西陉关出去,绕至雁门北口。正值更鼓沈沈,星斗黯黯,遥见雁门关下,黑压压地扎着数大营,便令延玉带兵三千人,从左杀入,延昭带兵三千人,从右杀入,业自领健卒百骑,独端中坚。三支兵马,衔枚疾走,一到辽营附近,齐声呐喊,捣将进去。耶律沙、耶律斜轸等,只防关内兵出来袭营,不意宋军恰从营后杀来,正是防不及防,几疑飞将军从天而下,大都吓得东躲西逃。中营里面,有一辽邦节度使驸马侍中萧咄李,自恃骁勇,执着利斧,从帐后出来抵敌,凑巧碰着杨令公,两马相交,并成一处,战到十余合,但听杨令公大叱一声,那萧咄李已连头带盔,飞落马下(萧咄李,一译作萧绰里特)。小子有诗咏道:

　　　　百骑宵来捣虏营,
　　　　刀光闪处敌人惊。
　　　　任他辽将如何勇,
　　　　一遇杨公命即倾。

萧咄李既死,辽兵越觉惊慌,顿时大溃,俟小子下回再详。

高梁河一役,为宋、辽胜败之所由分。宋太宗挟师数十万,乘胜伐辽,而卒为辽将所乘,几至生命不保,宋军自此胆落矣。镇州之捷,雁门关之胜,均不过却敌之来,不能入敌之境,且皆由用智徼功，然则全宋兵力，不能敌一强辽，可断言也。德昭之自刎，本应与廷美之死，联络一气，然事相类而时有先后，太原之赏不行，德昭之言不纳，于是德昭愤激自刎，作者依时叙入，免致混乱。坊间旧小说中，有称德昭为八大王，至真宗时尚辅翊宋廷，此全系臆造之谈，固不值一辩也。

第十五回

弄巧成拙妹倩殉边
修怨背盟皇弟受祸

却说辽相耶律沙与辽将耶律斜轸等，因部兵溃散，也落荒遁走，黑暗中自相践踏，伤毙甚多。杨业父子杀退辽兵，便整军入雁门关，检查兵士，不过伤了数十人。当即休息半日，驰回代州，露布奏捷，不消细说。惟辽人经此一挫，多号杨业为杨无敌，自是望见杨字旗号，当即引去。辽主贤闻将相败还，勃然大怒，竟亲自督军，再举侵宋，命耶律休哥为先行，入寇瓦桥关。守关将士因闻辽兵两次败退，料他没甚伎俩，竟开关迎敌，面水列阵。耶律休哥简率精锐，渡水南来，宋将欺他兵少，未曾截击，待至辽兵齐渡，万与交锋，哪知休哥部下，是百炼悍卒，横历无前，宋军不是对手，被他杀得七零八落，连关城都守不住，一哄儿弃关南奔，逃入莫州。休哥追至莫州城下，饬兵围攻，警报飞达宋廷，太宗复下诏亲征，调集诸将，向北进行。途次，又接官军败绩消息，忙倍道前进，到了大名，才闻辽主已退，乃令曹翰部署诸将，自回汴京，还汴数日，尚欲兴师伐辽，廷臣多迎合上意，奏称应速取幽、蓟，左拾遗张齐贤，独上书谏阻，略云：

方今天下一家，朝野无事，关圣虑者，莫不以河东新平，屯兵尚众，幽、蓟未下，辇运为劳，臣愚以为此不足虑也。自河东初下，臣知忻州，捕得契丹纳粟典吏，皆云自山后转粟以授河东，以臣料契丹能自备军食，则于太原非不尽力，然终为我有者，力不足也。河东初平，人心未固，岚、宪、忻、代，未有军寨，入寇则田牧顿失，扰边则守备可虞，及国家守要害，增壁垒，左控右扼，疆事甚严，乃于雁门、阳武谷，来争小利，此其智力可料而知也。圣人一事，动在万全。百战百胜，不如不战而胜。若重之慎之，则契丹不足吞，燕、蓟不足取。自古疆场之难，非尽由敌国，亦多边吏扰而致之。若缘边诸寨，抚驭得人，但使峻垒深沟，畜力养锐，以逸自处，宁我致人，此李牧之所以用赵也。所谓择卒不如择将，任力不如任人，如是则边鄙宁，边鄙宁则辇运减，辇运减则河北之民获休息矣。臣闻家六合者以天下为心，岂止争尺寸之事，角强弱之势而已乎？是故圣人先本而后末，安内以养外。陛下以德怀远，以惠勤民，内治既成，远人之归，可立而待也，何必穷兵黩武为哉？谨此奏闻！

这张齐贤系曹州人，素有胆识，称名远近。先是太祖幸洛阳，齐贤曾以布衣献策，条陈十事，四说称旨，尚有六条，太祖以为未合，齐贤坚称可行，惹动太祖怒意，令武士将他牵出。既而太祖还汴，语太宗道："我幸西都，惟得一张齐贤，他日可辅汝为相，汝休忘怀！"既已器重齐贤，胡不立加擢用，而必留遗与弟，人谓其友，我谓其私。太宗谨记勿忘，至太平兴国二年，考试进士，齐贤亦在选中，有司将他置诸下第，太宗不悦，特开创例，令一榜尽赐京官，齐贤乃得出仕，历任知州，入为左拾遗，至是上疏直谏，太宗颇为嘉纳，乃暂罢出师。

且说前同平章事赵普，当出任河阳节度使时（接第十一回），曾上表自诉，略言："皇弟光义，忠孝兼全，外人谓臣轻议皇弟，臣怎敢出此？且与闻昭宪太后顾命，宁有二心？知臣莫若君，愿赐昭鉴"等语，这表文经太祖手封，同藏金匮。太祖崩后，太宗践位，赵普入朝，改封太子太保，因为卢多逊所毁，命奉朝请，居京数年，尝郁郁不得志。他有妹夫侯仁宝，曾在朝供奉，卢多逊因与普有嫌，亦将仁宝调知邕州。邕州在南岭外，与交州相近，交州即交趾地，唐末为大理所并，旋入于唐，五代时归属南汉。及南汉平定，交州帅丁琏，曾入贡宋廷。琏死，弟璿袭职，年尚幼稚，被部将黎桓把他拘禁，自称权知军府事。赵普恐仁宝久居邕州，数年不调，免不得老死岭外，乃设法上书，力陈交州可取。太宗本是喜功，阅读普奏，即拟召仁宝入京，面询边事。哪知卢多逊刁滑得很，即入朝面奏太宗道："交州内乱，正可往取，但若先召仁宝，反恐有泄机谋，臣意不如密令仁宝，整兵长驱，较为万全。"太宗也以为是，遂命仁宝为仁宝奉诏,不敢有违,只得整备兵马,与孙全兴等先后并发。行至白藤江口,适有交州水兵倚江驻扎,江面列战船数百艘,侯仁宝当先冲入,交兵未及预防,霎时溃散,由仁宝夺取战舰二百,大获全胜,再拟深入交地,仁宝自为前锋,约孙全兴等为后应。全兴等顿兵不行,只有仁宝一军,杀入交趾,沿途进去,势如破竹。忽接到黎桓来书,情愿出降,仁宝信以为真,不甚戒备,到了夜间,黎桓率兵劫营,害得仁宝营内,人不及甲,马不及鞍,仓促抵敌,哪里支持得住?仁宝竟死于乱军中。实是赵普害他。转运使许仲宣据实奏闻,有诏班师,拿问全兴,立斩刘澄、贾湜。全兴入京,寻亦弃市。后来黎桓复遣使入贡,并上丁璿让表,太宗因惩着前败,含糊答应,事见后文(本回总旨在叙赵、卢交恶事,故叙交州战史,特从略笔)。

赵普闻仁宝败殁,愈恨多逊,恨不能将他枭首剖心,抵偿妹夫的性命。怎奈多逊方邀主眷,一时无隙可乘。多逊且一意防普,只恐他运动廷臣,上章弹劾,所有群臣章奏,必先令禀白自己,又须至阁门署状,亲书二语,乃是"不敢妄陈利便,希望恩荣"十字,可谓防备严密。所以朝右诸臣,对着多逊,大家侧目。连普亦没法摆布,整日里怨苦连声。

一日过一日,忽有晋邸旧僚柴禹锡、赵熔、杨守一等,竟直入内廷,密奏太宗,说是秦王廷美骄恣不法,势将谋变。卢多逊交好秦王,恐未免有沟通情事。史第言讦告秦王,不及多逊,吾谓太宗方亲信多逊,胡不问多逊而问赵普,得此揭出,方释疑团。这数语触动太宗疑忌,遂召普入见,与他密商。普竟自作毛遂,愿备位枢轴,静察奸变,且叩首自陈道:"臣忝为旧臣,与闻昭宪太后遗命,备承恩遇,不幸戆直招尤,反为权幸所沮,耿耿愚忠,无从告语,就是臣前次被迁,曾有人说臣讪谤皇上,臣尝上表自诉,极陈鄙悃,档册具在,尽可复稽。若蒙陛下查核,鉴臣苦衷,臣虽死不朽了。"太宗略略点首,待普退后,即令近侍检寻普表,四觅无着。有旧侍忆及前事,谓由太祖贮藏金匮过太宗,启匮检视,果得普前表,因复召普入语道:"人谁无过,朕不待五十,已知四十九年的非了。从今以后,才识卿忠。"普顿首拜谢,太宗即面授普为司徒,兼职侍中,封梁国公,并命密察秦王廷美事。

是时太祖季子德芳亦已病殁,年仅二十三岁,距德昭自刎只隔一年有余。廷美颇不自安,尝言太宗有负兄意,俗语说得好:"一言既出,驷马难追。"为了廷美几句口风,免不得传入太宗耳中,还有一班谐臣媚子,火上加炭,只说廷美即谋作乱,应亟预防。太宗遂罢廷美开封尹,出为西京留守,特擢柴禹锡为枢密副使,杨守一为枢密都承旨,赵熔为东上阁门使,无非因他告变有功,特别宠眷的意思。赵普与廷美无甚宿嫌,不过欲扳倒卢多逊,只好从廷美着手,陷他下阱。卢多逊也曾料着,明知祸将及己,可奈贪恋相位,不甘辞职,因此延宕过去。富贵之误人大矣哉!赵普怎肯甘休?明访暗查,竟得卢多逊私遣堂吏,交通秦王事。这堂吏叫作赵白,与秦王府中孔目官阎密,小吏王继勋、樊德明等,朋比为奸。秦、卢交好,都从他数人往来介绍。赵白尝将中书机事密告廷美,且述多逊言云:"愿宫车晏驾,尽力事大王。"廷美亦遣樊德明,往报多逊道:"承旨言合我意,我亦愿宫车早些晏驾呢。"又私赠多逊弓箭等物。普一一入奏,太宗道:"兄终弟及,原有金匮遗言,但朕尚强壮,廷美何性急乃尔?且朕待多逊,也算不薄,难道他尚未知足,必欲廷美为帝吗?"普奏对道:"自夏禹至今,只有传子的公例,太祖已误,陛下岂容再误?"两语足死廷美。太宗不禁点首,遂颁诏责多逊不忠,降为兵部尚书。越日,下多逊于狱,捕系赵白、阎密、王继勋、樊德明等,令翰林学士承旨李昉、学士扈蒙、卫尉卿崔仁冀、御史滕正中等,秉公讯鞫,赵白等一一服罪,复令多逊对簿,多逊亦无可抵赖。李昉等具狱以闻,太宗再召文武常参官,集议朝堂,太子太师王溥等七十四人。老而不死,是为贼,王溥有焉。联名奏议道:

谨案兵部尚书卢多逊,身处宰司,心怀顾望,密遣堂吏,交结亲王,通达语言,诅咒君父,大逆不道,干纪乱常,上负国恩,下亏臣节,宜膏铁钺,以正刑章!其卢多逊请依有司所断,削夺在身官爵,准法处斩。秦王廷美,亦请同卢多逊处分,其所缘坐,望准律文裁遣。谨议!

议上,即有诏颁发道:

臣之事君,贰则有辟,下之谋上,将而必诛。兵部尚书卢多逊,顷自先朝擢参大政,洎予临御，俾正台衡，职在燮调，任当辅弼，深负倚畀，不思补报，而乃包藏奸宄，窥伺君亲，指斥乘舆，交结藩邸，大逆不道，非所宜言。爰遣近臣杂治其事，丑迹尽露，具狱以成，有司定刑，外廷集议，佥以枭夷其族，污潴其宫，用正宪章，以合经义，尚念尝居重位，久事明廷，特宽尽室之诛，止用投荒之典，实汝有负罪，非我无恩。其卢多逊在身官爵，及三代封赠妻子官封，并用削夺追毁，一家亲属，并配流崖州，所在驰驿发遣，纵经大赦，不在量移之限。期周以上亲属，并配隶边远州郡部曲，奴婢纵之，余依百官所议，列状以闻。

当下再由群臣议定，赵白、阎密、王继勋、樊德明等，并斩都门外，仍籍没家产，亲属流配海岛。廷美勒归私第，所有子女，复正名称。子德恭、德隆等仍称皇侄，皇侄女适韩崇业，去公主驸马名号，贬西京留守阎矩为涪州司户参军，前开封推官孙屿为融州司户参军，两人皆廷美官属，因责他辅导无状，连带坐罪。卢多逊即日被戍，发往崖州，至雍熙二年，竟殁于流所。多逊籍隶河南，累世祖墓，均在河南，未败前一夕，天大雷电，将他祖墓前的林木尽行焚去，时人诧为奇异。及多逊流徙，始信这造化小儿，已预示谴责了。天道有知，应该加谴。

且说赵普计除卢多逊，复黜谪廷美，尚恐死灰复燃，潜嗾开封府李符上言廷美未肯悔过，反多怨望，乞徙居边郡，借免他变。于是严旨复下，降廷美为涪陵县公，安置房州。妻楚国夫人张氏，削夺国封，命崇仪使阎彦进知房州，御史袁廓通判州事，各赐白金三百两，令他监伺廷美，不得有误。廷美至房州，举动不得自由，阎彦进、袁廓日加侦查，累得廷美气郁成疾，时患肝逆等症，渐渐的尫瘵不堪。太宗因右仆射沈伦，未能觉察秦、卢阴谋，不无旷职，亦将他免去相位，降授工部尚书。左仆射薛居正又复去世，乃改任窦偁、

郭贽参知政事。寻又以郭贽嗜酒，出知荆南府，另命李昉继任。且因赵普专相，好修小怨，也不免猜忌起来，因语群臣道："普有功国家，并与朕多年故交，朕深倚赖，但看他齿落发斑，年已衰迈，不忍再以枢务相劳，当择一善地，俾他享些老福，才不负他一生知遇呢。"心实刻忌，语却和婉。乃作诗一首，命刑部尚书宋琪持赐赵普。普捧读毕，不禁泣下，暗思诗中寓意，明是劝他辞职，好容易重登枢辅，又要把这位置，让与别人，真是冤苦得很。但事已如此，无可奈何，只好对宋琪道："皇上待普，恩谊兼至，普余生无几，自愧报答不尽，唯愿来世再效犬马微劳，幸乞足下转达！"宋琪劝慰数语，当即告别，返报太宗。翌日，普呈上辞职表，太宗准奏，出普为武胜军节度使，赐宴长春殿，亲与饯行，复作诗赠别。普泣奏道："蒙陛下赐诗，臣当刻石，他日与臣朽骨，同葬泉下，臣死或有知，尚当铭恩不忘哩。"无非恋恋富贵。太宗亦洒泪数点，俟普谢宴告退，送至殿外，又命宋琪等代送出都，然后还宫，普径赴武胜军去了。

太宗乃命宋琪、李昉同平章事，且因窦偁复殁，别选李穆、吕蒙正、李至三人，参知政事，随诏史官修《太平御览》一千卷，日进三卷，准备御览。越年复改元雍熙，即太宗九年。群臣正拜表称贺，粉饰承平，欢宴数日，忽由房州知州阎彦进驰驿入奏，涪陵公廷美已病死了。太宗方与宋琪、李昉等商议封禅事宜，一闻讣音，不禁太息道："廷美自少刚愎，长益凶恶，朕因同气至亲，不忍加他重辟，暂时徙置房州，令他闭门思过，方欲推恩复旧，谁料他遽尔殒逝？回溯兄弟五人，今只存朕，抚躬自问，能不痛心。"言已，呜咽流涕。亏他装得像。宋琪、李昉等当然出言奏慰，不劳细表。翌日下诏，追封廷美为涪王，谥曰悼，命廷美长子德恭为峰州刺史，次子德隆为瀼州刺史，廷美女夫韩崇业为靖难行军司马，小子有诗咏道：

　　尺布可缝粟可春，
　　如何兄弟不相容？

可怜骨肉参商祸，

刻薄又逢宋太宗。

廷美方死，忽由李昉入奏，又死了一个著名的人物，欲知此人为谁？且待下回表明。

赵普与卢多逊，积衅成隙。彼此设计构陷，而旁人适受其殃。侯仁宝，普之妹倩也，卢多逊因普迁怒，假南交之役，致死仁宝，仁宝死不瞑目矣。廷美为太宗胞弟，金匮之盟，兄终弟及，普实与闻，顾以卢多逊之嫌，构成煮豆燃萁之祸，推普之意，以为此狱不兴，不足以除卢多逊，多逊得除，何惜廷美？况更借此以要结主宠，为一举两得之计乎。故死廷美者为太宗，而实由于赵普。孔子有言："苟患失之，无所不至。"卢多逊不足责，赵普名为良相，乃与鄙夫相等，何其惑也？呜呼侯仁宝！呜呼廷美！呜呼卢多逊、赵普！阅此回，窃不禁为之三叹焉。

第十六回　进治道陈希夷入朝
遁穷荒李继迁降虏

却说李昉入奏，报称大臣病故。大臣为谁？就是参知政事李穆。太宗闻丧，更加嗟悼，遂亲往赐奠，语侍臣道："穆操履纯正，真不易得，朕方倚用，遽尔沦没，实属可悲。这并非穆的不幸，乃是朕的不幸呢！"言下甚是惨切，且对灵哭了一场，然后还朝。待兄弟如彼，待臣子如此，以见太宗之亲疏倒置。既而群臣请封禅，太宗不许，至阖廷联衔奏请，乃命学士扈蒙等详定仪注，拟至仲冬往祀泰山，不意时当仲夏，乾元、文明二殿忽然失火，太宗以天象示儆，诏求直言，并罢封禅。

到了孟冬，来了华山隐士陈抟，入京觐见。陈抟，亳州人，四五岁时，戏涡水岸侧，有青衣媪给乳与饮，得辟性灵，每读经史百家，一见成诵，毫不遗忘，至后唐中与试进士，试文非有司能解，摈置不录，抟自此不求禄仕，惟游放山水间，怡情自适。嗣得遇奇士二人，导以服气辟谷诸术，并与言武当山九室岩中，可以隐居，抟遂受教往隐，历二十余年，但日饮酒数杯，便算了事。既而移居华山云台观，又止少华石室，每寝时，或至百余日不起，俗人有大睡三千日，小睡八百日的谣传。周世宗好黄白术，尝召抟至阙下，叩问方术。抟从容奏道："陛下为四海主，当以致治为念，奈何留意黄白术呢？"世宗爽然自失。留抟住京月余，命为谏议大夫，抟固辞不受。嗣见抟无他技能，乃放还华山。及太祖受禅，抟正乘驴过天津桥，闻受禅消息，竟堕驴大笑道："天下从此太平了。"太宗元年，有旨召抟入京，抟奉命至汴，进见太宗，很蒙优待，赐以金帛，不受而去。

雍熙元年，抟复入朝，太宗益加礼重，语相臣宋琪等道："抟有志独善，不求利禄，这真所谓方外散人呢。朕与他谈及世事，他自言历经离乱，今幸天下太平，所以复来朝觐。朕看他年近百岁，终日不食，却觉得精神矍铄，步履雍容，真正难能，真正难得！"可令汝自愧。宋琪道："从前巢父、许由，想亦如是。"贡谀之言。太宗笑而不答，随命中使送抟至中书省。宋琪等相率迎入，款待殷勤，座间问道："先生玄默修养，得此道术，可否赐教一二？"抟答道："抟系山野人民，无益世用，所有神仙炼丹及吐纳养生的方术，统未知晓，怎能传人？就使白日升天，亦与国家无补。今皇上龙颜秀异，冠绝天人，博达古今，深究治乱，真有道仁圣的主子。诸公生当盛世，正君臣协心同德，兴化致治的时候，勤行修炼，无出此右，不必再求异术了。"不谈左道，见识独高。琪等闻言，无不称善。翌日奏对，即述抟所言，太宗益加叹赏，诏赐抟号希夷先生，复给紫衣一袭，留抟阙下。暇时与谈诗赋，辄令属和。抟凤擅诗才，随口吟成，无不中律，以此益称上旨。一面命有司增葺云台观，俟修筑告竣，乃送归华山，由太宗亲书"华山石室"四字，作为贶仪，抟拜辞而返。

至端拱元年（即太宗十三年），抟令弟子贾德升就张超谷下，凿石为室。室成，抟手书数百言，嘱咐弟子赍送汴京，略言："臣抟大数已终，圣朝难恋，当于本月二十二日，化形于莲花峰下张超谷中。"是表上后，太宗遣使往视，至二十九日始到，抟尸陈石榻上，肢体犹温，有五色云遮蔽洞口，冉冉不散。使臣返报太宗，太宗赞叹不已。抟好读《易》，手不释卷，尝自号扶摇子，著《指玄篇》八十一章，详言导养及还丹各事。宰相王溥亦著《笺注》八十一章。抟又有《三峰寓言》及《高阳集》诗六百首，大半雅澹冲夷，自成一格，后世有传有不传。总之陈抟系一瘾君子，独行高蹈，不受尘埃，若目他为仙怪一流，实属未当。俗小说中，或称为陈抟老师，捏造许多仙法，作为证据，其实是荒唐无稽，请看官勿为所惑哩。辟除迷信。

闲文少表，且说太宗因中宫虚位，尚未册立，不得不选继配，作为内助。李妃容德俱茂，入宫数年，素无过行，特册立为后（应十三回）。仪文繁备，典礼乔皇，不但内宫外廷，赐宴数天，并赐京师人民，大酺三日，仿佛有庆泽均行，醉人为瑞的景象。翌年春季，复召宰相近臣，齐集后苑赏花，并面谕群臣道："春风暄和，万物畅茂，四方无事，朕愿与臣民共乐，卿等可各赋一诗，抒写情意！"群臣奉命，大家搜索枯肠，挖出几个"尧天舜日，帝德皇恩"的字样，配搭亭匀，凑成律句，呈上藻鉴。挖苦得很。太宗一一取阅，多半是敲金戞玉，鼓吹休明，乐得心花怒开，满口称美。群臣均叩谢天褒，尽欢而散。到了孟夏，又召辅臣、三司使、翰林枢密直学士、尚书省四品、两省五品以上三馆学士，均至后苑赏花钓鱼，各赐宴饮，免不得又令赋诗。大家换汤不换药，仍旧是一曲贺圣朝。太宗又命习射水心殿，你想穿杨，我夸贯虱，彼此竞射一场，或中或不中，不过是陶情作乐，无关功过，足足地闹了一日，统向太宗叩谢，一并散去。

　　先是太宗长子元佐为李妃所出（见十三回），幼即聪警，貌类太宗，很得太宗欢心。及长，善骑射，尝从征太原、幽、蓟，返拜检校太傅，加职太尉，晋封楚王，另营新邸。廷美得罪，元佐力为营救，再三请免，屡受乃父呵斥。元佐谊属懿亲，情实可嘉。至闻廷美忧死，他愤极成狂，尝手操挺刃，击伤侍人。迹类佯狂。旋因医治少瘥，太宗颇加喜慰，为赦天下。重九佳节，诏诸王宴射苑中，元佐因新瘥不预。及诸王宴归，暮过元佐门，元佐问明左右，方知诸王侍宴消息，便愤愤道："他人皆得与宴，我有何罪，不闻宣召？这是明明弃我呢！"左右从旁劝解，并呈上佳酿，俾他解闷。元佐取来就饮，饮尽索添，连下数十大觥，已是酩酊大醉，他尚不肯罢休，直饮到夜静人阑，方才停杯，回入寝室。左右总道他是熟睡，谁料他竟放起火来，霎时间烟雾弥漫，光烛霄汉，内外侍从，慌忙入救，已是不及，只把元佐及所有眷属救出门外，可惜一座大厦，倏成焦土。傥来富贵，均可作是观。太宗闻楚邸被焚，正在惊疑，嗣有人报称由元佐纵火，不禁大怒，立遣御史捕治，将他废为庶人，安置均州。宋琪率百官上表，请恕他病狂，仍留京师，太宗不许，竟令元佐即日出都，不得逗留。嗣经宋琪等三次奏请，乃下诏召还。元佐时已行至黄山，奉诏乃归，幽居南宫，余事后表。

　　且说秦、陇以北，有银、夏、绥、宥、静五洲地，为拓跋氏所据。唐初拓跋赤辞入朝，赐姓李，至唐末，黄巢作乱，僖宗奔蜀，拓跋思恭纠合蕃众，入境讨贼，得封为定难军节度使，复赐李姓，五代时据境如故。周显德中，适李彝兴嗣职，受周封为西平王。宋太祖初年，彝兴遣使入贡，太祖授彝兴为太尉，彝兴旋殁，子克睿嗣，未几克睿又死，子继筠立。太宗伐北汉，继筠曾遣将李光远、光宪，渡河略太原境，遥作声援。既而继筠复殁，弟继捧袭位，太平兴国七年，继捧入觐太宗，献银、夏、绥、宥四州地，且自陈亲族不睦，愿居汴京。太宗乃遣使至夏州，迎接继捧亲属，且授他为彰德节度使。另派都巡检曹光实，往戍夏州。独继捧族弟继迁，为定难军都知蕃落使，留居银州，不愿入汴，闻宋使到来，诈言乳母病故，出葬郊外，竟与同党数十人奔入地斤泽。

　　泽距夏州东北三百里，继迁号召部落，声势渐盛。曹光实恐为边患，率师袭击，斩首五百级，焚四百余帐，继迁仓促遁去，母与妻不及随奔，均被光实拿住，押回夏州。不善抚辑，徒逞诈谋，曹光实亦太失策。继迁辗转迁徙，连娶豪族，复日强大，随即召集众人，慨然与语道："李氏世有西土，一旦让人，岂不可恨？尔等若不忘李氏，幸大家努力，共图兴复！"蕃众齐声许诺。继迁复道："用力不如用谋，我当设诈降计，诱杀那曹光实，一则可报前仇，二则可恢先业，尔等以为何如？"蕃众应声道："全凭调度。"继迁大喜，遂率众向夏州进发，先遣人致书光实，略言："势蹙途穷，幸网开一面，俯允归降，此后生成，全出公惠"等语。言甘心苦。光实信是真言，即与来人面约，期会葭芦川，收纳降众，来使自去。光实届期，带领百骑至葭芦川，见继迁已率数十人守候该处，彼此相见，继迁拜谒马前，执礼甚恭，并请光实往抚余众。光实志得心骄，全不加察，竟昂然随往。及到继迁营帐前，蕃众尽出，约有数千人，继迁忽举手挥鞭，大声呼道："仇人已到，大众何不动手？"言未毕，但听蕃众一声喊杀，都持着大刀阔斧，向光实杀来。光实手下只有百人，就使每人生着三头六臂，也是挡架不住，眼见得同时毕命，一个不留，继迁遂乘势袭据银州。

　　边警传达汴京，太宗亟命知秦州田仁朗等，会师往讨。仁朗奉命调军，待各路兵马陆续会齐，乃启程北行。到了绥州，闻继迁围攻三族寨，有众数万，自恐寡不敌众，飞章至汴，请再添兵。嗣又闻三族寨失守，寨将折裕木，杀死监军使者，与继迁联合，进攻抚宁寨。将士请速即赴援，仁朗笑道："不妨不妨！番人乌合，同来寇边，胜即进，败即退，今继迁啸聚数万，尽锐出攻孤垒，抚宁寨虽狭小，势甚险固，断非十日五日可能攻入，我待他劳敝，发兵掩击，再遣强弩数百人，截他归路，我料虏必成擒了。"将士各默然退出。仁朗故示闲暇，纵酒樗蒲，流连竟夕。副将王侁乘间媒蘖，上诉宋廷。仁朗亦有自取之咎。太宗得悉情形，遂下诏征仁朗还京，下御史狱。廷讯三族寨被陷及无故奏请添兵等事，仁朗抗声答道："银、绥、夏三州守兵，均托词守城，不肯出发，所以奏请添兵。三族寨相距太远，待臣勉集人马，行至绥州，已闻失守，一时未及赶救，臣不负责。且臣已定良策，足擒继迁，但因奉诏还京，计不得行，臣料继迁颇得人心，若此时不能擒他，只好优诏怀徕，或用厚利啗饵他酋，令图继迁，早除一日好一日，否则边蠹未除，必为大患。"太宗怒道："朕闻纵酒樗蒲，种种不法，难道继迁肯自来就死吗？"仁朗道："这便是臣的诱敌计。"太宗又怒道："什么诱敌不诱敌，朕不用你，看继迁果猖獗否？"遂命将仁朗仍复系狱。越日下诏，贷他一死，贬窜商州。

惟副将王侁既排去仁朗，统兵出银州北面，连破敌寨，斩蕃酋折罗遇，麟州诸蕃，因此惶惧，均请纳马赎罪，助讨继迁。侁遂大集各兵，入浊轮川，正值折裕木纠众前来，两下交锋，折裕木杀得大败，被王侁军士擒住。继迁从后驰至，又由王侁麾兵，驱杀一阵，十成中丧亡六七成，竟落荒遁去。王侁奏凯而回，适有诏令郭守文到边，与侁同领边事。守文复与知夏州尹宪共击盐城诸蕃，焚千余账，自是银、麟、夏三州，所有蕃众百二十五族，尽行内附，户口计万六千有余，西北一带，皆就敉平。惟继迁穷蹙无归，不得已奉书辽廷，愿做外臣。辽许他归附，册封他为夏国王，并将宗女义成公主嫁给了他。继迁既得荣封，复配豪女，真个是两难兼并，三生有幸了。怪不得人喜降虏。

小子历叙辽事，未曾将辽国源流交代明白，本回将要结束，下回又须接说宋、辽交战情形，趁这笔底余闲，略略一叙。辽本鲜卑别种，初居潢河附近，自称神农氏后裔，聚成部落，号为契丹。朱梁初年，契丹主耶律阿保机并吞诸部，僭称帝号，辽人称为太祖。阿保机死，子耶律德光嗣，助晋灭唐，得幽、蓟十六州。至晋出帝不愿称臣，德光举兵灭晋，改国号辽，纵兵饱掠，归死杀狐岭，是谓辽太宗。偓兀欲嗣立，更名为阮，在位五年遇弑，称世宗。德光子兀律入继，亦改名为璟，嗜酒好猎，不恤国事，又被近侍谋毙，称穆宗。兀欲子贤继立，是为景宗，用萧守兴为尚书令，即立萧女燕燕为后（燕燕一译作叶叶）。燕燕色技过人，兼通韬略，既得为后，遂干预国政。景宗又夙婴风疾，诸事皆委燕燕裁决，国中只知有萧后，不知有景宗（俗呼为萧娘娘者即此）。太宗七年辽景宗贤殂，子隆绪嗣位。隆绪年尚冲幼，由母后燕燕摄政，史称为萧太后，复国号大契丹，用韩德让（即韩匡嗣子）为政事令，兼枢密使，总宿卫兵。耶律勃古哲（一译博郭济）总领山西诸州事，耶律休哥为南面行军都统。号令严明，威震朔漠。至收降李继迁后，且使他窥伺宋边，阴图南下，偏三交屯将贺怀浦父子竟献议宋廷，极言幽、蓟可取状，于是鼙鼓复鸣，王师又出，这一番有分教：

　　　　雄主喜功偏失律，
　　　　元戎偾事又亡师。

欲知宋廷出师情形，且待下回续叙。

　　五季有一陈抟，得无道则隐之义。宋初有一陈抟，得高尚其志之象。观其入朝论治，不尚虚无，不谈隐怪，其持行之纯正，可以想见，以视陶渊明、贺季真辈，且高出一筹。苟目为张道陵、佛图澄之流亚，毋乃太轻视之乎！元佐力救廷美，甚至病狂，彼岂真狂人哉？不悦父行，甘心让国，有吴泰伯之遗风焉。彼李继迁一点酋耳，田仁朗之用计袭取，未始非策，只以纵酒樗蒲启王侁媒蘖之口，卒至良谋不用，狡寇降辽，秦、陇以北，从此多事。夫平一李继迁尚不能，遑问耶律氏乎？朝曰取燕蓟，暮曰取燕蓟，燕、蓟果若是易复乎？观于此而已知宋之渐弱矣。

第十七回 岐沟关曹彬失律
陈家谷杨业捐躯

却说贺怀浦父子好谈边事,共守朔方。怀浦曾任指挥使,即太祖原配贺皇后胞兄,子名令图,出知雄州。他因契丹主幼,委政萧氏,似属有机可乘,乃请即出师,北取幽、蓟。计非不是,但彼有耶律休哥,试问有谁人可制耶?太宗遂命曹彬为幽州道行营都部署,崔彦进为副,米信为西北道都部署,杜彦圭为副,出师雄州。田重进为定州都部署,出师飞狐。潘美为云、应、朔都部署,杨业为副,出师雁门。诸将陛辞,太宗语曹彬道:"潘美可先趋云州,卿等率十万众,但声言进取幽州。途次宁持重缓行,休得贪利急进!虏闻大兵到来,必悉众救范阳,不暇顾及山后,那时掩杀前去,可望成功。"

曹彬等领命登程,分道并进。彬遣先锋将李继隆,北向攻入,连拔固安、新城二县,进攻涿州。守将贺斯出城迎敌,李继隆横槊直前,与贺斯战三十多合。贺斯力怯,拍马便走,继隆急追数步,用力一槊,正中贺斯背心,翻身落马,再一槊结果性命,契丹兵遂溃。继隆乘势夺取涿州。未几,契丹兵来攻新城,适与米信相遇,米信麾下只有三百人,契丹兵恰有万余名,彼多此少,相去悬绝,顿被契丹兵围住,重重包裹,如箍铁桶。米信大喝一声,挺着大刀,当先突围,三百骑紧随后面,并力一处,冲破西隅。契丹兵怎肯放松,再上前围绕,巧值崔彦进、杜彦圭等两路杀到,顿将契丹兵赶散。曹彬亦已驰至,会集各军,并趋涿州。一路叙过。时田重进亦出飞狐县南,部将荆嗣率五百骑先行,遥见胡骑漫山遍野而来,差不多有两三万人,就中统兵的大将,乃是契丹西面招安使大鹏翼。荆嗣急报田重进,重进连忙赶到,列阵岭东,命荆嗣出岭西,乘暮薄敌。大鹏翼越崖前来,嗣用短兵接战。彼此拼命相争,互有杀伤。战至夜半,方才收军。契丹兵结营崖上,宋军结营崖下。越宿再战,契丹兵自崖杀下,势似建瓴,荆嗣几抵挡不住,亏得重进遣兵相救,才得杀个平手。嗣因敌势颇张,不便久持,忽想到谭延美屯兵小沼可资臂助,急遣使驰书,请他列队平川,另遣二百人执着白帜,驰骋道旁。大鹏翼登崖遥望,见山下旗帜绵豆,疑是援兵继至,意欲遁去。嗣即率所部疾驱往斗,一面促重进会师。大鹏翼正与嗣军酣战,不妨重进杀到,惊得不知所措,相率崩溃。荆嗣觑定大鹏翼,拈弓搭箭,飕的一声,将他射落马下。宋军一拥上前,把大鹏翼牵了过来。枉叫作大鹏翼,如何不能飞遁。大鹏翼成擒,飞狐、灵邱诸守将闻风胆落,次第请降。一路又叙过。还有潘美一路,从西陉入,与契丹兵大战寰州城下。契丹兵败退,寰州刺史赵彦章出降,进围朔州。节度副使赵希赞亦举城降,遂转攻应、云诸州,所至皆克。此路亦简而不漏。捷报送达汴都,百官皆贺。独武胜军节度使赵普上书进谏道:

伏睹今春出师,将以收复关外,屡闻克捷,深快舆情。然晦朔屡更,荐臻炎夏,飞挽日繁,战斗未息,老师费财,诚无益也。伏念陛下自剪平太原,怀徕闽、浙,混一诸夏,大振英声,十年之间,遂臻广济。远人不服,自古圣王,置之度外,何足介意?窃念邪诡之辈,蒙蔽睿聪,致兴无名之师,深蹈不测之地,臣载披典籍,颇识前言,窃见汉武时主父偃、徐乐、严安所上书,及唐相姚元崇,献明皇十事,忠言至论,可举而行。伏望万机之暇,一赐观览,其失未远,虽悔可追。臣窃念大发骁雄,动摇百万之众,所得者少,所丧者多。又闻战者危事,难保其必胜,兵者凶器,深戒于不虞,所系甚大,不可不思。

臣又闻上古圣人,心无固必,事不凝滞,理贵变通,前书有兵久生变之言,深为可虑;苟或更图稽缓,转失机宜,旬朔之间,时涉秋序,边庭早凉,弓劲马肥,我军久困,切虑此际或误指纵,臣方冒宠以守藩,易敢兴言而沮众?盖臣已日薄西山,余光无几,酬恩报国,正在斯时。伏望速诏班师,无容玩敌,臣复有全策,愿达圣聪,望陛下精调御膳,保养圣躬,挈彼疲氓,转之富庶，将见边烽不警，外户不扃，率土归仁，殊方异俗，相率向化，契丹独将焉往？陛下计不出此，乃信邪诐之徒，谓契丹主少事多，可以用武，以中陛下之意，陛下乐祸求功，以为万全，臣窃以为不可。伏愿陛下审其虚实，究其妄谬，正奸臣误国之罪，罢将士伐燕之师，非特多难兴王，抑亦从谏则圣也。古之人尚闻尸谏，老臣未死，岂敢面谀，为安身而不言哉？冒渎尊严，无任待命！

　　这奏甫上，又有捷报到来，田重进再破敌兵，攻入蔚州，获住契丹监城使耿绍忠，将进逼幽州了。太宗以三军屡捷，不从普言，仍锐意用兵，忽接曹彬急奏，说是居涿旬日，粮饷不继，暂退雄州就饷。太宗不觉变色道：“从前朕命他缓进，他反欲速，今则大敌在前，反致退师，倘或被袭，岂不要前功尽弃吗？”当下飞使传诏，令曹彬不得骤进，饬引师与米信军相会，借固兵力。彬奉诏后，遵旨行事。会闻潘美已尽略山后地，偕重进东下，乘势图幽州。崔彦进等均请命曹彬道：“朝旨命三路出师，我军乃是正路，将士最多，今乃逗留不进，转让两路偏师，建功立业，岂不可羞？元帅何不统兵前进，急取幽、蓟，免落人后呢？”曹彬道：“皇上有诏，不得轻进。”彦进道：“将在外，君命有所不受。元帅能克日成功，难道尚遭主谴吗？”曹彬暗暗沉吟，自思彦进所言亦有至理，乃与米信联络一气，各裹粮怀食，径趋涿州。

　　契丹大将耶律休哥初因部下兵寡，不敢轻敌，专令轻骑锐卒截宋粮道，一面报知辽廷，速发援兵。萧太后燕燕本是一个女中丈夫，接得休哥禀报，竟自统雄师，挟着幼主，出都南援。休哥闻援兵将至，便先至涿州，只命轻兵挑战，遇着宋军，一战即退。俟宋军蓐食复冲杀过去；宋军撤食与斗，他又退了下去，每日约有数次。夜间却四伏崖谷，或吹胡哨，或鸣鼓角，待至宋军杀出，却又不见一人。是即所谓亟肆以散，多方以误之策。宋军日夕被扰，累得昼不安食，夜不安眠，只好结着方阵，堑地两边，缓缓前进。偏天公又不作美，时方五月，竟与盛暑无二，赤日悬空，纤云无翳，军士汗流遍体，屡患口渴，奈沿途又无井泉，只有浅溪汗淖，大众渴不暇择，彼此漉淖而饮，直至四日有奇，方得行进涿州。

　　俄有侦骑来报，耶律休哥已统兵前来了，曹彬忙饬令各军，列阵应敌。嗣又有探马报道：“契丹太后萧氏及少主隆绪，尽发国中精锐，前来接仗了。”选用探语，笔亦惊人。这一惊非同小可，顿令宋营将士无不失色。曹彬与米信商议道：“我看全营兵士已疲乏极了，粮又将尽，如何当得起大敌？不如见机回军罢！”米信道：“见可而进，知难而退，这是行军要诀，将军何必多疑？”彬乃下令退师，为这一退，顿使全营兵马不复成列，一哄儿向南飞奔。曹彬称为良将，乃忽进忽退，并无主宰，我殊不解。耶律休哥闻宋军已退，出兵追来，至岐沟关，追着宋军，宋军已无心恋战，勉勉强强的返旆交锋。无如用兵全仗作气，气已疲馁，万万振作不起，况耶律休哥部下本是强壮得很，兼且养精蓄锐，盛气杀来，看官！试想这困顿劳饿的宋军，哪里支撑得住？战不数合，仍旧返奔。曹彬、米信不能禁遏，也只好随势退却，沿途弃甲抛戈，不可胜数，好容易奔至沙河，才觉追兵已远，大众濒河休息，埋锅造饭，准备夜餐。忽又听得战炮连天，契丹兵从后追到，彬与信不敢再战，弃食忍饥，渡河南走。宋军渡未及半，敌兵已经杀至，把宋军乱劈乱斫，差不多似削瓜切菜，可怜这班宋军，一半儿杀死，一半儿溺死，河中尸且填满，水俱为之不流。所有抛弃战仗，积同丘垤，均被契丹兵搬去。萧太后母子两人统兵到了沙河，与休哥会着，见休哥已经大捷，很是喜慰。休哥请乘胜南追，杀至黄河以北，方才回军。萧太后道：“盛暑不便行军，宋师正犯此忌，所以败绩，我军何可蹈他覆辙？不如得胜回朝，俟至秋高马肥，再行进兵便了。”言已，即命班师还燕。封休哥为宋国王，改遣耶律斜轸调集生力军，再行南下不题。

　　且说曹彬等逃至易州，计点兵士，伤亡大半，只好拜本上奏，自行请罪。太宗览奏，懊丧得很，乃下诏召还曹彬、米信及崔彦进等还京，令田重进屯定州，潘美还代州，徙云、应、朔、寰四州吏民，分置河东、京西。各路布置尚未妥帖，契丹将耶律斜轸已率兵十万，至定安西。知雄州贺令图自恃骁勇，选兵出战，哪禁得敌兵势盛，徒落得一败涂地，拼命逃回。斜轸进攻蔚州，贺令图急乞师潘美，美率军往援，与令图再行进兵，到了飞狐，正遇斜轸兵，与战又败，于是浑源、应州诸守将统弃城南走。斜轸乘胜入寰州，杀守城吏卒千余人。

潘美既败绩飞狐，退至代州，再议出兵保护云、朔诸州。副将杨业入谏道："今虏兵益盛，不应与战，战亦难胜。朝廷止令徙数州史民，入居内地，我军但出大石路，先遣人密告云、朔州守将，俟大军离代州时，云州吏民即可先出，我师进次应州，虏兵必来拒战，那时朔州吏民也可乘间出城，我军直入石竭谷，遣强弩千人陈列谷口，再用骑师援应，那时三州吏民可保万全，强虏亦无从杀掠了。"潘美闻言，不免沉吟。旁边闪出护军王侁，阻挠业议，大声道："我军多至数万，乃畏懦如此，岂非令人耻笑？为今日计，竟趋雁门北川中，鼓行前进，堂堂正正地与他交战一场，未必定他胜我败。"业摇首道："胜败虽难逆料，但他已两胜，我已两败，倘或再至挫衄，后事更不堪设想了。"这是知己知彼之言。侁冷笑道："君侯素号无敌，今逗挠不进，莫非有他志不成？"小人之口，真是可畏。业愤然道："业何敢避死，不过因时尚未利，徒令杀伤士卒，有损无益。护军乃疑我有贰，业当为诸公先驱，须知业非怕死哩。"遂号召部兵，准备出发。临行时，向潘美涕泣道："业本太原降将，应当早死，蒙皇上不杀，擢置连帅，交付兵柄，业并非纵敌不击，实欲伺便立功，借报恩遇，今诸君责业避敌，业尚敢自爱吗？业此去，恐不能再见主帅了。"美闻言，哼了一声，复装着笑脸道："君家父子，均负盛名，今乃未战先馁，无怪令人不解。汝尽管放胆前去，我当前来救应。"业复道："虏兵机变莫测，需要预防，此去有陈家谷，地势险峻，可以驻守，请主帅遣兵往驻，俟业转战到此，即出兵夹击，方可援应，否则恐无遗类了。"潘美复淡淡地答道："我知道了。"只此四字，已见妒功害能口吻。

杨业乃率兵自石跌口出发，延玉、延昭随父同行，途遇契丹兵，当即杀上。耶律斜轸稍战即走，业挥兵赶去，沿途多是平原，料无伏兵，只管尽力穷追。斜轸且战且行，诱至中途，放起号炮，四面伏兵如蜂拥而至。斜轸又还兵前战，把业兵困住垓心，业带领二子，舍命冲突，硬杀出一条血路，退趋狼牙村，兵士已丧亡过半。那敌兵尚不肯舍，一齐追来，业只得驱兵南奔，自己断后。战一程，退一程，好容易到陈家谷口，眼巴巴地望着援军，哪知谷中并无一人，忍不住恸哭道："这遭死了！"延玉、延昭亦涕泣不止。业复道："父子俱死，也是无益，我上受国恩，下遭时忌，舍死以外，更无他法，你两人可自寻生路，返报天子，须知我忠信见疑，为人所卖，若蒙皇恩昭雪，我死亦瞑目了。"延玉道："儿愿随父亲同死，不愿逃生。"业摇头不答。延昭语延玉道："潘帅已应允来援，就是不到陈家谷，也总可以出师，兄弟且保护父亲，据住谷口，我前去乞援，若得请兵到来，尚可父子俱全呢。"

计议已定，契丹兵已经杀到，万弩齐发，箭如雨点。延昭慌忙走脱，已是流矢贯臂，鲜血淋漓，他也不遑裹创，飞马乞援去了。业与延玉尚率麾下血战，延玉身中数十矢，忍痛不住，哭对乃父道："儿去了，不能保护父亲。"说至"亲"字，口吐狂血，晕厥身亡。业见延玉已死，好似万箭穿胸，回顾手下，已不过数百人。便流泪与语道："汝等都有父母妻孥，与我俱死，有何益处？快各自逃生，回报天子罢！"可悲可恸，阅至此处，怪不得坊间小说，唾骂潘美。各将士也流涕道："生则俱生，死则俱死，我等怎忍舍割将军？"业乃拼死再战，尚手刃胡兵数十百人，身上也受数十创，反觉得麻木不仁，不知痛痒，无奈马亦负伤，不能再进，没奈何暂避林中。契丹将耶律希达望见袍影，用强弩射来，正中马腹，马仆地上，业亦随堕。契丹副部署萧挞览纵马抢入，把业捉去。业部下均战死，无一生还。契丹兵拥业至胡原，见道旁有一石碑，上书"李陵碑"三字，业不禁长叹道："主上待我甚厚，我本思讨贼扞边，上报主恩，今为奸臣所迫，兵败成擒，尚有何面目求活呢！"又大呼道："宁为杨业死，毋为李陵生。"两语不见史传，系作者借杨业口中警醒后世。呼毕，遂向碑上撞将过去，头破脑裂，霎时毕命。后人有诗咏杨业道：

　　矢尽兵亡战力摧，
　　陈家谷口马难回。
　　李陵碑下成忠节，
　　千载行人为感哀。

业已撞死，究竟潘美是否出援，待小子下回叙明。

宋初健将，首为曹彬，其次莫如潘美，然彬谦仁有余，智勇不足，岐沟之败，误在不智，又误在不勇。勇者非浪战之谓也，遇事有断，是谓之勇。宋太宗既成彬轻进矣，彬应持重以待，毋惑歧谋，乃遽信诸将之言，引兵深入，裹粮三日，行军五月，以为行险徼幸之计，及闻敌军大至，遽尔骇退，谓非不勇得乎？若潘美则更不足道矣，杨业骁将也，久历行阵，匪惟勇号无敌，即料事度势，亦有先见之明，美乃不信其言，反误信一忮刻之王侁，卒至孤军应敌，力竭身亡，侁之罪固不容诛，美之罪亦岂可逭？后人悯业嫉美，至生出种种讹传，目潘美为大奸，虽属言之过甚，然究非尽出无稽，以视曹彬之不伐不矜，相去尤远甚焉。故有识者尝为之叹曰："北宋无将！"

第十八回　张齐贤用谋却敌　尹继伦奋力踹营

却说潘美遣业出师，本与王侁等随后为援，趋至陈家谷口，列阵以待，自寅至巳，不得业报，令人登托逻台遥望，毫无所见。美未免怀疑，王侁却入禀道："杨业如或败退，必有急报，乃许久不得消息，大约已杀败敌兵，主帅何不赶紧上前，趁势图功哩？"美踌躇半晌，方道："且再待一二时，才定行止。"侁退出后，语众将道："此时不去争功，尚待何时？我却要先去了。"写尽忮求情态。言已，遂自率部兵，径出谷口。众将亦争功心急，跃跃欲动，美不能制，也只得随行。身为闽帅，乃不能制驭诸将，乌得谓为无罪？遂沿交河西进，行二十里，忽见王侁领兵退回。美问明缘由，侁答道："杨业已败，契丹兵猖獗得很，恐不可当，因此驰回。"美听到此言，也不觉惊慌，索性麾兵退归。把陈家谷的预约竟致失记，一直退至代州去了。明明是陷业死地，不愿践约。业失援败死，边境大震。云、应、朔诸州的将吏都弃城遁去，眼见将三州疆土复送契丹。这种警耗传达宋廷，太宗恨失边疆，吊丧良将，分别旌诛，下诏宣示道：

执干戈而卫社稷，闻鼓鼙而思将帅，尽力死敌，立节迈伦，不有追崇，曷张义烈。故云州观察使杨业，诚坚金石，气激风云，挺陇上之雄才，本山西之茂族，自委戎乘，或资战功，方提貔虎之师，以效边陲之用，而群帅败约，援兵不前，独于孤军陷于沙漠，劲果飙厉，有死不回，求之古人，何以如此？是用特举徽典，以旌遗忠，魂而有灵，知我深意，可赠太尉大同军节度，赐其家布帛千匹，粟千石。大将军潘美坐失良将，监军王侁贻误戎机，国有明刑，应寘重典，姑念立功于前日，特从末减于今时。美降三官，侁即除名，以示惩儆。此诏！

业子延昭至代州乞援，潘美尚靳不发兵，业已早死，延昭大恸一场，上表奏闻。太宗召令还京，任为崇仪副使，并追赠延玉官阶。还有业子延浦、延训，俱授供奉官，延环、延贵、延彬，并为殿直，杨氏一门，均承余荫，业总算不虚死了。

曹彬、米信等回京，诏就尚书省讯鞫，令翰林学士贾黄中等定谳，责他违诏失律，均应坐罪，降彬为右骁卫上将军，信为右屯卫上将军。余如崔彦进以下，贬黜有差。惟田重进全军不败，李继隆所部，亦成列而还，两人不复加罪，且任重进为马步军都虞侯，继隆为马军都虞侯，兼知定州。又以代州关系紧要，杨业已死，须择另任，适张齐贤上书言事，忤太宗意，太宗遂命他出知代州，与潘美同领军务，加意防边。齐贤文臣，乃以忤上意调边，太宗仍不免怀私，幸彼文能兼武，后且用计却敌，边塞得安，否则宁尚有幸耶？是年仲冬，契丹主隆绪又随萧太后统兵入寇，用耶律休哥为先锋都统，率兵十万，浩浩荡荡，杀奔前来。瀛洲部署刘廷让(即第九回之刘光义，因避太宗讳，改名廷让)闻契丹出师，约同边将李敬源、杨重进等，集兵十万人，沿海北赴，将乘虚进袭燕地。计非不佳，可惜遇着耶律休哥。耶律休哥正防他这着，随处派探骑侦查，一闻侦报，即往扼要隘。廷让等到了君子馆，天甚寒冷，士卒手皆皴瘃，连弓弩都不能开张，哪知耶律休哥正因这寒冻时候，攻他不备，掩杀过来。廷让等慌忙对敌，怎奈朔风冽冽，黑雾沉沉，兵士都无斗志，相率溃散。契丹兵素性耐寒，更仗着一股锐气，包抄宋军，顿将廷让等围住。廷让尝分兵给李继隆，令为后援，偏继隆退保灵寿，并不往救。都是顾己不顾人。廷让待援不至，只得与李敬源、杨重进两人冒死突围，待至血路杀出，敬源、重进都负重伤，倒毙地上。廷让带着数骑，飞马奔逃，才得保全性命。

休哥得了胜仗，遂进图雄州，私遣贺令图书，并重锦十两，但说："自己得罪本国，情愿归顺南朝，请足下代为先容，当约期归降。"令图深信不疑，休哥已得胜仗，就使一个笨伯，也应知他是诈降计，令图信为真言，大约是利令智昏之故。复书约休哥相会。休哥大喜，即带兵至雄州，距十里下寨，遣原使走报令图，与约相见。令图意欲擅功，也不与将校商议，竟引数十骑往迎。既至休哥营内，休哥据胡床高坐，厉声骂道："你好经营边事，今乃送死来吗？"确是送死。喝令左右拿下。令图懊恨不迭，还想指挥从骑，与他对抗。看官！试想羊落虎口，哪里还能挣脱？所有从骑，立被杀尽，单剩令图一人，赤手空拳，自然被他擒住，槛送燕都，一刀了事。休哥遂乘胜南驱，连陷深、邢、德三州，杀官吏，俘士民，把城中子女玉帛尽行掠取，辇载而归。贺怀浦于杨业战死时已先败殁，一年中父子皆死，时人统说他贪功启衅，致有此报。

话休叙烦，且说耶律休哥南下略地，势如破竹，即乘势进薄代州，副部署庐汉赟畏懦得很，只主张固守，不敢出战，知代州张齐贤愤然道："胡骑充斥城下，志骄气盈，须用计破他一阵，才好保全代州，若一被围攻，转眼间粮尽食空，尚能保壁自固吗？"时潘美驻师并州，齐贤遂遣使往约，夹击敌兵。美得报，即令原使返报齐贤，准如所约。不料使人被敌骑拿去，齐贤尚未得知，日夕盼望回音。嗣得潘营来使，递上密书，内称："前日复函，谅应接洽，本即践约，出师柏井，奈今得密诏，据云东路失败，只应慎守汛池，不得妄发，现部众已退还并州了。"齐贤道："潘将军前日答复，我处并未接到，想使人已陷没敌中，但敌知潘来，不知潘退，我当设法退敌便了。"遂留住美使，令居室中，自选厢军二千，涕泣与语，并诈言潘军将到，两下夹攻，不怕敌军不退。军士闻言，各感愤得很，誓效死力。齐贤复乘夜发兵二百人，令各持一帜，负一束刍，潜往州西南三十里，列帜燃刍，不得有误。二百人奉命去讫。又令步卒千人，从间道绕出，往伏土磴寨，掩击敌兵归路，步卒亦去。布置已定，时方夜半，齐贤竟亲率数百骑，往捣敌营。休哥倒也准备，俟宋军冲至，即开寨出战。宋军以一当百，都似生龙活虎一般，拦截不住，休哥正麾军围裹，忽见西南一带，火光烛天，恰隐隐有旗帜摇动，疑是并州兵至，当即骇走。到了土磴寨，又闻连珠炮响，伏兵杀出，箭如飞蝗，休哥不知宋军多少，但催兵急遁。契丹国舅详稳挞烈哥(详稳一译详衮，系契丹诸官府监治长官之名号，挞烈哥一译特尔格)、宫使萧打里(打里一译达哩)俱中矢落马，被宋军赶上杀死。这一仗，斩首数百级，获马两千匹，所得兵械无算。直至虏兵去远，方收兵回城，时正鸡声报晓，晨光熹微了。以少胜多，全恃智谋。

太宗屡得边报，拟大发兵北伐契丹，下诏募兵，令大河南北四十余郡，八丁取一，充作义旅。京东转运使李惟清私叹道："此诏若行，天下无农夫了。"乃上疏力争，至再至三。宰相李昉亦上言："河南人民不知战斗，若勒令当兵，窃恐民情摇动，反为盗贼，请收回成命，免多骚扰！"太宗乃再行颁诏，独选河北，不及河南。会雍熙四年暮冬，太宗欲刷新庶政，复下诏改元端拱，于次年元旦举行。越年，即改称端拱元年，上元节届，亲耕籍田，布赦天下。赵普自任所入朝，太宗慰抚数四，留住京都。适布衣翟颖与知制诰胡旦相狎，且令改名马周，隐以唐马周为比。复嗾使击登闻鼓，攻讦李昉，说他"赋诗饮酒，不知备边，旷职素餐，有惭鼎辅"等语。想系胡旦与昉有嫌，特借翟颖为傀儡，且窥伺上意，就边备上弹劾，旦真一险诈小人耳。太宗闻言，未免厌昉，昉即自请解职，因罢为右仆射，有诏授赵普为太保兼侍中，吕蒙正同平章事。

普至是已三次入相，太宗欲重用蒙正，恐他资望尚浅，未洽舆情，特借普作为表率。普与蒙正同登相位，一系元老，一乃后进，只因蒙正秉正敢言，普也不觉折服。会枢密副使赵昌言与胡旦、翟颖等表里为奸，尝令翟排毁时政，且列举知交数十人，推为公辅。普察得赵、胡私情，遂与蒙正联名奏请，依法论罪。昌言遂被贬为崇信行军司马，且谪为坊州团练副使，翟颖充戍。还有郑州团练使侯莫、陈利用，以幻术得幸，骄恣不法，居处服御，僭拟乘舆。普陈他十罪，力请正法，太宗令发配商州。普仍上书请诛，太宗道："朕为万乘主，难道不能庇护一人吗？"普叩首道："陛下若不诛奸幸，便是乱法，法可惜，一竖子何足惜呢？"太宗不得已，命即按诛。时利用已至商州，自恃主宠，尚是大言不惭，经朝旨到来，由商州刺史奉诏行刑；至利用伏法，又有朝使驰至，闻利用已经磔市，不由地叹息道："朝旨已令缓刑，偏我迟了一步，竟致不及，大约利用恶贯满盈，应该受诛，只我恐未免受谴哩。"原来朝使至新安，马适陷淖，及出泞易马，驰至商州，巧巧该犯戮死。汴、陕官民都不禁拍手称快，这正叫作"天网恢恢，疏而不漏"呢。奸臣听者！

且说降王李煜、刘铢等已早病殁，只故吴越王钱俶及定难节度使李继捧尚留京中。端拱元年八月，适遇钱俶生辰，太宗赐宴便殿，是夕暴亡。恐是中毒。独李继捧在京无事，乃弟继迁借契丹为护符，日肆侵扰，普以继捧留京无益，且恐泄露机密，反致有损，不如令归镇夏州，招抚继迁。太宗也以为然，遂召继捧入见，赐他姓名，叫作赵保忠，并厚加赏赉，遣往夏州，劝弟归诚。继捧庸懦，安能制服狡弟？纵之使归，殊为失策。隔了数日，连接三次警报，第一次是涿州失守了，第二次是祈州失守了，第三次是新乐失守了。太宗愁容满面，语群臣道："契丹不肯收兵，时扰河朔，看来只好大举北伐哩！"赵普道："时已隆冬，不便出师，但令边将坚壁清野，固守汛地，俟来春大举，亦尚未迟。"太宗踌躇未决，右拾遗王禹偁复上御戎策，大致在任贤修政，省官畜民，选将励士等情。有旨优答。至端拱二年正月，契丹复进陷易州，乃再诏群臣上备边策，同知贡举张洎应诏陈言，略云：

中国御戎，惟恃险阻，今自飞狐以东，皆为契丹所有，既失地利，而河朔列壁，皆具城自固，莫可出战，此又分兵之过也。请于沿边建三大镇，各统十万之众，鼎峙而守，仍命亲王出临魏府以控其要，则契丹虽有精兵，岂敢越河南侵？制敌之方，尽于此矣，幸陛下垂察！

是时同平章事宋琪亦已罢免相职，还任刑部尚书，再迁吏部尚书。琪籍隶幽、蓟，素知边事，亦应诏陈词，洋洋洒洒，差不多有数千言，小子录不胜录，但撮举大要云：

国家规画燕地，由雄霸路直进，陂淀坦平，贼来莫测，实属非便。若令大军会于易州，循孤山之北，漆水以西，倚山而行，援粮而进，涉涿水，并大房，抵桑乾河，出安祖寨，则东瞰燕城，才及一舍，此周德威收燕之路，下视孤垒，浃旬必克。山后八州，闻蓟门不守，必尽归降，势使然也。然兵为凶器，圣人不得已而用之，若精选使臣，不辱君命，通盟继好，弭战息民，此亦策之得也。臣每见国朝发兵，未至屯戍之所，已于两河诸郡，调民运粮，烦费苛扰，臣生居边土，习知其事，此后每逢调发，应各自赍糗粮，不劳馈运，俟大军既至，定议取舍，然后再图转饷，亦未为晚。愿加省览，采择施行！

此外如李昉、王禹偁等，亦多主张修好，毋轻用兵。太宗乃不复大举，但令边将固守要塞，以守为战。契丹闻宋不发兵，又进兵入犯，朝命知定州李继隆发真定兵万余人，护送粮饷数千乘，赴威房军。耶律休哥侦悉，率精骑数万，邀截途中。北面都巡检使尹继伦适领兵巡路，遇休哥军，避入林间。休哥明明瞧见，但看继伦手下寥寥无几，不值一扫，索性由他避匿，竟自控骑南趋。骄态如绘。继伦待房兵已过，语军士道："狡房欺我太甚，他明是蔑视我军，不顾而去，若得胜回来，即驱我北行，否则借我泄愤，我军将无噍类了。为今日计，不如卷旆衔枚，轻蹑敌后，他方锐气无前，断不回顾，我能出他不意，奋力战胜，尚可自立边疆；就使战他不过，殉节沙场，尚不愧为忠义，岂可泯然徒死，空做一班胡地鬼吗？"军士闻言，都愤激起来，齐声应道："敢不如命！"继伦即令秣马蓐食，俟至傍晚，饬每人各持短兵，鱼贯启行，静悄悄地走了数十里，天尚未明。继伦登高遥瞩，见前面已至徐河，契丹兵正驻营河滨，隐隐有炊烟数缕，起散天空。隔河四五里，亦有大营扎住，料知是李继隆军，便指示军士道："房兵想在此造饭，我等正好杀将过去，休使他安食哩！"军士听令，即一拥上前，奔至河旁，捣入敌营。敌兵正在会食，忽见宋军杀到，也不知从何处come来，慌忙抛下饭碗，准备迎敌。哪知宋军已经闯入，当先一员大将就是尹继伦，生得面目漆黑，又带着黑盔，穿着黑甲，坐着黑马，好似一团黑云，手执亮晃晃的大刀，左斫右砍，杀死无数。契丹将皮室出来抵御，不到三合，头已落地。契丹兵骇呼道："黑面大王来了，快逃命罢？"继伦姓尹，未曾姓阎，为何辽人都怕他索命？顿时惊溃。宋军杀到后账，耶律休哥方食失箸，忙转身逃走，不意右臂已被斫一刀，不由地失声叫痛，正是：

  强中更有强中手，
   智将还须智将摧。

欲知休哥能否逃生，待至下回说明。

耶律休哥为契丹良将,亦未尝无失策之时。代州被赚于张齐贤,徐河见败于尹继伦,是休哥非真无敌者,误在防边诸将,多半如贺令图,无功而思争功,不才而夸有才,死在目前,尚不及觉,乃为休哥所屠害耳。或谓以宋朝全盛之时,终不能下燕、蓟,意者由天命使然,非人力所可及。不知天定胜人,人定亦能胜天,况君相有造命之权,顾乃任将非人,竟令山前后十六州,久沦左衽耶? 人谋不臧,诿之于天,天何言哉? 岂为人任咎乎?

第十九回 报宿怨故王索命
讨乱党宦寺典兵

却说耶律休哥右臂受伤，正在危急的时候，幸帐下亲卒走前护卫，死命与宋军相搏，才得放走休哥。休哥乘马先遁，余众亦顿时散走。俟李继隆闻报，渡河助战，天色已经大明，敌兵不剩一人。继隆大喜，与继伦相见，很是叹服，至两下告别，继隆得安安稳稳地押着粮饷，运至威房军交讫，这且按下。尹继伦因功受赏，得领长州刺史，仍兼都巡检使，契丹自是不敢深入，平居尝相戒道："当避黑面大王。"就是耶律休哥也不敢再来问津了。一战之威，至于如此。

越年，太宗又下诏改元，号为淳化。屡次改元，无谓之至。赵普上表辞职，太宗不许，表至三上，乃出普为西京留守，仍授太保兼中书令。原来太宗再相赵普，本为位置吕蒙正起见，普亦渐窥上意，不愿久任，且因李继捧还镇夏州，非但不能抚弟，反与继迁同谋，尝为边患。时论多谓："纵凶出柙，由普主议。"普心愈不自安，遂称病乞休。至西京留守的诏命下来，普尚三表恳让，太宗就赐手谕道："开国旧勋，只卿一人，不同他等，无至固让，俟首途有日，当就第与卿为别。"普捧谕涕泣，乃入朝请对，赐座左侧，颇谈及国家事。太宗频频点首，逾时始退。普将启行，太宗亲幸普第，握手叙别。及淳化二年春日，普以年老多病，令留守通判刘昌言奉表到京，哀求致仕，乞赐骸骨。太宗遣中使驰传抚问，授普太师，封魏国公，给宰相俸；且命养疾就痊，再行赴阙相见。普感激涕零，因复力疾办公，勉图报效。怎奈衰躯尚可支持，冤累偏来缠绕，每夜梦魇，往往呼着太后娘娘及秦王殿下，或断断忿争，或哀哀乞免。至左右唤他醒来，他尚讳莫如深，未肯明言，及蒙眬睡去，又呼号如故。自是精神恍惚，梦寐不安，渐渐间形尪食少，卧病不起；每一交睫，即见秦王廷美坐着床侧，向他索命。他无法可施，只得延请羽流，设醮诵经，上章禳谢。羽流问为何事，他又不便与说，开着眼想了一会，就从枕上跃起，索了纸笔，手书数语道：

情关母子，弟及自出于人谋，计协臣民，子贤难违乎天意。乃凭幽祟，遽逞强阳，瞰臣血气之衰，肆彼魔呵之厉。信周祝霄魂于鸠诉，何普巫雪魄于雄经，倘合帝心，诛既不诬管蔡，幸原臣死，事堪永谢朱均。仰告穹苍，无任祈向！

书就后，末署自己姓名，亲加密缄，令羽流向空焚祷。羽流即遵命持焚，火方及函，不意一阵狂风吹入法坛，将封章刮起空中，疾飞而去。诸人不胜惊异。嗣有人过朱雀门，拾得一函，两旁似被火炙焦，中间尚是完固，拆开一瞧，乃是赵普祷告上天的表章，字迹依然存在，丝毫不曾毁去。且见他词句清新，情意斐亹，不由地爱不忍释，遂信口记诵；念到烂熟，传诸友人。于是一传十，十传百，把这一篇祷告文视作圣经贤传一般，大半耳熟能详，连小子今日，尚可录述简中，作为谈助。这便是欲盖弥彰，无微不显呢。有心人幸勿做亏心事。

赵普因祷告无灵，病日加重，再解所宝双鱼犀带，遣亲吏甄潜，诣上清太平宫醮谢。道士姜道元为普扶乩，乞求神语，但见觇笔写着道："赵普系开国元勋，可奈冤累相牵，不能再避。"姜又叩问道："冤累为谁？"乩笔又绘一巨牌，牌上乱书数字，多不可识，只牌末有一火字，姜不能解，转告甄潜，令返报普。普太息道："此必是秦王廷美无疑。但渠与卢多逊勾结，事露近祸，咎岂在我，不知他何故祟我呢？"一闻火字，即知必是秦王，可见得贼胆心虚，尚说是于己无与吗？言已，涕泪不止，是夕竟卒，年七十一。讣达殿廷，太宗很是震悼，语近臣道："普事先帝，与朕故交，能断大事，向与朕尝有不足，尔等应亦深知，但自朕君临以来，他颇为朕效忠，好算得一个社稷臣，今闻溘逝，殊为可悲！"因辍朝五日，为出次发哀，赠尚书令，追封真定王，赐谥"忠献"。太宗亲撰神道碑铭，作八分书以为赐，并遣右谏议大夫范杲，摄鸿胪卿,护理丧事,赙绢布各五百匹,米面各五百石,葬日,有司设卤簿,鼓吹如仪。

普少习吏事,寡学术,太祖尝劝以读书,乃手不释卷;及入居相位,每当退食余闲,辄阖户读书;次日临政,取决如流。及病殁,家人检点遗书,藏有一箧,启视箧中,并无异物,只有书籍两本。看官道是何书,乃是《论语》二十篇。普平时亦尝对太宗道:"臣有《论语》一部,半部佐太祖定天下,半部佐陛下致太平。"恐怕未必。如果身体力行,何致患得患失?太宗亦很为赞叹。又普善强谏,太祖尝怒扯奏牍,掷弃地上,普颜色不变,跪拾以归。越日,复补缀旧纸,复奏如初,卒得太祖感悟,如言施行。太宗信用佞臣弭德超,疏斥曹彬,普力为曹彬辩诬,挽回主意。德超窜锢,彬官如旧。惟廷美冤狱,实由普一人构成,时论以此少普。普有子数人,承宗为羽林大将军,出知潭、郓二州,颇有政声,承煦为成州团练使。又有二女皆及笄,矢志不嫁,及送父归葬,自请为尼。太宗婉谕再三,终不能夺,乃赐长女名志愿,号智果大师,次女名志英,号智圆大师。两女遂自建家庵,奉佛终身。赵氏有此二女,智过乃父多矣。真宗咸平初年,复追封普为韩王,话休叙烦。

且说普罢相后,用张齐贤、陈恕、王沔为参知政事,张逊、温仲舒、寇准为枢密副使。沔聪察敏辩,首相吕蒙正,尝倚以为重,但沔太苛刻,未免与同僚龃龉。张齐贤、陈恕与沔不和,互相疑忌。太宗罢沔、恕官,并及蒙正,即任李昉、张齐贤为同平章事,贾黄中、李沆为参知政事。嗣又用吕端参政。未几又罢张齐贤,仍用吕蒙正。蒙正,河南人,父名龟图,曾任起居郎,平素多内宠,与妻刘氏不睦,甚至出妻逐子。蒙正流栖古寺,尝被僧徒揶揄。寺中故例,每饭必敲钟,僧众以蒙正寄食,不欲与餐,已饭乃击钟,所以"饭后钟"三字,便是蒙正落魄的古典。至蒙正贵显,未尝报怨,反厚给寺僧。又迎父母就养,同堂异室,侍奉极诚。父母相继谢世,蒙正服阕,得入为参政。有朝士指议道:"此子亦得参政吗?"蒙正佯为不闻,从容趋过,同列不能平,欲究诘朝士姓名,蒙正遽摇手禁止道:"不必不必。若一知姓名,便终身不能忘,还是不知的好。"同列相率叹服。插此一段,所以风世。及擢登相位,守正不阿,有僚属藏一古镜,拟献与蒙正,自言能照二百里。蒙正笑道:"我面不过楪子大,何用照二百里呢?"谐语有味。遂固辞不受。平居辄储一夹袋,无论大小官吏,进谒时必详问才学,书藏袋中,及朝廷用人,即从袋中取阅,按才奏荐,所以用无不宜。太宗每有志北伐,蒙正谏阻道:"隋、唐数十年中,四征辽碣,民不堪命,隋炀帝全军覆没,唐太宗自运土木攻城,终归无效。可见治国大要,总在内修政事。内政修明,远人自然来归,便足致安静了。"也是知本之论。太宗额首称善。因此蒙正为相,不闻劳师。

惟淳化四年,青神民王小波作乱,免不得调兵遣将,西向行军。原来青神系西蜀属县,蜀为宋灭,府库所积,悉运汴京。官吏治蜀,喜尚功利,往往额外征求,苛扰民间。青神县令齐元振性尤贪惏,专务敲剥,百姓怨声载道,恨入骨髓。土豪王小波乘机纠众,揭竿作乱,尝对众语道:"贫的贫,富的富,很不均平,令人痛恨!我今日起事,并不想争城夺地,无非欲均平贫富呢。"贫民听到此语,越觉欢迎,不到数日,已集众至万人,遂攻入县城,捉住齐元振,指斥罪状,把他剖腹,挖出心肝肚肠,用钱盛入,且绑尸门外,揭示罪名。自是旁掠彭山,所在响应。西川都巡检使张玘调众往讨,与战江原,射中小波左目,乱党败走,张玘得胜而骄,夜不戒备,谁知被小波袭击,一阵乱捣,杀死官兵无数,玘亦遇害。小波因目痛加剧,也竟毙命。乱党更推小波妻弟李顺为帅,寇掠州县,陷邛州永康军,有众数十万。越年,转陷汉、彭诸州,乘胜攻成都。转运使樊知古、知府郭载及官属出奔梓州。李顺遂入据城中,僭号大蜀王,并遣党四出骚扰,两川大震。区区小丑,竟猖獗至此,蜀中可谓无人。

是时李昉、贾黄中、李沆、温仲舒均已免职,改用苏易简、赵昌言参知政事,太宗因蜀乱甚炽,召集廷臣,特开会议。或请派遣大臣入川抚谕,太宗颇也许可。昌言独毅然道:"潢池小丑,敢行弄兵,若非遣师急讨,如何整肃天威?且恐滋蔓难图,更宜从速进剿。"太宗乃命宦官王继恩为两川招安使,率兵西行。雷有终为陕路转运使,管理饷务,继恩等尚未到蜀,李顺已遣党徒杨率众数万,进逼剑门。都监上官正只有疲卒数百人,由正勉以忠义,登陴固守。杨广围攻三日,均被矢石击退。会成都监军宿翰引兵来援,与杨广搏斗城下,正领数百骑出城，大呼杀贼，自己挺刃当先，往来击刺，锐不可当，贼众披靡，由官军前后夹攻，斩馘几尽，只剩残党三百人，奔还成都。李顺怒责杨广，说他挫损锐气，绑出斩首，又将三百人一律杀死，贼众多半不服，渐渐内溃。顺再遣众攻剑门，那时王继恩已从剑门驰入，长驱至研石寨，杀退贼众，斩首五百级，逐北过青疆岭，平剑州，进攻柳池驿，又大破贼众。李顺闻北路失败，拟向西路进攻，遂驱众围梓州。知梓州张雍初闻王小波作乱，即募练士卒，为城守计，一面修城凿濠，备粮缮械，专待贼党到来，果然贼众大至，差不多有十余万，猛扑城濠。雍率练兵三千人，悉力守御，无隙可乘。相持至两月有余，贼众已是疲敝，守卒尚有余勇。又由王继恩遣将赴援，李顺知不能下，因此退去。未几，王继恩连败贼党，直捣成都。李顺尚有众十万，开城搦战，被官军一场鏖斗，杀得落花流水，狼狈不堪。顺入城死守，经官军昼夜环攻，四面缘梯，冒险登城，城遂攻破。顺尚率军巷战，被官军奋力兜拿，将顺擒住，斩首三万级，遂复成都。顺解陕伏法。

　　还有贼党张余，溃出城外，收集残众，复攻陷嘉、戎、沪、渝、涪、忠、万、开八州。开州监军秦傅序战死，川境复震。王继恩方奏捷汴都，中书叙功论赏，拟任继恩为宣徽使，太宗道：“朕读前代史，宦官预政，最干国纪，就是我朝开国，掖庭给事，不过五十人，且严禁干预政治。今欲擢继恩为宣徽使，宣徽即参政初基，怎可行得？”宦官不应预政，如何可以领兵？太宗若明若昧，令人发噱。参政赵昌言、苏易简等又上言：“继恩平寇，立有大功，非此不足酬庸。”昌言力主讨蜀，想受继恩运动。太宗怒道：“太祖定例，何人敢违？”金匮盟言，反可背弃吗？遂命学士张洎、钱若水别议官名，创立一个宣政使名目，赏给继恩，进领顺州路防御使。继恩手握重兵，久留成都，专务宴饮，每一出游，前呼后拥，音乐杂

奏，骑士左执博局，右执棋抨，整日荒戏，恣行无忌。仆使辈骄盈横暴，淫妇女，掠玉帛，为所欲为。小人得志，往往如此。州县遣人乞救，置诸不理。贼目张余，势焰大张，比李顺尤为猖獗，事为太宗所闻，亟命同知司事张咏出知益州。

　　益州就是成都府，因李顺乱后，降府为州。咏既至蜀，邀集上官正、宿翰等，晓他大义。正与翰甚为感动，誓扫余贼，乃即日出师，临行时，咏又举酒相饯，遍及军校，涕泣与语道：“尔辈受国厚恩，此行得荡平丑类，朝廷自有旌赏。若老师旷日，坐误戎机，就使归还此地，亦不能相贷，恐也难免一死哩。”军校唯唯而去。咏复亲自下乡，晓谕百姓，各安生业，毋得从盗。且传语道：“前日李顺胁民为贼，今日我化贼为民，可好吗？”又探得城中屯兵尚有三万人，无半月粮，民间旧苦盐贵，仓廪却有余积，乃采盐至城，令民得用米易盐。不到一月，得米数十万斛，兵民咸安。并礼士举贤，理刑恤狱，遐迩讴歌，益州大治。理乱之分，全在官吏。上官正、宿翰等用兵屡捷，所失州县，次第克复。张余退走嘉州，被官军中途追及，一鼓擒来，蜀寇乃平。太宗即召王继恩还都，留雷有终、上官正为两川招安使。并下诏罪己，自言：“委任非人，致有此乱，此后当慎用官吏，与民更始”云云，由是蜀民大悦。小子有诗咏道：

　　　　掖庭贱役任檀车，
　　　　纵有微功宁足夸？
　　　　幸得一廉循吏去，
　　　　两川士庶始无哗。

蜀事就绪，西夏又复入寇，待小子下回再表。

宋初功臣，不止一普，而普之功为最大。即其挂人清议也亦最多：陈桥之变，普尝典谋，

为太祖成不忠不义之名者,普也;廷美之狱,普实主议,为太宗成不孝不友之名者,亦普也。夫陈桥受禅,隐关气运,定策佐命者实繁有徒,尚得以天与人归为解,廷美之狱,太宗犹畏人言,普乃谓太祖已误,陛下不容再误,而大狱遂由是构成。试问前日金匮之盟,谁为署尾?如以兄终弟及为非,何不谏阻于先,而顾忍背盟于后耶?及普之临殁,冤累相随,正史稗乘中,俱叙述及之,此虽未足尽信,然即幻见真,无冤不报,安在其全出子虚乎?二女为尼,未始非由激而成。本回独详叙普死,所以揭阴私,垂炯戒也。彼夫西蜀之乱,宿将尚多,乃独任奋人为将,吾不知太宗是何居心?幸乱民乌合,尚易荡平,否则不蹈唐季覆辙者几希矣。至叙功论赏,乃反斤斤于一字之辨,改宣徽为宣政,夫宣徽不可,宣政其可乎?厥后童贯、梁师成之祸,实自此贻之,法之不可轻弛也,固如此哉!

第二十回　伐西夏五路出师
立新皇百官入贺

却说李继捧还镇夏州，不到数月，即上言继迁悔过，情愿投诚，太宗遂任继迁为银州刺史。其实继迁并无降意，不过借此休息，为集众计。过了一年，即招继捧叛宋，约同寇边。继捧不从，继迁反进攻继捧，亏得继捧有备，将他击败，流矢中继迁身上，继迁飞马遁去。嗣复入寇夏州，继捧上表乞师，太宗遣翟守素往援，复为继迁侦悉，势不能敌，又与继捧讲和，令代为谢罪。继捧是个优柔寡断的人物，又替继迁上书宋廷，只说是："决计归款，誓改前非。"恋情骨肉，心尚可原。有诏授继迁为银州观察使，赐姓赵，名保吉，并用他子德明为管内蕃落使行军司马。既而继迁又胁诱继捧，令降服契丹，可封王爵，继捧也觉心动，复告继迁，词涉模棱。继迁即向契丹代请，果得契丹封册，命继捧为西平王。富贵动人。转运副使郑文宝闻继迁狡诈，设法预防，查得银、夏一带旧有盐地，每岁产盐颇巨，继迁得收为己利，文宝令归官卖，不得私占。继迁失一利源，甚是愤恨，遂率边人四十二族，寇掠环州，大为边害。嗣又欲徙绥州民至平夏（即夏州，唐时党项居夏州者号平夏部，故名）。部将高文岯等不愿转徙，反抗继迁，竟将继迁逐去。继迁复纠领部众，入攻堡寨，掠居民，焚积聚，进寇灵州。太宗闻继迁兄弟同谋叛逆，立命李继隆为河西都部署，调兵往征。继隆奉命，即带领数千骑，向夏州进发。继捧闻继隆且至，先挈母妻子女屯营郊外，且上言与继迁解怨，献马五十匹，乞即罢兵。太宗览奏微笑道："两竖反复无常，朕岂常受他诳吗？"当下遣中使传谕继隆，令即进师，且授以密计。继隆遂贻书继捧，相约会师，往讨继迁。一面又与继迁书，令同讨继捧。继迁竟夜袭继捧营，继捧方寝，不意继迁杀至，忙从帐后逃出，孑身还城。指挥使赵光嗣诱继捧入别室，把他禁锢起来，用兵守着，当即开城迎继隆军。继隆入城，即将继捧羁入囚车，押送京师。又率军往讨继迁，继迁遁去。继捧到汴，待罪阙廷，由太宗诘责数四，继捧叩首谢罪，有诏特赦，授右千牛卫上将军，封宥罪侯，赐第都中，并削赵保吉姓名，隳夏州城，迁民居至绥银，饬兵固守。

继迁又献马谢罪，并遣弟延信入觐，把那违叛事情尽推在继捧身上。太宗却温言慰谕，抚赉甚厚，复遣内侍张崇贵招谕继迁，并赐茶药器币衣物。淳化五年冬季，复命于次年改元至道。至道元年，继迁遣押牙张浦，贡献良马橐驼，适卫士校射后圃，太宗令张浦往观，卫士皆拓两石弓，且有余力。射毕，太宗问浦道："你看我朝卫士，艺力如何？"浦答道："统是矫矫虎臣。"太宗复道："羌人敢对敌否？"浦又答道："羌部弓弱矢短，但见这长大人物，已是畏避不遑，还敢出来对敌吗？"无非贡谀。太宗大喜，遂命浦为郑州团练使，留居京师。另遣使持诏拜继迁鄜州节度使。继迁佯不敢受，上表固辞，且言："郑文宝诱他部属，屡加逼迫。"太宗为弛盐禁，且贬文宝为蓝山令。徒示以弱，反启戒心。看官！你想这刁狡万分的李继迁，威不足惩，恩不足劝，怎肯为这区区羁縻，甘心降服？静养了好几月，竟率千骑攻清远军。幸守将张延预先戒备，设伏要路，一俟继迁兵到，即发伏出击，杀死敌骑三五百名，继迁慌忙遁去。

越年，太宗命洛苑使白守荣等，护送刍粟四十万，出赴灵州，嘱令辎重分作三队。丁夫持弓箭自卫，士卒布着方阵，步步为营，遇敌乃战，才可无失。复令会州观察使田绍斌率兵援应。谁知守荣不遵谕旨，并作一运，绍斌也未尝往援，辎重到了浦洛河，竟被继迁邀击，军士逃命要紧，还管什么粮饷，那四十万刍粟，都被继迁部下抢掠一空。太宗闻报，拿问守荣、绍斌，按律治罪，即命李继隆为环、庆州都部署，再讨继迁。

会值四方馆使曹璨（即彬之子）自阿西还汴，上言："继迁率众万余，围攻灵武，城中上书告急，偏使人被继迁捉去，因此消息隔绝，请速发兵救解，方保无虞。"太宗又下枢臣复议。

时吕蒙正又罢相，用参政吕端继任，端请分道出师，由麟府、鄜延、环庆三道，会攻平夏，直捣继迁巢穴，不怕继迁不还顾根本，灵武自可解围。此即孙膑击魏救赵之计。太宗也以为是，但主张五路出师，与吕端大同小异。或言时将盛暑，兵士涉旱海，无水泉，沿途饥渴劳顿，不能无失，还不如缓日出师。太宗怒道：“寇犯边境，畏暑不救，若寇入内地，难道也听他进来吗？况现当孟夏，时尚清和，不速发兵，更待何时？”乃诏令李继隆出环州，丁罕出庆州，范廷召出延州，王超出夏州，张守恩出麟府，五路进讨，直趋平夏。继隆以环州道迂，拟从清冈峡出师，较为便捷，遂遣继和驰奏，自率部兵万人，径从清冈峡出发。太宗得继隆奏报，召见继和，厉声呵责道：“汝兄不遵朕言，必致败事，朕嘱他出发环州，无非因灵武相近，欲令继迁闻风解围，驰还平夏，汝速回去，与汝兄说明朕意，毋得违旨获罪！”宋臣多违上命，也是主权旁落之故。继和奉旨讴返，那时继隆已去得远了。

继隆出清冈峡，与丁罕合兵，续行十日，不见一敌，竟引军回来。张守恩与敌相遇，不战即走。独范廷召与王超两军行至乌白池，遥见敌兵蜂拥前来，超语廷召道：“敌势甚锐，我军宜各守营寨，坚壁勿动，免为所乘。”廷召应诺，遂彼此依险立营，饬军士不准妄动，遇有敌兵，只准射箭，不准出战。约过一时，继迁督众到来，左右分攻，均被射回，相持至一昼夜。超子德用，年方十七，随父从军。入禀父前道：“敌兵虽盛，不甚整齐，儿愿出营一战。”超怒道：“你敢违我军令吗？”德用道：“儿非有意违命，但我不出战，他未肯退，此地转饷艰难，不应久持，还是杀将出去，把他一鼓击退，我等方可从容班师。”超沉吟半晌，方道：“且再待半日，俟他锐气少衰，才可得利。”德用乃待至日昃，请得军令，挺身杀出。继迁倒也一惊，嗣见先驱为一少年，欺他轻弱躁率，即分兵两翼，来围德用。德用执着一枝银枪，盘旋飞舞，枪锋所至，无不倒毙，继迁方觉得是个劲敌，率锐与搏。哪知王超又来接应，还有廷召营中，亦发兵夹击，眼见得继迁不支，向北遁去。德用驱军追赶，行至中途，继迁又回军再战，三战三北，方麾众远飏。确是一个剧寇。王超鸣金收军，德用乃回。次日还师，德用道：“归师遇险必乱，应整饬军行，休为虏袭。”此子才过乃父。超与廷召，均以为然，乃令德用开道，所经险阻，侦而后进。且下令军中道：“乱行者斩！”全军肃然。继迁本预遣轻骑，散伏要途，及见宋军严阵而归，才不敢逼。王超、范廷召两军退回汛地，没甚死伤。

只继迁抗命如故，太宗再议往征，可奈历数将终，皇躬不豫，免不得舍外图内，筹及国本问题。先是至道改元，适开宝皇后宋氏崩，太宗不成服，连群臣亦不令临丧。翰林学士王禹偁代为不平，尝对同僚语道：“后尝母仪天下，应遵用旧礼为是。”太宗闻知此语，说他谤上不敬，谪知滁州。自己不忠不敬，还要责人，太宗之心术，尚堪问耶？会廷臣冯拯等疏请立储，太宗又斥他多事，贬至岭南。嗣是宫禁中事，无人敢言。寇准因抗直遭谗，出知青州，嗣复由青州召还，正当太宗足疾，褰衣示准道：“朕年衰多疾，今又病足，奈何？”寇准道：“臣非奉诏命，不敢到京，既已到此，窃有一言上达陛下，幸陛下采纳！”太宗问是何言，寇准遂说出“立储”二字。太宗道：“卿试视朕诸子中，何人足付神器？”准答道：“陛下为天下择君，不应谋及近臣，尤不应谋及妇人中官，总求宸衷独断，简择得宜，就可付托无忧了。”太宗俯首细思，想了好一歇，乃屏去左右，密语寇准道：“襄王可好吗？”准又答道：“知子莫若父，圣意既以为可，请即决定。”寇准两对太宗，足为君主国良法。太宗点首称善。

原来太宗长子元佐病狂致废，次子就是元侃，与元佐同母所生。端拱元年，受封襄王，嗣复晋封寿王。自寇准奏对后，太宗已决计立储，遂于至道元年八月，立寿王元侃为皇太子，改名为恒，大赦天下。太子既立，庙见还宫，都下士民，遮道欢呼，齐称他是少年天子。太宗闻知，反滋不悦，召寇准入见，与语道：“人心遽属太子，将置我何地？”准再拜称贺道：“这是社稷的幸福呢！”太宗不觉感悟，入语后嫔，都相率称庆。太宗益喜，复出赐准饮，尽欢乃罢。诏命李沆、李至并兼太子宾客，并嘱太子以师傅礼事二李。太子每见二人，必先下拜，沆与至上表辞谢，太宗不许，手谕二李道：

朕旁稽古训，肇建承华，用选端良，资于辅导。借卿凤望，委以护调，盖将勖以谦冲，故乃异其礼数。勿饰当仁之让，副予知子之心！特此手偷。

二李复相偕入谢，太宗又面谕道："太子贤明仁孝，足固国本，卿等可尽心规诲，有善应劝，有过应规。至若礼乐诗书，系卿等素习，不烦朕絮嘱了。"二李叩首而退。

太子年逾弱冠，姿禀聪明，相传母妃李氏夜梦尝用掬承日，因此有娠。及产生后，左足指纹成一天字。此皆史臣谀颂之辞。五六岁时，与诸王嬉戏，好作战阵，自称元帅。又尝登万岁殿，上升御座。太宗尝手抚儿顶，笑颜问道："这是皇帝的宝座，儿也愿做皇帝吗？"太子即答道："天命有归，孩儿亦不敢辞。"太宗暗暗称奇。既而就学受经，一览即能成诵。至是立为储贰，入居东宫。越二年三月，太宗寝疾，渐即弥留。宣政使王继恩忌太子英明，阴与李昌龄、胡旦等谋立故楚王元佐。后令王继恩召吕端，端料有变故，佯邀继恩入书阁中，秘密与商。至继恩既入，他竟出户反键，将继恩锁置阁内，自己匆匆入宫，谒见皇后。后涕泣与语道："宫车已晏驾了！"吕端也为泣下。即又问道："太子何在？"后复道："立嗣以长，方谓之顺，今将若何？"端收泪正色道："先帝立太子，正为今日，怎敢再生异议？"后默然无语。端即嘱内侍往迎太子，待太子到后，亲视大殓，即位枢前。

越日，奉太子登福宁殿，垂帘引见群臣。端平立殿阶，不遽下拜，请侍臣卷帘，升殿审视，然后退降殿阶，率群臣拜呼万岁，是为真宗皇帝。尊母后李氏为皇太后，晋封弟越王元份为雍王，吴王元杰为兖王，徐国公元偓为彭城郡王。泾国公度使，追复涪王廷美为秦王，追赠兄魏王德昭为太傅，歧王德芳为太保，复封兄元佐为楚王，加授同平章事，吕端为右仆射，李沆、李至并参知政事，册继妃郭氏为皇后。真宗原配潘美女，端拱元年病殁，继聘郭氏，系宣徽南院使郭守文二女，郭氏为后，原配潘氏，亦追给后号，谥"庄怀"，复追封生母李氏为贤妃，进上尊号为元德皇太后，葬先考大行皇帝于永熙陵，庙号"太宗"，以明年为咸平元年。总计太宗在位二十二年，改元五次，寿五十九岁，小子有诗咏宋太宗道：

　　　　寸心未许乃兄知，

　　　　虎步龙行饰外仪。

　　　　二十二年称令主，

　　　　伦常缺憾总难弥。

欲知真宗初政，且至下回再详。

　　李继迁一狡虏耳。待狡虏之法，只宜用威，不应用恩，田仁朗欲厚啗酋长，令图斩首，张齐贤议招致蕃部，分地声援，二说皆属可行，而尚非探本之论。为宋廷计，应简择良将，假以便宜，俾得联络蕃酋，一鼓擒渠，此为最上之良策。乃不加挞伐，专务羁縻，彼势稍戢则托词归阵，力转强即乘机叛去，至若至道二年之五路出师，李继隆等不战即还，王超、范廷召虽战退继迁，亦即回镇，彼殆视庙谟之无成算，姑为是因循推诿，聊作壁上观乎？然咸日堕而寇且日深矣！若夫建储一事，为君主国之要典，太宗年近周龄，犹未及此，且怒斥冯拯诸人之奏请，何其疏也？幸寇准片言决议，主器有归，于是王继恩不得逞私，吕端得以持正，闭寺人于阁中，觐真主于殿上，人以是美吕司空，吾谓当归功寇莱公，曲突徙薪，应为上客，若迟至焦头烂额，不已叹为无及乎？

第二十一回　康保裔血战亡身
雷有终火攻平匪

　　却说真宗即位，所有施赏大典，已一律举行，只王继恩、李昌龄等谋立楚王，应该坐罪，特贬昌龄为行军司马，王继恩为右监门卫将军，安置均州，胡旦除名，长流浔州。到了改元以后，吕端以老疾乞休，李至亦以目疾求罢，乃均免职，特进张齐贤、李沆同平章事，向敏中参知政事。

　　越年，枢密使兼侍中鲁公曹彬卒，彬在朝未尝忤旨，亦未尝言人过失，征服二国，秋毫无取，位兼将相，不伐不矜，俸禄所入，多半周济贫弱，家无余资。病亟时，真宗亲往问视，询及契丹事宜。彬答道："太祖手定天下，尚与他罢战言和，请陛下善承先志。"真宗道："朕当为天下苍生计，屈节言和，但此后何人足胜边防？"彬又答道："臣子璨、玮，均足为将。"*内举不避亲，不得谓曹彬怀私。*真宗又问二子优劣，彬言璨不如玮。*知子莫若父。*真宗见他气喘吁吁，便不与多言，只宣慰数语而出。及彬殁，真宗非常痛悼，赠中书令，追封济阳王，谥"武惠"。又越年，太子太保吕端卒。端为人持重，深知大体，太宗用端为相时，廷臣或说他糊涂，太宗道："端小事糊涂，大事不糊涂。"后来锁阁定策，卒正嗣君，果如太宗所言。至端已病剧，真宗也亲自慰问，抚劳备至，殁赠司空，谥"正惠"。*亦可谓二惠竞爽。一将一相，详叙其卒，无非阐扬令名。*

　　咸平二年十月，契丹主隆绪复大举入寇，镇定高阳关都部署傅潜，拥兵八万余人，畏懦不前，闭营自守。将校等请发兵逆战，潜勃然道："你等欲去寻死吗？好好的头颅，被人家斫去，有何趣味？"*贪生畏死，口吻毕肖。*将校道："敌骑深入，将来攻营，请问统帅如何对待？"潜索性大骂道："一班糊涂虫，全不晓得我的苦心，我欲保全你等的性命，所以主守不主战，奈你等定要寻死，死在房手，不如死在我的刀下。若再道半个战字，立即斩首！"*一味蛮话，全无道理。*将校等拗他不过，愤愤趋出。

　　适值副将范廷召到来，大众遂向他谈及，并述潜言，廷召道："且待我入见，再作计较！"及廷召进去，傅潜已料他前来请战，装着一副伊齐面孔，与廷召相对。廷召行礼毕，未曾坐定，即开口道："大敌到来，总管从容坐镇，大约总有退敌的妙计。"潜乃淡淡地答道："我主守不主战，此外要用什么法儿？"廷召道："可守得住吗？"潜又道："你又来了，敌势甚大，不应轻敌，总是守着为是。"廷召道："据廷召想来，公拥兵八九万，很足一战，今日即应发兵，出扼险要，与敌对仗，但教一鼓作气，士卒齐心，定能得胜。"潜只是摇首。廷召不禁大忿道："公恇怯至此，恐还不及一老妪呢！"言已，也不及告别，竟自趋出，遇着傅潜部下都钤辖张昭允，便与语道："傅总管这般怯敌，恐边防有失，朝廷必加谴责，连你也难免罪呢！"*隐伏下文。*昭允道："现正有廷寄到来，饬本部发兵，昭允正要进报，想总管也不好逆旨了。"廷召乃让昭允进去，自己出外候信。昭允入见傅潜，捧递朝旨，潜接阅后，语昭允道："朝廷亦来催我出师，莫非由诸将密奏不成？须知敌势方强，若一战而败，转足挫我锐气，所以我持重不发呢。"昭允道："朝命也是难违，请统帅酌行才是。"潜冷笑道："范廷召正来请战。他既愿为国效力，我便拨骑兵八千，步兵二千，凑足万人，令他前去拒敌便了。"*挟怨陷人，其情如见。*昭允奉令趋出，报知廷召。廷召道："敌兵闻有十余万，我兵只有万人，就使以一当十，也恐不敷，这是明明叫我替死。"说到"死"字，竟大踏步趋入里面，大声语潜道："总管要我先驱，我食君禄，尽君事，怎敢不去？但万人却是不够，应再添发三五万人，方足济用。"潜佯笑道："将在谋不在勇，兵贵精不贵多，况你为前茅，我为后劲，还怕什么？"廷召道："公果来做后援吗？"潜复道："你知忠君，我难道不晓？劝你尽管前去，我当为后应便了。"廷召乃退，自思傅潜所言，未必足恃，不如另行乞师，免致孤军陷敌。当下修书一通，遣使赍往。

看官！你道廷召向何人乞援，乃是并、代都部署康保裔，驻师并州一带，地接高阳，因此就近乞师。保裔，洛阳人，祖父皆战殁王事，第因屡承世荫，得任武职，开宝中（开宝系太祖年号，详见前），尝从诸将至石岭关，战败辽兵（辽于太宗时，复号契丹，故本书于太祖时称辽，太宗后始称契丹，仍其旧也），积功至任马军都虞侯，领凉州观察使。真宗初，调任并、代都部署，治兵有方，且生就一副血性，矢忠报国，平居对着将士，亦用大义相勉，所以屡经战阵，未闻退缩，身受数十创，血痕斑斑，不知所苦（阐扬忠义，故叙述较详）。至是得廷诏书，遂率兵万人，倍道赴援。

时契丹兵已破狼山寨，悉锐深入。祁、赵、邢、洺各州，虏骑充斥，镇定路久被遮断，行人不通，保裔拟绕攻敌后，直抵瀛洲，一面约廷召夹击。哪知廷召尚未到来，敌兵却已大集，保裔结营自固，待旦乃战。到了黎明，营外已遍围敌骑，环至数重，将士入报道："敌来甚众，援兵不至，我军坐陷虏中，如何杀得出去？为主帅计，不如易甲改装，驰突出围，休使虏骑注目。俟脱围调兵，再与决战未迟。"保裔慨然道："我自领兵以来，只知向前，不愿退后，今日为虏所算，被他围住，古人说得好：'临难毋苟免'，这正是我效死的日子哩。"当命开营搦战，由保裔当先指麾，奋力杀敌。那敌兵越来越众，随你如何奋勇，总是不肯退围。保裔杀开一重，复有一重，杀开两重，复有两重，自晨至暮，杀死敌骑约数千人，自己部下也伤亡了数千名，眼见得不能出围，只好再入营中，拒守一夜。契丹兵也觉疲乏，未曾进攻，惟围住不放。越宿又战，两下里各出死力，拼死相搏，杀得天昏地暗，鬼哭狼嚎，地上砂砾经人马践踏，陡深二尺。契丹兵又死得无数，怎奈胡骑是死一个，添一个，保裔兵是死一个，少一个，看看又到日暮，矢尽道穷，救兵不至，保裔已身中数创，手下只有数百人，也是多半受伤，不堪再战保裔顾看残卒，不禁流涕道："罢罢！我死定了。你等如有生路，尽管自去吧！"说毕，便从敌兵最多处持刀直入，手刃敌兵数十名，敌兵一拥上前，你枪我槊，可怜一员大忠臣，竟就千军万马中杀身成仁。为国杀身，虽死犹荣，叙笔亦奕奕有光。

保裔既死，全军覆没，那时高阳关路钤辖张凝与高阳关行营副都部署李重贵，为廷召先驱，率众往援，正值契丹兵乘胜而来，声势甚锐，张凝不及退避，先被胡骑围住，凝死战不退，亏得李重贵杀到，救出张凝，复并力掩击一阵，契丹兵方才退去。两军返报廷召，廷召闻保裔战殁，不敢再进，只得在瀛洲西南据住要害，暂行驻扎（《续纲目》谓廷召潜遁，以致保裔战殁，《纪事本末》即本此说。然《宋史·康保裔、傅潜、范廷召传》均未载及廷召潜遁事，惟廷召不至，亦未免愆期，故本书说及廷召，亦隐有贬词）。契丹兵又进攻遂城，城小无备，众情恟惧。杨业子延昭方任缘边都巡检使，驻节遂城，当下召集丁壮，慷慨与语道："尔等身家，全靠这城为保障，若城被敌陷，还有什么身家？不如彼此同心，共守此城，倘得勠力保全，岂不是国家两益吗？"大众齐声应诺。延昭遂编列队伍，各授器甲，按段分派，登陴护守。自己昼夜巡逻，毫不懈怠。契丹兵连扑数次，均被矢石击退。时适大寒，延昭命汲水灌城。翌晨，水俱成冰，坚滑不可上，敌兵料难攻入，随即引去，改从德棣渡河，进掠淄齐。

真宗闻寇入内地，下诏亲征，命同平章事李沆留守东京，令王超为先锋，示以战图，俾识路径。车驾随后进发，直抵大名。途次闻保裔死耗，震悼辍朝，追赠保裔为侍中，命保裔子继英为六宅使顺州刺史，继彬为洛苑使，继明为内园副使，继宗尚少，亦得授供奉官，孙惟一为将作监主簿。继英等接奉恤诏，驰赴行在，叩谢帝前道："臣父不能决胜而死，陛下未曾罪孥，已为万幸，乃犹蒙非常恩宠，臣等如何敢受！"随即伏地呜咽，感泣不止。真宗也不觉凄然，随即面谕道："尔父为国捐躯，旌赏大典，例应从厚，不必多辞！且尔母想尚在堂，亦当酌予封典，借褒忠节。"继英叩首道："臣母已亡。只有祖母尚存，享年八十四岁了。"真宗乃顾语随臣道："保裔父祖，累代效忠，深足嘉尚，他的母妻，应即加封，卿等以为然否？"群臣自然赞同，遂封保裔母为陈国太夫人，妻为河东郡夫人，并遣使劳问老母，赐白金五十两。继英等叩谢而出。集贤院学士钱若水上书请诛傅潜，擢杨延昭、李重贵等以作士气，真宗乃命彰信军节度使高琼，往代傅潜，令潜赴行在，即命钱若水等按讯，得种种逗挠妒忌罪状，议法当斩。

真宗特诏贷死，削潜官爵，流徙房州。张昭允亦坐罪褫职，流徙道州。昭允未免受冤。真宗在大名过年，越元旦十日，得范廷召等奏报，略言："虏兵闻车驾亲征，知惧而退，臣等追至莫州，斩首万余级，尽获所掠，余寇已遁出境外"云云。真宗乃下诏奖叙，擢廷召为并、代都部署，杨延昭为莫州刺史，李重贵知郑州，张凝为都虞侯，并召延昭至行在，询及边防事宜。延昭奏对称旨，真宗大喜，指示群臣道："延昭父业系前朝名将，延昭治兵护塞，绰有父风，这真不愧将门遗种呢！"乃厚赠金帛，仍令还任。真宗即日回京。

是年冬，契丹复南侵，延昭设伏羊山，自率羸兵诱敌，且战且退，诱至羊山西面，信号一发，伏兵齐起，契丹兵骇退，延昭追杀敌将，函首以献，进官本州团练使。契丹望风生畏，呼他为杨六郎(杨业本生七子，详见前文，惟延昭独著战功，契丹目为杨六郎，见《延昭本传》。俗小说中，乃有大郎及七郎等名目，附会无稽，概不录入)。尚有澄洲刺史杨嗣，亦因屡战有功，擢任本州团练使。与延昭同日并命，边人称作二杨。这且按下慢表。

且说真宗还汴时，途中接得川报，益州兵变，推王均为乱首，都巡检使刘绍荣自经，兵马钤辖符昭寿被戕，贼势猖獗，火急求援。真宗览毕，即日传诏，命雷有终为川峡招安使，李惠、石普、李守伦并为巡检使，给步骑八千名，往讨蜀匪。所有留蜀各官，如上官正、李继昌等，均归有终节制。有终等奉诏后，即领兵入川去了。

先是雷有终为四川招安使，张咏知益州，文武得人，蜀境大治(应十九回)。既而有终与咏相继调迁，改用牛冕知益州，符昭寿为兵马钤辖，牛冕懦弱无能，符昭寿骄恣不法，部下兵士已多半怀怨，阴蓄异图。益州戍兵由都虞侯王均、董福分辖，福驭众有法，所部皆得优赡。均好饮博，军饷多克扣入囊，作为私费。会牛、符两人阅兵东郊，蜀人相率往观，但见福军甲仗鲜明，均军衣装粗敝，免不得一誉一毁。均部下赵延顺等亦自觉形秽，顿生惭愤，且衔怨昭寿，竟于咸平二年除夕，胁众为乱，戕杀昭寿。越日为元旦令节，益州官吏方相庆贺，忽闻兵变消息，阖城惊窜。牛冕缒城逃去，转运使张适亦遁，唯都巡检使刘绍荣在城。待乱兵闯入，欲奉绍荣为主帅，绍荣怒叱道："我本燕人，弃虏归朝，难道与尔等同逆吗？"叛兵欲趋杀绍荣，绍荣冒刃格斗，卒因众寡不敌，败回署中，投缳自尽。监军王泽忙召王均与语道："汝部下作乱，奈何袖手旁观？速宜招安为要！"均出谕叛兵叛兵即拥他为主，均即直任不辞，均素克扣军粮，奈何叛卒复奉之为主？可见叛兵，亦全无智识。遂潜号大蜀，改元化顺，署置官称，用小校张锴为谋士，出兵陷汉州，进攻绵州不克，直趋剑州，被知州李士衡所败，退回益州。知蜀州杨怀忠传檄各州，会兵往讨，初战得利，乘胜攻城北门，至三井桥，乱党似墙而至，怀忠恐为所乘，勒兵倒退，回走蜀州，再檄嘉、眉等七州，合军复进，战败乱党，暂驻鸡鸣原，静待王师。

过了数日，雷有终等到益州，拟一面攻城，一面派兵攻汉州，巧值都巡检张思钧已将汉州克复，遂进军升仙桥。匪首王均遣众拦截，被官军一阵击退，乘势追至城下，乱兵绕城遁去，城门亦开得洞彻。有终总道王均怯遁，麾军径入，军士不烦血刃，竟夺得一座益州城，顿时心花怒开，乐得劫掠民居，抢些财帛，搂抱几个妇女，畅快一番。恐没有这般运气。蓦闻一声怪响，叫杀连天，官军不暇寻欢，慌忙觅路逃生，到了路口，尽被败床破榻堵塞不通，好容易搬开败物，成一隙路，哪知叛兵在外面等着，见官军出来，统用刀枪乱搠，有几个杀死，有几个戳毙，有几个脚生得长，侥幸漏网，匆匆地逃至城闉，把门一望，叫苦不迭，那门儿已上键了，且有叛兵守着，匪但不准他出去，还要向他请借头颅，于是又冤冤枉枉地死了无数。调侃得妙。雷有终、石普、李惠等都着了忙，各自逃去。有终、石普跑上城头，缘堞而坠，幸得不死。李惠迟了一步，被王均率众追上，双手不敌四拳，白白的送了性命。为这一场被赚，官军丧亡一大半。有终、石普奔至汉州，由张思钧接着，入城休憩，才得少安，嗣是不敢躁进，慢慢儿整顿兵马，徐图大举。

王均计败官军，越觉骄横，掠民女，侑酒不可无此。索民财，酿酒不可无此。整日里左抱右拥，朝饮暮博，把战事搁过一边。至官军元气已复，又来与战，方率众出拒，分路往袭，官军到了升仙桥，早防贼众袭击，戒备甚严，王均不知就里，掩杀过去，怎禁得四面伏兵，一齐截住，把他困住垓心，杀得落花流水。均冒死突出，踉跄还城，当即撤桥塞门，一意固守。有终与普进屯城北，分遣将校等，攻城东西南三面。均尚屡次出战，统被击退。会值霖雨兼旬，城滑不能上，一时无从攻入，至天气少霁，有终命用火箭火炬等，抛射城头，将城上所设敌楼尽行毁去，城中未免哗噪，有终便趁这机会，四面登城，遂得攻入。王均尚有二万余人，溃围夜走，有终仍恐有伏，纵火焚庐舍，光焰熊熊，通宵达旦。一年被蛇咬，三年烂稻索。次日，复搜获伪官二百人，一股脑儿推入火中。正是：

　　可怜巢鸟无完卵，

　　莫道池鱼应受殃。

　　后来王均曾否擒获，容至下回说明。

　　《宋史·忠义传》中，首列康保裔，故本回于保裔战事，演述从详，彰忠节也。傅潜拥兵塞外，惧不发兵，坐令良将陷敌，虽诛之不为过，真宗贷死议流，未免失刑，而张昭允转连带坐罪，得毋大官可为，而小官不可为耶？若西蜀之乱为时无几，李顺以后，继以张余，至用兵三载而始敉平，为宋廷计，正宜久任良吏，惩后惩前，奈何雷、张诸人，相继调迁，改用牛冕、符昭寿等，复酿成王均之变，虽前难后易，期月奏功，而兵民已死伤不少，茫茫川峡，能经几次扰乱乎？雷有终被赚而兵燔，王均败走而民燔，观此不能无遗憾云！

第二十二回　收番部叛王中计
纳忠谏御驾亲征

却说雷有终既复益州，即遣巡检使杨怀忠往追王均。均逃至富顺监，招集蛮酋，在监署中饮酒，吃得酩酊大醉。至此还要喝酒，真是一个酒鬼。党羽亦各沾余沥，统已酒气醺醺，带着八九分倦意，猛闻官军追至，都吓得不知所为。王均料不能脱，用手击案道："罢了! 罢了!"说毕，即解下腰带，悬壁套颈，不到一刻，魂灵儿飞到酒乡去了。乱党无主，自然溃散。杨怀忠率领部兵，杀入监署，擒住乱党六千余人，并割取均首及僭伪法物，旌旗甲仗甚众，当下返入益州，由有终申报朝廷，诏进有终、怀忠等官阶，流牛冕至儋州，张适至连州，遣翰林学士王钦若、知制诰梁颢，往抚蜀民。越二年，复命张咏知益州，蜀民闻咏再至，欢呼相庆。咏威惠并行，政绩大著。真宗下诏褒美，并令巡抚使谢涛传谕道："得卿在蜀，朕无西顾忧了。"

西陲已定，北方一带总觉不安。契丹、西夏时来扰边，小子按年月次序，先叙西夏，继叙契丹。真宗即位，李继迁上表称贺，且求请封藩，真宗也知他狡诈，只因国有大丧，姑从所请，命为定难节度使，且把夏、绥、银、宥、静五洲，一并给予。且将从前留住的张浦，亦赉资遣归。张浦可以遣还，五洲何必遽与。继迁令弟瑗诣阙申谢，真宗优诏慰答，仍赐还赵保吉姓名。偏继迁阳奉阴违，仍然抄掠边疆，四出为患。可巧同平章事张齐贤与李沆不甚相得，竟以冬至朝会，被酒失仪，坐免相位，真宗乃遣他为泾、原诸路经略使。齐贤入朝辞行，真宗详问边要，齐贤答道："臣看灵武孤城，陡悬塞外，万难固守，徒使军民六七万，陷入危境，多费饷糈，不如弃远图近，徙守环庆，较为省便。"真宗沉吟半晌，方道："卿且去巡阅一番，可弃乃弃，可守必守。"齐贤领旨去讫，既而通判永兴军何亮，上安边书，言灵武决不可弃，略云：

灵武地方千里，表里山河，舍之则戎狄之利，广且饶矣，一患也。自环庆至灵武凡千里，西域、戎狄合而为一，二患也。冀北马之所生，自匈奴猧獩，无匹马南来，惟资西域，西域既分为二，其右乃西戎之东偏，实为贼夏之境，其左乃西域之西偏，如舍灵武，复合为一，夏贼桀黠，俾诸戎不得货马，未知战马何来，三患也。为今计，请筑溥乐、耀德二城，以通河西之粮道，则灵武有粮可恃，虽居绝域之外，亦可以无恐矣。若不筑此二城，与灵武倚为唇齿，则与舍灵武何异? 窃恐灵武一失，内地随在可虞也。谨奏!

真宗览奏后，复诏令群臣复议。知制诰杨亿引汉弃珠崖为喻，请快弃灵武，守环庆，与齐贤议相同。辅臣多言灵州为必争地，万不可弃，应如何亮所陈。众议纷纷，莫衷一是，转令真宗无从解决，乃与李沆熟商。沆徐答道："保吉不死，灵州终不可保，臣意应遣使密召诸将，令他部署军民，空垒而返，庶几关右尚得息肩，这也是螯手断腕的计策。"戎狄得步进步，如何可以拱让? 宋臣多半畏缩，故卒致南迁。真宗默然不答。嗣命王超为西面行营都部署，率兵六万，往援灵州。张齐贤自任所上书，谓朝廷若决守灵武，请募江南丁壮，往益戍兵。真宗道："商人远戍西鄙，甚属不便，且转足摇动人心，此奏如何可行?"真宗所言甚是，齐贤岂尚醉酒耶? 当将原奏搁起。

过了一月，李继迁寇清远军，都监段义叛降继迁，都部署杨琼拥兵不救，城遂被陷。继迁复进攻定州，并及怀远，劫去辎重数百辆，幸亏副都署曹璨召集番兵，出去邀击，才将继迁击退。越年为咸平五年，继迁复转寇灵州，知州事裴济，率兵固守，相持月余。继迁益增兵围攻，截断城中饷道，守兵遂至乏食。裴济啮指成书，奏请救兵，怎奈望眼已穿，不闻援至，军士连日枵腹，如何支持? 眼见得一座孤城，为贼所陷。济犹率众巷战，力竭身亡。济知灵州数年，议大兴屯田，借实边粟，治民亦颇有惠泽，可惜功尚未成，寇已大至，徒落得荒邱暴骨，枉史流芳。忠臣不没，也还值得。继迁改灵州为西平府，居然作为夏都。真宗得报，优恤裴济家属，且悔不用沆言，致丧良吏，且诏令王超屯永兴军，毋得再误。超奉命往援灵州，乃中道逗留，坐令城亡吏死，有罪不谴，亦属失刑。

又越年，知镇戎军李继和、上言六谷酋长巴喇济（一译作潘罗支）愿讨继迁，请授职刺史。张齐贤且上书，请封巴喇济为六谷王，兼招讨使，真宗又令辅臣会议。辅臣以巴喇济已为酋长，授职刺史，未免太轻，若骤封王爵，又似太重。招讨使名号，亦不应轻假外夷，乃酌量一职，拟授为朔方节度使，兼灵州西面都巡检使。真宗准议颁旨。巴喇济奉旨后，表称："感激图效，已集骑兵六万，静待王师到来，合讨继迁，收复灵州。"真宗优诏嘉许。既而李继迁攻麟州，为知州卫居宝击退，转寇西凉，杀死西凉府丁惟清，踞住城池。巴喇济居六谷，本为西凉藩属，当下想了一计，前去诈降。继迁尚未知他受职宋廷，只道是一个蕃酋，畏势投诚，有什么疑虑，便传见巴喇济。巴喇济向他跪谒，并说："大王威德及人，六谷蕃部，俱愿归降。"说得继迁满面春风，立命起来，给他旁坐，且抚慰了好几语。巴喇济称谢不置。继迁更令他招徕部落，借厚兵力，巴喇济欣然领诺，遂往招六谷蕃部，共至西凉，进谒继迁。继迁亲往校场检阅，各番兵俱负弩挟矢，鱼贯而入，报名应选。继迁正留心查核，猛听得弓弦一响，忙睁目四顾，巧巧一箭飞来，不偏不倚，正中左目，不觉大叫一声道："快快！拿匪徒！"你也是个匪徒，为何转拿别人？左右方上前拥护，不料番兵已各出短刀，一哄上前，来杀继迁。继迁部下死命抵拒，已被他杀毙多人，剩了几个骁悍的弁目，保着继迁，且战且逃。番兵奋勇驱杀，几乎将继迁擒住。旋经继迁党羽，出来相救，做了无数替死鬼，继迁才得脱身，好容易奔回灵州，左目暴痛，睛珠突出，一时忍耐不住，晕厥数次，后来终无法医治，呜呼死了。看官！想这一箭的原因，当亦不必细猜，便可知是巴喇济所射。巴喇济与番部密约，发矢为号，一齐动手，也是继迁该死箭下，虽得幸脱，总归没命。子德明嗣遣使赴告契丹，契丹赠继迁为尚书令，封德明为西平王。

环庆守吏因德明初立，部落方衰，奏请降旨招降，真宗乃颁诏灵州，令德明自审去就，德明乃遣牙将王侁奉表归顺，朝议加封德明，独知镇戎军曹玮，请乘势灭夏，略云：

叛首李继迁，擅河西地二十年，兵不解甲，使中国有西顾之忧，今其子危国弱，不即捕灭，后更强盛，不可制矣。愿假臣精兵，出其不意，擒德明送阙下，复河西为郡县，此其时也。枕戈待命，无任翘企！

这奏章上达宋廷，真宗未以为然。廷臣亦言伐丧非义，不如恩致德明，迂儒之论。乃授德明充定难军节度使，统辖夏、银、绥、有、静五洲。寻闻契丹封德明为西平王，也就封他为西平王。德明再进奉誓表，请藏盟府，且言："父有遗命，竭诚归附。"当由真宗优诏褒嘉，这且待后再表。

惟契丹自莫州败退，边境安静了两年（接前回）。至李继迁陷清远军，宋廷又接边报，说契丹将乘隙入寇。真宗亟遣王显为镇定、高阳关都部署，王超为副，预防契丹。果然契丹兵入寇遂城，被王显发兵痛击，斩首二万级，追逐出境。又二年（咸平六年），契丹复遣耶律奴瓜等（奴瓜一译诺郭）寇望都，高阳关副都部署王继忠，约同王超、桑赞等军，至康村拒战。继忠列阵东偏，超赞列阵西偏，彼此严装以待。俄见契丹兵长驱而来，势甚锐悍，继忠适当敌冲，怒马直出，率麾下力战，超与赞偏按兵不动，遥见敌骑麕集，将向西来，他两人竞相顾愕眙，遽令退师，剩下王继忠一支人马，怎能支撑到底？不得已且战且行，敌骑迭次赶上，继忠迭次战脱，及退至白城，天色昏晚，道路崎岖，追兵反且大集，四下里喊声震地，摇动山岳。继忠仰天叹道："我与王超、桑赞合兵到此，满望杀敌报功，哪知他两军不战而去，单剩我孤军抵敌，为虏所乘，真正可恨！"后来甘心降虏，全是超、赞两人激成。说至此，见追骑愈逼愈紧，他令残卒先行，自率亲兵断后。霎时间敌兵已至，把他围绕数重，他死战不退，看看手下将尽，正思自刎全节，奈马中流矢，竟至仆地，继忠随马坠下，被敌兵活捉而去，解至炭山，见契丹主隆绪，劝令降顺。继忠初不肯从。萧太后闻他骁勇，饬令软禁，复遣辩士诱导再三，继忠竟变志降虏，改姓名为耶律显忠，受官户部使。宋廷还道他战殁，优诏赠官，其实他为虏廷显宦了。暗寓贬义。

咸平六年残腊,下诏改元,越年元旦,称为景德元年。朝贺礼毕,京师即闻地震,越日又震,过了十余日,又复大震,免不得有蠲租缓逋、勉图修省等具文。春季尚幸无事,至春夏交界,皇太后李氏崩,又有一番忙碌。丧葬已了,尊谥"明德"。到了新秋,首相李沆病逝、沆字太初,洺州人,太宗尝称他风度端凝,不愧正士,因擢为参政。真宗初进任右相,居位缜密,遇事敢言。及殁,真宗亲临吊奠,痛哭移时,顾语左右道:"沆忠良纯厚,始终如一,怎料他不享退寿呢?"回朝后,追赠太尉中书令,予谥"文靖",不没良相。进毕士安、寇准同平章事。

相位甫定,忽由边吏连递警报,仿佛与雪片相似,大致是说契丹主隆绪与母萧氏,率众二十万,前来入寇了。真宗忙召问群臣,寇准独主战,毕士安赞成寇议,参政以下王钦若等,或主守,或主和,纷纷不决。嗣闻契丹攻威虏、顺安各军,均已败去,转攻北平砦、保州,亦不得志,真宗稍稍放心。续接定州捷报王超在唐河击退虏兵,岢岚军捷报高继勋力战却敌,瀛洲捷报李延渥接仗获胜。寇准入奏道:"虏兵东侵西扰,无非是恐吓我朝,我岂受他恐吓吗?请速练师命将,扼守要害,与他决一雌雄!"真宗口虽答应,心中尚是迟疑。及准退后,又接莫州都部署石普奏章,报称契丹遣使议和等情,又附故将王继忠密表,内言:"臣孤军失援,致为所虏,徒死无益,勉强偷生,今特劝契丹议和修好,各息兵争,聊报皇恩,为此遣使李兴,赍表莫州,乞代上奏"云云。真宗阅奏,召问毕士安。士安道:"这也是羁縻之策,不妨准他议和。"真宗道:"敌悍如此,恐不可恃。"士安道:"臣尝得契丹降人,据言虏虽深入,未尝逞志,阴欲引去,又耻无名,他既倾国前来,又恐人乘虚袭入,臣所以料他请和,未始非实情呢。"真宗乃诏示石普,令传谕继忠,许他通和。继忠复乞石普复奏,请先遣使至契丹,真宗因遣门祗候使曹利用,往契丹军。利用陛辞,真宗面谕道:"契丹南来,不是求地,就是索赂,朕想关南地久归中国,万难轻许,惟汉用玉帛赐单于,尚有故事可循,卿或可酌量应允。"利用道:"臣此去,务期不辱君命,他若有所求,臣亦不望生还了。"语颇壮愤。真宗道:"卿竭诚报国,朕复何言!"

利用衔命即行。既至契丹营,入见萧太后母子,果欲索关南地。利用道:"关南地系我国疆土,如何得给与贵国?"萧太后道:"晋尝畀我,周乃夺我,今不见还,尚待何时?"利用道:"晋、周故事,于我朝无与。贵国如欲议和,请勿再言索地!就是岁求金帛,亦未知帝意如何?"萧太后不待说毕,便竖起柳眉道:"不割地,不输款,如何前来议和? 你难道不怕死吗?"权势压人,不愧为萧娘娘。利用亦抗声道:"我若怕死,我也不来了。我皇上不忍劳民,所以许贵国议和,若仍要索地索金,有何和议可言?"说毕,拱手欲辞。帐下闪出王显忠,劝住利用,邀赴别帐去讫。

萧太后复下令军中道:"宋使前来,无和可议,不若就此进兵罢!"当下炮声三响,拔寨再进,攻陷德清军,进逼冀州,直抵澶州,边书告急宋廷,一夕五至,真宗复召群臣会议。王钦若系临江人,请驾幸金陵。陈尧叟系阆州人,请驾幸成都。真宗不答,左右四顾,不见寇准,便问群臣道:"寇相如何不来?"钦若曰:"他尚在家中饮博哩。"一语已足倾人。真宗愕然道:"他还有这般闲暇吗?"遂命左右宣准入朝,准既至,便与语道:"虏兵已至澶州,朕心甚忧,闻卿却闲暇,是否已得良策?"准答道:"陛下如信臣言,不过五日,便可退敌。"真宗转惊为喜道:"卿有何妙计?"准又道:"莫如御驾亲征。"真宗道:"敌势甚盛,亲征亦未必得胜,现有人奏请,或谓宜幸金陵,或谓宜幸成都,卿以为可行否?"寇准朗声道:"何人为陛下画此策? 臣意请先斩此人,取血衅鼓,然后北伐! 试思陛下神武,将臣协和,若御驾亲征,敌当自遁,否则出奇挠敌,坚守老敌,彼劳我佚,可操胜算。奈何弃宗庙社稷,转幸楚、蜀,大驾一移,人心崩溃,虏骑长驱深入,天下尚可保吗?"声容俱壮。真宗闻言,尚是沉吟。毕士安在旁奏对道:"准言甚是,请陛下俯允!"真宗方道:"两卿既已同意,朕就下诏亲征罢!"准又奏道:"虏骑内侵,天雄军最为重镇,万一陷没,河朔皆成虏境,请陛下简择大臣,出守为要。"真宗道:"卿以为何人可使?"准答道:"莫如参政王钦若。"钦若退列朝班,历闻准言,已气得面红耳赤,忽听准荐他出守,不由得脸色变青,慌忙趋至座前,正欲跪奏。准即与语道:"主上亲征,臣子不得辞难,现我已保荐参政,出守天雄军,参政应即领敕启行。"观此言动,似准未免专断,然不如此，乌能远开金壬？钦若道："寇相是否居守？"寇准道："老臣应为王前驱，怎敢自安？"一语破的。真宗也开口道："王卿应善体朕意，朕命你判天雄军，兼都部署，卿其勿辞！"钦若不敢再说，只得叩首受敕，辞行而去。是日即由寇准预备亲征事宜，议定雍王元份为留守，元份系太祖第五子。并申简命。越日，车驾起行，将相皆从，扈驾军士，浩浩荡荡，出发京师，小子有诗咏道：

> 胡骑南来杀运开，
>
> 征云黯黯覆尘埃。
>
> 若非御驾亲临敌，
>
> 怎得澶渊振旅回？

欲知亲征情形，且看下回续叙。

　　灵武为河西要塞，岂可轻弃。何亮一疏，言之甚明，而张齐贤、李沆等，俱主张弃地，实书生畏葸迂谈耳。真宗虽有心保守，而任将非人，当日曹彬临殁，曾谓其子璨玮，均擅将才，何不擢之专阃，乃任一阘茸无能之王超耶？裴济陷殁，皆超之罪，至于巴喇济计败继迁，继迁走死，曹玮上书请缨，朝议不从，又欲以恩致之，且有援春秋不伐丧之例，以驳玮议者，迂如宋儒，何怪宋之终受制于夷狄乎。迨契丹入境，王钦若请幸金陵，陈尧叟请幸成都，微寇公，宋早成为小朝廷矣。时人犹讥寇为不学无术，试问博学者果能安内攘外否耶？宋儒宋儒！吾不欲多责焉。

第二十三回

澶州城磋商和约
承天门伪降帛书

却说真宗下诏亲征，驾发京师，命山南东道节度李继隆为驾前东面排阵使，武宁军节度石保吉为驾前西面排阵使，各将帅拥驾前行，适值天气严寒，朔风凛冽，左右进貂帽毳裘，真宗摇首道："臣下都苦寒，朕亦何得用此？"将士闻谕，各自感激，顿时勇气百倍，挟纩皆温。鼓励将士之法，莫善于此。前军到了澶州，契丹统军顺国王萧挞览（一译作萧达兰）自恃骁勇，直犯宋军，压营列阵。李继隆闻报，奏过真宗，上前抵御。两军尚未接战，挞览带领数骑，出阵四眺，审视地形。继隆部将张环正守着床子弩，弩有机，机一触动，百矢齐发，宋军恃为利器。环见契丹阵内，有一黄袍大将出来，料知不是常人，他也不遑禀报，竟捻动床子弩，机动箭发，接连射去，刚中挞览要害，应声而倒。其余数骑随将一半射死，一半受伤，契丹阵内，慌忙抢出将士，扶伤舁死，奔驰而去。待至张环报告继隆，麾兵驱杀，契丹兵早已远飏了。

是时知安肃军魏能、知广信军杨延昭，均当敌冲，敌兵屡次围攻，百战不能下。时人称二军为铜梁门、铁遂城。梁门即安肃军治，遂城即广信军治。独王钦若往守天雄军，束手无策，整日里修斋诵佛，闭门默祷，幸契丹兵未曾进攻，还得支持过去。想是我佛有灵。及真宗将至澶州，复有人上言："契丹势盛，未可轻敌，不如往幸金陵。"定是王钦若嗾使。真宗又不免滋疑，召寇准入问。准正色道："陛下只可进尺，不可退寸，河北诸军，日夜望銮舆到来，并力对敌，若回辇数步，万众失望，势必瓦解，虏骑随后追蹑，恐金陵也不能到了。"真宗道："卿言亦是，容朕细思。"准乃趋出，适遇殿前都指挥晋职太尉高琼，即与语道："高太尉受国厚恩，今日应该报国！"琼矍然道："琼一介武夫，累蒙超擢，应当效死。"准握琼手道："我与你入奏天子，即日渡河杀敌。"琼点首称善。两人入见真宗，准厉声道："陛下若不信臣言，请问高琼便了。"琼即跪奏道："寇准言是，机不可失，请速驾渡河！"真宗乃决，遂命琼麾兵复进。

既至澶州南城，遥见河北一带，敌营累累，似星罗棋布一般，真宗也不觉惊慌，左右复请驻跸，且静觇敌势，再决进止。寇准亟趋至驾前，固请道："陛下若再不过河，敌气未慑，人心益危，怎能取威决胜？现在王超领着劲兵，驻扎中山，可扼敌喉，李继隆、石保吉东西列阵，可掣敌左右肘；四方镇将，相率来援，还怕什么契丹，逗留不进？"高琼道："臣愿保驾前行，决可无虑。"于是麾军渡河，进次澶州北城。真宗亲御城楼。远近将士望见御盖，踊跃鼓舞，齐呼万岁，声闻数十里。契丹自萧挞览射死，人人夺气，又见真宗亲来督师，益觉气沮。只萧太后不肯罢手，饬精骑数千名，前来薄城。寇准奏真宗道："这是来试我强弱哩，请诏下将士，痛击一阵，免他轻觑！"真宗道："军事悉以付卿，卿替朕调遣便了。"实是没用。准遂承旨发兵，开城迎击。战不数合，契丹兵果然退走，由宋军追杀过去，斩获大半，余众走脱。

真宗闻捷，乃留准居北城上，自还行宫。嗣又使人觇准，所为何事，究竟不放心。使臣还报道："寇准方与杨亿饮博欢呼。"故示镇定，也是一策，然亦何必饮博？真宗大喜道："准如此从容，朕可无忧了。"未几，闻曹利用回来，并偕契丹使臣韩杞，一同求见。当即传入利用，利用行过跪叩礼，便上奏道："契丹欲得关南地，臣已拒绝，就是金帛一节，臣尚未曾轻许哩。"真宗道："若欲与地，宁可决战，金帛不妨酌许，尚与国体无伤。朕本意原是这般，至今也是这般哩。"复命宣韩杞进见，杞跪谒毕，呈上国书，并言奉国主命，索还关南地，即可成盟。真宗道："这却不便，国书权且留下罢！"随顾利用道："外使到此，我朝总当以礼相待。你且引他出宴，待朕议定，遣回去罢！"利用领旨，引韩杞退出。真宗复召准入议，准奏道："陛下若为久安计，须要虏廷称臣，及献还幽、蓟地。一切岁币等件，概不许与。那时虏廷畏服，方保百年无事，否则数十年后，他必生心，仍然来扰中国了。"言之非艰，行之维艰。真宗道："若如卿言，非战不可，但胜负究难预料，就是得胜，也须伤亡若干兵民，朕心殊属不忍。且数十年后，如得子孙英明，自能防御外人，目下且许与和，总教边境如故，不妨将就了事呢。"准答道："这总非永远计策，臣且去诘问来使，再行复命。"真宗应诺。准自去与韩杞辩论，两下争议未决，准尚欲决战，会闻有蜚语谮准，说他挟主微功，准不禁叹息道："忠且被谤，尚复何言？"遂入复真宗，但言："臣意在计划久安，如陛下不忍劳师，悉听圣裁！"真宗因遣还韩杞，复命曹利用赴契丹军，且谕利用道："但教土地不失，岁币不妨多给，就使增至百万，亦所不惜。"岁币亦人民膏血，奈何视若粪土？利用唯唯而退。寇准闻这消息，召利用至幄，正色与语道："敕旨虽许多给岁币，我意不得过三十万，你若多许，我当斩汝首级，你休后悔！"寇准好刚使气，可见一斑。利用暗暗伸舌，随答道："少一些，好一些，利用岂有不知？"当下辞别寇准，径往敌营。

契丹政事舍人高正始接着，即向前问道："和议如何？"利用道："岁币或可酌给，土地万难如议。"正始道："我等引众前来，无非图复故地，若止得金帛归去，如何对付国人？"利用道："君为大臣，也应为国家熟计，倘贵国执政，信用君言，恐兵连祸结，也非贵国利益，请君熟思！"正始无词可驳，倒也默然。利用入见萧太后，萧太后尚坚执前议，利用仍然拒绝，乃留利用暂驻营中，另遣监门卫大将军姚东之再持书至宋营，复议和款。真宗不许，东之乃去。萧太后始再召利用，磋商和议，两国境界如旧，宋廷每岁给契丹银十万两，绢二十万匹，契丹国主以兄礼事宋帝。议既定，利用返报真宗，真宗很是喜慰。减去七十万，如何不乐？复遣李继隆往契丹军，签订和约。契丹也遣使丁振，赍缴盟书，再命姚东之来献御衣食物。真宗御行营南楼，赐宴契丹来使，并及从官。至契丹使去，颁诏边吏，不得出兵邀契丹军归路。契丹主遂奉萧太后，引众北归，真宗也自澶州回京，录契丹盟书，颁告两河诸州。

转眼间已是景德二年，正月初旬，因契丹讲和，大赦天下，放河北诸州强壮归农。毕士安请通互市，葺城池，招流亡，广储蓄，一面择要任将，保荐马知节守定州，杨延昭守保州，李允则守雄州，孙全照守镇州，此外尚有数人，名不胜述。自是河北大定，烽燧不惊。朝议复以南北修和，未免有往来庆吊诸仪，特奏设国信司，归内侍职掌。外交大事，如何领以奄人？既而遣太子中允孙仅北往契丹，贺萧太后生辰，所具国书，自称南朝，号契丹为北朝。直史馆王曾上言："春秋外夷狄，爵不过子，今只从他国号，于他无损，于我有名，何必对称两朝？"所言甚当。真宗也以为然。嗣又有人谓："既称兄弟，应作两朝称呼，庶较示亲睦"云云，乃仍用原书赍去。真宗实无定见。此后南北通问，概用南北朝相称，已兆南渡之机。这也不在话下。

且说知天雄军王钦若，因南北通好，奉诏还京，仍任参知政事。钦若以与准不协，迭请解职，乃命冯拯代任，改授钦若为资政殿学士。未几，毕士安病殁，惟准独相。准性刚直，赖士安曲为调停，澶州一役，政策虽多出自准，但也幸有士安襄助，因得成功。真宗谓士安饬躬畏谨，有古人风，因此深信不疑。士安殁后，赐谥"文简"，车驾哭临，辍朝五日。准因士安已殁，一切政令，多半独断独行，每当除拜官吏，辄不循资格，任意选用，僚属遂有怨言。真宗因他有功，累加优待，就是他语言顶撞，也尝含忍过去。一日会朝，准奏事侃侃，声彻大廷，真宗温颜许可。及准既奏毕，当即趋退，真宗目送准出，注视不已。适王钦若在朝，亟趋前跪奏道："陛下敬准，是否因准有社稷功？"真宗点首称是。钦若又道："澶州一役，陛下不以为耻，乃反目准为功臣，臣实不解。"真宗愕然问故，钦若又道："城下乞盟，《春秋》所耻，澶州亲征，陛下为中国天子，反与外夷做成下盟，难道不是可耻吗？"宋儒专尚《春秋》，钦若特举以为证，果足摇动帝心。真宗不禁变色。钦若见已入彀，索性逼近一层，更申奏道："臣有一句浅近的譬喻：譬如赌博，输钱将尽，倾囊为注，这便叫作'孤注一掷'，陛下乃准的孤注，岂不危甚？幸陛下最大福弘，才得免败。"真宗面颊发赤道："朕今知道了。"钦若乃退。由是真宗待准礼意日衰，嗣竟罢准为刑部尚书，出知陕州。准亦知为钦若所谗，奈诏命难违，只好启程赴陕。

适知益州张咏自成都还京，道过陕州，准出郊迎钱，欢宴竟日。临行时，准问咏道："君治蜀有年，政绩卓著，准方愧慕得很，敢问何以教准？"咏徐答道："这也未免太谦了。但《霍光传》却不可不读。"准闻言，一时莫名其妙，只得答了"领教"二字。及咏已辞去，准还署中，取《汉书·霍光传》随读随思，读至不学无术一句，不由得自笑道："张公语我，想便指此语了。"准并非无术，实是少学。未几，复徙知天雄军。契丹使过大名，与准相会，出言讯准道："相公望重，何故不在中书？"准答道："我朝天子，因朝廷无事，特遣我到此，执掌北门管钥，你何必多疑！"此语却是得体。契丹使方才无言，竟赴汴都去了，这且慢表。

且说真宗罢准后，用参政王旦代任。旦，大名人，器量宏远，有宰相器，当时称为得人。唯真宗为钦若所惑，尚以澶州修好，引为己辱，平居怏怏不乐。钦若窥伺意旨，特至内廷奏请道："陛下欲发扬威武，须用兵进取幽、蓟，才可得志。"明知真宗厌兵，特进一步探试。真宗道："河北生民，方免兵革，朕何忍再行动兵？须另图别法。"钦若道："陛下既不忍劳师，不如仿行封禅，或可镇服四海，夸示外国。但自古以来，封禅应得天瑞，必有世上罕见的瑞征，方足服人。"真宗道："天瑞哪可必得？"钦若旁顾左右，似有不敢遽言的形状。真宗喻义，命左右暂退。钦若方申奏道："天瑞原不可必得，前代多用人力造成，但教人主尊信崇奉，便足明示天下。陛下以为河图

洛书，真有此事吗？圣人神道设教，特借此诱服天下呢！"钦若毕竟聪明。真宗沉思片刻，复道："王旦恐未必赞成哩。"钦若道："圣意若果决定，臣当转告王旦，嘱他遵行。"真宗随即点首。钦若遂退，自与王旦密商去了。越日，又入内复命，报称旦已遵旨，真宗倒也欣慰。及钦若去后，辗转图维，尚觉心下不安，当下亲幸秘阁，直学士杜镐等迎驾叩首。镐年已老，为学士首列，真宗骤问道："古所谓河出图，洛出书，曾否实有此事？"镐未明上意，竟率尔奏对道："这恐是圣人神道设教呢！"好似钦若教他？真宗听到此语，便不复问，即命驾还宫。越日，召王旦至内廷，特别赐宴。宴毕，旦起谢，真宗又另赐一樽，亲给王旦道："此酒极佳，卿可持去，归与妻孥共饮。"旦不敢不受，急忙跪接酒樽，拜赐而退。及归家，见樽口封得甚固，启封审视，并不是什么美酒，乃是宝光闪烁，粒粒似豆的珍珠。当下想了一会，即命眷属收藏，后经家人泄言，方知此事。

至景德五年正月，皇城司奏言守卒涂荣，见左承天门南鸱尾上，有黄帛曳着，约长二丈，为此奏闻。真宗即命中使往视，一面顾语群臣道："去冬十一月间，庚寅日夜半，朕方就寝，忽室中烨烨有光，朕深惊讶，蓦见一神人星冠绛衣，入室语朕，谓来月宜就正殿建黄箓道场一月，当降天书大中祥符三篇，朕正欲起对，不意这位神人，竟不见了。朕自十二月朔日，已虔诚斋戒，在朝元殿建设道场，伫待天贶，因恐宫廷内外，反启疑言，所以未曾宣布。目今帛书下降，敢是果邀天贶吗？"一派鬼话。钦若即出奏道："陛下至诚格天，应该上邀天眷。"真宗喜形于色，待了一刻，见中使驰回复命，匆匆跪奏道："承天门上，果有帛书，约长二丈许，缄物如书卷，外用青缕缠住，封处隐隐有字。"真宗悚然道："这莫非天书不成？"王旦等齐集殿阶，再拜称贺。真宗复道："这须由朕亲往拜受呢。"言毕，即步出殿阶，直抵承天门。百官尽行随着，仰瞻门上，那黄帛正随风飘荡，摇曳空中。真宗望空再拜，拜毕，即遣二内侍升梯上登，敬谨取书，下授王旦。旦捧书跪呈，真宗复再拜受书，亲置舆中，导至道场，命知枢密院事陈尧叟启帛书。帛上有文云："赵受命，兴于宋，付于眷，居其器，守于正，世七百，九九定。"真宗又向书跪拜，书中又有黄字三幅，语类《洪范》《道德经》。前言帝能以至孝至道绍世，次谕以清净简俭，末述世祚延永的大意。陈尧叟捧书读讫，真宗重复跪受，仍将原帛裹书，贮诸金匮。群臣入贺崇政殿，真宗与辅臣皆茹斋戒荤，遣官告天地宗庙社稷，大赦改元，以"大中祥符"为年号，遍宴群臣，并赐京师酺五日，改左承天门为承天祥符，置天书仪卫扶

持使,遇有大礼,即命宰执近臣,兼任是职。嗣是陈尧叟、陈彭年、丁谓、杜镐等,更争言祥瑞,附和经义。独龙图阁待制孙奭上言道:"天何言哉?岂有书也?"两语括尽诈欺。真宗不答。

越数日,宰相王旦等复率文武百官诸军将校官吏藩夷僧道耆寿共二万三千二百余人,上表请真宗封禅,真宗未决。表至五上,强奸民意,已兆于此。乃召权三司使丁谓,入问经费。谓答言大计有余,因决议封禅,命翰林太常详定仪注,任王旦为大礼使,王钦若等为经度制置使,冯拯、陈尧叟分掌礼仪,丁谓计度粮草,大家不胜忙碌,差不多举国若狂,足足筹议了好几月。乃命钦若东行,赴泰山预备封禅。钦若抵乾封,遣使驰奏:"泰山有醴泉出,锡山(泰山下小山)有苍龙现。"未几,又报称天书下降,遣中使驰捧诣阙。正是:

> 逢恶罪深逾长恶,
> 欺人术尽且欺天。

这天书再降何处,由小子下回叙明。

澶渊修和,本出真宗本意,观其在道逗留,望敌惊心,一若身临虎口,懔懔危惧。赖寇准力请渡河,敌气少沮。化干戈为玉帛,得以振旅还京,此非寇公之功,乌能至此?王钦若乃以孤注之言,肆其谮间,木朽虫生,仍由真宗胆怯之所致耳。迨至天书下降,举国若狂,欺人欺天,不值一笑。钦若小人。不足深责,王旦名为正直,乃以钦若一言,美珠一樽,竟箝其口,后且力请封禅,冒称众意,利令智昏,固如此哉!读毕为之三叹!

第二十四回

孙待制空言阻西幸
刘美人微宠继中宫

　　却说王钦若抵乾封后，再上天书，据言："有木工董祚，在醴泉亭北，见黄帛曳林木上，帛中有字，苦不能识，因辗转告至臣处。臣遣人觇视，与前时所降天书相似，因特敬谨取奉阙下"云云。真宗御崇政殿，传集群臣，朗声宣谕道："朕五月丙子夜间，复梦前日的神人，入室告朕，说是来月上旬，当在泰山颁降天书，朕即密谕钦若，留心稽查，今果与梦兆相符，降书泰山。上天眷佑，可谓特隆。惟朕自愧无德，恐不能仰答天庥呢。"这种天书，虽千万册不难立致，真宗说是自愧无德，我想他宣谕时，正恐不免面赤哩。宰相王旦又率百官拜贺道："圣德日增，天无不应，臣等不胜庆幸呢。"真宗欣然道："这也仗卿等辅弼的功劳。"上欺下，下周上，真会捣鬼。说罢，又迎奉天书至含芳园，就正殿上面庋阁，一面斋戒沐浴，谨备法驾，诣殿拜受。仍命这位知枢密院事陈尧叟启封宣读。百官歙足恭听，但闻尧叟读着道："汝崇孝奉，育民广福，锡尔嘉瑞，黎庶咸知。秘守斯言，善解吾意。国祚延永，寿历遐岁。"读讫，复捧书升殿，百官遂表上尊号，称真宗为崇文广武仪天尊道宝应章感圣明仁孝皇帝。既而敕建玉清昭应宫，虔奉天书。知制诰王曾、都虞侯长旻，上书谏阻，均不见报。

　　到了孟冬，真宗至泰山封禅，用玉辂载着天书，先行登途，自备卤簿仪卫，随后出发。途中历十七日，始至泰山。王钦若迎谒道旁，献上芝草三万八千余本，倒也亏他会办。真宗慰劳有加。复斋戒三日，才上泰山，道经险峻，降辇步行。总算虔心。享祀昊天上帝，左陈天书，配以太祖、太宗，命群臣把五方帝及诸神于山下封祀坛。礼成，出金玉匮函封禅书，藏置石礉（音感，石箧也）。真宗再巡视圜台，然后还幄，王旦复率从官称贺。翌日，禅祭皇地祇于社首山，如封祀仪。王钦若等连上颂词，什么彩霞起岳，什么黄云覆辇，什么瑞霭绕坛，什么紫气护幄，还有日重轮，月黄色，说得天花乱坠，弄假成真。真宗即御朝觐坛中的寿昌殿，受百官朝贺，上下传呼万岁，震动山谷。有诏大赦天下，文武进秩，令开封府及所过州郡，考选举人，赐天下酺三日。改乾封县为奉符县，大宴穆清殿，又宴泰山父老于殿门，真个是皇恩浩荡，帝泽汪洋。句中带刺。

　　过了数日，转幸曲阜，谒孔子庙，酌献再拜，命近臣分奠七十二弟子，加谥孔子为玄圣文宣王，饬此后祭用太牢。真宗复率从臣游览孔林，到了兴尽思归，乃下诏回銮，仍用玉辂载奉天书，按驿还都。钦若护驾西归，更联合一班媚子谐臣，朝奏符瑞，暮颂功德，惹得真宗堕入谜团，自以为五帝三王，不过尔尔。丁谓又上封禅祥瑞图，揭示朝堂，于是东封不足，复议西封。可巧徐、兖大水，江、淮亢旱，无为烈风，金陵大火，各处灾祲，接连入报，这也可作符瑞。乃把西岳封禅暂行停办。越年余，中外稍稍安靖，再将旧事提起，由群臣表请西祀汾阴，有旨准奏，定期来春西幸，所有典礼各使，免不得仍用熟手。嗣陕州奏称黄河清，集贤院校理晏殊献河清颂，真宗亲制奉天庇民述，宣示相臣。转眼间冬尽春来，命群臣戒备祭仪，毋得懈怠。适值京畿大旱，谷米腾贵，龙图阁待制孙奭毅然上疏道：

　　臣闻先王卜征五年，岁习其祥，祥习则行，不习则增，修德而改卜。陛下始毕东封，更议西幸，殆非先王卜征五年慎重之意，其不可一也。夫汾阴后土，事不经见，昔汉武帝将封禅，故先封中岳，祀汾阴，始巡幸都县，遂有事于泰山。今陛下既已东封，复欲幸汾阴，其不可二也。古者圜丘方泽，所以郊祀天地，今南北郊是也。汉初承秦，唯立五畤以祀天，而后土无祀，故武帝立祠于汾阴。自元成以来，从公卿之议，遂徙汾阴于北郊，后之王者多不祀汾阴。今陛下已建北郊，乃舍之而远把汾阴，其不可三也。西汉都雍，去汾阴至近，今陛下经重关，越险阻，轻弃京师根本，而慕西汉之虚名，其不可四也。河东唐王业之所由起也，唐又都雍，故明皇闲幸河东，因祀后土。圣朝之兴，事与唐异，而陛下无故欲祀汾阴，其不可五也。昔者周宣王遇灾而惧，故诗人美其中兴，以为贤主。比年以来，水旱相继，陛下宜侧身修德，以答天谴，岂宜下徇奸回，远劳民庶，盘游不已，忘社稷之大计，其不可六也。夫雷以二月启蛰，八月收声，育养万物，失时则为异。今震雷在冬，为异尤甚。此天意丁宁以戒陛下，而反未悟，殆失天意，其不可七也。夫民，神之主也，是以圣王先成民而后致力于神。今国家土木之工，累年未息，水旱荐沴，饥馑居多，乃欲劳民事神，神其享之乎？其不可八也。陛下必欲为此者，不过效汉武帝、唐明皇巡幸所至，刻石颂功，以崇虚名，夸示后世尔。陛下天资圣明，当慕二帝三王，何为下袭汉、唐之虚名？其不可九也。唐明皇以嬖宠奸邪，内外交害，身播国危，兵交阙下，忘乱之迹如此，由狃于承平，肆行非义，稔致祸败。今议者引开元故事以为盛烈，乃欲倡导陛下而为之，臣窃为陛下不取，其不可十也。臣言不逮意，陛下以臣言为可取，愿少赐清问，以毕臣说，臣不胜翘首待命之至。

真宗览奏，因他有少赐清问一语，即召内侍皇甫继明，传旨再问，教他尽情说来。孙奭乃再上陈道：

陛下将幸汾阴，而京师民心勿宁，江、淮之众，困于调发，理须镇安而矜存之。且土木之工未息，而夺攘之盗公行，外国治兵，不远边境，使者杂至，宁可保其心乎？昔陈胜起于徭役，黄巢出于凶饥，隋炀帝勤远略，而唐高祖兴于晋阳。晋少主惑于小人，而耶律德光长驱中国。陛下俯从奸佞，远弃京师，涉仍岁荐饥之墟，修违经久废之祠，不念民疲，不恤边患，安知今日戍卒无陈胜，饥民无黄巢？枭雄将无窥伺于肘腋，外敌将无观衅于边陲乎？先帝尝议封禅，寅畏天灾，寻诏停寝。今奸臣乃赞陛下，力行东封，以为继承先声。先帝尝欲北平幽、朔，西取继迁，大勋未集，用付陛下，则群臣未尝献一谋，画一策，以佐陛下继先帝之志者，反务卑辞重币，求和于契丹，蠹国糜爵，姑息于继迁，曾不思主辱臣死为可戒，诬下罔上为可羞。撰造祥瑞，假托鬼神，才毕东封，便议西幸，轻劳车驾，虐害饥民，冀其无事往还，便谓成大勋绩。是陛下以祖宗艰难之业，为奸民侥幸之资，臣所以长叹而痛哭也。夫天地神祇，聪明正直，作善降之祥，作不善降之殃，未闻专事笾豆簠簋，可邀福祥。《春秋》传曰："国之将兴听于民，将亡听于神"，臣愚非敢妄议，唯陛下终赐裁择！

真宗看到此疏，亦知孙奭是个忠臣，但一种虚夸的念头已是萦绕胸中，无从解脱，因此将两疏留中，束诸高阁。

仲春吉日，乘着天气晴和，启銮西幸，仍奉天书发京师，出潼关，渡渭河，遣近臣祀西岳，遂进次宝鼎县（汉称汾阴）。奉祀后土城祇，一切礼仪，略与前等。余如赏功赦罪，颁宴赐铺，亦与前例相同。迭召隐士李渎、刘巽、郑隐、李宁见驾，渎托言足疾，不愿逢迎。隐与宁总算到来，受赐茶果粟帛，仍迓请回山。惟巽受职为大理评事。还次阌乡，召见道士柴又玄，问他无为要旨。又玄略陈数语，不甚称旨，便即令退。及抵陕州，又遣陕令王希征召隐士魏野，野亦托疾不至。先是咸平五年，张齐贤闻京兆隐士种放名，奏请征命。真宗准奏往征，放即诣京师，受官左司谏，直昭文馆。后来东封西祀，无不随从，时论颇加鄙薄。至李渎、魏野并辞不至，名盛一时。渎与野本相友善，均遁迹终身，及野殁，渎痛失良友，隔六日亦卒，尤觉奇异。还有杭州隐士林逋，终身不娶，隐居西湖，结庐孤山，妻梅子鹤。真宗料他高节，不肯就征，但赐他粟帛。速至仁宗时乃殁，临终时口吟自挽诗，有"茂陵他日求遗稿，犹幸曾无封禅书"二语，传诵远迩，众口皆碑，这也不在话下。**实是褒扬高节。**

惟西封以还，尚有余岳未封，再遣向敏中为五岳奉册使，加上五岳帝号，并作会灵观奉祀五岳，一面任王钦若为枢密使，擢丁谓参知政事。另用林特为三司使，三人互相勾结，专言符瑞。经度制置副使陈彭年，素性奸媚，绰号九尾狐，与内侍刘承珪也阴通声气，广修宫观，朝中目为五鬼。承珪又奏言："汀州王捷，在南康遇一道人，自言姓赵，讳玄朗，即司命真君，授捷丹术，及小镮神剑，既而不见，因此上闻。"真宗即召捷入朝，授官左武卫将军，赐名中正。廷臣均不胜惊异，真宗却语辅臣道："朕尝梦神人传玉皇命，谓令朕始祖赵玄朗，授朕天书。次日，复梦神人传圣祖言云，吾座西偏，应设六位候着。朕乃命在延恩殿设道场，五鼓一筹，果闻异香。俄顷，黄光满殿，圣祖竟至。朕再拜殿下，嗣复有六人到来，各揖圣祖，一一就座。圣祖命朕道：'我乃人皇九人的一人，是赵氏始祖，再降为轩辕黄帝。后唐时复降生赵氏，今已百年，愿汝后嗣，善抚苍生，毋怠前志。'说毕，各离座乘云而去。王捷所遇，想即这位圣祖了。"愈造愈奇。王旦等不敢指驳，只黑压压地跪在一地，齐声称贺，因颁诏天下，避圣祖讳，"玄"应作"元"，"朗"应作"明"，载籍中如遇偏讳，应各缺点画。寻复以"玄""元"二字，声音相近，改"玄"为"真"，"玄武"为"真武"，命丁谓等修订崇奉仪注，上圣祖尊号曰："圣祖上灵高道九天司命保生天尊大帝。"圣母懿号曰："元天大圣后。"敕建景灵宫太极观于寿邱，奉圣祖圣母，并诏建康军铸玉皇圣祖、太祖、太宗尊像，授丁谓为奉迎使，迎像入玉清昭应宫。真宗又亲率百官郊谒，再命王旦为刻玉使，王钦若、丁谓为副，把天书刻隶玉籍，谨藏宫中。此后玉清昭应宫祀事，均归王旦承办，即赐他一个官名，叫作玉清昭应宫使（《纲目》于王旦病殁，特书玉清昭应使王旦卒，故本编亦特别提出）。王旦虽自觉可笑，但帝命难违，也只得随来随受罢了。这是寓褒丁贬之笔。

且说真宗皇后郭氏，谦约惠下，性疾侈靡。族属入谒禁中，服饰稍华，即加戒勖。母家间有请托，未尝允诺。以此真宗亦颇加敬礼，素无间言。景德四年，从真宗幸西京，拜谒诸陵，途中偶冒寒气，还宫寝疾，竟致不起。及崩，谥曰"章穆"。宫中尚有数嫔，最邀宠眷的要算刘德妃，次为杨淑妃。

这位刘德妃的履历，不甚明白，她本随一蜀人龚美流至京师。龚美素业锻银，自导妃入都后，仍执旧业，不知如何得识内侍，出入宫邸。是时妃年尚只十五，生得娇小玲珑，纤秾秀媚，兼且有一种特技，善能播鼗。鼗本寻常小鼓，没甚可听，偏经她纤手摇来，音韵悠扬，别具节奏。在色不在鼗。内侍等遇有闲暇，辄往听鼗，渐渐的轰动都下，连襄邸中也得闻知。真宗尚未为太子，年少好奇，即带着传役，微服往游。既至龚美寓中，睹着这位刘美人芳容，已是目眩心迷，暗暗称赏；及令她播鼗，果然声调铿锵，与众不同。刘亦知真宗不是常人，除运动灵腕外，免不得有眉传目语的情形，惹得真宗心猿意马，一经还邸，便令侍役召入，作为侍女。当下问明籍贯，据说是："先家太原，后徙益州，祖名延庆，曾在晋、汉间做过右骁卫大将军。父名通，即在宋朝做过虎捷都指挥使，因从征太原，中道病殁。时女尚在襁褓，因家世廉洁，向无余资，不得不鞠养外家。会因舅氏等相继去世，只剩表兄龚美，素业贱工，饧口四方，是以随徙至此。"话虽如此，未足尽信。她一面说，一面含着悽切态度，越觉楚楚可怜。看官！你想这真宗年当好色，怎肯将她轻轻放过？况这刘美人心灵手敏，乐得移篙近舵，图个终身富贵。洛皋解珮，幸遇陈思，神女行云，巧逢楚主。两下里相怜相爱，几似胶漆粘合，熔成一对鸾凤交。偏真宗乳母秦国夫人秉性严整，看他两小无猜，料有情弊，遂乘间入白太宗。太宗即传入真宗，当面训责，令他斥逐刘女。真宗不得已，遣女出邸，潜置王宫指使张耆家。老婆子太不解事，几乎拆散鸳鸯。到了真宗即位，大权在握，当即召入宫中，封为美人。名称其实。破镜重圆，钟情倍甚。那美人确系聪明，对着那郭皇后，侍奉殷勤，就是与同列杨氏，亦和好无嫌，因此宫中相率称颂。未几进位修仪，且因她终鲜兄弟，即以龚美为兄，令改姓刘，赐给官秩。银匠也交运了。

先是郭后连生三子，长名提，次名祐，又次名祗，皆蚤殇。杨氏生子祉祈，又皆天逝。真宗望子心切，又选纳沈女为才人。沈氏本宰相沈伦孙女，父名继忠，亦曾任光禄卿。就是杨氏祖籍，亦尝通显，她本是天武副指挥使杨知信侄女，比刘氏先入襄邸，刘封修仪，杨亦封修仪。至郭后已崩，刘、杨名位相埒，均有嗣袭中宫的希望。沈才人虽是后进，但系将相后裔，望重六宫，却也是一个劲敌。刘氏外表谦和，内怀刻忌，日思产一麟儿，借得后位，怎奈熊罴不梦，祷祀无灵，只好想了一条以李代桃的计策，暗中授意李侍儿，令司御寝，按天里叠被铺床，抱衾送枕。也是真宗命该有子，竟要她传寝当夕。春风一度，暗结珠胎。一日，随真宗临幸砌台，狭小金莲稍被一绊，那头上玉钗竟致震落。李不觉失色，真宗暗地卜祷，钗完当生男子。及左右拾钗进奉，果得不毁。真宗甚喜，既而果产一男，取名受益，就是后日的仁宗皇帝。李以是得封才人。刘氏取受益为己子，且商诸杨氏，合同保护，一面密嘱心腹，只说皇嗣为自己所生，不得泄露外廷，一面悄语真宗求请立后。真宗本宠爱得很，当然言听计从，遂册刘氏为德妃，并召谕群臣，将立刘为继后。忽有一人出班跪奏道："不可不可！"正是：

> 蛾眉已博君王宠，
> 鲠骨难移主上心。

欲知何人谏阻，且看下回表明。

东封西祀，全是瞎闹，不特无益而已，其劳民费财，尤不胜言。当时惟孙奭二疏，最是剀切，真宗明知其忠而不见从，盖理欲交战于胸中，烛理未明，卒为私欲所胜耳。彼刘美人以色得幸，专宠后宫，亦何尝不自私欲所致乎？幸刘氏有吕武之才，无吕武之恶，其事郭后也以谨，其待杨妃也以和；即宫中侍儿，得幸生子，饰为己有，迹近诡秘，但上未敢欺罔真宗，下未忍害死李侍，第不过借此以攫后位，希图尊宠，狡则有之，而恶尚未也。然后世已深加痛嫉，至有狸奴换主之讹传，归罪郭槐，归功包拯，捕风捉影，全属荒唐。宣圣所谓恶居下流者，其信然耶？本书褒不虚褒，贬不妄贬，足与良史同传不朽，以视俗小说之荒谬不经，固不啻霄壤之别矣。

第二十五回

留遗恨王旦病终
坐株连寇准遭贬

却说真宗欲立刘氏为后，有一大臣出班奏道："刘妃出身微贱，不足母仪天下。"观此言，益知刘妃履历，不足取信。真宗视之，乃是翰林学士李迪，便不觉变色道："妃父刘通，曾任都指挥使，怎得说是微贱？"言甫毕，又有参知政事赵安仁出奏道："陛下欲立继后，不如沈才人出自相门，足孚众望。"真宗道："后不可以僭先。且刘妃才德兼全，不愧后仪，朕意已决，卿等毋庸多渎！"李、赵两人碰得一鼻子灰，只好告退。真宗即命丁谓传谕杨亿，令他草诏册后。亿有难色，谓语道："勉为此文，不忧不富贵。"亿听了此语，竟摇首道："如此富贵，却非所愿，请公改谕他人。"气节可嘉。谓乃命他学士草制，竟册刘为后，并晋授杨修仪为淑妃，沈才人为修仪，李才人为婉仪，所有典礼，概从华赡。刘氏既正位中宫，更留心时事，旁览经史，每当真宗退朝，阅天下章奏，辄至夜半，后侍坐右侧，得以预览，所见皆记忆不忘。真宗有所疑问，她即援古证今，滔滔不绝，因此愈得帝欢，渐渐地干预外政了。

真宗仍谈仙说怪，祈神祷天，闻亳州有太清宫，奉老子像，遂加号老子为太上老君，混元上德皇帝，亲往朝谒，又是一番铺张。且改应天府为南京（即宋州。太祖旧藩归德军在宋州，因改名应天府，至是复改称南京），与东西两京，并立为三。勅南京建鸿庆宫，奉太祖、太宗圣像。真宗亦亲去巡阅，相度经营。至还宫后，正值玉清昭应宫告成，修宫使就是丁谓。起初预估年限，应历十五年，方得竣工，真宗嫌时过迟，拟缩短期限，丁谓乃令工役日夕并营，七年乃就。凡二千六百一十楹，制度弘丽，金碧辉煌。内侍刘承珪，助谓监工，屋宇略不中式，便令改造，造好复拆，拆后复造，不知费了若干国帑，才算造成。宫中建一飞阁，高可插天，名曰宝符，贮奉天书。复仿真宗御容，铸一金像，侍立右侧。真宗亲制誓文，刻石置宝符阁下。

张咏自益州还京，入直枢密，至是忍耐不住，上疏言："贼臣丁谓，诳惑陛下，劳民伤财，乞斩谓头，悬诸国门，以谢天下！然后斩咏头置丁氏门以谢谓。"数语传诵都下，偏真宗信任丁谓，竟命他出知陈州，未几遂殁，寻谥"忠定"。他如太子太师吕蒙正、司空张齐贤等，俱先后凋谢。吕谥"文穆"，张谥"文定"。不忘老成人。王旦亦衰迈多疾，累请致仕，奈因真宗不许，只好虚与委蛇。他本智量过人，明知真宗所为，不合义理，但已被五鬼挟持，没奈何随俗浮沉。合则留，不合则去，奈何同流合污？先是李沆为相，尝取四方水旱盗贼等事，奏白殿廷。旦方参政，以为事属琐屑，不必多渎。沆笑道："人主少年，当令知四方艰难，免启侈心，否则血气方刚，不留意声色犬马，即旁及土木神仙，我已老，不及见此，参政他日，或见及此事，应回忆老朽哩。"及沆殁，果然东封西祀，大营宫观，且欲谏不能，欲去不忍，尝私叹道："李文靖不愧圣人，所以具有先见，我辈抱愧多多哩！"（李沆殁谥文靖，故称作李文靖。）嗣见五鬼当朝，老成迭谢，乃密白真宗，请仍召用寇准。真宗乃召准入京，命为枢密使。准因三司使林特，党附金壬，辄加沮抑。特遂暗加谮诉，惹得真宗动恼，召语王旦道："准刚忿如昔，奈何？"旦复奏道："准喜人怀惠，又欲人畏威，这是他的短处。但本心仍是忠直，若非仁主，确是难容。"真宗默然，嗣竟出准为武胜军节度使，判河南府，徙永兴军。

至祥符九年残腊，真宗又拟改元，越年元旦，遂改元天禧，御驾亲诣玉清昭应宫上玉皇大帝宝册衮服。翌日，上圣祖宝册。又越数日，谢天地于南郊，御天安殿受册号，御制钦承宝训述，颁示廷臣，命王曾兼会灵观使。曾转推钦若，固辞不受。曾，青州人，咸平中，由乡贡试礼部，及廷对皆列第一。有友人向他贺喜道："状元及第，一生吃着不尽。"曾正色道："平生志不在温饱，难道单讲吃吗？"志不在小。未几，入直史馆（应二十四回），迁翰林学士，嗣擢任为右谏议大夫，参知政事。至兼职观使的诏命，毅然不受。真宗疑曾示异，当面诘问。曾跪答道："臣知所谓义，不知所谓异。"两语说毕，从容趋退。

王旦时亦在朝，暗暗点头，退朝后语僚属道："王曾词直气和，他日德望勋业，不可限量，恐我不及相见哩。"过了数日，决计辞职，连表乞休。真宗仍不肯照准，反加任太尉侍中，五日一朝，参决军国重事。旦愈不肯受，固辞新命，并托同僚代为奏白，乃将成命收回，止加封邑。但相位依然如故，旦却老病日增。应该愧悔增疾。一日，召见滋福殿，他无别人，惟旦独对。真宗见他行色甚瘁，不禁黯然道："朕方欲托卿重事，不意卿疾若此，转滋朕忧。"说着，即唤内侍召皇子出来，及皇子受益登殿，真宗命拜王旦。旦慌忙趋避，皇子随拜阶下，旦跪答毕，起言："皇嗣盛德，自能承志，陛下何必过忧。"乃迭荐寇准、李迪、王曾等数人，可任宰辅，自己力求避位。真宗乃允他罢相，仍命领玉清昭应宫使，兼职太尉，给宰相半俸。寻又命肩舆入朝，旦不敢辞，力疾入内廷。有旨命旦子王雍，与内侍扶掖进见。真宗婉问道："卿今疾亟，万一不讳，朕把这国事付与何人？"旦答道："知臣莫若君，唯明主自择。"真宗固问道："卿不妨直陈！"旦举笏奏道："依臣愚见，莫若寇准。"真宗摇首道："准性刚量狭，他尝说卿短处，卿何故一再保荐？"旦答道："臣蒙陛下过举，久参国政，岂无过失？准事君无隐，臣所以说他正直，屡行荐举。他人非旦所素知，恐臣病困，不能久侍了。"此等处不愧名相。真宗乃命掖出殿门，上舆而去。真宗终未信旦言，竟任王钦若同平章事。

钦若从前入朝，必预备奏牍数本，但伺真宗意旨，方出奏章，余多怀归。枢密副使马知节，素嫉钦若，尝在帝前顾他道："怀中各奏，何不尽行取呈？"钦若闻言，未免失色。但力言知节虚诬，知节亦抗争不屈，嗣是两人结成嫌隙，往往面折廷争。知节退见王旦，犹恨恨道："本欲用笏击死这贼，但恐惊动君上，未敢率行。此贼不去，朝廷没有宁日呢。"也是一个硬头子，所以不肯略去。真宗因两人时常争执，索性一律罢免。钦若出枢密院，知节徙为彰德留后。至此因王旦免相，复念及钦若，仍拜为枢密使，进任同平章事。钦若貌状短小，项有附瘤，时人目为瘿相，他却晓晓语人道："为了王子明，迟我十年作相。"言下尚有愠色。

看官道王子明为谁？就是王旦的表字。旦闻钦若入相，愈加悔愤，病遂加剧。真宗遣使驰问，每日必三四次，有时亲自临问，御手调药，并薯蓣粥为赐。旦无甚奏对，只说是负陛下恩。悔无及了。及弥留时，邀杨亿入室，托撰遗表，且语亿道："我忝为宰辅，抱歉甚多，遗表中止叙我生平遭遇，感谢隆恩，并请皇上日亲庶政，进贤黜佞，庶可少减焦劳，切不可为子弟求官，徒滋后累。君我多年好友，所以托办此事呢。"亿如言撰就，请旦自阅。旦尚审易数语，并召子弟等入嘱道："我家世清白，槐庭旧德，幸勿遗忘！此后当各持俭素，共保门楣，我自问尚无大过，只天书虚妄，我不能谏阻，徒自滋愧，死后可削发披缁，依僧道例殓葬，或尚可对我祖考呢。"言已，瞑目而逝。原来王旦父祐，曾事太祖、太宗，为兵部侍郎，平生颇有阴德，尝在庭中手植三槐，自言后世子孙，应作三公，故王氏称为三槐堂。旦果贵为宰相，适应父言。家人因旦有遗嘱，拟即遵行，杨亿以为不可，乃止。遗表上闻，真宗临丧哀恸，追赠太师尚书令魏国公，予谥"文正"，还宫后辍朝三日，录旦子弟外孙门客十数人，诸子服阕，各进一官。总算是生荣死哀，恩宠无比了（王旦任相最久，故从详述，褒贬处亦自不苟）。

且说王钦若入相后，毫无建树，惟奉祀神仙，引用奸幸。王曾以先时示异，被他进谗，出知应天府。越年春季，西京讹言忽起，说有妖物似席帽，夜间飞入人家，又变作犬狼状，不时伤人。百姓相率惶恐，每夕闭户深居，挟兵自卫。渐渐地传到汴都，都下亦哗噪达旦。诏立赏格捕妖，又渐渐地传到南京。王曾令夜开里门，如有倡言妖物，立捕治罪，妖物终没有到来，民居也得归安谧。妖由人兴，人定则妖从何起？既而汴京讹言亦息。真宗以皇子渐长，自身亦常患疾，遂立皇子受益为太子，改名为祯，大赦天下。是年十月，参知政事张知白，又为钦若所排，出知天雄军。

翌年为天禧三年，永兴军巡检朱能，密结内侍周怀政，诈为天书，伪降乾祐山。时寇准方判永兴，因朱能素未附己，乃将伪书上奏，有旨迎入禁中。谕德鲁宗道上言奸臣荒诞，荧惑圣聪，知河阳军孙奭亦请速斩朱能，聊谢天下，两疏均不见从，反有诏召准还京。准奉诏即还。

有门生劝准道："先生若至河阳，称疾不入，坚求外补，乃是上策。倘或入觐，即面奏乾祐天书，不得为真，乃是中策。若再入中书，自隳志节，恐要变成下策了。"恰是忠告。准不以为然，竟入都朝见。可巧商州捕得道士谯天易私蓄禁书，谓能驱遣六丁六甲各神。钦若坐与往来，也致免相。准即受命代任，用丁谓参知政事。准素与谓善，尝称谓为有才，是时李沆尚存，顾语准道："此人可使得志吗？"准答道："才如丁谓，恐相公亦不能终抑呢。"沆微哂道："他日当思吾言。"及准三次入相，虽稍知丁谓奸邪，但向属故交，仍加礼貌。谓却事准甚谨，某夕，会食中书，准饮羹污须，谓起身代拂。准略带酒意，竟向谓戏语道："参政系国家大臣，乃替长官拂须吗？"替你拂须，还要笑他，未免不中抬举了。这一席话，说得丁谓无地自容，双颊俱赤。马屁拍错了。当时不便发作，暗中很是惭恨，因此有意倾准，时常伺隙。既而准与向敏中，均加授右仆射，准素豪侈，贺客甚多，敏中独杜门谢客，真宗遣使觇视，极力褒美敏中，不及寇准。

天禧四年，真宗忽遇风疾，不能视朝，事多决诸刘后，准引为己忧。一日，入宫请安，乘间语真宗道："皇太子关系众望，愿陛下思宗庙重寄，传以神器，亟择方正大臣，预为辅翼，方保无虞。丁谓、钱惟演，系奸佞小人，断不足辅少主呢！"真宗道："卿言甚是。"准乃退出。看官阅过上文，已可知丁谓奸邪，唯钱惟演未曾见过，应该补叙明白。惟演即吴越王钱俶子，博学能文，曾任翰林学士，兼枢密副使。他见丁谓势盛，与结婚姻，情好甚密，因此寇准连类奏陈。准既奉旨俞允，即密令杨亿草表，请太子监国，并欲引亿辅政，总道是安排妥当，可无变卦，一时心满意骄，竟从酒后漏言，传入谓耳。谓不觉惊诧道："皇上稍有不适，即当痊愈，奈何令太子监国呢？"当下转语李迪，迪从容答道："太子监国，本是古制，有何不可？"谓益加猜忌，竟运动内侍，入诉刘后，只言准谋立太子，将有异图。刘后已隐怀奢望，闻着这个消息，当然愤恨，也不遑报知真宗，竟从宫中发出矫制，罢准相位，授为太子太傅，封莱国公，改任李迪、丁谓同平章事。史称真宗失记前言，因致罢准，后云罢相三黜，皆非帝意，语近矛盾，何如称为刘后矫旨，直截了当。

真宗尚莫名其妙，自恐一病不起，尝卧宦官周怀政股上，与言太子监国事。怀政出告寇准，准怅然道："牝后预政，天子失权，教我如何摆布呢？"怀政道："监国不成，何妨竟请太子受禅。"准不待说毕，亟摇手道："你越说越远了。"怀政见左右无人，又密语道："公何故这般胆小？今上明明语我，欲令太子监国，倘竟奉今上为太上皇，传位太子，我想今上亦是愿意，有什么难行呢？"准又摇手道："内刘外丁，权焰熏天，谈何容易。"怀政愤然道："刘可幽，丁可杀，公可复相，看怀政去干一番呢。"看事太易，吴怪无成。但怀政究系内竖，倘傥幸成事，为祸更烈，寇公奈何未思耶？准复劝阻道："此计虽好，但事或不成，为祸不小，还请三思为是！"怀政道："事成大家受福，事不成有我受祸，决不牵累公等，请公勿虑！"准始终不与主张，临别时犹谆嘱小心。幸有此着，得保首领。怀政拂袖竟去。

准自怀政去后，杜门不出，惟暗侦宫廷消息。过了数日，忽闻怀政被拿下了；又越一日，怀政发枢密院审讯，竟直供不讳了。那时准捏着一把冷汗，只恐株连坐罪，随后探听确凿，只怀政一人伏法，不及他人，才稍稍放心。原来怀政密谋被客省使杨崇勋闻知，崇勋竟转告丁谓。谓即与崇勋微服，贪夜乘着犊车，至曹利用家计议，且欲乘此除准，利用因澶州议和时候，受准训斥，也挟有微嫌（应第二十二回），当即商定奏牍，待旦上陈。有诏捕怀政下狱，命枢密院讯问。可巧这日谳员，派着签书枢密院事曹玮，玮即曹彬子，累积战功，此时因边境安宁，入副枢密，当下坐堂讯鞫，止问怀政罪状，不愿株连。怀政亦挺身自认，毫不妄扳，于是具案复奏，罪止怀政。曹玮原是贤吏，怀政也算好汉。丁谓等大失所望，复密启刘后，拟兴大狱。适值真宗略痊，刘后不便擅行，只乘间怂恿真宗，激动怒意。真宗力疾视朝，面谕群臣，欲彻查太子情弊。群臣面面相觑，莫敢发言，独李迪上前跪奏道："陛下有几子，乃有此旨？臣敢保太子无二心！"语简而明。真宗听了，不禁颔首，乃只命将怀政正法，随即退朝。丁谓尚不肯罢休。复与刘后通谋，讦发朱能怀政，伪造天书，由寇准欺主入陈一事。准遂遭贬为太常卿，出知相州，一面遣使往捕朱能。准受诏后，暗自太息道："不遇大祸，还算幸事。丁谓！丁谓！你难道能长享富贵吗？"因即束装出都，往就任所。谁知福不双逢，祸偏叠至，朱能竟拥众拒捕，经官军入剿，始惶惧自杀，准又连带加罪，再贬为道州司马。这种诏旨，均由刘后一人擅行，至真宗病愈以后，顾语群臣道："我目中何久不见寇准？"仿佛做梦。左右以坐罪加贬为辞。真宗方知是刘后矫制，但唏嘘太息罢了。小子有诗咏寇莱公道：

> 臣道刚方叶利贞，
> 只因多欲误身名。
> 河阳三尺分明在，
> 应悔忠言不早行。

寇准既贬，丁谓益肆无忌惮了，下回续叙丁谓罪状，请看官续阅便知。

本回为王旦、寇准合传，两人皆称名相，而旦失之和，和则流；准失之刚，刚则褊；要之皆非全才，而患得患失之心，则旦与准皆不免。旦之所以同流合污者在此，准之所以屡进屡退者，亦何尝不在此？所谓大臣者，以道事君，不可则止，旦与准若知此道，则和可也，刚亦可也，何致事后自悔，遗令披缁，阿旨求荣，坐罪迭贬耶？其余叙及诸人，贤奸不一，皆为本回之宾，然亦可因此而示优劣。通俗教育，于此寓之，固不得仅目为小说也。

第二十六回

王沂公劾奸除首恶
鲁参政挽辇进忠言

却说丁谓揽权用事,与李迪甚不相协。谓擅专黜陟,除吏多不使与闻,迪愤然语同列道:"迪起布衣至宰相,受恩深重,如有可报国,死且不恨,怎能党附权幸,作自安计?"于是留心伺察,不使妄为。是时陈彭年已死,王钦若外调,刘承珪亦失势,五鬼中几至寥落,只有林特一人,尚溷迹朝班。谓欲引林特为枢密副使,迪不肯允。谓悻悻与争,迪遂入朝面劾,奏称:"丁谓罔上弄权,私结林特、钱惟演,且与曹利用、冯拯相为朋党,搅乱朝事。寇准刚直,竟被远滴,臣不愿与奸臣共事,情愿同他罢职,付御史台纠正。"这数语非常激烈,惹动真宗怒意,竟命翰林学士刘筠草诏,左迁迪知郓州,谓知河南府。翌日,谓入朝谢罪,真宗道:"身为大臣,如何或迪相争?"谓跪对道:"臣何敢争论!迪无故詈臣,臣不得不辩。如蒙陛下特恩赦宥,臣愿留传朝廷,勉酬万一。"居然自作毛遂。真宗道:"卿果矢志无他,朕何尝不欲留卿。"谓谢恩而出,竟自传口诏,复至中书处视事;且命刘筠改草诏命。筠答道:"草诏已成,非奉特旨,不便改草。"名足副实,不愧竹筠。谓乃另召学士晏殊草制,仍复丁谓相位。筠慨然道:"奸人用事,何可一日与居?"因表请外用,奉命出知庐州。

既而真宗颁诏:"此后军国大事,取旨如故,余皆委皇太子同宰相枢密等,参议施行。"太子固辞不许,乃开资善堂议政。看官!你想太子年才十一,就使天纵聪明,终究少不更事。此诏一下,无非令刘后增权、丁谓加焰,内外固结,势且益危。可巧王曾召回汴京,仍令参知政事,他却不动声色,密语钱惟演道:"太子幼冲,非中宫不能立,中宫非倚太子,人心亦未必归附。为中宫计,能加恩太子,太子自平安了。太子得安,刘氏尚有不安吗?"先令母子一心,然后迎刃而解。惟演答道:"如参政言,才算是国家大计呢。"当下入白刘后。后亦深信不疑。原来惟演性善逢迎,曾将同胞妹子嫁与刘美为妻。银匠得配贵女,真是妻荣夫贵。因此与刘后为间接亲戚,所有禀白,容易邀后亲信。王曾不告他人,独告惟演,就是此意。

过了天禧五年,真宗又改元乾兴,大赦天下,封丁谓为晋国公,冯拯为魏国公,曹利用为韩国公。元宵这一日,亲御东华门观灯,非常欣慰。偏偏乐极悲生,数残寿尽,仲春月内,真宗又复病发,连日不愈,遣使祷祀山川,病反加剧,未几大渐,诏命太子祯即皇帝位,且面嘱刘后道:"太子年幼,寇准、李迪可托大事。"人之将死,其言也善。言至此,已不能成辞,溘然晏驾去了。总计真宗在位,改元五次,共二十六年,寿五十五岁。刘后召丁谓、王曾等入直殿庐,恭拟遗诏,并说奉大行皇帝特命,由皇后处分军国重事,辅太子听政。曾即援笔起草,于皇后处分军国重事间,嵌入一个"权"字。丁谓道:"中宫传谕,并没有权就意思,这"权"字如何添入!"曾正色道:"我朝无母后垂帘故事。今因皇帝冲年,特地从权,已是国家否运,加入权字,尚足示后。且增减制书,本相臣分内事,祖制原是特许。公为当今首辅,岂可不郑重其事,自乱典型吗?"理直气壮。谓乃默然。至草诏拟定,呈入宫禁。刘后已先闻曾言,不便改议,就把这诏书颁示中外。太子祯即位枢前,就是仁宗皇帝,尊刘后为皇太后,杨淑妃为皇太妃。中书枢密两府,因太后临朝,乃是宋朝创制,会集廷议。曾请如东汉故事,太后坐帝右侧,垂帘听政。丁谓道:"皇帝幼冲,凡事总须由太后处置,但教每月朔望,由皇帝召见群臣,遇有大政,由太后召对,辅臣议决。若寻常小事,即由押班传奏禁中,盖印颁行便了。"曾勃然道:"两宫异处,柄归宦官,岂不是隐兆祸机吗?"名论不刊。谓不以为然。群臣亦纷议未决。哪知谓竟潜结押班内侍雷允恭,密请太后手敕,竟如谓议颁发下来。大众不敢反对,谓很是得意。雷允恭即由是擅权,还亏王曾正色立朝,宫廷内外,尚无他变。

嗣封泾王元俨为定王,赞拜不名。元俨系太宗第八子,素性严整,毅不可犯,内外崇惮丰采，各称为八大王(俗小说中误称德昭为八大王)。命丁谓为司徒兼侍中尚书左仆射，冯拯为司空兼侍中枢密尚书右仆射，曹利用为尚书左仆射兼侍中。三人朋比为奸，谓尤骄恣。刘后因册立时候李迪谏阻，引为深恨。谓事事欲取太后欢心，更因与寇准有嫌，索性将两人目为朋党，复添入迪、准故友，奏请一一坐罪。太后自然照允，即命学士宋绶草诏，贬准为雷州司户参军，迪为衡州团练副使，连曹玮也谪知莱州。王曾入语丁谓道："罚重罪轻，还当斟酌。"谓捻须微笑道："居停主人，恐亦未免。"曾乃不便固争。原来准在京时，曾尝将第舍假准，所以谓有此说。谓又授意宋绶，令加入"春秋无将，汉法不道"二语。绶虽不敢有违，但此外却还说得含糊。及草诏成后，谓意未足，竟提笔添入四语，看官道他什么话儿？乃是"当丑徒干纪之际，属先帝违豫之初，罹此震惊，遂致沈剧"这种锻炼周内的文字，颁示都中。都人士莫不呼冤，也编成四句俚词道："欲得天下宁，须拔眼前丁。欲得天下好，不如召寇老。"谓不恤人言，遣使促迪速行，又令中官赍敕诣准，特赐锦囊，贮剑马前，示将诛戮状。准在道州，方与郡官宴饮，忽郡倅入报中使到来，有悬剑示威情形。郡官却不禁失色，独准形神自若，与郡官邀中使入庭，从容与语道："朝廷若赐准死，愿见勑书。"中使无可措辞，乃登堂授敕。准北面拜受，徐徐升阶，邀中使入宴，至暮乃散。中使自去，准亦前往雷州。

　　是时真宗陵寝尚未告成，命丁谓兼山陵使，雷允恭为都监。允恭与判司天监邢中和往勘陵址，中和语允恭道："山陵上百步，即是佳穴，法宜子孙。但恐下面有石，兼且有水。"允恭道："先帝嗣育不多，若令后世广嗣，何妨移筑陵寝。"中和道："山陵事重，踏勘复按，必费时日，恐七月葬期，不及遵制，如何是好？"允恭道："你尽管督工改筑，我走马入白太后，定必允从。"心尚可取，迹实专横。中和唯唯而退。允恭即日还都，进谒太后，请改穿陵穴。太后道："陵寝关系甚大，不应无端更改。"允恭道："使先帝得宜子孙，岂非较善？"太后迟疑半晌，复道："你去与山陵使商议，决定可否？"允恭乃出语丁谓。谓无异言，再入奏太后。太后才准所请，命监工使夏守恩领工徒数万名，改穿穴道。起初掘土数尺，即见乱石层叠，大小不一。好容易奋去乱石，忽涌出一泓清水，片刻间变成小池，工徒大哗。夏守恩亦觉惊惧，不敢再令动工，即遣内使毛昌达奏闻。

　　太后责问允恭，并及丁谓。谓尚袒护允恭，但请另遣大臣按视。王曾挺然愿往，当日就道。不到三日，即已回都；时已近夜，入宫求见，且请独对。太后即召曾入内。曾叩首毕，竟密奏道："臣奉旨按视陵寝，万难改移。丁谓包藏祸心，暗中勾结允恭，擅移皇堂，置诸绝地。"此是王沂公用诈处，但为锄奸计，不得不尔。太后闻言，不由得大怒道："先帝待谓有恩，我待谓亦不薄，谁知他却如此昧良。"随语左右道："快传冯拯进来！"未几冯拯进见，太后尚怒容满面，严谕冯拯道："可恨丁谓，负恩构祸，若不将他加刑，是没有国法了。雷允恭外结大臣，更属不法，你速发卫士拿下丁、雷，按律治罪！"冯拯听了此旨，几吓得目瞪口呆，不能置词。太后复道："你敢是丁谓同党吗？"一语惊人，使冯拯无可置喙。冯拯忙免冠叩首道："臣何敢党谓？但皇帝初承大统，即命诛大臣，恐骇天下耳目，还乞太后宽容！"仍是庇护。太后听了，面色少霁，乃谕道："既这般说，且去拿问雷允恭，再行定夺。"拯乃退出，即遵旨将允恭拿下，立即讯鞫定谳，勒令自尽。邢中和一并伏罪，并抄没允恭家产，查出丁谓委托允恭，令后苑工匠造金酒器密书，及允恭托谓荐保管辖皇城司及三司衙门书稿，并呈太后。

　　太后召集廷臣，将原书取示，因宣谕道："丁谓、允恭交通不法，前日奏事，均言与卿等已经议决，所以多半照允。今营奉先帝陵寝，擅行改易，若非按视明白，几误大事。"冯拯等均俯伏道："先帝登遐，政事统由丁、雷二人解决，他尝称得旨禁中，臣等莫辨虚实。幸赖圣明烛察，始知奸状，这正是宗社幸福呢！"急忙自身卸火，这是小人常态。当下召中书舍人草谕，降丁谓为太子少保，分司西京。这谕旨榜示朝堂，颁布天下。擢王曾同平章事，吕夷简、鲁宗道参知政事，钱惟演为枢密使。夷简系蒙正从子，从前真宗封岱祀汾，两过洛阳，均幸蒙正私第，且问蒙正诸子可否大用？蒙正答称："诸子无能，惟侄夷简有宰相才。"及真宗还都，即召夷简入直，累擢至知开封府，颇有政声，至是乃入为参政。宗道曾为右正言，刚直无私，真宗尝称为鲁直，故此时连类同升。王曾即请太后匡辅新君，每日垂帘听政，太后方才允行。

先是丁谓家中有女巫刘德妙尝相往来。德妙颇有姿色，与丁谓三子玘通奸，谓却未曾察悉，但教她托词老君，伪言祸福，借以动人。于是就谓家供老君法像，入夜设醮园中，每至夜静更深，玘往交欢，仿佛一对露水夫妻。得其所哉！雷允恭亦尝至谓家祈祷，及真宗崩后，德妙随允恭入宫，得谒太后，应对详明，谈宫中过去事，无不具知，引得太后亦迷信起来。刘后聪颖，亦着鬼迷，况寻常妇女乎？德妙又持龟蛇二物入内，诡言出谓家山洞中，当是真武座前的龟蛇二将。谓又作龟蛇颂，说是混元皇帝，赐给德妙（俗称龟蛇相交，德妙与玘通奸，应有此赐）。太后亦将信将疑。至谓已坐罪，乃将德妙系狱，令内侍刑讯。德妙一一吐实，当然坐罪，并贬谓为崖州司户参军。谓子玘奸案并发，一并除名。学士宋绶奉旨草诏，首四语即为"无将之戒，旧典甚明，不道之辜，常刑罔赦。"朝论称快。报应何速？

谓窜谪崖州，须经过雷州境内，寇准遣使持一蒸羊，作为赠品。谓领谢后，且欲见准，准固辞不见。家僮谋刺谓报仇，准不许，杜门纵家僮饮博，及谓已去远乃止。时人为之咏道："若见雷州寇司户，人生何处不相逢？"这两语传诵不衰。观过知仁，于此可见？越年，准徙为衡州司马，尚未赴任，忽患病剧，即遣人至洛中取通天犀带，沐浴更衣，束带整冠，向北面再拜，呼仆役拂拭卧具，就榻而逝。这通天犀带系太宗所赐，夜视有光，称为至宝，准因此必欲殓葬。返枢西京，道出公安，人皆路祭，插竹焚纸，逾月枯竹生笋，众因为之立庙，号竹林寇公祠。准少年富贵，性喜豪奢，往往挟妓饮酒，不拘小节。有妾蒨桃以能诗名。准殁后十一年，始奉诏复官，赐谥"忠愍"。丁谓在崖州三年，转徙雷州，又五年复徙道州。后以秘书监致仕，病殁光州。尚有诏赐钱十万，绢百匹，这且毋庸细表。

且说乾兴元年十月，葬大行皇帝于永定陵，以天书殉葬，庙号"真宗"。越年改元天圣，罢钱惟演为保大节度使，知河南府，冯拯亦因疾免职。复召王钦若入都，用为同平章事。钦若复相两年，旅进旅退，毫无建白，只言："皇上初政，用人当循资格，不宜乱叙"，编成一幅官次图，献入宫廷，便算尽职，未几病逝。仁宗后语辅臣道："朕观钦若所为，实是奸邪。"少年天子，便识奸邪，仁宗原非凡主。王曾答道："诚如圣谕。"仁宗乃擢参政张智同平章事，召知河阳军张旻为枢密使。从前太后微时，尝寓旻家，旻待遇甚厚，因此得被宠命。枢密副使晏殊上言："旻无勋绩，不堪重任。"大拂太后本意。既而晏殊从幸玉清昭应宫，家人持笏后至，殊接笏后，怒击家人，甚至折齿。太后有词可借，遂遣殊出知宣州。晏殊亦太粗莽，太后实是有心。别令学士夏竦继任。竦小有才，善事逢迎，因得迁副枢密。

太后称制数年，事无大小，悉由裁决，虽颇能任贤黜邪，旻不免有心专擅。一日，参政鲁宗道进谒。太后忽问道："唐武后何如？"宗道知太后命意。亟正笏直奏道："武后实唐室罪人。"太后复问何故，宗道又申奏道："幽嗣主，改国号，几危社稷，尚得谓非罪人吗？"太后默然。嗣有内侍方仲弓，请立刘氏七庙，太后召问辅臣。大家尚未发言，宗道即出班前奏道："天无二日，民无二王，刘氏若立七庙，将何以处嗣皇？"太后为之改容，乃将此议搁置。会两宫同幸慈孝寺，太后乘辇先发，宗道上前挽住，并抗言道："夫死从子，古有常经，太后母仪天下，不可以乱大法，贻讥后世。"语尚未毕，太后即命停辇，待帝驾先行，然后随往。还有枢密使曹利用，自恃勋旧，气焰逼人，太后亦颇加畏重，第呼他为侍中，未尝称名。独宗道不少挠屈，会朝时辄据理与争，于是宫廷内外，赠他一个美名，叫作鱼头参政。小子有诗咏道：

　　赵宗未替敢尊刘，
　　扶弱锄强殊国忧。

鲁直当年书殿壁，
如公才不愧鱼头。

天不假年，老成复谢，不到数载宗道等又溘逝了。欲知后事，且看下回。

　　刘太后垂帘听政，多出丁谓、雷允恭之力，故丁、雷二人，得以重用，微王曾之正色立朝，恐萧墙之祸，亦所难免。或谓宋室无垂帘故事，曾何不据理力争，为探本澄源之计，乃仅断断于一权字，究属何补。至若准之再贬，又以居停之嫌，不复与辩，毋亦所谓患得患失者欤？不知此王沂公之通变达权，而有以徐图挽救者也。假使操切从事，势且遭黜，徒市直名，何裨国事？试观丁谓之终窜穷崖，雷允恭之卒归赐死，乃知沂公之才识，非常人所可几矣。贼臣已去，而吕、鲁等连类同升，鱼头参政，才得成名，而刘太后亦有从谏如流之美，史家或归美鲁直，实则皆沂公之功，有以致之。故本回实传颂沂公，而鲁参政其次焉者也。

第二十七回　刘太后极乐归天　郭正宫因争失位

却说天圣六年，同平章事张知白卒。越年，参知政事鲁宗道亦殁。知白，沧州人，虽历通显，仍清约如寒士，所以殁谥"文节"。宗道，亳州人，生平刚直嫉恶，殁谥"简肃"。刘太后亦亲临赐奠，称为遗直，嗟悼不置。宋史称刘为贤后，职是之故。曹利用举荐尚书左丞张士逊，入为同平章事。既而利用从子曹汭，为赵州兵马监押，偶因酒醉忘情，竟身着黄衣，令人呼万岁。事闻于朝，遂兴大狱，毙杖下，利用亦为内侍罗崇勋所潛，发交廷议。张士逊奏对廷前，谓："此事系不肖子所为，利用大臣，本不相与。"太后怒道："你感利用恩，应做此说。"王曾又进奏道："这事与利用无干。"太后复语王曾道："卿尝言利用骄横，今何故替他解释？"曾答道："利用素来恃宠，所以臣有微辞，今若牵连佥案，说他为逆，臣实不敢附和。"太后意乃少解，乃罢利用为千牛卫将军，出知随州。张士逊亦罢职。利用出都，复坐私贷官钱罪，安置房州。罗崇勋再遣同党杨怀敏，押利用至襄阳驿，恶语相侵。利用气愤交迫，竟至投缳自尽。原来利用自通好契丹后，以讲和有功，累蒙恩宠，平素藐视内侍，遇有内降恩典，辄力持不与，因此结怨宦官，至遭此祸。死非其罪。宋廷遂任吕夷简同平章事，夏竦、薛奎参知政事，姜遵、范雍、陈尧佐（尧叟弟）为枢密副使，惟王曾任职如故。

先是太后受册，拟御大安殿，受百官朝贺，曾力言不可。及太后生日上寿，复欲御大安殿，曾又不可。太后勉从曾议，均就便殿供帐，当即了事。太后左右姻家稍通请谒，曾更多方裁抑。太后心滋不悦，但不好无故发作，只得再三含忍。不意天圣七年六月间，天大雷雨，电光乱掣玉清昭应宫内，竟射入一大个火团，四处爆裂，霎时间裂焰飞腾，穿透屋顶。卫士慌忙赴救，用水扑火，偏偏水入火中，好似火上浇油，越扑越猛，烈烈轰轰地烧了一夜，竟将全座琳宫玉宇，变成一片瓦砾荒场，只剩得长生崇寿二小殿，岿然尚存。天书已经殉葬，供奉处原可不必，一炬成墟，要算皇天有眼。太后闻报，传旨将守宫官吏系狱抵罪；一面召集廷臣，向他流泪道："先帝竭尽心力，成此巨宫，一夕延烧几尽，如何对得住先帝？"枢密副使范雍抗声道："如此大宫，遽成灰烬，想是天意，非出人事，不如将长生、崇寿二殿，亦一律拆毁，倘因二殿尚存，再议修葺，不但民力不堪，就是上天亦未必默许哩。"中丞王曙亦言是天意示戒，应除地罢祠，上回天变，司谏范讽且言："与人无关，不当置狱穷治。"乃下诏不再缮修，改二殿为万寿观，减轻守宫诸吏罪，并罢废诸宫观使。唯对着首相王曾，竟说他燮理无功，罢免相职，且令他出知青州。宋自仁宗以前，宰辅稍有微嫌，免职外迁，多为节度使，曾以首相罢知州事，乃是少见少闻，这可知刘太后的心理呢。

又过一年，仁宗年已逾冠，秘阁校理范仲淹请太后还政。疏入不省，反将仲淹出判通州。翰林学士宋绶请令军国大事，及除拜辅臣，由皇上禀请太后裁夺，余事皆殿前取旨。这数语又触忤太后，出绶知应天府。会仁宗改元明道，经过月余，生母李氏病剧，才由顺容进位宸妃。她自仁宗为刘后所攘，始终不发一言，平时安分自守，未尝示异。宫中咸惮刘太后，哪个敢泄漏前事；所以仁宗年龄日长，仍视刘太后为母，并不自知为李氏所生。及李宸妃殁后，刘太后欲用宫人礼治丧，移棺出外，吕夷简独入奏道："闻有宫嫔薨逝，如何未闻内旨治丧？"太后矍然道："宰相亦干预宫中事吗？"夷简答道："臣待罪宰相，事无大小，均当预闻。"太后不悦，遽引帝入内；须臾复出，独立帘下，怒容可掬道："卿欲离间吾母子吗？"夷简不慌不忙，竟毅然奏对道："太后不顾念刘氏，臣不敢多言。若欲使刘氏久安，宸妃葬礼，万难从轻。"夷简此奏，仍是为太后计。太后性究灵敏，一闻此言，不禁点首。有司奉太后意旨，只上言本年岁月，不利就葬。夷简又道："葬即未利，殓应加厚；宫中举哀成服，择地暂殡，难道也不可行吗?"太后乃语夷简道:"卿且退,我知道了!"言已趋入。内侍押班罗崇勋亦欲随进,夷简竟将他扯住道:"且慢!烦申奏太后,宸妃当用后服成殓,且把水银满盛棺内,他日勿谓夷简未曾道及,致贻后悔。"崇勋允诺,入白太后。太后令如言照行,停枢洪福寺中。

既而宫中失火,诏群臣直言阙失,殿中丞滕宗谅、秘书丞刘越,均请太后还政,借赎天谴,两疏俱不见报。翌年春季,太后欲被服天子衮冕,入祭太庙,参政薛奎进谏道:"太后若御帝服,将用什么拜礼?"太后不从,竟戴仪天冠,著衮龙袍,备齐法驾,至太庙主祭。皇太妃杨氏、皇后郭氏随从。太后行初献礼,拱手上香,皇太妃亚献,皇后终献。礼毕,群臣上太后尊号,称为"应天齐圣显功崇德慈仁保寿皇太后"。祭毕归宫,感寒成疾。仁宗为征天下名医,诣京诊治,终归无效,逾月竟薨。年六十五,谥"章献明肃"。旧制后皆二谥,称制加四谥,实自刘太后为始。刘太后临朝十一年,政令严明,恩威并用,左右近侍,不稍假借,内外赐予予,亦有节制。三司使程琳尝献武后临朝图,太后取掷地上道:"我不做此负祖宗事。"是鱼头参政一奏之功。漕使刘绰自京西还都,奏言:"在庚储粟,有羡余粮千余斛,乞付三司!"太后道:"卿识王曾、张知白、吕夷简、鲁宗道否?他四人曾进献羡余否?"绰怀惭而退。至太后晚年,稍进外家,宦官罗崇勋、江德明等,始乘间窃权,所有被服衮冕等事,多由罗、江二竖,怂恿出来。至太后弥留,口不能言,尚用手牵扯己衣,若有所嘱。仁宗在旁瞧着,未免怀疑,送终以后,出问群臣。参政薛奎即答道:"太后命意,想是为着衮冕呢。若再用此服,如何见先帝于地下?"随机进言,是薛奎通变处。仁宗乃悟,遂用后服为殓。且因太后遗嘱,尊杨太妃为皇太后,同议军国重事。

御史中丞蔡齐入白相臣道:"皇上春秋已富,习知天下情伪,今始亲政,已嫌太晚,尚可使母后相继称制吗?"吕夷简等终未敢决,适八大王元俨入宫临丧,闻知此事,竟朗声道:"太后是帝母名号,刘太后已是勉强,尚欲立杨太后吗?"夷简等面面相觑,连仁宗都惊疑起来。元俨道:"治天下莫大于孝,皇上临御十余年,连本生母尚未知晓,这也是我辈臣子未能尽职呢。"得此一言,足为宸妃吐气。仁宗越加惊诧,便问元俨道:"皇叔所言,令朕不解。"元俨道:"陛下是李宸妃所生,刘、杨二后,不过代育。"仁宗不俟说毕,便道:"叔父何不早言?"元俨道:"先帝在日,刘后已经用事,至陛下登基,四凶当道,内蒙外蔽,刘后又讳莫如深,不准宫廷泄漏此事。臣早思举发,只恐一经出口,谴臣尚不足惜,且恐有碍皇躬,并及宸妃。臣十年以来,杜门养晦,不预朝谒,正欲为今日一明此事,谅举朝大臣,亦与臣同一观念。可怜宸妃诞生陛下,终身莫诉,就是当日薨逝,尚且生死不明,人言籍籍呢。"(《宋史·李宸妃传》,燕王入白仁宗陛下为宸妃所生。又《宗室诸王列传》,德昭、元俨各封燕王,是时当为元俨无疑。俗小说中,乃说宸妃被逐,由包拯访闻,后来迎妃还宫,刘后自尽,至有断太后打黄袍诸戏剧,种种荒诞,诬古实甚。)仁宗闻言,忍不住泪眦荧荧,复顾问夷简道:"这事可这么吗?"夷简答道:"陛下确系宸妃诞生,刘太后与杨太妃共同抚育,视若己子,宸妃薨逝,实由正命,臣却晓明底细,今日非八大王说明,臣亦当待时举发呢。"夷简亦多狡诈,故模拟口吻,适肖生平。

仁宗至此,竟大声悲号,即欲赴宸妃殡所,亲视遗骸。夷简复奏道:"陛下应先顾公义,后及私恩。且刘太后与杨太妃,抚养圣躬,恩勤备至,陛下亦当仰报哩。"仁宗只是哀恸,不发一言。元俨语夷简道:"杨太妃若尊为太后,李宸妃更宜尊为太后了。"夷简乃转白仁宗,仁宗略略点首,当即议定杨太妃尊为太后,删去同议军国事一语。李宸妃亦追尊为太后,谥曰"章懿"。一面为刘太后治丧,一面连日下诏,责躬罪己,语极沉痛。既而仁宗幸洪福寺,祭告宸妃,并易梓宫,但见妃面色如生,冠服与皇后相等,乃稍稍心慰。还宫后私自叹息道:"人言究不可尽信呢。"自是待刘氏如故。刘美一家,应感谢夷简不置。惟召还宋绶、范仲淹,放黜内侍罗崇勋、江德明,罢修寺观,裁抑侥幸,中外称颂新政,有口皆碑。

吕夷简揣摩时事,条陈八议:(一)议正朝纲。(二)议塞邪径。(三)议禁货赂。(四)议辨佞壬。(五)议绝女谒。(六)议疏近习。(七)议罢力役。(八)议节冗费。说得肫诚恳切,语语动人。仁宗大为感动,遂召夷简入商,拟将张耆(即张旻改名)、夏竦、范雍、晏殊等尽行罢职。惟姜遵已殁，不在话下。夷简自然如旨。越日复入朝押班，但听黄门宣诏，除张耆等依次免职外，着末又有数语云："同平章事吕夷简，着授武胜军节度使检校太傅，同中书门下平章事，出判陈州。"这数语似天上迅雷，不及掩耳，惊得夷简似醉似痴，不知为何事件旨，致遭此谴？一时不及问明，只好领旨告退。还第后四处探听，无从侦悉，嗣托内侍副都知阎文应密查，方知事出郭后，不觉愤恨异常。看官欲究明此事原因，由小子补叙郭后历史，以便先后贯通。

郭后为平卢节度使郭崇孙女，与石州推官张尧封女先后入宫（尧封即尧佐弟）。天圣二年，拟册立皇后，仁宗因张女秀慧，欲选正中宫，刘太后不以为然，乃改立郭后。后虽得立，不甚见亲。这次偏冤冤相凑，由仁宗步入中宫，与郭后谈及夷简忠诚，并言把从前谄附太后诸人，一并罢斥。郭后本未与夷简有嫌，独随口相答道："夷简何尝不附太后，不过机巧过人，善能应对，所以得瞒过一时呢。"却是真话。仁宗听了，不觉也动疑起来，因不令中书草制，竟手诏罢免夷简，复召李迪入相，用王随参知政事，李咨为枢密副使，王德用金书枢密院事。不到数月，由谏官刘涣疏陈时事，内有"臣前请太后还政，触怒慈衷，几投四裔，幸陛下纳吕夷简言，察臣愚忠，准臣待罪阙下。臣受恩深重，故不避斧钺，渎陈一切"云云。仁宗览奏，记起前事，又以夷简为忠，后言非实，因复召还夷简，再令为相。且擢刘涣为右正言。涣与夷简，明是串通一气。又命宋绶参知政事，王曙为枢密使，王德用、蔡齐为副使。

夷简再入秉政，日伺后隙，可巧宫中有两美人，一姓尚，一姓杨，均邀宠眷。郭后未免怀妒，常与两美人相争。一日，后与尚氏同在仁宗前侍谈，两语未合，又起口角。尚氏恃宠成骄，不肯让后，居然对詈起来。郭后愤极，也不管什么礼节，竟上前动手，批尚氏颊。一骄一莽，厥罪维钧。尚氏当即悲啼，后尚不肯干休，还要再批数下。仁宗看不过去，起座拦阻，谁意郭后手已击来，尚氏闪过一旁，反中仁宗颈上，指尖锐利，掐成两道血痕。惹得仁宗恼起，呵斥郭后数语，引尚美人出还西宫。尚美人装娇撒赖，益发激动帝怒。内侍阎文应本与夷简友善，夷简正托他寻隙，遂入奏仁宗道："寻常民家，妻尚不能凌夫，况陛下贵为天子，乃受皇后欺凌，还当了得。"仁宗半晌无言。文应又道："陛下颈上，血痕宛然，请指示执政，应该若何处置？"仁宗迭受激动，便愤然道："你去召吕宰相来！"文应通报夷简，夷简立刻趋入，向御座前请安。仁宗指示颈痕，并述明底细。夷简道："皇后太属失礼，不足母仪天下。"仁宗道："情迹殊属可恨，但废后一事，却亦有干清议。"夷简道："汉光武素称明主，为了郭后怨怼，竟致作废，况伤及陛下颈中，尚得说是无罪吗？"引东汉郭后为证，绝妙比例。大约郭家女儿，是祖传的泼辣货。仁宗乃决计废后，复与夷简商得一策，只称后愿修道，封为净妃玉京冲妙仙师，居长宁宫，并敕有司不得受台谏章奏。中丞孔道辅与谏官范仲淹、孙祖德、宋库、刘涣、御史蒋堂、郭劝、杨偕、马绛、段少通等，联名具疏，入呈不纳。乃同诣垂拱殿，俯伏同声道："皇后乃是国母，不应轻废，愿待召赐对，俾尽所言。"说了数声，但见殿门紧闭，杳无消息。孔道辅忍无可忍，竟叩镮大呼道："皇后被废，累及圣德，奈何不听台臣言？"俄闻门内传旨，令至阁中与宰相答话。道辅等乃起至中书，见夷简已经待着，便语夷简道："大臣服侍帝后，犹人子服侍父母一般，父母不和，只可谏止，奈何顺父出母呢？"夷简道："后伤帝颈，过已太甚，且废后亦汉、唐故事，何妨援行。"道辅厉声道："大臣当导君为尧、舜，怎得引汉、唐失德事，作为法制？"夷简不答，拂袖径入。道辅等乃退去。翌日，昧爽入朝，拟留集百官，与夷简廷争。甫到待漏院，即闻有诏旨下来，略言："伏阁请对，盛世无闻，孔道辅等冒昧径行，殊失大体。道辅着出知泰州，仲淹出知睦州，祖德等罚俸半年，以示薄儆。自今群臣毋得相率请对"云云。道辅等乃嗟叹数声，奉旨而去，于是废后之议遂定。小子有诗咏此事道：

　　废后只因嫡庶争，
　　宫廷构衅失王明。
　　当年若得刑于化，
　　樛木何由不再赓？

郭后既废，尚、杨二美人益得宠幸，轮流伴寝，几无虚夕，累得仁宗生起病来，下回再行分解。

　　刘太后生平，有功有过，据理立说，实属过浮于功。垂帘听政，本非宋制，而彼独创之；衮冕为天子之服，彼何人斯，乃亦服之。设当时朝无忠直，不善规谏，几何而不为武后耶？史官以贤后称之，过矣。八大王元俨，为仁宗叙明生母，声容并壮，岂吕夷简等可望项背？宜其传诵至今。俗小说中误为德昭，又何其谬欤？郭后误批帝颈，不为无过，然试问仁宗当日，何以宠幸二美人，致有并后匹嫡之嫌乎？夷简挟怨，同谋废后，酿成主上之过举，史犹目为贤相，抑亦过谈。经本回一一揭出，事实既真，褒贬悉当，较之读史，功过半矣。是谓之良小说！

第二十八回　萧耨斤挟权弑主母　赵元昊僭号寇边疆

却说仁宗宠幸尚、杨二美人，每夕当御，累得仁宗形神疲乏，渐就尪羸，甚至累日不能进食，奄卧龙床，蛾眉原足伐性，仁宗亦太无用。中外忧惧得很，杨太后调悉情由，命仁宗斥退二美，仁宗含糊答应，心中恰非常眷恋，怎肯把一对解语花驱出宫中？杨太后又面嘱阎文应，传谕仁宗，速出二美，文应朝夕入侍，说至再三，仁宗不胜絮聒，便恨恨道："你叫她去吧！"文应即唤入毡车，迫二美人出宫。二美人哭哭啼啼，不肯即行，且欲央文应替她缓颊，文应叱道："宫婢休得饶舌！"勒令登车，驱使出宫。小人得志，往往如此。翌日下诏，命尚氏为女道士，居洞真宫，杨氏别宅安置。过了月余，仁宗病体已安，乃另聘故枢密使曹彬孙女入宫。翌年，又改元景祐，立曹氏为皇后，令废后郭氏出居瑶华宫。曹后宽仁大度，驭下有方，册后以后，见仁宗体质羸弱，恐他无嗣，未免怀忧。当下密启仁宗，拟就宗室中取一幼儿，作为螟蛉。适太宗孙允让多男（允让系太宗四子，商王元份子），第十三子名宗实，年方四岁，当即取入宫中，由曹后抚养，后来就是英宗皇帝。

自故后郭氏徙居后，仁宗颇加忆念，赐号金庭教主冲静元师，且遣使存问，赍给诗笺，仿古乐府体。郭氏亦和诗相答，词极凄婉。仁宗欲密召还宫，既立新后，又欲召还故后，试问将何以处置？当时何不预先审慎，乃欲出尔反尔耶？郭答来使道："若再见召，须由百官立班受册，方有面目见帝呢。"仁宗听到此语，当为难起来。阎文应尤加惶急，只恐郭后还宫，自己的性命不能保全。会郭有小疾，由仁宗嘱太医诊视，文应亟与太医急商，不知如何贿嘱，竟把郭氏药毙。宫人疑文应进毒，苦无实据，只得以暴卒奏闻。仁宗很是悲悼，追复后号，用礼殓葬。惟谥册祔庙的仪制概行停止。是时范仲淹已调知开封府，劾奏文应罪状，乃谪令出外，命为秦州钤辖，后徙相州，病死途中。未几杨太后亦崩，谥"章惠"，祔葬永定陵，这且按下慢表。

且说契丹自与宋讲和，彼此相安无事，萧太后燕燕不久即殁。萧氏有机谋，善驭大臣，人乐为用，每发兵侵宋，辄被甲跨马，麾旗督战。及与宋通好，安享承平，不忘武事。惟胡人素乏名节，萧后又生得英顾白皙，未免顾影自怜。辽主贤在日，常患风疾，后已郁郁寡欢，未几即成鳌妇，盛年守寡，怎能忘情？可巧东京留守韩国嗣子德让入直朝班，貌胜潘安，才同宋玉，适中萧氏心怀，特别超擢，居然授他为政事令，总宿卫兵。他本契丹降将韩延徽后裔，骤沐厚恩，感激图报。萧氏即令他出入禁中，特赐禁脔，俾尝风味。德让本是解人，极力奉承，引得萧后心花怒放，相亲恨晚，特赐姓名为耶律隆运，拜大丞相，加封晋王。嗣主隆绪尚幼，管什么敝笥嫌疑，后来逐渐长大，亦已如见惯司空，没甚奇异，所以萧后、韩相不啻伉俪一般。等到萧氏病殁，韩德让亦相继去世。真是一对同命鸟。契丹主隆绪，且命将德让棺椁，陪葬母旁。可谓特别孝思。

既而高丽国有内乱，主诵为康肇所弑，另立诵兄名询，契丹主兴师问罪，擒诛康肇而还。夷狄有君，不如诸夏之亡。至宋仁宗即位，契丹遣使入汴，吊死贺生。越年，契丹主大阅兵马，声言将校猎幽州。宋廷虑他入寇，拟练兵备边。同平章事张知白道："契丹修好未远，想不欲轻启衅端，今乃声言校猎，无非欲尝试我朝，我若发兵防边，反贻口实，不若托言堵河，募工充兵，他即无可借口了。"仁宗如言施行，契丹兵亦罢去。嗣辽东因契丹加税，致扰兵变，详究大延琳，集叛兵据辽阳，僭号兴辽，改元天庆。留守萧孝先被拘，契丹主即令孝先兄孝穆率兵往讨，扫平叛兵，获斩延琳。到了天圣九年，契丹主隆绪卒立子宗真，尊号隆绪为圣宗。宗真系宫人萧耨斤（一译作讹木谨）所生，隆绪后萧氏无出，取为己子。也学刘太后耶？隆绪疾笃，萧耨斤即骂隆绪后道："老物！福亦将享尽吗？"隆绪稍有所闻，召宗真入嘱道："皇后事我四十年，因他无子，取汝为嗣。我死，汝母子切勿害她，这是至要！宋朝信誓，汝宜永守，他不生衅，终当和好，国家自可无忧了。"宗真唯唯受命。

至隆绪已死，萧耨斤自称太后，参与国事，左右希耨斤意旨，诬隆绪后弟谋逆。耨斤派官鞫治，词连隆绪后，宗真道："先帝遗命，怎可不遵？且后尝抚育朕躬，恩勤备至，不尊为太后，反欲加她罪名，如何使得？"宗真还有良心。萧耨斤道："此人不除，必为后患。"宗真道："她既无子，又已年老，还有什么异图？"耨斤不从，竟将隆绪后迁至上京。宗真发使至宋廷告哀，宋亦遣中丞孔道辅等，充贺册及吊祭使，南北通好，仍然照常。宋仁宗明道元年，契丹主宗真往猎雪林，太后萧耨斤竟遣中使至临潢，勒隆绪后自尽。后慨然道："我实无罪，天下共知，既令我死，且待我沐浴更衣，就死未迟。"中使也为怜惜，暂退室外。有顷入视，后已仰药自尽了。当下返报耨斤，耨斤当然欣慰。独宗真归知此事，怨母残忍，遂有违言。嗣是母子不和，心存芥蒂。过了两年，即仁宗景祐元年，萧耨斤阴召诸弟，谋废宗真，改立少子重元。偏重元入告乃兄，宗真至此，也顾不得母子之情，遂令卫卒收太后玺绶，迁耨斤居庆州，立重元为皇太弟，始亲决国政，与宋和好如初。

惟西夏主赵德明，既臣事宋朝，复臣事契丹，还算安分守己，事大尽礼。会六谷酋长巴喇济为异族所戕（应二十二回），部众拥立巴喇济弟斯榜多为首领（斯榜多一译作斯锋督），宋廷续授他为朔方节度使。斯榜多未洽众望，或多散归吐蕃部。吐蕃本西域强国，唐时与回纥国屡寇边疆，后来两国自相侵伐，同就衰微。宋兴，两部酋先后入贡，真宗时，吐蕃部酋唃厮罗（一译作置勒斯赉）上表宋廷，请伐西夏，廷议以夏主德明尚称恭谨，不许吐蕃往侵。唃厮罗竟入窥关中，知秦州曹玮请兵预防。果然唃厮罗来寇伏羌寨，被曹玮率兵掩击，大败而还。唃厮罗自知势蹙，悔惧乞降。宋授唃厮罗为宁远大将军，兼爱州团练使。

夏主德明有子元昊，性极雄毅，兼多智略，常欲并吞回鹘（即回纥）、吐蕃诸部，称霸西陲。嗣竟引兵袭破回鹘，夺据甘州，德明嘉他有功，立为太子。元昊且劝父叛宋，德明不从，且戒元昊道："自我父以来，连岁用兵，疲惫不堪，近三十年间，称臣中国，累沐锦衣，中国可算厚待我了，此恩怎可辜负？"元昊咈然道："衣毳毡，事畜牧，乃我蕃族特性，丈夫子生为英雄，非王即霸，奈何羡这锦衣，甘作宋朝奴隶呢？"也是石勒一流人物。既而德明病死，元昊袭位，宋遣工部郎中杨吉，册元昊袭封西平王，并授定难军节度，夏、银、绥、静、宥等州观察，及处置押蕃落使，元昊还算拜受。契丹亦遣使册元昊为夏国王。

元昊圆面高准，身长五尺有余，善骑射，通蕃汉文字，登位后大改制度，部署兵行，隐欲与宋为难。仁宗景祐元年，竟引兵入寇环庆，杀掠居民。庆州柔远寨蕃部都巡检觋通（觋一译作威），乘夏兵炮飓，尾后袭击，攻破后桥诸堡。元昊反借口报仇，驱兵复出，缘边都巡检杨遵，与柔远寨押监卢训，领兵七百人，前往备御，哪禁得夏兵大至，被杀得七零八落，四散奔逃。环庆都监齐宗矩与宁州都监王文等，未知败耗，只去援应卢训。行次节义峰，骤闻胡哨乱鸣，夏兵已漫山遍野而来，宗矩不及退避，挺身与战，力竭被擒，王文等逃还。既而元昊放归宗矩，只说是双方误会，无故兴兵，现愿彼此约束云云。仁宗尚欲羁縻，颁诏慰抚，且令他兼官中书令。元昊狡诈，酷肖乃祖，仁宗姑息，亦与太宗相同，彼此可谓善绳祖武。元昊佯为听命，暗遣部将苏奴儿（一译作苏木诺尔）率兵二万五千人，往攻吐蕃，被唃厮罗诱入险地，四面围住，差不多把夏兵杀光，连苏奴儿也活擒了去。元昊闻报大怒，复领众攻陷猫牛城，转围宗哥、带星岭诸城。唃厮罗复遣部将安子罗，截击元昊归路。元昊昼夜角战，杀到好几十日，方将子罗击退，移众往攻临湟。唃厮罗坚壁不战，待元昊渡河，却用精骑杀出。夏兵猝不及防，多半溺死，元昊遁归。唃厮罗驰捷宋都，有诏擢他为保顺军留后。

既而元昊转侵回鹘，夺据瓜、沙、肃诸州，疆宇日拓，气势愈张。可巧华州有二书生，一姓张，一姓吴，屡试被黜，往游塞外，闻元昊威震西陲，颇思干进，因相偕至灵州（即夏都，见二十二回），入酒家豪饮，索笔书壁道："张元、吴昊到此。"寻被逻卒拘住，见元昊，元昊怒责道："入国问讳，你两人既入我都门，难道不知避讳吗？"张、吴二人齐声道："姓尚不理会，却理会这名字，未免本末倒置了。"原来元昊尚用宋朝赐姓，舍李为赵，所以二人乘机进言。果然元昊竦然起敬，亲自下堂，替他解缚，延入赐座，询及国事。两人抵掌高谈，指陈形势，所有西夏立国规模，寇宋计划，一股脑儿倾倒出来。元昊喜出望外，遂改灵州为兴州，号西平府为兴庆府，阻河带山，负嵎自固，居然筑坛受朝，自称皇帝，国号大夏，称为天授元年，设十六司总理庶务，置十二监军司，派部酋分军管辖。军兵总得五十余万，四面扼守，自制蕃书，形体方正，颇类八分，教国人纪事。遣使诣五台山供佛宝，欲窥河东道路，与诸豪歃血为誓，约先攻延，拟由靖德、塞门寨、赤城路三道并入。叔父山遇劝勿叛宋，元昊不听，山遇挈妻子内降。不意知延州郭劝反将山遇拿住，押还元昊（仿佛唐季之执还悉怛谋）。元昊即将他杀死，决意寇宋，先遣使上表宋廷，词云：

臣祖宗本出帝胄，当东晋之末运，创后魏之初基。远祖思恭，当唐季率兵拯难，受封赐姓。祖继迁，心知兵要，手握乾符，大举义旗，悉降诸部，临河五郡，不旋踵而归，沿边七州，悉差肩而克。父德明，嗣奉世基，勉从朝命。真王之号，凤感于颁宣，尺土之封，显蒙于割裂。臣偶以狂斐，制小蕃文字，改大汉衣冠，衣冠既就，文字既行，礼乐既张，器用既备。吐蕃、塔塔、张掖、交河，莫不从伏。称王则不喜，朝帝则是从，辐辏屡期，山呼齐举，伏愿一垒之土地，建为万乘之邦家，于是再让靡遑，群集义迫。事不得已，显而行之，遂以十月十一日，郊坛备礼，为始祖始文本武兴法建礼仁孝皇帝，国称大夏，年号天授。伏望皇帝陛下，睿哲成人，宽慈及物，许以西郊之地，册号南面之君，敢竭愚庸，常敦欢好。鱼来雁往，任传邻国之音，地久天长，永镇边方之患。

至诚沥恳，仰俟帝俞，谨遣使臣奉表以闻！

是年为仁宗宝元元年（景祐四年后，又改元宝元），吕夷简等均已罢职，王曾封沂国公，已经谢世，复起用张士逊及学士章得象同平章事，王鬷、李若谷参知政事，因元昊表词傲慢，各主张绝和问罪，独谏官吴育却上言："姑许所求，密修战备，彼渐骄盈，我日戒饬，万一决裂，也不足为我害，这便是欲取姑予的计策。"予以虚名，尚属可行。士逊笑为迂论，乃下诏削夺元昊官爵，禁绝互市，并揭榜示边，略言："能擒元昊，或斩首上献，当即授定难军节度使，作为酬劳。"能讨即讨，何必悬赏？一面任夏竦为泾、原、秦、凤安抚使，范雍为鄜、延、环、庆安抚使，经略夏州。两个饭桶，有何用处？知枢密院事王德用（即王超子。见二十回）请自将西征，仁宗不许。德用状貌雄伟，颇肖太祖，且平日很得士心。因此仁宗左右，交口进谗，谓不宜久典枢密，并授兵权。仁宗竟自动疑，不但不许西征，反将他降知随州，改用夏守知枢密院事。元昊竟入寇保安军，兵锋甚锐，到了安远寨附近，见有数千宋军到来，他是毫不在意，以为几千兵士，不值一扫，哪知两阵甫交，蓦然宋军里面突出一位披发仗剑、面含金色的将官来，也不知他是人是鬼，是妖是仙，顿时哗动夏兵，纷纷倒退。这位披发金面的将官，逢人就砍，无一敢当。夏兵愈觉惊惶，连元昊也称奇不置，没奈何麾兵遁去。看官！道此人是谁？乃是巡检指挥使狄青。点名不苟。青字汉臣，河西人氏，骁勇善战，初为骑御散直，从军西征，累著战功。他平时临敌，往往戴着铜面具，披发督阵，能使敌人惊退（俗小说中便说他有仙术了）。至是为巡检指挥使，屯守保安，钤辖卢守勤，檄令御敌。他手下只带兵士数千名，一场对垒，竟吓退元昊雄师数万人。当下奏捷宋廷，仁宗欲召问方略，会闻元昊复议进兵，乃命图形以进。小子有诗咏道：

> 仗剑西征播战功，
> 叛王枉自逞英雄。
> 试看披发戴铜面，
> 已识奇谋在算中。

元昊自保安败退，改从延州入寇，孰胜孰负，且至下回说明。

宋有刘太后，而契丹有萧太后，真可谓兄弟之国，内政相等。至曹后取宗实为己子，隆绪后亦取宗真为己子，举动又复相似。古所谓难兄难弟，不期于南北两国见之。惟萧太后老而淫，萧耨斤且敢弒主母。而宋尚不闻有此。得毋由夷狄之俗，不及华夏之犹存礼教耶？夏主德明，事南事北，仿佛一条两头蛇，元昊独锐生鳞角，至欲图王争霸，羌戎中偏出枭雄，而宋廷适当乏人，文不足安邦，武不足却敌，徒令元昊增焰耳。幸保安军尚有狄青，差足为中原吐气，然官小职卑，未握重权。屈良骥于枥下，美之适以惜之云。

第二十九回

中虏计任福战殁
奉使命富弼辞行

　　却说元昊欲寇延州，先遣人通款范雍，诈言两不相犯。雍信为真言，毫不设备。那元昊竟轻师潜出，攻破金明寨，执都监李士彬父子直抵延州城下。雍始着急起来，飞召在外将士，还援延州。于是鄜、延副总管刘平、石元孙，自庆州驰援，都监黄德和，巡检万俟政、郭遵等，亦由外驰入。数路兵合成一处，往拒元昊。两下相遇，夏兵左持盾，右执刀，踊跃前来。刘平令军士各用钩枪，撤去敌盾，大呼杀入，敌众败走。平当先追击，被敌兵飞矢射来，适中面颊，乃裹创退还。到了傍晚，忽来敌骑数千名，猝薄官军，官军未曾预防，竟至小却。黄德和在阵后，望见前军却退，竟率步兵先遁。平亟遣子宜孙驰追德和，执辔与语道："都监当并力抗贼，奈何先奔？"德和不顾，脱辔径去，遁赴甘泉。万俟政、郭遵等亦先后崩溃。德和可恨，万俟政等尤可恶。平复遣军校仗剑遮留，只拦住千余人，与夏兵转战三日，互有杀伤，敌稍稍退去。平率余众保西南山，立栅自固。夜半四鼓，突闻外面万马齐集，且厉声四呼道："这般残兵，不降何待！"平与元孙料敌大至，勉守孤营，相持达旦。俄而天色已明，开营迎敌，见敌酋举鞭四至，悍厉异常，两人手下，已不过数千人，且累日鏖斗，势已困乏，怎能当得这般悍虏？战不数合，已被敌酋冲作数截。平与元孙不能相顾，战到筋疲力尽，都做了西夏的囚奴。平愤极不食，见了元昊，开口大骂，竟为所害。元孙被拘未死。延州得此败报，人心益惧。幸天降大雪，冻沍不开，元昊始解围退去。

　　黄德和反诬平降贼，因致败挫，宋廷颇闻悉情形，诏殿中侍御史文彦博往河中问状。彦博，汾州人，为人正直无私，一经讯鞫，当然水落石出。德和坐罪腰斩，范雍亦贬知安州，追赠刘平官爵，抚恤从优。罪不及万俟政等，还是失刑。诏命夏守赟为陕西经略按抚招讨使，内侍王守忠为钤辖，即日启行。知谏院富弼上言："守赟庸懦，不足胜任。守忠系是内臣，命为钤辖，适蹈唐季监军覆辙，请收回成命！"言之甚是。仁宗不从。适知制诰韩琦使蜀还都，闻西夏形势，语颇详尽，仁宗遂命他按抚陕西。琦入朝辞行，面奏仁宗道："范雍节制无状，因遭败衄，致贻君父忧，臣愿保举范仲淹，往守边疆，定然无误。"仁宗迟疑半晌，方道："范仲淹吗？"琦复道："仲淹前忤吕夷简，徙知越州，朝廷方疑他朋党，臣非不知，但当陛下宵旰焦劳，臣若再顾嫌疑，埋才误国，罪且益大。倘或迹近朋比，所举非人，就使臣坐罪族诛，亦所甘心。"百口相保，不愧以人事君之义。仁宗才点首道："卿且行！朕便令仲淹随至便了。"琦叩谢而出。未几即有诏令仲淹知永兴军。先是仲淹知开封府，因吕夷简当国，滥用私人，特上疏指陈时弊，隐斥夷简为汉张禹。夷简说他越职言事，离间君臣，竟面劾仲淹，落职外徙。集贤院校理余靖，馆阁校勘尹洙、欧阳修，奏称仲淹无罪，也致坐贬，斥为朋党。都人士却号作四贤。韩琦此次保荐仲淹，所以有这般论调。仲淹坐朋党落职，系景祐三年事，本回信韩琦奏事，补叙此事，文法绵密。仁宗依奏施行，也算是虚心听受了。

　　惟张士逊主议征夏，至军书旁午，反无所建白，坐听成败，谏院中啧有烦言。士逊心不自安，上章告老。诏令以太傅致仕，再起吕夷简同平章事。夷简再相，亦以夏守赟非专阃才，不如召还。仁宗乃命与王守忠一同还阙，改用夏竦为陕西经略按抚招讨使，韩琦、范仲淹为副。仲淹尚未赴陕，奉旨陛辞，仁宗面谕道："卿与吕相有隙，今日吕相亦愿用卿，卿当尽释前嫌，为国效力。"仲淹叩言道："臣与吕相本无嫌怨，前日就事论事，亦无非为国家起见，臣何尝预设成心呢？"仁宗道："彼此同心为国，尚有何言。"仲淹叩别出朝，即日就道。途次闻延州诸寨，多半失守，遂上表请自守延州。有诏令兼知州事，仲淹兼程前进，既至延州，大阅州兵，得万八千人，择六将分领，日夕训练，视贼众寡，更迭出御。又修筑承平、永平等寨，招辑流亡，定保障，通斥堠，羌、汉人民相继归业，边塞以固，敌不敢近。夏人自相告诫道："此次来了小范老子，胸中具有数万甲兵，不比前日的大范老子，可以骗得，延州不必妄想了。"大范就指范雍，小范乃指范仲淹。

元昊闻仲淹善守，佯遣使与仲淹议和，一面引兵寇三川诸寨，副使韩琦令环、庆副总管任福，托词巡边，领兵七千人，夜趋七十里，直抵白豹城，一鼓攻入，焚去夏人积聚，收兵还汛。元昊又向韩琦求盟，琦勃然道："无约请和，明是诱我，我岂堕他诡计吗？"遂拒绝来使。独范仲淹复元昊书，反复戒谕，令去帝号，守臣节，借报累朝恩遇等语。时宋廷遣翰林学士晁宗慤驰赴陕西，问攻守策，夏竦模棱两可，具二说以闻。仁宗独取攻策，令鄜、延、泾、原会师进讨，限期在庆历元年正月。仁宗改元宝元后，越二年，又改元康定，又越年，复改元庆历。范仲淹主守，韩琦主战，两下各争执一词，彼此据情陈奏，累得仁宗亦疑惑不定，无从解决。那元昊却不肯罢手，竟遣众入寇渭州，薄怀远城。韩琦亲出巡边，尽发镇戎军士卒，又募勇士万八千人，命环、庆副总管任福为统将，耿傅为参谋，泾、原都监桑怿为先锋，朱观、武英、王珪为后应。大军将发，琦召任福入语道："元昊多诈，此去须要小心！你等可自怀远趋德胜寨，绕出羊牧隆城，攻击敌背，若势未可战，即据险入伏，截他归路，不患不胜。若违我节制，有功亦斩！"福奉令登程，径趋怀远，道遇镇戎军西路巡检常鼎、刘肃等人，传言夏兵在张家堡南，距此不过数里。福即会师亟进，果然遇着敌众，顿时并力掩击，斩馘数百级，敌众溃退，抛弃马羊橐驼，不计其数。先锋桑怿，驱兵再进，福接踵而前。参军耿傅尚在后面，接得韩琦来檄，力戒持重，乃附加手书，遣人赍递任福，劝他遵从韩令，切勿躁率。福冷笑道："韩招讨太觉迁谨，耿参军尤觉畏葸，我看虏兵易与，明日进战，管教他只骑不回。"趾高气扬，安能不败？遂令来使速还，约后队迅即来会，越日定可破敌，万勿误期。及使人回报，耿傅、朱观、武英、王珪等，只好一同进兵。

到了笼络川，天色已晚，闻前军已至好水川，相隔只有五里，乃择地安营。次日天晓，桑怿、任福等复循好水川西行，至六盘山下，途次见有银泥盒数枚，缄封甚固，桑怿取盒审视，未知内藏何物，但闻盒中有动跃声，疑不敢发。可巧任福亦到，即递交与他。福是个粗豪人物，不管什么好歹，当即把盒启视，哪知盒内是悬哨家鸽，霎时间尽行飞出，回翔军上。桑怿、任福尚翘首视鸽，莫明其妙，忽闻胡哨四起，夏兵大集。元昊亲率铁骑，蹀躞前来。怿忙麾军抵敌，福尚未成列，被敌骑纵横驰突，顿时散乱。众欲据险自固，忽夏人阵中，竖起一张鲍老旗（戏幢名），长约二丈余，左动左伏起，右动右伏起，四面夹攻，宋军大败。桑怿、刘肃陆续战死。福身被十余创，尚力战不退。小校刘进劝福急走，福愤然道："我为大将，不幸兵败，只有一死报国便了。"未几枪中左颊，血流满面，福扼喉自尽。福子怀亮随军，同时毕命，全军尽覆。

元昊乘胜入笼络川，正与朱英军相遇，趁势将朱英围住。英左冲右突，不能出围，王珪急往救援，硬杀一条血路，拔出朱英，但见英已身受重伤，不能视军，珪正焦急得很，正拟设法走脱，不意敌兵益至，又被围住。耿傅、朱观也欲往援，适渭川驻泊都监赵津带领瓦亭骑兵二千前来会战，耿傅即与赵津救珪，令朱观守住后军。赵津多来送死，然却是朱观的替死鬼。时王珪已经阵亡，朱英亦死，耿、赵两人冒冒失失的冲杀过去，好似羊入虎口，战不多时，一同殉难。朱观见不可支，急率残军千余人，退保民垣，四向纵射。夏兵疑是有伏，更兼天色将昏，乃齐唱番歌，收军引去。这一场交战，宋将死了六人，士卒伤亡一万数千名，只朱观手下千余人，总算生还，关右大震。

韩琦退还，夏竦使人收集散兵，并任福等遗骸，见福衣带间尚藏着琦檄并参军耿傅书，乃将详情奏闻，说是任福违命致败，罪不在琦、傅等人。琦却上章自劾，仁宗很是惊悼，镌琦一级，徙知秦州。元昊自连胜宋军，声势张甚，作书答复范仲淹，语极悖嫚。仲淹对着夏使，把书撕碎，付之于火，夏使自去。这事传达宋廷，吕夷简语廷臣道："人臣无外交，仲淹擅与元昊书，已失臣礼，既得答复，又擅焚不奏，别人敢如此吗？"参政宋庠遽答道："罪当斩首。"枢密副使杜衍，独辩论道："仲淹志在招叛，存心未尝不忠，怎可深罪？"彼此争议未决。仁宗命仲淹自陈，仲淹遥奏道："臣始闻元昊有悔过意，因致书劝谕，宣示朝廷德威，近因任福败死，夙势益张，复书遂多悖嫚，臣愚以为此书上达，若朝廷不亟声讨，辱在朝廷，不若对了虏使，毁去此书，还不过辱及愚臣，似与朝廷无涉。这是区区愚忧，乞即鉴察"等语。仁宗得奏，复命中书枢密两府复议。宋庠、杜衍仍各执前说，仁宗顾问夷简，宋庠总道夷简赞同己说，哪知夷简恰不慌不忙道："杜衍议是，止应薄责了事。"这语说毕，庠不禁瞠目退朝。想是夷简与庠有隙，故独从杜衍之议，不然，前既倡议罪范，此时何反祖范耶？仁宗乃降仲淹知耀州，未几复徙知庆州，诏命工部侍郎陈执中，同任陕西按抚经略招讨使，与夏竦同判永兴军。两人意见相左，屡起龃龉，乃又命竦屯鄜州，执中屯泾州。竦守边二年，遇事畏缩，首鼠两端，营中带着侍妾，整日里流连酒色，不顾边情。元昊悬募竦首，只出钱三千文，边人传为笑话。

既而元昊复寇麟府，破宁远寨，陷丰州，警报迭闻，知谏院张方平奏称："竦为统帅，已将三年，师惟不出，出必丧败，寇惟不来，来必残荡。这等统帅，究有何用？请另行择帅，借固边防！"于是改竦判河中，执中知泾州，一面再经廷议，分秦凤、泾原、环庆、鄜延为四路，令韩琦知秦州，辖秦凤，范仲淹知庆州，辖环庆，王沿知渭州，辖泾原，庞籍知延州，辖鄜延，各兼经略按抚招讨使。四人除王沿外，均捍御有方，缮城筑寨，招番抚民。羌人尤爱仲淹，呼他为龙图老子。因仲淹曾任龙图阁待制，乃有是名。元昊却也知难而退，稍稍敛迹了。总贵得人。

庆历二年，忽契丹遣使萧特末、刘六符至宋，复求关南故地，且问兴师伐夏及沿边浚河增戍的理由。朝命知制诰富弼为接伴使，偕中使往迎都外。特末等昂然而来，下马相见，当由中使传旨慰问。特末倔强不拜，弼抗声道："南北两主，称为兄弟，我主与汝主相等，今传旨慰劳，奈何不拜？"特末托言有疾，不能施礼。弼又道："我亦尝出使北方，卧病车中，闻汝主命，即起受尽礼，汝怎得因疾废礼呢？"特末无词可答，只好起拜。先声已足夺人。拜毕，随弼入都。弼导入客馆，开诚与语，特末却亦感悦，即将契丹主遣使本意一一说出。弼据理辩驳，特末密语弼道："贵国可从则从，不可从，或增币，或和亲，亦无不可。"弼乃引两使入谒仁宗，并据特末言奏闻。仁宗召吕夷简入商，夷简道："西夏未平，契丹乘隙求地，断难允许。但我既与夏构兵，不应再战契丹，现来使萧特末，既有和亲增币两事，密相告语，我且酌允一件，暂作羁縻罢了。"仁宗道："朕意亦是如此，但何人可以报聘？"夷简道："不如就遣富弼，渠去年曾往使契丹，可称熟手，此次命往，谅想不致辱命。"（借夷简口中，补叙富弼奉使契丹，且回应上文弼语特末之言。）仁宗点首，遂命富弼报使契丹。诏命既下，廷臣多为富弼担忧，谓此去恐致陷虏。集贤院校理欧阳修且引唐颜真卿使李希烈故事，请留弼不遣，疏入不报。自是谣诼繁兴，统说夷简与弼有嫌，计图陷害，因荐弼北行。弼却毅然愿往，陛辞时叩首奏道："主忧臣辱，臣怎敢爱死？此去除增币外，决不妄允一事。倘契丹意外苛索，臣誓死以拒便了。"仁宗闻言，也不禁动容，面授弼为枢密直学士。弼不肯受，复叩头道："国家有急，义不惮劳，怎敢先授爵禄呢？"仁宗复慰奖数语，弼即起身出朝，到了宾馆，邀同契丹两使，即日往北去了。小子有诗咏道：

> 衔命登程竟北行，
> 国家为重死生轻。
> 折冲樽俎谈何易，
> 恃有忠诚慑虏情。

欲知弼往契丹，如何定议，待小子下回说明。

世尝谓北宋无将，证诸夏事，北宋固无将也。仁宗之世，宋尚称盛，元昊骚扰西陲，得一良将以平之，尤为易事。夏竦、范雍，材皆庸驽，固等诸自郐以下。若夫韩琦、范仲淹二人，亦不过一文治才耳。主战主守，彼此异议，主战者有好水川之败，虽咎由任福之违制，然所任非人，琦究不得辞责。主守者遭元昊之谩侮，微杜衍，仲淹几不免杀身。史虽称韩、范善防，然卒无以制元昊，使之帖然归命，非皆武略不足之明证耶？以专阃之乏材，而契丹遂乘间索地，地不给而许增岁币，亦犹二五一十之故智耳。外交以武力为后盾，仅恃口舌之争，虽如富郑公者，亦不能尽折虏焰，而下此更不足道矣。

第三十回　争和约折服契丹　除敌臣收降元昊

却说富弼出使，免不得途中耽搁，一时未到契丹。契丹却聚兵幽、蓟，声言南下。廷议请筑城洛阳，吕夷简谓不若建都大名，耀威河北，示将亲征以伐敌谋。仁宗从夷简言，乃建大名府为北京，即从前真宗亲征驻跸处，一面命王德用判定州，兼朔方三路都部署。德用抵任，日夜练士卒，择期大阅。契丹遣侦骑来视，见德用部下人人强壮，个个威风，当下返报本国，契丹主宗真也觉夺气。宋廷赖有此着，故和议复成。待富弼已到契丹，即入见宗真，行过了礼，便开口问道："两朝人主，父子继好已四十年，乃无故来求割地，究属何故？"宗真道："南朝违约，塞雁门，增塘水，治城隍，籍民兵，亦为着何事？我国大臣，均请举兵南向，我意谓遣使质问，并索关南故地，若南朝不肯相从，举兵未晚。"弼即接入道："北朝忘我先帝的大德吗？澶渊一役，我朝将士，哪一个不主开战？若先帝从将士言，恐北兵均不得生还。我先帝顾全南北，特约修和，今北朝又欲主战，想是北朝臣子，均为身谋，不管主子的祸福呢。"说到此句，宗真不觉惊异道："为什么不管主子的祸福？"弼答道："晋高祖欺天叛君，末帝昏乱，土宇狭小，上下离叛，北朝乃得进克中原。但试问所得金币，果涓滴归公否？北朝费了若干军饷，若干兵械，徒令私家充牣，公府雕残。今中国提封万里，精兵百万，法令修明，上下一心，北朝欲用兵，能保必胜吗？就使得胜，劳师伤财，还是群臣受害呢，人主受害呢？若通好不绝，岁币尽归人主，群臣何有利益？所以为群臣计，宜战不宜和，为主子计，宜和不宜战。"说得透彻，不亚秦、仪。宗真听了，不由得点首数次。弼又道："塞雁门，为备元昊，并非防北朝；塘水开濬，在南北通好前，城隍无非修旧，民兵不过补缺，有何违约可言？"宗真道："如卿言，是我错怪南朝了。但我祖宗故地，幸乞见还！"语已少软。弼答道："晋以卢、龙赂契丹，周世宗复取关南地，统是前代故事。若各欲求地，幽、蓟曾隶属中国，难道不是北朝故地吗？"宗真亦无词可答，命刘六符引弼至馆，开宴叙谈。六符道："我主耻受金币，定欲关南十县，南朝何不暂许通融？"弼正色道："我朝皇帝尝云，为祖宗守国，不敢以尺地与人，北朝所欲，不过租赋，朕不忍两朝赤子，多罹兵革，所以屈己增币，聊代土地。若北朝必欲得关南十县，是志在败盟，借此为词。澶渊盟誓，天地鬼神，共鉴此言，北朝若首发兵端，曲不在我，天地鬼神，恐不肯受欺哩。"正襟危论，如闻其声。六符道："南朝皇帝，存心如此，大善大善。当彼此共奏，使两主情好如初。"是日尽欢而散。

翌日，契丹主宗真召弼同猎，引弼马相近，婉语道："南朝若许我关南地，我当永感厚谊，誓敦和好。"仍是欺人之语。弼答道："北朝以得地为荣，南朝必以失地为辱，两朝既称兄弟，怎可一荣一辱呢？"舍理言情，语益动人。宗真默然。猎毕散归，六符复来语弼道："我主闻荣辱的谈论，意甚感悟，关南十县，暂且搁起。惟愿与南朝和亲，想南朝总允我结婚呢。"弼复道："结婚易生嫌隙，我朝长公主出降，赍送不过十万缗，哪能及得岁币的大利呢？"六符返报宗真。宗真乃召弼入见，令还取盟书，并与语道："俟卿再至，当择一事为约，卿可遂以誓书来。"弼乃辞归，据实奏陈。仁宗复遣使持和亲增币二议及誓书再往契丹，并命至枢臣处亲受口传。弼领教即行，途次乐寿，忽心有所触，亟语副使张茂实道："我奉命为使，未见国书，倘书词与口传不同，岂非败事？"茂实唯唯。及启书审视，果与口传不符，立即驰还。时已日昃，叩阍求见，至仁宗召入，弼呈上国书，并跪奏道："枢臣意图陷害，特作此书，俾与口说不同，臣死何足惜，贻误国家，岂非大患？"仁宗恰也惊疑，转问晏殊。晏殊道："吕夷简想不至出此，或恐录述有误呢。"弼奏道："晏殊奸邪，党夷简，欺陛下，应得何罪？"仁宗遂命晏殊易书，弼审视乃行。吕夷简挟私害公，至此未免坐实。晏殊设词掩饰，明是党吕陷弼，史称弼娶晏女,岂翁婿之情,亦全不顾耶?

既至契丹,不复议婚,但议增币。契丹主宗真道:"南朝既增我岁币,应称为献。"弼答道:"南朝为兄,岂有为兄献弟的道理?"宗真道:"'献'字不用,改一'纳'字。"弼仍不可。宗真怫然道:"岁币且增我,何在此区区一字? 若我拥兵南来,得勿后悔吗?"弼复道:"我朝兼爱南北生民,所以屈己增币,并非有惮北朝。若不得已改和为战,当视曲直为胜负,使臣却不敢预料了。"宗真道:"卿勿固执,古时亦曾有此例呢。"弼勃然道:"古时惟唐高祖借兵突厥,当时赠遗,或称献纳,但后来颉利为太宗所擒,岂尚有此例吗?"说毕,声色俱厉。宗真知不可夺,乃徐徐道:"我当自遣人往议罢了。"乃留增币誓书,另遣使耶律仁先及刘六符二人,持督书与弼偕来,且议献纳二字。弼先入奏道:"献纳二字,臣已力拒,虏气已中沮了,幸勿再许!"仁宗允奏。后用晏殊议,竟许用"纳"字。一字都不能争得,宋君臣可谓萎靡。于是岁增银十万两,绢十万匹,仍遣知制诰梁适持誓书,与仁先等往契丹。契丹亦遣使再致誓书,且报撤兵,总算依旧和好了。

弼始受命至契丹,适一女夭殇,弼不过问,及二次再往,闻得一男,亦不暇顾。在外得家书,未尝启阅,随至随焚。左右以为奇,弼与语道:"这种家书,徒乱人意,国事尚未了结,何暇顾家?"录此为爱国者劝。至和议已成,仁宗复命他为枢密直学士。弼仍恳辞道:"增币非臣本意,只因近日方讨元昊,不暇与契丹角逐,所以臣未敢死争,怎可无功受赏呢?"未几又授弼为枢密副使,弼又固辞,但表请仁宗卧薪尝胆,不忘修政。仁宗很加赞叹,改授弼为资政殿学士,这且按下慢表。

且说元昊据有西鄙,叛命如故,会夏境天旱年荒,兵民交困,乃渐有纳款意。知延州庞籍报答宋廷,诏命知保安军刘拯,传谕元昊亲臣刚浪陵(一译作野利纲里拉)、遇乞(一译作雅奇)兄弟,令他内附,即分界西平爵土。刚浪陵很是刁猾,令部下浪埋、赏乞、媚娘三人,伪至鄜州乞降。鄜州判官种世衡,料知有诈,留住营中,佯加录用。刚浪陵又遣教练使李文贵来报降期,也由世衡留住。既而元昊仍大举入寇,攻镇戎军,王沿使副总管葛怀敏督诸寨兵出敌,至定州寨,被夏兵绕出背后,毁桥截住。怀敏部军相率惊慌,顿时大溃。怀敏奔还长城,濠路已断,遂与将校十四人陆续战死,余军九千六百名,马六百匹,均陷没敌中。元昊乘胜直抵渭州,焚荡庐舍,屠掠民畜,泾、汾以东,烽火连天。幸知庆州范仲淹率蕃汉兵往援,夏兵乃退。先是翰林学士王尧臣曾奉命安抚陕西,及还朝,上疏论兵,且言:"韩、范具将帅材,不当置诸散地。"仁宗尚不以为意。至葛怀敏败殁,中外震惧,乃命文彦博经略泾、原,并欲徙范仲淹知渭州,与王沿对调。

仲淹以王沿无用,拟与韩琦并驻泾州,即行上奏,略云:

泾州为秦、陇要冲,贼昊屡出兵窥伺,非协力捍御,不足以制贼锋。臣愿与韩琦并驻泾州,琦兼秦、凤,臣兼环、庆,泾、原有警,臣与琦合秦、凤、环、庆之兵,犄角而进。若秦、凤、环、庆有警,亦可率泾、原之师为援。臣当与琦练兵选将,渐复横山,以断贼臂,不数年间,可期平定。愿招庞籍兼领环、庆,以成首尾之势。秦州委文彦博,庆州用滕宗谅,总之渭州一武臣足矣。

仁宗准奏,乃用韩琦、范仲淹、庞籍为陕西按抚经略招讨使,置府泾州,分司行事。并召王沿还都,命文彦博守秦州,滕宗谅守庆州,张亢守渭州。韩、范二人同心捍边,号令严明,爱拊士卒,诸羌乐为所用,怀德畏威。边人闻韩、范名,编成四句歌谣道:"军中有一韩,西贼闻之心胆寒;军中有一范,西贼闻之惊破胆。"得人之效,可见一斑。

惟种世衡因刚浪陵遣人诈降,总欲以假应假,用反间计诛灭了他,免为元昊心腹。当时有僧人王光信,足智多谋,世衡招致部下,奏补三班借职,令改名为嵩,持招降书,往投刚浪陵、遇乞。刚浪陵接到书函,当下展阅,内言:"朝廷知王有内附心,已授夏州节度,王其速来!"书后,又绘一枣及一龟。刚浪陵懵然不解,王嵩在旁代解道:"枣早同音,龟归同声,请大王留意!"原来刚浪陵、遇乞皆属野利氏,元昊娶野利氏女为第五妃,即二人女弟,二人因此得宠,且具有才谋,并握重权,夏人号为大王,所以世衡贻书,及王嵩与语,亦沿用夏人称呼。刚浪陵毕竟乖刁，狞然笑道："种使君年已长成，何故弄此把戏？难道视我为小儿吗？"遂将王嵩拿下，并原书献与元昊。王嵩本有胆智，见元昊后，元昊喝令斩首，嵩并不惊慌，反大笑道："人人说你夏人多诈，我却不信，谁料话不虚传呢。"元昊拍案道："你等多诈，欲来用反间计，还说是我国多诈吗？"一语喝破。仿佛《三国演义》中曹操之于阚泽。王嵩道："刚浪大王若非先遣浪埋等来降，种使君亦不至无故送书。现浪埋等尚在鄜州，李文贵居然重用，我朝已授刚浪大王为夏州节度使，今乃有此变卦，岂非你夏人多诈吗？罢罢！我死也还值得。我死，有李文贵等四人偿命呢。"元昊听了，不禁惊诧，遂转问刚浪陵。刚浪陵前遣浪埋等人，尚未与元昊说明，至此反无从详对，但说是别有用意。元昊益觉动疑，当命将王嵩缓刑，囚禁阱中，一面盘诘刚浪陵。刚浪陵才将前情详陈，偏元昊似信非信，也将刚浪陵留住帐中，潜遣人作为刚浪陵使，返报世衡。世衡已料为元昊所遣，却故意将错便错，格外优待，并与约两大王归期。来使怎识诈谋，当然据情上报。元昊不禁怒起，竟召还刚浪陵，与使臣对质。刚浪陵尚想分辩。偏元昊已拔剑出鞘，手起剑落，把刚浪陵挥作两段，除了一个。并将遇乞拘置狱中。种世衡闻刚浪陵被杀，知计已得行，复著成一篇祭文，内说："刚浪陵大王兄弟，有意本朝，忽遭惨变，痛失垂成。"写得非常惨淡，潜令人投置夏境。夏人拾得，赍献元昊。元昊又令人将遇乞处斩。又除了一个。

看官！试想这元昊也是一个雄酋，难道这般反间计，竟全然没有分晓，空把那两个有用的妻舅，一一杀死吗？小子搜考野乘，才悉元昊另有一段隐情。遇乞妻没藏氏，因与元昊第五妃有姑嫂关系，往往出入夏宫，她不合生着三分姿色，被元昊看上了眼，极想与她通情，奈因遇乞手握重权，未免投鼠忌器，没奈何勉强忍耐，含着一种单相思，延捱过去。巧值种世衡投书与他，劝令内附，他正好借公济私，除了遇乞，便将没藏氏拘入宫中，一吓两骗，哄得没藏氏又惊又喜，只好献出秘宝，供他享受。

元昊已经如愿，索性放出王嵩，厚礼相待，令作书报种世衡，愿与宋朝讲和。世衡转告庞籍，籍即令世衡遣还李文贵，往议和约。元昊大喜，仍使文贵与王嵩偕至延州，赍书议款。庞籍接得来书，见书意尚是倔强，有云："如日方中，止能顺天西行，安可逆天东下"等语。当下将来书飞报宋廷，仁宗已经厌兵，诏令籍复书许和，但令他稍从恭顺。籍乃如旨示复，遣文贵持去。嗣得夏国六宅使贺从勖与文贵赍书同来，书中自称男邦泥定国兀卒曩霄，上书父大宋皇帝。庞籍即问道："何谓泥定国兀卒曩霄？"从勖道："'曩霄'系吾主改定新名，'泥定国'是立国意义，'兀卒'是我国主子的称呼。"庞籍道："如此说来，你主仍不肯臣事本朝，令我如何上闻？"从勖道："既称父子，也是君臣一般，若天子不许，再行计议。"庞籍道："你只可入阙自陈。"从勖答言："愿入京师。"乃送从勖至阙下，并奏言元昊来书，名体未正，应谕令称臣，方可议和。仁宗览奏，即召谕从勖道："你主元昊，果愿归顺，应照汉文格式，称臣立誓，不得说什么兀卒，什么泥定国。"从勖叩首道："天朝皇帝，既欲西夏称臣，当归国再议。惟天朝仁恩遍覆，每岁应赐给若干，俾可还报。"仁宗道："朕当遣使偕行，与你主定议便了。"从勖乃退。有诏命邵良佐、张士元、张子奭、王正伦四人，偕从勖一同西行，与夏主元昊妥议。四人领命而去。到了西夏，因元昊多索岁币，议仍未洽。元昊乃再遣使臣如定聿舍（一译作儒定裕舍）、张延寿等，入汴再议。当议定按年赐给绢十万匹，茶三万斤。夏主元昊应称臣立誓，不得渝盟。夏使乃返。越年，庆历四年，元昊始遣使来上誓表，文云：

臣与天朝，两失和好，遂历七年，立誓自今，愿藏明府。其前日所掠将校民户，各不复还。自此有边人逃亡，亦毋得袭逐。臣近以本国城寨，进纳朝廷，其栲栳、镰刀、南安、承平故地，及他边境，蕃汉所居，乞画中为界，于内听筑城堡。凡岁赐绢茶等物，如议定额数，臣不复以他相干，乞颁誓诏，盖欲世世遵守，永以为好。倘君亲之义不存，或臣子之心渝变，当使宗祀不永，子孙罹殃。谨上誓表以闻！

仁宗亦赐答诏书，付夏使赍还。略云：

朕临制四海，廓地万里，西夏之土，世以为昨，今既纳忠悔咎，表于信誓，质之日月，要之鬼神，及诸子孙，无有渝变，申复恳至，朕甚嘉之！俯阅来誓，一皆如约。

夏使去后，复拟派遣册礼使，册封元昊为夏王，忽契丹遣使来汴，请宋廷勿与夏和，现已为中国发兵，西往讨夏，累得宋廷君臣，又疑惑起来。正是：

> 中朝已下和戎诏，
> 朔漠偏来讨虏书。

究竟契丹何故伐夏，试看下回便知。

读本回盟辽盟夏两事，见得宋室君臣，志在苟安，毫无振作气象。契丹主宗真时，上无萧太后燕燕之雄略，下无耶律休哥之将才，富弼一出，据理与争，即折敌焰，何必多增岁币，自耗财物，甚至献纳二字，亦不能尽去乎？元昊堕种世衡之计，自剪羽翼，又复惑于没藏氏之女色，渐启荒耽，其愿和不愿战也明矣。况乎韩、范、庞三人御边，已属无衅可击，彼若修和，我正当令他朝贡，乃反岁赐绢茶，亦胡为者。总之一奄奄不振，得休便休已耳，观此而已知宋室之将衰。

第三十一回　明副使力破叛徒　曹皇后智平逆贼

却说契丹遣使至宋，请勿与夏和，且来告伐夏，就中有个原因，乃是契丹旧属党项部被元昊吞并，契丹主宗真遣使索还，元昊不答，于是契丹决议兴师。宗真亲率骑兵十万，往伐元昊，一面向宋廷报告师期。仁宗正拟册封元昊，不意遭此打击，反弄得疑惑不定，当与廷臣议决，暂留夏国封册，止使不遣。别命知制诰余靖，报使契丹，托词致赆，探明情实。至余靖到了契丹，契丹主已经败归，原来契丹兵三路西进，直达贺兰山，战胜元昊。元昊退师十里，情愿与契丹讲和，偏契丹枢密使萧惠，请荡平夏国，不可许成。契丹主犹豫未决，元昊以未得成言，每日退三十里，直退至九十里外，方才下寨。他知契丹兵必来追击，先将经过的地方，所有草木，一概焚去，自己坚壁以待。果然契丹兵追蹑过去，马不得食，不堪临阵，没奈何与元昊议款。元昊确是狡黠，阳与周旋，潜向夜间发兵，袭萧惠营。惠未曾预备，一时招架不及，全营溃散。元昊乘胜攻契丹大营，契丹主仓促走免。驸马萧胡睹被元昊擒住，他却不去杀他，反好言抚慰，酒食相待，与语讲和事宜。萧胡睹一力担承，愿返报宗真，再敦和好。自己要命，当然愿和。元昊乃纵使归去，并遣人往议和约。宗真无可奈何，只得各还俘虏，仍旧修和。元昊的是能手。余靖探悉情形，即入见宗真，述及宋夏交好事。宗真不便异议，因遣余靖南还。靖既还都，仁宗又遣员外郎张子奭充册礼使，册元昊为夏国主，赐他金带银鞍，并银二万两，绢二万匹，茶二万斤，赐诏不名，许自置官属。元昊总算称臣奉朔，岁贡方物，彼此敷衍过去。

惟元昊既诱占没藏氏，大加宠幸（应前回）。没藏氏水性杨花，把那杀夫的冤仇，撇在脑后，一味儿献媚纵欢。独野利氏非常妒恨，好几次与元昊争论，欲将没藏氏撵逐。元昊正在眷恋，哪里肯依？可巧太子宁宁哥本野利氏所生，年大须婚，聘定没啰氏女为室（没啰氏一译作玛伊克氏）。结婚期届，没啰氏嫁了过来，貌美年轻，苗条可爱。元昊性好渔色，不知如何勾搭，竟将没啰氏引入寝室，也与她颠鸾倒凤，做些不正经的勾当。新台一诗，不妨移赠。看官！你想野利氏的母子，如何忍耐得住？于是两人设法，先行下手，没藏氏正在失宠，野利氏乘间过去，指挥女侍，把没藏氏一头黑发尽行髡去，撵出为尼。没藏氏有兄讹庞（一译作鄂博），将妹收养，那妹子正怀六甲，产得一男，密报元昊。元昊移情子妇，得新忘旧，也不愿她母子重还，但令取名宁令哥，给发若干金帛，寄养母家。独宁宁哥日伺父隙，正苦无从得手，勉强挨过了一年，适值元昊出猎，他借随侍为名，带剑跟着，觑了一个空隙，拔剑出鞘，从元昊脑后劈去。元昊闻有剑声，急忙回顾，凑巧剑锋并来，一时闪避不及，这鼻准随剑落地。好淫之报，应烂鼻准。元昊忍痛呼救，卫兵一拥齐上，那宁宁哥恐被缚住，一溜风地跑走了。元昊力疾还宫，越痛越气，越气越痛，急忙召入讹庞，取宁令哥母子入宫，改立宁令哥为太子，并令讹庞带兵觅宁宁哥。宁宁哥正匿黄庐，被讹庞搜着，一刀两断，取了首级，回宫复命。元昊因鼻创甚剧，已晕厥数次，至闻讹庞返报，遗命辅立宁令哥，竟一蹶不醒了。年四十六岁。是第二个朱三。讹庞遂立宁令哥为夏主，年甫及期，别名谅祚，尊没藏氏为太后，把野利氏锢置宫外。没啰氏不知如何处置？设三大将分治国政，大权均为讹庞所握，并遣使讣宋及契丹。宋廷仍遣使慰奠，并册谅祚为夏王，这是仁宗庆历八年的事情。

是年，贝州叛卒王则，由河北宣抚使文彦博、副使明镐，执送汴都，审实伏诛（因元昊病死，与诛王则同时，故用倒提法）。王则本涿州人，因岁饥流入贝州，自鬻为奴，牧羊糊口，后投宣毅军为小校，出入军营，免不得引朋呼类，征逐往来。先是贝冀地方俗尚妖幻，王则更好作讹言，引人迷信，又尝出五龙滴泪等经及诸图纤书，令兵民诵习。自言释迦佛衰谢，弥勒佛持世，天下将有大乱，惟投入己党，方保无虞。顽卒愚民，不辨真假，竟相与唱和，轰动一时。还有州吏张峦，居然引为同调，替他主谋，约于庆历八年元旦，毁澶州浮桥，纠众作乱，会同党致书北京留守贾昌朝，请他内应。昌朝将来人拿住，拘置狱中，王则恐机谋被泄，不及待期，亟于庆历七年冬至日，揭竿起事。知州张得一方与官属谒天庆观，不意叛众骤至，无处逃避，竟被拘住。叛众又拥至库门，拟劫财物，当向通判董元亨索钥。元亨厉声骂贼，致为所害。又杀死司理王奖、节度判官李浩等，遂大肆劫掠，扰乱全城。无非为了阿堵物。兵马都监田斌率步卒巷战，因众寡不敌，逸出城外，城门遂闭。提点刑狱田京等缒城出走，退保南关，抚营兵，诛匪党，南关得不陷。北京指挥使马遂闻王则叛乱，忙报知贾昌朝，请兵讨贼。昌朝尚视为易与，徒令马遂持谕，往贝州招降。马遂至贝州，指陈祸福，王则不答，惹得马遂动恼，攘臂起座，力扼则喉。怎奈一夫拼命，究竟敌不住万人，并且赤手空拳，如何击刺？眼见得捐躯报国了。这是贾昌朝借刀杀人。

王则据住贝州，僭称东平王，居然建立国号，叫作安阳，改元得圣，旗帜号令，均用佛号，什么斗胜佛，什么无量寿佛。城上四面有楼，他竟改称为州，各署州名。用徒众为知州，每面置一总管。他不过这些范围。城内人民，多半缒城逃命，他却立出伍伍为保的禁令，一人缒城，四人悉斩。看官！试想这种无知无识的草头王，能成得大事吗？宋廷闻警，即命开封知府明镐为安抚使，率兵往讨。镐直抵城下，州民汪文庆等自城上射下帛书，愿为内应。夜半垂绹导引官军，官军数百人登城，为贼所觉，麾众拒战。

官军不利，仍与文庆等缒城出来。贝州城高且固，镐叠土成闸，居高攻城，被城贼纵火击射，焚去营帐，不能立足，乃改从下面着想，从南城穿掘地道，佯从北面攻城，牵制贼军。

适宣抚使文彦博到来，传旨令镐为副使，镐拜受诏命，遂迎文入账。寒暄已毕，谈及军务，彦博道："副使前日奏议，多半中阻，可曾知道否？"镐答道："想是这位夏枢密呢。"原来庆历三年以后，吕夷简老病辞政，既而病逝，八大王元俨亦薨。仁宗改相晏殊，召夏竦为枢密使。谏官蔡襄、欧阳修等交章劾竦，说他在陕误事，挟诈逞奸，断不足胜大任。仁宗乃徙竦知亳州，改任杜衍为枢密使，韩琦、范仲淹、富弼等为枢密副使。未几，晏殊罢相，代以杜衍，另用贾昌朝为枢密使，陈执中参知政事。昌朝阴柔险诈，好倾善类，密结御史中丞王拱辰，排挤杜衍及韩琦、范仲淹、富弼等人。执中亦互联声气，乃目诸贤为朋党，屡被进谗。仁宗渐为所惑，竟将杜衍、韩琦、范仲淹、富弼等，陆续外调，且擢执中同平章事，与昌朝同一职位。嗣昌朝与参政吴育互起龃龉，仁宗将他两人尽行罢职，又一心一意的召用夏竦，竟命他同平章事。复经谏官御史一再劾奏，乃改授枢密使，令文彦博参政。仁宗必欲重用夏竦，令人不解！夏竦忌镐立功，遇镐上奏，多方阻挠。文彦博代为不平，所以出使河北，即与镐谈及此事。镐亦料到此着，便觉应对相符（插入此段文字，非但说明夏竦奸诈，即庆历中之用人得失，亦就此补叙详明）。文彦博又语镐道："副使可谓料事如神，但此后可不必过虑，我已奏闻皇上，得有专阃权了，请副使放胆做去！"镐答道："这却很好。但破城擒渠，便在这旬日内了。"彦博问及军谋，镐详述穿道情形，彦博大喜。

越宿，地道已通，遂选募壮士，潜由地道入城，里应外合。王则纵火牛拒敌，官军用枪击牛鼻，牛负痛返奔，贼众大溃。王则开东门遁去。总管王信忙率军追则，竟将他活捉了来。余众走保村舍，尽被官军焚死。捷报上达京师，夏竦还说他获盗非真，乃调令槛送至京。彦博即亲押王则，到了阙下，由两府审讯非虚，方磔死市中。总计王则据城，共得六十六日。张得一以降贼伏法，有旨赏功晋爵。授彦博同平章事，明镐为端明殿学士。改贝州为恩州，贾昌朝亦受封安国公。侍读学士杨偕上言："贼发昌朝部下，昌朝又未尝出讨，应该坐罪，不宜滥赏。"奏入不省。惟后来彦博推荐明镐，谓可大用，乃擢镐参知政事。贝州叛案，就此了清。仁宗自然欣慰。

适是年为闰正月，两度元宵，仁宗再欲张灯祝庆。曹皇后以徒耗资财，有损无益，极力劝止。过了三日，仁宗正夜宿中宫。忽闻外面有呼噪声，蹴踏声，既而响触檐溜，音随屋瓦。曹后从梦中惊醒，忙披衣起床，仁宗亦起，即欲出外观望，当被曹后拥住，且谏阻道："宫寝中有此怪声，必是内侍谋变，现在黑夜仓皇，陛下切勿轻出，只有传旨出去，亟召都知王守忠引兵入卫，方保万全。"是时值宿宦侍俱已起来，当由仁宗命召守忠，速即入卫。俄闻怪声愈近，杂以悲号，呼杀呼救，嘈嘈切切。曹后变色道："守忠未来，贼已阑入，不可不预先防备。"复命宦侍齐集，勒成队伍，环守宫门。一太监奏语道："莫非宫中乳媪殴打小女子，所以有此哭声。"曹后不待说毕，便竖起柳眉，大声呵斥道："贼在殿外杀人，你还敢妄言吗？"一面令宦侍速去挈水。待水已挈入，复手执绣剪，把宦侍鬓旁，各剪一缺，并面嘱道："你等各奋力守门，静待外援，明日当视发征赏。宦侍闻言，等大家踊跃起来，齐至门前拒守。曹后亲自督率，相机应变，忽门外火炬齐明，贼已踵至，但听有贼哗语道："不如纵火毁门罢。"曹后急命将所挈各水，移近门侧，至贼举炬焚门，即用水扑救，火得随扑随灭。智勇兼全，不愧将门孙女。两下里正在相持，都知王守忠已引兵到来，不消片刻，即将贼徒擒住，当下呼报贼平，叩门请安。曹后在门内传语道："叛贼共有几人？"守忠道："共计数十名。贼目是卫士颜秀。"曹后道："知道了。你押带出去，即交刑部，确是擒住的贱人，命即正法，不得妄事株连！"免兴大狱，智而且仁。守忠奉命去了。仁宗见曹后布置井井，立刻平乱，不禁大悦道："卿如此镇定，济变有方，想是祖传的家法哩。"曹后答道："仗陛下洪福，得平内变，妾有什么韬略呢？"谦尊而光。

正说着，妃嫔等也陆续到来，问安门外，当由后命启扉迎入。为首的进来，就是张美人，乃后宫第一个宠妃(应二十七回)，巧慧多智，素善逢迎，仁宗早欲立她为后，因与刘太后意见未合，因册立郭氏。至郭后见废，又欲立妃为继后，妃却自辞，乃改立曹氏。平居与两后相处，倒也谦退尽礼，无甚怨忤，因此愈得主眷。庆历元年，封清河郡君，嗣迁为修媛，忽然被疾，申奏仁宗道："妾姿薄不胜宠名，愿仍列美人。"仁宗点首允许。她名目上虽居后列，实际上几已专房，此次入内请安，仁宗反答言抚慰，就是曹后也曲意周旋。还有一位周美人，紧随张美人后面，她本是四岁入宫，为张美人所钟爱，抚为养女。及年将及笄，生得妖媚动人，居然引动龙心，排入凤侣。仁宗渔色，可见一斑。又有苗才人、冯都君等，亦依次进谒。苗系仁宗乳媪女，冯是良家子，祖名起，曾任兵部侍郎，以德容入选，这且不胜缕述。大家问安已毕，次第退还。

越日下诏，遣斥皇城使及卫官数人。副都知杨怀敏坐嫌疑罪，参知政事丁度请执付外台穷治。偏枢密使夏竦奏言事关宫禁，不必声张，但由台官内侍，审鞫禁中，便可了案。仁宗准奏。及审问怀敏，夏枢密早已替他安排，查不出什么逆证，乃止将怀敏降官，仍充内使，这明明是护符得力了。夏竦且巴结宫闱，明知张美人得宠，想就此结一内援，遂上言美人有扈跸功，应进荣封。功在何处？仁宗眷恋张美人，日思把她进位，但苦无词可借，此次得夏竦奏牍，顿觉借口有资，即命册张美人为贵妃。竦且得步进步，复唆使谏官王赞，奏言："叛贼起自中宫，请彻底追究！"他的本意，无非欲摇动后位，拔帜易帜，讨好张妃。仁宗也不禁起疑，亲见曹后守阁，有何可疑？自来做皇帝者，多半是负心人。可为一叹。转问御史何郯。郯答道："中宫仁智，内外同钦，这是奸徒蜚语中伤，不可不察。"仁宗乃搁置一边。

惟张贵妃伯父尧佐，骤擢高位，命兼宣徽节度景灵群牧四使，殿中侍御史唐介与知谏院包拯、吴奎等，力言不可。中丞王举正又留百官列廷论驳，乃罢尧佐宣徽景灵二使。未几，又命知河阳，兼职南院宣徽使。御史唐介复抗章上奏，极言："外戚不可预政，前皇上从谏如流，已经收回成命，此次何复除拜，自紊典章"云云。仁宗召介入语道："除拟本出中书，亦并非尽由朕意。"说不过去，便推到宰相身上。介复道："相臣文彦博也想联络贵戚，希宠固荣吗？"仁宗闻言，拂袖竟入。介退朝后，又亲自缮成一疏，劾奏文彦博交通宫掖，引用贵戚，不称相位，请即日罢免，改相富弼等语。次日入朝，当面递呈。仁宗略阅数语，便即掷下，并怒叱道："你若再来多言，朕且远窜你了！"介毫不畏怯，竟拾起奏章，从容跪读。读已，复叩首道："臣忠愤所激，鼎镬且不避，何惮远谪呢！"仁宗召谕辅臣道："介为谏官，论事原是本职，但妄劾彦博，擅荐富弼，难道黜陟大权，他也得干预吗？"时文彦博也在殿前，介竟向他注目道："彦博应自省！如有此事，不该隐讳。"亦太沽直。彦博向仁宗拜谢道："臣不称职，愿即避位。"仁宗益怒，叱介下殿，声色俱厉。谏官蔡襄趋进道："介诚狂直，但纳谏容言，系仁主美德，乞赐宽贷！"仁宗怒尚未释，竟贬介为青州别驾。嗣由王举正等再谏，乃改徙英州。文彦博后亦罢职，出知许州。相传张贵妃父尧封，曾为彦博父泊门下客，贵妃未入选时，认彦博为伯父。及入宫专宠，彦博献蜀锦为衣，这锦名为灯笼锦，系特别制成。仁宗初怒介妄言，及调查得实，因将彦博外调，另派中使护介至英州。后来中官作诗咏事，有"无人更进灯笼锦，红粉宫中忆佞臣"二语。究竟是真是假，无从考明。或说灯笼锦由文夫人入献，彦博原未与闻，这也是未可知呢。不欲苟毁贤臣，因复历述所闻。小子有诗咏道：

> 交通宫掖有还无，
> 偏惹台臣口笔诛。
> 当日潞公无辩论，
> 想因献锦未全诬。

彦博既去，夏竦亦死，势不得不另简相臣，试看下回分解。

仁宗之驾驭中外，未尝不明，而失之于柔。元昊之跋扈无论已，贝州王则么么小丑耳，假使留守得人，闻乱即讨，指日可平，乃犹烦大臣出使，竟致小题大做。迨至王则擒诛，赏功且及贾昌朝，得毋谓失入宁失出，乃有此滥赏之过欤？及卫士变起，守阍御乱之方，俱出曹皇后，仁宗竟不展一筹，何其无丈夫气？事平以后，张美人并无扈跸功，乃以夏竦一言，竟欲将曹后大功，移归张氏。迨王赞谎奏，且疑曹后亦涉嫌疑，微何郑之据理直陈，中宫又且摇动矣。要而言之：一优柔寡断之失也。夫惟失之于优柔，故贤人不能久用，佞臣得以幸进，而阴柔奸诈之夏竦，遂得以揣摩迎合，适中上意耳。仁宗以仁称，吾谓乃妇人之仁，非明主之仁。

第三十二回　狄青夜夺昆仑关 包拯出知开封府

却说文彦博为相时，陈执中罢职，用宋庠同平章事。庠，安州人，本名郊，仁宗初年，与弟祁同举进士，祁列第一，庠列第三。时刘太后临朝称制，以兄弟名次，不宜倒置，乃擢郊第一，置祁第十，时人呼为大宋、小宋，二宋联翩入仕，均以才藻闻。及郊为翰林学士，因姓名联合，与宋室郊天事相混，乃改名为庠。庠累擢为相，执政数年，无所建树。会祁子与张彦方交游，彦方伪造敕谍，事发论死，谏官包拯等奏庠不戢子弟，治家无术，势难治国，应请免职。庠亦求去，遂出知河南府。至文罢夏死，遂用庞籍同平章事，高若讷为枢密使，梁适参知政事，狄青为枢密副使。青本以戍卒起家，历官西陲，善攻善守，经略判官尹洙，目为异材，尝与经略使韩琦、范仲淹谈及（应二十八回及三十回）。韩、范遂召青入见，询问战略，无不中觌，遂倚为臂助。仲淹且授以《左氏春秋》，并语青道："为将不知古今，止一匹夫勇呢。"青唯唯受教。自是折节读书，举秦、汉以后将帅兵法，无不通晓，遂积功至都指挥使。元昊称臣，西蕃渐靖，奉召为殿前都虞侯。是时面涅犹存，仁宗尝命他敷药除字，青跪谢道："陛下以臣有微功，屡加迁擢，并非论及门第。臣得有今日，正为此涅，臣愿留影军中，可作劝勉。臣不敢奉诏。"（俗小说中说青貌赛潘安，致有单单国公主临阵招亲诸事。当时并无单单国，何来公主？荒诞不经，一何可笑。）仁宗道："卿言亦是有理，随卿所欲罢了。"旋命为彰化军节度使，兼知延州。至是复擢为枢密副使。

仁宗于庆历八年后，复改元皇祐。皇祐初年，广源州蛮酋依智高叛命，僭称南天国，改元景瑞。广源州地近交趾，唐末交趾强盛，并有此州。州东为傥僵州，也属交趾。知州依全福被交人杀死。全福妻阿依改嫁商人，生子名智高，冒姓依氏。智高年方十三，恨有二父，复将商人杀害，嗣与母占据傥悢州。交人兴兵进攻，执住智高母子，见智高状貌雄伟，把他赦宥，且令知广源州。智高仍怨恨交人，潜集部曲，袭据安德州，居然僭号改元，一面入贡中国，自愿内附。宋廷以交趾一隅，自黎桓受封后，更历二传，素修职贡，不愿收纳智高，结怨交人（应十五回）。遂却还贡使。智高复奉金函书，力请投诚，仍不见报。于是智高恼羞成怒，竟入窥中国，居然欲与宋朝争衡。广州进士黄师宓郁郁不得志，忽投入智高，愿为谋主。先劝智高囤积粮食，令出敝衣等物，与边民换易粟米。邕州境地与广源州相近，邕人多输粟出边，与智高交易。知州陈珙差人诘问，智高只说是："洞中饥馑，恐部中离散，反来扰边，所以易粟赈饥，免得暴动"云云。陈珙信为真情，毫不设备。智高复用师宓计，自毁居室，因召众与语道："生平积聚，被火毁尽，现只有入取邕广，谋一生机，否则大家共死了。"部众闻言，遂各摩拳擦掌，齐声听命。智高即率众五千，沿江东下，攻邕州横江寨，守将张日新等战死，进薄邕州。陈珙不知所为，被智高一鼓攻入，将他缚住。司户孔宗旦、都监张立，皆骂贼遇害。智高遂自称仁惠皇帝，国号大内，改元启历。又要改元，想是模仿宋朝。

广南一带，久不被兵，军同虚设，智高麾众四出，连陷横、贵、藤、梧、康、端、龚、封八州，守臣相率逃遁。只知封州曹觐、知康州赵师旦，出战阵亡。智高进围广州，知州魏瓘鼓励兵民，登陴死守。知英州苏缄及转运使王罕，先后往援，城得不陷。仁宗接得警报，命余靖为广西安抚使，杨畋为广南安抚使，即调广东钤辖陈曙，发兵西征。会知秦州孙沔入朝，仁宗以秦事为勖。沔奏对道："秦州事不烦圣虑，岭南事却是可忧。臣观贼势方张，官军虽已往讨，尚未闻得将才，恐未必即能报捷哩。"仁宗默然。过了数日，果得败书，昭州钤辖张忠败殁，仁宗乃授沔为湖南、江西按抚使。沔请得骑兵七百人，即日就道，且分檄湖南、江西各州县，略言："大兵且至，应亟缮营垒，多具燕犒，休得延误！"智高本拟越岭北向，闻得此檄，乃不敢北侵。

中泏计了。及泏至鼎州,加广南安抚使,召还杨畋。智高却移书行营,求为邕桂节度使。仁宗拟如所请,参政梁适道:"智高猖獗已甚,若再姑息了事,岭南非朝廷有了。"仁宗道:"杨畋无功,余靖等亦未见奏捷,如何是好?"道言未毕,忽有一人出班奏道:"臣愿奉旨南讨,生擒贼首,槛致阙下。"如闻其声。仁宗视之,乃是枢密副使狄青,便喜道:"卿愿南征,应用若干人马?"狄青道:"臣起行伍,非战伐无以报国,愿得蕃落数百骑,更益禁兵万人,便足破贼擒渠。"仁宗道:"卿既欲去,事不宜迟,朕命卿宣抚荆湖,卿即去整顿行装,指日出发便了。"青拜谢而退。

宋制右文轻武,文臣除授节铖,成为习惯,此次独任武人,免不得廷议纷纷。谏官韩绛竟奏称:"青一武夫,不应专任。"仁宗遂欲命内都知任守忠为副使。知谏院李兑,又上言:"宦官不应掌兵。"惹得仁宗疑惑不定,这是此老常态。召问首相庞籍。籍答道:"青智足平贼,不妨专任,如号令不一,不如勿遣罢!"仁宗乃置酒垂拱殿,特饯青行,且诏令岭南诸军,概受宣抚使狄青节制。适余靖在军中驰奏,略谓:"交趾愿助讨智高,请下旨允行!"青已出都门,闻得此信,亟拜疏上达,略言:"借兵平寇,有害无利,一依智高横践两广,力不能制,反欲假兵蛮夷,适为所笑。蛮夷贪得忘义,倘轻视中国,因之启衅,祸且十倍智高。乞饬罢交趾助兵,毋贻后患!"名论不刊。仁宗准奏,遂由青檄止余靖,不得与交趾连兵,并戒前敌各将士,不准妄与贼斗,候令乃发。钤辖陈曙,乘青未至,遽发兵出击,至昆仑关,为敌所乘,立即溃退。殿直、袁用等皆遁。青至宾州,会集孙泏、余靖各军,设营立栅,驻扎士卒。泏、靖等入报陈曙败溃状,青勃然道:"号令不齐,怎得不败?明晨请诸位到来,严申军律,方可破贼哩!"泏、靖等允约而退。次日天明,青传命各军齐集,大小将校,尽会堂上,依次列座。青见陈曙在座,便起身与揖,曙亦起立。青即问曙道:"日前往击昆仑关,共有若干兵马?"曙无可隐讳,只得答言步卒八千名,将校三十二人。青又令曙一一召入,当即升堂高坐,传卫士入账,森列两旁,召曙至案前,厉声叱责道:"皇上授我特权,来讨贼酋,我已在途次传谕诸将,不得妄战,钤辖何故违我号令,致遭败衄?按法当斩!"便喝令卫士,将曙拿下。又传袁用等三十二人与语道:"违令的罪状,出自陈曙,但汝等既随陈出战,应该努力杀贼,奈何遇贼即走,不斩汝等,不足申军法。"也令卫士一一捆绑,驱出辕门,尽行枭首。不到一刻,血淋淋的三十余颗首级,由卫士携入堂来,复令销差。泏与靖相顾失色,余将相率股栗,莫敢仰视。青命将首级悬竿徇众,越日方令备棺掩埋。自是肃行伍,明约束,昼夜戒备,壁垒一新。孙武斩美姬,穰苴斩庄贾,胥操是术,否则不足肃军纪。

时已残腊,转眼间已是皇祐五年的新春,青除按兵止营外,仍饬行庆贺礼,且传令休息十天,大众都莫名其妙。就是贼中间谍,也探不出什么兵谋,只返报智高,如十日约。慎重兵机,理应如是。谁知过了一天,青即自将前军,麾兵先发,孙泏为次军,余靖为后军,相机并进,进次昆仑关。智高安居邕州,尚未闻悉。阅二三日,乃再遣侦骑觇视,适值是日为上元节,官军各营,大张灯乐,宴饮尽欢,侦骑当据实回报去了。青料知有敌来窥,故意张筵夜饮。次日复饮,直至二鼓,尚是你斟我酌,兴味益然。青忽自言未适,暂起入内,一面传谕军官,劝他尽量饮酒,待翌晨下令进关。军官等欢饮多时,方才散席。待至黎明,均至帐前听令,忽帐内走出传令官,语诸将道:"元帅已进关去了。诸位将军,请即前往会食,不得有误!"诸将统不胜惊异,慌忙领兵入关。孙泏、余靖也引军亟进。看官道狄青何时入关?原来青起座入内,即改易军装,从帐后潜出,暗约先锋孙节等,乘夜度关。关在昆仑山上,当宾、邕两州交界,最关冲要。青恐敌人来争,因偷越关外,直趋归仁铺列阵,静待后军。至各军陆续到齐,差不多已是辰牌。

那时智高部众,也已得信,倾寨前来,抗拒官军。先锋孙节与敌相遇,便上前搏斗。敌众来势甚锐,枪矢并发,节力战不退,中枪殒命。泏与靖驻兵冈上,遥见孙节阵亡,不觉大惊。俄闻鼓声大震,一彪人马从山麓杀出。分兵为左右翼,夹击敌众,为首一员大元帅,银盔铜面,手执白旗,向官军左右指挥,忽纵忽横,忽开忽合,杀得敌众东倒西歪,那官军却步骤井井,行伍不乱。孙泏顾语余靖道:"这不是狄元帅督战吗?看他部下的将士,如生龙活虎一般，端的名不虚传，我等快上前去，助他一阵，管教贼众片甲不回。"靖即允诺，于是泚军在前，靖军在后，从山上冲将下去，搅入敌阵。敌众已抵不住狄军，怎禁得两军杀入，顿时大败，拼命乱窜。官军追奔五十里，斩首数千级，敌将黄师宓、侬建中及伪官属等，死了一百五十七人，生擒敌弁五百余，方才收军。青即乘胜进攻邕州，哪知智高已纵火焚城，黉夜遁去。官军陆续入城，扑灭余火，搜得金帛巨万。赦胁从，招流亡，邕人大悦。一气叙来，极写狄青。

唯查觅智高，竟无着落。适有一贼尸穿着龙衣，大众认作智高，说他已死，拟即上闻。青摇首道："安知非诈？我宁失智高，不敢欺君冒功哩。"乃据实奏报。仁宗喜慰道："青果破贼了，庞籍可谓知人。就是梁适主张讨贼，亦不为无功，否则南方安危，尚未可料呢。"乃诏余靖经制广西，追捕智高，召狄青、孙泚还朝，擢青为枢密使，泚为枢密副使，南征各将，赏赉有差。杨延昭子文广亦因从征有功，授广西钤辖，嗣复令知邕州。是时延昭早殁，杨氏一门，要算文广是绰有祖风了（结束杨家，扫尽穆柯寨、天门阵诸谬说）。智高母阿侬及弟智光、侄继宗，逃至特磨道，由余靖遣将追获，解京伏法。独智高窜死大理，靖辗转索取，才函首入献。当时广南一带，有农种籴收的童谣，到此始应验了。

狄青入任枢密，庞籍等均言位不相宜，仁宗不听（俗小说中，有奸相庞洪，屡谋害青，想是庞籍之误，但庞籍尚称贤相，即奏阻枢密使，亦非有意害青。籍女且未尝为妃，更属捏造，此如潘美之加名仁美害死杨业诸讹词，同一影射，而荒谬尤过之）。青在枢密四年，很加慎重，只因平素恤下，每一公出，士卒辄环拥马前，且谓青家狗生两角，并屡有光怪，以讹传讹，哗动京师。学士欧阳修及知制诰刘敞统奏称："青掌机密，致启讹言，不如调赴外任，转得保全。"仁宗乃用韩琦为枢密使，罢青为同中书门下平章事，出判陈州。越年，病终任所，赠中书令，谥"武襄"。有子数人，长名谘，次名咏，并为阁门使。咏承父志，以战略闻（特叙二子，以正小说中狄龙、狄虎之误）。这且毋庸细表。

且说皇祐五年后，仁宗下诏改元，号为至和。适值张贵妃一病不起，竟致玉殒香消，仁宗哀悼逾恒，竟辍朝七日，且禁城举乐一月，追册为皇后，治丧皇仪殿，赐谥"温成"，加赠妃父尧封为郡王，晋封尧佐为太师。知制诰王洙迎合意旨，阴与内侍石全斌附会，拟令孙泚读册，宰相护葬。庞籍时已罢相，又用陈执中继任。执中奉命维谨，独孙泚入朝抗奏道："陛下命臣泚读册，臣何敢不遵？但臣职任枢密副使，非读册官，臣不读册，是谓违旨，臣欲读册，是谓越职，请陛下将臣罢免，臣才可告无罪了。"志节可嘉。仁宗默然不答。越日，竟罢泚枢密副使，徙知杭州，且令参政刘沆充温成皇后园陵监护使。葬毕叙功，擢同平章事。宫闱私宠，滥恩至此，色之迷人大矣哉！既而知谏院范镇及殿中侍御史赵抃等，交章劾论陈执中非宰相才，且纵妾笞婢至死，亦当坐罪云云。执中乃免职。其时中外人士，属望老成，莫如范仲淹、文彦博、富弼三人，这三人忠正相符，不喜阿附，因此在朝未久，俱被外调。直道难容，古今同慨。仲淹徙知青州，竟于皇祐四年，病殁任所，追赠兵部尚书，予谥"文正"。他祖籍是邠州人氏，徙居江南吴县，二岁丧父，随母更嫁，及长，始知家世，辞母归宗，苦志励学。及贵显后，食不重肉，衣不重裘，俸禄所得，留赡族里，尝置义庄一所，赈恤孤贫，所守各郡，恩威并济，人民多立生祠，就是羌夷亦爱戴如父。及殁，远近皆哀，如丧考妣（补叙范文正生平，无非旌善）。生四子，历有政绩，事见后文。文彦博出知许州（见前回），富弼出判并州，均尚在任，并著政声。

仁宗既罢免执中，当然要另择相才，适枢密直学士王素因别事入奏，陈言已毕，仁宗道："卿系故相王旦子，与朕为世旧，非他人比，朕所以与卿熟商。今日择相，何人可任？"素对道："但教宦官宫妾，不知姓名，便可充选。"仁宗道："据卿所云，只有富弼一人。"素顿首贺道："臣庆陛下得人了。"仁宗又问及文彦博，素答言亦一宰相才。乃遂下诏召二人入朝。并授同平章事，士大夫都额手称庆。过了至和二年，又改称嘉祐元年，仁宗御大庆殿受朝，忽眩晕欲仆，急命群臣草草行礼，入返寝宫，嗣是数日不朝，大臣不得见，中外忧惧，亏得文、富二相，借祈祷为名，直宿殿庐，方得镇静如常。彦博因乘间请立储君，仁宗含糊答应。越月，仁宗疾瘳，亲御延和殿，彦博与弼才退还私第。只立储一事，又复搁起。知谏院范镇，屡请立储,竟忤帝意,罢免谏职。学士欧阳修、侍御史赵㮣、知制诰吴奎等,上疏力请,又不见从。殿中侍御史包拯又上疏极谏,说得非常恳切,也把他徙调出外,权知开封府。

包拯字希仁,合肥县人,初举进士,授建昌知县。因父母俱老,辞不就职。后数年双亲并逝,拯庐墓终丧,始出知天长县。人第知拯之廉明,不知拯之孝养,故特为揭出。县中有盗,割人牛舌,豢牛主人投署控诉。拯语道:"牛舌已去,不能复活,你速回去,烹宰这牛,免得不值一钱!"主人道:"小民是来追究割牛舌的人。"拯佯怒道:"一个牛舌,值得什么,你也要来刁讼,快出去吧!"主人吞声而去,即将牛杀讫,鬻肉易钱。未几即有人来告他私宰耕牛,拯忽道:"你为何割他牛舌?"那人不禁失色,一讯即服。自是以善折狱闻。已而入拜御史,加按察使,又历三司户部判官,出为京东转运使,复入为天章阁待制,更知谏院,除龙图阁直学士,兼殿中侍御史。素性刚毅,不阿权贵,豪戚宦官,皆为敛手。既知开封府,大开正门,任人民诉冤,无论何种案件,概令两造上堂直陈,立剖曲直。遇有疑难讼狱,亦必多方察,务得真情。锄豪强,罪奸枉,奖节义,申冤曲,一介不取,铁面无私,童稚妇女,群知大名,或呼为包待制,或呼为包龙图,京师为之语道:"关节不到,有阎罗包老。"后人撰有《包公案》一书,却有一半实迹。至说包公殁后,为阴司阎罗王,乃是随口附会,不足凭信。小子有诗咏包公道:

> 立朝一笑比河清(见《包拯传》),
> 妇稚由来识大名。
> 尽说此公能折狱,
> 得情仍不外廉明。

越二年,复召入为御史中丞,他又要面请立储了。未知得邀俞允与否,且看下回便知。

狄青、包拯两人,垂誉至今,称颂不衰。而"包龙图"三字,盛名尤出狄上。即妇人孺子,无不知有包龙图者。甚至谓狄之荣显,多由包拯之力,是则子虚乌有之谈,固难取信耳。尝考狄之立功,莫大于夺昆仑关,包之成名,莫要于知开封府,著书人不敢溢美,亦不敢没善,就两人功名,择要演述,已足存其实迹;而当时朝政之得失,亦销纳其间,以视俗小说之附会荒唐,不值一噱者,固不啻霄壤之别也。此书一出,可以扫尽厄言。

第三十三回 立储贰入承大统 释嫌疑准请撤帘

却说包拯奉诏为御史中丞，受职以后，仍然正色立朝，不少挠屈，甫经数日，又伏阙上奏道："东宫虚位，为日已久，中外无不怀忧。陛下试思物皆有本，难道国家可无本吗？太子系国家根本，根本不立，如何为国？"仁宗怫然道："卿又来说此事了。朕且问卿，何人可立？"拯叩首答道："臣本不才，叨蒙恩遇，所以乞请建储，无非为宗庙万世至计，陛下今问臣应立何人，仍是疑臣多言，臣年将七十，且无子嗣，还想什么后福？不过耿耿孤忠，不能自默呢。"语诚且挚。仁宗面色转和，方道："忠诚如卿，朕亦深知，建储事总当举行，待朕妥议便了。"拯乃退出。原来拯有一子名繶，娶妻崔氏，尝通判潭州，壮年去世。崔氏无出，守节不再嫁，因此拯面奏仁宗，自称无子。但拯有媵妾，已娠被出，在母家产生一男，事为崔氏所知，密为赡养，母子俱全。嘉祐六年，拯进为枢密副使。越年，遇疾将殁，崔乃白拯取回媵子，由拯命名曰綖。拯并留遗嘱道："后嗣倘得为官，当谨守清白家风。如或犯赃，生不得放归本家，死不得葬大茔中，不从吾志，非我子孙。"言讫乃逝。有诏追赠礼部尚书，谥"孝肃"。随笔结过包拯事，免得后文另起炉灶。惟立储一事，也至嘉祐六、七年间，方才定夺。

先是张贵妃殁后，仁宗痛失爱妃，追怀故剑，复召回前时所宠的杨美人（应二十八回）。杨本刘太后姻娅，色艺兼优，自重入宫后，晋封婕妤，历加修媛、修仪诸名位。怎奈秀而不实，诞玉无期，就是曹后以下诸妃嫔，或生而不育，终成虚愿。史称仁宗有三子，曰昉，曰昕，曰曦，皆夭殇。仁宗复采选良家女十人，一一召幸，宫中号为十阁。刘氏、黄氏在十阁中尤称骄恣，免不得有内外请托等弊。当嘉祐四年秋间，月食几尽，御史中丞韩绛密奏十阁特宠，不足毓麟，反伤阴教，应严加裁抑云云。仁宗检查得实，乃将十阁尽行遣出，并放宫女一、二百人。

既而文彦博告老辞职，富弼因母丧丁忧，就是黑王相公王德用（德用面黑，人呼为黑王相公），前曾召为枢密使，至是亦已免职，刘沆亦罢去，乃用韩琦同平章事，宋庠、田况为枢密使，张昇为副使。琦既入相，即以建储为请。仁宗谓后宫有孕，待分娩后再议，哪知满望弄璋，变成弄瓦，琦乃怀《汉书·孔光传》进呈，且奏道："汉成无嗣，曾立犹子，彼系中材主，尚能若此，况陛下呢？太祖手定天下，传弟不传子，陛下知法先祖，何妨择宗室为嗣呢？"仁宗仍然不决。会宋庠以惰弛免官，擢学士曾公亮为枢密使，嗣更与韩琦并相，以张昇代公亮后任，并进欧阳修参知政事。公亮娴法令，修长文学，昇通治术，与韩琦同心辅政，朝廷称治。四人均以建储未定为忧，一再疏陈，终未见报。会知谏院司马光及知江州吕诲又连章固请，词极剀切，仁宗颇为感动，将二疏送交中书。及琦入对，即中读光、诲二疏。仁宗遽谕道："朕有意久了，究竟何人可嗣？"琦忙答道："这事非臣等所敢私议，请陛下自择！"仁宗复道："宫中尝养二子，年少的近时不慧，就是大的罢！"琦闻旨，便即请名。仁宗道："就是宗实。"琦极力赞成。仁宗道："宗实现居濮王丧，须降旨起复，方可册立。"琦复道："事若果行，不可中止，陛下断自不疑，乞从内中批出！"仁宗道："且先由中书传旨，起复他知宗正寺，何如？"琦便应声遵旨，当即出传上旨，起复宗实。

宗实父允让（见二十八回）封汝南郡王，嘉祐四年冬薨逝，追封濮王。宗实居庐守制，因有诏起复，固辞不拜，哀乞终丧。仁宗再召问韩琦，琦对道："陛下为宗社计，乃择贤而立，今固辞不受，勉尽孝道，这便是所谓贤呢，请令终丧视事便了。"（定策立储，是韩魏公生平大业，故言之特详。）至嘉祐七年秋季，宗实终丧，尚坚卧不起。琦复入朝启奏道："宗正一诏，已见明文，中外臣民，已知陛下择嗣，不如即日正名为是。"仁宗道："准卿所奏！"琦退至中书处，即召翰林学士王珪草制。珪愤然道："这是国家大事，应面授上命，方可拟诏。"琦答道：

"既如此,快去请对罢!"珪翌日请对,由仁宗召见。珪跪奏道:"海内望陛下立储,不啻望岁,这事果出自圣意吗?"仁宗道:"朕意已决定了。"珪再拜称贺,乃退朝草制。制命既下,宗实复称疾固辞,章十余上。知谏院司马光入奏道:"皇子固辞主器,延至旬月,可谓贤德过人。但父召无诺,君命召,不俟驾,这是臣子大义,请陛下举义相绳,皇子自不敢有违了。"仁宗乃召同判大宗正寺安国公从古等往传旨意,宗实尚不肯受命。记室周孟阳私问宗实,究为何意,宗实道:"非敢邀福,实欲避祸呢。"孟阳道:"今皇上屡次传诏,乃固辞不受,倘中官等别有所奉,转启嫌疑,尚能宴安无患否?"宗实始悟,乃与从古等相约入宫。临行时语家人道:"谨守吾舍!待上有嫡嗣,我即归来了。"及既入宫中,谒见清居殿,赐名曰曙,自是每日一朝,有时或入侍禁中,过了一月,受封为巨鹿郡公。

转瞬间已是嘉祐八年,正月中无事可表,一到二月,仁宗复患疾卧床,不能视朝,令中书枢密奏事,须至福宁殿内的西阁中。旋经太医调治,稍有起色,三月初旬,曾亲御内殿二次,嗣复寝疾不起,渐加沉重,竟至驾崩。遗诏皇子曙即皇帝位,皇后曹氏为皇太后。总计仁宗在位四十二年,寿五十四岁,改元多至九次,两宋诸帝,要算仁宗享国最号长久。仁宗恭俭仁恕,出自天性,治术尚宽,刑决尚简,所用枢要诸臣,虽贤奸直枉,迭为消长,究竟君子多、小人少,因此力持大体,没甚变故。就是庆历年间,党议蜂起,韩、范、富、欧等为一派,吕、夏、宋、陈等为一派,互相排斥,各是其是,但也不过内外迁调,未尝妄兴大狱,所以宋史上称为仁主,极力颂扬,这且不必絮述。

且说仁宗已崩,皇后曹氏即命将宫门各钥,收置身旁,俟至黎明。命内侍召皇子入宫,且传集韩琦、欧阳修等,共议皇子即位事宜。皇子哭临已毕,遽欲退出。曹后道:"大行皇帝遗诏,令皇子嗣位,皇子应承先继志,不得有违!"皇子曙变色道:"曙不敢为。"韩琦忙掖留道:"承先继志,乃得为孝,圣母言不可不从!"皇子乃遵即帝位,御东楹见百官,是为英宗皇帝。英宗欲循行古制,谅阴三年,命韩琦摄行冢宰。琦奏称古今异宜,不应遵行,乃尊皇后为皇太后,请太后权同处分军国重事。太后因御内东门小殿垂帘,宰辅等逐日复奏,由太后援经据史,处决事件,遇有疑难,每语辅臣道:"公等妥议,应该如何处置,便可解决了。"自是韩琦等悉心赞议,太后未尝不从。独对待曹氏懿戚及宫中内侍,丝毫不肯假借,内外为之肃然。既而立皇后高氏,后系故侍中高琼曾孙女,母曹氏为太后胞姊,既生女,幼育宫中。既长出宫,为英宗妃,封京兆郡君,至是册为皇后,与太后如母女一般,当然爱敬有加。太后复重富弼名,召为枢密使,忽英宗偶然不豫,渐渐的举措乖常,左右有所陈请,辄遭暴怒,甚至杖挞相加。内侍等受虐不平,遂交诉内都知任守忠。守忠初为仁宗所黜逐,嗣复召入,累擢至内都知,仁宗欲立英宗,守忠恐英宗明察,拟援立庸弱,谋擅内权,旋因计不得逞,未免失望。适内侍等入诉帝状,遂乘间设法,谗构两宫。看官!试想天下有几个慈明不昧的贤母,诚孝无私的令主,能不听亲幸媒孽吗?守忠等日夕浸润,惹得两宫都动疑起来,由疑生怨,由怨成隙,好好的继母继子,几乎变成仇雠。知谏院吕诲亟上书两宫,开陈大义,词旨恳切,多言人所难言,两宫意终未释。

一日,韩琦、欧阳修奏事帘前,太后呜咽涕泣,具述英宗变态。韩琦道:"皇躬不豫,因致失常,痊愈以后,必不至此。且太后为母,皇上为子,子有疾,母可不容忍吗?"太后尚流泪不止。欧阳修复进奏道:"太后事先帝数十年,仁德昭闻,天下共仰,从前温成得宠,太后尚处之泰然,如今母子相关,何至不能相容呢?"太后闻言,方才收泪。修又道:"先帝在位日久,德泽在人,所以一旦晏驾,天下奉戴嗣君,无敢异议。今太后原是贤明,究竟是一妇人,臣等五、六人,统是措大书生,若非先帝遗命,哪个肯来服从呢?"前以婉言动之,后用危言警之,欧阳公也算善言。太后沉沉吟不答。琦竟朗声道:"臣等在外,皇躬若失调护,太后不得辞责。"索性逼近一层。这数语引动太后开口,即嚘然道:"这话从哪里说来?我心更愁得紧哩。"正要引你此语。琦与修均叩首道:"太后仁慈,臣等素来钦佩,所望是全始全终哩。"叩毕乃退。内侍等听着,统不禁瞠目咋舌,阴谋为之少懈。

越数日,琦独入内廷,向英宗问安,英宗略谕数语,便道:"太后待朕,未免寡恩。"琦遽对道："古来圣帝明王也属不少，独称舜为大孝，难道此外多不孝吗？不过亲慈子孝，乃是常道，未足称扬，若父母不慈，子仍尽孝，乃得称名千古。臣恐陛下事亲未至，尚亏孝道，天下岂有不是的父母吗？"英宗不觉改容。嗣英宗疾已少瘳，命侍臣讲读迩英阁、翰林侍讲学士刘敞进读《史记》，至尧授舜天下事，即拱手讲解道："舜起自侧陋，尧乃禅授大位，天下归心，万民悦服，这非由舜别有他术，只因他孝亲友弟，德播远近，所以讴歌朝觐，不召自来呢。"借史讽主，语重心长。英宗悚然道："朕知道了。"遂进问太后起居，自陈病时昏乱，得罪慈躬，伏望矜宥等语。太后亦欣慰道："病时小过，不足为罪，此后能擅自调护，毋致违和，我已喜慰无穷，还有什么计较？况皇儿四岁入宫，我旦夕顾复，抚养成人，正为今日，难道反有异心吗？"英宗泣拜道："圣母隆恩，如天罔极，儿若再忤慈命，是无以为人，怎能治国？"太后亦不禁下泪，亲扶帝起，且道："国事有大臣辅弼，我一妇人，不得已暂时听政，所有目前要务，仍凭宰相取决，我始终未敢臆断，待皇儿身体复原，我即应归政，莫谓我喜称制呢。"如此明惠，即间或被蒙，亦不过如日月之蚀而已。英宗道："母后多一日训政，儿得多一日受教，请母后勿遽撤帘！"太后道："我自有主意。"英宗乃退。自是母子欢好如初，嫌疑尽释。

韩琦等闻知此事，自然放心，唯因英宗久不御朝，中外担忧，致多揣测。会值京师忧旱，英宗适御紫宸殿，琦遂请乘舆祷雨，具素服以出，人情乃安。是年冬，葬大行皇帝于永昭陵，庙号"仁宗"，封长子仲缄为光国公，寻复晋封为淮阳郡王，改名顼。时英宗已生四子，俱系高后所出，除淮阳王顼外，次名颢，又次名颜，幼名頵。颜甫生即夭，余见后文。越年，改元治平，自春至夏，帝疾大瘳。琦欲太后撤帘还政，乃就入朝奏事时，请英宗裁决十余件。裁决既毕，琦即复奏太后，且言："皇上明断，裁决悉合机宜。"太后一一复阅，亦每事称善。琦因叩首道："皇上亲断万几，又兼太后训政，此后宫廷规划，应无不善，臣年力将衰，恐不胜任，愿就此乞休，幸祈赐准！"太后道："朝廷大事，全仗相公，相公如何可去！我却不妨退居深宫呢。"琦复道："前代母后，贤如马、邓，尚不免顾恋权势，今太后便拟复辟，诚属盛德谦冲，非马、邓诸后所可及。臣幸际慈明，钦承无已，但不知于何日撤帘？"太后道："我并不欲预政，无非为皇上前日，抱恙未痊，不得已而在此。要撤帘就可撤帘，何必另定日子呢？"言已即起。临事果断，不愧贤后。琦乃抗声道："太后已有旨撤帘，銮仪司何不遵行？"当下走过銮仪司，把帘除下。太后匆匆趋入，御屏后尚见后衣，内外都惊为异事。英宗加琦为右仆射，每日御前后殿，亲理政事。并上太后宫殿名，称作慈寿宫，所有太后出入仪卫，如章献太后故事。

既而知谏院司马光上疏，极言："内侍任守忠，谗间两宫，为国大蠹，若非母后贤明，皇上诚孝，几乎祸起萧墙，乞即援照国法，将守忠处斩都市！"英宗览奏，却也动容，唯一时未见降旨。越宿，韩琦至中书处，骤出空头敕一道，自己署名签字，复令两参政同时签名。参政一是欧阳修，一是赵槩（槩于仁宗末年入任是职）。欧阳修接敕后，也不多说，当即签名。赵槩却有难色，修语槩道："不妨照签，韩公总有说法。"槩乃勉强签字。签毕，琦即坐政事堂，召守忠至，令立庭下，即面叱道："你可知罪吗？本当伏法，因奉旨从宽，姑把你安置蕲州，你当感念圣恩，勿再怙恶！"言毕，便取出空头敕，亲自填写，付与守忠，即日押令出都。手段似辣，然处置奄人，不得不如是神速。且韩魏公定已密奉得旨，当非专擅者比。又把守忠余党史昭锡一律斥出，窜徙南方，中外称快。

过了数月，适琦入朝，英宗忽问琦道："三司使蔡襄，品行如何？"琦未知问意，但答言："襄颇干练，可以任用。"英宗不答。越日竟命襄出知杭州。看官道是何因？原来太后听政时，曾与辅臣言及，谓："先帝既立皇子，不但宫妾生疑，就是著名的大臣，亦有异言，险些儿败坏大事，我不愿追究，已将章奏都毁去了。"为了这几句懿旨，时人多猜是蔡襄所奏，究竟襄有无此事，无从证实，不过他素好诙谐，语言未免失检，遂致同列滋疑。小子尝记蔡襄平日与陈亚友善，襄戏令陈亚属对，口占出句云："陈亚有心终是恶。"陈即应声道："蔡襄无口便成衰。"当时旁坐诸人共推为绝对。且因襄欲嘲人，反被人嘲，共笑为诙谐的报应（因国事带叙及此，隐喻劝诫之意）。其实襄擅吏治才，遇有案件，谈笑剖决，吏不敢欺。尝知泉州，督建万安桥,长三百六十丈,利济行人。又植松七百里,广为庇荫,州民无不颂德。万安桥一名洛阳桥,迄今碑石尚存,蔡襄亲书碑文,约略可辨。俗说蔡状元造洛阳桥,就是此处。只因戏语招尤,致触主忌。治平三年丁母忧,归兴化原籍,越年卒于家,追赠礼部侍郎,后来赐谥"忠惠"(仍不掩长,是忠厚之笔)。

小子有诗叹道:

　　泽留八闽起讴歌,

　　一语招尤可若何?

　　才识慎言存古训,

　　不如圭玷尚堪磨。

英宗既降调蔡襄,复诏议崇奉濮王典礼。朝右大臣,又互有一番争议,容至下回表明。

英宗入嗣,曹后听政及撤帘,皆韩琦一人之力。宣圣所云:"托六尺之孤,寄百里之命,临大节不可夺者",如韩魏公足以当之。欧阳修、曾公亮、张昇、王珪、司马光等,类皆附骥而彰,而曹后之贤明,英宗之孝敬,亦赖是以成。欧子谓"不动声色,措天下于泰山之安。"诚非过誉也。彼夫真宗之初有吕端,仁宗之初有王曾,以韩相较,有过之无不及者。贤相与国家之关系,固如此哉!

第三十四回

争濮议聚讼盈廷
传颍王长男主器

却说英宗皇帝系濮王允让第十三子。濮王三妃，元妃王氏封谯国夫人，次妃韩氏封襄国夫人，又次妃任氏封仙游县君。英宗虽入嗣仁宗，但于本生父母亦断然不能恝置。首相韩琦尝奏称："礼不忘本，濮王德盛位隆，理合尊礼，请下有司议定名称！"当由英宗批答，俟大祥后再议。知谏院司马光即援史评驳，谓："汉宣帝为孝昭后，终不追尊卫太子史皇孙，光武帝上继元帝，亦不追尊巨鹿南顿君，这是万世常法，可为今鉴。"及治平二年，诏礼官与待制以上谨议崇奉濮王典礼。各大臣莫敢先发，惟司马光奋笔立议，略言："为人后者为之子，不得顾私亲，应准先朝封赠期亲等属故例，垂为常典"云云。于是翰林学士王珪等即据司马光手稿，略行增改，随即上奏。其文云：

谨按《仪礼·丧服》，为人后者传曰，何以三年也？受重者必以尊服服之，为所后者之祖父母妻，妻之父母昆弟，昆弟之子若子，谓皆如亲子也（所后者，即指继父母言）。又为人后者为其父母传曰。何以期？不二斩，特重于大宗也，降于小宗也。为人后者为其昆弟传曰，何以大功？为人后者降其昆弟也。先王制礼，尊无二上，若恭爱之心分于彼，则不得专于此故也。是以秦、汉以来，帝王有自旁支入承大统者，或推尊其父母，以为帝后，皆见非当时，取议后世，臣等不敢引以为圣朝法。况前代入继者，多宫车晏驾之后，援立之策，或出臣下，非如仁宗皇帝，年龄未衰，深惟宗庙之重，祗承天地之意，于宗室众多之中，简推圣明，授以大业。陛下亲为先帝之子，然后继体承祧，光有天下。濮安懿王（濮王谥安懿）虽于陛下有天性之亲，顾复之恩，然陛下所以负扆端冕，富有四海，子子孙孙，万世相承，皆先帝德也。臣等窃以为濮王宜准先朝封赠期亲尊属故事，尊以高官大国，谯国、襄国、仙游，并封太夫人，考之古今，名称最合，谨具议上闻！

议上，韩琦等谓："珪等所议，未见详定，濮王当称何亲，名与不名，请令珪等复议！"珪等又议称："濮王系仁宗兄，皇帝宜称皇伯而不名。"欧阳修独加驳斥，援据丧服大记，撰成《为后或问》上下二篇，大旨说是："身为人后，应为父母降服，三年为期，惟不没父母原称，这便是服可降，名不可没的意思。若本身父改称皇伯，历考前世，均无典据，即如汉宣帝及光武帝，亦皆称父为皇考，未尝易称皇伯。至进封大国一层，尤觉与礼未合，请下尚书省，集三省御史台议！"于是廷臣又奉诏议礼，正在彼此斟酌互相辩难的时候，忽接到太后手谕，诘责执政处事寡断，徒启纷呶。理该责问。英宗乃下诏道："朕闻廷臣集议不一，权且罢议，现着有司等博求典故，妥议以闻！"既而礼官范镇等又奏称："汉时称皇考，称帝称皇，立寝庙，序昭穆，均非陛下圣明所当法，宜如前议为是。"侍御史吕诲、范纯仁，监察御史吕大防，复主张异议，力请照行。章凡七上，均不见报，乃共劾韩琦专权导谀。欧阳修首创邪议，曾公亮、赵槩等附会不正，均乞贬黜！这种弹章呈递进去，当然是不见批答。韩琦等亦上言："皇伯无稽，决不可称，请明诏中外，核定名实。至若立庙京师，干纪乱统等事，均非朝廷本意，应饬臣下不必妄引"等语。英宗正信用韩琦等人，胸中已有成见，不过廷臣互有争端，一时未便下诏。越年，竟由太后手敕中书道：

吾闻群臣议请皇帝封崇濮安懿王，至今未见施行，吾载阅前史，乃知自有故事。濮安懿王谯国夫人王氏，襄国夫人韩氏，仙游县君任氏，可令皇帝称亲，濮安懿王称皇，王氏、韩氏、任氏并称后，特此手谕！

韩琦等奉到此敕，即转递英宗。英宗即日颁诏，略云：

称亲之礼，谨遵慈训，追崇之典，岂易克当？所有称皇称后诸尊号，朕不敢闻，令内外臣民知之！此诏。

诏既下，又命就濮王茔建园立庙，封濮王子宗朴为濮国公，主奉祠事。所有濮王尊讳，令臣民谨避，濮议遂定。当时盈廷揣测，统说太后一敕，主张追崇，英宗一诏，半安退让，统由中书主谋，借此定议。平心而论，此议不得为谬。吕海等以论列弹奏不见听用，缴纳御史敕诰，自称家居待罪。英宗命阁门还敕，不令辞职。海等又复奏固辞，且言与辅臣势难两立。并无不共戴天之仇，何必出此危词？宋臣虽有气节，究未免市直沽名。英宗觉到此语，不免懊恼，因转问韩琦、欧阳修等。琦、修等齐声奏道："御史等以为理难并立，若臣等有罪，当留御史，黜臣等。"英宗不答。翌日，竟诏徙吕海知蕲州，范纯仁通判安州，吕大防知休宁县。司马光等上疏，乞留海等，不报，复请与俱贬，亦不许。侍读吕公著，上言："陛下即位二年，纳谏未著美名，反屡黜言官，如何风示天下？"英宗仍然不从。公著因乞外调，乃出知蔡州。一番大争论，从此罢休。

话分两头，且说文彦博罢相，出判河南，封潞国公（接应前回）。至治平二年，自河南入觐，英宗慰劳有加，且语彦博道："朕得嗣立，多出卿力。"彦博悚然道："陛下入继大统，乃先帝意，及皇太后协赞成功，臣何力之有？况陛下即位，臣方在外，韩琦等仰承圣旨，入受遗诏，臣又未尝预闻。今蒙陛下奖及，实不敢当。"英宗徐答道："卿可谓功成不居了。今暂烦卿西行，不久即当召还呢。"彦博乃退。寻即有旨改判永兴军。彦博方去，忽富弼自称足疾，力请解政，英宗不允。弼偏隔日一奏，五日两疏，坚辞枢密。看官道是何因？原来嘉祐年间，弼入相，适韩琦为枢密使（应三十二回），凡中书有事，往往与枢密相商，至此琦与弼易一职位，琦事多专断，未尝问弼，弼颇不怿。当太后还政时，弼毫不预闻，忽韩琦促请撤帘，弼不禁惊讶道："弼备位辅佐，他事或不可预闻，这事何妨通知，难道韩公独恐弼分誉吗？"褊心总未易去，富郑公尚且如此。琦闻弼言，也语人道："此事当如出太后意，不便先事显言。"弼心中总觉不快。英宗亲政，因弼尝与议建储，特加授户部尚书。弼曾乞辞道："建储系国家大计，廷臣等均有此议，何足言功？且陛下受先帝深恩，母后大德，尚未闻所以为报，乃独加赏及臣，臣何敢受！"此语恰很公正，与文彦博奏对略同。英宗不从。再奏仍不允，弼乃强受。至是连章求去，始命弼出判扬州，封郑国公。还有枢密使张昇，已加封太尉，亦上章告老。英宗道："太尉勤劳王家，怎可遽去？果因筋力就衰，可不必每日到院，但五日一至便了。"昇总不愿再留，仍然求去，乃出判许州。

韩琦、曾公亮因富弼、张昇俱已外调，枢密院不能无主，拟迁欧阳修为枢密使。修微有所闻，便进与琦等道："皇上亲政，任用大臣，自有权衡，公等虽系见爱，但未免上凌主权，此事如何行得？"琦等乃止。果然英宗别有所属，召入文彦博，令为枢密使。又擢权三司使吕公弼，使副枢密。公弼先为群牧使，时帝尚未立，得赐马甚劣，商诸公弼，欲转易良马。公弼以为未奉明诏，不敢私易，竟谢绝所请。至是英宗擢用公弼，公弼入谢，英宗道："卿前岁不与朕马，朕已知卿正直了。"这是英宗知人处。公弼拜谢而退。嗣又召用泾原路副都部署郭逵，授检校太保，同签书枢密院事。逵本武臣，旧隶范仲淹麾下，仲淹勖以学问，遂成将才。从前任福战殁及葛怀敏覆军，皆为逵所预料，时人服他先见，累任边镇，积有军功。仁宗季年，湖北溪蛮彭仕羲作乱，调逵知澧州，率兵往讨，尽平诸隘。仕羲窜死，余众悉降。寻复改知邵州，讨平武冈蛮，擢容州观察使，转迁泾原路副都部署。英宗闻他智勇，乃召入都中，令就职枢府。看官！你想宋室大臣，心目中只有文人，不顾武士，前次狄青荡平智高，大功卓著，一入枢府，便觉疑谤纷乘，弹章屡上，郭逵功绩不及狄青，哪里能箝定众口？当由知谏院邵亢等连疏奏劾，大略说是："祖宗故例，枢府参用武臣，必如曹彬父子，及马知节、王德用、狄青、勋名威望，卓越一时，乃可无愧。郭逵黠佞小才，岂堪大用？乞改易成命！"英宗不报（《宋史》中，狄青与郭逵列传，先后相继，隐然以郭比狄，故本回特别提出，且以见宋臣倾轧之非）。

会京师大雨，水潦为灾，宫廷门外，俱遭淹没。官私庐舍，毁坏不可胜计，人多溺死。英宗诏求直言，谏官等遵旨直陈，无非是进贤黜佞等语。未几，温州大火，又未几，彗星见西方，长丈有五尺。英宗撤乐减膳，加意修省，且令中书举士，得二十人，一体召试。韩琦以与试多人，恐难位置，英宗道："台臣多说朕不能进贤，如果能得贤士，岂不是多多益善吗？"旋经琦等酌定，先召试十人，试后中彀，俱授馆职。宋制，进士第一人及第，往往仕至辅相，士人尤以登台阁，升禁从为荣。尝编一歌谣云："宁登瀛，不为卿；宁抱椠，不为监。"可见当日人心，趋重科第，更艳羡台阁，所有出兵打仗的将士，就使孙、吴复出，颇、牧再生，也看作没用一般呢。宋室积弱，实中此弊。郭逵入枢府半年，终被同列排挤，出任陕西四路宣抚使，兼判渭州。

治平三年十一月，英宗又复不豫，兼旬不能视朝。韩琦等入问起居，见英宗昏瞆得很，虽是凭几危坐，已觉困惫难支，琦即进言道："陛下久不视朝，中外惊疑，请早立储君，借安社稷！"英宗略略点首。琦复奏道："圣意已决，即请手诏，指日行立储礼。"英宗尚未及答，琦即命召学士承旨张方平入殿草制，先诸英宗亲笔指麾，由方平进纸笔。英宗勉强提毫，草书数字。琦望将过去，纸上写着立大大王为皇太子，随复奏请道："立嫡以长，想圣意必属颍王，惟还请圣躬亲加书明！"英宗乃又批了"颍王顼"三字。方平即遵着帝意，恭拟数语，自首至尾，立刻缮就，中留一空格，即应填太子名，乃请英宗亲笔加入。英宗不堪久坐，待了这一歇，含糊说了数语，韩琦等也听不清楚。至方平呈上草制，乃力疾书太子名，名既书就，不觉叹了一声，忍不住堕泪承睫，随即命内侍掖至龙床，就卧去了。韩琦等当然趋退。文彦博顾语韩琦道："见上颜色否？人生到此，虽父子亦觉动情呢。"琦答道："巨鹿受封，尚是眼前时事，不意相去无几，又要力请建储，这也是令人嗟叹呢。"话毕，各散归私第。越二日，即册立太子，奉旨大赦。自是英宗病体毫无起色。

好容易度过年关，已是治平四年，文武百官恭上尊号，当于元旦辰刻，入朝庆贺。英宗已要归天，百官还在做梦，这是中国专务粉饰之弊。既至福宁殿，英宗并未御朝，大家唯对着虚座，舞蹈一番，依次退出。但见外面朔风怒号，阴霾四塞，统觉得天象告变，主兆不祥。过了七日，宫中传出讣音，英宗已升遐了，寿三十六岁，在位只四年。英宗夙有潜德，以孝亲著闻，局量弘远，情性谦和。濮王薨逝时，曾把所服玩物分赐诸子，英宗所受这一份，都转界王府旧人，唯留犀带一条，值钱三十万，委交殿侍出售。殿侍竟把带失去，不胜遑急，英宗却淡然恝置，不索赔偿。即位以后，每命近臣，常称官不称名，臣下有奏，必问朝廷故事，与古治所宜，一经裁决，多出群臣意表，因此中外亦称为贤君。怎奈天不假年，遽尔晏驾，这也是宋朝恨事呢。结过英宗，无非善善从长。

皇太子顼即皇帝位，诏告中外，是谓神宗皇帝。尊皇太后曹氏为太皇太后，皇后高氏为皇太后，晋封弟灏为昌王，頵为乐安郡王。命韩琦守司空兼侍中。曾公亮行门下侍郎兼吏部尚书，进封英国公。文彦博行尚书左仆射检校司徒，兼中书令。富弼改武宁军节度使，进封郑国公。张昇改河阳三城节度使。欧阳修、赵槩并加尚书左丞，仍参知政事。陈升之为户部侍郎。吕公弼为刑部侍郎。其余百官，均进秩有差。二月朔日，神宗初御紫宸殿，朝见群臣，随即册立元妃向氏为皇后。向氏系故相向敏中曾孙女，父名经，曾为定国军留后。治平三年，出嫁颍邸，封安国夫人，至是立为皇后。忽御史蒋之奇上书劾欧阳修，说他帷薄不修，奸乱甥女等事。神宗览毕，转问故宫臣孙思恭。思恭力为辩释，神宗乃诏问之奇，令他证实。之奇无从取证，只好说出一个彭思永来。看官！你道之奇的御史，从何处得来？他本由欧阳修推荐，得任台官，自濮议纷争，修主张称亲，为吕诲等所斥驳，独之奇赞同修议，修因荐为御史。偏朝右目为邪党，对着之奇冷嘲热讽，之奇听不过去，便欲与修立异，借塞众谤。会修妇弟薛良孺与修有嫌，遂捏造蜚言，诬修淫乱，语为中丞彭思永所闻，转告之奇，之奇也不问真伪，遂上章劾修。恩将仇报，具何肺肠。及奉诏诘责，不得已将彭思永传语复奏上去。神宗再诘思永，思永也取不出真凭实据来，于是诬告反坐，将思永、之奇两人一律贬谪。之奇自诒伊戚，却难为思永了。修本杜门请治，至辨明诬伪，仍力求退位，乃罢为观文殿学士，出知亳州。神宗具有大志，因见廷臣乏才，特出自真知，去请一位大名鼎鼎的人物来，有分教：

　　曲士从兹张异说，
　　中朝自此紊皇纲。

毕竟所召何人,待小子下回报名。

宋臣专喜迂论,与晋代之清谈,几乎相同,其不即乱亡者,赖有一二大臣为之主持耳。英宗虽入嗣仁宗,缵承大统,而其本生父则固濮王也。以本生父称皇伯,毋乃不伦!欧阳修援引礼经,谓应称亲降服,议固甚当,韩琦即据以定议,于称亲之议,则请行之,于称皇称后之议,则请辞之,最得公私两全之道。吕诲等乃激成意气,至欲以去就生死相争,一何可笑?迨英宗疾亟,未闻廷臣有建储之请,赖韩琦入问起居,片言定策。夫濮议,末迹也,而必争之,立储,大本也,而顾忽之,宋臣之舍本逐末,如是如是。微韩魏公诸人,宋室恐早不纲矣。盖舆论与清谈,其足致乱亡一也。

第三十五回　神宗误用王安石　种谔诱降嵬名山

却说神宗因廷臣乏才，特下诏临川，命有司往征名士。看官道名士为谁？原来就是沽名钓誉、厌故喜新的王安石。安石一生，只此八字。安石，临川人，字介甫，少好读书，过目不忘。每一下笔，辄洋洋千万言。友人曾巩曾携安石文示欧阳修，修叹为奇才，替他延誉，遂得擢进士上第，授淮南判官。旧例判官秩满，得求试馆职，安石独不求试。再调知鄞县，起隄堰，决陂塘，水陆咸利。又贷谷与民，立息令偿，俾得新陈相易，邑民亦颇称便。安石自谓足治天下，人亦信为真言，相率称颂。寻通判舒州，文彦博极力举荐，乃召试馆职，安石不至。欧阳修复荐为谏官，安石又以祖母年高，不便赴京为辞。修劝以禄养，并请旨再召，授职群牧判官，安石复辞，且恳求外补，因令知常州，改就提点江东刑狱。为此种种做作，越觉声名噪起。仁宗嘉祐三年，复召为三司度支判官，安石总算入京就职。居京月余，即上万言书，大旨在法古变今，理财足用等事。仁宗也不加可否，但不过说他能文，命他同修起居注，他又固辞不受。阁门吏赍敕就付，他却避匿厕所，吏置敕竟去。他又封还敕命，上章至八、九次，有诏不许，方才受职。及升授知制诰，当即拜命，并没有推却等情。其情已见。旋命纠察在京刑狱，适有斗鹑少年杀死狎友一案，知开封府以杀人当死，按律申详。安石察视案牍，系一少年得斗鹑，有旧友向他索与，少年不许，友人恃昵抢去，少年追夺，竟将友人杀死，因此拟援例抵罪。他不禁批驳道："按律公取窃取，皆以盗论。该少年不与斗鹑，伊友擅自携去，是与盗无异。追杀是分内事，不得为罪。"据此批驳，已见安石偏执之非。看官！你想府官见此驳词，肯俯首认错吗？当下据实奏辩。安石亦劾府司妄谳。案下审刑大理两司，复按定刑，都说府谳无讹。安石仍不肯认过，本应诣阁门谢罪，他却自以为是，并不往谢。御史遂劾奏安石，奏牍留中不报。安石反迭发牢骚，情愿退休。适值母死丁艰，解职回籍。英宗时也曾召用，辞不就征。

安石父益都，虽官员外郎，究没有什么通显，他思借重巨阀，遂虚心下气，与韩、吕二族结交。韩绛及弟维与吕公著皆友安石，代为标榜。维尝为颖邸记室，每讲诵经说，至独具见解处，必谓此系故友王安石新诠，并非维所能发明，神宗记忆在心，嗣迁韩维为右庶子，维举安石自代。虽未见实行，在神宗一方面，已不啻大名贯耳。既得即位，即召令入都。安石高卧不起，神宗再拟征召，乃语辅臣道："安石历先帝朝，屡召不至，朝议颇以为不恭。今又不来，莫非果真有病，抑系有意要求呢？"曾公亮遽答道："安石真辅相才，断不致有欺罔等情。"神宗方才点首，忽一人出班奏道："臣尝与安石同领群牧，见他刚愎自用，所为迂阔，倘或重用，必乱朝政。"第一个料到安石。神宗视之，乃是新任参知政事吴奎，郑重点名。便怫然道："卿也未免过毁了。"奎复道："臣知而不言，是转负陛下恩遇呢。"神宗默然。退朝后，竟颁诏起用安石，命知江宁府。安石直受不辞，即日赴任。曾公亮复力荐安石，足胜大任。

看官道公亮力荐，料不过器重安石，误信人言，其实他却另有一段隐情：他与韩琦同相，资望远不及琦，所有国家大事，都由琦一人独断，自己几同伴食，所以于心不甘，阴欲援用安石，排间韩琦；可巧神宗意中，亦因琦执政三朝，遇事专擅，未免有些芥蒂。学士邵元、中丞王陶，本是颖邸旧臣，又从中诋毁韩琦。琦内外受轧，遂上书求去。神宗得书，一时不好准奏，只得优诏挽留。会因英宗已安葬永厚陵，庙谥一切，均已办妥，琦复请解职。神宗未曾批答，一面却召入安石，命为翰林学士。琦已窥透神宗意旨，索性连章乞休，每日一呈。果然诏旨下来，授琦司徒兼侍中，出任武胜军节度使，兼判相州。琦奉旨陛辞，神宗向他流泪道："侍中必欲去，朕不得已降制了。但卿去后，何人可任国事？"假惺惺做什么？琦对道："陛下圣鉴，当必有人。"神宗道："王安石何如？"情已暴露。琦复道："安石为翰林学士，学问有余，若进处辅弼，器量不足。"平允之论，莫过于此。神宗不答，琦即告辞而去。

未几，吴奎亦出知青州，越年病殁。奎，北海人，喜奖善类。少甚贫，及贵，亦仿范文正故事，买田为义庄，所有禄俸，尽赒族党。殁后，诸子至无屋以居，时人称为清白吏子孙。神宗以韩、吴并罢，擢张方平、赵抃参知政事，吕公弼为枢密使，韩绛、邵元为枢密副使。抃曾出知成都，召回谏院，未曾就职省府，骤命参政，几成宋朝创例，群臣以为疑。及入谢，神宗面谕道："朕闻卿匹马入蜀，一琴一鹤，作为随从，为治简易，想亦如此。朕所由破格录用呢。"抃顿首道："既承恩遇，敢不尽力！"自是竭诚图报，遇有要政，无不尽言。惟张方平未洽众望，御史中丞司马光奏言方平位置不宜，神宗不从，且罢光中丞职，令为翰林学士。曾公亮复议擢王安石，方平亦力言不可。第二个料到安石。旋方平丁父艰去位，时唐介复入为御史，迁任三司使，神宗因令他参政，继方平后任，惟心中总不忘安石。熙宁改元，即令安石越次入对，神宗问治道何先，安石答称："须先择术。"神宗复道："唐太宗何如？"安石道："陛下当上法尧舜，何必念及唐太宗。尧舜治天下，至简不烦，至要不迂，至易不难，不过后世君臣，未能晓明治道，遂说他高不可及。尧亦人，舜亦人，有什么奇异难学呢？"语大而夸。神宗道："卿可谓责难于君，但朕自顾眇躬，恐不足副卿望，还愿卿尽心辅朕，共图至治！"已经着迷。安石道："陛下如果听臣，臣敢不尽死力！"言毕乃退。

一日，侍讲经筵，群臣讲讫，陆续散去。安石亦拟退班，由神宗命他暂留，且特赐旁坐。安石谢坐毕，神宗乃道："朕阅汉、唐历史，如汉昭烈必得诸葛亮，唐太宗必得魏征，然后可以有为。亮、征二人，岂不是当日奇才吗？"安石抵掌道："陛下诚能为尧、舜，自然有皋、夔、稷、契，诚能为高宗，自然有傅说，天下甚大，何材没有？诸葛亮、魏征还是不足道呢！但恐陛下择术未明，用人未专，就是有皋、夔、稷、契、傅说等人，亦不免为小人所挤，卷怀自去啰。"居然以古人自命，且语意多半要挟，其私可知。神宗道："历朝以来，何代没有小人？就是尧、舜时候，尚不能无四凶。"安石道："能把四凶一一除去，才得成为尧、舜。若使四凶得逞谗慝，似皋、夔、稷、契诸贤，怎肯与他同列，合流同污呢？"这一席话，说得神宗很是感动，至安石退后，尚赞叹不置。于是这位坚僻自是的王介甫，遂一步一步的，跨入省府中去了。当时朝野人士，除吴奎、张方平、韩琦外，尚谓安石多才，定有一番干济，惟眉山人苏洵，已作一篇辨奸论，隐斥安石。还有知洛川县李师中，当安石知鄞县时，已说他眼内多白，貌似王敦，他日必乱天下。这两人事前预料，才不愧先知哩。

师中，楚邱人，父名纬，曾为泾原都监。师中少识边情，及长，举进士，知洛川县，后调任敷政县，益知边务。神宗嗣位，迁知凤翔府，适青涧守将种谔，收复绥州，师中谓种谔轻开边衅，请朝廷慎重。果然夏主谅祚诱杀知保安军杨定等，几乎宋夏又复交兵。亏得故相韩琦奉命经略陕西，才得支持危局(从李师中折入夏事，又是一种笔墨)。这事说来话长，待小子叙明原委，方得一目了然(为下半回主脑)。种谔复绥州，尚是治平四年事，本书上文叙王安石，已至熙宁元年，此处系是回溯，不得不从李师中折入，且从前宋夏交涉，亦可借此补叙。

先是夏主谅祚，奉册为夏王，宋庭岁赐如常，谅祚亦修贡如故(接应三十一回)。英宗入承帝位，夏使吴宗来贺，宗出言不逊，有诏令谅祚罪宗。谅祚不肯奉诏，反于治平三年，寇掠秦、凤、泾原一带，直薄大顺城。环、庆经略使蔡挺率蕃官赵明等往援大顺，谅祚衷银甲、戴毡帽，亲自督战，挺遣弓弩手整列壕外，更迭发矢，夏兵前列多伤，谅祚亦身中流矢，率众遁去，转寇柔远。挺又使副总管张玉，领三千人夜袭敌营，夏兵惊溃，退屯金汤，会宋廷颁发赐夏岁币，知延州陆诜留币不与飞章上奏道："朝廷素事姑息，所以狡虏生心，敢尔狂悖，今若再赐岁币，是益令玩视，愈褻国威，请降旨诘责虏主，待他谢罪，再行给币未迟。"英宗转问韩琦，琦本主张问罪，当然赞成陆议，乃饬陆移牒宥州，诘问谅祚。谅祚连遭败仗，已经夺气，并因理屈词穷，无可解免，只得遣使谢罪，诿言咎由边吏，应按罪加诛云云。是书上达，已值英宗宾天，神宗践阼，当有新诏一道，赍付谅祚，诏曰：

朕以夏国累岁以来，数兴兵甲，侵犯边陲，惊扰人民，诱迫熟户，去秋复直寇大顺，围迫城寨，焚烧村落，抗敌官军，边奏累闻，人情共愤。群臣皆谓夏国已违誓诏，请行拒绝，先皇帝务存含恕，且诘端由，庶观逆顺之情，以决众多之论。逮此逊章之禀命，已悲仙驭之上宾，朕纂极云初，包荒在念，仰循先志，俯谅乃诚。既自省于前辜，复愿坚于众好。苟奏封所叙，忠信无渝，则恩礼所加，岁时如旧。安民保福，不亦休哉！特谕尔夏主知之！

谅祚得诏，又遣人到宋，庆吊兼行。到了冬季，夏绥州监军嵬名山弟夷山，向青涧城求降。青涧城守将系种世衡子（就是种谔）也算世袭，谔受降后，即令夷山作书，招致乃兄，并特赠金盂一枚。适名山外出，有名山亲吏李文喜接得金盂，喜出望外，便与去使密定计策，令宋兵潜袭营帐，不怕名山不降，且乘势可得绥州。去使返报种谔，谔即密奏宋廷，一面通报延州知州陆诜。诜却谓庬众来降，真伪难测，也奏请戒谔妄动。神宗命转运使薛向，会同陆诜，询明种谔受降虚实，再定机宜。向与诜乃召谔问状，诜始终反对谔议，独向恰有意赞成。两下协定招抚三策，由向主稿，遣幕府张穆之入奏。穆之暗受向嘱，既至阙下，面陈谔议可成。看官！试想神宗是好大喜功，听了张穆之一番奏对，遂以为有机可乘，乐得兴兵略地。且疑陆诜不肯协力，从中掣肘，竟将他调徙秦凤，专任向、谔，规复绥州。哪知这种谔还要性急，不待朝命颁到，已起兵潜入绥州，围住名山营帐。名山毫不预防，突然遭围，自然脚忙手乱，当由亲吏李文喜导入夷山，同劝名山降宋。名山无可奈何，只好举众出降，共计首领三百人，户一万五千，兵万名，一概就抚，由谔督兵筑城，缮固守备。夏人来争，被谔发兵邀击，杀退夏众，遂复绥州，绥州久已陷没，规复未始非策，但不在谅祚寇边之先，而在谅祚谢罪以后，未免自失信用耳。陆诜以诏命未至，谔即擅自兴师，拟遣吏逮治，可巧穆之西还，传诏徙诜，诜乃叹息而去。

夏主谅祚闻绥州失守，欲发兵入寇，部目李崇贵、韩道善两人入帐献策道："大王如欲用兵，恐胜负难料，不如另用他计。"谅祚问用何策，李崇贵道："前宋使杨定到来，曾许归我沿边熟户，我曾送他金银宝物，他受了我的馈赠，却未闻遵约，反听种谔袭夺绥州，真是可恨！我不若诱他会议，杀死了他，就占领了保安，作为根据，然后进可战，退可守，不患不胜。"谅祚大喜道："果然好计，就照此行罢！"原来杨定曾出使夏国，见了谅祚，跪拜称臣。谅祚畀他金银及宝剑一口、宝镜一具，定即许归沿边熟番。及定还，将金银匿住，只把剑镜献上，且言谅祚可刺状，神宗信为真言，竟擢定知保安军。自谅祚用计诱定，即遣韩道善赍书往请，约定会议。定竟冒冒失失的前去赴会，一到会场，未见谅祚，即由李崇贵责他爽约。定尚未及答，已被崇贵呼出伏兵，乱刀齐下，将定剁成肉泥。该死！该死！随即入攻保安，大肆劫掠。

警报迭达汴都，神宗不免自悔。巧值李师中奏牍亦到，归咎种谔，朝议随声附和，竟欲诛谔弃绥。前时不闻谏阻，至此又如此畏缩，宋廷可谓无人。神宗未肯遽允，当命陕西宣抚使郭逵，移镇鄜延，就近酌夺（接应前回）。逵用属吏赵禼议（禼读如楔）奏陈机宜，大致说是："庬杀王官，应加声讨，若反诛谔弃绥，成何国体？且名山举族来归，如何处置？言之甚是。一面贻书辅臣，请保守绥州，借张兵势，规度大理河川，择要设堡，画地三十里，安置降人，方为上计。"朝议仍然未决，乃调韩琦判永兴军，经略陕西。琦临行，曾言绥不当取，及既抵任所，复奏称绥不可弃。枢府驳他前后矛盾，令再明白复陈，琦遂复奏道："臣前言绥不当取，是就理论上立言，今言绥不可弃，是就时势上立言。现在边衅已开，无理可喻，只有就势论势。保存绥州，秣马厉兵，与他对待，俾他不敢小觑，方能易战为和。"练达之言。奏既上，言官尚交论种谔，有旨将谔贬官，谪置随州。会郭逵诇知诱杀杨定，系李崇贵、韩道善主谋，遂传檄谅祚，索取罪人。凑巧谅祚得病，更闻韩琦镇边，料知不能反抗，只得执住李、韩二人，献与郭逵。未几，谅祚病死，子秉常嗣立，遣臣薛宗道等赴宋告哀。神宗问杀杨定事，宗道谓："李、韩二犯已执送边镇，不日可到。"果然隔了一宵，由郭逵将李、韩二人槛送阙下。神宗亲自廷讯，李崇贵直陈颠末，神宗不禁叹息道："照此说来，杨定纳贿卖地，罪不容诛，但你等何妨径自陈请，由朕明正典刑，今乃擅加诱杀，藐我上国，难道得称无罪吗？"崇贵等乃叩首伏罪。神宗特赦崇贵等死刑，追削杨定官爵，籍没田宅。另遣使臣刘航册秉常为夏国王。小子有诗咏韩魏公道：

入定皇纲出耀威，
如公谁不仰丰徽？
三朝政绩昭然在，
中外都凭只手挥。

夏事暂作结束，小子又要叙那王安石了。看官少待，且看下回。

上有急功近名之主，斯下有矫情立异之臣。如神宗之于王安石是已。神宗第欲为唐太宗，而安石进之以尧、舜，神宗目安石为诸葛、魏征，而安石竟以皋、夔、稷、契自况。试思急功近名之主，其有不为所惑乎？当时除吴奎、张方平、苏洵外，如李师中者，尝谓其必乱天下。夫师中亦一夸诞士，史称其好为大言，以致不容于时，吾谓大言者必未足副实，即如绥州之役，彼第归咎种谔，而于善后事宜，毫不提及，是殆亦责人有余，而责己不足者。赖韩琦坐镇，郭逵为辅，夏事始得就绪耳。吾以是叹韩魏公之不可及也。

第三十六回 议新法创设条例司 谳疑狱狡脱谋夫案

却说王安石既承主眷，渐渐露出锋芒，意欲变法维新，炫人耳目。是时大内帑银所存无几，神宗年少气锐，方以富国强兵为首务，安石隐伺上意，遂倡理财足国的美谈，歆动神宗。熙宁元年仲冬，行郊天礼，辅臣以河朔旱灾，国用不足，乞南郊以后，不可再循故例，遍赐金帛。有诏令学士复议，司马光道："救灾节用，当自贵近为始，辅臣议应当照行。"王安石道："国用不足，乃不善理财的缘故，若徒事节流，未识开源，终属无益。"司马光又道："什么叫作善理财？无非是头会箕敛罢了。"安石道："不必加赋，自增国用，才算是理财好手。"光笑道："天下哪有此理？天地生财，只有此数，官府多一钱，民间便少一钱，若设法夺民，比加赋还要厉害。从前桑弘羊尝挟此说，欺骗汉武帝，太史公大书特书，显是指斥弘羊，讽刺汉武呢。"语虽未必尽然，但如桑弘羊、王安石等，实蹈此弊。安石尚不肯服理，仍然争论不已。神宗道："朕意亦与光同，但些许例赏，必欲吝啬，似亦未免失体了。"遂不从辅臣所议，行赏如故。仍是左袒安石。

既而郑国公富弼自汝州入觐，诏许肩舆至殿门，令弼子扶掖进见，且命免拜跪礼，赐座与谈。神宗开口问道："卿老成练达，定有高见，现欲治国安邦，须用何术？"弼对道："人主好恶，不可令人窥测，否则奸人必伺隙售奸。譬如上天监人，善恶令他自取，乃加诛赏，庶几功罪两明。"神宗又道："北有辽，西有夏，边境未宁，如何是好？"弼又道："陛下临御未久，当首布德惠，愿二十年口不言兵。"对症发药。神宗踌躇多时，方道："朕常欲询卿，卿可留朝辅政。"弼答言："老不胜任。"仍辞退赴郡。至熙宁二年二月，复召弼入都，拜司空兼侍中，并特赐甲第。弼仍上表固辞，经优诏促使就道，乃奉旨入朝。途次闻京师地震，神宗减膳撤乐，独安石谓："灾异由天，无关人事。"安石距近今千年，已知新学，确是一个人才。弼不禁叹息道："人君所畏惟天，天不足畏，何事不可为？此必奸人欲进邪说，摇惑上心，不可以不救呢。"当即上书数千言，力陈进贤辨奸的大要。及入对，又说了数十语，无非是隐斥安石。神宗虽任弼同平章事，意中总不忘安石，拟擢为参政。会值唐介奏事，即与介述明本意，介言安石不胜大任。神宗道："文学不可任呢？经术不可任呢？吏事不可任呢？"介对道："安石好学泥古，议论每多迂阔，若令他为政，必多变更。"神宗不答。介退，语曾公亮道："安石果大用，天下必困扰，诸公后当自知，莫谓介不预言呢！"公亮本推荐安石，哪里肯信，未几，神宗又问侍读孙固，谓安石可否令相？固对道："安石文行甚优，令为台谏侍臣，必能称职，若宰相全靠大度，安石狷狭少容，如何做得？陛下欲求贤相，臣心目中恰有三人，便是那司马光、吕公著、韩维呢。"神宗总归不信，竟命安石参知政事。

安石入谢，神宗语安石道："廷臣都说卿但知经术，未通世务。"安石道："经术正所以经世务，他人谓臣未通世务，实即未通经术，请陛下详察！"神宗道："照卿说来，欲经世务，先施何术？"安石道："变风俗，立法度，正当今急务。"神宗点首称善。安石遂进言道："立国大本，首在理财，周朝设泉府等官，无非酌盈剂虚，变通民利，后世惟汉桑弘羊、唐刘晏，粗合此意。今欲理财，亟应修泉府遗制，藉收利权。利权在握，然后庶政可行。"神宗道："卿言甚是。"安石又道："古语有言：'为政在人'，但人才难得，更且难知。今使十人理财，有一、二人不肯协力，便足败事。尧与众人共择一人治水，尚且九载勿成，况择用不止一人，简选未尝询众，能保无异议吗？陛下诚决计进行，首在不惑异说。"让你一人独做，可好么？神宗道："朕知道了，卿去妥议条规，待朕次第施行。"安石应命退出。次日，即奏请制置三司条例司，掌经画邦计，变通旧制，调剂利权。更举知枢密院事陈升之，协同办事。神宗准奏，当命安石、升之两人,总领制置三司条例司,令得自择掾属。安石遂引用吕惠卿、曾布、章惇、苏辙等,分掌事务。惠卿曾任真州推官,秩满入都,与安石谈论经义,意多相符。安石竟称为大儒,事无大小,必与商议,有所奏请,又必令他主稿,几乎一日不能相离。曾布即曾巩弟,事事迎合安石意旨,安石亦倚为心腹,与惠卿同一信任。当下悉心酌商,定了新法八条,六条谓足富国,两条谓足强兵,由小子录述如下:

富国法六条。

(一)农田水利　饬吏分行诸路,相度农田水利,垦荒废,浚沟渠,酌量升科,无论吏民,皆须同役,不准隐漏逃匿。

(二)均输　诸州郡所输官粮,俱令平定所在时价,改输土地所产物,官得徙贵就贱,因近易远,并准便宜蓄买,懋迁有无。

(三)青苗　农民播种青苗时,由朝廷出资贷民,至秋收偿金,加息十分之二,或十分之三,仍还朝廷。

(四)免役　使人民分等,纳免役钱,得免劳役,国家别募无职人民,充当役夫。

(五)市易　就京师置市易所,使购不卖之物于官,或与官物交换,又备资贷与商人,使遵限纳息,过限不输,息金外更加罚金。

(六)方田　以东南西北各千步为一方,计量田地,分五等定税,人民按税照纳。

强兵法二条。

(一)保甲　采古时民兵制度,十家为保,五百家为都保,都保置正副二人,使部下保丁,贮弓箭,习武艺。

(二)保马　以官马贷保丁,马死或病,令按值给偿。

这数条新法议将出来,老成正士没有一个赞成。参政唐介抗直敢言,先与安石争辩。安石强词夺理,谓可必行,神宗又庇护安石,介不胜愤懑,气得背上生疽,竟尔谢世。先气死了一个。神宗遂将安石新法,依次举行。先遣刘彝、谢卿材、侯叔献、程颢、卢秉、王汝翼、曾伉、王广廉八人,巡行诸路,查核农田水利,酌定税赋科率,徭役利害;继即饬行均输法,起用薛向为江、浙、荆、淮发运使,领均输平准,创行东南六路。两法颁行,言路已是哗然。知制诰钱公辅、知谏院范纯仁等均言薛向开衅边疆,曾坐罪罢黜(应前回),不应起用。公辅且斥安石坏法徇私,安石不悦,竟奏徙公辅知江宁府。宣徽北院使王拱辰、翰林学士郑獬、知开封府滕元发,均为安石所忌,相继迁谪。恼了御史中丞吕诲,含忍不住,即撰成一篇弹文,入朝面奏。途中遇着司马光,问他何事,诲便道:"我将参劾一人,君实可赞成吗?如肯赞成,请为后劲。"光问所劾何人,诲答道:"便是新参政王安石。"光愕然道:"朝廷方喜得人,奈何劾他?"诲叹道:"君实也作是说吗?怪不得别人。安石好执偏见,党同伐异,他日必败国事,这是腹心大患,不劾何待?你如不信,尽管请便,我要入朝去了。"光答道:"我正去侍讲经筵,不妨同行。"原来"君实"系光表字,故诲以此相呼,两人同入朝堂,待至神宗御殿,诲即袖出弹章,上殿跪呈。神宗当即展阅,但见上面文字无非指斥安石,最注目的却有数语,其文云:

臣闻大奸似忠,大诈似信。安石外示朴野,中藏巧诈,骄蹇慢上,阴贼害物,诚恐陛下悦其才辩,久而倚畀,大奸得路,群阴会进,则贤者尽去,乱由是生。臣究安石之迹,固无远略,唯务改作,立异于人。徒文言而饰非,将罔上而欺下,臣窃忧之!误天下苍生者,必斯人也!

看官!你想神宗方信任安石,怎能瞧得进去?看到"误天下苍生"句,不禁怒形于色,立将原奏掷还。诲大声道:"陛下如不见信,臣不愿与奸佞同朝,乞即解职!"神宗也不多言,只命他退去,诲退后,即下诏出诲知邓州。范纯仁复申劾安石,留章不下。纯仁求去,奉诏免他谏职,改判国子监。纯仁又续缮奏章,拟再恳辞,甫经缮就,忽由安石遣使,传语纯仁道:"已议除知制诰了,请不为已甚。"纯仁勃然道:"这是用利诱我了。我言不用,万钟亦非我所愿呢!"不愧家风。当下将奏稿取交来使,次日,即将奏本呈入。神宗尚未许去,蓦见安石入朝,疾言厉色,奏请立黜纯仁。神宗道:"纯仁无罪,就使外调,亦当给一善地,可令出知河中府便了。"安石不便再言,只得悻悻而退。范纯仁即仲淹第二子,兄纯佑,曾随父镇陕,与将士杂处,评价人才,无不具当。仲淹得任人无失,以此立功,及仲淹罢职,他侍奉左右,未尝少离。未几,废疾去世,弟纯礼、纯粹,依次出仕,后文慢表。惟纯仁以父荫得官,历任县令判官,所向皆治。寻擢为侍御史,与议濮王典礼,复遭外谪(见三十四回)。嗣又召还京师,命知谏院,至是又出守河中。寻徙成都转运使,因新法不便,戒州县不得遽行。安石恨他阻挠,诬以失察僚佐罪,左迁知和州(插此一段。叙明纯仁历史,且回应三十二回中语),这且按下再提。

且说王安石以两法既行,复议颁行青苗法。吕惠卿极端怂恿,独苏辙立言未可,安石问为何因,辙答道:"出钱贷民,本欲救民,但钱入民手,不免妄用,满限多无力筹偿,有司饬吏追呼,鞭扑横施,是救民反至病民了。"安石道:"君言诚有理,且从缓议。"于是有好几旬不谈此法。忽奉神宗诏命,令与司马光复议登州狱案。安石遂邀光合议,两人各据一见,免不得又争执起来。登州有一妇,许嫁未行,闻夫婿貌丑,心甚不平,竟暗挟利刃,潜往害夫。适乃夫卧田舍间,便拔刀斫入,幸乃夫尚未睡着,慌忙起避,才得不死。只因用手遮格,被断一指而去。乃夫遂鸣官诉讼,知州许遵拘妇到案,见该妇姿色颇佳,与乃夫确不相配,遂有意脱妇,令她一一承认,当为设法保全,该妇自然听命。许遵即以自首减罪论,上达朝廷。遵有意全妇,莫非想娶她做妾吗?安石谓遵言可行。光愤然道:"妇谋杀夫,尚可减罪吗?"安石道:"妇既自首,应从末减。"光又道:"律文有言,因他罪致杀伤,他罪得首原,今该妇谋杀乃夫,本属一事,岂谋自谋,杀自杀,可分作两事,得准首原吗?"明白了解。安石道:"若自首不得减罪,岂非自背律文?"无非好异,不顾纲常。两人相持不下,当即共请神宗判断。偏神宗左祖安石,竟准如安石议。文彦博、富弼等谏阻不从,且将"谋杀已伤、按问自首"一条增入律中,得减罪二等,发交刑部,垂为国法。侍御史兼判刑部官刘述,封还诏旨,驳奏不已。安石大愤,请神宗黜退刘述。述遂率侍御史刘琦、钱颛共上疏论安石罪,略云:

安石执政以来,未逾数月,操管商权诈之术,与陈升之合谋,侵三司利权,开局设官,分行天下,惊骇物听。近复因许遵妄议,定按问自首之法,安石任偏见而立新议,陛下不察而从之,遂害天下大公。先朝所立制度,自宜世守勿失,乃妄事更张,废而不用,如此奸诈专权,岂宜处之庙堂,致乱国纪?愿早罢逐,以慰天下。曾公亮畏避安石,阴自结援以固宠,赵则括囊拱手,但务依违,皆宜斥免,臣等为国家安危计,故不惮刑威,冒渎天听,伏冀明断施行。

疏上,安石奏贬琦监处州盐酒务,颛监衢州盐税,并拘述狱中。司马光等上疏力争,乃将述贬知江州。琦、颛照安石议,贬谪浙东。殿中侍御史孙昌龄、同判刑部丁讽、审刑院详议官王师元,皆坐述党忤安石,谪徙有差。还有龙图阁学士祖无择,与安石意见不同,亦遭黜逐。正是:

黜陟不妨由我主,
纲常何必为人拘?

既而三司条例司官苏辙,亦被谪为河南府推官,欲知苏辙如何得罪,容至下回表明。

新法非必不可行,安石非必不能行新法,误在未审国情,独执己见,但知理财之末迹,而未知理财之本原耳。当安石知鄞时,略行新法,邑人称便,即嚣嚣然曰:"我宰天下有余。"不知四海非一邑之小,执政非长吏之任也。天下方交相诟病,而安石愈觉自是,黜陟予夺,为所欲为。至若登州妇人一案,较诸斗鹌少年,尤关风化,同僚谓不宜减罪,而彼必欲减免之,盖无非一矫情立异之见耳。夫朝廷举措,关系天下安危,而顾可以矫情立异行之乎?我姑勿论安石之法,已先当诛安石之心。

第三十七回　韩使相谏君论弊政　朱明府寻母竭孝思

却说苏辙系安石引用，在三司条例司中检详文字。安石欲行青苗法，为辙所阻，数旬不言。嗣由京东转运使王广渊，上言农民播种，各苦无资，富家得乘急贷钱，要求厚利，乞留本道钱帛五十万，贷民取息，岁可获利二十五万。安石览到此文，不禁喜跃道："这便是青苗法呢，奈何不可行？"遂亟召广渊入都，与商青苗法。广渊一口赞成。安石乃奏请颁行，先从河北、京东、淮南三路开办，逐渐推广。有旨报可，自是从前常平通惠仓遗制，尽行变更。苏辙仍力持前说，再三劝阻，又与吕惠卿论多不合。惠卿遂进谗安石，谓辙有意阻挠。安石大怒，欲加辙罪。还是陈升之从旁劝解，乃罢辙为河南府推官。安石复荐惠卿为太子中允，崇政殿说书。司马光谓："惠卿恠巧，心术不正，安石误信惠卿，因致负谤中外，如何可以重用？"神宗不从，竟依安石所请。首相富弼见神宗信任安石，料想不能与争，托病求去，乃出判亳州，擢陈升之同平章事。

升之就职后，神宗问司马光道："近相升之，外议如何？"光对道："闽人狡险，楚人轻易，今二相皆闽人（曾公亮晋江人，陈升之建阳人，俱属闽地），二参政皆楚人（王安石临川人，赵抃西安人，俱属楚地），他日援引亲朋，充塞朝堂，哪里能培植风俗呢？"神宗道："升之颇有才智，晓畅民政。"光又道："才智非不可用，但必须旁有正士，隐为监制，方能无患。"神宗又问及王安石，光答道："外人言安石奸邪，未免过毁，但他性太执拗，不明事理，这也是一大病呢。"评论确当。神宗始终不听。

陈升之既经入相，颇欲笼络众望，请罢免三司条例司。这便是才智的见端。安石以为负己，又同他争论起来。升之称疾乞假，安石遂引枢密副使韩绛，制置三司条例。安石每奏事，绛亦随入。常奏称安石所陈，无不可用，安石大得臂助。绛复上言："青苗法便民，民间多愿贷用，乞遍下诸路转运使施行！"于是诏置诸路提举官，执掌贷收事件。提举官多方迎合，以多贷青苗钱为功，不论贫富，随户支配。又令贫富相兼，十人为保首。王广渊在京东，分民户为五等，上等户硬贷钱十五千，下等户硬贷钱一千，到限不还，即着悍吏敲比征呼，民间骚然。广渊入奏，反说百姓欢呼感德。谏官李常、御史程颢，劾论广渊强为抑配，掊克百姓，神宗不报。河北转运使刘庠不放青苗钱，奏称百姓不愿借贷，神宗又不报。安石反恨恨道："广渊力行新法，偏遭弹劾，刘庠欲坏新法，不闻加罪，朝事如此，尚可望富强吗？"依了你，反要贫弱，奈何？横渠人张载与河南程颢、程颐兄弟，素相友善，平居共谈道学，归本六经。及出为邑宰，不假刑威，专务敦本善俗，民化一新。御史中丞吕公著，登诸荐牍，当由神宗召见，问以治道。载对道："为政必法三代，否则终成小道呢。"时安石方倡言古道，神宗亦有心复古，听了此言，还道张载亦安石一流，即留他在朝，命为崇文院校书。哪知张载所说的古法与安石不同。他见安石托古病民，料难致治，竟称疾辞去。洁身自好，足称明哲。

前参政张方平服阕还朝（应三十五回），受命为观文殿大学士判尚书省，安石以方平异己，极力排挤，因出知陈州。及陛辞，极言新法弊害，神宗亦怃然动容，随即召为宣徽北院使。又事事受安石牵制，坚请外调，乃复出判应天府。时已熙宁三年了。河北安抚使韩琦忽上疏请罢青苗法，略云：

臣准散青苗，诏书务在惠小民，不使兼并乘急，以邀倍息，而公家无所利其入。今所列条约，乃自乡户一等而下，皆立借钱贯数，三等而下，更许皆借。且乡户上等，并坊郭有物业者，乃从来兼并之家，今令借钱一千，纳一千三百，是官自放钱取息，与初诏相违。又条约虽禁抑勒，然不抑勒，则上户必不愿请，下户虽或愿请，请时甚易，纳时甚难，将必有督索同保均赔之患。陛下躬行节俭以化天下，自然国用不乏，何必使兴利之臣，纷纷四行，以致远迩之疑哉？乞罢诸路提举官，第委提刑点狱，依常平旧法施行！

神宗览到琦疏，亦稍有所悟，便将原疏藏在袖中，出御便殿，召辅臣等入议。曾公亮先入，神宗即从袖中取出琦疏，递示公亮道："琦真忠臣，虽在外不忘王室。朕始谓青苗等法可以利民，不料害民如此。且坊郭间何有青苗，乃亦强令借贷呢？"说至此，忽有一人趋进道："如果从民所欲，虽坊郭亦属何害？"神宗命曾公亮递示原疏，安石略略一瞧，不禁勃然道："似汉朝的桑弘羊，刮取天下货财，供奉人主私用，乃可谓兴利之臣。今陛下修周公遗法，抑兼并，赈贫弱，并不是剥民自奉，如何说是兴利之臣呢？"神宗终以琦说为疑，沈吟不答。安石趋出，神宗乃谕辅臣道："青苗法既不便行，不如饬令罢免。"公亮道："待臣仔细访查，果不可行，罢免为是。"无非回护安石。神宗允准，公亮等方才退出。安石即上章称病，连日不朝。神宗乃命司马光草答琦诏，内有士夫沸腾，黎民骚动等语。安石闻知，上章自辩，神宗又转了一念，似觉薄待安石，过不下去，乃巽辞婉谢，且命吕惠卿劝使任事。安石仍卧疾不出，神宗语赵抃道："朕闻青苗法多害少利，才拟罢免，并非与安石有嫌，他如何不肯视事？"赵抃曰："新法都安石所创，待他销假，再与妥议，罢免未迟。"赵抃称廉直，何亦有此因循？韩绛道："圣如仲尼，贤如子产，初入为政，尚且谤议纷兴，何怪安石？陛下如果决行新法，非留用安石不可！安石若留，臣料亦先谤后诵呢。"这一席话，又把神宗罢免青苗的意思尽行丢去，仍敦促安石入朝。一面遣副都知张若水，押班蓝元振，出访民情。哪知这两人早受安石贿托，回宫复命，只说是民情称便，神宗益深信不疑，竟将琦奏付条例司，命曾布疏驳，刊石颁示天下。安石乃入朝叩谢，由神宗温词慰勉。安石自此执行新政，比前益坚。

文彦博看不过去，入朝面奏，力陈青苗害民。神宗道："朕已遣二中使亲问民间，均云甚便，卿奈何亦有此言？"彦博道："韩琦三朝宰相，陛下不信，乃信二宦官吗？"神宗不觉变色，但因彦博系先朝宗臣，不忍面斥，唯有以色相示。彦博知言不见听，亦即辞出。韩琦闻原奏被驳，复连疏申辩，且言安石妄引周礼，荧惑上听，终不见答。琦遂请解河北安抚使，止领大名府一路。这疏一上，却立邀批准了。

嗣是知审官院孙觉因指斥青苗法，被贬知广德军，御史中丞吕公著，亦因言新法不便，被贬知颍州。知制诰兼直学士院陈襄推荐司马光、韩维、吕公著、范纯仁、苏轼等人，见忤安石，出知陈州。参知政事赵抃自悔前时主持不力，致复行青苗法，上章劾论安石，并求去位，亦出知杭州。参政一缺，即命韩绛继任。

那时又来了一个护法么么，姓李名定，曾为秀州判官，居然因附会安石，得擢为监察御史里行。定为安石弟子，自秀州被召，入京遇右正言李常。常问道："君从南方来，民谓青苗法如何？"定答道："民皆称便。"弟子不可不从师。常愕然道："果真么？举朝方争论是事，君勿为此言。"定与常别，即去谒见安石，且禀白道："青苗法很是便民，如何京师传言不便？"安石喜道："这便叫作无理取闹呢。改日入对，你须要明白上陈。"定唯唯遵命。安石即荐定可用，神宗即召定入问，定历言新法可行。及询至青苗法，定尤说得远近讴歌，舆情悉洽。神宗大悦，即命定知谏院，曾公亮等言查考故例，选人未闻为谏官，应请改命，乃拜监察御史里行。知制诰宋敏求、苏颂、李大临谓："定不由铨考，擢授朝列，不缘御史，荐置宪台，朝廷虽急欲用才，破格特赏，但紊乱成规，所益似小，所损实大。"遂封还制书。经神宗诏谕再三，颂等仍执奏不已。安石劾他累格诏命，目无君上，遂坐罪落职，时人称为熙宁三舍人。

未几，有监察御史陈荐劾定，说他为泾县主簿时，闻母仇氏丧，匿不为服，应声罪贬斥。定上书自辩，谓："实不知由仇氏所生，所以疑不敢服。"看官阅到此处，恐不能不下一疑问，定出应仕籍，并非三、五岁的小孩儿，况他父名问，也曾做过国子博士，定并非生自空桑，难道连自己的生母都未晓得吗？说来也有一段隐情。仇氏初嫁民间，生子为浮屠，释名了元，相传是与苏轼结交的佛印禅师。后仇氏复为李问妾，生下一子，就是李定。寻又出嫁郜氏，生子蔡奴，工作神。此妇所生之子，却都有出息。定因生母改嫁，不愿再认，因此仇氏病死，他未尝持服。偏被陈荐寻出瘢点，将他弹劾，他只好含糊解说，自陈无辜。安石谊笃师生，极力庇护，反斥荐捕风捉影，劾免荐官，改任定为崇政殿说书。监察御史林旦、薛昌朝、范肯复上言："定既不孝，怎可居劝讲地位？"并交论安石祖徒罪状。安石又入奏神宗，说他朋串为奸，应加惩处。神宗此时，已是百依百顺，但教安石如何说法，当即准行，林旦等又复落职，言路未免哗然。定也觉不安，自请解职，乃改授检正中书吏房，直舍人院。总仗师力。

宋室旧制，文选属审官院，武选属枢密院，安石又创出一篇议论，分审官为东西院，东主文，西主武。看官道他何意？原来文彦博正主枢密，与安石不合，安石欲夺他政权，所以想出此法。神宗依议施行，彦博入奏道："审官院兼选文武，枢密院还有何用？臣无从与武臣相接，不能妄加委任，陛下不如令臣归休罢！"神宗虽慰留彦博，但审官院分选如故。知谏院胡宗愈力驳分选，且言李定非才，有诏斥宗愈内伏奸意，中伤善良，竟贬为通判真州。

会京兆守钱明逸报闻知广德军朱寿昌弃官寻母，竟得迎归。有"孝行可嘉，亟待旌扬"等语。有李定之背母，复有朱寿昌之寻母，一孝一不孝，互勘益明。李定当日恐不免有瑜、亮并生之叹。寿昌，扬州人，父名巽，曾为京兆守，巽妾刘氏，生寿昌，年仅三岁，刘氏被出，改适党氏（《宋史·寿昌本传》，谓刘氏方娠即出，寿昌生数岁还家。但据王偁《东都事略》，苏轼《志林》皆云寿昌三岁出母，今从之）。至寿昌年长，父巽病亡，他日夕思母，四处访求，终不可得。寿昌累知各州县，除办公外，辄委吏役探听生母消息，又遍贻同僚书函，托访母刘氏住址。不意愈久愈杳，越访越穷，他竟摒绝酒肉，戒除嗜欲，甚至用浮屠言，灼背烧顶，刺血书佛经，誓诸神明，得母方休。熙宁初年，授知广德军，他莅任数月，竟太息道："年已五十，尚未得见生母，如何为人？古人说得好：'求忠臣于孝子之门，'孝且未尽，怎好言忠？罢罢！我宁舍一官，再往寻母，好歹总要得一确音。万一我母西归，就使森罗殿上，我也要去探觅哩。"孝子忠臣多人做成，自呆。随即辞职，并与家人诀别道："我此行若不见母，我亦不回来了。"家人挽留不住，他竟背着行囊，飘然径去。在途跋山涉水，触暑冒寒，也顾不得什么辛苦，只是沿途探问，悉心侦察，好容易行入关中，到了同州，复逐村挨户地查问过去。恰巧有一老妇人，倚门立着，他竟向问刘母下落。那老妇却似有所晓，便令寿昌入内，盘问底细。寿昌一一陈明，老妇不禁流泪道："据你说来，你便是朱巽子寿昌吗？"当下将自己如何被逐，后来如何改嫁，也说明情由。寿昌听了数语，已知情迹相符，遂不待辞毕，倒身下拜道："我的母亲，想煞儿了！"老妇亦对着寿昌抱头同哭，哭了一会，又由寿昌自述寻母始末，更不禁破涕为笑。老妇道："我已七十多岁了，你亦五十有零，谁料母子尚得重逢？想是你至诚格天，因得如此哩。"言毕，复召入壮丁数人，与寿昌相见。这几个壮丁，乃是刘适党氏后所生数子。寿昌问明来历，即以兄弟礼相待，大家暄叙一场。当由党氏家内草草地备了酒肴，畅饮尽欢。越两日，寿昌即将老母刘氏及党氏数子悉数迎归。事闻于朝，一班老成正士均说他孝行卓绝，须破格赐旌。奈王安石回护李定，不得不阻抑朱寿昌，仍请诸神宗，令还就原官。寿昌以养母故，求通判河中府，总算照准。士大夫作诗相赠，极为赞美。监官告院苏轼亦赠寿昌诗，并有诗序一篇，阳誉寿昌，阴斥李定。定见诗及序，大加恚恨，后来遂有诬轼等事。寿昌判河中数年，母殁居忧，终日哭泣，几乎丧明。既葬，有白乌集于墓上，时人以为孝思所致。小子有诗咏道：

> 人生百行孝为先，
> 寻母何辞路万千。
> 留得一编《孝义传》，

寿昌仕至中散大夫而终。《宋史》列入《孝义传》，这且不必絮述。下回接入朝事，请看官续阅下文。

青苗法非必不可行，弊在立法未善耳。春贷秋还，本钱一千，须加息三百，利率何其重耶？愿借者固贷与之，不愿借者亦强令贷钱，勒派何其苛耶？坊郭本无青苗，乃亦放钱取息，是更名实未符，第借此以刮民财而已。韩琦上疏，几已感格君心，乃复为邪党所误，韩绛等不足责，赵抃亦与有过焉。安石坚僻自是，顺己者虽奸亦忠，逆己者虽忠亦奸，不孝如李定，且始终回护之，矧在他人？惟既生李定，复生朱寿昌，造化小儿，恰亦故使同时，俾其互相比例，是得毋巧于撮弄欤？本回于韩琦奏牍，特行提叙，于朱寿昌行谊，又特行表明，劝忠教孝，寓有微忱，匪特就史述史已也。

第三十八回

弃边城抚臣坐罪
徙杭州名吏闲游

　　却说监察御史程颢，系河南人，与弟颐皆究心圣学，以修齐治平为要旨。颢尝举进士，任晋城令。教民孝悌忠信，民爱戴如父母。后入京为著作佐郎，吕公著复荐为御史。神宗素闻颢名，屡次召见。颢前后进对甚多，大要在正心窒欲，求言育才。神宗亦尝俯躬相答。至新法迭兴，颢屡言不便，请罢青苗钱利息及汰去提举官等。安石虽怀怒意，但颇敬他为人，不欲遽发。颢忍无可忍，复上疏极言，略云：

　　臣闻天下之理，本诸简易，而行之以顺道，则事无不成。故曰智者若禹之行水，行其所无事也。舍之而于险阻，则不足以言智矣。盖自古兴治，虽有专任独决，能就事功者，未闻辅弼大臣，人各有心，睽戾不一，致国政异出，名分不正，中外人情，交谓不可，而能有为者也。况于措制失宜，沮废公议，一二小臣，实预大计，用贱陵贵，以邪妨正者乎？凡此皆天下之理，不宜有成，而智者之所不行也。设令由此侥幸，事有小成，而兴利之臣日进，尚德之风日衰，尤非朝廷之福。矧复天时未顺，地震连年，四方人心，日益摇动，此皆陛下所当仰测天意，俯察人事者也。臣奉职不肖，议论无补，望早赐降责，以避官谤，不胜翘企之至！

　　疏入后，奉旨令诣中书自言。颢乃至中书处，适安石在座，怒目相视。颢恰从容说道："天下事非一家私议，愿平心听受，言可乃行，不可便否，何必盛气凌人？"安石闻言，不觉自愧，乃欠身请坐。颢方坐定，正欲开言，忽同僚张戬亦至。无独有偶。安石见他进来，又觉得是一个对头；他与台官王子韶上疏论安石乱法，并弹劾曾公亮、陈升之、韩绛、吕惠卿、李定等疏入不报，竟向中书处面争。时适天暑，安石手携一扇，对着张戬，竟用扇掩面，吃吃作笑声。确有奸相。戬竟抗声道："如戬狂直，应为公笑，但笑戬的不过公等两三人，公为人笑，恐遍天下皆是呢！"陈升之在旁道："是是非非，自有公论，张御史既知此理，也不必多来争执。"戬不待说完，便应声道："公亦不得为无罪。"升之也觉渐沮。安石道："由他去说，我等总有一定主意，睬他何为？"戬知无理可喻，转身自去。颢亦辞归，复上章乞罢。诏令颢出为江西提刑，颢又固辞，乃改授签书镇宁军节度使判官，戬与子韶亦求去，于是戬出知公安县，子韶出知上元县。还有右正言李常，因驳斥均输、青苗等法，比安石为王莽。安石怎肯相容，亦出通判滑州。

　　不数日间，台谏一空，安石却荐一谢景温为侍御史。谢与安石有姻谊，所以援引进去。且将制置条例司，归并中书，所有条例司掾属，各授实官，命吕惠卿兼判司农寺，管领新法事宜。枢密使吕公弼屡劝安石守静毋扰，安石不悦。公弼将劾安石，属稿甫就，被从孙吕嘉问窃去，持示安石。安石即先白神宗，神宗竟将公弼免官，出知太原府。吕氏赠嘉问美名，就是"家贼"两字，嘉问亦安然忍受，但邀安石欢心，也不管什么贼不贼了。可谓无耻。既而曾公亮因老求去，乃罢免相位，拜司空兼侍中，并集禧观使。当时以熙宁初年，五相更迭，有生老病死苦的谣言："安石生，曾公亮老，唐介死，富弼称病，赵叫苦"，虽是一诙谐，却也很觉确切呢。

　　安石正力排正士，增行新法，忽西陲呈报边警，夏主秉常大举入寇，环庆路烽烟遍地了。安石遂自请行边，韩绛入奏道："朝廷方赖安石，何暇使行？臣愿赴边督军！"神宗大喜，便令绛为陕西宣抚使，给他空名告敕，得自除吏掾。绛拜命即行。总道是马到成功，谁知骑梁不成，反输一跌。先是建昌军司理王韶尝客游陕西，访采边事，返诣阙下，上平戎三策。大略谓："西夏可取，欲取西夏须先复河湟，欲复河湟，须先抚辑沿边诸番。自武威以南，至洮、河、兰、鄯诸州，皆故汉郡县，地可耕，民可役，幸今诸羌瓜分，莫能统一，乘此招抚，收复诸羌，就是河西李氏(即西夏)，即在我股掌中。现闻羌种所畏，惟唃氏(即唃厮罗，见第十八回)子孙，若结以恩信，令他纠合族党，供我指挥，我得所助，夏失所与，这乃是平戎的上策呢。"此策非必不可用。神宗以为奇计，即召王安石入议。安石也极口赞许，乃命韶管干秦凤经略司机宜文字，一面封唃厮罗子董毡为太保(董毡一译作董戬，系唃厮罗三子)仍袭职保顺军节度使，且封董毡母乔氏为安康郡太君，董毡因遣使入谢。至王韶到了秦凤，收降青唐蕃部俞龙珂，遂请筑渭、泾上下两城，屯兵置戍；并抚纳洮河诸部。秦凤经略使李师中，反对韶议，安石以师中阻挠，令罢帅事。王韶又上言："渭源至秦州，废田多至万顷，愿置市易司，笼取商利，作为垦荒经费。"安石正要行市易法，哪有不从之理？即请旨转饬李师中，给发川交子(即钞票之类)，易取货物，并令韶领市易事。师中又上言："韶所指田，系极边弓箭手地，不便开垦。市易司转足扰民，恐所得不补所亡。"看官！你想安石肯听从师中吗？当下奏罢师中，徙知舒州，另命窦舜卿知秦州，与内侍李若愚往查闲田所在。哪知仅得地一顷，还是另有地主，舜卿、若愚只好据实奏报。安石又说舜卿隐蔽，把他贬谪，令韩缜往代。缜遂报无为有，顺安石意。要想保全官职，也不得不尔。乃进韶为太子中允，寻复令主洮河安抚司事。看官记着！为了王韶倡议平戎，不但吐蕃境内从此多事，就是宋、夏交涉，也因此决裂，竟先闹出战事来。

熙宁三年五月，夏人筑闹讹堡(一译作诺和堡)，屯兵甚众，知庆州李复圭闻朝廷有意平夏，竟欲出师邀功，当遣裨将李信、刘甫等，率蕃、汉兵三千，往袭该堡。偏被夏人得知，一阵驱杀，大败信等，信等逃归。复圭不觉自悔，却想了一计，把无故兴兵的罪状都推在李信、刘甫身上，斩首徇军，复由自己领兵追袭夏人，杀了老弱残兵二百名，即上书告捷。真好法子。夏人不肯干休，乘着秋高马肥，大举入环庆州，攻扑大顺城及柔远等寨。钤辖郭庆、高敏等战死。及韩绛巡边，在延安开设幕府，选番兵为七军。绛不习兵事，措置乖方，且起用种谔为鄜延钤辖，知青涧城，命诸将皆受谔节制，番兵多怨望。绛与谔谋取横山，安抚使郭逵道："谔一狂生，怎知军务？朝廷徒以种氏家世，赐荫子孙，若加重用，必误国事。"绛甚不喜然。适陈升之因母丧去位，两个同平章事去了一双(一即曾公亮)。神宗擢用两人做了接替，一个便是王安石，一个偏轮着韩绛。安石为首相，即就此带叙。绛在军中，有诏遥授为同平章事。绛兴高采烈，即勒郭逵牵掣军情。逵奉敕召还，谔遂率兵二万人，袭破罗兀，筑城拒守，进驻永乐川、赏逮岭二寨。又分遣都监赵璞、燕达等，修葺抚宁故城，及分荒惟三泉、吐浑川、开光岭、葭芦川四寨，相去各四十余里。韩绛方保荐种谔，盛叙功绩，不意夏人已入顺宁寨，进围抚宁。是时边将折继世、高永能等方驻兵细浮屠，去抚宁不过数里。罗兀城兵势尚厚，且有赵璞、燕达等防守抚宁。谔在绥德闻报，惊惶得了不得，拟作书召回燕达，偏偏口不应心，提起了笔，那笔尖儿好似作怪，竟管颤动，不能成字。适运判李南公在旁，看他这般情形，不禁好笑，他却掷笔旁顾道："什么好？什么好？"说了两个"好"字，竟眼泪鼻涕，一齐流将出来。穷形尽相。南公劝解道："大不了的弃掉罗兀城，何必害怕哩？"谔一言不发，尚是涕泪不已。及南公趋退，那警报杂沓进来，所有新筑诸堡，陆续被陷，将士战殁千余人。谔束手无策，绛亦无可隐讳，只得上书劾谔，且自请惩处。有诏弃罗兀城，贬谔为汝州团练副使，安置潭州。绛亦坐罢，徙知邓州。夏人既得罗兀城，却也收兵退去。

惟王安石转得独相，把揽大权。新任参政冯京、王珪。珪曲事安石，仿佛王氏家奴，京虽稍稍腹诽，但也未敢直言。翰林学士司马光、范镇，依次罢去。神宗新策贤良方正，太原判官吕陶、台州司户参军孔文仲，对策直言，已登上第，为安石所阻，饬孔文仲仍还故官，吕陶亦止授通判蜀州。于是保甲法、免役法，次第举行，并改诸路戍法，更定科举法，朝三暮四，任意更张。小子于保甲、免役诸法，已在上文约略说明，所有更戍法系太祖旧制，太祖惩藩镇旧弊，用赵普策，分立四军，京师卫卒称禁军，诸州镇兵称厢军，在乡防守称乡军，保卫边塞称藩军。禁军更番戍边，厢军亦互相调换，兵无常帅，帅无常师，所以叫作更戍。时议以兵将不相识，缓急无所恃，不如部分诸路将兵，总隶禁旅，使兵将相习，有训练的好处，无番戍的烦劳。安石称为良策，乃改订兵制，分置诸路将副。京畿、河北、京东西路，置三十七将，陕西五路，置四十二将，每将麾下各有部队将训练官等数十人，与诸路旧有总管钤辖都监监押等。设官重复，虚糜廪禄，并且饮食嬉游，养成骄惰，是真所谓弄巧反拙了。

宋初取士，多仍唐旧，进士一科，限年考试，所试科目，即诗赋杂文及帖经墨义等条。仁宗时，从范仲淹言，有心复古，广兴学校，科举须先试策论，次试诗赋，除去帖经墨义。及仲淹既去，仍复旧制。安石当国，欲将科举革除，一意兴学，当由神宗饬令会议。苏轼谓："仁宗立学，徒存虚名，科举未尝无才，不必变更。"神宗颇以为然。安石以科法未善，定欲更张。当由辅臣互为调停，以经义论策取士，罢诗赋、帖经、墨义。后来更立太学生三舍法，注重经学。安石且作《三经新义》，注释《诗》《书》《周礼》，颁行学官，无论学校科举，只准用王氏《新义》，所有先儒传注，概行废置。安石的势力，总算膨胀得很呢(这两条不第解释新法，即宋初成制，亦借此叙明)。苏轼见安石专断，甚觉不平，尝因试进士发策，拟题命试，题目是：晋武平吴，独断而克，苻坚代晋，独断而亡，齐桓专任管仲而霸，燕哙专任子之而败，事同功异为问。这是明明借题发挥，讥讽安石。安石遂挟嫌生衅，奏调轼为开封府推官，轼决断精敏，声闻益著，再上疏指斥新法，略云：

臣之所欲言者，三言而已：愿陛下结人心，厚风俗，存纪纲。人主所恃者，人心也。自古及今，未有和易同众而不安，刚果自用而不危者。祖宗以来，治财用者不过三司。今陛下又创制置三司条例司，使六七少年，日夜讲求于内，使者四十余辈，分行营干于外。以万乘之主而言利，以天子之宰而治财，君臣宵旰，几有年矣，而富国之功，茫如捕风。徒闻内帑出数百万缗，祠部度五千余人耳。以此为术，人皆知其难也。汴水浊流，自生民以来，不以种稻，今欲陂而清之，万顷之稻，必用千顷之陂，一岁一淤，三岁而满矣。陛下使相视地形所在，凿空访寻水利，堤防一开，水失故道，虽食议者之肉，何补于民？自古役人，必用乡户，徒闻江、浙之间，数郡雇役，而欲措之天下，自杨炎为两税，租调与庸，既兼之矣，奈何复欲取庸？青苗放钱，自昔有禁，今陛下始立成法，每岁常行，虽云不许抑配，而数世之后，暴官污吏，陛下能保之乎？昔汉武以财力匮竭，用桑弘羊之说，买贱卖贵，谓之均输，于是商贾不行，盗贼滋炽，几至于乱，臣愿陛下结人心者此也。国家之所以存亡者，在道德之浅深，不在乎强与弱。时数之所以长短者，在风俗之厚薄，不在乎富与贫。臣愿陛下务崇道德而厚风俗，不愿陛下急于有功而贪富强。仁宗持法至宽，用人有序，专务掩覆过失，未尝轻改旧章，考其成功，则曰未至，言乎用兵，则十出而九败，言乎府库，则仅足而无余。徒以德泽在人，风俗向义，故升遐之日，天下归仁。议者见其末年，吏多因循，事多不振，乃欲矫之以苛察，济之以智能，招来新进勇锐之人，以图一切速成之效，未享其利，浇风已成，欲望风俗之厚，岂可得哉？臣愿陛下厚风俗者此也。祖宗委任台谏，未尝罪一言者，纵有薄责，旋即超升，许以风闻而无官长，言及乘舆，则天子改容，事关廊庙，则宰相待罪，台谏固未必皆贤，所言亦未必皆是。然须养其锐气，而借之重权者，将以折奸臣之萌也。臣闻长老之谈，皆谓台谏所言，常随天下公议，今者物议沸腾，怨交至，公议所在，亦知之矣。臣恐自兹以往，习惯成风，尽为执政私人，以致人主孤立，纲纪一废，何事不生？臣愿陛下存纲纪者此也。事关重大，用敢直言，伏乞陛下裁察！

这疏一上，安石愈加愤怒，使御史谢景温妄奏轼罪，穷治无所得，方才寝议。轼乞请外调，因即命他通判杭州。

轼字子瞻，眉山人。父洵，尝游学四方，母程氏亲授诗书，及弱冠，博通经史，善属文，下笔辄数千言。仁宗嘉祐二年，就试礼部，主司欧阳修得轼文，拟擢居冠军，嗣恐由门客曾巩所为，但置第二，复以春秋对义列第一。嗣入直史馆，为安石所忌，迁授判官告院。至是又徙判杭州。杭城外有西湖，山水秀丽，冠绝东南，轼办公有暇，即至湖上游览，所有感慨，悉托诸吟咏，一时文士多从之游。又仿唐时白居易遗规，浚湖除葑，在湖中筑土成堤，植桃与柳，点缀景色。后人以白居易所筑的堤称为白堤，苏轼所筑的堤称为苏堤。相传苏轼有妹名小妹，亦能诗。适文士秦观，字少游，与轼唱和最多。轼又与佛印作方外交，与琴操作平康友，闲游湖上，诗酒联欢，这恐是附会荒唐，不足凭信。轼有弟名辙，与兄同登进士科，亦工诗文，曾任三司条例司检详，以忤安石意被黜，事见上文。小妹不见史乘，秦观曾任学士，与轼为友。佛

印、琴操,稗乘中间有记载,小子也无暇详考了。尝有一诗咏两苏云:

　　蜀地挺生大小苏(后人称轼为大苏,辙为小苏),

　　才名卓绝冠皇都。

　　昭陵试策曾称赏,

　　可奈时艰屈相儒。(仁宗初,读两苏制策,退而喜曰:"朕为子孙得两宰相。")

苏轼外调,安石又少一对头,越好横行无忌了。本回就此结束,下回再行续详。

　　本回以程疏起手,以苏疏结局,前后呼应,自成章法。中叙宋、夏交涉一段,启衅失律,仍自王安石致之。有安石之称许王韶,乃有韩绛之误用种谔。韶议虽非不可行,然无故开衅,曲在宋廷。绛、谔坐罪,而安石逍遥法外,反得独揽政权,神宗岂真愚且蠢者?殆以好大喜功,堕安石揣摩之术耳。程颢为道学大家,以言不见用而求去,苏轼为文学大家,以言反遭忌而外调,特录两疏,与上回之韩疏相映,盖重其人乃重其文;笔下固自有斟酌也。

第三十九回　借父威竖子成名　逞兵谋番渠被虏

却说苏轼外徙以后，又罢知开封府韩维及知蔡州欧阳修，并因富弼阻止青苗，谪判汝州。王安石意犹未尽，比弼为鲧与共工，请加重谴。居然自命禹、皋。还是神宗顾念老成，不忍加罪。安石因宁州通判邓绾贻书称颂，极力贡谀，遂荐为谏官。绾籍隶成都，同乡人留宦京师，都笑绾骂绾。绾且怡然自得道："笑骂由他笑骂，好官总是我做了。"为此一念，误尽世人。绾既为御史，复兼司农事，与曾布表里为奸，力助安石，安石势焰益横。御史中丞杨绘奏罢免役法，且请召用吕诲、范镇、欧阳修、富弼、司马光、吕陶等，被出知郑州。监察御史里行刘挚陈免役法有十害，被谪监衡州盐仓。知谏院张璪因安石令驳挚议，不肯从命，亦致落职。又去了三个。

吕诲积忧成疾，上表神宗，略言："臣无宿疾，误被医生用术乖方，浸成风痹，祸延心腹，势将不起。一身不足恤，惟九族无依，死难瞑目"云云，这明明是以疾喻政，劝悟神宗的意思。奈神宗已一成不变，无可挽回。至诲已疾亟，司马光亲往探视，见诲不能言，不禁大恸。诲忽张目顾光道："天下事尚可为，君实勉之！"言讫遂逝。诲，开封人，即故相吕端孙，元祐初，追赠"谏议大夫"。既而欧阳修亦病殁颍州。修四岁丧父，母郑氏画荻授书，一学即能；至弱冠已著文名，举进士，试南宫第一。与当世文士游，有志复古。累知贡举，厘正文体。奉诏修《唐书》纪、志、表，自撰《五代史》，法严词约，多取春秋遗旨。苏轼尝作序云："论大道似韩愈，论事似陆贽，记事似司马迁，诗赋似李白。"时人叹为知言。修本籍庐陵，晚喜颍川风土，遂以为居。初号"醉翁"，后号"六一居士"。殁赠太子太师，谥"文忠"（大忠大奸，必叙履历，其他学术优长，亦必标明，是著书人之微旨）。又死了两个。

安石有子名雱，幼甚聪颖，读书常过目不忘，年方十五六，即著书数万言，举进士，调旌德尉，睥睨自豪，不可一世。居官未几，因俸薄官卑，不屑小就，即辞职告归。家居无事，作策二十余篇，极论天下大事。又作《老子训解》及《佛书义解》，亦数万言。他本倜傥不羁，风流自赏，免不得评花问柳，选色征声，所有秦楼楚馆，诗妓舞娃，无不知为王公子。安石虽有意沽名，侈谈品学，但也不能把雱约束，只好任他自由。况且他才华冠世，议论惊人，就是安石自思，也觉逊他一筹。由爱生宠，由宠生怜，还管他什么浪迹？什么冶游？当安石为参政时，程颢过访，与安石谈论时政，正在互相辩难的时候，忽见雱囚首裸面，手中执一妇人冠，惘然出庭，闻厅中有谈笑声，即大踏步趋将进去。见了程颢，也没有什么礼节，但问安石道："阿父所谈何事？"安石道："正为新法颁行，人多阻挠，所以与程君谈及。"雱睁目大言道："这也何必多议！但将韩绛、富弼两人枭首市曹，不怕新法不行。"其父行劫，其子必且杀人。安石忙接口道："儿说错了。"颢本是个道学先生，瞧着王雱这副形状，已是看不过去，及听了雱语，更觉忍耐不住，便道："方与参政谈论国事，子弟不便参与。"雱闻言，气得面上青筋一齐突出，几欲饱程老拳。还是安石以目相示，方怏怏退出。

到了安石秉国，所用多少年，雱遂语父道："门下士多半弹冠，难道为儿的转不及他吗？"安石道："你只知其一，不知其二，执政子不能预选馆职，这是本朝定例，不便擅改哩。"你尚知守法吗？雱笑道："馆选不可为，经筵独不可预吗？"安石被他一诘，半晌才说道："朝臣方谓我多用私人，若你又入值经筵，恐益滋物议了。"你尚知顾名吗？雱又道："阿父这般顾忌，所以新法不能遽行。"安石又踌躇多时，方道："你所做的策议及《老子训解》，都藏着否？"雱应道："都尚藏着。"安石道："你去取了出来，我有用处。"雱遂至中书室中取出藏稿，携呈安石。安石叫过家人，令付手民镂版，印刷成书，廉价出售。未免损价。都下相率购诵，辗转间流入大内，连神宗亦得瞧着，颇为叹赏。邓绾、曾布正想讨好安石，遂乘机力荐，说雱如何大才，如何积学，差不多是当代英豪，一时无两。于是神宗召雱入见，雱奏对时，无非说是力行新法，渐致富强。神宗自然合意，遂授太子中允及崇政殿说书。雱生平崇拜商鞅，尝谓不诛异议，法不得行，至是入侍讲筵，往往附会经说，引申臆见，神宗益为所惑，竟创置京城逻卒，遇有谤议时政，不问贵贱，一律拘禁。都入见此禁令，更敢怒不敢言。

安石遂请行市易法，委任户部判官吕嘉问为提举。家贼变为国贼。继行保马法，令曾布妥定条规，遍行诸路。又继行方田法，自京东路开办，逐渐推行。用巨野县尉王曼为指教官。枢密使文彦博、副使吴充，上言保马法不便施行，均未见从。枢密都承旨李评，又诋毁免役法，并奏罢阁门官吏，安石说他擅作威福，必欲加罪。神宗虽然照允，许久不见诏命。且因利州判官鲜于侁，上书指陈时事，隐斥安石，神宗竟擢他为转运副使。安石入问神宗，神宗言：“侁长文学，所以超迁。”并出原奏相示。安石不敢再言。利州不请青苗钱，安石遣吏诘责，侁复称：“民不愿借，如何强贷？”安石无法，遂想出一个辞职的法儿，面奏神宗，情愿外调。好似妓女常态。神宗道：“自古君臣，如卿与朕，相知极少，朕本鄙钝，素乏知识，自卿入翰林，始闻道德学术，心稍开悟。天下事方有头绪，卿奈何言去？”安石仍然固辞。神宗又道：“卿得毋为李评事，与朕有嫌？朕自知制诰知卿，属卿天下事，如吕诲比卿为少正卯、卢杞，朕且不信，此外尚有何人，敢来惑朕？”安石乃退。次日，又赍表入请，神宗未曾展览，即将原表交还，固令就职。安石才照常视事；乃创议开边，三路并进。一路是招讨峒蛮，命中书检正官章惇为湖北察访使，经制蛮方。一路是招讨泸夷，命戎州通判熊本为梓夔察访使，措置夷事。一路便是洮河安抚使王韶，招讨西羌，进兵吐蕃诸部落。这三路中惟羌人狡悍，不易收服，所有蛮、夷两路，没甚厉害，官兵一至，当即敛迹。安石遂据为己功，仿佛是内安外攘，手造升平，这也足令人发噱呢。

小子逐路叙明，先易后难，请看官查阅！西南多山，土民杂处，历代视为化外，呼做蛮、夷，不置官吏。惟令各处酋长、部勒土人，使自镇抚。宋初，辰州人秦再雄武健多谋，为蛮人所畏服。太祖召至阙下，面加慰谕，命为辰州刺史，赐予甚厚，使自辟吏属，给一州租赋。再雄感恩图报，派选亲校二十人，分使诸蛮，招降各部，数千里无边患。嗣后各州虽稍有未靖，不久即平。仁宗时，溪州刺史彭仕羲自号如意大王，纠众作乱，经官军入讨，仕羲遁去（见三十四回）。宋廷遣吏传谕，许他改过自归，仕羲乃出降，仍奉职贡，嗣为子师彩所弑。师彩兄师晏攻杀师彩，献纳誓表。神宗乃命师晏袭职，管领州事。蛮众列居，向分南北江，北江有土州二十，俱属彭氏管辖，南江有三族，舒氏、田氏各领四州，向氏领五洲，皆受宋命。既而峡州峒酋舒光秀刻剥无度，部众不服，湖北提点刑狱赵鼎据实上闻，辰州布衣张翘又献策宋廷，言诸蛮自相仇杀，可乘势剿抚，夷为郡县。宋廷遂遣章惇为湖北察访使，经制南北。章惇既至湖北，先招纳彭师晏，遣诣阙下，授礼宾副使，兼京东州都监，北江遂定。再由惇劝谕南江各族，向永晤奉表归顺，献还前朝所赐剑印。舒光秀、光银等亦降，独田元猛自恃骁勇，不肯从命。惇率轻兵进讨，攻破元猛，夺踞懿州。南江州峒闻风而下，遂改置沅州，即以懿州新城为治所。尚有梅山峒蛮苏氏及诚州峒蛮杨氏，亦相继纳土。惇创立城寨，于梅山置安化县，隶属邵州。又以诚州属辰州，寻又改称靖州，蛮人平服，章惇还朝。一路了。

再说泸夷在西南徼外，地近泸水，置有泸州，因名泸夷。仁宗初年，夷酋乌蛮王得盖，居泸水旁，部族最盛。附近有姚州城，废置已久，得盖奉表宋廷，乞仍赐州名，辑抚部落，效顺天朝。仁宗准奏，仍建姚州，授得盖刺史，铸印赐给。得盖死后，子孙私号“罗氏鬼主”。但势日衰弱，不能驭诸族。乌蛮有二酋，一名晏子，一名箇恕，素属得盖孙仆夜管辖。仆夜号令不行，二酋遂纠众思逞，擅劫晏州山外六姓及纳溪二十四姓生夷，归他役属。六姓夷遂受二酋嗾使，入扰宋边。戎州通判熊本，素守边郡，熟识夷情，因受命为察访使，得便宜行事。本知夷人内扰，多恃村豪为向导，遂用金帛诱致村豪百余人，到了泸川，一并斩首，当下悬竿徇众，各姓股栗，愿效死赎罪。独柯阴一酋不至，本遣都监王宣，招集晏州降众及黔州义军，授以强弓毒矢，进击柯阴。柯阴酋居然迎敌，哪禁得弩弓迭发，一经着体，立即仆地，夷众大溃。王宣追至柯阴,其酋无法可施,只得降顺马前。宣报知熊本,本驰至受俘,尽籍丁口土田及重宝善马,悉数归官。晏子、簹恕闻官军这般厉害,哪里还敢倔强?当下遣人犒师,并悔过谢罪。罗氏鬼主仆夜本是个没用人物,当然拜表归诚。于是山前后十郡诸夷,皆愿世为汉官。本一一奏闻,乃命仆夜知姚州,簹恕知徕州,晏子未受王命,已经身死,子名沙取禄路,亦得受官巡检。泸夷亦平,本还都。神宗嘉他不伤财、不害民,擢为集贤殿修撰,赐三品冠服。嗣又出讨渝州獠,破叛酋木斗,收溱州地五百里,创置南平军,本奏凯班师,入为知制诰,蛮、夷均皆就范围了。两路了。

惟王韶既收降俞龙珂,且为龙珂请赐姓氏,龙珂自言中国有包中丞,忠清无比,愿附姓为荣。神宗乃赐姓包氏,易名为顺(应前回)。包顺导韶深入,韶遂与都监张守约,就古渭寨驻戍,定名通远军,作为根本。然后西向进兵,入图武胜。蕃酋抹耳(一译作穆尔)、水巴(一译作舒克巴)等据险来争。韶躬环甲胄,督兵迎战,大破羌众,斩首数百级,焚庐帐数座。唃厮罗长孙木征来援抹耳,又被击退。看官!欲知木征的来历,还须约略表明。唃厮罗初娶李氏,生瞎毡(一译作瞎毡)

及磨毡角,又娶乔氏,生董毡,乔氏有姿色,大得唃宠,遂将李氏斥逐为尼,并李氏所生二子尽锢置廓州。二子不服,潜结母党李巴全,窃母奔宗哥城(一译作宗噶尔)。磨毡角抚有城众,就此居住。瞎毡别居龛谷。于是唃氏土地分作三部,唃厮罗死后,妻乔氏与子董毡居历精城,有众六、七万,号令严明,人不敢犯。既受宋封,尚称恭顺(见前回)。惟磨毡角与瞎毡相继病死。磨毡角子瞎撤欺丁,孤弱不能守,仍归属董毡部下。瞎毡有子二,长名木征,次名瞎吴叱(一译作瞎乌尔戬)。木征居河州,瞎吴叱居银川,木征恐董毡往讨,曾乞内附,至是因宋军入境,同族乞援,乃率众反抗王韶。偏被韶军击败,退守巩令城。当遣别酋瞎药(一译作恰约克)助守武胜,哪知韶军已长驱捣入,瞎药抵挡不住,只好弃城遁走。武胜遂为韶有,因择要筑城,建为镇洮军,一面连章报捷。朝议创置熙河路,即升镇洮军为熙州,授韶经略安抚使,兼知熙州事及通远军;并领河、洮、岷三州。时三州实未规复,由韶遣僧智圆潜往河州,赍金招诱,自率轻骑尾随。适瞎药败还河州,与智圆晤谈,得了若干金银,即愿归顺。待韶军已至,导入河州,杀死老弱数千名,连木征妻子,尽被擒住。木征在外未归,那巢穴已被捣破了。韶复进攻洮、岷,木征还据河州,韶又回军击走木征,河州复定。岷州首领木令征闻风献城,洮州亦降。还有宕、叠二州,均来归附,总计韶军行五十四日,涉千八百里,得州五,斩首数千级,获牛羊马万余头,捷书上达,神宗御紫宸殿受贺,解佩带赐王安石,进韶左谏议大夫,兼端明殿学士。

韶乃留部将分守,自率军入朝,不意韶甫还都,边警随至,知河州景思立竟战死踏白城。羌人多诈,宋将枉死。原来木征虽已败窜,心总未死,复诱合董毡别将青宜结(一译作青伊克结)、鬼章(一译作果庄)等,入扰河州。景思立麾军出战,羌众佯败,追至踏白城,遇伏而亡。木征势焰复张,进寇岷州。刺史高遵裕,令包顺往击,战退木征。木征又转围河州。是时王韶已奉诏还镇,行至兴平,闻河州被围,亟与按视鄜延军官李宪,日夜奔驰,直抵熙州,选兵得二万人,令进趋定羌城。诸将入禀道:"河州围急,宜速往救,奈何不趋河州,反往定羌城?"韶慨然道:"你等怎知军谋?木征敢围河州,无非恃有外援,我先攻他所恃,河州自然解围了。"却是妙计。乃引兵至定羌城,破西蕃,结河川族,断夏国通路,进临宁河,分命偏将入南山,截木征后路。木征果然解围,退保踏白城。韶军已绕出城后,出其不意,突入羌营,焚帐八十,斩首七千。木征无路可归,没奈何带领酋长八十余人,诣军门乞降。韶即遣李宪押送木征，驰入京师，正是：

　　欲建战功因略远，

　　幸操胜算得擒渠。

未知木征能否免死，容待下回说明。

　　既有王安石之立异沽名，复有王雱之矜才傲物，非是父不生是子，幸其后短命死耳。否则误国之祸，不且较乃父为尤烈耶？史称安石之力行新法，多自雱导成之，是误神宗者安石，误安石者即其子雱。本回特别表出，志祸源也。王韶创议平戎，而章惇、熊本相继出使，虽抚峒蛮，平泸夷，诸羌亦畏威乞降，渠魁如木征，且槛致阙下，然亦思劳师几何？费饷几何？捷书屡上，而仅得荒僻之地若干里，果何用乎？功不补患，胜益长骄，谁阶之厉？韶实尸之！故本回以章惇、熊本为宾，而以王韶为主，语有详略，意寓抑扬，若王安石则尤为主中之主者，叙笔固亦不肯放松也。

第四十回

流民图为国请命
分水岭割地界辽

却说王韶受木征降，仍将木征解京，朝右称为奇捷，相率庆贺。丑态如绘。先是景思立战死，羌势复炽，朝议欲仍弃熙河，神宗亦为之旰食，屡下诏戒韶持重。韶竟轻师西进，卒俘木征。那时神宗喜出望外，御殿受俘，特别加恩，命木征为营州团练使，赐姓名赵思忠，授韶观文殿学士，兼礼部侍郎。未几，又召为枢密副使，总算是破格酬庸，如韶所愿了。句中有刺。安石本主张韶议，得此边功，自然意气扬扬，诩为有识。会少华山崩，文彦博谓为民怨所致，安石大加反对，彦博遂决意求去，乃出为河东节度使，判河阳，寻徙大名府。安石复用选人李公义及内侍黄怀信言，造成一种濬川把，说是濬河利器。看官道是什么良法？他是用巨木八尺为柄，下用铁齿，约长二尺，形似把状，用石压下，两旁系大船，各用滑车绞木，谓可扫荡泥沙，哪知水深处把不及底，仍归无益，水浅处齿碍沙泥，初时尚觉活动，后被沙泥淤住，用力猛曳，齿反向上。这种器具，有什么用处？安石偏视为奇巧，竟赏怀信，官公义，将把法颁下大名。文彦博奏言把法无用，安石又说他阻挠，令虞部郎范子渊为濬河提举，置司督办，公义为副。子渊是个篾片朋友，专会敲顺风锣，只说把法可行，也不管成功不成功，乐得领帑取俸，河上逍遥。目前之计，无过于此。

提举市易司吕嘉问复请收免行钱，令京师百货行，各纳岁赋。又因铜禁已弛，奸民常销钱为器，以致制钱日耗。安石创行折二钱用一当二，颁行诸路。嗣是罔利愈甚，民怨愈深。熙宁六年孟秋至八年孟夏，天久不雨，赤地千里，神宗忧虑得很，终日咨嗟，宫廷内外，免不得归咎新法。惹得神宗意动，亦欲将新法罢黜。安石闻得此信，忙入奏道："水旱常数，尧汤时尚且不免，陛下即位以来，累年丰稔，至今始数月不雨，当没有什么大害。如果欲默迓天庥，也不过略修人事罢了。"神宗蹙然道："朕正恐人事未修，所以忧虑，今取免行钱太重。人情恣怨，自近臣以及后族，无不说是弊政，看来不如罢免为是。"参政冯京时亦在侧，便应声道："臣亦闻有怨声。"安石不俟说毕，即愤愤道："士大夫不得逞志，所以訾议新法。冯京独闻怨言，便是与若辈交通往来，否则臣亦有耳目，为什么未曾闻知呢？"看这数句话，安石实是奸人。神宗默然，竟起身入内。安石及京，各挟恨而退。未几，即有诏旨传出，广求直言，诏中痛自责己，语极恳切，相传系翰林学士韩维手笔。神宗正在怀忧，忽由银台司呈上急奏，当即披阅，内系监安上门郑侠奏章，不知为着何事，忙将前后文略去，但阅视要语道：

去年大蝗，秋冬亢旱，麦苗焦搞，五种不入，群情惧死，方春斩伐，竭泽而渔，草木鱼鳖，亦莫生遂，灾患之来，莫之或御。愿陛下开仓廪，赈贫乏，取有司掊克不道之政，一切罢去，冀下召和气，上应天心，延万姓垂死之命。今台谏充位，左右辅弼，又皆贪狠近利，使夫抱道怀识之士，皆不欲与之言。陛下以爵禄名器，驾驭天下忠贤，而使人如此，甚非宗庙社稷之福也。窃闻南征北伐者，皆以其胜捷之势，山川之形，为图来献，料无一人以天下之民，质妻鬻子，斩桑坏舍，遑遑不给之状上闻者？臣仅以逐日所见，绘成一图，但经眼目，已可涕泣，而况有甚于此者乎？如陛下行臣之言，十日不雨，即乞斩臣宣德门外，以正欺君之罪。

神宗览到此处，即将附呈的图画展开一阅，但见图中绘著，统是流民惨状，有的号寒，有的啼饥，有的嚼草根，有的茹木实，有的卖儿，有的鬻女，有的尪瘠不堪，还是身带锁械，有的支撑不住，已经奄毙道旁；另有一班悍吏，尚且怒目相视，状甚凶暴，可怜这班垂死人民，都觉愁眉双锁，泣涕涟涟。极力写照。神宗瞧了这幅，又瞧那幅，反复谛视，禁不住悲惨起来；当下长叹数声，袖图入内，是夜辗转吁嗟，竟不成寐。翌日临朝，特颁谕旨，命开封府酌收免行钱，三司察市易，司农发常平仓，三卫裁减熙河兵额，诸州体恤民艰，青苗免役，权息追呼，方田保甲，并行罢免。共计有十八事，中外欢呼，互相庆贺。

那上天恰也奇怪，居然兴云作雾，蔽日生风，霎时间电光闪闪，雷声隆隆，大雨倾盆而下，把自秋至夏的干涸气尽行涤尽，淋漓了一昼夜，顿觉川渠皆满，碧浪浮天。辅臣等乘势贡谀，联翩入贺，神宗道：“卿等知此雨由来否？”大家齐声道：“这是陛下盛德格天，所以降此时雨。”越会贡谀，越觉露丑。神宗道：“朕不敢当此语。”说至此，便从袖中取出一图，递示群臣道：“这是郑侠所上的流民图，民苦如此，哪得不干天怒？朕暂罢新法，即得甘霖，可见这新法是不宜行呢。”安石忿不可遏，竟抗声道：“郑侠欺君罔上，妄献此图，臣只闻新法行后，人民称便，哪有这种流离惨状呢？”门下都是媚子，哪里得闻怨声？神宗道：“卿且去察访底细，再行核议！”安石怏怏退出，因上章求去，疏入不报。嗣是群奸切齿，交嫉郑侠，遂怂恿御史，治他擅发马递罪。侠，福清人，登进士第，曾任光州司法参军，所有谳案，安石悉如所请。侠感为知己，极思报效。会秩满入都，适新法盛行，乃进谒安石，拟欲谏阻。安石询以所闻，侠答道：“青苗、免役、保甲、市易数事，与边鄙用兵，愚见却未以为然呢。”安石不答。侠退不复见，但尝贻安石书，屡言新法病民。安石本欲辟为检讨，因侠一再反对，乃使监安上门。侠见天气亢旱，百姓遭灾，遂绘图加奏，投诣阁门，偏被拒绝不纳；乃托言密急，发马递呈入银台司。向例密报不经阁中，得由银台司直达，所以侠上流民图，辅臣无一得闻。及神宗颁示出来，方才知晓。详叙原委，不没忠臣。大众遂设法构陷，当将擅发马递的罪名，付御史谳治。御史两面顾到，但照章记过罢了。

吕惠卿、邓绾复入白神宗，请仍行新法。神宗沉吟未答，惠卿道：“陛下近数年来，废寝忘食，成此美政，天下方讴歌帝泽，一旦信狂夫言，罢废殆尽，岂不可惜。”言已，涕泣不止。邓绾亦陪着下泪。小人女子，同一丑态。神宗又不禁软下心肠，顿时俯允，两人领旨而出，复扬眉吐气，饬内外仍行新法，于是苛虐如故，怨恣亦如故。太皇太后曹氏也有所闻，尝因神宗入问起居，乘间与语道：“祖宗法度，不宜轻改，从前先帝在日，我有闻必告，先帝无不察行，今亦当效法先帝，方免祸乱。”神宗道：“现在没有他事。”太皇太后道：“青苗、免役各法，民间很是痛苦，何不一并罢黜？”神宗道：“这是利民，并非苦民。”太皇太后道：“恐未必然。我闻各种新法作自安石，安石虽有才学，但违民行政，终致民怨，如果爱惜安石，不如暂令外调，较可保全。”神宗道：“群臣中惟安石一人，能任国事，不应令去。”太皇太后尚思驳斥，忽有一人进来道：“太皇太后的慈训，确是至言，皇上不可不思！”神宗正在懊恼，听了这语，连忙回顾，来人非别，乃是胞弟昌王颢，当下勃然怒道：“是我败坏国事吗？他日待汝自为，可好否？”为了安石一人，几至神宗不孝不友，安石焉得无罪？颢不禁涕泣道：“国事不妨共议，颢并不有什么异心，何至猜嫌若此？”太皇太后也为不欢，神宗自去。过了数日，神宗又复入谒，太皇太后竟流涕道：“王安石必乱天下，奈何？”神宗方道：“且俟择人代相，把他外调便了。”安石自郑侠上疏，已求去位，及闻知这个风声，乞退愈力。神宗令荐贤自代，安石举了两人，一个就是前相韩绛，一个乃是曲意迎合的吕惠卿。荆公夹袋中，只有此等人物。神宗乃令安石出知江宁府，命韩绛同平章事，吕惠卿参知政事。韩、吕两人感安石恩，自然确守王氏法度，不敢少违，时人号绛为传法沙门，惠卿为护法善神。

三司使曾布与惠卿有隙，又因提举市易司吕嘉问，恃势上陵，遂奏言：“市易病民，嘉问更贩盐鬻帛，贻笑大方。”神宗览疏未决，惠卿即劾布阻挠新法。于是布与嘉问各迁调出外。惠卿又用弟和卿计策，创行手实法，令民间田亩物宅，资货畜产，据实估价，酌量抽税，隐匿有罚，讦告有赏。那时民家寸椽尺土，都应输资，就是鸡豚牛羊，亦须出税，百姓更苦不胜言了。郑侠见国事日非，辅臣益坏，更激动一腔忠愤，取唐朝宰相数人，分为两编，如魏征、姚崇、宋璟等，称为正直君子，李林甫、卢杞等，号为邪曲小人；又以冯京比君子，吕惠卿比小人，援古证今，汇呈进去。看官！你想惠卿得此消息，如何不忿？遂劾侠讪谤朝廷，以大不敬论。御史张璟时已复职，竟承惠卿旨，也劾京与侠交通有迹。不附安石，即附惠卿，想因前时落职，连气节都吓去了。侠因此得罪，被窜英州，京亦罢去参政，出知亳州。安石弟安国任秘阁校理，素与乃兄意见不合，且指惠卿为佞人，此次亦坐与侠交，放归田里。安国不愧司马牛。

惠卿黜退冯京、郑侠等，气焰越盛，索性横行无忌，连那恩师王安石，亦欲设法陷害，挤入阱中。居然欲学逢蒙。会蜀人李士宁自言知人休咎，且与安石有旧交，惠卿竟欲借此兴狱，亏得韩绛暗祖安石，从中阻挠；至士宁杖流永州，连坐颇众，绛恐惠卿先发制人，亟密白神宗，复用安石。神宗恰也纪念起来，即召安石入朝。安石奉命，倍道前进，七日即至，进谒神宗，复命为同平章事。御史蔡承禧即上论惠卿欺君玩法，立党肆奸，中丞邓绾亦言惠卿过恶，安石子雱又深憾惠卿，三路夹攻，即将惠卿出知陈州。三司使章惇也为邓绾所劾，说与惠卿同恶相济，出知潮州，反复无常，险哉小人！韩绛本密荐安石，嗣因议事未合，也托疾求去，出知许州，安石复大权独揽了。

是时契丹主宗真早殁，庙号"兴宗"，子洪基嗣立（系仁宗至和二年事，此处乃是补叙），复改国号，仍称为辽（此后亦依史称辽），与宋朝通好如前。神宗熙宁七年，遣使萧禧至宋，请重订边界。神宗乃遣太常少卿刘忱等偕行，与辽枢密副使萧素，会议代州境上，彼此勘地，争论未决。看官！试想辽、宋已交好有年，画疆自守，并无龃龉，此番偏来议疆事，显见是借端生衅，乘间侵占的狡谋。一语断尽。辽使萧禧来京，谓宋、辽分界，应在蔚、朔、应三州间，分水岭土垄为界，且诘宋增寨河东，侵入辽界。及刘忱往勘，并无土垄，萧素又坚称分水岭为界。凡山统有分水，萧素此言，明明是含糊影射，得错便错，刘忱当然与辩，至再至三，萧素仍执己意，不肯通融。辽人已经如此，无怪近今泰西各国。忱奏报宋廷，神宗令枢密院详议，且手诏判相州韩琦、司空富弼、判河南府文彦博、判永兴军曾公亮，核议以闻。韩琦首先上表，略云：

臣观近年朝廷举事，似不以大敌为恤，彼见形生疑，必谓我有图复燕南之意，故引先发制人之说，造为衅端。臣尝窃计，始为陛下谋者，必曰治国之本，当先聚财积谷，募兵于农，庶可鞭笞四夷，复唐故疆，故散青苗钱，设免役法，置市易务，新制日下，更改无常，而监司督责，以刻为明，今农怨于畎亩，商叹于道路，长吏不安其职，陛下不尽知也。夫欲攘斥四夷，以兴太平，而先使邦本困摇，众心离怨，此则为陛下始谋者大误也。臣今为陛下计，具言向来兴作，乃修备之常，岂有他意？疆土素定，悉如旧境，不可持此造端，以隳累世之好。且将可疑之形，因而罢去。益养民爱力，选贤任能，疏远奸谈，进用忠鲠，使天下悦服，边备日充，若其果自败盟，则可一振威武，恢复故疆，摅累朝之宿忿矣。谨具议上闻！

富弼、文彦博、曾公亮亦先后上书，大致与韩琦略同，神宗不能遽决。那辽主复遣萧禧来，致国书，只说是忱等迁延，另乞派员会议。神宗再命天章阁待制韩缜与萧禧叙谈，两下仍各执一词，毫无结果。禧且留馆不去，自言必得所请，方可回国。宋廷不便驱逐，乃先遣知制诰沈括报聘。括至枢密院，查阅故牍，得前时所议疆地书，远不相符，即奏称："宋、辽分境，本以古长城为界，今所争在黄嵬山，相差三十余里，如何可让？"神宗也不觉叹息道："大臣不考本末，几误国事。"遂赐括白金千两，令即启行。括至辽都，辽相杨遵勖与议至六次，括终不屈。遵勖道："区区数里，不忍畀我，莫非自愿绝好吗？"又欲恫吓。括愤然道："师直为壮，曲为老，北朝弃信失好，曲有所归，我朝有什么害处？"因辞辽南归，在途考察山川关塞、风俗民情，绘成一图，返献神宗。

神宗恐疆议未成，意图北伐，王安石谓战备未修，且俟缓举。此外一班辅臣，主战主和，意见不一。神宗入禀太皇太后，太皇太后道："储蓄赐予，已备足否？士卒甲仗，已精利否？"神宗茫然答道："这是容易筹办的。"太皇太后道："先圣有言，吉凶悔吝生乎动，若北伐得胜，不过南面受贺，万一挫失，所伤实多。我想辽果易图，太祖、太宗应早收复，何待今日？"神宗才悟着道："敢不受教！"既退尚有所疑，拟再使问魏国公韩琦。不料琦竟病逝，遗疏到京，乃辍朝发哀，追赠尚书令，予谥"忠献"，配享英宗庙庭。琦字稚圭，相州人，策立二帝，历相三朝，宋廷倚为社稷臣。殁前一夕，大星陨州治，枥马皆惊。及殁，远近震悼（韩魏公身殁，不可不志，故借此叙过）。神宗无可与商，只得再问王安石。安石道："将欲取之，必姑与之，这是老氏遗训，何妨照行。"神宗乃诏令韩缜，允萧禧议，就分水岭为界，计东西丧地七百里，萧禧欣然辞去，小子有诗叹道：

外交原不仗空谈，
我弱人强固未堪。
独怪宋、辽同一辙，
胡为弃地竟心甘？

辽事既了，交趾忽大举入寇，究竟如何启衅，请看官续阅下回。

　　神宗权罢新法，天即大雨，是或会逢其适，非必天心感应，果有若是之神且速者。但如郑侠之上流民图，足为《宋史》中第一忠谏，神宗几被感悟，罢新法至十有八事。古人视君若天，侠其果有回天之力耶？乃稍明复昧，仍汩群阴，安石、惠卿迭为进退，至辽使以勘界为名，借端索地，廷议不一，而安石却援欲取姑与之说，荧惑主听，卒至东西丧地七百里，试问终宋之世，能取偿尺寸否耶？后人称安石为政治家，吾正索解无从矣。

第四十一回　奉使命率军征交趾　蒙慈恩减罪谪黄州

却说交趾自黎桓篡国，翦灭丁氏世祚，宋廷不遑讨罪，竟将错便错，封桓为交趾郡王（应第十五回）。桓死，子龙钺嗣，龙钺弟龙廷，杀兄自立，入贡宋廷，宋仍封他为王，且赐名至忠。不有兄弟，何有君臣？既而交州大校李公蕴又弑了龙廷，遣使入贡，依然受宋封册，嗣复晋封南平王。公蕴传子德政，德政传子日尊，均袭南平王原爵。日尊又传子乾德，神宗封他为郡王，乾德修贡如故。

适章惇收峒蛮，熊本平泸夷，王韶又克河州，边功迭著，恩赏从隆，于是知邕州萧注也艳羡起来，居然欲南平交趾，献策徼功。及神宗召他入问，他又一味支吾，说不出什么方法。徒知迎合，有何良策？偏度支判官沈起大言不惭，竟视南交为囊中物。硬要来出风头。神宗以为有才，便命他出知桂州。起既抵任，遣使入溪峒募集土丁，编为保伍，令出屯广南，派设指挥二十员，分督部众，又在融州强置城寨，杀交人千数。交趾王乾德奉表陈诉，神宗也觉无理可说，只好归咎沈起，把他罢职，另调知处州刘彝，往代起任。彝到桂州，虽奏罢广南屯兵，恰仍遣枪杖手，分成边隙。复听偏校言论，大造戈船，似乎有立平南交的意思。交人入境互市，被他拒绝，又沿途派置巡逻，不准交趾通表，一蟹不如一蟹。于是交人大愤，竟分三道入寇；一自广府，一自钦州，一自昆仑关，连陷钦、濂二州，杀死土丁八千人。宋廷接到边警，把彝除名，并再贬沈起，安置郢州。初则所用非人，致启边衅，继则后先加罚，益张寇焰，是谓一误再误。交人不肯罢手，竟入逼邕州。知州苏缄悉力拒守，一面向各处乞援，哪知附近诸州吏统是一班行尸走肉的人物，袖手旁观，坐听成败，缄虽日夕抵御，究竟寡不敌众，看看粮竭矢穷，料已不能再守，乃命家属三十六人先行自尽，一一埋置坎中，然后纵火自焚。城中兵民感缄忠义，无一降寇，至交人攻入，所有城内五万八千余人，被交人屠戮殆尽。这都是沈、刘二人所害。这一番失败，非同小可，神宗得了消息，不胜惊悼，有诏赠缄奉国节度使，赐谥"忠勇"，授天章阁待制赵卨为招讨使，宦官领嘉州防御使李宪为副，往讨交趾。

卨与宪议事不合，因上言："宪系内侍，不便掌兵，请另行简命！"神宗乃召卨入问道："李宪既不便偕行，由卿另举一人便了。"卨对道："据臣愚见，莫如宣徽使郭逵，他熟识边情，定能胜任。臣才不及逵，伏乞命逵为使。臣愿为副！"颇能让贤。神宗准奏，改易诏命。及郭逵陛辞，请调鄜延、河东旧吏士，随军南下，亦奉谕照允，并赐宴便殿，特给中军旗章剑甲，借示威宠。逵申谢即行，与赵卨一同前往。会交人露布传达汴都，略言："中国遂行新法，大扰民生，因特地出兵，来相救济"等语。王安石见了很是恚怒，至亲草敕牒，极力低斥，且令郭逵檄谕占城、占腊（即真腊国）二国，夹击交州。逵率军行至长沙，依令驰檄，并遣裨将往攻钦廉，自与卨西向进发，将至富良江，接到钦廉捷报，两州已克复了。逵乘势进兵，到了江边，遥见敌舰纷至，帆樯如林，舰中满载兵甲，来势甚锐，倒不禁疑虑起来。当下与赵卨商议道："南蛮狡悍，鼓锐前来，急切难与争锋，看来我军是不能速渡哩，应如何设法，方可破敌？"卨答道："不如先造攻具，毁坏蛮船，再出奇兵逆击，无虑不胜。"逵欣然道："就照此办理罢！请君督行便是。"卨唯唯而出，即分遣将吏，登山伐木，制成机械，运至江滨，用石发机，抛击如雨。蛮船未曾预防，遭此一击，统害得帆折樯摧，七颠八倒。卨已备着大筏，选锐卒万人，乘筏急攻，交人正虑船破，修补不及，怎禁得宋军驶至，乱砍乱剁，霎时间各船大乱，纷纷溃散。伪太子洪真尚拟勒兵截杀，亲登船楼，指挥左右，不料一箭飞来，正中要害，当即堕船毙命。蛇无头不行，兵无主越乱，大家逃命要紧，除晦气的蛮兵杀死溺死，其余都奔回交州去了。

宋军夺住战船数十艘，斩首数千级，各返报军门，献功陈绩。卨一一记录，转达郭逵。逵飞章告捷，又与峣面商道："此次战胜，贼应丧胆，正好乘势入攻，无如我军远来，触犯烟瘴，非死即病，昨由我派吏查核，我军本有八万名，现已死亡逾万，有一半也是病疫，这却如何是好哩？"赵峣道："既如此，且缓渡富良江，就在江北略地，借此示威。若李乾德肯来谢罪，我等就得休便休罢！"遂点首道："我也这般想呢。"乃勒兵不渡，只分兵略定广源州、门州、思浪州、苏茂州及桃榔县。李乾德却也震惧，遣使奉表，诣军门纳款。郭逵、赵峣遂与来使议和，班师还朝。廷臣又相率称贺，神宗谕改广源州为顺州，赦乾德罪，复治沈起、刘彝开衅罪状，安置随、秀二州。讨好反跌一跤，我替二人呼枉。既而乾德遣使来贡，并归所掠兵民，廷议以乾德悔罪投诚，赐还顺州，寻复还他二州六县，交趾算不复叛了。他本无叛意，因激之使成，谁生厉阶，枉死若干兵士？

交事就绪，王安石也即罢相。原来吕惠卿既出知陈州，王雱尚欲倾害，事被惠卿所闻，即上讼安石方命矫令，罔上要君，并及雱构陷情状。神宗取示安石，安石为子辩诬，及退归问雱，雱却并不抵赖，且言必致死惠卿，方能泄恨。顿时父子相争，惹起一场口角。雱盛年负气，郁郁成疾，背上陡生巨疽，竟尔绝命。安石又悲不自胜，屡请解职。御史中丞邓绾恐安石一去，自己失势，力请慰留安石，赐第京师。神宗心滋不悦，转语安石。安石颇揣知上意，即还奏道："绾为国司直，乃为宰臣乞恩，大伤国体，应声罪远斥为是。"神宗遂责绾论事荐人，不循守分，斥知虢州。可为逢迎者鉴。看官！试想邓绾是安石心腹，安石指斥邓绾罪状，明明是尝试神宗，可巧弄假成真，教安石如何过得下去？当下申请辞职，神宗亦即允奏，以使相判江宁府，寻改集禧观使。

安石既退处金陵，往往写"福建子"三字。福建子是指吕惠卿，或竟直言吕惠卿误我。惠卿再评告安石，附陈安石私书，有无使上知及勿令齐年知等语。神宗察知"齐年"二字，系指冯京一人（京与安石同年），自神宗览到此书，方以京为贤，召知枢密院事。复因安石女夫吴充素来中立，不附安石，特擢为同平章事。王珪亦由参政同升。充乃乞召司马光、吕公著、韩维及荐孙觉、李常、程颢等数十人。神宗乃召吕公著知枢密院事，复进程颢判武学。颢自扶沟县入京，任事数日，即由李定何正臣，劾他学术迂阔，趋向僻异，神宗又疑惑起来，竟命颢仍还原官。吕公著上疏谏阻，竟不得请。且擢用御史中丞蔡确为参政，蔡确由安石荐用，得任监察御史，初时很谄事安石，至安石罢相，他即追论安石过失，示不相同，即此一端，已见阴险。并排去知制诰熊本、中丞邓润甫、御史上官均，自己遂得代任御史中丞。神宗反加信任，竟命为参政。士大夫交口叱骂，确反自喜得计。吴充欲稍革新法，他又说是萧规曹随，宜遵前制，因此各种新法，仍旧履行。既论王安石，复劝吴充遵行新法，反复无常，一至于此。

会中丞李定、御史舒亶劾奏知湖州苏轼怨谤君父，交通戚里，有诏逮轼入都，下付台狱。看官道苏轼如何得罪？由小子约略叙明。轼自杭徙徐，自徐徙湖，平居无事，每借着吟咏，讥讽朝政，尝咏青苗云："赢得儿童语音好，一年强半在城中。"咏课吏云："读书万卷不读律，致君尧舜终无术。"咏水利云："东海若知明主意，应教斥卤变桑田。"咏盐禁云："岂是闻韶解忘味，迩来三月食无盐。"数诗传诵一时。李定、舒亶因借端进谗，坐他诽谤不敬的罪名，竟欲置诸死地。适太皇太后不豫，由神宗入问慈安，太皇太后道："苏轼兄弟，初入制科，仁宗皇帝尝欣慰道，吾为子孙得两宰相。今闻逮轼下狱，莫非由仇人中伤吗？且文人咏诗，本是恒情，若必毛举细故，罗织成罪，亦非人君慎狱怜才的道理，应熟察为是。"神宗闻言，总算唯唯受教。及退，复得吴充奏章，为轼力辩，乃不忍加轼死罪，拟从末减。既而同修起居注王安礼，复从旁入谏道："自古以来，宽仁大度的主子，不以言语罪人，轼具有文才，自谓爵禄可以立致，今碌碌如此，不无怨望，所以托为讽咏，自写牢骚，一旦逮狱加罪，恐后世谓陛下不能容才呢！"神宗道："朕固不欲深谴，当为卿贳他罪名。但轼已激成众怒，恐卿为轼辩，他人反欲害卿，愿卿勿漏言，朕即有后命。"生杀大权，操诸君相之手，何惮何忌，乃戒他勿泄耶？同平章事王珪闻神宗有赦轼意，又举轼咏桧诗，有"根到九泉无曲处，世间唯有蛰龙知"二语，遂说他确系不臣，非严谴不足示惩。神宗道："轼自咏桧，何预朕事？卿等勿再吹毛索瘢哩。"文字不谨，祸足杀身，幸神宗尚有一隙之明，轼乃得侥幸不死。舒亶又奏称驸马都尉王诜辈与轼交通声气，居然朋比。还有司马光、张方平、范镇、陈襄、刘挚等，托名老成正士，实与轼等同一举动，隐相联络，均非严惩不可。神宗不从，但谪轼为黄州团练副使，本州安置。轼弟辙及王诜，皆连坐落职。张方平、司马光、范镇等二十二人俱罚铜。

先是轼被逮入都，亲朋皆与轼绝交，未闻过视。至道出广陵，独有知扬州鲜于侁亲自往见。台吏不许通问，侁乃叹息而去。扬州属吏劝侁道："公与轼相知有素，所有往来文字书牍，宜悉毁勿留，否则恐遭延累，后且得罪。"侁慨然道："欺君负友，侁不忍为，若因忠义获谴，后世自有定评，侁亦未尝畏怯呢。"至是侁竟坐贬，黜令主管西京御史台。轼出狱赴黄州，豪旷不异往日，尝手执竹杖，足踏芒鞋，与田父野老优游山水间。且就东坡筑室自居，因自号东坡居士。每有宴集，笑谈不倦，或且醉墨淋漓，随吟随书。人有所乞，绝无吝啬。就是供侍的营妓，索题索书，无不立应，因此文名益盛。神宗以轼多才，拟再起用，终为王珪等所阻。一日视朝，语王珪、蔡确道："国史关系，至为重大，应召苏轼入京，令他纂成，方见润色。"珪答道："轼有重罪，不宜再召。"神宗道："轼不宜召，且用曾巩。"乃命巩充史馆修撰。巩进太祖总论，神宗意尚未惬，遂手诏移轼汝州。诏中有"苏轼黜居思咎，阅岁滋深，人才实难，不忍终弃"等语。轼受诏后，上书自陈贫士饥寒，唯有薄田数亩，坐落常州，乞恩准徙常，赐臣余年云云。神宗即日报可，轼乃至常州居住。这是后话。

且说神宗在位十年，俱号熙宁，至十一年间，改为元丰元年。苏轼被谪，乃是元丰二年间事(补叙岁序)。未几，宫中即遇大丧，太皇太后曹氏升遐而去，有司援刘后故例，拟定尊溢，乃是"慈圣光献"四字。神宗素具孝思，服侍太皇太后，无不曲意承欢，太皇太后亦慈爱性成，闻退朝稍晚，必亲至屏扆间候瞩，或且持膳饷帝，因此始终欢洽，毫无间言。旧例外家男子不得入谒，太皇太后有弟曹佾，曾任同中书门下平章事，神宗常入白太皇太后，可使入见。太皇太后道："我朝家法，怎敢有违？且我弟曩跻贵显，已属逾分，所有国政，不应令他干涉，亦不准令他入宫。"密示防闲，确是良法。神宗受教而退。及太皇太后违豫，乃由神宗申禀，得引佾入谒，谈未数语，神宗先起，拟暂行退出，俾佾得略迹言情。不意太皇太后已语佾道："此处非汝所得久留，应随帝出去！"这两语不但使佾伸舌，连神宗听着，也为悚然。至太皇太后病剧，神宗侍疾寝门，衣不解带，竟至匝旬。太皇太后崩，神宗哀慕逾恒，几至毁瘠。一慈一孝，也可算作宋史的光荣了(特笔从长)。嗣复推恩曹氏，进佾中书令，官家属四十余人，其间不无过滥，但为报本起见，不必苛讥。力重孝字。况且曹佾有官无权，终身不闻侈汰，这也由曹氏一门犹知秉礼，所以除贤后外，尚有这贤子弟呢。极褒曹氏。

元丰三年，神宗拟改定官制，饬中书置局修订，命翰林学士张璪、枢密副承旨张诚一，主领局事。先是宋初官制多承唐旧，但亦间有异同。三师(太师、太傅、太保)、三公(太尉、司徒、司空)不常置，以同平章事为宰相，另置参知政事为副，中书门下，并列于外。别在禁中设置中书，与枢密院对持文武二柄，号为二府。天下财赋，悉隶三司。所有纠弹等事，仍属御史台掌管。他如三省(尚书令、侍中、中书令)、六部(吏、户、礼、兵、刑、工)、九寺(太常、宗正、光禄、卫尉、太仆、大理、鸿胪、司农、大府)、六监(国子、少府、将作、军器、都水、司天)等，往往由他官兼摄，不设专官。草诏属知制诰及翰林学士两职。知制诰掌外制，翰林学士掌内制，号为两制。修史属三馆，便是昭文馆、史馆、集贤院。首相尝充昭文馆大学士，次相或充集贤院大学士。有时设置三相，即分领三馆。馆中各员多称学士，必试而后命。一经此职，遂号名流。又有殿阁等官，亦分大学士及学士名称，惟概无定员，大半由他官兼领虚名(前文未尝叙明官制，此段原不可少)。自经两张改订后，凡旧有虚衔，一律罢去，杂取唐、宋成规，自开府仪同三司，至将仕郎，分二十四阶，如领侍中、中书令、同平章事等名，改为开府仪同三司，领左右仆射，改为特进，以下递易有差。换汤不换药，济什么事？

神宗以新官制将行，欲兼用新旧二派，尝语辅臣道："御史大夫一职，非用司马光不可。"时吴充已罢，惟王珪、蔡确两人相顾失色。原来神宗时代，朝右分新旧两党，新党以王安石为首领，珪与确等，统传安石衣钵，与旧党积不相容。旧党便是富弼、文彦博等一班老成，司马光亦居要领，还有研究道学诸儒，也是主张守旧，与司马光等政论相同。道学一派，由胡瑗、周敦颐开宗。胡瑗，泰州人，字翼之，湛深经学，范仲淹曾聘为苏州教授，令诸子从学，知湖州滕宗谅，亦聘为教授，尝立经义治事二斋，注重实学。嘉祐中，擢为太子中允，与孙复同为国子监直讲。嗣因老疾致仕，还家旋殁，世称孙复为泰山先生，胡瑗为安定先生。周敦颐，濂溪人，字茂叔，历任县令州佐，所至有治绩，平素爱莲，因居莲花峰下。南安通判程珦，与瑗交好，令二子颢、颐受业，颢尝谓吾见濂溪先生，得吟风弄月以归，几有吾与点也的乐趣，熙宁六年病殁。同时有河南人邵雍，字尧夫，苦学成名，尤精易理，宋廷屡征不至。程颢曾与雍议论数日，叹为内圣外王的学问。但性甘恬退，自名居室曰"安乐窝"。熙宁十年逝世，后来追谥"康节"。至若横渠先生张载，字子厚，前文亦已提及，一出为官，见新法不善，即托疾归家，著有《正蒙》《西铭》等书，广谈理性，与邵雍同岁病终。这数人多反对新党，所以屏迹终身。二程兄弟，实得真传（叙入此段，志道学诸儒之缘起），且与司马光友善。王珪恐司马光起用，旧派将连类同升，故与蔡确同一惊惶。及退朝后，珪尚怏怏不乐，那蔡确默筹一番，竟不禁大笑道："有了有了！"奸状如绘。正是：

　　毕竟金壬多谲智，
　　全凭巧计作安排。

欲知蔡确的妙策，请看下回便知。

　　交趾屡行篡逆，宋廷未闻加讨，至李公蕴篡国后，已历三传，乾德修贡，未尝失职，乃独欲出兵南征，开边启衅，创议者为萧注，为沈起，为刘彝，实则皆误于王安石，而成于神宗。邕州之陷，苏缄阖门殉难，兵民被屠，至五万八千余口，谁为为之，一至于此？及神宗既厌安石，复擢用王珪、蔡确，曾亦忆珪、确两人，为谁氏所引用耶？安石尚有好名之心，而珪与确则悍然不顾，隐嗾同党，文致轼罪，微太皇太后言，虽有吴充、王安礼，恐亦难为轼解，是则免轼于死者，实出自太皇太后，于神宗无与也。然能受慈训而赦才士，犹不失为孝思。著书人褒贬从严，有恶必贬，有善必扬，其寓劝世之意也深矣。之后附入两片段文字，关系政治学术，阅者亦幸勿滑过可也。

第四十二回　伐西夏李宪丧师 城永乐徐禧陷殁

却说蔡确想就一法，便笑语王珪道："公恐司马光入用，究为何意？"珪答道："司马光来京，必将参劾我辈，恐相位且不保了。"无非为此，确是鄙夫。确便道："主上久欲收复灵武，公能任责，相位便能终保，尚惮一司马光吗？"为个人计，劳师费财，蔡确实是可杀。珪乃转忧为喜，一再称谢，乃荐俞充知庆州，使上平西夏策。神宗果然专心戎事，不暇召光，乃用冯京为枢密使，薛向、孙固、吕公著为枢密副使。诏民畜马，拟从事西征。向初赞成畜马议，旋恐民情不便，致有悔言。御史舒亶遂劾他反复无常，失大臣体，竟斥知颍州。冯京亦因此求去，有诏允准，即命孙固知枢密院事，吕公著、韩缜同知院事。嗣复接俞充奏牍，略言："夏将李清本属秦人，曾劝夏主秉常，以河西地来归。秉常母梁氏得悉，幽秉常，杀李清，我朝应兴师问罪，不可再延，这乃千载难逢的机会呢。"神宗览奏大喜，即命熙河经制李宪等准备伐夏，并召鄜延副总管种谔入问。谔本是个言不顾行的人物，既至阙下，便大声道："夏国无人，秉常小丑，由臣等持臂前来便了。"看时容易做时难。

神宗乃决计西征，召集辅臣，会议出师。孙固入谏道："发兵容易，收兵很难，还乞陛下三思后行！"神宗道："夏有衅不取，将为辽人所据，此机断不可失。"固答道："必欲用兵，应声罪致讨，幸得胜夏，亦当分裂夏地，令他酋长自守。"神宗笑道："这乃汉郦生的迂论，卿奈何亦做此言？"固复道："陛下以臣为迂，臣恐尚未必制胜，试问今日出兵，何人可做统帅？"神宗道："朕已托付李宪了。"固愤然道："伐夏大事，乃使奄人为帅，将士果肯听命吗？"此言最是。神宗面有愠色。固知不便再谏，随即趋退。既而由王珪、蔡确等，议定五路出师，固复约吕公著入谏。固先启奏道："今议五路进兵，乃无大帅统率，就使成功，必致兵乱。"神宗道："内外无统帅材，只好罢休。"吕公著即进谏道："既无统帅，不若罢兵。"固又接口道："公著言甚是。请陛下俯纳！"神宗沉着脸道："朕意已决，卿等不必多言。"孙固、吕公著复撞了一鼻子灰，相偕出朝。神宗遂命李宪出熙河，种谔出鄜延，高遵裕出环庆，刘昌祚出泾原，王中正出河东，分道并进。又诏吐蕃首领董毡集兵会征，于是鼙鼓喧天，牙旗蔽日，又闹出一场大战争来。何苦乃尔？

李宪统领熙秦七军及董毡兵三万，突入夏境，破西市新城，袭据女遮谷，收复古兰州，居然筑城开幕，设置帅府。种谔也攻克米脂城，高遵裕夺还清远军，王中正率河东兵入宥州，刘昌祚进次磨脐隘，遇夏众扼险拒守，他却凭着一股锐气，横冲过去，夏军纷纷败走，遁还灵州。五路捷报，陆续入都，神宗很是喜慰，即诏令李宪统率五路，直捣夏都。哪知诏书才下，败耗旋闻，各路将士，不是溺死，就是冻死、饿死；剩了若干将死未死的疲卒，幸全生命，狼狈逃归。一场空欢喜。原来夏人闻宋师大举，未免惊惶，当由秉常母梁氏召集诸将，共议防御方法。年少气盛的将士无不主战。一老将独献策道："宋师远来，利在速战。我军不必拒敌，但教坚壁清野，诱他深入，一面在灵夏聚集劲兵，以逸待劳，再遣轻骑抄袭敌后，断他饷运，他已不战自困，恐退兵都来不及哩。"勿谓夏无人。梁氏大喜，依计而行。因此宋军五路并进，夏兵未与酬斗，尽管退走。及刘昌祚既薄灵州，乘胜猛攻，城几垂克，偏高遵裕忌他成功，飞使禁止。昌祚旧属遵裕部辖，不敢违命，只好按甲以待。等到遵裕到来，城中守备已固，围攻至十有八日，尚不能下。夏人且潜至灵州南面，决黄河七级渠，灌入宋营，宋军不意水至，溺毙多人；并因时值隆冬，就是凫水逃生，也是拖泥带水，寒冷不堪，可怜又死了若干名。当下遵裕、昌祚两军丧亡大半，陆续溃归。在途又被夏人追杀一阵，十成中剩得两三成，得还原汛。两路败退。那时种谔从米脂进发，破石堡城，直指夏州，驻军索家坪，忽闻后面辎重，被夏人截住，兵士顿哗噪起来。大校刘归仁竟先溃遁，余军随走。适大雪漫天，兵不得食，沿途倒毙，不可胜计。出兵时共九万三千，还军时只剩三万人。一路未败即退。王中正自宥州行至奈王井，粮食亦尽，六万人饿死二万，亦奔还庆州。一路亦未败而退。独李宪领兵东上，立营天都山下，焚去西夏的南牟内殿，并毁馆库，夏将仁多唆丁（一作新都喇卜丹）率众来援，由宪驱军夜袭，杀败夏兵，擒住百人，进次葫芦河；闻各路兵已经退归，不敢再进，当即班师。还是知机。

先是五路大兵共约至灵州会齐，各路共至灵州境内，惟李宪不至。军报选达京师，神宗始叹息道："孙固前曾谏朕，朕以为迂谈，今已追悔无及了。"谁叫你黩武用兵？乃按罪论罚，贬高遵裕为郢州团练副使，本州安置。种谔、王中正、刘昌祚并降官阶，惟不及李宪。孙固又入奏道："兵法后期者斩，况各路皆至灵州，宪独不至，这岂尚可赦罪吗？"神宗以宪有开兰会功（即古兰州，唐名会州），不忍加罪，但诘他何故擅还，宪复称："馈饷不继，只好退归，且整备兵食，再图大举。"神宗又为宪所惑，竟授宪泾原经略安抚制置使，兼知兰州，李浩为副。方悔不用孙固言，谁知又复入迷。吕公著再上书谏阻，仍不见从。公著引疾求去，遂出知定州。时官制已一律订定，改同中书门下平章事，为左右仆射，参知政事，为门下中书侍郎尚书左右丞。即命王珪为尚书左仆射，蔡确为尚书右仆射，章惇为门下侍郎，张璪为中书侍郎，蒲宗孟为尚书左丞，王安礼为尚书右丞。一王安礼独如宋皇何？

神宗有志开边，屡不见效，帝闷闷不乐。平时召见辅臣，有人才寥落等语。蒲宗孟出班奏道："人才半为司马光邪说所坏。"神宗瞪目注视，半晌方道："蒲宗孟乃不取司马光吗？从前朕令光入枢密院，光一再固辞，自朕即位以来，独见此一人，他人虽令去位，亦未肯即行呢。"（借神宗口中，补叙前事，且以神宗之谜，见贤而不能举，何以为君？何以为国？）宗孟闻言，不禁面颊发赤，俯首归班。神宗又问辅臣道："李宪请再举伐夏，究靠得住否？"王珪对道："向患军用不足，所以中阻，今议出钞五百万缗，当必足用，不致再有前患了。"王安礼接入道："钞不可啖，必转易为钱，钱又必易为刍粟，辗转需时，哪能指日成事？"神宗道："李宪奏称有备，渠一宦官，犹知预备不虞，卿等乃独无意吗？朕闻唐平淮蔡，唯裴度谋议与宪宗同，今乃不出自公卿，反出自奄寺，朕却很觉可耻哩。"安礼道："唐讨淮西三州，相有裴度，将有李光颜、李愬，尚穷竭兵力，历年后定。今西夏势强，非淮蔡比，宪及诸将，才度又不及二李，臣恐未能副圣志呢。"明白了解，尚无以唤醒主迷，奈何？神宗不答，随即退朝。

未几，得种谔奏议，乃是用知延州沈括言，拟尽城横山，俯瞰平夏，取建瓴而下的形势，且主张从银州进兵。神宗览奏后，即命给事中徐禧及内侍李舜举，往鄜延会议。王安礼又入谏道："徐禧志大才疏，恐误国事，请陛下另简妥员！"神宗不从。李舜举却往见王珪道："古称四郊多垒，乃卿大夫之辱，今相公当国，举边事属诸二内臣，内臣止供禁廷洒扫，难道可出任将帅吗？"不以人废言。珪也自觉抱愧，没奈何随口敷衍，说了"借重"二字。舜举遂与徐禧偕行，既至鄜延，见了种谔。谔拟城横山，禧独拟城永乐，两人争议不决。当将两议上达都中，神宗独从禧议，竟令禧带领诸将，往城永乐，命沈括为援应。陕西转运判官司饷运，凡十四日竣工，赐名银川寨，留鄜延副总管曲珍居守，禧与括等俱退还米脂。这银川寨距故银州二十五里，地当银州要冲，为夏人必争地。从前种谔反对禧议，正恐夏人力争，未易保守。果然不出十日，即有铁骑数千前来攻城，曲珍忙报知徐禧。禧遂与李舜举、李稷等，统兵往援，令沈括留守米脂。禧等至银川寨，夏人亦倾国前来，差不多与蜂蚁相似。

大将高永能献策道："虏来甚众，请乘他未阵，即行掩击，或可取胜。"徐禧怒叱道："你晓得甚么，王师不鼓不成列！"竟欲效宋襄公耶？言已，拔刀出鞘，麾兵出战。夏人耀武扬威，进薄城下，曲珍距河列阵，见军士皆有惧色，便语禧道："珍见众心已摇，不应与战，战必致败，不如收兵入城，徐图良策。"禧笑道："君为大将，奈何遇敌先退呢？"乃以七万人列阵城下。夏人纵铁骑渡河，曲珍又急白禧道："来的是铁鹞子军，不易轻敌，须乘他半济，袭击过去，杀他一个下马威。若渡河得地，东冲西突，乃是无人敢当呢。"禧又大言道："王师堂堂正正，用不着什么诡计。"迂腐之论。曲珍退回本阵，忍不住长叹道："我军无死所了！"说着，夏兵前队已渡河东来。曲珍忙率兵拦阻，已有些招架不住。及铁骑尽行过河，纵横驰骤，如入无人之境，曲珍部下先已胆寒，还有何心恋战，顿时纷纷退还，自踩后阵。徐禧至此，亦手忙脚乱，急切顾不及王师，拍转马头，飞跑回城。何如何如？李舜举、李稷等也是没法，相率奔回，军士大溃。曲珍亟收集余众，逃入城中，夏人尽力围城，环绕数匝，且据住水寨，断绝城内的汲道。徐禧束手无策，只仗曲珍部卒，昼夜血战，勉强守住。怎奈城中无水可汲，四处掘井，俱不及泉，兵士多半渴死，危急万分。有溺死鬼，有冻死饿死鬼，不意还有渴死鬼。沈括与李宪援兵又都被夏人遮断。种谔且怨禧异议，不发救兵，可怜银川寨内的将士，几不异瓮中鳖，釜中鱼。会夜半大雨，夏人环城急攻，守兵不及抵御，竟被陷入。徐禧、李舜举、李稷、高永能等，俱死乱军中。惟珍弃甲裸跣，幸得走免。将校死数百人，士卒役夫，丧亡至二十余万。夏人追至米脂，沈括忙阖门固守，总算未曾失陷。由夏人攻扑数次，随即退去。总计自熙宁以来，用兵西陲，已是数次，所得只葭芦、吴堡、义合、米脂、浮屠、塞门六城，兵士已伤亡无数。钱谷银绢，尤不胜计。永乐一役，损失更多。神宗接得败报，也不禁痛悼，甚至不食，追赠徐禧等官，禧死有余辜，岂宜追赠？贬沈括为均州团练副使，安置随州，降曲珍为皇城使。咎不在沈括、曲珍，所罚亦误。自是无意西征，每临朝叹息道："王安礼尝劝朕勿用兵，吕公著亦屡陈边民困苦，都是朕误信边臣，害到这般。"事过乃悔，事后又忘，都由利令智昏所致。

既而夏人又入寇兰州，夺据两关门，副使李浩除困守外无他计。亏得钤辖王文郁，夜率死士七百余人，缒城潜下，各持短刀搠入夏营。夏人猝不及防，竟被冲破，吓得东逃西躲，鼠窜而去。当时比文郁为唐尉迟敬德，经廷议优叙，擢知州事。夏人又转寇各路，均遭击退，兵力亦敝，乃由西南都统昂星嵬名济(一译作茂锡克额不齐)，移书泾原总管刘昌祚，略云：

中国者礼乐之所存，恩信之所出，动止猷为，必适于正。若乃听诬受间，肆诈穷兵，侵人之土疆，残人之黎庶，是亦乖中国之体，为外邦之羞。昨日朝廷暴兴甲兵，大穷侵讨，盖天子与边臣之议，为夏国方守先誓，宜出不虞，五路进兵，一举可定，故去年有灵州之役，今秋有永乐之战。然较其胜负，与前日之议为何如哉？落得嘲笑。朝廷于夏国，非不经营之，五路进讨之策，诸边肆扰之谋，皆尝用之矣；知侥幸之无成，故终于乐天事小之道。况夏国提封万里，带甲数十万，南有于阗，作我欢邻，北有大燕，为我强援，若乘间伺便，角力竞斗，虽十年岂得休哉？即念天民无辜，受此涂炭之苦，国主自见伐之后，夙夜思念，以为自祖宗以来，事中国之礼，无或亏忒，而边吏幸功，上聪致惑，祖宗之盟既阻，君臣之分不交，存亡之机，发不旋踵，朝廷当不恤哉？至于鲁国之忧，不在颛臾，隋室之变，生于杨感，此皆明公得于胸中，不待言而后喻。何不进谠言，辟邪议，使朝廷与夏国欢好如初，生民重见太平！岂独夏国之幸，乃天下之幸也。书中虽未免自夸，然诘问宋廷颇中要窾，故特录之。

昌祚得书上闻，神宗亦无可驳斥，即令昌祚答使通诚。夏乃复遣使上表，有"乞还侵地，仍效忠勤"等语，乃特赐诏命云：

顷以权强敢行废辱，服用震惊，令边臣往问，匿而不报。只好推到幽主上去。王师徂征，盖讨有罪，今遣使造庭，辞礼恭顺，仍闻国政悉复故常，益用嘉纳。实是所答非所请。已戒边吏毋辄出兵，尔亦慎守先盟，毋再渝约！

夏使得诏自去。再命陕西、河东经略司，所有新复城寨，逻卒毋出二三里外。岁赐夏币，悉如前额。已而夏主复上书乞还侵疆，神宗不许，于是夏人仍有二心。中丞刘挚劾奏李宪贪功生事，遗祸至今，不可不惩，乃贬宪为熙河安抚经略都总管。越年为元丰七年，夏人又大举入寇，号称八十万，围攻兰州。云梯革洞，百道并进，阅十昼夜，城守如故，敌粮尽引还。这一次总算由李宪先事预防，守备甚严，所以不至陷落。一长必锋。及夏人再寇延州德顺军，定西城，并熙河诸寨，均不得逞。未几又围定州城，为熙河将秦贵击退。夏人方卷甲敛师，稍稍歇手了。

神宗罢免蒲宗孟，用王安礼为尚书左丞，李清臣为尚书右丞，调吕公著知扬州。且因司马光上《资治通鉴》，授资政殿学士，这《资治通鉴》一书，上起周威烈王二十三年，下终五代，年经国纬,备列事目,又参考群书,评列异同,合三百五十四卷,历十九年乃成。神宗降诏奖谕道:"前代未闻有此书,得卿辛苦辑成,比荀悦汉纪好得多了(荀悦汉季颍阴人,曾删定汉书,作帝纪二十篇,所以神宗引拟司马光)。小子也有诗咏道:

> 不经鉴古不知今,
> 作史原垂世主箴。
> 十九年来成巨帙,
> 爱君毕竟具深忱。

转眼间已是元丰八年,神宗有疾,竟要从此告终了。看官少待,试看下回接叙。

夏无可伐之衅,乃以司马光之将召,启蔡确西讨之谋,俞充为蔡确腹心,上书一请,出师五道,孙固、吕公著等力谏不从,且任一刑余腐竖,付之重权,就令得胜,尚足为中国羞。况伊古以来,断未有奄人统军,而可以成功者。多鱼漏师,竖刁为祟,相州溃败,朝恩监军,神宗宁独未闻耶?灵州一败,李宪尚不闻加罚,且复令经略泾原,再图大举,一之为甚,乃至于再。不待沈括、徐禧之生议,而已知其必败矣。要之兵不可不备,独不可常用。富郑公当熙宁初年,奉召入对,已请二十年口不言兵,老成人固有先见之明,惜乎神宗之不悟也。

第四十三回　立幼主高后垂帘
拜首相温公殉国

却说元丰八年正月，神宗不豫，命辅臣代祷景灵宫。及群臣分祷天地宗庙社稷，均不见效，反且加剧，辅臣等入宫问疾，就请立皇太子，并皇太后权同听政。神宗已无力答言，只略略点首罢了。查神宗本有十四子，长名佾，次名仅，三名俊，四名伸，五名僴，六名佣，七名价，八名佪，九名佶，十名伟，十一名佶，十二名俣，十三名似，十四名偲。佾、仅、俊、伸、佪、价、佪、伟均早亡，要算第六子佣挨次居长，神宗已封他为延安郡王，但年龄尚止十岁。

当拟立皇太子时，职方员外郎邢恕想立异邀功，竟往谒蔡确道："国有长君，乃社稷幸福，公何不从岐、嘉二王中，择立一人？既可安国，复可保家，岂不是两全其美吗？"蔡确踌躇半晌，方道："君言亦是，但不知太后意见如何？"邢恕道："岐、嘉二王，皆太后所出，母子恩情，当必逾常，公还有什么疑虑？"一厢情愿。确喜道："且与高氏商量，免生枝节。"邢恕道："恕先去密议，包管成功。"言毕辞出，遂往见太后侄儿高公绘兄弟。公绘迎入，恕寒暄数语，即与附耳密谈。公绘摇首不答，恕复道："延安幼冲，何若岐、嘉？况岐、嘉本皆称贤王呢。"公绘道："这是断不便行，君难道欲贻祸我家吗？"恕碰了一个钉子，未免乘兴而来，败兴而返。

看官道岐、嘉二王是何人？便是神宗胞弟昌王颢及乐安郡王頵。颢徙封岐王，頵进封嘉王，两王因神宗寝疾，尝入问起居，高太后恰也防着，命他不必屡入，并阴敕中人梁惟简妻，预制一十岁儿可穿的黄袍，密教他怀藏进呈。偏邢恕心尚未死，再与蔡确密谋，拟约王珪入问帝疾，暗使知开封府蔡京，外伏剑士，胁迫王珪，倘珪持异议，即将珪枭首，哪知珪命不该绝，未待蔡确与约，先已入宫定议，册立延安郡王。确迟了一步，计不得行。满腹奸刁，至此也输人一筹。

三月朔日，延安郡王佣立为太子，赐名煦，皇太后高氏权同处分军国重事。越五日，神宗驾崩，年三十有八。总计神宗在位，改元二次，共十八年。太子煦即皇帝位，尊皇太后高氏为太皇太后，皇后向氏为皇太后，帝生母德妃朱氏为皇太妃，是为哲宗皇帝。追尊先帝庙号曰"神宗"，葬永裕陵。晋封叔颢为扬王，頵为荆王，弟佶为遂宁郡王，佖为太宁郡王，俣为咸宁郡王，似为普宁郡王，尚书左仆射王珪为歧国公，潞国公文彦博为司徒，王安石为司空，余官一律加秩，赐致仕各官服带银帛有差。

太皇太后首先传旨，遣散修京城役夫，止造军器，及禁庭工技，戒中外无苛敛，宽民间保甲马，人民欢悦。王珪等并未预闻，及中旨传出，方得闻知。一经出手，便见高后贤明。过了数日，复下诏道：

先皇帝临御十有八年，建立政事以泽天下，而有司奉行失当，几于烦扰，或苟且文具，不能布宣实惠，其申谕中外协心奉令，以称先帝惠爱元元之意！

这诏一下，都中卿大夫已知太皇太后的命意，是欲改烦为简，易苛从宽了。蔡确恐朝政一新，自己或致失位，遂因上朝议政时，面奏太皇太后，请复高遵裕官。看官道遵裕是何人？乃是太皇太后的从父。蔡确此奏，明明是借此求媚，固宠希荣的意思。真会献谀。太皇太后偏凄然道："灵武一役，先皇帝中夜得报，环榻周行，彻旦不能寐，自是惊悸，驯至大故。追原祸始，实自遵裕一人。先帝骨肉未寒，我岂敢专徇私恩，不顾公议吗？"理正词严。确惶悚而退。太皇太后又诏罢京城逻卒及免行钱，废浚河司，蠲免通赋，驿召司马光、吕公著入朝。

光居洛十五年，田夫野老无不尊敬，俱称为司马相公；就是妇人女子，亦群仰大名。神宗升遐，光欲入临，因自避猜嫌，不敢径行。适程颢在洛，劝光入京，光乃启程东进，将近都门，卫士见光到来，均额手相庆道："司马相公来了！司马相公来了！"两语重叠，益饶意味。沿途人民亦遮道聚观，各朗声道："司马相公，请留相天子，活我百姓，勿遽归洛。"光见他一唱百和，反觉疑惧起来，竟从间道归去。太皇太后闻他入都，正要询问政要，偏待久不至，乃遣内侍梁惟简驰问。光请大开言路，诏榜朝堂。至惟简复命，蔡确等已探悉光言，先创六议入奏，大旨是："阴有所怀，犯非其分，或扇摇重机，或迎合旧令，上则侥幸希进，下则眩惑流俗，有一相犯，立罚无赦。"太皇太后见了此议，又遣使示光。光愤然道："这是拒谏，并非求谏；人臣只好不言，一经启口，便犯此六语了。"乃具论以闻。太皇太后即改诏颁行，言路才得渐开。

嗣召光知陈州，并起程颢为宗正寺丞。颢正拟就道，偏偏二竖缠身，竟尔去世。颢与弟颐受学周门，以道自乐（见二十四回），平时有涵养功，不动声色。既卒，士大夫无论识否，莫不衔哀。文彦博采取众论，题颢墓曰"明道先生"。惟光受命赴陈州，道经阙下，正值王珪病死，辅臣等依次递升，适空一缺。太皇太后即留光辅政，命为门下侍郎。蔡确等只恐光革除新法，又揭出三年无改的大义，传布都中。光独指驳道："先帝所行的法度，如果合宜，虽百世亦应遵守，若为王安石、吕惠卿所创，害国病民，须当亟改，似救焚拯溺一般。况太皇太后以母改子，并不是以子改父哩。"与强词夺理者不同。众议自是少息。

太皇太后又召吕公著为侍读，公著自扬州进京，擢授尚书左丞。京东转运使吴居厚，前继鲜于侁后任，大兴盐铁，苛敛横征，至是被言官交劾，谪置黄州，仍用鲜于侁为转运使。司马光语同列道："子骏甚贤，不应复使居外，但朝廷欲救京东困弊，非得子骏不可。他实是个一路福星呢。当今人才甚少，怎得似子骏一百人，散布天下呢！"原来子骏即侁表字，侁既到任，即奏罢莱芜、利国两冶，及海盐依河北通商，人民大悦，有口皆碑。于是司马光、吕公著两人，同心辅政，革除新法，罢保甲，罢保马，罢方田，罢市易，削前市易提举吕嘉问三秩，贬知淮阳军，吕党皆坐黜，并谪邢恕出知随州。越年，改为元祐元年，右司谏王觌极论蔡确、章惇、韩缜、张璪等朋邪害正，章至数十上。右谏议大夫孙觉，侍御史刘挚，左司谏苏辙，御史王岩叟、朱光庭、上官均，又连章劾论确罪，乃免确相位，出知陈州。当下擢司马光为尚书左仆射兼门下侍郎，吕公著为门下侍郎，李清臣、吕大防为尚书左右丞，李常为户部尚书，范纯仁同知枢密院事。

光时已得疾，因青苗、免役诸法尚未尽革，西夏议亦未决，不禁叹息道："诸害未除，我死不瞑目了。"遂折简与吕公著，略言："光以身付医，以家事付愚子，只国事未有所托，特以属公。"公著为白太皇太后，有诏免光朝觐，许乘肩舆，三日一入省。光不敢当，且上奏道："不见天子，如何视事？"乃改诏令光子康扶掖入对，且命免拜跪礼。光遂请罢青苗、免役二法，青苗钱罢贷，仍复常平旧法，诸大臣没甚异议。独免役法议罢后，光请仍复差役法，章惇力言不可，与光辩论殿前，语甚狂悖。太皇太后亦不免动恼，逐出知汝州。

会苏轼已奉诏入都，任中书舍人，独请行熙宁初给田募役法，条陈五利。监察御史王岩叟谓五利难信，且有十弊，轼议遂沮。群臣又各是其是，诏令资政殿大学士韩维及吕大防、范纯仁等，详定上闻。轼本与司马光友善，竟往见光道："公欲改免役为差役，轼恐两害相均，未见一利。"光问道："请言害处！"轼答道："免役的害处，是搭敛民财，十室九空，敛从上聚，下必常患钱荒，这害已经验过了。差役的害处，是百姓常受役官府，无暇农事，贪吏猾胥，且随时征比，因缘为奸，岂不是异法同病吗？"光又问："依君高见，应该如何？"轼复道："法有相因，事乃易成。事能渐进，民乃不惊。从前三代时候，兵农合一，至秦始皇乃分作两途，唐初又变府兵为长征卒，农出粟养兵，兵出力卫农，天下称便。虽圣人复起，不能变易了。今免役法颇与此相类，公欲骤罢免役，改行差役，正如罢长征，复民兵，恐民情反多痛苦呢。"光终未以为然，只淡淡地答了数语，轼即辞出。

越日，光至政事堂议政，轼复入白此事，光不觉作色。轼从容道："昔韩魏公刺陕西义勇，公为谏官，再三劝阻，韩公不乐，公亦不顾。轼尝闻公自述前情，难道今日作相，不许轼尽言吗？"以子之矛，刺子之盾，坡公可谓善言。光始起谢道："容待妥商。"范纯仁亦语光道：

"差役一事,不应速行,否则转滋民病。愚意愿公虚心受言,所有谋议,不必尽从己出。若事必专断,恐奸人邪士,反得乘间迎合了。"光尚有难色,纯仁道:"这是使人不得尽言呢。纯仁若徒知媚公,不顾大局,何如当日少年时,迎合王安石,早图富贵哩!"语亦透彻。光乃令役人悉用现数为额,衙门用坊场河渡钱,均用雇募。先是光决改差役,以五日为限,僚属俱嫌太急促,独知开封府蔡京如约,面复司马光。光喜道:"使人人奉法如君,有何不可?"待京辞退后,光乃信为可行,拟坚持到底,其实蔡京是个大奸巨猾,专事揣摩迎合,初见蔡确得势,就附蔡确,继见司马光入相,就附司马光;这种反复小人,最足误人国事。司马光忠厚待人,哪里晓得他暗中机巧呢?(为后文蔡京倾宋张本。)

王安石宦居金陵,闻朝廷变法,毫不为意,及闻罢免役法,愕然失声道:"竟一变至此吗?"良久复道:"此法终不可罢,君实辈亦太胡闹了。"既而病死,太皇太后因他是先朝大臣,追赠太傅,后人称他为王荆公。乃是元丰三年,曾封安石为荆国公,所以沿称至今(了王安石)。安石既死,余党依次贬谪,范子渊贬知陕州,韩缜罢知颍昌,李宪、王中正等,罚司宫观。郑绾、李定放居滁州,吕惠卿贬为光禄卿,分司南京,再贬为建宁军节度副使,安置建州。相传再贬吕惠卿草诏,系出苏轼手笔,内有精警语数联,传诵一时。其文云:

吕惠卿以斗筲之才,穿窬之智,诐事宰辅,同升庙堂,乐祸贪功,好兵喜煞;以聚敛为仁义,以法律为诗书,首建青苗,次行助役(即免役法)。均输之政,自同商贾,手实之祸,下及鸡豚,苟可蠹国害民,率皆攘臂称首。先皇帝求贤如不及,从善若转圜,始以帝尧之仁,姑试伯鲧,终焉孔子之圣,不信宰予。尚宽两观之诛,薄示三苗之窜。此谕!

还有贬范子渊草制,亦由轼所拟,内称"汝以有限之才,兴必不可成之役,驱无辜之民,置之必死之地"四语,亦脍炙人口,称为名言。新法党相继罢黜,吕公著进任尚书右仆射,兼中书侍郎,韩维为门下侍郎。司马光又上言:"文彦博宿德耆臣,应起为硕辅。"太皇太后拟用为三省长官,言官以为不可,乃命平章军国重事。六日一朝,一月两赴经筵,班宰相上,恩礼从优。彦博此时,年已八十有一了。老成俱老,宋祚安得不老?光又与吕公著,交章惇程颢弟颐,遂有旨召为秘书郎。及颐入对,改授崇政殿说书,且命修订学制。于是诏举经明行修的士子,及立十科举士法:(一)行义纯固,可作师表。(二)节操方正,可备献纳。(三)智勇过人,可备将相。(四)公正聪明,可备监司。(五)经术精通,可备讲读。(六)学问该博,可备顾问。(七)文章典丽,可备著述。(八)善听狱讼,尽公得实。(九)善治财赋,公私俱便。(十)练习法令,能断清谳。这十科条例,统由司马光拟定,请旨颁令。

光见言听计从,越觉激发忠诚,誓死报国,无论大小政务,必亲自裁决,不舍昼夜,海内亦喁喁望治。就是辽、夏使至,俱必问光起居,且严敕边吏道:"中国已相司马公了,勿轻生事,致开边衅呢!"国有贤相,不战屈人。无如天不佑宋,梁栋浸颓。光因政体过劳,日益清瘦,同僚举诸葛亮食少事烦作为劝诫,光慨然道:"死生有命,一息尚存,怎敢少懈呢!"嗣是光老病愈甚,竟致不起。弥留时尚呓语不绝,细听所谈,皆关系国家事。及卒,年六十八。光生平孝友忠信,恭俭正直,居处有法,动作有礼。在洛时,每往夏县展墓,必至兄室。兄名旦,年将八十,光奉若严父,爱若婴儿,自少至老,未尝妄语。尝谓吾无过人处,唯一生做事,无不可对人言。陕、洛间闻风起敬,居民相劝为善,稍有过恶,便私自疑惧道:"君实得无闻知否?"既殁,远近举哀,如丧考妣。略述行谊,为后人作一榜样。太皇太后亦为之恸哭,与哲宗亲临光丧,赠太师温国公。诏户部侍郎赵瞻,内侍省押班冯宗道,护丧归陕州夏县原籍。予谥"文正",赐碑曰"忠清粹德",都人罢市往奠。岭南封州父老亦相率具祭,到了归丧以后,都下及四方人民,尚画像以祀,饮食必祝,这可见遗德及民,无远勿届呢。小子有诗咏道:

> 到底安邦恃老成,
>
> 甫经借手即清平。
>
> 如何天不延公寿?
>
> 坐使良材一旦倾。

光殁后,当然是吕公著继任,欲知后事如何,且至下回续表。

本回叙高后垂帘,及温公入相,才一改制,即见朝政清明,人民称颂。可知前时王、吕、蔡、章等之所为,实是拂民之性,强行己意,百姓苦倒悬久矣。饥者易为食,渴者易为饮,此所以一经着手,不啻来苏,宜乎海内归心,讴歌不已也。但司马光为一代正人,犹失之于蔡京,小人献谀,曲尽其巧。厥后力诋司马光者,即京为之首,且熙丰邪党,未闻诛殛,以致死灰复燃。人谓高后与温公,嫉恶太严,吾谓其犹失之宽。后与公已年老矣,为善后计,宁尚可姑息为乎?读此回犹令人不能无慨云。

第四十四回

分三党廷臣构衅
备六礼册后正仪

却说司马光病殁以后，吕公著独秉政权，一切黜陟，仍如光意，进吕大防为中书侍郎，刘挚为尚书右丞，苏轼为翰林学士。轼奉召入都，仅阅十月，三迁清要，寻兼侍读；每入值经筵，必反复讲解，期沃君心。一夕值宿禁中，由中旨召见便殿，太皇太后问轼道："卿前年为何官?"轼对道："常州团练副使。"太皇太后复道："今为何官?"轼对道："待罪翰林学士。"太皇太后道："为何骤升此缺?"轼对道："遭遇太皇太后及皇帝陛下。"太皇太后道："并不为此。"轼又道："莫非由大臣论荐吗?"太皇太后又复摇首。轼惊愕道："臣虽无状，不敢由他途希进。"太皇太后道："这乃是先帝遗意，先帝每读卿文章，必称作奇才奇才，但未及进用卿哩。"轼听了此言，不禁感激涕零，哭至失声。士伸知己，应得一哭。太皇太后亦为泣下。哲宗见之对哭，也忍不住呜咽起来。十余岁童子，何当此状。还有左右内侍，都不禁下泪。大家统是哭着，反觉得大廷岑寂，良夜凄清。太皇太后见了此状，似觉不雅，即停泪语轼道："这不是临朝时候，君臣不拘礼节，卿且在旁坐下，我当询问一切。"言毕，即命内侍移过锦墩，令轼旁坐，轼谢恩坐下。太皇太后问语片时，无非是国家政要。轼随问随答，颇合慈意，特赐茶给饮。轼谢饮毕，太皇太后复顾内侍道："可撤御前金莲烛，送学士归院。"一面说，一面偕哲宗入内。轼向虚座前申谢，拜跪毕仪，当由两内侍捧烛导送，由殿至院，真个是旷代恩荣，一时无两。确是难得。

轼感知遇恩，尝借言语文章，规讽时政。卫尉丞毕仲游贻书诚轼道："君官非谏官，职非御史，乃好论人长短，危身触讳，恐抱石救溺，非徒无益，且反致损呢。"轼不能从。时程颐侍讲经筵，毅然自重，尝谓："天下治乱系宰相，君德成就责经筵。"因此入殿进讲，色端貌庄。轼说他不近人情，屡加抗侮。当司马光病殁时，适百官有庆贺礼，事毕欲往吊，独程颐不可，且引《鲁论》为解。谓："子于是日哭则不歌。"或谓："哭乃不歌，未尝云歌即不哭。"轼在旁冷笑道："这大约是枉死市的叔孙通，新作是礼呢。"谐语解颐，但未免伤忠厚。颐闻言，很是介意。是不及乃兄处。轼发策试馆职问题有云："今朝廷欲师仁宗之忠厚，惧百官有司，不称其职，而或至于偷。欲法仁宗之励精，恐监司守令，不识其意，而流入于刻。"右司谏贾易、右正言朱光庭，系程颐门人，遂借题生衅，劾轼谤讪先帝。轼因乞外调。侍御史吕陶上言："台谏当秉至公，不应假借事权，图报私隙。"左司谏王觌亦奏言："轼所拟题，不过略失轻重，关系尚小，若必吹毛求疵，酿成门户，恐党派一分，朝无宁日，这乃是国家大患，不可不防。"范纯仁复言轼无罪。太皇太后乃临朝宣谕道："详览苏轼文意，是指今日的百官有司，监司守令，并非讥讽祖宗，不得为罪。"于是轼任事如故。

会哲宗病疮疹，不能视朝，颐入问吕公著道："上不御殿，太皇太后不当独坐。且主子有疾，宰辅难道不知吗?"越日，公著入朝，即问帝疾。太皇太后答言无妨。为此一事，廷臣遂嫉颐多言。御史中丞胡宗愈、给事中顾临，连章劾颐，不应令直经筵。谏议大夫孔文仲且劾颐汗下憸巧，素无乡行，经筵陈说，僭横忘分，遍谒贵臣，沟通台谏，睚眦报怨，沽直营私，应放还田里，以示典刑。诬谤太甚，孔裔中胡出此人? 乃罢颐出管勾西京国子监。自是朝右各分党帜，互寻仇隙，程颐以下，有贾易、朱光庭等，号为洛党；苏轼以下，有吕陶等，号为蜀党。还有刘挚、梁焘、王岩叟、刘安世等，与洛、蜀党又不相同，别号朔党，结党尤众。三党均非奸邪，只因意气不孚，遂成嫌怨。哪知熙丰旧臣，非窜即贬，除著名诸奸人外，连出入王、吕间的张璪、李清臣，亦均退黜。若辈恨入骨髓，阴伺间隙，这三党尚自相倾轧，自相挤排，这岂非螳螂捕蝉，不顾身后吗? （插入数语，隐伏下文。）

文彦博屡乞致仕，诏命他十日一赴都堂，会议重事。吕公著亦因老乞休，乃拜为司空，同平章军国事。授吕大防、范纯仁为左右仆射，兼中书门下侍郎，孙固、刘挚为门下中书侍郎，王存、胡宗愈为尚书左右丞，赵瞻签书枢密院事。大防朴直无党，范纯仁务从宽大，亦不愿立党。二人协力佐治，仍号清明。右司谏贾易因程颐外谪，心甚不平，复劾吕陶党轼，语侵文彦博、范纯仁。太皇太后欲惩易妄言，还是吕公著替他缓颊，只出知怀州。胡宗愈尝进君子无党论，右司谏王觌偏上言宗愈不应执政。前说不应有党，此时复因宗愈进无党论，上言劾论，自相矛盾，殊不可解。太皇太后又勃然怒道："文彦博、吕公著亦言王觌不合。"范纯仁独辩论道："朝臣本无党，不过善恶邪正，各以类分。彦博公著，皆累朝旧人，岂可雷同罔上？从前先臣仲淹与韩琦、富弼同执政柄，各举所知，当时蜚语指为朋党，因三人相继外调，遂有一网打尽的传言（本王拱辰语）。此事未远，幸陛下鉴察！"随复录欧阳修朋党论，呈将进去。太皇太后意未尽解，竟出觌知润州。门下侍郎韩维亦被人谗诉，出知邓州。太皇太后初欲召用范镇，遣使往征。镇年已八十，不欲再起，从孙祖禹亦从旁劝止，乃固辞不拜。诏授银紫光禄大夫，封蜀郡公。元祐三年，病殁家中。镇字景仁，成都人，与司马光齐名，卒年八十一，追赠金紫光禄大夫，谥"忠文"。

越年二月，司空吕公著复殁，太皇太后召见辅臣，流涕与语道："国家不幸，司马相公既亡，吕司空复逝，为之奈何？"言毕，即挈帝往奠，赠太师，封申国公，予谥"正献"。公著字晦叔，系故相吕夷简子，自少嗜学，至忘寝食，平居无疾言厉色，暑不挥扇，寒不亲火。父夷简早目为公辅，至是果如父言。范祖禹曾娶公著女，所以公著在朝，始终引嫌。尝从司马光修《资治通鉴》，在洛十五年，不事进取，至富弼致仕居洛，杜门谢客，独祖禹往谒，无不接见。神宗季年，弼疾笃，曾嘱祖禹代呈遗表，极论王安石误国，及新法弊害，旁人多劝阻祖禹，不应进呈，祖禹独不肯负约，竟自呈入，廷议却不与为难，赠弼太尉，谥"文忠"（富弼亦一代伟人，前文未曾叙及，故特于此处补出）。哲宗即位，擢为右正言，避嫌辞职，寻迁起居郎，又召试中书舍人，皆不拜。及公著已殁，始任右谏议大夫，累陈政要，多中时弊。旋加礼部侍郎，闻禁中Việt用乳媪，即与左谏议大夫刘安世上疏谏阻，大旨："以帝甫成童，不宜近色，理应进德爱身。"又乞太皇太后保护上躬，言甚切至。太皇太后召谕道："这是外间的谣传，不足为信。"祖禹对道："外议虽虚，亦应预防，天下事未及先言，似属过虑。至事已及身，言亦无益。陛下宁可先事纳谏，勿使臣等有无及的追悔呢。"恰是至言。太皇太后很是嘉纳。

既而知汉阳军吴处厚，上陈蔡确游车盖亭诗，意在讪上。台谏等遂相率论确，乞正明刑。有旨令确自行具析，刘安世等言确罪甚明，何待具析，乃贬确为光禄卿，分司南京。谏官尚以为罪重罚轻，啧有烦言。范祖禹亦上言确有重罪，应从严议。于是文彦博、吕大防等，拟窜确岭峤，独范纯仁语大防道："此路自乾兴以来，荆棘丛生，近七十年，倘自我辈创行此例，恐四方震悚，转致未安。"大防乃不再言。越六日，又下诏再贬确为英州别驾，安置新州。纯仁复入白太皇太后道："圣朝宜从宽厚，不应吹求文字，窜诛大臣。譬如猛药治病，足损真元，还求详察。"蔡确罪大，诛之不得为过，纯仁亦未免太柔。太皇太后不从。

会知潞州梁焘奉召为谏议大夫，道出河阳，与邢恕相晤。恕言确有策立功，托焘入朝时声明。焘允诺，及入京，即据邢恕言入奏。太皇太后出谕大臣道："皇帝是先帝长子，分所应立，确有什么策立功，似此欺君罔上，他日若再得入朝，恐皇帝年少，将为所欺，必受大害。我不忍明言，特借讪上为名，把他窜逐，借杜后患，这事关系国计，虽奸邪怨谤，我也不暇顾了。"司谏吴安诗与刘安世等，遂疏劾纯仁党确，吕大防亦言蔡确党盛，不可不治。纯仁因力求罢政，出知颍州。尚书左丞王存本确所举，亦出知蔡州。胡宗愈已早为谏官所劾，罢尚书右丞。乃擢刘挚为尚书右仆射，兼中书侍郎，苏颂为尚书左丞，苏辙为尚书右丞。会赵瞻、孙固先后并逝，即进韩忠彦同知枢密院事，王岩叟签书枢密院事，复召邓润甫为翰林学士承旨。润甫曾阿附王、吕，出知亳州，至是被召，梁焘、刘安世、朱光庭等连疏弹劾，俱不见报。焘等乃力请外补，竟出焘知郑州，光庭知亳州，安世提举崇福宫。文彦博因老疾致仕，右司谏杨康国奏劾苏辙兄弟，文学不正，贾易复入为侍御史，与御史中丞赵君锡先后论轼。轼出知颍州，寻改扬州，易与君锡一并外用。刘挚峭直，与吕大防议论朝政，辄致龃龉。殿中侍御史杨畏，方附大防，遂劾挚结党营私，联络王岩叟、梁焘、刘安世、朱光庭等为死友，觊觎后福，且与章惇诸子往来，交通匪人。太皇太后即面谕刘挚，挚惶恐退朝，上章自辩。梁焘、王岩叟果上疏论救。太皇太后愈觉动疑，出挚知郓州，王岩叟亦出知郑州。嗣复召程颐入直秘阁，兼判西京国子监，为苏辙所阻，颐亦辞不就职。这便是三党交攻，更迭消长的情形呢。一语结束，可见上文并叙，寓有深意。

元祐七年，哲宗年已十七了，太皇太后留意立后，曾历采世家女子百余人，入宫备选。就中有眉州防御使兼马军都虞侯孟元孙女，操行端淑，秉质幽娴。太皇太后及皇太后两人，教以女仪，格外勤慎，因此益得两后欢心。时年十六，与哲宗年龄相当，即由太皇太后宣谕宰臣，略言："孟氏后能执妇道，应正位中宫。惟近代礼仪，多从简略，应命翰林台谏给舍与礼官等，妥议册后六礼以闻！"这谕下来，那廷臣自有一番忙碌，彼斟古，此酌今，议论了好几日，方草定一篇仪制，呈入政事堂。吕大防等又详细核定；略行损益，再进慈览。太皇太后传旨许可，当由司天监择定吉日，准备大婚。先期数日，命尚书左仆射吕大防充奉迎使，尚书左丞苏颂充发策使，尚书右丞苏辙充告期使，皇伯祖高密郡王宗晟充纳成使，吏部尚书王存（时王存复调入内用）充纳吉使，翰林学士梁焘充纳采问名使。六礼分司，各有专职，正使以外，且省副使，当以旧尚书省为皇后行第，先纳采问名，然后纳吉纳成告期。五月戊戌日，哲宗戴通天冠，服绛纱袍，临轩发册，行奉迎礼。百官相率入朝，吕大防等首先趋入，东西鹄立。典仪官奉上册宝，置御座前。大防率百官再拜，乃由宣诏官传谕道："今日册孟氏为皇后，命公等持节展礼！"大防等又复拜命，典仪官捧过册宝，交与大防。大防接奉册宝，复率百官再拜。宣诏官又传太皇太后制命道："奉太皇太后制，命公等持节奉迎皇后！"大防等拜辞出殿，即至皇后行第，当有傧介接待，导见后父。大防入内宣制道：

礼之大体，钦顺重正。其期维吉，典图是若。今遣尚书右仆射吕大防等以礼奉迎，钦哉维命！

后父跪读毕，敬谨答道：

使者重宣中制，今日吉辰备礼，以迎蝼蚁之族，狠承大礼，忧惧战悸，钦率旧章，肃奉典制。

答罢，即再拜受制。于是保姆引皇后登堂，大防等向后再拜，奉上册宝。后降立堂下，再拜受册，当由内侍接过册宝，转呈与后。大防等退出，后升堂。后父升自东阶，西向道："戒之戒之！夙夜无违命！"语已即退。后母进自西阶，东向施衿结帨，并嘱后道："勉之戒之！夙夜无违命！"后乃出堂登舆，及出大门，大防等导舆至宣德门，百官宗室列班拜迎，待后入门，钟鼓和鸣，再入端礼门，穿过文德殿，进内东门，至福宁殿，后降舆入次小憩。哲宗仍冠服御殿，尚宫引后出次，诣殿阶东西向立。尚仪跪请皇帝降座礼迎，哲宗遂起身至殿庭中，揖后入殿，导升西阶，徐步入室，各就榻前并立。尚食跪陈饮具，帝、后乃就座。一饮再饮用爵，三饮用卺，合卺礼成。尚宫请帝御常服，尚寝请后释礼服，然后入帏，侍从依次毕退。是夜龙凤联欢，鸳鸯叶梦，毋庸细述（历叙礼节，见得哲宗册后，格外郑重，为下文被废反笔）。次日朝见太皇太后、皇太后，并参皇太妃，一如旧仪。越三日，诣景灵宫行庙见礼，归后再谒太皇太后。太皇太后语哲宗道："得贤内助，所关不小，汝宜刑于启化，媲美古人，方不负我厚望了。"及帝、后俱退，太皇太后叹息道："此人贤淑，可无他虞，但恐福薄，他日国家有事，不免由她受祸哩。"既知孟后福薄，何必定要册立，此等处殊难索解？大婚礼成，宫廷庆贺兼旬，才得竣事。惟孟后容不胜德，姿色不过中人，哲宗少年好色，未免心怀不足，可巧御侍中有一刘氏女，生得轻秾合度，修短适宜，面滟滟若芙蓉，腰纤纤如杨柳，夷嫱比艳，环燕输姿，哲宗得此尤物，怎肯放过？便教她列入嫔御，进封婕好，这一番有分教：

贯鱼已夺宫人宠，

飞燕轻贻祸水来。

看官欲知后事，且待下回表明。

朋党林立，为国家之大患，不意于元祐间见之。元祐之初，高后垂帘，群贤并进，此正上下泰交，拔茅汇征之象。且熙丰时各遭摈斥，同病相怜，一朝遇主，携手入朝，乐何如之？奈何程、苏交哄，洛、蜀成嫌，二党倾轧之不足，而复有所谓朔党者，与之鼎足而三耶？然则元祐诸君子，殆不能辞其过矣。若夫册后一事，已成常制，本书于前后各文，俱不过数语而止，独于孟后之立，记载从详。盖自有宋以来，惟哲宗册立孟后，仪文特备，高后恐哲宗年少，易昵私爱，故特隆之以六礼，重之以宰执大臣，且亲嘱之曰："得贤内助，所关非细。"是其为哲宗计者，至周且挚，初不意后之竟背前训也。《宋史》中曾大书曰："始备六礼立皇后孟氏，正为后文废后反照。"故本书亦不敢从略，所以存史意也。

第四十五回　嘱后事贤后升遐
绍先朝奸臣煽祸

却说范纯仁外调后，尚书右仆射一缺，尚属虚位，太皇太后特擢苏颂为尚书右仆射，兼中书侍郎，苏辙为门下侍郎，范百禄（即范镇子）为中书侍郎，梁焘、郑雍为尚书左右丞，韩忠彦（即韩琦子）知枢密院事，刘奉世签书枢密院事。嗣又因辽使入贺，问及苏轼。乃复召轼为兵部尚书，兼官侍读。原来轼为翰林学士时，每遇辽使往来，应派为招待员。时辽亦趋重诗文，使臣多文学选，每与轼谈笑唱和，轼无不立应，惊服辽人。会辽有五字属对，未得对句，遂商诸副介，请轼照对。看官道是什么难题？乃是"三光日月星"五字。轼即应声道："'四诗风雅颂，'这是天然对偶，你不必说是我对，但说你自己想着便了。"副介如言答辽使，辽使方在叹愕，轼又出见辽使道："'四德元亨利，'难道不对吗？"辽使欲起座与辩，轼便道："你道我忘记一字吗？你不必多疑。两朝为兄弟国，君是外臣，仁庙讳亦应知晓。"（仁宗名祯，这是苏髯诙谐语，不可作正语看。）辽使闻言，亦为心折。旋复令医官对云："六脉寸关尺。"辽使愈觉敬服，随语轼道："学士前对，究欠一字，须另构一语。"适雷雨交作，风亦大起，轼即答道："'一阵风雷雨，'即景属对，可好吗？"辽使道："敢不拜服。"遂欢宴而散。至哲宗大婚，辽使不见苏轼，反觉快快。太皇太后乃召轼内用，寻又迁礼部兼端明侍读二学士。

御史董敦逸、黄庆基又劾轼曾草吕惠卿谪词，隐斥先帝，轼弟辙相为表里，紊乱朝政。想又是洛党中人。吕大防替轼辩驳，且言近时台宫，好用蜚语中伤士类，非朝廷之福。辙亦为兄讼冤。太皇太后语大防道："先帝亦追悔往事，甚至泣下。"大防道："先帝一时过举，并非本意。"太皇太后道："嗣主应亦深知。"乃罢董、黄二人为湖北、福建路转运判官。未几，轼亦罢知定州。苏颂保荐贾易，谓易系直臣，不宜外迁，与大防廷争。侍御史杨畏、来之邵即劾颂庇易。颂上书辞职，因罢为观文殿大学士。范百禄与颂友善，亦为杨畏所劾，出知河南府。梁焘亦因议政未合，遂称疾乞休，乃再召范纯仁为尚书右仆射，兼中书侍郎。杨畏、来之邵复上论纯仁不可再相，乞进用章惇、安焘、吕惠卿，疏入不报。吕大防欲引畏为谏议大夫，纯仁谓："畏非正人，怎可重用？"大防微笑道："莫非恨他劾奏相公吗？"纯仁尚莫名其妙，苏辙在旁，即读畏弹文。纯仁道："这事我尚未闻，但公不负畏，恐畏且负公！"（隐伏下文。）大防不信，竟迁畏礼部侍郎。畏劾范纯仁，且请用章、吕等人，其隐情已可窥见，何大防尚未悟耶？

元祐八年八月，太皇太后寝疾，不能听政，吕大防、范纯仁入宫问视，太皇太后与语道："我病将不起了。"吕、范齐声道："慈寿无疆，料不致有意外情事。"太皇太后道："我今年已六十二岁，死亦不失为正命，所虑官家（宫中称皇帝为官家）年少，容易受迷，还望卿等用心保护！"吕、范又同声道："臣等敢不遵命！"太皇太后顾纯仁道："卿父仲淹，可谓忠臣，在明肃垂帘时，惟劝明肃尽母道，至明肃上宾，惟劝仁宗尽子道，卿当效法先人，毋忝所生！"纯仁亦涕泣受命。高后岂亦虑哲宗之难恃耶？太皇太后复道："我受神宗顾托，听政九年，卿等试言九年间，曾加恩高氏否？我为公忘私，遗有一男一女，我病且死，尚不得相见哩。"时嘉王颛已薨，高后子只留一颛，徙封徐王，故尚未相见。言讫泪下，喘息了好一歇，复嘱吕、范二人道："他日官家不信卿言，卿等亦宜早退，令官家别用一番人。"说至此，顾左右道："今日正值秋社，可给二相社饭。"吕、范二人不敢却赐，待左右将社饭备齐，暂辞出外，至别室草草食讫，复入寝门内拜谢。太皇太后呜咽道："明年社饭时，恐二卿要纪念老身哩。"太后既预知哲宗心性，当力戒哲宗，奈何对吕、范二人，徒作颓唐语，亦令人难解！吕、范劝慰数语，随即告退。越数日，太皇太后竟崩。

后听政九年，朝廷清明，华夏绥定，辽主尝戒群臣道："南朝尽行仁宗旧政，老成正士，多半起用，国势又将昌盛哩，汝等幸勿生事！"因此元祐九年，毫无边衅。夏主来归永乐所俘，乞还侵地，太皇太后有志安民，诏还米脂、葭芦、浮屠、安疆四寨，夏人遂谨修贡，不复生贰。有司请循天圣故事，两宫同御殿，太皇太后不许。又请受册宝于文德殿，太皇太后道："母后当阳，非国家之美事，况文德殿系天子正衙，岂母后所当御，但就崇政殿行礼便了！"太皇太后侄元绘、元纪，终元祐世，只迁一秩，还是哲宗再三申请，方得特许。中外称为女中尧、舜。礼臣恭上尊谥，乃是"宣仁圣烈"四字。

哲宗乃亲政，甫经着手，即召内侍刘瑗等十人，入内给事。翰林学士范祖禹入谏道："陛下亲政，未闻访一贤臣，乃先召内侍，天下将谓陛下私昵近臣，不可不防。"哲宗默然，好似不见不闻一般。侍讲丰稷亦以为言，反将他出知颍州。出手便弄错。范祖禹忍无可忍，复接连上疏，由小子略述如下：

熙宁之初，王安石、吕惠卿造立新法，悉变祖宗之政，多引小人以误国，勋旧之臣，屏弃不用，忠正之士，相继远引，又用兵开边，结怨外夷，天下愁苦，百姓流徙，赖先帝觉悟，罢逐两人，而所引群小，已布满中外，不下二十万，可复去。蔡确连起大狱，王韶创取熙河，章惇开五溪，沈起扰交管，沈括、徐禧、俞充、种谔兴造西事，兵民死伤，皆不先帝临朝悼悔，谓朝廷不得不任其咎，以至吴居厚行铁冶之法于京东，王子京行茶法于福建，蹇周辅行盐法于江西，李稷、陆师闵行茶市市易于西川，刘定教保甲于河北，民皆愁痛嗟怨，比屋思乱，赖陛下与先后起而救之，天下之民，如解倒悬。惟是向来所斥逐之人，窥伺事变，妄意陛下不以修改法度为是，如得至左右，必进奸言，万一过听而误用之，臣恐国家自此凌迟，不复振矣。

这疏大意，是防哲宗召用熙丰诸臣。还有一疏，仍系谏阻近幸，略云：

汉有天下四百年，唐有天下三百年，及其亡也，皆由宦官，同一轨辙。盖与乱同事，未有不亡者也。汉自元帝任用石显，委以政事，杀萧望之、周堪，废刘向等，汉之基业，坏于元帝。唐自明皇使高力士省决章奏，宦官遂盛，李林甫、杨国忠皆自力士以进。唐亡之祸，基于开元。熙宁、元丰间，李宪、王中正、宋用臣辈，用事总兵，权势震灼，中正兼干四路，口敕募兵，州郡不敢违，师徒冻馁，死亡最多。宪陈再举之策，致永乐再陷，用臣兴土木之兵，无时休息，罔市井之微利，为国敛怨，此三人者虽加诛戮，未足以谢百姓。宪虽已亡，而中正、用臣尚在。今召内臣十人，而宪、中正之子，皆在其中，则中正、用臣必将复用，臣所以敢极言之，幸陛下垂察焉！

两疏呈入，哲宗仍然不省。范纯仁、韩忠彦等亦面请效法仁宗，均不见纳。吕大防受命为山陵使，甫出国门，杨畏即首叛大防，上言："神宗更立旧制，垂示万世，乞赐讲求，借成继述美名。"哲宗便召畏入对，并问："先朝旧臣，孰可召用？"畏举章惇、安焘、吕惠卿、邓润甫、李清臣等，各加褒美，且言："神宗建立新政，与王安石创行新法，实是明良交济，足致富强。今安石已殁，只有章惇才学，与安石相似，请即召为宰辅。"哲宗却很是信从，当下传出中旨，复章惇、吕惠卿官。寻用李清臣为中书侍郎，邓润甫为尚书左丞。至宣仁太后葬毕，吕大防回都，闻侍御史来之邵，已有弹章，即上书辞职，哲宗立即准奏。拔去首辅，好算辣手。于是彼言继志，此言述事，哄得这位哲宗皇帝，居然想对父尽孝，一心一意的绍述神宗。元祐九年三月，廷试进士李清臣发策拟题，题云：

今复辞赋之选，而士不知劝，罢常平之官，而农不加富，可差可募之说杂，而役法病，或东或北之论异，而河患滋，赐土以柔远也，而羌夷之患未弭，弛利以便民也，而商贾之路不通。夫可则因，否则革，惟当之为贵，圣人亦何有必焉！

原来元祐变政，曾禁用王氏经义字说，科试仍用诗赋（补上文所未及），所以李清臣发策，看作甚重。第一条便驳斥辞赋，第二条阴主青苗法，第三条指免役，第四条论治河，第五条斥还夏四寨事，第六条讥盐铁弛禁事。门下侍郎苏辙抗言上奏道：

伏见策题历诋行事，有诏复熙宁、元丰之意。臣谓先帝设施，盖有百世不可易者。元祐以来，上下奉行，未尝失坠，至于事或失当，何世无之？父作于前，子救于后，前后相继，此则圣人之孝也。汉武帝外事四夷，内兴宫室，财用匮竭，于是修盐铁榷酤均输之政，民不堪命，几至大乱。昭帝委任霍光，罢去烦苛，汉室乃定。光武、显宗以察为明，以谶决事，上下恐惧，人怀不安。章帝深鉴其失，代之宽厚，恺悌之政，后世称焉。本朝真宗天书，章献临御，揽大臣之议，藏之梓宫，以泯其迹，仁宗听政，绝口不言。英宗濮议，朝廷汹汹者数年，先帝寝之，遂以安静。夫以汉昭帝之贤，与吾仁宗、神宗之圣，岂其薄于孝敬而轻事变易也哉？陛下若轻变九年已行之事，擢任累岁不用之人，怀私愤而以先帝为辞，则大事去矣。

哲宗接阅奏章，竟勃然大怒道："辙敢比先帝为汉武吗？"我谓神宗尚不及汉武。言下即欲逐辙。辙下殿待罪，众莫敢救。范纯仁从容进言道："武帝雄才大略，史家并无贬词，辙引比先帝，不得为谤。陛下甫经亲政，待遇大臣，也不当似奴仆一般，任情呵斥。"正说着，有一人越次入奏道："先帝法度，都被司马光、苏辙等坏尽。"纯仁视之，乃是新任尚书左丞邓润甫，遂抗声道："这语是说错了。法本无弊，有弊必改。"哲宗道："秦皇、汉武，古所共讥。"纯仁便接奏道："辙所论是指时事言，非指人品言。"哲宗颜色少霁，乃不复发语，当即退朝。辙前时曾附吕大防，与纯仁议多不合，至是方谢纯仁道："公乃佛地位中人，辙仗公包涵久了。"纯仁道："公事公言，我知有公，不知有私。"名副其实，是乃谓之纯仁。辙又申谢而退。越日，竟下诏降辙官职，出知汝州。

及进士对策，考官评阅甲乙，上第多主张元祐。嗣经杨畏复勘，悉移置下第，把赞成熙丰的策议，拔置上列。第一名乃是毕渐，竟比王、吕为孔、颜，仿佛王、吕二人的孝子顺孙。自是"绍述"两字，宣传中外，曾布竟用为翰林学士，张商英进用为右正言。未几，即任章惇为尚书左仆射，兼门下侍郎。章惇既相，恁人当道，还管什么时局？什么名誉？贬苏轼知英州，寻复安置惠州。罢翰林学士范祖禹，出知陕州。范纯仁当然不安，连章求去，也出知颍昌府。召蔡京为户部尚书，安石婿蔡卞为国史修撰，林希为中书舍人，黄履为御史中丞。先是元丰末年，履曾官中丞，与蔡确、章惇、邢恕相交结。惇与确有所嫌，即遣恕语履。履尽情排击，不遗余力，时人目为四凶，因被刘安世劾奏，降级外调。昇再得志，立即引用，那时报复私怨，日夕罗织，元祐诸君子，都要被他陷入阱中了。去恶务尽，元祐诸贤，不知此义，遂致受殃。

当下由曾布上疏，请复先帝政事，下诏改元，表示意向。哲宗准奏，即于元祐九年四月，改称绍圣元年，半年都不及待，何性急乃尔？遂复免役法、免行钱、保甲法，罢十科举士法，令进士专习经义，除王氏学说禁令。黄履、张商英、上官均、来之邵等，乘势修怨，迭毁司马光、吕公著妄改成制，叛道悖理。章惇、蔡卞且请掘光、公著墓冢。适知大名府许将，内用为尚书左丞，哲宗问及掘墓事。许将对道："掘墓非盛德事，请陛下三思！"哲宗乃止，惟追夺司马光、吕公著赠谥，仆所立碑。贬吕大防为秘书监，刘挚为光禄卿，苏辙为少府监，并分司南京。章惇复钩致文彦博等罪状，得三十人，列籍以上，请尽窜岭表。李清臣独进言道："变更先帝法度，虽不能无罪，但诸人多累朝元老，若从惇言，恐大骇物听，应请从宽为是！"哲宗点首。看官阅过前文，应知李清臣是主张绍述，仇视元祐诸臣，为何反请哲宗从宽呢？原来清臣本思为相，至章惇起用，相位被他夺去，于心不甘，所以与惇立异，有此奏请。哲宗乃颁诏道："大臣朋党，司马光以下，各以轻重议罚，余悉不问，特此布告天下。"

会章惇复荐用吕惠卿，诏命知大名府，惇未以为然。监察御史常安民上言："北都重镇，惠卿且未足胜任，试思惠卿由王安石荐引，后竟背了安石，待友如此，事君可知。今已颁诏命，他必过阙请对，入见陛下，臣料他将泣述先帝，感动陛下，希望留京了。"哲宗也似信非信。及惠卿到京，果然请对，果然述先朝事，作涕泣状，哲宗正色不答。惠卿只好辞退，出都赴任。惇闻此事，隐恨安民，可巧安民复劾论蔡京、张商英，接连数奏，末疏竟斥章惇专国植党，乞收回主柄，抑制权奸。惇挟嫌愈甚，潜遣亲信进语道："君本以文学闻名，奈何好谈人短，甘心结怨？能稍自安静，当以高位相报。"安民正色呵斥道："尔乃为当道做说客吗？烦尔传语，安民只知忠君，不知媚相。"傲骨棱棱。看官！试想章惇不立排安民，尚是留些余地，有意笼络，偏安民一味强硬，教章惇如何相容？遂嗾使御史董敦逸，弹斥安民，说他与苏轼兄弟，素作党援，安民竟被谪滁州，令监酒税。门下侍郎安焘上书救解，毫不见效，反为惇所谗间，出知郑州。蔡卞重修神宗实录，力翻前案，前史官范祖禹及赵彦若、黄庭坚等，并坐诋诬降官，安置永、澧、黔州，并因吕大防尝监修神宗实录，亦应连坐，徙至安州居住。范纯仁请释还大防，大忤章惇，竟贬纯仁知随州。惇且纪念蔡确，惜他已死，嘱确子渭叩阍诉冤，即追复确官，并赠太师，予谥"忠怀"。一面与蔡京定计，沟通阉寺，密结刘婕妤为内援，把灭天害理的事情，逐渐排布出来。小子有诗叹道：

> 宵小无非误国媒，
> 胡为视作济时才？
> 堪嗟九载宣仁力，
> 都被奸邪一旦摧。

究竟章惇等作何举动，容至下回表明。

宋代贤后，莫如宣仁，元祐年间，号称极治，皆宣仁之力也。但吾观宣仁弥留时，乃对吕、范二大臣，叮咛呜咽，劝以宜早引退，并谓明年社饭，应思念老身，意者其豫料哲宗之不明，必有蔑弃老成，更张新政之举耶？且哲宗甫经亲政，奸党即陆续进用，是必其少年心性，已多昧，宣仁当日，有难言之隐，不过垂帘听政，大权在握，尚足为无形之防闲；至老病弥留，不忍明言，又不忍不言，叮咛呜咽之时，盖其心已不堪酸楚矣。宣仁固仁，而哲宗不哲，吕、范退，章、蔡进，宋室兴衰之关键，意在斯乎！意在斯乎！

第四十六回

宠妾废妻皇纲倒置
崇邪黜正党狱迭兴

却说刘婕妤专宠内庭，权逾孟后，章惇、蔡京即钻营宫掖，恃婕妤为护符，且追溯范祖禹谏乳媪事（应四十四回），指为暗斥婕妤，坐诬谤罪，并牵及刘安世。哲宗耽恋美人，但教得婕妤欢心，无不可行，遂谪祖禹为昭州别驾，安置贺州，安世为新州别驾，安置英州。刘婕妤阴图夺嫡，外结章惇、蔡京，内嘱郝随、刘友端，表里为奸，渐构成一场冤狱，闹出废后的重案来。奸人得势，无所不至。

婕妤恃宠成骄，尝轻视孟后，不循礼法。孟后性本和淑，从未与她争论短长。惟中宫内侍冷眼旁窥，见婕妤骄倨无礼，往往打抱不平。会后率妃嫔等朝景灵宫，礼毕，后就座，嫔御皆立侍，独婕妤轻移莲步，退往帘下；孟后虽也觉着，恰未曾开口。申说二语，见后并非妒妇。偏侍女陈迎儿口齿伶俐，竟振吭道：“帘下何人？为什么亭亭自立？”婕妤听着，非但不肯过来，反竖起柳眉，怒视迎儿；忽又扭转娇躯，背后立着。形态如绘。迎儿再欲发言，由孟后以目示禁，方不敢多口。至孟后返宫，婕妤与妃嫔等随后同归，杏脸上还带着三分怒意。既而冬至节届，后妃等例谒太后，至隆祐宫，太后尚未御殿，大众在殿右待着，暂行就座。向例唯皇后座椅，朱漆金饰，嫔御不得相同，此次当然循例；偏刘婕妤立着一旁，不愿坐下。内侍郝随窥知婕妤微意，竟替她易座，也是髹朱饰金，与后座相等，婕妤方才就座。突有一人传呼道：“皇太后出来！”孟后与妃嫔等相率起立，刘婕妤亦只好起身。哪知伫立片时，并不见太后临殿，后妃等均是莲足，不能久立，复陆续坐下。刘婕妤亦坐将下去，不意坐了个空，一时收缩不住，竟仰天跌了一跤。却是好看。侍从连忙往扶，已是玉山颓倒，云鬓蓬松。恐玉臀亦变成杏脸。妃嫔等相顾窃笑，连孟后也是解颐。看官！试想此时的刘婕妤，惊忿交集，如何忍耐得住？可奈太后宫中，不便发作，只好咬住银牙，强行忍耐，但眼中的珠泪，已不知不觉地进将下来。她心中暗忖道：“这明明中宫使刁，暗嘱侍从设法，诈称太后出殿，诱我起立，潜将宝椅撤去，致令仆地，此耻如何得雪？我总要计除此人，才出胸中恶气。”后阁中人，原太促狭，但也咎由自取，如何不自反省？当下命女侍替整衣饰，代刷鬓鬟，草草就绪，那向太后已是出殿，御座受朝。孟后带着嫔妃，行过了礼，太后也没甚问答，随即退入。

后妃等依次回宫，刘婕妤踉跄归来，余恨未息。郝随从旁劝慰道：“娘娘不必过悲，能早为官家生子，不怕此座不归娘娘。”婕妤恨恨道：“有我无她，有她无我，总要与她赌个上下。”说着时，巧值哲宗进来，也不去接驾，直至哲宗近身，方慢慢地立将起来。哲宗仔细一瞧，见她泪眦荧荧，玉容寂寂，不由得惊讶逾常，便问道：“今日为冬至令节，朝见太后，敢是太后有什么斥责？”婕妤呜咽道：“太后有训，理所当从，怎敢生嗔？”哲宗道：“此外还有何人惹卿？”婕妤陡然跪下，带哭带语道：“妾、妾被人家欺负死了。”哲宗道：“有朕在此，何人敢来欺负？卿且起来！好好与朕说明。”婕妤只是哭着，索性不答一言。这是妾妇惯技。郝随即在旁跪奏，陈述大略，却一口咬定皇后阴谋。主仆自然同心。哲宗道：“皇后循谨，当不致有这种情事。”也有一隙之明。婕妤即接口道：“都是妾的不是，望陛下撵妾出宫。”说到“宫”字，竟枕着哲宗足膝，一味娇啼。古人说得好：“儿女情长，英雄气短。”自古以来，无论什么男儿好汉，钢铁心肠，一经娇妻美妾，朝诉暮啼，无不被她熔化。况哲宗生平宠爱，莫如刘婕妤，看她愁眉泪眼，仿佛一枝带雨梨花，哪有不怜惜的道理？于是软语温存，好言劝解，才得婕妤罢哭，起侍一旁。哲宗复令内侍取酒肴，与婕妤对饮消愁，待到酒酣耳热，已是夜色沉沉，接连吃过晚膳，便就此留寝。是夕，除艳语浓情外，参入谗言，无非是浸润之谮、肤受之诉罢了。

会后女福庆公主偶得奇病，医治无效，后姊颇知医理，尝疗后疾，以故出入禁中，无复避忌。公主亦令她诊治，终无起色。她穷极无法，别觅道家治病符水，入治公主。后惊语道："姊不知宫中禁严，与外间不同吗？倘被奸人谣诼，为祸不轻。"遂令左右藏着，俟哲宗入宫，具言原委。哲宗道："这也是人生常情，她无非求速疗治，因有此想。"后即向左右取出原符，当面焚毁，总道是心迹已明，没甚后患，谁料宫中已造谣构衅，啧有烦言。想就是郝随等人捏造出来。未几，有后养母听宣夫人燕氏及女尼法端，供奉官王坚，为后祷词。郝随等方捕风捉影，专伺后隙，一闻此信，即密奏哲宗，只说是中宫厌魅，防有内变。哲宗也不察真伪，即命内押班梁从政与皇城司苏硅，捕逮宦官、宫姜三十人，彻底究治。梁、苏两人，内受郝随嘱托，外由章惇指使，竟滥用非刑，把被逮一干人犯，尽情掩掠，甚至断肢折体。孟后待下本宽，宦姜等多半感德，哪肯无端妄扳？偏梁从政等胁使诬供，定要归狱孟后。有几个义愤填膺，未免反唇相讥，骂个爽快。梁、苏大怒，竟令割舌，结果是未得供词，全由梁、苏两人凭空架造，捏成冤狱，入奏哲宗。有诏令侍御史董敦逸复录罪囚。敦逸奉旨提鞫，但见罪人登庭，都是气息奄奄，莫能发声，此时触目生悲，倒也秉笔难下。恻隐之心，人皆有之。敦逸虽是奸究，究竟也有天良。郝随防他翻案，即往见敦逸，虚词恫吓。敦逸畏祸及身，不得已按着原谳，复奏上去。一念萦私，便入阿鼻地狱。哲宗竟下诏废后，令出居瑶华宫，号华阳教主玉清静妙仙师，法名冲真。是时为绍圣三年孟冬，天忽转暑，荫翳四塞，雷雹交下。董敦逸自觉情虚，复上书谏阻，略云：

中宫之废，事有所因，情有可察。诏下之日，天为之荫翳，是天不欲废后也。人为之流涕，是人不欲废后也。臣尝奉诏录囚，仓促复奏，恐未免致误，将得罪天下后世，还愿陛下暂收成命，要命良吏复核真伪，然后定谳。如有冤情，宁谴臣以明枉，毋污后而贻讥，谨待罪上闻！

哲宗览毕，自语道："敦逸反复无常，朕实不解。"次日临朝，谕辅臣道："敦逸无状，不可更在言路。"曾布已闻悉情由，便奏对道："陛下本因宫禁重案，由近习推治，恐难凭信，特命敦逸录问，今乃贬录问官，如何取信中外？"此奏非庇护敦逸，乃是主张成案。哲宗乃止。旋亦自悔道："章惇坏我名节。"照此说看来，是废后之举，章惇必有密奏。嗣是中宫虚位，一时不闻继立。刘婕妤推倒孟后，眼巴巴地望着册使，偏待久无音，只博得一阶，晋封贤妃。

贼臣章惇，一不做，二不休，既构成孟后冤狱，还想追废宣仁，因急切无从下手，乃再从元祐诸臣身上层加罪案，谋达最后的问题。二省长官统是章惇党羽，惇便教他追劾司马光等，说是："诋毁先帝，变易法度，罪恶至深，虽或告老或已死，亦应量加惩罚，为后来戒！"那时昏头磕脑的哲宗皇帝，竟批准奏牍，追贬司马光为清远军节度使，吕公著为建武军节度副使，王岩叟为雷州别驾，夺赵瞻、傅尧俞赠谥，追还韩维、孙固、范百禄、胡宗愈等恩诏。寻又追贬光为朱匡军司户，公著为昌化军司户。各邪党兴高采烈，越觉猖狂，适知渭州吕大忠，系大防兄，自泾原入朝，哲宗与语道："卿弟大防，素性朴直，为人所卖，执政欲谪徙岭南，朕独令处安陆，卿可为朕寄声问好，二、三年后，当再相见！"大忠叩谢而退。

章惇正在阁中，闻大忠退朝，即出与相见，并问有无要谕。大忠心直口快，竟将哲宗所嘱一一告知，章惇佯作惊喜道："我正待令弟入京，好与他共议国是，难得上意从同，我可得一好帮手了。"至大忠去后，即密唆侍御史来之邵及三省长官，奏称："司马光叛道逆理，典刑未及，为鬼所诛，独吕大防、刘挚等，罪与光同，尚存人世。朝廷虽尝惩责，尚属罚不称愆，生死异置，恐无以示后世。"乃复贬大防为舒州团练副使，安置循州，刘挚为鼎州团练副使，安置新州，苏辙为化州别驾，安置雷州，梁焘为雷州别驾，安置化州，范纯仁为武安军节度副使，安置永州，刘奉世为光禄少卿，安置柳州，韩维落职致仕，再贬均州安置，王觌谪通州，韩川谪随州，孙升谪峡州，吕陶谪衡州，范纯礼谪蔡州，赵君锡谪亳州，马默谪单州，顾临谪饶州，范纯粹谪均州，孔武仲谪池州，王钦臣谪信州，吕希哲谪和州，吕希纯谪金州，吕希绩谪光州，姚缅谪衢州，胡安诗谪连州，秦观谪横州，王汾落职致仕，孔平仲落职知衡州，张耒、晁补之、贾易并贬为监当官，朱光庭、孙觉、赵卨、李之纯、李周均追夺官秩，嗣复追贬孔文仲、李周为别驾。这道诏命，系是中书舍人叶涛主稿，文极丑诋，中外切齿。那章惇、蔡京等，才把元祐诸臣一网打尽，无论洛党、蜀党、朔党，贬窜得一个不留，大宋朝上，只剩得一班魑魅魍魉了。君子尚能容小人，小人断不能容君子，于此可见。

先是左司谏张商英，曾有一篇激怒君相的奏牍，内言："陛下无忘元祐时，章惇无忘汝州时，安焘无忘许州时，李清臣、曾布无忘河阳时。"为这数语，遂令哲宗决黜旧臣，章惇等誓复旧怨，遂兴起这番大狱。韩维子上书陈诉，略言："父维执政时，尝与司马光未合，恳请恩赦！"得旨免行。纯仁子亦欲援例，拟追述前时役法，父言与光议不同，可举此乞免。纯仁摇首道："我缘君实荐引，得致宰相，从前同朝论事，宗旨不合，乃是为公不为私，今复再行提及，且变作为私不为公。与其有愧而生，宁可无愧而死？"随命整装就道，怡然启行。僚友或说他好名，纯仁道："我年将七十，两目失明，难道甘心远窜吗？不过爱君本心，有怀未尽，若欲避好名的微嫌，反恐背叛朝廷，转增罪戾呢。"忠臣信友，可谓完人。诸子因纯仁年老，多愿随侍，途次冒犯风霜，辄怨詈章惇，纯仁必喝令住口。一日，舟行江中，遇风被覆，幸滩水尚浅，不致溺死。纯仁衣履尽湿，旁顾诸子道："这难道是章惇所使吗？君子素患难，行乎患难，何必怨天尤人。"纯仁可与言道。既至永州，仍夷然自若，无戚戚容，以此尚得保全。吕大防病殁途中。梁焘至化州，刘挚至新州，均因忧劳成疾，相继谢世。

张商英又劾文彦博背国负恩，朋附司马光，因降为太子少保。及诏命到家，彦博亦已得病，旋即身逝，年九十二岁。彦博居洛，尝与司马光、富弼等十三人，仿白居易九老会故事，置酒赋诗，筑堂绘像，号为洛阳耆英会，迄今留为佳话。徽宗初追复太师，赐谥"忠烈"。

会哲宗授曾布知枢密院事，林希同知院事，许将为中书侍郎，蔡卞、黄履为尚书左右丞，卞与惇同肆罗织，尚欲举汉、唐故事，请戮元祐党人。凶险之至。哲宗询及许将，将对道："汉、唐二代，原有此事，但本朝列祖列宗，从未妄戮大臣，所以治道昭彰，远过汉、唐哩。"许将亦奸党之一，但尚有良心。哲宗点首道："朕意原亦如此。"将即趋退。章惇更议遣吕升卿、董必等察访岭南，将尽杀流人。哲宗召惇入朝，面谕道："朕遵祖宗遗志，未尝杀戮大臣，卿毋为已甚！"惇虽唯唯应命，心中很是不快，暗中致书邢恕，令他设法诬陷。恕在中山，得书后，设席置酒，招高遵裕子士京入饮，酒过数巡，乃私问道："君知元祐年间，独不与先公推恩否？"士京答言未知。恕又问道："我记得君有兄弟，目今尚在否？"士京答称有兄士充，现已去世。恕又道："可惜！可惜！"士京惊问何事，恕便道："今上初立时，王珪为相，他本意欲立徐王，曾遣令兄士充，来问先公。先公斥退士充，珪计不行，所以得立今上。"一派鬼话。士京又答言未知。恕复道："令兄已殁，只有君可作证，我有事需君，君肯相从，转眼间可得高官厚禄，但事前切勿告人！"士京莫名其妙，但闻高官厚禄四字，不禁眉飞色舞，当即答称如命。饮毕，欢谢而别。恕即复书章惇，谓已安排妥当。惇即召恕入京，三迁至御史中丞。恕遂诬奏司马光、范祖禹等，曾指斥乘舆，又令王珪为高士京作奏，述先臣遵裕临死，曾密嘱诸子，有斥退士充，乃立今上等事。再嗾使给事中叶祖洽，上言册立陛下时，王珪尝有异言。三面夹攻，不由哲宗不信，遂追贬王珪为万安军司户，赠遵裕秦国军节度使。

自是天怒人怨，交迫而至。太原地震，坏庐舍数千户，太白星昼见数次，火星入舆鬼，太史奏称贼在君侧。哲宗召太史入问贼主何人，太史答道："谗慝奸邪，皆足为贼，愿陛下亲近正人，修德格天！"此语颇为善谏，可惜未表姓名。哲宗乃避殿减膳，下诏修省。何不黜逐奸党？绍圣五年元日，免朝贺礼。章惇、蔡京恐哲宗另行变计，又想出一条奇谋，蛊惑君心。小人入朝，无非蛊君。

看官道是何事？乃是咸阳县民段义，忽得了一方玉印，镌有"受命于天，既寿永昌"八字，呈报地方长官。官吏称是秦玺，遣使赍京，诏令蔡京等验辨。看官听着！这玺来历，明明是蔡京等授意秦吏，现造出来，此时教他考验，如何说是不真？且附上一篇贺表，称作天人相应，古宝呈祥。哲宗大喜，命定此玺名称，号为天授传国受命宝。择日御大庆殿受玺，行朝会礼。仿佛儿戏。并召段义入京，赐绢二百匹，授右班殿直，骤然升官发财，未知段义交什么运？一面颁诏改元，以绍圣五年为元符元年，特赦罪犯，惟元祐党人不赦，且反逮文彦博子及甫下狱，锢刘挚、梁焘子孙于岭南，勒停王岩叟诸子官职，当时称为同文馆狱。原来文彦博有八子，皆历要官，第六子名及甫，尝入值史馆。因与邢恕友善，为刘挚所劾，出调外任。时吕大防、韩忠彦等尚秉国政，及甫迁怨辅臣，曾致书邢恕，有"司马昭之心，路人皆知，又济以粉昆，可为寒心"等语。司马昭隐指大防，粉昆隐指忠彦，忠彦弟嘉彦，曾尚淑寿公主（英宗第三女），俗号驸马为粉侯，因称忠彦为粉昆。恕曾将及甫书示确弟硕，至是恕令确子渭上书，讼挚等陷害父确，阴谋不轨，谋危宗社，引及甫书为证。乃置狱同文馆，逮问及甫，令蔡京讯问，佐以谏议大夫安惇。安惇本迎合章、蔡，因得此位，遂潜告及甫，令诬供刘挚、王岩叟、梁焘等人。及甫如言对簿，诡称："乃父在日，尝称挚为司马昭，王岩叟面白，乃称为粉，梁焘字况之，况字右旁从兄，乃称为昆。"京、惇因据供上陈，遂言："挚等大逆不道，死有余辜，不治无以治天下。"哲宗问道："元祐诸臣，果如是吗？"京、惇齐声道："诚有是心，不过反形未著。"含血喷人。乃诏锢挚、焘子孙，削岩叟诸子官。及甫系狱数日，竟得释放，进安惇为御史中丞，蔡京只调任翰林学士承旨。京与卞系是兄弟，卞已任尚书左丞，由曾布密白哲宗，兄弟不应同升，因止转官阶，不得辅政。嗣被京探悉，引为深恨，遂与布有隙，格外谄附章惇。惇怨范祖禹、刘安世尤深，特嘱京上章申劾，竟将祖禹再窜化州，安世再窜梅州。嗣惇又擢王豪为转运判官使，令暗杀安世。豪立即就道，距梅州约三十里，呕血而死，安世乃得免。祖禹竟病殁贬所。惇又与蔡卞、邢恕定谋，拟将元祐变政，归罪到宣仁太后身上，竟欲做出灭伦害理的大事来。小子有诗叹道：

> 贼臣当国敢无天，
> 信口诬人祸众贤。
> 不信奸邪如此恶，
> 且连圣母上弹笺。

欲知章惇等如何划策，俟至下回叙明。

章惇乃第一国贼，蔡卞等特其爪牙耳。惇不入相，则奸党何由而进？冤狱何由而兴？人谓刘婕好意图夺嫡，乃有孟后之废，吾谓婕好何能废后？废后者非他，贼惇是也。人谓绍述之议，创自杨畏、李清臣，由绍述而罪元祐诸臣，乃有钩党之祸，吾谓杨畏、李清臣，何能尽逐元祐诸臣？逐元祐诸臣者非他，贼惇是也。废后不足，尽黜诸贤，妨贤不足，且欲上诬宣仁，是可忍，孰不可忍乎？呜呼章惇，阴贼险狠，较莽、操为尤甚，欲穷其罪，盖几罄竹难书矣。故读此回而不发指者，吾谓其亦无人心。

第四十七回　拓边防谋定制胜　窃后位喜极生悲

却说章惇、蔡卞等，欲诬宣仁太后，遂与邢恕、郝随等定谋，只说司马光、刘挚、梁焘、刘大防等，曾沟通崇庆宫内侍陈衍，密谋废立。崇庆宫系宣仁太后所居，陈衍为宫中干役，时已得罪，发配朱崖。尚有内侍张士良，从前亦与衍同职，外调郴州。章惇遣使召还，令蔡京、安惇审问。京、惇高坐堂上，旁置鼎镬刀锯，非常严厉，方召士良入讯，大声语道："你肯说一有字，即还旧职，若讳有为无，国法俱在，请你一试！"全是胁迫。士良仰天大哭道："太皇太后不可诬，天地神祇不可欺，士良情愿受刑，不敢妄供！"京等胁逼再三，士良抵死不认。好士良。京与惇无供可录，只奏衍疏隔两宫，斥逐随龙内侍刘瑗等人，翦除人主心腹羽翼，谋为大逆，例应处死！哲宗神志颠倒，居然批准下来，章惇、蔡卞遂擅拟草诏，呈入御览，议废宣仁为庶人。哲宗在灯下展览，正在迟疑未决，忽有内侍宣太后旨，传帝入见。哲宗即往谒太后，太后道："我曾日侍崇庆宫，天日在上，哪有废立的遗言？我刻已就寝，猝闻此事，令我心悸不休。试想宣仁太后待帝甚厚，尚有不测的变动，他日还有我吗？"言下带着惨容。哲宗连称不敢，既而退还御寝，即将惇、卞拟诏，就灯下毁去。郝随在旁窥见，即往告惇、卞。次日，惇、卞再行具状，坚请施行，哲宗不待阅毕，已勃然怒道："汝等不欲朕入英宗庙吗？"撕奏掷地，事乃得寝。既知惇、卞虚诬，奈何尚不加罪？这且慢表。

且说哲宗元符元年，夏主秉常病殂，子乾顺嗣立，遣使至汴都告哀。哲宗仍册封乾顺为夏王，乾顺申谢封册，并归永乐俘虏。当时曾给还四寨（见四十五回），令彼此画界自守，夏人得步进步，屡思侵轶界外，所以画界问题，始终未定。不过元祐年间，宋廷称治，夏人尚不敢深扰，至绍圣改元，屡求塞门二寨，愿以兰州边境为易，廷议不许。绍圣三年，乾顺奉母梁氏（秉常母姓梁，乾顺母亦姓梁），率众五十万，大入鄜延，西自顺宁招安寨，东自黑水、安定，中自塞门、龙安、金明以南，二百里间，烽烟不绝。乾顺子母，亲督枹鼓，纵骑四掠，前队攻金明，后队驻龙安，宋将调集边兵，掩击夏人，反为所败，金明被陷，守兵二千五百人，尽行陷没，只五人得脱。城中粮五万石，草十万束，统被掠去，将官张舆战死。时吕惠卿调任鄜延经略使，正拟请诸路出兵，往援金明，忽由夏人放出俘卒，颈上置有一书，两手尚被缚着。当经惠卿左右替他解缚，并取来书呈上。惠卿当然展阅，但见书中略云：

夏国昨与朝廷议疆场事，惟小有不同，方行理究，不意朝廷改悔，却于坐团铺处立界。本国以恭顺之故，亦龟勉听从，亦于境内立数堡以护耕。而鄜延出兵，悉行平荡，又数数入界杀掠，国人共愤，欲取延州。终以恭顺，止取金明一寨，以示兵锋，终不失臣子之节也。调侃语。

惠卿览毕，问明还卒，方知夏人已经退去，乃将来书赍送枢密院，院吏匿不上闻。越年，知渭州章楶，献平夏策，请筑城葫芦河川，扼据形胜，严拒夏人。惇与章楶同宗，接得此书，称为奇计。当即请命哲宗，依议施行。与宰相同宗，自有好处。楶遂檄令熙河、秦凤、环庆、鄜延四路人马，缮理他寨数十所，佯示怯弱，自率兵备齐板筑，竟出葫芦河川，造起两座城墙；一座在石门峡江口，一座在好水河北面。端的是据山为城，因河为池。夏人闻章楶筑寨，即来袭击，被章楶设伏掩杀，驱退夏人。二旬又二日，筑城告竣，取名平夏城灵平寨，当下拜表上闻。章楶遂请绝夏人岁赐，命沿边诸路，择视要隘，次第筑城，共五十余所。总不免劳民伤财。于是鄜延经略使吕惠卿，乘势图功，疏请诸路合兵，出讨夏罪。哲宗立即批准，并饬河东、环庆各军，尽听惠卿节制。惠卿遣将官王愍攻夺宥州，嗣复奏筑威戎、威羌二城。诏进惠卿银紫光禄大夫，其余筑城诸将士，爵赏有差。到了元符元年冬季，夏人复寇平夏城，章楶仍用埋伏计，就城外十里间，三覆以待，命偏将折可适带领前军向前诱敌，只准败，不准胜。夏将嵬名阿理（一译作威明阿密）素有勇名，仗着一身膂力，超跃而来。折可适率军拦截，不到数合，便即奔回。嵬名阿理不知是计，急麾军追赶，后队的夏监军名叫妹勒都逋（一译作穆尔图卜），闻先锋得胜，也鼓舞随来。章楶在山冈遥望，见夏兵被折可适诱入，已到第二层伏兵境内，当即燃炮为号，一声爆响，伏兵齐起，把夏兵冲作数段。嵬名阿理尚不知死活，只管舞动大刀，东挑西拨，宋军奋力兜拿，一时恰不能近身。章楶命弓弩手一齐注射，箭如飞蝗，饶你夏先锋力大无穷，熬不住数支箭镞，顿时中矢落马，被宋军活捉住了。妹勒都逋也被第三层伏兵围住，舍命冲突，竟不能脱，只好束手受擒。夏兵大败，死亡过半。章楶好算能军。这次战胜夏人，所有夏国精锐，多半陷没，夏人为之气夺。

章楶飞书奏捷，哲宗御紫宸殿受贺。章惇请乘胜平夏，令章楶便宜行事。楶乃创设西安州，并添筑荡羌、天都、临羌、横岭诸寨，及通会、宁韦、定戎诸堡，招招进逼。夏主乾顺不禁畏惧，复值国母梁氏身亡，越觉乏人主张，遂遣使向辽乞援。辽遣签书枢密院事萧德崇至宋，代为议和，诏令郭知章持书复辽，略言："夏人若果出至诚，悔过谢罪，应当予以自新，再修前好。"于是夏主遣使告哀，上表谢过，朝议许夏通好，令再进誓表，仍给岁赐，西陲少安。

未几，又有吐蕃战事。自王韶倡复河湟，縶归木征，因功封枢密副使后（应三十九回），旋与王安石有隙，出知洪州，未几遂死。韶将死时，生一背疽，终日闭目奄卧，尝延医就诊，医请开眼鉴色，韶谓一经开眼，即有许多斩头截脚等人立在眼前，所以眼中无病，也不敢开。医生知为果报，勉强用药，敷衍数日，疽溃而亡。为好杀者戒，故特补叙。时人闻韶暴死，相戒开边。

惟元祐二年，岷州将种谊复洮州，执吐蕃部族鬼章等（鬼章一译作果庄），槛送京师。鬼章本熙河首领，王韶定熙河，尝请封鬼章为刺史，鬼章总算投诚。会保顺军节度使董毡病卒，养子阿里骨嗣位（阿里骨一译作额尔古），阿里骨诱使鬼章，入据洮河。至鬼章被擒，哲宗加恩赦宥，遣居秦州，令招子结龌，及部属自赎。阿里骨颇也知惧，上表谢罪，诏令照常纳贡，不再加兵。阿里骨旋死，传子辖征（一译作辖戬）辖征暴虐，部曲携贰，大酋沁牟钦毡（一译作星摩沁占）等阴蓄异谋，虑辖征叔父苏南党征，雄武过人，不为所制，遂日进谗言，怂动辖征加罪叔父。辖征昏愦异常，竟将叔父杀死，且劘灭余党，独篯罗结（一译作沁鲁克节）投奔溪巴温（一译作希卜温）。溪巴温系董毡疏族，曾居陇逋部，役属土人，篯罗结奔至，为溪巴温设法略地，与他长子邦栜，攻入辖征属境，夺据溪哥城。辖征出兵掩讨，攻杀邦栜，篯罗结转奔河州。洮西安抚使兼知河州王赡，收为臂助，密议攻取青唐，献策朝廷。章惇正贪功黩武，力言此议可行，于是王赡遂引军趋邈川。邈川为青唐要口，辖征虽设兵防守，猝闻王赡军至，不及预防，吓得仓皇失措。王赡督兵攻城，并射书招降。守兵知不可支，情愿投顺，遂开城迎纳赡军。辖征在青唐闻报，慌忙调兵抵敌，哪知号令不灵，无人听命，他穷急无法，不得已单身潜出，竟至邈川乞降。赡收纳辖征，露布奏捷，诏命胡宗回统领熙河，节制诸部。

王赡以功由己立，不蒙特赏，反来一胡宗回，权出己上，心中很是不平，乃逗兵不进。沁牟钦毡等竟迎溪巴温入青唐，立木征子陇栜（一译作隆咱尔）为主，势焰复炽。宗回督赡进攻，赡尚未肯受命，寻由朝旨催促，赡乃进薄青唐。陇栜及沁牟钦毡，因急切无从固守，勉强出降（为后文伏笔）。赡遂入据青唐城，驰书奏闻，诏改青唐为鄯州，命王赡知州事。邈川为湟州，命王厚知州事。当时中外智士，已料二酋乞降非出本心，将来必有变动，不但青唐不能久据，就是邈川亦恐不可守。王赡等但顾目前，未遑后计，哪里防到后文这一着哩？这且待后再详。

且说哲宗废去孟后，未免自悔，蹉跎三年，未闻继立中宫。刘贤妃日夕觊望，格外献媚，终不得册立消息，再嘱内侍郝随、刘友端并首相章惇，内外请求，亦不见允，累得这位刘美人，彷徨忧虑，怅断秋波，就中只有一线希望，乃是后宫嫔御，未育一男，哲宗年早逾冠，尚乏储嗣，若得诞生麟儿，这中宫虚悬的位置，不属刘妃，将属何人？天下事无巧不成话，那刘妃果然怀孕，东祷西祀，期得一子，至十月满足，临盆分娩，竟产下一位郎君，这番喜事，非同小可，刘妃原是心欢，哲宗亦甚快慰。于是宫廷章奏，一日数上，迭请立刘妃为后。哲宗乃命礼官备仪，册立刘氏为皇后，右正言邹浩抗疏谏阻道：

立后以配天子，安得不审？今为天下择母，而所立乃贤妃，一时公议，莫不疑惑，诚以国家自有仁宗故事，不可不遵用之尔。盖郭后与尚美人争宠，仁宗既废后，并斥美人，所以示公也。及立后则不选于妃嫔，而卜于贵族，所以远嫌，所以为天下后世法也。陛下之废孟氏，与郭后无以异，果与贤妃争宠而致罪乎？抑亦不然也？二者必居一于此矣。孟氏垂废之初，天下孰不疑立贤妃为后，及请诏书，有"别选贤族"之语，又闻陛下临朝慨叹，以为国家不幸。至于宗景立妾，怒而罪之，于是天下始释然不疑，今竟立之，岂不上累圣德？臣观白麻所言，不过称其有子，及引永平、祥符事以为证，臣请论其所以然：若曰有子可以为后，则永平贵人，未尝有子也，所以立者，以德冠后宫故也。祥符德妃，亦未尝有子，所以立者，以钟英甲族故也。又况贵人实马援之女，德妃无废后之嫌，迥与今日事体不同，顷年冬，妃从事景灵宫，是日雷变甚异，今宣制之后，霖雨飞雹，自奏告天地宗庙以来，阴霾不止。上天之意，岂不昭然？考之人事既如彼，求之天意又如此，望不以一时致命为难，而以万世公议为可畏。追停册礼，如初诏行之。

哲宗览奏至此，即召邹浩入问道："这也是祖宗故事，并非朕所独创哩。"浩对道："祖宗大德，可法甚多，陛下未尝遵行，乃独取及小疵，恐后世难免遗议呢。"哲宗闻言变色，至邹浩退朝，再阅浩疏，踌躇数四，若有所思，因将原疏发交中书，饬令复议。看官！试想废后立后，多半是章惇构成，此次幸已成功，偏来了一个邹浩，还想从旁挠阻，哪得不令惇愤恨？当下极端痛诋，力斥邹浩狂妄，请加严惩！哲宗本是个没主意的傀儡，看到疏，又觉邹浩多言，确是有罪，遂将他削职除名，羁管新州。尚书右丞黄履入谏道："浩感陛下知遇，犯颜纳忠，陛下反欲置诸死地，此后盈廷臣子，将视为大戒，怎敢与陛下再论得失呢？愿陛下改赐善地，毋负孤忠！"强盗也发善心吗？哲宗不从，反出履知亳州。

先是阳翟人田画为前枢密使田况从子，议论慷慨，与邹浩友善，互相砥砺。元符中，画入监京城门，往语浩道："君为何官？此时尚作寒蝉伏马吗？"浩答道："待得当进言，勉报君友。"至刘后将立，画语侪辈道："志完（志完即邹浩表字）再若不言，我当与他绝交了。"及浩以力谏得罪，画已病归许邸，闻浩出京，力疾往迎。浩对他流涕，画正色道："志完太没气节了。假使你隐默不言，苟全禄位，一旦遇着寒疾，五日不出汗，便当死去，岂必岭海外能死人吗？古人有言：'烈士殉名，'君勿自悔前事，恐完名全节的事情，尚不止此哩。"浩乃爽然谢教。浩有母张氏，当浩除谏官时，曾面嘱道："谏官责在规君，你果能精忠报国，无愧公论，我亦喜慰，你不必别生顾虑呢。"宗正寺簿王回，闻浩母言，很是感叹。及浩南迁，人莫敢顾，回独集友酿资，替浩治装，往来经理，且慰安浩母。逻卒以闻，被逮系狱。回从容对簿，御史问回曾否通谋，回慨然道："回实与闻，怎敢相欺！"遂诵浩所上章疏，先后约二千言，狱上除名。回即徒步出都，坦然自去。浩有贤母，并有贤友，亦足自慰。

哲宗因册后诏下，择日御文德殿，亲授刘后册宝。礼成，宫廷庆贺，欢宴数日。蛾眉不肯让人，狐媚竟能惑主，数年怨怼，一旦消除，正是吐气扬眉，说不尽的快活。哪知福兮祸伏，乐极悲生，刘后生子名茂，才经二月有余，忽生了一种奇疾，终日啼哭，饮食不进，太医都不能疗治，竟尔天逝。刘后悲不自胜，徒唤奈何。人力尚可强为，天命如何挽救？偏偏福无双至，祸不单行，皇子茂殇逝后，哲宗也生起病来，好容易延过元符二年，到了三年元日，卧床不起，免朝贺礼。御医等日夕诊视，参苓杂进，龟鹿齐投，用遍延龄妙药，终不能挽回寿数。正月八日，哲宗驾崩，享年只二十有五。总计哲宗在位，改元二次，阅一十五年。小子有诗叹道：

> 治乱都缘主德分，
> 不孙不子不成君。
> 宫闱更乏刑于化，
> 宋室从兹益泯棼。

哲宗已崩，尚无储贰，不得不请出向太后，定议立君。究竟何人嗣位，待至下回说明。

夏主乾顺，冲年嗣立，即奉母梁氏，率兵五十万寇边，其蔑宋也实甚。纵还俘卒，贻书惠卿，语多调侃，彼心目中岂尚有上国耶？章楶定计筑寨，连破夏众，擒悍寇，剪夏卒，虽不免劳师费财，而夏人夺气，悔罪投诚，西陲得无事者数年，楶之功固有足多者。若夫王赡之议取青唐，情形与西夏不同，夏敢寇边，其曲在夏，青唐虽自相残害，于宋无关得失，贸贸然兴兵出塞，据邈川，入青唐，侥幸取胜，曾亦思取之甚易，守之实难乎？然则章楶、王赡同一用兵，而功过之辨，固自判然，正不待下文之得而复失，始知其未克有成也。刘妃专宠，竟得册立，邹浩力谏不从，为刘氏计，乐何如之？然子茂遽夭，哲宗旋逝，天下事以阴谋窃取，侥幸成功者，终未能长享幸福，人亦何不援以自鉴耶？吉凶祸福，凭之于理，世有循理而乏善报者，未有蔑理而成善果者也。

第四十八回 承兄祚初政清明
信阁言再用奸慝

却说哲宗驾崩，向太后召入辅臣，商议嗣君。因泣对群臣道："国家不幸，大行皇帝无嗣，亟应择贤继立，慰安中外。"章惇抗声道："依礼律论，当立母弟简王似。"向太后道："老身无子，诸王皆神宗庶子，不能这般分别。"惇复道："若欲立长，应属申王泌。"太后道："申王有目疾，不便为君，还是端王佶罢。"惇又大言道："端王轻佻，不可君天下。"轻佻二字，恰是徽宗定评，不得以语出章惇，谓为诬妄。曾布在旁叱惇道："章惇未尝与臣等商议，如皇太后圣谕，臣很赞同。"蔡卞、许将亦齐声道："合依圣旨。"太后道："先帝尝谓端王有福寿，且颇仁孝，若立为嗣主，谅无他虞。"哲宗原是不哲，向太后亦失人了。章惇势处孤立，料难争执，只好缄口不言。乃由太后宣旨，召端王佶入宫，即位枢前，是为徽宗皇帝。曾布等请太后权同处分军国重事，太后谓嗣君年长，不必垂帘。徽宗泣恳太后训政，移时乃许。

徽宗系神宗第十一子，系陈美人所生，神宗崩，陈氏尝守陵殿，哀毁致亡。徽宗既立，追尊为皇太妃，并尊先帝后刘氏为元符皇后，授皇兄申王泌为太傅，进封陈王，皇弟莘王俣为卫王，简王似为蔡王，睦王偲为定王，特进章惇为申国公，召韩忠彦为门下侍郎，黄履为尚书左丞，立夫人王氏为皇后，后系德州刺史王藻女，元符二年归端邸，曾封顺国夫人。于是徽宗御紫宸殿，受百官朝觐。韩忠彦首陈四事：一、宜广仁恩，二、宜开言路，三、宜去疑似，四、宜戒用兵。太后览疏，很是嘉许。适值吐蕃复叛，青唐、邈川相继失守，太后感忠彦言，不愿穷兵，遂决计弃地，贬黜边臣。

原来王赡留守青唐，纵兵四掠，羌众都有怨言。沁牟钦毡纠众谋叛，被赡击破，尽戮城中诸羌，积尸如山。篯罗结因此生贰，诡言归抚本部，赡信以为真，听他自去，他遂招集千余人，围攻邈川，一面向夏乞援。夏人即发兵助攻，邈川危甚，青唐亦受影响。赡恐被叛羌隔断，遂弃了青唐，率兵东归。王厚亦守不住邈川，飞章告警。那朝旨接连颁下，先谪王赡至昌化军，继谪王厚至贺州，连胡宗回亦夺职知蕲州，仍将鄯州（即青唐）给还木征子陇栟，授河西军节度使，赐姓名曰赵怀德。陇栟弟赐名怀义，为廓州团练使，同知湟州（即邈川）。加辖征校尉太傅，兼怀远军节度使。王赡以前功尽弃，且遭贬窜，免不得悔愤交迫，惘惘然行到穰县，自觉程途辛苦，越想越恼，竟投缳自尽了。咎由自取，夫复谁尤？

未几，已是暮春时候，司天监步算天文，谓四月朔当日食，诏求直言。筠州推官崔鷗上书言事，略云：

比闻国家以日食之异，询求直言，伏读诏书，至所谓"言之失中，朕不加罪。"盖陛下披至情，廓圣度，以求天下之言如此，而私密所闻，不敢一吐，是臣子负陛下也。方今政令烦苛，民不堪扰，风俗险薄，法不能胜，未暇一一陈之，而特以判左右之忠邪为本。臣生于草菜，不识朝廷之士，但闻左右有指元祐诸臣为奸党者，必邪人也，使汉之党锢，唐之牛、李之祸，将复见于今日，可骇也。夫毁誉者朝廷之公议，故责授朱崖军司户司马光，左右以为奸，而天下皆曰忠；今宰相章惇，左右以为忠，而天下皆曰奸。此何理也？夫乘时抵巇盗富贵，探微揣端以固权宠，谓之奸可也。苞苴满门，私谒踵路，阴交不轨，密结禁廷，谓之奸可也。以奇技淫巧荡上心，以倡优女色败君德，独操刑赏，自报恩怨，谓之奸可也。蔽遮主听，排斥正人，微言者坐以刺讥，直谏者陷以指斥，以杜天下之言，掩滔天之罪，谓之奸可也。凡此数者，光有之乎？惇有之乎？夫以佞为忠，必以忠为佞，于是乎有谬赏乱罚，赏谬罚滥，佞人徇样，如此而国不乱，未之有也。光忠信直谅，闻于华夷，虽古名臣未能过，而谓之奸，是欺天下也。至如惇狙诈凶险，天下士大夫呼曰惇贼，贵极宰相，人所具瞻，以名呼之，又指为贼，岂非以其辜负主恩，玩窃国柄，忠臣痛愤，义士不服，故贼而名之耶？京师语曰："大惇小惇，殃及子孙。"谓惇与御史中丞安惇也。小人譬之蝮蝎，其凶忍害人，根乎天性，随遇必发，天下无事，不过贼陷忠良，破碎善类，至缓急危疑之际，必有反复卖国，跋扈不臣之心。比年以来，谏官不论得失，御史不劾奸邪，门下不驳诏令，共持喑默以为得计。昔李林甫窃相位，十有九年，海内怨痛，而人主不知，顷邹浩以言事得罪，大臣拱手观之，同列无一语者，又从而挤之。夫以股肱耳目，治乱安危所系，而一切若此，陛下虽有尧舜之聪明，将谁使言之？谁使行之？夫日阳也，食之者阴也，四月正阳之月，阳极盛，阴极衰之时，而阴干阳，故其变为大。唯陛下畏天威，听民命，大运乾纲，大明邪正，毋违经义，毋郁民心，则天意解矣。若夫伐鼓用币，素服彻乐，而无修德善政之实，非所以应天也。臣越俎进言，周知忌讳，陛下怜其愚诚而俯采之，则幸甚！

徽宗览毕，顾左右道："鹗一微官，乃能直言无隐，倒也不可多得呢。"*备录鹗疏，亦见此意。*遂下诏嘉奖，擢鹗为相州教授，复进龚夬为殿中侍御史，召陈瓘、邹浩为左右正言。安惇入奏道："邹浩复用，如何对得住先帝？"徽宗勃然道："立后大事，中丞不言，独浩敢言，为什么不可复用呢？"*初志却是清明。*惇失色而退。陈瓘遂劾惇诳惑主听，妄骋私见，若明示好恶，当自惇始，乃出安惇知潭州。复哲宗废后孟氏为元祐皇后，自瑶华宫还居禁中。升任韩忠彦为尚书右仆射，兼中书侍郎，李清臣为门下侍郎，蒋之奇同知枢密院事。

忠彦请召还元祐诸臣，诏遣中使至永州，赐范纯仁茶药，传问目疾，并令徙居邓州。纯仁自永州北行，途次复接诏命，授观文殿大学士。制词中有四语云："岂唯尊德尚齿，昭示宠优，庶几鲠论嘉谋，日闻忠告。"纯仁泣谢道："上果欲用我呢，死有余责。"至纯仁已到邓州，又有诏促使入朝。纯仁乞归养疾，乃诏范纯礼为尚书右丞。苏轼亦自昌化军移徙廉州，再徙永州，更经三赦，复提举玉局观，徙居常州。未几，轼即病殁。轼为文如行云流水，虽嬉笑怒骂，尽成文章，当时号为奇才。惟始终为小人所忌，不得久居朝列，士林中尝叹息不置。徽宗又诏许刘挚、梁焘归葬，录用子孙，并追复文彦博、司马光、吕公著、吕大防、刘挚、王珪等三十三人官阶。用台谏等言，贬蔡卞为秘书少监，分司池州，安置邢恕于舒州。向太后见徽宗初政，任贤黜邪，内外无事，遂决意还政，令徽宗自行主持，乃于七月中撤帘。总计训政期间，不过六月，好算一不贪权势、甘心恬退的贤后了。*应加褒美。*

宋室成制，每遇皇帝驾崩，必任首相为山陵使，章惇例得此差，八月间哲宗葬永泰陵，灵舆陷泥淖中，越宿乃行。台谏丰稷、陈次升、龚夬、陈瓘等，劾惇不恭，乃罢知越州。惇既出都，陈瓘申劾："惇陷害忠良，备极惨毒，中书舍人蹇序辰，及出知潭州安惇，甘作鹰犬，肆行搏噬，应并正典刑。"诏除蹇序辰、安惇名，放归田里，贬章惇为武昌节度副使，安置潭州。蔡京亦被劾夺职，黜居杭州。林希也连坐削官，徙知扬州。韩忠彦调任首相，命曾布继忠彦任，布初附章惇，继与惊异趋，力排绍圣时人，因此得为宰辅。时议以元祐、绍圣，均有所失，须折衷至正，消释朋党，乃拟定年号为"建中"，复因"建中"为唐德宗年号，不应重袭，特于"建中"二字下，添入"靖国"二字；遂颁诏改元，以次年为建中靖国元年。

到了正月朔日，徽宗临朝受贺，百官跄跄济济，齐立朝班，正在行礼的时候，忽有一道赤气照入殿庑，自东北延至西南，仿佛与电光相似，赤色中复带着一股白光，缭绕不已，大家统是惊讶。至礼毕退朝，各仰望天空，赤白气已是将散，只旁有黑祲，还是未退，于是群相推测，议论纷纷。独右正言任伯雨，谓年当改元，时方孟春，乃有赤白气起自空中，旁列黑祲，恐非吉兆。遂黾夜缮疏，极陈阴阳消息的理由，大旨谓："日为阳，夜为阴，东南为阳，西北为阴，赤为阳，黑与白为阴，朝廷为阳，宫禁为阴，中国为阳，夷狄为阴，君子为阳，小人为阴，今天象告变，恐有宫禁阴谋，以下犯上；且赤散为白，白色主兵，或不免夷狄窃发等事。望陛下进忠良，黜邪佞，正名分，击奸恶，务使上下同心，中外一体，庶几感格天心，灾异可变为休祥了。"*暗为后文写照。*次日拜本进去，没有什么批答出来。那宫禁中却很是忙碌，探问内侍，系是向太后遇疾，已近弥留，伯雨乃不复申奏。过了数日，向太后竟尔归天，寿五十有六。

太后素抑置母族，所有子弟，不使入选，徽宗追怀母泽，推恩两舅，一名宗良，一名宗回，均加位开府仪同三司，晋封郡王，连太后父向敏中以上三世，亦追授王爵，这也是非常恩数呢。太后既崩，尊谥"钦圣宪肃"，葬永裕陵，复追尊生母陈太妃为皇太后，亦上尊谥曰"钦慈"。惟哲宗生母尚存，徽宗奉事惟谨，再越一年方卒，谥曰钦成皇后，与陈太后同至永裕陵陪葬，这却不必叙烦。

且说向太后升遐时，范纯仁亦病殁家中，由诸子呈入遗表，尚是纯仁亲口属草，劝徽宗清心寡欲，约己便民，杜朋党，察邪正，毋轻议边事，毋好逐言官，并辨明宣仁诬谤，共计八事。徽宗览表叹息，诏赙白金三十两，赠开府仪同三司，赐谥"忠宣"。范仲淹四子中，纯仁德望素著，卒年七十五（褒美贤臣，备详生卒）。先是徽宗召见辅臣，尝问纯仁安否，以不得进用为憾。至纯仁已逝，任伯雨追论纯仁被黜，祸由章惇，应亟寘重典，内有最紧要数语云：

章惇久窃朝柄，迷国罔上，毒流缙绅，乘先帝变故仓促，辄逞异志，向使其计得行，将置陛下与皇太后于何地？若贷而不诛，则天下大义不明，大法不立矣。臣闻北使言，去年辽主方食，闻中国黜惇，放箸而起，称善者再。谓南朝错用此人，北使又问何为只若是行遣？以此观之，不独孟子所谓国人皆曰可杀，虽蛮貊之邦，莫不以为可杀也。

这疏上去，总道徽宗即加罪章惇，不意静待数日，尚不见报。伯雨接连申奏，章至八上，仍无消息，徽宗已易初志。乃与陈瓘、陈次升等商议，令他联衔具奏，申论惇罪。两陈即具疏再进，乃贬惇为雷州司户参军。从前苏辙谪徙雷州，不许占据官舍，没奈何赁居民屋，惇又诬他强夺民居，下州究治，幸赁券所载甚明，无从锻炼，因得免议。至惇谪雷州，也欲向民僦居，州民无一应允。惇诘问原因，州民道："前苏公来此，为章丞相故，几破我家，所以不敢再允。"惇惭沮而退。自作自受，便叫作现世报。方惇入相时，妻张氏病危，语惇道："君作相，幸勿报怨。"（七字可作座右铭。有善必录，是书中本旨）惇不能从。及张氏已殁，惇屡加悲悼，且语陈瓘道："悼亡不堪，奈何？"瓘答道："徒悲无益，闻尊夫人留有遗言，如何不念？"惇不能答，至是已追悔无及。旋改徙睦州，病发即死。

曾布本主张绍述，不过与惇有嫌，坐视贬死，嘿不一言。既得专政，当然故态复萌，仍以绍述为是。任伯雨司谏半年，连上一百零八篇奏疏，布恨他多言，调伯雨权给事中，并遣人密劝伯雨，少从缄默，当令久任。伯雨不听，抗论益力，且欲上疏劾布。布预得消息，即徙伯雨为度支员外郎。尚书右丞范纯礼，沈毅刚直，为布所惮，乃潜语驸马都尉王诜道："上意欲用君为承旨，范右丞从旁谏阻，因此罢议。"诜遂衔恨胸中。会辽使来聘，诜为馆待员，纯礼主宴，及辽使已去，诜遂借端进谗，诬纯礼屡斥御名，见笑辽使，失人臣礼。徽宗也不问真假，竟出纯礼知颍昌府。嗣又罢左司谏江公望及权给事中陈瓘，连李清臣也为布所嫌，罢门下侍郎，朝政复变，绍述风行，又引出一位大奸巨慝，入紊皇纲，看官道是何人？就是前翰林学士承旨蔡京。

京被徙至杭州，正苦无事，日望朝廷复用，适来了一个供奉官，姓童名贯，为杭州金明局主管，奉诏南下。京遂与他结纳，联为密友，朝征暮逐，狼狈相依。徽宗性好书画及玩巧诸物，贯承密旨采办，京能书工绘，遂刻意加工，画就屏障扇带，托贯进呈，并代购名人书画，加入题跋，或竟冒己名。一面贿贯若干财帛，乞他代为周旋。贯遂密表揄扬，谓京实具大才，不应放置闲地。至返都后，复联络太常博士范致虚及左阶道录徐知常，代京说项。知常尝挟符水术，出入元符皇后宫中，因得谒侍徽宗，屡言京有相才。贯又替京遍赂宦官宫妾，大家得些好处，自然交口誉京，不由徽宗不信，乃起京知定州，改任大名府。继而曾布与韩忠彦有嫌，至欲引京自助，乃荐京仍为翰林学士承旨。京入都就职，私望很奢，意欲将韩、曾二相一律排斥，自己方好专政。会邓绾子洵武入为起居郎，与京有父执谊，因串通一气，日夕往来。可巧徽宗召对，洵武遂乘间进言道："陛下乃神宗子，今相忠彦，乃韩琦子，神宗变法利民，琦尝以为非，今忠彦改神宗法度，是忠彦做了人臣，尚能绍述父志，陛下身为天子，反不能绍述先帝吗？"牵强已极。徽宗不觉动容。洵武复接口道："陛下诚继志述事，非用蔡京不可。"徽宗道："朕知道了。"洵武趋退后，复作一爱莫能助之图以献。图中分左右两表，左表列元丰旧臣，蔡京为首，下列不过五、六人。右表列元祐旧臣，如满朝辅相公卿百执事，尽行载入，差不多有五、六十人。徽宗以元祐党多，元丰党少，遂疑及元祐诸臣，朋比为奸，竟欲出自特知，举蔡京为宰辅了。正是：

　　宿雾渐消天欲霁，

　　层阴复沍日重霾。

徽宗欲重用蔡京，当然有一番黜陟，待至下回表明。

　　牝鸡司晨，惟家之索，而宋独反是。有宣仁太后临朝，而始得哲宗之初政。有钦圣太后临朝，而始得徽宗之初政。是他史以母后临朝为忧，而《宋史》独以母后不久临朝为憾，是亦一奇事也。徽宗亲政，虽黜逐首恶，而曾布尚存，恶未尽去。且欲调和元祐、绍圣诸臣，以致贤奸杂进，曾亦思薰异器，泾渭殊流，天下无贤奸并立之理，贤者或能容奸，而奸人断不能容贤乎？蔡京结纳童贯，贿托宫廷，内外俱为揄扬，尚不过迁调北镇，至布娪忠彦，欲引京自助，乃入为翰林学士承旨，人谓进蔡京者童贯，吾谓进蔡京者实曾布也。导狼入室，必为狼噬，布亦可以已乎！

第四十九回

端礼门立碑诬正士
河湟路遣将复西蕃

却说徽宗既信邓洵武言，欲重用蔡京，且因京入都陈言，力请绍述，遂再诏改元，定为崇宁二字，隐示尊崇熙宁的意思。擢洵武为中书舍人给事中，兼职侍讲，复蔡卞、邢恕、吕嘉问、安惇、蹇序辰官，罢礼部尚书丰稷，出知苏州，再罢尚书左仆射韩忠彦，出知大名府，追贬司马光、文彦博等四十四人官阶，籍元祐、元符党人，不得再与差遣。又诏司马光等子弟，毋得官京师。进许将为门下侍郎，许益为中书侍郎，蔡京为尚书左丞，赵挺之为尚书右丞。自韩忠彦去位，惟曾布当国，力主绍述，因此熙丰邪党，陆续进用。蔡京亦由布引入，但京本与布有隙，反日夜图布，阴作以牛易羊的思想，布亦稍稍觉着，怎奈京已深得主眷，一时无从撵逐，只好虚与委蛇。京得任尚书左丞，居然在辅政地位，所有一切政事，布欲如何，京必反抗，所以常有龃龉。会布拟进陈佑甫为户部侍郎，佑甫系布婿父，与布为儿女亲家，京遂乘隙入奏道："爵禄乃是公器，奈何使宰相私给亲家？"语甚中听。布忿然道："京与卞系是兄弟，如何亦得同朝？佑甫虽系布亲家，但才足胜任，何妨荐举。"京冷笑道："恐未必有才呢。"布益怒道："京以小人心，度君子腹，怎见得佑甫无才呢？"同一小人，何分彼此？说至此，声色俱厉。温益从旁叱布道："布在上前，怎得无礼？"布尚欲还叱温益，但见徽宗已面带愠色，拂袖退朝，乃悻悻趋出。殿中侍御史钱俶，即于次日呈入弹文，略言："曾布援元祐奸党，挤绍圣忠贤。"当有诏罢布为观文殿大学士，出知润州。布初由王安石荐引，阿附安石，挟制廷臣，至哲宗亲政，始助章惇，继排章惇；徽宗嗣立，章惇被逐，布为右揆，欲并行元祐、绍圣诸政，乃逐蔡京。嗣与韩忠彦有隙，又引京自助，至是终为京所排，落职出外。时人谓杨三变后，无过曾布。

看官道杨三变为何人？就是前文所叙的杨畏。畏在元丰间附安石等，元祐间附吕大防等，绍圣间附章惇等，后被谏官孙谔所劾，号他为杨三变，出知赣州（插入杨畏，补上文所未逮）。布始终奸邪，机变益多，且曾居宰辅，比杨三变尤为厉害，《宋史》编入奸臣传，与二惇、二蔡并列，也算是名不虚传呢。力斥奸邪。

布既被斥，蔡京当然入相，即受命为尚书左仆射，兼中书侍郎。京入谢，徽宗赐座延和殿，并面谕道："神宗创法立制，先帝继志述事，中遇两变，国是未定，朕欲上述父兄遗志，卿将何以教朕？"教你亡国何如？京避座顿首道："敢不尽死。"京既得志，遂禁用元祐法，复绍圣役法，仿熙宁条例司故事，就在都省置讲议司，自为提举讲议，引用私党吴居厚、王汉之等十余人为僚属，调赵挺之为尚书左丞，张商英为尚书右丞，凡一切端人正士及与己异志，概目为元祐党人，尽行贬斥。就是元符末年疏驳绍述等人，亦均称为奸党，一律镌名刻石，立碑端礼门，这碑叫作"党人碑"，内列一百二十人，乃是蔡京请徽宗御书，照刊石上。姓名列下：

司马光　文彦博　吕公著　吕公亮吕大防　刘挚　范纯仁　韩忠彦　王珪　梁焘王岩叟　王存　郑雍　傅尧俞　赵瞻　韩维孙固　范百禄　胡宗愈　李清臣　苏辙刘奉世　范纯礼　安焘　陆佃（上列为曾任宰执以下等官）

苏轼　范祖禹　王钦臣　姚勔　顾临赵君锡　马默　王蚡　孔文仲　孔武仲　朱光庭孙觉　吴安持　钱勰　李之纯　赵彦若　赵高孙升　李用　刘安世　韩川　吕希纯曾肇王觌　范纯粹　王畋吕陶　王古　陈次升丰稷　谢文瓘　鲜于侁　贾易　邹浩张舜民（上列为待制以上等官）

程颐　谢良佐　吕希哲　吕希绩　晁补之黄庭坚　毕仲游　常安民　孔平仲　司马康吴诗安　张耒　欧阳棐　陈瓘　郑侠秦观徐常　汤戫　杜纯　宋保国　刘唐老　黄隐王巩　张保源　汪衍　余爽　常立　唐义问余卞　李格非　商倚　张庭坚　李祉陈

祐任伯雨　朱光裔　陈郛　苏嘉　龚夬　欧阳中立吴俦　吕仲甫　刘当时　马琮　陈彦　刘昱鲁君贶　韩跂(上列为杂官)

张士良　鲁焘　赵约　谭稹　王俦　陈询　张琳　裴彦臣(上列为内官)

王献可　张巽　李备胡(上列为武官)

还有元符末，日食求言，当时应诏上书，不下数百本，由蔡京及私党检阅，定为正上、正中、正下三等，邪上、邪中、邪下三等。于是钟世美以下四十一人为正等，尽加旌擢，范柔中以下五百余人为邪等，降责有差，且降责人不得同州居住。比章惇执政时，还要厉害。从此小人道长，君子道消。昌州判官冯澥窥伺朝旨，竟越俎上书，谓元祐皇后，不当复位，这一书正中蔡京心怀，他本由童贯贿赂宫中，密结刘后心腹，互为称扬，因得进用，孟后复位，刘后很是不快，内侍郝随等更滋疑惧，此次乘蔡京执政，重复哲宗旧规，遂暗托京再废孟后。京以事关重大，一时也不便发言，只好待机而动，凑巧冯澥呈上此议，即面请徽宗，乞交辅臣台官复奏。看官！试想这时候的辅臣台官，多半是蔡京爪牙，哪个不顺从京意？当下由御史中丞钱通，殿中侍御史石豫、左肤等奏称："韩忠彦等，复瑶华废后，掠流俗虚美，物议本已沸腾，今至疏远小臣，亦效忠上书，天下公议，可想而知，望询考大臣，断以大义，勿为俗议所牵，致累圣朝"等语。说不出孟后坏处，乃反谓有累圣朝，试问为何事致累耶？蔡京遂邀集许将、温益、赵挺之、张商英数人，联衔上疏，大旨如钱通等言。徽宗本不欲再废孟后，因被蔡京等胁迫，没奈何依议施行，撤销元祐皇后名号，再遣孟氏出居瑶华宫，且降韩忠彦、曾布官，追贬李清臣为雷州司户参军，黄履为祁州团练副使，安置翰林学士曾肇，御史中丞丰稷，谏官陈瓘、龚夬等十七人于远州，因他同议复后，所以连坐，擢冯澥为鸿胪寺主簿。

刘皇后私恨邹浩，复嘱郝随密语蔡京，令罪邹浩。浩自徽宗初召还，诏令入对，徽宗问谏立后事，奖叹再三，嗣复询谏草何在，浩答言："已经焚去。"及浩退朝，转告陈瓘。瓘惊语道："君奈何答称焚去，倘他时查问有司，奸人从中舞弊，伪造一缄，那时无从辩冤，恐君反因此得祸了。"瓘有先见之明。浩至此亦自悔失言，但已不及挽回，只好听天由命。蔡京受刘后密嘱，即令私党捏造浩疏，内有"刘后夺卓氏子，杀母取儿，人可欺，天不可欺"等语，因入呈徽宗，斥他诬蔑刘后，并及先帝。徽宗即视作真本，暴邹浩罪，立窜昭州。追册刘后子茂为太子，予谥"献愍"，并尊元符皇后刘氏为皇太后，奉居崇恩宫。

蔡京弟卞，以资政殿学士，擢知枢密院事。二蔡同握大权，黜陟予夺，为所欲为，复追论任伯雨等罪状，安置伯雨于昌化军，陈瓘徙连州，龚夬徙化州，陈次升徙循州，陈师锡徙郴州，陈瓘徙澧州，李深徙复州，江公望徙安南军，常安民徙温州，张舜民徙商州，马涓徙吉州，丰稷徙台州，张庭坚亦编管象州，赵挺之升中书侍郎，张商英、吴居厚为尚书左右丞，安惇复入副枢密院。既而商英与京议不合，为京所嫉，罢知亳州，排入元祐党籍。商英得入元祐党，恐英以为辱，我以为荣。京又自书党人姓名，分布郡县。统令刻石。有长安石工安民，充刻字役，辞不承差。府官问他情由。安民道："小民甚愚，本识立碑的命意，但如司马相公，海内统称为正直，今乃指为首奸，令小民无从索解，所以不忍镌刻呢。"是乃所谓天下公议。府官怒叱道："你晓得甚么？朝廷有命，我等且不敢违，你既为石工，应该充役，难道敢违反朝廷吗？"说至此，即旁顾皂役，命取大杖过来。安民泣禀道："被役不敢辞，但小民的姓名乞免镌石末。"府官又叱道："你的姓名有什么用处？哪个要你镌入？"安民乃勉强遵刻，工竣，痛哭而去。天下之良工也。

京乃更盐钞法，铸当十大钱，令天下坑冶金银，悉输内藏，创置京都大军器所，聚敛以示富，耀兵以夸武，遂又荐王厚、高永年为边帅，谋复湟、鄯、廓三州。自陇桫弟兄，沐赐姓名，分辖青唐、邈川等地，尚称恭顺(应前回)，惟溪巴温子溪赊罗撒(一译作希卜萨罗桑)席权怙势，诱结羌众，胁逼陇桫。陇桫奔避河南。辖征也不自安，表求内徙，有诏令入居邓州。羌人多罗巴(一译作都尔本)遂拥溪赊罗撒为主，号令诸部，盘踞西番。蔡京正欲假功张威，即上言："王厚本有将才，前因韩忠彦等甘弃湟州，冤诬王厚，因致落职，今宜还他原秩，令复故地。还有河东蕃官高永年，足为副将，请一并录用，定卜成功。"徽宗准奏，当命王厚安抚洮西，合兵十万，指日西征。京又保举内客省使童贯，说他尝使陕右，熟悉五路事宜及诸将能否，乞仿前朝用李宪故事，饬令监军。徽宗亦即照允，诏令童贯出监洮西军务。贯拜命就道，耀武扬威地到了湟州。王厚、高永年已调集边兵，待童贯出发，贯与王厚等会晤，遂定期出师。适禁中太乙宫失火，徽宗恐天象告警，不应用兵，即下手札止贯，飞驿递去。贯接阅后，遽纳靴中，王厚在旁问故。贯微笑道："没甚要事，不过促使成功呢。"此即宦官擅权之渐。厚乃率军西行，途次闻多罗巴大集众羌，据险固守，遂与高永年定议，佯命驻兵中途，自偕永年带着轻骑，从间道驰入。适遇多罗巴三子，各踞要害，被王厚、高永年两路杀进，猝不及防，三子中死了二人，惟少子阿蒙带箭而逃，还亏多罗巴来援，随与俱遁。厚遂进拔湟州，驰报捷音。

徽宗大喜，进蔡京官三等，蔡卞以下二等恩赏，追论前时弃湟州罪，贬韩忠彦为磁州团练副使，安焘为祁州团练副使，曾布为贺州别驾，范纯礼为静江军节度副使，夺蒋之奇三秩，凡曾经预议等人，俱贬黜有差。一面令熙河、兰会诸路，宣布德音，再饬王厚督大军西进。厚分军为三，命高永年将左军，别将张诚将右军，自将中军，三路并发，约会宗噶尔川，群羌列阵拒战，背临宗水，面倚北山，气势颇盛。溪赊罗撒登高指挥，居然张黄屋，建大旆，威风凛凛，单望着中军旗鼓，麾众冲来。厚号令军中，不得妄动，只准用强弓迭射，拒住羌人。羌人三进三退，锐气渐衰，厚乃潜率轻骑，从山北杀上，攻击溪赊罗撒背后。溪赊罗撒见部众不能取胜，正在心焦，拟驱马下山亲攻宋营，不妨宋军从山后杀到，大呼羌酋速来受死，谷声震应，聚成一片。溪赊罗撒不知有若干人马，惊得手足无措，慌忙逃窜。羌众见主子骇奔，也即一哄而走，渡水逃生。张诚也带领右军，越川奋击，可巧天起大风，飞沙走石，宋军顺风追赶，羌众欲回头迎敌，扑面都是沙泥，连两目都被迷住，不能开眼，只好四散奔逃。厚与永年，驱兵芟荡，斩首四千三百余级，俘三千余人，溪赊罗撒单骑窜去，厚拟乘夜穷追，童贯以为不能及，乃收军扎营。次日进薄鄯州，溪赊罗撒知不可守，复孑身远逸。其母龟慈公主，带着诸酋，开城迎降。厚再率大兵趋廓州，羌酋落施军令结(一译作喇什钩棱节)亦率众投诚，于是鄯、湟、廓三州，一并克复。

捷书迭达都中，蔡京率百官入贺，当由徽宗下诏赏功，授蔡京为司空，晋封嘉国公，童贯为景福殿使，兼襄州观察使，王厚为武胜军节度观察留后，高永年、张诚等，亦进秩有差，送陇栿至京师，封安化郡王。京自恃有功，越觉趾高气扬，罢讲议司，令天下有事，直达尚书省。旧有讲议官属，依制置三司条例司旧例，尽行迁官。自张康国以下，得官几四十人。可以专断，无烦讲议。毁景灵宫内司马光等绘像，禁行三苏及范祖禹、黄庭坚、秦观等文集，另图熙宁、元丰功臣于显谟阁。且就都城南大筑学宫，列屋千八百七十二楹，赐名辟雍，广储学士，研究王氏《经义字说》。辟雍中供奉孔孟诸图像，以王安石配享孔子，位次孟轲下。重籍邪党姓名，得三百有九人，刻石朝堂。许将稍有异议，即由京嘱使中丞朱谔，劾将首鼠两端，罢知河南府。擢赵挺之、吴居厚为门下中书侍郎，张康国、邓洵武为尚书左右丞，召胡师文为户部侍郎，调陶节夫经制陕西、河东五路。师文系蔡京姻家，最工掊克，陶节夫系蔡京私党，本为鄜延总管，屡在无关紧要的地方增筑堡寨，虚报经费，所有中饱，悉赂蔡京，因得入任枢密直学士；至是又出任五路经略，统是蔡京一手提拔。节夫遂诱谤吐蕃，贿令纳土，得邦、叠、潘三州，只报称远人怀德，奉土归诚，奏中极力誉京，益坚徽宗信任。京又欲用童贯为熙河、兰湟、秦凤路制置使，令图西夏，盈庭都是京党，当然不敢异词。偏乃弟蔡卞谓用宦官守疆，必误边计，京竟诋卞怀私，卞即求去，遂出知河南府。兄弟间犹相冲突，况在他人？

卞娶王安石女为妇，号为七夫人，颇知书能诗。卞入朝议政，必先受教闺中，因此僚属尝互相嘲谑道："今日奉行各事，想就是床笫余谈呢。"既已知之，何乃无耻？及入知枢密院事，家中设宴张乐，伶人竟扬言道："右丞今日大拜，都是夫人裙带。"卞明有所闻，不敢诘责伶人。平居出入京门，归家时或述乃功德，七夫人冷笑道："你兄比你晚达。今位出你上，你反向他巴结，可羞不可羞呢。"为这一语，遂令卞与兄有嫌，所以二府政议，常有不合，至此终为兄所排，出调外任。小子有诗叹道：

甘将骨肉作仇雠，

构祸都因与妇谋。

天怒人愁多不畏，

入闽只畏一娇羞。

卞既外调，童贯遂出任经略，又要与西夏开衅了。欲知后事，试看后文。

王安石之后有章惇，章惇之后有蔡京，所谓一蟹不如一蟹，宋室元气，能经几回斲丧耶？党人碑之立，如石工安民，犹不忍刻君实名，京犹人耳，胡必排斥旧臣，作一网打尽之计？彼以为专擅大权，无人掣肘，可以为所欲为，不知人之云亡，邦国珍瘁，国已亡矣，京能独存乎？或谓鄯、湟、廓三州之克复，实自京造成之，夫取其人不足以为民，得其地不足以为利，徒自劳师，已属无谓，况以六军之血战，为权佞之荣身，京得封公拜爵，而孤人子，寡人妻，布奠倾觞，哭望天涯者，已不知凡几矣。且自河湟幸胜，狃于用兵，卒酿成异日辽、夏之祸，所得者一，所失者十，小人之不可与议国是也，固如此哉！

第五十回 应供奉朱勔承差 得奥援蔡京复相

却说童贯由蔡京保荐，任熙河、兰湟、秦凤路经略安抚制置使，阴图西夏。京复嘱令王厚，招诱夏卓罗右厢监军仁多保忠，令他内附。厚奉命招致，颇已说动保忠，奈保忠部下无人肯从，只好迁延过去。京再四促厚，厚据实报闻，哪知京反责厚延宕，定要限期成功。厚不得已遣弟赍书，往劝保忠，途次被夏人捉去，机谋遂泄。夏主因召还保忠，厚复报明情形，且言："保忠即不遇害，亦必不能再领军政，就使脱身来降，不过得一匹夫，何益国事？"这数语是知难而退，得休便休。偏蔡京贪功性急，硬要王厚招致保忠，如若违命，当加重罪。正是强词夺理。一面饬令边吏，能招致夏人，不论首从，赏同斩级。于是夏国君臣怒宋无理，遂号召兵民，入寇宋边。适辽遣成安公主，嫁与夏主乾顺，乾顺恃与辽和亲，声言向辽乞援，并贻书宋使，争论曲直。童贯搁置不答，陶节夫且讨好蔡京，大加招诱，不惜金帛。徒以金帛动人，就使为所招诱，亦岂足恃？夏复上表婉请，并函诘节夫。节夫拒绝来使，反将夏国牧卒杀死多名。夏人愤怒已极，遂简率万骑，入镇戎军，掠去数万口，一面与羌酋溪赊罗撒合兵，逼宣威城。

时高永年正知鄯州，发兵驰援，行三十里，未见敌骑，天色将昏，乃择地扎营，安食而寝。到了夜半时候，蓦闻胡哨齐鸣，羌兵大至，高永年惊起帐中，正拟勒兵抵敌，不妨羌众前后杀入，顿将营寨攻破，宋军大溃。永年手下亲兵亦不顾主将，纷纷乱窜，那时永年惊惶失措，突被一槊刺来，不及闪避，竟刺中左胁，晕倒地上，羌众将他擒去。至永年醒来，已身在虏帐中，但见一酋高坐上面，语左右道："这人杀我子，夺我国，令我宗族失散，居无定所，老天有眼，俾我擒住，我将吃他心肝，借消前恨。"说至此，即起身下座，拔出佩刀，对着永年胸膛，猛力戳入，再将刀上下一划，鲜血直喷，横尸倒地。那羌酋即挖取心肝，和血而食。看官道这酋为谁？就是羌人多罗巴。多罗巴既杀死高永年，遂拥众尽毁大通河桥，湟、鄯大震。

徽宗闻报，不觉大怒，是蔡京叫了他来，何必动怒？亲书五路将帅刘仲武等十八人姓名，敕御史侯蒙，往秦州逮治。蒙至秦州，刘仲武等囚服听命，蒙与语道："君等统是侯伯，毋庸辱身狱吏，但据实陈明，蒙当为君等设法挽回。"仲武等乃一一实告，蒙即奏乞赦罪，内有数语，最是动人。略云：

汉武帝杀王恢，不如秦穆公赦孟明，子玉缢而晋侯喜，孔明亡而蜀国轻，今杀吾一都护，而使十八将由之以死，是自戕其肢体也，欲身不病得乎？

徽宗览这数语，也觉有所感悟，遂释罪不治。惟王厚坐罪逗留，贬为郢州防御使。未几，夏人复入寇，为鄜延将刘延庆所败，才行退军。自是边境连兵，数年不息，蔡京反得进尚书左仆射，兼门下侍郎，用赵挺之为尚书右仆射，兼中书侍郎。挺之与京比肩，遂欲与京争权，屡次入白，陈京奸恶。京方得徽宗宠任，怎肯信及挺之？挺之上章求去，因即罢免。京仍得独相，居然欲效法周公，制礼作乐，粉饰承平，置礼制局，命给事中刘昺为总领，编成五礼新仪，订新乐章，命方士魏汉津为总司，定黄钟律，作大晟乐，又创制九鼎，奉安九成宫。蔡京为定鼎礼仪使，导徽宗亲至鼎旁，行酌献礼，鼎各一殿，四周环筑垣墙，安设中央曰帝鼎，北曰宝鼎，东曰牡鼎，东北曰苍鼎，东南曰罔鼎，南曰彤鼎，西南曰阜鼎，西曰晶鼎，西北曰魁鼎。徽宗一一酌献，挨次至北方宝鼎，酌酒方毕，忽听得一声爆响，不由得吓了一跳。此时幸无炸弹，否则必疑为鼎中藏弹了。及仔细审视，鼎竟破裂，所酌的酒醴竟汩汩地流溢出来，大家都惊异不置。徽宗也扫兴而归。时人多半推测，谓为北方将乱的预兆，这也似隐关定数呢。蔡京一意导谀，反说是北鼎破碎，系主辽邦分裂，与宋无关，且借此可收复北方，亦未可知，引得

徽宗皇帝，转惊为喜，亲御大庆殿，受百官朝贺。赐魏汉津号虚和冲显宝应先生。未几，汉津病死，追封嘉成侯，诏就铸鼎地方，作宝成宫，置殿祀黄帝、夏禹、周成王、周公旦、召公奭，置堂祀唐李良及魏汉津。

自九鼎告成，徽宗心渐侈汰，由逸生骄。某日，召辅臣入宴，令内侍出玉琖玉卮，指示群臣道：“朕欲用此物，恐言路又要喧哗，说朕太奢。”蔡京起奏道：“臣前时奉使北朝，辽主尝持玉盘玉卮，向臣夸示，谓此系石晋时物，恐南朝未必有此，臣想番廷尚挟此居奇，难道我堂堂中国，反不及他吗？但因陛下素怀俭德，不敢率陈，今既得此佳制，正好奉觞上寿，哪个敢说是不宜用呢？”徽宗道：“先帝作一小台，言官已连章奏阻，朕早制就此器，正恐人言复兴，所以不便轻示。”徽宗尚知顾忌。京又答道：“事苟当理，何畏人言？古人说得好：‘惟辟作福，惟辟作威，惟辟玉食。’陛下富有四海，正当玉食万方，区区酒器，何足介怀？”逢君之恶，其罪大。徽宗闻言，不禁笑逐颜开，心满意足，至兴酣宴罢，群臣皆散，独留京商议多时，京始退出。

越宿即传出中旨，命朱勔领苏、杭应奉局，及花石纲于苏州。先是蔡京过苏，拟修建僧寺，务求壮观，预估材料，价约巨万。京不虑乏财，但虑无人督造，适寺僧保荐一人，姓朱名冲，乃是本郡人氏，京即令僧召至，与冲面商。冲一力担承，才阅数日，即请京诣寺度地。京偕冲到寺，但见两庑堆积大木，差不多有数千章。京已觉惊异，及经营裁度，所言统如京意。京极口奖许，即命监造。冲有子名励，干练不亚乃父，父子一同督理，匝月即成。京往寺游览，果然规模闳丽，金碧辉煌，乃复温言褒赏，令朱冲父子随同入都。当下替他设法，将他父子姓名列入童贯军籍中，只说是积有军功，应给官阶。这是官场通弊。自是朱冲父子，居然紫袍金带，做起官来。好运气。

徽宗性好珍玩，尤喜花石，京令冲采取苏、杭珍异，随时进献。第一次觅得黄杨三本，高可八九尺，确是罕见奇品，献入后大得睿赏。嗣后逐件献入，无物不奇，徽宗更觉心欢。至是蔡京遂密保朱勔，令在苏州设一应奉局，专办花石，号为“花石纲”。勔既得此美差，内帑由他使用，每一领取，辄数十百万，于是搜岩剔薮，索隐穷幽，凡寻常士庶家，间有一木一石，稍堪玩赏，即令健卒入内，用黄封表识，指为贡品，令该家小心护视，静待搬运，稍一不谨，便加以大不敬罪。到了发运的时候，必撤屋毁墙，辟一康庄大道，恭舁而出。士庶偶有异言，鞭笞交下，惨无天日。因此民家得一异物，共指为不祥，相率毁去。不幸漏泄风声，为所侦悉，往往中家破产，穷民至卖儿鬻女，供给所需，或既经毁去，被他察觉，又硬指他藏宝不献，勒令交出，可怜苏、杭人民，无端罹此督责，真是冤无从诉，苦不胜言。而且叱工驱役，掘山辇石，就使穷崖削壁，亦指使搬取，不得推诿，或在绝壑深渊，也百计采取，必得乃止。及运物载舟，无论商船市舶，一经指定，不得有违，篙工柁师，倚势贪横，凌轹州县，道路侧目。朱勔假势作威，更了不得凶横。会从太湖取一巨石，高广俱约数丈，用大舟装运，水陆牵挽，凿城断桥，毁堤坼闸，历数月方达汴京。役夫劳敝，民田损害，几乎说不胜说。勔奏报中，反谓不劳民，不伤财，如此巨石，安抵都下，乃是川渎效灵，得此神捷，因此宫廷指为神运石。后来万岁山成，即将此石运竖山上，作为奇峰，下文再表。

且说赵挺之辞右相后，心恨蔡京不置，每与僚友往来，必谈蔡京过恶。户部尚书刘逵与挺之最称莫逆，尝言有日得志，必奏黜蔡京。崇宁五年，春正月，彗星出现西方，光长竟天。徽宗因星象告警，避殿损膳，挺之与吴居厚请下诏求言，当即降旨准奏，且擢居厚为门下侍郎，逵为中书侍郎，逵遂乞碎元祐党人碑，宽上书邪籍禁令。徽宗亦俯如所请，夜半遣黄门至朝堂，毁去碑石。次日蔡京入朝，见党碑被毁，即入问徽宗。徽宗道：“朕意宜从宽大，所以毁去此碑。”京厉声道：“碑可毁，名不可灭呢！”这一语声彻朝堂，朝臣都觉惊异，连徽宗亦向京一瞧，微露怒容。敢怒不敢言，亦觉可怜。既而退朝，不到半日，即呈入刘逵奏牍，极陈：“蔡京专横，目无君父，党同伐异，陷害忠良，兴役扰民，损耗国帑，应亟加罢黜，安国定民”等语。徽宗览奏未决，嗣司天监奏称太白昼见，应加修省，乃敕一切党人，尽还所徙，暂罢崇宁诸法及诸州岁贡方物，并免蔡京为太乙宫使，留居京师。复用赵挺之为尚书右仆射，兼中书侍郎。挺之入对，徽宗道："朕见蔡京所为，一如卿言，卿其尽心辅朕！"既知蔡京罪恶，何不罢黜他方？挺之顿首应命。自是与刘逵同心夹辅，凡蔡京所行悖理虐民的事情，稍稍改正，且劝徽宗罢兵息民。

一日，徽宗临朝谕大臣道："朝廷不应与四夷生隙，衅端一开，兵连祸结，生民肝脑涂地，这岂是人主爱民至意？卿等如有所见，不妨直陈！"挺之接奏道："西夏交兵，已历数年，现在尚未告靖，不如许夏和戎，得抒边衅。"徽宗点首道："卿且去妥议方法，待朕施行。"挺之退语同列道："皇上志在息兵，我辈应当将顺。"同列应声称是不过数人，余多从旁冷笑。看官不必细猜，便可知是蔡京旧党尚遍列朝班呢。挺之归，属刘逵补登奏疏，大旨是罢五路经制司，黜退陶节夫，开诚晓谕夏人等事。奏入后，大旨照准，徙陶节夫知洪州，遣使劝谕夏主，夏主也应允罢兵，仍修岁贡如初。

惟蔡京为刘逵所排，愤怨已极，必欲将逵除去，聊快私愤。当下与同党密商，御史余深、石公弼等道："上意方向用赵、刘，一时恐扳他不倒，须另行设法为是。"京便道："我意也是如此，现已设有一法，劳诸君为后劲，何如？"余深问是何计，京作鸱鸮笑道："由郑入手，由公等收场，赵、刘其如予何？"王莽学过此调，蔡公亦欲模仿耶！余、石等已知京意，齐声赞成。揖别后，即分头安排，专待好音。

看官听着！这"由郑入手"一语，乃是隐指宫中的郑贵妃及中书舍人兼直学士院的郑居中。郑贵妃系开封人，父名绅，曾为外官，绅女少入掖庭，侍钦圣向太后，秀外慧中，得列为押班。徽宗时为端王，每日问太后起居，必由押班代为传报。郑女善为周旋，能得人意，况兼她一貌如花，哪得不引动徽宗？虽无苟且情事，免不得目逗眉挑。至徽宗即位，向太后早窥破前踪，即将郑女赐给，尚有押班王氏，也一同赐予徽宗。徽宗得偿初愿，便封郑女为贤妃，王女为才人。郑氏知书识字，喜阅文史，章奏亦能自制，徽宗更爱她多才，格外璧昵。王皇后素性谦退，因此郑氏得专房宠，晋封贵妃（《宋史·郑皇后传》有端谨名，故本书亦无甚贬词）。居中系郑贵妃疏族，自称为从兄弟，贵妃以母族平庸，亦欲倚居中为重，所以居中恃有内援，颇得徽宗信用。

蔡京运动内侍，令进言贵妃，请为关说，一面托郑居中乘间陈请。居中先使京党密为建白，大致为："蔡京改法，统禀上意，未尝擅自私行，今一切罢去，恐非绍述私意。"徽宗虽未曾批答，但由郑贵妃从旁窥视，已觉三分许可。贵妃复替京疏通，淡淡数语，又挽回了五六分。于是居中从容入奏道："陛下即位以来，一切建树，统是学校礼乐，居养安济等法，上足利国，下足裕民，有什么逆天背人，反要更张，且加威谴呢？"徽宗霁颜道："卿言亦是。"居中乃退，出语礼部侍郎刘正夫。正夫也即请对，语与居中适合。徽宗遂疑及赵、刘，复欲用京。最后便是余、石两御史联衔劾逵，说他"专恣反复，陵蔑同列，引用邪党"。一道催命符，竟将刘逵驱逐，出知亳州。赵挺之亦罢为观文殿大学士祐神观使。再授蔡京尚书左仆射，兼门下侍郎。京请下诏改元，再行绍述。乃以崇宁六年，改为大观元年，所有崇宁诸法，继续施行。吴居厚与赵、刘同事，不能救正，亦连坐罢职。用何执中为中书侍郎，邓洵武、梁子美为尚书左右丞，三人俱系京党，自不消说。

郑居中因蔡京复相，多出己力，遂望京报德。京也替他打算，得任同知枢密院事。偏内侍黄经臣与居中有嫌，密告郑贵妃，谓："本朝外戚，从未预政，应以亲嫌为辞，借彰美德。"黄经臣想未得辖，故有此语。郑贵妃时已贵重，不必倚赖居中，且想借此一请，更增主眷，也是良法。遂依经臣言谏阻。徽宗竟收回成命，改任居中为太乙宫使。居中再托京斡旋，京为上言："枢府掌兵，非三省执政，不必避亲。"政权不应畀外戚，兵权反可轻畀吗？疏入不报。居中反疑京援己不力，遂有怨言。京也无可如何，只好装着不闻。徽宗恐不从京言，致忤京意，乃将京所爱宠的私人，擢为龙图阁学士，兼官侍读。正是：

　　权奸计博君王宠，
　　子弟同侪清要班。

究竟何人得邀擢用，且看下回便知。

　　人主之大患，曰喜谀，曰好侈，曰渔色，徽宗兼而有之。因喜谀而相蔡京，因好侈而用朱勔，因渔色而宠郑贵妃。蔡京大憝也，朱勔小丑也，郑贵妃虽有端谨之称，然观其援引蔡京，倚庇郑居中，亲信黄经臣，均无非为固宠起见，女子与小人为难养也，宣圣岂欺我哉？赵挺之、刘逵未尝不与邪党为缘，第争权夺利，致与京成嫌隙，崇宁诸法之暂罢，岂其本心，不过借此以倾京耳。然京之邪尤甚于赵、刘，倏伏倏起，一进一退，爵禄为若辈播弄之具，国事能不大坏耶？而原其祸始，徽宗实尸之。徽宗若果贤明，宁有此事？读此回窃不禁为之三叹曰："为君难!"